한국야담문학연구

정명기 저

보고사

한국야담문학연구

정명기 저

도서출판 보고사

저자 약력

1955년 서울生.
연세대학교 국어국문학과 졸업.
연세대학교 대학원 국어국문학과(문학석사).
연세대학교 대학원 국어국문학과(문학박사).
現 원광대학교 국어교육과 교수.

교주본 : 『청구야담』 상 · 하, (교문사, 1996).
편　저 : 『한국야담자료집성』 전 23권, (계명문화사, 1987-1992).
원본 『동야휘집』 상 · 하, (보고사, 1992).
논　문 : "야담의 변이양상과 의미연구" 외 다수.

한국야담문학연구

초판 인쇄/1996년 3월 15일
초판 발행/1996년 3월 25일

저자/정명기
발행인/김홍국

등록번호/제 7-64
등록일자/1990년 12월

서울시 강북구 수유 4동 281-40
전화/903-4667, 906-6135
팩스/991-9675

파본은 구입하신 서점에서 교환하여 드립니다.

값 25,000원

ISBN 89-86142-27-9

머 리 말

주지하고 있는 일이기는 하지만, 한국 야담문학에 대해 학계가 관심을 본격적으로 갖기 시작한 것은 그리 오래 된 일은 아니다. 그런데도, 그간 짧은 시간에 비하여 상대적으로 많은 연구 논문들이 경향 각지에서 산출되었음을 우리들은 익히 알고 있다. 이러한 연구 성과들을 통하여 '국문학의 한 쪽 편에서 방치되어 왔던' 야담문학은 이제 국문학의 어느 유산 못지 않게 많은 의미를 갖고 있는 대상으로 우리에게 어느면 친숙하게 다가오게 되었다고 하여도 지나친 말은 아니다. 이런 현상은 야담문학에 주된 관심을 두고 있는 이들 모두가 나름대로 애쓴 결과로부터 기인된 것이기에, 야담을 연구하는 한 사람인 필자로서도 매우 반가워 할 일임에는 틀림없다.

그러나, 그간 이룩된 야담문학에 대한 연구 성과를 통해서도 어느 면 확인되듯이, 야담문학에 대한 연구 성과는 사실 어느 한 시각(구체적으로 그것을 밝히는 것이 허용된다면 이우성·임형택 선생 類의 사회·역사주의적 접근 방법을 말한다)으로 거의 고착화되어 있었다고 해도 과언은 아니다. 물론 이러한 성과로부터 촉발된 많은 훌륭한 논의들을 애써 여기서 무시할 의도는 필자 또한 전혀 갖고 있지 않다. 필자가 그간 야담문학을 공부해 오면서 뒤늦게나마 갖게 된 懷疑 중의 하나는 바로 야담문학에 대한 연구 시각이 위에 든 것과 같은 이러한 방향으로만 고착화되어서는 야담문학의 지닌 바 실상이 제대로 규명될 수 없지 않느냐 하는 것이었다.

이러한 바탕 위에서 마련된 작업이 필자가 이번에 펴내게 된『韓國

野談文學 硏究』의 근간을 이루고 있는 글들이다. 필자의 야담문학에 대한 주된 관심은 그 자체를 '이야기'로 파악하는 시각에 다름 아닌 것이라고 할 수 있다. 곧 필자의 주요 관심사는 야담을 이루고 있는 이들 '이야기'들의 생성 과정, 나아가 변이 과정의 탐색에 있다고 이해해 주어도 좋다. 그렇다고 하여 필자가 야담문학에 대해 '사회·역사적 의미'를 沒覺하고 단지 '이야기'로만 이해한다고는 여기지 말아 주었으면 좋겠다. 필자에 대해 이들 야담문학 속의 이야기들에서 확인되는 '사회·역사적인 존재 의의'를 완전히 몰각하고 있지 않나 하는 일부 연구자들의 다소 우호적이지만은 않은 비판적 충고를 필자는 익히 알고 있다. 그러나 필자 또한 이들 야담문학 속에 내재되어 있는 '사회·역사적 존재 값어치'를 다른 연구자들 못지 않게 충분히 어느 정도는 인정하고 있다.

거듭 밝히는 것이 허용된다면 필자의 야담문학에 대한 기본적인 시각은, 어느 한 시각이 야담문학에 대해 주류적 위치를 점하고 있는 연구 시각이라고 하더라도 그 연구 시각을 무비판적으로 追隨하고, 또 그렇게 매몰되어서는 야담문학이 지닌 그 진정한 문예미에 대한 일정 정도의 이해가 요원한 것이 아닌가 하는 소박한 차원에서의 반성적 시각에 다름 아니다. 야담문학에서 '사회·역사적 의미'를 충분히 담보해 내는 작업 또한 매우 중요한 일임에는 틀림없지만, 야담문학의 기본적 속성을 유념할 때 앞으로 야담문학의 생성 원리, 나아가 그 변이 원리에 대한 규명 역시 그에 못지 않게 중요한 일임을 다시 한번 강조해 두고 싶은 것이 필자가 본서의 출간에 임하여 갖는 솔직한 심정이다.

본서는 크게 Ⅰ부와 Ⅱ部, 그리고 부록 편으로 이루어졌는 바, Ⅰ部는 필자의 박사학위논문을, 그 이후 새로 확인된 자료를 덧보태 논의하는 가운데, 그 가운데서 드러나는 문맥상의 오류라든지 모호한 표현 따위에 대해 약간 수정하여 보완·수록한 것이고(욕심 같아서는 3장 부분에서 변이 양상을 집중적으로 다루고 있는 세 작품, 곧 '洪純彦이야기', '丁香이야기', '趙忠毅이야기'에서 보이는 변이 양상을 통해 드러나는 해당 작품들의 變轉된 의미를 완전히 새롭게 改稿하고 싶었지만, 필자의 여러 가지 사정으로 인해 전혀 손을 대지 못해 몹시 안타깝기까지 하다는 점을 이 자리를 빌어 밝혀 둔다. 한편 근자에 들어와 새롭게 학계에 보고된 '洪純彦이야기'의 허구적 변이물로서의 『마원철녹』에 대해서는 절을 달리 한 본격적인 접근이 필요함하지만, 그 또한 여러 사정으로 인해 부득이 발표 요지로 대신하게 되었다. 이 점을 미안하게 여긴다), Ⅱ部는 필자가 그간 여러 학술지에 이미 발표했었던 야담 관계 논문들을 함께 묶어 수록한 것이다. 한편 부록에서는 앞으로의 야담 연구를 보다 활성화시키기 위한 의도 아래 첫째, 이제까지 출간된 야담 관계 연구 성과들의 목록을 입수 가능한 범위 내에서 다 수록하였고, 둘째, 앞의 Ⅰ部에서 필자가 연구의 대상으로 삼았던 자료들 가운데 나름대로 중요하다고 여겨지는 자료를 이후의 연구자들의 편의를 위하여 따로 影印, 또는 활자로 옮겨 붙여 두었다.

본서는 약 10여년에 걸쳐 필자가 관심을 쏟았던 야담문학에 대한 관심의 중간 결산이라 할 수 있겠는데, 이제 연구서로 공간될 때에 임하여 다시 그것들을 하나하나 정리하다 보니 여러 면에서 부족하고 아쉬운 점이 보여 못내 안타까운 감이 없지 않다.

본서에서 애써 외면해 두었던 여러 문제들, 또 논문 자체가 지니고 있는 여러 가지 나름의 논리적 미비점 등에 대하여는 먼 뒷 날의 과제임을 자각하는 것으로 塞責할까 한다.

필자의 야담문학에 대한 관심은 年前에 작고하신 羅孫 金東旭 은사님의 指敎에 힘입어 전적으로 가능한 것이었다. 당신의 많은 가르침 속에서 필자는 어줍잖게나마 야담문학 연구의 길에 들어서게 되었다. 그 뒤 필자는 1987년과 1992년에 『韓國野談資料集成』 전 23권을, 1992년에 原本『東野彙輯』(上·下)을 각기 학계에 제공한 바 있다. 야담문학의 실상을 온전하게 이해하는 데는 야담 자료 자체보다 좋은 것은 없다는 지극히 상식적인 견해를 필자에게 갖도록 해준 당신이 있었기에 이 모든 것 가능했음을 여기에 또한 밝혀 당신의 크신 학덕을 다시 한 번 기려 두고자 한다.

한편 필자의 단행본에 영인·수록할 수 있도록 귀중한 자료들을 선뜻 제공하여 주시는 등 크게 여러 모로 배려해 주신 부산 경성대 한문학과의 정경주 교수님과 단국대학교 천안캠퍼스 국어국문학과의 홍윤표 교수님께도 이 자리를 빌어 다시 한번 감사의 인사 말씀을 드린다. 한편 꼼꼼하게 교정을 보아준 고려대학교 대학원에 재학중인 제자 김준형군의 노고 또한 이 자리를 빌어 치하한다. 끝으로 어려운 출판 환경에 처하여 있음에도 선뜻 본서의 간행을 쾌히 수락해 주신 보고사의 김홍국 사장님과 편집 부원 여러분들의 노고에 대해 마음 깊숙한 곳으로부터 거듭 감사의 말씀을 드리고자 한다.

1996. 1. 31.
평촌의 主一齋에서
鄭 明 基

目 次

야담의 변이 양상과 의미 연구

Ⅰ. 서론

1970년대에 들어오면서 그 동안의 국문학 연구에서 방치되어 왔던 한시문학, 야담문학과 같은 문학 유산들에 대한 관심이 본격적으로 제기되기 시작했는데, 특히 그 가운데서도 야담문학은 『李朝漢文短篇集』(上,中,下)[1]이 출간된 연후 매우 활발한 논의가 현재까지 계속적으로 진행되어 매우 많은 연구 성과가 축적되어 있음은 주지된 사실이기도 하다.(이에 대한 자세한 연구 성과 목록은 본서의 뒷부분에 함께 수록된 부록으로 미루어 둔다) 그런데 그 연구 성과들은 야담문학에 나타난 조선조 후기 사회의 전환기적 양상과 당 시대적 특성의 규명에만 주된 관심을 기울였던 것[2]으로 생각된다. 물론 이러한 거시적 접근 방법에 따라 야담문학의 문학사적 의의와 위치가 나름의 자리 매김을 받게 된 점은 분명한 사실이라 할 수 있다. 그러나 위와 같은 접근 시각은 야담문학의 내재적 특성을 간과하고 있다는 결정적 한계를 지니고 있는 것

1) 이우성·임형택, 『이조한문단편집』, 서울, 일조각, 상:1973, 중·하:1978.
2) 이러한 지적은 필자의 "야담 연구의 현황과 장래", 『글터』 1집,(원광대학교 국어교육과, 1983) 와 진경환의 "야담의 사대부적 지향과 그 변개 양상", (고려대 석사학위논문, 1983)에서 비판적으로 제시된 바가 있다.

으로 보인다. 따라서 그것은 야담문학에 대한 접근 시각의 고착성을 드러내 보여주는 것이라 할 수 있다.

야담문학이 구전되는 설화문학과 일정한 이상의 관계를 맺고 있다는 점은 이미 주지된 사실이다. 그러나 야담문학이 비록 후대에 내려와 기록화의 과정을 거치며 정착된 것[3]이라고는 하지만, 그것은 설화가 지닌 나름의 문학적 특성에서 완전히 벗어나는 것은 아니다. 따라서 야담문학의 내재적 특성을 밝히기 위해서는 위에 든 이왕의 접근 시각과는 다른 연구 방법이 요청된다고 하겠다.

이에 본 논문에서는 야담문학이 '열려진 장르'[4] 가운데 하나라는 야담문학 자체의 내재적 특성을 중심으로 한 시각을 바탕으로 하여 논의를 진행하고자 한다.

본 논문의 궁극적인 연구 목적은 구전되던 설화가 문자라는 매체를 통하여 야담문학이라는 형식으로 전이·정착될 때 드러나는 몇몇 면모로부터 야담문학의 변이 양상과 그 서사 법칙을 밝히는 데 있다. 그 작업은 첫째, 야담의 변이 요인에 대한 탐색, 둘째, 이러한 요인의 결과 나타날 변이 양상에 대한 탐색, 셋째, 그것이 후대의 소설에서는 어떻게 수용·변이되고 있는가? 한편 그 의미는 어떻게 달리 나타나는가에 대한 탐색을 통하여 어느 정도 본 연구의 목적을 달성할 수 있을 것으로 기대된다. 나아가 이런 연구 목적이 충실히 이루어진다면, 야담문학의 다층적 위상과 그 생성 과정, 그리고 변이 양상에 대한 규명 또한 어느 정도 해결될 것으로 기대된다.

본 논문은 이왕의 연구 성과와는 달리 야담문학의 내재적 특성을 중심으로 시도되는 것인 만큼 이러한 연구 목적을 수행하는 데 필요한 연구 방법을 나름대로 택해야 한다. 그런데 야담문학의 근원적 형태는 이

---

3) 임형택, "한문단편 형성과정에서의 강담사", 『한국소설문학의 탐구』, (서울, 일조각, 1978)과 "한문단편과 강담사", 「창작과 비평」 49호, (창작과 비평사, 1978년 가을.)를 참조하라.

4) 이에 대한 보다 자세한 논의는 제 Ⅱ장에서 다루기로 한다.

야기에 있다. 따라서 이야기의 특성이 야담문학 내에서 찾아진다는 것은 당연한 일이다. 이에 필자는 미시적 접근 방법을 택하여 야담문학 자체의 내재적 특성을 검토·분석하고자 한다. 이러한 접근 방법은 필자가 살펴보고자 하는 해당 야담 자료들의 원형적 면모와 그것이 뒤에 다양한 양식으로 전이·수용될 때 드러날 개체적 변이의 면모와 의미의 파악에 있어 일정한 기여를 하게 될 것으로 기대된다.

한편 이러한 시각에서의 접근 방법은 다음 몇 사실을 고려할 때 나름의 타당성을 충분히 인정받을 수 있다. 첫째, 곧 야담문학의 변이 양상과 서사 법칙을 정립하기 위해서는 우선적으로 야담 자료의 구체적 실상을 파악·검토하는 작업이 요청된다는 점, 둘째, 이왕의 고착된 시각에서의 연구 성과에서 벗어나 특정 야담 자료의 생성 과정·원리 또는 그 서사적 짜임새의 형성·변이를 밝히려는 일련의 작업이 최근 들어 활발히 나타나고 있다는 점[5) 등이 그것이다.

본 논문은 이러한 연구 방법 아래 논의가 진행될 것인 바, 이에 논의의 차례를 보이면 다음과 같다.

제 Ⅱ장에서는, 야담의 변이 요인과 의도는 무엇인지를 몇몇 관계 자료를 통하여 귀납적으로 밝혀 보고자 한다. 여기서 얻어진 논의는 제 Ⅲ장에서 다룰 특정 야담 자료의 실제적인 변이 양상과 의미를 검토하는 데에 한 이론적 근거를 제공할 것으로 기대된다. 그 논의는 다음 두 경우로 나뉘어 전개되는 바, 첫째, 삽화의 분리와 결합에 의한 작용, 둘째, 편자의 개인적 의도에 의한 작용 등이 그것이다.

제 Ⅲ장에서는, 제 Ⅱ장에서 이루어진 논의를 토대로 하여 특정 야담 자료가 사실담으로서의 원형적 면모를 어떻게 수용·변이하여 이루어진 것인지, 그 결과로 해서 나타난 일화·후대적 변이물인 소설에 나타난 변이 양상과 의미는 어떠한 것인지를 '洪純彦이야기', '丁香이야기', '趙忠毅이야기'를 대상으로 구체적으로 살펴보고, 이어 이들 세 편의 소설

5) '洪純彦이야기'에 대한 최근의 연구 성과를 지칭하는 것인 바, 이에 대한 구체적인 소개·검토는 제 Ⅲ장으로 미룰까 한다.

을 통해 드러난 변이 양상으로부터 야담의 변이 원리는 어떠한 것인지를 밝혀 보고자 한다. 그 논의는 사건·인물·구조 등의 측면을 검토할 때 그 단서를 드러낼 것으로 기대된다.

제 Ⅳ장은, 본 논문의 마무리에 해당되는 부분으로 여기서는 제 Ⅲ장 이전까지의 논의에서 얻어진 주된 성과를 간추려 제시하고, 남은 몇 문제를 제시해 둘까 한다.

본 논문에서 논의의 주된 대상이 되는 자료를 각 장별로 나누어 제시하면 다음과 같다. 제 Ⅱ장의 경우, '德原倅이야기', '李土亭이야기', '沈喜壽이야기', 『漂海錄』과 그 類話 등을, 제 Ⅲ 장의 경우, '洪純彦이야기', '丁香이야기', '趙忠毅이야기' 등을 들 수 있다.

한편, 위에 든 자료들에 대한 구체적인 연구 대상과 선행 연구의 연구 성과 검토는 논의를 보다 효율적으로 하기 위하여 각 해당 장에서 일괄적으로 다루었음을 밝혀 둔다.

Ⅱ. 야담의 변이 요인과 변이 의도

1. 삽화와 편자에 따른 변이 요인

야담의 변이 양상과 그 의미에 대한 보다 정확하고 철저한 접근은 우선적으로 야담이 변이될 수밖에 없는 내적 요인은 야담 자체가 지닌 어떠한 속성에서 기인하는 것인가를 구체적으로 살펴볼 때 비로소 가능해진다. 곧 그것은 야담의 내재적 특성을 밝히는 작업으로서의 예비적 성질을 갖는다.

여기서 야담이 변이될 수밖에 없다는 것은 바로 야담이 '열려진 장르'로서의 개방성을 띠고 있음을 말해 주는 좋은 예이다. 따라서 야담의 개방성에 대한 논의가 야담 자체의 실제적인 면모에 바탕을 두고 귀납적으로 검증될 수 있을 때, 필자가 앞으로 제 Ⅲ장에서 구체적인 세 편의 이야기를 대상으로 하여 살펴보려 하는 그러한 작업이 비로소 이해의 기반을 獲할 수 있을 것으로 생각된다.

야담이 '열려진 장르'라는 점은, 먼저 야담집에 실려 전하는 多種多様하기까지 한 그 내적 갈래로부터도 역으로 확인된다. 그것은 곧 야담집에 실려 전하는 이야기들을 그 이야기의 성격과 기능에 따라 분류할 때, 그 이야기들이 逸話(사대부·평민)·笑話·傳說·民譚·野史·傳·小說 따위로 나타나고 있다는 점[6]을 지칭하는 것이다. 야담을 이루어 주는 이야기들이 그 문학적 성격과 기능에 따라 이처럼 다양한 양태를 띠고 있다는 사실은 야담이란 장르 자체가 어느 한 부류만을 대표하는 고정 불변의 장르 개념에 속하는 것이 아니라, 항상 변화할 수 있는 가변성을 띤 장르 개념임을 은연중 드러내 보여주는 좋은 예라 하겠다. 이런 점에서 야담에 대한 장르 규정은 매우 어려운 문제임을 알 수 있다. 그것은 다음 자료를 통해서도 확연히 드러난다. 舊 小倉進平 所藏의 『靑邱野談』[7]에는, 야담에 든다고 여겨지는 일련의 자료들과 아울러 『丁香傳』, 『雲英傳』, 『相思洞記』와 같은 세 편의 소설과 한 편의 수필 『松竹爭高說』이 수재되어 있다. 이런 사실로부터도 당대의 야담집의 편자들 또는 야담을 향유하고 있던 독자층들이 지닌 야담이란 장르에 대한 인식의 시각이 오늘날과 같이 고착된 것은 아니었음이 드러난다. 이런 점에서 본다면 야담은 하위의 서사류를 다 포괄할 수 있는 장르類임을 알

6) 박희병은 "靑邱野談 연구", (서울대 석사학위논문, 1981)에서 야담의 장르 구성이 민담, 전설, 소화, 일화, 단편소설로 이루어져 있다(동 논문, P.55-63 참조)고 한 데 비하여, 이강옥은 "조선후기야담집연구", (서울대 석사학위논문, 1982)에서 그것이 전설, 민담, 소담, 사대부일화 및 야사, 평민일화 및 평민단편소설, 야담계일화 및 야담계소설로 이루어졌다(동 논문, P.13-47 참조)고 달리 주장한 바 있다. 그러나 필자의 검토 결과 이에 덧붙여 傳 또한 그 장르적 구성체에 포함될 수 있음을 밝힐 수 있었다. 野談 내에 傳이 포괄될 수 있다는 점에 대해서는 본서의 제 Ⅱ部에 실린 "傳과 野談의 엇물림 (1)"에서 약간의 이해를 얻을 수 있을 것이다. 참조하라.

7) 이 자료에 대한 개괄적인 검토는 정명기, "『靑邱野談』의 편자와 그 이원적 면모", 『연민이가원선생 칠질송수기념논총』, (서울, 정음사, 1987)에서 이미 어느 정도 이루어진 바 있다. 이 논문 또한 Ⅱ부에 실려 있으니 자세한 것은 이를 참조하라.

수 있다.

한편, 이러한 양식상의 개방성 못지 않게 내용 면에서의 개방성은 더욱더 세심한 관찰을 요한다. 이는 동일한 이야기로 생각되는 많은 각편(Version)들이 다기한 양상을 지닌 채 야담집에 수다하게 출현하고 있는 현상을 일컫는 것으로써, 필자는 이에 논의의 초점을 국한시켜 그러한 현상이 일어날 수밖에 없었던 현상을 통하여 그 요인이 어디에 있는지를 귀납적으로 밝혀보고자 한다. 그러나 여기서는 야담집에 실려 전하는 모든 야담 자료들을 다 대상으로 삼지는 않았다. 그 이유는 설령 그러한 작업이 실제적으로 가능하다고 하더라도, 그것은 번다한 논의를 거친 사실의 재확인에 머무를 가능성이 크기 때문이다. 따라서 여기서는 그러한 관계 양상을 구체적으로 잘 보여준다고 생각되는 몇몇 자료만을 택하여 논의를 전개해 나갈까 한다.

필자가 임의로 택한 자료들, 곧 '德原令이야기', '李土亭이야기', '沈喜壽이야기'를 구체적으로 검토한 결과, 야담의 변이는 다음 요인들의 작용에 의하여 나타날 수 있는 결과로 드러났다. 첫째, 삽화의 분리와 결합의 작용과 둘째, 편자의 개인적 의도의 작용이 그것인 바, 이에 逐條的으로 그 내용을 아래에서 구체적으로 살펴볼까 한다.

가. 삽화의 분리와 결합의 작용

삽화의 분리와 결합에 의한 변이성을 논하기에 앞서서 필자는 여기서 먼저 야담 자료들 가운데는 복합 삽화(한 인물에 관한)로 이루어져 있는 이야기들이 상상외로 많다는 점을 우선 지적하여 두고자 한다. 이런 점을 우선 정확하게 인식할 때, 삽화의 분리와 결합의 작용에 대한 논의는 한 단서를 얻을 수 있을 것으로 보인다. 그 복합 삽화들은 동일한 내용의 반복·중첩적 성격을 띠거나 또는 한 인물의 면모를 전하는 데 있어 부수적인 여러 효과조차 거둘 수 있는 일화들을 애써 우리가 문제삼으려 하는 한 인물에게 무리하게라도 결부시키려 했던 의도를 지닌 편자들의 태도에서 나온 결과적 소산일 가능성이 높은 것으로 사료된다.

여기서 그 복합 삽화들이 완전한 의미에서 구연될 경우에라도 그 자체로써의 완결성을 그대로 유지하기는 매우 어려웠을 것이라고 생각된다. 곧 그 복합 삽화들이 완결성을 그대로 갖지 못함으로 해서 그것들이 자립성을 갖는 최소한의 의미 체계를 지니고 있는 단일 삽화들로 다시 해체될 수 있다는 것은, 설화의 일반적인 전승·정착 과정을 통해 미루어 볼 때, 지극히 당연한 사실이라고 하겠다. 이런 점에서 복합 삽화로 이루어진 X라는 이야기가 있다고 할 때, 그 X라는 이야기는 X를 이루어 주는 X1, X2, X3, X4, …… ,Xn 중의 어느 하나, 또는 둘, 또는 그 이상의 작은 의미 체계로서의 단일 삽화의 형태로 아니면 복합 삽화(보다 하위 개념으로서의)의 형태로 다시 분화될 수 있을 것으로 생각된다. 물론 이러한 분화는 그 자체 또는 둘(그 이상의 단위)로 이야기 자체의 분화가 이루어진다고 해도, 우선적으로 그 각각이 나름의 자립성을 지닌 채 전파·정착·변이될 수 있다는, 야담 자체가 지닌 속성에서 기인하는 것임에는 틀림없다고 하겠다.

이제 위에서 이제까지 논의해 온 바를 토대로, 해당 자료를 통하여 삽화의 분리와 결합에 의한 변이성의 문제를 구체적으로 살펴보도록 하자. '德原令이야기'를 통하여 드러나는 이러한 면모를 다루기 위해서는 우선적으로 '德原令이야기'를 싣고 있는 야담집들을 한 군데에 모을 필요성이 제기된다. 그런 작업을 통하여 『靑邱野談』[8], 『梅翁閑錄』[9], 『叢話』[10], 『東國瑣談』[11], 『海東奇話』[12], 『記聞叢話』[13], 『大東奇聞』[14]등의 야담집이 선정되었다. 이들 야담집들에 실려 전하는 '德原令이야기'의 면모를 자세히 살펴보면 그 면모들이 한결같지 않다는 특색을 우선

---

8) 필자 편, 『한국야담자료집성』 권 2, 3. (서울, 계명문화사, 1987).
9) 바로 앞에서 든 책, 권 7.
10) 바로 앞에서 든 책, 권 6 별권.
11) 바로 앞에서 든 책, 권 7.
12) 김기동편, 『한국문헌설화전집』, (서울, 태학사, 1981.), 권 5.
13) 필자 편, 위에서 이미 든 주 (8)의 책, 권 6 별권.
14) 姜斅錫편, (서울, 한양서원, 1928.), 하권. 권 3.

지적할 수 있겠는데, 그 면모는 대략 다음과 같이 나누어질 수 있을 것으로 보여진다. 먼저 『大東奇聞』 소재 이야기의 경우, 德原令과 上番軍의 바둑 내기에 따른 일회적인 속임의 삽화만으로 이 이야기가 단독적으로 구성되어 있는데 비하여, 『叢話』, 『海東奇話』, 『東國瑣談』, 『記聞叢話』 소재 이야기의 경우, 그것과는 달리 德原令과 上番軍, 德原令과 僧의 바둑 내기·두기에 얽힌 속임과 속음에 의한 모멸의 삽화가 德原令이라는 인물에 중첩되어 나타나고 있다는 차이를 보여주고 있다. 한편 『靑邱野談』, 『梅翁閑錄』 소재 이야기의 경우는 위의 두 삽화(『叢話』등에서 나타난 것과 같은)에 다시 德原令과 庾贊弘의 바둑 내기에 따른 救子·眼盲 삽화가 다시 결합되고 있는 양상을 통하여, 우리는 '德原令이야기'가 하나의 삽화만으로도 이루어질 수 있고, 아니면 둘 또는 그 이상의 삽화들의 결합에 의해 각기 다른 하나의 이야기로 다시 만들어질 수도 있다는 사실을 어렵지 않게 찾아볼 수 있었다. 이제 위에서 드러난 바를 간략하게 도표화하면 다음과 같다.

'德原令이야기'
- (가) 삽화 1 (『大東奇聞』)
- (나) (가) + 삽화 2(『叢話』, 『海東奇話』, 『記聞叢話』, 『東國瑣談』)
- (다) (나) + 삽화 3(『靑邱野談』,『梅翁閑錄』)

위에 보인 표를 통해서, 필자는 한 인물에 대한 이야기가 그 이야기를 이루어 주고 있는 삽화들의 속성상 그것이 독립적으로 분리 또는 역으로 다시 결합되는 가운데 새로운 이야기를 만들어 낼 수 있다는 개연성을 확인할 수 있었다. 바로 이러한 삽화의 분리와 결합이라는 작용으로 해서 야담은 그 자체 내에서 부연·개변될 수밖에 없게 된 것으로도 여겨진다. 여기서 다시 삽화의 분리와 결합에 의하여 이야기들이 분화되고 결합되는, 곧 변이가 발생하는 양상을 잘 보여주는 대표적인 자료로 우리는 李源命이 엮은 『東野彙輯』을 들 수가 있겠는데, 이런 현상이 여타 자료들에 비하여 『東野彙輯』 내에서 더 잘 나타날 수밖에 없었으리라는 점은, 李源命 자신의 언술[15]을 통해서도 이미 그러하리라는 것이 쉬 확인된다고 하겠다. 『東野彙輯』을 검토할 때 李源命 그는 어떤 한 인물에 대한 잡다하기까지 한 많은 관계 삽화들을 한데 모아 놓는 것으로 그 자신의 임무를 다한 양 생각했던 사람으로까지 보인다. 바로 그 자신의 이러한 인식은 야담문학이 더 이상 유동성을 지닌 채 생산적으로 분화될 수 있는 계기를 상실한 것[16]을 극단적으로 보여주는 한 결정적 증거라 할 수 있겠다.

여기서 야담 변이의 요인 가운데서 삽화의 분리와 결합에 의한 변이성을 다음 자료를 들어 다시 한번 그것을 분명히 밝혀둘 필요가 있겠다. 『靑邱野談』에 실려 전하는 '進祭需嶺吏欺李班'의 첫 부분은 다음과 같은 삽화로 이루어져 있으니, 곧

> "李忠州 聖佐는 光佐의 집안 형이다. 성품이 卓犖하여 (시속에) 얽매이지 아니하였다. 항상 광좌를 逆臣으로 배척하여 끊고 왕래하지 않았다. <u>평생 동안 南九萬의 사람됨을 미워하였다. 일찍이 집에 있을 때에 마침 개장사가 있어 개를 팔라고 외치며 문 밖을 지나가거늘 이 성좌가 이내 그를 잡아들여 엉덩이를 까고 때리고자 하거늘 개장사가 큰 소리로 욕해 가로되 南九萬은 개다 돼지다 하며 연달아 지저분히 욕하거늘 이성좌가 이내 무릎을 치며 가로되 즐겁도다, 즐겁도다 하고는 이내 그를 놓아 보냈다. 그의 일이 풍속을 놀래키는 것이 많기가 이와 같았다</u>."[17](밑줄 : 필자 표시)

---

15) "遂就兩書(필자 주 : 『於于野譚』·『記聞叢話』)撮其篇鉅話長 堪證故實者 旁及他書之可資該洽者 并修潤載錄 又采閭巷古談之流傳者 綴文以間之 …… (下略)", 김기동 편, 위에서 이미 든 주 (12)의 책, 권 3, P. 1.

16) 이에 대해 이강옥은 위에서 이미 든 논문을 통해 "더 이상 일화로서는 독자 및 청자의 흥미를 끌 수 없다는 효용적 측면과 편찬자의 고도로 발달된 구조인식이라는 측면에 의해 재해석될 수 있다"(P.159-160)고 하여 이런 현상이 복합적인 요인에 의해 나타나게 된 것으로 이해하고 있다.

17) 이우성, 『靑邱野談』 下, (서울, 아세아문화사, 1985.), P.155.
원문은 "李忠州聖佐 光佐之從兄也 性卓犖不羈 常斥光佐以逆 絶不往來 平生憎南九萬之爲人 嘗在家 有屠狗漢 唱賣狗 而過門外 李乃捉入露臀欲打 屠漢大聲而辱曰南九萬狗也彘也云 而連聲詬辱 李乃擊節 曰快矣快矣 仍放送 事多駭俗如此"와 같다.

이 그것이다. 그런데 이것의 번역본으로 알려진 한글본 『靑邱野談』[18]의 경우에는 밑줄친 부분의 삽화가 전혀 나타나고 있지 않은 바, 이 점은 한문본 『靑邱野談』을 한글본 『靑邱野談』으로 번역해 낸 사람이 지니고 있던 야담문학에 대한 시각을 일정하게 드러내고 있는 부분으로 생각된다. 물론 또한 여기서 한글본 『靑邱野談』으로 그것을 번역해 낸 사람이 의도적으로 위에 든 해당 삽화를 빼지는 않았을 것이라는 주장도 가능하며, 또 그에 대한 반론도 마찬가지로 가능할 것으로 보인다.(이것은 한글본 『靑邱野談』이 저본으로서의 한문본 『靑邱野談』 이본의 일정한 영향권 내에 있다는 점을 강조하는 것이기도 하고, 한편으로는 그렇지 않을 수도 있다는 점을 염두에 두고 하는 말이기도 하다.)

그러나 여기서 필자가 앞에서 이미 간단하게나마 다룬 삽화의 분리와 결합이란 작용으로 해서 하나의 '德原倅이야기'가 여러 가지 양태 아래 분화·합성되고 있다는 사실을 유념한다면, 한문본 『靑邱野談』 소재 '進祭需嶺吏欺李班'의 해당 삽화가 한글본 『靑邱野談』에 출현하고 있지 않다는 사실이야말로 바로 삽화의 분리와 결합이란 작용으로 해서 어떤 하나의 이야기가 기존의 전승되던 이야기와는 색다르게 이렇게도 또 저렇게도 달리 만들어질 수 있다는 현실적 근거를 제공하는 요인으로 작용하고 있음을 구체적으로 보여주는 좋은 보기라 할 수 있다. 그렇다고 해서 기존의 전승되던 이야기를 이렇게도 또 저렇게도 만들 수 있다는 것이 하나의 이야기가 지니고 있는 기존의 문학적 관습으로서의 서사구조를 완전히 무시하는 가운데 하나의 새로운 이야기가 만들어진다는 의미는 결코 아니다. 누구에게서나 다 같은 이야기라고 현실적으로 인정되는 동일한 이야기로서의 공통 기반 곧 동일한 서사구조를 지니고 있는 상태 아래서만 그러한 변이가 나타나게 된다는 제약은 모든 이야기의 경우 다 아울러 지니게 마련이라는 점은 주지된 사실이기도 하다. 바로 이런 점이야말로 야담문학에서 일어나는 변이의 특성이자 한계라 할 수 있다.

---

18) 필자 편, 위에서 이미 든 주 (8)의 책, 권 3, P.276 -279.

그럼 야담의 변이를 가능하게 하는 삽화의 분리와 결합이라는 작용으로 해서 하나의 이야기가 얼마나 한 폭으로까지 분화·확장될 수 있는 것인지를 '李土亭이야기'의 경우를 통하여 구체적으로 살펴보도록 하자. '李土亭이야기'는 『東稗洛誦』[19], 『天倪錄』[20], 『於于野譚』[21], 『溪西野談』[22], 『靑邱野談』, 『東野彙輯』, 『鷄山談藪』[23] 등과 같은 야담집에 두루 실려 전하고 있는 자료 가운데 하나인데, 그 자료의 면모가 야담집들마다 거의 다르게 나타나고 있어 흥미를 끈다 하겠다. 이것은 물론 삽화의 분리와 결합의 작용에 의해 초래된 결과로 여겨지는데, 여기서는 그러한 작용의 결과로 해서 한 특정한 이야기가 어떻게, 얼마만큼 분화·확장될 수 있는가를 구체적으로 살펴보는 데에 그 궁극의 의도가 있으므로 이들 자료 가운데에 몇몇 야담집에 실려 전하는 자료만을 논의·검토 대상으로 삼아도 별반 큰 오류는 범하지 않을 것으로 생각된다.

『於于野譚』에 실린 '李土亭이야기'는 다음과 같은 7개의 삽화, 곧

a. 토정의 神異한 행적과 그 號의 유래
b. 솥을 매고 八道를 주류하는 土亭
c. 구타, 咎劈을 자청하나 뜻을 이루지 못하는 土亭
d. 부모 장지를 택할 때 재앙을 스스로 당하기 위해 묘 자리를 그대로 쓴 土亭
e. 포천 현감時의 土亭의 행적
f. 아산 현감時의 土亭의 행적
g. 流民을 불쌍히 여겨 그들을 饒足케 하려고 여러모로 배려하는 土亭

19) 필자 편, 바로 앞에서 든 책, 권 1.
20) 바로 앞에서 든 책, 권 8.
21) 김동욱 교주, 『단편소설선』 所收, (서울, 민중서관, 1976.)
22) 김기동 편, 위에서 이미 든 주 (12)의 책, 권 1.
23) 필자 편, 위에서 이미 든 주 (8)의 책, 권 9.

으로 이루어져 있는데 반하여, 『溪西野談』, 『靑邱野談』의 경우는 이와는 달리 다만 아래의 두 삽화, 곧

a. 四海를 두루 떠도는 土亭
b. 부인에게 神術을 펴 饑餓를 모면하게 한 土亭

만으로 이루어져 있고, 『東野彙輯』의 경우에는 더욱 큰 확장이 일어나 다음과 같은 11개의 삽화, 곧

a. 神人으로 칭도되는 土亭
b. 박을 매고 사해를 두루 떠도는 土亭
c. 기생의 유혹을 물리치는 土亭
d. 土亭이란 호의 유래
e. 솥을 매고 팔도를 두루 떠도는 土亭
f. 구타, 笞臀을 자청하나 그 뜻을 이루지 못하는 土亭
g. 조부모 장지를 택할 때 재앙을 스스로 당하기 위해 묘 자리를 그대로 쓴 土亭
h. 포천 현감時의 土亭의 행적
i. 부인에게 神術을 펴는 土亭 (나비)
j. 부인에게 神術을 펴는 土亭 (授器)
k. 아산 현감時의 土亭의 행적

등으로 구성되어 있음을 볼 수 있는 바, 『於于野譚』에 실린 '李土亭이야기'를 이루는 삽화 가운데 유독 (G) 삽화만은 『東野彙輯』에 실린 '李土亭이야기'를 이루는 많은 삽화 가운데서는 전혀 보이지 않는다는 점, 또한 『東野彙輯』에는 전에 나온 야담집 소재 '李土亭이야기'에서는 보이지 않았던 삽화 (C)와 (I)가 새로이 결합되어 있다는 점 등을 두루 고려한다면, '李土亭이야기'의 경우 현존 자료들의 경우에서는 쉬 확

인되지 않고 있지만 『東野彙輯』의 경우보다 더한 확장이 일어날 가능성은 상존해 있는 것이라 할 수 있다.

한편 위에서 보인 것과 같은 이러한 확장 못지 않게 이야기의 분화 또한 삽화의 분리라는 작용의 결과로 해서 얼마든지 현실적으로 일어날 수 있을 것이다. 그것은 위에서 이미 검토한 '李土亭이야기'의 해당 삽화들과는 다른 삽화들이 '李土亭이야기'를 이루는 최소한의 사건 단위로서의 서사체(곧 삽화)로 개별적으로 각기 나타나고 있는 다음 문헌을 통해서 쉬 확인된다. 『天倪錄』 소재 '土亭漁村免海溢'[24]은 海溢을 예언한 한 거사의 도움으로 土亭이 그 화를 면했다는 하나의 삽화만으로 이루어져 있는 이야기이고, 『東稗』[25]에는 '李土亭이야기'가 6편이나 실려 있는 바, 그 하나 하나가 모두 다음과 같은 하나의 삽화만으로 이루어져 있으니, 곧

a. 土亭이 弔詭之事를 행하다가 한 노옹에게 꾸짖음을 당했다는 이야기
b. 아산 현감 시절 소금을 신술로 얻었다는 이야기
c. 土亭이 주인 든 집 부녀자의 유혹을 물리쳤다는 이야기
d. 土亭이 '陶笠索帶'하여 癘疾을 물리쳤다는 이야기
e. 土亭이 채찍을 휘두르며 樂音을 이르고 돌아오다가 한 이인을 만났다는 이야기
f. 土亭이 蔣道令을 만나 거짓 죽은 그를 살려내었다는 이야기

등이 그것이다. 『天倪錄』, 『東稗』에서 드러나는 것과 같이 '李土亭이야기'가 단 한 개의 삽화만으로도 이루어질 수 있다는 점은 바로 삽화의 분리라는 속성이 야담 변이의 한 요인이 되고도 남음을 구체적으로 보여주는 것이라 할 수 있다. 한편 『天倪錄』, 『東稗』에 보이는 삽화들

24) 필자 편, 바로 앞에서 든 책, 권 8, P.471-472.
25) 바로 앞에서 든 책, 권 1.

의 거의 대부분이 앞서 보인 『於于野譚』, 『溪西野談』, 『靑邱野談』, 『東野彙輯』 등에서는 전혀 나타나지 않던 삽화라는 점을 생각한다면, 앞서 든 『東野彙輯』을 통해 드러난 확장의 면모보다 더한 확장의 면모를 띤 자료 또한 현실적으로 가능하다는 것을 우리는 얼마든지 상정할 수 있다. 이런 점에서 바로 삽화의 분리와 결합이라는 작용이 야담의 변이를 불러일으키는 한 요인이라는 것이 거듭 확인된다고 하겠다.

나. 편자의 개인적 의도의 작용

이제부터는 야담 변이의 요인 가운데 다른 하나인 야담집 편자 또는 야담의 화자가 지닌 개인적 의도의 작용에 대한 문제를 살펴볼까 한다.

그런데 여기서 앨버트·B·로드의 다음과 같은 언설은 필자의 앞으로의 논의에 한 단서를 제공하기에 충분한 것으로 생각된다. 곧 "이야기꾼은 일면으로는 전통에 놓이면서도 개인적 창작자"1) 라는 그의 언명을 통하여, 우리는 하나의 이야기가 문학적 관습으로서의 전통 아래 나름대로 계속하여 자체의 생명력을 이어나가는 일방으로, 그 내재적인 틀에 의해서거나 아니면 여러 외적인 환경들의 입김 — 바로 여기서 개인적 창작자가 지닌, 전래하던 이야기에 대한 재해석의 장이 표출될 수 있다 — 에 의해서 문학적 관습이라는 전통으로부터 크게 벗어나지 않는 양상을 띠고 변이될 수 있는 가능성을 비로소 보게 된다. 곧 야담의 변이는 전래하던 이야기에 대한 개인적 창작자가 지닌 나름의 불만족이나 재해석과 같은 욕구의 현상으로부터 기인되는 것이라 할 수 있는 바, 이제 전래하던 이야기에 대해 개인적 창작자가 지니고 있던 나름의 불만족이나 재해석과 같은 욕구가 어떻게 전래하던 이야기의 기본 서사구조 또는 서술양상을 실제적으로 굴절시키는가를, 곧 야담의 변이를 발생시키는 것인지를 몇몇 해당 자료를 통하여 구체적으로 살펴보고자

---

26) Albert·B·Lord, 『The Singer of tales』, (Harvard Univ. Press,1968) P.4.

한다.

여기서 개인적 창작자에 의해 드러난 개인적 의도는 다시 그것을 적극적으로 드러나는 경우와 소극적으로 드러나는 두 경우로 나누어 살필 수 있겠는데, 전자의 전형적인 보기로는 전래하던 이야기에 대해 야담집의 편자들이 각기 적극적으로 개입한 결과로 해서 나타나는 개변의 양상을, 후자의 전형적인 보기로는 전래하던 이야기에 대해 그들이 소극적으로 반응을 보인(곧 단순한 전재만을 의도했던 것을 말한다.) 결과로 해서 전재 과정에서 삽화·모티브·사건 등을 망각·탈락시키는 데서 일어나는 양상을 들 수 있다.

그런데 본 논문에서는 논의의 번다함을 피하기 위하여 적극적 의도의 소산으로서의 개변의 양상만을 택하여 그것을 구체적으로 다루어 볼까 한다. 적극적 의도의 소산으로서의 개변은 야담집에 실려 전하는 많은 자료들로부터 어렵지 않게 찾아볼 수 있는 바, 여기서는 그러한 개변의 양상이 구체적으로 드러나고 있는 자료 가운데 임의로 한 편만을 택하여 논의를 효과적으로 전개하려 한다. 해당 자료를 구체적으로 살펴볼 때, '廉喜道이야기[27]', '李起築이야기[28]', '楊士彦이야기[29]', '沈喜壽이야기', '朴彦立이야기[30]' 등의 자료는 다른 자료들에 비하여 개변된 면모가 더욱 두드러지게 나타나고 있음을 알 수 있었다. 필자는 이들 자료들 가운데서 임의로 '沈喜壽이야기'만을 택하여 그 개변의 양상과 특징

27) 『瑣編』, 『溪西雜錄』, 『記聞叢話』, 『瑣語』, 『青邱野談』, 『鶴山閑言』, 『破睡篇』, 『東國瑣談』, 『海東奇話』, 『東野彙輯』 등 많은 야담집에 실려 전하고 있다.

28) 『東國瑣談』, 『溪西野談』, 『溪西雜錄』, 『鷄鴨漫錄』, 『東野彙輯』, 『錦溪筆談』, 『青邱野談』, 『海東野書』, 『大東奇聞』, 『五百年奇譚』 등 많은 야담집에 실려 전하고 있다.

29) 『叢話』, 『溪西雜錄』, 『溪西野談』, 『荷潭漫錄』, 『東野彙輯』, 『錦溪筆談』, 『青邱野談』, 『東稗洛誦』, 『記聞叢話』, 『選言篇』, 『瑣語』, 『海東野書』, 『青邱野談』(소창본) 등 많은 야담집에 실려 전하고 있는데, 이 이야기의 두 계열에 따른 변별적 특징과 의미는 김대숙, "양사언 설화 연구", 「이화어문논집」 7집, (이화여대 한국어문학연구소, 1984)와 권태을, "양사언 附帶 야담연구", 「상주농전논문집」 21집, (상주농전, 1982)에 의해 어느 정도 밝혀진 바 있다.

30) 『鶴山閑言』, 『青邱野談』, 『東野彙輯』 등의 야담집에 실려 전하고 있다.

을 살펴 그것들이 어떠한 요인에 의해 출현하게 되었는지를 다루어 볼까 한다. 그런데 '沈喜壽이야기'는 그 지닌 바 서사구조의 형태와 서술문면의 차이로부터 다음과 같은 4 계열, 곧 『靑邱野談』, 『東稗洛誦』(가), 『溪西野談』, 『瑣語』, 『記聞叢話』, 『選言編』, 『荷潭漫錄』, 『叢話』, 『大東奇聞』, 『瑣編』(가) 등의 자료를 A 계열로, 『海東奇話』, 『東野輯史』, 『瑣編』(나)의 자료를 B 계열로, 『東稗洛誦』(나), 『天倪錄』의 자료를 C 계열로, 『東野彙輯』의 자료를 D 계열로 나누어 볼 수 있는 바, 이와 같이 4 계열로 나누어 살피는 작업은 야담집에 채록되어 전승되고 있는 '沈喜壽이야기'에 나타나고 있는 여러 변이의 양상과 그로 인하여 나타나게 된 그 다층적 위상을 제대로 규명하는 데 일정한 효과가 있을 것으로 생각된다.

여기서 서사구조의 형태와 서술문면의 차이를 고려하여 앞서 4 계열로 나누었던 '沈喜壽이야기'는 각 계열이 지니고 있는 여러 특성들을 고려할 때, 다시 크게 (A)·(B) 계열을 한 묶음으로, (C)·(D) 계열을 다른 한 묶음으로 나누어 볼 수 있을 듯하다. 따라서 여기서는 보다 효과적인 논의를 위해 (A)·(B) 계열의 서사단락을 먼저 비교하여 각 계열의 상동점과 상이점을 비교·제시하고, 이어 (C)·(D) 계열의 서사단락을 통하여 그 두 계열의 변별적 차이와 의미를 나름대로 살펴보고자 한다.

(A) 계열에 드는 자료들은 현재까지 전승되고 있는 '沈喜壽이야기' 가운데서 가장 많이, 그리고 널리 독자들의 호응을 받았던 자료로 생각된다. 그것은 (A) 계열에 속하는 자료들이 여타 계열에 속하는 자료들에 비하여 상대적으로 훨씬 더 많다는 저간의 사정을 통해서 쉬 확인된다. 이 계열에 속하는 자료들은 무시해도 좋을 약간의 자구 상의 차이를 제외하고서는 거의 같은 면모를 지니고 있는 바, 여기서 『選言篇』만을 임의로 택하여 그 서사단락을 살펴보아도 별다른 문제는 없을 것으로 사료된다.

1. 沈喜壽의 사람됨
2. 一朶紅을 만나게 된 상황
3. 일타홍이 희수의 모친에게 희수를 택한 연유를 아룀
4. 일타홍의 勸學과 희수를 사리로써 책하여 장가들게 함
5. 희수의 厭學
6. 일타홍이 희수의 모친에게 사연을 이르고 떠나감
7. 일타홍이 老宰에게 가 의탁하여 부녀지정을 맺음
8. 수년 후 희수가 刻意工科하여 등과함
9. 희수가 父執인 老宰에게 인사차 갔다가 나온 盃盤·饌品을 보고 슬퍼하매, 老宰가 그 연유를 물어 사실을 알게 됨
10. 희수가 일타홍과 함께 귀가함
11. 일타홍은 희수에게 자신을 위하여 錦山倅로 갈 것을 청함
12. 일타홍은 그리던 부모 형제와 상봉한 뒤 당부의 말을 그들에게 함
13. 일타홍은 어느날 희수에게 영결을 고하고, 그 소원을 아룀
14. 희수가 그 柩와 함께 錦江에 이르러 悼亡詩를 지어 일타홍의 혼백을 위로함

한편 (B) 계열[31]의 서사단락은, 『海東奇話』에 따를 때 다음과 같이 정리될 수 있다.

---

31) (B) 계열에 드는 자료들은 앞서 들었듯이 『海東奇話』, 『東野輯史』, 『瑣編』 등이 해당되는 바, 이들 자료들의 변별적 특징을 살펴보면 다음과 같다. 먼저 『瑣編』 소재 기사의 경우, 다른 두 자료집의 경우와는 달리 심희수에 얽힌 이야기로 기술되어 있으나, 『海東奇話』 소재 기사의 삽화 가운데의 세 삽화와 완전히 부합되고 있는 면모를 띠고 있다. 이런 점에서 보면, 이 자료는 『海東奇話』 소재 기사의 축약된 형태로 여겨진다. 한편 『東野輯史』 소재 기사의 경우, 『海東奇話』 소재 기사와 자구 상에 걸친 약간의 차이와 함께 중반 이후에서의 서술 문면에서 몇몇 차이를 지니고 있으나, 그 구성 형태를 같이 하고 있다는 점에서 크게 보아 『海東奇話』 소재 기사의 한 변이형으로 생각해도 무리는 없을 것이다.

1. 수경[32](희수)의 사람됨
2. 희수가 일타홍을 만나게 된 상황
3. 일타홍이 희수와 통정한 뒤 자신의 소원을 아뢰나 받아들여지지 않자 훗날을 기약하며 釵股를 쪼개 信物로 삼고 헤어짐
4. 희수의 등제
5. 老宰가 희수에게 일타홍을 보냄
   1. 일타홍은 老宰에게 의탁하여 양녀가 되어 있었음
6. 일타홍의 뛰어난 면모
7. 희수가 호남에 벼슬하러 내려갔을 때 일타홍이 그곳에서 병사함
8. 희수가 題詩하매 움직이지 않던 柩가 비로소 움직임
9. 희수가 만년에 梧陰을 보고 오늘이 일타홍이 죽은 날이라고 하며 下淚함
10. 희수의 삶이 오래지 않을 것을 梧陰이 예언함
11. 예언의 증험
12. 일타홍에 대한 개괄적 서술

위에 보인 두 계열의 서사단락으로부터, '沈喜壽이야기'의 두 계열 모두가 〈만남 – 헤어짐 – 만남 – 헤어짐〉이라는 뼈대를 아울러 지니고 있음을 확인할 수 있었는데, 그 뼈대의 구체적인 양상은 (A)·(B) 계열의 경우 한결같지 않아 흥미를 끌고 있다. 여기서는 다만 〈만남 – 헤어짐〉에 보이는 차이만을 들어 그것을 살펴보고자 한다.

〈1차 만남〉

---

32) 다른 계열들과는 달리 (B) 계열의 경우, 심희수와 일타홍에 얽힌 이야기로서가 아니라, 심수경과 일타홍에 대한 이야기로 기술되고 있는 바, 희수가 수경으로 그릇 전해지고 있다는 사실은 구전 과정에서 일어났던 착오의 결과적 산물을, 이 계열에 드는 자료집을 엮은 편자(화자)들이 소극적으로 수용한 결과 나타날 수 있었던 현상으로 이해된다.

(A) : 沈童慕其色 接席而坐 少無厭苦之色 時以秋波 察其動靜 仍起如厠以手招 沈童起而從之[33)]

(B) : 一日自泮裂(列의 誤記?) 步歸 有一妓襌衫羅兀 騎白馬來 遇道中下馬執公手 曰道令非沈某乎 曰然 汝非一朶紅乎 曰然[34)]

〈1차 헤어짐〉

(A) : 沈生厭學之心 尤倍於前 一日投書於紅而臥 曰汝雖勤於勸功 其於吾之不欲何 紅度其怠慢之心 有不可以口舌爭也 …… (中略) …… 阿郞厭讀之症 近日尤甚 雖以妾之誠意 亦無奈何矣 從(此 漏落?) 告辭矣 妾之此去卽激勸之策也[35)]

(B) : 纏綿一宿 願從終身 公曰吾未娶 畜汝有妨前程 一朶紅曰伺道令及第 妾當往從之 其前有藏身之所 遂折釵股 贈以爲信[36)]

위에 든 서술문면으로부터 우리는 (A) 계열에서의 만남은 금시초면인 상태에서의 만남인데 반하여, (B) 계열에서의 만남은 두 사람 사이에 오간 문답의 내용으로 미루어 볼 때 구면 지기의 상태에서의 만남이라는 사실을 발견할 수 있다. 이렇듯 같은 상황을 이야기하고 있는 부분에 있어서까지도 (A)·(B) 계열은 그 서술면모를 달리하고 있다. 그러한 면모는 뒤이어 살필 〈헤어짐〉의 상황에서 더욱 구체적으로 확인된다. 곧 (A) 계열의 경우, 일타홍이 희수를 激勸하기 위한 방책으로 희수의 곁을 떠나가는 것으로 나타나는 반면에, (B) 계열의 경우, 일타홍 자신의 '願從終身'하리라는 소망이 희수의 명분론적 태도에 의해 거부된 뒤, '折釵股 贈以爲信'한 상태에서 헤어지는 것으로 달리 나타나고 있다. 특히 이 경우에 보이는 신물 증여 삽화는 필자가 검토하고 있는 '沈喜壽이야기'의 어느 계열에서도 전혀 나타나지 않는 부분인 바, 이에서도 전래하던 '沈喜壽이야기'의 서사구조에 대해 나름의 불만을 지니고

---

33) 위에서 이미 든 주 (12)의 책, 권 5, P.496.
34) 바로 앞에서 든 책, P. 420.
35) 바로 앞에서 든 책, P.498-499.
36) 바로 앞에서 든 책, P. 420-421.

있었던 (B) 계열 편자의 개인적 의도가 일정하게 작용하고 있음이 드러난다고 하겠다.

그러한 편자 나름의 개인적 의도는 특히 (B) 계열의 후반부에서 더욱 두드러지게 나타나고 있다. 곧 서사단락 (6)·(9)·(10)·(11)가 바로 그것이다. 그 가운데서 (9)·(10)·(11)의 서사단락은 희수의 죽음에 관한 일련의 삽화들인 바, 이들 삽화는 梧陰 尹斗壽의 明鑑을 드러내는 데 일정하게 복무하고 있는 것[37]으로 여겨진다는 점에서 이들 삽화가 전혀 나타나지 않고 있는 (A) 계열과는 분명 그 성격을 달리하고 있는 자료로 생각된다. 그점은 다시 (B) 계열의 서사단락 (6)의 존재로부터도 거듭 확인된다. 『海東奇話』에 나타나는 '公率往 明彗 多識見 公遇難事 多咨訪'이 그것인 바, 미천한 신분의 '일타홍이 명혜하고 식견이 많으매 희수가 어려운 일을 만나면 咨訪함이 많았다'는 역설적이기까지 한 서술면모를 통하여, 그것이 신분적 위계질서를 괘념하지 않고 각 개인의 지닌 바 능력을 나름대로 일정하게 인정하려는 시각을 지녔던 화자·편자에 의해 채록·변개된 결과 나타난 면모로 생각된다는 점에서 그렇지 아니한 면모를 지니고 있는 것으로 보이는 (A) 계열과는 어느 면 그 의미 지향이 근본적으로 달랐던 것이 아닌가 여겨진다. 한편 (A) 계열에서 드러나는 서사단락이 (B) 계열의 경우에 나타나지 않는 것이 있는 바(3·4·5 ·6·11·12·13), 이는 필자가 앞에서 이미 밝힌 바 있는 삽화의 분리와 결합이라는 면모에 의거하여 화자 또는 편자들이 전래하던 이야기를 새롭게 꾸민 결과 나타날 수 있었던 현상으로 파악된다.

이제 곧 다루게 될 (C)·(D) 계열은 서사양식의 형태를 (A)·(B) 계

---

37) 『東野輯史』가 『海東奇話』계에 드는 자료인데도, 그 중간 이하 부분에서 『海東奇話』계와는 다른 면모를 지니고 있는, 곧 『海東奇話』계의 변이형인 것으로 필자는 앞에서 주장한 바 있다. 『海東奇話』계의 경우 심수경의 泣下하는 면모를 보고 오음 윤두수가 그의 죽음을 예언하는 것으로 서술되고 있음에 비하여, 『東野輯史』에서는 심수경이 泣說하는 면모를 보고 尹昉이란 인물이 그의 죽음을 예언·증험을 보았다는 것으로 달리 서술되고 있는 바 여기서도 『東野輯史』가 『海東奇話』계의 변이형에 드는 자료임을 어렵지 않게 확인할 수 있겠다.

열과 달리하고 있어 주의를 끌기에 족하다. 그것은 곧 (A)·(B) 계열이 순차적 서사양식 아래 이루어지고 있는데 비하여, (C)·(D) 계열의 경우 비시간적·사건적 서사양식으로 이루어지고 있음을 말하는 것이다. 그러나 (C)·(D) 계열은 이러한 서사양식을 공유하고 있기는 하지만 그 서술 전개방식에 있어서는 (A)·(B) 계열의 그것과 같이 큰 차이를 드러내고 있어 세심한 주의를 기울일 필요가 있다고 하겠다.

먼저 鄙藏本 『東稗洛誦』을 통하여 (C) 계열의 서사단락을 보이면 다음과 같다.

1. 심희수의 사람됨과 官途
2. 희수가 備局의 諸宰들에게 자신의 赴衙는 오늘로써 그칠 것이라고 이르니 모두들 그 말을 의아히 여김
3. 다음날 兵曹 佐郎이 가 問候하니 희수는 자신이 오늘 죽을 것이라고 이른다. 淚痕과 그 말에 의아함을 지닌 兵郎이 그 연유를 희수에게 물음
4. 일타홍에 얽힌 사연을 밝히는 희수
   ① 일타홍을 처음 보게 된 상황 (知名)
   ② 일타홍을 잊지 못해 하는 희수
   ③ 일타홍을 다시 만나는 상황
   ④ 일타홍에게 자신을 어찌 아느냐고 묻는 희수
   ⑤ 그 까닭을 이르며 일타홍이 희수를 만난 것은 天幸이라고 하자, 희수 또한 그렇다고 함
   ⑥ 일타홍과 희수가 일타홍의 이모 집에서 서로 탐혹해 마지 않음
   ⑦ 일타홍은 희수에게 이것은 長久之計가 아니라고 하고, 後會를 기약하며 그 곁을 떠나감
   ⑧ 부모가 여러 날만에 돌아온 희수에게 그 연유를 물으나 희수는 사실을 바로 아뢰지 아니함
   ⑨ 오랜 후에야 自定한 희수는 科擧之業에 힘씀

⑩ 수년 뒤 희수는 부모의 명으로 결혼하게 됨
⑪ 일타홍과 이별한 5년 후에 비로소 등제한 희수
⑫ 3일 遊街가 다 끝나도록 일타홍을 만나지 못해 科擧之興도 없어 하는 희수
⑬ 부친의 명으로 창의동에 사는 부친의 舊友에게 인사하고 돌아오는 길에 재상의 집에서 新來를 부름
⑭ 재상이 희수에게 故人을 보고자 하느냐고 물음
⑮ 재상은 희수의 고인이 자신의 집에 있음을 이르고 불러내니, 곧 일타홍이었다
⑯ 연유를 묻는 희수에게 일타홍은 別時之約을 어긴 것은 아니라고 아룀
⑰ 재상이 일타홍을 데리고 있게 된 내력을 설파함
가. 일타홍이 자신의 신분과 처지를 거짓으로 재상에게 아뢲
나. 이미 일타홍의 말을 통해 희수의 이름을 알고 있었음을 이름
다. 일타홍이 스스로 재상의 시첩이라 하며 完保해 왔음을 이름
라. 일타홍이 희수의 낙방을 알아도 傷懷怨離之色을 드러내지 않았음을 이름
마. 희수의 등제를 알려주매, 일타홍이 무엇이 이상한 일이기에 도리어 축하하느냐고 했다고 이름
바. 일타홍이 희수와의 약속을 어길 수 없다 하며 樓에 올라가 기다리다가 오늘에야 희수를 만나게 된 것이라고 이름
사. 희수에게 돌아가지 말고 유숙하도록 이름
아. 희수가 이에 대감 侍側之姬를 어찌 가까이 하겠느냐고 아뢲
자. 재상이 侍妾이라고 칭했던 연유를 밝히고, 일타홍과 희수로 하여금 會宿토록 조처함
⑱ 희수가 이 연유를 부모에게 아뢰고 일타홍과 함께 살게됨
⑲ 일타홍의 뛰어난 면모와 재질

⑳ 일타홍이 정실에게 자식이 없음을 걱정하여 희수를 권하여 들어가 자게 함
㉑ 錦山 宰 시절, 姬妾을 가까이함은 남자의 必傷之道라고 하며 매번 當夕을 사양하던 일타홍이 侍寢을 자청하자, 희수가 그 연고를 이상히 여겨 일타홍에게 물으니 그녀는 자신의 死期가 닥쳐와 餘憾이 없게 하려는 것이라고 아룀
㉒ 臨絶에 유언하는 일타홍
㉓ 희수가 그 유언에 따라 高陽 先壟에다 장사 지냄
㉔ 희수가 금강에 이르러 題詩함

5. 죽은 뒤에도 家內에 大小吉凶이 있으면 先夢豫告하는 일타홍
6. 꿈에 나타나 희수의 大限이 다 했음을 아뢰는 일타홍
7. 備局에서 諸宰에게 고별한 연유는 바로 이 때문이라고 이르는 희수
8. 明日 歸化를 이르며, 울어서 淚痕이 있던 것이라고 이르는 희수
9. 이 일을 누설치 말도록 병랑에게 이르는 희수
10. 희수가 기세함

위에서 번다한 느낌이 들 정도로 (C) 계열의 서사단락을 제시한 이유는 전래하던 이야기를 개인적 창작자가 어떠한 방향으로 수용하여 개인적 의도를 어떻게 그 가운데서 드러내는가를 보다 자세하게 보이고자 하는 까닭이었다.

그런데 (C) 계열이 비시간적·사건적 서사양식이란 형태상의 특색을 지니고 있는 것에 대해서는 이미 앞에서 밝힌 바 있으므로, 여기서는 일타홍에 얽힌 사연을 밝히고 있는 서사단락 (4)만을 주목하여 다루어 보겠다. 앞서 이미 살펴본 (A)·(B) 계열에서 찾아지지 않는 다음과 같은 몇몇 면모를 통해, (C) 계열의 독자적 위상은 물론 나아가 그 의미 또한 어느 정도 살펴지리라 본다. (C) 계열만이 지니고 있는 개체적

면모는 곧 심희수가 일타홍의 이름과 용모를 알게 된 뒤 '心切慕戀不能忘'하다가 일타홍을 다시 우연히 대로 상에서 만나는 것으로 달리 나타나는 장면(곧 4.1-3)과 4.6·4.7·4.8·4.10·4.14·4.17—가·나·라·마·바·사, 4.18·4.19·4.20·4.22·4.23 등에서 찾아지는 바, (C) 계열 또한 '沈喜壽이야기'의 뼈대 곧 〈만남 — 헤어짐〉의 반복 구조 아래 이루어질 수밖에 없음은 주지의 사실이라 하겠다. 따라서 그 〈만남 — 헤어짐〉의 상황을 전하고 있는 단락만을 통하여 그 개체적 변이의 양상과 의미를 살펴본다고 하더라도 화자·편자의 개인적 의도가 전래하던 이야기에 어떻게 작용하고 있는가를 적출·검토하는 데에는 별 무리가 없을 것으로 생각된다.

後十餘日 自師傅家 挾冊而步歸 於大路上 忽遇一美娥 明粧麗服 騎雕鞍駿馬而來 到余前 卽下馬握余手 曰君非沈喜壽氏乎 余驚視之 乃一朶紅也 余答 曰吾果是也 何以知吾乎 …… (中略) …… 自是之後 願一見之而無其路 思念日深 今適逢君 實是天幸 余笑答曰我心亦如之[38)]

의 부분을 통하여, 우리는 (C) 계열이 (B) 계열과 밀접한 관련 양상을 지니고 있음을 발견하게 된다. 그 두 계열 모두 문답을 통하여 상대방의 존재를 확인하게 된다는 상황이 나타나고 있다는 점과 아울러 희수가 步歸하여 집에 돌아가는 도중 말을 타고 있던 일타홍을 만나게 된다는 상황이 나타나고 있다는 점 등을 그 근거로 들 수 있다. 한편

如是(필자 주 : 兩相耽惑 晝夜掩門不出) 十餘日 紅忽語曰此非長久之計當與君姑相分離以圖後會 …… (中略) …… 以待君之登科 遊街三日之內復與君相會 以此爲金石之約[39)]

에서 보이는 헤어짐의 상황은 그 헤어짐이 완결된 성질을 띤 것이 아니라는 점에서, (A)·(B)·(C) 계열 모두 後會를 기약하는 가운데서 행

38) 필자 편, 위에서 이미 든 주 (8)의 책, 권 1. P. 271.
39) 바로 앞에서 든 책. P. 272.

해지는 헤어짐으로서의 성격은 공통적으로 지니고 있을 수밖에 없는 것으로 보이나, 헤어지는 상황이 나타나는 부분은 계열마다 달리 나타나고 있음을 보게 된다. (A) 계열의 경우 희수가 부인을 얻은 뒤에 그것이 출현하는 데 비하여, (C) 계열의 경우 일타홍이 헤어져야 하는 명분으로 들고 있는 다음 부분, 곧 "다만 그대에게는 위로는 부모님이 계시고 정실을 취하지 않았는데 이제인즉 어찌 그대로 하여금 먼저 한 첩을 거두도록 허하겠습니까?[40)]"에서도 확연히 드러나듯이 부인을 얻기 전에 그것이 출현한 일로 나타나고 있다. 여기서 아울러 (B) 계열에서는 헤어짐의 명분을 천명하는 주체가 희수로 나타나고 있다는 필자의 앞에서의 주장을 유념한다면, 비록 (C) 계열의 경우 일타홍 자신이 헤어짐의 명분을 천명한다는 데서 드러나는 성별의 차이는 있으나, 그 천명되는 내용의 유사성으로 볼 때 (B)·(C) 계열의 친연성은 거듭 확인된다고 하겠다.

4.8·4.10·4.18의 서사단락은 유교적 명분 논리를 그 세계관으로 하고 있던 화자·편자에 의해 마련된 개작의 소산으로 이해된다. 한편 4.13에 나타나는 '부친의 舊友를 창의동으로 찾아뵌다고 하는' 상황은 바로 뒤이어 있을 재상(老宰)과의 만남을 자연스레 끌어내기 위한 수법으로 생각된다. 이점 (A) 계열에서 바로 심의 父執인 재상에게 나아가게 하고, 그곳에서 일타홍을 만나게 되는 상황과 비교해 볼 때 여기서 다시 한 개작의 양상을 확인할 수 있다고 하겠다. 한편 4.17-가·나·라·마·바에서 재상의 입을 통해 드러나는 일타홍의 면모 또한 4.19·20의 서사단락과 아울러 생각해 볼 때, 일타홍이란 인물의 사람됨과 뛰어난 능력을 통해 下賤人을 하나의 어엿한 인간으로 대접하려는 의식의 소산으로 나타난 개작의 양상으로 보인다. 이런 점에서 본다면 4.23의 서사단락은 앞서 설명한 바 있는 일타홍이란 인물의 뛰어난 면모와 능력에 대한 사회적 보상으로서의 성격을 띠고 나타난 부분으로 여겨진다. 그

---

40) 바로 앞에서 든 책. P. 272.
원문은 "但君上有父母 而未娶正室 卽今豈許君子先畜一妾乎"와 같다.

점은 희수로 하여금 “손으로 몸소 빈렴하는데 법에 죽은 처를 위해 歸葬하는 法例가 없기에 다른 일로 의탁하여 감사에게 말미를 얻어 몸소 喪車를 거느리고 高陽 땅 선영의 안에다 귀장하니 대개 그녀의 臨絶 때의 말을 따른 것이었다.41)”는 서술면모를 통해 익히 드러난다고 하겠다.

여기서 이제까지 살펴 본 (A)·(B)·(C) 계열에 속하는 자료들의 시대적 선후를 알 수 없다는 사실은 우리의 논의를 보다 확실히 진행시킬 수 없는 근본적 요인으로 작용하고 있다. 그렇다고 해서, 우리의 논의가 난점에 봉착되는 것은 아니다. 왜냐하면 우리는 다만 개변의 양상을 담고 있는 자료들이 수다한 야담집에 실려 전하고 있는 근본적인 이유가 무엇인가 하는 문제를 살펴 드러내면 족하기 때문이다. 물론 여기서 (A)·(B)·(C) 계열의 시대적 선후가 분명히 밝혀져 있다면, 그에 따라 보다 심도 깊은 견해 또한 가능할 것이라는 점은 충분히 예상 가능한 문제이다.

어찌되었든 하나의 이야기가 위에 보인 것과 같은 몇 계열로 나뉘어 전승되고 있다고 하는 사실은 우리의 논의를 이끌어 가는 데 있어 한 중요한 단서가 된다. 어느 한 계열이 지니고 있는 서사구조에 대해 나름의 불만을 지니고 있었던 화자·편자들이 새롭게 다른 계열의 자료를 만들어 냈다는 사실 자체가 중요한 것이다. 이에 대해 이런 다양한 계열 자체는 이미 구전의 단계에서 마련되었던 것이 아닌가 하는 반론이 제기될 수 있다. 물론 이러한 주장은 일면 타당한 것이라고 할 수 있으나, 이를 뒤집어 생각해 보면 구전의 단계를 달리한다는 사실 자체는 바로 화자·청자들에 의해 널리 유포되던 구비 전승물에 대한 불만과 재해석의 욕구가 바로 실현되고 있었다는 현상을 반증해 주는 것이 된다. 이런 점은 바로 편자의 개인적 의도가 해당 구비 전승물에 나름대로 작

41) 바로 앞에서 든 책. P. 276.
원문은 “手自斂殯 法無亡妻歸葬之例 托他事受由於監司 躬領喪車 歸葬於高陽先壟之內 盖從其臨絶之言也”와 같다.

용하고 있는 저간의 사정을 말하는 것으로 이해된다.

또한 앞서 밝힌 바 있는 '沈喜壽이야기'의 몇 계열이 후대의 야담집에서 두루 발견된다고 하는 사실을 통해, 필자는 야담집을 엮은 편자들 또한 이러한 개변의 양상과 의미에 대해 묵시적 동조의 태도를 지니고 있었던 존재가 아닌가 여기고 있다. 그것은 서사구조를 달리하는, 곧 개변의 양상을 지니고 있는 하나의 이야기에 들 자료들이 이본이 아닌 동일한 야담집에 같이 출현하고 있는 현상을 통해서도 어느 정도 확인이 가능하다고 하겠다.(예 : '楊士彦이야기'등)

이것은 또한 다음 자료의 경우를 통해서도 거듭 확인된다. 『東稗洛誦』의 경우, 현재까지 많은 이본42)이 학계에 소개된 바 있다. 비록 이본적인 상황에 놓여 있기는 하지만, 연대 도서관 소장의 『東稗洛誦』에 실린 '沈喜壽이야기'는 필자가 앞서 검토한 결과에 따르면 (A) 계열에 속하는 자료이고, 필자가 소장하고 있는 『東稗』에 실린 '沈喜壽이야기'는 그와는 달리 (C) 계열에 속하는 자료라는 점에서, 야담집을 엮은 편자 나아가 轉寫者들까지도 야담의 개변에 대한 나름의 입장을 견지했던 것이 아닌가 여겨진다.

이에 비하여 앞으로 살펴볼 『東野彙輯』 소재 '沈喜壽이야기'의 경우 여타 계열의 그것보다 적극적인 개변의 양상이 드러나고 있다. 그런데 필자는 이미 앞에서 (C)·(D) 계열이 서사양식에 있어 같은 형태를 지니고 있음을 밝힌 바 있다. 앞에서 (C) 계열의 서사구조를 자세하게 제시한 바 있으므로, 여기서 다시 (D) 계열의 서사구조는 보이지 않고, (D) 계열에서 나타나고 있는 편자의 개인적 의도에 의해 나타난 주된 개변의 양상만을 들어 (D) 계열의 위상과 의미를 간략하게 살펴보고자 한다. 여기서 먼저 어느 계열에서도 다 나타나는 만남의 상황이 (D)

---

42) 『東稗洛誦』 이본들의 관계 양상에 대해서는, 본 논문에 비해 시기적으로 뒤에 나왔기는 하지만 정명기, "『東稗洛誦』 연구", 「원광한문학」 4집,(원광한문학회,1991)가 한 도움이 된다. 이 논문 또한 본서의 Ⅱ부에 아울러 수록되어 있으니 참조하라.

계열의 경우 어떻게 달리 나타나고 있는지를 밝혀 보면, (D) 계열에서는 다른 계열들과는 달리 희수가 宴席에 나아가는 계기를 "다 큰 아이들 가운데 한 宕家의 자식이 있어 항상 뭇 아이들을 유혹하여 화류장중에 놀기를 요구하매 나 또한 그 종용함을 입어 (이 곳에 나아 왔다)43)"로 서술하고 있는 바, 이는 『東野彙輯』을 엮은 李源命 자신이 지니고 있던 현실적인 유교 이념이 투영된 결과에서 비롯된 개변인 것으로 보인다. 곧 그것은 선비는 항상 持身해야 한다는 점을 심희수의 경우를 통해 보이려고 했던 태도에서 기인된 개변으로 생각된다. 또한 일타홍을 만나게 되는 상황이 여타 계열과는 다른 양상을 지니고 있는 바, 첫째, 대가의 聞喜宴에 참석한 재상이 緗桃 數枚를 희수에게 준다는 삽화의 출현, 둘째, 그 씨앗을 뱉은 것이 歌妓 곧 일타홍의 치마 앞에 우연히 떨어졌다는 삽화의 출현, 셋째, 희수 본인이 직접 일타홍에게 이름을 물어 그것을 알게 된다는 삽화의 출현 등이 그것인 바, 이는 여타 계열들에 비하여 그 만남의 상황에 보다 현실성을 부여하고자 꾀했던 편자 李源命의 개인적 의도가 작용된 소산으로 보인다.

한편 일타홍이 희수를 찾아온다고 하는 상황이 나타나고 있는 점에서는 (D) 계열은 (A) 계열과 동일한 면모를 지니고 있으나, (D) 계열에 보이는, 일타홍이 찾아와 바로 희수를 數罪한다는 서술문면은 오직 이 계열만이 지니고 있는 개체적 변이의 양상으로, 그것 또한 李源命 자신의 현실적 유교 이념이 노정된 결과 나타난 개작의 소산으로 여겨진다. 그점은 희수를 꾸짖는 일타홍의 다음과 같은 언명을 통해 쉬 확인된다.

> 나(필자 주 : 곧 희수임)를 꾸짖어 가로되 그대는 귀한 가문의 공자로서 앞 길이 어떠한데 尋數의 業을 닦지 않고 狹邪의 놀음을 본받고자 하느냐? 이내 그대가 總艸 쑥대머리로 紅粉叢座에 돌입하고 眾楚의 지껄임을 돌아보지 아니하느냐? 먼저 일타홍의 이름을 묻고 돈연히 羞愧함을 잊고 스스로 體貌를 손상시키니 士夫의 행실이 진정 이같을 수 있겠느냐?44)

---

43) 『東野彙輯』, (경북대 국어학회,1 958). 권 6. P. 93.
원문은 "熟童中有一宕家子 常誘群童 嬉要花柳場中 余亦被其慫慂"과 같다.

(D) 계열은 외견상 서사양식의 특성과 나아가 그 서술문면에 있어서의 공통성으로 해서, (C) 계열과 밀접한 관계를 띠고 있는 자료라 할 수 있다. 그러나 해당 문맥을 좀더 자세히 관찰할 때, 우리는 (D) 계열이 (A)·(C) 계열을 통합·개변하는 가운데 이루어진 자료임을 발견하게 된다. 곧 희수의 모친에게 일타홍이 자신이 온 근본 연유를 이르는 상황, 일타홍에게 유의하여 장가들지 않으려는 희수의 행동, 일타홍의 청에 의해 희수가 錦山倅을 자원한다는 상황 등은 (A)·(D) 계열의 경우에서만 찾아지는 부분인 바, 이를 통해서도 (D) 계열의 몇몇 서술면모는 (A) 계열의 그것을 빌어 이루어진 것임이 거듭 확인된다고 하겠다.

따라서 (D) 계열은 전래하던 '沈喜壽이야기'의 여러 계열이 지니고 있는 서사구조에 나름의 불만을 지녔었던 『東野彙輯』의 편자 李源命이 기존의 세 계열 가운데 특히 (A)·(C) 계열을 통합·改刪하는 가운데서 이루어 낼 수 있었던 적극적인 개작 의식의 산물로 생각된다.

필자는 此項에서 '沈喜壽이야기'의 네 계열이 지니고 있는 면모를 통하여, 야담의 변이는 변이 그 자체의 현상에 대해 묵시적 동조의 입장을 지녔었던 편자·화자·轉寫者들까지도 어느 면 개인적 창작자로서의 개인적 의도를 드러낸 결과 가능한 것임을 살필 수 있었다.

그럼 이러한 변이(부연·개변)는 어떠한 의도 아래 이루어진 것인가에 대한 해답을 항을 달리 하여 『漂海錄』의 경우를 통해 구해볼까 한다. 그런데 주지하다시피 『漂海錄』은 記事的 隨筆의 성격을 지니고 있는 자료이다. 이러한 기사적 수필이 어떠한 방식 아래 야담이라는 형식으로 전이되고 있는지, 또 그 전이의 결과 드러날 변이의 의도는 어디에 있는지를 제대로 밝힐 수만 있다면, 제 Ⅲ장 이하에서의 논의에 실제적인 도움을 끼칠 수 있을 것으로 기대된다.

---

44) 바로 앞에서 든 책. P. 93.
원문은 "數余 日公以貴門公子 前程何如 而不事尋數之業 欲效狹邪之遊 乃以總艸蓬頭 突入紅粉叢座 不顧衆楚之咻 先問一朶之名 頓忘羞愧 自損體貌 士夫之行固如是乎"와 같다.

2.『漂海錄』[45)]類話를 통해 본 변이 의도

가. 논의의 단서

영조조의 제주인 張漢喆(생몰년 미상)이 향시에 합격한 후, 회시에 응하려고 상경하다가 풍파에 밀려 표류하면서 겪었던 온갖 고생과 제주에 환향하기까지의 5개월 여에 걸친 표류기간 동안의 체험을 사실적인 필치로 적어 놓은 기사적 수필[46)]이 바로 우리가 본 절에서 검토하려고 하는『漂海錄』이다.

본 절의 목적은 전래하는 야담집들을 엮은 편자들이 이질적이기까지 한 기왕의 문학 유산들을 야담집 내에 수용·채록하는 과정을 통하여 어떠한 의식(의도) 아래 그것들을 수용 또는 개변시켰는가에 대한 문제의 검토와 더불어 그 결과로 해서 드러난 개작 양상에 담긴 편자들의 세계관적 기반과 그 의도는 어디에 있는지를 구체적으로 탐색해 보려는 데에 있다. 이같은 방향에서의 논의 전개에 한 시사점을 제공해 주는 자료로 우리는『東野彙輯』의 서문 가운데의 다음 한 부분을 들 수 있는 바, 여기서 그 부분을 끌어 보이면 다음과 같다.

> …… (前略) …… 遂就兩書(필자 주 :『於于野譚』과『記聞叢話』를 이름) 撮其篇鉅話長 堪證故實者 旁及他書之可資該洽者 <u>幷修潤載錄</u> 又采閭巷古談之

---

45)『漂海錄』 원문은 「인문과학」 6집, (연세대학교 문과대학, 1961. 7), P.157-174에 실려 있다. 轉寫 과정에서 비롯된 것으로 보이는 誤字가 간혹 나타나고 있으나, 본고에서는 그 원전을 입수하지 못했기에 분명한 오기로 생각되는 것이라도 전혀 손을 대지 않았다. 원문 뒤에 발견자인 정병욱님의 간단한 해제가 P.175-191에 걸쳐 실려 있다. 한편 원문의 완역은 뒤에 정병욱님에 의해 문고본『漂海錄』, (범우사, 1979)으로 간행된 바 있다.『漂海錄』에 대한보다 자세한 분석은 오관석의 "한문기행연구 — 장한철의 漂海錄을 중심으로", (단국대 석사학위논문, 1984)를 참조하라.

46) 장덕순,『한국수필문학사』, (서울, 새문사, 1985) P. 144-149에 걸쳐 장한철의『漂海錄』의 내용을 간추려 소개하면서 '표류 체험을 리얼하게 고백한 일기체의 순 한문작품이다.'라고 언급하고 있다.

流傳者 綴文以間之 …… (下略) ……[47] (밑줄 : 필자 표시)

위에 들어 보인 예문에서 밑줄 친 두 부분, 곧 '아울러 고쳐 윤색하여 재록하였다'라는 진술과 '글로 엮어서 그 사이에 끼워 넣었다'는 진술은 다음과 같은 논의의 실마리를 우리에게 제시해 주는 것으로 생각된다. 곧 『東野彙輯』을 엮은 편자 李源命의 말과 같이 전래해 오던 이야기들을 나름의 세계관에 따라 '修潤載錄'하고 '綴文'했다면, 그런 의식적 작업의 결과 전래하던 이야기群은 어느 정도로든지 간에 일정한 나름의 문헌적 개변의 영향을 입었을 것이라는 점과 아울러 또 이런 사실이 기실 실제적으로 드러나고 있다면 그 개변에 투영되어 있을 편자의 세계관적 기반의 면모로 해서 달라질 수밖에 없었을 이야기가 지니게 된 의미는 무엇인가 하는 점[48]등이 그것이다.

위에서 제시된 몇 문제를 보다 효과적으로 검토하기 위해서 필자는 본 절을 통하여 『漂海錄』 관계 유화로 논의의 초점을 국한시킬까 한다. 『漂海錄』 관계 유화로 조선조 후기 야담집에 실려 전하고 있는 4 편의 자료를 들 수 있는 바, 그 출전과 제목을 보이면 다음과 같다.

「赴南省張生漂大洋」 (동양문고본 『青邱野談』)
「부남싱댱싱표대양」 (규장각본 『青邱野談』)
「赴南省張生漂大洋」 (버클리대본 『青邱野談』)

---

47) 김기동 편, 위에서 이미 든 주 (12)의 책, 권 3, (서울, 태학사, 1981).P. 1.

48) 우리가 검토하고자 하는 두 진술을 담고 있는 『東野彙輯』의 서문에서 드러난 문헌 자료(구전전승 자료도 포함)의 취사 선택 과정은 동종에 속하는 이야기들이 각편(Version)의 형태로 여러 야담집에 두루 출현하고 있다는 점을 통해서도 유독 이러한 진술이 『東野彙輯』의 경우에만 한정적으로 적용되는 것은 아니라는 것을 어렵지 않게 추단할 수 있겠다. 여타의 야담집들의 경우, 그것이 비록 구체적으로 명시되고는 있지 않지만 이러한 두 진술이 각 이야기의 채록·수용 과정을 통하여 줄기차게 적용되었을 것이라고 가정하고 논의를 전개해 가도 별반 큰 무리는 없을 것으로 생각된다.

「漂萬里十人全還」 (대판부립도서관본 『東野彙輯』49))

나. 『漂海錄』의 구조와 그 서술양상

우리가 본 절을 통하여 살펴보려고 하는 『漂海錄』은 엄밀히 말해서 원전 그 자체는 아닌 듯하다. 이 점은 張漢喆이 『漂海錄』에서 진술하고 있는 다음과 같은 기록을 통해서 익히 확인된다고 하겠다. 곧 "호산도에 있었을 때에 표해일록을 등초해서 이 짐 속에 감추어 두었었는데, 이제 그것을 내어 보니 떨어져 달아나고 젖어 뭉개지고 해서 그것들을 많이 살펴볼 수가 없었다. 그러나 뜻이 미치고 생각을 거슬러 한즉 가히 그 대강이나마 얻을 수 있을 듯하니 또한 그 초고나마 없어지지 아니한 것은 다행스런 일이었다50)"란 언급에서 드러난 바와 같이, 張漢喆이 표류하다가 중도에 기착하게 된 호산도에서 『漂海日錄』을 등초한 사실을 위의 밑줄 친 부분으로부터 분명히 알 수 있는데, 현재 그 원전이 완벽한 형태로 전해지지 않고 있는 이상 우리는 부득이하나마 張漢喆이 제주도에 환향한 후 기억을 더듬어 재구해 놓은 『漂海錄』에 의해 논의를 전개할 수밖에 없는 근본적인 한계를 갖게 된다. 그러나 호산도에서 저술한 『漂海日錄』과 제주도에 도착한 후 저술된 『漂海錄』이 시기적으로도 별반 큰 거리를 갖고 이루어진 것이 아니라는 점에 생각이 미친다면, 우리가 논의의 대상으로 삼고자 하는 『漂海錄』이 원전인 『漂海日錄』에 비하여 그렇게 큰 내용상의 차이를 지니고 있을 것으로는 여겨지

---

49) 『漂海錄』과 그 유화 가운데 세 편은 뒷날 8인이 생환한 것으로 기록하고 있는데 비하여, 오직 이 자료의 경우만은 10인이 생환한 것으로 달리 기록되어 있다. 이러한 차이가 어디에서 기인된 것인지에 대해서는 단정적으로 말하기가 어렵지만 여기서는 그것을 구전 전승 또는 해당 기록에 대한 재창작의 과정에서 발생했을 개인적 창조력의 소산으로 이해하고자 한다. 이 자료는 정명기에 의해 1993년에 보고사에서 상·하 2권으로 영인 출간되었다.

50) 위에서 이미 든 주 (45)의 책, P. 172. 4-5.
원문은 "在虎山時 草漂海日錄 藏于此棟 出現之 殘缺壞漏 多不可攷 然而意致而臆溯 則可得其領略 亦幸是藁之不泯也" (신묘 정월 11日條)와 같다.

지 않는다는 점과 아울러, 또 설령 두 자료 사이에 어느 정도의 차이가 있다고 하더라도 『漂海錄』이 후대의 야담집 내에 어떠한 양상으로 전재·개작되었는지, 또 그 전재·개작된 연후에 드러난 세계관의 면모와 그 의도가 어떠한 것인지를 탐색하고자 하는 본고의 기본 방향에 견주어 본다면 그 점은 간과해도 될 성질의 문제라 하겠다.

이에 먼저 우선적으로 『漂海錄』의 체재와 그 내용에 대해 살펴봄으로써 후대의 야담집에 수록되어 전하고 있는 『漂海錄』類話와의 相距를 드러내 보일까 한다. 다음에 구체적으로 서술될 관계 기사 옆에 * 표한 부분은 후대 야담집인 『靑邱野談』이나 『東野彙輯』 등에서는 출현하지 않는 내용을 가리키는 것이다.

여기서 먼저 『漂海錄』의 체재가 어떻게 이루어져 있는지를 간략하게 살펴보면, 『漂海錄』은 크게 세 부분으로 이루어져 있으니, 곧 발정하게 된 사연을 이르는 前識 부분, 표류와 구출 과정에 얽혀 있는 사연을 적어 놓은 核話 부분, 『漂海錄』을 엮은 연유를 밝히고 있는 後識 부분이 그것이다. 여기서 둘째의 핵화 부분은 내용상 경인년 12월 25일에서부터 익년인 신묘년 1월 6일까지 張漢喆 일행 29인이 표류 끝에 간신히 청산도에 이르기까지의 과정을 사실적으로 묘파하고 있는 부분과 청산도에 이르른 연후 張漢喆 일행이 다시 제주도로 돌아가기까지의 상황을 보여주고 있는 부분으로 크게 나누어진다.

한편 신묘년 1월 16일까지는 하루도 거르는 날이 없이 사건들이 기록되어 있고, 나아가 그날 그날의 기후까지도 아울러 기록하고 있는 점 등을 통해 張漢喆의 『漂海錄』은 일기 형식을 지닌 기사적 수필에 속하는 자료임이 거듭 확인된다.

이제 『漂海錄』의 내용을 일자 별로 나타난 주요 사건들을 중심으로 추려 보이면 다음과 같다.(후대 야담집들에 수록된 양상을 구체적으로 제시하기 위하여 가능한 한 자세하게 그 내용을 간추리게 될 것은 본 절의 성격상 피하지 못할 문제로 생각된다)

1. 前識 부분

發程하게 된 동기의 서술

2. 核話 부분

12월 25일

가. 일행 29인과 더불어 발행

나. 蜃樓의 출현

* 다. 고래의 출현 (뱃사공과 실랑이하는 張漢喆)

라. 鷺魚島 앞에 이르렀다가 닻이 없어 해안에 정박하지 못하고 바람에 밀려 표류하게 됨

* 마. 장생의 設詭之言를 곧이듣고 노복이 되어서라도 일생 동안 張漢喆에게 그 은공을 갚겠다고 다짐하는 사공들

12월 26일

가. 서북풍이 불면 琉球國에 이를 것이라고 하며 사공들을 독려하는 張漢喆

* 나. 金瑞一이 張漢喆을 크게 원망함

다. 食水가 다하자 비로소 張漢喆의 識見을 탄복해 하는 사공들의 태도

* 라. 耽羅의 지경과 고향에 갈 수 없는 처지를 탄식하는 張漢喆

* 마. 서북풍이 이미 변한 것을 알지 못하는 사공들에게 유구국에 머무를 수 없는 사연을 일컫는 張漢喆

12월 27일

가. 異禽 출현을 기뻐하는 제인들

* 나. 南極老人星의 존재를 두고 金瑞一과 설왕설래하는 장한철
* 다. 자신의 신세를 생각하고 잠을 이루지 못하는 張漢喆

12월 28일

가. 표류 끝에 한 작은 섬에 정박하게 된 張漢喆 일행
나. 사슴을 보고 섬 중에 샘이 있고, 또 사는 사람이 없음을 아는 張漢喆의 明悟함을 제인들이 다 탄복해 함
다. 남은 양식이 부족하자 죽을 쑤어 살 방도를 꾀하도록 한 張漢喆

12월 29일

가. 샘의 근원에 대한 이야기
나. 生鰒과 山藥을 米穀에 섞어 生道를 잇는 張漢喆과 그 일행
다. 竿旗를 세우게 해 왕래하는 선척으로 하여금 자신들을 구출토록 꾀하는 張漢喆의 지혜

12월 30일

* 가. 龍에게 살아 돌아갈 수 있기를 청하는 제인들
나. 바다에서 캔 진주를 두고 값을 실랑이하는 두 사람의 얄팍한 상혼을 탄식해 하는 張漢喆
* 다. 바람이 사나워도 파도가 험난하지 않은 연유와 파도가 높아도 배가 위험하지 않은 연유를 묻는 사공에게 그 까닭을 들어 설명하는 張漢喆

1월 1일

* 가. 윷놀이를 하게 하여 客愁를 위로하려는 장생의 배려
나. 자신들을 구출하기를 거절한 倭商들에게 도리어 봉욕을

당하는 張漢喆 일행

* 倭에 대한 張漢喆 개인의 강한 적개심 토로

다. 왜상에게 봉욕을 당한 후, 전에 세웠던 竿과 烟火를 제거하고자 하는 제인들의 행위가 옳지 못함을 사리로써 설유하는 張漢喆

* 라. 櫓棹와 닻을 준비하도록 제인들에게 명하는 張漢喆

1월 2일

가. 명나라 상인 林遵 일행에게 비로소 구함을 입는 장한철 일행

나. 서로간의 예의를 잃지 말도록 일행에게 당부하는 장한철

다. 두 방에 나뉘어 수용된 張漢喆과 그 일행

1월 3일

* 가. 돌아갈 날을 암시하는 꿈을 꾼 張漢喆

* 나. 胡瑠과 陳增의 질문을 교묘하게 피하는 張漢喆의 지혜

다. 자신들이 전일에 정박했던 섬이 유구국 지경에 있는 虎山島였음을 임준을 통해 알게 된 연후에, 임준 일행이 탄 배의 여러 제도를 두루 살피며 기이히 여기는 장한철과 그 일행

라. 배에 있는 水器의 신이함을 제주의 山房石窟 안에 있는 木器의 이상함에 견주어 보는 張漢喆의 진술

1월 4일

가. 方有立과의 문답을 통하여 香瀉도에 流落해 살던 조선인의 존재를 들어 알게 된 張漢喆

나. 我國의 風俗, 人物, 衣冠 등을 묻는 임준 일행에게 자세히 그것을 이른 후에, 비로소 그들로부터 후한 대우를

받게 되는 張漢喆과 그 일행

1월 5일

한라산이 멀리 있지 않음을 보고 환희작약하는 張漢喆 일행의 태도를 보고, 그 연유를 물어 알게 된 임준 일행 가운데 安南國人들이 그들과 더불어 같이 행할 수 없는 연유로써 임준과 맞서게 되니, 임준은 어쩔 수 없이 張漢喆 일행으로 하여금 자신의 배에서 떠나도록 명함

1월 6일

가. 鷺魚島의 서북쪽에 이르렀다가 다시 颶風에 밀려 위기에 봉착하게 된 張漢喆 일행

나. 사후에 대비하고자 束裝하는 張漢喆 일행

다. 張漢喆의 꿈에 바다에 빠져 죽은 金振龍, 金萬石이 나타나 宕巾과 먹을 것을 자신들에게 줄 것을 요구하고, 또 아울러 素服을 입은 여인이 進食하는 꿈을 꾸게 됨

라. 亥時에 生道가 있을 것이라고 거짓 점을 쳐서 제인들을 위로하는 張漢喆

마. 여러 차례 破碎될 위기를 넘기다가 큰 산이 앞에 가까이 있음을 보게 된 張漢喆 일행은 배가 기울어지려 하자 다투어 살 길을 찾아 뛰어 내림

바. 張漢喆만 홀로 잠수법을 알지 못해 어려움을 겪던 중 간신히 기어 나와 살게 되나, 그 일행들은 張漢喆이 빠져 죽은 것으로 오해하며 슬퍼함

* 사. 선인들이 근본은 착한데 그들이 처한 환경 탓으로 인하여 마음이 사나워질 수밖에 없었던 것이라고 설파하는 張漢喆

아. 10인만이 겨우 살아남아 人村을 찾아가다가 咫尺을 분

별하지 못하여 張漢喆은 또 절벽에 떨어지게 되나 간신히 叢篁 사이에 걸려 목숨을 보전하게 됨. 두 사람은 그 와중에 결국 죽게 됨

자. 장생은 홀로 뒤쳐져 있다가 찾아 나온 사공들과 동리 사람들에게 구출됨

1월 7일

해안에서 떨어져 죽은 두 사람을 땅에다 묻고, 장생은 떨어졌을 때 입은 상처를 치료함

1월 8일

장생 일행이 머물고 있는 靑山島의 제반 면모에 대한 서술

1월 9일

가. 同舟했다가 바다에 빠져 죽은 21 인의 魂靈을 祭 지내는 張漢喆 일행

* 나. 張漢喆은 전일 해안에서 떨어졌을 때 자신을 걸쳐주었던 石嶼를 찾아 나서나 찾지 못하고 돌아옴

* 다. 龍王堂에서 設祀하고 파할 즈음에 한 老媼가 나와 소복녀로 하여금 張漢喆에게 進食하도록 시킴

라. 장생이 비로소 그 소복녀가 전일 몽중에서 나타났던 여인임을 깨닫고는 이상한 인연임을 洞里人에게 이야기하며 그 여인을 못 잊어 하자, 그 이야기를 들은 동리인이 그 인연을 맺게 해주겠노라고 하면서 張漢喆을 위로함

1월 10일

農牛를 빼앗는 등의 비리를 행하는 邊海 守宰들의 그른 폐단

1월 11일

* 가. 自稱文士라 칭하는 丁載連이란 자의 무식함

* 나. 金瑞一이 다시 살아난 연유를 술회함

다. 동리인 金萬錬이 梅月과 함께 와 금일이 趙家 女人과 인연을 맺을 기회임을 이르고는 張漢喆을 이끌어 가니, 兩人은 오랜 실랑이 끝에 결국 서로 정을 통하게 됨

라. 後會를 묻는 趙女에게 張漢喆은 決科 與否에 그것이 달려 있다고 하면서 조녀와 애달픈 마음으로 헤어짐

1월 12일

薪智島로 가는 배편이 있음을 알고 더불어 함께 갈 것을 약속하는 박첨지와 張漢喆 일행

1월 13일

島民들과 헤어져 신지도에 도착한 張漢喆 일행

1월 14일

古今島를 거쳐 馬頭津에 도착한 張漢喆 일행

1월 15일

* 가. 저녁에 南塘浦津에 이르렀다가 제주도로 돌아가는 길의 제주 상인들을 만나 情談을 나누는 張漢喆 일행

* 나. 官事로 인하여 상경하려는 제주인 金昌賢을 만난 장한철 일행

* 다. 4, 5월 바람이 고요하기를 기다려 제주도로 돌아가려는 내심으로 京師에 올라가 科試를 보고 가겠노라고 둘러대어 일행과 헤어진 張漢喆

1월 16일

일행과 헤어진 張漢喆에게 京行之具를 차려 주며 함께 상경하기를 거듭 청하는 김창현

1월 19일

길을 떠나 상경하는 張漢喆

2월 3일

入京한 張漢喆

3월 3일

下第後 發行하여 제주도로 내려가는 張漢喆

5월 8일

제주도에 돌아온 후 雙梧堂과 妻子를 만나 그리움을 서로 나누는 張漢喆

3. 後識

위에서 이제까지 『漂海錄』의 내용을 중요 사건 단위를 중심으로 하여 번다한 느낌이 들 정도로 소개해 왔는 바, 『漂海錄』의 내용을 다시 서술양상에 맞추어 재구해 보면, 〈苦難 - 克服의 挫折 - 苦難 - 克服의 成就(一時的인) - 苦難 - 克服 - 苦難 - 克服〉의 서술양상을 통해서도 익히 확인되는 〈苦難 - 克服〉의 양상이 바로 『漂海錄』이란 기록물에 있어서의 이야기의 축이 된다는 사실을 발견할 수 있다.

이러한 〈苦難 - 克服〉이라는 이야기의 축이 반복되는 하나의 문학적 싸이클은 곧 이어 다루게 될 『漂海錄』類話들의 뼈대로 작용하게 되는 바, 이러한 현상을 통해서도 우리는 『漂海錄』이 『漂海錄』類話로 변이·

재창조되는 일련의 과정을 통하여 일어날 문헌적 개변의 폭과 그 한계를 어느 정도로든지 간에 추정할 수 있다고 하겠다. 그 구체적 개변의 양상과 그 의미가 무엇인지를 이제부터 다루어보기로 하자.

다. 『漂海錄』類話에 나타난 개변 양상과 그 의미

『漂海錄』類話로 본 절에서 필자의 검토 대상이 된 자료는 상기한 바와 같이 『靑邱野談』(버클리대학본, 동양문고본 한문본, 규장각본 한글본)과 『東野彙輯』의 2종 4편인 바, 이들 자료는 한문본 『靑邱野談』과 그것의 축약본으로 생각되는 『東野彙輯』을 잇는 한 계열[51]과 한글본 『靑邱野談』으로 대표되는 다른 한 계열로 다시 나누어 볼 수 있다. 이러한 계열 구분의 내적 계기는, 전자의 경우 張漢喆이 임준 일행에게 구출되었다가 다시 그들과 헤어져 어렵게 청산도에 이르른 후 趙家女와 인연을 맺는 장면이 『漂海錄』의 경우와 같은 양상으로 출현하고 있는데 반하여, 후자의 경우에는 전자에서와는 달리 그 장면이 출현하고 있지 않은 데에 있다.

여기서 그것을 다루기에 앞서서, 우선 먼저 후대의 야담집 편자들이 『漂海錄』을 수록하면서 나름대로 그것을 개작 내지는 변모시킨 구체적 양상을 들고, 그 개작(변모)의 양상을 통해 드러난 야담집 편자들의 세계관적 기반이 무엇을 토대로 한 것인지를 살펴보고자 한다. 후대의 『漂海錄』類話를 통해 가장 두드러지게 보이는 개작(변모)의 양상으로 다음의 두 사항을 들 수 있다. 하나는 민간신앙(전승물)을 전하는 삽화가 후대의 類話를 통해서는 완전하다고 할 정도로 출현하지 않고 있다는 점이다. 다른 하나는 꿈에 얽힌 삽화 또한 마찬가지로 후자의 경우에는 전자에서와는 달리 극히 부분적으로만, 단 일 회에 걸쳐 출현하고

---

51) 한문본 『靑邱野談』과 『東野彙輯』이 비록 한 계열에 속하는 자료이기는 해도 완전히 동일한 면모를 지니고 있는 것은 아니다. 해당 작품 내에서의 차이는 그 후반부에서 드러나고 있는 바, 이러한 차이의 의미에 대해서는 뒤에서 다시 언급하기로 한다.

있다는 점이다. 여기서는 먼저 후자인 類話에서 나타나지 않는 민간신앙(전승물)을 전해 주고 있는 삽화를 『漂海錄』에서 찾아 제시한 후에, 왜 그들 기록들이 후대의 類話에서는 출현하지 않는가 하는 문제를 야담집 편자들의 의식과 결부시켜 논의를 전개해 볼까 한다.

『漂海錄』에는 다음 6개 부분에 걸쳐 민간신앙(전승물)에 경도된 하층민들의 면모와 이러한 현상에 대한, 정통적 유가의식의 연장선 상에서 배태된 장생의 부정적 시각이 대비되는 가운데 서술되고 있다. 여기서 그것을 보이면 다음과 같다.

1) 말도 제대로 맺지 못하는데, 그 큰 고래는 아랑곳없다는 듯이 몸을 뒤척이니 물결이 치솟으며, 내뿜는 물은 비처럼 쏟아져 내린다. 한번 훌쩍 몸을 날리더니 서쪽을 향해 뱃가를 스치듯 지나가니 물결은 덩달아 길길이 일어나고, 돛대는 꼭 자빠지는 것 같다. 뱃사람들은 모두들 흙빛이 되어 뱃바닥에 꿇어 엎드리고서는 관음보살만 부지런히 외우기를 그치지 않는다. 이윽고 고래는 멀리 사라져 버린다. 물결은 다시 잠들듯 고요해지고 배도 더 흔들리지 않고 잠잠하다. 나는 뱃사람들을 돌아보고, 숨소리를 죽여서, 그 고래가 배 있는 줄을 모르게 하는 것이 옳지, 관음보살이란 염불 소리는 무엇 때문에 내는고? 고래가 도를 닦는 중도 아닌데, 어찌 관음보살을 존중할 줄 알까 보냐. 설사 관음보살의 혼령이 남아있다손 치더라도 어찌 능히 그 고래를 막아내고 이 배를 옹호할 수 있겠느냐 ? 너희는 도대체 관음보살에게 무엇을 축원했다는 거냐? 하고 꾸짖었다.[52] (밑줄 : 필자 표시)

2) 오직 하늘에 축원하여 性命을 살게 해 달라고 빌며, 혹은 관음보살을 외우며 신의 도움을 빌고 있다.[53] (밑줄 : 필자 표시)

---

52) 정병욱, 위에서 이미 든 주 (45)의 책, (서울, 범우사, 1979.) P. 24.

원문은 "言末己 長鯨飜身起浪 噴沫作雨 踴躍向西 掠過舟邊 層浪自鬪 危檣欲倒 舟人皆失色 俯伏於船中 欲不相見 而猶誦觀音菩薩之聲 不絶于口 頃之 鯨去已遠 波靜舟平 余責舟人曰屛息聲氣 使彼物不知有舟船 即可也 而觀音之聲 何爲而發也 彼物非修道之僧 豈知尊觀音之佛 觀音之殘魂餘靈 亦豈能譏 羈彼物擁護此船耶 儞於觀音抑何所祝 …… (下略) ……" (P. 157. 27-31 행. 밑줄:필자 표시)와 같다.

53) 바로 앞에서 든 책. P. 42.

원문은 "惟祝天而祈活性命 或誦觀音菩薩 以祈神佑" (P. 160. 27 행. 밑줄 : 필자 표시)와 같다.

3) 양윤하가 나와 땅에 엎드려서는 용을 향해 축원한다. 용왕님 이제 승천하셨으니 삼가 용왕님 앞에 비나이다. 특별히 好生之德을 내리셔서 우리들 목숨을 살려 주옵소서. 또한 그는 막 속에 있는 사람들을 돌아보고, 손을 저어 부르고는 목소리를 같이하여 축원케 하려 한다. 사람들이 모두 나와 바위 머리에 엎드리고서는 윤하가 한대로 빈다.[54] (밑줄 : 필자 표시)

4) 혹은 일어나 한라산을 보고 절하며 축원한다. 白鹿 仙子님, 살려 주소, 살려 주소. 詵麻 仙婆님 살려 주소, 살려 주소. 대개 탐라 사람에게는 세간에서 전하기를 선옹이 흰 사슴을 타고 한라산 위에서 놀았다 하고, 또한 아득한 옛날에 詵麻姑가 걸어서 서해를 건너 와서 한라산에서 놀았다는 전설이 있다. 그러므로 이제 선마선파와 백록 선자에게 살려 달라 빌어도 아무 소용이 없을 것은 당연하다.[55] (밑줄 : 필자 표시)

5) 대저 그들은 한번 예언해 본 것이 우연히 적중한 것은 알지 못하고, 다만 점이 거짓이 아니라는 것만 믿고 있을 뿐이다.[56] (밑줄 : 필자 표시)

6) 여기저기 돌아보니, 叢祠 하나가 서쪽 바위 위에 자리잡고 있는데, 나무는 늙고 돌은 고색이 완연하다. 여기에서 새와 갈가마귀들이 떼를 지어 지저귀고 있다. 곽순창이 나에게 저것은 바로 용왕당입니다. 사람들이 모두 저기 가서 빌면, 곧 靈應이 있을 것입니다. 손님께서 오늘 이와

---

54) 바로 앞에서 든 책, P. 54.
원문은 "梁允夏出而伏地 向龍而祝 曰龍王之行今升天 伏乞仰奏香案之前 特垂好生之德 以爲極活我衆命之地也 又目幕中諸人 揮手招招 欲使齊聲處祝 諸人皆出伏岩頭祝之 如允夏之爲矣 …… (下略) ……" (P. 162. 29-31행. 밑줄:필자 표시)와 같다.

55) 바로 앞에서 든 책, P. 76 - 77.
원문은 "或起拜漢拏而祝 曰白鹿仙子活我活我 詵麻仙婆活我活我 盖耽羅之人諺傳仙翁騎白鹿 遊于漢拏之上 又傳邃古之初 有詵麻姑 步涉西海而來 遊漢拏云故今者所以祈活於詵麻白鹿者 無所控訴而然也 …… (下略) ……", (P. 166. 21-23행, 밑줄 : 필자 표시)와 같다.

56) 바로 앞에서 든 책, P. 87.
원문은 "盍渠輩不知言識之偶中 徒信占理之不僭矣 …… (下略) ……", P. 168. 12행, 밑줄 : 필자 표시)와 같다.

같이 생명을 보존하고 계신 것은 용신이 가만히 그렇게 한 것인지 모릅니다. 그러니 저 사당에 가서 정성을 다해서 헌배하는 것이 좋겠습니다 한다. 그래서 나는 이미 귀신은 겉으로 공경하는 체하면서 속으로는 멀리 하라 한 말이 있는데, 어찌 내가 아첨하여 가서 절해야 되겠느냐?[57] (밑줄 : 필자 표시)

위에 든 기록들을 통하여, 우리는 당대의 하층 계층들에 의해 하나의 주된 사상적 흐름으로써 신봉되던 불교(자료 1,2), 용신관념 (자료 3,6), 점복신앙(자료 5), 민간설화(자료 4), 암석신앙(자료 3) 등의 면모를 충분히 규찰할 수 있다. 이들 자료들이 후대의 『漂海錄』類話에 출현하지 않는 이유로 다음의 두 가능성을 생각할 수 있겠다. 그 이유 가운데 하나로써, 먼저 후대의 야담집 편자들이 어느 특정의 이야기를 그 야담집 내에 수록하면서 그 특정의 이야기가 지니고 있는 나름의 내용을 단순한 하나의 구조적 틀 속에다 용해시키려 했던 태도를 들 수 있다. 그것은 곧 『漂海錄』에서 기술되고 있는 여러 이질적이기까지 한 면모들을 오직 앞에서 밝힌 바 있는 〈苦難 - 克服〉이라는 하나의 주된 뼈대 아래 수용하면서 그에 적합한 내용들만을 의도적으로 택하여 그 이야기를 향유하는 독자 또는 청중들에게 극적 긴장감을 제공하고, 그 속에 그들을 효과적으로 계속하여 묶어 두려 했던 태도에서도 다시 찾아진다.

이 이야기의 근본 지향점이 독자 또는 청중들에게 한 인물이 표류하면서 온갖 고난을 겪던 끝에 天佑神助를 입어 생환한다는 것을 전하는데 놓여 있으므로, 이러한 작품내적 의도를 충실하게 전하는 작업이야말로 바로 야담집 편자들이 자신들의 우선적인 임무라고 여겼을 것으로 생각된다[58]는 점에서도 위의 가능성은 어느 정도 타당함을 지닌다고

57) 바로 앞에서 든 책, P. 102.
원문은 "回看叢祠一所 在西岩上 而樹老石古 鳥鴉群鳴 郭順昌謂余 曰此乃龍王堂也 人皆處禱 輒有靈應 客之護保今日 無或龍神之陰隙耶 可致誠獻拜於廟下也余曰槪云 敬而遠之 何可諂而拜之 …… (下略) ……", P. 170. 28-30행, 밑줄 : 필자 표시)와 같다.

하겠다. 이런 가능성은 다른 하나의 야담 자료인 '文有采出家僻穀'을 아울러 살필 때 비로소 타당성을 부여받게 된다. 곧 한글본 『靑邱野談』의 경우, 異人으로서의 문유채란 사람이 행하는 행적 자체만을 독자 또는 청중들에게 제시하고 있는데 반하여, 한문본 『靑邱野談』은 이와는 달리 그 뒷부분에 문유채의 도술이 갖는 道家사적인 위치, 곧

> 金百鍊曰聞楓山僧言 文生一目獨處一房 命衆僧勿近 夜半忽聞屋壁震坼若霹靂聲 而室內通明如白晝 光徹大房 僧徒盡驚就見 則文生目已瞑 盖解化也 其所謂大休歇處 果如其言 而乙卯西關之行 其亦去而卽還也 金仙臺 卽韓無畏遇郭致虛之處也 文生豈見傳道錄乎 其所讀唐板 可知爲東華篇也 余見彭祖經 稱靑精先生 得道者 日過五百里 能終歲不食 亦能一日九食 明初 張三未 日行千里 僻穀數月 亦能日啖數斗 隆冬臥雲中 此皆服氣所致 與內鍊金丹 門路懸別 文生所修 豈此道耶 以此解化 例有屋裂聲59)

라는 부분에서 드러나는 서사 문면을 또한 지니고 있는 바, 이런 한 공통의 이야기를 통해 보여지는 각편(Version)의 양상을 미루어 보더라도 이 점은 쉬 확인된다고 하겠다.

이제 다른 이유의 하나로, 야담집 편자들이 민간신앙(전승물)이란 현상에 대하여 견지하고 있었던 부정적 시선의 태도를 들 수 있다. 물론 『漂海錄』을 저술한 張漢喆의 시선 또한 마찬가지로 이런 현상에 대해 부정적 관점에 서 있는 것은 분명한 사실이지만, 야담집 편자들은 張漢喆에 비해 한결 강도를 더하여 이런 전후 사정을 전해 주는 자료들을 야담집 내에서 완전히 탈락시키고 있는 바, 이는 앞에서 이미 살펴 본 다른 하나의 이유와 결부될 때 쉽게 이해된다. 곧 편자들의 이러한 태

---

58) 이런 입장으로부터 앞서 든 내용 표 가운데 * 한 부분이 후대의 『漂海錄』類話에서 출현하지 않는 이유가 자연스럽게 설명될 수 있을 것으로 보여진다. 특히 12 월 30 일조의 다 項, 1 월 1 일조의 나 項에 덧붙어져 나오는 倭에 대한 장생 개인의 개인적 분노, 1 월 6 일조의 사 項, 1 월 10 일조, 1 월 11 일조의 가 項들이 후대의 『漂海錄』類話에서 나타나고 있지 않은 현상이야말로 바로 이러한 요인이 직접적으로 작용한 결과 나타난 것으로 생각된다.

59) 이우성, 『靑邱野談』 上, (서울, 아세아문화사, 1985), P. 565-566.

도는 현실 중시의 유가이념을 그들이 생활철학으로 삼고 있었음을 드러내 보여주는 것으로써 이를 통하여서도 이들 편자 계층의 사회적 성분이 어디에 자리하고 있는지도 어느 정도 드러난다고 하겠다. 그것은 우리가 곧 이어 다루게 될 몽조의 부분적 수용 내지는 탈락의 양상을 통해서도 거듭 확인된다.

『漂海錄』에는 다음의 세 곳에 몽조 관계 기사가 실려 있다.

1) 어젯밤 꿈에 나는 고향에 가 있었다. 감나무 잎사귀는 파릇파릇하게 막 돋아나고 버드나무 그늘이 한창 무르익었는데, 집의 아이가 손으로 앵도를 만지작거리고 있었다. 나는 그를 무릎 위에 끌어안았다. 그러다가 하품하며 기지개를 켜면서 깨어 보니, 보이는 것은 엉성한 등불이 가물거리고 있을 뿐 몸은 배 창문 가에 나둥그러져 있다. 서일을 발로 차서 깨우고, 꿈 이야기를 했다. 푸른 버들, 붉은 앵도는 사·오월에나 볼 수 있는 것이니 내가 고향에 돌아갈 시기는 내년 여름이 될 것 같소. …… (下略) ……[60]

2) 이어서 몇 움큼 피를 토하고는 까무러쳐 정신을 잃고 말았다. 울고 싶으나, 소리가 나오지 않는다. 이미 나는 저승으로 가는 사람이나 다름이 없었다. 제주 사람 김진룡과 김만석은 나와 같은 동리에 살던 사람으로, 일찍이 기축년 가을에 바다에 빠져 죽었다. 내가 까무러쳐 누워 있던 중, 두 사람이 앞에 와 있음을 보았다. 진룡은 나에게 말하기를, 쓰고 계신 탕건을 저에게 주실 수 없습니까? 하고, 또 만석은 말하기를, 만약 먹을 것을 저에게 주시면, 마땅히 執盖하여 陪行하겠습니다 한다.[61]

---

60) 위에서 이미 든 주 (45)의 책, P. 67-68.
원문은 "往夜 余夢到家山 見柹葉初長 柳陰正濃 而家兒手弄櫻桃 抱着膝上矣 仍欠身而覺 但見疎燈自照 身在蓬窓邊耳 蹴起瑞一說與夢事 曰碧柳紅櫻 自是四五月之時物也 余之歸期 來夏其徵耶 ……(下略) ……", P. 165. 3-5 행.

61) 바로 앞에서 든 책, P. 81.
원문은 "仍嘔血數掬 昏仆不省 已作冥途人矣 濟州人金振龍金萬石者 余之同里閈而曾於己丑秋 漂沒於海中者也 今於昏倒中 卽見兩人在前 而振龍謂余曰 所着宕巾何不惠我乎 萬石曰若以食物餽我 卽當爲之 執盖而陪行矣 …… (下略) ……", P. 167. 12-14행.

3) 非夢似夢間에 또한 한 미녀가 소복을 입고 나에게 먹을 것을 갖다 준다. 나는 곧 눈을 떠보려 힘썼다. …… (下略) ……62)

위 자료 1), 2), 3)에 나오는 꿈은 모두 예조몽으로서의 성격을 지니고 있다. 곧 자료 1)은 張漢喆의 환향이 4, 5월 간에야 실현되리란 것을 암시하는 꿈이며, 자료 2)는 청산도에 도착하는 데에 필요한 방책을 張漢喆에게 미리 알려주는 꿈이며, 자료 3)은 앞으로 있을 趙家女와의 결연을 미리 일러주는 기능을 갖는 꿈인 바, 그중 자료 3)은 『漂海錄』類話를 두 계열로 구분 짓는 역할을 하고 있으므로 뒤에서 다시 상론키로 하고, 여기서는 다만 자료 1)과 2)가 후대의 『漂海錄』類話에서 동시에 출현하지 않는 이유를 살펴볼까 한다. 그 이유 또한 앞에서 이미 언급한 것과 같은 차원에서 찾아진다. 곧 비경험적 세계를 문제 삼던 사고로부터 벗어나 경험적 세계를 주로 문제 삼던 사고로 나아가던 당대의 이행기적 상황의 결과로 하여 이들 꿈에 관한 삽화가 야담집 내에서 차지할 자리를 현실적인 의미에서 상실 당한 것으로 생각된다.

그렇다고 해서 야담에 나오는 꿈이 모두 현실적, 경험적 영역의 울타리 안에만 머무르는 것은 절대 아니다. 그 점은 당대의 야담들에는 어느 면 그런대로 그 이야기를 향유하는 계층들의 환상적 사고에서 비롯된 꿈을 보이고 있는 자료 또한 있다는 사실을 통해서도 익히 확인된다. 이런 예에 해당하는 자료로 '憐窮儒神人貸櫃銀'을 들 수 있다. 이러한 자료를 통해 나타나는 꿈에 대하여 진경환은 "현실적 갈등이나 위기를 감추려는 허위의식의 소산일 뿐이다. 즉 일상적인 삶에서 기대되는 가치 및 욕구를 배제하고, 추상화된 이념과 가치만으로는 현실의 경험적 질량과 행동 원리를 대신할 수 없는63)" 것을 드러내 보여주는 것이라고 지적한 바 있다. 이러한 연장선 상에서 후기의 야담집 편자들이

---

62) 바로 앞에서 든 책, P. 81.
원문은 "非夢似夢間 又有一美娥服素 進食于余 余乃勵精開眼 …… (下略) ……", P. 167. 16행.

63) 진경환, 위에서 이미 든 논문, P. 44.

경험적이면서 일상적이고 현실적인 내용에 맞게끔 기왕의 문학 유산들을 수용·개작해야 하는[64] 시대적 당위성에 눈을 돌려야 했던 저간의 사정이 제대로 이해될 수 있다. 그러나 이러한 시대적 당위성은 조선조 후기 사회가 비록 체제내적 또는 외적 요인들의 얽힘에 의해 와해되어 가는 징조를 드러내 보이고 있었지만, 아직은 기존의 관념과 새로이 등장하고 있었던 관념들이 서로 사이좋게 공존하는 면모를 보이고 있었다는 점[65]에서, 앞서 밝힌 바 있는 꿈 삽화의 부분적 수용의 양상이 비로소 이해의 기반을 획할 수 있을 것으로 사료된다.

이런 점에서 이제 꿈 삽화의 부분적 수용, 나아가 그것이 『漂海錄』類話를 두 계열로 구분하는 동인으로 작용하고 있으므로 자료 3)의 성격을 구체적으로 다룰 필요가 있겠다. 한글본 『靑邱野談』에는 앞서 밝힌 바와 같이 張漢喆과 趙家女와의 결연 장면이 나타나 있지 않다. 이것은 한글본 『靑邱野談』에 드러난 개작 양상 가운데서 가장 그 자료적 특성을 드러내 보여주는 부분이기도 하다. 이에 대해서는 뒤에 다시 살펴보기로 하고, 여기서는 먼저 다른 한 계열에 속하는 한문본 『靑邱野談』과 『東野彙輯』에서 보이는 결연 장면의 면모와 양상을 『漂海錄』의 경우와 견주면서 그 성격을 살펴볼까 한다.

『漂海錄』의 경우, 앞서 밝힌 바와 같이 예조몽이 마련되어 있어 앞으로 張漢喆과 趙家女와의 결연이 있을 것이라는 것을 암시해 주고 있다. 이와 같은 상황이 한문본 『靑邱野談』과 『東野彙輯』에서도 거듭 찾아지지만[66], 그러나 양자간의 결연이 있은 후의 상황은 『漂海錄』과 『東野彙輯』에서 완전히 그 양상을 달리하여 나타나고 있다. 『漂海錄』의 경

---

64) 이런 점은 『漂海錄』의 1월 3일조 (라) 項이 후대의 『漂海錄』 유화에서 나타나지 않는 현상을 통해서도 거듭 살펴질 수 있다.

65) 이점에 대해서는 Ⅱ 부에 실려 있는 "〈奴 - 主〉의 어울림과 맞섬"이란 논문과 "야담 문학에 나타난 역사의식", 『글터』 2집,(원광대학교 국어교육과, 1984)을 참조하라.

66) 이야기의 효과적인 전달을 위해 그 내용들이 후자에서는 과감히 산략되고 있으나, 대체로 결연까지의 과정의 경우는 『漂海錄』의 서술체계를 그대로 끌어쓰고 있다고 해도 과언은 아닌 듯이 보여진다.

우, 張漢喆과 趙家女와의 결연이 있은 후 다음과 같이 後會의 기약에 대한 이야기가 서술되고 있는 바,

> 이제 郞子의 말을 들으니, 전일에 꿈 속에서 만난 것도 우연한 일이 아닐 뿐아니라, 오늘밤 잠자리의 즐거움도 하늘이 그 방편을 빌려주어 전생에서 못다 이룬 연분으로서 오늘밤 다정하게 만날 기회를 마련하여 주셨는가 봅니다. 이제부터는 제가 죽는 한이 있더라도 백년고락을 오직 郞子만 받들고 누리고 싶습니다만, 낭자께선 이를 어떻게 하시는지 모르겠습니다. …… (中略) …… 만약 내가 하늘의 도우심을 받아 일찍 과거에 합격하여 남도에서 벼슬을 살게 되면, 蓬島의 약속을 가히 실천할 수 있을 것이며, 蕭湘之逢도 가히 기대할 수 있을 것이다. 그러나 그렇게 되지 못한다면 금세에서는 서로 헤어져 있을 수밖에 없으니 어찌 슬프지 않으리요. 來生에 斗牛에서 만나는 것이 소원이다.[67]

이 그것이다. 위에 든 예문을 통해 張漢喆이 뒤에 趙家女를 어떻게 하였다는 구체적 정황의 서술이 『漂海錄』에서는 전혀 나타나고 있지 않음을 볼 수 있다. 그러나 『東野彙輯』에서는 그것과는 달리 '轉入京中 戰藝黑而歸挈妻趙女作妾'으로 나타나고 있는 바, 이에서 張漢喆이 과거에 낙방한 뒤 뒷날 趙家女를 첩으로 삼았다는 사실을 알 수 있다. 이런 점으로부터 『東野彙輯』 소재 자료에 비하여 한문본 『靑邱野談』 소재 자료가 원전인 『漂海錄』에 더욱 충실한 자료임이 드러나는 바, 그것은 결연 후의 상황이 『東野彙輯』과는 달리 한문본 『靑邱野談』의 경우 『漂海錄』의 서술체계를 그대로 답습하고 있는 현상을 통해서도 거듭 확인된다고 하겠다. 그러나 이러한 몇몇 사소한 차이에도 불구하고, 한문본 『靑邱野談』이나 『東野彙輯』의 편자들은 『漂海錄』의 내용을 그대로 본뜨려는

---

67) 위에서 이미 든 주 (45)의 책, P. 113-114.
원문은 "今聞郞子之言 前日夢裡之逢 事非偶然 今夜枕上之歡 天與其便 以前生未了之緣 辦今宵多情之會 從今以往 妾當矢死靡它 百年苦樂 惟郞子是仰 不知郞子將何以處之乎 …… (中略) …… 若蒙仁天俯佑 使我早年決科 作官南中 卽蓬島之約可踐 蕭湘之逢可期矣 不然卽隔鴛鴦於今世 豈不悲乎 會斗牛於來生 是所願也", P. 172. 18-24행.

의식을 상대적으로 강하게 지니고 있었던 인물들로 생각된다. 그것은 이들 야담집의 편자들이 張漢喆의 『漂海錄』이 지니고 있는 주된 서술면모와 뼈대를 야담집 편찬 당시의 시대적 당위성을 애써 외면하면서까지 해당 자료 내에 그대로 가능한한 수용하려 했던 사정을 통해서 거듭 확인된다고 하겠다.

한편 장생과 趙家女와의 결연 장면이 탈락된 한글본 『靑邱野談』 소재 자료는 장생의 〈苦難 - 克服〉이란 면모의 전달에 가능한한 충실하려 했던 편자의 태도로부터 마련될 수 있었던 것으로 보여진다. 곧 그들이 〈苦難 - 克服〉이라는 서술면모와 뼈대에 초점을 두어 이야기를 전개하고자 했던 의도를 지녔음[68]으로 해서 張漢喆과 趙家女와의 결연이 지니는 의미는 해당 자료 내에서 상대적으로 감쇄될 수밖에 없었고, 이에 따라 자연적으로 그 부분이 해당 자료 내에서 탈락된 것이 아닐까 여겨진다. 여기서 한글본 『靑邱野談』이 한문본 『靑邱野談』의 단순한 번역에 불과하다는, 한글본 『靑邱野談』에 대한 이제까지의 부정적인 인식[69]은 이런 점만으로도 극히 온당치 못한 견해였음이 확인된다고 하겠다.

『漂海錄』類話의 두 계열은 다같이 張漢喆이 뒷날 등과하여 고성 군수에 이르렀다는 내용으로 끝을 맺고 있는 바, 실제로 張漢喆이 과거에 합격한 때는 영조 51년(서기 1755) 1월인 것[70]으로 보아, 이들 類話의 뒷부분은 『漂海錄』에 의거하여 이루어진 것이 아니라 『漂海錄』이 이루어진 시대로부터 조금 더 시기적으로 내려와서의 허구적 부연으로 생

68) 이점은 한글본 『靑邱野談』이 『漂海錄』의 후반부, 곧 1월 9일 (나) 項 이하부분을 다음과 같이 축약·변개시키고 있는 과정 속에서도 쉽게 찾아진다. "…… (前略) …… 도인이 됴젹을 공궤ᄒᆞ여 삼 일을 지난 후의 겨오 니러나 물의 ᄲᅡ져 죽은 쟈 십뉵인을 졔ᄒᆞ고 셩황당의 니르러 잘 도라가기를 빌다. 익일의 사공이 고ᄒᆞ되 슌풍니 부니 가히 건너 가리라 ᄒᆞ거늘 댱싱이 이예 비의 올나 이일만의 강진의 니르러 구울러 도하의 드러가 …… (下略) ……"

69) 조희웅, 『조선 후기 문헌설화의 연구』, (서울, 형설출판사, 1981.) P. 20. "이 책(곧 국문본 『靑邱野談』)이 한문 원전으로부터 직역된 것임은"에서 그러한 부정적 인식의 태도가 여실히 확인된다고 하겠다.

70) 위에서 이미 든 주 (45)의 해제, P. 177.

각된다. 이 부분은 『漂海錄』類話들의 다음 몇 특징들과 결부되어 "소설화되어 수록되어 있다"[71]는 견해를 낳을 수 있었던 한 요인으로 보여진다. 곧 『漂海錄』이 날자별로 일어난 사건들을 순차적으로 적은 기사체 수필의 형태를 갖고 있는데 비하여, 『漂海錄』類話들은 기사체 수필의 한 속성으로 생각되는 날자별 기사의 방식을 따르지 않고 있으며 나아가 문면 문면을 통하여 원전인 『漂海錄』의 내용을 과감하게 刪略하며 하나의 압축된 서사체계를 지향하고 있다는 점 등에서 그렇다고 할 수 있겠다. 나아가 이 부분은 『漂海錄』類話의 정착 과정을 구체적으로 보여주고 있는 것으로 이해되는데, 그것은 원전인 『漂海錄』을 나름의 기준에 의해 축약·압축하는 가운데 기록화하는 동시에, 나아가 一人一事的인 전기적 구성을 미약한 대로나마 야담집 편자들이 꾀하고 있었던 데에서도 충분히 짐작된다. 이에서 다음과 같이 임형택 님이 설정한 한문단편의 형성 과정, 곧

　　　　　구연화　　　　　기록화
근원사실 -------〉 이야기-------〉 한문단편[72]

으로 요약되는 도식이, 우리가 이제까지 다루어 온 『漂海錄』類話의 경우에도 바로 적용될 수 있는 것인지에 대한 의문[73]이 제기된다. 이에 대한 보다 자세한 논의는 별고로 미루기로 하고, 본 절의 논의를 맺고자 한다.

---

71) 서울대 동아문화연구소 편, 『국어국문학사전』, (서울, 신구문화사, 1974.), P. 655.

72) 임형택, "한문단편과 강담사", 「창작과 비평」 49호, (창작과비평사, 1978.가을)

73) 이런 의문은 우리가 이제까지 앞에서 검토해 온 『漂海錄』과 더불어 '廬墓側孝感泉虎'와 같이 하나의 분명한 원전을 갖고 있는 이야기들과 함께 傳으로부터의 변용물로서의 야담 자료들을 함께 묶어 검토할 때, 위의 도식이 전체 야담집에 실려 전하는 모든 해당 야담들의 형성과정에 두루 적용될 수 있는 것인가에 대한 회의에서 유래되는 것이라 할 수 있다.

Ⅲ. 야담의 변이 양상과 의미 연구

1. '洪純彦이야기'의 변이 양상과 의미

가. 연구 성과 검토

洪純彦 일화를 허구적으로 재창작한 이본으로 보이는 『李長白傳』을 大谷森繁74)님이 최초로 학계에 소개한 이래로, '洪純彦이야기'에 대한 연구 성과는 최근 들어 매우 활발하게 나타나고 있다. 여기서 이제까지 나온 연구 성과를 검토하는 작업은 앞으로의 논의 전개에 도움이 될 것으로 여겨진다. 편의상 관계 연구 성과들의 성격을 고려하여 다음 몇 항목으로 나누어 그것들을 살펴보기로 한다. 첫째, 새 자료의 소개·보고를 겸한 성과, 둘째, 일화의 변이 양상과 그 의미를 밝히려는 성과, 셋째, 특정 야담집 소재 서사체에 대한 분석의 성과, 넷째, 해당 자료의 유형을 설정·분석한 성과로 나누어 볼 수 있을 것으로 생각된다.

이에 항목별로 연구 성과를 간단하게 들고, 그것을 검토해 보면 다음과 같다. 첫째, 새 자료의 소개·보고를 겸한 성과로는 위에 든 大谷森繁, 鄭景柱75), 필자76), 李愼成77)님 등의 논문을 들 수 있다. 大谷森繁님은 『李長白傳』을, 鄭景柱님은 『李長伯傳』을, 필자는 『洪彦陽義捐千金說』을, 李愼成님은 『季氏報恩錄』을 각기 학계에 소개한 바 있다. 둘째, 일화의 변이 양상과 그 의미를 밝히려는 성과는 李慶善, 李愼成, 李鍾虎, 필자 등에 의해 일찍이 이루어진 바 있다. 이경선님은 "李長白傳 硏

---

74) 大谷森繁, "『一夕話』·『丁香傳』·『李長白傳』 資料 幷びに解題", 「朝鮮學報」 90집, (朝鮮學會, 1979)
75) 鄭景柱, "資料 『李長伯傳』 附 解題", 「부산한문학연구」 1집, (부산한문학회, 1985)
76) 鄭明基, "洪純彦이야기의 갈래와 그 의미", 「동방학지」 45집, (연세대 국학연구원, 1984)
77) 李愼成, "고전소설 속의 실존 인물에 대하여", 「어문학교육」 10집, (한국어문교육학회, 1987)

究"[78]에서, 『李長白傳』과 洪純彦 일화를 배경·사건·인물 면에서 비교하여, 『李長白傳』이 "'洪純彦이야기'를 그대로 적지 않고 인물의 설정이나 구성을 더 소설적으로 꾸미고, 그 밖의 양국간의 역사적 사건도 효과적으로 가미하여 이루어진 것"(P. 20)임을 밝힌 바 있다. 이경선님은 이어 다시 "洪純彦傳 硏究"[79]라는 논문을 통하여 『於于野譚』, 『通文館志』, 『星湖僿說』, 『熱河日記』, 『東野彙輯』, 『擇里誌』 소재 洪純彦 일화를 대상으로 그 異同點을 구체적으로 밝히는 가운데, 그는 이들 자료집 소재 洪純彦 일화가 "큰 것에 있어서는 서로 같지만, 작은 것에 있어서는 아주 다른 면을 보이고 있다"(P. 7)고 하면서, 그것이 "후대로 내려옴에 따라 洪純彦의 의기와 남을 도와주었다는 음덕을 그가 세운 공로에 결부시켜 이루어진 것"(P. 13)이라고 나름대로 밝힌 바 있다. 한편 이신성님은 "李長伯傳 硏究(1)"[80]에서 주로 『李長伯傳』과 『李長白傳』의 관련 양상을 다루면서, 洪純彦 일화가 이들 두 작품 내에 어떻게 수용·변이되고 있는지를 부분적으로 살펴본 바 있다. 또한 필자는 "洪純彦이야기의 갈래와 그 의미"에서 '洪純彦이야기'는 형태상 洪純彦 일화, 일화에서 소설로 나아가는 단계의 이야기, 소설 등으로 크게 나누어질 수 있음을 밝히고, 이어 특히 洪純彦 일화의 상황 서술단락이 다른 두 형태에 어떻게 수용·변이되고 있는지를 나름대로 살펴본 바가 있다. 李鍾虎님은 "李長伯傳 小攷"[81]에서 『李長伯傳』의 형성 과정과 의식을 다루는 가운데, 아울러 『李長伯傳』의 작가 의식과 주제를 다음과 같이 파악, 제시한 바 있다. 곧 "첫째, 작자는 洪純彦 고사의 변형을 통하여 당대 현실을 반영하려 했다. 그 현실은 근대를 향한 상업주의가 강조되던 때로서 이에 대립하는 온정주의의 문제를 제기한 것, 둘째, 작가의 의식 세계는 미래를 향해 개방적이고 주체적으로 운동하여 서민 출신 역관을 주인공으로 선택 역사 무대의 주역이 될 수 있도록 영웅화한 것,

78) 李慶善, 「인문논총」 3집, (한양대 문과대, 1982)
79) 李慶善, 「한국학논집」 3집, (한양대 한국학연구소, 1983)
80) 李愼成, 「부산교육대학논문집」 21집 1호, (부산교육대학, 1985)
81) 李鍾虎, 「首善論集」 11집, (성균관대 대학원, 1986)

셋째, 주인공의 재물에 대한 동양적 달관 의식에서 연유된 박애주의적 온정의 실천과 신의의 중시는 봉건적 윤리 개념에 충실하기 위해서가 아니라, 근대를 향해 물결치던 상업주의 파행성을 바로잡기 위한 적극적 노력의 한 방법이었다는 것"(P. 72)이 바로 그것이다.

그러나 이들 연구 성과들은 다음과 같은 한계를 지니고 있는 것으로 생각된다. 곧 첫째, 수다한 야담집에 실려 전하고 있는 洪純彦 일화의 총체적 면모와 그에 따른 변이 양상을 미처 검토하지 못한 가운데 이루어진 작업들이 거의 대부분이라는 점, 둘째, 이들 洪純彦 일화가 그 양식을 달리하여 나타났을 때, 그 양식에 수용되어 있을 작가 의식이 어떻게 달리 나타나고 있는가 하는 문제를 적극적으로 고려하지 않았다는 점, 셋째, 이와 같이 수용되었다면, 그 결과 후대에 산출된 다른 양식에서는 전래하던 洪純彦 일화의 서사구조와 서술문면이 어떻게 달리 나타나고 있는가? 또 그 의미는 어떻게 달리 나타나고 있는가? 하는 문제를 제대로 규명해 내지 못했다는 점 등이 그것이다.

한편 특정 야담집 소재 서사체에 대한 연구 성과는 일찍이 李康沃, 李明學, 李愼成, 金碩會님 등에 의해 이루어진 바가 있다. 그 가운데 앞의 두 연구자는 『雪橋漫錄』 소재 자료를, 뒤의 두 연구자는 『西浦漫筆』 소재 자료를 대상으로 그들의 주장을 각기 주장한 바 있다. 이강옥님은 "조선후기 야담집 연구"[82]에서 『雪橋漫錄』 소재 자료의 가치를 해당 서사 문맥에 주목하면서 다음 두 면모에서 구하고 있다. 곧 "첫째, 그 자료가 독립적 구조체로서 서술자·기록자에 의해 인식되고, 둘째, 소설에로 발전할 여지가 구조적으로 보인다"(P. 142)는 주장이 바로 그것이다. 한편 이명학님은 "『雪橋漫錄』 硏究"[83]에서 洪純彦 일화의 뼈대가 안석경의 의도에 의해 어떻게 굴절·수용되고 있는지를 통해 해당 자료 소재 서사체의 특징을 다음과 같이 드러낸 바 있다. 곧 "홍역관의 의기와 석성의 도움, 그리고 報恩緞으로 은혜를 보답한 그녀란 3요

82) 李康沃, 위에서 이미 든 논문.
83) 李明學, (성균관대 한문학과 석사학위논문, 1982)

소"(P.76)가 이 이야기의 근간임을 밝힌 뒤, 그것이 "안석경에 의해 비로소 합리적인 이야기로 짜여졌고, 구성상 치밀하며 현실적인 바탕에서 있다"(P. 78)고 주장한 것이 바로 그것이다. 이신성님은 "『西浦漫筆』에 실린 洪純彦 일화"[84]에서 그간 제대로 밝혀지지 않았던 洪純彦의 가계와 생몰 년대를 몇몇 관계 자료를 통해 밝혀 낸 뒤, 『西浦漫筆』 소재 서사체의 특징을 "洪純彦 일화 가운데서 일화로서의 골격을 갖춘 작품으로는 嚆矢"(P. 62)인 것에서 구하고 있다. 한편 김석회님은 "洪純彦 일화의 전변 과정에서 본 서포의 문학세계"[85]에서, 『西浦漫筆』 소재 서사체의 특징으로 "첫째, 인물 설정에 있어서의 시각의 독자성, 둘째, 주제의 특이성, 곧 인도적 견지에서의 인간 진실의 위대성과 권위주의에 대한 비판 의식, 셋째, 技法上의 특징, 곧 심리 묘사의 도입 등"(P. 425 - 429)을 들고 있다.

그러나 이들 연구 성과들은 얻어진 성과 못지 않게 다음과 같은 나름의 한계를 지니고 있는 것으로 보인다. 곧 수다한 야담집에 실려 전하는 洪純彦 일화군이 지니고 있는 기본적 특성에 견줄 때, 이들 해당 자료 소재 서사체에서 확인되는 변별적 특성은 무엇인지? 나아가 또 이들 해당 자료 서사체의 洪純彦 일화군 내에서의 위상은 무엇인지에 대한 규명을 적극적이고도 구체적으로 밝혀 내지 못한 점 등이 바로 그것이라 할 수 있다.

마지막으로 해당 자료의 유형을 설정·분석한 성과는 金正錫님에 의해 이루어졌다. 그는 "『靑邱野談』과 구전설화의 관련양상"[86]이란 논문에서, 동 자료 소재 '洪純彦이야기'의 유형은 '보은 받아 부귀 얻기'에 해당됨을 밝힌 뒤, 그 이야기의 특성으로 구전 설화보다 허구적 상상력의 적극적인 개입이 적은 점을 지적하고 있다. 이 논문은 현전 설화와 해당 서사체를 비교·분석하여 그 유형과 변이 양상을 부분적으로나마 적

---

84) 李愼成, 「우리말교육」 1집, (부산교대 국어과, 1986)
85) 김석회, 「국어교육」 57·8집, (국어교육연구회, 1986)
86) 김정석, 「문학연구」 5집, (우리어문학연구회, 1987)

확하게 지적해 낸 성과라 할 수 있다.

이제까지 앞에서 '洪純彦이야기'에 대한 연구 성과와 그 한계를 간략하게나마 살펴보았다. 그 결과, 대부분의 연구 성과들은 '洪純彦이야기'를 전하는 수다한 야담집들을 대상으로 행한 논의가 아니라는 데서 '洪純彦이야기'의 총체적 양상과 변이 양상을 살펴보는 데는 일정한 한계가 있는 것임을 알 수 있었다. 이에 필자는 기존 연구 성과들과는 달리 우선적으로 입수 가능한 해당 자료를 수집·검토하고, 나아가 이들 해당 자료들이 지니고 있는 공통 서술문면을 통하여 洪純彦 일화의 뼈대와 의미항은 무엇인지, 또 이러한 뼈대와 의미항이 후대의 양식을 달리 하는 서사물에서는 어떠한 양상으로 굴절·수용·변이 되는지를 구체적으로 살펴 '洪純彦이야기'의 총체적 양상과 변이 양상을 나름대로 정확히 밝혀 보고자 한다. 앞으로 논의·검토될 자료들을 먼저 제시하면 다음과 같다.

1. 『於于野譚』
2. 『菊堂排語』
3. 『公私見聞錄』
4. 『西浦漫筆』
5. 『星湖僿說』
6. 『續齊諧誌』
7. 『擇里誌』
8. 『通文館志』
9. 『燃藜室記述 別集』
10. 『熱河日記』
11. 『溪西野談』
12. 『海東惇史』
13. 『記聞叢話』(장서각본, 연대본)
14. 『靑邱野談』
15. 『東野彙輯』
20. 『瑣編』
21. 『鷄山談藪』
22. 『里鄕見聞錄』
23. 『唐陵遺事』
24. 『大東奇聞』
25. 『中韓詩史』
26. 『東野輯史』 2話
27. 『唐陵君遺事徵』
28. 『韓國口碑文學大系』 1-9
29. 『韓國口碑文學大系』 2-2
30. 『韓國口碑文學大系』 4-5
31. 『韓國口碑文學大系』 6-4
32. 『韓國口碑文學大系』 7-8
33. 『雪橋漫錄』
34. 『晩醒集』

16.『漢京識略』
17.『海東奇話』
18.『海東聞見錄』
19.『叢話』
35.『李長白傳』
36.『李長伯傳』
37.『季氏報恩錄』
38.『洪彦陽義捐千金說』
39.『마원철녹』

나. 洪純彦의 생애와 면모

먼저 논의의 편의상 洪純彦의 생애와 가계를 살펴볼까 한다. 그의 초명은 德龍으로, 字가 순언이었는데 이 자가 이름이 되었다는 설[87]도 있으나 그 진위는 확인되지 않고 있다. 그는 1530년 8월 11일에 嘉善大夫 南陽君을 추증받은 謙의 장남으로 태어나서 1598년 5월 22일에 59세를 일기로 사망한[88] 조선조 선조 때에 名譯으로 크게 활약했던 인물이다.『南陽大譜』및『南陽洪氏世譜』를 참고로 하여 그의 가계를 略示하면 다음과 같다.[89]

87) 정인보 편,『唐陵君遺事徵』, 37장 앞면.
88) 이신성, 위에서 이미 든 주 (84)의 논문, P. 47.
89) 이 부분은 이신성, 바로 앞에서 든 논문, P. 48에서 재인용한 것임을 밝혀둔다.

〈南陽 洪氏 禮史公派 世系圖〉

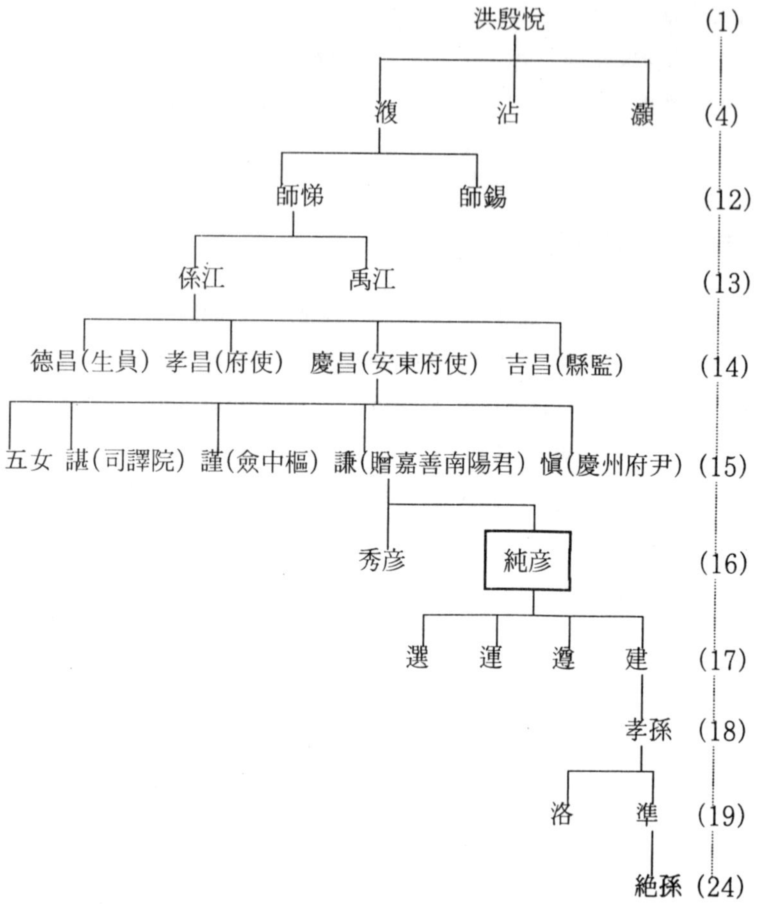

위의 世係圖에서 드러난 바와 같이, 洪純彦은 洪殷悅을 시조로 하여 四世에 禮史 벼슬을 지낸 淯의 후손으로 부친 謙이 嘉善大夫를 증직받은 것을 제외하고는 대대로 벼슬을 했던 집안에서 태어났다. 숙부인 諶이 사역원에 재직하고 있었다는 『南陽大譜』 第 2部編 圖 3의 기록을 통해, 순언이 뒷날 역관으로 활약하는 데 있어 諶이 영향을 끼쳤을 가능성 또한 있는 것으로 보이나, 그것을 구체적으로 증명할 자료가 현재 전해지지 않는 이상 그것은 아직 추론에 그칠 성질의 문제이다.

여기서 다시 『南陽大譜』 제 2부편 圖 3에 나타나고 있는 洪純彦에 대한 관계 기록의 내용을 살펴보면,

> 字 士俊, 庚寅(1530) 8月 11日生, 宣廟朝 卞誣使 贈輸忠翼謨修記光國功臣 判敦寧府使 封唐陵君 行兵曹參判 天朝賜恩紫光祿大夫 戊戌(1598) 5月 22日卒 配貞夫人 溫陽孟氏 戊子(1528)生 庚子(1600) 8月 20日卒 墓 光州謂島越艾串90)

으로 나타나는 바, 순언을 정사인 변무사로 기술하고는 있으나, 이것은 洪純彦 그가 실제로는 변무사를 수행했던 역관에 불과했다는 엄연한 역사적 사실에 비추어 볼 때, 이 기록은 선조를 추숭하려는 후손들의 지나친 존숭 의식에서 기인된 분명한 잘못이라 하겠다. 그는 맹씨를 부인으로 맞아 四男을 두었다. 그의 묘는 서울 뚝섬 근방에 있었고, 그 후손은 24世에서 절손되었다. 『東國文獻錄』에도 이러한 관계 기록이 부분적으로 실려 있는 바, 앞서 든 자료와 큰 차이가 없음을 쉬 알 수 있다.

이제 그러면 정사인 『朝鮮王朝實錄』과 기타 많은 야사집 들에서는 洪純彦의 면모에 대해 어떻게 서술하고 있는지를 살펴, 그것이 후대에 이르러 洪純彦 일화로 정착되면서 역사적 사실에 대한 문학적 수용의 양상이 어떠한 면모로 굴절·수용되며 이루어지고 있는지를 구체적으로 검토해 볼까 한다.

『朝鮮王朝實錄』을 살펴보면, 洪純彦에 대한 기록이 여러 차례에 걸쳐 나타나고 있음을 보게 된다. 그 기록의 대부분은 임진왜란 동안 역관으로 많은 활약을 한 그의 면모를 전하는 데 바쳐지고 있는 것으로 보인다.(선조실록 25년 10월조, 동 26년 3월조, 동 윤 11월조, 동 1월조 등의 기록을 참조하라) 중국의 원병 시기에 대해 밝히 알고 있는 洪純彦이 오기를 기다려 일을 처리하지 않았다는 사정을 전하는 기록91) 등

---

90) 『南陽洪氏世譜』 2권, P. 158.

91) 이런 기록은 『조선왕조실록』에서 흔히 찾아지는데, 여기서는 그 가운데서 선조실록 권 31, 선조 25년 임진 10월의 다음 기록만을 대표적으로 제시해둘까 한

을 살펴보면, 洪純彦이란 인물이 그 당시에 매우 커다란 역할을 맡고 있었던 인물이라는 점을 어렵지 않게 알 수 있다.

이제 여기서 洪純彦이라는 인물이 과연 어떠한 공로로 책훈되고, 또 그 이후의 삶은 어떠한 양상을 띠고 있는지를 먼저 『朝鮮王朝實錄』의 관계 기사를 통하여 구체적으로 살펴보고자 한다. 이에 대한 관계 기록은 선조실록 17년 11월조, 동 24년 2, 5, 11월조, 동 수정실록 23년 등의 여러 곳에서 거듭 나타나고 있다.

> 宗系와 惡名辯誣를 해결하러 갔던 奏請使 黃廷彧, 書狀官 韓應寅 등이 칙령을 받들어 돌아왔다. …… (中略) …… 임금께서 그들을 모화관에서 맞이했다. 종묘에 아뢰어 受賀하고 百官의 직품을 높여 주며 목을 베어 죽어야 하는 重罪人 이하를 다 용서했다. 정욱, 응인과 上通事 洪純彦 등의 벼슬을 높여 주었다. 아울러 노비와 전택 따위를 내려주는 데도 차등을 두어서 했다.92)

> 8월 초하루 庚午日에 光國과 平難에 공훈이 있는 훈신들의 錄券을 반포했다. 제사하여 會盟에 고하기를 법도에 맞게 했고, 상을 내려주는 데도 차등을 두었다. 또한 나라에 크게 赦를 베풀었다. 온갖 관료들은 하례를 하고, 대궐의 뜰에서 잔치를 베풀었다. 광국이란 종계의 그릇된 사실을 바로잡은 것을 이르는 것이다. …… (中略 1) …… 이등공신은 …… (中略 2) ……洪純彦(원주 : 당릉군 역관) 등 일곱 사람이고 …… (下略) …… 93)

위에 든 두 예문으로부터, 필자는 洪純彦이 조선 초기 이래로 계속하

다.
"上日 然卽宋侍郞不來 而大軍先來乎 宋侍郞通報中 有援救朝鮮之語 以此觀之大軍之來 必遲矣 …… (中略) …… 然此旬前 無確的聲息 亦難恃也 上日無詳知之路乎 應寅曰 洪純彦 今日當還 必知師期矣"

92) 『선조실록』 권 18, 선조 17년, 갑신 11월조.
해당 원문은 "宗系及惡名辯誣 奏請使黃廷彧 書狀官韓應寅等 奉勅而還 皇帝錄示會典中改正全文 上迎于慕華館 告宗廟受賀 加百官階 宥殊死以下 廷彧應寅及上通事洪純彦等加資 賜奴婢田宅雜物有差"와 같다.

93) 『선조수정실록』 권 24, 선조 23년, 경인 8월조.
해당 원문은 "八月朔 庚午 頒光國平難 兩勳臣劵 祭告會盟如儀 賜賚有差 大赦國內 百官陳賀 賜宴闕庭 光國爲辯宗系誣也 …… (中略 1) …… 二等功臣 …… (中略 2) …… 洪純彦 (唐陵君 譯官)等 七員 …… (下略) ……"와 같다.

여 문제로 남아 있었던 宗系辯誣를 무사히 해결한 공으로 인하여 2등공신으로, 또 당릉군으로까지 책봉된 저간의 사정을 익히 살필 수 있었다.

이제 곧 살펴 볼 『朝天記』의 기록들[94]은, 洪純彦이 宗系辯誣 時에 구체적으로 행한 일련의 활동들을 잘 보여주고 있어서 洪純彦이란 인물이 높은 지위를 획득하게 되는 전후 상황을 이해하는 데 하나의 도움을 주고 있다. 명 나라와의 사이에서 우리측에서 간 사행의 앞 뒤 사정을 여실히 전해 주고 있는 『朝天記』의 갑술년 8월 12, 14, 17, 18, 19, 25일조에 실린 기록 등에서 그 점 익히 확인된다.

> …… (前略) …… 洪純彦과 安廷蘭 등은 가서 고하기를 지난 해에 본국에서 종계를 개정하여 會典에 續載하는 일을 주청하였는데, 반드시 실록이 완성됨을 기다린 뒤에야 바야흐로 회전을 修纂한다 운운하였습니다. 소인 등이 길에서 들으니 실록은 이미 완성되었다고 하는데, 회전을 새로이 편찬하는 것은 어떻게 되는지 알지 못하겠습니다. 陪臣이 본부에 呈文을 바치고자 하는 까닭에 감히 여쭙는 것입니다.[95]

> 순언은 고하여 말하기를 배신이 老爺께 여쭙는 것은 가만히 듣건대 지금 바야흐로 새 회전을 찬수 한다고 하니 본국의 종계에 대한 사정을 노야께서 굽어보시어 성취시켜 주시기를 바라는 것입니다.[96]

위에 든 두 예문으로부터 洪純彦이 宗系辯誣의 해결을 위해 온갖 실제적인 노력을 쏟고 있었던 인물임이 어렵지 않게 확인된다고 하겠다.

한편 『星湖僿說』의 다음 기록 또한 역사적 사실과 이야기의 거리를 구체적으로 살펴보려는 본 연구의 관점에서는 매우 흥미 있는 자료가 아닐 수 없다. 곧

---

94) 이에 대한 보다 자세한 논의는 李慶善의 "荷谷『朝天記』管見", 『葛雲 文璇奎博士 華甲紀念論文集』,(1985)를 참조하라. 이 논문은 뒤에 그의 연구 단행본 『한국의 전기문학』, (서울, 민족문화사, 1988)에 재수록된다.

95) 『朝天記』 중권, 갑술년 8월 12일조, 『연행록선집』 권 1, (서울, 민족문화추진회, 1982.) P. 146-7.

96) 바로 앞에서 든 책, 갑술년 8월 18일조, P. 157.

…… (前略) …… 지금 듣건대 燕京의 沿路에 養漢的이라는 것이 있는데, 이는 여인의 자태에 따라 받는 값이 정해 있다는 것이다. 임진년 무렵에 洪純彦이 만났던 石星의 愛姬 沈氏도 역시 기생 총중에서 나왔던 것이다.97) (밑줄 : 필자 표시)

이보다 앞서, 본조의 종계를 개정할 때에도 역관 洪純彦이 석성의 애희에게 부탁하여 나라의 명예를 빛내는 공훈을 이루었으니 그(필자주 : 석성)의 은혜 또한 막대한 것이다98) (밑줄 : 필자 표시)

종계의 변무에 당해서도 누차 갔으나 허락을 얻지 못하므로, 조정의 의논이 중국의 일은 재물이 아니고서는 성사하기 어렵다고 여겼는데, 순언은 말하기를 외국의 事勢는 중국과 같지 않으니 만약 이 길을 열어 놓는다면 그 폐단이 반드시 국가가 퇴폐하는 지경에 이를 것인즉, 이 일은 몇 해가 더 지연된들 무엇이 서럽겠는가 하여 마침내 버티고 나갔던 것이다. 임진, 정유년의 청병에 이르러서도 일이 몹시 거창했지만 뇌물을 쓴 일은 일찍이 없었는데, 광해조 이래로부터 국가의 고질이 되어 약으로도 구할 수 없게 되었으니 사람들이 순언의 先見之明에 감복했다고 하였다.99)

가 그것으로, 이들 예문들로부터 우리는 洪純彦이란 인물에 대한 이야기가 이미 그 당시에 어느 정도로나마 유행하고 있었다는 것을 확인할 수 있었다. 그것은 다시 앞서든 첫 자료에서 그 시대 배경이 '壬辰年 무렵'으로 나타난다는 사실과 아울러 석성의 애희가 심씨로 달리 나타나고 있다는 사실을 통해서도 거듭 확인된다고 하겠다. 다른 자료들의 경우, 이 부분이 '丙戌, 丁亥年間'의 일로, 또한 '袁氏의 딸'로 달리 서술되고 있는 바, 이들 양자를 비교해 볼 때 필자의 이와 같은 주장은 나름대로 타당한 것으로 여겨진다. 나아가 위에 든 이들 기록을 통하여 우리들은 洪純彦에게는 남다른 통찰력이 있었음 또한 잘 알게 된다.

한 인물에 따른 역사적 사실과 그것을 토대로 수용·굴절되면서 이루

---

97) 『星湖僿說』 23권, 經史門 官妓조, (서울, 민족문화추진회, 1982.), P. 22.
98) 바로 앞에서 든 책, 經史門 石星條, P. 103.
99) 바로 앞에서 든 책, 9 권, 人事門 洪純彦條, P. 18-9.

어진 이야기 문학 사이에서 드러나는 양자간의 거리를 살피기 위해서도 우리는 洪純彦의 경우 당릉군으로 책훈되고 난 후의 삶이 어떠한 양상을 띠고 있었는지를 관계 기록에 나타난 바를 토대로 일단 검토해 둘 필요가 있겠다.

이런 점은 다음의 기록을 통하여 어느 정도 확인되는데, 곧

> 羽林衛將 洪純彦은 그 근본이 卑微한 데서 나와 禁軍의 將帥가 되기에 마땅치 아니하니 관직을 바꾸기를 청하옵니다. …… (中略) …… 임금께서 답하여 가라사대 洪純彦은 功臣으로 嘉善大夫에 이르른 이이니 아직 불가하다 하고 이에 그 제의를 允許하지 아니했다.100)

가 그것으로, 洪純彦이 宗系辯誣를 해결한 공으로 책훈까지 되었지만, 그 이후의 실제적 삶은 우리가 뒤에서 검토할 '洪純彦이야기'의 경우와는 달리 결코 평탄한 것이 아니었음을 위의 기록은 여실히 보여주고 있다. 물론 그러한 이유는 여러 각도에서 찾아질 수 있겠는데, 다음에 검토할 자료는 그 연유가 어디에서 기인되고 있는지에 대한 일단의 해답이나마 우리들에게 잘 보여주고 있다.

> …… (前略) …… 羽林衛將 洪純彦은 근본이 庶孼에서 나왔고, 또 사람들에게 천히 여기는 바가 되니 …… (中略) …… 罷職하여 등용하지 말 것을 청하옵니다. …… (下略) ……101)

라는 기록을 통하여, 비록 洪純彦이 위에 언급한 것과 같은 혁혁한 공을 이루었고 또한 그로 인해 그가 신분적 상승을 얻게 되었던 점 또한 실재하는 역사적 사실이기는 했지만, 신분적 상승을 이룬 이후에도

---

100) 『선조실록』 권 25, 선조 24년 신묘 4월조.
해당 원문은 "羽林衛將 洪純彦 係出卑微 不合禁軍之帥 請命遞差 …… (中略) …… 答曰 洪純彦 以功臣嘉善之人 未爲不可 不允"과 같다.

101) 바로 앞에서 든 책, 권 25, 선조 24년 5월조.
해당 원문은 "羽林衛將 洪純彦 係出庶孼 爲人所賤 …… (中略) …… 請幷命遞差 …… (下略) …… "와 같다.

계속하여 그가 원래 속해 있었던 生得的 身分에 대해 거듭 문제가 제기되었다는 점에서 볼 때, 洪純彦에 대한 사회의 시선이 결코 긍정적이지만은 않았음을 어느 정도는 충분히 짐작할 수 있겠다. 이것은 곧 중인계층의 신분 상승을 내면적·감정적 차원에서조차 실제적으로 인정하기를 거역했었던 당시대 지배계층들의 고착된 의식의 결과로 이해될 수 있지 않을까 한다.

한편 다음 기록은 洪純彦의 성품이 지나칠 정도로 驕傲했음을 여실히 보여주고 있어서, 이런 洪純彦의 면모가 앞서 밝힌 근본적인 이유와 더불어 그에 대한 비난을 야기한 한 원인이 된 것은 아닐까도 짐작된다.

> …… (前略) …… 員外가 大駕를 길 위에 나오도록 청한즉, 역관된 자는 임금의 수레 앞에 달려가 엎드리며 그 말씀을 啓達하여 써 하교를 稟해야 하는 것이 마땅한 것인데, 唐陵君 洪純彦은 이에 감히 길 위에 선 채로 높은 소리로 말을 전하며 바로 出接하도록 청하니 그 苟簡이 勤實치 못함이 심합니다. …… (下略) ……102)

이제까지 앞에서 洪純彦의 생애와 제반 면모를 검토해 온 결과, 다음 항에서 살펴볼 '洪純彦이야기'에 나타나는 洪純彦의 의기있는 행동은 그의 사람됨을 살펴볼 때 어느 정도 예견 가능한 것임이 드러났다고 하겠다. 이제 항을 달리 하여 洪純彦 일화의 뼈대와 意味網은 무엇인지를 본격적으로 살펴볼까 한다.

다. 洪純彦 일화의 뼈대와 의미

洪純彦 일화가 수록되어 있는 27종의 야담집을 대상으로 하여, 각 야담집의 상황 서술단락의 출입을 검토·분석할 때 洪純彦 일화의 뼈대

---

102) 바로 앞에서 든 책, 권 34, 선조 26년 1월조.
해당 원문은 "員外請大駕 出于道上 卽爲譯官者 所當趨跪駕前 啓達其語以稟下敎 而唐陵君洪純彦 乃敢立于道上 高聲傳語 直請出接 其苟簡不謹 甚矣 …… (下略) ……"와 같다.

가 비로소 보다 객관적인 준거 위에서 마련될 것으로 보인다. 그러나 이와 같이 많은 야담집에 실려 있는 洪純彦 일화의 상황 서술단락을 하나하나 빠짐없이 다 검토·분석한다는 것은 필요한 작업이기는 하겠지만, 그다지 효과적인 작업으로는 생각되지 않는다. 왜냐하면 필자가 조사·검토한 27종에 달하는 야담집에서 찾아지는 洪純彦 일화의 거의 대부분은 몇몇 선행하는 야담집의 관계 기록을 그대로 전사하거나 전사 과정을 통해 흔히 일어날 수 있는 부분적인 첨삭·부연을 담고 있는 자료들에 불과하다는 특성을 지니고 있기 때문이다.

이러한 점을 감안할 때, 이들 27종의 야담집 소재 洪純彦 일화에서 일련의 주된 의미항을 우선적으로 찾아보고, 그것들이 각 야담집에 따라 어떻게 달리 나타나고 있는지를 살펴보는 작업이 요청된다고 하겠다. 나아가 설정된 계열을 통하여 드러나게 될 기본 서사단락이 계열에 따라 어떻게 달리 나타나는지를 살펴보는 작업은 많은 이질적인 면모를 띠고 전해지고 있는 이들 야담집 소재 洪純彦 일화의 서사단락과 뼈대를 밝히는 데 보다 효과적인 방법이 될 것으로 생각된다.

한편 또한 이들 27종의 야담집들 가운데는 그 편자가 분명히 밝혀져 있는 몇몇 야담집들이 있는 바, 이런 점을 통하여서도 원초적인 洪純彦 일화가 시대를 달리 하여 출현하고 있는 야담집들에서는 어떻게 달리 수용·변개되고 있는가 하는 문제 또한 어느 정도 분명히 밝혀지지 않을까 기대된다.

앞 항에서 이미 밝힌 바 있듯이, 洪純彦은 1530년에 태어나 1598년에 사망한 인물이다. 그가 使行 길에 행한 일상적이지 아니한 義氣로운 행위는 바로 그 일상적이지 아니하다는 점으로 해서 당시 사람들의 입에서 입으로 전해질 수 있었을 것으로 보여진다. 나아가 사람들의 입에서 입으로 전하는 것에만 그치는 것이 아니라, 그 일상적이지 아니한 洪純彦의 행위 양상을 顯揚하고자 문자로써 그것을 기록·정착시킨 사람들 또한 당시, 또는 그보다 약간의 시차를 두고 존재했으리라는 것은 어렵지 않게 추단할 수 있다.

여기서 필자가 조사한 범위 내에서 밝힌다면, 洪純彦의 이러한 일상적이지 아니한 행위를 문자를 빌어 채록한 것으로 柳夢寅의 『於于野譚』[103]에 실려 전하는 洪純彦 일화보다 선행하여 나타난 기록은 없는 것으로 생각된다. 그것은 또한 동 자료 소재 洪純彦 일화의 지닌 바 면모를 통해서도 그 근거를 얻을 수 있다. 이제 동 자료 소재 해당 기사를 살펴 그 근거의 일단을 제시할까 한다. 그 기사는 洪純彦뿐만 아니라 같은 역관인 郭之元이란 사람에 얽힌 기록과 병렬·기재되어 있는 특징을 지니고 있다. 이러한 점은, 柳夢寅이 『於于野譚』 내에 洪純彦 일화를 수록하던 당시까지만 하더라도 洪純彦에 대한 완벽한 나름의 서사체가 아직은 형성되고 있지 않았다는 사실을 반증해 주는 것이 되기에 족한 것으로 보인다. 그것은 또한 그 기사가 다만 洪純彦이 예로부터 알고 지냈던, 患難을 만나 家業을 폐하여 그 처자를 다 팔아버린 남자에게 의기를 베풀었다는 내용의 단일 삽화만으로 이루어졌다는 사실[104]을 통해서도 어느 정도 드러난다 하겠다. 아울러 다음과 같은 몇 요인, 곧 洪純彦과 柳夢寅의 생존 시기가 단 30년의 시차밖에는 없다는 사실, 또 洪純彦과 유몽인이 같은 마을 사람이었다는 사실[105] 등을 앞서 든 동 자료 소재 해당 기사의 몇몇 자료적 특징과 함께 묶어 생각해 본다면, 동 자료 소재 洪純彦 일화는 어느 야담집에 실려 전하는 그것보다도 洪純彦이 행했던 의기로운 행위를 있는 그대로 채록하는 가운데 이루어졌을 가능성이 상대적으로 높다는 점[106] 등으로 해서, 『於于野

---

103) 『於于集』附 於于野譚, (서울, 경문사, 1979).

104) 필자, 위에서 이미 든 주 (73)의 논문, P.318.을 참조하라.

105) 이신성은 위에서 이미 든 주 84)의 논문을 통해 홍순언의 생몰년대(1530-1598)를 밝힌 바 있다. 유몽인의 생몰년대(1559-1623)과 비교할 때, 양자 사이에는 약 30년의 시차가 있음을 알 수 있다. 한편 『於于野譚』의 다음 부분 곧 "純彦乃余(필자 주 : 유몽인)同閈人也"를 통하여 우리는 두 사람이 같은 마을에 살고 있었다는 점을 또한 확인하게 된다.

106) 이강옥은 위에서 든 논문에서 『於于野譚』 소재 관계 기사의 성격을 "개별작품들에 대해 서사체로서의 독자성을 인정하려 했지만 실제 작품은 그 의도와는 달리 체계적 서사구조를 지니지 못한 것"(P.140)이라고 파악한 바 있다.

譚』 소재 洪純彦 일화를 '洪純彦이야기'의 원형적 위치에 놓일 수 있는 자료로 비의한다고 해도 그다지 큰 문제는 없을 것으로 생각된다.

한편 『天君演義』를 지은 鄭泰齊의 『菊堂俳語』[107] 소재 洪純彦 일화는, 앞서 살펴본 『於于野譚』 소재 관계 기사가 洪純彦이 남에게 의기를 베풀었다는 단일 삽화만으로 구성되어 있는데 비하여, 洪純彦 일화를 복합 삽화적 양상을 띤 구조물로 기술하기 시작한 최초의 기록으로 생각된다. 『菊堂俳語』의 정확한 편찬년대가 현재 밝혀져 있지 않다고 해도, 鄭泰齊(1612-1669)란 인물의 생몰 년대를 통해 그 점은 어느 정도 확인된다고 하겠다. 그런데 여기서 검토하고자 하는 『菊堂俳語』 소재 관계 기사에 대해서는 학계에서 아직껏 관심을 기울인 바 없는 것으로 보여진다. 다만 『燃藜室記述 別集』의 관계 기사가 『菊堂俳語』를 전거로 삼고 있다는 사실을 통하여, 『菊堂俳語』 소재 관계 기사를 이해·평가하고자 하는 주장이 최근에 시도된 바[108] 있었으나 그 또한 이 자료 소재 기사를 직접 논의의 대상으로 삼지는 않았던 것으로 생각된다. 여기서 필자가 국립중앙도서관 소장의 『菊堂俳語』 소재 관계 기사를 구체적으로 살펴본 결과, 이 자료가 매우 주목할 만한 문면을 지니고 있음을 찾아볼 수 있었다. 그것은 洪純彦의 사람됨을 전해주고 있는 첫 서술상황에 해당하는 문면으로, 곧 '唐陵君 洪純彦은 선조조 때의 역관이었다. 事體를 풀어 알고 의기가 있어 (남에게) 베풀고 주는 것을 좋아하였다. 대개 그 무리들에서 나온 것이로다'[109]란 부분이 그것이다. 이러한 서술문면이 있음으로 해서 뒤이어 나타날 洪純彦의 의기 베풂의 과정이 해당 서사체 내에서 보다 자연스럽게 이해될 소지를 지니게 되는 것으로 보인다. 그 점은 이 해당 부분을 『菊堂俳語』를 전거로 하여 이루어진 『燃藜室記述 別集』의 '어려서부터 落拓하여 의기가 있었다'(少

107) 국립중앙도서관 소장, 단권 단책, 한문필사본

108) 이종호, 위에서 이미 든 논문, P.62-3.

109) 위에서 이미 든 주 (106)의 책, 5장 앞면 9-10행.
원문은 "唐陵君洪純彦 宣廟朝時譯官 而解事識體 有義氣喜施與 盖出乎其類者也"와 같다.

落拓 有義氣)라는 막연한 문면과 비교할 때 보다 확연히 드러난다고 하겠다. 그럼 여기서 『菊堂俳語』 소재 洪純彦 일화의 상황 서술단락을 제시해둘까 한다.

1. 洪純彦의 신분과 사람됨
2. 年少時에, 순언이 通州 青樓의 老嫗에게 美娥를 얻고자 하는 소원을 이름
3. 여인을 만나, 여인이 처한 상황을 탐문하는 순언
4. 여인의 진술
5. 순언의 의기 베풂
6. 일행의 반응
7. 다시 중국에 간 순언, 石侍郎 부인이 자신을 보고자 한다는 말을 듣고 연유를 몰라 의아해 함
8. 부인(전일의 여인)이 전일 순언이 베푼 은혜를 일컫고 일행을 대접함
9. 宗系辯誣의 해결
10. 부인의 보은(報恩緞)
11. 報恩緞洞의 유래와 그 訛傳됨
12. 가) 임란시 石星의 도움
    나) 석성의 流涕
13. 순언의 후일담 (광국공, 당릉군)
14. 순언의 후손 (唐陵種德之報)

위에 보인 상황 서술단락을 통하여, 『菊堂俳語』 소재 자료의 주된 의미항을 제시하면 순언의 의기에 대응하는 보은의 면모는 報恩緞·請兵·宗系辯誣의 해결의 양상으로 나타나고 있다.

그런데 일찍이 위당 정인보 선생은 이 계열에 드는 일련의 야담집에 대해 다음과 같이 관심을 표명한 바[110]가 있다. 『燃藜室記述 別集』,

『通文館志』, 『海東惇史』, 『熱河日記』, 『唐陵遺事』 등의 자료는 '동일한 일을 기술한 것이지만 말의 넉넉함과 간결함, 그리고 자세함과 생략됨 등에 있어서는 다르다'111)는 주장이 바로 그것이다. 그러나 위당 선생의 이러한 주장은 다음 몇 가지 사실을 유념할 때 선뜻 수긍될 수 없는 것으로 생각된다. 첫째, 위당 선생이 『唐陵君遺事徵』을 엮던 당시에 『菊堂俳語』 소재 기사를 미처 입수·검토하지 못했던 것으로 보인다는 점, 둘째, 그 결과로 해서 위에 든 관계 문헌들이 바로 『菊堂俳語』 소재 기사의 내용을 전재·축약·변이하는 가운데 이루어진 자료들에 불과하다는 사실을 간과할 수밖에 없었다는 점, 셋째, 『熱河日記』 소재 기사를 위에 든 관계 문헌들과 계열을 같이 하는 자료로 파악하고 있다는 점 등이 그것이다. 여기서 『熱河日記』 소재 관계 기사가 이 계열에 속할 수 없다는 점에 대해서는 뒤에서 상론할까 한다.

동 자료 소재 관계 기사의 경우, 洪純彦 일화 가운데서 가장 人口에 회자되었던 자료가 아닌가 생각된다. 그것은 필자가 검토하고 있는 27종의 야담집 가운데서 이 자료 소재 기사의 서술문면과 동일한 양상을 지니고 있는 야담집이 다른 계열에 드는 야담집에 비해 상대적으로 훨씬 더 많이 나타나고 있다는 사실로부터도 어느 정도 확인된다고 하겠다.

이제 여기서는 『菊堂俳語』 소재 관계 기사의 서술문면과 동일한 양상을 지니고 있는 야담집들을 들고, 그 야담집들이 각기 지니고 있는 개별적 면모를 드러내어 이 자료 계열 내에서의 변별적 위치를 규명해 볼까 한다. 『菊堂俳語』 소재 관계 기사 계열에 드는 야담집들로는 『燃藜室記述 別集』, 『海東惇史』, 『唐陵遺事』, 『海東聞見錄』, 『通文館志』, 『漢京識略』, 『溪西野談』, 『郊居瑣編』, 『東野輯史』 ①話, 구비대계 1-9, 2-4, 4-5, 6-4, 7-8 등을 들 수 있다. 여기서는 각 야담집들이 지니고 있는 개별적 면모를 통하여, 그 의미와 계열 내에서의 관계 양상은 어

110) 위에서 이미 든 주 (86)의 책, 1-8장.

111) 바로 앞에서 든 책,2장.

원문은 "記述同一事也 而辭之豊約 而詳略異焉"과 같다.

떠한지를 살펴보고자 한다. 먼저 『燃藜室記述 別集』과 『海東聞見錄』은 다같이 『菊堂俳語』를 전거로 하고 있음을 해당 기사의 끝에서 분명히 밝히고 있어서 『菊堂俳語』 소재 관계 기사와의 관계가 쉽게 드러나지만, 그 가운데서 『燃藜室記述 別集』의 경우는 그 중간되는 부분에 補라고 표시한 다음과 같은 부분이 있어 나름의 개체적 면모를 지니고 있는 자료라고 할 수 있다.

> 純彦還國 以公債未償 逮囚多年 時本國 以宗系辯誣 前後十餘使 皆未得請 王怒教曰此象胥之罪也 今行又未准請 當斬首譯一人 於時 諸譯無敢願行者 相與議曰洪純彦 無得生出獄門之望 吾輩宜賠償本贖 出以送之苟得准事而還 在渠爲幸 雖死固無所恨 乃齊進喩其意 純彦慨然許之[112]

이 부분은 이긍익이 엮은 『燃藜室記述』의 기술 태도에 비추어 볼 때, 그 자신이 전거로 삼았던 『菊堂俳語』의 서술문면에 나름의 불만족을 지녔었던 이긍익 자신이 그 부분에 일련의 흥미로움과 합리성을 제공하고자 했던 데서 나온 '조작적 서술'[113]의 산물로 이해된다.

한편 『海東聞見錄』[114]은 검토 결과, 『菊堂俳語』의 관계 기사를 가장 충실하게 축약하는 가운데서 이루어진 자료임이 드러났는 바, 『菊堂俳語』 소재 관계 기사 가운데 '其孫孝孫 癸亥反正 正錄靖社勳 拜肅川府使人以爲唐陵種德之報云' 부분만이 『海東聞見錄』에서 출현치 않고 있다. 이는 『海東聞見錄』의 편자 자신이 『菊堂俳語』 소재 관계 기사를 전거로 삼는 가운데 오직 서사 주인공 洪純彦에 대한 이야기로만 위의 자료를 꾸며내고자 했던 의도적 산물로 생각된다.

『通文館志』[115]는 앞서 살펴본 『燃藜室記述 別集』에서 드러나는 개체적 변이의 면모를 일부 그대로 수용하고 있다는 사실, 곧 '時本國 以宗

---

112) 이긍익, 『燃藜室記述別集』 제 5권, 事大典故 譯舌條, (서울, 민족문화추진회, 1977), P. 429-30. 동 원문은 P. 713을 참조하라.
113) 이종호, 위에서 이미 든 논문, P. 65.
114) 『海東聞見錄』, (필자 소장본, 단권 단책, 한문필사본), 3-4장
115) 김경문, 『通文館志』, (조선사편수회, 1944), P. 100-101.

系辨誣 前後十餘使 皆未得請' 부분의 출현으로부터 『燃藜室記述 別集』과 밀접한 관련을 띠고 있는 자료임이 드러난다.

『漢京識略』116)의 경우, 『通文館志』를 인용하고 있음을 문면 내에서 분명히 밝히고 있어 그 관계 양상은 쉽게 확인된다. 冒頭의 '報恩緞洞俗稱美墻洞 以其音訛傳之致也'란 부분,(이는 『漢京識略』이란 책 자체의 성격을 고려할 때 큰 의미를 띤 개변의 면모로는 여겨지지 않는 것이기는 해도)이 나타나고 있는 점과 후반의 '時朝議 或請堅守鴨江 以觀其變 或云夷狄相攻 中國不必救'라는 부분이 나타나지 않는 차이만이 확인된다.

『溪西野談』117)의 경우, 순언이 여인에게 베푼 금액이 앞서 살핀 대부분의 자료들과는 달리 百金으로 나타나고 있는 바, 이는 『菊堂俳語』, 『西浦漫筆』의 그것과 동일한 것으로 보인다. 한편 순언이 뒷날 광국공신 당릉군으로 책봉되었다는 기록이 나타나지 않는 개체적 변이의 면모를 지니고 있다. 이것은 『溪西野談』의 편자 자신이 전거로 삼았던 『通文館志』를 전재하는 과정에서 적극적인 개작을 행한 때문이 아니라, 소극적인 개작(곧 망각·착오·누락 등과 같은)의 결과 야기된 현상이 아닐까 생각된다.

『郊居瑣編』118) 역시 『通文館志』의 기록을 축약·전재한 것으로 해당 기사 말미에 그것이 명기되어 있고, 그에 덧붙여 자체 내에 별다른 차이를 지니고 있지 않다는 점에서 앞서 언급된 자료들과 같이 『菊堂俳語』 소재 관계 기사 계열에 드는 자료임을 쉬 알 수 있다.

한편 위당 선생이 『唐陵君遺事徵』에서 소개하고 있는 『唐陵遺事』119)의 경우, 『燃藜室記述 別集』의 기록과 대체로 같은 면모를 지니고 있는 자료로 생각된다. 이 자료 또한 뒤에서 살필 『西浦漫筆』, 『記聞叢話』, 『熱河日記』 등과 같이 순언을 당릉군이 아니라 당성군으로 책봉된 것으로 서술하고 있다는 점과 다음 기록, 곧 "萬曆 十九年(辛卯年)에 공(곧

---

116) 柳本禮, 『漢京識略』, (서울특별시사 편찬위원회, 1950), P. 298.
117) 김기동 편, 위에서 이미 든 책, 권 1에 所收.
118) 『郊居瑣錄』, (천리대 도서관 소장본, 3권 3책, 한문필사본), 人卷 13장.
119) 위에서 이미 든 주 (86)의 책에서 재인용.

순언임)이 石星이 병부에 있음을 듣고 석성이 반드시 자기(의 말을) 들을 것이라는 것을 알고 鄭昆壽를 따라 가 援兵을 청하니 마침내 그의 힘을 얻을 수 있었다. 석성이 죽으매 공이 그를 곡하며 때를 지나치도록 슬퍼하다가 더욱 술에 빠져들매 오래지 않아 사망하였다."[120]로 해서 그 나름의 개별적 면모를 지니고 있는 자료로 생각하기 쉽다. 특히 그 가운데서도 둘째 면모, 곧 순언의 죽음에 이르는 상황을 보여주고 있는 부분은 필자가 검토하고 있는 27종의 야담집 내에서는 전혀 발견되지 않는다는 점에서 일견 그 개변적 면모가 중시되어야 할 듯하나, 그러나 이 책의 성격으로 미루어 볼 때 순언을 더 한층 의기있는 사람으로 드러내 보이려 했던 순언의 후손들이 전래하던 '洪純彦이야기'에 위에 보인 것과 같은 색다른 내용까지도 덧붙인 결과 파생되어 나온 개작으로 여겨진다는 점에서 그 개변적 면모는 실상 큰 가치를 부여받기가 어렵다고 하겠다.

『海東惇史』[121] 소재 관계 기사는 앞서 살핀 『燃藜室記述 別集』에서의 개변적 면모를 또한 마찬가지로 지니고 있는데, 여기서 그 편자의 생몰 년대로 미루어 볼 때 그것은 『海東惇史』의 편자 李岱淵[122](1767-1830)이 『燃藜室記述 別集』의 기사를 그대로 전재하는 가운데 나타날 수 있었던 자료로 보여진다. 청병 상황이 출현하지 않고 있다는 점에서만 양자간의 차이가 드러나고 있다.

『東野輯史』[123] 소재 관계 기사(곧 ①話임)는 후반부에 나타나는, 순언이 八旬에 사망했다는 서술문면이 부기되어 있는 점[124]을 제외하고서는 앞서 든 『菊堂俳語』의 관계 기사를 그대로 전재하여 이루어진 자

120) 바로 앞에서 든 책, 8장, 뒷면 1-4행.
원문은 "公聞石星在兵部 知星必聽己 隨鄭公昆壽往請援 竟得其力 星死 公哭之過時而悲 益縱酒 未幾卒"와 같다.
121) 위에서 이미 든 주 (86)의 책에서 재인용.
122) 정인보, 『담원국학산고』, (서울, 문교사, 1949), P. 1.
123) 정명기 편, 위에서 든 주 (8)의 책, 11권에 所收.
124) 바로 앞에서 든 책, P. 141.
"洪以光國功封唐陵君 八旬而終"부분을 참조하라.

료임이 확인된다.

한편 현재 구전되고 있는 구전설화의 경우, 순언이 귀국 후 중국에서 유용한 돈으로 인해 하옥되었다가, 동료들의 도움을 받아 옥에서 나와 중국에 재차 역관으로 나아가게 된다는 상황을 하나같이 다 지니고 있는 바, 이는 앞서 든『燃藜室記述 別集』의 補한 부분과 완전히 부합되는 것이라는 점에서 현재까지 채록·보고된 구전설화 다섯 편 또한『菊堂俳語』계에 드는 자료임에 틀림없는 것으로 보여진다. 그러나『菊堂俳語』계의 경우 여인이 妓房에 나오게 된 이유가 父母俱沒系로 나타나고 있는데 비하여, 구전설화의 경우는 한 자료만을 제외하고서는(2-2) 나머지 모두가 부친이 逋欠한 연유로 해서 여인이 몸을 팔러 나온 것으로 개변이 발생하고 있는 차이를 드러내고 있는 바, 이는 이 설화를 향유하던 화자 또는 청자들이 지니고 있었던 유교적 명분론과 합리성이라는 세계 인식의 기반이 부모의 장례를 치르지 못해 몸을 기생으로까지 전락시켜 그것을 치르려 한다는 서술문면에 만족할 수 없었던 결과로 해서 파생된 현상으로 여겨진다. 한편 7-8의 경우, 훗날 순언과 전일의 여인이 재회했을 때, 석시랑의 부인이 洪純彦에 대해 '稱父'하는 것으로 개변된 면모가 나타나고 있는데, 이러한 칭부 삽화는『熱河日記』에서도 마찬가지로 출현하고 있는 바, 이를 통해서도 양자 사이에 어느 정도의 친연성이 있음이 거듭 확인된다고 하겠다.

다음으로 鄭載嵩(1648-1723)에 의해 1701년에 이루어진『公私見聞錄』[125] 소재 관계 기사의 문면을 주목해 보자.『公私見聞錄』은 뒤에

---

125)『稗林』, (서울, 국학자료원, 1983) 7권, P. 213-4와 권영철교수 소장『公私見聞錄』, (단권 단책, 한문필사본), 73장, 앞면 6행-뒷면 8행을 참조. 이 두 이본을 비교해 본 결과 전자의 경우에는 '洪純彦'으로 맞게 표기되어 있는데 비하여, 후자에서는 '洪彦純'으로 그릇 표기되고 있는 차이를 확인할 수 있었다. 이에 대해 이종호님은 위에서 이미 든 논문을 통해 '그(필자 주 : 구전전승) 결과 본문에서는 <u>洪純彦이 洪彦純으로 표기되어지는 오류가 발견된다. 이 점은 야담이 문자로 창작되는 과정을 보여준</u>(밑줄 : 이종호 표시) 것이라고 하였으나. 그가 연구의 대본으로 삼은 자료가 바로 전자라는 점에서 이 주장은 실상과는 어긋나는 것으로 여겨진다. 여하튼 후자의 자료에서 드러나는

살필 김만중의『西浦漫筆』보다는 시대적으로 뒤에 이루어진 자료임에는 틀림없다. 그러나 이 자료 소재 기사의 경우, 그 제보자가 洪命夏(1608 - 1668)로 명기되어 있다는 점[126]으로 보아, 이 자료 소재 기사는 아무리 그 시기를 늦추어 잡는다고 해도 鄭載崙의 21세(곧 1668년) 이전의 시기에 이미 채록되었을 것으로 보여진다. 이런 점에서 본다면, 鄭載崙의『公私見聞錄』은 앞서 살펴본 바 있는 鄭泰齊의『菊堂俳語』와 거의 같은 시대에 이루어진 자료임을 알 수 있으나,『公私見聞錄』은 많은 점에서『菊堂俳語』의 기록과 다른 면모를 보이고 있어 흥미를 끌고 있다. 이해를 돕기 위해 해당 자료의 서사단락을 먼저 간추려 보이겠다.

1. 洪純彦의 처지 (신분)
2. 순언이 여인을 만나는 상황
3. 순언이 여인이 처한 상황을 탐문하여 알게 됨
4. 순언이 관계 맺기를 피하고, 돈을 내준 뒤 돌아옴
5. 동료들이 순언의 행위를 비웃으나 순언은 그것을 전혀 개의하지 않음
6. 뒷날 순언이 使行했을 때 예부상서의 繼室이 된 전일의 여인을 만나 이에 그 남편의 도움에 힘입어 宗系辯誣를 해결하게 됨
7. 순언은 광국훈, 당릉군으로 책봉됨
8. 상서 부인이 報恩緞을 내어줌

'洪彦純'이라는 이름이 이 경우에서 뿐만아니라『記聞叢話』,『荷潭破寂錄』소재 기사와 나아가 후대의 허구적 변이물인『李氏報恩錄』에서까지도 계속적으로 찾아진다는 점에서, 이것은 '洪純彦이야기'의 서사 주인공을 '洪彦純'으로 잘못 받아들인 화자들에 의해서도 '洪純彦이야기'가 통상적인 전승 경로와는 달리 줄기차게 전승되고 있었던 경우 또한 나타난다는 사실을 반증해 주는 좋은 경우로 생각된다. 이에 여기서는『稗林』소재 관계 기사를 논의의 자료로 삼는다.

126) 바로 앞에서 든 책, P. 214.참조.
"領相洪公命夏 聞於其時長老 言余如是"

위에 보인 서사단락으로부터 우리는 다음 몇 가지 주목할 만한 사실을 발견할 수 있다. 첫째, 여느 야담집과는 달리 이본에 따라 주인공이 洪彦純으로 달리 나타나고 있다는 서술문면의 출현 현상, 이에서 편자·화자가 지니고 있던 의도의 소극적인 작용으로서의 망각·착오 현상 등을 또한 지적해 낼 수 있겠다. 둘째, 여인의 처지를 듣고 순언이 '외국에서 온 천한 역관인 자신이 어찌 감히 중국 재상의 딸을 더럽힐 수 있겠느냐고'(外國賤譯 何敢汚天朝宰相之女耶)하며 사죄한다는 서술문면의 출현, 셋째, 동료들의 비방에도 불구하고 순언이 '조금도 (그 행위를) 후회하지 않는다'(少不悔)는 서술문면의 출현, 넷째 그 주된 의미항이 『菊堂俳語』 계의 기록들과는 달리 宗系辯誣의 해결과 報恩緞의 양상만으로 나타나고 있다는 점 등이다. 여기서 본다면 鄭載崙이 엮은 『公私見聞錄』은, 鄭泰齊가 엮은 『菊堂俳語』와는 전승 계보를 달리 하는 구전 전승물을 토대로 하여 이루어진 자료임이 밝히 드러난다. 『公私見聞錄』은 뒤에 다시 『大東奇聞』에 전재되고 있는 바, 이본에 따라 간헐적으로 나타난 바 있는 洪彦純이란 誤記가 洪純彦으로 바로 잡혀져 있다는 점과 곤단동은 報恩緞洞의 와전된 칭호라는 사실을 밝히고 있는 점을 제외하고서는 양자가 완전히 부합되고 있다.

이들 두 자료(곧 『菊堂俳語』와 『公私見聞錄』)가 구전의 계보를 달리하고 있다는 사실은 다시 『菊堂俳語』, 『公私見聞錄』과 더불어 비교적 洪純彦 일화의 초기 형태로서의 전형성을 또한 지니고 있는 『西浦漫筆』[127)]의 경우를 통해서도 거듭 확인된다고 하겠다. 이제 여기서 동 자료 소재 관계 기사를 검토해 보기로 하자. 그런데 이에 대해서는 이미 이신성, 김석회님에 의한 선행 연구가 발표된 바 있어 한 도움이 된다. 이신성님은 동 자료 소재 관계 기사의 상황 서술단락을 세분하여 16개로 나누었고, 김석회님은 그것을 크게 여섯 서사단락으로 나누어 그 관계 기사의 특징을 각기 살펴본 바 있다.

필자는 여기서 먼저 이 자료 소재 관계 기사의 외형적 특징으로 본화

127) 김만중, 『西浦集』 附 西浦漫筆, (서울, 통문관, 1974).

인 洪純彦 일화를 끄집어 내기 위한 예비 상황부로서의 기능을 갖고 있는 부분, 곧 '여성이 지니고 있는 힘'(女子之力)을 이야기하고 있는 삽화가 하나의 액자적 구성 양식에 해당됨을 주목해 보고자 한다. 이와 같은 액자적 구성 방법을 택했다는 사실 자체는, 서포 김만중이 구전되거나 혹 전대의 문헌에 기재된 관계 자료에 대한 재해석의 시각을 갖고 있었다는 점을 바로 말해 주는 좋은 예라 하겠다. 그것은 다시 동 자료 소재 관계 기사의 다음 몇 면모와 결부될 때, 나름의 타당성을 비로소 얻게 된다. 첫째, 앞서 살펴본 바 있는 관계 자료들의 경우와는 달리, 청루의 主媼가 아닌 牙僧에게 洪純彦이 여인과의 만남을 부탁한다는 서술문면의 출현, 둘째, 會典 頒賜를 아끼고 있다고 여기는 조정의 반응에 대한 서술문면의 출현, 셋째, 여타 관계 자료들의 경우와는 달리 석시랑이 먼저 洪純彦을 만나 칭하한다는 서술문면의 출현, 넷째, 순언이 館中에서 돌아온 뒤에 사신들이 그 연유를 물어 알고 순언을 칭찬한다는 서술문면의 출현, 다섯째, 순언의 사망과 그 아들에 대한 서술문면의 출현, 여섯째, 그 평언에 따른 서술문면의 출현 등이 그것이다. 동 자료 소재 관계 기사 가운데 둘째, 넷째 서술문면의 출현은 앞 Ⅱ장에서 밝힌 바 있는 삽화의 결합에 의해 나타난 변이로 생각되며, 첫째, 셋째 서술문면의 출현은 전래하던 '洪純彦이야기'를 새롭게 꾸며 보이려는 의도를 지녔던 서포 김만중에 의해 마련된 개작이거나 착각의 결과로 해서 나타난 면모가 아닌가 생각된다. 여기서 앞서 살핀 바 있는 『菊堂俳語』, 『公私見聞錄』의 그것과 비교해 볼 때, 『西浦漫筆』 소재 관계 기사에는 의기에 대한 대응항으로 국가적인 대사, 곧 宗系辯誣만이 출현하고 있다는 점은 앞 Ⅱ장에서 이미 밝힌 바 있는 삽화의 분리에 의해 나타난 변이로 생각된다. 이 자료 소재 기사의 주된 의미항이 위와 같다고 할 때, 이것은 이 자료 소재 기사가 『菊堂俳語』, 『公私見聞錄』의 서사 전통과는 또 다른 계보에 속하는 구전 전승물의 채록일 가능성을 바로 알려주는 좋은 보기로 보인다. 물론 서포가 전래하던 구전 전승물을 동 자료 소재 관계 기사에 그대로 채록하지는 않았으리라는 점은 앞서 든 둘째, 넷째 상황 서술단락을 통해서도 확인이 가능하다. 한편 동 자료 소재 관계 기사가 구전 전승물의 채록일 가능성이 높은 것으로 보이는 다른 하나의 근거는 앞서 든 다섯째의 면모에서도 찾아진다. 곧 이 자료 소재 기사에서 보이는 '목숨이 팔십에 이르러 (삶을) 마쳤다'(壽及八旬而終)라는 서술문면은 이미 『菊堂俳語』 계에 속하는 자료로 필자가 앞에서 이미 거론한 바 있는 『東野輯史』 ①화에서도 아울러 나타나고 있는 부분으로서, 여기에서도 『西浦漫筆』 소재 관계 기사가 구전 전승물을 채록·변개하는 가운데 이루어진 자료임이 거듭 확인된다고 하겠다.

위에서 논의해 온 洪純彦 일화의 초기적 면모를 담고 있는 것으로 보이는 세 자료, 곧 『菊堂俳語』, 『公私見聞錄』, 『西浦漫筆』 소재 관계 기사는 모두 구전 전승물을 채록·변개하는 가운데 나타난 자료임이 확인되었다. 그러나 이들 세 자료는 다음과 같은 점에서 그 구전 전승의 계보를 달리 하고 있는 것으로 보여진다. 곧 洪純彦의 의기에 대한 대응항이 첫째, 『菊堂俳語』와 같이 報恩緞·宗系辯誣·請兵의 양상으로 나타나는 경우, 둘째, 『公私見聞錄』과 같이 報恩緞·宗系辯誣의 양상으로 나타나는 경우, 셋째, 『西浦漫筆』과 같이 宗系辯誣의 양상만으로 나타나는 경우와 같이 자료에 따라 분화·수용되고 있다는 점을 통해 그렇게 추단할 수 있다고 하겠다.

이제 李瀷의 『星湖僿說』[128] 소재 관계 기사와 이것을 그대로 전사한 것으로 보이는 『續齊諧志』[129] 소재 관계 기사, 또 李重煥의 『擇里誌』[130] 소재 관계 기사에 대해 살펴볼까 한다. 이들 자료에 대하여 김석회님은 해당 자료에서 드러난 관점의 독자성이란 면에 입각하여 "이들은(필자 주 : 『於于野譚』, 『星湖僿說』, 『擇里誌』 등) 공통적으로 논지가 앞서는 논설적 성격의 글들이라"[131]고 하면서 따라서 "서사적 관

128) 이익, 『성호사설』, (서울, 민족문화추진회, 1982)
129) 『속제해지』, 「조선학보」 92집, (조선학회, 1980).
130) 이중환, 『택리지』, (서울, 조선광문회, 1912)
131) 김석회, 위에서 이미 든 논문, P. 423.

심과 배려는 애초에 배제된 상태에서의 기사라 할 수 있을 것"[132]이라고 주장한 바 있다. 그것은 『星湖僿說』 소재 관계 기사의 경우, 외교 賂門에 대한 비판과 그 고증적 전거로써 기술되었다는 점에서, 한편 『擇里誌』 소재 관계 기사의 경우, 풍수·지리적 관심의 부산물로써 그것이 仍用되고 있다는 점만으로도 나름대로 온당한 주장이라 하겠다. 그런 점에서 『星湖僿說』, 『擇里誌』의 서사단락이 洪純彦 일화의 원형적인 형태에 해당되는 자료가 지니고 있는 서사구조를 일정하게나마 굴절·축약·수용하였을 가능성은 그렇지 아니한 자료들에 비해 더욱 큰 것으로 보인다. 여기서는 그런 사실로부터 다만 이들 자료 소재 관계 기사에서는 의미항의 변모가 어떻게 나타나고 있는지, 또 그런 가운데서 나타날지도 모르는 개변의 양상만을 살펴 보기로 한다. 『星湖僿說』의 경우, 의기에 대한 대응항으로 報恩緞·宗系辯誣·請兵이란 양상이 모두 나타나고 있는 바, 이에서 『菊堂俳語』계와 밀접한 관련 양상을 지니고 있는 자료임이 확인된다. 한편 『擇里誌』의 경우, 의기에 대한 대응항으로 報恩緞· 請兵이란 양상이 나타나고 있는 바, 그것이 어느 계열을 근거로 하여 나타난 자료인가에 대한 의문이 없지 않으나, 앞서 살펴본 여타 자료집의 경우와는 달리 '형과 오누이의 예의로써 의형제를 맺기를 청한다'(請以兄妹禮結義)는 개변의 삽화가 나타나고 있어 관심을 끌고 있다. 이것을 통하여 『擇里誌』가 '아비로 칭한다'(稱父)는 삽화를 지니고 있는 『熱河日記』, 구비대계 2-2. 6-4, 7-8 등과 밀접한 관련을 지니고 있는 자료라는 사실이 확인된다.

『熱河日記』[133] 소재 관계 기사의 경우 뒤에 나온 『東野彙輯』과 『鷄山談藪』에 그대로 전재되고 있기에 여기서는 다만 『熱河日記』 소재 관계 기사만을 살펴도 충분하리라 생각된다. 그런데 『熱河日記』에는 순언의 의기에 대한 대응항으로 報恩緞·請兵의 양상이 나타나고 있다는 점과 앞서 이미 들었던 『擇里誌』에서의 '형과 오누이의 예의로써 의형제

132) 바로 앞에서 든 논문, P. 423.
133) 박지원, 『연암집』, (서울, 경인문화사, 1974).

를 맺기를 청한다'(請以兄妹禮結義)부분과 『熱河日記』에서의 '아비로 칭한다'(稱父)는 삽화의 유사성 등을 고려할 때, 『熱河日記』 소재 관계 기사는 『擇里誌』와 밀접한 관련을 갖고 있는 자료임이 드러난다고 하겠다. 그러나 그 서술문면에서는 몇몇 개변적 면모를 지니고 있는 바, 첫째, 기생의 용모에 따라 값이 정해진 창관에서 순언이 천냥 짜리를 택한다는 서술문면의 출현, 둘째, 여인이 천냥을 내건 데 대한 상황을 진술하고 있는 서술문면의 출현, 셋째, 부친이 포흠하여 가산이 적몰당했다는 서술문면의 출현, 넷째, 순언을 恩父라 칭한다는 서술문면의 출현, 다섯째, 당성군으로 달리 나타난다는 서술문면 등이 그것이다. 이 가운데 특히 셋째의 개변 양상은 필자가 검토하고 있는 야담집 가운데서 『靑邱野談』 계열에서만 출현하고 있는 부분으로써, 이는 유교의 가치 이념을 더욱 공고하게 하려는 의식을 지녔었던 편자·화자에 의해 나타난 변이로 생각된다. 이 점, 넷째의 개변적 양상과 결부시켜 보면 더욱 그렇다는 것이 드러난다. 한편 다섯째에 든 개변의 양상은 편자의 소극적인 개인적 의도의 소산으로 이해된다.

한편 『記聞叢話』134)의 경우, 『叢話』, 『海東奇話』와도 완전히 부합되는 면모를 지니고 있어 한 계열에 속하는 자료라 할 수 있다. 『記聞叢話』 소재 관계 기사는 순언의 의기에 대한 대응항으로 報恩緞·請兵·宗系辯誣의 양상이 나타나고 있어 『菊堂俳語』계와 일정 정도 관계가 있는 자료로 생각된다. 한편 광국공신 당성군으로 개변의 양상이 나타나는 바, 이는 앞서 든 『熱河日記』계에 드는 자료들과 아울러 『中韓詩史』, 『晩醒集』에서도 또한 발견되는 개변의 양상에 불과하기에 적극적인 의미 부여가 어렵다고 하겠다.

한편 『靑邱野談』135) 소재 관계 기사는 뒤에 나온 『里鄕見聞錄』에 그대로 전재되어 있다. 순언의 의기에 대한 대응항으로 報恩緞·請兵이란 양상이 나타나고 있는 바, 이 또한 『擇里誌』, 『熱河日記』계와 밀접한

---

134) 정명기 편, 위에서 이미 든 주 (8)의 책, 6권에 所收.
135) 이우성, 『靑邱野談』 上, (서울, 아세아문화사, 1985).

관련을 맺고 있는 자료로 생각된다. 그것은 또한 부친이 포흠한다는 상황의 동질성을 양자 모두 지니고 있다는 현상을 통해서도 미루어 짐작할 수 있다.

이제까지 위에서 살펴본 27종의 야담집에서 드러나는 상황 서술단락의 출현 여부를 계열별로 묶어 표로 나타내 보이면 다음과 같다.

	菊堂俳語	公私見聞錄	西浦漫筆	星湖僿說	擇里誌	熱河日記	青邱野談	中韓詩史	記聞叢話
액자구성	×	×	o	×	×	×	×	×	×
순언의 사람됨	解事識體 有義氣 喜施與 盖出乎其 類者也	×	爲人 輕財 尙氣 尤善 華語	×	×	×	×	通華 語	×
순언의 소원진술	願得美娥 度此良夜				求絶色	以千金 求薦枕		×	願見 中原 一色
타인의 지시		o	×	×	×	×	×	×	×
주파의 대꾸와 순언의 응대	o	×	×	×	×	×	×	×	o
주파 매개인	o		牙儈	養漢的	o	×	×	×	o
여인의 근지 탐색	o	o	×	o	o	o	o	×	o
순언의 행동	가까이 아니함 은자 백냥	사죄	사죄 백냥	가까이 아니함 돈을 내어줌		이천냥	제인 의 돈을 다내 줌	삼천 금	은자 이백 냥

여인과 순언의 실랑이	×	×	0	×	以兄妹禮結義	恩父	×	×	×
일행의 반응	0	0	0	×	×	×	×	×	×
조정의 반응	×	×	0	×	×	×	×	×	×
순언, 중국에 재차 감	0	0	0	0	0	0	0	0	0
시랑의 청대	×	0	0	×	순언이 나아간 것으로 변이	0		0	부인의 청대로 변이
부인의 환대	0		0	0	×		×	0	0
종계변무의 해결	0	0	0	0	×		×	×	0
부인의 보은	報恩緞 20필	0	×	報恩緞 백필	0	0	0	0	報恩緞 20필
보은단동의 유래	0	×	×	0	×	×	×	0	0
임란 원병	0	×	×	0	0	0	0	0	0
봉군된 순언	광국공 당릉군	광국훈 당릉군	광국이등훈 당성훈	광국공신 당릉군	×	당성군	×	당성군	광국공신당성군
순언의 사망	東野輯史, 唐陵遺事 壽 80	×	壽 80	×	×	×	×	×	×
순언의 후손	孝孫	×	두 아들	×	×	×	×	×	×

계열 자료	燃藜室記述 別集 海東聞見錄 海東惇史 通文館志 漢京識略 溪西野談 郊居瑣編 東野輯史 ①화 唐陵遺事 구비1-9 구비2-2 구비4-5 구비6-4 구비7-8	大東奇 聞	東野輯 史②화	속제해 지		東野彙 輯 鷄山談 藪	里鄉 見聞 錄		叢話 海東奇 話

앞에서 필자는 洪純彦 일화가 收載되어 있는 27종의 야담집을 통해서 洪純彦 일화가 어떠한 주된 의미항을 지니고 있는지에 대해 살펴본 바 있다. 검토 결과 그 주된 의미항은 기록자·轉寫者의 개인적 취향에 따라 달리 나타날 수 있음이 또한 확인되었다. 여기서 가능한 주된 의미항으로, 다음 7가지 양상을 생각해 볼 수 있다. 1) 宗系辯誣, 2) 報恩緞, 3) 請兵, 4) 宗系辯誣·請兵, 5) 宗系辯誣·報恩緞, 6) 宗系辯誣·報恩緞·請兵, 7) 報恩緞·請兵의 양상이 그것인 바, 관계 야담 자료집들에서 어떠한 주된 의미항이 출현하고 있는지를 살펴보는 작업 또한 흥미로울 것으로 보여진다.

『菊堂俳語』계, 『星湖僿說』계, 『記聞叢話』계의 경우, (6)의 뼈대로 이루어져 있는 반면(단, 『海東聞見錄』, 『海東惇史』, 구비대계 1-9, 4-5, 6-4는 제외), 『西浦漫筆』계의 경우 (1)의 의미항을, 『公私見聞錄』계의 경우(구비대계 4-5 포함) (5)의 주된 의미항을, 『熱河日記』계, 『記聞叢話』계, 『擇里誌』계, 『青邱野談』계의 경우(『中韓詩史』 포함) (7)의 주된 의미항을 지니고 있음을 확인하게 되었다.

그런데 여기서 구전 전승물의 경우, 그 지닌 바 동일한 서술문면으로 해서 다같이 『菊堂俳語』계에 속하는 것으로 밝혀져 있는데도, 그 주된 의미항에서는 『菊堂俳語』계의 그것과 같은 양상을 지니고 있는 자료가 단 한 편밖에는 발견되지 않고 있다는 사실은 매우 흥미 있는 사실이 아닐 수 없다. 이는 곧 문헌 자료의 전재라는 현상에 비하여 구전 전승의 현장에서 삽화의 분리와 결합에 의한 변이가 보다 심하게 노정되고 있음을 구체적으로 보여주는 경우라 하겠다. 여기서 구비대계 1-9와 6-4의 경우, 旣出 야담 자료집에서는 보이지 않던 (4)의 의미항을 지니고 있음이 드러나고, 구비대계 4-5의 경우는 (5)의 의미항을 지니고 있는 바, 이는 구연 과정 속에서 제보자의 망각·착오 등으로 인해 발생한 파생형으로 생각된다. 한편 구비대계 7-8의 경우, 그 양상이 정확히 드러나 있지 않아 어느 의미항을 지니고 있는 이야기인가를 밝히기에는 난점이 있다고 하겠다.

이런 점에서 본다면, 洪純彦 일화의 가능한 주된 의미항 가운데서는 (2)·(3)의 양상만이 출현치 않고 있다고 하겠는데, 이는 다음과 같은 까닭에서 연유된 것이 아닐까 생각된다. (2)의 주된 의미항, 곧 報恩緞이 순언의 의기에 대한 대응항으로 출현하는 자료군이 발견되고 있지 않다는 사실은 독자들의 기대 심리적 측면으로부터 그 해답이 구해질 수 있을 것으로 사료된다. 곧 개인적인 의기의 베풂에 대한 개인적 성격을 띤 보은단의 증여라는 보은의 행위는, 개인적의 의기의 베풂에 대한 국가적 성격을 띤 보은의 형태에 비하여 상대적인 관점에서 독자들로부터 별반 큰 관심을 유발하기는 어려웠을 것으로 생각된다. 이런 점에 대한 하나의 방증 자료로 역관 韓瑗에 얽힌 설화를 들 수 있다.

有韓瑗者字伯玉 象胥故事載瑗事 頗與唐陵義救江南女子事相類 瑗嘗赴燕 道過玉田縣 見煬者 手周易讀之 問之 曰家貧 無所得食 爲館夫書故業也 故時不能無諷誦耳 瑗心悽然 憐煬者 出橐銀三十兩贈之 久忘之矣逮遼薊之路 梗從海道如燕 遇大風 飄泊登州之岸 船中人 方幸其得生 而防海兵士 見有異船泊岸 人且登上 迎歐之 促立回船 船中人欲登者止 已登上者 卻且乞哀 相顧不知所爲忽聞鼓吹聲 有官人輿過 瑗時在岸 急前遮陳狀 官人熟視瑗 遽下輿泣下曰公識

我乎 乃玉田縣煬者也 瑗驚問故官人備言賴大人恩 得赴擧中進士 來知登州 不自意見大人於此 此天力也爲酒食勞苦 船中人親送之至燕 所以贈遺之甚厚 此事世人罕知之136)

같은 의기 베풂과 보은에 대한 이야기인데도, 한원 설화는 그 의기 베풂과 보은의 양상이 개인적인 성격만을 지니고 있었던 것이기에 그렇지 아니한 면모를 지니고 있는 洪純彦 일화에 비해 큰 흥미를 얻지 못하고 전승되던 도중에 자연적으로 도태·망각되어 버린 것이 아닌가 하는 추측이 허용된다면, 洪純彦 일화에 대한 새로운 자료가 출현한다고 하더라도 (2)의 의미항만으로 이루어진 洪純彦 일화는 나타날 수 없는 것이 아닌가 생각된다. 이런 점에서 본다면 '報恩緞'이란 삽화는 洪純彦 일화의 전승 과정에서 오롯한 필수 조건은 아닌 것으로 생각된다. 그것은 위에 든 의미항들 가운데서, '報恩緞' 삽화가 아울러 출현하지 않고 있는 가운데서도 구전 전승되고, 또 채록된 자료가 있다는 점을 통해서도 거듭 확인된다고 하겠다.

한편 (3)의 주된 의미항으로 이루어져 있는 자료 또한 필자가 검토하고 있는 자료군 내에서 전혀 발견되지 않고 있다는 점은 '請兵' 삽화만으로 하나의 이야기를 만들어내어서는 무언가 내용상 독자들에게 호응을 얻기가 부족하지 않겠느냐 하는 의구심을 지녔었던 편자·화자들의 태도에서 기인된 결과로 생각된다. 이점은 서포가 '宗系辯誣' 삽화만을 洪純彦의 의기에 대한 대응항으로 마련하는 가운데 洪純彦 일화를 하나의 뛰어난 서사체로 재구해 낸 점과 비교해 볼 때, 전래하던 이야기를 향유하고 재구해 내는 화자·편자의 역량의 정도가 드러난 결과로 달리 볼 여지도 없지 않아 있다고 하겠다.

이제까지 앞에서 洪純彦 일화의 기본 서사단락과 서술문면을 통하여 각 야담집 소재 관계 기사를 몇 개의 계열로 나누고, 각 계열의 주된 의미항은 어떻게 나타나고 있는지를 살펴본 바 있다. 洪純彦 일화의 주

136) 위에서 이미 든 주 (86)의 책, 26장 뒷면 3행-27장 앞면 6행.

된 의미항은 그 이야기를 수용·재구하는 화자·편자의 개인적 취향과 의도에 따라 크게 다섯 가지 가능한 경우 가운데 어느 하나를 택하여 전승·전재되어 왔음을 알 수 있었다. 그것의 지닌 바 사회적 성격에 따라 그 주된 의미항을 略示하면 어느 경우에라도 다음과 같이 나타난다.

개인적인 의기 베풂 : 개인적인 성격의 보은 + 국가적인 성격의 보은

이제, 위에 보인 洪純彦 일화의 주된 의미항을 토대로 하여 洪純彦 일화의 뼈대는 〈義氣와 報恩〉에 있음을 알게 되었다. 이러한 〈義氣와 報恩〉이라는 Theme[137]을 통하여,이 이야기를 향유하는 계층들에게 기록자들이 어떠한 의미를 전달코자 했던 것인가를 살펴보도록 하자.

洪純彦 일화의 의미는, 洪純彦이 행한 의기로 인하여 순언이 속해 있던 사회·국가적 위기가 해결되었다는 문면에서 도출되어야 한다. 따라서 그것은 洪純彦이 행한 의기와 아울러 사회·국가적 위기의 해결에 결정적인 계기로 작용한 娼館之女의 보은 행위를 선양·옹호하는 가운데, 그들의 인간성을 긍정적으로 기리고자 했던 데에 있는 것으로 생각된다. 물론 여기서 娼館之女의 보은 행위 그것은 전적으로 순언의 의기에 대한 대응항으로 나타날 수 있었던 성질의 것이기에, 洪純彦 일화의 보다 근본적인 의미는 특히 洪純彦의 예사롭지 아니한 남다른 문제적 행위, 곧 의기와 그의 사람됨을 기리는데 있는 것이었다고 할 수 있다.

이제까지 필자는 앞에서 洪純彦 일화의 뼈대와 의미를 다루어 왔다. 그런데 항을 달리 하여 다룰 『雪橋漫錄』과 『晩醒集』 소재 관계 기사의 경우, 그것들은 앞에서 밝힌 洪純彦 일화의 서사구조를 차용하는 가운데 이루어진 것인데도 그 서사구조에서 뿐만 아니라 서술문면 또한 그것과 일정한 이상의 차이가 드러나고 있어 세심한 주의를 쏟을 필요가

137) Albert · B · Lord, 위에서 이미 든 책, P. 4.참조.
"By theme I refer to the repeated incident and descriptive passages in the Songs"

있다고 본다. 그럼 이제부터 『雪橋漫錄』과 『晩醒集』 소재 관계 기사의 '洪純彦이야기' 내에서의 위치는 어떠한지를, 각각의 자료에서 드러나는 변이 양상을 중심으로 구체적으로 살펴볼까 한다.

라. 『雪橋漫錄』·『晩醒集』 소재 서사체의 면모와 특징

18세기의 한문단편 작가인 安錫儆[138]에 의해 편찬된 『雪橋漫錄』[139]에 대해서는 이미 몇 편의 논문[140]이 있어 한 참조가 되기에 족하다. 그들 선행 연구가들 또한 『雪橋漫錄』에 실려 전하는 '洪純彦이야기'의 갈래적 특성에 일찍이 중시한 바 있다. 그것을 알아보기에 앞서서, 여기서는 먼저 「雪橋漫錄」에 수재된 '洪純彦이야기'의 줄거리와 그 구조적 특성을 살펴보는 것이 논의 전개를 위해서도 매우 필요할 듯하기에 우선 들어보이면 다음과 같다.

1. 홍역관은 재물을 가벼이 여기고 義를 좋아 하는 것으로 소문이 난 이인데, 매번 使行갔다가 돌아오면 번번이 재산을 다 탕진하고는 했다.
2. 일찍이 연경에 갔다가 길에서 뛰어난 용모의 슬픈 기색을 하고 있는 唱優輩를 만나 그 연유를 물으니, 과거에 급제치 못하고 또한 돈을 다 써서 고향으로 돌아갈 수 없어 먹고 살기 위해 창우배 노릇을 하면서 後擧를 기다린다 하였다. 이에 洪譯이 천금을 그에게 내어주며 후거를 힘쓰도록 권하고, 그것을 받아 쥔 창우배는 홍역의 성명, 관직을 묻고 사례하며 떠나간다.

---

138) 안석경의 생애와 사제 관계 등에 대한 자세한 논의는 이명학, 위에서 이미 든 논문, P. 10-25를 참조하라.
139) 이우성, 『雪橋漫錄』 下, (서울, 아세아문화사, 1986)
140) 위에서 이미 든 이명학, 이강옥의 논문이 그에 해당된다. 한편 이신성 또한 "한문단편의 연구에 대한 소고", 「어문학교육」 5집, (부산국어교육학회, 1982)에서 그 자료적 의미를 간략하게나마 언급한 바 있다.

3. 옥하관에 이르러 홍역이 밤중에 창기가에 가니, 그곳에서 만난 처녀는 마침 그 날이 그 곳에 처음 나온 날이었다. 슬픈 기색을 띠고 있는 여인에게 홍역이 그 연유를 묻자 여인은 자신이 사족의 딸로서 부모 형제 8喪을 만났는데, 장례를 치를 길이 없어 몸을 팔아 천금을 얻어 그 일을 마친 후 제 갈 길로 가려 한다고 이른다. 이에 홍역이 또 천금을 내어주며 그녀로 하여금 治喪토록 하고, 만약 남은 돈이 있거든 가산을 다스려 백년 영화를 누리도록 권하니 여인이 홍역의 성명, 관직을 묻고 사례하며 떠나간다.
4. 여인이 치상한 연후에 靜僻한 곳에 옮겨 사니 구혼하는 자가 구름같이 모여 들었는데, 그때 마침 전일에 홍역으로부터 도움을 받았던 창우배가 高科에 오른 뒤, 그 여인에게 자신 또한 홍역으로부터 도움을 입어 오늘이 있게 되었음을 일러 부부가 된다. 부부는 서로 홍역의 高義를 이야기하며 지내는데, 그 창우인이 훗날 벼슬이 卿宰에 이르니 부귀가 혁연하고, 부인 또한 밤마다 몸소 비단을 짜며 報恩 2자를 새겨놓은 것이 몇 년이나 되었다. 그들은 조선에서 사행이 이르면 홍역이 온 여부를 물으나, 그때 홍역은 전일 그들에게 2천금을 내준 것으로 인하여 종족들이 그 이름을 사행에서 제외해 주기를 청했기 때문에 入燕할 길이 없었다.
5. 그때 조선에는 辯誣使가 모두 準請을 얻지 못하고 돌아가니 이에 창우인이 예부상서로 있으면서 사행에게 만일 홍역이 오면 그 일이 이루어질 수 있을 것이라고 하자 그 다음에 사행이 홍역을 데리고 연경에 들어가게 된다.
6. 홍역이 온 것을 안 禮部之人들이 홍역을 맞아 예부상서 집으로 인도하자, 예부상서와 그 부인이 나와 전일의 은공을 이르며 보은단 백여필과 많은 재물을 내어준다.

7. 이에 변무사도 준청을 얻어 돌아오게 되고, 홍역은 그때 받은 보은단을 내걸어 나라 사람들에게 과시한 연고로 해서 그 사는 동네가 미장동이라 불리워졌다.

위에 적어 보인 줄거리에서도 알 수 있는 바와 같이, 『雪橋漫錄』에 실려 전하는 '洪純彦이야기'는 앞에서 이미 살펴보았던 洪純彦 일화와 여러가지 면에서 차이점을 갖고 있다. 洪純彦 일화의 경우에 있어서는 〈義氣와 報恩〉이 1회적인 사건으로 그치고 있고, 또 보은을 원주체와 보조주체에 의한 것으로 나누어 볼 수 있는 반면에, 『雪橋漫錄』의 경우에 있어서는 〈義氣와 報恩〉이 겹의 꼴로 출현하여 보은의 주체들 사이의 관계는 어느 일방이 결코 처지지 않는 상등성의 양상을 띤다는 차이점이 그것인 바, 이러한 겹 의기와 겹 보은의 구성상 특징과 아울러 의기의 객체였던 창우배와 여인이 훗날 부부 관계로 설정된 상황은, 洪純彦 일화의 경우에 단지 그 여인이 훗날 석성의 繼娶가 되었다고 하는 막연한 상황의 설정에 비해 한결 작가의 의도적인 수법의 결과로도 여겨지며(이에서 구성상의 잘 짜여진 구도를 충분히 엿볼 수 있다), 나아가 하나의 현실적 기반 위에서 이 모든 것이 마련되고 있다는 점에서 그것과 일정 정도 차이를 지니고 있는 것으로 생각된다. 이와같은 견해는 이미 이명학님의 논문에서도 일찍이 지적된 바 있다. 곧 "널리 유포되어 있던 이야기가 안석경의 솜씨로 작품화될 때, 대담하게 인물을 허구적으로 처리하여 소설적인 요소를 강하게 삽입하고 있다. 한편 결혼하는 과정에서도 막연히 석성의 계실이 아니라 합리적(전일의 창우배였던 재상이 그녀와 홍역관과의 사연을 듣고 청혼하는 데서 드러나는)으로 이야기를 만들고 있다"[141](밑줄 : 필자 표시)가 그것이다. 한편 이러한 주장을 보다 논리적으로 보충해 주는 것으로 이강옥님의 논문을 들 수 있다. "『星湖僿說』, 『擇里誌』 소재 洪純彦의 이야기가 처녀의 문제 해결과 洪純彦의 義의 구현이 동일 의미항을 이루어 압축적으로 서

---

141) 이명학, 위에서 이미 든 논문, P. 77.

술되는데 비하여, 이 雪橋에 들어오면서 처녀의 효행이라는 새로운 의미 지향이 일어난다. 즉 서술과정에서 처녀의 효열 행위는 홍의 仁義 구현 못지 않게 크게 부각되는 바, 이는 서술 과정에서 하나의 의미 전환을 이룬다"[142]고 하면서 "아무튼 雪橋에 들어오면서 처음으로 洪純彦에 대한 이야기는 1) 독립적 구조체로서 서술자·기록자에 의해 인식되고, 2) 소설에로 발전할 여지가 구조적으로 보인다"[143]는 주장이 바로 그것이다.

이명학, 이강옥님의 주장을 통해서도 유추해 낼 수 있는 것이기는 하지만, 『雪橋漫錄』에 收載된 홍역관이야기가 비록 창우인과 홍역의 만남을 설정한 장면 따위에서 드러나는 허구적인 요소를 지니고 있다고 하더라도 그것은 洪純彦 일화와 완전히 확연하게 구별되는 것은 아니다. 그것은 아직은 洪純彦 일화의 틀 속에 머물러 있으면서 허구적인 차원의 이야기를 지향하는 과도기적 자료로 여겨진다.

한편 朴致馥(1824-1894)의 문집인 『晩醒集』[144] 권 3에 실려 있는 '報恩錦'은 洪純彦 일화가 악부체로 재창작된 자료인 바, 다음 몇 가지 특성으로 해서 이 자료 또한 『雪橋漫錄』에 버금가는 위치를 해당 자료군 내에서 점유하고 있는 것으로 생각된다. 첫째, 洪純彦 일화의 경우와는 달리, 洪純彦의 신분이 譯人이 아니라 義州 驛人으로 달리 나타나고 있다는 점, 둘째, 의주 富賈가 백금 천냥을 순언에게 주며 물건을 사 오도록 하는 장면이 나타나고 있다는 점, 셋째, 洪純彦 일화의 경우와는 달리, 여인의 아버지가 '적의 모함을 받아 법에 의해 죽은 것'(陷賊而死于法)으로 달리 나타나고 있다는 점, 넷째, 여인이 자결하여 來生之緣을 맺기를 청한다는 상황이 나타나고 있다는 점, 다섯째, 여인이 순언에게 동기를 맺기를 청해 허락받는다는 상황이 나타나고 있다는 점, 여섯째, 다섯째의 상황이 있고 나서 여인이 바늘로 팔을 찍어 성명

142) 이강옥, 위에서 이미 든 논문, P. 141-2.
143) 바로 앞에서 든 논문, P. 142.
144) 朴致馥, 『晩醒集』, 연세대 도서관 소장, 13권 6책. 목활자본.

3자를 팔에다 새겨 넣는다는 상황이 나타나고 있다는 점, 일곱째, 순언이 귀국 후 銀主로부터 고통을 입는다는 상황이 나타나고 있다는 점, 여덟째, 순언이 流離하기를 오래 한다는 상황이 나타나고 있다는 점, 아홉째, 순언이 당성군으로 봉해진 것으로 달리 나타나고 있다는 점 등이 그에 해당된다고 하겠다. 특히 위에 든 아홉 가지 특징 가운데서 첫째·둘째·넷째·여섯째·일곱째·여덟째 특징은 필자가 앞서 검토한 洪純彦 일화의 여러 계열군 내에서도 전혀 발견되지 않았던 면모라는 점에서 '報恩錦'만이 독특하게 지니고 있는 자료적 특성으로 생각된다. 특히 그 가운데서 넷째의 특성을 제외한 나머지 다섯 가지 특성은 곧 이어 뒤에서 살필 소설의 이본 들에서 보이는, 송경 유수가 순언에게 別付銀을 맡겼다가 순언이 마음대로 그 돈을 전용하자 순언에게 그 죄를 추궁하고, 그로 인하여 순언이 여러 해 동안 고난을 겪게 된다는 상황과 동일한 양상을 지니고 있음을 알 수 있다. 그러나 여기서 『晩醒集』 소재 '報恩錦'의 이러한 면모들이 뒤에 검토할 일련의 허구적인 소설 이본들의 영향을 받아 이루어진 것인지, 아니면 그 반대의 경우인지를 현재로서는 분명히 밝혀 낼 수 없는 이상, 차라리 『晩醒集』 소재 '報恩錦'에서 드러나는 일화적 양상을 찾아 그 특성이 무엇인지를 밝혀낼 수 있을 때, 비로소 이 자료의 해당 자료군 내에서의 위치가 보다 선명히 드러나게 되리라 본다. 이런 점에서 셋째·다섯째·여섯째·아홉째의 특성은 그것을 밝히는데 매우 중요한 단서가 될 것으로 생각된다.

洪純彦 일화의 거의 대부분은 부모가 구몰하거나 부친이 공금을 포흠하여 여인이 창관에 나오게 된 것으로 되어 있다. 그런데 구비대계 2-2의 경우처럼 아버지가 간신의 모함을 받아 귀향가는 것으로 달리 나타나는 예외가 있는 바, 일면 그것은 이 자료의 경우와 흡사한 것으로 보여진다. 그렇다고 할 때, 이 자료를 지은 박치복이 당시까지 전해져 왔을, 현재 『구비대계』 2-2에 채록된 자료의 서사구조와 동궤의 구전설화를 채록한 것으로도 생각해 볼 여지가 있다. 한편 그것은 여기서 다시 다섯째·아홉째에서 드러나는 특성을 필자가 앞서 검토해 왔던 관계 자

료들과 비교할 때 나름의 타당성이 다시 확보될 수 있다. 앞서 필자는 『擇里誌』의 경우, 순언이 '형과 오누이의 예의로써 의를 맺기를 청하는'(請以兄妹禮結義) 장면이 있음을, 『熱河日記』의 경우, 여인이 순언을 '부라 칭한다'(稱父)는 장면이 있음을 든 바 있다. 비록 『晩醒集』 소재 '報恩錦'의 경우, 여인이 순언에게 '맺어 同氣가 되기를 청한다'(請結爲同氣)는 것으로 달리 나타나고 있지만, 同氣之情을 맺기를 청한다는 상황과 '형과 오누이의 예의로써 의를 맺기를 청한다'는 상황, 또 '父라 칭한다'는 상황 등은 구전 전승에 있어 얼마든지 발생할 수 있는 변이의 결과라는 사실로 볼 때, 이 자료는 洪純彦 일화와 밀접한 관련을 맺고 있는 자료임이 여실히 드러난다. 한편 '報恩錦'에서는 洪純彦이 당성군으로 봉해졌다는 서술문면이 나타나고 있다. 그것 또한 이미 필자가 앞에서 검토한 『記聞叢話』계, 『熱河日記』계, 『中韓詩史』 등의 몇몇 자료들과 동일한 경우로 보인다. 이런 사실만으로도 이 자료의 위상이 어느 정도 확연히 드러난다고 하겠다. 한편 여섯째에서 드러나고 있는 면모, 곧 동기지정을 맺고 나서 여인이 바늘로 팔에 洪純彦의 성명 3자를 새겨 넣는다는 서술문면은 필자가 검토하고 있는 洪純彦 일화나 소설의 이본을 포함한 어느 자료에서도 전혀 찾아지지 않는 부분인 바, 여기서 다음과 같은 추단이 허용될 수 있지 않을까 한다. 곧 이 부분은 여인이 행할 보은의 마음 가짐을 보다 극명히 보여주고자 했던 의식을 지녔었던 박치복에 의해 마련된 삽화가 아닌가 하는 것이다. 그러나 이 상황이 갖는 비윤리성 또는 비합리성 등으로 볼 때, 이러한 면모는 구전 전승물이나 기록물 등에서 화자 또는 기록자에 의해 채록·전승되기에는 여러 난점이 있었을 것으로 생각된다. 따라서 오직 이 자료에서만 나타나는 것이 아닌가 여겨진다. 이런 점에서 본다면, '報恩錦' 소재 관계 기사는 일화에서 허구적인 단계로 향해 가는 과도기적 산물임이 거듭 확인된다고 하겠다.(그러나 이와는 달리 '報恩錦'이 후대의 허구적인 변이물로부터 일정한 영향을 받아 이루어졌을 가능성 또한 그 자체가 지니고 있는 제반 면모로부터 어느 면 충분히 있을 수 있는 현상으로 사료된다)

이제 항을 달리 하여, 앞서 드러난 洪純彦 일화의 서사구조와 뼈대가 허구적인 이야기에서는 어떻게 굴절·수용되고 있는지, 또 굴절·수용의 양상이 드러나고 있다면 그에 따른 의미의 轉化는 무엇인지를 살펴볼 차례가 되었다.

마. 『李長伯傳』계의 변이 양상과 의미

a. 이본 소개와 그 계열 구분

洪純彦 일화를 토대로 하여 이루어진 허구적 이야기, 곧 소설에 속하는 자료로 다음 네 자료를 들 수 있으니, 곧 『李長白傳』, 『李長伯傳』, 『洪彦陽義捐千金說』, 『季氏報恩錄』 등이 그것이다. 이에 앞으로의 효과적인 논의 전개를 위해 해당 이본들의 서지 상황을 먼저 간략히 소개하면,

가) 『李長白傳』 : 단권 단책(『丁香傳』과 合綴), 가로 21.7 × 세로 22.8cm, 총 28면, 매면 12행, 매행 23자 내외, 한문 필사본, 天理大 도서관 소장본(舊 今西龍本).

나) 『李長伯傳』 : 단권 단책(원제 : 『靑邱別錄』. (『表忠等狀』, 『孝子表狀』, 『烈婦褒狀』외 6편과 합철)), 가로 18.8 × 세로 26.5cm, 총 38면, 매면 12행, 매행 27-33자 내외, 한문 필사본, 鄭景柱교수 소장본.

다) 『洪彦陽義捐千金說』 : 단권 단책(원제 : 『古小說』.(『崔猿亭畵諷南台說』,『王秀才娶妻龍女說』,『李進士者智就三計說』,『道德歌』와 合綴)),가로 19.5 × 세로 28cm, 총 23면, 매면 14-21행(평균 19행 내외), 매행 40자 내외, 한문 필사본, 檀國大 도서관 소장본(舊 金東旭 교수본).

라) 『季氏報恩錄』 : 단권 단책(내제 : 『계시보은록』),가로 22 × 세로 24.5cm, 총 54면, 매면 14행, 매행 17자 내외, 한글 필사본, 필자 소장본.

와 같다.

위에 든 이본들 상호간의 관계 양상이 어떠한지를 살펴보는 작업은, 이들 소설의 이본들에 수용된 洪純彦 일화의 뼈대와 의미의 轉化 양상을 다루려는 본고의 기본 입장을 유념할 때 앞으로 있을 논의 전개에 큰 효과를 제공할 수 있을 것으로 기대된다.

필자의 검토 결과 洪純彦 일화를 토대로 하여 이들 네 이본이 이루어졌음에도, 이들 네 이본은 크게 다시 『洪彦陽義捐千金說』계(이하 『洪彦陽說』로 줄임)와 『李長伯傳』계(『李長白傳』, 『季氏報恩錄』 포함)로 나누어질 수 있음을 알 수 있었다. 『洪彦陽說』계가 『李長伯傳』계에 드는 이본들과는 서사구조에서 뿐만 아니라 서술면모에서도 뚜렷한 차이를 보이고 있다는 점은 바로 『洪彦陽說』계를 『李長伯傳』계와 다른 한 계열로 설정하게 하는 근본 요인이 된다.

이에 『洪彦陽說』계의 서사구조와 서술면모 가운데서 그 두드러진 면모를 보여 앞서의 주장에 대한 한 근거를 제시할까 한다. 『洪彦陽說』계는 『李長伯傳』계의 이본들이 別付銀 삽화, 사은죽 삽화, 越境採蔘 삽화를 중심으로 사건이 전개되고 있는 것과는 달리, 이들 삽화들이 작품내에서 전혀 나타나지 않고 있다는 점에서 『李長伯傳』계의 이본들과 그 서사구조를 달리하는 계열임이 확인된다. 그것은 다시 남주인공의 의기와 이에 대한 여주인공의 보은 행위가 작품을 이루는 근간 요소로 작용하고 있는 『李長伯傳』계의 서사구조와는 달리 『洪彦陽說』계의 경우 남주인공 홍가신의 엽색 행각에 대한 서술문면이 중심을 이루는 전반부와 뒷날 홍가신이 중국에 들어가 행하는 의기와 이에 대한 윤낭자의 보은 행위가 중심을 이루는 후반부로 이루어지고 있다는 서사구조상에 있어서의 크나큰 차이를 통해서도 거듭 확인된다고 하겠다.

한편 『李長伯傳』계에 속하는 이본들의 관계 양상은 어떠한지를 살펴보도록 하자. 앞서도 밝혔듯이, 『李長伯傳』계에 속하는 이본들은 別付銀 삽화, 사은죽 삽화, 越境採蔘 삽화 등을 한결같이 지니고 있어 일견 큰 차이는 없는 이본인 것으로 생각하기 쉬우나, 이 계열에 속하는 이본들은 그러한 공통점 못지 않게 많은 개별적 면모를 각기 지니고 있어 우리들의 세심한 관찰을 필요로 하는 것으로 생각된다.

『李長伯傳』의 경우 첫째, 이장백과 褚娘子의 일생을 卜兆라는 장치를 통해 제시하면서, 그 두 남녀 주인공의 일생을 그 제시된 복조의 실현인 것으로 기술하고 있다는 특징적 면모와 함께, 둘째, 매개자 崔迪의 국적이 중국인 것으로 달리 나타나고 있다는 점, 셋째, 황후가 역관을 통하여 장백의 소식을 듣고 역관에게 500兩을 주며, 그것을 모두 장백에게 전해 주도록 하는 서술문면이 나타나고 있다는 점, 넷째, 장백이 재차 사행 길에 나서게 된 상황이 여타 이본들의 경우와 달리 나타나고 있다는 점, 다섯째, 上使가 귀국 후에 왕에게 取人之方의 그릇됨을 아뢰며, 자신의 사람 알아보지 못한 죄를 아울러 청한다는 서술문면이 나타나고 있다는 점과 같은 개별적인 면모를 지니고 있다.

한편 『李氏報恩錄』의 경우, 위에 소개한 『李長伯傳』과 일정한 이상의 관계를 띠고 있는 이본으로 보여진다. 그 점은 두 이본 사이에서 드러나고 있는 다음과 같은 여러 공통점으로 인하여 쉽게 확인된다.

첫째, 『李長白傳』에서는 松京 留守가 장백에게 別付銀을 내어주는 계기가 드러나고 있지 않으나, 『李長伯傳』과 『李氏報恩錄』에서는 각기 "한번 장백을 보고 그 狀貌를 기이하게 여기어 北征之日에 허다한 은자를 그에게 맡기더라"[145](P.187.7-8행)와 "송도 유슈언슌의 우인(爲人)이 신실(信實)ᄒᆞ믈 혜아려 은ᄌᆞ 일천양을 맛겨"(1장,앞면 6-7행)로 구체적으로 나타나고 있다는 점.

둘째, 장백과 언순이 황제와 황후를 만나 대접받은 연후에 매개인

---

145) 정경주 소장 『李長伯傳』, (「부산한문학연구」 1집 所收).
원문은 "一見長伯 奇其狀貌 北征之日 付以許多銀子"와 같다. 번역문 옆의 숫자는 해당 자료의 면수와 행수를 표시한 것이다. 이하 187-7~8과 같이 표기한다. 이하 동일함.

崔迪, 崔德의 공을 각기 치하하고, 그에게 500금을 준다는 서술문면이 『李長伯傳』과 『季氏報恩錄』에서만 나타나고 있다는 점.

셋째, 황후가 東使를 한 달만 더 유할 수 있도록 황제에게 청하여 허락받는다는 서술문면이 『李長伯傳』과 『季氏報恩錄』에서만 나타나고 있다는 점.

넷째, 황후가 장백과 언순에게 뒷날 사신으로 다시 올 것을, 만일 그렇지 못할 경우 書字로나마 안부를 전하라는 당부가 『李長伯傳』과 『季氏報恩錄』에서만 나타나고 있다는 점.

다섯째, 황후가 장백과 언순에게 函을 내어 주고 사은죽을 다시 돌려준다고 하는 서술문면이 『李長伯傳』과 『季氏報恩錄』에서만 나타나고 있다는 점.

여섯째, 황제가 조선 국왕에게 효유문을 내린다는 서술 문면이 『李長伯傳』과 『季氏報恩錄』에서만 나타나고 있다는 점.

일곱째, 장백과 언순이 황제를 뵈었을 때, 조선 국왕의 죄를 덜어 줄것을 청한다는 서술문면이 『李長伯傳』과 『季氏報恩錄』에서만 나타나고 있다는 점.

이러한 두 이본 사이의 상통점에도 불구하고, 『季氏報恩錄』의 후반부에서 드러나고 있는 몇몇 서술문면은 필자가 검토하고 있는 어느 이본의 경우에서도 전혀 찾아지지 않는, 該本만의 개별적 면모로 여겨진다. 여기서 먼저 해본에서 찾아지는 나름의 개별적 면모를 제시해 둘까 한다.

첫째, 天使가 귀국할 때 임금이 표를 올려 황제에게 사은한다는 서술문면의 출현,

둘째, 서사 주인공(곧 언순임)이 귀국한 후 고난을 겪던 아내와 6,7년만에 재회한다는 서술문면의 출현,

셋째, 언순이 鄕里 故舊를 모아 잔치하고, 금은 보화를 나누어 준

다는 서술문면의 출현,

넷째, 언순이 桂皇后의 지성으로 인하여 자식을 얻게 되었다는 서술문면의 출현,

다섯째, 언순이 이후 4,5년에 한번씩 중국에 들어가 황제와 황후를 뵙는다는 서술문면의 출현,

여섯째, 언순의 4代孫 洪裕 때에 이르러 중국에서 진주 삼백을 공물로 요구함에, 언순의 집에 전래하던 寶貝를 내어 그것을 해결하고, 홍유에게 3천兩과 벼슬을 높여 주었다는 서술문면의 출현

등이 그것이다.

이러한 『季氏報恩錄』의 개별적 면모로부터, 필자는 『季氏報恩錄』이 『李長伯傳』과 밀접한 관계를 띠고 있는 이본이기는 하지만, 바로 그것이 『李長伯傳』을 저본으로 하여 이루어진 이본인 것으로는 생각하지 않는다. 이는 『李長伯傳』과 계통을 같이하면서도 현재까지 보고·소개되지 아니한 이본, 곧 『季氏報恩錄』의 저본이 따로 있을 수 있다는 점을 말하는 것이기도 하다.

한편 『季氏報恩錄』이 『李長伯傳』과 밀접한 관계를 지니고 있는 이본임에도 불구하고 위에 든 사실을 통해 이미 어느 정도 밝혀졌듯이 다음 여러 부분에서 그것이 『李長白傳』과도 동일한 면모를 띠고 있다는 점, 곧 『李長伯傳』과는 달리 주인공의 운명을 예언하고, 그 예언이 실현되는 서사기능을 담당하고 있는 것으로 보이는 卜兆 삽화가 이들 두 이본에서는 전혀 나타나지 않는다는 점, 매개인이 『李長伯傳』의 경우 중국인인 최적으로 나타나는데 비하여, 이와는 달리 이들 두 이본에서는 동국인인 崔德으로 다르게 나타난다는 점, 別付銀을 잃었다고 하는 상황에서 『李長伯傳』의 경우, '守奴에게 잃은 바 된 것'(守奴見失)으로 나타나는데 비하여, 이들 두 이본에서는 "滄海風波로 잃음을 입게 되었아오니"[146](7-앞,5), "만니술오(萬里水路)의 일헛ᄉᆞ오니"(6-뒷,4-5)와 같이

거의 동일한 면모로 나타나고 있다는 점, 『李長伯傳』의 경우와는 달리, 황후가 역관 편에 長白과 언순의 소식을 듣고 역관에게도 일정한 금액을 내어 준다고 하는 서술문면이 나타나고 있다는 점, 『李長伯傳』과는 달리, 長白과 언순이 재차 중국에 갈 때 副使에게 銀子를 바쳐 가게 되는 것으로 달리 나타나고 있다는 점, 『李長伯傳』과는 달리 조선의 임금이 바로 長白과 언순을 安寧君과 安養君으로 봉하는 것으로 달리 나타나고 있다는 점 등으로부터 이러한 필자의 주장은 과히 틀린 것은 아니리라 본다.

한편 『李長白傳』 또한 다음과 같은 나름의 개별적 면모를 지니고 있는 것으로 보여진다.

첫째, 황후가 장백을 다시 만나 장백의 은공을 기리며 思恩詩를 읊는다는 서술문면이 나타나고 있다는 점,
둘째, 황후가 황제에게 六罪를 청하는 서술문면이 나타나지 않고 있다는 점,
셋째, 장백이 처음 중국에 나아가게 될 때의 정황의 차이가 드러나고 있다는 점,
넷째, 장백이 뒷날 최덕에게 사례하는 서술문면이 나타나지 않고 있다는 점,
다섯째, 장백이 황제의 설연 시에 조선 국왕의 죄를 덜어 달라고 주청하는 서술문면이 나타나지 않고 있다는 점,
여섯째, 황후가 사신이 왕래할 때마다 안령군의 안부를 묻고, 또 예단을 내려 준다고 하는 서술문면이 나타나고 있다는 점,
일곱째, 안령군이 죽었을 때 황후가 향촉을 갖추어 예관을 보내어 弔祭케 한다는 서술문면이 나타나고 있다는 점.

---

146) 천리대 소장 『李長白傳』, 「조선학보」 90집, (조선학회, 1979.)所收.
원문은 "滄海風波見失"과 같다.

위에서 이제껏 洪純彦 일화를 토대로 하여 이루어진 네 이본의 관계 양상과 이들 이본들이 각기 지니고 있는 개별적 면모에 대해 간략히 살펴본 바 있다. 이들 네 이본은 크게 보아 『洪彦陽說』계와 『李長伯傳』계로 나누어짐을 알 수 있었고, 그 가운데서 『李長伯傳』계의 이본들은 각기 많은 개별적 면모를 지니고 있다는 사실 또한 밝혀진 바 있으므로, 次項에서 『洪彦陽說』계와 『李長伯傳』계 모두를 대상으로 할 때, 洪純彦 일화의 변이 양상과 의미를 밝히려는 필자의 의도가 비로소 제대로 성취될 수 있을 것으로 기대된다. 이들 이본들에서 각기 나타나고 있는 개별적 면모가 지닌 의미에 대해서는 節을 달리 하여 살펴보기로 하고, 여기서는 먼저 네 이본의 관계 양상만을 표로 나타내 보일까 한다.

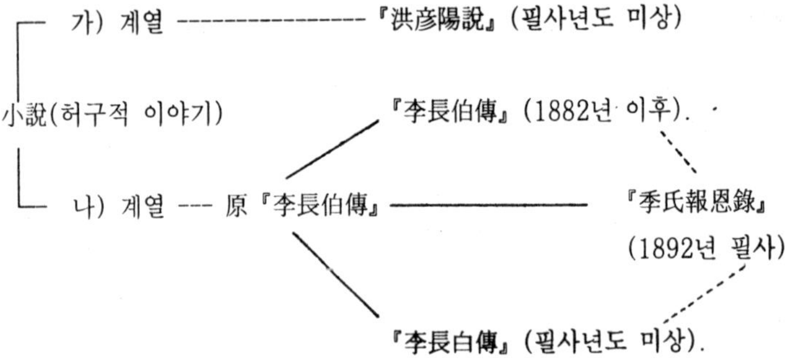

위에 든 표를 통해, 洪純彦 일화가 소설로 이루어진 시대는 洪純彦 일화의 형성·정착 과정과 아울러 현전하는 이들 네 이본의 필사년대 등을 고려할 때, 아무리 올려 잡는다고 해도 19C 초엽을 넘어서지는 못할 것으로 드러난다고 하겠다.

b. 『李長伯傳』계의 변이 양상과 의미

『李長伯傳』계에 드는 세 작품, 곧 『李長伯傳』·『李長白傳』·『季氏報恩錄』은 洪純彦 일화가 허구적인 이야기, 곧 소설로 재창작된 이본들 가운데 한 주류적인 위치를 점하는 것으로 보인다. 이에 필자는 먼저

『李長伯傳』계의 이본들을 통해 그 변이 양상과 의미를 밝혀 볼까 한다. 그런데, 필자는 앞에서 이들 『李長伯傳』계 이본들이 別付銀 삽화, 사은죽 삽화, 越境採蔘 삽화 등을 근간으로 하여 이루어진 작품이란 것 또한 밝힌 바 있다. 이에 먼저 이들 『李長伯傳』계의 이본들이 지니고 있는 공통 서사단락을 들고, 나아가 그 계열에 드는 각 이본들이 지니고 있는 개별적 면모까지도 함께 아우르는 가운데 논의할 때, 『李長伯傳』계에서 드러나고 있는 변이 양상과 의미가 보다 확연히 드러나리라 본다.

『李長伯傳』계의 이본들에서 두루 발견되고 있는 공통된 서사단락을 제시하면 다음과 같다.

1. 주인공의 인물됨
2. 주인공이 중국에 가게 되는 상황
3. 송도 유수가 주인공에게 別付銀을 맡겨 物貨를 무역케 함
4. 주인공이 매개인을 만남
5. 주인공이 매개인에게 자신의 소원을 이름
6. 주인공이 患難에 처한 여인을 만나 여인이 이르는 사연을 듣고 의기를 베풂
7. 주인공이 여인에게 송도 유수가 내주었던 別付銀을 다시 보탬
8. 여인이 주인공에게 사은죽을 보내 後會를 기약함
9. 귀국 후, 주인공은 별부은을 잃은 죄로 인하여 고난을 겪음
10. 여인이 그 뒤에 황후가 되어 報恩緞을 짜며 은공 갚을 날을 기다림
11. 황후가 동국 使節들에게서 주인공의 소식을 듣고, 돈을 내어 주며 주인공으로 하여금 後行에 오도록 함
12. 越境採蔘으로 인하여 중국인을 살해하는 사건이 일어남
13. 조선에서 사신을 보내어 곡절을 발명코자 하니, 이에 주인공이 역관으로 중국에 재차 들어가게 됨
14. 황후가 주인공이 중국에 왔음을 듣고, 사은죽으로 그 진위를

확인함

15. 황후가 황제에게 자신의 겪었던 사연을 아뢰며, 보은할 수 있기를 청해 허락 받음
16. 황후가 주인공과 재회하여 그리던 정회를 펴고, 보은단을 내어줌
17. 上使가 전일 주인공에게 행했던 처사를 후회함
18. 황제가 설연하여 주인공을 환대함 (이상 세 이본 동일)
19. 주인공이 매개인의 공을 치하하며 돈을 내어줌
20. 황후가 東使를 한 달 더 머물도록 황제에게 청함
21. 황후와 황제가 주인공에게 後會를 당부함
22. 황후가 寶貝로 가득한 白玉函을 주인공에게 내어주는 일방, 가져갔던 사은죽을 그에게 다시 돌려 줌
23. 황제가 조선 국왕에게 효유문을 내림
24. 상이 전후 사연을 알고 주인공을 치하함 (이상 『李長伯傳』과 『李氏報恩錄』이 동일)
25. 주인공이 封君됨
26. 주인공이 영귀함 (이상 세 이본 동일)

위에 든 26개의 공통 서사단락을 미루어 생각해 보더라도, 『李長伯傳』계 이본들 또한 洪純彦 일화의 서사구조와 대차 없는 가운데 이루어진 작품임을 어렵지 않게 알 수 있다. 그러나 『李長伯傳』계 이본들은 많은 점에서 앞서 살핀 洪純彦 일화와 다른 서사단락과 서술면모를 지니고 있는 작품인 것으로 보인다.

특히, 그 가운데서도 서사단락 (3)에서 보이는 別付銀 삽화, 서사단락 (8)에서 보이는 사은죽 삽화, 서사단락 (12)에서 보이는 越境採蔘 삽화 등은 洪純彦 일화군 내에서는 전혀 발견되지 않았던 부분이다. 이것은 이들 세 서사단락을 통하여 해당 작품 내에 보다 더한 일련의 복선적 구성과 그로 인한 긴장·갈등 양상을 예비하고자 했던 의도 아래 나름대로 새로이 개인적 의도를 드러낸 결과로 나타난 현상으로 여겨진

다. 이런 점에서, 이들 삽화들이 전혀 출현치 않고 있는 『洪彦陽說』계에 비해 『李長伯傳』계에서 작품내적 긴장과 갈등이 한결 더 구체적으로 그려진다고 하는 것은 어느 면 자연스럽기까지 한 현상으로 보여진다. 그것은 따라서 각 삽화 나름대로 『李長伯傳』계 이본의 서사단락 내에서 일정한 기능을 각기 담당하고 있는 것이라 할 수 있다.

別付銀 삽화의 경우, 송경 유수가 별부은을 주인공에게 내어 준 애당초의 의도와는 달리 그것이 사용되었다는, 곧 주인공이 어려움에 처한 여인에게 그것을 자의로 전용하였다는 사실로부터, 그것은 송경 유수의 기대를 저버린 행위 바로 그것이었다고 할 수 있다. 이런 점에서 이 삽화는 송경 유수가 주인공을 문죄한다는 데서 거두어질 합리성과 아울러 주인공에게 고난과 위기를 부여하면서 작품내적 흥미와 갈등을 극대화하려는 기능을 띠고 나타난 한 문학적 기법이 아닌가 보여진다.

한편, 사은죽 삽화의 경우, 앞으로 두 사람의 만남이 반드시 다시 있게 되리라는 것을 예비하는 기능과 함께, 그 만남에 따른 나름의 객관적 준거의 제시를 통해 흥미를 더욱 고양해 보이기 위한 기능을 담당하는 것으로 생각된다.

越境採蔘 삽화는 앞서 살핀 바 있는 별부은 삽화와 사은죽 삽화에서 야기되었고, 내포되고 있는 기능 곧 주인공의 개인적 고난으로부터의 벗어남과 함께 주인공과 여인의 만남을 가능케 하기 위한 의도를 지녔었던 轉寫者의 개인적 의도에 의해 나타난 의도적 개작의 결과로 생각된다. 이런 점에서 서사 전개의 합리성 추구라는 일련의 의도가 이본 내에서 줄기차게 작용하고 있음을 어렵지 않게 간취해 낼 수 있다.

그런데, 越境採蔘 삽화는 宗系辯誣나 請兵으로 인해 주인공과 여인이 다시 만나게 된다는 洪純彦 일화의 서술문면을 개변한 것으로 생각된다. 이러한 개변은 『李長伯傳』계 이본들이 창작되던 당대의 시대적 상황이 이본 내에 일정하게 반영된 결과 나타난 것으로 보여진다. 그것은 곧 洪純彦 일화의 종계변무나 청병이란 서술면모가 『李長伯傳』계에서 나타나지 않는 현상을 통해서도 확인된다. 이에 『李長伯傳』계 이본의 작가들은 독자들로부터 현실적으로 호응과 흥미를 얻어내기 위하여, 숙종 때에 들어와 중국과의 사이에서 실제적으로 발생했던 역사적 사건[147]을 작품 내의 한 삽화로 채택했던 것이 아닌가 생각된다.

이런 점에서 본다면, 이들 『李長伯傳』계 이본에서의 이들 세 삽화는 작가에 의해 의도적으로 마련된 부분으로 생각되며, 그것은 또한 작품 내에서 상호 밀접하게 조응하는 유기체적 구성인자로서의 기능을 갖고 있다고 할 수 있다. 그러나 이들 세 삽화의 이본 내에서의 출현 양상은 이본에 따라 조금씩 그 양상을 달리 하고 있어 흥미를 끈다. 먼저 別付銀 삽화의 경우부터 검토해 보도록 하자.

別付銀 삽화가 『李長伯傳』계의 이본들 내에서 앞서 말한 바 있는 기능을 맡고 있다고는 해도, 송도 유수가 장백에게 별부은을 내어 주는 계기라든지 또는 별부은을 장백이 여인에게 내어 주는 상황, 나아가 별부은을 전용하고 난 뒤, 장백이 겪는 고난 등의 면모는 이본에 따라 한결같지 않게 나타나고 있는 바, 이것이야말로 이본을 창출해 낸 작가 자신들이 지니고 있었던 개인적 의도가 작용하고 있는 결과로 보인다.

이러한 면모를 해당 이본들을 통해 구체적으로 살펴보면, 『李長白傳』의 경우 "송경 유수가 은자 千兩을 내어 장백에게 맡겨 가로되 네가 돌아올 때 貿貨하여 오라 하니 長白이 감히 사양치 못하고 인하여 받았다."[148](1-앞,6~7)란 문면에서 드러난 바와 같이, 송경 유수가 별부은을 장백에게 그냥 내어 주고, '화물을 무역하여 오'도록 명하는 것에서 그것이 나타나는데 비하여, 『李長伯傳』이나 『李氏報恩錄』의 경우, "신(필자 주 : 곧 전일의 송경 유수)이 한번 장백을 보고 그 狀貌를 기이히 여겨 北征之日에 허다한 은자를 맡겼은즉 이미 믿지 아니하는 마음이 없었고"[149](187-7~8)와 "송도 유쉬 언슌의 우인(爲人)이 신실(信

147) 이종호, 위에서 이미 든 논문, P. 70.

148) 원문은 "(松京) 留守 以銀子千兩 出付於長白曰 汝其回還時 貿貨以來 長白不敢辭而受"와 같다.

149) 원문은 "臣一見長伯 奇其狀貌 北征之日 付以許多銀子 則已無不信之心 ……(下略) ……"과 같다.

實)ᄒᆞ믈 혜아려 은ᄌᆞ 일천양(一千兩)을 맛겨 물화롤 화미ᄒᆞ라 ᄒᆞ엿더니"(1 -앞,6~8)라는 문면에서 드러난 바와 같이, 송경 유수가 長伯 또는 彦純에게 별부은을 맡기게 되는 것은 장백 또는 언순의 사람됨을 그가 간파한 뒤의 일로 나타난다. 이런 점에서 『李長伯傳』과 『季氏報恩錄』의 작가들은 『李長白傳』의 작가에 비해 한결 더한 합리성의 추구라는 정신을 지니고 있었던 존재였음이 드러난다.

여기서 별부은을 장백이 여인에게 내어 주는 상황과 이것을 받는 여인의 태도가 이본들에 따라서 어떻게 달리 나타나고 있는지를 살펴보기로 하자. 『李長白傳』의 경우, 桂娘이 전일 받았던 長白의 도움에 대해 酒饌을 시비 편에 보내어 고마움을 표하며 '不覺流涕'한다. 이에 長白이 崔德에게 이르는 다음과 같은 말을 통해, 長白이 최덕 편에 별부은을 桂娘에게 보내는 상황이 나타나고 있다.

> 桂娘子 以稚年女兒 能出人所難行之計 如非誠孝之出天 豈能如是耶 精誠所格 鬼神感動 況於人乎 吾不忍其窮無葬需 而前日所賻者 極其殘薄若更不俯賜 不足成禮 卽初不如不給之爲愈也(5-앞,5~8)

한편 『李長伯傳』에서는 崔迪과 더불어 옥하관에 돌아가 몰래 별부은 一千兩을 그에게 내어 주며, "百兩 銀子는 네 喪事를 치르는데 소용될 葬具를 갖추는데 족하지 않다. 바라건대 이것(필자 주 : 별부은)을 소저에게 갖다 주게나."150)(214-5) 한 것에서 나타나고 있다. 또한 최적이 다른 두 이본들과는 달리 그것을 "굳이 사양하다가 얻지 못하고"151)(214-6)) 楮娘에게 갖다 준 뒤, 그것을 사양하고자 하는 楮娘에게 孟夫子와 衛館人의 故事를 들어 그것을 받아들이도록 설유하는 면모를 지니고 있는 문면에서 그것이 거듭 나타나고 있다. 한편 千兩을 받아 쥔 여인의 면모 또한 다른 두 이본들과는 달리 나타나고 있으니, 곧

---

150) 원문은 "百兩銀子 不足爲四喪葬具 請以此歸遺小姐"와 같다.
151) 원문은 "固讓不獲"과 같다.

況君子傾財好施 家産必破於眼前 久客還家 行橐必空於道中 請還今日之餽 不以不閱之患 反爲君子之憂(213-4~5)

이 그것이다.

위에 든 이런 두 면모만을 통해서도 褚娘을 상대방의 처지까지도 고려하는 심지 깊은 여인으로 형상화하기 위한 작가의 의도가 충분히 드러난다고 하겠다. 이는 褚娘이 長伯이 준 돈을 받는 것이 도리라는 崔迪의 권유를 받아들이지 않다가 長伯의 다음과 같은 말,

昔石曼卿 受范堯夫一舟麥 而不辭其多 賤生 已知小姐之窮 窮於石曼卿不使范堯夫恥獨爲君子也 小姐何辭焉(213-6~7)

을 최적 편에 거듭 전해 듣고,

堯夫之惠施於乃父之友 李君之惠於異國之人 今人之賢於古人遠矣 稱頌大德 感淚如雨(213-7~9)

한 끝에, 결국 그것을 다시 사양치 않고 받아들이고 있는 인물로 그리고 있는 데서도 거듭 드러난다. 이와 같은 부분은 별부은 一千兩을 받고 그에 대해 致謝한 연후에 자신의 집에 찾아 와 못다한 정회를 펴고, 피차의 얼굴을 익히기를 청한다는 『李長白傳』의 桂鳳娘, 『季氏報恩錄』의 季鳳鸞의 행위가 유교 윤리의 실천 규범에 걸맞지 아니한 것으로 인식하고 있던 『李長伯傳』의 작가가 褚娘을 다른 두 이본의 여성 주인공들과는 다른 면모로 다시 형상화해 낸 데서 기인한 현상으로 이해된다.

한편 『季氏報恩錄』의 경우, 崔德의 집에 돌아와 彦純이 최덕에게 그 여인의 근지를 물어 사실과 다름이 없음을 확인한 뒤, 바로 "송도 유싊 맛긴 은ᄌ 일천량의 일빅을 쥬고 구빅 량이 잇ᄂ디라. 마ᄌ 너여다가"(4-뒷,5~7) 최덕을 준다고 하는 문면에서 드러나듯이, 『季氏報恩錄』은 그 나름의 개별적 면모를 지니고 있는 이본이라 생각되는데, 이는

『李長白傳』에서 長白이 최덕에게 그 여인의 근지를 물어 사실과 다름이 없음을 확인한 뒤에, 다시 桂娘과 長白이 계낭의 시비를 매개로 하여 서로를 치하하다가 娘子가 '不覺流涕'하며 지내던 중, 長白이 별부은을 최덕에게 내어 준다고 하는 점에서의 차이와 아울러 여인에게 내어 준 금액의 차이(여타 두 이본에서는 다같이 一千兩으로 나타남), 또한 그것을 받은 최덕의 태도(『李長伯傳』에서는 여타 두 이본들의 경우와는 달리 최적이 '固讓不獲'한 것으로 나타남)의 차이 등에서 쉬 확인된다.

이제 주인공이 별부은을 전용하고 난 뒤 주인공의 태도와 그가 송도 유수로부터 겪게 되는 고난의 양상이 이본들에 따라서 어떻게 달리 나타나고 있는가를 살펴보도록 하자. 먼저 주인공의 태도가 어떻게 그려지고 있는가에 대해 살펴보면, 『李長白傳』의 경우, 자신이 준 돈으로 구입하라고 한 물화를 長白이 어느 곳으로 가지고 왔는지를 추궁하는 송경 유수에게, 長白은 처음에는 "中路에 뒤쳐져 아직 이르지 아니한 것"[152](7-앞,2)으로 거짓 아뢰고 상경한다. 한편 長白이 다시 본가로 돌아온 연후에도 그 자신의 卜馱가 아직 이르지 않았음을 의아히 여긴 송경 유수의 거듭되는 추궁에 長白이 그제야 다시 "소인이 맡은 일을 잘못하여 창해풍파에 잃음을 입어 남은 것이 없다"[153](7-앞,5)고 실상을 아뢰는 것으로 나타나고 있는 데 비하여, 『李長伯傳』에서는 "별부은으로 바꾼 당나라 물화"[154](211-10)를 색출하는 개성 유수에게 長伯이 바로 "소인이 일을 근실하게 하지 못하여 그것을 지키는 노복에게 다 잃었다"[155](211-10~11)고 아뢰는 것으로 달리 나타나고 있다. 한편 『季氏報恩錄』의 경우, 송도 유수의 추궁에 彦純이 바로 "불힝ᄒᆞ와 만니술오(萬里水路)의 일허ᄉᆞ오니"(6-뒷,4~5)로 아뢰는 것으로 나타나고 있는 바, 송도 유수의 추궁에 대해 주인공이 바로 그 실상(?)을 아뢴다고 하는 점에서 『季氏報恩錄』은 『李長伯傳』과 어느 면 같은 면모를 지

152) 원문은 "中路落後 未及至矣"와 같다.
153) 원문은 "小人不善幹事 滄海風波 見失無遺"와 같다.
154) 원문은 "別付銀所換唐貨"와 같다.
155) 원문은 "小的不謹行事 盡爲守奴所失"과 같다.

니고 있는 이본임이 드러난다고 하겠는데, 그러나 그 진술된 내용은 『李長伯傳』의 그것과는 달리, 『李長白傳』의 두번째 진술 내용과 같은 면모를 지니고 있다는 점을 통해서도 『季氏報恩錄』의 저본은 『李長伯傳』과 『李長白傳』의 서사내용을 다 포괄하고 있는, 아직껏 소개·보고되지 아니한 제 3의 이본이 아닌가 하는 필자의 앞서의 추론이 과히 틀린 것은 아니라는 점이 여기서도 다시 확인된다고 하겠다. 여기서 『李長白傳』에서의 두 차례에 걸친 진술이 『李長伯傳』과 『季氏報恩錄』에서는 단 한 차례의 진술로 축소되어 나타나고 있다는 차이 또한 눈여겨 살펴볼 필요가 있지 않을까 한다. 후 이자의 경우, 집약화된 진술을 통해 서사 주인공이 지닌 의연함을 보다 크게 드러내려 했던 작가의 의도적 소산의 결과로도 이해된다는 점에서, 전자에서 그렇지 아니한 면모로 그려지고 있는 長白에 비하여 한결 인물의 형상화에 대한 나름의 시각을 계속적으로 지니고 있었던 존재, 곧 작가의 존재를 여기서 상정해 둘 필요가 있다고 본다.

이제 송경 유수에 의해 촉발된 장백과 언순이 겪는 고난의 양상은 이본에 따라 어떻게 달리 나타나고 있는지를 또한 살펴보도록 하자.

『李長白傳』에서는 長白이 아뢰는 말을 듣고, 유수가 "즉시 (그를) 杖殺하려다가 차마 죽이지 못하고"156)(7-앞,7), "贓律로써 長白을 다스리고자 하여 연유를 갖추어 계문하려다가 바로 돌려 마음을 다시 먹고 차마 그를 죽이지 아니하고"157)(7-앞,8~9), "長白과 가속을 적몰하여 各司奴婢로 정"158)(7-앞,9~10)하매, 長白이 "의뢰할 바가 없어 기한이 핍절하매 동서로 옮겨 다니며 구걸"159)(7-앞,11)하는 고난을 겪는 것으로 나타나고 있는데 비하여, 『李長伯傳』의 경우, 長伯이 이르는 말을 듣고 大怒한 유수가 "그의 처자식을 적몰하여 관노비로 삼고 長伯을 東市에서 목을 베고자 했는데, 長伯의 친구 가운데 개성 유수와 친한 사람이

156) 원문은 "卽欲杖殺 而有所不忍"과 같다.
157) 원문은 "欲以贓律治長白 具由啓聞 則回諭內 不忍殺之"와 같다.
158) 원문은 "長白及家屬 沒定各司奴婢"와 같다.
159) 원문은 "無所依賴 飢寒逼切 東西轉乞"과 같다.

있어 그 사람의 힘에 의뢰하여 힘써 구제케 하니 유수가 (겨우) 그것을 그치었다. (그러나) 매를 치는 자리에 늑골이 부러지고 혈육이 썩어 문드러지매 생사를 출입하다가 달포 지나 이내 소생했다"[160](211-12~210-2)고 한 후, 長伯이 "동서로 걸식하니 바가지 하나만 몸에 붙어 있고, 짧은 누더기를 메추리처럼 (누덕누덕) 기워 입으니 얼굴이 창백하고 志氣도 꺾여 다시는 활달한 장부 기상과 미남자 풍도가 있었는지를 (아무도) 알지 못하는"[161](210-2~4) 고난을 겪는 것으로 나타나고 있는 바, 유수의 분노로 인해 長伯이 겪는 고난과 그 고난을 겪고 난 뒤의 長伯의 면모는 『李長伯傳』이 『李長白傳』의 그것에 비해 한결 더 구체적으로 서술되어 극적 긴장감을 더하는 것으로 생각된다. 한편 『季氏報恩錄』의 경우, 彦純이 이르는 말을 듣고 난 유수가 "나라의 계문(啓聞)ᄒᆞ고 죽이려 ᄒᆞ더라. 언슌의 쳐노(妻孥)가지 정속(定屬)ᄒᆞ"(6-뒷,8~9)니, 彦純은 "비록 쳔지 너르고 크나 일신이 용납키 어려워 쳐쳐(處處)의 뉴리기걸(流離丐乞)ᄒᆞ"(6-뒷,12~13)는, 곧 고난을 겪는 것으로 나타나고 있는 바, 유수의 반응과 彦純이 겪는 고난은 어느 면 『李長白傳』의 면모와 매우 밀접한 관련을 지니고 있음이 드러난다고 하겠다.

둘째로 사은죽 삽화 또한 그 기능은 이본 내에서 거의 같은 면모를 띠고 있는 것으로 보이지만, 사은죽 삽화의 출현에 따른 세부적인 정황은 이본에 따라 달리 나타나고 있어 관심을 끌고 있다. 『李長白傳』의 경우, 별부은을 받고 난 桂娘이 長白의 高義를 거듭 사례하며, 시비 편에 "그대가 鄙處에 다시 오면 미진한 정회를 펴고, 또 피차의 안면을 익힐까 합니다. …… (中略) …… 다행히 박대로써 혐의치 마시고, 기꺼이 와 주십시오"[162](5-뒷,4~6)라고 長白에게 부탁하나, 이에 대해

160) 원문은 "沒入其妻孥 爲官奴婢 欲斬長伯於東市 賴故人之押於留守者 力救乃止 而其笞抃之下 筋骨摧折 血肉靡爛 出入死濱 閱月乃甦生"과 같다.

161) 원문은 "乞食東西 一瓩隨身 短褐懸鶉 形容枯槁 志氣摧拉 不復知有闊丈夫氣岸美男子風度也"와 같다.

162) 원문은 "尊客再臨鄙處 以陳未盡之情懷 而又慣彼此之顔面 …… (中略) …… 幸勿以薄待爲嫌 而惠就來臨焉"과 같다.

長白은 자신이 그곳에 갈 수 없는 명분을 들어 그 제의를 따르지 아니한다. 이에 桂娘이 다시 長白에게 "거주 성명을 적어 보내 줄"[163](6-앞,2) 것을 청해 그것을 받은 뒤에 다시 상대방의 면목을 기억하지 못하여 뒷날 報恩之事가 있어도 밝히 그것을 알지 못할까 염려하여 大竹에 "桂鳳娘賜恩竹"(6-앞,7)이라 쓰고, 그것을 반으로 쪼개 나누어 長白에게 보낸다는 장면에서 사은죽 삽화가 나타나는 것에 비하여, 『李長伯傳』과 『李氏報恩錄』의 경우 『李長白傳』과는 달리 "동국 사신이 장차 (본국으로) 돌아가고자 할"[164](212-2~3) 때에 이르러 비로소 사은죽 삽화가 나타나는 것으로 보여진다. 이런 면모에서도 이들 두 이본이 『李長白傳』보다 더 명분론적 태도를 중시하고 있는 이본임이 드러난다고 하겠다. 한편 이 사은죽 삽화는 뒷날 황후가 된 여인과 그 여인에게 도움을 베풀었던 서사 주인공(장백·언순)과의 또 다른 만남이 있을 것이라는 것을 미리 담보하는 기능 또한 갖고 있는 것으로 보여진다. 그런 점을 고려할 때, 그것은 다음과 같은 공통된 서사 전개방식 곧 장백과 언순이 중국에 들어왔는가에 대한 황후의 탐문, 丞傳이 장백과 언순이 중국에 왔음을 황후에게 아룀, 장백과 언순에게 전일 주었던 사은죽으로 憑準하여 그 진위를 확인코자 하는 황후의 또 다른 탐문, 그것을 확인한 뒤에 실제적으로 이루어지는 황후와 장백·언순과의 재회라는 서술로 진행될 수밖에 없었던 것으로 보여진다. 그렇다고 하더라도 이러한 공통 서사 전개방식이 이하의 모든 서술내용에서도 한결같이 찾아지는 것은 아니다. 이것은 다름아니라 이본들에 따른 나름의 편차가 있다는 말이기도 한데, 그점은 이러한 공통 서사 전개방식에 이어 바로 나타나고 있는 다음과 같은 문면을 통해서도 쉬 확인된다. 『李長白傳』의 경우, "천자에게 아뢴 후에 (長白을) 불러 보"[165](10-뒷,1~2)려고 생각을 달리 먹은 황후가 이어 "長白을 위하여 친히 의복을 만들고 때를

163) 원문은 "記居住姓諱以送"과 같다.
164) 원문은 "東使將返"과 같다.
165) 원문은 "告白于天子後招見"과 같다.

기다리"[166](10-뒷,2)는 것으로 서술되고 있는데 비하여, 『李長伯傳』과 『季氏報恩錄』에서는 "틈을 타 임금에게 아뢰고, 예로 (長伯과 彦純을) 맞으려 하며"[167](205-9), "조용히 천ᄌᆞ께 알외고 즁히 갑고져 ᄒᆞ"(13-앞,5)여 생각을 달리 먹은 황후의 반응에 이어, 長伯과 彦純이 각기 "바로 이날(필자 주 : 황후가 사은죽을 다시 궁중으로 가져간 날)로써 불러 보지 아니하매 長伯이 마음에 그것을 의심하더라"[168](205-9), "이ᄯᅢ 언슌이 사은쥭을 궐닉로 드리고 기다려도 회보 업ᄉᆞ니 고이히 넉이더라"(13-앞,6~8) 하는 문면이 나타나고 있다. 이는 『李長白傳』의 서사문맥에서 드러나고 있는 황후의 면모, 곧 '親製衣服' 한다는 서술문면을 황후가 직접 報恩緞을 짠다고 하는 상황과 어느 면 중복된 성질의 것으로 인식하고 있었던 『李長伯傳』, 『季氏報恩錄』의 작가들이 해당 문면을 보다 합리적으로 개작한 결과 나타난 변이 양상으로 여겨진다. 또한 이것은 長伯과 彦純이 귀국할 때에 황후가 "사람으로 하여금 백옥함을 받들게 하고, 長伯에게 (그것을) 내려 주었다. …… (中略 1) …… 드디어 사은죽을 내어놓은 뒤 長伯에게 그것을 주며 가로되 …… (中略 2) …… 인하여 혹시라도 그것을 失墮치 말도록 해라. 내 또한 남은 반쪽을 감추어 두고 자손에게 명을 남겨 감히 옛 은혜를 잊지 못하게 하겠다."[169](189-4~6)는 장면과, "함(函) ᄒᆞᆫ아롤 닉여다가 언슌의 젼ᄒᆞ여 왈 …… (中略) …… ᄉᆞ은쥭 한 쪽 도로 보닉니 이후(以後) 자손(子孫)의 이라러도 빙쥰(憑準)ᄒᆞ여 못다 갑흔 은혜롤 갑게 ᄒᆞ소셔"(22-뒷,7~11)하는 장면에서 나타나듯이, 『李長伯傳』과 『季氏報恩錄』의 경우 전일 그 진위를 확인코자 가져갔던 사은죽을 황후가 다시 長伯과 彦純에게 되돌려 주는 것으로 나타나고 있는데 비하여, 『李長白傳』의 경우 그 사은죽을 궁중에 가져 간 뒤에 황후가 다시 그것을 어찌하였다는

166) 원문은 "爲長白親製衣服 待時矣"와 같다.
167) 원문은 "欲乘間言於上 以禮迎之"와 같다.
168) 원문은 "不以是日召見 長伯心疑之"와 같다.
169) 원문은 "使人奉白玉函賜長伯 …… (중략1) …… 遂出思恩竹 復與長伯曰 …… (중략2) …… 仍無或失墮 余亦藏之其半 遺命子孫 不敢忘舊恩也"와 같다.

문면이 전혀 나타나지 않고 있다는 점을 통해서도 거듭 확인된다고 하겠다. 이러한 서술문면은 『李長伯傳』, 『季氏報恩錄』에서 황후에 의해 계속될 보은의 행위들을 보다 합리적으로 설명하려 했던 그 작가들이 그것을 보다 잘 드러내 보이려 했던 의도 아래 마련한 내용으로 생각된다. 이 점은 『季氏報恩錄』의 후반부에서 홍언순의 4代孫인 洪裕에게까지 그 보은의 행위가 계속적으로 이어진다는 문면을 통해 더욱 잘 드러난다고 하겠다. 한편 『李長白傳』에서 사은죽에 대한 서술이 그 뒤에 전혀 나타나지 않는 이유는 그 작가의 개인적인 의도가 소극적으로 작용된 결과(망각·착각 등)에서 구해야 하지 않을까 한다. 이런 작용의 결과만은 아니겠지만, 『李長白傳』에서 형상화되고 있는 桂娘(황후)에 의한 보은의 면모는 『李長伯傳』, 『季氏報恩錄』의 그것에 비해 상대적으로 훨씬 더 미약한 것이었음이 해당 작품의 서술문면을 통해 어느 정도 드러난다고 하겠다.

마지막으로 越境採蔘 삽화 또한 그 의미 기능은 세 이본에서 동일한 것으로 나타나고 있으나, 그 세부 정황은 別付銀, 사은죽 삽화에서의 경우와 같이 이본에 따라 달리 나타나고 있다. 이점을 해당 이본들을 통해 구체적으로 살펴보면 다음과 같다. 『李長白傳』에서는 "의주 부윤이 사람을 시켜 국경을 넘어 (무엇인가를) 채집하게 했는데, 저쪽 사람들에게 사로잡힌 바 되었다. 越境을 범한 무리들이 (도리어) 저쪽 사람 다섯을 죽이고 국경을 넘어 도망하여 돌아올 무렵에 鳳凰城의 장수가 그 기미를 알고 (그들을) 사로잡아 구금한 뒤에 황제께 장계를 올렸다"[170](9-앞,8~10)로 나타나는 바, 그 사건은 의주 부윤이 사람들로 하여금 국경을 넘어가 무엇인가를 캐 오게 하였다가 중국인들에게 사로잡히게 되자, 그들이 도리어 중국인 다섯 명을 죽이고 돌아오려 하다가 기미를 알아 챈 봉황성의 장수에게 사로잡혀 옥에 가두어진 데서 드러난 것으로 설정되어 있는 반면, "李長伯傳』에서는 "關西 採蔘軍 수백명

---

170) 원문은 "義州府尹 使人越採 爲彼人所擒 犯越之輩 五殺彼人 越走還歸之際鳳凰將知機掩捕 囚禁之後 啓達皇帝"와 같다.

이 압록강을 건너서 요동지경을 범하다 그곳 태수에게 잡혔다. 이들은 태수를 죽이고 도망쳤다. 봉황성장이 (이 사연을) 천자께 아뢰니"[171] (206-4~5)라는 문면에서 드러난 사건으로 설정되고 있는 바, 『李長伯傳』은 『李長白傳』의 해당 삽화에 비하여 월경의 목적과 규모가 보다 구체적으로 서술되고 있다는 점과 아울러 그들 犯越之輩가 봉황성장에 의해서 다시 구금되는 것으로 나타나지 않는다는 변별적 차이를 드러내고 있다고 하겠다. 또한 이로 인해 야기될 양국간의 긴장 관계를 예비하는 기능 면에서의 성격 차이 또한 충분히 주목되어야 한다. 한편 『季氏報恩錄』에서는 "이ᄯᅢ예 의쥐 로졸드리 번성(犯城의 誤記?)ᄒᆞ여 ᄎᆡ삼(採蔘)ᄒᆞ다가 ᄃᆡ국 복병(大國 伏兵)을 죽이고 도망ᄒᆞ엿더니 봉황셩장(鳳凰城將)이 발관(發關)ᄒᆞ엿더니 일변 자바 갈고(가두고의 誤記 ?) 황뎨ᄭᅴ 등문(謄聞)ᄒᆞ니"(11-앞,11~13)로 서술되고 있는 바, 『李長白傳』의 그것과 별다른 차이가 없음을 알 수 있다.

그런데 이 삽화를 계기로 하여 주인공 장백과 언순이 다시 중국에 가게 된다는 일반적인 상황은 모든 이본들에서 공통되게 나타나고 있으나, 주인공이 중국에 가게 되는 구체적인 정황에 대한 서술은 『李長白傳』과 『季氏報恩錄』의 경우와 『李長伯傳』의 경우에 서로 다른 양상을 띠고 나타나고 있다. 곧 전자의 경우에서는 각기 "長白이 은자 百兩을 副使에게 바쳤다. …… (中略) …… 부사가 이에 사행을 따라가도록 허락했다"[172] (9-뒷,4~5)는 문면과 "언슌이 계황후(桂皇后)게셔 보낸 은ᄌᆞ(銀子)를 부사(副使)ᄭᅴ 드리고, ᄒᆞ졸(下卒)노 ᄯᆞ라가기를 쳥ᄒᆞ니 부사 허(許)ᄒᆞᆫᄃᆡ"(11-뒷,7~8)라는 문면에서 드러나는 바와 같이, 그들은 부사에게 전일 계황후가 보내었던 은자의 일부를 뇌물로 바치고 사행길에 나가게 되는 것으로 서술하고 있는데 비하여, 『李長伯傳』의 경우 "부사와 더불어 동행하기를 청하니 부사가 그것을 허락하며 가로되 이

171) 원문은 "關西採蔘軍數百人 渡江犯遼界 爲守者所獲 反殺守者 而逃之 鳳凰城將奏聞于天朝"와 같다.

172) 원문은 "長白以銀子百兩 納于副使 …… (중략) …… 副使許之"와 같다.

번 행차는 호랑이 입에 들어가는 것과 같아 北山을 노래하며 압록강을 건너는 것은 荊卿이 易水를 건너가는 것과 같은데, 이제 그대가 上國에서 좋게 보아 줄 것을 기다리지 못하는 판에 더불어 같이 가기를 청하니 碌碌치 않은 듯하다. 진실로 王事를 같이 할만한 자이로다"[173] (206-8~10)와 "황성의 사람들이 東使를 저승 사람같이 여겼다"[174] (206 -11)는 문면에서 보이듯이 長伯이 사행 길에 나서기 위해 뇌물을 부사에게 바친다는 서술은 전혀 나타나지 않고 있다. '중국인들이 저승 사람처럼 여기는' 東使를 자원하여 長伯은 도리어 부사로부터 '碌碌치 않은 듯한' 따라서 '더불어 王事를 같이 할 만한' 긍정적인 평가를 받는 존재로 서술될 수 있었던 것이라 하겠다. 나아가 이것은 長伯 그에게 일시적으로 다가올 현실적 어려움의 강조보다는 황후와의 재회를 통해 거두어질 보다 극적인 분위기를 창출해 내기 위한 의도에서 배태된 적극적 개작의 결과로도 이해된다. 이런 점에서 본다면 주인공이 부정적인 방법을 써서 중국에 다시 가게 된 것으로 서술되고 있는『李長白傳』과『季氏報恩錄』의 작가가 그렇지 아니한데 비하여,『李長伯傳』의 작가는 李長伯이란 인물의 면모에 대해 나름의 일관된 태도를 견지하고 있었던 인물로 생각된다고 하겠다.

이제까지 洪純彦 일화에서 보이지 않았던『李長伯傳』계 이본들이 공통적으로 지니고 있는 주된 몇몇 삽화, 곧 別付銀 삽화, 사은죽 삽화, 越境採蔘 삽화 등의 작품 내에서의 의미 기능과 아울러 그들 삽화들에 따른 서술문면이 이본들에 따라 어떻게 달리 나타나고 있는지, 또 그 면모는 작가의 어떠한 의도에서 기인된 것인지를 살펴본 바 있다. 여기서 이들 삽화들이『李長伯傳』계 이본들에서 두루 발견된다고 하는 점(『洪彦陽說』계는 제외)은 곧 삽화의 결합이 야담을 변이시키는 주된 요인의 하나라는 앞서의 필자의 주장이 사실임을 다시 한번 입증해 주는

173) 원문은 "請與副使同行 副使許之曰今行如入虎口 歌北山渡鴨江者 若荊卿之渡易水 而今君不待惠好之約 請與同車 似非碌碌 眞可與共王事者"와 같다.

174) 원문은 "皇城之人 目東使以泉下人矣"와 같다.

좋은 예라 하겠다. 또한 그것은 이들 몇몇 삽화를 통하여 작품내적 긴장과 갈등, 나아가 이로 인해 유발될 작품내적 흥미를 제고하려는 의도를 지녔었던 『李長伯傳』계 이본들의 작가 또는 轉寫者들의 적극적인 개작의 결과 파생된 현상으로도 이해된다.

이제 위에 든 주된 몇몇 삽화에서 드러나는 변이 양상을 제외한 기타 부분에서 찾아지는 변이 양상과 의미는 어떠한지를 『李長伯傳』계 이본들을 대상으로 아울러 살펴볼 차례가 되었다.

먼저 『李長伯傳』계 이본들의 배경이 어떻게 설정되고 있는지를 살펴보면, 『李長白傳』과 『季氏報恩錄』의 시대적 배경은 단지 '皇明時'(222-2)라고 막연하게 설정되어 있는 『李長伯傳』의 경우와는 달리, '萬曆間'(1-앞,1) 또는 '중홍 원년'(1-앞,4)으로 보다 구체적으로 설정되어 있는 바, 이에서 보면 『李長白傳』과 『季氏報恩錄』은 『李長伯傳』에 비하여 洪純彦 일화의 시대적 배경을 그런대로 충실히 수용하고 있는 이본임이 드러난다. 한편 그 공간적 배경은 洪純彦 일화의 경우 다만 北京과 通州만이 그 무대로 설정되고 있는데 비하여, 『李長伯傳』계 이본들에서는 북경과 더불어 문제 제기적 장소로서의 기능을 담당하고 있는 것으로 보이는 松京 또한 나타나고 있어 서사 공간의 확장이 나타나고 있음을 알 수 있다.

한편 『李長伯傳』에서만 나타나고 있는 卜兆의 의미 기능은 무엇인지를 여기서 살펴볼 필요가 있겠다. 이에 대해 이종호님은 "이러한 예언적 부분이 작품 전체를 인과적 구조 내지 예정된 결론으로 유도하는 작용을 하고 있으나, 이같이 운명을 몇 푼의 돈으로 제시받는다는 식의 논리는 작자가 큰 비중을 두고 선택하였다기보다 이야기의 재미를 유도하고 당대인들의 정서적 분위기를 알리기 위한 서민적 발상의 결과라 하겠다. 그러니까 점쟁이의 예언적 부분이 사건 진행의 향방을 암시하는 복선이 되기도 하고, 원인에 대한 결과의 필연성을 강조하는 기능을 수행하지만, 그것을 그 시대에 요구되는 구성 기법 상의 한 형태로 생각하면 족한 것이지 확대 해석하여 주제에까지 영향을 주는 것으로 보지는 말아야 함이 옳다"[175](밑줄 : 필자 표시)라고 밝힌 바 있으나, 복조의 해당 작품 내에서의 기능과 아울러 이들 기능이 작품 전체의 의미 전달에 어느 면 일정하게라도 작용하는 것이라는 점 등을 유념한다면 그의 주장에 대해 우리가 여기서 선뜻 동조하기는 매우 어려울 것으로 사료된다. 복조 삽화는 두 서사 주인공 곧 李長伯과 褚娘에게 각기 2 차례씩 나타나고 있는 바, 이에 해당 문면을 우선 제시하면 다음과 같다.

1. 그(필자 주 : 長伯)를 몹시 아꼈던 그의 부친이 아이를 이끌고 점치는 곳에 가서 그 아이의 운명을 점쳤더니, 점쟁이가 말하기를 이 아이의 손바닥에는 青氈舊物이 없으나 뱃속에는 천 間의 넓은 집이 들어 있으니 반드시 陰德을 심어서 부귀를 누리고 조상을 빛나게 하며 이름이 천하에 가득하리라.[176](212-2~4)
2. 점쟁이가 손뼉을 치며 웃으며 말하기를 네가 음덕을 쌓았으니 하늘과 신이 같이 살피어 이 6,7년 액운에서 벗어나 넓은 세계를 쾌히 보리라.[177](210-9~10)
3. 이 딸(필자 주 : 褚娘)을 낳으매 이르러 그 아버지가 점을 치자 부모도 없이 화를 입었다가 장차 門楣之慶이 있을 卦였다.[178] (218-8~9)
4. 墓穴이 진실로 太陽을 품었으니 지위가 높아져서 輔弼하는 지위에 오를 것이고, 福星이 祿馬에 임하여서 千峰이 重重하게 禮를 드리니 4,5년이 되지 않아서 마땅히 沙麓之慶이 있을 것입니다.[179](211-6~7)

1)의 예문은 長伯이 어린 시절에 받은 복조의 내용이고, 2)의 예문은 뒷날 그가 褚娘에게 별부은을 내어 주고 돌아온 뒤 고난을 겪다가 이전의 卜者를 다시 만나 그로부터 듣게 된 복조의 내용이다. 한편 3)

175) 이종호, 위에서 이미 든 논문, P. 54.
176) 원문은 "其父鍾愛之 携兒入賣卜肆 筮其身命 卜曰此兒掌上無青氈舊物 腹中有廣廈千間 必樹陰德享富貴 榮光祖禰 名滿天下"와 같다.
177) 원문은 "卜者拍手而笑曰余已有陰德 天神共鑑 脫此六七年厄運 快覩濶世界矣"와 같다.
178) 원문은 "及其生是女也 大人占之 無父母詒罹 將有門楣之慶"과 같다.
179) 원문은 "宅兆允藏太陽 位高輔弼 星臨祿馬 千峰重重拱揖 不出四五年 當有沙麓之慶"과 같다.

의 예문은 褚娘의 일생이 어떠하리라는 것을 보여주는 복조이고, 4)의 예문은 그녀가 뒷날 長伯으로부터 별부은을 받아 부모 형제의 시신을 영장할 때, 靑烏子(곧 지관)가 행한 복조의 내용인 바, 이것은 褚娘이 앞으로 누릴 영화를 예비하기 위한 한 장치에 의해 나타난 내용으로 생각된다. 그런데 작품의 해당 서술문면을 꼼꼼히 검토해 갈 때, 이들 복조는 '작품 전체를 인과적 구조 내지 예정된 결론으로 유도하는 작용을 하고 있는 것'이라 할 수 있다. 이런 점에서 본다면 『李長伯傳』에서의 이러한 복조 삽화의 출현은 『李長伯傳』의 작가가 애써 마련한 개인적 의도의 소산으로 이해된다. 물론 이러한 복조 삽화의 제시를 통하여 독자들의 작품에 대한 관심을 제고시키고, 나아가 '이야기의 재미를 유도하'려 했던 작가의 의도 또한 충분히 살필 수 있겠지만, 『李長伯傳』의 작가가 이러한 복조 삽화를 『李長伯傳』 내에 새롭게 집어넣은 근본 의도는 長伯의 운명에 대한 예언, 곧 예언의 제시와 그 복조의 실현이라는 나름의 의미를 작품을 통해 제시하려 했던 데에 있었던 것이 아닌가 생각된다. 그런 추단에 대한 하나의 방증은 『李長伯傳』의 다음과 같은 문면에서 익히 찾아진다. "이에 富함은 陶朱에 비기고, 貴함은 布衣에 극하여 조상을 영광되게 하고, 이름을 천하에 가득 차게 하였으니 과연 점쟁이의 말과 같았다."[180](186-9~10, 밑줄 : 필자 표시)

이런 점에서 본다면, 『李長伯傳』에서의 복조 삽화는 이종호님이 주장하고 있는 바와 같이 '당대인들의 정서적 분위기를 알리기 위한 서민적 발상의 결과'로 해서만 나타난 것이 아님을 분명히 알 수 있다. 따라서 『李長伯傳』에서의 복조 삽화는 운명의 예언과 그 예언의 실현이라는 작품의 주제를 드러내 보이는 기능을 담당하고 있는 부분으로 여겨진다. 곧 『李長伯傳』의 작가는 이러한 복조 삽화의 제시를 통하여 복조의 예언과 그 실현이라는 데서 자연스럽게 드러날 운명론적인 시각 아래 洪純彦 일화를 수용하면서 다시 그것을 위에서 언급한 자신의 세계관에 맞게 재창작하고 주제를 새롭게 해석하려 했었던 인물이 아닌가 생각된다.

---

180) 원문은 "於是富擬陶朱 貴極布衣 榮光祖禰 名滿天下 渠如卜筮之言"과 같다.

한편 『李長伯傳』계 이본들에서 그려지고 있는 주인공의 위인됨의 면모는 『李長白傳』의 경우, "사람됨이 영민, 비범하고 풍채가 좋고 당당하며 도량이 창해와 같고 辯舌은 河決과 같았다. 여러 사람들의 환난을 구제하는 것으로 능사를 삼으니, 사람들과 세상 모두가 착하다고 (長白을) 칭하했다."[181](1-앞,2~3),로, 『李長伯傳』의 경우 "長伯은 용모가 뛰어나게 훌륭하고 뜻이 우뚝하였다. 재물을 가볍게 여겨 베풀기를 좋아하며 사람들의 근심을 걱정하고 사람들의 기쁨을 기뻐했다. 일찍이 (그가) 말하기를 대장부는 季心·劇孟과 같아야지 수전노로 죽어서는 아니된다."[182](222-4~221-1)로, 『季氏報恩錄』에서는 "가되(家道) ᄒᆞᆫ미(寒微)ᄒᆞ되 셩정(性情)이 관후(寬厚)ᄒᆞ고 의기(義氣) 강ᄀᆡ(慷慨)ᄒᆞ더라"(1-앞,3~4)로 나타나고 있는 바, 이러한 면모는 『菊堂俳語』에서 이미 설정되어 있었던 순언의 다음과 같은 면모, 곧 '事體를 풀어 알고 의기가 있어 (남에게) 베풀고 주는 것을 좋아하였다. 대개 그 무리들에서 나온 것이로다.'(解事識體 有義氣 喜施與 盖出乎其類者也)란 부분을 보다 구체화하는 데서 드러날 수 있었던 개인적 의도의 소산으로 이해된다. 그것은 이렇게 구체화되어 나타나고 있는 인물됨의 서술을 통해 주인공이 앞으로 행할 의기를 보다 합리적으로 실명하려 했던 의도의 작용에서 비롯된 개작의 한 양상으로 이해된다.

한편 여주인공과의 만남을 가능케 한 매개인으로서의 존재 곧 崔迪, 崔德의 출현 또한 『李長伯傳』계 이본들의 작가에 의한 개인적 의도의 소산으로 이해되는데, 그것은 洪純彦 일화에서 같은 기능을 지니는 靑樓의 老嫗를 변개하는 가운데 나타난 변모 양상에 다름 아닌 것으로 보여진다. 그러나 『李長伯傳』계 이본에서는 이들 매개인에 대한 어느 정도의 형상화가 드러나고 있어 주목을 끌고 있다. 특히 그것은 『李長伯

181) 원문은 "爲人英邁 風采軒昂 度量滄海 辯舌如河決 而濟衆救患 作爲能事 人世稱善"과 같다.
182) 원문은 "長伯容貌瓌偉 志節卓犖 輕財喜施 憂人之憂 樂人之樂 嘗曰大丈夫當與季心劇孟同歸 不作守錢盧死耳"와 같다.

傳』에서 두드러지게 나타나고 있는 바, 李長伯이 별부은을 재차 崔迪 편에 보내는 장면을 통해 그 양상을 추찰해 볼 수 있다. 곧 별부은을 주인공이 내어 주는 것에 대해 매개인 崔德이 아무러한 반응을 보이지 않는 것으로 서술되고 있는 『李長白傳』, 『季氏報恩錄』의 경우와는 달리, 『李長伯傳』에서의 매개인 崔迪은 그에 대해 일정한 반응을 보이는 일방으로, 그것을 長伯에게 되돌려 주려는 褚娘의 처사가 옳지 못함을 사리를 들어 설유하여 褚娘의 마음을 고쳐 먹게 한다는 서술문면을 통해, 崔迪이란 인물에 대한 형상화가 미비한 대로나마 갖추어지고 있음을 말하는 것이다. 그 점을 해당 문면을 통해 구체적으로 살펴보면 다음과 같다. 곧 "崔迪과 더불어 옥하관으로 돌아가 몰래 별부은 1,000兩을 내어 그에게 주며 말하기를 百兩 銀子로는 네 喪事를 치르는 葬具를 갖추는데 부족할 것이니 청컨대 이것을 갖고 돌아가 소저(곧 褚娘)에게 갖다 주게나."[183] (214 -4~5)라는 長伯의 부탁에 대해 崔迪은 '굳이 그것을 사양하나 (허락을) 얻지 못하고'(밑줄 : 필자 표시)마는 인물로 그려진다. 다시 崔迪은 長伯으로부터 받은 돈을 돌려주려는 褚娘의 처사에 대해 "崔迪이 가로되 長伯은 의로운 사람입니다. 하늘이 의로운 사람을 소저에게 보내셨는데, 하늘이 주신 것을 받지 않아서야 되겠습니까? 옛적에 孟夫子께서는 여행길에 드는 노자를 받으셨고 衛館人은 脫驂의 부의를 받았으니 그것은 의리에 합당하였기 때문입니다. 이제 소저에게 喪故가 있어서 의로운 사람이 부의한 것이니, 예전 사람들이 받은 것이 옳다면 오늘 (소저가 그것을) 받는 것 또한 옳은 일입니다. 원컨대 소저는 (그것을) 사양치 마십시오."[184] (214-7~9)라고, 곧 명분론에 의거하여 褚娘을 설유하는 인물로 그려지고 있다. 이러한 명분론적인 처세관은 崔迪뿐만 아니라 서사 주인공 모두에게서도 공통적으

183) 원문은 "與迪歸玉河館 潛出別付銀一千兩 與之曰百兩銀子 不足爲四喪葬具請以此歸遺小姐"와 간다.

184) 원문은 "迪曰長伯義人也 天以義人惠小姐 天與之 而不受可乎 昔孟夫子受贐行之餽 衛館人受脫驂之賻 爲其當於義理故也 今小姐有喪 而義人賻之 前人之受是則 今日之受亦是也 願小姐無辭焉"과 같다.

로 찾아지는 것이라 할 수 있겠는데, 이점은 뒤에 다시 상술하기로 한다. 한편 뒷날 長伯이 황후가 된 褚娘으로부터 환대를 받은 연후에 가능한 崔迪과의 재회 상황에서도 이점 거듭 확인된다. "長伯이 崔迪을 방문해서 500금을 그에게 주니 崔迪이 말하기를 소저(곧 褚娘)가 궁중으로 들어간 뒤로는 저는 다시 口腹을 근심치 않게 되었으니 그것을 사양하기를 청합니다."185)(190-5~6)라는 문면에서 드러나듯이, 최적이 자신이 처한 현실적 처지를 들어 長伯이 내어 준 돈을 사양하려는 인물로 설정되고 있는 바, 이런 면모를 통해서도 그점 익히 확인된다고 하겠다. 이 삽화는 『李氏報恩錄』의 경우 약간 변개된 모습으로 나타나고 있는 바, 『李長伯傳』에서의 최적에 대한 형상화에는 훨씬 못 미치는 단계에 머무는 차이를 지니고 있다. 그것은 앞에서 이미 살핀 예문을 통해서 확인되듯이, 『李長伯傳』에서의 崔迪은 長伯이 내어 주는 돈에 대해 그것을 사양하는 명분을 長伯에게 분명히 천명하는 인물로 그려지고 있는데 비하여, 『李氏報恩錄』에서는 다만 "최적이 <u>ᄉᆞ양ᄒᆞ다가</u> 밧고 치ᄉᆞ(致辭) 왈 아모커나 그ᄃᆡᄂᆞᆫ 만고튱효(萬古忠孝)오, 의ᄉᆞ(義士)로다."(22-앞,3~5)(밑줄 : 필자 표시)로 서술되고 있는 바, 아무런 명분 없이 崔德이 彦純이 내어 수는 돈을 그냥 사양하는 인물로 형상화되고 있다는 점을 통해서도 그점은 잘 드러난다.

한편 褚娘이 주인공에게서 별부은을 받고 난 뒤에 처한 상황에서 드러나는 변이 양상과 의미를 살펴보면, 洪純彦 일화에서 순언으로부터 도움을 받았던 여인이 뒷날 상서의 부인이 되는 것으로 설정되어 있는 것과는 달리, 『李長伯傳』계 이본에서는 하나같이 황후가 된 것으로 설정되어 있는 바(『洪彦陽說』계는 예외), 이는 여인이 뒷날 행하게 될 보은의 깊이와 정도를 洪純彦 일화의 그것에 비해 더욱 극대화시켜 보이려 했던 『李長伯傳』계 이본들의 작가에 의한 개인적 의도의 소산으로 이해된다. 황제가 주인공을 위하여 친히 잔치를 베풀고, 그의 高義를

---

185) 원문은 "長伯訪崔迪 以五百金與之 迪曰自小姐入宮 迪不復患口腹矣 請辭焉"과 같다.

높이 기린다고 하는 문면 또한 그와 같은 의도에서 배태되어 나온 변이로 생각된다.

앞에서 필자는 매개인 崔迪이란 인물에 대한 형상화가 명분론적 처세관에 의하여 이루어지고 있음을, 또 이러한 태도는 작품에 나타나고 있는 모든 인물들에게서도 한결같이 드러나고 있다는 사실을 간략하게 밝혀 둔 바가 있다. 이에 여기서 남주인공과 여주인공의 만남과 재회라는 서술문면을 통하여 그 면모를 구체적으로 살펴, 일화가 소설로 수용·재창작되면서 일어나고 있는 인물에 대한 형상화의 양상과 그 지닌 의미는 어디에 있는지를 밝혀 보고자 한다. 그런데 그 형상화의 양상은 이본에 따라 조금씩 달리 나타나고 있으므로 앞서와 같이 『李長伯傳』계 이본 모두를 살펴볼 필요가 있겠다. 『李長白傳』의 경우, 다음에 드는 몇몇 예문으로부터 長白과 桂娘이라는 인물의 세계 인식이 명분론적인 태도를 기저로 하고 있음을 어렵지 않게 간취해 낼 수 있을 것으로 보여진다.

1. 今若不留而歸 則所遺銀子 實是無名之餽 妾雖沒廉 誓不相受 …… (중략) …… 葬需補用 雖云幸矣 旣非聘弊之物 又非朋友之餽 則以何名色 安以受之乎 (4-앞,3~9, 밑줄 : 필자 표시)
2. (長白)卽欲趨往之 旋卽自思曰 男子之出入大家閨門 心甚未安 却以不去 寄言於侍婢曰 娘子簪纓之貴家處子 僕乃遠方微賤之孤蹤 貴賤懸殊 內外自別 無間出入 播言觀聽 則非但得罪於吾身 抑亦有愆於娘子 故敢不從命 千萬勿咎焉 (5-뒷,6~11, 밑줄 : 필자 표시)
3. 固當躬往之不暇 而女子之出入門庭 有碍於禮法 故不得趍謝 徒增鬱抑之懷 (5-뒷,12~6-앞,1, 밑줄 : 필자 표시)
4. 別具酒肴 多備行饌 令侍婢納于長白處所曰 妾躬往館舍 宜以一盃酒慰君萬里之行可也 然而處子行色 異乎男子 欲行不行 能忍難忍 (6-뒷,2~4, 밑줄 : 필자 표시)

서사 주인공들의 이러한 태도는 다시 뒷날 桂娘이 황후가 된 연후에 가능한 長白과의 재회 상황을 통해서도 거듭 되풀이되어 나타나고 있다.(그 구체적 면모의 제시는 앞서 살핀 문면과 중복되는 양상을 띠고 있으므로 번다함을 줄이기 위해 여기서는 생략할까 한다)

한편 『李長伯傳』의 경우 또한 『李長白傳』과 마찬가지로 서사 주인공들의 만남과 재회의 장면에서 그러한 태도가 특히 두드러지게 나타나고 있다. 그런데 그것은 『李長白傳』과 『季氏報恩錄』에 비하여 상대적으로 더욱 많은 고사와 전거를 끌어 와 그러한 면모에 대해 나름의 합목적적인 기술을 통하여 그것을 더욱 구체적으로 보여주고 있는 『李長伯傳』 자체의 표현 기법에 의해 더한 효과를 거둘 수 있었던 것으로 여겨진다. 여기서는 그러한 면모를 잘 보여주는 것으로 생각되는 몇 예만을 들어 그것을 보일까 한다.

> 竊有得於心 而心語口曰 魯人子碩 男子人也 尙不得葬其母 勢甚至於欲鬻其庶母而葬之 況癡騃少年 其何以克襄乎 鬻我父母之遺體 葬我父母之喪 猶賢於鬻其亡父之愛妾 而葬其母也 (217-7~10)

라는 褚娘 자신의 언사를 통하여, 또한 앞에서 이미 살펴본 바 있는 崔迪의 언술을 통해, 또 그러한 崔迪의 언술을 듣고도 거듭 별부은을 되돌려 주려고 하는 褚娘에게 長伯이 石曼卿과 范堯夫의 고사를 들어 그 여인을 설유하는 장면 등을 통해 그점 익히 확인된다고 하겠다. 한편 昭儀(곧 褚娘)로써 后를 삼고자 하는 황제의 처분에 대해 소의가 『漢史』를 끌어 와 그 불가함을 아뢴다는 문면 또한 황후가 기대고 있는 세계관의 기반이 명분론에 있음을 잘 보여주는 부분이라 하겠다. 황제와 황후가 명분론적 처세관을 가지고 있는 인물이라는 것이 가장 잘 확인되는 정점은 황후가 황제에게 『曲禮』, 『曲禮』, 『內則』, 『檀弓』, 『易經』의 가르침에 어긋났던 자신의 前日之行과 近間之行을 아뢰며 청죄한다는 장면(204-12~202-6)과 이에 대해 황제가 그것은 도리어 孝, 義, 智, 誠, 信, 禮라고 이르며 황후를 포용하는 장면(202-9~201-5)에서 구해진다. 또한 황제가 설연시에 '세 자리를 長伯의 아래에다 설치하도록 명'(193-2~3:'命設三席於長伯之下')하는 것으로 나타나는 서술문면 또한 그가 명분론에 철저하게 경도된 인물임을 보여주는 좋은 예로 생각된다. 그점은 다시 『李長白傳』에서의 "총애가 다만 한 몸에 있어 인하여 正宮을 폐하고 桂娘子로 황후를 삼았다."186)(7-뒷,12)는 비명분론적인 서술문면과는 달리, 『李長伯傳』의 경우 "사랑하시기를 비할 데 없이 했다. 3년이 지나 황후가 돌아가시매 황제가 소의로 황후를 삼고자 하여 백관에게 물으니, 다 아뢰기를 황제의 마음에 드는 이를 뽑는 것이니 宗社의 복이요, 臣民들의 慶事입니다. …… (中略) …… 황제가 가로되 소의는 楚 나라의 樊姬요, 唐 나라의 文德이라. 다시 좋은 짝을 구하고자 한다 해도 어찌 소의보다 나은 자가 있겠느냐고 하시고 드디어 소의를 책봉하여 황후로 삼았다."187)(209-9~12)로 나타나고 있는 서술문면을 통해서도 거듭 확인된다.

長伯의 황후와의 재회에서 보이는 서술문면 가운데 일부188)(198.-12~ 197.3) 또 長伯이 황제가 設宴하였을 때 황제에게 아뢰는 서술문면으로부터 長伯 또한 명분론적 입장을 바탕으로 한 인물로 형상화되고 있음을 어렵지 않게 확인할 수 있다. 이런 점에서 보면, 『李長伯傳』에 나타나는 인물들의 형상화는 고사와 전거를 토대로 하여 각기 그 나름의 구체성을 획하는 방향 아래 시도되고 있다고 하겠다. 그러나 『李長伯傳』에서 빈번히 사용되고 있는 고사와 전거는 이러한 나름의 긍정적 기능을 갖고 있는데도 한편으로 그것이 작품내적 긴장과 그 서사 내용을 보다 압축하여 독자들에게 제공할 수 없었던 한 부정적 기능 또한 지녔던 것으로 생각된다.

한편 상사인 전일의 송경 유수였던 인물의 반응이 전혀 나타나지 않고 있는 『李長白傳』의 면모는 長白의 의기와 桂娘(황후)의 보은이란 작품의 뼈대를 보다 집약화하여 그 지닌 바 의미를 강조하려 했던 『李長

186) 원문은 "寵愛只在一身 因廢正宮 以桂娘子爲皇后"와 같다.

187) 원문은 "寵幸無比 越三年皇后崩 欲以昭儀爲后 詢于百工 僉曰簡在帝心 宗社之福 臣民之慶 ……(中略)…… 帝曰 昭儀楚之樊姬 唐之文德也 欲更求佳耦 安有賢於昭儀者乎 遂冊封爲皇后"와 같다.

188) 원문은 "國使繫械於天獄 畏天之君宵衣而旰食 憂國之臣囊頭而拊心 …… (中略) …… 賤臣獨不與其憂 濡首於忘憂之酒 置身於落禍之地 是遺其親 遺其君者 遺其親是所謂不仁 遺其君是所謂不義"와 같다.

白傳』 작가의 소극적인 개인적 의도의 작용으로 나타난 변이로 생각된다. 아울러 황후가 "東使를 한 달 더 머무르게 하고 예로써 그들을 대접"[189](190.7~8)케 한다는 서술문면이 나타나는 『李長伯傳』과 『季氏報恩錄』의 경우, 그것은 長伯과 彦純의 의기를 상대적으로 더욱 고양하는 일방으로, 황후의 지닌 바 報恩之念을 보다 구체화해 보이려 했던 이들 두 이본의 작가에 의해 마련된 적극적인 개인적 의도의 소산으로 이해된다.

한편 여기서 『季氏報恩錄』의 후반부에서 나타나고 있는 다음과 같은 일련의 삽화들의 면모 또한 주목할 필요가 있겠다. 이는 앞에서도 밝혔듯이 허구적 이야기, 곧 소설의 어느 이본에서도 전혀 찾아지지 않고 있는 『季氏報恩錄』만의 특징적인 면모인 바, 먼저 그 내용을 간추려 보이면

> 첫째, 天使가 귀국할 때, 上이 表를 올려 천자에게 사은한다는 삽화
> 둘째, 언순이 고난을 겪던 아내와 6,7 년만에 다시 해후한다는 삽화
> 셋째, 언순이 鄕里 故舊를 대접한다는 삽화
> 넷째, 언순 내외가 得子하게 된다는 삽화
> 다섯째, 언순의 4代孫 홍유 때에 중국에서 공물을 요구하니 조정에서 홍유 집에 전해 오는 진주를 구하여 그것을 바쳤다는 삽화

로 나타나는 바, 이러한 『季氏報恩錄』만의 특징적 면모는 계황후의 지극스럽기까지 한 報恩之念과 報恩之行[190](26-앞,5~10)을 보다 구

---

189) 원문은 "留東使一朔 以禮遇之"와 같다.
190) 계황후의 이러한 태도는 아래의 대문에서 특히 두드러지게 잘 드러나고 있다. 끌어 보이면 아래와 같다.
"언슌이 ᄭᅮᆷ을 ᄭᅮ니 하ᄂᆞᆯ로셔 션관(仙官)이 ᄂᆞ려 와 읍(揖)ᄒᆞ고 왈 그ᄃᆡ 젼ᄉᆡᆼ(前生)의 죄즁(罪重)ᄒᆞ므로 ᄌᆞ식이 업더니 황후겨오셔 지셩(至誠)으로 그ᄃᆡᄅᆞᆯ 위ᄒᆞ여 상뎨(上帝)ᄭᅴ 그ᄃᆡ ᄌᆞ손(子孫) 두기ᄅᆞᆯ 비르시니 졍셩이 지극(至極) 원(願)ᄒᆞ시ᄂᆞᆫ 고로 상뎨 졍셩을 아ᄅᆞᆷ다이 넉이오샤 ᄌᆞ손을 졈지ᄒᆞᄂᆞ니"

체적으로 강조해 보이려는 의도를 지녔던 『李氏報恩錄』 작가의 개인적 의도로 해서 나타난 변이로 생각된다.

마지막으로 남주인공의 封勳과 최후 상황이 이본에 따라, 洪純彦 일화를 어떠한 양상으로 수용·재창작하고 있는지, 또 그 수용 ·재창작된 후의 변이에서 드러나는 의미는 무엇인지를 살펴보기로 하자.

먼저 봉훈의 양상을 살펴보면, 洪純彦 일화의 경우 순언이 당릉군, 당성군으로 봉군된 것으로 아니면 得富한 것으로 변이되어 나타나고 있는데 비하여, 『李長白傳』의 경우 "제일 공신으로 판서의 직위를 제수하시고 安寧君으로 봉하셨으며 궁실과 노비를 상으로 내리시매 문호가 하루아침에 혁혁하게 되어 영화는 비길 데 없었고 威權은 隆重하여 명성이 진동하게 되니 兒童走卒이라도 뉘가 흠양하지 않으리요."[191](14-앞,10 ~12)에서 드러나듯이, 조선왕에 의하여 長白이 안령군으로 책훈되고 또 그에 상응한 부귀를 누리는 인물로 나타나고 있고, 『李長伯傳』의 경우 예부의 주청을 따라 황제가 長伯을 "드디어 和寧君에 봉"[192](186.6)한 후에 "특별히 奉朝賀로 올렸다. 終南山 아래 明禮洞에 저택을 내려 주고 또 밭 300결과 노비 30구를 내려주셨다."[193](186.6-7)에서 드러나듯이 長伯은 황제에 의하여 和寧君으로 책훈되고 또 그에 상응하는 부귀를 누리는 인물로 나타나고 있다. 한편 『李氏報恩錄』에서는 "상이 언슌의 튱셩과 의긔롤 아룸다이 넉이오샤 젼미(田米)롤 만히 ᄉᆞ송(賜送)ᄒᆞ시고 도셩(都城) 십이 밧긔 궁을 지으시고 안양군(安養君)을 봉ᄒᆞ여 튱의(忠義)와 공을 표ᄒᆞ여 ᄌᆞ손ᄭᆞ지 니ᄅᆞ러 알게 ᄒᆞ시더라. 안양군이 일시의 영귀(榮貴)ᄒᆞ미 뉘 아니 흠모(欽慕)ᄒᆞ리오."(25-앞,7~12)로 나타나는 바, 『李長白傳』과 같이, 중국의 천자가 아니라 조선왕이 彦純을 安養君으로 봉하는 것으로 나타나고 있다.

그 최후 상황의 양상을 살펴보면, 洪純彦 일화의 경우 『西浦漫筆』 소

---

191) 원문은 "以第一功臣 除授判書秩 封安寧君 賞賜宮室奴婢 門戶一時赫然 榮華無比 威權隆重 名聲振動 雖兒童走卒 孰不欽仰"과 같다.
192) 원문은 "遂封和寧君"과 같다.
193) 원문은 "特進奉朝 請賜甲第於終南山下明禮洞 賜田三百結 奴婢各三十口"와 같다.

재 서사체와 『東野輯史』 소재 서사체를 제외한 나머지 모든 자료에서는 순언의 최후 상황이 나타나지 않고 있는데 비하여, 『李長白傳』에서는 "(長白이) 죽음에 미쳐 조선에서는 사신을 보내어 訃音을 아뢰자 황후가 또한 香燭을 갖추어 禮官을 보내니 예관이 弔問하고 돌아갔다."194)(14-뒷,1~2)로 나타나고 있는 바, 이것은 황후의 長白 사후에까지도 계속되는 보은 행위를 통하여 長白의 의기를 더욱더 상대적으로 기리려 했던 태도에서 연유된 개변의 결과로 여겨진다. 한편 『李長伯傳』에서는 "長伯이 啓足하다가 90여세의 나이로 죽으니 군자가 가로되 어진 자는 오래 산다고 하더니 과연 그러했다."195)(186.10-11)로 나타나는 바, 長伯의 仁者다운 면모를 드러내려는 의도 아래 그 문면이 출현한 것으로 생각된다. 그러나 『李氏報恩錄』에서는 이러한 면모가 나타나지 않고 있다. 곧 『李長伯傳』계 이본들에서 드러나는 이러한 변이 양상은 '사실을 바탕으로 하면서도, 사실 그 자체 없이도 독자적으로 존재할 수 있는' 서사문학의 한 특색을 바로 보여주는 좋은 예라 하겠다.

여기서 마지막으로 『李長伯傳』계 이본들의 평결 부분을 통하여 그 이본의 작가들이 해당 이본을 통해 드러내려 했던 궁극의 의도가 어디에 있는지를 또한 살펴볼 필요가 있다. 『李長白傳』은 "아! 사람이 이 세상에 나서 다만 앞길에 공훈을 세울 뿐만 아니라, 또 不報之地에 있는 사람에게라도 덕을 베풀면 반드시 餘美의 경사가 있을 것이고 또 사후에라도 빛이 나서 幽明之間에서라도 느껴 한탄하는 곳이 없을 것입니다. …… (中略) …… 그 재물을 인색히 여기는 자가 어찌 이것에서 보고 느껴 흥기하지 아니할 수 있겠는가?"196)(14-뒷,2~6, 밑줄 : 필자 표시)에서 드러나듯이, 長白에 의해 행해진 개인적인 의기가 뒷날 桂娘(후일의 황후)에 의해 국가적인 성격의 보은 행위를 유발하게 된다는 서술

194) 원문은 "及卒逝 朝鮮遣使告訃 皇后亦具香燭 遣禮官 弔祭而還"과 같다.
195) 원문은 "長伯啓足 而終壽九十餘 君子曰仁者壽 果然"과 같다.
196) 원문은 "嗚呼 人生斯世 非但樹勳於前程 且爲施德於不報之地 必有餘美之慶而亦有光於死後幽明之間 而無憾恨之處也 …… (中略) …… 嗇其財者 盍於是觀感而興起哉"와 같다.

문면으로부터 그것이 '爲施德於不報之地 必有餘美之慶'이라는 유교 이념률의 선양을 작품을 통해 구현하려 했던 작품내적 의미를 갖게 된 것으로 여겨진다. 한편 『李長伯傳』의 평결부는 "그 뒤에 洪純彦이란 역관이 있어 또한 高義로 중국에서 이름을 떨쳤다. 報恩緞으로 그 은혜를 갚은 사람은 예부상서의 부인이니, 사람은 같지 않되 일인즉은 한 가지였다. 중국인들이 그것을 칭하여 가로되, 전에는 李長伯이 있었고 뒤에는 洪純彦이 있으니 大君子와 眞丈夫가 어찌 동국에만 있느냐? 고 하였다. 동인 곧 아국 사람들이 그에 대꾸하여 가로되 이들은 풍류랑이고 의기인이라. …… (中略 1) …… 동국에 그런 사람이 진실로 많으니 이는 다 천백 년이 되도록 임금을 바꾸지 않는 좋은 신하들이 많기 때문이다. …… (中略 2) …… 아직도 (동국이) 단군 기자의 옛 습속을 보전하여 요순을 노래하고 周公의 가르침을 외워 禮樂과 文獻을 잃지 아니한 나라이기 때문이라고 하더라."[197](186.11-185.7)로 아주 길게 부연되어 나타나고 있는 바, 이 가운데 洪純彦에 대한 언술이 출현하고 있는 부분은 이종호 님의 견해와 같이 "역설적으로 (『李長伯傳』이) 洪純彦 고사에서 모티브를 끌어낸 것임을"[198] 반증해 주는 것이라 할 수 있다.

평결부의 내용을 통해 이신성 님은 『李長伯傳』의 작가를 "조선인으로서 조선인의 긍지가 대단하고, 그러한 긍지를 심기에 심혈을 기울였던 자가 아닐까 추정"[199]하면서 이 작품의 주제는 "인덕과 신의가 충의로 이어져서 국가의 위기를 구했다는 과정을 보여주는"[200] 것으로 파악하고 있다.

그런데 필자는 앞서 복조 삽화의 기능을 통해서 『李長伯傳』이 운명의

---

197) 원문은 "其後 有譯洪純彦者 又以高義 鳴於中國 報之以報恩緞者 禮部尙書夫人也 人不同 而事則一也 華人稱之曰前有李長伯 後有洪純彦 大君子眞丈夫一何多於東國耶 東人稱之曰 此風流郎義氣人也 …… (中略①) …… 東國固多其人 皆千百年 不易主之好臣也 …… (中略②)…… 尙保檀箕之舊俗 歌勳華誦周孔 不失爲禮樂文獻之邦云"과 같다.

198) 이종호, 위에서 이미 든 논문, P. 53.

199) 이신성, 위에서 이미 든 주 (79)의 논문, P. 88.

200) 이신성, 바로 앞에서 든 논문, P. 89.

예언과 그 실현을 그려내고 있는 작품인 것이라고 주장한 바 있다. 이런 점에서 본다면, 『李長伯傳』의 주제는 운명의 예언과 그 실현이라는 하나의 서사장치 속에서 구현되고 있다는 특성을 지니고 있다고 할 수 있다. 곧 李長伯 개인이 행한 의기 행위를 운명론적인 사고 방식 아래 그것을 긍정적으로 내보이려 했던 데에 이 작품의 진정한 주제가 놓여 있는 것이라 할 수 있다. 한편 『李氏報恩錄』의 평결부는 "슬푸다. 셰상 사룸이 어지면 은덕이 ᄌᆞ손ᄭᆞ지 밋고(미치고) 텬지귀신ᄭᆞ지 감동ᄒᆞᄂᆞᆫ도다. 안양군의 큰 의긔와 계황후의 지극ᄒᆞᆫ 효셩은 만고의 업ᄂᆞᆫ 일이로다. …… (下略) ……"(27-앞,7～10)로 나타나는 바, 이 작품 또한 앞서 든 두 작품의 그것에 비해 대차 없는 의미를 지니고 있는 작품인 것으로 보여진다.

c. 『洪彦陽說』계의 변이 양상과 의미

『洪彦陽說』계에 대한 개괄적인 검토는 이미 필자에 의해 年前에 이루어진 바[201] 있다. 이제 좀더 구체적으로 『洪彦陽說』계에서 드러나고 있는 변이 양상과 의미를 검토해 보기로 하자.

그런데 앞에서 검토한 『李長伯傳』계의 이본적 면모에서도 이미 어느 정도 드러났으리라 여겨지지만, 『洪彦陽說』계는 나머지 이들 세 이본과는 근본적으로 그 서사구조를 달리하는 자료로 보인다. 효과적인 논의 전개를 위하여 『洪彦陽說』계의 서사단락을 제시하여, 그것이 앞서 살핀 바 있는 洪純彦 일화의 서사단락과 뼈대를 어떻게 수용하고 있는지, 또 그 수용의 결과 드러난 변이의 양상은 구체적으로 어떠한 것인지, 또 그 변이되고 난 결과물로서의 의미에서는 어떠한 轉化가 발생하고 있는지 등을 구체적으로 살펴볼까 한다.

1. 洪可信의 인물됨

---

201) 정명기, 위에서 이미 든 주 (75)의 논문.

2. 홍가신의 엽색 행각
   가. 南門밖 紫烟岩의 老嫗를 매개로 한 행각
   나. 慕華館 老嫗를 매개로 한 행각
3. 가신이 使行하기 전의 상황
4. 가신의 사행 길에서의 得寶橫財
5. 여인을 만나 가신이 의로운 행위를 함
6. 여인이 뒷날 처한 상황
7. 조선과 가신이 처한 상황
8. 전일 여인과의 재회
9. 宗系辯誣의 해결에 얽힌 상황
10. 가신의 귀환과 영예로운 삶
11. 평결부

위에 든 서사단락으로부터, 『洪彦陽說』계는 서사 주인공 홍가신의 엽색 행각에 따른 서술문면을 지니고 있는 전반부와 홍가신이 靑樓之女에게 의기를 베풀었다가 그녀로부터 뒷날 보은을 입는다는 서술문면을 지니고 있는 후반부의 결합에 의하여 이루어진 작품임이 드러난다. 그러나 『洪彦陽說』계가 『李長伯傳』계에 속하는 다른 세 이본과 이와 같이 그 구성방식을 달리한다고 해서 논의의 대상에서 제외시킬 수는 없을 것[202]으로 생각된다. 그 이유는 『洪彦陽說』계의 경우 비록 그 전반부에서의 차이가 분명히 존재하는 작품이기는 해도 후반부는 洪純彦 일화의 서사구

202) 이신성, 위에서 이미 든 주 (76)의 논문에서 "『洪彦陽義捐千金說』(이하 『洪彦陽說』로 줄임)은 이야기의 전반부가 위의 세 편(필자 주 : 『李長伯傳』계에 속하는 이본들)과는 너무 이질적인 내용으로 되어 있어서" 논의에서 제외한다고 했다.(P. 117-8) 그러나 그의 지적과 같이 『洪彦陽說』계의 전반부가 『李長伯傳』계에 속하는 이본들에 비해 너무 이질적인 내용을 지니고는 있다고 해도 이 작품 또한 전래되던 홍순언 일화를 모태로 하여 이루어진 허구적 변이물 가운데 하나인 것이 분명한 이상(이점 후술된다.) 어떠한 이유로도 우리의 논의 대상에서 이 작품이 제외된다는 것은 극히 온당치 못한 것으로 사료된다.

조와 뼈대를 근간으로 해서 이루어진 작품임이 분명하다는 사실과 아울러 『洪彦陽說』계에서 드러나는 이러한 이질적인 서사단락조차 작가가 선행하는 작품을 나름대로 수용·개작하는 가운데 흔히 나타날 수 있는 유기체적 구성의 한 분자라는 사실을 부정할 수 없다는 점에 있다.

앞서 필자는 『洪彦陽說』계의 서사내용이 홍가신의 엽색 행각을 전해 주는 전반부와 홍가신에 의한 의기와 윤낭자에 의한 보은의 양상을 전해 주는 후반부로 이루어지고 있다고 밝힌 바 있는데, 이 가운데 홍가신의 엽색 행각을 전해 주는 전반부의 서술문면은 필자가 검토하고 있는 소설의 어느 이본에서도 발견되지 않는 該本만의 특징적 면모로 보여진다.

洪純彦 일화의 서사구조와 뼈대를 어느 이본들보다도 더 충실하게 따르는 가운데 나타난 작품이(이점 후술된다.) 바로 『洪彦陽說』계라는 점에서 『洪彦陽說』계를 지은 작가가 洪純彦 일화를 근간으로 해서 이 작품을 엮었다는 것은 더 이상의 논의가 필요치 않은 문제라 하겠는데, 그렇다면 여기서 다음과 같은 의문을 먼저 제기할 수도 있지 않을까 한다. 그 의문은 곧 『洪彦陽說』계의 작가가 왜 이 작품의 전반부에서 이러한 이질적이기까지 한 면모를 띤 서술문면을 그 자신이 전거로 삼았던 洪純彦 일화의 〈義氣와 報恩〉이란 뼈대 자체를 파괴할 가능성이 있었음에도, 그것에 애써 접합시키면서까지 색다른 모습을 지닌 소설 이본을 만들어 내야 했는가 하는 점이다. 그것은 다음과 같이 토로하고 있는 홍가신의 언술을 통하여 어느 정도 가능한 해답을 구할 수 있다고 본다.

> 家勢富饒 用錢如水 以地閥之微賤 每懷慷慨之心 語及王侯將相寧有種乎之說 未嘗不扼腕長嘆 而鬱鬱不得志 酒盃客席不到劉伶墳墓之說 未嘗不愀然而下淚 …… (中略) …… 生且草露人生 吝財拘節 不盡所欲 非丈夫之事也 <u>然吾之所欲 不在富貴功名 只在天下絶色</u> (1-앞,5~11, 밑줄 : 필자 표시.)

위의 밑줄 친 부분에서도 이미 확인되듯이 홍가신의 기본적인 욕망은 '부귀 공명에 있었던 것이 아니라 다만 천하 절색을 구하는데 있었던 것'으로 보여진다. 따라서 『洪彦陽說』계에서 드러나는 이러한 전반부의 이질적인 면모는 천하 절색을 구하기 위한 호걸남자로서의 홍가신의 풍모를 작품 전반을 통하여 한껏 드러내 보이려 했었던 작가가 지닌 기본적 태도에서 기인된 현상으로 보아야 하지 않을까 한다. 그것은 다시 평결부의 다음과 같은 부분, 곧 "그러나 만약 (홍가신이) 영웅의 재목이 아니었던들 이와 같은 처사가 없었을 것"203)(12-앞,15)이라는 서술문면에서 드러나듯이 홍가신의 지나칠 정도의 엽색 행각 자체를 영웅적인 인물만이 행할 수 있었던 행위로 보고, 그것을 선양하는 이러한 부분을 통해 어느 정도 확인 가능해진다고 하겠다.

여기서 홍가신의 엽색 행각을 통해 드러나는 몇몇 면모로부터 『洪彦陽說』계의 작가가 이러한 색다른 면모를 해당 작품 내에 삽입시킨 의도는 어디에 있는 것인지를 관점을 달리 하여 간략하게나마 살펴볼 필요가 있겠다. 홍가신의 엽색 행각은 그 엽색을 가능하게 해주는 매개인을 중심으로 하여 볼 때 크게 전·후 두 차례로 나누어 살펴볼 수 있다. 그 하나는 남문밖 紫烟岩의 노구를 매개인으로 하여 가능한 엽색 행각인데, 이는 "이와 같이 하기를 날마다 계속하니 …… (중략) …… 장차 1년이 되도록 오래 함에 이르러 (여인을) 맞은 바가 거의 수백 인이나 되고"204)(2-앞,4~5), 또 "홍생이 오히려 일찍이 수삼백명을 겪었으나"205)(2-뒷,12~3)라는 서술문면에서 드러나는 그대로 무분별할 정도로 진행되었던 그것이라고 할 수 있다. 그런데 여기서의 엽색 행각은 "만약 한 번 일을 이룬즉 마땅히 백 금을 줄 것이요, 열 번 일을 이룬즉 마땅히 천 금을 줄 것이니 조금도 疑慮치 말라"206)(1-뒷,14)는 서술문면에서 드러나는 것과 같이 돈을 주고받는 거래의 형태 아래 이루어진다는 특징을 지니고 있다. 바로 이점을 여기서 주목하고자 한다.

---

203) 원문은 "然若非英雄之材 無以如是處事也"와 같다.
204) 원문은 "如此者 逐日有之 …… (中略) …… 將至一年之久 所致幾乎數百人"과 같다.
205) 원문은 "洪生 雖曾經數三百名"과 같다.
206) 원문은 "若一番成事 則當與百金 十番成事 則當與千金 少勿疑慮"와 같다.

돈을 매개로 하여 이러한 엽색 행위가 공공연하게 행해지고, 또 그것이 가능할 수 있었다는 사실은 『洪彦陽說』계가 어느 면 당대 사회, 곧 조선조 후기 사회의 거의 모든 계층들에게서 두드러지게 나타나고 있었던 금전 만능주의의 팽배와 淫風의 성행이라는 부정적인 현실을 일정하게나마 반영·비판하려 했던 작품일 가능성이 있음을 바로 말해 주는 좋은 예로도 생각된다. 그 점은 다시 홍가신 스스로 자신과 관계를 맺었던 여인들 모두에 대해 '모두 음부였다고'(2-앞,7:'皆是淫婦') 되뇌이게 한다는 점을 통해, 또 홍가신 자신이 이에서 더 나아가 '마음이 가을물 같고 성품이 빙설과 같은'(2-앞,8:'心如秋水 性如氷雪') 자신의 부인까지도 서슴없이 엽색 행각의 대상자로, 곧 그 여인을 시험의 대상으로 삼는다는 서술문면을 통해 거듭 확인된다고 하겠다. 그점은 또한 다음과 같은 문면을 통해서도 어느 정도 확인된다.

> 近聞紫烟岩 有一老媪 以誘引人物 以爲能事 多汚士夫家婦女 若非殺此老媪 則淫風大熾 士夫家婦女 雖有貞節之心 無以全體矣 當先斬後啓 以爲懲習立紀綱正名分 (2-뒷,4~6)

한편 여기서 慕華館 老媪를 매개인으로 하여 가능한 御醫 집 며느리와 홍가신의 만남이 지니는 의미를 또한 간략히 살펴볼 필요가 있다. 그것은 돈의문 밖에서 모화관 노구의 도움으로 결국 만나게 된 홍가신과 어의 집 며느리와의 사이에서 오간 다음과 같은 문답을 통해 그 일단이나마 제대로 규명할 수 있다.

> 今吾所以行此非禮之事者 月前鐘路上 適値娘轎墮倒 因見娘娘之容貌自此以後 嬋姸之態 長在于目 時時有夢會之時 因成疾病 故用計邀來矣 (4-앞,12~14)

> 其時墮轎之時 精神眩亂之中 偶見美男子 立於其傍 歸後 常常在心 種種夢會 別有思 別有思矣 …… (中略) …… 今見丈夫 果其也 此必有前生之緣矣 可不從丈夫之言乎 若不然則死則死矣 (4-앞,15~17)

위에 보인 두 예문은 홍가신과 어의집 며느리라는 두 인물이 天命觀을 기반으로 하여 그들의 사통을 합리화하려는 부분으로 보여진다. 가신의 계속되는 회유와 또 다른 방법으로 계속되는 협박에도 전혀 굴하지 아니하고 도리어 홍가신의 무례함을 꾸짖던 어의집 며느리가 위에 제시한 것과 같은 홍가신의 말을 듣고 이제까지의 자신의 태도를 버리고 바로 홍가신을 맞아 연분을 맺게 된다는 서술문면에서 이점 잘 드러난다고 하겠다.

이제까지 앞에서 살펴본 서사단락 (2) 곧 홍가신의 엽색 행각에 대한 서술문면은 서사단락 (1)에서 마련된 상황의 결과인 동시에, 또한 서사단락 (3)을 낳기 위한 예비 상황적·연결 고리적 기능을 띠고 있는 부분으로 이해된다. 바로 이런 점을 통해서도 『洪彦陽說』계의 특징적 면모로서의 서사단락 (2)는 작품 내에서 일정한 유기적 관련성을 갖고 있다는 사실이 입증된다고 하겠다. 그러나 『洪彦陽說』계 내에서 서사단락 (2)가 차지하는 비중이 지나칠 정도로 크다는 사실로부터 이러한 면모가 어느 면 해당 작품 전체에 걸쳐서 첨예한 갈등을 불러 일으킬 수 없었던 한 요인이 되고 말았다는 그 역기능 또한 마땅히 그 한계로 지적 받아 마땅한 것이라고 본다. 그렇기는 하지만 이들 단락들이 유기적 관련 양상을 지니고 있다는 사실은 서사단락 (2)에서 비롯된 홍가신의 엽색 행각의 결과가 서사단락 (3)에서 다음과 같이 서술되고 있는 상황을 통해서도 쉬 확인된다.

> 洪生 行事放蕩 迂濶所致 家産蕩敗 更無餘地 欲隨南京使行者 已久矣治裝難辨 不遂其計 每見儕類之西行 未嘗不慷慨下淚 洪生之儕類 憐其情勢 或賜之衣或賜之冠 或履 或帶 以備一襲與之 偕往渡鴨綠江 (6-앞,3~6)

한편 이러한 서사단락 (3)또한 『洪彦陽說』계만의 특징적 면모인 바, 이는 앞서든 서사단락 (2)의 결과라는 점에서, 『洪彦陽說』계의 작가가 작품내적 합리성을 고양하기 위해 꽤 고심하던 인물이라는 사실을 이를 통해 충분히 짐작할 수 있다. 한편 서사단락 (4)에서 드러나는 得寶橫

財 삽화는 서사전개상 반드시 필요했던 단락으로 생각된다. 그것은 서사단락 (3)에서 드러나고 있는 홍가신의 고난을 벗어나게 하는 결정적 계기로, 또 나아가 그것이 서사단락 (5)에서 홍가신이 행할 일련의 행동을 예비하는 기능을 띠고 있는 것으로 보인다는 점을 통해 거듭 확인된다. 여기서 이러한 得寶橫財 삽화가 『洪彦陽說』계의 서사단락 내에서 출현한다고 하는 것은 필자가 앞서 야담 변이의 한 요인으로 들었던 삽화의 결합에 의한 소산을 보여주는 것에 다름 아닌 것으로 여겨진다. 이러한 삽화는 곤궁한 상황에 처해 있던 사람이 의외의 장소에서 의외의 행운에 의해 우연히 寶物·寶珠·寶骨 등을 얻어 그 곤궁한 상황으로부터 벗어난다는 내용으로 이루어지는 바, 그것은 거타지 설화 이래로 고려왕계 신화, 후대의 야담인 '鬻蛇角綠林修貢' 따위에서도 거듭 되풀이되어 나타나고 있는 삽화임을 알 수 있다. 이런 점에서 본다면 『洪彦陽說』계의 작가는 작품의 서사구조가 지닌 틀을 크게 해치지 않는 범위 내에서 최대한 유기적 얽음새를 고려하면서 전래하던 일련의 설화를 작품 내에 끌어썼던 사람으로 보여진다. 한편 이 삽화가 『李長伯傳』계 이본에서 같은 기능을 담당하는 것으로 보이는 別付銀 삽화에 비하여 환상적 현실에서 마련되었을 가능성이 상대적으로 더 크다는 점에서, 『洪彦陽說』계 작품이 『李長伯傳』계 이본들에 비해 자연적으로 현실적 공감대를 얻는 데서 더욱 멀어졌으리라는 것에 대해서는 더 이상의 설명이 필요 없을 듯하다. 곧 『洪彦陽說』계는 『李長伯傳』계 이본에 비하여 작품의 리얼리티가 상대적으로 더욱 많이 결여된 작품이라 할 수 있다.

한편 서사단락 (5)이하의 서술문면은 洪純彦 일화의 서사구조와 그 뼈대를 거의 그대로 본뜨는 가운데서 이루어지고 있는 것으로 생각된다. 그것은 다시 『李長伯傳』계 이본들과 『洪彦陽說』계를 구분짓게 하는 한 계기가 되고도 남는 것으로 여겨진다. 洪純彦 일화의 주된 의미항 가운데 하나가 宗系辯誣로 표상되는 국가적 차원의 보은에 있다는 점을 필자는 이미 앞에서 밝혀 둔 바 있다. 그런데 『洪彦陽說』계 또한 그 주된 의미항으로 洪純彦 일화의 그것과 같은 면모를 지니고 있다는 것은 앞에서 이미 드러난 바 있다. 『李長伯傳』계에 속하는 다른 이본들이 宗系辯誣 대신에 越境採蔘 사건으로 야기된 양국간의 갈등 양상을 해결하는 차원에서 가능해진 보은의 면모를 담고 있다는 사실과 『洪彦陽說』계의 그것을 견주어 볼 때, 여기에서도 『洪彦陽說』계가 洪純彦 일화를 '거의 그대로 본뜨는 가운데' 이루어지고 있다는 것을 어렵지 않게 확인할 수 있다.

그러나 서사단락 (5)이하의 서술문면이 어느 이본보다도 더 洪純彦 일화의 서사구조와 뼈대를 근간으로 이루어지고 있다는 것은 사실이기는 해도, 『洪彦陽說』계 또한 많은 부분에서 나름의 특징적 면모를 또한 독자적으로 지니고 있는 작품이라 할 수 있다. 그것은 특히 서사단락 (6)의 경우에 보이는 구원자의 존재 양상에서 익히 드러난다. 순언 이외의 또 다른 구원자적 존재가 전혀 출현하지 않고 있는 洪純彦 일화의 경우와는 달리, 『洪彦陽說』계의 해당 서사단락에서는 홍가신과 이상서 부인이 아울러 구원자적 존재로 형상화되고 있다. 여기서 이상서 부인이 윤낭자에 대해 구원자적 존재로 나타나고 있다는 것은 홍가신이 구원자적 존재로 설정되어 있는 것과는 또 다른 의미 기능을 일정하게 담당하고 있는 것으로 여겨진다. 곧 이상서의 아들이면서 자신의 아들이기도 한 자식과 윤낭자의 결연을 자연스럽게 유발하기 위한 의도 아래 설정되었던 한 문학적 장치로서의 기능을 그것은 갖고 있다. 또한 이와 같이 윤낭자에게 구원자적 존재를 거듭 두 번씩이나 나타나게 한 것은 윤낭자의 효행을 애써 강조하려는 의식을 지니고 있었던 『洪彦陽說』계 작가에 의한 개작의 소산으로도 이해될 소지를 충분히 지닌다고 하겠다.

여기서 이상서 부인이 윤낭자에 대한 구원자적 존재로 설정되어야만 하는 이유가 무엇인지를 해당 문면을 통하여 구체적으로 살펴 보고, 이어 그러한 개작의 면모를 불러 일으킨 작가의식의 기저는 어디에 놓여 있는지를 다루어 볼까 한다.

홍가신의 도움을 받는 여인 윤낭자의 경우 가신의 도움으로 인해 모든 현실적 고난을 다 극복할 수 있는 존재는 전혀 아니다. 그 여인은 홍가신의 도움을 받고 자신이 처한 곤경에서 일시적으로 벗어날 수는 있었지만, 당장 父母 屍身의 返葬이라는 또 다른 현실적 어려움에 봉착하게 되는 여인이다. 홍가신에 의한 도움은 여인이 부모의 시신을 반장하는데 소용될 비용, 곧 返葬之費를 얻은 것에 불과한 것이다. 따라서 윤낭자는 가신의 도움을 받아 생긴 반장지비 곧 千金之銀으로 어떻게 부모 시신을 무사히 鄕廬로 반장을 해야 할 것인가 하는, 返葬之事의 어려움에 마주치게 될 수밖에 없다. '萬里鄕山'까지 부모의 시신을 윤낭자 혼자서 그것을 모시고 가야 한다[207]는 데서 그 점은 더욱 잘 드러난다고 할 수 있다. 윤낭자가 홍가신의 도움을 받고 난 뒤에도 반장지사의 어려움을 탄식하며 못내 슬퍼한다는 다음의 두 예문은 홍가신과는 궤를 달리하는 또 다른 구원자적 존재를 출현시켜야 하는 당위성을 확보케 하는 동인으로 작용하고도 남음이 있음을 극명하게 보여준다고 하겠다.

> 然幸賴天佑神助 雖得千金 至於返櫬之事 四無可議之人 此將奈何 彼蒼者天 曷其有極 因依苦痛哭 (7-앞,15~16)

> 聲不絶於七日七夜 聞其聲者 莫不洒淚 知其事者莫不傷心 (7-앞,16)

여기서 『洪彦陽說』계의 작가는 구원자적 존재로서의 이상서 부인을 문면 내에 보다 자연스럽게 등장시킬 수 있었던 것으로 보인다. 그것은 『洪彦陽說』계의 작가가 洪純彦 일화를 토대로 이 작품을 이루어 낸 것이 분명한 이상, 그가 구원자적 존재의 설정이라는 문학적 관습을 보다 용이하게 생각해 낼 수 있었을 것으로 생각된다는 점에서 그렇다고 할 수 있다. 이러한 개체적 변이의 면모는 이야기의 상황을 보다 합리적으로 마련하려 했던 『洪彦陽說』계의 작가가 지녔었던 적극적이고도 개인적인 의도의 소산으로 여겨진다. 이러한 면모에서 드러나는 『洪彦陽說』계 작가의 개인적 창조력은 유교 윤리의 기반 위에서 구현되고 있는

---

207) 윤낭자가 처한 그러한 면모는 다음의 대문에서 잘 나타나고 있다. 원문을 들면 다음과 같다. "父母兩親 一時俱歿 多少奴僕 亦皆死亡 只有妾之一身 孤孤孑孑"

바, 그것은 윤낭자와 이상서 부인의 시비 운섬과 윤낭자와 이상서 부인 사이에서 오고 간 다음과 같은 문답을 통해 여실히 드러나고 있다.

1) 因謝辭曰 姐姐 勿爲過哀也 以孝傷孝 古人之所不許者也 (7-뒷,9~10)

2) (姐姐) 復飮淚 且謝曰卽當承命趍謝 然女子之行止 異於男子之出入故若無夫人親題筆跡 則雖有婢子之丁寧傳喝 不敢奉敎 (7-뒷,16~18)

3) 夫人聽罷 嘆曰君可謂女中之君子 眞孝女也 洪生則萬古意氣男子也然君但知以哭泣之節 慼慼之心爲孝 不知傷生之爲不孝也 齋明盛服以承祭祀 乃先王之制禮 致其誠敬之道也 君之蓬頭垢面 致是誠孝之所發 以此叅於朝夕祭奠 非所以致潔之道 過哀傷生 以絶父母之香火實非孝子之事也 (8-뒷,4~8)

곧 1)의 문면은 윤낭자가 이르는 사연을 들은 운섬이 윤낭자를 위로하는 내용이고, 2)의 문면은 가마를 보내어 자신을 맞아 보고자 하는 이상서 부인에 대한 윤낭자의 반응이 나타나고 있는 내용이다. 한편 3)의 문면은 2)의 문면에 나타난 윤낭자의 청을 받아 이상서 부인이 그녀를 맞아와 이치로 타이르는 내용으로, 위에 든 문면의 기저에는 孝行과 名分論이라는 유교 이념이 자리하고 있음을 보게 된다.

여기서 또한 상서의 아들과 윤낭자가 맺어지는 서술문면 또한 洪純彦 일화의 서술상황과 달리 하여 나타나고 있음을 주목할 필요가 있다. 곧 洪純彦 일화의 경우 순언에게서 도움을 받았던 여인이 뒷날 막연히 석성의 계실, 부인이 되는 것으로 나타나는 데 비하여, 『洪彦陽說』계에서는 윤낭자의 '幽閒貞靜 懿行淑德'(9-앞,12)을 익히 알고있는, 또 다른 구원자로서의 이상서 부인이 자신의 남편과 자식에게 의향을 물어 그것이 가능하게 되는 것으로 나타난다는 차이점을 드러내고 있다. 이러한 개체적 변이의 양상 또한 이야기의 서사진행에 보다 더한 합리성과 윤낭자의 효행에 대한 응분의 사회적 보상을 제공하려 했었던 의도를 지닌 『洪彦陽說』계의 작가가 지녔던 개인적 창조력의 소산으로 이해된다.

한편 상서의 아들이 윤낭자와 결혼한 이후 과거에 힘써 龍榜 장원급제에 오르고, 이어 한림학사에 이른다고 하는 서술문면과 그 이후 윤낭자가 媤父인 상서와 媤母인 상서 부인을 잇달아 계속 여윈다고 하는 서술문면, 부모 양친의 三喪을 다 마친 후에 한림학사였던 상서의 아들이 다시 벼슬길을 밟아 예부상서에 이르게 되었다는 서술문면 또한 서사단락 (5)의 서사진술에 대해 일단 나름의 완결성과 아울러 그것이 전래하던 洪純彦 일화의 문학적 전통에 강하게 의거하고 있다는 점에서 그렇지 아니한 것들에 비하여 洪純彦 일화와의 친연성을 더욱 부여하고 확보하려 했었던 『洪彦陽說』계 작가가 지닌 개인적 창조력의 소산으로 이해된다. 서사단락 (6)에서 두드러지게 나타난 『洪彦陽說』계의 작가가 지닌 개인적 창조력은 윤부인 곧 전일의 청루지녀가 매번 홍생의 은혜를 생각하여 칭도하지 않는 날이 없어 말이 그 일에 이르르면 '潸然下淚'하며 친히 비단을 짜고 그것에 수를 놓아 報恩緞 3字를 새겨 써 그에게 은혜 갚을 날만을 기다린다는 서사단락 (6)의 마지막 서술문면에서부터는 점차 찾아보기가 어렵게 된다. 이는 곧 서사단락 (6)이하의 부분에서부터는 『洪彦陽說』계의 작가가 전래하던 洪純彦 일화의 서사단락을 『李長伯傳』계 이본에 비하여 상대적으로 더 충실히 답습하고 있는 면모를 바로 드러내 보여주는 것이라고 이해할 수 있겠다.

서사단락 (7) 또한 洪純彦 일화의 그것과 같이 宗系辯誣에 얽힌 조선의 상황을 여실히 보여주고 있다. 이는 『李長伯傳』계 이본에서 越境採蔘 사건으로 야기된 조선과 중국 사이의 갈등을 그려 보이고 있는 것과는 크게 구별되고 있는 부분이라 하겠다. 그것은 또한 홍가신의 소식과 그가 오지 않는 연유를 예부상서가 직접 東使들에게 묻는다는 서술문면을 지니고 있다는 점에서 다시 洪純彦 일화의 서술문면과 밀접한 관계 양상을 지니고 있는 것이 확인되는 반면에, 『洪彦陽說』계를 제외한 여타의 허구적 이야기에서는 황후가 승전을 시켜 이장백·홍언순의 소식과 그가 오지 않는 연유를 묻는다는 것으로 달리 나타난다는 점에서 『洪彦陽說』계는 분명 여타의 허구적 이야기와는 그 궤를 달리하는,

곧 洪純彦 일화의 서술문면을 어느 면 충실할 정도로 답습하려는 가운데서 나름의 개인적 창조력을 제한적으로, 또 달리 적극적으로 작품 내에 드러내려 했었던 작가에 의해 마련된 작품이라는 점이 거듭 확인된다고 하겠다.

한편 『洪彦陽說』계의 서사단락 (8)은 사은죽을 신물로 하여 가능한 두 사람 사이의 재회를 서술하고 있는 『李長伯傳』계 이본들의 경우와는 달리, 윤부인이 직접 홍가신에게 전일의 행적을 물어 알고 바로 그가 자신에게 은혜를 베풀었던 사람임을 확인하게 된다는 서술문면을 지니고 있는 바, 그것은 『李長伯傳』계 이본에 비하여 작품적인 흥미와 그로 인해 거두어질 긴장감이 상대적으로 덜 갖추어지게 된 것으로 보인다는 점에서 한 한계라 할 수 있다. 이것은 『洪彦陽說』계의 작가가 洪純彦 일화의 서사전승을 가능한 한 그대로 따르는 가운데서 자신의 개인적 창조력을 드러내려 했던 태도에서 야기된 작품내적 한계일 가능성이 높은 것으로 사료된다.

宗系辯誣의 해결에 얽힌 상황이 서술되고 있는 서사단락 (9)가운데 다음과 같은 부분은 윤낭자를 유교 이념에 보다 충실한 존재로 설정하기 위한 의도를 지녔었던 『洪彦陽說』계의 작가에 의한 개인적 창조력의 소산으로 이해된다.

> 夫人正色而言曰昔孔子天縱之大聖也 以正名分爲先務 則名分之正 豈非國之急務乎 朝鮮國王之璿系之被誣 若不伸雪 則玉石淆雜 名分紊亂也豈非國之政大欠乎 安用聖訓之明明乎 此實不難之事 何不奏楓墻之下 改其書 伸其誣 一則正名分也 二則報私恩也 豈非幸之甚者乎 若此事不成則何以報洪生 何以待尙書 一死之外 更無他言 (11-뒷,6~10)

宗系辯誣의 해결이야말로 명분을 바로하는 것이며, 아울러 사사로운 은혜를 갚는 길이기도 하다는 윤낭자의 위에 든 말을 통해 이점 잘 드러난다고 하겠다. 그런 면모는 다시 중국의 천자가 辯誣疏를 지은이가 누구인지를 물어 알고, 月沙 李廷龜를 '天下之文章也'(12-앞,3~4)라고 칭하했다는 서술문면을 통해서도 거듭 드러난다고 하겠다. 이러한 개체적 변이는 조선에 이와 같이 훌륭한 인재가 있음을 은연중 드러내 보이려 했었던 『洪彦陽說』계 작가에 의한 개인적 창조력의 소산으로 이해된다. 한편 이러한 부분을 통해서도 『洪彦陽說』계가 洪純彦 일화의 서술문면과 밀접한 관련을 맺고 있는 작품이라는 사실이 거듭 확인된다고 하겠다.

『洪彦陽說』계가 『李長伯傳』계 이본에 비하여 역사적 사실과 기존의 문학적 전통으로서의 洪純彦 일화에 더욱 충실한 가운데 이루어진 작품이라는 것은 다시 다음과 같은 서술문면을 통해서도 거듭 드러난다. 그것은 『李長伯傳』계의 경우에는 장백·언순을 전일에 노비로까지 전락시켰던 인물 곧 송경 유수가 뒷날 上使로 나아가게 된다는 비역사적인 한편으로는 아이러니칼할 정도의 인물 설정이 나타나고 있는데 비하여, 『洪彦陽說』계의 경우 역사적인 사실 그대로는 아니지만 月沙 李廷龜(1564-1635)란 인물로 상사를 삼는다고 하는 서술문면이 출현하고 있다는 점에서 어느 정도 확인된다고 하겠다. 이러한 면모는 다시 『李長伯傳』계 이본의 경우에 장백·언순의 도움을 입었던 여인 곧 褚娘과 桂娘이 뒷날 황후가 되는 것으로 서술되고 있는데 비하여, 『洪彦陽說』계의 경우 그것과는 달리 洪純彦 일화와 같은 서술문면을 그대로 지니고 있다는 점을 통해서도 거듭 드러나고 있다.

한편 서사단락 (10)은 가신이 東還之日에 이르러 부인에게서 報恩緞 300필을 받고 돌아와 彦陽君에 봉해졌다는 내용으로 이루어지고 있는바, 이 가운데 홍가신이 언양군에 봉해졌다는 내용과 그 자손으로 '代代科宦 不絶之由'(12-앞,13)하는 영화를 보게 한다는 내용은 洪純彦 일화의 경우에 洪純彦이 당릉군 혹은 당성군으로 책훈된 것으로 나타나는 현상과 방불한 것으로 보여진다. 이는 『洪彦陽說』계의 작가가 어느 면 洪純彦 일화를 토대로 『洪彦陽說』계를 이루어 내면서도 은연중 나름대로 허구적인 바탕 위에서 『洪彦陽說』계를 그 자신이 새롭게 꾸며 낸 이야기인 것처럼 보이고자 했던 의도에서 연유된 개변의 결과 나타난 현상으로 생각된다. 이는 곧 서사문학이 어느 면 '사실을 바탕으로 하면서도 사실 그 자체가 없이도 독자적으로 존재할 수 있다.'는 상황을 보여주는 좋은 한 예라 하겠다. 한편 여기서 그 자손으로 하여금 '代代科宦不絶之由'라는 영화를 맛보게 한다는 내용은 홍가신이 행한 種德之報를 은연중 더 강조해 보이려 했던 태도에서 연유된 개변으로 생각된다.

서사단락 중심으로 살피면서 어느 정도 드러난 홍가신의 행위 자체를 '영웅의 재목이 아니었던들 이와 같은 처사가 없었을 것'이라는 『洪彦陽說』계 작가의 평언에서도 확인되듯이, 『洪彦陽說』계는 큰 의기를 지녔던 한 영웅적 존재, 곧 홍가신의 영웅스런 면모를 적극적으로 그려 보이며 그로 인해 가능할 수 있었던 나라에 대한 충성을 기리고 드날리려 했던 의도를 지닌 작가에 의해 창출된 작품이라 할 수 있다. 그것은 『洪彦陽說』계가 『李長伯傳』계 이본에 비하여 상대적으로 더 洪純彦 일화의 서술문면과 밀접한 관계 양상을 지니고 있는 작품인데도 洪純彦 일화의 기본 면모에 비추어 볼 때 『洪彦陽說』계의 전반부에서 설정되고 있는 이질적이기까지 한 서사단락의 서술문면으로부터도 역으로 확인된다고 하겠다.

이제까지 앞에서 필자는 洪純彦 일화를 토대로 이루어진 네 편의 소설을 그 서사구조와 서술문면을 중심으로 크게 두 계열 곧 『李長伯傳』계와 『洪彦陽說』계로 나누어 이들 두 계열에 나타나는 변이 양상과 의미를 살펴본 바 있다. 이들 두 계열의 소설들은 각기 해당 작품 내에 새로운 서사갈등과 독자들로부터 긴장감과 흥미감을 유발해 내기 위한 것으로 생각되는 서사구조와 서술문면을 지니고 있는 작품인 것으로 드러났다. 특히 그것은 洪純彦 일화에서 나타나지 않았던 새로운 삽화의 출현 등으로 인한 서사구조의 변이, 인물에 대한 일련의 형상화 과정을 통한 성격 창조에 따른 제반 문제, 나아가 작품의 시·공간적 배경의 구체성과 아울러 서사 공간의 확대라는 점 등에서 잘 드러나고 있었다. 새로운 삽화의 출현으로 인한 서사구조의 변이는 『洪彦陽說』계의 경우에 가장 잘 드러나고 있다. 곧 주인공 홍가신의 엽색 행각에 따른 숱한 여인과의 만남을 전하는 삽화, 得寶橫財하는 삽화 등의 출현이 바로 그것이다. 한편 이와는 달리『李長伯傳』계 이본에서 공통적으로 나타나고 있는 세 삽화 곧 別付銀 삽화, 사은죽 삽화, 越境採蔘 삽화 또한 위에서 밝힌 기능을 일정하게 담당하고 있는 것으로 생각된다. 인물에 대한 일련의 형상화 작업을 통한 성격 창조는『洪彦陽說』계의 경우 윤낭자, 이상서 부인 곧 후일의 시모와 부인의 시비 운섬, 그리고 홍가신 등의 인물 관계를 통해서 특히 잘 나타나고 있다.

한편『李長伯傳』계 이본의 경우 남·여 주인공과 매개인으로서의 기능을 담당하고 있는 것으로 보이는 崔迪이란 인물에 대한 서술상황을 통해 잘 드러난다 하겠다. 마지막으로 시·공간적 배경의 구체성과 확장성의 면모 아래 나타나는 서사공간의 확대 현상은 특히『李長伯傳』계 이본들에서 두드러지게 나타나고 있다.

위에 든 세 국면에서의 특징을 이들 두 계열의 소설들이 아울러 지니고 있는데도, 이들 두 계열의 작가들이 洪純彦 일화를 해당 작품들을 이루어 내던 시대 정신 아래 새롭게 이해·해석·평가한 것으로는 여겨지지 않는다. 그것은 이들 두 계열의 작가들이 전래하던 문학적 관습·전통으로서의 洪純彦 일화가 지닌 뼈대와 의미를 어쩔 수 없이 수용해야만 했었다는 근본적인 제약 아래 놓여 있던 존재라는 점에서 그럴 수밖에 없었을 것으로 생각된다. 곧 이들 두 계열의 원천이자 토양인 洪純彦 일화의 뼈대와 의미가 발생·형성·정착의 과정을 거치며 점차 그 의미가 고착되는 방향으로 나아갔을 것이라는 점을 유념한다면, 이런 점에서 이들 두 계열의 작가가 지녔던 개인적 창조력의 면모도 자연 이와 같이 고착화되어 버리는 방향으로 운동하고 있었던 洪純彦 일화의 뼈대와 의미의 영역으로부터 결코 자유스럽지는 못했을 것으로 생각된다. 곧 전래하던 洪純彦 일화에 대한 수용·개작의 양상은 洪純彦 일화가 지니고 있는 완강성에 비추어 그리 적극적이고도 전면적으로 이루어졌다고는 하기 어려울 듯하다.

따라서『洪彦陽說』계나『李長伯傳』계 이본들의 경우 위에서 밝힌 바 있는 사건·인물·배경 등의 제 국면에 걸쳐 나타나는 몇몇 변이 양상을 통해 洪純彦 일화의 의미를 보다 부연하고 강화해 보이는데 그쳤을 뿐, 洪純彦 일화와는 완전히 구획될 전혀 새로운 의미를 작품을 통해 창출해 내지는 못했던 점에서 이들 두 계열의 작가들은 원천적으로 일정한 한계를 지녔던 존재들이라고 할 수 있겠다. 여기에 前型으로서의 문학 유산을 토대로 새 작품을 이루어 내야 하는 작가들이 처하는 공통된 어려움이 있다고 하겠다.

2. '丁香이야기'의 변이 양상과 의미

가. 연구 성과 검토

『丁香傳』에 대한 연구는 蘇在英님이 일찍이 간단한 해제를 붙여 소개한 이래로 현재까지 계속 이루어지고 있다. 이제까지 나온 연구 성과를 검토하는 작업은 앞으로의 논의 전개에 한 도움이 될 것으로 여겨진다.

이에 편의상 관계 연구 성과들의 성격을 고려하여 다음 몇 항목으로 나누어 그것을 살펴볼까 한다. 그것은 첫째, 해제 차원의 성과, 둘째, 丁香 일화의 변이 양상과 그 의미를 밝히려는 성과, 셋째, 해당 자료의 문학사적 가치와 그 위상을 밝히려는 성과 등으로 나누어 볼 수 있을 것이다. 이에 해당 항목별로 간단하게 연구 성과를 소개하고, 그것들을 검토할까 한다.

첫째, 해제 차원의 연구 성과는 소재영과 金起東님에 의해 이루어졌는데, 소재영님은 "未發表 小說 三題"212)에서 『丁香傳』의 원본은 한문본일 것이라고 주장하면서, 이어 『丁香傳』의 특색을 '직접 황실의 양령이 천기 정향의 사랑을 받아 백년 해로한다는 귀결로 되어 있는 것'에서 구하고 있다.

---

212) 소재영, "미발표소설 **삼제**, 「국어국문학」 55-7합집호, (국어국문학회, 1972. 11)

한편 김기동님은 "古典小說 三題"213)에서 『丁香傳』에 나오는 讓寧大君의 연애담이 실화였다는 근거로 『海東奇話』 소재 자료를 들고, 이어 그 '구성이 치밀하고 사실적인 데에 그 특성이 있다'고 주장한 바 있다. 그는 또 아울러 『丁香傳』 작가의 창작 의도는 '아우로서 국왕이 되어 형을 지극히 우애하는 새종대왕의 성덕에 있'는 것으로 파악한 바 있다. 이들 연구 성과들은 『丁香傳』의 前型(Prefiguration)에 대한 본격적인 접근이 이루어지지 않은 가운데 그 논의가 이루어졌다는 한계를 아울러 지니고 있다고 하겠다. 김기동님의 경우 이에 대해 그 가운데 하나인 『海東奇話』 소재 자료를 검토하고는 있으나, 이 자료 외에도 많은 야담집들에서 丁香 일화가 나타나고 있다는 점을 간과하고 말았다는 점은 『丁香傳』에 대한 보다 진지한 이해의 시각이 그들에게는 한결같이 결여되어 있음을 바로 보여주는 것으로 생각된다.

둘째, 丁香 일화의 변이 양상과 그 의미를 밝히려는 성과는 필자와 權友荇님에 의해 이루어진 바 있다. 권우행님은 "丁香傳 소고"214)에서 『丁香傳』은 『大東奇聞』 소재 "讓寧有泰伯至德'이라는 한문 중심의 야담이 조선 후기에 소설 독자층의 확대로 인해 소설화된 작품임'을 밝히고, 이어 '평민 계층의 꿈을 실현해 주는 소설적 구성으로 발전한 것'(밑줄 : 필자 표시)이 바로 『丁香傳』이라고 주장한 바 있다. 한편 필자는 "丁香이야기의 구조와 의미 연구"215)에서 丁香 일화의 서사구조와 서술문면을 통하여 그것이 크게 『海東奇話』계, 『梅翁閑錄』계, 『東野輯史』계로 나누어질 수 있음을 밝힌 뒤, 이 일화의 뼈대는 〈다짐〉-〈計略〉-〈다짐의 破棄〉이며 그 의미는 '인간성을 몰각한 讓寧大君의 경직성을 이완시켜 웃음을 유발하는데 있는 것'이라고 주장한 바 있다. 이들 연구 성과들은(특히 권우행님의 경우) 수다한 야담집에 실려 전하는 야담집 가

213) 김기동, "고전소설삼제", 「한국학논집」 10집, (계명대 한국학연구소, 1983).
214) 권우행, "정향전 소고",『파전김무조박사 화갑기념논총』,(동간행위원회, 1988).
215) 정명기, "정향이야기의 구조와 의미연구", 「국어교육연구」 6집, (원광대학교 국어교육과, 1987).

운데서 오직 『大東奇聞』만을 택하여 자신의 논지를 전개하고 있다는 점에서 첫째 연구 성과에 대해서 지적한 문제점을 이 경우 또한 마찬가지로 지니고 있다고 지적할 수 있다. 나아가 『丁香傳』의 창작 시기를 구체적인 증거도 제시하지 않는 가운데 막연하게 조선 후기에 이루어졌을 것이라고 추정하고 있는 점, 또 이 작품을 '평민 계층의 꿈을 실현해 주는 소설적 구성으로 발전한 것'이라고 파악하고 있는 데서 드러나는 논리적 근거의 타당성 여부 등을 그 문제점으로 지적할 수 있겠다. 셋째, 『丁香傳』의 문학사적 가치와 그 위상을 밝히려는 연구 성과는 그간 박요순, 김종철, 김대현, 조동일, 이경선, 서나경, 박일용님 등에 의해 계속적으로 이루어진 바 있다. 이들의 주장을 간추려 보이면 다음과 같다. 박요순님은 "한글본 丁香傳고"[216]에서 『丁香傳』의 구조·유형·주제·원본·문체 등에 이르기까지 광범위한 고찰을 시도한 바 있다. 이 논문의 주장을 요약하면 '그 구조는 아주 치밀하게 이루어져 있고, 그 유형은 〈外道小說〉에 속하며, 그 주제는 세종의 우애에 있는 것으로 파악된다. 아울러 『丁香傳』의 원본은 한글본이었을 것'이라는 색다른 주장을 펴고 있다. 한편 김종철님은 "裵裨將傳 유형의 소설 연구"[217]에서 『丁香傳』은 '18세기 중엽에 성립된' 〈내기와 共謀의 구조〉를 지니고 있는 작품인 것으로 주장하는 가운데, 아울러 『丁香傳』은 '정착되기 이전의 설화 단계의 구조를 크게 변개시키지 않고 충실히 수용하고 있는' 작품이며, 그 독자와 작가는 '양반층 이상의 상층'에 속하는 자일 것이라고 주장하고 있다. 김대현님은 "조선후기 남녀관계 풍자소설의 사회사적 고찰"[218]에서 '남녀 관계 풍자소설은 남주인공의 훼절담이 중요한 소재'로써 『丁香傳』은 초기 형태의 남녀 관계 풍자소설에 해당되는 작품으

216) 박요순, "한글본 정향전고", 「한남어문학」 9·10합집호, (한남대학교 국어국문학회, 1983).
217) 김종철, "배비장전 유형의 소설연구", 「관악어문연구」 10집,(서울대 국어국문학과, 1985).
218) 김대현, "조선후기 남녀관계 풍자소설의 사회사적 고찰", 「문학연구」 5집, (우리어문학연구회, 1987).

로, 17세기 말 이후 창작된 작품이라고 주장한 바 있다. 조동일님은 『한국문학통사』219)에서 『丁香傳』은 세태소설에 속한다는 주장을 간략하게 개진한 바 있다. 이경선님은 "丁香傳 소고"220)에서 『丁香傳』은 '丁香이라는 한 기녀의 이야기라기보다는 讓寧大君의 풍류와 세종의 우애가 잘 표현된 작품'이라고 주장하였다. 서나경님은 "운영전 연구"221)에서 『丁香傳』은 '그 내용으로 보아 세종과 讓寧大君이 형제간의 우애가 깊었다는 야담적 성격의 이야기에 작가의 창작이 가미되어 기생 丁香과 讓寧大君의 연애담이 이루어'진 데서 나타난 작품이라고 주장한 바 있다. 한편 박일용님은 "조선조 훼절소설의 변이 양상과 그 사회적 의미"222)에서 『丁香傳』은 '특권적 사대부의 의식이 반영된' 작품으로서, 讓寧大君의 훼절은 '어떠한 문제 의식을 제기하는 것이 아니라 낭만적인 일화에 불과한 것'이라고 주장한 바 있다.

이들 대부분의 연구 성과들은 『丁香傳』 이본에 대한 검토 없이 논의된 것이라는 점에서 위에 든 논의에서 얻어진 주장들의 거의 대부분은 『丁香傳』의 모든 이본들에 두루 적용될 수 없는 제한된 의미 내에서의 성과라 할 수 있다. 특히 박요순본 『丁香傳』과 정문연본 『丁香傳』에서 보이는 기생 丁香의 기능, 서사구조의 변이 따위의 여러 면모를 생각할 때 더욱 그렇다고 할 수 있다.

이제까지 앞에서 '丁香이야기'에 대한 연구 성과를 검토한 결과, 거의 모든 선행 연구들이 소설 『丁香傳』만을 대상으로 한 논의였음이 드러났다. 그것도 『丁香傳』의 이본 가운데 어느 특정 본만을 대상으로 한 논의라는 점에서, 또 나아가 소설 『丁香傳』의 前型으로서의 '丁香이야기'가 현재 여러 야담 자료집에 실려 전하고 있는 것이 분명한 현실인

219) 조동일, 『한국문학통사』 3권, (서울, 지식산업사, 1984).
220) 이경선, "정향전소고", 『한국 판소리·고전문학연구』, (서울, 아세아문화사, 1983)所收.
221) 서나경, "운영전연구", (연세대학교 석사학위논문, 1984).
222) 박일용, "조선조 훼절소설의 변이양상과 그 사회적 의미",「한국학보」 51-2집,(서울, 일지사, 1988. 가을,겨울).

데도 이러한 점이 철저할 정도로 간과되고 이루어진 것으로 보인다는 점에서 이들 연구 성과들은 분명 근본적인 한계를 지닌다고 할 수 있다. 이런 점에서 『丁香傳』에 대한 심도 있는 논의는 前型으로서의 '丁香이야기'에서 나타나는 뼈대와 변이 양상에 대한 고찰을 기초로 하여 그 의미에 대한 예비적인 탐색을 거칠 때 비로소 어느 면 나름의 성과를 거두게 될 것으로 기대된다. 나아가 현재까지 전해지고 있는 『丁香傳』의 여러 이본들에서 나타나고 있는 다양한 변이 양상의 실상과 그 轉化된 의미를 아울러 구체적으로 검토할 때 『丁香傳』에 대한 연구의 깊이와 폭이 비로소 확보될 것으로 생각된다.

이와 같은 목적을 달성하는데 한 도움이 될 대상 자료들을 먼저 제시하면 다음과 같다.

『至德誌』 소재 「讓寧大君行狀」(이하 「行狀」으로 줄임), 동 자료 소재 「事實輯錄」(이하 「輯錄」으로 줄임), 『國朝名臣錄』, 『讓寧大君事蹟』(이하 『事蹟』으로 줄임), 『東野輯史』, 『梅翁閑錄』(梅翁聞錄), 『靑邱野談』(한문본, 한글본), 『記聞叢話』, 『海東奇話』, 『大東奇聞』, 『二旬錄』 등.

나. 讓寧大君의 생애와 면모

'丁香이야기'에 나타나고 있는 讓寧大君의 면모를 보다 심도 있게 이해하기 위하여 『朝鮮王朝實錄』, 『至德誌』와 기타 관계 기록들을 통하여 그 실재적 생애와 몇몇 면모를 간략하게 살펴보는 작업이 선결적으로 요청된다고 하겠다.

讓寧大君 禔(1394-1462)의 생애 가운데서 두드러진 몇 면모를 들어 보이면, 洪武 27년(甲戌 1394)에 송경에서 靖安君(후의 太宗)의 장남으로 태어난 讓寧大君 禔(字 : 厚伯)는 10세 때 왕세자로 책봉된다. 14세 때 입조하라는 명 태종의 명에 따라 중국에 들어가서 어진 왕자라는 칭찬을 받고 돌아온 뒤로부터 遜位할 뜻이 있었다고 한 야사에는 전한다.[223] 과실을 고치지 않고 더욱 放肆한 생활을 하던 禔는 결국

25세 되던 戊戌 6월에 讓寧大君으로 降封되어 廣州로 보내지게 된다. 57세가 되던 庚午에 장헌대왕이 승하하니 대군은 더욱 세상에 뜻이 없어져 오직 산수를 探遊하는 것으로 일을 삼는다. 因山 후에 즉시 嶺湖之間에 가 놀면서 몸소 伽倻·智異 두 산을 찾아본 후 돌아왔다. 63세가 되던 丙子 4월에 關西 산수를 보러 갔다가 가을에 그 곳으로부터 서울로 돌아온다. 69세가 되던 壬午年 9월에 '勿受禮葬 勿樹墓碣 勿設床石治塋不侈而儉'하라는 유언을 남기고 사망한다. 그는 처음에는 光山君 金漢老의 딸을 취하여 3남 4녀를 낳았고, 측실에서는 7남 11녀를 낳았다.

예순 아홉 해에 걸친 讓寧大君의 삶은 한마디로 禮俗의 틀에서 벗어난 행위로 연속되었다고 해도 과언은 아니다. 이러한 讓寧大君의 悖行的 삶은 그가 처한 처지에 비겨볼 때 당대의 治人들에게 뿐만 아니라 일반 백성들에게도 긍정적인 것으로 받아들여질 수 없는 성질의 것이었다. 이런 선상에서 태종 18년(1418) 戊戌 6월에 있었던 讓寧大君의 폐위가 자연스럽게 이해될 수 있다. 이 문제는 뒤에서 다루기로 하고, 여기서는 먼저 讓寧大君의 몇몇 면모를 살펴 '丁香이야기'에 드러나고 있는 讓寧大君의 성격을 이해하는 데에 한 도움을 얻고자 한다.

먼저 讓寧大君의 성격과 위인됨을 관계 기록을 통해 살펴보도록 하자. 讓寧大君의 성격은 『朝鮮王朝實錄』(이하 『實錄』으로 줄임)의 도처에서 발견되는 다음 기록들을 통해 어느 정도 짐작이 가능해진다.

世子의 성품이 조급하니 ……[224]

세자가 좋아하는 바는 射御有力之士가 아닌즉 반드시 아첨을 잘 하는 신하거나 재주꾼의 무리였다.[225]

禔의 성품은 본디 橫悖하여 敎化하기가 어려웠다.[226]

讓寧大君 禔가 酒色에 빠져 세자의 位를 잃기는 하였으나, 천성이 너그럽고 활발하여 평생에 自奉을 잘하였고, 주색과 사냥 이외에는 한 가지도 손

223) 『至德誌』 권 1, 年譜, 4장 앞면.
224) 『태종실록』 권 21, 태종 11년, 신묘 5월.
225) 바로 앞에서 든 책, 권 35, 태종 18년, 무술 5월.
226) 『세종실록』 권 24, 세종 6년, 갑진 4월.

을 대지 않았다.227)

한편 讓寧大君의 위인됨 또한『實錄』을 통해 살펴볼 수 있다.

> 세자가 왕(필자 주 : 태종)을 모셔 식사를 하는데 있어 예절에 맞지 않는 것이 많았다. 상이 세자를 보며 가로되 …… (중략) …… 네가 비록 나이가 어리나 이미 元子라. 언어 거동이 어찌 이와 같이 節操가 없느냐? 書筵官이 일찍이 가르치지 않았느냐고 하자 세자가 부끄러워 하며 두려워 했다.228)
> 그러나 兒輩(필자 주 : 讓寧大君)가 大體를 알지 못해 출입에 節度가 없었다."229)

란 기록에서 讓寧大君이 禮法과는 일정한 거리가 있는 삶을 살고 있었던 존재임이 확인된다고 하겠다.

讓寧大君은 한편으로 세자에게 부과된 의무로서의 배움마저 의도적으로 회피 내지는 거부하던 삶을 살던 존재였음임을 알 수 있다. 그런 면모를 구체적으로 보여주는 자료로,

> 세자의 위인됨이 淫亂한 짓에 이르러 惑하여 말 달리기를 좋아하며 儒生을 기뻐하지 아니하고, 학문을 힘쓰지 아니하여 매번 書筵에는 아프다고 핑계를 대고는 나아 오지 아니했다.230)
> 세자가 읽는 바 大學衍義를 마쳐 上께 보이고자 하여 날마다 5장 혹은 7, 8장을 읽으며 힘써 게을리 하지 아니하니, 侍學官과 조관이 모두 기뻐 탄식하며 가로되 세자와 같은 뛰어난 재주로 예로부터 이와 같이 했으면 이 책을 어찌 6년을 기다려 마쳤겠느냐?231)

란 기록을 들 수 있다. 학문에 뜻이 없었던 讓寧大君의 관심사는 궁극적으로 어디에 있었는지에 대한 해답은 그 자신의 다음과 같은 토로에 의해 어느 정도 드러난다고 하겠다. 즉

227)『秋江冷話』,『대동야승』, (서울, 민족문화추진회, 1982) 1권 所收.
228) 위에서 이미 든 주 (217)의 책, 권 10, 태종 5년, 을유 10월.
229) 바로 앞에서 든 책, 권 33, 태종 17년, 정유 4월.
230) 바로 앞에서 든 책, 권 35, 태종 18년, 무술 5월.
231) 바로 앞에서 든 책, 권 26, 태종 13년, 계사 10월.

> 癸卯年에 楊近 땅에 임금이 행차하여 讓寧大君을 와서 뵈라고 하고는 더불어 달리며 사냥하기를 명하니 禔가 기뻐하며 가로되 나로 하여금 항상 이와 같음을 얻게 한다면 내가 어찌 죽을까 보냐?232)
> 讓寧大君이 항상 말하되 원컨대 평민들과 더불어 遊獵 自適하는 것으로써 함께 처하고자 한다.233)

가 그것인 바, "天資倜黨 平生自奉甚厚 酒色遊獵之外 一不着手"234)하는 인물이었다는 지적에서 그 일단이나마 충분히 짐작해 볼 수 있다.

그럼 여기서 讓寧大君의 여성 편력의 면모를 살펴보도록 하자. 『實錄』에 드러난 바를 토대로 그것을 살펴보면, 讓寧大君은 전후에 걸쳐 기생 鳳池蓮,235) 小鸎,236) 楚宮粧,237) 勝牧丹238) 뿐만 아니라 林上佐의 양녀,239) 郭璇의 첩 於里240) 등과 같은 숱한 여인들과 관계를 맺어 밤마다 그녀들을 궁중으로 불러들여 즐기기도 하고 또한 대군 스스로 궁 밖으로 나아가 그들과 함께 어울려 밤을 지새며 즐기기도 했음을 알 수 있는데, 특히 그 가운데 곽선의 첩 어리와의 사이에서는 자식까지 낳을 정도로 밀접한 관계를 맺고 있었던 점 등을 통해 讓寧大君은 한마디로 많은 여성들과 무분별할 정도로 관계를 맺고 있었던 인물임이 드러난다고 하겠다. 이런 점에서 보면 우리가 앞으로 검도하세 될 '丁香 이야기'에서의 丁香 또한 讓寧大君이 관계했던 실재 인물 가운데 하나였을 가능성 또한 있는 것으로 사료된다. 그것은 『至德誌』와 『事蹟』에 나오는, 讓寧大君이 丁香에게 남겨 주었다는 세 수의 시241)를 통해서

---

232) 앞에서 든 주 (219)의 책, 권 3, 세종 원년, 기해 2월.
233) 바로 앞에서 든 책, 권 2, 세종 즉위년, 무술 11월.
234) 앞에서 든 주 (216)의 책, 권 3, 「輯錄」 9장 뒷면.
235) 앞에서 든 주 (217)의 책, 권 20, 태종 10년, 경인 11월.
236) 바로 앞에서 든 책, 권 24, 태종 13년, 계사 3월.
237) 바로 앞에서 든 책, 권 34, 태종 17년, 정유 2월.
238) 바로 앞의 것과 같음.
239) 위의 주 (230)과 같음.
240) 위의 주 (230)과 같음.
241) 『至德誌』 권 2에 실려 있는 "贈寧邊妓丁香", "贈別丁香","留別丁香九難歌"가 그것인 바, 여기서 그 구체적인 시의 내용은 생략하기로 한다. 그러나 이런

도 확인된다. 이들 많은 여인들과의 만남은 대체로 讓寧大君에게 빌붙어 나름의 이익을 얻으려는 일련의 사람들에 의해 이루어질 수 있었던 것으로 생각된다. 이에 여기서는 그 대표적인 예 하나만을 들어 그 전후 사정을 제시해 둘까 한다.

> 또 4월 8일 밤에는 궁의 담을 넘어 憸小한 무리들과 더불어 비파를 끼고 등을 놀았고, 일찍이 몰래 嬖人 具宗秀, 伶人 李五方들과 관계를 맺어 하여금 담을 넘어 궁으로 들어오도록 하여 바둑 두고 술을 먹는 것으로 날을 지샜고, 혹 달밤에는 여러 소인배들과 더불어 담을 넘어 나가 가로 상에서 노닐고 새벽까지 이른 것이 두 번이나 되었고, 일이 발각됨에 이르러서는 종수·오방 등이 모두 伏誅되었는데 褆가 과오를 뉘우치는 뜻으로 맹세를 하며 宗廟에 아뢰었다. 이윽고 於里를 漢老의 집에 숨겼다가 다시 殿에 들이니 일이 또 발각되었다. 상이 宗社의 大計로써 통절이 그를 책하며 새로워지기를 바랬고, 또한 한로를 外方에 流竄시키니, 세자가 도리어 원통하고 분한 마음을 품고는 드디어 글을 올리니 그 말이 심히 悖慢했고, 또 크게 特書를 써서 2장을 敷除하니 심히 무례했다."242)

이 기록에 보이는 구종수와 이오방 등은 讓寧大君에게 아첨하여 후일의 공을 도모하고자 했던 인물로 보여진다. 한편 讓寧大君 자신은 이들의 간단없는 부추김과 자신의 선천적인 성격 탓으로 인하여 위와 같은 일련의 계속되는 패행을 저지르게 되었는 바, 이것이 讓寧大君 스스로 전일에 종묘에 고하였던 8가지 다짐243)을 지키지 못한 결과로 인식되게 하였었다는 점은 어느 면 극히 자연스럽기까지 하다. 따라서 그는 결국 태종 18 년 무술 6 월에 세자의 자리에서 폐하여지고, 이어 바로

시가 남아 있다는 점은 기생 丁香 또한 讓寧大君이 실제로 관계했었던 여인 중의 하나일 확률이 높음을 이야기해 준다고 하겠다.

242) 위에서 이미 든 주 (216)의 책, 권 35, 태종 18년, 무술 5월.

243) 바로 앞에서 든 책, 권 33, 태종 17년, 정유 2월.
그 내용은 1. 忠孝의 도, 2. 修身謹行, 3. 골육의 정, 4. 본연의 정, 5. 誠正之功, 6. 樂聞直言 , 7. 性情의 정, 8. 언어를 발하면 반드시 지키겠다는 것으로 이루어져 있음.

광주로 유찬되는 처지에 놓이게 되었던 것으로 생각된다. 그러나 광주로 유찬된 이후에도 讓寧大君은 계속하여 자신의 과오를 뉘우치기는커녕 도리어 거듭하여 많은 잘못을 저지르게 되매 결국 '不堪爲後'244)의 존재로 낙인찍히게 되고 만다. 특히 다음에 드는 두 기록에서 보이는 사건은 이런 전후 사정을 여실히 보여주고 있다고 하겠다.

광주에서 馳報하기를 讓寧大君이 전날 밤 3경에 글을 지어 封置해두고는 담을 넘어 도망갔다.245)
讓寧大君이 이미 도망하여 즉시 峨嵯山을 올라 종일 헤맨 끝에 平丘驛의 宮奴 李堅의 집에 다다랐는데 신발은 다 떨어지고 발은 다 드러났다.246)

에서 드러나듯이, 광주에서의 도주 사건을 그 하나로, 또 "判廣州牧事 文繼宗이 讓寧大君이 다른 사람의 첩을 앗고자 했다고 몰래 아뢰었다. 이에 즉시 內官 李村을 보내어 그것을 살피도록 하니 (그것은) 사실이었다."247)는 문맥에서 드러나는 여인 약탈 미수 사건을 다른 하나로 들 수 있는 바, 특히 첫번째 광주에서 도주했다가 다시 잡혀 와 대왕을 뵐 때 드러난 讓寧大君의 면모는 이미 도저히 교화될 수 없는 영역에 드는 성질의 것으로 보여진다. 그런 점에서 讓寧大君은 '行同禽獸'248)라는 평가를 종내 받을 수밖에 없었던 것이 아닌가 한다.

讓寧大君이 어둠을 타 성 안으로 들어와 스스로 부끄러워 소매로써 얼굴을 가렸다. 壽康宮에 나아가니 上王(곧 太宗)이 양령대군을 보고 슬퍼하기도 하고 기뻐하기도 하며 정녕히 가르쳐 깨우치며 가로되 네가 도망한 것을 主上(곧 世宗)이 듣고 음식을 들지도 마시지도 않으며 슬피 울기를 마지아니하니 어찌 네가 이와 같이 할 수가 있느냐? 네가 행한 바가 심히 悖하나 내

---

244) 『野史會粹』의 편목임. 필자가 편한 주 (8)의 책, 권 1 所收. 그 자세한 내용은 P. 19-20을 참조할 것.
245) 위에서 이미 든 주 (219)의 책, 권 3, 세종 원년, 기해 1월.
246) 바로 앞에서 든 책, 권 3, 세종 원년, 기해 2월.
247) 바로 앞에서 든 책, 권 6, 세종 원년, 기해 12월.
248) 『東閣雜記』, 『대동야승』, (서울, 민족문화추진회, 1982) 13권 所收.

> 가 특별히 父子의 정으로 그것을 불쌍히 여길 뿐이다. 禔가 가르침을 듣고 방으로 물러 나와 손으로 비파를 타며 잘못을 뉘우치는 뜻이 없고 얼굴빛과 행동 거지가 평시와 같으니 환관 등이 가로되 천성을 교화하기 어려움이 이와 같더라.249) (밑줄 : 필자 표시)

이러한 자료를 통해 볼 때, 讓寧大君은 한마디로 그 스스로 저지른 잘못을 뉘우쳐 '自新'의 상태로 나아가기를 바라마지 아니했던 태종의 간절한 소망과 사직의 존엄함을 아울러 함께 저버렸던 인물이라 할 수 있다.

여기서 몇몇 관계 기록들을 통하여 讓寧大君과 세종의 관계가 어떠했는지를 살펴보는 작업은 '丁香이야기'에 설정되어 있는 그들 간의 관계 상황을 짐작케 하는데 한 결정적인 도움을 우리들에게 제공할 수 있을 것으로 기대된다. 먼저 讓寧大君의 세종에 대한 시선을 전하는 경우를 살펴보면,

> 이날 세자가 옷을 훌륭히 차려 입고 侍者를 돌아보며 일러 가로되 身彩가 어떠하냐? 하자 忠寧大君(곧 世宗)이 가로되 원컨대 먼저 마음을 바르게 한 연후에 용모를 닦아야 합니다. 侍者가 탄식하여 가로되 대군의 말이 정히 옳습니다. 원컨대 邸下는 이 말을 잊지 마소서. 세자가 심히 부끄러워 했다.250)
> 세자가 일찍이 상 앞에서 어떤 사람의 文武를 논하며 가로되 충녕대군은 용맹치 않다고 아뢰자, 상은 그가 비록 용맹치는 않아도 큰 일에 임하여 큰 議案을 決處하는 것은 당세에 비할 자가 없다.251)
> 세자가 興德寺에 갔다. 神懿王后 忌晨에 향을 사르고, 바둑 두는 자 2,3인을 불러 바둑을 두니 충령대군이 가로되 세자의 준엄함으로 아래로 憸小輩들과 더불어 놀음이 이미 가하지 않은데 하물며 諱晨에 있어서랴? 세자가 가로되 너는 觀音殿에 나아가 잠이나 잘 자라. 그것은 대개 충녕대군을 꺼려 한 말이었다. …… (중략) …… 세자가 자못 기뻐하지 않았다.252)

---

249) 위에서 이미 든 주 (219)의 책, 권 3, 세종 원년, 기해 3월.
250) 위에서 이미 든 주 (217)의 책, 권 31, 태종 16년, 병신 1월.
251) 바로 앞에서 든 책, 권 31, 태종 16년, 병신 2월.
252) 바로 앞에서 든 책, 권 32. 태종 16년, 병신 9월.

란 기록들을 통해 드러나는 바, 讓寧大君의 충녕대군(곧 후일의 세종)에 대한 시선은 그다지 우호적인 것만은 아님을 알 수 있었다.

한편 이에 반하여 세종의 讓寧大君에 대한 시선은, 여러 신하들의 계속되는 상소에도 불구하고 도리어 더 讓寧大君을 비호한다는 데서 드러나듯이 극히 우애에 가득찬 것이었다. 그런 면모를 구체적으로 보여주고 있는 하나의 예문을 들면 다음과 같다.

> 천륜의 중함으로 말한즉 讓寧大君이 의당 大位에 있어야 하고, 나는 當次가 아닌데 그 자리를 대신 차지하여 한 나라의 즐거움이 있음을 누리게 되었다. 생각이 이에 미치면 어찌 마음이 부끄럽지 않겠느냐? 하물며 나를 해치려는 마음이 없는데, 그를 불충한 사람으로 예사로이 볼 수가 있겠느냐? 밖에 폐하여 내쫓아 서로 보지 않을 수가 있겠느냐? 무릇 凡夫도 오히려 형을 위하여 형의 과실을 숨기고 좋은 점을 드러내어 하여금 잘못이 없는 곳에 서게 하고, 또 불행히 죄를 입으면 혹 뇌물을 쓰고, 혹 애걸하여 그로 하여금 모면케 하는 것이 사람된 성정이거늘 내가 한 나라의 왕이 되어 도리어 필부만 못하여 형을 과실로부터 벗어나게 할 수 없게 하겠느냐? 卿은 이 뜻을 알아 여러 사람에게 曉諭하라. 내가 장차 서울로 맞아 들여 늘 그를 보며 형제간의 도를 다하겠노라.[253]

이런 점에서 보면 후술할 '丁香이야기'에서 나타나고 있는 세종의 우애라는 서술문면은 일단 역사적 사실에 근거하여 설정된 것임을 어렵지 않게 확인할 수 있다.

이제까지 讓寧大君의 悖行的 삶의 제 면모에 대해 살펴보았는 바, 어느 의미에서는 讓寧大君이란 인물은 유교 이념률의 틀에 안주하지 않고 개아로서의 삶을 나름대로 충실히 꾸려 가고자 했던, '不與世合'한 존재로도 달리 생각할 수 있다. 여기서 讓寧大君은 비록 패행으로 점철된 삶을 살다 간 존재였지만, 내적으로는 어느 면 나름의 識見과 文才를 지니고 있었던 존재임이 확인된다고 하겠다. 이것은 다시 다음과 같은 예문들을 통해 어느 정도 그 실상이 드러난다고 하겠다.

---

253) 위에서 이미 든 주 (219)의 책, 권 52, 세종 13년, 신해 5월.

讓寧旣在宗親之首 不比異姓之卿 則請對定位號 不容已也 而人惑疑焉當日用心 亦豈有他哉 實不得已也 凡此應變之際 定社安民爲重 則自處之道 豈可爲匏瓜也哉 然想其堅白之道 自有不憐不緇之理 則不失乎 體道之大 而合於生物之仁 隨時之智也[254)]

大君 能隨時韜晦浮沈 取容上下 無不得其歡心[255)]

大君 自少能文章 而亦不見於世 雖太宗 亦不知其有文章也 晩歲遊香山題僧軸數絶 號爲文士者 亦不能過 而且其所書崇禮門扁額 字體遒健倔勁見稱於世矣[256)]

다. 丁香 일화의 배대와 의미

'丁香이야기'의 형성 과정을 밝히기 위해서는 먼저 다음과 같은 일반적이기까지 한 사실을 인식할 필요가 있다. 곧 '丁香이야기' 또한 다른 대부분의 야담 자료들의 경우와 마찬가지로 하나의 사실담으로부터 파생·형성되었을 가능성이 높은 자료라는 점에서 우선 먼저 '丁香이야기' 가운데서 사실담에 해당될 관계 자료들을 추출해 내는 작업이 선행되어야 한다. 그런 점에서 '丁香이야기'의 시대적 배경이 실사의 경우 어떻게 달리 나타나고 있는지를 살펴볼 필요가 있겠다. 실사의 경우에는, 丁香 일화에서 세종 시절로 그 시대적 배경이 설정되어 있는 것과는 달리 세조 시절로 나타나고 있는 바[253)] 이런 사실로부터 다음에 들 자료들이 '丁香이야기' 가운데서 사실담에 속할 가능성이 상대적으로 높은 것으로 보여진다. 다음 네 편의 자료가 바로 그에 해당되는 것으로 생각되는데, 그것은 『國朝名臣錄』 소재 기록, 「行狀』, 「輯錄』, 「事蹟』 등

254) 위에서 이미 든 주 (216)의 책, 권 1, 연보, 15장 뒷면-16장 앞면.
255) 『紫海筆談』, 『대동야승』, (서울, 민족문화추진회, 1982) 17권 所收.
256) 앞에서 든 주 (216)의 책, 권 2, 「行狀」 8장 앞면.
253) 위에서 이미 든 주 (216)의 책, 연보에 따르면 양녕대군은 63세가 되던 시절에야 처음으로 관서 지방의 산수를 구경하러 갔다 온 것으로 되어 있다. 이 때는 바로 세조 2년인 바, 이런 점에서 세조 때에 양녕대군이 기생 정향을 만났다는 문면을 지니고 있는 기록은 그렇지 아니한 시대적 배경을 갖고 있는 기록들에 비하여 한결 사실담에 해당될 성격을 더욱 농후하게 띠고 있다고 할 수 있겠다.

이다. 이들 자료는 다시 다음과 같은 두 계열로 나누어질 수 있을 것으로 여겨진다. 곧 『國朝名臣錄』과 「行狀』을 한 계열로, 「輯錄』과 「事蹟』을 다른 한 계열로 하는 것이 바로 그것이다. 이들 두 계열에 드는 각 자료들은 사소한 자구상의 몇몇 차이를 제외하고서는 완전히 일치된 면모를 각기 지니고 있다는 점에서 논의의 편의상 그 두 계열 가운데서 『國朝名臣錄』과 「輯錄』을 대표적으로 택한 뒤 사실담으로서의 '丁香이야기'에서 나타나는 공통된 서사단락의 문면을 통하여 뼈대를 추출해낸 연후에 나아가 「輯錄」 계열에서 나타나고 있는 서사단락에서 확인될 변이 양상을 통하여 양자간의 관계 양상은 어떠한지, 또한 이 이야기의 의미는 무엇인지를 살펴볼까 한다.

여기서 『國朝名臣錄』과 「輯錄』에 나타나고 있는 '丁香이야기'의 공통된 서사단락을 먼저 간추려 보이면,

1. 대군이 세조 때 香山에 가 놀기를 청한다.
2. 세조가 聲色을 가까이 말도록 대군에게 이르고, 이어 道臣에게 기미를 베풀어 대군을 속이라는 밀교를 내린다.
3. 대군이 관서에 이르러 群妓를 물리치고, 다만 小童으로 자신을 모시게 한다.
4. 妓女가 거짓으로 通引과 남매간이라고 꾸며 드디어 대군을 薦寢한다.
5. 대군이 시를 부채에 써서 기녀에게 준다.
6. 도신이 즉시 그 부채를 봉하여 바치니, 세조가 그 기녀를 말 태워 보내도록 도신에게 명한다.
7. 대군이 돌아옴에 잔치를 베풀어 위로하고, 妓姬를 불러 시를 노래하여 분위기를 돋우도록 하니, 그 시는 바로 향산에서 대군이 기녀에게 준 시였다.
8. 군신이 그것을 보고 크게 웃었다.
9. 세조가 그 기녀를 대군 집에 실어 보내 같이 살게 한다.

와 같다.

위에서 보인 '丁香이야기'의 공통된 서사단락으로부터 우리는 '丁香이야기'의 뼈대를 추출해 낼 수 있으니, 그것은 곧 〈다짐〉 - 〈計略〉 - 〈다짐의 破棄〉로 정리된다.[254] '丁香이야기'의 양식상의 전화 과정에서 있어서도 이 이야기의 뼈대 곧 〈다짐〉 - 〈計略〉 - 〈다짐의 破棄〉는 계속 유지·습용되고 있다는 점은 필자가 이미 다른 인물의 이야기를 통하여 밝힌 바[255] 있으므로 상론은 피할까 한다.

여기서 『國朝名臣錄』과 「輯錄』의 관계 양상을 살펴 사실담으로서의 양 계열군 가운데서 어느 계열이 원형에 보다 근접하는 자료인지를 밝혀 내는 작업은 사실담의 轉化 과정을 문제 삼아 논의하고자 하는 나름의 의도를 생각해 볼 때 반드시 해결되어야 할 성질의 것으로 여겨진다.

여기서 우리는 「輯錄』 소재 기사가 집록적 성격을 띠고 이루어졌으리라는 것을 책의 제명으로부터도 쉽게 도출해 낼 수 있다. 이런 점에서 「輯錄』 소재 기사의 경우, 『國朝名臣錄』의 서사단락에 비하여 여러 부면에 걸친 변이상을 지니고 있다는 점은 극히 자연스럽기까지 한 것으로 인식된다. 그점은 『國朝名臣錄』의 경우, 대군의 香山行이 이루어지기 전에 세조의 일방적인 주문과 명령만이 뒤따르는 것으로 설정되어 있는데 반하여, 「輯錄』 소재 기사의 경우에는 양방적인 호혜 관계(곧 세조의 머뭇거림과 대군의 다짐) 아래 향산행이 비로소 이루어지게 된 것으로 달리 설정되어 있는 점, 또한 후자의 경우 '대군이 영변에 이르러 병으로 인하여 문득 그 곳에 머무르게 되었다'는 상황 설정이 마련되고 있는 점, 丁香과 관계를 맺은 후 丁香에게 그 사실을 누설하지 말도록 당부하는 대군의 면모가 나타나고 있는 점, 또 前日之約을 어기지 않았는지를 물어 확인하는 상황 설정이 마련되고 있는 점 등을 통해 바로 확인된다. 위에서 지적된 양 계열의 차이로부터 우리는 두 계열 가

254) 김종철은 필자와는 달리 『丁香傳』의 내적 구조를 〈내기와 共謀〉의 시각 아래 파악한 바 있다. 김종철, 위에서 이미 든 논문, P.206.
255) 필자, 위에서 이미 든 주 (73)의 논문, P.312.

운데서 한 단순한 삽화적 구성으로 이루어져 있는, 따라서 부연의 양상이 거의 나타나지 않고 있는 『國朝名臣錄』 소재 기사가 그렇지 아니한 『輯錄』 소재 기사에 비하여 시대적으로 선행하여 나타난 자료일 가능성이 상대적으로 더 크다는 것을 바로 알게 된다. 따라서 본고에서는 『國朝名臣錄』 소재 기사를 사실담으로서의 '丁香이야기'의 원형적 면모를 충실히 담고 있는 자료로 해석하고, 본격적인 논의를 전개하고자 한다.

이제 '丁香이야기'의 의미 지향은 어디에 놓이는지를 앞서 밝힌 뼈대와 그 서사단락을 최대한 고려하면서 살펴볼 차례가 되었다. '丁香이야기'는 〈다짐〉 - 〈計略〉 - 〈다짐의 破棄〉라는 뼈대를 지니고 있는 이야기이다. 문면을 통하여 〈다짐〉과 〈다짐〉을 破棄한 주체에 대한 응분의 사회적 물음, 곧 추궁이 나타나지 않고 있다는 사실(『國朝名臣錄』의 '君臣相視大笑' 부분과 『輯錄』의 '君臣大噱一場而罷' 부분을 보라)로부터, '丁香이야기'의 의미 지향은 구해져야 한다고 본다. 곧 '丁香이야기'의 결말 부분이 지닌 이러한 면모는 '丁香이야기'의 의미 지향이 갈등의 바탕 위에 서 있는 것이 아니라, 화해의 바탕 위에 서 있음을 밝히 말해주는 것인 바, 이는 '丁香이야기'를 통하여 讓寧大君을 풍자적 처지에 두지 않으려 했던 話衆의 배려가 일정하게 작용된 결과[256]로 생각된다. 곧 〈다짐〉과 〈다짐의 破棄〉라는 거리에서 드러날, 메울 수 없을 정도의 간극을 지닌 讓寧大君의 행실을 攻擊·暴露·匡正하려는 것이 아니라, 문제된 행실마저 和解의 지평 아래 문제 삼지 않고 있다는 사실로부터, 우리는 '丁香이야기'의 의미지향이 〈다짐〉을 한 주체가 〈다짐의 破棄〉까지 불러일으킨다는 점에서 야기될 서사 주인공의 훼절, 비속화를 통한 풍자에 있는 것이 아니라 인간성을 몰각한 讓寧大君의 관념적인 경직성 곧 고착된 비사회성을 이완시켜 문제적 인물의 문제적 성격

256) 이는 양녕대군이 至尊과 戚分의 관계에 처한 인물이었다는 현실적인 상황을 話衆들이 고려한 데서 나타난 결과적 소산일 가능성이 높다는 점과도 밀접한 함수 관계를 지니고 있을 것으로 생각된다. 이점 후대의 풍자소설 속에서 풍자의 주체가 되는 인물들이 극히 일상적이거나 저열한 위치에 놓여 있는 인물들에 불과하다는 사실과도 구별되는 한 계기가 되기에 족한 것으로 생각된다.

인 비사회성을 타파, 일체감을 부여하고자 했던 데에 있는 것[257]으로 보게 된다. 여기서 또한 '丁香이야기'의 본래적 면모가 감싸기라는 외연적 구조를 전혀 지니고 있지 않다는 점(사실담의 경우, 세조와 讓寧大君간의 우애 진술 부분이 미출현함을 이르는 것이다)을 아울러 생각한다면, 앞서 필자가 주장한 '비사회성의 타파를 통한 사회 성원과의 일체감 획득'이 바로 '丁香이야기'의 궁극적인 의미 지향이 될 수밖에 없다는 것이 다시 확인된다고 하겠다.

이제 사실담으로서의 '丁香이야기'가 지닌 뼈대·서사구조·의미가 丁香일화로 전이되면서 어떠한 양상으로 수용·굴절되는지를 구체적으로 살펴볼까 한다. 이에 논의·검토의 대상이 되는 자료는 『海東奇話』, 『記聞叢話』(국도본, 연대본), 『梅翁閑錄』, 『梅翁聞錄』, 『破睡篇』, 『靑邱野談』(한문본, 한글본), 『大東奇聞』, 『東野輯史』 等인 바, 이들 자료는 뒤에 상술되겠지만 크게 『海東奇話』계, 『梅翁閑錄』계, 『東野輯史』계로 나누어 볼 수 있을 듯하다.

이제 각 계열의 면모와 그 성격을 하나하나 살펴볼까 한다.

먼저 『海東奇話』계는 『海東奇話』, 『記聞叢話』(국도본, 연대본)로 이루어져 있는데, 그들 사이의 관계는 '英宗→世宗', '英廟→世廟'에서 보이는 異表記와 아울러 3개처에 걸친 사소한 차이(예 : '有'의 있고 없음, '有曰'의 있고 없음, '情'→'事' 등)를 제외하고는 완전히 동일한 면모를 지니고 있다는 점에서, 동일 祖本 아래서 파생된 이본임이 드러난다고 하겠다. 『海東奇話』계는 뒤에 살필 『梅翁閑錄』계, 『東野輯史』계의 경우와는 달리 기생 丁香을 사이하고 讓寧大君과 세종 사이에 일어났던 하나의 단일한 상황서술만으로 이루어졌다는 내용상·형태상의 특성을 지니고 있음으로 해서 그 독자적인 위상이 마련된다. 이는 곧 『梅翁閑錄』

---

257) 김종철, 위에서 이미 든 논문, P. 207 참조.
"이 내기와 공모의 형식은 주인공의 훼절이나 비속화 자체에 중점이 가는 것이 아니라 이로 인한 〈웃음의 유발〉에 중점이 주어지는 것이 특색이다"라는 언급에서 많은 시사를 받았다.

계, 『東野輯史』계에서 나타나는 證示談에 해당되는 부분이 『海東奇話』계의 경우 출현하지 않고 있음을 말하는 것으로, 이해를 돕기 위해 해당 원문을 제시하면 다음과 같다.

> 讓寧大君褆 太宗長子也 嘗呈遨遊關西 英宗申戒女色 大君受命 而去英廟命西伯 如有大君所眄妓馳而上 大君奉聖敎 惟謹女色 使不近前 西伯承上命 故募美女 着素服如村女樣示之 大君見而悅之 使傔從潛媒通之是一律有曰 盖道其隱密之情也 遂馹騎上京 英廟命習歌其詩 及大君歸英廟迎勞 因問近色與否 對曰不敢有近 英廟笑曰 兄能於花柳叢中不染而歸 予甚嘉尙 方求得一佳姬以待矣 仍設宴 令其妓歌其詩侑之 大君惶愧伏地謝罪 英廟握手大笑 以妓歸之258)

위에서 보인 자료로부터 우리는 앞서 살펴본 바 있었던 사실담으로서의 '丁香이야기'가 지니고 있던 서사구조가 丁香 일화 내에서 어떠한 양상으로 수용·변이되고 있는지를 살펴봐야 한다. 丁香 일화로 수용·정착되면서 서사구조상에서의 두드러진 변이는 나타나고 있지는 않지만, 사건의 전개 과정 내에서의 여러 부면에 걸쳐 무시하지 못할 많은 차이가 있음을 볼 수 있다. 이런 점은 후술할 『梅翁閑錄』계에도 아울러 같이 해당되는 것이기에 효과적인 이해를 위하여 여기서 먼저 사실담과 丁香逸話 계에서 두드러지게 나타나는 차이점을 제시해 보일까 한다. 그 차이는 아래에 드는 다섯 가지 경우에서 확인되는 바, 그것은 곧

첫째, 사실담과는 달리 丁香 일화의 경우에는 세종과 讓寧大君에 얽힌 이야기로 전개되고 있다는 점259)

둘째, 사실담과는 달리 丁香 일화의 경우에는 邑官의 조처가 기녀

---

258) 김기동 편, 위에서 이미 든 책, 권 5. P. 383.

259) 이경선, 위에서 이미 든 주 (213)의 논문, P. 531.
"세조 2년이라면 양령대군이 63세요, 작고하기 6년 전이 된다는 연령적인 것보다도 세조와의 인간 관계가 더 문제가 아닐 수 없다." (밑줄 : 필자 표시)고 하여, 이러한 변이가 인간 관계의 측면에서 발생된 것으로 파악하고 있다.

를 소복녀로 꾸며 보이는 것으로 나타나고 있다는 점.

셋째, 사실담과는 달리 丁香 일화의 경우에는 시를 구체적으로 어디에 써 주었는지가 나타나지 않고 있다는 점.

넷째, 사실담과는 달리 丁香 일화의 경우에는 대군이 돌아본 기생이 있으면 말을 태워 올려 보내라는 임금의 명이 대군이 관서로 떠난 뒤에 바로 내려지는 것으로 나타나고 있다는 점.

다섯째, 사실담과는 달리 丁香 일화의 경우에는 단지 '申戒女色'만 당부한 것으로 나타나고 있다는 점

과 같다.

위에 보인 차이점을 통하여 우리는 丁香 일화가 사실담으로서의 '丁香이야기'를 그대로 습용하여 이루어진 것이 아니라, 많은 부분에 걸친 개체적 변이를 지니고 나타나고 있음을 확인하게 된다. 이 점은 사실담을 모체로 하여 이루어진 일화의 경우, 그 모체로서의 사실담이 지니고 있는 뼈대를 크게 손상시키지 않는 범위 내에서, 많은 개체적 변이의 양상을 그 이야기를 향유하는 인물이 지니고 있는 개인적 창조력의 결과로 해서 그 자체 내에 지닐 수밖에 없다는 앞에서의 언급을 통해서도 거듭 확인된다고 하겠다. 개인적 창조력의 결과로 해서 丁香 일화에 나타나고 있는 개체적 변이의 양상과 그 의미에 대해서는 후술하기로 하고, 논의를 다시 『海東奇話』계로 돌릴까 한다.

『海東奇話』계가 다른 두 계열, 곧 『梅翁閑錄』계, 『東野輯史』계와 구분되는 가장 큰 변별점은 앞에서도 이미 분명히 밝혔듯이 證示部의 有·無 與否와 아울러 讓寧大君이 기생 丁香에게 준 시의 내용이 구체적으로 출현하고 있느냐, 그렇지 않느냐 하는 점, 또한 제목의 있고 없음의 차이에 있다고 할 수 있다. 이러한 세 차이점의 문제는 丁香 일화에 속하는 각 계열의 일화가 기대고 있는 원전의 차이에서 기인된 것으로도 생각되는데, 그 중 『海東奇話』계에서 보이는 시 내용의 미출현은 사실담에 해당되는 『行狀』과 동일한 면모를 지니고 있다는 점으로 해서, 또

한 증시부의 미출현 현상 역시 사실담과 구조 형태상 동일한 것이라는 점 등으로 해서 우리는 『海東奇話』계가 『梅翁閑錄』계, 『東野輯史』계에 비해 상대적으로 사실담과 보다 더한 밀접한 친연성을 지니고 있는 자료라는 점을 알게 되었다. 이런 점에서 본다면 『海東奇話』계에 드는 丁香 일화는 위에서 보인 사실담의 내용 가운데서 다만 讓寧大君과 기생 丁香간의 '만남'의 문제에만 궁극적인 관심을 두었던, 민간 계층의 화자들에 의해 구전전승되던 이야기[260]가 기록자에 의하여 채록·정착된 결과적 소산으로 이해된다. 이것은 곧 '만남'이라는 현상 자체를 중시한 점만으로도 '만남' 이후의 상황서술에는 별반 관심이 주어지지 않았을 것이라는 점에서, 또 기록자들 또한 민간 계층의 화자들이 '丁香이야기'의 뼈대를 〈計略〉을 통한 '만남'에서 구하고 있었을 저간의 사정을 애써 무시·왜곡할 필요성은 없었을 것이기에 구전전승되던 면모 그대로 야담집 내에 해당 자료가 채록되었을 가능성이 높은 것으로 사료된다는 점 등을 묶어 보면 『海東奇話』계의 경우 시의 내용과 증시부가 나타날 수 없었던 그 나름의 현상은 충분히 이해되고도 남는다고 하겠다.

앞으로 본 항에서 구체적으로 살펴보려는 문제가 이야기의 수용 ·변이 양상과 의미에 있으므로 해서, 여기서 먼저 일화 자체의 특성이 무엇인가에 대해 한 번쯤 살펴보는 작업이 필요할 듯하다. "일화는 한 인물의 행적을 대표하는 어느 결정적 순간을 포착하는 반면, 사실을 허구화하거나, 허구를 사실화하는 기능이 있"[261](밑줄 : 필자 표시)는 것으로, 나아가 "일화 형식에 있어 가장 중요한 점은 객관적 사건 묘사의

260) 이와같이 추정할 수 있는 근거는 이 일화계의 경우 양녕대군이 기생 정향에게 준 시의 내용이 전혀 출현하지 않고 있다는 사실에 있다. 곧 시 자체에 대한 이해의 폭이 제한·결핍되어 있거나, 시의 문면 내에서의 기능을 애써 도외시할 수밖에 없었을 결과적 소산으로 해서 이러한 현상이 나타난 것으로도 볼 수 있다는 점에서, 이 일화계의 향유자들의 존재 기반이 그렇다고 할 수 있겠다.

261) 이상일, "설화장르론", 김열규외 편, 『민담학개론』, (서울, 일조각, 1982)所收. P. 46.

간결성과 그 요점의 충격적인 구조"[262](밑줄 : 필자 표시)에 있음이 관계 연구 성과를 통해 명료하게 지적된 바 있다. 한편 또 다른 연구 성과에 의하면, 일화의 특징은 "첫째, 그 서술 형식에 있어서 짧고 또 소박하고 비정상적이다. 둘째, 그 내용이 주로 역사적 개성 인물의 인간적인 숙련에 관한 이야기다. 셋째, 객관적 사건 묘사의 함축적인 간결성과 하나의 핵심pointe 구성의 충격력은 이의 가장 중요한 요관이다. 넷째로는 비상한 돌발성이나 1회적인 발생 사건에 집중되어 있다."[263]고 지적되고 있다.(밑줄 : 필자 표시)

위의 관계 연구 성과에 기대 볼 때,(특히 밑줄 친 부분을 유념하라) 『海東奇話』계에 속하는 '丁香이야기'는 丁香 일화의 전형적인 면모를 잘 드러내 보여주는 좋은 자료라 하겠다.

이제 『海東奇話』계와 구별되는 類話로서의 『梅翁閑錄』계의 면모와 특징에 대해 살펴보면, 『梅翁閑錄』계는 앞에서도 이미 간단히 언급된 바를 통하여 드러난 것과 같이 『海東奇話』계가 그렇지 아니한데 비하여 한결같이 증시부를 지니고 있고, 아울러 기생 丁香에게 준 시의 구체적인 내용이 나타나고 있으며, 한 小異本系를 제외하고서는[264] 모두 제목이 있는 형태를 띠고 있다는 공통된 면모를 지니고 있다. 그런데 『梅翁閑錄』계에 속하는 자료들은 다시 다음과 같은 변별적 자질을 갖고 있기에 그것들은 아래와 같이 두 계열로 다시 나누어질 수 있을 것으로 생각된다. 그 두 계열은 『梅翁閑錄』과 『梅翁聞錄』으로 대표되는 한 계열과 『破睡篇』과 『靑邱野談』(한문본, 한글본), 『大東奇聞』으로 대표되는 다른 한 계열로 구성되어 있는데, 이러한 계열 구분의 근거는 이들 두 계열에 드는 자료들이 각기 시간적 배경 설정과 상황 서술에 있어서 다음과 같이 달리 관심을 두고 있다는 사실에서 찾아진다. 이것을 구체적으로 보이기 위하여 두 계열의 해당 원문을 부분적으로나마 제시해 둘까 한다.

---

262) 바로 앞에서 든 논문, P. 47.
263) 이재선, 『한국단편소설연구』, (서울, 일조각, 1975). P.39.
264) 곧 『梅翁閑錄』(『梅翁聞錄』)의 경우를 가리키는 것임.

『梅翁閑錄』계

大君至定州 有一妓素服號哭 遠示其貌 大君見而悅之 夜使人 …… (下略) ……265) (밑줄 : 필자 표시)

『破睡篇』계

其翌道伯 遂以騎馳送266) (밑줄 : 필자 표시)

위에 보인 예문의 밑줄 친 부분은 각 소계열이 각기 따로 지니고 있는 면모로써, 이를 통해서도 이들 두 소계열이 동일한 조본 아래에서 파생되어 나온 자료가 아니라는 것을 여실히 살필 수 있다. 그렇기는 하지만 각 소계열에 드는 자료들이 위에 든 부분을 제외하고서는 자구상에 있어서 완전하다고 할 정도로 일치하고 있다는 점을 고려한다면 이들 두 계열은 범박하게 말해 그리 거리가 크지 않은, 같은 조본의 영역에 속할 자료들로부터 파생되어 나온 자료들이라고 말할 수 있지 않을까 한다. 위의 두 소계열은 모두 나름대로 시간 상황의 합리적 설정을 통해 만남의 과정까지도 포함하는 만남의 상황을 보다 자연스럽게 서술하고, 나아가 사건의 진행을 보다 매끄럽게 하고자 했던 의도를 지니고 있었던 화자 또는 기록자에 의해 각기 채록·정착된 결과에서 나타난 것이라는 것을 어렵지 않게 추단할 수 있겠다.

여기서 양 소계열 공히 시의 내용이 구체적으로 나타나고 있다는 상황을 통하여 『梅翁閑錄』계(두 소계열을 아우르는)의 경우 『海東奇話』계의 향유 계층과는 성격을 달리하는 계층이었으리라는 가능성의 일단을 끄집어낼 수 있겠다. 나아가 증시부가 또한 나타나고 있다는 사실은 그러한 가능성을 더욱 기정 사실화해 주는 구실을 하기에 족한 것으로 보인다. 그것은 곧 『海東奇話』계의 경우 단지 사실담의 서사구조로부터 '만

265) 정명기 편, 위에서 이미 든 주 (8)의 책, 권 7, P. 492-3.
266) 『破睡篇』, 「조선학보」 95집,(조선학회,1980), P. 197.

남'이라는 최소 사건 단위만을 중시하여 이 이야기를 듣고, 그것을 읽는 계층들에게 전달하려 했던 민간계층적 태도가 두드러져 보이는데 비하여, 본 『梅翁閑錄』계는 그러한 '만남'을 통어하는 증시부라는 형태를 통하여 일화 자체의 현실성(사실성)을 제고·고양하려는 의식을 지녔던 보다 상층의 계층에 의해 출현· 향유된 자료로 보여진다는 점에서 그렇다.

여기서 이제 이들 두 소계열군에 나타나고 있는 개체적 변이의 양상에 대해 살펴볼까 한다. 그런데 우리는 앞서 『海東奇話』계를 다루면서 『梅翁閑錄』계의 경우 그것이 사실담과 어떠한 차이가 있는지를 개략적으로나마 밝힌 바 있다. 따라서 여기서는 한글본 『靑邱野談』과 『大東奇聞』에 보이는 그것만을 살필까 한다. 먼저 한글본 『靑邱野談』의 경우를 살펴보자. 그간의 연구 성과들은 한글본 『靑邱野談』이 한문본 『靑邱野談』을 직역한 것에서 이루어진 것[267]으로 보아 한글본 『靑邱野談』의 독자적 면모와 가치에 대해 온당한 자리 매김을 하려는 작업을 하지 않았다. 그러나 필자는 한 논문[268]을 통하여 그러한 주장의 그릇됨을 일부 지적한 바 있다. 그에 따른 보다 자세한 논의는 보고된 이왕의 논문으로 미루고, 여기서는 '丁香이야기'의 경우에 보이는 독자적인 면모와 특성을 한글본 『靑邱野談』을 통하여 보일까 한다.

① 청산녹수(靑山綠水) 사이에 듁님(竹林)이 잇고 듁님 사이에 수간정시(數間淨舍) 잇는듸[269]
② 은영듕(隱映中)의 잇서[270]
③ 멀니 드르믹 사름의 간장(肝腸)이 녹아지고 반만 드러닉는 화용월틱(花容月態) 갓가이 보믹 심신(心神)이 비월(飛越)한지라[271]

---

267) 조희웅, 위에서 이미 든 책, P. 20.
268) 정명기, "이야기의 개변 양상과 의미", 「원광한문학」 2집, (원광한문학회, 1985), P. 344. 이 논문은 본 책의 Ⅱ장. 2절에 그대로 수록되어 있으니 이 부분을 참조하라.
269) 정명기 편, 위에서 이미 든 주 (8)의 책, 권 2, P. 669.
270) 바로 앞에서 든 책, P. 669.
271) 바로 앞에서 든 책, P. 669-670.

이들 예문들은 한문본『靑邱野談』에는 없는 부분으로, 곧 한글본『靑邱野談』으로 번역한 자에 의해 마련된 개체적 변이의 면모이다. 여인과의 만남이 있기 전의 지리적 배경에 대한 일정한 이상의 배려를 담고 있는 서술(①), 또한 나아가 여인이 처한 상황에 대한 보다 직핍하고도 절절한 서술(②), 또 미약하기는 하지만 여인을 만나게 되기 직전에 듣게 된 노래와 멀리 보이는 여인의 용모를 통해 엿볼 수 있는 讓寧大君의 내면적 심리 상태에 대한 나름대로의 서술(③)을 담고 있는 이들 위에 든 예문을 통하여 한글본『靑邱野談』이 지닌 나름의 가치는 충분히 인정될 수 있는 것으로 보인다. 곧 이는 이야기판 자체(본고의 경우 '丁香이야기')에 어느 면 서정적인 분위기를 보다 더 갖추려 했던 편자·번역자의 태도에 의해 이루어진 결과로 생각된다.

한편 앞서든 한글본『靑邱野談』과 같이『破睡篇』계에 속하는『大東奇聞』또한 일견 간과하기 쉬운, 그러나 놓쳐서는 아니되는 중요한 개체적 변이의 양상을 지니고 있다. 그점은 곧 이 자료의 첫머리에 자리하고 있는 "세종이 양녕과 더불어 우애가 지극히 돈독하였다"[272]라는 부분으로써, 이 부분은 이야기의 개방성이란 면모와 아울러 하나의 이야기판에서의 예비상황적 요소를 보여주고 있는 부분으로 이해된다. 이 예비상황적 요소는 '중요한 형태론적 요소'[273]로써, 곧 이 일화의 주제를 어느 일정한 방향으로 한정시키려는 역할을 띠고 있는 부분이라 하겠다. 그런데 이 예비상황적 요소는 필자가 검토하고 있는 일화群 내에서는 전혀 발견되지 않는 부분이다. 그것이 뒤에 살펴볼『二旬錄』으로부터의 차용인지, 아니면 허구적 이야기로서의『丁香傳』으로부터의 차용인지는 분명하지 않으나, 다음의 몇몇『大東奇聞』에서 보이는 개체적 변이의 면모를 묶어 생각해 보면 그것은『二旬錄』으로부터 차용된 것으로 여겨진다고 하겠다.

---

272)『대동기문』, (서울, 한양서원, 1928), 상권, 권 1, 6장 앞면.
원문은 "世宗與讓寧 友愛至篤"과 같다.

273) V·Propp저, 유영대역,『민담형태론』, (서울, 새문사, 1987). P. 30.

이에 『大東奇聞』에 보이는 변이의 양상을 살피면, 그것은 대략 다음과 같은 의도 아래 이루어진 듯하다. 그런데 『大東奇聞』 소재 기사는 『靑邱野談』을 전재한 것으로 명기되어 있으나, 기실 『靑邱野談』과 10여 군데에 걸친 차이를 지니고 있다. 그들 차이는 첫째, 주체 또는 객체로서의 대군이라는 지존의 척분에 처한 존재에 대한 일정한 이상의 우호적인 배려의 견지(예 : '百般揶揄','潛作階逕' 부분의 탈락) 둘째, 구체적 묘사와 서술을 통한 이야기 상황의 자연스러운 전개(예 : '素服淡粧 號哭如歌', '竝達其詩' 부분의 첨가) 셋째, 심리 묘사, 불필요한 수식 부분으로 여겨지는 장면에의 배려(예 : '自以爲鬼所不知', '不敢有所近耳', '今李令廈 其後也 考定正' 부분의 탈락 등) 넷째, 유가적 이념률에 따라 달리 표현된 견지[274] 등 (예 : '夫人愧謝'로 변이된 부분)의 차원에서 마련될 수 있었던 것으로 보여진다. 위에 든 경우를 제외한 개체적 변이의 양상은 『大東奇聞』에서 더 이상 찾아볼 수 없다. 이런 점에서 보면 『大東奇聞』의 첫머리 부분은 곧 허구적인 이야기로서의 『丁香傳』의 영향을 받아 이루어진 것은 아니라는 점을 분명히 알 수 있다.

이제 丁香 일화계에 놓이는 다른 한 계열의 자료로 『東野輯史』를 살펴보아야 한다. 필자가 입수·검토한 자료들 가운데 『東野輯史』계에 속하는 자료는 『東野輯史』 외에는 발견되지 않고 있다. 그것은 『東野輯史』계가 『梅翁閑錄』계와 밀접한 관계를 띠고 있는 점과 무관하지 않을 듯하나, 다음 몇 특성을 그것이 지니고 있음으로 해서 분명히 한 독자적인 위상을 차지해야 할 것으로 보인다. 이해의 편의를 위하여 『東野輯史』의 해당 원문을 보이고, 그 특징을 제시할까 한다.

讓寧 以沐浴事 往成川 世宗設餞私囑曰聞西路娼妓多疾 吾兄隨處克愼切勿相近 讓寧承命感佩其先文內曰凡支待進酒之際 皆以通引爲之 女色則 切勿近前云 路由江東宿 有一村女 褻服愁容 急來東軒 窓外呼通引曰父疾氣絶 卽出來救 讓

---

274) 『梅翁閑錄』의 後尾에 나오는 다음 부분과 『大東奇聞』의 해당 부분을 비교해 볼 때 그렇다고 할 수 있겠다. "李怒曰何可以圍碁之故 而罵人之祖耶 其後李登第以老妻推枰 爲戱題", (P. 494)

寧見其狀令拏入 主倅推問女人來近之事 翌日招其女來 果絶色 以此留連江東三四日 往成川沐浴復命 上設曲宴於內 請讓寧酒酣 因出歌詞女於燭前 以見之 讓寧初不知其何人 上命其女唱新詞乃讓寧前日西關贈女詩 有曰明月不須窺繡枕 夜風何事卷羅幃 盖道其隱密幽深之意 讓寧始審驚訝 下庭謝罪 上亦下庭挽手以上曰乃吾所爲 因盡歡罷 命馱送其女於讓寧處 讓寧未發西路前 上下書西伯 使極擇美女侍寢讓寧 又下諭 載女上送 以爲宮中燭下之重逢云275)

위에 보인 『東野輯史』의 해당 원문을 통하여 『東野輯史』계가 많은 점에서 앞서 살펴본 『海東奇話』계, 『梅翁閑錄』계와 큰 차이를 지니고 있음이 드러난다. 그것은 첫째, 사실담이나 丁香 일화의 경우와는 달리 양령의 행차 원인이 '목욕의 일로써 성천에 가는' 것으로 나타나고 있는 점. 둘째, 사실담과 여타 일화계 자료의 경우 여인을 만나는 장소가 막연하게 관서 또는 寧邊·定州로 나타나고 있는데 비하여 여기에서는 '江東'으로 나타나고 있는 점. 셋째, 丁香과 만나는 정황이 사실담이나 여타 일화계의 그것과는 달리 나타나고 있다는 점. 넷째, 복명한 후에야 丁香에게 시를 준 사실이 뒤늦게 알려지고 있다는 점. 다섯째, 시를 구체적으로 어디에 써 주었는가가 전혀 나타나지 않고 있다는 점 등에서 확인된다.

이제까지 앞에서 丁香 일화에 속하는 세 계열의 면모, 특히 개체적 변이의 양상을 주로하여 살펴보았다. 이들 세 계열에서 나타나고 있는 개체적 변이의 의미는 무엇인지를 간략히 다루어 보기에 앞서, 여기서 『海東奇話』계, 『梅翁閑錄』계가 사실담과 비교해 볼 때 5개처에 걸친 큰 차이점을 지니고 있다는 앞서의 논의를 되새겨 볼 필요가 있겠다. 먼저 세 계열 공히 사실담과는 달리 세종과 讓寧大君에 얽힌 이야기로 전개되고 있는데, 이러한 변이는 '사실을 허구화하는' 일화 자체의 속성에서 자연스럽게 야기될 수 있는 것으로 생각된다. 한편으로 그것은 앞장에서 이미 실록과 기타 관계 기록을 통해 살펴본 바에서도 확인되었듯이 세종과 讓寧大君의 관계가 세조와 讓寧大君의 그것에 비해 이야기의 보

275) 정명기 편, 위에서 이미 든 주 (8)의 책, 권 10에 所收. P. 359-360.

다 극적인 효과를 거두는데 일정한 이상의 작용을 하리라는 것을 의식한 이 이야기의 화자 또는 기록자에 의한 의도적 개작의 결과로도 생각할 수 있다고 본다. 한편 사실담의 경우 기녀와 통인이 남매간으로 꾸며 자연스럽게 대군에게 접근하는 것으로 설정되어 있는데 비하여, 『海東奇話』계, 『梅翁閑錄』계에서는 美女 또는 美妓로 하여금 소복녀로 꾸며 대군의 눈에 뜨이게 하는 것으로 달리 나타나고 있다. 이것은 讓寧大君을 구체적으로 譏弄하기 위한 장치로서의 기능을 담당하고 있다는 점에서는 사실담에서 보이는 것과 마찬가지의 기능을 띠고 있는 것으로 이해할 수도 있겠지만, 이는 실상 讓寧大君의 관념적인 경직성을 보다 의도적으로 노출하는 가운데 그 결과적 작용으로 인해 그가 뒤이어 보여줄 '다짐의 破棄'라는 문면이 주는 사회적 충격을 최소화하려 했던 화자 또는 기록자에 의한 개작의 결과로도 달리 파악할 수 있지 않을까 한다. 다음으로 사실담과는 달리 시를 어디에다 써 주었는가가 구체적으로 드러나지 않고 있는 『海東奇話』계, 『梅翁閑錄』계, 『東野輯史』계의 경우, 이 이야기의 주된 상황 서술단락 곧 '計略'을 통해 가능한 '만남'에만 크게 관심을 두었던 결과로 해서, 채록되는 과정에서 그것이 자연적으로 탈락된 것이 아닌가 한다. 한편 『海東奇話』계, 『梅翁閑錄』계가 사실담과 차이나는 다른 두 면모는 사실담이 애당초 지니고 있었던 서사단락을 이들 계열의 찬자들이 나름대로 각기 수용한 결과[276]로 해서 나타날 수밖에 없었던 변이로 생각된다.

여기서 또한 『東野輯史』계에서 나타나고 있는 개체적 변이의 의미를 앞 계열들의 그것과 중복을 피하면서 살펴볼 필요가 제기된다. '목욕하는 일로 성천에 갔다'는 상황 서술은 앞서 지적했듯이 '사실을 허구화하는' 기능을 지니고 있는 일화의 속성에서 자연스레 이해될 수 있는 부분이기는 하나, 달리 『東野輯史』계 일화를 향유·전승하던 화자 또는 기록자에 의한 — 사실담이나 다른 계열의 일화류와는 다른 이야기를 꾸

276) 사실담의 서사단락 (2)의 내용, 곧 '勿近聲色'과 '使之設機以瞞' 등이 일화의 서사단락을 통하여 각기 분리되어 나타나고 있음을 일컫는 것이다.

미고자 하는 의도가 강했던 — 의도적 개작의 결과로도 파악된다. 이러한 가능성은 『東野輯史』계가 지니고 있는 개체적 변이 양상 가운데 ④, ⑤의 경우를 통해서도 일단의 타당성이 입증된다. 이런 점에서 보면 『東野輯史』계는 어느 면 미약하기는 하지만 나름의 허구적 상황이 마련되고 있었던 자료라 하겠다.

사실담의 1차적 수용이 이루어진 일화계 자료를 대상으로 어떠한 변이가 실제적으로 일어나고 있는지, 또한 그 변이의 의미는 무엇인지를 이제까지 앞에서 살펴본 바 있다. 그 결과 우리는 사실담으로서의 '丁香이야기'가 지니고 있는 뼈대와 의미가 丁香 일화에서도 예외 없이 그대로 나타나고 있음을 볼 수 있었으나, 나아가 각 계열의 찬자들이 각기 지니고 있었던 개인적 창조력의 결과로 해서 각 계열에 드는 자료들은 제한된 범위 내에서나마 나름의 변이된 면모를 지니고 있었음을 또한 밝혀 낼 수 있었다. 이런 점에서 비록 그 개체적 변이의 면모를 각 계열의 자료들이 지니고 있는 것이 분명한 사실이라고는 해도, 이것은 기본적으로 전래되어 오는 '丁香이야기'의 의미를 새롭게 엮어 낼 수 있는 진정한 의미에서의 변이는 결코 아니었다는 점[277)]에서 이를 통하여 우리는 이 이야기를 향유·채록한 계층들의 의식상의 한계를 여실히 읽어 낼 수 있다고 하겠다.

이제 항을 달리 하여 『二旬錄』 소재 '丁香이야기'는 어떠한 양상으로 전래하던 선행 자료들을 변이 시키고 있는지, 또 그로 인한 의미의 변이는 어떻게 나타나고 있는지, 만약 의미의 변이가 나타나고 있다면, 그것은 후대의 변이물인 『丁香傳』과는 어떠한 관계에 놓이는지 등의 문제를 구체적으로 살펴볼까 한다.

---

277) 그렇다고는 하더라도 앞에서 검토했던 『大東奇聞』의 서두 부분은 예외적 면모를 띠는 것이라고 할 수 있따. 그러나 이 책의 간행 연도가 1928년이라는 사실로 미루어 볼 때, 사실담을 토대로 이루어진 정향 일화에서는 아직 '丁香이야기'의 의미가 달리 해석되지 못하는 단계에 있음을 확인할 수 있다고 하겠다.

라. 『二旬錄』 소재 서사체의 면모와 특징

영조 때 주로 활약했던 인물인 具樹勳에 의하여 이루어진 『二旬錄』에는 구수훈의 전대 또는 구수훈이 몸담고 살았었던 당대의 많은 구전 또는 문헌 설화들이 많이 실려 있다. 그 가운데서 본고를 통하여 논의하고자 하는 '丁香이야기'를 볼 수 있는데, 이 자료집에 실려 전하는 '丁香이야기'[278]는 이제까지의 관계 연구 성과에서도 전혀 거론된 바 없는 것으로 보여진다. 이 자료는 또한 필자가 앞서 계속해서 검토해 온 일련의 자료들(사실담 또는 일화계 자료들)과는 비교도 되지 않을 만큼 많은 이질적인 면모를 지니고 있어서 세심하게 살펴볼 가치가 있는 것으로 생각된다.

『二旬錄』 소재 '丁香이야기'에 대한 가치 규명은 다음의 몇 사실에 대한 진지한 천착에서 얻어질 것으로 기대된다. 그것은 첫째, 이 자료의 원전 措定(Attribution) 문제. 둘째, 앞 항에서 『大東奇聞』을 살피면서 밝혀 내었던 예비상황적 기능을 지니고 있는 부분이 바로 『二旬錄』에서 처음으로 보인다는 사실. 셋째, 이 자료의 후반부에서 『裵裨將傳』·『烏有蘭傳』·『鍾玉傳』 등과 같은 일련의 풍자소설에 드는 작품들에서 발견되는 것과 같은 '假死'motif가 나타나고 있다는 사실 등으로 정리된다. 이들 몇 문제는 별항에서 다루게 될 후대적 변이물인 『丁香傳』과의 관계 양상을 다루는 것과 서로 엇물려 있는 성질을 띠고 있기에 후술하기로 하고, 여기서는 우선 이 자료가 전래하던 사실담·일화계의 서사단락을 어떻게 수용하여, 변이가 발생하고 있는지를 효과적으로 보이기 위해서 이 작품의 줄거리를 간추려 보일까 한다.

1. 세종은 우애가 至篤함.
2. 讓寧大君이 세종에게 자신의 妙香行을 아뢴다.
3. 세종이 주색을 삼가도록 양령에게 당부하니 이에 양령이 다짐

---

278) 『大東稗林』, (서울, 국학자료원, 1983), 권 8 所收. p. 422-424.

하고는 沿路에 영을 내려 일체 노상에서 여인을 금하라고 한다.

4. 세종은 감사에게 밀지를 내려 한 기녀로 하여금 대군께 천침하게 하고, 대군이 돌아오기 전에 그녀를 서울로 올려 보내라고 명한다.
5. 감사는 그 계책을 펼 길이 없어 근심하고 이에 妓 丁香이 자천한다.
6. 통인이 대군을 시립하고 있을 때, 고양이를 좇는 여인이 客館에 들어온다. 통인이 그 여인을 자신의 이종사촌인데 守節寡女라고 대군에게 거짓으로 이른다.
7. 양인의 처지가 형과 아우 동생과 같다는 말을 통인에게서 들은 讓寧大君은 저녁 뒤에 여인을 자신의 처소로 불러 오라고 하여 결국 雲雨之情을 맺게 된다.
8. 여러 날 머물다가 대군은 丁香과 이별할 때에 시를 丁香의 치마에 다 써 주고, 後約을 다짐하며 향산으로 떠난다.
9. 감사가 그 여인을 올려 보내니, 上은 그녀를 궐내에 두고 대군이 돌아오기만을 기다린다.
10. 평양에 다시 이르른 대군에게 통인은 그 여인이 이미 숙었다고 거짓으로 아뢴다. 이에 대군은 통인에게 대신 祭 지내달라고 부탁하며 매양 잠 못 이룬다.
11. 還朝之日에 상은 丁香에게 먼저 계교를 이르고, 대군이 돌아오매 行李凡百을 묻고, 이별시의 자신의 당부를 잘 지켰는가를 거듭 묻자 대군은 심히 난처해한다.
12. 상이 궁녀에게 술로써 대군의 행로를 위로토록 하고, 이에 대군이 그녀를 본즉 바로 丁香이었다. 그 출현을 의아해 하는 대군에게 丁香은 宿緣을 잊기가 어려워 玉皇에게 아뢰고 人世에 다시 내려와 대군을 모시게 된 것이라고 거짓으로 둘러댄다.
13. 상이 이에 크게 웃고, 대군은 起謝한다. 이번 行程에 다만 한 丁香만이 있으니 자신과의 약속은 지킨 것이나 같다고 하면서

上이 대군에게 더 이상 사례치 말도록 명한 뒤 丁香을 대군에게 내려준다.

14. 證示部.

위에 보인 내용을 통하여, 우리는 이 자료가 사실담·丁香 일화의 뼈대를 가능한 한 그대로 받아 들인 것 못지 않게 많은 부분에서 개체적 변이의 면모를 두드러지게 지니고 있음을 확인할 수 있었다. 그 개체적 변이의 면모는 특히 서사단락 (1)·(5)·(6)·(10)·(12) 등에서 잘 드러나고 있는 바, 여기서 그 각각의 서사단락들이 지니고 있는 의미 기능은 무엇인지를 우선적으로 먼저 살펴볼까 한다.

우선 서사단락 (1)의 경우, '丁香이야기'의 의미 지향이 어디에 있는가를 직접적인 언설로써 제한하려는 기능을 지니고 나타난 부분으로 이해된다. 곧 사실담이나 丁香 일화의 경우와는 달리 '세종이 우애가 지극히 돈독하였다'고 하는 예비상황적 문면의 출현으로 인해 우리가 검토하려는 이 자료의 주제가 바로 讓寧大君의 과오조차 모두 덮을 수 있는 세종의 우애를 드러내 보이려는 것 이외의 것에 결코 놓여 있지 않음을 보여주는 기능을 지니고 있다고 하겠다.

한편 서사단락 (5)의 경우, 한결같이 수동적인 위상에 놓여 있는 기녀로 설정되어 있는 사실담이나 丁香 일화의 경우와는 달리, 보다 능동적인 따라서 어느 면 트릭스터(Trickster)[279]로서의 성격마저 지니고 있는 기녀 丁香에 대한 자리매김을 통하여, 讓寧大君의 인간적 결점을 보다 극대화시켜 드러내 보이려 했던 향유자의 태도[280]에서 나타난 부분으로 보여지는데, 이런 면모는 후술될 서사단락 (6)에서 더욱 두드러지게 나타나므로 해서 여기서 그에 대한 더 이상의 자세한 논의는 피할

279) 고소설에 나타나는 이들 인물의 개념, 성격, 기능, 유형, 유형 등에 대한 전반적인 검토는 허 춘,"고소설의 인물 연구", (연세대 박사학위논문,1986), p. 15-93을 참조하라.

280) 이러한 태도의 기저에 상대적으로 세종의 우애를 더 드러내 보이고자 했었던 작가의 의도가 내재되었음은 어느 면 지극히 당연하기까지 한 사실로 보여진다.

까 한다.

서사단락 (6)의 기능은 보다 현실적인 지평 위에서 讓寧大君과 기생 丁香 간의 자연스러운 만남이란 상황을 유발하려는데 있는 것으로 보여진다. 그런데 서사단락 (6)의 경우, 우리가 앞서 검토한 바 있었던 사실담이나 丁香 일화의 여러 기록들에서는 전혀 나타나지 않았던 부분이라는 점에서 이 부분에서 드러나는 개체적 변이의 면모가 어디로부터 기인된 것인지를 먼저 규명할 필요가 있지 않을까 한다. 그런데 여기서 『二旬錄』과 소설 『丁香傳』의 창작년대가 아직 분명하게 밝혀져 있지 못하다는 현실적 상황[281]을 고려해 볼 때, 이 문제 또한 쉽게 규명될 성질의 것으로는 생각되지 않는다. 이런 점에서 우리는 이 자료의 해당 서사단락을 다시 유의 깊게 살펴볼 필요가 있겠다. 여하튼 이 자료에 나타나고 있는 서사단락 (6)은 일단 다음 두 경로 가운데 어느 하나의 경로를 통하여 이루어졌을 것으로 추정해 볼 수 있다. 하나는 『二旬錄』의 저자인 구수훈이 지니고 있었던 개인적 창조력에 의한 개작의 결과가 후대의 변이물인 『丁香傳』에 일정한 이상의 영향을 끼쳤을 가능성을, 다른 하나는 『二旬錄』의 저자 구수훈에 의한 전통적 문학 관습, 곧 소설 『丁香傳』으로부터의 차용의 가능성이 바로 그것인데, 위의 두 가능성 가운데 필자는 다음과 같은 이유로 해서 전자의 경로에 더 큰 비중이 있는 것으로 생각하고 있다. 그 이유인즉 이 자료의 후반부에서 보이고 있는 다음 서사단락 곧 (10)에서 나타나고 있는 丁香의 '假死'motif의 장면이 필자가 이제까지 입수·검토해 온 18종에 달하고 있는 소설 『丁香傳』의 어느 이본에서도 전혀 발견되지 않고 있다는 점에 있다.

한편 서사단락 (10)은 뒤에 살필 서사단락 (12)와 더불어 讓寧大君

281) 『二旬錄』의 경우 아직껏 그 창작년대가 정확하게 밝혀진 바 없고, 다만 『丁香傳』의 경우 이경선과 김대현은 17C 말 이후의 작품일 것으로, 한편 김종철은 빨라야 18C 중엽에 성립된 작품인 것으로 주장하고 있는 데서 드러나듯이, 두 작품 사이의 선후 관계는 현재의 여러 여건상 분명히 확정지울 수는 없는 문제라 하겠다.

을 보다 구체적이고도 직접적으로 기롱하고자 하는 기능을 담당하고 있는 부분[282]으로 보여진다. '假死'와 '再生'으로 요약될 수 있는 이 두 서사단락들에서 나타나고 있는 트릭 설정은, 그 형태상 일 부분에 있어서 약간 변형되어 나타난다는 차이 또한 분명히 드러나고는 있지만, 조선조 후기의 풍자소설인 『梅花打令』, 『裵裨將傳』 따위의 작품과 공통적인 양상을 지니고 있는 것으로 생각된다.

이제까지 앞에서 필자는 이 자료가 지니고 있는 개체적 변이의 면모와 그 변이물의 기능은 무엇인지를 간략하게나마 살펴본 바 있다. 이러한 논의를 통해서도 이 자료의 '丁香이야기' 내에서의 위치와 성격 등의 문제가 어느 정도 드러났으리라고 생각되지만, 여기서 이들 자료를 보다 구체적으로 살필 때, 이 자료에 대한 온당한 자리 매김의 작업이 비로소 성취될 수 있을 것으로 기대된다고 하겠다. 논의의 편의상 이 자료 가운데 讓寧大君과 丁香의 만남의 전후 상황을 보여주고 있는 부분만을 택하여, 그것이 사실담이나 丁香 일화, 나아가 소설 『丁香傳』과 어떠한 차이를 지니고 있는가를 밝혀 낼 수 있다면 그때 비로소 이 자료의 위치라든지 성격 등이 보다 자연스럽게 드러날 것이 아닌가 한다. 사실담이나 丁香 일화의 경우, "읍관이 몰래 한 名妓로 하여금 陪童과 남매 사이라고 거짓 꾸며 보이었다. 드디어 잠 자리를 모셨다."[283]고 하거나, "西伯이 임금의 명을 받고 짐짓 미녀를 뽑아 소복을 입혀 촌계집과 같이 꾸며 그(필자 주 : 讓寧大君)에게 보이었다. …… (中略) …… 겸종으로 하여금 몰래 꾀하게 하여 여인과 정을 통했다."[284]고 하

282) 이러한 점에서도 이 이야기의 근본적인 의미 지향이 화해의 연장선상에 놓여 있다는 사실이 거듭 드러난다고 할 수 있다.

283) 『國朝名臣錄』,(김기동 편, 『한국전기문학전집』 권 4 所收), 권 12 충절 1조, P. 125-6.
원문은 "邑官潛使一名妓 因陪童詐爲男妹以見 遂薦枕"과 같다.

284) 『海東奇話』, (김기동 편, 위에서 이미 든 주 (12)의 책, 권 5 所收), P. 383.
원문은 "西伯承上命 故募美女 着素服如村女樣 示之 …… (中略) …… 使傔從潛媒通之"와 같다.

여 讓寧大君과 丁香이 만나게 된 상황을 극히 간략하게 서술하고 있으나, 『二旬錄』의 경우에는 고양이를 매개물로 하여 자연스럽게 나타날 수 있었던, 丁香과 讓寧大君의 만남을 가능케 하는 주동적 인물인 통인의 면모가 두드러지게 나타나고 있는 일방으로, 거기에 따라 讓寧大君의 심리적 상황에 대한 배려까지도 미약한 나름대로나마 나타나고 있기[285]에 매우 많은 서술이 이 부분에 집중적으로 할당되고 있다는 차이를 지니고 있다고 하겠다. 그런데 讓寧大君과 丁香의 만남을 전하는 이 부분의 많은 곳에서 소설 『丁香傳』과 다른 면모를 지니고 있는 부분이 많이 발견되고 있다. 그 가운데 몇몇 부분을 들어 그것을 구체적으로 보일까 한다. 첫째, 고양이를 빌미 하여 나타난 여인 丁香에 대한 대군의 태도. 둘째, 丁香과 讓寧大君과의 만남에서 누가 더 주도적인 위치에 놓여 있는가 하는 점. 셋째, 통정 후에 시를 쓴 과정에 대한 문제. 넷째, 시 내용의 차이 등이 그것인 바, 여기서 그들 차이의 양상을 간략하게나마 살펴볼까 한다. 첫째의 경우, 『二旬錄』에서는 "대군이 물어 가로되 여인은 어떠한 사람이며 어느 곳에 살고 있느냐? 또 어찌하여 써 소복을 하고 있느냐?"[286]라 하여 갑작스레 나타난 여인에 대한 궁금증을 바로 해소하려는, 조금은 경박스럽기까지 한 대군의 태도가 드러나는데 비하여, 소설 『丁香傳』에서는 "대군이 그 무엄함에 크게 노하여 …… (中略) …… 급히 刑杖之械를 베푸니 호령이 엄숙하더라. (이에) 대군이 분부하여 가로되 네가 여자의 몸으로 闕旨를 일부러 범하고 官庭에 분주하니 唐突 無嚴하도다. 결단코 죄를 용서하기가 어렵도다 하시고 급히 重杖을 가하라."[287]고 하여 짐짓 여인에 대한 애초의

285) 그 부분은 『二旬錄』의 다음 진술 장면을 통해 어느 정도 드러나고 있다. 원문은 "大君尤覺慘然 幾牛涓水盈睢 雖欲爲文而祭之 事涉如何"와 같다.

286) 위에서 이미 든 주 (275)의 책, P. 423.
원문은 "大君問曰女是何人 而居在何處 亦何以素服耶"와 같다.

287) 천리대본 『丁香傳』, 「조선학보」 90집, (조선학회, 1979), P. 253.
원문은 "大君大怒其無嚴 …… (中略) …… 急設刑杖之械 號令嚴肅 大君分付曰汝以女子之身 冒犯闕旨 奔走官庭 唐突無嚴 決難赦罪 急加重杖"과 같다.

자신의 태도를 견지하는 듯한 면모를 보이고 난 후에 『二旬錄』의 경우와 같이 여인의 근지를 묻는다는 점에서 『二旬錄』에 나오는 대군과는 다른 면모를 지닌 대군임이 밝히 드러나고 있다. 둘째의 경우, 『二旬錄』에서는 "저녁 뒤에 비로소 간신히 불러 와 방안으로 끌어들이니, (그 여인이) 백반으로 교태를 머금었다."[288]라고 하여 사실담이나 丁香 일화에서처럼 丁香이 讓寧大君의 처소로 나아오게 되는 것으로 그려지고 있는데 비하여, 소설 『丁香傳』에서는 이것과는 달리 讓寧大君 자신이 내면적 심리 갈등을 여러 차례에 걸쳐 겪은 연후에 丁香의 처소로 직접 나아가게 된다는 상황[289]으로 달리 나타나고 있다. 우리는 여기서 『丁香傳』의 서사 주인공이 사실담이나 丁香 일화의 경우와는 달리 讓寧大君에서 丁香으로 옮겨가고 있는 현상을 어렵지 않게 확인할 수 있다. 곧 丁香에게 讓寧大君을 골탕먹이고 속이는 트릭스터(Trickster)로서의 일관된 성격을 부여하고 있다는 데서 『丁香傳』 이본의 작가들이 작품을 통해 보이고 있는 또 다른 변용의 양상을 우리들은 쉬 보게 된다. 셋째의 경우, 『二旬錄』에서는 "대군이 운우의 정에 이끌려 여러날 (그 곳에) 머물러 있더니 (그 여인과) 이별시에 시를 지어 치마에 써 주었다."[290]고 하여 대군 스스로 시를 지어 丁香의 치마에 써 준 것으로 나타나고 있으나, 소설 『丁香傳』에서는 "여인이 베개 위에서 대군에게 아뢰어 가로되 서울로 따라가기를 청합니다. 원하옵건대 밥 짓는 계집종이 되어 일생을 마칠까 하옵니다."[291]는 丁香 자신의 희망이 무산되어 버린 뒤, 다시 丁香이 대군에게 거듭 "원컨대 자신을 위하여 정을 표하시는 물건을 주신다면 뒷날 회포를 위로하는 도구로 삼

---

288) 위에서 이미 든 주 (275)의 책, P. 423.
원문은 "夕後 始艱辛招來 引入房內 百般含嬌"와 같다.

289) 이에 대한 구체적인 검토는 다음 항으로 미루어 둔다.

290) 위에서 이미 든 주 (275)의 책, P. 423.
원문은 "大君牽情雲雨 數日留連 別時作詩 書於其裙"과 같다.

291) 위에서 이미 든 주 (284)의 책, P. 259.
원문은 "女於枕上 言於大君曰請隨往京師 願爲炊汲之婢 以終一生焉"과 같다.

고자 하는데 어떠하오리이까?"[292]라고 청하는 요구에 의해 대군이 어쩔 수 없이 시를 丁香의 치마에 써 준 것으로 달리 나타나고 있다. 넷째의 경우, 『二旬錄』에서는 소설 『丁香傳』의 이본군에서 나타나는 시와는 일 부분에서 다른 내용의 시가 나타나고 있다. 곧 "立馬河矯別故遲生憎楊柳最高枝 佳人緣薄含新怨 蕩子多情問後期 桃李落來寒食節 鷓鴣飛去夕陽時 庭前賴有丁香樹 强把春心折一枝"[293](밑줄 : 필자 표시)가 바로 그것이다.

위에서 이제까지 살펴본 결과, 우리는 『二旬錄』 소재 '丁香이야기'가 사실담이나 丁香 일화와도 어느 정도 일정한 관계 양상을 맺고 있는 자료임에는 틀림없지만, 또한 여기서 그 자체가 지니고 있는 여러 개체적 변이의 면모를 아울러 고려할 때 그것은 허구적 변이물인 소설 『丁香傳』의 위치에까지는 이르지 못한 과도기적 존재였음을 알 수 있었다. 『二旬錄』 소재 '丁香이야기'에서 부분적으로 나타나고 있는 미약한 나름의 서사 갈등, 인간 심리의 내면적 묘사 등은 이 자료에 비하여 시대가 조금 더 내려와서 이루어진 것으로 여겨지는 소설 『丁香傳』에서 어느 정도 본격적으로 구현될 수 있었던 것으로 여겨진다.

마. 『丁香傳』계의 변이 양상과 의미

a. 이본 소개와 그 계열 구분

『丁香傳』계의 변이 양상과 의미를 살피기 위해서는 우선 『丁香傳』의 관계 이본들이 지닌 면모와 그 특징을 밝히는 작업이 요청된다. 이에 필자가 그간 입수·검토한 『丁香傳』의 이본은 도합 18종에 달하고 있는 바, 여기서 먼저 해당 이본들의 서지 상황을 간략히 보일까 한다. 편의상 해당 이본들의 표기 형태를 중시하여 한문본과 한글본으로 나누어

---

292) 바로 앞에서 든 책, P. 259.
원문은 "願爲小妾 以賜表情之物 俾作他日慰懷之資如何"와 같다.

293) 위에서 이미 든 주 (275)의 책, P. 423.

소개할까 한다.

가) 한문본

1. 『丁香傳』 : 가로 21.3cm × 세로 22.8cm, 1권 1책(『李長白傳』과 合綴), 총 30면, 매면 12행, 매행 16자, 천리대 도서관 소장(舊 今西龍本).
2. 『丁香傳』 : 가로 17cm × 세로 31cm, 1권 1책(원제 : 『靑邱奇話』, (『雲英傳』과 合綴)), 총 27면, 매면 7~8행, 매행 23~28자 내외(평균 24자), 서울대 도서관 소장.
3. 『丁香傳』 : 가로 16.6cm × 세로 25.7cm, 1권 1책(『魯山傳』, 『元生夢遊錄』과 합철), 총 26면, 매면 10행, 매행 20자, 고려대 도서관 소장(舊 晩松本).
4. 『丁香傳』 : 가로 11cm × 세로 25.7cm, 1권 1책, 총 52면, 매면 8행, 매행 14자, 고려대 아세아연구소 소장.
5. 『丁香傳』 : 가로 21.8cm × 세로 25.5cm, 1권 1책(표제 : 『銷慮錄』, (『愁城誌』와 합철)), 총 12면, 매면 16행, 매행 평균 27자 내외, 한국정신문화연구원 소장.
6. 『丁香傳』 : 가로 17.5cm × 세로 27.6cm, 7권 7책본 『靑邱野談』 권 1에 所收, 총 31면, 매면 9행, 매행 21자, 동경대학 도서관 소장(舊 小倉進平本)
7. 『丁香錄』 : 가로 15.5cm × 세로 19cm, 1권 1책, 총 31면, 매면 10행, 매행 16자 내외, 필자 소장.
8. "丁香巧計侍大君" : 가로 15cm × 세로 22cm, 1권 1책(『揚隱闡微』에 所收, 총 22면, 매면 10행, 매행 23자 내외, 단국대 도서관 소장(舊 金東旭本)
9. 『讓寧大君西遊錄』 : 가로 14cm × 세로 20cm, 1권 1책, 총 22면, 매면 10행, 매행 24자, 영남대 도서관 소장(舊 趙潤濟本)

10. 『西遊錄』 : 가로 13cm × 세로 27.5cm, 1권 1책, 총 22면, 매면 7~10행, 매행 24~33자, 천리대 도서관 소장(舊 今西龍本)
11. 『西遊錄』 : 가로 15.5cm × 세로 21.8cm, 1권 1책(내제 : 『西遊錄』·『丁香傳』), 총 19면, 매면 8~10행, 매행 31자 내외, 한국정신문화연구원 소장.
12. 無　題 : 가로 12.5cm × 세로 20cm, 1권 1책(원제 : 『記聞叢話』), 총 18면, 매면 10행, 매행 24~28자, 일본 동양문고 소장.

나) 한글본

1. 『뎡향젼』 : 가로 18.5cm × 세로 27.7cm, 1권 1책(표제 : 『丁香傳』 내제 : 『국문 뎡향젼), 총 16면, 매면 10행, 매행 24자, 고려대 아세아연구소 소장, 중단본임.
2. 『졍향젼』 : 가로 20.1cm × 세로 31.1cm, 1권 1책(『李相國傳』과 합철), 총 38면, 매면 11행, 매행 21자, 한국정신문화연구원 소장.
3. 『졍향젼』 : 가로 20cm × 세로 24cm, 1권 1책(표제 : 『丁香傳』, 내제 : 『졍향젼』), 총 54면, 매면 12행, 매행 18자 내외, 朴堯順교수 소장.
4. 『졍향젼』 : 가로 21cm × 세로 31cm , 1권 1책(『卓英傳』과 합철), 총 31면, 매면 12행, 매행 26~32자, 權友荇교수 소장.
5. 『졍향젼』 : 가로 20.5cm × 세로 24.5cm, 1권 1책(표제 : 『요로원야화기』, 우 상단에 附 『丁香傳』), 총 43면, 매면 12행, 매행 17자, 연세대 도서관 소장.
6. 『셔유록』 : 가로 15.5cm × 세로 20.5cm, 1권 1책(『春風想思別曲』과 합철), 총 56면, 매면 9행, 매행 19자, 단국대 도서관 소장(舊 金東旭本)

이제까지 필자가 입수할 수 있었던 『丁香傳』 이본 18종의 서지 상황에 대해 간략히 소개해 보았다. 위에서 소개한 18종의 이본이 현재까지 전하고 있는 『丁香傳』의 이본 모두는 물론 아닐 것이다. 그것은 여러 가지 사정으로 인해 필자가 미처 입수·소개할 수 없었던 이본이 몇 종 더 있음을 필자 또한 익히 알고 있기 때문294)이다. 그러나 앞으로 『丁香傳』의 이본이 새로이 발견된다고 하더라도 필자가 위에서 소개·검토하고 있는 18종에 달하는 자료의 성격과 크게 다른 면모를 지닌 이본은 없을 것으로 기대된다는 점에서 위에서 든 이러한 자료에 국한된 일련의 논의만으로도 어느 면 일정한 성과를 충분히 거둘 수 있을 것으로 생각된다.

위에서 소개한 18종의 『丁香傳』 이본들의 내용을 구체적으로 검토해 본 결과, 그중 한문본 계열은 크게 보아 천리대본 계열(『李長白傳』과 합철된 『丁香傳』, 고려대 아세아연구소 소장 『丁香傳』, 필자 소장본)과 만송본 계열(『雲英傳』과 합철된 서울대본 『丁香傳』, 정문연 소장 『丁香傳』, 동경대학본 『丁香傳』, 구 김동욱본), 그리고 『西遊錄』 계열(구 조윤제본, 정문연본, 記聞叢話본, 천리대본 『西遊錄』 등)으로 나누어지는 것으로 보인다. 그러나 한문본의 경우 이와 같이 세 계열로 나누어진다고 하더라도 기실 각 계열에서 서사구조상에 걸치는 커다란 차이가 발견되는 것은 아니라는 점을 생각할 때, 나머지 두 계열 또한 천리대본 계열에 드는 이본들이라고 보아도 실상과 크게 어그러지는 것은 아니라고 할 수 있다. 나머지 두 계열의 천리대본 계열에 대한 차이는 대략 다음과 같은 양상을 띠고 나타나는 바, 이에 몇몇 예를 들어 이들 계열

294) 소재영의 위에 든 논문과 『古小說通論』에 부기되어 있는 고소설 일람표만을 보더라도, 필자가 본고에서 논의의 대상으로 삼고 있는 이들 이본들 이외에도 고려대 아세아연구소 소장의 『三說記』라는 제하에 수록되어 있는 한문본 『丁香傳』과 육당문고본 『丁香傳』 등이 현전하고 있음을 보게 된다. 물론 이밖에도 아직 학계에 소개·보고되지 아니한 개인 소장의 이본들까지 고려하면 『丁香傳』의 이본이 몇 종 더 있을 것이라는 것은 틀림없는 사실이라고 하겠다.

의 이본적 성격이 어떠한가만을 간략히 살펴보고, 한글본 이본의 경우를 이어 구체적으로 살펴보는 것이 좋을 듯하다. 여기서 천리대본 계열 『丁香傳』 가운데 임의로 몇몇 문장을 택하여 그것이 나머지 다른 두 계열의 경우에는 어떻게 달리 나타나고 있는지를 살펴볼 때, 이들 두 계열의 이본적 성격이 어느 정도 제대로 밝혀질 수 있을 것으로 생각된다.

天 : 聖意若是勤懇 臣雖愚劣 豈敢不奉敎乎[2]
晩 : ○○○○○○ ------ -○○○○○[3](2-앞,1)
西 : ○○○○○○ ------ ○○○○○○[4](1-앞,8)

에서 드러난 바와 같이, 만송본 계열과 西遊錄 계열의 경우에는 --표한 부분이 출현치 않고 있는 바, 이를 통해서도 이들 두 계열은 한 이야기에 따른 부수적인 상황에 대한 서술이 거의 나타나지 않고 있는 이본임이 쉬 드러난다. 이런 면모를 구체적으로 보이기 위하여 다시 한 예문을 더 들어볼까 한다.

天 : 余 必親迎於崇禮門內 而設三日宴 以謝不負寡人之敎矣(2-앞,2~3)
晩 : ○ ○○○○○○○- -○○○○ --------------○ (1-뒷,10)
西 : ○ ○○○○○○○外 ○○○○○ --------------○ (1-뒷,7~8)

위에서 든 예문 가운데 ---표한 탈락된 부분과 달리 표기된 부분을 통하여 우리는 뒤의 두 계열에 드는 자료들이 천리대본 계열이 지니고 있는 내용상의 부연과 중복된 서술을 나름대로 축약하는 가운데 이루어질 수 있었던 이본임을 알 수 있었다. 이들 두 계열은 이미 앞서든 두 예문만을 통해서도 어느 정도 확인되었듯이 자구상의 몇몇 차이를 제외하고서는 거의 동일한 면모를 띠고 있는 이본임을 또한 알 수 있었다. 그런 가운데서도 『西遊錄』 계열에 속하는 이본들의 경우, 만송본 『丁香

295) 위에서 이미 든 주 (284)의 책, 2장 앞면 4행.(이하 2-앞,4로 표시함)
296) 고려대도서관 소장본(구 만송본) 『丁香傳』. 이하 만송본 또는 '만'으로 표시함.
297) 영남대 도서관 소장(구 도남본) 『西遊錄』.(이하 도남본 또는 '서'로 표시함).

傳』 계열의 그것들에 비하여 나름대로 문면의 내용을 보다 구체적으로 드러내고 있는 부분을 지니고 있다는 특징을 지니고 있다. 이에 이해를 돕기 위해 한 대문을 들어 그것을 보일까 한다.

> 天 : "遂下密敎於關西列邑 曰若一妓薦於大君 能解客懷之寂寥則"(2-뒷,46, 밑줄 : 필자 표시)
>
> 晩 : "遂下密敎於關西列邑 曰若使一妓薦枕於大君 能解客懷寥寂則"(2-앞, 9~ 10-뒷, 1, 밑줄 : 필자 표시)
>
> 西 : "遂下密敎於關西列邑 曰若守令使一等名妓薦枕 以解春情之難禁 美味香醪進嘗 能消客懷之寂寥則"(2-앞,6~7,밑줄 : 필자 표시)

여기서 이제까지의 간단한 논의를 통해서 우리는 다음과 같은 추정을 내릴 수 있을 것으로 보여진다. 곧 한문본『丁香傳』가운데서는 천리대본『丁香傳』계열에 드는 자료들이 시기적으로 가장 일찍 출현했고, 그에 뒤이어 만송본『丁香傳』계열에 드는 자료들이 천리대본『丁香傳』계열을 축약하는 가운데 이루어졌고, 맨 마지막으로『西遊錄』계열의 이본들이 앞 두 계열의 서사문맥을 나름대로 축약하고, 부분적으로 서술상황을 보다 구체화시키는 가운데 나타날 수 있었던 것으로 생각된다.

한편 천리대본『丁香傳』(『李長白傳』과 합철된)과 천리대본『西遊錄』의 다음 문면은 이 작품의 제작 시기에 따른 시대적 상한선을 잘 보여주고 있는 부분이라 하겠는데,

> 大悅 與之同寢 其歡喜之情 無以異於楊少遊之遇春雲 巫山洛浦之遇 不是過也[298](9-앞,9~11, 밑줄 : 필자 표시,)

> 其子孫 至今爲士大夫者 (多의 脫落?)矣 吾福 雖郭汾陽之貴 楊少遊之樂莫之及矣[299](11-뒷,4~5, 밑줄 : 필자 표시)

298) 위에서 이미 든 주 (284)의 책.
299) 천리대본『西遊錄』, (구 금서룡본).

라는 문면을 통해 우리는 한문본 『丁香傳』이 『九雲夢』 이후에 산출된 작품임을 바로 알게 된다. 한편 영남대 도서관 소장의 『讓寧大君西遊錄』에는 그 제작 시기의 시대적 하한선을 알려주는 정보가 담겨 있는 바, 그것은 절대 년도를 밝힐 수 있는 필사년대가 분명하게 기록되어 있다는 것을 말하는 것이다. 곧 "大淸 咸豊八年 歲在戊午季秋上幹 嘉陵石樓@@謄出"300)이라고 나타나 있는 부분을 가리키는 바, 여기서의 咸豊 八年은 바로 1858년에 해당됨을 알 수 있다. 이렇게 본다면 원 『丁香傳』의 경우 그 창작년대를 아무리 올려 잡는다고 하여도 18C 초엽 이후 중엽 사이를 넘나들지 못할 것301)으로 사료된다.(이러한 추정의 또 다른 근거로 우리가 앞서 검토했던 『二旬錄』의 존재를 여기서 상정할 수 있겠다.)

한문본 『丁香傳』의 경우, 천리대본 『丁香傳』 계열이 시기적으로 가장 이른 시기에 출현했고, 또 여타 두 계열에 드는 이본들에 비하여 그것이 보다 더 선본으로 보여진다는 점 등을 고려하여 본고에서는 해당 계열에 드는 이본들을 논의의 주된 대상으로 삼고자 한다. 물론 논의의 과정 속에서 필요한 경우 여타 계열에 드는 다른 한문본 이본들 또한 적극적으로 검토의 대상이 될 수 있다.

한편 한글본 『丁香傳』의 이본은 앞에서도 간략히 소개하였듯이 현재까지 모두 6종이 전하고 있는 것으로 보인다. 한글본 『丁香傳』과 한문본 『丁香傳』의 관계 양상이 어떠한지를 살펴보는 작업 또한 앞으로 있을 논의의 효과적 전개를 위하여 반드시 선결적으로 다루어야 할 성질의 문제라 하겠다. 이러한 작업을 통하여 한글본 『丁香傳』의 이본들이

---

300) 위에서 이미 든 주 (294)의 책, 11-뒷,7.

301) 17C 말엽에 이루어진 『九雲夢』의 작품 내용이 후대의 다른 작품들 속에 완전히 녹아드는 데에 소용될 시간적 거리와 『丁香傳』이 조선조 후기에 들어와 나타나기 시작한 일련의 풍자소설적 작품들과는 어느 면 그 근본적인 성격을 달리 하고 있다는 문학사적 성격 등을 고려할 때, 또 『丁香傳』의 이본 계열 가운데서 시기적으로 가장 뒤늦게 출현한 이본이 바로 『西遊錄』계라는 점 등을 두루 묶어 생각해 볼 때, 이와 같이 잡을 수 있을 것으로 여겨진다.

한문본 『丁香傳』의 이본 계열 가운데 특정한 어느 계열의 번역본에 해당되는지 또한 자연스럽게 밝혀질 수 있을 것으로 기대된다. 여기서 먼저 김동욱본(줄여 '羅'로 표시함)의 경우를 들어 그것을 살펴보도록 하자. 해당 이본의 몇몇 대목을 필자가 임의로 추려 내어 한문본 『丁香傳』의 이본 계열에 나타나는 그것과 구체적으로 비교할 때 그 관계 양상은 어렵지 않게 확인되리라 생각된다.

① 天 : 若不能飮一盃犯一色 而空還則終必爲一生之遺恨矣(2-뒷,3~4)
晩 : ∘ ∘∘∘ ∘∘ ∘∘∘ ∘∘ ∘∘∘ ∘∘ ∘∘∘ ∘∘ ∘ (2-앞,8~9)
西 : 若不能飮酒犯色而返 則後必有一生之遺恨矣(2-앞,5~6, 밑줄 : 필자 표시)
羅 : 만일 한잔 슐을 마시지 못하고 한 녀ᄉᆡᆨ을 범치 못하고 도라오면 후에 반다시 일ᄉᆡᆼ유한이 되리라 하야[5](3-뒷,6~8, 밑줄 : 필자 표시)

② 天 : 若一妓薦於大君 能解客懷之寂寥則
晩 : 若使一妓薦枕於大君 能解客懷寥寂則
西 : 若守令使一等名妓薦枕 以解春情之難禁 美味香醪進嘗 能消客懷之寂寥則(밑줄:필자 표시)
羅 : 만일 슈령이 일등명기로 ᄃᆡ군게 쳔거ᄒᆞ야 써 츈정을 풀고 알옴다온 슐로 ᄀᆡᆨ회에 젹만(막의 誤記)함을 풀게하면(3-뒷,9-4-앞,3, 밑줄 : 필자 표시)

위에 든 ①, ②의 예문을 통해서도, 김동욱본의 경우, 『西遊錄』 계열의 이본을 저본으로 하여 이루어진 이본임을 어렵지 않게 확인할 수 있다.

한편 고려대 아세아연구소 소장본(중단본,이하 高로 줄임)은 讓寧大君이 기생 丁香을 찾아 나서기 직전의 상황까지만 나타나고 있어 이 이본이 어느 한문본 계열을 저본으로 하여 이루어진 것인지를 살피는 데에 약간의 어려움이 없지 않다고 하겠으나 현재 남아 있는 부분만을 통해서도 그 저본을 탐색하려는 작업은 어느 정도 가능할 것으로 보여진다.

---

302) 단국대 도서관 소장(구김동욱본) 『西遊錄』.

① 天 : 一往于平壤乙密城 觀箕子之遺跡 因往成川 望巫山十二仙境而還 則可遂平生之至願 伏望聖意如何(1-뒷,2~5)
晩 : 一往于平壤乙密城中 觀箕子之遺趾 回向成川 望巫山十二仙境而還(1-뒷,1~3)
西 : 一往平壤乙密城臺 觀箕子遺墟 因向成川降仙樓 望巫山十二峰仙境而還矣(1-앞,10-뒷,1)
高 : ᄒᆞᆫ번 평양을 가와 을밀셩즁의 긔ᄌᆞ의 옛 도읍도 구경ᄒᆞ옵고 그 길로 셩쳔으로 나려 무산 십니봉 션경을 구경코 도라올가ᄒᆞ옵나이다.[303](1-뒷,9-2-앞,1)

② 天 : 鮮明其衣服 而暗敎應對之巧言 以待大君之行矣(3-앞,9~10)
晩 : 鮮明其衣服 <u>而着之</u> 待大君之行次矣(3-앞,1~2, 밑줄 : 필자 표시)
西 : 鮮明其衣服 以待大君行次(2-뒷,6~7)
高 : 의복을 션명이 지여 <u>이피고</u> ᄃᆡ군 힝ᄎᆞ 오시물 긔다리던니"(4-앞,3~4, 밑줄 : 필자 표시)

위에 든 두 예문을 통해, 고대 아세아연구소 소장본의 경우 만송본 『丁香傳』 계열의 이본을 저본으로 하여 나타난 이본임이 확인되었다.

한편 權友荇 소장본(이하 權으로 줄임)의 저본은 무엇인지를 같은 방법으로 살펴보도록 하자.

① 天 : 大君分付曰汝以女子之身 冒犯闕旨 奔走官庭 唐突無嚴 決難赦罪(4-뒷,3~5)
晩 : 해당 부분 미출현
西 : 해당 부분 미출현
權 : 호령ᄒᆞ여 왈 네가 예(여의 誤記)ᄌᆞ의 몸으로 관지을 모범ᄒᆞ여 관경에 무란이 돌립ᄒᆞ니 결단코 쥭긔를 면치 못ᄒᆞ리라(4-뒷,6~8)

② 天 : 不忍加杖 <u>默視良久 哂而分付曰聞汝之言 察汝之情</u> 實爲可憐 特庸赦之 (5-앞,5~7, 밑줄 : 필자 표시)

---

303) 고려대 아세아연구소본『명향젼』,(중단본).

晩 : 不忍加杖 憐而赦之(4-앞,9)
西 : 不忍加杖 憐而赦之(3-뒷,9)
權 : ᄎᆞᆷ아 헝(형의 誤記)ᄌᆞᆼ(刑杖)으로 치ᄌᆡ(治罪)을 못ᄒᆞ고 양구(良久)에 밀노니(?) 우스며 분부ᄒᆞ여 왈 너의 말을 쓰(듣의 誤記)고 ᄯᅩ 너의 정경(情景)을 살펴본니 진실노 가련ᄒᆞ다 특버리(特別이) ᄉᆡᆼ각ᄒᆞ여 노아보ᄂᆡ니(5-앞,9-10, 밑줄 : 필자 표시)

위의 두 예문만을 통해서도 權友荇 소장본의 경우 천리대본 계열을 저본으로 하여 이루어진 後寫本임을 알 수 있다. 그러나 권우행 본은 앞서 검토한 나손 김동욱 본과 고대본이 각기 『西遊錄』 계열과 만송본 계열의 이본들을 거의 직역하는 선상에서 이루어진 이본들임에 비하여, 상대적으로 미약하기는 하지만 다음 3개처에 걸친 개체적 변이의 면모를 지니고 있는 이본인 것으로 검토 결과 드러났다. 그러나 이들 3 개처에서 드러나는 개체적 변이의 면모는 작품의 서사전개에 있어서 큰 의미를 지니는 것으로 여겨지지 않는다는 점[304]에서 우리의 논의에서 이런 면모를 무시해도 별반 큰 문제는 나타나지 않을 것으로 생각된다. 여기서는 다만 그 양상이 드러나고 있는 부분만을 摘記하여 그 실상을 제시해 두는 것으로 그치고 이에 대한 자세한 논의는 略할까 한다.

① : ᄃᆡ군이 ᄉᆡᆼ각ᄒᆞ되 져 집은 엇더ᄒᆞᆫ ᄉᆞ람이 거쳐ᄒᆞ난지 이러ᄒᆞᆫ ᄃᆡ도회(大都會)에 유독히 가난ᄒᆞ여 원ᄌᆞᆼ(垣墻)이 져다지 풍우(風雨)에 퇴락(頹落)ᄒᆞ여도 오히려 슈츅(修築)ᄒᆞ지 못ᄒᆞ엿난고 ᄒᆞ며(4-앞,4~6)

② : ᄯᅳᆯ에 ᄌᆞ난 쳥슙사리 ᄯᅩᄒᆞᆫ ᄌᆞᆷ이 깁흔지라. …… (中略) …… 발을 아희들 ᄌᆞᆫᄌᆞ리(잠자리) ᄌᆞᆸ는다시 가만가만 옴게 가되 오히(려의 탈락)시(신의 誤記) ᄌᆞ족 쇼ᄅᆡ 잇실가 져어ᄒᆞ야(7-뒷,8~10)

---

304) 그러나 이 이본의 마지막에 나타나는 개체적인 변이의 면모(곧 ③)는 그것이 어느 면 정향을 찾아 다시 평양에 이르렀다가 정향을 만나지 못하고 떠나는데 대한 讓寧大君의 심리 상태를 미약하나마 전해 주고 있는 것으로 보여진다. 이런 점에서 후술될 박요순본 『丁香傳』과 정문연본 『丁香傳』과 일정한 영향 관계가 있을 것으로도 예상된다.

③ : 슈다ᄒᆞᆫ 나졸(邏卒)들이 ᄃᆡ군의 심회(心懷)을 엇지 알리요. 거마(車馬)를 ᄎᆞᆫᄎᆞᆫ이 몰면 경향의 인난 ᄉᆞᆫ쳔이나마 죠곰 더 보면 죠흘듯ᄒᆞ되 압페난 벽제(僻除) 쇼릐 뒤ᄋᆡ난 들ᄃᆡ길너(?) 풍우(風雨)갓치 모라가고 번ᄀᆡ갓치 지ᄂᆡ간니 ᄋᆡ연(哀然)할ᄉᆞ 평양 ᄉᆞᆫ쳔 구름 박게 버러지고 관악ᄉᆞᆫ ᄉᆞᆷ각ᄉᆞᆫ은 말 머리에 퓨리럿다.(13-앞,11-뒷,3)

한편 연대본의 경우를 살펴보면,

天 : 然其中 一兒衣服鮮明 容貌之美姿 飄然特出 大君內念於心曰(4-앞,5~7)
晩 : 然其中 一兒衣服明麗 容貌甚美 <u>大君頗愛之 問汝年幾何 其通引跪答曰十五歲</u>(3-뒷,6~8, 밑줄 : 필자 표시)
西 : 만송본 계열과 동일.
延 : 용뫼 그이ᄒᆞ고 의복이 션명ᄒᆞᆫ지라. <u>대군이 크게 ᄉᆞ랑ᄒᆞ야 문 왈네 ᄂᆞ히 몃치뇨? 통인이 답 왈 십오셰로소이다</u>.[305](5-앞,5~8, 밑줄 : 필자 표시)

와 같은 바, 그 저본으로 천리대본『丁香傳』계열의 이본들을 삼지는 않았음을 위의 예만으로도 우리는 충분히 파악할 수 있다고 본다. 자연적으로 연대본의 저본은 만송본『丁香傳』계열 또는『西遊錄』계열의 이본 가운데 어느 한 계열의 이본일 것으로 생각된다. 여기서 구체적으로 관계 이본들을 검토한 결과, 연대본『丁香傳』은『西遊錄』계열의 이본에 가까운 성격을 띠고 있는 자료이면서도 아울러 만송본『丁香傳』계열의 이본들과도 어느 면 일정한 이상의 친연성을 띠고 있는 자료인 것으로 확인되었다. 이점을 구체적으로 확인하기 위하여 몇몇 대목을 다시 아래에 들어 그것을 보일까 한다.

① 晩 : 女於枕上 言於大君曰大監復路之日 妾請隨往京師(8-앞,8~9)
西 : 女於枕上 言於大君曰大監歸後路之日 妾請往京師(7-앞,5~6)
延 : 향이 침셕 (寢席)의 ᄂᆞ아가 고ᄒᆞ되 ᄂᆡ일 ᄃᆡ감겨오셔 셩쳔 가 노르신 후 도라오시ᄂᆞᆫ 날 쳔쳡 (賤妾)이(14-앞,6~7)

---

305) 연세대 도서관 소장『졍향젼』,(『요로원야화기』와 합철).

② 晩 : 大君日益沈溺不覺 已至十餘日矣(8-앞,7)
西 : 大君日益浸溺不覺 已至十餘日矣(7-앞,4)
延 : 대군이 졈이 날노 더ᄒᆞ야 날 가는 쥴 ᄭᅵ닷지 못ᄒᆞ시더라.(14-앞,2~4)

③ 晩 : 達夜不寐 而嗟哉(10-뒷,3~4)
西 : 達夜不寐 而潛語曰嗟哉(9-앞,4)
延 : 밤이 맛도록 좀을 이우지 못ᄒᆞ고 ᄎᆞ탄(嗟歎)왈(18-앞,4~5)

④ 晩 : 前日嚴關 實由於此(8-뒷,1)
西 : 前日嚴關之文 出於此矣(7-앞,7~8)
延 : 젼일 엄관이 실상 이 연괴(緣故ㅣ)라.(14-뒷,4)

위에 든 예문들 가운데서 ①, ②는 연대본『丁香傳』이『西遊錄』 계열 이본에 근본적으로 속하는 자료임을 보여주는 것인데 비하여, ③과 ④는 그것이 또한 만송본『丁香傳』 계열 이본과도 일정한 친연성을 띠고 있는 자료임을 여실히 보여주는 좋은 예라 하겠다. 한편 연대본『丁香傳』 또한 앞서 검토했던 권우행본『丁香傳』의 경우와 같이 미약한 나름의 개체적 변이의 면모를 지니고 있다는 특징을 지니고 있다. 그러나 이들 부분은 대체로 문면 내의 어느 특수한 상황을 좀더 부연·설명하려는 의도를 지녔었던 轉寫者에 의해 마련된 소극적 개작의 산물로 여겨진다. 이에 해당 부분을 제시하여 이해를 돕고자 한다.

① : 오히려 죄를 ᄉᆞ(赦)ᄒᆞ오시니 ᄉᆞ람 ᄒᆞ나 술니는 것시 졀 일곱 짓ᄂᆞ니보다 낫다 ᄒᆞ오니 다시곰 호싱지덕(好生之德)을 드리오ᄉᆞ(7-앞,7~9)
② : 져 담 밧긔 복셩화 남우 밋히 젹은 쵸옥(草屋)이로소이다.(8-뒷,12--9-앞,2)
③ : 남의 의복 (衣服)을 지어쥬고 갑술 바다 연명 (延命)ᄒᆞ옵고 좀농(蠶農)을 부즈런이 ᄒᆞ와 소인의 입는 것술 다 누의 지조로 ᄒᆞ오니(8-뒷,6~8)

박요순본『丁香傳』(이하 朴으로 줄임)의 경우, 검토 결과 讓寧大君과

丁香이 관계를 맺는 상황 이전까지의 부분은 천리대본『丁香傳』과 거의 동일한 면모를 지니고 있는 것으로 확인되었다. 그러나 문제는 박요순본『丁香傳』의 그 이하 부분에서 찾아지고 있다. 곧 그 이하 부분은 필자가 논의의 대상으로 삼고 있는 12종에 달하는 한문본『丁香傳』의 어느 이본에서조차 전혀 발견되지 않는 박요순본『丁香傳』만의 특징적 면모로 생각된다. 이러한 특징적 면모와 그 지닌 바 의미에 대해서는 뒤에서 다시 다루기로 하고, 여기서는 讓寧大君과 丁香이 관계를 맺는 상황 이전까지의 부분만을 대상으로 하여 앞서 보인 필자의 주장을 증명해 보일까 한다.

① 天 : 刻別嚴飭 使無生事云矣(2-앞,8~9)
晩 : 미출현
西 : 미출현
朴 : ᄒᆞ야금 일을 아니닋게 각별 엄측ᄒᆞ시니[306](3-앞,6~7)

② 天 : 美哉 眞所謂第一江山也(3-뒷,1~2,밑줄 : 필자 표시)
晩 : 眞所謂第一江山也(3-앞,4~5)
西 : 만송본 계열과 동일함.
朴 : 아름답다 진실노 텬하 제일 강산이로다(5-앞,3~4,밑줄 :필자 표시)

그러나 다음과 같은 몇몇 예외적인 부분을 박요순본『丁香傳』이 또한 가지고 있음으로 해서 그 저본이 무엇인가를 밝히려는 작업이 말처럼 쉽지만은 않다는 사실을 새삼 깨닫게 된다.

天 : 然其中 一兒衣服鮮明 容貌之美姿 飄然特出 大君內念於心曰
晩 : 然其中 一兒衣服明麗 容貌甚美 大君頗愛之 問汝年幾何 其通引跪答曰 十五歲也 大君內念於心曰 (밑줄 : 필자 표시)
西 : 만송본 계열과 동일
朴 : 그 즁의 ᄒᆞᆫ 통인이 의복도 션명ᄒᆞ고 인물도 특별이 ᄲᅡ여ᄂᆞ거ᄂᆞᆯ 대군이 ᄉᆞ랑ᄒᆞ여 물어 왈 네 나히 몃 설(살의 誤記)이야 통인이 ᄭᅮ러 안

306)「한남어문학」9·10합집호, (한남대 국어국문학회, 1983).부록 참조.

져 고ᄒᆞ되 십오세로소이다. 대군 ᄆᆞ옴의(6-앞,3~6)

이런 예외적인 부분을 통해 - 천리대본『丁香傳』에 드는 어느 이본에서도 위의 밑줄 친 부분이 전혀 나타나지 않는다는 사실에서 확인되는 — 박요순본『丁香傳』의 저본에 대한 다음과 같은 추정도 어느 정도 가능할 것으로 사료된다. 곧 박요순본『丁香傳』의 저본은 천리대본『丁香傳』계열, 만송본『丁香傳』계열, 나아가『西遊錄』계열 등을 아우르고 있는 또 다른, 아직은 학계에 보고된 바 없는 미발견본이 아닌가 하는 점이 그것이다. 이렇게 추정할 수 있는 근거로 바로 앞에서 든 예문 뿐만 아니라, 박요순본『丁香傳』의 후반부에 나오는 일련의 내용이 필자가 검토하고 있는 한문본『丁香傳』의 이본군 내에서는 전혀 나타나지 않고 있다는 사실을 또한 들 수 있다. 박요순본『丁香傳』의 이러한 특징적 면모가 박요순으로 하여금『丁香傳』의 원본은 한글본『丁香傳』(곧 자신의 소장본임)일 것이라는 주장을 펴게 한 근본적인 이유가 아닌가 생각된다. 그러나 박요순본『丁香傳』은 다음과 같은 근본적인 몇몇 문맥상의 오류를 지니고 있다는 점에서 결코 그녀의 주장과 같이『丁香傳』의 원본에 해당되는 이본으로는 전혀 생각되지 않는다. 이런 점에서 그녀의 주장은 그른 것이라고 할 수 있다. 그 이유는 다음과 같은 몇몇 정황을 고려할 때 나름의 타당성을 갖는 것으로 보여진다. 첫째, 18종에 달하는, 필자가 본고에서 검토하고 있는『丁香傳』이본군 내에서 박요순본『丁香傳』과 동일한 서술 전개방식을 지니고 있는 이본이 1종도 발견되지 않고 있다는 사실은 바로 박요순본『丁香傳』이『丁香傳』의 일반적인 서술 전개방식과는 분명한 차이가 있는 이본이라는 것, 따라서 그것이 결코 원본이 될 수 없는 이본이라는 사실을 역설적으로 바로 말해주는 좋은 보기라는 점. 둘째, 박요순본『丁香傳』자체에서 확인되는 다음과 같은 결정적 오류의 문면을 다른 하나의 이유로 지적할 수 있다. 이러한 사실을 밝혀 내기 위해서는 먼저 박요순본『丁香傳』의 해당 문면들을 보다 꼼꼼하게 검토할 필요성이 제기되는 바, 박요순이 그녀의 논문을 통하여 박요순본이 고대본과 같으나 서울대본, 천리대본과는 다른 것으로 파악하여 제시하고 있는 다음과 같은 부분을 통하여 그 근거의 하나가 마련된다.

> 잇찌 샹이 셔관(西關)의 교측(敎飭)을 엄졀(嚴截)이 ᄒᆞ되 대군 힝ᄎᆞ의 녁노(沿路의 誤記) 각읍(各邑)과 평안일도(平安一道)의 치도와 공궤(供饋)등졀(等節)을 각별이 졀ᄒᆞ되 약쥬(藥酒)ᄂᆞᆫ 일졀 드리지 말고 무론노소(毋論老少)ᄒᆞ고 계집 명식(名色)을 눈 압희 보이지 말디니 만일 젼교(傳敎)랄 어긔여 범ᄒᆞ면 당히 슈령은 파직ᄒᆞ고 힉읍 공형은 일병(一幷) 쟝술(杖殺)ᄒᆞᆯ 거시니 각기 지실(知悉)ᄒᆞ라 ᄒᆞ여 ᄒᆞ야금 일을 아니 너계 각별 엄측ᄒᆞ시니 각읍 슈령이 교측을 보고 다 일으되 대군 본시 광병(狂病)이 잇셔 가이 두렵다 하고 이속비(吏屬輩)들은 쩔지 안ᄂᆞᆫ 지 업더라.(2-뒷,11-3-앞,10)

박요순본『丁香傳』의 해당 문맥에 따른다면, 이 부분은 분명히 세종이 관서 수령들에게 엄관을 내린 것으로 되어 있다. 그러나 이 부분을 다른 이본들의 경우를 통해 살펴보면 이 엄칙은 분명히 讓寧大君 자신이 임금에게 한 약속을 지키기 위하여 관서 수령들에게 내리는 것으로 한결같이 나타나고 있다. 또한 이렇게 이해할 때에야만 뒤에서 바로 임금이 讓寧大君 모르게 한 기녀를 擇出하여 讓寧大君의 客懷를 위로토록 하라는 밀지를 관서에 내린다고 하는 상황과 무리 없이 연결될 수 있다. 여하튼 여기서 다시 박요순이 그녀의 소장본과 같다고 한 고대본의 경우를 통하여 과연 그러한지를 살펴보도록 하자. 고대본『丁香傳』에는 해당 부분이

> 大君 …… (中略) …… 因遂特謝辭退 還宮 卽行嚴關於沿路各邑及平安道其關文曰 無論老少 以女爲名者 若現於大君行次眼前 則當該守令削去仕板三公兄一幷杖殺 各別嚴飭 使無生事云矣 各邑守令 見此關文 皆云此大君素着狂病 誠可畏矣 下吏輩亦莫不戰慄 (2-앞,8-3-뒷,1)

로 나타나는 바, 박요순의 주장과는 달리 고대본『丁香傳』또한 여타 이본들과 같이 讓寧大君이 엄칙을 내리는 주체로 설정되고 있다. 따라서 결국 박요순본『丁香傳』이 고대본『丁香傳』과 같다고 하는 그녀의

주장은 분명한 오류임이 드러난다.

여기서 다시 같은 한글본인 연대본 『丁香傳』의 해당 문면을 들어 그 점을 분명히 하여 둘 필요가 있겠다.

> 대군이 즉시 ᄉᆞ죠(辭朝)ᄒᆞ고 연노각읍과 평안일도의 관ᄌᆞ(關子)를 ᄒᆞ니 갈왓스되 무론노소장유(無論老少長幼)ᄒᆞ고 녀인이 만일 대군 안하(眼下)의 뵈면 ᄒᆡ슈령을 삭직(削職)ᄒᆞ고 삼공형은 쟝하(杖下)의 쥭으리라 ᄒᆞ엿더라. 각읍 슈령 들이 관ᄌᆞ를 보고 왈 이 대군은 본ᄃᆡ 광병이 잇다 ᄒᆞ니 진실노 두렵도다 ᄒᆞ고 져허 아니리 업더라. (2-뒷,3~9)

이런 점만으로도 박요순본 『丁香傳』이 한문본 『丁香傳』에 선행하여 나타났다는, 곧 『丁香傳』의 원본이 될 수 있다는 그녀의 주장은 분명한 오류임이 거듭 확인된다고 하겠다. 박요순본 『丁香傳』에서 드러나는 위와 같은 오류는 박요순본의 필사자가 필사하는 과정에서 저본으로 삼았던 한문본 『丁香傳』의 문면을 잘못 이해한 데서 비롯된 결과적 오류가 아닌가 생각된다. 그것은 다시 박요순본 『丁香傳』의 다음과 같은 부분을 천리대본 『丁香傳』의 해당 부분과 비교하는 과정 속에서 자연스럽게 거듭 확인된다고 하겠다.

> 天 : 哀怨之態 可憐之狀 可謂割丈夫之心腸 大君亦不勝悲感之情 (11-앞,3~4)
> 朴 : 쳡이 능히 장부(丈夫)의 간장(肝腸)을 버이지 못ᄒᆞ여 대감(大監)으로 ᄒᆞ여금 비감(悲感)ᄒᆞ시게 ᄒᆞᆯ 슈가 업ᄉᆞ오니 (19-앞,8~9)

에서 보이듯이, 박요순본 『丁香傳』의 경우 그것이 전후 문맥에 비추어 볼 때 극히 어색하기까지 한 느낌을 주는 부분이라는 점과 아울러 그것이 저본으로 삼고 있는 한문본 『丁香傳』의 해당 문면을 오역한 것이 분명한 것이라는 점 등을 묶어 파악할 때, 박요순본 『丁香傳』은 그녀의 주장과는 달리 『丁香傳』의 원본적 위치에 놓일 수 있는 이본이 될 수는 없는 것으로 보여진다. 따라서 박요순본 『丁香傳』은 한문본 『丁香傳』의 이본 가운데, 특히 천리대본 「丁香傳』을 주된 저본으로 삼고, 아울러 다른 계열에 드는 한문본 이본들 뿐만 아니라 아직껏 학계에 보고

되지 아니한 이본들과도 일정한 연관 관계를 맺고 있는 가운데 출현할 수 있었던 이본인 것으로 파악된다. 그러나 앞에서도 이미 지적했듯이 박요순본『丁香傳』의 후반부에 나타나고 있는 내용은 이 본만이 지니고 있는 고유한 특징적 면모라고 할 수 있겠는데, 필자는 박요순본『丁香傳』의 이러한 특징적 면모 그것을『丁香傳』계열의 이본들에서 발견되는 일반적인 서술 전개방식과의 차이를 고려하여 박요순본「丁香傳』을 필사한 필사자에 의하여 나타날 수 있었던 적극적 개작의 소산으로 이해하고자 한다.

한편 정신문화연구원(이하 精文硏本으로 줄임) 소장의『丁香傳』또한 앞에서 든 박요순본『丁香傳』과 함께 많은 의미 있는 개체적 변이의 면모를 지니고 있는 이본인 것으로 드러났다. 이러한 정문연본『丁香傳』의 특징적 면모와 그것이 지니고 있는 의미에 대해서는 項을 달리하여 상111 술하기로 하고, 여기에서는 우선적으로 정문연본『丁香傳』이 저본으로 삼고 있는 한문본이 어느 계열에 속하는 이본인가만을 밝혀 볼까 한다.

① 天 : 然其中 一兒衣服鮮明 容貌之美姿 飄然特出 大君內念於心曰
晩 : 然其中 一兒衣服明麗 容貌甚美 大君頗愛之 問汝年幾何 其通引跪答曰十五歲也
西 : 만송본 계열과 동일
精 : 그 즁의 츈희라 ᄒᆞ는 ᄌᆡ(者)히 얼골이 더욱 아람답고 의복이 션명ᄒᆞ여 즁인의 특츌ᄒᆞ니 ᄃᆡ군이 너렴의 혀오ᄃᆡ[307] (5-앞,4~6,밑줄 : 필자 표시)

② 天 : 不覺嚴威之在上 觸冒至此 萬死無惜 伏乞特施寬政 以貸可憐之殘命 千萬伏祝焉 (4-뒷,11-5-앞,1, 밑줄 : 필자 표시)
晩 : 不覺嚴威之在上 觸冒至此 乞保殘命焉 (4-앞,5~6)
西 : 만송본 계열과 동일함
精 : 엄위ᄒᆞ온 관문을 ᄉᆡᆼ각지 못ᄒᆞ옵고 이갓틋 범법ᄒᆞ엿ᄉᆞ오니 쇼녀의 ᄌᆈ는 만ᄉᆞ무셕니로쇼니다. ᄃᆡ감게옵셔 관후ᄒᆞ온 덕턱을 베푸셔 소녀의 가련ᄒᆞᆫ 잔명을 부지케 ᄒᆞ여 쥬쇼셔. (6-앞,3~6. 밑줄 : 필자 표시)

---

307) 한국정신문화연구원 소장『정향젼』,(『이상국전』과 합철).

위에 든 두 예문만을 통해서 보더라도, 정문연본 『丁香傳』은 천리대본 『丁香傳』 계열의 이본을 저본으로 해서 이루어진 이본임이 쉬 확인된다고 하겠다. 그러나 이 이본은 특히 讓寧大君과 丁香이 관계를 맺기 전까지의 상황을 통하여 대군의 심리 상태를 다른 계열에 드는 이본들의 경우와는 달리 여실히 보여주고 있다[308]는 데서 매우 주목받아야 할 자료로 생각된다. 이에 대해서는 후술한다.

이제까지 필자는 앞에서 『丁香傳』 이본들에 대한 소개·검토와 아울러 그 계열 구분의 준거를 제시하는 방법을 통하여 이본들 간의 계보를 다음과 같이 밝혀 낼 수 있었다. 그것을 표로 나타내 보이면 다음과 같다.

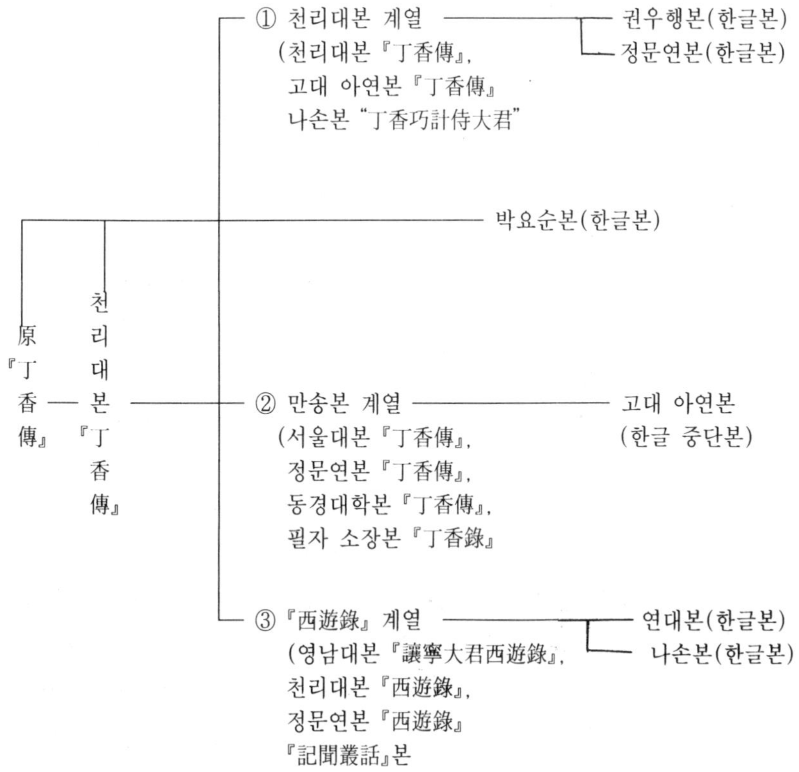

308) 이에 대한 구체적인 검토 또한 뒤에서 다루기로 한다.

본고의 궁극적인 의도는 앞에서 이미 살펴본 사실담과 丁香 일화의 변이 양상과 의미를 통하여 드러난 뼈대와 의미가 허구적 변이물로서의 『丁香傳』에는 어떠한 양상으로 수용·변이되고 있는지를 구체적으로 밝혀 내는 데에 있는 것이니 만큼, 여기서 천리대본 『丁香傳』 뿐만 아니라 한글본 이본들 가운데서 특히 적극적 개작의 양상이 잘 드러나고 있는 두 이본 곧 박요순본 『丁香傳』과 정문연본 『丁香傳』의 경우 또한 포괄하는 가운데 논의를 전개하는 것이 보다 온당한 일이 아닐까 여겨진다. 항을 달리하여 이들 세 이본에 나타나고 있는 변이의 실제적 양상과 그 의미는 무엇인지를 구체적으로 살펴볼까 한다.

b. 『丁香傳』계의 변이 양상과 의미

바로 앞 항에서 행해진 논의를 토대로 할 때, 필자가 논의·검토의 대상으로 삼고 있는 18종에 달하는 『丁香傳』 이본군 가운데서 原 『丁香傳』에 가장 근접하는 이본인 것으로 밝혀진 천리대본 『丁香傳』과 아울러 또한 두드러진 개체적 변이의 면모를 지니고 있는 것으로 파악된 박요순본 『丁香傳』과 정문연본 『丁香傳』을 대상으로 한다고 하더라도 본 항에서 논의하고자 하는 바가 어느 정도 구체적으로 드러나게 될 것이라고 기대된다.

그런데 본 항에서 검토의 대상이 되는 이들 『丁香傳』의 세 이본 또한 앞에서 이미 다루어 본 바 있는 『二旬錄』의 경우와 마찬가지로 사실담으로서의 '丁香이야기'와 丁香 일화의 서사단락과 그 뼈대를 어느 면 그대로 수용하는 가운데서 이루어질 수밖에 없다는 근본적인 환경, 곧 제약 조건을 갖고 있다고 하겠다. 그러나 그런 가운데서도 『丁香傳』의 세 이본은 많은 개체적 변이의 면모를 또한 지니고 있는 것으로 보여진다. 해당 세 이본 내에서 찾아지는 이러한 개체적 변이의 면모는 바로 해당 이본들의 작가나 또는 그들 이본들의 轉寫者들이 전래해 오던 기왕의 문학 유산, 곧 선행 이본에 대한 불만을 지니고 이들 이본들을 통해 자신들의 새로운 의식과 견해를 구체적으로 구현하는 과정 속에서 나타날 수 있었던 개인적 창조력의 면모 그것을 보여주고 있는 것에 다름 아니라고 할 수 있다.

따라서 본 항에서 검토의 대상이 되고 있는 『丁香傳』의 세 이본은 전승되고 있는 『丁香傳』의 이본군 내에서 나름대로 개인적인 창조력의 면모를 더욱 두드러지게 지니고 있는 이본들이라고 할 수 있다. 이에 필자는 해당 이본들을 통하여 드러나고 있는 이러한 개인적 창조력의 면모로부터 이들 해당 이본을 만들어 낸 작가(또는 제 2의 작가)[309]가 지니고 있었을 작가 의식의 실상은 무엇인지를 구체적으로 살펴볼까 한다. 앞으로 여기서 이러한 필자 나름의 의도가 제대로만 밝혀질 수 있다고 한다면 사실담으로서의 '丁香이야기'와 丁香 일화를 기반으로 하여 이루어진 『丁香傳』의 변이 양상과 그 의미 또한 보다 분명히 드러나게 될 것으로 기대된다고 하겠다.

『丁香傳』의 이본들 가운데서 가장 선본인 것으로 확인되었고, 또 그것이 박요순본 『丁香傳』, 정문연본 『丁香傳』과도 일정한 이상의 찬연성을 지니고 있는 것으로 드러난 천리대본 『丁香傳』을 택하여 그 서사단락을 제시한 뒤, 그것이 사실담으로서의 '丁香이야기', 丁香 일화, 『二旬錄』 소재 서사체의 단계에서 이미 드러난 바 있는 서사단락들과는 어떠한 相同點과 相異點을 지니고 있는지, 곧 어떠한 양상으로 변이가 발생하고 있는지를 해당 문면을 구체적으로 검토하면서 살펴볼까 한다. 나아가 박요순본 『丁香傳』과 정문연본 『丁香傳』에서 찾아지는 개체적 변이의 면모까지도 충분히 유념하는 가운데 이들 허구적 이야기에서 드러나고 있는 변이의 의미까지도 아울러 함께 다루어 볼까 한다.

우선 천리대본 『丁香傳』의 서사단락을 순차적으로 간추려 제시하면 다음과 같다.

---

309) 이 경우에 제 2의 작가라는 용어는 선행본을 轉寫 또는 轉載하는 행위에 직접, 간접으로 참여하고 있었던 모든 계층의 존재들을 다 일컫는 범칭으로 사용된다. 이하 다 같다.

1. 讓寧大君의 讓位와 세종의 登位
2. 讓寧大君이 세종에게 자신의 關西之行을 청함
3. 세종이 讓寧大君의 두 차례에 걸친 다짐을 받고 그것을 허락함
4. 讓寧大君이 관서로 떠나기 전에 嚴關을 관서에 내림
5. 세종이 대군에게 薦色하라는 密敎를 관서에 내림
6. 평양기 丁香이 그것을 自願하고 計略을 꾸밈
7. 讓寧大君과 丁香이 고양이를 매개로 하여 만나게 됨
8. 讓寧大君과 丁香이 실랑이 끝에 결국 관계를 맺음
9. 讓寧大君이 시를 丁香의 치마에다 써 주고 떠나감
10. 세종이 그것을 받아 본 뒤, 丁香을 궁중으로 불러 올리고 讓寧大君이 돌아오기를 기다림
11. 讓寧大君이 돌아오자 세종이 잔치를 배설하고 그에게 近色與否를 물어봄
12. 讓寧大君이 사실대로 이야기하고, 세종은 讓寧大君과 丁香을 함께 살도록 함
13. 후일담

위에서 드러난 천리대본『丁香傳』의 서사단락으로부터 천리대본『丁香傳』이 사실담으로서의 '丁香이야기', 丁香 일화의 서사단위를 근간으로 하여 이루어진 작품임을 어렵지 않게 간취해 낼 수 있다. 그런 제약 조건 속에서도 천리대본『丁香傳』의 경우 많은 부분에서 이들 선행 자료들과는 다른 면모의 양상을 지니고 있어 우리의 홍미를 끌고 있다. 이에 여기서 그 변이 양상과 의미를 밝혀 내기 위해서는 먼저 천리대본『丁香傳』의 서사단락이 기왕의 전래하던 문학 유산(곧 사실담으로서의 '丁香이야기', 丁香 일화, 『二旬錄』 소재 서사체 등과 같은)과는 어떠한 다른 면모를 지니고 있는가를 살펴보는 작업이 요청된다. 그 차이는 대략 다음 몇몇 경우를 통해 확인되는 바,

첫째, 讓寧大君과 世宗(世祖)의 관계에 대한 서술이 사실담으로서의 '丁香이야기', 丁香 일화의 경우 전혀 나타나지 않고 있다는 것과는 달리, 『二旬錄』 소재 서사체나 『丁香傳』의 경우 그 서사체의 주제를 일정하게 제약하는 의미 기능을 담고 있는 내용으로, 또 독자들의 이해를 돕기 위한 방편으로 그 부분이 더욱 구체적으로 기술되고 있다는 점.

둘째, 사실담으로서의 '丁香이야기'나 丁香 일화의 경우 세조(세종) 이/가 讓寧大君에게 일방적으로 '不近聲色'을 당부하고, 대군의 關西之行을 허락한 뒤 바로 뒤이어 그 자신이 관서에 밀지 — 그 내용인즉 기녀로 하여금 천침케 하고(사실담의 경우), 또 薦寢한 기녀를 서울로 올려 보내라는(前+後 : 일화의 경우) 命 — 를 내리는 것으로 나타나고 있는데 비하여, 『二旬錄』 소재 서사체의 경우에는 세종이 讓寧大君으로부터 1차에 限한 다짐을 받고 대군의 *妙香之行*을 허락하는 것으로, 한편 『丁香傳』의 경우에는 세종이 讓寧大君으로부터 2차에 걸친 다짐을 받고 나서야 대군의 관서지행을 허락하는 것으로 달리 나타나고 있다는 점.

셋째, 사실담으로서의 '丁香이야기'나 丁香 일화에서는 대부분의 경우 讓寧大君이 세조(세종)의 당부를 지켜 처신한다는 상황으로 보아 讓寧大君이 엄관을 관서에 내리지 않은 것으로 볼 수 있는 반면에(단 丁香 일화 가운데서 『東野輯史』 소재 서사체는 예외임), 『二旬錄』 소재 서사체나 『丁香傳』에서는 대군이 관서지행을 허락 받은 후에 바로 엄관을 관서에 내리는 것으로 달리 나타나고 있다는 점.

넷째, 사실담으로서의 '丁香이야기'나 丁香 일화에서는 세조(세종)의 밀교가 讓寧大君의 관서지행을 허락한 직후에 바로 일어난 일로 나타나고 있는 반면, 『二旬錄』 소재 서사체나 『丁香傳』의 경우 讓寧大君이 엄관을 관서에 내린 후에 그것이 일어나고 있는 것으로 달리 나타나고 있다는 점과 밀교의 내용에서 사실담으로서의 '丁香이야기'나 丁香 일화, 『二旬錄』 소재 서사체의 경우 讓寧大君에게 기생을 천침시키도록, 또 천침한 기생을 바로 서울로 올려 보내라는 것으로 되어 있는데 비하여, 『丁香傳』의 경우 讓寧大君에게 기생을 천침시키라는 내용과 아울러 그렇게 한 관리를 '不次擢用'하리라는 것으로 달리 나타나고 있다는 점.

다섯째, 사실담으로서의 '丁香이야기'나 丁香 일화, 『二旬錄』 소재 서사체의 경우 여인이 타인(곧 邑官, 通引)에 의해 대군 앞에 나아가게 되는 것으로 나타나는데 비하여(단 『輯錄』과 『事蹟』은 예외임), 『丁香傳』의 경우 그것과는 달리 대군이 여인의 처소에 직접 나아가는 것으로 달리 나타나고 있다는 점.

여섯째, 사실담으로서의 '丁香이야기'나 丁香 일화의 경우 여인과 통인을 남매간으로 거짓 꾸며 대군께 보이는 것으로 나타나고 있는데 비하여(단 『海東奇話』계와 『梅翁聞錄』계 일화에서는 여인을 소복녀로 꾸며 보인다는 점에서 예외임), 『二旬錄』 소재 서사체나 『丁香傳』에서는 여인과 통인을 남매간으로 거짓 꾸미는 가운데 또 여인에게 소복을 입혀 대군 앞에 나타나게 하는 것으로, 곧 선행하던 두 자료의 통합 현상으로 달리 나타나고 있다는 점.

일곱째, 사실담으로서의 '丁香이야기'의 경우 남매간으로 꾸며 뵈어 대군께 기생을 천침시키는 것으로, 丁香 일화의 경우 『海東奇話』계나 『梅翁聞錄』계에서는 소복녀로 꾸민 여인을 겸종이 매개인이 되어 통정이 가능한 것으로, 『東野輯史』계에서는 대군이 여인의 절색을 본 연후에 매개인이 없이 여인과 통정하게 되는 것으로 나타나고 있는데 비하여, 『二旬錄』 소재 서사체에서는 고양이를 매개물로 하여 가능해진 만남의 상황 제시와 여인과 통인을 '異姓四寸'으로 꾸민 뒤 소복한 여인을 본 대군의 意馬 곧 마음이 동하여 통인을 매개인으로 하고 그 여인을 자신의 처소로 불러와 통정하는 것으로, 『丁香傳』은 고양이를 매개물로 하여 가능해진 상황 제시란 서술상황을 갖고 있는 바, 이는 앞서 살핀 『二旬錄』 소재 서사체와 동일한 양상이라 할 수 있다. 남매로 꾸민 여인과 통인, 소복한 여인의 절색을 본 대군이 직접 丁香의 처소를 찾아 나서서 그녀와 통정하는 것으로 달리 나타나고 있다는 점. (특히 정문연본 『丁香傳』의 경우 여타의 두 이본들과는 달리 讓寧大君이 2차에 걸쳐 직접 丁香의 처소로 찾아 나선 뒤 비로소 통정이 가능해진 것으로 달리 나타나고 있다는 특징을 지니고 있다)

여덟째, 사실담으로서의 '丁香이야기'의 경우 臨別時에 讓寧大君이 자의에 의해 부채에 시를 써 주게 된 것으로(특히 『輯錄』과 『事蹟』의 경우가 이에 해당됨), 丁香 일화의 경우 여인과 통정 후에 讓寧大君이 자의에 의해 시를 써 주게 된 것으로 나타나는데 비하여, 『二旬錄』 소재 서사체에서는 임별시에 대군이 자의에 의해 丁香의 치마에 시를 써 주게 된 것으로, 『丁香傳』에서는 임별을 앞두고 통정한 후 丁香의 청에 의해 곧 타의로 대군이 丁香의 치마에다가 시를 써 주게 된 것으로 달리 나타나고 있다는 점(특히 박요순본 『丁香傳』의 경우 丁香의 방에 筆墨 諸具가 있는 연유에 대한 讓寧大君의 물음과 이에 대한 丁香의 거짓 응답이 나타나는 이색적인 서술상황을 지니고 있어 더욱 홍미를 끌고 있다).

이 그것이다.

여기서 위에서 든 여덟 가지 상이점을 꼼꼼히 검토·분석할 때, 『丁香傳』에서 나타나고 있는 변이 양상과 그 의미가 보다 분명히 드러나게 될 것으로 기대된다. 그런데 앞에서 필자는 박요순본 『丁香傳』이 고양이의 출현을 매개로 한 讓寧大君과 丁香의 만남 부분까지는 천리대본 『丁香傳』의 번역으로 이루어진 것임을 밝힌 바 있다. 박요순본 『丁香傳』이 여타의 이본들과는 다른 면모를 지니고 있는 것으로 생각하고 있는 박요순님 자신의 견해, 곧 세종이 관서에 엄관을 내린다고 하는 서술 상황의 면모는 필자가 앞에서 이미 관계 이본들의 면모를 통하여 그것이 잘못된 주장이라는 점을 밝힌 바 있으므로 여기서는 그에 대한 더 이상의 췌언이 필요치 않으리라 본다. 따라서 고양이를 매개로 한 讓寧大君과 丁香의 만남 부분 이전까지는 애써 박요순본 『丁香傳』을 논의의 대상으로 삼지 않아도 족하지 않을까 한다. 이에 여기서는 천리대본 『丁香傳』과 정문연본 『丁香傳』만을 대상으로 하여 고양이를 매개로 한 讓寧大君과 丁香의 만남 부분 이전까지의 서사단락의 내용에서 어떠한 차이가 발생하고 있는지를 먼저 살펴볼까 한다. 그것은 첫째, 讓位 狀況에서의 차이를 들 수 있다. 곧 전자의 경우에는 "형제가 다 悖德으로 마침내 제 3李氏(필자 주:세종)에게 양위하기에 이르렀다."[310](1-앞,7~8)로 나타나고 있는데 비하여, 후자의 경우에는 "태종대왕(太宗大王)니 전위(傳位)ᄒᆞ랴 ᄒᆞ시나 형제 셔로 ᄉᆞ양ᄒᆞ야 왈 웃지 구구(區區)히 임금 노릇슬 ᄒᆞ리요 ᄒᆞ고 셋지 계씨의게 양위(讓位)ᄒᆞ니"(1-앞,8~10)로 나타나, 讓寧大君과 함께 효령대군의 면모가 전자에 비하여 한결 긍정적으로 서술되고 있다는 점이 그것이다. 둘째, 세종의 성품에 대한 서술이 후자에만 나타나고 있다는 점을 들 수 있다. 다만 "세종이 보위에 오른 뒤에 성덕이 백성에게 고루 미치고 나라가 크게 다스려져서"[311](1-앞,10~11)라고 서술되고 있는 전자의 경우와는 달리, "천춍(天聰)이 심히 발고 승품(性品)니 심(甚)히 착ᄒᆞᄉᆞ 긔ᄌᆞ(箕

310) 원문은 "兄弟俱以悖德 終至讓位於第三季氏"와 같다.
311) 원문은 "世宗登位之後 聖德流行 大化隆洽"과 같다.

子)의 유젹(遺蹟)을 이로시고 요슌(堯舜)과 문무(文武)의 다ᄉᆞ림과 갓티야"(1-앞,10-뒷,1)로 세종의 면모가 한결 더 구체적으로 서술되고 있다는 점을 지적할 수 있다. 이것을 앞서든 첫째의 차이와 결부시켜 생각해 볼 때, 『丁香傳』의 인물들에 대하여 일정한 이상의 성격 부여를 꾀하려 했었던 작가 또는 轉寫者의 의도에 의해 파생된 변이의 결과로 생각된다. 셋째, 讓寧大君이 관서지행을 청하는 이유의 有·無를 들 수 있으니, 후자의 경우에는 "잇더 양영더군니 궁시(弓矢)로 일숨고 죠졍(朝廷)의 쓧시"(1-뒷,3~4) 없어 그것을 청하게 되는 것으로 나타나고 있는 반면에, 전자에는 다만 어느날 갑자기 讓寧大君이 그것을 청하게 된 것으로 나타나 그 근본적인 이유가 명시되어 있지 않다는 차이가 나타나고 있다. 넷째, 讓寧大君이 관서에 내린 엄관의 내용과 그에 대한 감사·수령·백성들의 반응이 이본에 따라 각기 다르게 변이되어 출현하고 있다는 점을 들 수 있다. 곧 전자의 경우 그 내용이 "노소를 막론하고 여자로써 위명한 자가 만약 대군 행차의 눈앞에 뜨인즉"[312](2-앞,6~7)으로만 나타나고 있어 讓寧大君을 여색만을 삼가려는 의지를 지닌 존재로 형상화하고 있는 반면에, 후자의 경우에는 "무롬(無論의 誤記?) 노소(老少)ᄒᆞ고 겨즙(계집)이라 ᄒᆞ넌 것슨 일긔도 뵈이지 말고 조석(朝夕)의 한 잔 술도 너이지 말나. 만일 거힝(擧行)얼 불근(不勤)이 ᄒᆞ면 ……"(2-뒷,6~7, 밑줄 : 필자 표시)로 나타나 讓寧大君을 여색과 아울러 술도 삼가려 하는 존재로 형상화하고 있는 것을 볼 수 있다. 또한 "각 邑이 이 關文을 보고 다 가로되 이 대군이 본시 미친 병이 있으니 진실로 두렵다. 下吏輩들도 또한 戰慄치 않는 이가 없어 즉시 沿路人民 들에게 가로되 대군 행차 시에 비록 빌어먹는 늙은 여자라도 나와 보지 말라. 각별 심히 엄칙하더라."[313](2-앞,9~12)로 그 반응이 나타나는 전자의 경우와는 달리, 후자에서는 "셔로 우스며 가로되

312) 원문은 "無論老少 以女爲名 若現於大君行次眼前則"과 같다.
313) 원문은 "各邑見此關文 皆云此大君素著狂病 誠可畏矣 下吏輩 亦莫不戰慄 卽爲分付於沿路人民曰 大君行次時 雖羸老之女 勿爲觀光事 各別戒嚴矣"와 같다.

뎌군은 본뎌 광증(狂症)이 계신니 가외(可畏)여니와 무슴 연고로 여ᄌ는 일졀(一切) 금ᄒ넌고 ᄒ"(2-뒷,9~11, 밑줄 : 필자 표시)는 반응을 보이는 감사와 "모다 황공ᄒ여 셔로 우셔 왈 늘근 이와 아희덜이야 무슴 죄 잇셔 금ᄒ넌요 ᄒ"(3-앞,1~2, 밑줄 : 필자 표시)는 반응을 보이는 백성들의 면모가 나타나고 있는 바, 이는 『丁香傳』에 나타나고 있는 서사인물들에 대하여 나름의 성격을 부여하고자 꾀했던 후자의 작가 또는 제 2의 작가가 지녔던 개인적 창조력의 소산으로 해서 파생된 변이가 아닌가 여겨진다.(특히 이러한 양상은 讓寧大君의 심리 묘사에서 두드러지게 나타나는 바, 이점 후술된다.) 다섯째, 술 대신에 綠蟻香醴로 바꾸어 대접하는 것을 미안히 여기는 감사와 서윤의 면모에 대한 讓寧大君의 반응에서 보이는 차이를 들 수 있다. 전자에서는 이같은 상황에 대해 "대군이 가로되 술은 이미 비록 금했으나 단술이야 무슨 방해가 되겠느냐?"[314](3-뒷,11~12)하는 것으로 서술되고 있는데 비하여, 후자의 경우에는 "뎌군이 왈 닉 쥬톄(酒滯)로 ᄒ여 근일(近日)의 쥬식(酒色)을 거절하엿으니 무슴 허물이 잇으(리?)요"(4-앞,11-뒷,2)라 하여 그 자신이 나름의 이유를 늘어놓고 있는 것으로 달리 나타나고 있다. 이런 점에서 후자의 경우는 전자에 비하여 讓寧大君의 허위적, 인간적인 면모를 더욱 강하게 드러내 보이려 했던 태도를 지녔던 작가 또는 제 2의 작가에 의해 산출된 작품이라는 것이 거듭 확인된다고 하겠다. 여섯째, 고양이를 빌미로 하여 나타난 여인 곧 丁香에 대한 통인의 반응이 후자의 경우 전자에 비하여 더욱 구체적으로 서술되고 있다는 차이를 들 수 있다. 다만 "좌우의 나졸들이 크게 놀라고 두려워하더니(그녀를) 꾸짖으며 막았다."[315](4-앞,12-뒷,1)는 것으로 서술되고 있는 전자와는 달리, 후자에서는 "좌우 나졸(左右邏卒)이 황공ᄒ여 붙들며 일너 왈 이거시 어인 일닌고 인져냐 큰 일 낫ᄃ ᄒ고 놀닉더니"(5-뒷,1~3)로 서술되고 있는 바, 이는 앞에서도 누차 지적했듯이 등장 인

314) 원문은 "大君曰酒雖已禁 醴何妨焉"과 같다.
315) 원문은 "左右邏卒 大驚惶怯 呵噤乃止"와 같다.

물에 대하여 나름의 성격을 부여하고자 했던 작가 나름의 의도적인 개작의 결과 나타난 현상으로 생각된다.

이제까지 살펴본 두 이본에서 찾아지는 이러한 변이 양상은 작품 내에서 두드러진 의미를 지니고 있는 부분으로는 결코 보이지 않는다. 이는 곧 어느 면 작가 또는 제 2의 작가에 의한 소극적 창조력의 작용에서 연유될 수밖에 없었던 면모라는 점을 인식할 때 그렇다고 하겠다. 그러나 여기서 정문연본 『丁香傳』이 여타 이본들에 비해 서사인물들의 성격 창조를 이루어 내려 했던 이본이라는 점은 이러한 한계에도 불구하고 매우 주목되어야 할 사항이라 하겠다. 그러나 고양이를 매개로 한 讓寧大君과 丁香의 만남과 그 이후 부분의 경우 필자가 본 항에서 논의의 대상으로 삼는 세 이본 모두에서 적극적인 개인적 창조력의 면모를 쉽게 찾아볼 수 있다. 이제 적극적인 개인적 창조력이 이들 이본들에서 어떠한 면모로 나타나고 있는지, 또 그것이 나타나고 있다면 그 결과로 해서 드러난 서사구조상에 있어서의 변이는 과연 어떠하며, 그 변이의 의미는 무엇인지를 서사단락을 중심으로 살펴볼까 한다.

사실담으로서의 '丁香이야기', 丁香 일화가 소설로 양식이 전이되면서 나타난 가장 두드러진 개인적 창조력의 면모로 讓寧大君과 丁香의 만남을 가능케 하는 매개물로 고양이가 설정되고 있다는 상황을 들 수 있다. 이는 사실담이나 일화가 그렇지 아니한데 비하여, 두 사람 사이의 만남을 보다 합리적이고도 현실적인 바탕 아래 서술하려 했던 허구적 변이물의 작가에 의해 마련된 한 기법의 소산으로 이해된다. 그러나 이러한 면모를 세 이본 모두 공유하고 있기는 하지만, 그로 인해 가능한 서사 진술내용은 이본들에 따라 다 각기 달리 나타나고 있어 흥미를 끌고 있다.

박요순본 『丁香傳』은 다른 두 이본들과는 달리 여인 丁香이 讓寧大君의 엄관을 전혀 듣지 못한 것으로 달리 서술되고 있다. 그것은 다음과 같은 세 장면을 통해 쉬 확인된다. 곧

너의 ᄉᆞᄂᆞᆫ 집은 어ᄃᆡ기에 소문도 못드럿ᄂᆞ야 (8-뒷,1~2)
소인의 누의가 읍져(邑底)의 ᄉᆞ오나 외인(外人)과 통셥(通涉)도 업ᄉᆞ외니 엄측(嚴飭) 잇ᄂᆞᆫ 쥴은 미쳐 아지 못ᄒᆞ옵고 (8-뒷,4~6)
소인의 누의ᄂᆞᆫ 박명(薄命)ᄒᆞᆫ 청샹(青孀)으로 문 밧긔 나지 아니ᄒᆞ고 외인이 근쳐(近處)의 통노(通路)도 업ᄉᆞᆸᄂᆞᆫ 고로 교측(敎飭) 소문을 전ᄒᆞ니도 업ᄉᆞᆸ고 어더듯도 못ᄒᆞᆫ 고로 (9-뒷,1~4)

가 그것인 바, 이에서 보면 박요순본『丁香傳』은 그 엄관을 들었음에도 불구하고 罪犯한 것으로 서술되고 있는 다른 두 이본에 비하여, 그로 인해 나타날 수밖에 없는 서사갈등의 국면을 나름대로 최소화하려는 의도를 지녔던 작가 또는 제 2의 작가에 의해 이루어진 작품이 아닌가 생각된다. 그러나 그 부분 이후의 서사 전개과정으로 보면 그러한 면모가 두드러지게 나타나지 않는다는 점에서 이러한 변이 양상은 차라리 소극적인 개인적 창조력의 소산이 아닌가도 여겨진다.(곧 해당 원전에 대한 착오·오해·망각 등의 현상을 말한다)

한편 讓寧大君과 丁香이 고양이를 매개로 하여 만나게 된 연후, 곧 양인 사이의 통정이 있기까지의 상황이 이본에 따라 어떻게 달리 나타나고 있는지 또한 관심있게 살펴볼 필요가 있겠다. 특히 정문연본『丁香傳』의 경우, 한번 讓寧大君이 나아가 丁香과 오랜 실랑이 끝에 결국 그녀와 관계를 맺는 것으로 서술되고 있는 다른 두 이본들과는 달리 讓寧大君이 1차 허행한 뒤 다시 2차에 이르러서야 丁香과의 통정을 비로소 이루게 되는 존재로 나타나고 있어 서사구조상에 있어서의 두드러진 차이를 띠고 있는 이본으로 보여진다. 아울러 이러한 면모에 덧붙여 여느 이본들과는 달리 讓寧大君에 대한 심리 묘사가 더욱 두드러지게 나타나고 있다는 나름의 특징적 면모 또한 지니고 있는 바, 이는 정문연본『丁香傳』의 작가 또는 제 2의 작가가 지니고 있었던 적극적인 개인적 창조력의 소산에 의해 나타난 변이로 생각된다. 이에 해당 면모를 통하여 그 의미가 무엇인지를 구체적으로 살펴보도록 하자. 여인 丁香이 거짓으로 이르는 딱한 사연을 곧이듣고 바로 그 여인을 放送하는 다른 두 이본들과는 달리, 정문연본 『丁香傳』은 讓寧大君의 심리 상태가 다음과 같이 서술된 연후에 그것이 출현하는 것으로 변이되어 나타나고 있으니, 곧

> ᄂᆡ렴(內念)의 혜오ᄃᆡ 불상ᄒᆞ고 가련ᄒᆞ도다. 마음의 분ᄒᆞ미 풀니고 곳 용셔ᄒᆞ여 방셕(放釋)ᄒᆞ랴 하나 젼일의 엄관ᄒᆞ신 거랄 ᄉᆡᆼ각ᄒᆞ고 급히 풀면 감ᄉᆞ와 나졸이 괴이히 여길가 ᄒᆞ여 강잉(强仍)히 형장(刑杖)을 치라 ᄒᆞ니 …… (中略) …… ᄃᆡ군니 ᄯᅩᄒᆞᆫ 눈물을 억졔ᄒᆞ고 분부ᄒᆞ여왈 네의 ᄌᆡ는 당장의 법ᄃᆡ로 다살(ᄉᆞ의 誤記)릴 터나 네의 정경(情景)니 불상 참혹ᄒᆞ니 ᄂᆡ 만일 너ᄅᆞᆯ 죽니면 후일의 원혼니 되여 나랄 원망할 터이요, ᄯᅩ 예젼 말을 드르니 녀자함원(女子含怨)ᄒᆞ미 오월비샹(五月飛霜)니라 ᄒᆞ엿스니 마지못ᄒᆞ여 용셔 (6-앞,11-7-앞,6, 밑줄 : 필자 표시)

한다는 문면이 그것을 여실히 잘 보여주고 있다고 하겠다. 위에 든 예문에서 이미 드러나고 있는 讓寧大君의 심리 상태는 다시 讓寧大君이 여인을 놓아 보낸 뒤에도 계속하여 자신이 전일 내렸던 처사 곧 관서에 엄관을 내린 행위를 일관되게 후회한다는 다음과 같은 몇몇 서사문맥을 통해 보다 확연히 드러나고 있다.

> ᄂᆡ 무슴 일노 엄관ᄒᆞ여 져러한 녀ᄌᆞᄅᆞᆯ 호령(號令)의 니르게 ᄒᆞ엿더요 (7-앞,11-뒷,1)
>
> ᄃᆡ군니 묵연(默然)니 듯고 츈흥(春興)을 금하기 어렵거날 인ᄒᆞ여 자 탄(自嘆)ᄒᆞ여 왈 ᄂᆡ 젼일의 엄관을 무슴 ᄯᅳᆺ스로 ᄒᆡᆼᄒᆞ여 오날날 무미(無味)ᄒᆞ게 지나이 웃지ᄒᆞ면 죠흘난지 무슈이 자탄ᄒᆞ더라. (8-앞,10-뒷,2)
>
> 인젹(人迹)이 잇ᄂᆞᆫ 듯ᄒᆞ여 ᄌᆞ져(趑趄)하기랄 슈십번을 하며 ᄯᅩ 자탄왈 이러ᄒᆞᆯ 쥬랄 알러더면 젼일의 웃지 ᄒᆡᆼ관(行關)ᄒᆞ엿스리요. (9-앞,8~9)

이러한 예문을 통해 우리는 讓寧大君이 보다 일상성을 지닌 존재로 서술되고 있는 면모를 확연히 찾아볼 수 있다. 이와같이 일상적인 존재로 讓寧大君을 파악하는 정문연본 『丁香傳』의 작가 또는 제 2의 작가가 지니고 있었던 시선은 천리대본 『丁香傳』의 경우 전혀 찾아볼 수 없는

것이라고 하겠다. 이는 讓寧大君 자신이 내린 엄관의 조처가 일반적인 기대와 같이 지켜지지 아니했을 때의 충격을 극소화하고, 讓寧大君 자신의 행동이 엄관의 조처 내용과는 전혀 다른 방향으로 진행되리라는 것을 예시하고자 했던 정문연본 『丁香傳』의 작가 또는 제 2의 작가 의식이 드러난, 적극적인 개인적 창조력의 소산으로 이해된다.

한편 대군이 여인 丁香을 놓아 보낸 뒤 통인과 행하는 일련의 문답을 드러내고 있는 서술문면 또한 정문연본 『丁香傳』은 천리대본 『丁香傳』과 박요순본 『丁香傳』의 그것을 나름대로 축약하는 가운데 이루어진 것으로 보여진다. 〈대군의 연유 탐문 - 통인의 답변 (丁香과의 관계를 밝히는) - 관가를 다스리고자 하는 대군의 반응 (1) - 통인의 응답 - 재차 관가를 다스리고자 하는 대군의 반응 (2) - 그 처사가 옳지 않은 까닭을 밝히는 통인의 응답 - 대군의 처분과 위로〉의 서술 양상을 띠고 전개되고 있는 천리대본 『丁香傳』과 박요순본 『丁香傳』의 경우와는 달리, 정문연본 『丁香傳』은 〈대군의 연유 탐문 - 통인의 답변 - 대군의 반응 (1) - 통인의 응답 - 대군의 처분〉으로 나타나고 있어 위에 든 두 이본에서의 밑줄친 부분이 축약·탈락되고 있다. 이것은 중복적 성격을 지니고 있는 것으로 보이는 대군과 통인의 문답에 얽힌 밑줄친 부분의 서사 진술내용을 과감히 축약하면서 보다 집약적인 서사 전개방식을 통해 그 지닌 의미를 보다 직핍하게 드러내려 했던 작가의 의도로부터 나타날 수 있었던 개변 양상으로 보여진다. 또 讓寧大君이 丁香의 처소에 나아갈 때의 상황 또한 다른 두 이본들과는 달리 설정되고 있으니, 곧 讓寧大君이 "옷셜 벗고 갓ᄃᆞ가 도로 오며 왓ᄃᆞ가 도로 가며"(9-앞,7~8) 하는 존재로 서술되고 있는 것이 바로 그것이다. 이는 어느면 丁香에게 심정적으로 크게 기울어진 讓寧大君의 면모를 과장되게 나타내 보이고자 하는 의도 아래 나타난 개변의 면모가 아닌가도 여겨진다. 讓寧大君이 丁香의 처소에 나아가기 직전의 행동과 심리 상태가 이본에 따라 어떻게 달리 나타나고 있는지를 살펴보는 작업 또한 각 이본의 독자적 위상을 분명히 해주는 좋은 예로 생각된다.

> 大君恨其寂寥 獨自徘徊於軒上 因爲降階 散步庭中 于時月色如晝 斗星照欄干矣 素衣嬌容 長在眼前 泣訴態音 不離於耳邊 欲忘而難忘 不思而自思 豪情難禁 潛語於心曰 吾欲必一見其家矣 如此深夜 誰能知之 遂決意 欲進不進 顧眄左右 或恐人知 趑趄者久矣 時夜正午 萬籟俱寂 大君不制豪興 遂進一步四顧 再步十顧 而擧足輕步 猶有履聲 遂脫其履 至於缺處 果有蝸屋 一如通引之言矣 (7-앞,2~12)

로 나타나는 천리대본 『丁香傳』과는 달리, 박요순본 『丁香傳』의 경우 천리대본 『丁香傳』의 이러한 서술내용에 덧붙여 다음과 같은 讓寧大君의 심리 상태에 대한 묘사가 덧붙어 나타나고 있다. 위에 든 예문 가운데서 '두 번 걸으매 열번 뒤돌아보며 다리를 들어 가볍게 걷더라.'(再步十顧 而擧足輕步)고 하는 문맥 사이에서 그것이 나타나고 있다. 그 대문은 곧

> ᄉᆞᄉᆞ망념(私事妄念)이 무궁ᄒᆞ야 혼ᄌᆞ 속말노 ᄒᆞ되 졔 ᄆᆞ옴의 천심(淺深)을 모로고 ᄂᆡ 혼ᄌᆞ 량(量)으로 이리ᄒᆞ다가 만일 듯디 아니ᄒᆞ고 ᄑᆡ(敗)ᄅᆞᆯ 보ᄂᆞᆫ 지경(地境)이면 톄듕(體重)ᄒᆞᆫ 터의 남 우의 망신(亡身)니 업ᄉᆞ니 엇지ᄒᆞᆯ고 다시 풀어 ᄉᆡᆼ각ᄒᆞ되 졔가 그 ᄌᆡᄉᆡᆨ(才色)을 가지고 이 바닥 ᄉᆡᆼ장(生長)으로 소견(所見)이 그리 옥ᄉᆡᆨᄒᆞ여 용졸(庸拙)ᄒᆞᆯ 니도 업고 만일 일양(一樣) 완거(頑拒)ᄒᆞ면 강제로 위협을 ᄒᆞ기도 혈마 졔게 퇴(退)ᄅᆞᆯ 당ᄒᆞ고 말며 ᄯᅩ 만일 졔가 슈절(守節)ᄒᆞᆯ 마음이 도져ᄒᆞ야 져ᄉᆞ(抵死)ᄒᆞ고 졍열(貞烈)을 직힐란이 ᄒᆞᆫ ᄒᆡᆼ실이 잇슬진ᄃᆡ 옛 말의 ᄒᆞ여시되 ᄉᆞᆷ군(三軍)은 가이 ᄲᅦ스되 필부(匹夫)의 ᄯᅳᆺ은 ᄲᅢᆺ지 못ᄒᆞᆫ다 ᄒᆞ엿시니 나의 일시 ᄉᆞ욕(私慾)을 아모ᄶᅮ록 억졔ᄒᆞ고 졔 아름다옴을 일우어 올나가 탑젼(榻前)의 쥬달(奏達)ᄒᆞ여 졍표(旌表)ᄒᆞ여 쥬도록 쳐분을 무러 볼 계니 셩불셩간(成不成間) 가 보리라 ᄒᆞ고 (11-뒷,6~12-앞,8)

와 같은 바, 이러한 예문에서 드러나고 있는 讓寧大君의 심리 상태는 박요순본 『丁香傳』의 전면에 걸쳐 일관되게 나타나고 있어 흥미를 끌고 있다. 이점 뒤에서 다시 살핀다. 이런 점에서 보면 결국 박요순본 『丁香傳』 또한 정문연본 『丁香傳』과 같이 작품의 등장 인물의 내면에서 드러나는 심리 상태에 대한 직핍한 묘사를 통하여 독자들에게 앞으로 있

을 사건의 추이에 대해 더한 흥미와 관심을 유발하려 했던 의도를 지닌 작가에 의해 산출된 작품이라는 것을 쉽게 알 수 있다.

한편 정문연본 『丁香傳』의 이 부분이, 1차에 한한 대군의 나아감으로 인해 양인간의 통정이 가능해진 것으로 서술되고 있는 다른 두 이본들과는 달리 2차에 이르러서야 그것이 비로소 가능해진다고 하는 특징을 갖고 있다는 점에 대해서는 이미 앞에서 간략히 말한 바 있다. 여기서 그것을 구체적으로 해당 문면을 통해 살펴보도록 하자. 그 부분은 곧

> ᄃᆡ군이 홀노 잠을 니로지 못ᄒᆞ여 문 박긔 ᄇᆡ회ᄒᆞᆯᄉᆡ 젼혀 졍향 ᄉᆡᆼ각ᄲᅮᆫ이라. 악가 졍향 우름 소ᄅᆡ 귀의 징징ᄒᆞ여 졍신니 황홀ᄒᆞ여 마음을 진졍치 못ᄒᆞ며 졍즁(庭中)의 ᄇᆡ회ᄒᆞ다가 사방을 둘너보니 젹젹무인(寂寂無人)니여날 ᄂᆡ 궐녀(厥女)의 집니나 잠간 구경ᄒᆞ리라. 이갓튼심야(深夜)의 뉘ᄀᆞ 알니요 ᄒᆞ고 옷셜 벗고 갓ᄃᆞ가 도로 오며 왓ᄃᆞ가 도로 가며 인젹(人跡)이 잇ᄂᆞᆫ ᄃᆞᆺ하여 ᄌᆞ져ᄒᆞ기ᄅᆞᆯ 슈십번을 ᄒᆞ며 ᄯᅩ ᄌᆞ탄 왈 이러ᄒᆞᆯ 쥴랄 알러더면 젼일의 웃지 ᄒᆡᆼ관(行關)ᄒᆞ엿스리요. 그러나 이갓튼 심심ᄒᆞᆫ 밤의 뉘 잇셔 알니요 ᄒᆞ고 ᄀᆞᄃᆞ가 문득 ᄉᆡᆼ각ᄒᆞ되 만일 ᄉᆞᄅᆞᆷ이 알면 나럴 시럽시 알 터이니 이 일을 웃지 ᄒᆞ면 됴흐리요 ᄒᆞ고 호흥(豪興)을 니긔지 못ᄒᆞ여 졍향의 집을 ᄎᆞ져갈ᄉᆡ 한번 거름ᄒᆞ고 두번식 ᄉᆞ방을 둘러보고 조최 소ᄅᆡ 잇슬가 ᄒᆞ여 신을 버셔들고 담 박긔 ᄀᆞ셔 가만니 엿보니 슈간두옥(數間斗屋)이 졍결ᄒᆞ고 촉불이 문의 빗치거날 츈희의 말과 갓거날 …… (下略) …… (9-앞,2-뒷,5, 밑줄 : 필자 표시)

와 같은 바, 이에서 丁香의 집에 찾아 나서기까지의 讓寧大君의 미묘한 심리 상태와 우스꽝스러운 몸짓을 여실히 엿볼 수 있다고 하겠다. 여기서 讓寧大君이 丁香의 처소에 나아가 그녀와 대면하며 실랑이를 벌이다가 통정에 이르기까지의 과정은 이본들에 따라 어떻게 달리 나타나고 있는지를 또한 살펴볼까 한다. 그런데 천리대본 『丁香傳』의 경우 讓寧大君의 계속되는 회유에 丁香이 짐짓 차라리 죽는 편이 낫다고 이르며 스스로 찔러 죽고자 하는 상황까지는 박요순본 『丁香傳』과 완전히 동일한 면모를 지니고 있으나, 이러한 서사내용에 뒤이어 바로 讓寧大君 자신이 그녀를 위로하는 일방으로 나아가 자신은 이로 인해 병이 들

것이라고 이르자 이에 느낀 丁香이 讓寧大君을 받아들여 결국 통정하게 되는 것으로 나타나고 있다는 특성을 지니고 있다. 그에 반해 박요순본 『丁香傳』은 위와 같은 서사내용에 이어서 丁香의 죽고자 하는 태도에 대한 讓寧大君 자신의 심리적 반응의 면모를 제시한 뒤, 기생 丁香의 트릭스터적인 면모가 한층 강화되어 나타나고 있다는 특징을 지니고 있다. 丁香의 죽고자 하는 태도에 대한 讓寧大君 자신의 심리적 반응의 면모는 특히 다음과 같은 부분을 통해서 잘 드러나고 있다.

> ᄃᆡ군의 ᄆᆞᄋᆞᆷ이 측은ᄒᆞ고 진실 정절이 도져ᄒᆞᆫ 쥴노 알아 다시 말솜ᄒᆞ여 ᄀᆞᄅᆞᄉᆞᄃᆡ 너의 정절이 과연 셰상의 드물어 죽기랄 ᄒᆞᆫ(限)ᄒᆞ고 ᄆᆞᄋᆞᆷ을 변치 아니ᄒᆞᆯ 모양인즉 ᄂᆡ 아모리 쇼년 츈심(少年 春心)을 금ᄒᆞ기 어려오나 오륜삼강(五倫三綱)을 븟드ᄂᆞᆫ 도리에 억지로 훼졀 식히ᄂᆞᆫ 게 불가(不可)ᄒᆞ니 ᄂᆡ 올나가거든 어젼(御前)의 알(외)여 너의 열ᄒᆡᆼ(烈行)을 포양(褒揚)ᄒᆞ여 정문(旌門)을 무러 네 문호(門戶)롤 빗ᄂᆞ게 ᄒᆞ게시나 …… (下略)…… (14-뒷,4~12, 밑줄 : 필자 표시)

위에 든 예문에서 드러나는 讓寧大君의 심리적 태도와 그의 행위에 대한 서술은 讓寧大君의 어리석음을 한층 더 드러내 보이는 일방으로, 丁香의 트릭스터적인 면모를 보다 약여하게 드러내 보이려는 의도를 지녔던 박요순본 『丁香傳』의 작가 또는 제 2의 작가에 의한 개인적 창조력에서 야기된 현상으로 이해된다. 丁香의 트릭스터적인 면모는, 위에 든 예문을 통해 드러난 讓寧大君의 조처에 대한 다음과 같은 반응에서 여실히 드러나고 있는 바, 해당 문면을 제시하면 다음과 같다.

> 녀인이 그 말솜을 듯고 ᄉᆡᆼ각ᄒᆞ여 본즉 ᄉᆞ양을 너무ᄒᆞ다가 고동(?)이 넘어 만일 일이 틀여도 낭ᄑᆡ(狼狽)요, 만일 나라의 알외여 포정(褒呈)이 되ᄂᆞᆫ 날이면 본ᄉᆡᆨ이 탈노(綻露)ᄒᆞ여 양가 부녀(良家 婦女)라 ᄒᆞᆫ 말과 샹부 슈졀(孀婦 守節)이라 ᄒᆞᆫ 말이 모도 긔망(欺妄)ᄒᆞᆫ 죄가 젹지 아니ᄒᆞᆫ즉 죽기가 노려오(?), 죽기롤 요ᄒᆡᆼ(僥倖)으로 면ᄒᆞᆫ다 ᄒᆞ여도 교방(教房) 기안(妓案)의 ᄶᅧ러 시사(時仕)도 못단이고 가무(歌舞)와 노리ᄀᆡ로 버리(벌이)롤 ᄌᆞᆯᄒᆞ여 호의호식(好衣好食)ᄒᆞᄂᆞᆫ 길이 ᄭᅳᆫ치고 갓흔 졔ᄇᆡ(儕輩)계도 조소(嘲笑)만 바들

> 터인즉 평싱을 아조 그릇칠가 대겁(大怯)니 ᄂᆞ셔 …… (中略) …… 계집이 지아비 위ᄒᆞ여 슈절ᄒᆞᄂᆞᆫ 것손 당연ᄒᆞᆫ 네ᄉᆞ(例事) 일이온즉 별(別)노이 단달은(남다른 ?) 힝실이 아니온ᄃᆡ 조가(朝家)의 알외신단 말솜은 천만(千萬) 당(當)치 아니ᄒᆞᆫ 분부(分付)시오. (15-앞,3-뒷,3)

이러한 丁香의 트릭스터적인 면모와 그녀에게 조건 반사적으로 속임을 당하는 讓寧大君의 면모는 다시 丁香이 讓寧大君을 받아들이기 직전 讓寧大君이 丁香에게 혼인 금침이 있는 연유를 묻고, 丁香이 답하는 다음과 같은 장면을 통해 보다 분명히 드러나고 있다. 곧

> 여인이 즉시 일어나 농쟝을 열더니 ᄉᆡ로 ᄒᆞᆫ 비단금침을 나여(내려) 펴놋ᄂᆞᆫᄃᆡ 무싀도 찰ᄂᆞᆫᄒᆞ고 향취가 진동ᄒᆞ거날 대군이 우스며 ᄀᆞᄅᆞᄉᆞ되 슈졀ᄒᆞᆫ다 ᄒᆞ더니 혼인금침을 ᄒᆞ여 두고 기ᄃᆞ린지 오란게로다. 녀인이 ᄃᆡ 왈 년전(年前) 소녀의 혼시(婚時)에 부모가 이 금침을 장만ᄒᆞ여 신낭(新郞)이 어리기로 초례(醮禮)만 ᄒᆞ고 슈삼 년 후의 합예(合禮)ᄒᆞᆯ 제 덥흐라 ᄒᆞᆯ게로소니다. 대군이 ᄯᅩ 우셔 왈 합예ᄒᆞᆯ 제 덥흐라 말이 춤 올토다. (16-앞,2~10)

란 문면이 그것이다.

한편 정문연본 『丁香傳』은 이 부분을 통하여 가장 두드러진 개인적 창조력의 면모를 드러내고 있는 바, 여기에서 전래하던 '丁香이야기'의 서사구조를 어느 면 변화시키는 가운데 그러한 면모가 나타나고 있다는 점에서 보면, 該本의 작가 또는 제 2의 작가가 행한 변이의 정도가 어느 이본들의 경우보다 더욱 두드러지게 나타나리라는 것은 말할 나위조차 없는 사실이라 하겠다. 讓寧大君이 자신의 처소에 나왔을 때 나타나는 丁香의 이에 대한 추궁과 이에 대한 讓寧大君의 응답에 뒤이어 보이는 일련의 행동을 전하는 서사진술을 통하여 그러한 면모가 쉬 찾아지는 바, 이에 구체적으로 그러한 면모를 제시하고 논의를 계속하기로 하자. 먼저 "졍향니 듯고 황숑만만(惶悚萬萬)ᄒᆞ여 ᄉᆞ죄ᄒᆞ며 왈 진실노 ᄃᆡ감갓트시면 웃잔 일노 죵즁(尊重?)ᄒᆞ실 ᄲᅮᆫ안니라 ᄯᅩ 엄관ᄒᆞ셧시니 이갓튼 누가(陋家)의 오셧숩나닛ᄀᆞ.(1) <u>악ᄀᆞ 소녀ᄀᆞ ᄃᆡ죄(大罪)ᄅᆞᆯ 지어 게</u>

우 목숨을 부지ᄒᆞ엿삽더니 소녀랄 죡니랴 ᄒᆞ와 오날 밤의 오셧삽나잇ᄀᆞ.(2) ᄃᆡ군니 우스며 왈 ᄂᆡ 너랄 죡일진ᄃᆡ 웃지 악ᄀᆞ 용셔ᄒᆞ엿스리요. 너랄 용셔ᄒᆞ기ᄂᆞᆫ ᄒᆞᆫ번 보고ᄌᆞ ᄒᆞ여 그리ᄒᆞ엿노라 ᄒᆞ니"(10-앞,4~11, 밑줄 : 필자 표시)에서 보이는 문면을 통하여 우리는 다음과 같은 몇몇 사실을 밝혀 낼 수 있을 것으로 생각된다. 먼저 (1)의 문면은 트릭스터로서의 丁香의 모습을 예비하는 의미 기능을 담고 있는 부분으로 생각된다. 그것은 기실 이미 고양이를 매개로 하여 讓寧大君과 丁香이 자연스럽게 만나게 되고, 또 그로 인해 讓寧大君이 丁香과 관계를 맺고자 丁香의 처소로 나아가게 된다고 하는 상황은 충분히 예견 가능한 것이었음에도, 丁香이 짐짓 '소녀랄 죡니랴 ᄒᆞ와 오날 밤의 오셧삽나잇ᄀᆞ'라고 대군에게 묻는다고 하는 사실에서 이미 丁香 자신이 讓寧大君을 기롱하고자 하는 의식의 발걸음을 떼어놓고 있던 존재로 생각된다는 점에서 쉬 확인된다고 하겠다. 그것은 나아가 그러한 丁香의 추궁을 통하여 讓寧大君 자신으로 하여금 자신의 진실을 토로하게끔 만든다는 위에 든 (2)의 문면을 통해 더욱 확연히 드러나는 바, 여기에서 讓寧大君과 丁香 사이의 관계가 이제까지와는 전혀 다른 역전의 계기를 맞이하게 되는 것으로 생각된다. 그것은 곧 엄관을 내릴 정도로 계색에 적극적이었던 讓寧大君이 고양이의 출현으로 인해 丁香을 만난 뒤, 丁香이 베푼 계교의 그물에 빠져 극히 수동적인 인물로, 곧 가치가 저하된 인간 형상으로 다시 자리잡게 되는데 비하여, 이미 그러한 엄관의 비일상적인 가치 지향의 허구를 직시하는 가운데 나름의 치밀한 계교를 베풀었던 丁香이 도리어 讓寧大君에 비하여 상대적으로 더 주도적인 위치에 서는 인물로 자리잡게 된다는 상황을 말하는 것이다.

여기서 다시 다음과 같은 문면을 통하여 정문연본 『丁香傳』에 나타나고 있는 변이 양상과 의미를 살펴보도록 하자.

ᄃᆡ군이 정향의 숀을 잡어시고 일너 왈 네의 절긔(節槪)ᄂᆞᆫ 츄샹(秋霜)갓고 일월(日月)갓도다. 그러나 너도 청츈니요, 나도 연쇼(年少)ᄒᆞ니 웃지 셰월랄

허숑(虛送)ᄒᆞ리요. 만일 닉의 말를 드르면 너의 일신(一身)니 귀히 될 거시요. 만일 안니 허락ᄒᆞ면 나넌 병이 될 거시니 아러ᄒᆞ라. (10-뒷,8~11-앞,1,밑줄 : 필자 표시.)

위에 보인 예문 가운데서 밑줄친 부분은 정문연본『丁香傳』에서만 나타나는 면모인데, 이러한 讓寧大君의 丁香에 대한 改諭는 상대적으로 더 대군의 면모를 열등한 처지에 두는 일방으로, 그러한 대군의 당부에도 불구하고 이에 전혀 개의치 않는 丁香의 트릭스터적인 면모를 일층 강화해 보이고자 했던 작가 의도로 인해 나타난 변이로 이해된다. 이러한 면모는 앞서 살펴본 바 있는 천리대본『丁香傳』, 박요순본『丁香傳』의 경우와 비교할 때 더욱 잘 드러나는 것으로 보인다. 천리대본『丁香傳』의 경우, 丁香이 짐짓 壁上粉刀를 내어 죽고자 하니, 이에 놀란 讓寧大君이 그 뜻을 다시 탐지하고자 하여 "그러한즉 내가 병이 들겠으니 어찌할까? 네가 과연 나의 목숨을 饒待해 줄 수는 없겠는가?"316)(9-앞,1~2)라고 이르고, 이에 크게 느낀 丁香이 결국 讓寧大君을 받아들이게 되는 것으로 서술되고 있다. 한편 박요순본『丁香傳』은 앞에서 이미 말한 것과 같이 짐짓 죽고자 하는 丁香의 태도에 대한 讓寧大君의 심리 반응에 대한 묘사가 있은 뒤에 대군의 다음과 같은 吐露, 곧 "다만 닉 몸은 이졔 이후로 너로 ᄒᆞ여 병이 되여 셰상의 업ᄂᆞᆫ 의약(醫藥)이라도 고치디 못ᄒᆞ고 만리(萬里)ᄀᆞ튼 전정(前程)이 속절업게스니 슬푸도다."(14-뒷,12~15-앞, 3)란 문면이 나오고, 이에 丁香이 그것에 대해 나름의 심리 반응을 보인 뒤 결국 대군을 받아들이게 된다는 전개방식을 지니고 있는데 비하여, 정문연본『丁香傳』은 이들 두 이본들과는 달리 "만일 안니 허락ᄒᆞ면 나넌 병이 될 거시니 아러ᄒᆞ라"(10-뒷,11-11-앞,1)는 讓寧大君의 개유가 丁香의 짐짓 죽고자 하는 상황에 앞서 나타나고 있는 바, 여기에서도 어느 면 丁香의 트릭스터적인 면모를 더욱 드러내려 했던 작가 의식의 일단이 여실히 드러난다고 하겠다.

---

316) 원문은 "然則我其爲病矣 奈何 汝果不能饒我命乎"와 같다.

따라서 정문연본 『丁香傳』은 讓寧大君으로 하여금 1차 虛行하도록 설정된 문면을 통해 丁香의 지닌 바 트릭스터적인 면모를 강화해 보이려 했던 이본이라고 할 수 있다. 그것은 앞에서 이미 든 바 있는 문면과 그에 대해 丁香이 나름의 반응을 보이는 다음과 같은 문면을 통해 거듭 확인된다고 하겠다.

> ᄃᆡ군이 황겁(惶怯)ᄒᆞ여 즉시 칼을 쎼시며 위로ᄒᆞ며 왈 이ᄃᆡ지 나랄박ᄃᆡ(薄待)ᄒᆞ니 ᄒᆞ릴읍다 ᄒᆞ고 ᄒᆞᆫ숨을 무슈히 쉬다ᄀᆞ ᄂᆡ렴(內念)의 ᄉᆡᆼ각ᄒᆞ되 셩ᄉᆞ(成事)도 안니 되고 토인(通引의 誤記)과 ᄉᆞ롬더리 알면 창피ᄒᆞᆫ 모양을 당ᄒᆞᆯ가 ᄒᆞ여 즉시 이러ᄂᆞ 도라올ᄉᆡ 정향니 이러ᄂᆞᄉᆞ례(謝禮)ᄒᆞ여 가로되 쇼녀 갓튼 천(賤)ᄒᆞᆫ 몸으로 ᄃᆡ감(大監)갓튼 죤즁(尊重)ᄒᆞ시멀 ᄉᆡᆼ각지ᄒᆞ지 안코 명(命)을 거역(拒逆)ᄒᆞ엿ᄉᆞ오니 만ᄉᆞ무셕(萬死無惜)니로소이다. 옛 법의 웃지 ᄒᆞᆯ 슈 읍셔 그러ᄒᆞ오니 ᄃᆡ감은 깁피 ᄉᆡᆼ각ᄒᆞ옵셔 용셔ᄒᆞ옵쇼셔. (11-앞,3~11)

라는 문면이 그것인 바, 丁香이 讓寧大君을 받아들일 수 없는 나름의 현실적인 명분을 제시하면서 그 불가함을 들어 讓寧大君을 설유한다는 상황 서술은 앞서 필자가 주장한 인물 관계의 역전된 면모라는 양상을 통해 작품내적 메시지를 보다 강화해 드러내 보이기 위한 기능을 띤 부분으로 여겨진다. 이에 따라 정문연본 『丁香傳』은 여느 두 이본들과는 달리 讓寧大君으로 하여금 2차에 걸쳐 丁香의 처소에 나아가 결국 그녀와 통정이 가능하게 된 것으로 나타나는, 서사구조상에서의 변이를 지니게 되었던 것으로 파악된다. 곧 이러한 정문연본 『丁香傳』에 보이는 나름의 구조적 변이는 다른 두 이본들에 비하여 인물들의 관계 양상을 보다 크게 역전시키는 가운데 작품을 통하여 독자들에게 제시하려 했던 궁극적 의미를 보다 분명히 드러내 보이려는 의식을 지녔던 작가에 의한 개인적 창조력의 소산으로 이해된다. 여기서 讓寧大君이 丁香의 처소에 다시 나아가 丁香과 통정하게 되는 전후의 서술문면을 통하여 그 구조적 변이의 면모와 의미를 살펴보도록 하자.

이웃고 날이 져믈ᄆᆡ 월ᄉᆡᆨ(月色)이 명낭(明朗)ᄒᆞ고 청풍(淸風)이 셔리(?)ᄒᆞᆫ ᄃᆡ 더욱 츈흥(春興)을 견ᄃᆡ지 못ᄒᆞ여 밤이 삼경(三更)의 지나ᄆᆡ 졍향의 집을 ᄎᆞ져 문 박긔 셧스니 이웃고 거문고 쇼ᄅᆡ 나거날 ᄌᆞ셔이 드러니 그 곡죠의 ᄒᆞ엿스되 봉(鳳)니 황(凰)을 부르니 황니 좃덜 안니코 ᄯᅩ 앙(鴦)니 원(鴛)을 부르ᄆᆡ 원니 안니 왓도다. 둥덩실 ᄒᆞᄂᆞᆫ 쇼ᄅᆡ 영영(?)이 들니거ᄂᆞᆯ ᄃᆡ군니 그졔냐 졍향니 향의(向意)ᄒᆞᄂᆞᆫ 마음을 알고 노ᄅᆡ 지어 화답(和答)ᄒᆞ니 노ᄅᆡ의 ᄒᆞ엿스되 삼츈(三春)의 ᄭᅩᆺᄉᆞ(꽃이) 고ᄒᆞ면(고으면) 나부 오고 쐬꼬리 부르면 붓시(벗이) 오ᄂᆞᆫ니라 ᄒᆞ여더라. (11-뒷,7~12-앞,4, 밑줄 : 필자 표시.)

ᄃᆡ군이 급히 드러ᄀᆞ 졍향의 숀을 잡고 일너 왈 너ᄂᆞᆫ ᄂᆡ의 쳔ᄉᆡᆼ연분(天生緣分)니라. 작일(昨日)의 웃지ᄒᆞ여 나랄 박ᄃᆡᄒᆞ며 오날밤 거문고 쇼ᄅᆡ ᄉᆞ롬을 그ᄃᆡ지 희롱ᄒᆞ나요. …… (中略) …… 죠고마ᄒᆞᆫ 쇼녀의 몸으로 ᄃᆡ감게오셔 이ᄃᆡ지 지ᄌᆡ지삼(至再至三) 누지(陋地)의 오시니 황숑ᄒᆞ옵기로 마지못ᄒᆞ여 허락ᄒᆞ오나 …… (中略) …… ᄂᆡ 너을 보지 못ᄒᆞ면 세상의 잇기 어렵더니 이졔 네 나랄 살니이 너의 홍활(弘闊)ᄒᆞᆫ 마음을 하례(賀禮)ᄒᆞ노라."(12-앞,6-뒷,4, 밑줄 : 필자 표시.)

위에 든 두 예문에서도 익히 확인되듯이 정문연본 『丁香傳』은 丁香의 거문고 소리와 讓寧大君의 화답이라는 서술문면을 통하여 두 사람의 통정이 가능하게 되는 것으로 나타나고 있다. 여기서 뒤 예문의 밑줄친 부분을 통해 두 사람의 관계 양상에서 丁香이 讓寧大君보다 우위에 서 있음을 분명하게 알 수가 있고, 또 다른 이본들과는 달리 讓寧大君이 두 차례나 丁香의 처소에 나아간 뒤에 비로소 丁香과의 통정이 가능한 것으로 서술되고 있다는 이러한 상황 등을 두루 묶어 생각해 볼 때, 정문연본 『丁香傳』은 기생 丁香의 트릭스터적인 면모를 일층 강화하는 가운데 작품의 궁극적 의미를 드러내려 했던 이본이라는 앞서의 필자 주장은 여기서 더욱 큰 타당성을 부여받게 된다. 한편 성천 행에 앞서 시를 써 주는 과정 속에서 丁香의 이름을 물어 알게 되는 것으로 서술되고 있는 두 이본의 경우와는 달리, 정문연본 『丁香傳』은 두 사람의 통정이 있은 뒤에 바로 대군이 丁香에게 그것을 물어 비로소 알게 된다는 것으로 서술되고 있는 바, 이러한 변이는 다른 두 이본에 비하여 보다 더한 작품내적 현실성을 부여코자 했던 작가 또는 제 2의 작가에 의해 마련될 수 있었던 개변의 결과로 이해된다.

앞에서도 이미 밝힌 바 있듯이 박요순본 『丁香傳』은 丁香과 통정한 뒤에 객사로 돌아온 讓寧大君의 면모 곧 심리 상태가 여느 이본들과는 달리 보다 구체적으로 서술되고 있는 특징을 지니고 있다. 여기서 그것을 구체적으로 살펴보면, 곧

> 심신(心神)이 ᄉᆞᆯ난(散亂)ᄒᆞ여 좌우(左右) 손을 일은 것 갓고 신졍(新情)이 미흡(未洽)ᄒᆞ야 ᄶᅥᄂᆞ온 일을 ᄉᆡᆼ각ᄒᆞ니 이목(耳目)의 암암(暗暗)ᄒᆞᆫ디라. ᄒᆞᆫᄌᆞ 누어 이리져리 ᄉᆡᆼ각ᄒᆞ되 ᄌᆞ고(自古)로 풍뉴소년(風流少年)이 녀ᄉᆡᆨ(女色)을 ᄉᆞ랑ᄒᆞ니가 몃 ᄉᆞᄅᆞᆷ인고 두목지(杜牧之)ᄂᆞᆫ 양듀(楊州)의셔 쳥누박ᄒᆡᆼ(青樓薄行)니라 ᄌᆞ칭(自稱)ᄒᆞ고 원진(元稹)이ᄂᆞᆫ 경호(鏡湖)의셔 쳥츈호졍(青春好情)을 쳔단(擅端)ᄒᆞ엿다 쳔고(千古)의 유명ᄒᆞ더니 이졔 나도 평양의 와셔 졀ᄃᆡ가인(絶代佳人)을 갓가이 ᄒᆞ여 일시(一時) 염졍(艷情)을 극딘(極盡)이 ᄒᆞ고 평ᄉᆡᆼ능ᄉᆞ(平生能事)ᄅᆞᆯ 마친 듯ᄒᆞ도다. 다만 졀부(節婦)의 훼졀(毁節)을 식힌 일이 조곰 ᄆᆞᄋᆞᆷ의 엇더ᄒᆞ나 만고문쟝(萬古文章)의 사마장경(司馬長卿)도 과거(寡居)ᄒᆞᄂᆞᆫ 탁문군(卓文君)을 거문고 ᄒᆞᆫ 고조(曲調)로 ᄆᆞᄋᆞᆷ을 도두워 가약(佳約)을 ᄆᆡ져 ᄒᆡᆼ낙(行樂)을 ᄒᆞ엿시되 후셰(後世) 사ᄅᆞᆷ들이 그 일노 ᄒᆞ여 사마장경을 시비(是非)ᄒᆞᆫ계 업셧시니 ᄒᆞᆺ 사ᄅᆞᆷ이 뉘ᄀᆞ 나ᄅᆞᆯ 나무라리요 ᄒᆞ더라. (16-뒷,3~17-앞,5, 밑줄 : 필자 표시,)

가 그것인 바, 위 예문에서 드러나는 讓寧大君의 심리 상태 그것은 丁香과의 통정이란 사건을 杜牧之·元稹·司馬長卿이 행했던 일련의 행위와 讓寧大君 자신과 丁香의 행위를 동일시하는 데서 얻어질, 자기 나름의 합리적 명분을 통해 丁香과의 통정에 대한 자기 변명의 태도를 드러내려는 것에 다름아닌 것으로 파악된다. 이러한 자기 변명적 태도를 지닌 讓寧大君의 심리 상태는 어느 면 하천인으로서의 기생들과의 만남을 보다 인간적인 것으로 인식하고 있지 않았던 당대 사회의 상층 계층 사이에서 보편적인 관행으로조차 여겨졌을 對妓生觀의 일정한 투영으로도 여겨진다. 이런 점에서 본다면 『丁香傳』은 상층 계층에 속해 있던 인물들에 의해 행해질 수 있는 일련의 풍류담에 불과한 작품으로 이해될 소

지를 근본적으로 가지고 있었다고 할 수 있다.

이제 讓寧大君이 丁香과 통정한 연후 讓寧大君이 성천으로 떠나기 전, 곧 시를 丁香의 청에 의해 지어 주는 서술문면까지의 부분이 이본들에 따라 어떻게 달리 나타나고 있는지, 또 그러한 변이의 의미는 무엇인지를 다루어 볼까 한다.

박요순본 『丁香傳』의 경우 다른 두 이본들과는 달리 丁香으로부터 전후 상황을 다 들어 알게 된 감사와 서윤이 丁香을 칭찬하고 그녀에게 珍賞 곧 금은을 내려준다는 서술문면이 나타나고 있지 않은데, 이러한 변이는 사건 진행을 보다 크게 의식하는 가운데 독자들의 흥미를 더욱 유발하려는 의식을 지니고 있었던 박요순본 『丁香傳』의 작가 또는 제 2의 작가가 의식적으로 애써 문면 내에 그것을 거두지 않은 결과로부터 기인된 현상으로 생각된다. 한편 정문연본 『丁香傳』의 경우 讓寧大君의 수적을 구해 바치라는 감사와 서윤의 명에 대한 丁香의 반응이 다른 이본들의 경우와는 조금 다르게 나타나고 있어 흥미를 끈다. 즉 "원컨대 대감으로 하여금 행차를 만류하시와 조금 수일을 기다리시면 정이 익을 것이고, 이에 스스로 그 도리가 있을 것입니다."[317](9-뒷,6~7)로 나타나는 천리대본 『丁香傳』이나, "원컨ᄃᆡ 사ᄯᅩᄂᆞᆫ 대감(大監) ᄒᆡᆼᄎᆞ(行次)ᄅᆞᆯ 슈일(數日)만 더 유(留)ᄒᆞ여 (쥬?)시면 더 정슉(情熟)ᄒᆞᆫ 연후(然後)의 슈젹(手跡)을 맛다 올니리이다."(17-앞,12-뒷,1)로 나타나는 박요순본 『丁香傳』과는 달리, "丁香왈 웃지 어려우리요마난 ᄃᆡ군니 셩쳔부(成川府)로 가슬 거시니 슈숨일(數三日)을 말유(挽留)ᄒᆞ소셔. 지체(遲滯)케 ᄒᆞ시면 쇼녀ᄀᆞ 표젹(標跡)을 바더 드릴게라.(13-앞,9~11, 밑줄 : 필자 표시)로 나타나는 것이 그것인 바, 이에서도 丁香의 트릭스터적인 면모가 다른 두 이본들에 비하여 한결 두드러지게 서술되고 있는 현상이 약여하게 드러난다고 하겠다.

대군이 成川行을 丁香에게 알렸을 때 丁香이 이에 대해 보이는 반응 또한 이본들에 따라 각기 달리 나타나고 있다. 곧 박요순본 『丁香傳』에

317) 원문은 "願使大監 挽止行次 則稍待數日 情熟自有抵道理矣"와 같다.

서는 "원컨딕 뫼시고 셔울노 올나가셔 밥ᄒᆞᄂᆞᆫ 종이나 되여 평싱을 맛치겟"(18-앞,5~6)다는 자신의 소원이 좌절되자, 丁香이 이에 다시 讓寧大君에게 "나라의셔 혹시 양가녀ᄌᆞ(良家女子)를 턱션(擇選)ᄒᆞ라 영(令)이 잇거든 쳡을 아모조록 썹히게 말삼ᄒᆞ여"(19- 앞,2~4)줄 것을 아뢰는 것으로 나타나는데 비하여, 정문연본 『丁香傳』에서는 "정향니 왈 무어시 걱정니리요. 쇼녀도 쌍교(雙轎)을 타고 셩천으로 ᄒᆞ여 경ᄉᆞ(京師)로 가셔 딕감을 평싱의 뫼실 테이니"(13-뒷,8~10)라는 자신의 소원이 좌절되자, 丁香이 "오날 날 버리고 가시면 쇼녀ᄂᆞᆫ 쥭을 터이나 죽어면(죽으면) 무쥬고혼(無主孤魂)이 될 거시니 이 안니 불상 가련ᄒᆞᆸ나잇ᄀᆞ 하고 당장 쥭으리라 ᄒᆞ고 호박장도(琥珀粧刀)를 쎄여"(14-앞,8~11)들면서 讓寧大君을 위협하는 것으로 달리 나타나고 있다. 그런데 이 장면을 "여인이 베개를 베고 대군에게 아뢰어 가로되 청컨대 (대군을) 따라 서울로 가서 밥 짓는 계집종이 되어 일생을 마치기를 바랍니다."[318](10-앞,5~6)고 하는 丁香 자신의 소원이 좌절되었을 때, 丁香 자신으로 하여금 다음과 같이 자신의 처지를 하소연하고 넋두리하는 인물로만 서술하고 있는 천리대본 『丁香傳』에 비한다면, 앞서든 두 이본에서 드러나고 있는 이러한 개체적 변이의 면모는 매우 주목받아 마땅한 부분이 아닌가 생각된다. "담장에 핀 한 떨기 꽃이 문득 진흙 속의 낙화가 되었고, 살아 의지할 데도 없으며, 죽어 돌아갈 곳도 없게 되었습니다. 하여 공연히 주인 없는 외로운 혼이 되고 말았으니 어찌 망극하지 않겠습니까? 첩과 같이 곱고 아름다운 모습으로 공연히 황천의 외로운 넋이 된다면 어찌 애통하지 아니하며, 어찌 애석하지 아니하겠습니까?"[319](10-뒷,1~11-앞,3)

이러한 이본들 내에서 두드러지게 나타나는 차이는 어디에서 기인되는 것일까? 그것은 이들 이본들의 작가나 독자들의 면모로부터 어느

318) 원문은 "女於枕上 言於大君曰 請隨往京師 願爲炊汲之婢 以終一生焉"과 같다.
319) 원문은 "墻花一枝 便作泥中賤蘂 生無所依 死無所歸 空作無主之孤魂 豈不罔極哉 …… (中略) …… 如妾色艶之姿 空作黃壤之孤魂 豈不哀哉 豈不怨哉"와 같다.

면 그 실마리를 제공받을 수 있을 것으로 기대되는데, 한문본인 천리대본 『丁香傳』의 경우 그 표기 체제를 중시한다면 이 작품의 작가나 독자들 또한 讓寧大君과 같은 상층 계층 아니면 그들 계층의 이념에 좌단하거나 그들 계층에 대한 정신적 일체감의 획득을 희구해 마지않았던 중인 계층들일 가능성이 높을 것으로 사료된다. 그러나 한글본인 박요순본 『丁香傳』이나 정문연본 『丁香傳』의 경우 그 작가나 독자는 천리대본 『丁香傳』의 그들과는 근본적으로 그 계층과 존재 기반을 달리하고 있었을 것으로 생각된다. 따라서 한글본인 박요순본 『丁香傳』과 정문연본 『丁香傳』의 경우, 천리대본 『丁香傳』에서는 여러 요인의 직접적인 관계의 엇물림 등으로 해서 문면 내에서 나타내기 어려웠던, 위에서 보인 것과 같은 讓寧大君에 대한 직접적인 기롱·위협·농락 따위에 해당될 서술문면이 어느 면보다 자연스럽게 문면 내에 나타날 수 있었던 것이 아닌가 생각된다. 이런 점만으로도 박요순본 『丁香傳』이나 정문연본 『丁香傳』에 설정되고 있는 丁香의 면모가 천리대본 「丁香傳』의 그것에 비해 한결 더한 트릭스터적인 면모를 띠게 되리라는 것을 쉽게 이해할 수 있다고 하겠다. 여기서 또한 상대적으로 丁香이란 트릭스터에 의해 기롱·협박·농락당하는 讓寧大君의 면모 또한 이본들에 따라 그 성격을 달리하여 나타나리라는 것은 이상의 논의를 미루어 볼 때 더 이상의 논급이 필요치 않을 듯하기에 생략하기로 한다.

한편 讓寧大君이 시를 채단에 써줄 때의 상황은 특히 박요순본 『丁香傳』에서 여타 이본들이 그렇지 아니한데 비하여 더욱 구체적으로 서술되고 있는데, 곧 "여인이 즉시 도리불수영 초단 치마롤 나야녹코(내어놓고) 쇄금들ᄆᆡ연갑을 ᄂᆡ여 화초 ᄉᆡᆨ인 당연의 부용당 먹을 갈고 상양호무심필 숌, 사 병(瓶)을 나야녹코 엿ᄌᆞ오되 손의 맛ᄂᆞᆫᄃᆡ로 쓰십소셔 하거놀 ᄃᆡ군이 소(笑)왈 신혼시(新婚時) 치마난 잇ᄉᆞ려이와 필묵졔구(筆墨諸具)가 엇지 이리 갓초 잇ᄂᆞ야. <u>녀인이 엿ᄌᆞ오되 소녀의 집이 본시 문한(文翰)을 슝상(崇尙)ᄒᆞ던 고로 선셰(先世)예서 쓰던 남져이(나머지)가 잇ᄂᆞ이다</u>. ᄃᆡ군이 왈 그러ᄒᆞᆯ 듯ᄒᆞ다 ᄒᆞ시고"(19-뒷,7~20-앞,2,

밑줄 : 필자 표시)가 그 부분으로, 讓寧大君을 보다 계속하여 기롱하고자 하는, 곧 丁香의 트릭스터적인 면모를 일층 더한 양상으로 드러내 보이려 했던 박요순본『丁香傳』의 작가가 의도적으로 부연하는 데서 나타날 수 있었던 개변 양상 가운데 한 부분으로 생각된다. 한편 정문연본『丁香傳』은 앞에서도 이미 밝혔듯이 讓寧大君이 丁香의 이름을 알게 되는 상황이 여타의 이본들과 달리 나타나고 있다. 이것은 다른 두 이본의 경우 7言의 末句에 이르러 讓寧大君이 붓을 멈추고 그녀의 이름을 물어 알게 되는 것과의 차이를 지칭하는 것이다. 한편 讓寧大君이 써준 시가 여타 이본들에서는 두 首로 나타나는데 비하여, 該本의 경우 오직 한 수만 나타나고 있다는 차이 또한 지니고 있는 바, 곧 七言律詩의 미출현이 바로 그것이다. 이러한 변이는 곧 詩가 작품 내에서 뒷날 讓寧大君이 주색을 가까이했음을 바로 보여주는 기능을 담당하고 있음을 인식한 該本의 작가 또는 제 2의 작가가 시 한 수만으로도 그 기능이 작품 내에서 충분히 구현되고 있는 것이라고 여기고 행한 적극적인 개작의 결과 파생된 현상으로 생각된다.

한편 讓寧大君의 수적을 감사와 수령이 왕에게 바친 뒤, 왕이 丁香을 경사로 올려 보내라는 명을 내리게 되고, 이에 대한 감사·수령·백성들의 반응 그것은 丁香이 상경하는 면모에 대한 구체적인 서술문면을 통해 잘 드러나고 있다. 그런데 이러한 서술문면은 오직 박요순본『丁香傳』에서만 나타나고 있는 바, 곧

> 감ᄉᆞ와 셔윤이 분부를 봉향(奉行)ᄒᆞ야 일면 ᄒᆡᆼ구(行具)를 분별ᄒᆞ고ᄎᆡ교(綵轎)를 ᄉᆡ로 무어 은금쟝식(銀金裝飾)과 금슈유쟝의 오ᄉᆡᆨ유쇼와 ᄉᆞ면 쥬렴(四面 珠簾)의 광ᄎᆡ(光彩)가 일셩(一城)의 조료(照耀)ᄒᆞ고 향취가 십니(十里)의 들니ᄂᆞᆫ디라. 평양 셩ᄂᆡ 셩외(城內 城外)에 그 ᄶᅥ나ᄀᆞ난 ᄒᆡᆼᄉᆡᆨ(行色)을 구경치 안너니 업고 영본관(營本官) 기ᄉᆡᆼ 슈ᄇᆡᆨ명이 ᄭᅩᆺ밧시 되게 버려서(벌여 서서) 젼송ᄒᆞᄂᆞᆫ 모양이 일ᄃᆡ쟝관(一大壯觀)이오. 셔로 ᄒᆞᄂᆞᆫ 말이 져러ᄒᆞ게 줄 되여가ᄂᆞᆫ 이ᄂᆞᆫ 평양 비판(排判) 이후로 쳐음이니 부즁ᄉᆡᆼ남듕ᄉᆡᆼ여ᄂᆞᆫ 이에 당ᄒᆞᆫ 말이라 ᄒᆞ여 평지 범인(平地 凡人)이 텬샹의 신션 올나가ᄂᆞᆫ 걸 앙망(仰望)ᄒᆞ듯 ᄒᆞ더라."(21-앞,11-뒷,8)

가 그것으로, 이는 該本의 작가 또는 제 2의 작가가 丁香이 행한 지략에 상응하는 응분의 보상을 펴 보이려 했던 의도의 결과에서 나타날 수 있었던 한 개변 양상으로 이해된다. 또한 該本의 경우 讓寧大君이 성천에 갔다가 평양에 다시 돌아와 丁香을 만나지 못한데 대한 대군의 심리 상태를 전하는 서술문면을 아울러 지니고 있는 바, "도로 푸러 ᄉᆡᆼ각ᄒᆞ여 왈 ᄌᆞ고로 풍유남ᄌᆞ(風流男子) 가인이별(佳人離別) 허다(許多)ᄒᆞ나 이별노 한(恨)이 되고 상ᄉᆞ(想思)로 병이 드러 죽으난(죽은 이는) 업다 하나 대댱부(大丈夫) 강ᄒᆞᆫ 챵ᄌᆞ가 엇디 아녀자(兒女子)의계 샹(傷)ᄒᆞ리요 ᄒᆞ시고 다시ᄂᆞᆫ 도라보지 말고 이즐 망ᄌᆞ(忘字)랄 공부ᄒᆞ리라 ᄒᆞ시더라."(23-앞,10-뒷,1)가 곧 그것이다. 이를 통해서 讓寧大君의 丁香에 대한 관계가 지속적인 성격을 띤 것이 아니라, 讓寧大君 자신이 지녔던 일시적인 풍류의 발산에 불과한 것이라는 점이 거듭 확인되는 동시에 나아가 남성 자신들의 자기 변명과 자기 합리화의 궁색한 면모가 여실하게 드러난다고 하겠다.

여기서 해당 부분이 정문연본 『丁香傳』에서는 어떻게 달리 나타나고 있는지를 또한 살펴볼 필요가 있다. 다른 두 이본들과는 달리 성천에 갔다가 평양에 돌아온 讓寧大君이 "실ᄉᆡᆨ(失色)ᄒᆞ여 왈 ᄂᆡ 어인 일니요. 정향니 ᄂᆡ의게 향의(向意)ᄒᆞᆫ 마음니 금셕(金石)갓거날 웃지ᄒᆞ여 져ᄃᆡ지 사ᄅᆞᆷ이 변ᄒᆞ엿너요 ᄒᆞ고 무슈히 비회"(16-앞,10-뒷,1)하다가 그 자신으로 하여금 직접 "가마니 담을 너머 정향의 집을 ᄎᆞ져 문 박긔 드러ᄀᆞ 창 틈으로 엿보니 정향은 간ᄃᆡ 읍고 다만 ᄇᆡᆨ발노파(白髮老婆)만 안져명 잣넌 쇼ᄅᆡ만 나거날 ᄃᆡ군니 ᄂᆡ렴(內念)의 혜오ᄃᆡ ᄂᆡ 전일의 정향의 노모(老母) 잇ᄃᆞᆫ 말은 듯지 못ᄒᆞ엿거날 이 엇더ᄒᆞᆫ 노파(老婆)요 ᄒᆞ고 ᄉᆡᆼ각"(16-뒷,2~6)하게 했다는 서술문면이 나타나고 있는 바, 이를 통하여 우리는 트릭스터로부터 가해지는 일련의 계속되는 기롱·협박·농락 등의 행위에 讓寧大君이 완전히 몰입·매몰되고 있는 인간에 불과하다는 점을 어렵지 않게 간취해 낼 수 있다. 그것은 다시 재차 대군으로 하여금 "무슈이 ᄌᆞ탄(自嘆)ᄒᆞ며 왈 쥬야(晝夜)로 눈을 ᄯᅥ나 감으나 정향 어엿분 ᄐᆡ도(態度)와 가잉ᄒᆞᆫ(잔잉한?) 모양니 눈의 삼삼(森森)하니 이 일을 웃지ᄒᆞ리요 ᄒᆞ며 젼일 엄관한 일을 무슈니 후회막심(後悔莫甚)니라."(17-앞,1~4)고 되뇌이도록 하고 있는 문면을 통해서도 거듭 확인된다고 하겠다.

한편 정문연본 『丁香傳』은 讓寧大君이 還京할 때 세종이 그로 하여금 下馬치 못하도록 한다는 삽화가 출현하고 있는 다른 두 이본들의 경우와는 달리 해당 삽화가 나타나지 않고 있다. 이런 점은 두 이본들과는 달리 이미 讓寧大君을 丁香이란 트릭스터에 의해 자행된 일련의 계속되는 기롱·협박·농락의 희생자로 여긴 작가 또는 제 2의 작가가 거듭 그와 같은 성격의 행위적 상황을 대군에게 다시 가한다고 하는 상황의 불필요성을 인식한 데서 해당 문면을 의도적으로 변개시킨 데서 나온 한 개변의 면모로 파악된다.

한편 박요순본 『丁香傳』의 경우 다른 두 이본들과는 달리 讓寧大君이 丁香을 다시 만나게 되었을 때, 丁香에게 평양에 자신이 재차 갔다가 虛行했다는 사연을 이르는 문면이 나타나 있지 않다. 이것은 該本의 작가 또는 제 2의 작가가 원전인 한문본을 번역하는 과정 속에서 비의도적으로 탈락시킨 연유에서 기인된 개변의 양상으로 이해된다. 여기서 該本의 다음과 같은 평결부, 곧

> 대ᄀᆡ 이 일이 비록 ᄒᆞᆫᄡᅥ 희롱(戲弄)ᄒᆞᄂᆞᆫ 일ᄀᆞᆺᄒᆞ나 대왕(大王)의 우애(友愛)와 통정(通情)하시믄 군신(君臣)의 디의(至義)와 형뎨지졍(兄弟之情)이 겸ᄒᆞ여 극딘ᄒᆞᆫ 덕은 쥬나라 ᄐᆡᄇᆡᆨ후 쳐음이오, 풍유호졍은 옛 글의 일은바 공ᄌᆞ왕손방슈화의 쳥가묘무낙화젼이라 ᄒᆞᆷ이 가이 아올나 일ᄏᆞᄅᆞᆯ지오. 졍향의 특이한 슬긔와 긔묘한 ᄭᅬᄂᆞᆫ 시속창기(時俗娼妓)예 야용행낙(冶容行樂)ᄒᆞᄂᆞᆫ 무리게 비(比)ᄒᆞᆯ ᄇᆡ 아니니 이 거록ᄒᆞᆫ거 보나니ᄂᆞᆫ 가이 심샹(尋常)이 알디 말고 깁히 살필지어다. (27-앞,8-뒷,7)

는 다른 두 이본에서는 보이지 않는 부분인 바, 이러한 평결부는 『丁香傳』에 대한 당대인들의 가치 평가가 어떠한 지평 위에서 마련되고 있

었는지를 잘 보여주고 있는 부분으로 생각된다.

이제까지 필자는 앞에서 허구적인 변이물로서의 『丁香傳』의 세 이본을 통하여 그것이 사실담으로서의 '丁香이야기'와 丁香 일화를 어떠한 양상으로 수용·변이하는 가운데 이루어진 것인지, 또 그 의미는 어디에 있는지를 자세하게 살펴본 바 있다. 그 결과 한문본인 천리대본 『丁香傳』은 박요순본 『丁香傳』과 정문연본 『丁香傳』에 비하여 사실담으로서의 '丁香이야기'와 丁香 일화가 지니고 있는 의미와 대차 없는 의미를 지니고 있는 이본임을 밝힐 수 있었다. 이것은 곧 천리대본 『丁香傳』 또한 〈다짐 - 計略 - 다짐의 破棄〉란 뼈대를 그것과 아울러 공유하면서 '다짐'과 '다짐의 破棄'를 불러 일으킨 주체가 지니고 있는 비사회성을 타파, 사회성을 획득하게끔 하는데 그 근본 의미가 놓여져 있는 작품이라는 사실을 말하는 것이다.

그런데 한글본인 박요순본 『丁香傳』과 정문연본 『丁香傳』의 경우 많은 부분에서 천리대본 『丁香傳』과 친연성을 지니고 있는 이본임이 분명히 드러나고 있으면서도 讓寧大君과 丁香 특히 丁香의 면모에 대한 작가 나름의 의도적 배려가 두드러지게 나타나고 있는 이본이라는 점에서 천리대본 『丁香傳』과는 다른 면모를 띤 이본임을 밝힐 수 있었다. 여기서 丁香은 하나의 완벽한 트릭스터로 자리잡게 되면서 讓寧大君을 계속하여 기롱·협박·농락하는 주체로 설정되고 있었음을 또한 알 수 있었다. 이러한 丁香에 대한 성격 창조와 함께 앞에서 이미 제시했던 여러 서술문면을 함께 묶어 생각해 볼 때, 이들 두 이본은 천리대본 『丁香傳』과 그 의미를 근본적으로 달리 했던 이본임이 분명히 확인된다고 하겠다. 그것은 곧 김대현이 이미 지적했듯이 '초기 남녀관계 풍자소설'의 계열에 들 수 있는 면모를 이들 두 이본들이 지니고 있다는 점을 말하는 것이다. 그러나 讓寧大君이 세종의 친형이라는 부인할 수 없는 역사적 사실과 함께 왕실의 근족인 讓寧大君을 기롱·협박·농락하는 상황을 통해 讓寧大君을 완전히 풍자의 대상으로 삼기에는 『丁香傳』이란 작품이 산생되던 시대적 분위기가 그것을 어렵지 않게 소화해 내기에는 여러 가지 난점을 지니고 있을 정도로 채 성숙되지는 못했을 것이라는 점 등을 미루어 짐작해 볼 때, 박요순본 『丁香傳』과 정문연본 『丁香傳』은 보다 본격적인 후대의 풍자소설을 낳을 수 있었던 한 문학적 기반과 여건의 제공이라는 문학사적 성격을 띠는데 만족해야 했었던 이본들이 아닌가도 생각된다. 나아가 이들 두 이본에서 이러한 면모가 두드러지게 나타나고 있다고는 해도 그것들이 아직은 사실담으로서의 '丁香이야기'나 丁香 일화의 뼈대와 의미로부터 결코 자유로울 수는 없었다는 사실은 이런 점을 통해서도 역으로 짐작해 볼 수 있게 된다. 이들 두 이본과 후대의 본격적인 풍자소설과의 대비적 고찰은 본 논문의 근본적 의도와 일정한 거리가 있는 성질의 작업이므로 이에 대한 詳論은 여기서 피하고 논의를 마칠까 한다.

3. '趙忠毅이야기'의 변이 양상과 의미

가. 연구 성과 검토

먼저 '趙忠毅이야기'에 대한 이왕의 연구 성과를 검토해 볼까 한다. 그런데 필자의 寡聞의 탓인지는 몰라도, 본 항에서 논의하고자 하는 이 작품에 대한 본격적인 연구 성과는 아직까지 이루어지지 않은 것으로 보인다. 곧 그것은 이제까지 이 작품에 대해 있었던 논의의 대부분이 대체로 간단한 해제의 차원에 머물러 있음을 지적하는 것이다. 설사 그렇다고는 하더라도, 이들 선학들의 논의는 우리들에게 많은 시사점을 주고 있어서 여기서 일단 논의·검토할 필요성이 제기된다고 하겠다. 이에 기존 연구 성과를 하나하나 들면 다음과 같다.

'趙忠毅이야기'에 대한 學的인 최초의 언급은 일찍이 宋申用님에 의해 이루어진 것으로 생각되는데, 그는 이 작품에 대한 개괄적인 해제와 아울러 그 주해를 「한글」 誌에 발표한 바 있다. 여기서 그의 주장을 간추려 보이면 다음과 같다.

> 이 『趙忠毅傳』은 거금 삼백여년전 이조 효종 임금이 봉림대군 적에 인조 병자호란 익년 丁丑에 청국으로 볼모로 가셨다가 구년 후인 乙酉 三月에 청나라로부터 환국하여 세자 궁에 계실 때부터 왕위에 올라서 승하하실 때까지의 있던 사적을 국문소설로 지어 놓은 것으로, …… (中略) …… 『趙忠毅傳』은 국문본으로 처음 나온 것으로 이 책의 전체 문장을 보아서 한문본은 당초에 없었던 듯하며 …… (下略) …… 320) (밑줄 : 필자 표시)

라고 하였는 바, 여기서 그가 크게 이 작품의 줄거리와 원본에 대한 문제를 언급하고 있는 것을 알 수 있겠다. 그러나 줄거리 소개에 있어서 송신용님이 주장하고 있는 것과는 달리, 이 작품은 효종대왕의 '세자궁에 계실 때부터 왕위에 올라서 승하하실 때까지의 있던 사적'을 그리고 있는 일대기적 작품이 아니라, 무지하기 짝이 없는 趙忠毅란 인물이 우연한 기회로 인해 潛邸 時의 효종대왕을 만나 그의 성은에 힘입어 벼슬을 하고 풍요롭게 살았다는 민담적·삽화적 구성의 이야기로 보여진다. 한편 애초부터 한문본이 없는 상태에서 국문본 소설 『趙忠毅傳』이 마련되었을 것이라는 원본에 대한 그의 언급은 필자가 앞으로 소개·검토하려는 세 이본들의 전후 상황을 고려할 때 지극히 온당한 견해가 아닌가 생각된다.한편 이 해제의 가장 큰 문제점으로 이 작품 곧 『趙忠毅傳』에 대한 前型 곧 그 所從來를 따지고자 하는 작업이 전혀 없었다는 점을 지적할 수 있겠는데, 그것은 곧 이 작품의 소재가 민담 또는 야담에 있음을 간과한 점을 말하는 것이다.

한편 金起東님은 『趙忠毅傳』에 대한 간단한 해제321) 속에서 이 작품의 줄거리를 소개한 후, '이 작품은 고전소설의 유형에서 벗어나는 특수한 소설이다.'(밑줄 : 필자 표시)라고 언급을 하고 있는데, 이 작품이 고전소설의 유형에서 어떻게 벗어나는지를, 또 어떠한 의미에서 특수한 소설에 놓이는 것인지에 대한 보다 구체적인 설명을 하고 있지 않아 극

320) 송신용, "趙忠毅傳", 「한글」 14권 1호, (조선어학회, 1949). P. 17.

321) 김기동,"해제 趙忠毅傳", 『필사본고전소설전집』, (서울,아세아문화사, 1980). 권 6. P. XXI.

히 모호하기 짝이 없는 주장에 불과한 작업이 되었다고 할 수 있다. 뒤에 다시 김기동님은 "非類型 고전소설의 연구(Ⅱ)"[322]라는 논문을 통하여 『趙忠毅傳』의 서지 상황·경개·소재의 고구·개평 등의 문제를 극히 간략하게 살펴본 바 있다. 여기서 나타나는 문제점을 항목별로 간단히 지적해 둘까 한다. 먼저 서지 상황에서 송신용본이 유일본이라고 하였으나, 그 외에도 김기동본과 정문연본과 같은 필사본이 현존하고 있는 것으로 파악된 이상 그 주장은 분명히 틀린 것이라 할 수 있다. 한편 '소재의 고구' 항에서는 『錦溪筆談』[323] 소재 이야기와 소설간의 차이점을 비교·제시하여 '인조나 효종의 잠저시의 일화가 설화화되었고, 그 설화를 소설화한 작품이 『趙忠毅傳』'이라는 점을 밝힌 바 있다. 한편 '단순한 설화를 흥미 있게 전개시켰고, 구성에 있어서 전혀 전기성을 찾아볼 수 없으며 근대소설적인 사실적 표현을 해 놓은' 것이 바로 『趙忠毅傳』의 가치라고 주장하였다. 나아가 '愚氓을 벗으로 사귄 효종의 군신간을 초월한 우정을 우리에게 보여주고 있는' 것이 바로 『趙忠毅傳』의 주제인 것으로 주장한 바 있다. 김기동님의 이 논문에 이르러 비로소 『趙忠毅傳』의 소종래에 대한 언급이 나타나고 있다는 점과 아울러 소박한 나름대로나마 '趙忠毅이야기'와 『趙忠毅傳』의 양상을 서로 비교·검토하고 있는 점 등에서 이 작업은 '趙忠毅이야기'에 대한 진지한 연구의 촉발제를 마련한 성과라고 해도 무방할 듯하다.

최근 들어 趙東一님은 이 작품에 대해 극히 소략하기는 하지만 다음과 같은 언급을 한 바 있는데, 여기서 그것을 보이면 다음과 같다.

> 시골 사람이 서울 가서 누군지 모르고 임금을 친구로 삼았다는 민담을 끌

---

322) 「한국문화연구」 창간호, (경기대 한국문화연구소, 1984). P. 11-20.

323) 서유영(1800-1874?)이 1873년에 엮은 야담집으로 그의 사상과 이 야담집의 이본에 대한 대체적인 논의는 장효현의 "육미당기 작자 재론", 한국고전문학연구회 편,『고전소설 연구의 방향』, (서울, 새문사, 1985)에서 이루어진 바 있다. 그것을 참조하라. 본고에서는 편의상 고대본 『錦溪筆談』을 논의의 대본으로 삼았다.

> 어와서 상하의 장벽을 허물어 버리는 작품을 만들었는데, 이 비슷한 소설은 전에 볼 수 없었다.[324]

가 그것으로, 여기서 이 작품이 '민담을 끌어와서' 이루어졌다는 사실을 그런대로 밝히고는 있으나, 그 민담의 구체적인 내용에 대해 미처 언급치 않고 있어 어느 특정의 민담이 이 작품의 제재적 근원으로 작용했는지를 알 수 없게 했다는 점과 아울러 이 작품의 의미가 과연 그의 주장과 같이 '상하의 장벽을 허물어 버리는' 것에 있는 것인가에 대한 의문이 없지 않다는 점 등을 그 주장의 문제점으로 지적할 수 있다고 본다.(이 점은 뒤에서 구체적으로 검증된다)

위에서 검토해 온 기존의 연구 성과들을 볼 때 필자가 본고를 통하여 살펴보고자 하는 趙忠毅 일화의 『趙忠毅傳』으로의 변이 양상과 그 의미를 구체적이고도 종합적으로 다루고 있는 연구 성과는 아직껏 이루어지지 못했던 것으로 여겨진다. 趙忠毅 일화의 『趙忠毅傳』으로의 변이 양상과 의미를 다루는데 검토의 대상이 되는 자료들을 들면 다음과 같다.

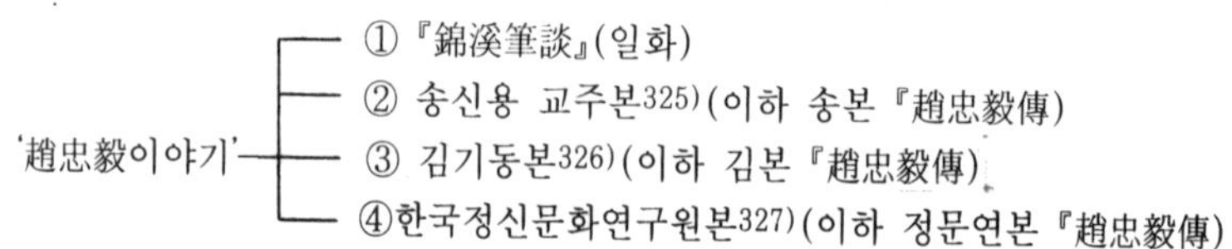

'趙忠毅이야기'
- ① 『錦溪筆談』(일화)
- ② 송신용 교주본[325](이하 송본 『趙忠毅傳)
- ③ 김기동본[326](이하 김본 『趙忠毅傳)
- ④한국정신문화연구원본[327](이하 정문연본 『趙忠毅傳)

나. 趙忠毅 일화의 빼대와 의미

앞에서 밝혔듯이 『錦溪筆談』에 실려 전하는 '趙忠毅이야기'가 본 항에

---

324) 조동일, 『한국문학통사』 4, (서울, 지식산업사, 1986). P. 331.
325) 위에서 이미 든 주 (317)의 논문, P. 18-30에 걸쳐 그 원문과 주해가 실려 있음. 원 소장자는 김효식임.
326) 위에서 이미 든 주 (318)의 책, P. 447-492에 걸쳐 그 원문이 실려 있음.
327) 총 40 면, 매면 9-10행, 매행 평균 20자 내외, "을ᄉ ᄉ월 그믐날 괴손 김승필셔"라는 필사기가 있음.

서 검토의 대상이 되는 바, 여기서는 논의의 편의상 그 이야기의 서사단락을 먼저 순차적으로 제시한 후 이어 그것을 통해 그 뼈대의 면모는 어떠한지, 또한 이 이야기를 통해 드러내려 했던 작품내적 의미는 무엇인지를 살펴볼까 한다.

'趙忠毅이야기'의 서사단락을 '만남'의 상황을 중심으로 하여 간추려 순차적으로 제시하면 다음과 같다.

1. 趙忠毅의 인물됨
2. 趙忠毅와 인조가 潛邸에 있을 때의 우연한 만남
3. 趙忠毅와 인조의 2차 만남
4. 趙忠毅와 등극 후의 인조의 3차 만남
5. 인조에 의한 趙忠毅의 소원 탐색과 그에 대한 배려
6. 趙忠毅의 이에 대한 항의
7. 임금의 충의에 대한 顧護
8. 충의의 錦衣還鄕

으로 요약될 수 있는 바, '趙忠毅이야기'의 뼈대는 〈한 어리석은 백성이 우연한 기회에 주어진 임금과의 우연한 만남을 계기로 하여 임금이 지닌 성덕에 의해 의외의 행운을 맛보게 된다.〉고 하는 서술문면의 간추린 내용에서부터 도출될 수 있다고 본다. 이러한 서술문면은 다시 다음과 같은 도식으로 나타낼 수 있을 듯하다. 곧

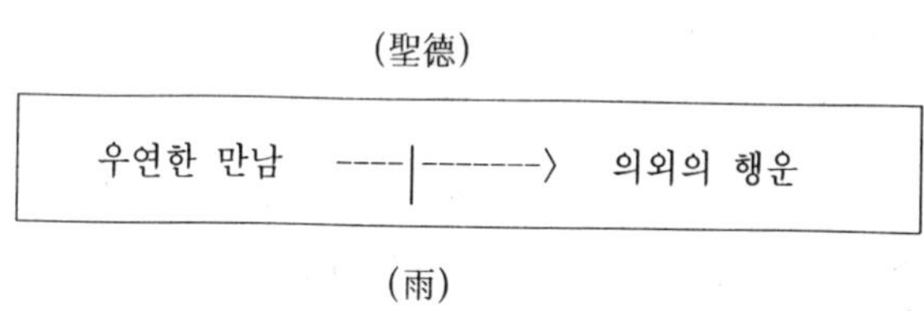

(聖德)

우연한 만남 ----|------〉 의외의 행운

(雨)

이 그것으로, 여기서 드러나는 이 이야기의 구조적 형태를 유념할 때 '趙忠毅이야기'는 전형적인 發福談에 해당되는 자료로 생각된다. 한편 여기서 이 이야기의 서술문면에 내재되어 있는 특성으로 우리들은 주체를 바꿔가며 계속되는 문답의 반복 양상을 들 수 있다. 계속되는 문답의 반복 양상은 이 이야기의 주체 곧 趙忠毅가 지닌 어리석음을 또한 상대적으로 더욱더 드러내는 의미 기능을 일정하게 담당하고 있는 것으로 생각된다. 이런 양상은 서사단락 (7)에 이르러 그 극점에 도달하게 되는 것으로 보여진다. 서사단락 (7)에서 확연히 드러나고 있는, 극히 무식하기 짝이 없는 趙忠毅를 '특별히 彦陽縣監으로 올려 그로 하여금 錦衣還鄕하게 한다.'는 문면으로부터 확인 가능한, 인조가 지니고 있던 聖德의 顯揚 바로 그것에 '趙忠毅이야기'가 1차적으로 우리들에게 제시하려 했었던 표면적 의미가 있는 것이 아닌가 생각된다. 그러나 이 이야기의 구조적 형태로부터 앞에서 우리는 '趙忠毅이야기'가 발복담에 속하는 자료임을 밝힌 바 있는 바, 이러한 견해가 나름대로 수용 가능한 것이라면 '趙忠毅이야기'의 이면적 의미는 차라리 현실적으로 어려운 삶을 살아가야 했던 당대의 일반 백성들이 비현실적 상상을 통해서나마 희구해 마지아니했던 願望의 드러냄 그것에 있었던 것으로도 달리 파악될 소지를 갖고 있다고 할 수 있겠다. 이와 같은 민담적 사고를 여실히 보여주는 자료로 현전 구전설화인 '숙종께 청실배 바치고 된 안동 수좌수'[328](이하 '안동 수좌수'로 줄임)를 들 수 있다. 이 자료는 여러 가지 점에서 '趙忠毅이야기'와 매우 흡사한 양상을 드러내고 있어 이제까지의 논의에 보탬이 되는데 족한 것으로 생각된다. 이에 여기서 그 서사단락을 먼저 제시해 둘까 한다.

1. 곤궁하게 살던 박씨가 객지에 가 살아보려 작정하고 안동에 가니 안동 좌수들은 그를 하인처럼 대우한다.
2. 슬픈 마음이 든 그가 그 곳을 떠나 어느 곳을 가다가 우연히

---

328) 『한국구비문학대계』 8-4, (성남, 한국정신문화연구원, 1981). P. 485-487.

배나무를 발견하고 그것을 심으니 청실배가 열렸다.

3. 숙종대왕께 이것을 갖다 드려야겠다고 생각하고 무작정 서울로 올라왔다가 마침 순찰 차 나온 숙종대왕의 눈에 뜨이어 더불어 문답을 나누게 된다.
4. 배 하나를 잡수신 숙종께서 다음날 자신을 찾아오도록 명하매 박씨가 다음날 찾아갔다가 궁인들과 실랑이 끝에 겨우 들어가 남은 청실배 두 개를 마저 숙종께 바친다.
5. 숙종께서 박씨의 소원을 묻고, 그의 소원대로 안동 수좌수를 제수한다.
6. 박씨는 이후 숙종을 들먹이며 살아 안동에서 제일 가는 일류 양반이 된다.
7. 평결부.

위에 보인 서사단락으로부터 우리는 이 구전설화가 다음과 같은 몇몇 상황의 동질성을 갖고 있다는 점으로 해서, 그것이 '趙忠毅이야기'와 거의 유사한 구조와 의미를 띠고 있는 자료라는 사실을 알 수 있게 된다. 그것은 곧 한 만남이 또 다른 심화된 만남을 불러일으키고 있다는 상황의 동질성, 내적 또는 외적인 곤궁을 겪던 사람이 임금 또는 대군을 우연히 만나 의외의 행운을 누리게 된다는 상황의 동질성, 임금이 각기 그들의 소원을 묻고 그 소원대로 벼슬을 내려 준다는 상황의 동질성, 만남의 배경 공간이 그 회수를 거듭할수록 점차 더 확대된다는 상황의 동질성, 문답에 의해 서사진행이 이루어진다는 상황의 동질성 등에서 쉬 확인된다. 그러나 물론 두 자료 사이에서 이러한 동질성만이 찾아지는 것은 분명 아니라고도 할 수 있다. 곧 이들 두 자료는 각기 나름의 개별적 면모 또한 지니고 있는 것이 사실이다. 그것은 다음과 같은 몇몇 상황에서 잘 드러나고 있다. '趙忠毅이야기'의 경우 '비'(雨)motif가 서사진행상에 있어 큰 의미 기능을 띠고 있는데 비하여, '안동 수좌수'에서는 그것이 전혀 출현치 않고 있다는 점, 또한 '趙忠毅

이야기'의 경우 충의의 상경 목적이 '한양 궁궐의 장려함을 배불리 듣고 (그것을) 한번 보고자 온' 데 있는 반면에, '안동 수좌수'의 경우에는 그것이 '백성이 묵는 건 아닌' 청실배 세 개를 '숙종대왕님께 갖다 드려야 되겠다.'는 것으로 달리 나타나고 있다는 점 따위의 차이점을 들 수 있으나, 앞에서 든 많은 공통점 등을 미루어 볼 때 이들 몇몇 차이는 논의 전개에 있어서 별다른 의미 기능을 갖고 있지 않는 듯이 보인다는 점에서 무시해도 좋지 않을까 한다.

'안동 수좌수' 이야기의 의미는 이 이야기의 평결부에 해당되는 부분에서 어느 정도 드러나고 있는 것으로 생각된다. 곧 "이런데, 정신적 뭐이라도 하모 안되는 거는 없어. 그 뭣하는 사람 같으몬 배, 그것, 뭐, 숙종인가, 누고 뭐, 그 누고 알끼 뭐 있노 말이지. 지가 될라꼬 천심(天心)으로 그리 돼 가지고 맞칬어 그거로."[329](밑줄 : 필자 표시)가 그것으로, 여기에서 '안동 수좌수' 또한 크게 보아 '趙忠毅이야기'가 지니고 있는 본질적 의미와 대차 없는 의미를 지니고 있는 자료로 생각된다. 그러나 여기서 '趙忠毅이야기'에서의 '만남'이 단순한 우연적인 상황에 힘입어 의외의 행운이 가능해졌다는 서술문면을 지니고 있는데 비하여, '안동 수좌수'의 경우 보다 유교적인 명분론에 입각한 소인으로서의 '만남'의 산물로 인하여 의외의 행운이 마련되고 있다는 점에서 그것은 '趙忠毅이야기'에 비하여 그 외면적 의미가 보다 구체성을 띠고 나타나고 있다는 차이만을 지니는 것으로 여겨진다고 하겠다.

한편 여기서 '趙忠毅이야기'의 서사진행을 살필 때 '만남'이라는 기능소가 작품 내에서 가장 큰 의미항으로 작용하고 있는 바, 그 의미 기능은 무엇인지를 우선 밝혀 볼 필요가 있겠다. 그것은 이 이야기 내에서 서사진행을 가능케 하는 유발 인자로서의 원초적 만남이라는 기능소가 '비'(雨)motif와 결부되는 가운데 연쇄적인 '만남'의 사슬고리를 이끌어 내면서 아울러 그 '만남'의 심화된 서술문면을 계속해서 나타내 보이고 있다는 데서도 필요한 작업이라고 하겠다. 그런 점으로부터 필자가 검

329) 바로 앞에서 든 책, P. 487.

토하려고 하는 '趙忠毅이야기' 내에서 그 '만남'이 어떠한 양상을 띠고 있는지, 또 그 '만남'이 있고 나서 서사진행상에 있어서 어떠한 상황의 변화가 발생하고 있는지, 아울러 그로 인해 드러나게 될 '만남'이라는 문학적 관습이 갖는 내적 의미는 무엇인지를 살펴보려는 작업은 나름의 의미를 분명히 부여받을 수 있다고 본다.

그런데 우리가 여기서 "문학작품은 무의 공간 내에서 다만 작가의 개성이라든지 세계관에 규정되어 생겨나는 것이 아니라, 충일된 문학 전통의 테두리 속에서 수행되는 것"330)이라는 점을 인식할 때, 우리는 이 '만남'이라는 기능소가 '끊임없이 반복될 수 있는 전형적 상황'이며, 또한 '인간적으로 의미 심장한 상황'이 되리라는 것을 비로소 이해하게 된다. 그것은 다시 '작품의 중심에 자리잡고 있으면서 작품 전체를 구성하는' 기능을 갖고 있음으로 해서 '문학사에 있어서의 내적인 여러 관계망들' 또한 쉽게 파악하는 계기를 제공할 수 있을 것으로 기대된다. 이런 점에서 동일한 문학 유형 내지 이질적인 문학 갈래들을 통하여 거듭 반복되어 나타나는 모티브(motif)의 수용·변이 양상과 그 의미 기능을 살펴보려는 작업은 나름의 의의를 지닐 수 있을 것으로 여겨진다.

'趙忠毅이야기'에서의 기능소 '만남'은 외따로 '작가의 개성이라든지 세계관에 규정되어 생겨'난 것이 아니라, 當代의 이야기群 속에서 두루 발견되고 있는 하나의 문학적 관습으로서의 성격을 비록 변이된 모습으로나마 갖고 있다는 사실을 논의 전개에 앞서서 우리들은 분명히 인식해야 한다. 여기서 변이된 모습으로 그것이 나타난다고 하는 것은 곧 '趙忠毅이야기'의 경우 당대의 이야기群에서 찾아지는 것과는 달리, '만남' 뒤에 '비'(雨)motif가 결합되어 있다는 서사전개상에 있어서의 역전·도치를 일컫는 것이다. 여기서 먼저 논의 전개상 '趙忠毅이야기'에 보이는 서사진행의 주된 기능소로서의 '만남'과 '비'(雨)motif의 관계 양상을 순차적으로 다시 보일 필요가 있겠는데, 그것은 곧

---

330) 볼프강 카이저, 김윤섭역, 『언어예술작품론』, (서울, 대방출판사, 1984). P. 106.

1차 만남 : '偶相逢村店' : 우연적·비의도적 만남
비(雨) : '終日滯雨' : 만남의 지속성을 확보하기 위한 기제
2차 만남 : 宮으로 충의가 대군을 찾아가 가능해진 만남
3차 만남 : 大闕로 충의가 왕에게 보은코자 찾아가 가능해진 만남
4차 만남 : 肅謝코자 충의가 찾아갔다가 비로소 전후 사실을 알게 되는 상황을 보여주는 만남.

으로 요약될 수 있다. 위에 든 내용에서도 확인되는 것이지만 '趙忠毅이야기'에서의 첫 만남 또한 뒤에 살펴볼 당대의 이야기群에서의 그것들과 같이 우연적이고도 비의도적 만남으로서의 성격을 띠고 있는 것으로 보여진다. 그런데 이러한 '만남'을 1회적인 단순한 차원에서의 의미 없는 '만남'으로만 국한시킬 때 이야기가 더 이상 효과적으로 전개될 수 없다는 것은 이미 주지된 사실이라고 하겠다. 이런 점에서 이야기의 진전된 전개 과정을 위해서도 그 '만남'은 계속적으로 새로운 차원의 '만남'을 불러 일으킬 수 있는 내적 장치를 본원적으로 지녀야 했었던 것으로 보여진다. 여기서 이런 이야기들의 화자들이 그 '만남'의 지속성을 꾀하는 일방으로, 이야기의 서사진행을 보다 효과적으로 하여 이야기하고자 하는 본 뜻을 독자 또는 청자들에게 보다 충실히 전달하고자 하는 의도 아래 그에 적절한 장치를 나름대로 강구했으리라는 것은 어렵지 않게 추단된다. 이러한 의도를 견지하고 있었던 화자들은 자연적으로 자신이 몸담고 있던 당대의 다른 이야기판을 보다 면밀히 관찰하여 결국 당대의 이야기群 속에서 하나의 문학적 관습으로까지 굳어졌었을 '비'(雨)motif를 해당 이야기 내에다 쉽게 틈입시킬 수 있었던 존재들로 보여진다.

앞에서 이미 보인 간략한 표를 통해 드러난 바와 같이 '만남' 뒤에 등장하는 '비'motif는 그 '만남'을 보다 공고히 하면서, 아울러 새로운 서사진행을 유발하는 기능을 갖고 있는 것으로 보여진다. 그런데 이 이야

기가 趙忠毅라는 인물을 축으로 하여 전개되고 있는 만큼 趙忠毅라는 인물이 '만남'을 사이하여 어떻게 달리 그려지고 있는가를 통하여 그 성격의 일단을 살펴보아도 큰 문제는 없을 것으로 사료된다.

'樸陋無識一愚氓' --- '만남' --- '特陞彦陽縣監 使之錦衣還鄕'

위의 문면에서 이미 드러나듯이 '만남'이 있기 전의 충의의 면모는 '무식하고도 어리석은 한 백성'으로 그려지고 있다. 그점은 뒤에서 능양대군 곧 후의 인조와의 다음과 같은 문답을 통해서도 더욱 구체적으로 드러나게 된다. 곧 능양대군이 충의와의 수차례에 걸친 문답 끝에 '이곳은 大闕이 아니라 宮이다. 大闕은 上監이 납신 곳이고, 宮은 宗親이 사는 곳이라.'고 하며 자신의 신분이 종친이라는 것을 은연중 밝혔을 때, 충의가 그에 대해 재차 능양대군에게 '그러한즉 그대가 종친이냐?'라고 묻는다는 상황에서 그점 거듭 확인된다. 그렇게 어리석기가 짝이 없던 충의가 인조의 知遇에 힘입어 彦陽縣監 또는 機張縣監이란 벼슬을 얻고 금의환향하게 된다는 문면을 통하여, 우리는 이 경우에 있어서의 '만남'이 충의로 하여금 사회적·인격적 조건의 缺乏된 상태로부터 벗어나 사회적·인격적 조건의 充足된 상태로의 轉移를 맛보게 하려는 성격을 지니고 있는 것임을 어렵지 않게 알 수 있다. 이것은 다시 능양대군에게도 같이 적용될 수 있는 것으로서, 충의와의 '만남' 뒤에 능양대군이 인조로 등극하게 된다는 서사진행상에 있어서의 변이에서 그점 잘 확인된다고 하겠다. 이런 점에서 본다면 '趙忠毅이야기'에서의 주기능소 '만남'의 성격은 '만남'의 주체와 객체 모두로 하여금 각기 처한 缺如된 상황에서 벗어나 充足된 상태로의 轉移를 불러일으키는 기능을 갖고 있다고 할 수 있다.

그럼 여기서 '趙忠毅이야기'에 대한 보다 깊은 이해를 위하여 당대의 이야기群 속에서 찾아지는 '만남'의 양상과 의미를 아울러 살펴보도록 하자. 여기서 검토의 대상이 되는 자료는 '過東郊白衲認父'[331], '聽驟雨

藥商得子'332), '徐孤靑起이야기'333) 등이다. 논의의 편의함을 위해 해당 자료들의 서사단락을 간추려 보이면,

'過東郊白衲認父'

1. 한 書生이 子宮에 대한 占辭를 받으나 그 까닭을 알지 못해 한다.
2. 어느 날 東郊에 나갔다가 큰 비를 만나 방황하다가 都監砲手의 집에 들어가 그 아내 되는 이와 관계하고 떠나간다. (걸레)
3. 15년 후, 그 서생이 친구들과 동교에 花柳 구경 나갔다가 옛 일을 친구들에게 일컫게 된다.
4. 이 이야기를 들은 한 和尙을 따라 그 집에 들어가 옛 여인을 다시 만나게 된다.
5. 그 여인이 화상에게 서생을 만나 天倫을 이었다고 하나, 서생은 그 연유를 몰라 의아해 하며 그 까닭을 여인에게 묻는다.
6. 이에 여인은 화상이 당시 서생과 관계하여 태어난 서생의 자식임을 비로소 밝히고 그 자식이 어미로부터 자신의 출생에 따른 本事를 듣고 그 아비를 찾기 위해 削髮爲僧하고 두루 찾아 다니던 사연을 서생에게 이른다.
7. 서생이 화상을 데리고 자신의 집으로 돌아온다.
8. 術家의 占勢가 헛되지 않았다는 진술.

'聽驟雨藥商得子'

1. 衰境에 처한, 자식도 없고 집도 없는 홀아비 약주름이 있었다.
2. 毓祥宮 거동 시에 큰 비가 오니 그 약주름이 그것을 보며 少時적의 鳥嶺비와 같다고 하자 傍人들은 그 말을 의아히 여기며 그 연고를 묻는다.
3. 약주름이 그제야 자신이 예전에 東萊로 가다가 驟雨를 만나 방황하다가 한 草幕에 들어가 초막 안의 老處女와 관계하고 떠났던 일을 이야기한다. (표점 : 왼편 볼기에 큰 사마괴)
4. 한 總角이 그 이야기를 듣고 누가 이야기했는지를 물어 알고는 그에게

---

331) 정명기 편, 앞에서 이미 든 주 (8)의 책, 권 2, P. 155-158. 『靑邱野談』 所收.(이하 '過'로 줄임).
332) 바로 앞에서 든 책, 권 2, P. 158-162.(이하 '聽'으로 줄임).
333) 바로 앞에서 든 책, 권 1, 『東稗』 所收.(이하 '徐'로 줄임).

비로소 父親을 만났다고 아뢰니 사람들이 다 그 말을 의아히 여기며 그 緣由를 총각에게 묻는다.
5. 標點으로 자신의 부친임을 확인하려는 총각에게 그 약주름이 다시 그 까닭을 물으니 그 총각은 모친으로부터 들은 전후 사연을 다 아뢴다.
6. 총각이 부친을 찾고자 고생했던 지난 6년간의 세월을 아뢰며 약주름(곧 부친)에게 함께 내려 갈 것을 청한다.
7. 총각을 따라 내려 와 옛 여인과 재회하고 살았다는 진술.

'徐孤靑起이야기'

1. 徐孤靑의 어머니가 16 歲 때에 상전 집에서 사환 하던 중 하루는 목화꽃을 길 곁에서 따다가 갑자기 큰 비를 만나 길 곁의 바위 구멍에서 비를 피하려고 했다.
2. 한 장사치가 비에 쫓겨 또한 그곳에 들어 와 있다가 억지로 그 여인을 범하니 여인은 이에 임신하여 徐孤靑 起를 낳고는 수절하고 살아간다.
3. 徐起가 8歲가 되었을 때 자신에게 아비가 없는 사연을 모친에게 물어 그 本事를 알게 된 다음 날부터 책을 끼고 그 바위 구멍에 가 종일토록 책을 읽다가 집에 돌아오기를 수개월 가깝도록 한다.
4. 그러던 중 하루는 驟雨가 갑자기 오니 한 사람이 避雨하여 그곳에 들어 와 두루 살펴보며 웃으니 徐起가 계속해서 웃는 연유를 그에게 캐묻다가 그가 자신의 부친임을 비로소 알게 되매, 이에 자신이 부친의 遺體라는 것과 모친이 수절하며 지내고 있는 사연을 부친에게 아뢰며 함께 모친에게 가기를 청한다.
5. 그 사람이 驚喜하여 따라 와서 徐起의 모친과 再會하고 같이 잘 살았다는 진술.

와 같다.

위에 든 세 자료들은 세부적인 디테일 면에서 차이가 있기는 하지만, '어떠한 남자(서생, 약주름, 장사치)가 비를 만나 피했다가 우연히 어떤 여자(포수의 처, 노처녀, 사환녀)와 관계하고 떠나간 뒤 훗날 그 사이에서 태어난 자식이 오랜 세월 고생을 겪으며 아비를 찾던 중 '비'를 매개로, 보다 엄밀히 말하면 '비'로 인해 촉발된 한 남자에 의한 진술·웃는 행위[334]를 매개로 결국 아버지를 만나게 된다는 공통의 서술문면을 지니고 있다는 점에서 함께 묶어 논의해도 별반 큰 무리는 없을 것으로 생각된다. 이들 세 자료에 보이는 '비'의 기능이 앞으로 있을 '만남'이라는 상황을 극히 우연적이고도 자연스러운 상태에서 출현시키려는데 있는 것이었음은 위에 보인 각 이야기의 서사단락을 통해서도 쉬 확인된다고 하겠다. 이런 점에서 본다면 이들 세 자료에서의 '비'motif의 기능은 '趙忠毅이야기'에서의 '비'motif의 기능과는 일정한 차이가 있는 것임을 알 수 있다.

한편 여기서 위의 세 자료에서의 주기능소 '만남'의 양상과 의미를 살펴, '趙忠毅이야기'에서의 그것과의 동질성 여부를 밝혀 볼까 한다. 그것을 간추려 보이면 다음과 같이 된다.

	계기	첫번째의 만남	계기	두번째의 만남
'過'	避雨	書生-도감포수의 처	비를 통한 자기 진술	서생-자식-?
'聽'	避雨	약주릅-노처녀	비를 통한 자기 진술	약주릅-자식-노처녀
'徐'	避雨	장사아치-사환녀	비를 통한 자기 진술	장사아치-자식-사환녀
성격		인간적, 사회적 윤리 질서의 결핍		인간적, 사회적 윤리질서의 충족

위의 표에서도 확인되듯이, '過', '聽', '徐'의 세 이야기는 모두 두 차

---

334) 그 진술 내용을 해당 작품에서 찾아 보이면 다음과 같다.
'過' : "그후 십오년만의 벗 수삼인으로 더브러 동교(東郊)에 화류(花柳) 구경ᄒᆞ고 도라오ᄂᆞᆫ 길의 젼에 비 피ᄒᆞ던 집을 ᄀᆞᄅᆞ쳐 ᄉᆡᆼ이 년젼(年前) 지난 일을 ᄌᆞ셰(仔細) 니ᄅᆞ고 셔로 훤쇼(喧笑)ᄒᆞ고 오더니"
'聽' : "마츰 영묘됴(英廟祖)의셔 뉵상궁(毓祥宮) 거동ᄒᆞ시니 ᄯᅢ ᄉᆞ월이라. 급ᄒᆞᆫ 비 붓ᄃᆞ시 ᄂᆞ려 ᄀᆡ쳔이 창일(漲溢)ᄒᆞ니 관광(觀光)ᄒᆞᄂᆞᆫ 졔인(諸人)이 약계 집으로 몰려 드러가 비롤 피홀ᄉᆡ 방안과 쳠하의 미만 ᄒᆞ더니 약쥬릅이 마즘 방즁(房中)의 잇다가 …… (中略) …… 오날 비 졍히 긋딕 비와 ᄀᆞᆺᄒᆞᆫ 고로 우연이 ᄉᆡᆼ각ᄒᆞ미로라."
'徐' : "一日驟雨忽至 有一人避雨而入 周覽岩竇 呵呵發笑"

례의 만남을 서술문면 속에 담고 있다. 그런데 여기서 첫번째의 만남은 그것이 우연적인 상황에 힘입어 가능하였던 것이었기에 그 우연적 상황이 가실 때 필연적으로 다가올 수밖에 없었던 헤어짐을 내포하고 있는 만남 곧 未完의 만남으로서의 성격을 띠고 있는 것으로 보여진다. 사실이 경우의 만남은 그 성격상 사회 윤리질서의 결핍을 바로 드러내 보여주고 있는 것에 다름 아니라는 점에서도 자연 그러한 면모를 띨 수밖에 없었을 것으로 사료된다. 그에 반하여 두번째의 만남은 그 성격상 사회 윤리질서의 회복을 지향해야 했다는 점에서 앞 첫번째 만남 자체에 내포되어 있던 未完의 만남에서 벗어나 그 만남을 旣完의 만남으로 전이시켜야 하는 성격을 당연히 그 자체 내에 지닐 수밖에 없었던 것으로 보여진다. 이것은 제 2차의 만남을 통하여 첫번째 만남에서 문제되었던 - 두 남녀가 우연한 기회에 만나자마자 바로 이내 헤어져야만 했다는 - 상황이 완전히 해소되고 있다는 서술문면을 통해서도 거듭 확인된다고 하겠다. 그러한 문제 상황의 해소는 뒷날 두 남녀 사이에서 태어난 자식에 의한 부친 탐색의 양상을 띠고 이루어지고 있다. 그것은 외면상 우연적으로 다가온 같은 상황 곧 '비'에서 유발된 것처럼 보이지만 기실은 母·子 兩人 엄밀히 말하면 모친의 삶에 비하여 훨씬 더 부친 탐색에 대한 상대적인 열망을 지니고 있었던 자식의 처절할 정도의 삶[335]에 대한 보상 심리적 차원에서 이루어진 결과로 생각된다. 이런 면모를 해당 자료의 문맥을 통하여 들어 보이면 다음과 같다.

> (過) : 졔(필자 주 : 자식) 드른 후ᄂᆞᆫ 삭발위승(削髮爲僧)ᄒᆞ여 텬륜(天倫)을 차즈려 오륙년 간의 낙듕(洛中) 양반을 만나면 혹 이런 경녁ᄉᆞ

335) 모친의 고난은 "잇ᄯᅢ것 슈졀ᄒᆞ오시니"(聽), "吾母 尙守節以待大人"(徐)에서 드러나듯이 모친의 수절 행위로 대표된다. 그러나 이것은 어린 자식이 부친의 존재를 인지한 순간부터 오랜 세월에 걸쳐 전국을 떠돌면서, 또는 어머니와 부친이 만났던 장소인 바위 굴에 매일같이 가 책을 읽으면서 저녁때 도라온다는 데서 확인되는 고난에 비한다면 상대적으로 그 강도가 약한 것이라 할 수 있다.

(經歷事)를 무로되 엇지 못ᄒᆞ야 일야(日夜) 츅텬(祝天)ᄒᆞ더니 ……336)

(聽) : 쇼ᄌᆡ(小子ㅣ) 모친 말솜을 드른지라. 십이셰부터 집을 ᄯᅥ나 부친을 찾으려고 두번 팔도(八道)롤 쥬회(周廻)ᄒᆞ고 셰번 경셩(京城)의 드러와 쳔신만고(千辛萬苦)ᄒᆞ온지 이졔 뉵년(六年)이라.337)

(徐) : 孤青 年至八歲 …… (中略) …… 其母 以其事告之 孤青自翌日 挾冊入岩竇中 終日讀書 至暮乃還 如是者 殆近數月338)

위에 든 문면들은 잃어버린 부친을 찾아 자신의 혈통을 확인해야 한다는 데서 확인될, 윤리질서의 회복을 위해 오랜 세월 온갖 고생을 겪어야 했던 자식의 삶에 합당한 응분의 사회적 보상의 의미가 무엇인지를 예비적으로 담보하는 기능을 띠고 있는 부분으로 보여진다. 이런 연장선 상에서 이들 이야기들을 통하여 유교 윤리의 확립과 선양을 드러내려 했던 화자들의 의식이 어느 면 비로소 이해될 수 있다. 그것은 다시 '聽'과 '徐'의 경우에 모친들이 다같이 타인에게 신분적·사회적으로 매이지 아니하고 살아가던 여성들이었기에 뒷날 父 — 母 — 子의 최종적인 만남이 가능한 것으로 그려지고 있는 것과는 달리, 유독 '過'의 경우에는 그 모친이 도감포수의 처라는 묵인할 수 없었던 엄연한 사회적 현실성을 고려하여 뒷날 다만 父 — 子間의 만남으로만 끝내고 있는 서술문면에서도 거듭 확인된다고 하겠다.

이들 이야기에 나타나는 첫번째 '비'가 그 이야기의 서사진행상 未完의 만남을 불러 일으키는 기능을 담당하고 있다면, 두번째 '비'는 첫번째 '비'로 인해 가능했던 만남이 내포할 수밖에 없었던 '헤어짐'을 최종적 만남으로 전이시켜 첫 만남의 단계에서 구현되지 못했던 의미를 확보·강화하는 기능을 띠었던 것으로 생각된다. 이런 점으로 본다면 이들 당대의 이야기群 내에서 발견되는 '만남'의 의미 기능 또한 '趙忠毅이야기'에서의 그것과 마찬가지로 결국 '缺乏 ---〉 充足'의 과정을 보여주는

336) 정명기 편, 위에서 이미 든 주 (8)의 책, 권 2. P. 157-8.
337) 바로 앞에서 든 책, 권 2. P. 161.
338) 바로 앞에서 든 책, P. 266.

것으로 이해할 수 있겠다.

이제까지 앞에서 우리는 '趙忠毅이야기'에서의 '만남'의 양상과 의미 기능을, 그것과 유사한 형태를 띠고 있는 것으로 보이는 당대의 이야기들과 비교·검토하는 과정 속에서 다루어 보았는 바, 그것은 다음과 같이 요약될 수 있겠다. 곧 전자의 경우에는 후자에서와는 달리, '만남'이 '비'motif에 선행하여 나타남으로 해서 그것이 제 2·3·4의 의미가 심화되는 또 다른 '만남'을 불러일으키고 있는데 비하여, 후자의 경우는 '비'-'만남'의 뼈대가 겹의 꼴로 나타나면서 뒤의 '만남'이 앞의 '만남'에서 문제되었던 상황을 해소함으로써 서사전개의 종국에 달한다는 형태상의 차이를 드러내고 있다는 점을 밝힐 수 있었다. 그러나 이러한 차이 못지 않게 다른 한편으로 '만남'의 의미 기능은 두 경우 모두 '缺乏 ---〉充足'의 과정을 보여주고 있다는 데서 우리들은 내용상의 동질성을 또한 충분히 확인할 수 있었다, 물론 두 경우에 있어 궁극적인 의미 지향의 지평이 '趙忠毅이야기'의 경우 환상적인데 비하여, 당대의 이야기群들은 현실성을 띠고 있다는 나름의 차이점을 여기서 우리들이 결코 간과해서는 아니되리라 본다.

이제까지 '趙忠毅이야기'의 뼈대와 그 의미, 나아가 주기능소 '만남'의 면모와 의미에 대해 살펴보았는 바, 이러한 양상과 의미가 소설 『趙忠毅傳』으로 轉化되면서 어떠한 양상으로 수용·변이되고 있는지, 또 그 의미는 어떻게 달라지고 있는가에 대해서는 항을 달리 하여 고찰할까 한다.

다. 『趙忠毅傳』계의 변이 양상과 의미

일화가 소설이라는 양식으로 전이되면서 일어나고 있는 가능한 서사문법의 총체적 양상과 그 의미를 밝혀 보는 데에 본 항의 최종적 목표가 있다. 이에 여기에서는 먼저 趙忠毅 일화와 소설 『趙忠毅傳』의 세 이본에서 두루 찾아지는 상동점과 상이점을 들어 보인 뒤, 그 각각의 경우를 통해 드러나게 될 변이의 실제적 양상과 그러한 변이 양상을 작가 또는 제 2의 작가가 지닌 의도에 의해 마련된 개인적 창조력의 소산으로 보고, 이들 『趙忠毅傳』의 세 이본을 통해 드러내 보이려 했던 작가의 궁극적 의도는 어디에 있었던 것인지에 대해 살펴보고자 한다.

그런데 여기서 검토의 대상이 될 『趙忠毅傳』의 세 이본 곧 金本, 宋本, 精文硏本 『趙忠毅傳』 가운데서 정문연본 『趙忠毅傳』을 제외한 다른 두 본의 경우 그 서사구조면에서 두드러진 큰 차이를 갖고 있지 않은 이본으로 보여진다는 점에서 논의의 효과적 수행을 위하여, 宋本 『趙忠毅傳』과 精文硏本 『趙忠毅傳』을 주된 논의의 대상으로 삼되, 필요할 경우 金本 『趙忠毅傳』의 서술문면 또한 아울러 검토하기로 한다.

그럼 여기서 먼저 趙忠毅 일화와 『趙忠毅傳』의 세 이본에서 나타나는 차이점을 들어 보이면 다음과 같다.

첫째, 주인공이 서울에 올라온 이유가 趙忠毅 일화의 경우에는 '시골에서 나고 자라 오래도록 한양 궁궐의 장려함을 듣고 한번 (그것을) 보고자 하여 온' 것으로 나타나고 있는데 비하여, 소설에서는 養子의 禮嗣를 내고자 하여 온 것으로 달리 나타나고 있다는 점.

둘째, 대군을 만나게 된 상황이 趙忠毅 일화에서는 충의가 대군을 村店에서 우연히 만나 자신의 집으로 찾아오라는 대군의 말에 따라 궁에 가게 된 것으로 나타나는데 비하여, 소설에서는 예사를 내려고 상경하였다가 예조 서리에게 속임을 당한 끝에 궁으로 우연히 들어갔다가 대군을 만나게 된 것으로 달리 나타나고 있다는 점.

셋째, 충의의 면모에 대한 서술이 趙忠毅 일화에서는 다만 어리석은 존재로만 그려지고 있는데 비하여, 소설에서는 그에 덧붙여 驕傲한 면모를 지닌 존재로까지 달리 나타나고 있다는 점.

넷째, 내기를 거는 주체가 趙忠毅 일화에서는 충의로 설정되고 있는데 비하여, 소설에서는 효종의 聖德으로 그것이 제의되는 것으로 달리 나타나고 있다는 점.

다섯째, 재회를 하는 상황이 趙忠毅 일화에서는 인조가 寶位에 오른 뒤에 임금이 충의를 궁으로 불러 들여 그 만남이 가능한 것으로 나타나고 있는데 비하여, 소설에서는 그와는 달리 효종이 직접 충의에게 나아와 그것이 가능한 것으로 달리 나타나고 있다는 점.

여섯째, 벼슬을 내려주는 상황이 趙忠毅 일화에서는 趙忠毅에게 충의라는 벼슬을 내려 주었다가 뒤에 바로 彦陽縣監을 내려주는 것으로 나타나고 있는데 비하여, 소설에서는 본래 충의였던 趙忠毅에게 知禮縣監을 내려주는 것으로 달리 나타나고 있다는 점.

위에 든 이러한 차이점이 있음에도 趙忠毅 일화와 『趙忠毅傳』의 세 이본은 다음과 같은 공통점을 지니고 있는 것으로 확인되는 바, 여기서 『趙忠毅傳』의 세 이본이 趙忠毅 일화의 서사단락을 기반으로 하여 후대에 이루어진 작품이라는 것을 어렵지 않게 확인할 수 있다.

1. 충의와 대군의 만남이 우연한 기회에 가능한 것으로 나타나고 있다는 점
2. 그 답변의 성격이 비록 달리 나타나고는 있지만, 潛邸 時의 인조가 충의에게 서울에 온 연유를 직접 묻는다는 점
3. 인조가 登極한 후 충의가 다시 서울에 올 때 宮屬들에게 자신이 등극했음을 그에게 알리지 말라고 이른다는 점
4. 충의에게 소원을 물어 인조가 벼슬을 내려준다는 점
5. 충의의 言行에 대해 罪 주기를 청하는 侍臣들에게 인조가 두 사람 사이의 관계를 밝혀 그것을 무마한다는 점

이제까지 앞에서 보인 양자간의 상동점과 상이점을 통하여 그 변이 양상과 거기에 투영되어 있을 작가의 의도가 어디에 있는지를 구체적으로 살펴보도록 하자. 그런데 그것은 다시 『趙忠毅傳』의 세 이본이 각기 지니고 있을 개별적 면모와 아울러 그 공통적인 양상을 함께 묶어 검토할 때 비로소 그 해결이 가능해지리라 여겨진다. 이에 먼저 이들 세 이본에서 두루 발견되는 공통의 서사단락을 간추려 보일 필요가 있지 않을까 한다.

1. 충의의 인물됨
2. 자식이 없어 養子를 정하고 禮嗣를 내기 위해 상경했다가 예조 서리에게 속임을 당하는 충의
3. 비를 피하여 우연히 大君 宮에 돌입하여 대군과 만나게 된 충의
4. 대군과 여러 차례 문답을 나누며 情이 깊어져 厚待를 받고, 예사까지 얻고 무사히 歸鄕하게 된 충의
5. 전일의 약속대로 다시 상경하여 임금이 된 대군을 만나 그리던 情懷를 펴는 충의
6. 충의에게 소원을 묻고 그의 소원대로 知禮縣監 벼슬을 내려주는 임금
7. 肅拜 後에 御命을 받고 고개를 든 충의는 임금에게 자신을 속인 것에 대해 抗議함
8. 충의가 이후 到任하여 員 노릇을 함
9. 評結部

위에 보인 『趙忠毅傳』의 세 이본들이 지니고 있는 공통 서사단락을 통해서도 『趙忠毅傳』이 趙忠毅 일화의 서사단락을 그대로 수용하는 가운데 나름의 개체적 변이의 면모를 지니고 있는 작품임이 거듭 확인된다.

여기서 趙忠毅 일화의 뼈대가 『趙忠毅傳』에 그 뼈대를 크게 손상시키

지 않는 범위 내에서 다시 자리잡게 되는 상황이 비로소 이해된다. 그러나 『趙忠毅傳』이 趙忠毅 일화의 서사단락과 뼈대 아래 이루어진다고 해서 그것이 趙忠毅 일화의 뼈대와 지닌 바 의미를 있는 그대로 답습·수용하여 이루어진다고는 말할 수 없다. 바로 여기서 『趙忠毅傳』의 이본들에서 찾아지는 각기의 개체적 변이의 양상에 대한 치밀한 분석이 요청되는 것이라 할 수 있다. 그런데 이와 같은 개체적인 변이의 양상은 서사단락에서만 찾아지는 것은 아니다. 인물·사건·배경 등에 있어서 조차 趙忠毅 일화에 비해 『趙忠毅傳』에서는 한결 작품의 유기적인 얽음새에 일정한 이상의 관련을 맺는 방향으로 그들 요소들이 작품 내에서 다시 창출되어 나타난다. 여기서 그러한 예를 잘 보여주는 단적인 예로 趙忠毅 일화의 경우 충의란 인물에게 의외의 행운을 가져다주는 인물로 인조가 등장하고 있는데 비하여, 『趙忠毅傳』의 세 이본에서는 그와는 달리 효종으로 나타나고 있다는 사실을 들 수가 있겠다. 그러나 이러한 개체적 변이의 면모는 실상 이 이야기의 근본적인 의미 지향이 어디에 있는 것인지를 생각해 볼 때 작품 내에서 그리 큰 의미 기능을 담당하고 있는 변이로는 생각되지 않는다. 이런 점에서 본다면 趙忠毅 일화가 『趙忠毅傳』으로 양식을 바꾸어 가는 과정 속에서 나타나는 일련의 개체적 변이의 양상이 있다고 하더라도, 그들 변이의 양상 가운데는 『趙忠毅傳』이란 작품의 의미 지향에 있어 일정한 기능을 담당하지 못하는 것으로 보이는 면모들이 있을 수 있다는 점을 우리는 인식해야 한다. 따라서 이러한 면모들은 우리의 논의 전개에 크게 보탬이 될 자료로는 생각되지 않기에 논의 과정에서 무시해도 좋을 것으로 여겨진다.

한편 성격 창조의 가장 간단한 형태는 命名을 통해서 이루어진다는 A·Warren과 R·Wellek의 말은 『趙忠毅傳』의 세 이본을 검토할 때 또한 타당한 주장으로 여겨진다. 조봉태(金本), 趙忠毅(宋本), 조발낭(精文研本) 가운데, 특히 精文研本 『趙忠毅傳』에 나타나고 있는 조발낭이란 조금은 경박스럽기까지 한 것으로 보이는 이름을 통하여, 그가 작품 내에서 드러내 보일 비속적 성격과 함께 그가 또 앞으로 행하게 될 행동방식의 존재 양태가 어떠하리라는 것까지도 독자들은 별다른 어려움 없이 感得할 수 있게 된다. 이런 점에서 본다면 일단 『趙忠毅傳』의 세 이본, 특히 精文硏本 『趙忠毅傳』의 경우에 나타나고 있는 성덕을 입는 객체로서의 그들에 대한 면모는 이 작품의 작가 또는 제 2의 작가에 의해 마련된 변이로 보여진다. 이것은 서사인물에 대한 구체적인 성격 부여의 장이 그들에 의해 출현할 수 있음을 보여주는 하나의 좋은 예라 하겠다.(이점 후술된다) 이와 같이 『趙忠毅傳』의 세 이본에서 공통적으로 발견되는 개체적 변이의 양상 가운데는 작품의 서사문맥을 보다 합리적으로 꾸미기 위한 데서 나온 것으로 보이는 문면·사건 등이 있어 우리의 주의를 끌고 있다. 여기서 먼저 『趙忠毅傳』의 세 이본에서 찾아지는 사건의 면모를 통해 그 변이 양상과 변이의 의미는 무엇인가에 대해 살펴볼까 한다. 그것은 곧 앞서든 바 있는 공통 서사단락 가운데의 서사단락 (2)에서 잘 드러나고 있다. 서사단락 (2)에서 보이는 이러한 개체적 변이의 양상은 작품 내의 서술문면을 보다 합리적으로 꾸미기 위한 의도를 지녔었던 작가에 의해 마련된 문학적 기법의 산물로 여겨진다. 그것은 곧 서사 주인공의 어리석음을 보다 구체적으로 보여주려는 하나의 장치로서의 구실을 지니는 것으로 생각된다. 아울러 그것은 당대 사회가 명분 지향의 유교 사회였다는 사실로부터, '禮嗣'에 얽힌 삽화를 통하여 '속이고 속는' 인간군상들을 징치·포용하는 가운데서 임금의 지닌 바 성덕을 보다 강하게 드러내고자 했던 작가의 개인적 창조력이 전래하던 趙忠毅 일화를 수용·재창작하는 과정 속에서 내보인 변이로 파악된다. 그러나 서사단락 (2)에서 드러나는 서사문맥이 『趙忠毅傳』의 세 이본에서 한결같이 공통되게 나타나지 않는다는 사실은 우리에게 『趙忠毅傳』의 세 이본의 작가 또는 제 2의 작가들이 지녔던 개인적 창조력의 면모에 나름의 편차가 있음을 일러주는 것으로 생각된다. 이제 각 이본에서 개인적 창조력의 편차가 어떻게 나타나고 있는지를 구체적으로 살펴보도록 하자.

金本 『趙忠毅傳』과 宋本 『趙忠毅傳』의 경우 서사 주인공 봉태와 충의

는 예사를 내려고 상경하였다가 예조 서리에게 속임을 당하고 귀가한 뒤, 뒷날 다시 부인의 권유(金本) 또는 충의의 자의(宋本)로 상경하여 예사를 내려는 인물로 나타나고 있다. 그런데 이들 두 이본에서는 봉태 또는 충의가 예조 서리에게 속임을 당하는 상황에 대한 서술이 精文硏本 『趙忠毅傳』의 그것과는 달리 아주 간략하게 나타나고 있는 차이를 지니고 있다. 곧 宋本, 金本 『趙忠毅傳』에서는 다만 "돈 만코 인ᄉᆞ(人事) 업ᄉᆞ물 보고 필(피?)탈ᄎᆞ탈ᄒᆞ고 돈만 ᄉᆡ라먹고"[339], "됴ᄉᆡᆼ의 모양이 쥰쥰무지(蠢蠢無識)ᄒᆞ믈 보고 업슈이 여겨 돈만 바다먹고"[340] 禮曹胥吏가 禮嗣를 내어 주지 않는 것으로 나타나는데 비하여, 精文硏本 『趙忠毅傳』의 경우 두 이본들과는 달리 발낭이 禮嗣를 내려 두 번에 걸쳐 상경하는 것이 아니라, 한 번만 상경하는 것으로 나타나고 있다는 차이와 아울러 예사를 내려다가 속임을 당하는 서사 주인공과 속임을 행하는 예조 서리의 행동 양태에 대한 다음과 같은 구체적인 서술문면이 출현하고 있다는 점 등을 묶어 생각해 볼 때, 精文硏本 『趙忠毅傳』은 충의의 어리석음을 보다 상대적으로 극대화시켜 보이는 일방, 부정적 인간군상으로서의 서리의 교활한 면모까지도 드러내 보이고 있는 이본으로 파악된다고 하겠다.

> ᄂᆡ 시골 양반일너니 녜조(禮曹)의 예ᄉᆞ(禮嗣)를 ᄂᆡ려 왓시니 ᄌᆞᄂᆡ씨ᄂᆡ즁 뉘가 ᄒᆞ여닐가 시븐고 ᄒᆞ니 예조 셔리더리 쳔만의외(千萬意外)의 이 거동(擧動)을 보고 ᄃᆡ경실ᄉᆡᆨ(大驚失色)ᄒᆞ여 양구후(良久後) 셔로 보며 크게 웃거날 츙의 도로혀 무안ᄒᆞ여 쥬져ᄒᆞ다가 갈오ᄃᆡ ᄂᆡ가 양ᄌᆞ을 증(定)ᄒᆞ고 예ᄉᆞ을 ᄂᆡ려왓거던 웃지 이리 요란(搖亂)니 구난요 만일 잘ᄒᆞ여 쥬면 돈을 만니 쥬리라 ᄒᆞ거날 (5-뒷,3~6-앞,1)

> 기즁(其中) ᄒᆞᆫ 셔리 ᄂᆡ다라 ᄉᆞᄆᆡ를 잇그러 은근한 곳의 안치고 슈말(首末)을 무른 후 졔 집으로 다려가 ᄉᆞ랑의 ᄌᆞ이며 이르ᄃᆡ 싱원(生員)님니 예사 ᄂᆡ난 법을 치 모로시고 돈 오십양을 가져 왓거니와 이거시 즁난(重難)ᄒᆞ여

339) 위에서 이미 든 주 (317)의 책, P. 19.
340) 위에서 이미 든 주 (318)의 책, P. 448.

> 나라의 입계(入啓)ᄒᆞ여 어보(御寶)을 쳐 ᄂᆡ오미 인정(人情)니 만히 드오니 ᄇᆡᆨ금(百金)이라도 부족ᄒᆞ오리라 ᄒᆞ고 우으니 츙의 셔리 말을 듯고 ᄃᆡ 왈 ᄌᆞᄂᆡ씨가 줄만하여 쥬면 ᄯᅩ ᄇᆡᆨ양을 쥬리라 ᄒᆞ니 셔리 ᄂᆡ렴(內念)의 져 놈이 ᄒᆞ 괴괴(怪怪)하니 다른 곳의 보ᄂᆡ지 말고 여겨셔 먹이고 훌트리라 쥬의(主意)을 정ᄒᆞ고 잘ᄒᆞ여 ᄂᆡᆯ 것이니 돈을 마(자 脫落?) 가져 오쇼셔 ᄒᆞ니 츙의 본읍 아젼(本邑 衙前)니 마촘 ᄃᆡ동(大同) 밧치러 왓거날 돈 ᄇᆡᆨ양을 츄이(推移)ᄒᆞ여 쥬니 셔리 바다노코 여러날 실난하여 져 오십양은 식가(食價)로 바드리라 ᄒᆞ고 여(러 脫落?)날 묵이며 (6-앞,1~6-뒷,6)

위에 든 두 예문만을 통해 보더라도, 金, 宋本『趙忠毅傳』과 精文研本『趙忠毅傳』의 작가 또는 제 2의 작가들이 전래하던 趙忠毅 일화들을 그들 각자가 지니고 있던 나름의 의식 또는 세계관에 따라 수용·변이하고 있었던 존재라는 점이 어느 정도 확인된다고 하겠다. 그것은 곧 金, 宋本『趙忠毅傳』의 작가 또는 제 2의 작가들이 예사를 내려다가 예조 서리에게 속임을 당했다는 사건의 단순한 반복·나열을 통하여 충의와 봉태의 어리석음을 상대적으로 더 드러내려 했던 태도를 지니고 있었던 인물이었음에 비하여, 精文研本『趙忠毅傳』의 작가 또는 제 2의 작가는 사건의 집약화와 그에 따른 충의의 어리석은 면모에 대한 구체적인 상황 서술의 방법을 통하여 그 어리석음을 보다 극대화시켜 보이려 했던 태도를 지니고 있었던 인물이라는 점에서도 거듭 확인된다고 할 수 있다. 그 점은 다시 精文研本『趙忠毅傳』의 다음과 같은 개체적 변이의 면모를 살필 때 거듭 드러난다고 하겠다. 앞에서 필자는 精文研本『趙忠毅傳』에서의 서사 주인공에 대한 命名이 조발낭으로 나타나며, 이 발낭이란 이름에서 그 서사 주인공이 지니고 있을 비속적 면모와 성격, 나아가 그 행동방식의 존재 양태까지도 쉽게 간파해 낼 수 있다고 말한 바 있다. 여기서 살필 해당 서술문면은 그것을 바로 잘 보여주고 있는 것으로 생각된다. 金, 宋本『趙忠毅傳』에 서술되고 있는 충의, 봉태에 대한 인물 묘사가 "신댱(身長)이 뉵쳑(六尺)이오, 형용(形容) 츄토(?) 아니ᄒᆞ여 보면 우술 만ᄒᆞ고 십여셰(十餘歲) 넘도록 지각(知覺)이 업셔 운무즁(雲霧中) ᄊᆡᆫ진 ᄉᆞ람ᄀᆞᆺ고"[341](1-앞,3~5), "신ᄌᆞᆼ 육쳑이오, 인물이 기형괴상(畸形怪狀)이오 인ᄉᆞ 연무즁(煙霧中)의 든 듯ᄒᆞ나"[342]와 같이 극히 간략하게 나타나고 있는데 비하여, 精文研本 『趙忠毅傳』에서는 이와는 달리

> 키가 불과 다삿 ᄲᅧᆷ은 되고 올흔 눈의은 잉ᄎᆞ하고 왼 눈의 식ᄭᅡ먹고 코 허리 잘크라지고 올흔 편 볼의 질병만ᄒᆞᆫ 혹이 낫고 ᄲᅡᆨᄲᅡᆨ이 얼고 ᄶᅵᆼ긔여 거문거멀 모술 무슈이 ᄒᆞ여시ᄆᆡ 입은 병어부리요 나롯손 탑삭부리오 빗츤 발갓코 낫빗츤 슛검양갓고 귀난 ᄒᆡ박조가리(文 脫落?)고 ᄒᆞᆫ 팔 봉통이요, 한 다리 줄녹이며 허리ᄂᆞᆫ 세 아람은 ᄒᆞ고 형용이긔괴(奇怪)ᄒᆞ여 실노 ᄉᆞ람갓지 아니ᄒᆞ되 (1-앞,3-뒷,1)

로 나타나는 바, 이를 통해 보더라도 金, 宋本 『趙忠毅傳』과 精文研本 『趙忠毅傳』의 작가 또는 제 2의 작가들이 趙忠毅 일화에 대해 각기 다른 시각을 지니고 있었던 존재라는 것이 어렵지 않게 확인된다. 곧 조발낭이란 인물의 결코 인간답지 아니한 면모와 그 지닌 바 性情에도 결코 개의하지 아니하고 계속해서 그를 顧護하는 임금의 넓은 성덕을 역설적으로 더 높이 드러내고자 했던 작가 자신의 의도로 해서 조발낭이란 인물에 대한 위에 보인 것과 같은 내용의 戱畵化가 마련된 것으로 보여진다. 이점은 다시 자식이 없는 신세에 대해 다만 탄식만 하는 것으로 나타나는 金, 宋本 『趙忠毅傳』의 경우와는 달리, 부인을 원망하다가 조발낭이라는 인물이 부인으로부터 크게 봉욕을 당한다는 該本의 다음과 같은 문면을 통해서도 거듭 확인된다고 하겠다.

> 이 허무(虛無)ᄒᆞᆫ 연아. ᄂᆡ 집의 드러와 업갓튼 아들을 나어달나 ᄒᆞ여더니 쥐삿기만한 돌장이도 못나 ᄒᆞ시니 너를 ᄂᆡ치고 고흔 첩을 갈 희고 골나 ᄌᆞ식을 보리라 ᄒᆞ니 그 쳐 ᄯᅩᄒᆞᆫ 사오납기 쳔고(千古)의 업난지라. 그 말을 듯고 ᄃᆡ로(大怒)ᄒᆞ야 퉁방울갓튼 눈을 부릅ᄯᅳ(고 脫落?) 왈락 달여드러 한 손으로 멱살을 츄혀들고 탑삭나룻 ᄌᆞᆸ고 업파 갓튼 손으로 ᄲᅢᆷ을 ᄶᅡ라지게 치며

341) 위에서 이미 든 주 (318)의 책, P. 447.
342) 위에서 이미 든 주 (317)의 책, P. 18.

왈 요놈 발측훈 놈아. 드르라. 뉘네 쳡니 되여 살니오. 날을 감히 박디(薄待)ᄒᆞ난다 ᄒᆞ며 두다리니 발낭이 두 눈의 불이 번젹나고 알푸물 견디지 못ᄒᆞ여 겨오 몸을 ᄲᅢ혀 부억 한 구셕의 ᄎᆞ지ᄒᆞ여 안져 훌적이고 울며 비러 왈 부인아. 소인(小人)이 잘못ᄒᆞ엿ᄉᆞ오니 죄을 용서ᄒᆞ쇼서. 이제는 그런 일을 아니ᄒᆞ오리다 ᄒᆞ니 그 쳐 골시 너정(?)갓튼 눈을 낫쵸고 찬 밥의 져리 김치을 부븨 질너 쥬며 일오디 ᄎᆞ후(此後)의 그런 요망(妖妄)훈 말을 훌진디 두 눈망울을 ᄲᅢ혀 어런 아히 공긔노난 디 팔리라 ᄒᆞ니 발낭이 두 손을 부븨며 비러 왈 이후 그런 일이 잇거던 훌디로 ᄒᆞ쇼셔 ᄒᆞ니 골시 우셔 왈 발칙훈 거시 눈치만 잇셔 너가 셩을 푸난 양을 보고 ᄒᆞ소을 ᄒᆞ니 발낭 왈 우리 양쥬(兩主)ᄉᆞ니 셔로 ᄒᆞ여라 훈들 관겨(關係)ᄒᆞ랴 ᄒᆞ고 셔로 웃더라. (1-뒷,7-2-뒷,10)

이제까지의 검토를 통해서 우리는 『趙忠毅傳』계 이본들이 그 이본들을 창출해 낸 작가의 개인적 의도로 인해 趙忠毅 일화의 서사단락과 서술문면을 나름대로 확장·변개하는 가운데 이루어진 작품들이라는 사실을 충분히 살필 수 있었다.

이제부터 이런 성과를 토대로 하여 이들 이본들에서 드러나고 있는 개체적 변이의 면모와 그 지닌 바 의미를 구체적으로 살펴볼까 한다. 먼저 아예 그 부인의 존재가 출현하지 않고 있는 宋本『趙忠毅傳』과는 달리, 金本『趙忠毅傳』과 精文硏本『趙忠毅傳』의 경우 그 주인공인 봉태와 발낭의 아내에 대한 서술문면이 다음과 같이 나타나고 있다.

나희 약관(弱冠)의 취쳐(娶妻) 심씨ᄒᆞ니 현슉(賢淑)ᄒᆞ야 치가(治家)를 법(法)되게 ᄒᆞ고[343] (1-앞,7-뒷,1)
봉티 지각(知覺)이 불셩인ᄉᆞ(不省人事)로디 일단 츙근(忠勤)ᄒᆞ고 부인의 보익(輔益)ᄒᆞ미 만아 원(員) 노릇슬 조히 ᄒᆞ며 뉵년(六年) 과만(瓜滿)을 치오고[344] (23-앞,3~6, 밑줄 : 필자 표시)

한편 앞에서 든 精文硏本『趙忠毅傳』에서의 발낭의 봉욕 장면과 該本

343) 위에서 이미 든 주 (318)의 책, P. 447-8.
344) 바로 앞에서 든 책, P.491.

에서 보이는 발낭의 아내에 대한 다음과 같은 서술문면, 곧

> 위의(威儀)을 갓쵸와 관가(官家)로 드려올식 골시 쏘한 긔괴(奇怪)ᄒᆞ여 보암족지 아니나 쳔춍(天寵)니 늉듕(隆重)ᄒᆞ미 틱만(怠慢)치 못ᄒᆞ더라. (19-뒷,8-20-앞,1)

은 金本『趙忠毅傳』과 精文硏本『趙忠毅傳』의 작가 또는 제 2의 작가가 각기 지니고 있었던 의도·세계관의 차이에서 야기된 개작의 결과로 파악된다. 그것은 곧 金本『趙忠毅傳』의 경우 아내 심씨에 대한 긍정적 서술태도를 통하여 봉태의 아내보다 못한 면모를 대비적으로 제시하는 가운데 아울러 이상적인 여성상은 마땅히 이러해야 한다는 작가 자신의 의도가 드러난 결과로, 한편 精文硏本『趙忠毅傳』의 경우는 아내 골씨에 대한 부정적 서술을 통하여 봉태의 우스꽝스럽기까지 한 못난 면모를 상대적으로 더 과장되게 제시하는 가운데 아울러 여성은 골씨와 같은 삶의 양태와 궤적을 가져서는 아니된다는 의식을 지녔었던 작가 자신의 의도가 해당 이본 내에 투영되어 있음을 말하는 것이다.

한편 양자를 얻게 되는 전후 상황과 예사를 권하고, 한편으로 그것을 내고자 하는 주체가 이본들에 따라 각기 어떻게 달리 나타나고 있는가를 살펴, 그에 작용하고 있는 의도를 밝혀 보면 다음과 같다. 金本『趙忠毅傳』의 경우에는 그것이 "동츄십년(同住十年)에 일졈골육(一點骨肉)이 업셔 부뷔(夫婦ㅣ) 미양 슬허ᄒᆞ더니 심씨 권(勸)ᄒᆞ야 양ᄌᆞ(養子)ᄒᆞ라 ᄒᆞᄃᆡ 팔촌(八寸)의 아들을 졍(定)ᄒᆞ고 돈 빅여냥(百餘兩)을 가지고 상경(上京)ᄒᆞ야"[345] (1-뒷,1~4)로 나타나고 있는 바, 이로부터 양자를 권하는 주체가 부인 심씨임을, 예사를 예조에 내기를 권하는 주체는 문면에 밝혀져 있지 않아 분명치는 않으나, 다른 이본들의 경우를 미루어 봉태 자신인 것으로 볼 수 있는 반면에, 宋本『趙忠毅傳』의 경우에는 "일즉 무ᄌᆞ식(無子息)ᄒᆞ믈 셜워ᄒᆞ거날 동관(同官) 됴약졍(趙約正) 김풍

---

345) 위에서 든 주 (318)의 책, P. 448.

헌(金風憲) 헌계(獻計)ᄒᆞ여 양ᄌᆞ(養子)나 ᄒᆞ라 ᄒᆞ니 원족(遠族)의 한 아ᄒᆡ을 정하고 예사 ᄂᆡ난 법을 ᄌᆞ셔(仔細)이 묻고"[346]로 나타나는 바, 이로부터 양자를 권하는 주체와 예사 내기를 권하는 주체가 모두 조약정과 김풍헌인 것으로 달리 나타나고 있다. 이것은 宋本 『趙忠毅傳』의 경우 金本, 精文硏本 『趙忠毅傳』과는 달리 아내에 대한 서술문면이 작품 내에 전혀 나타나지 않고 있다는 전후 사정을 미루어 볼 때 그와 같이 개작되어 나타나는 것이 어느 면 지극히 자연스럽기까지 한 현상이라 하겠다.

한편 精文硏本 『趙忠毅傳』의 경우 앞에서 이미 든 예문에서도 드러났듯이 첩을 얻어 자식을 구하려다가 부인 골씨에게 봉욕을 당한 뒤,

> 이후로난 쳡 으들 ᄉᆡᆼ의(生意)을 못ᄒᆞ고 외팔촌(外八寸) 유복ᄀᆡ라 ᄒᆞ난 ᄉᆞ람이 아들을 나으니 나희 바야흐로 두 열ᄉᆞᆯ니로ᄃᆡ 바탕이 의쥬발다어(?)갓고 얼골은 져무도록 즛발바 말인 메쥬덩니갓고 형용이 ᄯᅩ한 괴괴(怪怪)ᄒᆞᆫ지라. 유복ᄀᆡ 죠츙의 집 요부(饒富)ᄒᆞ믈 드러난지리(라의 誤記). 과(快?)히 허락하니 …… (中略) …… 츙의 가라ᄃᆡ 밋쳐(필자 주 : 禮嗣) ᄂᆡ지 못ᄒᆞ엿거니와 엇지 ᄒᆞ난고. 김풍헌 왈 돈 셔너관니나 가지고셔 예조 예사빗셔리을 쥬면 셔리가 문셔를 ᄆᆡᆫ드러 당상(堂上)과 낭정(郎正)의 슈결(手決)을 바다 입계(入啓)ᄒᆞ여 어보(御寶)을 쳐 ᄂᆡ면 이거시 양ᄌᆞᄒᆞᄂᆞᆫ 법이라 ᄒᆞ니 죠츙의 경망(輕妄)이 우셔 왈 이 무삼 어려우리요 ᄒᆞ고 (3-앞,1~4-앞-4)

로 나타나는 데서 확인되듯이, 양자를 얻게 되는 계기는 조발낭 본인의 의사에 의해 가능해진 것으로 보여진다. 나아가 예사를 권하는 주체는 宋本 『趙忠毅傳』과 같은 면모를 지니고 있는 것으로 생각된다. 이런 점에서 보면 精文硏本 『趙忠毅傳』은 宋本, 金本 『趙忠毅傳』을 통합·변개하는 가운데 가장 시기적으로 뒤늦게 나온 이본임이 확인된다. 그런데 精文硏本 『趙忠毅傳』의 경우 여타 이본들과는 달리 양자의 면모와 양자를 내주는 사람의 심리까지도 미약한 대로나마 드러나고 있어 흥미를 끈다고 하겠다. 이런 양상은 양자를 내어 주는 조건이 "츙의의 집

---

346) 위에서 이미 든 주 (317)의 책, P. 18.

饒富흠"(3-앞,5)에 있다는 사실과 앞에서 이미 예를 든, 충의가 예조 서리에게 속임을 입는 상황 아래서 공통되게 드러나는 금전에 얽혀 가능한, 당대 사회가 드러내고 있었던 이러한 역기능적인 '만남'의 문제를 작품을 통해 드러내 보이려 했던 작가의 태도에서 연유된 개작의 결과로 보여진다.

한편 精文硏本 『趙忠毅傳』은 宋本, 金本 『趙忠毅傳』과는 달리 충의가 대군 궁에 들어가 뒤(大便)를 본다는 삽화가 나타나고 있지 않다. 이 또한 精文硏本 『趙忠毅傳』의 작가 또는 제 2의 작가가 지니고 있는 합리성 추구의 정신에서 연유된 개작의 결과로 파악된다. 비록 아무리 어리석고 못난 사람일지라도 忌諱의 존재인 대군의 궁에 들어가 이와 같이 서사주체로 하여금 뒤를 보게 한다는 행동 자체는 결코 현실적으로 있을 수 없다는, 곧 그것을 비현실적이고도 비속한 것이라고 여긴 작가가 이러한 서사내용을 該本의 서술문면에서 탈락시킨 데서 연유된 결과로 이해된다.

한편 여타 이본들과는 달리 金本 『趙忠毅傳』에는 대군이 충의에게 시골 사는 의관 문물과 사는 풍도를 물어 그것을 듣게 된다는 서술문면이 출현하고 있는 바, 이 또한 金本 『趙忠毅傳』의 작가 또는 제 2의 작가가 은연중 대군의 聖德을 드러내 보이려는 방편으로 해당 문면 내에 의도적으로 삽입시킨 개작의 결과로 보여진다.

한편 宋本 『趙忠毅傳』에는 대군이 충의의 행장을 차려 주기 전에 여타 이본들과는 달리, 대군이 충의와 夕飯을 함께 하는 서술문면이 드러나고 있는 바, 이 또한 대군의 성덕을 드러내기 위한 방편으로 宋本 『趙忠毅傳』의 작가 또는 제 2의 작가가 의도적으로 삽입시킨 결과 나타난 문면으로 생각된다.

여기서 충의에게 지례현감을 내려주는 서술문면이 이본들에 따라 어떻게 달리 나타나고 있는지를 또한 살펴볼까 한다. 임금이 충의에게 지례현감이란 벼슬을 내려준다고 하는 상황은 세 이본에서 공통적으로 나타나고는 있지만, 그 전후 양상은 이본들에 따라 각기 달리 나타나고 있는 바, 金本『趙忠毅傳』에서는 그러한 배려에 대한 충의의 반응이 전혀 나타나지 않고 있는 반면에, 宋本『趙忠毅傳』에서는 "깜족 놀납고 황홀리 즐거 드리쩌 어수(御手)을 즙고 갈오듸 직조도 싀츰ᄒᆞ다 어득케(어떻게) 착ᄒᆞᆫ 버들 두고 이런 극난(極難)ᄒᆞᆫ 일을 다 판득(辦得)ᄒᆞ난요. ᄂᆡ ᄉᆡᆼ각 밧 소원을 일워신이 지례 소ᄉᆞᆫ(知禮 所産)을 반만 너을 쥬마."[347]로 나타나, 聖君의 배려에 대해 일정한 선상에서나마 나름대로 보은코자 애쓰는 인물로 충의를 그려내고 있는 현상을 볼 수 있다. 이러한 宋本『趙忠毅傳』에서의 충의의 면모는 작품 전체에 걸쳐 일관되게 그려지고 있는데, 이에 대해서는 뒤에서 다시 살필까 한다.

한편 精文硏本『趙忠毅傳』의 경우 지례현감 諭旨를 쓰기 전에 임금께서 "정전(正殿)의 오르ᄉᆞ 유지(諭旨)를 쓰랴 하시며 탄식(歎息)왈 ᄂᆡ 버지 적이 지각(知覺)이 잇시면 경ᄉᆞᆼ감ᄉᆞ(慶尙監使)를 ᄒᆞ이고 시브되 아모리한들 ᄋᆡ답도다 ᄒᆞ시고"(17-앞,5~7) 지례현감 유지를 충의에게 건네주는 것으로 나타나고 있는 바, 이는 "인간(人間)의 김싱(獸)도 아니요, 귀신(鬼神)도 안이요, ᄉᆞ람도 못된"(16-뒷,7~8) 충의란 인물에 대해 성덕을 베푸는 임금의 면모를 드러내려 했던 의도의 결과 파생된 변이로 생각된다.

또한 宋本과 精文硏本『趙忠毅傳』의 경우 金本『趙忠毅傳』과는 달리 충의의 妄言에 대해 左右侍臣들이 충의의 죄에 대해 벌로 다스리도록 奏請한다는 장면이 나타나고 있다. 그러나 두 이본의 경우 죄를 주청한다는 상황은 동일하게 나타나고는 있지만, 그에 대해 반응을 보이는 충의의 면모는 오직 宋本『趙忠毅傳』에서만 다음과 같이 출현하고 있다.

> 츙의 상(上)을 뵈옵고 즐기든 홍(興)이 소삭(消索)ᄒᆞ야 쏘고라진 눈을 겁나게 쓰고 낫비치 쑹빗 갓하야 어릿쭈릿 좌우(左右)을 고면(顧眄)ᄒᆞ고 아모리 ᄒᆞᆯ 쥴을 모로니 그 거동(擧動)이 뇌정(雷霆)의 쩌러진 좀츙(蠶蟲)이라.[348]

---

347) 위에서 이미 든 주 (317)의 책, P. 26-7.
348) 위에서 이미 든 주 (317)의 책, P. 28-9.

에서 드러나듯이 宋本『趙忠毅傳』의 작가 또는 제 2의 작가가 이야기의 서술문면을 보다 합리적으로 전개하는 일방으로, 또한 그러한 장면을 통해 충의의 더욱 왜소한 면모를 보임으로써 성덕을 더욱 강하게 드러내려는 의도를 지녔던 결과, 이러한 서사진술을 문면 내에 삽입시켰던 결과로부터 연유된 현상이 아닌가 생각된다.

앞에서 필자는 宋本『趙忠毅傳』에서 그려지고 있는 충의란 인물이 일정한 선상에서 성덕을 보은코자 하는 인물이라고 말한 바 있다. 이런 면모는 다시 다음 대문 곧 "츙의 그졔야 끼다라 감은감격(感恩感激)흔 눈물이 졀노 써러져 갈오듸 상감(上監)의 은혜를 몸이 죽도록 갑흐(리 脫落?)라 흐더라."[349]에서도 찾아지는 바, 여기에서도 該本의 작가 또는 제 2의 작가가 성격 창조에 있어 일관된 태도를 지니고 있었던 존재라는 점이 거듭 확인된다고 하겠다.

한편 임금이 충의의 封物을 還送한다는 삽화는 오직 宋本『趙忠毅傳』에서만 나타나고 있는 바, 이 또한 성덕의 드러냄이라는 작품의 의미전달에 이바지하기 위한 장치로써, 宋本『趙忠毅傳』의 작가에 의해 마련된 개작의 결과로 생각된다. 이것은 또한 精文硏本『趙忠毅傳』의 경우에 "경상도 칠십니관 듸동을 지례현감을 다 쥬라 흐교흐시"(20-앞,6~7)는 것으로 달리 나타나고 있으나, 그 서술문면 내에서의 기능은 宋本『趙忠毅傳』의 그것과 같은 것으로 사료된다.

한편 金本『趙忠毅傳』에서는 충의가 "부인의 보익흐미 만아 원 노르슬 조히 흐야 뉵년 과만(六年 瓜滿)을 치오고 장찻 요부(饒富)이 사다가 원명(原命)의 졸(卒)흐"[350](23-앞,4~6)는 것으로 나타나 그 후손에 대한 삽화와 충의가 죽음에 이르는 과정이 작품 내에서 보이지 않는데 비하여, 宋本『趙忠毅傳』에서는 "츙의 아달이 진亽(進士)흐여 음관(蔭官)으로 듸(代)이어 벼술흐여 亽듸부(士大夫) 부려 안이케 되어 츙의 복록(福祿)을 앙힝(安享)흐여 즐기든니 오러지 안야 상(上)이 승흐

349) 바로 앞에서 든 책, P. 29.
350) 위에서 이미 든 주 (318)의 책, P. 491.

(昇下)ᄒᆞ시니 츙의 혼남(昏濫)한 인ᄉᆞ(人事)라도 지우지심(知遇之心)을 싱각ᄒᆞ다가 살들이(?) 망극(罔極)ᄒᆞ야 쥬야(晝夜) 회곡(號哭)하고 식음(食飮)을 폐(廢)ᄒᆞ고 인ᄒᆞ여 병드러 쥭은이 져의 말과 가치 다ᄒᆞ더라."[351]란 문면에서 확인되듯이, 그 자손에 대한 삽화와 더불어 충의의 보은의 일념이 죽음에까지 이르게 되었다는 서술문면이 나타나고 있다. 이는 앞에서 살펴보았던 충의의 보은 지향의 면모를 다시 한번 구체화시켜 드러내 보이려는 의도를 지녔던 宋本『趙忠毅傳』의 작가가 작품 내에 삽입시킨 결과 나타날 수 있던 개작의 결과로 보인다.

한편 그에 비해 精文硏本『趙忠毅傳』의 경우 "감ᄉᆞ 이ᄒᆞ로 죤문(尊問)ᄒᆞ고 진상(進上)과 상납(上納)ᄒᆞ던 방물(方物)을 지례로 보닉니 현감니 부귀(富貴) 비(比)ᄒᆞᆯ ᄃᆡ 업더라."(20-앞,9-뒷,2)로 끝나고 있는바, 이는 고전소설의 보편적인 결미법으로서의 好終(Happy-ending)이란 서사양식을 끌어 쓴 결과 나타난 개작의 소산이라 하겠다.

이제 여기에서『趙忠毅傳』세 이본이 지니고 있는 趙忠毅란 인물에 대한 서술문면을 통해 드러날 변이 양상과 그 의미에 대해 살펴보도록 하자. 일화의 속성상 어쩔 수 없는 것이기는 하겠지만, 일화는 인물 그 자체에 대해 그리 큰 관심을 부여하지 않는 경향을 지니고 있다. 따라서 趙忠毅 일화에 나타나는 인물은 구체적 면모를 지니고 있는 인물이라고 하기는 어렵다. 그에 비해『趙忠毅傳』의 세 이본에서는 미약한 나름대로나마 趙忠毅란 인물에 대한 형상화가 그들 이본의 작가 또는 제2의 작가에 의해 어느 정도 마련되고 있음을 볼 수 있다. 金本『趙忠毅傳』의 경우 趙忠毅란 인물에 대해 "조고만 킈의 시싸만 얼골에 형용(形容)이 보암즉지"[352](3-앞,2~3)않은, "귀신도 아니요, 사람도"[353](3-앞,5) 아닐 정도의 醜物로 그 외형적 면모를 묘파하고 있다. 한편 그 내면적 면모는 "튱의 드른 쳬 아니ᄒᆞ고 올나가 눈을 놉히 ᄯᅥ 호령(號

351) 위에서 이미 든 주 (317)의 책, P. 30.
352) 위에서 이미 든 주 (318)의 책, P. 451.
353) 바로 앞에서 든 책, P. 451.

슈)이 싱풍(生風)ᄒᆞ여 왈 양반이 드러올 작시면 쥬인이 잇슬거시니 너희 그리 못ᄒᆞ리라 ᄒᆞ며 양목(兩目)이 진열(盡裂)ᄒᆞ야 호령ᄒᆞ"[354](3-뒷,3~6)는, "나도 남만한 양반이니 너희 그리 못ᄒᆞ리라 ᄒᆞ"[355](4-앞,3~4)는, "말 ᄃᆡ답이 거오(倨傲)ᄒᆞ믄 졈무믈(젊음을) 무심결 ᄃᆡ답이니"[356](5-앞,6-뒷,1)이니", "듕의 마음의 져ᄂᆞᆫ 나희 만으라 ᄒᆞ여 대군 말삼 ᄃᆡ답을 죤장(尊長)쳐로(처럼) ᄒᆞ"[357](5-뒷,2~4)는 여러 대문에서 익히 확인되듯이, 충의란 인물이 지닌 내면의 심리까지도 어느 면 드러내 보이고 있는 것으로 생각된다. 그것은 다시 충의가 대취한 후 "이윽고 슐을 젼슈(全數)이 토ᄒᆞ고 ᄡᅡᆼ안(雙眼)을 모흐로 ᄯᅳ고 죽어가는 형상(形狀)의도 시네(侍女)를 찻느라 좌우(左右)롤 술피다 이윽고 회두(回頭)ᄒᆞ"[358](8-뒷,3~5)는 서술을 통해 드러나는 희화적 면모로부터 인물의 형상화가 어느 정도 더욱 갖추어지고 있음을 알게 된다.

이렇듯 상대방 존재가 지니고 있는 내면의 실상을 단지 그 자신이 속한 사회 계층의 가치 척도에 따라 재단하는 시선으로 시종했던 충의의 삶에 대한 태도로 해서 충의가 드러낼 수밖에 없었던 이러한 면모를 통하여 충의란 인물에 대한 형상화가 어느 정도 소기의 의도를 달성하고 있다고 하겠다.

한편 宋本 『趙忠毅傳』의 경우에는 "ᄉᆞᆼ판이 존납이 볼기 ᄀᆞᆺ"[359]고, "ᄶᅩ고라진 ᄉᆞᆼ의 눈을"[360] 한 인물로 충의의 외면을 그려내고 있다. 또한 그 내면은 다음 문면 곧 "앙연(仰然)이 당(堂)의 올나보니 쥬인이 청츈쇼연(青春少年)이라. 졔 나흘(나이를) ᄉᆡᆼ각ᄒᆞ고 가ᄌᆞᆼ 업슈 넉겨 거만(倨慢)이 읍(揖)ᄒᆞ고"[361], "졔 말(馬)을 가쳐가며(아울러 가져가며?)

354) 바로 앞에서 든 책, P. 452.
355) 바로 앞에서 든 책, P. 453.
356) 바로 앞에서 든 책, P. 455.
357) 바로 앞에서 든 책, P. 456.
358) 바로 앞에서 든 책, P. 462.
359) 위에서 이미 든 주 (317)의 책, P. 20.
360) 바로 앞에서 든 책, P. 19.
361) 바로 앞에서 든 책, P. 20.

골오듸 쥬인이 죠흔 말을 쥬니 밧고암즉ᄒᆞ듸 속담(俗談)의 인마역동(人馬亦同)이라 ᄒᆞ니 식거술 밋고 예거술 바리미 너 ᄎᆞ마 못ᄒᆞ여 가져가난이 쥬인은 욕심(慾心)으로 아아지(아지 곧 알지의 誤記) 말나."362)는 장면에서 익히 확인되듯이, 충의란 인물이 지니고 있는 제 속 차리는 면모를 통해 의뭉스럽기까지 한 존재로 충의란 인물을 형상화하고 있는 것을 여실히 볼 수 있다.

精文硏本『趙忠毅傳』의 경우에 보이는 서사 주인공의 외면에 대한 형상화는 이미 앞에서 예를 든 바 있으므로 생략하고, 여기서는 다만 그 내면적 형상화의 면모만을 살펴볼까 한다. 그것은 충의가 大醉한 후 행하는 일련의 행동에서 드러나는 희화적이기까지 한 면모를 통하여 익히 드러난다. "옥갓튼 시여(侍女) 유리존의 호박비을 밧쳐 츙의계 드리이 츙의 그러ᄒᆞ여도 슈커시라. ᄒᆞᆫ 숀으로 존을 좁고 쏘 ᄒᆞᆫ 숀으로 시여의 숀을 좁고져 ᄒᆞ니"(9-앞,8-뒷,1, 밑줄 : 필자 표시)가 그것으로, 여기서 이들 앞에서 살펴본『趙忠毅傳』의 세 이본의 작가들이 한결같이 인물에 대한 외면적·내면적 형상화란 작업을 통해 그 작품의 궁극적 의미를 우리들에게 바로 전달하려는 의식을 지녔던 존재였음이 거듭 확인된다고 하겠다.

한편 여기서 趙忠毅 일화의 배경이『趙忠毅傳』의 세 이본에서는 어떻게 달리 나타나고 있는지, 또 그것이 달리 나타나고 있다면 그 해당 배경들이 서술 문면 내에서 행하는 일련의 기능은 무엇인지를 살펴볼까 한다. 趙忠毅 일화의 시간적 배경이 인조 시절인데 반하여,『趙忠毅傳』의 그것은 효종 시절임을 이미 앞에서 밝힌 바 있다. 그러나 '사실을 허구화하는' 서사문학 나름의 특성을 여기서 유념할 때 양자 사이에서 드러나는 이와 같은 시간적 배경의 차이는 작품 내에서 일정한 의미 기능을 갖는 것으로는 보여지지 않는다. 그런데 그 공간적 배경은 趙忠毅 일화의 경우, '遐鄕 -- 村店 - (비)- 宮 -- 遐鄕 -- 大闕'로 옮겨가는 것으로 나타나고 있는데 비하여,『趙忠毅傳』의 세 이본에서는 '遐鄕 --

362) 바로 앞에서 든 책, P. 24.

禮曹 胥吏집 -- 遐鄕 -- 예조 서리집 - (비)- 宮 -- 遐鄕 -- 大闕'로 나타나는 바, 이를 통해 우리는 趙忠毅 일화에서의 '村店'이라는 공간적 배경이 『趙忠毅傳』에서는 '遐鄕 -- 예조 서리집'이라는 배경 공간이 거듭 두 번 반복되며 나타나는 변이를 띠고 있는 것을 확인할 수 있다. 이것은 '속고 속이는' 새로운 삽화를 통하여 趙忠毅 일화에서는 전혀 드러나지 않았던 작품내적 갈등을 촉발하는 기능과 더불어 앞에서도 이미 언급했듯이 이야기의 서사전개에 나름의 합리성과 그것을 통한 작품의 흥미를 제고하려는 기능을 확보하려는 데서 나타난 개변의 결과로 이해된다. 이들 두 양식에 있어서의 공간적 배경은 趙忠毅 일화의 경우 村店에서의 대군과의 우연한 만남으로 해서 그 만남의 정도가 공간의 확대에 비례하여 심화되는 양상으로 전개된다는 특성을 지니고 있는 반면에, 『趙忠毅傳』의 경우 또한 촌점이 아닌 궁에서의 우연스런 만남을 계기로 하여 그 만남의 정도가 공간의 확대에 비례하여 심화되는 양상으로 전개된다는 점에서는 趙忠毅 일화의 내용과 같다고 할 수 있겠으나, 趙忠毅 일화와는 달리 동일한 배경이 겹으로 설정되면서 보다 더한 서사적 갈등을 구현하고 있다는 점에서 그 나름의 소설적 특징을 지적할 수 있겠다. 여기에서 보면 『趙忠毅傳』의 공간적 배경은 작품 내의 서사적 갈등을 통해 작가가 전달하고자 했던 작품의 궁극적 의미를 보다 효과적으로 독자들에게 전달하려는 의식의 작용으로 해서, 趙忠毅 일화에서 설정되고 있었던 공간적 배경을 나름대로 변형·확대시킨 결과에서 연유된 것임을 알 수 있다.

이제까지 필자는 앞에서 趙忠毅 일화의 『趙忠毅傳』으로의 수용· 변이 양상과 그 의미를 사건·인물·배경으로 나누어 구체적으로 살펴보았다.

이제 이러한 논의를 토대로 하여 『趙忠毅傳』의 3 이본이 지니고 있는 변이의 의미는 무엇인지를 해당 이본들의 몇몇 면모를 통해 다루어 볼까 한다.

봉림ᄃᆡ군(鳳林大君)은 ᄒᆞᆫ날이 특별이 ᄂᆡ신 명쥬(明主)라. 셩심(聖心)이 심

(甚)이 어지르셔 인덕(仁德)을 슝상(崇尙)ᄒᆞ며 긔괴(奇怪)ᄒᆞᆫ 일을 보셔도 흉을 숨지 안니시난 셩품(性品)이시라. (7-앞,10-뒷,3)

기괴ᄒᆞᆫ 말을 드르셔도 용안(龍顔)이 흔열(欣悅)ᄒᆞ시더라. 츙의은 인간의 김싱도 아니요, 귀신도 안이요, ᄉᆞ람도 못된 거술 텬ᄒᆞ긔보(天下奇寶)로 알으ᄉᆞ (16-뒷,6~8)

(발낭이) 써날식 ᄃᆡ군니 숀을 ᄌᆞᆸ고 ᄎᆞᆼ연(悵然)ᄒᆞ여 ᄒᆞ시더라."(17-앞,5~7)

에서 보이듯이, 精文研本『趙忠毅傳』은 임금이 지닌 성덕 그 자체가 '인간의 김싱도 아니요, 귀신도 안이요, ᄉᆞ람도 못된' '발낭'같은 존재에게까지 이르렀다는 서술문면으로부터 그 주제가 찾아진다고 하겠다. 그 주제는 곧 임금의 성덕을 역설적으로 드러냄에 있다고 할 수 있다.

한편 金本『趙忠毅傳』의 경우,

대군이 문젼(門前)의 헌어(喧語)롤 드르시고 …… (中略) …… 대군이 드르시고 심심ᄒᆞ니 귀경ᄒᆞᄌᆞ.[363] (4-뒷,1~4, 밑줄 : 필자 표시)

대군이 심심ᄒᆞ믈 인ᄒᆞ여 시골 ᄉᆞ는 의관 문물과 ᄉᆞ는 풍도롤 이야기ᄒᆞ라 ᄒᆞ시니[364] (11-앞,4~5, 밑줄 : 필자 표시)

환ᄌᆞ(宦者)로 ᄒᆞ여금 극진이 ᄃᆡ졉(待接)게 ᄒᆞ시며 심심ᄒᆞ시면 나오사 보시고 더부러 온담(穩談)을 ᄒᆞ시니[365] (19-앞,1~3, 밑줄 : 필자 표시)

에서 보이듯이, 대군과 충의의 만남은 대군이 지니고 있는 유희적 심성의 차원 아래에서만 가능했던 것으로 서술되고 있는 바, 이를 통해 볼 때 金本『趙忠毅傳』은 精文研本『趙忠毅傳』에 비해 상대적으로 '聖德의 顯揚'이라는 표면적 주제를 더욱 강조하고 있는 이본으로 보여진다.

한편 宋本『趙忠毅傳』의 경우 金本『趙忠毅傳』과 같이 충의란 인물이 어리석은 존재로 설정되고는 있으나, 그러한 충의를 바라보는 임금의 시각은 김본『趙忠毅傳』의 그것과는 전혀 달리 나타나고 있다. 이것은

---

363) 위에서 이미 든 주 (318)의 책, P. 454.
364) 바로 앞에서 든 책, P. 467.
365) 바로 앞에서 든 책, P. 483.

충의에 대한 임금의 유희적 차원의 언사가 전혀 나타나지 않고 있다는 것을 말하는 것이다. 그러한 임금의 시각에 대한 충의의 다음과 같은 태도를 통해서도 이 이본의 의미 지향이 근본적으로 어디에 있는 것인지가 자연스럽게 드러나리라 본다.

> ᄉᆞ람을 보난 족족 그 연고(緣故)를 무른즉 아난 지 쇼유(所由)을 ᄌᆞ셔이 이른이 츙의 그졔야 ᄭᆡ다라 감은감격한 눈물이 절노 ᄠᅥ러져 갈오ᄃᆡ 상감의 은혜를 몸이 쥭도록 갑흐(리)라 ᄒᆞ더라.[366]
> 오ᄅᆡ지 안야 상이 승ᄒᆞᄒᆞ시니 츙의 혼남ᄒᆞᆫ 인ᄉᆞ라도 지우지심을 ᄉᆡᆼ각ᄒᆞ다가 살들이 망극ᄒᆞ야 쥬야 회곡ᄒᆞ고 식음을 폐ᄒᆞ고 인ᄒᆞ여 병드러 쥭은이 져의 말과 가치 다 ᄒᆞ더라.[367]

에서 드러나는 바와 같이, 성덕을 끼친 효종의 은혜를 갚고자 죽으면서까지 충의가 신의를 지켰다는 附帶 揷話의 내용으로 미루어 宋本『趙忠毅傳』 또한 군신간의 상호 교감 어린 만남을 통한 '聖德의 顯揚'이라는 의미 지향을 지니고 있는 이본임이 확인되었다.

이제까지 소설『趙忠毅傳』의 의미 지향이 이본들에 따라 어떻게 달리 나타나고 있는가 하는 문제를 살펴보았는 바, 요약해 보이면 다음과 같다. 精文硏本『趙忠毅傳』은 서사 주인공을 희화적 존재로 설정하면서까지 상대적으로 '聖德의 顯揚'이라는 의미 지향을 이루어 내는 반면에, 金本『趙忠毅傳』은 봉태를 계속적으로 어리석은 존재로만 설정하면서 그에 대한 임금의 시선을 유희적 차원의 것으로 환치함으로 해서 '聖德의 顯揚'이라는 주제를 더 내재화시키는 방법을 통해 제시하고 있는 것으로 보여진다. 한편 宋本『趙忠毅傳』은 충의가 죽으면서까지 성덕을 갚고자 했다는 附帶 揷話를 통해 군신간의 교감 어린 만남을 통해 가능한 '聖德의 顯揚'이라는 의미 지향을 제시하고 있는 이본인 것으로 드러났다. 이런 점에서 본다면『趙忠毅傳』의 세 이본의 작가 또는 제 2의

366) 위에서 이미 든 주 (317)의 책, P.29.
367) 바로 앞에서 든 책, P. 30.

작가들은 그 자신이 지닌 의식과 세계관에 따라 전래하던 趙忠毅 일화의 뼈대와 서술문면을 나름대로 변개·수용하면서 그 지닌 의도를 해당 이본들을 통하여 구체적으로 제시·구현하려 했던 존재였음이 거듭 확인된다고 하겠다.

그러나 『趙忠毅傳』의 작가 또는 제 2의 작가들 또한 전래되던 趙忠毅 일화의 뼈대와 그 지닌 바 의미에서 완전히 벗어나 그것을 근본적으로 부정할 수는 없는 현실적 제약 조건을 안고 있는 존재들이었다는 점에서, 『趙忠毅傳』의 세 이본들에서 나타나고 있는 변이의 폭이 위에서 살펴보는 과정을 통해 이미 확연히 드러났던 것과 같이 아무리 큰 것이라고 해도 이 작품의 진정한 내면적 의미는 '聖德의 顯揚'에 있는 것이 아니라, 趙忠毅 일화의 그것과 같이 '일반 백성들의 원망 충족'에 있는 것으로 보는 것이 보다 타당하지 않을까 생각된다.

4. 세 자료를 통해 본 야담의 변이 원리

필자는 앞에서 허구적 변이물 곧 소설을 통해 드러나는 야담의 변이 양상과 의미에 대해 살펴본 바 있다. 이에 앞에서 논의되고 드러난 바를 토대로 하여 야담의 변이 원리는 어떠한가에 대해 간략하게나마 밝혀 보고자 한다.

여기서 세 자료를 대상으로 구체적으로 논의된 바를 미루어 생각해 볼 때, 어느 하나의 특정한 야담(=이야기)이 소설로 변이될 때, 그 변이는 대체로 인물·사건·배경의 여러 국면에 걸쳐 두드러지게 나타나고 있음을 알 수 있었다. 한편 그것은 Ⅱ장에서 이미 야담의 변이 요인으로 필자가 검토한 바 있는 삽화의 분리와 결합의 작용과 아울러 편자 또는 화자의 개인적 의도가 이들 국면에 상승적으로 작용하고 있는 가운데 나타난 결과로서의 성격을 띠고 있다는 사실 또한 밝혀 낼 수 있었다.

이에 야담이 소설로 변이될 때 드러나게 되는 이러한 제 국면에서의 개변·부연의 여러 양상으르부터 필자는 역으로 야담의 변이 원리의 일단이나마 도출해 낼 수 있을 것으로 믿는다.

관계 자료들을 검토해 온 결과, 야담의 변이 원리로 다음 몇 항목을 찾아볼 수 있었다.

첫째, 야담이 비록 여러 요인에 의해 다양한 양식으로 변이된다고 하더라도 그 지닌 바 애당초의 뼈대는 변이된 다양한 양식의 경우에서도 계속해서 발견된다는 점을 우선 지적할 수 있다. 이는 어느 면 지극히 당연한 현상으로까지 이해되는데, 그것은 어느 이야기이든지간에 동일한 유형에 드는 각편(Version)이기 위해서는 반드시 그 이야기가 지니고 있는 뼈대를 아울러 지니고 있어야 한다는 이야기 자체의 속성을 여기서 유념할 때 쉽게 이해된다고 하겠다. 앞에서 살펴본 바 있는 '沈喜壽이야기', 『漂海錄』類話, '洪純彦이야기', '丁香이야기', '趙忠毅이야기' 등의 경우를 통하여 이런 사실을 드러내어 그 이해를 돕고자 한다. 예컨대 '沈喜壽이야기'의 경우, 그것은 〈만남 - 헤어짐〉의 뼈대를 지니고 있는 것으로 드러났다. 여기서 필자가 야담의 변이 요인으로 들었던 두 요인 곧 삽화의 분리와 결합의 작용, 편자 또는 화자의 개인적 의도의 작용으로 해서 '沈喜壽이야기' 가운데는 비시간적·사건적 구성 방법을 띤 계열 곧 ㉰·㉱ 계열의 자료들이 나타나고 있는 것을 볼 수 있었다. 그런데도 이들 유형에서조차 이러한 뼈대가 그대로 준용되고 있다는 점, 또 『漂海錄』 類話의 경우 『漂海錄』의 뼈대 곧 〈고난 - 극복〉을 그대로 준용하는 가운데 나름의 의도를 지녔던 편자 또는 화자에 의해 해당 문면이 축약되어 나타나는데 그치고 있다는 점, 한편 '洪純彦이야기'의 경우 〈의기 - 보은〉이라는 뼈대를 지니고 있는 洪純彦 일화의 그것을 바탕으로 허구적 변이물 곧 소설이 이루어지고 있다는 점 등을 함께 묶어 생각해 볼 때 이점은 분명 타당한 것으로 생각된다. 이하 논의의 번다함을 피하기 위해 더 이상의 언급은 피하기로 한다.

둘째, 한 이야기의 뼈대는 변이된 다양한 양식의 경우에서도 계속 발견되기는 하지만, 필자가 든 야담의 두 변이 요인으로 인해 서사구조상에서의 변이를 띨 수 있다는 점을 지적할 수 있다. 그것은 특히 필자가 앞서 검토한 바 있는 『洪彦陽說』계의 경우에서 쉽게 찾아지는 바, 『洪彦陽說』계 또한 〈義氣 - 報恩〉이라는 뼈대 아래 이루어진 작품임에는 틀림없지만, 그 전반부를 이루어 주는 서사단락 즉 서사 주인공 홍가신의 엽색 행각, 得寶橫財 따위의 삽화가 있음으로 해서 『洪彦陽說』계의 서사구조는 소설로서의 『洪純彦傳』[368]의 어느 이본도 지니고 있지 못한 나름의 특징적 면모를 지니게 되었다는 사실을 통해, 또한 '沈喜壽이야기'의 경우 그 가운데 ㉰·㉱ 계열은 시간적·계기적 서술상황 방식으로 이루어지고 있는 ㉮·㉯ 계열과는 달리 비시간적·사건적 서술상황 방식으로 이루어지고 있는 바, 이 또한 서사구조상에 있어서의 변이임에는 틀림없다는 점 등을 통하여 이점 또한 사실임이 확인된다고 하겠다. 그렇다면 여기서 다음과 같은 의문 또한 제기될 수 있을 것으로 생각된다. 서사구조상에 있어서의 변이가 허용된다면 거기에 따라 야담의 변이물 가운데서 나타날 그 다양한 양식들이 지니고 있는 의미는 어떻게 달라지고 있는가에 대한 의문이 바로 그것이다. 이러한 의문을 어느 면 나름대로 밝혀 보고자 한 작업으로 이종호님의 "李長伯傳 소고"[369]를 들 수 있겠다. 그는 필자가 이미 앞에서 검토·비판한 바와 같이 『李長伯傳』의 주제를 남다르게 파악한 바 있다. 이에 대한 자세한 내용은 앞에서 이미 다룬 바 있는 '洪純彦이야기'의 연구 성과 검토 부분으로 넘긴다.

그러나 필자의 단견으로는 변이 결과 나타난 다양한 양식을 통해 비록 어느 정도의 서사구조상에 있어서의 변이가 드러난다고 하더라도 여러 양식의 작품을 통해 제시하고자 하는 궁극적인 의미 곧 작품의 주제는 애당초의 야담 작품에서 마련되었던 애당초의 그것과 별다른 차이를

368) '洪純彦이야기'의 후대적 변이물인 소설의 두 계열에 드는 작품들 모두를 지칭하는 용어로 사용된다.
369) 이종호, 위에서 이미 든 논문.

띠고 있는 것으로는 보이지 않는다. 그것은 다음 두 상황으로부터 그 해답이 마련될 수 있다. 하나는 변이된 결과 나타난 다양한 양식이 있다고 하더라도 그것들 모두가 야담이 애당초 지니고 있었던 뼈대를 바탕으로 재생산된 경우에 그치고 있는 것이 대부분이므로, 그 뼈대를 통해 드러내려 했던 작품의 궁극적 의미 영역으로부터 변이된 여러 양식들을 만들어 낸 편자 또는 화자들이 벗어나기가 결코 쉽지 않았으리라는 점. 다른 하나는 이종호님의 그러한 견해가 합리성에 따른 나름의 논거를 갖추기 위해서는 그가 검토의 대상으로 삼고 있는 『李長伯傳』의 서사문면 내에서 그와 같은 자신의 주장을 뒷받침할 만한 구체적인 해당 문면이 출현해야 하는 것으로 생각되는데, 실상은 전혀 그렇지 못하다는 점 등을 들 수 있다.

셋째, 야담 가운데 본고에서 주로 문제 삼고 있는 일화류에 나오는 인물들이 소설에 나오는 인물들과는 그 근본 위상을 달리한다는 점[370]에서, 야담의 변이는 인물에 대한 형상화의 단계를 이미 그 자체 내에 내포할 수밖에 없었다는 점을 지적할 수 있다. 그점은 특히 『丁香傳』의 이본군 가운데 박요순본 『丁香傳』과 정문연본 『丁香傳』의 경우를 통해 잘 드러나고 있다. 이들 두 이본에서의 讓寧大君과 기생 丁香의 면모는 각기 그들이 속해 있는 계층적 전형성을 여실히 보여주는 인물들로 형상화되고 있는 바, 특히 기생 丁香의 경우 트릭스터(Trickster)로서의 역할을 문면 내에서 줄기차게 행하고 있는 데에서 그점 익히 확인된다. 한편 洪純彦 일화를 토대로 하여 이루어진 것으로 생각되는 다섯 허구적 이야기 곧 소설의 경우 서사 주인공으로서의 언슌(장백)과 여인 뿐만 아니라 그들을 둘러싸고 있는 방계 인물들, 예컨대 황제·시랑 부처·시랑의 아들·시비·崔迪(崔德)·상사·부사 등과 같은 인물들에 대한 일련의 형상화 작업을 통하여 그들 각 인물들에 대한 재창조 작업이 마련되고 있는 바, 그것은 대부분 이들 소설의 다섯개 이본이 산생되던 당대의 사회 가치 이념으로서의 유교 윤리 특히 명분론에 좌단하고 있는 인

370) 박희병, 위에서 이미 든 논문, P. 60.

물들로 그들이 묘파되고 있는 현상을 지칭하는 것이다. 곧 이러한 인물로 그들이 意匠된다고 하는 것은 그들 인물들이 문제 해결적인 인물이라기보다는 문제 제기적인 인물로서의 성격을 지니고 있다는 사실을 반증해 주는 좋은 예로 생각된다.

한편 그러나 소극적인 개인적 창조력의 소산으로 일화의 해당 인물이 착각된 채로 전해지고 있는 일련의 자료들 예컨대 '沈喜壽이야기'에서의 ㉯ 계열에서 보이는, 沈喜壽가 沈壽慶으로 그릇 받아들여진 사실, 또 洪純彦 일화에서 『記聞叢話』, 『荷潭破寂錄』, 『公私見聞錄』 등의 경우 洪純彦이 아닌 洪彦純으로 그릇 표기되고 있다는 점, 나아가 이러한 그릇된 표기가 허구적 변이물인 소설의 다섯 이본 가운데 하나인 『李氏報恩錄』에까지 부단히 전승·정착되고 있었다는 사실 등은 인물에 대한 적극적인 형상화와는 어느 면 거리가 있는 것이라고 할 수 있다.

넷째, 야담을 이루어 주는 사건은 거의 대부분 단일 사건에 따른 삽화들의 결합으로 이루어지고 있는데, 이것이 허구적 이야기 곧 소설로 양식이 전이될 때 필자가 Ⅱ장에서 검토한 바 있는 변이의 두 요인으로 해서 그 사건들은 보다 더 다양한 양상으로 확장되거나, 또는 독자들에게 보다 더한 현실감과 흥미감을 제공하고자 새로운 사건을 나름대로 마련하면서 그것이 문학적 전통으로서의 기존의 사건들과 대치·병립되어 나타날 수도 있다는 점을 지적할 수 있었다. 이 점은 특히 『洪彦陽說』계의 전반부를 구성하고 있는 몇몇 삽화들을 통해 드러나는 일련의 사건들과 함께 『李長伯傳』계에서 전래하던 문학적 전통으로서의 宗系辯誣라는 사건을 仍用하지 않고, 越境採蔘 삽화에 따른 사건으로 그것을 변이시켜 서술하고 있는 양상과 더불어 別付銀 삽화, 사은죽 삽화의 출현 등을 통해 어느 정도 확인된다고 하겠다. 한편 그것은 『丁香傳』에서 나타난, 讓寧大君과 기생 丁香의 만남을 낳는 결정적 동인으로서의 구실을 담당하고 잇는 고양이의 출현이란 삽화에 따른 사건 또한 독자들의 흥미와 작품내적 긴장을 유발코자 했던 개인적 창조력의 소산으로 이해된다는 점에서도 이점 거듭 확인된다고 하겠다.

Ⅳ. 結論

이제까지 필자는 앞에서 야담의 변이 요인과 의도, 야담의 변이 양상과 의미, 야담의 변이 원리는 어떠한가에 대해 관계 자료들을 통하여 살펴보았다. 이러한 작업에서 논의되고 밝혀진 바를 간추려 결론으로 삼을까 한다.

Ⅱ장에서는 야담의 변이 요인은 삽화의 분리와 결합의 작용, 편자 또는 화자의 개인적인 창조력(의도)의 소산에 있음을 '德原令이야기', '李土亭이야기', '沈喜壽이야기' 등를 통해 밝혀 보았다. 그 가운데 '德原令이야기'와 '李土亭이야기'에서 드러나는 삽화들의 결합·분리 양상을 살펴 야담의 변이는 이러한 삽화들의 결합과 분리에 의해 가능한 것이었음을, 한편 '沈喜壽이야기'를 통해서는 전래하는 '沈喜壽이야기'가 그 구성 양식에 따라 크게 4 계열로 나누어지는데, 이들 계열을 달리하는 '沈喜壽이야기'가 동종의 야담집에 같이 실려 전하고 있는 면모로부터 전래하던 기왕의 문학적 유산으로서의 '沈喜壽이야기'에 대해 나름의 불만족을 지니고 있었던 편자 또는 화자의 개인적 창조력 내지 의도가 그것에 작용한 결과 야담이 또한 변이될 수 있었던 것으로 추단해 보았다. 아울러 야담의 변이 의도는 어디에 있는가를 살피기 위해 『漂海錄』類話를 검토하여 본 결과, 『漂海錄』 자체가 지니고 있는 뼈대의 충실한 수용을 통하여 『漂海錄』類話의 향유자들을 효과적으로 그 이야기가 드러내려 했던 의도의 영역 안에 계속적으로 묶어두려 했던 태도와 편자 또는 화자들이 지니고 있었던 유가 이념에서 배태된 현실적인 사고 방식의 태도에 있음을 살필 수 있었다.

한편 Ⅲ장에서는 야담의 변이 양상과 의미는 어떠한지를 밝히기 위해 '洪純彦이야기', '丁香이야기', '趙忠毅이야기'를 대상으로 그 구체적인 작업을 꾀해 보았는 바, 다음과 같은 몇몇 사실들을 밝힐 수 있었다. 본격적인 洪純彦 일화는 鄭泰齊의 『菊堂俳語』 소재 기록에서 마련되었고, 또한 이 자료가 洪純彦 逸話群에 속하는 자료들 가운데서 가장 人口에 회자되었던 것임을 밝혀 낼 수 있었다. 나아가 이후의 자료들은 이 『菊堂俳語』 소재 관계 자료와는 口傳의 단계를 달리하거나, 구전되거나 문헌에 수록되었던 洪純彦 일화에 대해 나름의 불만을 지니고 있었던 편자 또는 화자들의 개인적 창조력(의도)의 소산으로 나타날 수 있었던 각편(Version)인 것으로 확인되었다. 필자가 검토한 27종의 洪純彦 일화는 그 지닌 주된 의미항으로부터 볼 때, 크게 다섯 양상으로 대별될 수 있는 것으로 드러났다. 그런데도 그 뼈대는 한결같이 〈의기 — 보은〉에 있으며, 그 의미는 洪純彦이라는 문제적 인물이 행한 의기와 이에 상응하는 여인에 의한 보은의 행위를 옹호·선양·찬양하는 가운데 그것을 기리려 했던 데 있는 것이라고 주장하였다. 한편 『雪橋漫錄』과 『晩醒集』 소재 관계 기사의 짜임새와 그 서사진술 내용을 토대로 하여 이들 자료들의 위상이 어떠한지를 밝혀 본 결과, 그것들은 洪純彦 일화가 허구적 변이물 곧 소설로 향해 가는 과정에 있는 과도기적 존재들임을 알 수 있었다. 나아가 洪純彦 일화의 허구적 변이물 곧 소설의 네 이본들은 그 서사구조와 서사내용으로부터 크게 『洪彦陽說』계와 『李長白傳』계로 대별될 수 있음을 밝힌 뒤, 각 계열에 드는 이본들의 면모에서 드러나는 변이 양상과 의미를 살펴보았다. 이들 두 계열의 소설들은 洪純彦 일화가 지니고 있지 못했던 몇몇 새로운 삽화 곧 別付銀 삽화, 사은죽 삽화, 越境採蔘 삽화, 得寶橫財 삽화 등을 통하여 또 나아가 서사 주인공 뿐만아니라 보조 인물들까지 포함된 인물들에 대한 나름의 형상화를 통하여 작품 내에 새로운 서사갈등과 긴장·흥미를 유발하는 데에 어느 정도 성공한 작품으로 파악되었다.

한편 '丁香이야기'의 경우 『國朝名臣錄』 소재 관계 기사가 사실담에 가장 근접한 자료임을, 실제 讓寧大君의 행적과 그 자료가 지니고 있는 몇몇 서사내용으로부터 확인할 수 있었다. 사실을 허구화하는 일화 자체의 속성으로부터 뒤이어 바로 丁香 일화가 나타날 수 있었고, 이것은 다시 그 구성 형태와 서사진술 내용상 크게 『海東奇話』계, 『梅翁閑錄』계, 『東野輯史』계로 대별될 수 있음을 밝힌 뒤, 『海東奇話』계의 경우

『梅翁閑錄』계, 『東野輯史』계와는 달리 讓寧大君이 丁香에게 준 시의 내용이 한결같이 나타나지 않는다는 점과 아울러 그 증시부가 출현치 않고 있다는 점 등을 근거로 하여 이 자료는 뒤의 두 계열들과는 향유층을 달리하는 가운데, 구전되던 야담이 문자로 채록된 것이 아닌가 추단해 보았다. 한편 丁香 일화의 뼈대는 〈다짐 - 計略 - 다짐의 破棄〉에 있음을 밝힌 뒤, 그 의미는 다짐을 한 주체가 다짐의 파기까지 일으키는 주체인 점에서 야기될 훼절, 비속화를 통한 풍자에 있는 것이 아니라, 인간성을 몰각한 讓寧大君의 관념적인 경직성 곧 고착된 비사회성을 이완시켜 문제적 인물의 문제적 성격인 비사회성을 타파, 일체감을 부여하고자 하려는 데에 있는 것임을, 丁香 일화가 화해 지향적 태도를 기반으로 한 자료라는 사실로부터 어렵지 않게 도출해 낼 수 있었다. 나아가 『二旬錄』 소재 관계 기사의 몇몇 삽화와 그 구성 방식 등을 통하여 이 자료의 위상이 丁香 일화에서 벗어나 허구적 이야기 곧 『丁香傳』으로 향해 가는 과도기적 존재에 해당하는 것이었음을 또한 밝힐 수 있었다. 이어 18종에 달하는 『丁香傳』의 이본들을 검토한 결과, 한문본은 크게 천리대본 『丁香傳』계, 만송본 『丁香傳』계, 『西遊錄』계로 나누어 살필 수 있음을, 또 이들 계열들은 위에 적은 순서대로 출현되었을 가능성을 이들 해당 계열 이본들의 서사문면에서 드러나고 있는 내용을 통해 살필 수 있었다. 『丁香傳』의 몇 이본에 나타나는 방증 자료를 토대로 하여 『丁香傳』은 18C 초엽 이후 중엽 사이에 산생된 작품일 것으로 또한 추단하였다. 한글본은 거의 대부분 한문본 『丁香傳』을 모본으로 하여 이루어진 이본인 것으로 드러났으나, 그런 가운데서도 몇몇 이본들의 경우 예컨대 박요순본 『丁香傳』과 정문연본 『丁香傳』과 같은 이본들은 한문본 『丁香傳』과는 또 다른 많은 개체적 변이의 면모를 갖고 있는 이본임이 또한 밝혀지게 되었다. 이에 따라 천리대본 『丁香傳』, 박요순본 『丁香傳』, 정문연본 『丁香傳』을 대상으로 丁香 일화의 변이 양상과 의미를 살펴보았는 바, 특히 뒤의 두 이본의 경우 讓寧大君과 기생 丁香의 심리묘사에 대한 많은 배려가 나타나는 가운데 기생 丁香

을 완벽한 하나의 트릭스터(Trickster)로서 설정하고 있는 특징을 지닌 이본임을 밝힐 수 있었다. 두 이본의 경우 丁香 일화가 지니고 있는 뼈대를 바탕으로 이루어졌다는 현실적인 제약 조건 속에서도, 그것은 어느 면 초기 풍자소설에 근접하는 새로운 의미 지향을 드러내려 했던 작품이라는 점을 여러 서술상황으로부터 확인할 수 있었는 바, 여기에서 이들 이본들의 독자적인 성격이 파악되는 것으로 보았다.

한편 '趙忠毅이야기'의 경우 그 주기능소 '만남'의 성격이 〈결핍 - 충족〉에 있음을 당대의 몇몇 자료를 아울러 검토하면서 밝혀 낸 뒤, 그 뼈대는 〈우연한 만남 - 의외의 행운〉에 있고, 또한 그 심층적 의미는 그 이야기의 구성적 형태를 중시하여 비현실적 상상을 통해서나마 일반 백성들이 희구해 마지않았던 願望의 표백에 있는 것으로 파악한 바 있다. 허구적 변이물, 곧 소설 『趙忠毅傳』의 이본들을 통하여 배경 공간의 확대와 아울러 새로운 삽화의 출현, 인물들에 대한 형상화가 적극적으로 마련되고 있음을 또한 밝혀 낼 수 있었다. 특히 정문연본 『趙忠毅傳』의 경우 서사 주인공 조발낭에 대한 희화화를 통하여, 송본 『趙忠毅傳』의 경우 서사 주인공이 죽으면서까지 임금의 은덕을 갚는다는 서술상황을 통하여, 김본 『趙忠毅傳』의 경우 서사 주인공이 어리석음의 상태로만 일관되게 묘사되고 있다는 점과 임금의 이에 대한 일련의 유희적 태도 등을 통하여, 이들 『趙忠毅傳』의 이본들이 표면적으로는 임금의 지닌 바 성덕을 드러내려 했지만, 내면적으로는 趙忠毅 일화의 의미 지향을 답습하는 데에 그치고 만 작품인 것으로 파악해 보았다.

한편 이들 세 자료를 토대로 야담의 변이 원리는 어떠한 것인가를 살펴보았는 바, 그것은 첫째, 양식을 달리하더라도 그 뼈대는 계속 준용된다는 점. 둘째, 삽화의 분리와 결합의 작용과 편자 또는 화자의 개인적 창조력(의도)의 소산으로 서사구조상에 있어서의 변이가 나타날 수 있다는 점. 그러나 변이된 변이물의 의미는 야담의 그것에서 결코 멀리 벗어나는 것으로는 보이지 않는다는 점. 셋째, 인물의 성격에 대한 형상화가 보다 구체적으로 이루어지고 있다는 점. 넷째, 사건의 확장이나 개변이 일화의 속성상 그 자체 내에 이미 나타날 수밖에 없었다는 점 등으로 요약될 수 있다.

마지막으로 필자의 이와 같은 논의가 보다 타당성을 인정받기 위해서는 필자가 본 작업을 통하여 미처 검토할 수 없었던 기타 여러 자료들까지도 다 포괄하는 가운데 앞으로 논의를 보다 확장하고 다져 나가야 할 것으로 생각된다. 이점 필자가 앞으로도 계속 노력해야 할 작업이라는 점을 덧보태면서 이제까지의 논의를 마칠까 한다.

참고문헌

1. 資料

강효석, 『大東奇聞』 상·하 ,(서울, 한양서원, 1928).

김경문, 『通文館志』, (서울, 조선총독부, 1944).

김만중, 『西浦漫筆』, (서울, 통문관, 1974).

大谷森繁, 「一夕話」·『丁香傳』·「李長白傳」資料竝びに解題, 「조선학보」 90집, (조선학회, 1979).

동국대 한국문학연구소편, 『한국문헌설화전집』, (서울, 태학사, 1981).

동국대 한국문학연구소편, 『한국전기문헌전집』, (서울, 태학사, 1984).

박지원, 『燕岩集』, (서울, 경인문화사, 1974).

박치복, 『晩醒集』, (연세대 도서관 소장).

서유영, 『錦溪筆談』, (유재영교수 소장본).

安錫儆, 『雪橋別集』, (서울, 아세아문화사, 1985).

柳夢寅, 『於于集』 附 於于野譚, (서울, 경문사, 1979).

유본예, 『漢京識略』, (서울, 서울특별시사 편찬위원회, 1956).

유재건, 『里鄕見聞錄』, (서울, 아세아문화사, 1974).

이긍익, 『燃藜室記述』, (서울, 민족문화추진회, 1977).

이우성외, 『李朝漢文短篇集』 상·중·하, (서울, 일조각, 1973, 1978).

李源命, 『東野彙輯』, (경북대 사대 국어학회, 1958).

李源命, 『東野彙輯』, (일본, 천리대 도서관 소장본).

李源命, 『東野彙輯』, (일본, 대판부립도서관 소장본).

이　익,『星湖僿說』, (서울, 민족문화추진회, 1982).
이중환,『擇里誌』, (서울, 조선광문회, 1912).
鄭景柱," 자료『李長伯傳』附 解題",「부산한문학연구」1집, (부산한문학회, 1985).
鄭明基편,『韓國野談資料集成』전 23권, (서울, 계명문화사, 1987, 1992)
정인보,『唐陵君遺事徵」, (1928).
鄭載崙,『公私見聞錄』, (권영철 교수 소장본).
鄭泰齊,『菊堂俳語』, (국립중앙도서관 소장본).
팽국동,『中韓詩史』, (대만 정중서국, 1957).
한국정신문화연구원편,『한국구비문학대계』, (성남, 한국정신문화연구원, 1980 - 1985)
허　봉,『朝天記』,『燕行錄選集』, (서울, 민족문화추진회, 1982)所收.
『李氏報恩錄』, (필자 소장본).
『記聞叢話』, (일본, 동양문고 소장본).
『大東野乘』, (서울, 민족문화추진회, 1982).
『大東稗林』, (서울, 국학자료원, 1983).
『東國文獻錄』상·중·하.
『마원철녹』, (홍윤표 교수 소장본).
『西遊錄』, (영남대 도서관 소장본).
『西遊錄』, (천리대 도서관 소장본).
『西遊錄』, (한국정신문화연구원 소장본).
『西遊錄』, (김동욱 교수 소장본).
『瑣編』(원제 :『郊居瑣編) 천·지·인, (일본, 천리대 도서관 소장본).
『續齊諧志』,「조선학보」92집, (조선학회, 1980).
『讓寧大君事蹟』
'丁香巧計侍大君',『揚隱闡微』(김동욱 교수 소장본)所收.
『丁香錄』, (필자 소장본).
『丁香傳』, (서울대 도서관 소장본).
『丁香傳』, (고려대 도서관 소장본).
『丁香傳』, 한문본·국문본, (고려대 아세아연구소 소장본).
『丁香傳』, 한문본·국문본(한국정신문화연구원 소장본).
『丁香傳』, (일본, 동경대학 도서관 소장본).
『丁香傳』, (연세대 도서관 소장본).

『丁香傳』, (권우행 교수 소장본).
『丁香傳』, (박요순 교수 소장본).
『朝鮮王朝實錄』, (서울, 탐구당, 1975).
『趙忠毅傳』, (송신용 校주본).
『趙忠毅傳』, (김기동 교수 소장본).
『趙忠毅傳』, (한국정신문화연구원 소장본).
『至德誌』, (연세대 도서관 소장본).
『靑邱野談』 상·하, (서울, 아세아문화사, 1985).
『靑邱野談』, (일본, 동양문고 소장본).
『靑邱野談』, (일본, 동경대학 도서관 소장본).
『靑邱野談』, (고려대 도서관 소장본).
'洪彦陽義捐千金說', 『古小說』 (김동욱 교수 소장본)所收.

2. 論著

권우행, "『丁香傳』소고", 『파전김무조박사화갑기념논총』, (동간행위원회, 1988)所收.
권태을, "양사언附帶야담연구", 「상주농업전문대학 논문집』 21집, (상주농전, 1982).
김기동, "校譯 『丁香傳』", 「문학사상」 129호, (문학사상사, 1983).
김기동, "고전소설해제", 「한국학논집」 10집, (계명대학교 한국연구소, 1983).
김기동, "해제 『趙忠毅傳』", 『필사본 고전소설전집』, (서울, 아세아문화사, ,1980) 권 6 所收.
김기동, "비유형 고전소설의 연구(II)", 「한국문화연구」 창간호, (경기대 한국문화연구소, 1984).
김대숙, "양사언설화연구", 「이화어문론집」 7집, (이화여대 한국어문학연구소, 1984).
김대숙, 『한국설화문학연구』, (서울, 집문당, 1994).
김대현, "조선후기 남녀관계 풍자소설의 사회사적 고찰", 「문학연구」 5집, (우리어문학연구회, 1987).
김석회, "홍순언 일화의 전변 과정에서 본 서포의 문학세계", 「국어교육」 57·8합집, (국어교육연구회, 1986).

김열규외, 『민담학개론』, (서울, 일조각, 1982).
김윤섭역, 『언어예술작품론』, (서울, 대방출판사, 1984).
김정석, "청구야담과 구전설화의 관련 양상", 「문학연구」 5집, (우리 어문학연구회, 1987).
김종철, "배비장전 유형의 소설 연구", 「관악어문연구」 10집, (서울대 국어국문학과, 1985).
박요순, "한글본 『丁香傳』고", 「한남어문학」 9·10합집호, (한남대 국어국문학회, 1983).
박옥빈, "香娘故事의 문학적 연변", (성균관대 한문학과 석사학위논문, 1982).
박일용, "조선후기 훼절소설의 변이양상과 그 사회적 의미"상·하, 「한국학보」51·2집, (서울, 일지사, 1988년 여름·가을호).
박희병, "靑邱野談연구", (서울대 석사학위논문, 1981).
서나경, "『雲英傳』연구", (연세대 석사학위논문, 1984).
소재영, "미발표소설 삼제", 「국어국문학」55~7합집호, (서울, 국어국문학회, 1972).
소재영, 『고소설통론』, (서울, 이우출판사, 1983).
송신용, "『趙忠毅傳』", 「한글」14권 1호, (조선어학회, 1949).
송재용, "마원철녹 연구", 『국문학논집』 14집, (단국대 국어국문학과, 1994.)
유영대역, "민담형태론』, (서울, 새문사, 1987).
이강옥, "조선후기야담집연구", (서울대 석사학위논문, 1982).
이경선, "『李長白傳』연구",「인문논총」 3집, (한양대 문과대학, 1982).
이경선, "洪純彦傳연구",「한국학논집」 3집, (한양대 한국학연구소, 1983).
이경선, "『丁香傳』소고", 『한국 판소리·고전문학연구』, (서울, 아세아문화사, 1985)所收.
이경선, "荷谷 「朝天記』 관견", 『갈운문선규박사화갑기념논문집』, (동간행위원회, 1985)所收.
이경선, 『한국의 전기문학』, (서울, 민족문화사, 1988).
이명학, "『雪橋漫錄』연구", (성균관대 한문학과 석사학위논문, 1982).
이명학, "한문단편 작가의 연구", 『이조후기 한문학의 재조명』, (서울, 창작과 비평사, 1983)所收.
이상일, "설화장르론", 『민담학개론』, (서울, 일조각, 1982)所收.
이석래, "고대소설에 미친 야담의 영향", 「성곡논총」 3집, (성곡학술문화재단, 1972).
이석래, 『조선후기소설연구』, (서울, 경인문화사, 1992).
이신성, "한문단편의 연구에 대한 소고", 「어문학교육」 5집, (부산국어교육학회, 1982).
이신성, "『李長伯傳』연구(Ⅰ)", 「부산교육대학논문집」 21집 1호, (부산교육대학, 1985).
이신성, 『西浦漫筆』에 실린 홍순언 일화", 우리말교육」 1집, 부산교육대학 국어과, 1986).
이신성, "고전소설 속의 실존 인물에 대하여", 「어문학교육」 10집, (한국어문교육학회, 1987).
이신성, 『天倪錄 연구』, (서울, 보고사, 1994).
이재선, 『한국단편소설연구』, (서울, 일조각, 1975).
이종호, "『李長伯傳』 소고", 「수선논집」 11집, (성균관대 대학원, 1986).
이춘기, "香娘설화의 소설화 과정과 변이", 「한양어문연구」 4집, (한양대 국문과, 1986).
임형택, 『한국문학사의 시각』, (서울, 창작과 비평사, 1984).
장덕순, 『한국설화문학연구』, (서울대학교 출판부, 1978).
장효현, "『육미당기』 작자 재론", 『고전소설 연구의 방향』, (서울, 새문사, 1985)所收.
정명기, "야담 연구의 현황과 장래", 「글터」 1집, (원광대학교 국어교육과, 1983).
정명기, "洪純彦이야기의 갈래와 그 의미", 「동방학지」 45집, (연세대 국학연구원, 1984).
정명기, "이야기의 개변 양상과 그 의미", 「원광한문학」 2집, (원광대 원광한문학회, 1985).
정명기, "趙忠毅이야기의 연변 양상과 의미", 「국어교육연구」 5집, (원광대 국어교육과, 1986).
정명기, "『靑邱野談』의 편자와 그 이원적 면모", 『연민이가원선생 칠질송수기념논총』, (서울, 정음사, 1987)所收.
정명기, "丁香이야기의 구조와 의미 연구", 「국어교육연구」 6집, (원광대 국어교육과, 1987).
정병욱, 『漂海錄』, (서울, 범우사, 1979).
정인보, 『담원국학산고』, (서울, 문교사, 1949).

조동일, 『한국문학통사』 3·4, (서울, 지식산업사, 1984·6).
조희웅, 『조선후기문헌설화의 연구』, (서울, 형설출판사, 1981).
조희웅, "트릭스터담 연구", 「어문학논총」 6집, (국민대 어문학연구소, 1987).
진경환, "야담의 사대부적 지향과 그 변개 양상", (고려대 석사학위논문, 1983).
최 철, "야담과 이조소설"상·하,「문화비평」 16·7호, (아한학회, 1973, 가을·겨울).
허 춘, "고소설의 인물 연구", (연세대 박사학위논문, 1986).
현길언, "야담의 문학적 의의와 성격", 「한국언어문학」 15집, (한국언어문학회, 1978).
Albert·B·Lord, 『The Singer of tales』, (Harvard Univ.Press, 1968).

第 II 部

<奴—主>의 어울림과 맞섬

-「靑邱野談」을 中心으로 본 -

1. 머리말

통칭 야담(달리 한문단편 또는 문헌설화)으로 불리워지는 문학유산에 대한 그 동안의 연구 성과[1]는 매우 활발히 전개되어 왔는데, 그것은 다시 몇 부류로 나누어 검토될 수 있을 듯하다.

이 논문 또한 필자가 이미 나누어 보았던 부류[2] 가운데 한 부류에 해당될 성질을 지니고 있는 바, 그것은 곧 유형 설정과 그 의미를 밝히는 작업이다. 따라서 그러한 작업이 온당히 이루어지기 위해서는 야담집 내에서 동일한 유형을 가급적 많이 뽑아 내어 그 유형 자체가 지니고 있는 의미라든지 그 특성을 밝히는 동시에, 더 나아가 유형을 이루는 분자로서의 각각의 類話가 지닌 개별적 의미를 밝히는 작업이 마련되어야 한다고 본다.

---

1) 그 동안의 연구성과에 대한 비판적 검증을 필자는 "야담연구의 현황과 장래"라는 글을 통해 나름대로 펼쳐보인 바 있다. (원광대학교 국어교육과 학회지「글터」1집, 1983.2.)

2) 필자는 앞의 논문을 통해 그 동안의 연구 경향을 크게 7 대분하여 그 지닌 바 의의와 한계를 소략히 지적한 바 있으니, 그 글을 참조하기 바람.

이런 점에서 한글본 『靑邱野談』[3]에 실려 있는 262편의 이야기 가운데 17편에 달하는 편수가 곧 본고에서 다루려는 〈奴—主〉간의 문제를 얘기하고 있다는 즉 여타의 유형들에 비해 비율의 상대적 우위를 점하고 있다는 점을 중시하여 다루어 볼까 한다.

〈奴—主〉 관계는 결코 흔들려서는 아니되는, 강한 고착성을 지닌 사회 신분제도의 산물이었다. 그런데도 조선 후기 야담 문학에 나타나고 있는 〈奴—主〉 관계가 우리들의 일반적인 예상과는 달리 '어울림'과 '맞섬'이라는 결코 동일 선상에 놓일 수 없는 파행상을 보인다는 사실은 필자에게 왜 그런 현상이 문학적으로 설정되고 있는 것인가에 대한 매우 높은 관심을 유발하게 하였다.

여기서 사용하는 '어울림'이란 용어는 유교 이념률과 별다른 상충 없이 사건이 전개되고 마무리되어 가는 흐름을 지칭하는 것으로, 또 '맞섬'이란 용어는 그와는 달리 유교 이념률보다 개아로서의 삶을 중시하는 奴婢가 당시의 사회 諸制度와 첨예한 대립을 보이며 파국으로 달려가는 상황을 지칭하는 것으로 사용하고자 한다.

그러나 이제까지의 연구 성과들의 대부분[4]은 '어울림'보다는 '맞섬'에 초점을 두고 논의를 전개해 왔다. 이와 같은 한계를 넘어서기 위해 필

---

3) 한글본 『靑邱野談』은 규장각에 소장된 필사본으로, 전 20권 20책으로 되어 있으나 현재는 제 20권이 누락된 19권 19책의 낙질본이며, 필체는 달필로 되어 있다. 그 이루어진 연대와 편자는 미상인 채로 남아 있다가 한문본 『靑邱野談』의 경우 필자에 의해 김경진이 1843년에 엮은 자료라는 점이 새롭게 밝혀졌다.(본서의 Ⅱ부에 실린 "『청구야담』의 편자와 그 이원적 면모"를 참조하라.) 그것은 『俚諺叢林』, 『浮談』, 『東稗洛誦』과 더불어 한글본으로도 전해지고 있다는 점에서 야담의 본래적 의의에 비쳐볼 때 매우 중요한 자료라고 할 수 있다. 이 자료는 뒤에 정명기에 의해 『한국야담자료집성』 권 2·3, (서울, 계명문화사, 1987)에 영인·수록된 바 있다.

4) 박희병의 "청구야담연구", 최운식의 "김학공전 연구", 최준린의 "조선후기 한문단편연구" 등이 특히 그러하다. 그것은 야담을 당대 역사·사회와 긴밀한 조응 관계를 지닌 것으로만 인식한 데서 빚어진 한계로 보여진다.

자는 〈奴—主〉의 '어울림'과 '맞섬'을 발생시키는 구획선은 무엇인지를 먼저 살펴보고, 그것들이 각각의 유화 속에서 진행되어 가는 과정과 그 결과로서의 보상심리의 면모를 다루어 봄으로써, 야담을 통해 조선조 후기사회가 겪어야 했던 방황의 도정을 일단이나마 밝혀 보려고 한다.

본고에서 끌어쓰는 자료는 이해에 도움을 주기 위해 한글본 「靑邱野談』을 대본으로 택했으며, 그 대상 자료는 다음과 같다.

권 1-10 「걸부명튱비완삼절」(乞父命忠婢完三節)
3-13 「탄금ᄃᆡ츙복슈시」(彈琴臺忠僕收屍)
4-10 「성가업박노진튱」(成家業朴奴盡忠)
5- 4 「송반궁도우구복」(宋班窮途遇舊僕)
6- 7 「칙형쳐청ᄉᆞ화린밍」(責荊妻淸士化隣氓)
6- 9 「겁구쥬반노슈형」(劫舊主叛奴受刑)
6-10 「봉환샹궁유면ᄉᆞ」(逢丸商窮儒免死)
7- 4 「샤구습여웅투강듕」(肆舊習與熊鬪江中)
8-11 「념의ᄉᆞ풍악봉신승」(廉義士楓岳逢神僧)
11-11 「소년노튱복명원」(訴輦路忠僕鳴寃)
12-11 「문명복듕노우구복」(問名卜中路遇舊僕)
12-12 「환금탁강도화냥민」(還金橐强盜化良民)
13- 4 「투삼귤공듕현녕」(投三橘空中現靈)
15- 6 「노온녀환납쇼실」(老媼慮患納小室)
16 -6 「뎡가성디ᄉᆞ텽치동」(定佳成地師聽痴僮)
18- 2 「과금강급난고의」(過錦江急難高義)
19-11 「감쥬은노승졈명혈」(感主恩奴僧占名穴)

2. <奴—主>의 '어울림'과 그 특성

조선조의 신분제도는 결코 생득적으로 각기에게 주어진 신분상의 층위의 넘나듦이 허용되지 아니할 정도로 강하게 고착성을 띠고 유지되어 왔다. 그중 특히 하층계급의 대표명사로 불려지는 노비의 경우는 조선조 중기까지만 해도 더욱 그러하였다. 자신의 권리는 유보 내지 박탈당한 채 오로지 자신에게 부과된 노역과 의무의 짐만을 안고 일생을 살아야 했던 계층들이 바로 그들이었다. 나아가 노비종모법이라는 악법 아래 그들은 영원히 노비라는 호칭에서 벗어날 수는 없었다.5) 그들은 주인에게 오로지 충성만을 바쳐야 했으며, 인격적으로나 신분적으로 결코 개아로서의 인간으로는 대접을 받을 수 없었던 계층이었다.

조선조 중기에 이르러, 전대미문의 참혹한 임진왜란을 겪으면서 그간 유지되어 왔던 사회 제제도의 일방성은 점차 그 권위를 상실해 갔으며, 특히 그간 제도적 압제 아래 기본적인 인간의 삶조차 누릴 수 없었던 노비 계층들은 상전들의 무능력과 허위의식을 임란을 통해 바로 목도하게 되고, 이에서 이제까지의 굴레에서 벗어나려는 몸짓을 그들은 다양한 방법으로 강하게 보여주지만, 그 움직임을 긍정적으로 수용할 수 없었던 당시의 지배 계층들에 의해 그 움직임은 움직임 자체로서의 충격만이 인정되었을 뿐이지, 보다 나은 새로운 개혁을 불러일으키기에는 나름의 미비함을 그들 스스로가 지니고 있었으니, 그것은 노비의 주인에 대한 만남의 장이 바로 '어울림'과 '맞섬'이라는 상치된 반응을 보였다는 데서도 역으로 찾아볼 수 있다.

여기서 먼저 〈奴—主〉의 어울림에 대한 정황을 그리고 있는 유화로 〈1-10〉, 〈3-13〉, 〈4-10〉, 〈11-11〉, 〈13-4〉, 〈6-7〉, 〈8-11〉, 〈12-12〉 등을 들 수 있다. 그 각각의 지닌 바 의미를 간략히 살펴보면 다음과 같다.

〈1-10〉은 〈13-4〉와 더불어 〈奴—主〉의 '어울림'이란 면만을 일방적으로 설정하고 있지 않다는 점에서 후술할 〈3-13〉, 〈4-10〉, 〈11-11〉 등과 구별된다. 즉 〈1-10〉은 도망간 노비를 추핵차 나선 양반과 이에 대

---

5) 『한국사』 근세전기편, (서울, 을유문화사, 1967.12)P.303-324 참조 요약.

항하는 노비들의 반응에서 비롯된 긴장이 작품의 전반부에 걸쳐 팽팽한 느낌을 불러일으키고 있는 점으로부터 〈奴―主〉의 '맞섬'을 다루는 次項에서 다루어도 무방하리라 보지만, 이 이야기의 화자와 평자가 다같이 관심을 두고 있는 것은 그러한 '맞섬'의 면모에 있는 것이 아니라, 그러한 '맞섬'을 초극한 곧 노비의 딸이며, 노비를 추핵차 나선 양반의 첩이 된 향단을 매개로 한 '어울림'의 측면에 초점을 두고 있다는 사실로부터 〈1-10〉은 〈3-13〉, 〈4-10〉, 〈11-11〉과 동선상에 놓고 다루어도 무방하리라 본다.

그럼 그 내용을 통해 〈奴―主〉의 '어울림'의 양상을 살펴보도록 하자.

도망가서 일촌을 이룬 노비의 딸인 향단은 추핵차 나선 심사인의 첩이 되어, 자신의 부군에게 닥쳐올 화를 면케 하기 위해 스스로 자신의 몸을 내던지는 적극적인 免禍策을 마련한다.

> 이ᄂᆞᆫ(필자 주:사인을 살해하려는 일) 다 쇼비족당(小婢族黨)의 ᄒᆞ온 배라. 아비 능히 금치 못ᄒᆞ고 참예(參豫)ᄒᆞ오나 슈챵(首唱)은 아니오니 가히 용셔ᄒᆞ실지라. <u>쇼네(少女ㅣ) 셔방쥬의 의복을 밧고와 닙어 장ᄎᆞᆺ셔방쥬의 몸을 ᄃᆡ신ᄒᆞ오려 ᄒᆞ오니 셔방쥬ᄂᆞᆫ 다만 잇다가 쇼녀ᄅᆞᆯ 부르ᄂᆞᆫ 소ᄅᆡ 나거든 쇼녀의 복ᄉᆡᆨ(服色)으로 머리ᄅᆞᆯ 푸러 ᄂᆞᆺᄎᆞᆯ 가리오고 ᄲᆞᆯ니 다라 나가시면 다ᄒᆡᆼ이 버셔나믈 어드실 거시니 이후 강샹의 죄(綱常之罪)ᄅᆞᆯ 다ᄉᆞ리실 ᄯᅢ예 쇼녀의 아비ᄅᆞᆯ 살녀쥬시면 쇼네 ᄃᆡ하의 가도 눈을 감으리니</u>(下略)[6](밑줄:필자 표시)

위의 인용된 부분에서 쉬 확인되는 것이지만, 심사인과 향단의 관계는 평등적 관계이면서도 실상은 평등적 관계가 아니다. 곧 첩인 점에서는 심사인과 동선상에 놓이기는 하지만, 노비의 딸로서의 향단이 스스로 상전으로서의 심사인을 구하기 위해 죽음을 맞이한다는 점에서는, 즉 그것이 결코 동선상에 놓인 연유에서 발발하는 것이 아니라, 상하의식을 밑바탕으로 하는 굳건한 봉건체제의 여파로 빌미 되었다는 데서 그렇다고 할 수 있다. 곧 그녀는 아직껏은 개아의 인격체로서의 실제적

---

6) 위에서 이미 든 주 (3)의 책. 2권, P. 55.

삶을 영위하는 존재가 아니라, 앞서 말한 바와 같은 봉건 윤리—특히 烈—로의 침잠을 아무러한 저항감 없이 수용하는 한계를 지닌 여인으로 보여진다. 이 점은 다시 그 이야기를 평하는 평자의 아래와 같은 평언에 의해서도 확인된다. 곧

> 슬프다! 이 녀인이 그 샹뎐(上典)을 위ᄒᆞ야 그 튱셩을 다ᄒᆞ고 그 아 비롤 위ᄒᆞ야 효도롤 다ᄒᆞ고 그 지아비롤 위ᄒᆞ여 녈절(烈節)을 다ᄒᆞ니 ᄒᆞᆫ번 드러 삼강(三綱)이 ᄀᆞ졋ᄂᆞᆫ지라. 본쉬(本倅)를 위ᄒᆞ야 졍문(旌門)ᄒᆞ니라.[7]

이 그것이다.

한편 이 이야기는 앞서 말한 바와 같이 〈奴—主〉간의 관계가 일원적인 양상을 띠고 있지는 않다는 점에서, 후술할 몇몇 자료들과는 그 이루어진 시기의 차이를 드러내 주는 좋은 예라고 하겠다. 즉 후술할 몇몇 자료들이 노비에 대한 긍정적 시선의 차원에 머물러 있는 것에 反해, 이 이야기에는 긍정적 시선과 부정적 시선이 한데 어우러져 있다는 점에서, 긍정적 시선에 의한 이야기로 시종하는 〈3-13〉, 〈4-10〉, 〈11-11〉 따위의 이야기에 비해 시기적으로 뒤늦게 나타난 이야기로 보여진다. 위와 같은 노비의 행태에 대한 상전의 반응에서 찾아볼 수 있는 의미에 대해서는 항을 달리하여 다룰까 한다.

다음 〈3-13〉 이야기 또한 노자(奴子)의 충용(忠勇)을 이야기하고 있는 점에서 전기한 〈1-10〉 이야기와 주제면에서 동일한 작품이다. 그 내용과 지닌 바 의미를 찾아보면 다음과 같다. 〈3-13〉에 나오는 노자가 大食모티프motif를 지니고 있는 점에서 〈4-10〉의 박언립의 경우와 같다. 죄에 얽혀 찬배되었다가 壬亂을 맞아 백의종사하여 죄를 씻고자 했던 주인이 소원을 이루지 못하고 탄금대에서 전사하자, 함께 그곳에 갔던 노비는 어려움을 겪은 끝에 주인의 시신을 얻게 된다. 그점은 다음 대목을 통해 드러나니, 곧

7) 바로 앞에서 든 책. 권 2, P. 57.

> 몸의 수십 창을 닙고 철환(鐵丸) 삼ᄉᆞ곳을 마즈되 마ᄎᆞᆷ내 공의 시체ᄅᆞᆯ ᄃᆡ하(臺下)의셔 어더 등의 업고 진을 ᄯᅮᆯ어 나와 산곡(山谷) ᄒᆞᆫ 곳의 슈렴(收殮)ᄒᆞ엿다가 필경(畢竟) 션영(先塋)의 반장(返葬)ᄒᆞ니 …… (하략)8)

이 그것이다. 여기서 노비가 萬難을 무릅쓰고 헤쳐 나가 드디어 상전의 시신을 얻어 假殮하였다가 先塋에 안장케 하는 노자의 忠勇은 곧 상전의 죽음이 바로 자신의 죽음이라는 강한 종속적 동일시—'내 죽기ᄅᆞᆯ 앗겨 공의 은혜ᄅᆞᆯ 져바리미 장뷔 아니라'는 그 자신의 독백에서 확인되는—아래 배태되어 나온 것으로 보여진다. 이 노자 또한 새로운 사회로의 발돋움을 인식하기에는 아직은 역부족의 인물이라 하겠으며, 따라서 그는 전래의 봉건적 이념률에 그대로 안주하는 범속한 인물로서, 이점으로 인해 그는 당시의 지배계층들에 의하여 기림을 받게 된 것으로 보여진다. 이점 역시 이야기의 말미를 장식하는 평결부에서 확인된다. 곧

> 슬프다! 노쥬분의(奴主分義) 녜로부터 엇지 한(限)ᄒᆞ리오마ᄂᆞᆫ 이 노ᄌᆞ(奴子)의 츙용(忠勇)ᄀᆞᆺ흔 재 어ᄃᆡ 이시리오? …… (中略) …… 이 노ᄌᆞ의 죽음 보기ᄅᆞᆯ 평디(平地)ᄀᆞᆺ치 ᄒᆞ미 엇지 일승미(一升米)ᄅᆞᆯ 위ᄒᆞ(미의 탈락?)리오? 의긔(義氣)예 격동(激動)ᄒᆞ미라 …… (中略) …… 물읫 됴뎡(朝廷)에 식녹(食祿)ᄒᆞᄂᆞᆫ 사ᄅᆞᆷ이 판탕(板湯)ᄒᆞᆫ ᄯᅢᄅᆞᆯ 당ᄒᆞ야 분츙적개(奮忠敵慨)ᄒᆞᄂᆞᆫ ᄆᆞᄋᆞᆷ이 업ᄂᆞᆫ 쟈ᄂᆞᆫ 능히 김공의 츙노(忠奴)에 붓그러오미 업스랴?9)

가 그것인 바, 여기서 소박하나마 하천인에 대한 나름의 애정을 엿볼 수 있다. 곧 하천인을 하나의 인격을 지닌 객체로 인정하고, 나아가 분충적개하는 마음이 없는 관리를 하천인과 병치시켜 그들을 권계하는 평결로 맺고 있다는 데서 그 평언이 비록 당대의 治者들에 의해 수용되고 통용되던 일상적 사고체계의 집적은 아닐지 몰라도 노비들에게도 개체로서의 인간성을 어느 면 부분적이기는 하지만 인정했다고 하는 점에서 나름의 의의는 충분히 인정받을 수 있다고 하겠다.

---

8) 바로 앞에서 든 책. 권 2, P. 210.
9) 바로 앞에서 든 책. 권 2, P. 210-211.

〈4-10〉의 경우는 노자인 박언립이 바깥 상전이 죽자 안 상전과 어린 외동딸을 대신하여 몸소 治喪凡節을 치르고, 이어 그 상전의 외동딸이 장성하자 몸소 배장수가 되어 그에 합당한 배우자를 찾아내어 혼인시킨다는 점에서 이 이야기에서의 언립 또한 주인집을 위해 자신의 지닌 바 모든 것을 다 바쳐 일을 행하는 인물로 그려진다. 다음과 같은 문면을 통해 그 충격은 더욱더 확대된다는 점을 인식할 필요가 있다. 곧 '쥬개(主家ㅣ) 본시 간난(艱難)ᄒᆞ여 그 식냥(食量)을 ᄎᆡ오지 못ᄒᆞ고 ᄯᅩ 그 흉영(凶獰)ᄒᆞᆫ 상을 두려 이예 노ᄒᆞ려ᄒᆞᆫᄃᆡ' 언립이 '샹젼ᄃᆡᆨ ᄉᆞ환(使喚)이 부족ᄒᆞ오니 엇지 나가리잇가' 대답하는 장면이 그것이다. 이점은 다시 다음과 같은 예문을 통해서도 찾아진다. 경제적으로 곤핍을 겪던 상전댁을 부요한 상태로 만드는 언립의 유다른 노력이 기술되는 장면이 바로 그것인 바,

> 닙(주:언닙)이 농니(農理)의 통투(通透)ᄒᆞ고 텬셩(天性)이 근실(勤實)ᄒᆞ여 ᄡᅡ흘 다로ᄂᆞᆫ 법이 샹농(上農)의 비(比)ᄒᆞᆯ 배 아니라. ᄡᅡ의 쇼츌(所出)이 타인(他人)의셔 십비나 ᄒᆞ니 오륙년간의 가산(家産)이 요족(饒足)ᄒᆞᆫ지라.[10]

의 대문에서 그점은 익히 확인된다.

그러나 언립은 위와 같은 일방적인 평가만으로는 채 그 면모를 완전히 드러내지는 아니한다. 상전계층들에 의해 인정받지 못한 이평산댁 도령을 상전의 외동딸의 배우자로 취택한다는 점은 언립이 상전에 대한 무조건적인 충성심 못지않게 상전으로부터 멀어지려는 의식적인 몸부림을 조심스럽게 시도하는 인물임을 보여주는 점에서 그러한 면모를 끄집어 낼 수 있다.

> 그(주:니평산) ᄌᆞ뎨(子弟) 장셩ᄒᆞ나 방탕호일(放蕩豪逸)ᄒᆞ고 ᄒᆞᆨ업(學業)을 일삼지 아니ᄒᆞ니 사ᄅᆞᆷ이 다 바린 ᄌᆞ식이라 ᄒᆞᄂᆞᆫ 고로 오히려 정혼(定婚)치 못ᄒᆞ여시니 엇지 여긔 구혼ᄒᆞ려 ᄒᆞᄂᆞ뇨?[11]

---

10) 바로 앞에서 든 책. 권 2, P. 291-292.
11) 바로 앞에서 든 책. 권 2, P. 293.

란 상전계층들이 지닌 한 인물에 대한 일방적이고 외면적이기까지 한 평가를 그가 묵시적으로 수용하는 것이 아니라, 그 인물의 지닌 바 내면과 相에 탄복하여 배우자로 택정한다는 점에서 언립의 이중적 의식상은 극명하게 드러난다. 그렇다고 해서 언립의 경우 완전히 새롭게 펼쳐질 자신의 운명을 성공적으로 마련했다고는 할 수 없다. 이점은 다음의 두 예문에서 쉽게 찾아지는데, 곧

> 의ᄃᆡᆨ(矣宅)이 강근지친(彊近之親)이 업ᄉᆞ오니 상공은 빙ᄃᆡᆨ(聘宅) 보시믈 친변(親邊)ᄀᆞᆺ치 ᄒᆞ오시고 외손(外孫) 봉ᄉᆞ녜(奉嗣禮)로 향화(香火)ᄅᆞᆯ ᄭᅳᆺ지 아니시미 ᄒᆡᆼ심(幸甚)이로쇼이다.[12]
> 그러ᄒᆞ오나 쇼인의 일ᄀᆡ혈쇽(一個血屬)이 잇ᄉᆞ오니 샹공은 잘 거두어의ᄃᆡᆨ 묘하(墓下)의 기리 두시믈 바라ᄂᆞ이다.[13]

란 대문에서 언립이 상전댁을 중흥시킨 후 스스로 출가하려는 것을 알 수 있으나 그가 지닌 의식의 언저리는 어디까지나 상전 계층들이 마련해 놓았던 생활규준을 받아들이는 동시에, 자신의 혈속을 그곳에 남겨 두고 떠난다는 데서도 언립이 상전을 벗어나려 하면서도 궁극적으로는 다시 그곳에 귀속되어 버리는 운명의 노예임이 드러난다.

〈13-4〉 이야기 또한 충의심이 있는 상전을 뒤따라 바로 죽음을 택한 노자와 말(馬) 이야기가 상전의 現形을 主旨로 하는 괴이담에 부수되어 기록되어 있는데, 상전의 지닌 바 세계관과 노비의 세계관의 차이를 엿볼 수 있는 좋은 자료로 보여진다. 그것은 다음과 같은 대문에서 찾아진다. 즉

> 공이 진외(陣外)의 나간즉 노ᄌᆡ ᄆᆞᆯ을 닛글고 기ᄃᆞ리다가 공을 보고 울며 고ᄒᆞ여 ᄀᆞᆯ오ᄃᆡ ᄉᆞ이지ᄎᆞ(事已至此)ᄒᆞ니 원컨ᄃᆡ 쇽쇽(速速)히 경셩으로 도라가ᄉᆞ이다. 공이 우어 왈 국ᄉᆡ(國事ㅣ) 이ᄀᆞᆺᄐᆞ니 엇지 ᄎᆞᆷ아 홀노 살니오 ᄒᆞ고 인ᄒᆞ여 지필(紙筆)을 ᄎᆞ쟈 노친과 밋 ᄇᆡᆨ듕시(伯仲氏)의 게 영결(永訣)을 고ᄒᆞ여 옷깃 쇽의 ᄀᆞᆷ쵸와 노ᄌᆞ로 ᄒᆞ여금 젼ᄒᆞ게 ᄒᆞ고 돌쳐 …… (下略)[14]

---

12) 바로 앞에서 든 책. 권 2, P. 294.
13) 바로 앞에서 든 책. 권 2, P. 294-295.

이 그것으로, 여기서 노자가 국가적인 환난을 그 자체로 인식하지 못하고, 국가적 환난을 개인적 차원으로 치환시켜 이해할 뿐이라는 점은 그가 본질적인 면모를 헤아리고 아울러 그 환난의 발생동인을 살펴보기에는 아직은 역부족한 형이하학적 인물임이 드러나는데 반해, 주인은 국가적 환난을 개인적 차원의 시선으로 파악하는 것이 아니라 곧 자신의 목숨을 鴻毛와 같이 여겨 던짐으로써 국가적 환난이 곧 자신의 운명의 연장선 상에 놓여 있다는 것을 익히 헤아려 볼 수 있는 형이상학적 인물임이 드러난다. 이러한 정신적 차원에서의 양자간의 커다란 메울 수 없는 간극으로 해서 노자는 주인의 상을 치른 연후에 곧 '목질너 죽고' 말게 되는 것으로 보인다. 곧 그는 상전들이 마련했던 유교적 이념률에 맹목적으로 추종한 하층계급의 전형적 인물에 불과한 것으로 보인다. 그로 인해 그에게 돌아온 반대급부는 상전의 묘 아래에 말과 더불어 묻히는 이름뿐인 영광에 지나지 않았던 것이 아닐까 한다.

〈11-11〉 이야기는 〈奴—主〉간의 '어울림'이 여타의 유화들에 비해 극명히 드러난다는 점에서 논의 전개에 매우 좋은 자료라 하겠다. 이것은 달리 〈奴—主〉의 관계가 그만큼 굳게 결속되어 있음을 말하는 것으로, 세계의 횡포에 의해 죽음을 취하게 된 박씨 부인의 원혼과 그의 종인 만석에 의해 시도된 두 차례의 격쟁으로 이야기가 전개되는 일방으로 그로 인해 나아가 모든 세계의 횡포와 거짓됨이 바로 백일하에 드러난다는 점이 그것인 바, 먼저 그 내용을 간추려 보이면 아래와 같다.

> 민생을 남편으로 맞이한지 채 일년도 못되어 박씨 부인은 그를 여윈다. 이때 같은 마을에 사는 부자 김조술이 박씨의 자색을 보고 탄복하여 겁탈을 행하려 하다가 실패한다. 이에 도리어 김조술은 '박시 과연 날로 더부러 ᄉᆞ통ᄒᆞ연지 오릐'며 그로 인해 박씨 부인이 '잉틱ᄒᆞ연지 이믜 삼ᄉᆞ삭이 되엿다'고 거짓 사연을 인근에 퍼트려 박씨 부인을 곤경에 빠지게 하니 박씨 부인은 오랫동안 참다가 결국은 '관가의 졍쇼ᄒᆞ여 셜치ᄒᆞ'려 하나 관속들이 이미 김조술이 뿌린 뇌물을 먹은 뒤이고 또 본읍 또한 관속 들의 말을 그대로 신

---

14) 바로 앞에서 든 책. 권 3, P. 251.

빙하여 '네 만일 정절이 잇으면 비록 남의 거즛말을 닙을지라도 스ᄉᆞ로 버슬 거시어늘 엇지 몸쇼 관졍의 드러와 방ᄌᆞ히 알외'느냐고 하며 내어쫓으니, 박씨 부인은 결국 한을 품고 자문(自刎)하게 된다. 만석이 이에 분해 서울에 올라가 격쟁을 하나 조술에게 다시 뇌물을 먹은 관속과 약 파는 할미 등이 한결같이 박씨에게 억울한 누명을 입히니 이 옥사는 처리되지 못하고 사오 년에 이르른다. 이에 굴하지 않은 만석은 데리고 살던 김조술의 비를 내치고 2차 격쟁을 시도하여 드디어 상전의 억울한 죽음이 세계의 횡포에 의한 결과였음을 드러내고, 횡포의 주체로서의 김조술과 그에게 뇌물을 먹었던 사람들은 다 베어지고, 박씨에게는 정녀문이 만석에게는 복호가 주어진다.

간단하게 소개한 그 줄거리에서 드러나듯이 〈11-11〉 이야기의 흐름은 김조술로 대표되는 세계의 횡포와 이에 적극적·수동적으로 대응하는 만석과 박씨 부인의 만남과 그 극복에 의해 이루어지고 있다. 그것은 즉 박씨 부인이 죽어서까지도 죽음을 빗게 한 원억한 진상이 밝혀지지 않자 생시의 모습을 지니고 있고, 또 만석에 의한 2차 격쟁시에는 다음과 같은 움직임을 보이는 데서도 찾아진다.

건넌방의 둔지 ᄉᆞ년이로ᄃᆡ 신체(身體) 조곰도 상(傷)ᄒᆞ미 업셔 ᄉᆡᆼ시(生時)와 ᄀᆞᆺ고 그 문에 드러도 조곰도 더러온 악취(惡臭) 업고 파리도 갓가이 오ᄂᆞᆫ ᄇᆡ 업ᄉᆞ니 …… (下略)"[15]

관(棺) ᄉᆞᆨ으로셔 비단 ᄡᅵᆺᄂᆞᆫ 소릐 나거늘 민시 집 사ᄅᆞᆷ이 관개(棺蓋)ᄅᆞᆯ 열고 명ᄉᆞ관(명사관)을 뵈거늘 명ᄉᆞ관이 관비(관비)로 시험ᄒᆞ여 본즉 면ᄉᆡᆨ(面色)이 ᄉᆡᆼ젼(生前)ᄀᆞᆺ고 두 ᄈᆞᆷ의 블근 빗치 잇고 목 아릐 칼 흔적(痕迹)이 그져 잇고 …… (下略)[16]

위에 보인 예문은 박씨 부인이 김조술에 의해 자행된 세계의 횡포에 대항하는 유일한 것임을 드러내 준다. 죽었으면서도 기실은 완전히 죽지 않은 박씨의 넋은 세계의 횡포에 대항하는 방법으로 異蹟을 보여준다. 박씨의 원혼이 解寃되기 위해서는 만석에 의한 2차 격쟁이라는 줄기차고도 하자 없는 상전에 대한 충성심의 발로와 맺어질 때 비로소 가

15) 바로 앞에서 든 책. 권 3, P. 141.
16) 바로 앞에서 든 책. 권 3, P. 142.

능해진다. 상전의 죽음을 불러 일으킨 세계의 횡포가 더욱더 심해질수록, 상전의 억울한 죽음을 밝혀 내려는 만석의 노력 또한 상대적으로 준열함을 띠게 된다. 1차 격쟁이 상전을 위해 이로운 방향으로 행운의 미소를 던지지 않고 4·5 년이란 세월이 흘렀음에도 불구하고, 만석은 '경향의 분쥬ᄒᆞ야 원슈롤 갑흐려' 2차 격쟁을 몸소 행한다. 이에 앞서 만석은 김조술의 비인 자신의 처에게 '네 쥬인은 내 쥬인의 원슈라. 부부지의(夫婦之義) 즁ᄒᆞ나 노쥬지분(奴主之分)이 ᄯᅩᄒᆞᆫ 가ᄇᆡ압지 아니ᄒᆞ니 너ᄂᆞᆫ 네 쥬인의게 가라. 나ᄂᆞᆫ 내 쥬인을 위ᄒᆞ야 죽으리라'고 하는 데서 상전에 대한 한치의 瑕疵없는 충성을 기약하고자 하는 인물로 보여진다. 노주의 분을 부부의 의보다 상층에 둠으로 해서 만석 그는 상전에 대한 줄기찬 충성의 행위로서의 2차 격쟁을 행할 수 있었던 것이라 하겠다.

이상과 같은 점에서 만석은 나름으로 확고하고 줄기찬 세계 인식을 지니고 있음이 드러나지만 또 그로 인해 사건의 원만한 타결이 불러 일으켜지는 것 또한 사실이지만 그러나 그가 지닌 세계 인식이 또 다른 상층계급이 지닌 보편적 이념률을 무비판적으로 거두어 들인데 그쳐 버린 점에서 그 세계 인식이 지녔던 근본적인 한계는 밝게 드러난다. 곧 이야기의 주제가 忠 倫理의 선양이라는 유교 이념률의 재확인으로부터 한발도 벗어나지 못하고 말았다는 점에서 더욱 그렇다고 하겠다.

이상 살펴본 이야기를 통해, 〈奴—主〉간의 '어울림'의 관계는 당시의 이념률 아래 굳게 맺어져 있었음을 보았는 바, 奴에 의한 일방적 투사로서의 三綱 - 忠·孝·烈 - 의 준수란 테두리 안에서 그것이 이야기되고 있음을 볼 수 있었다. 그러나 몇몇 유화들의 경우에는 개아적 인격체로서 자각하고, 그것을 지키려 하는 몸짓을 지닌 노비가 설정되고 있다는 점에서 〈奴—主〉의 '만남'이 이제 더 이상 반드시 '어울림'의 차원에서만 가능한 것이 아니라는 사실을 미약하게나마 제시해 주고 있다고 하겠다. 그런 움직임이 보다 활성화되어 나타나기 위해서는 시간이 좀더 내려와서 가능해질 뿐이다.

3. <奴—主>의 '맞섬', 그 한계와 의미

앞에서 필자는 이미 임란을 거치면서 조선조 전기의 사회를 지탱해 왔던 여러 이념률이 와해되어 가는 한편으로 그동안 있었던 제 事象으로 해서 하층계급의 모퉁이에서 점차 개아로서의 인격을 쟁취하려는 움직임이 있었음을 소략하게나마 지적한 바 있는데, 노비의 경우도 이에서 예외일 수는 없었다. 18세기의 인구동태에 관한 일련의 연구논문[17]을 통해 볼 때, 사회 신분제도 자체가 제도라 이름 할 수 없을 정도로 무너져 가고 있음이 바로 드러나는데, 이는 하층인들에 의한 부의 축적과 도망간 노비들의 流動에 따라 발생된 것으로 보여진다. 逃奴를 추핵하기 위한 추쇄별감의 빈번한 설치가 사서에 두루 나타나고, 또 그에 대한 엄한 형벌을 가했음에도 불구하고[18], 봇물이 터진 듯한 그와 같은 사회적 흐름을 미봉책만으로는 완전히 방제할 수는 없었다. 여기서 배태될 수밖에 없었던 〈奴—主〉의 '만남'은 앞서 살펴본 바와 같은 '어울림'의 장 아래서는 결코 가능하지 못했다. 그것은 곧 그 동안의 질곡에서 벗어나 나름의 새로운 삶을 다진 奴와 예전 신분으로의 귀속을 강력히 원하던 상전들이 지녔던 바 나름의 이해 관계가 지닐 수밖에 없었던 근본적인 시선의 차로 인해 그 만남이 '어울림'의 장이 아니라, 서로 대결해야 하고 또 극복해야 할 장이었다는 사실에서도 쉽사리 확인된다.

이와 같은 〈奴—主〉의 갈등을 이야기하고 있는 유화로 〈5-4〉, 〈6-9〉, 〈6-10〉, 〈7-4〉, 〈12-11〉, 〈15-6〉, 〈16-6〉, 〈18-2〉, 〈19-11〉 등을 들 수 있다. 차례로 살펴보면 아래와 같다.

〈5-4〉 이야기는 송씨를 상전으로 모시고 있던 막동이란 종이 他處로

---

17) 김용섭, 『조선후기농업사연구』Ⅰ, Ⅱ, (서울, 일조각, 1980)를 그 대표적인 업적으로 들 수 있다. 특히 四方 博의 이에 대한 일련의 연구는 이 분야의 선편이 되었음을 밝혀 둔다.

18) 平木 實. 『조선후기노비제연구』, (서울, 지식산업사, 1982.5)란 저서를 통해 노비 추쇄 정책의 변화와 노비의 신분변화에 대해 극히 精緻한 논의를 펴보이고 있다. 그 책을 참조하기 바람.

도망가 變性하고 나름의 행세를 하던 중, 집이 가난하여 關東 員을 하는 친구를 찾아 나선 예전 상전과의 만남이 이루어지는 것으로부터 야기되는 상황의 문제를 다루고 있는 작품으로, 이 이야기는 모방담의 형태를 띠고 있는 것으로 보여진다. 모방담에 속하는 일련의 유화를 통해 서대석 교수는 다음과 같은 도식을 보이고 있는 바, 논의의 효과적 전개를 위해 보이면 아래와 같다.

- 모방담
  - 삽화 I
    - A 우연한 접촉
    - B 호의적 반응
    - C 행복한 결과
  - D 탐문(探聞)
  - 삽화 II
    - E 의도적 접근
    - F 악의적 반응
    - G 불행한 결과[19]

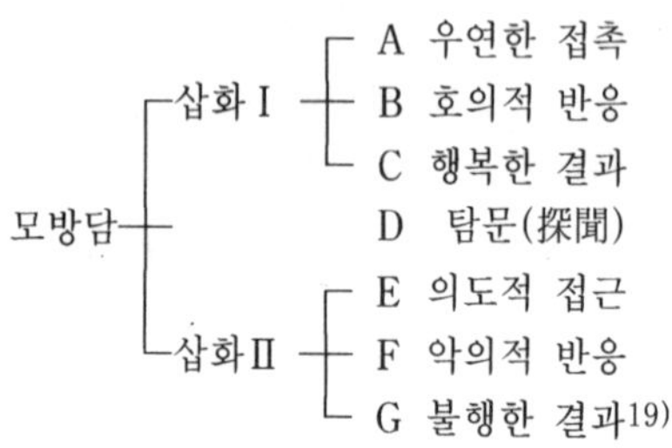

이 모방담은 탐문 과정이 축이 되어 〈A ~ C〉와 〈E ~ G〉가 상반된 결과를 불러일으키는 형식담의 하나로, 여기서는 송생과 막동의 만남을 얘기하는 부분(A ~ C)과 막동을 만난 연후에 부자가 되어 돌아온 송생을 보고 그 연유를 다그친 끝에 實事를 알게 된 송생의 사촌동생(험피)이 그를 찾아 나선 데서 가능했던 막동과의 만남을 얘기하는 부분(E ~ G)으로 대치되어 출현하는데, 그 지닌 바 의미를 살펴보면 다음과 같다.

관동 원을 하는 친구를 찾아 나섰다가 고성에서 뜻하지 아니하게 예전에 도망쳤던 자신의 노복을 송생이 만난다. 그러나 그들 사이의 만남은 예전과 같은 상하의 만남이 아니라 평등적 관계에서의 아니 도리어 그 역전이 이루어진 새로운 차원 아래서의 만남[20]이다. 그 역전된 만

---

19) 서대석, "모방담의 구조와 의미", (장덕순선생 화갑기념 『한국고전산문연구』, (서울, 동화문화사, 1981).P.63.

20) 이 상황은 막동이 송생을 만났을 때 서로 진술하는 대화에서 찾아진다. 그 주된 부분만을 적시(摘示)하면 아래와 같다.

㉮ "싱이 ᄀᆞᆯ오ᄃᆡ 가령 공(주:막동)의 말ᄀᆞᆺ흘진ᄃᆡ 이졔 시졀이 변ᄒᆞ고 왕

남을 다시 원상으로 돌리기에는 송생은 아무런 힘도 지니고 있지 못한 인물에 불과하다. 이에 어찌할 수 없는 현실적 상황을 바로 인식하게 된 송생은 현실적 상황을 그대로 묵시하고 막동(후에 최승선으로 변성하여, 일가가 문벌을 떨치는)은 그에 대한 보답으로 '삼가 만금으로ᄲᅧ 정표(情表)ᄒᆞ오니 뎐턱(田宅)을 널리 장만ᄒᆞ샤 근족으로 더브러 난와 살게ᄒᆞ도록' 조처한다. 곧 송생은 새로운 질서에 쉬 순응하는 현실 안주형의 인물이라고 한다면, 이에 반해 뒤이어 다룰 송생의 사촌동생은 송생과는 달리 새로운 현실을 인정치 아니하고, 형식적이고 보수적인 옛틀에 그대로 집착하려는 시대착오적인 인물로 보여진다.21) 송생이 부자가 된 연유를 들은 송생의 사촌동생은 형의 처사를 다음과 같이 비난하고 高城으로 막동을 찾아 나선다.

> 형댱(兄丈)이 슈치(羞恥)를 무릅쓰고 도망ᄒᆞᆫ 죵놈의 후ᄒᆞᆫ 뇌물을 밧고 호형호슉(呼兄呼叔)ᄒᆞ야 그 강상(綱常)을 어즈러이니 엇지 대단ᄒᆞᆫ 슈욕(受辱)이 아니리오? ᄂᆡ 맛당히 바로 고셩으로 가 이 죵의 ᄑᆡ악(悖惡)ᄒᆞᆫ 죄샹을 드러ᄂᆡ여 ᄒᆞᆫ나흔 형댱의 슈치를 ᄡᅵᆺ고 ᄒᆞᆫ나흔 풍쇽의 긔강(紀綱)을 븟들니라.22)

식(往事ㅣ) 구름ᄀᆞᆺᄐᆞ니 엇지 일을 일우혀 빈쥬(賓主)로 ᄒᆞ여금 다곤(困)케 ᄒᆞ리오? 원컨ᄃᆡ 편히 안자 한담이나 ᄒᆞ자"(P. 347)

㉯ "댱ᄌᆞ(長子)ᄂᆞᆫ 문과ᄒᆞ야 시ᄌᆡ(時宰) 은뉼임쇼(殷栗任所)의 잇고 ᄎᆞᄌᆞᄂᆞᆫ ᄒᆞᆨᄒᆡᆼ(學行)으로 도쳔(道薦)ᄒᆞ야 --- (中略) --- 쇼인은 나히 칠슌이 넘고 ᄌᆞ손이 만당ᄒᆞ고 츄슈ᄂᆞᆫ 만셕이 남고 쇼식(所食)은 ᄆᆡ일 열냥 돈이 넘은지라."(P. 350)

㉮, ㉯의 경우에서 송생은 이미 예전의 부귀영화를 상실한 몰락양반으로서의 면모를 지니고 있음이 드러나는데 반해, 예전에 송생 집안의 종이었던 막동은 굉장한 부와 명예를 아울러 지닌 인물로 드러난다. 여기서도 이들 사이의 만남은 예전에 가능했었던 차원으로의 회귀가 아니라, 새롭게 전개된 상황에 추수하려는, 또 다른 역전의 터전이 마련된 만남이라는 점이 확인될 수 있다고 본다.

21) 송생의 족제가 지닌 이러한 태도는 뒷날 막동으로부터 가해지는 고통을 받고 그가 보여주는, 前과 다른 언행에서 아이러니컬한 면모로의 급전이 가능해지는 요인으로 작용하게 되는 바, 결국 그로 인해 그는 송생보다도 더욱 부정시되는 인물로 작품 내에 그려지게 된다.

송생의 사촌동생이 자신에게 오는 것을 송생 편에 알게 된 막동은 송생의 사촌동생에 대한 치밀한 방책을 마련한다. 'ᄂᆡ 우연 침약 공부를 하얏다 ᄌᆞ량ᄒᆞ엿더니 질ᄋᆞ(姪兒ㅣ) 크게 깃거 말ᄒᆞᄃᆡ 졔 동싱 ᄒᆞ나히 잇ᄂᆞᆫᄃᆡ 광질(狂疾)이 이슨즉 맛당히 전위(傳委)ᄒᆞ여 보낼 거시니 치료ᄒᆞ여 보ᄂᆡ라'고 하여 송생의 사촌동생을 狂人으로 인식하도록 짐짓 洞人들에게 꾸며댄다. 사촌동생이 와 '아모도 우리 죵이요. 아모도 우리 죵의 ᄌᆞ식이라'고 외쳐대다가 막동의 집 고간에 갇혀 막동으로부터 亂針을 당하는 곤경에 처하게 된다. 이에 그 통증을 견디다 못한 사촌동생이 그에게 살려달라고 애걸하고, 이에 막동은 일장설화를 펴며 그를 꾸짖으니, 곧

> ᄂᆡ 스ᄉᆞ로 분의(分義)ᄅᆞᆯ 직희여 몬져 ᄂᆡ력(來歷)을 베퍼시니 진실노 맛당히 됴흔 말노 샹ᄃᆡᄒᆞᆯ 거시어늘 이졔 홀디(忽地)예 ᄒᆞᆫ구(釁口)ᄅᆞᆯ 지버ᄂᆡ니 남을 망케ᄒᆞᆫ 후의 말나ᄂᆞ냐? ᄂᆡ 젹슈공권(赤手空拳)으로 ᄀᆡ가(起家)ᄒᆞ여시니 엇지 디각(知覺)이 업셔 너ᄀᆞᆺᄒᆞᆫ 용우ᄇᆡ(庸愚輩)의게 ᄑᆡ(敗)ᄅᆞᆯ 보랴? 당쵸의 검ᄀᆡᆨ을 보ᄂᆡ여 듕노의셔 너ᄅᆞᆯ 쳐치ᄒᆞᆯ 일이로ᄃᆡ 특별이 션셰(先世) 은혜ᄅᆞᆯ ᄉᆡᆼ각ᄒᆞ야 아직 네 셩명을 보젼ᄒᆞ노니 네 만일 허물을 고쳐 어진 ᄆᆞ음을 먹은즉 맛당히 부쟈의 집 사ᄅᆞᆷ이 되려니와 그러치 아니ᄒᆞᆫ즉 나ᄂᆞᆫ 불과 살인ᄒᆞᆫ 의원이 되리니 오직 네 ᄌᆞ량(自量)ᄒᆞ여 ᄒᆞ라.[23]

막동의 말을 들은 사촌동생은 '만일 ᄂᆡ 그 ᄒᆡᆼ실을 곳치지 아니ᄒᆞᆫ즉 개ᄌᆞ식이 되리라'고 다짐하여 막동으로부터 용서를 받고 후한 대접과 錢帛을 받아 돌아오게 된다. 의기양양하게 떠났던 사촌동생은 도리어 '개자식'으로까지 비하되는 고난을 겪으며 돌아오는 데서 그는 이미 양반으로서 최소한이나마 간직해야 할 의식조차도 다 내버린, 송생만도 못한 부정적인 인물로 그려진다. 위에 보인 모방담의 구조를 통해 볼 때, 송생의 사촌동생이 비록 결말부에 이르러 재산을 막동으로부터 얻게 되나 그것은 송생의 사촌동생이 송생을 매도하며 떠났던 결과의 소

22) 위에서 든 주 (3)의 책. 권 2, P. 353.
23) 바로 앞에서 든 책. 권 2, P. 356.

산이 아니라, 자신의 모든 최소한의 人間態마저도 저버린 결과로 그것이 가능했다는 점에서 즉 송생의 사촌동생은 그로부터 양반의 체통을 잃고 대신 부를 축적했던 것이라는 점으로부터 그것은 그 개인에게 불행한 결과를 종국적으로 남겨 둔 것으로 이해해야 할 듯하다. 이 이야기는 송생과 송생의 사촌동생이란 두 인물이 막동에 대해 보여주는 자세로부터 당대에 이르러 새롭게 대두된 현실에 대한 각도를 달리하는 긍정을 제시하고자 했음을 알 수 있다.

〈6-9〉 이야기는 〈5-4〉만큼은 격렬한 '맞섬'을 보여주지는 못한다. 곧 〈6-9〉 이야기는 양반이 노비에 의해 마련된 치열한 음해에서 모면하는 것으로 되어 있는 바, 그것이 양반이 지닌 지혜의 소산으로부터 가능하다는 것에서 〈5-4〉와 또 뒤에 다룰 이야기와는 궤를 달리하는 것으로 보인다. 여기서 노비계층의 정신적 부요가 경제적 부요에 미치지 못함이 잘 드러나는 바, 이것이 상전에 대한 그들 나름의 대결을 성공적으로 마무리짓지 못하고 다시 조선조의 사회제도 아래 굴복 지우는 결정적 동인으로 작용한다 하겠다. 속냥을 받기로 한 전날 노비들은 상전에 대한 전일의 가장된 몸짓을 버리고 실제적인 저항의 방편을 택해 '수십명이 방으로 드러와 샹전을 잡아미고 칼을 빠혀 겨오듸 급급히 관가의 편지롤 ᄒᆞ듸 집의 緊故잇셔 능히 몸쇼 가 하직지 못ᄒᆞ고 여긔서 바로 도라가는 뜻으로 造語ᄒᆞ듸 만일 아니ᄒᆞ면 네 명이 이 칼의 돌녓다'고 협박하니, 부득이 양반은 그들이 불러 주는 대로 쓰다가 '년월(年月) 아릐 휘흠(徽欽)은 돈(頓)ᄒᆞ노라'고 하는, 옛적 송시절의 고사를 인용하여 자신이 처한 위기를 친구에게 알린다. 이를 통해 양반이 절박한 상황에 놓여 있음을 알아챈 知己인 벗의 도움을 받아 양반은 화급함을 면하게 된다.[24] 자신에게 닥친 위기를 자신이 지닌 지식에서 연유된 임기응변

---

24) 〈6-9〉 이야기는 『고금소총』에 실려있는 『奇聞』에는 '修簡免死'란 제목으로 전해지고 있다. 〈6-9〉 이야기의 전개양상과 어느 정도로나마 변이의 양상을 드러내 보여주고 있다는 점에서 매우 흥미있는 자료로 생각된다. 그러나 본고의 성격상 그점은 의도적으로 본고에서 다루지 아니했음을 밝혀둔다.

으로써 모면한다는 점에서 그것은 후술할 〈15-6〉의 이야기가 비현실적·민담적인 요소의 차용에 의해 자신에게 닥친 위기를 모면한다는 것과 의미 면에서 큰 차이를 보여준다고 하겠다.

〈7-4〉 이야기는 죄를 짓고 도망간 노귀찬이란 노자의 비극적 일생과 그에 대한 유교적 권징성이 잘 엿보이는 자료이다. 평소 惡船人으로 불려지던 그가 행하는 일련의 세 사건으로 이야기가 이루어지고 있는 바, 첫째 사건은 '얼골이 슈쳑ᄒᆞ고 염발(髥髮)이 반만 희여 갈옷슬 니긔지 못ᄒᆞᄂᆞᆫ ᄃᆞᆺᄒᆞ'ㄴ 선비와의 만남이다. 귀찬은 그 선비의 보잘 것 없음을 慢侮히 여겨 계속 배를 태우지 않고 그를 골탕먹이다가 봉욕을 당하는 지경에 이른다. 그 선비는 외면적으로는 보잘것없이 보이는 인물에 불과하지만 결코 그러한 인물은 아니다. 그점은 '언덕의셔 ᄇᆡ예 가기 십여 보ᄂᆞᆫ 되ᄂᆞᆫ지라 션ᄇᆡ 져기 몸을 움쳐 ᄒᆞᆫ 소릐예 발셔 ᄇᆡ예 ᄯᅱ여 올의'는 비범한 능력을 지닌 인물이라는 점으로부터 쉽게 확인된다. 그가 뒤이어 귀찬을 치죄하는 장면 - 곧 '혼신(渾身)의 샹(傷)ᄒᆞᆫ 곳이 업ᄉᆞᄃᆡ 오직 그 샹토 간 곳이 업' -게 한 뛰어난 그의 射銃術에서도 그것은 쉬 찾아진다. 그런 점에서 귀찬에 대한 선비의 치죄는 자신이 당했던 고초에 값하게 내려진다. 배에서 내려 귀찬을 발가벗겨 막대로 세 번 때려 '세 ᄇᆡ얌이 가로누은 ᄃᆞᆺᄒᆞ'ㄴ 상처를 남기고 떠나간다는 데서 그점 잘 드러난다. 이로 인해 양반계급에 대한 귀찬의 반항은 일단 성공하는 듯 하다가 큰 좌절을 맛보게 된다. 그 점은 예전에 귀찬으로부터 봉욕을 당했던 선비의 진술[25]에서도 역설적으로 찾아진다. 두번 째 사건은 귀찬이 순라군을 폭행한 사건에 대한 전말을 보여주고 있으나, 이 사건은

---

25) "쾌지라 뎌 놈이 일즉 날을 곤욕ᄒᆞ던 놈이로소이다. 져젹의 날을 ᄇᆡ ᄐᆡ 왓다가 소겨 잠간 도로 나리라 ᄒᆞ고 ᄃᆞᆺ달고 도망ᄒᆞ니 내 도보ᄒᆞ여갈 졔 거의 과거 날을 못밋츨변(번의 오기?)ᄒᆞ고 도라올 졔 ᄯᅩ 두미예셔 만나 동ᄒᆡᆼᄒᆞ여 갈 졔날을 잡아 물 ᄀᆞ온ᄃᆡ 밀치고 뎌ᄂᆞᆫ 능히 물에 좀의약질ᄒᆞ야 물 속의 출몰ᄒᆞ기ᄅᆞᆯ 오리ᄀᆞᆺ치ᄒᆞ야 그 두려움 업ᄉᆞ믈 뵈고 물 ᄀᆞ온ᄃᆡ 셔셔 날을 욕ᄒᆞ니 내 비록 분긔텅듕ᄒᆞ나 엇지ᄒᆞᆯ 길 업더니 이졔 션ᄉᆡᆼ이 쇼년의 젼일 븟그러오믈 져기 ᄲᅢ셧ᄂᆞ이다."(권 2, P. 492.)

별다른 나름의 의미를 제시해 주고 있지는 못하다. 셋째 사건은 귀찬과 곰과의 만남에서 야기된 귀찬의 비극적 죽음을 그리고 있는데 자는 곰을 쳤다가 도리어 큰 화를 맞이하게 된 귀찬은 '스스로 잠의약질 잘ᄒ믈 밋어 몸을 번드쳐 물로 드러' 갔다가 이내 곰에게 살해당하는 처지에 놓인다. 여기서의 곰은 단순한 동물로 보여지지는 않는다. 그것은 곧 귀찬이 행하는 일련의 연쇄되는 행위를 미루어 보더라도 알 수 있다. 즉 곰은 귀찬이 자신의 생명을 내걸고라도 싸워 쟁취해야 했던 자신의 분출구를 허용치 않으려 했던 조선조 유교이념의 총체적 규준 및 기존 사회의 제윤리로 바꾸어 이해될 수 있는 존재로 그려진 듯하다. 여기서 보이는 노귀찬이란 逃奴는 그가 지닌 세계 인식의 허약성으로 인해 결국 죽음을 맞이하게 되는 인물로 보여진다. 곧 한 인물이 내면적으로 지닌 뛰어남을 헤아릴 수 있기에는 그의 시선은 아직 성숙되지 아니한 극히 일상적 사고체계의 범주 안에서 숨쉬던 인물로 그려진다는 점에서 그는 죽음을 자초하기에 이른 것이라 하겠다.[26] 기존의 층위는 이미 옛 권위를 온전히 유지하지는 못하고 있었음에도 불구하고 위와 같은 미약한 귀찬 따위의 힘만으로는 넘어뜨릴 수 없는 강함을 지니고 있었음 또한 앞서 보인 첫번 째와 셋째 사건에서 우리는 충분히 추찰해 낼 수 있다.

〈15-6〉 이야기는 〈5-4〉와 마찬가지로 몰락한 양반과 양반의 호색으로 인해 그 여상전으로부터 내보내진 노비가 이후 부를 축적한 상태에서 이루어진, 몰락양반의 손자와 그 노비 사이의 만남을 이야기하고 있는 작품으로, 노비를 추핵차 나선 양반의 손자가 절대 절명의 위기에

26) 宋繁, "조선후기 한문단편의 민중기질 연구"(동아대학교 석사 학위논문, 1981)p.60에서 다음과 같이 진술하고 있어 필자의 立論에 중요한 시사가 되었음을 밝혀둔다. "노귀찬에게는 상전도 양반도 나졸도 그를 억압하는 권위는 모두가 저항 대상이 되는 것이다.…… 그에 있어 곰은 권위에 찬 모든 억압 즉 저항 대상의 총체적 의미를 갖는다. 여기서 노귀찬의 뚜렷한 자아의식을 읽을 수 있다. 그는 어디까지나 개별적 자아인 귀찬에 불과하다."

처해 도망치다가 호랑이에게 물려 가는 또 다른 긴박한 상황이 마련된다. 호랑이가 떨구어 놓은 마을에서 그는 옛날 자기 집을 떠났던 계집종을 만난다. 그러나 그 계집종은 예전의 계집종이 아닌 새로운 지위와 부를 차지하고 살던 여인이었다. 모친이 '일개 뉴걸(一個 流乞)을 ᄀᆞ르쳐 샹뎐이라 일ᄏᆞᆮ고 져의들노 일조(一朝)의 다 노쇽(奴屬)을 민ᄃᆞ'는 처사를, 모친의 자식들은 모친이 예전에 놓였었던 위상과 달리함으로 해서 쉬 받아들이지 아니한다. 이에 그들은 자기들의 지닌 지위와 부를 유지하기 위해 상전을 해코지하려 하니, 그 기미를 눈치 챈 예전의 종이 자신의 손녀로 성혼토록 하여, 무사히 양반의 손자는 돌아오게 된다. 이 이야기는 여타의 유화들이 1회에 걸친 〈奴—主〉의 '맞섬'으로 전개되고 있는데 비해, 2차에 걸쳐 그것이 출현한다는 점에서 〈奴—主〉의 '맞섬'이 점점 사회 내에서 보편적 현상으로, 또 첨예하게 전개되고 있었음을 살필 수 있다. 1차로 겪게 된 위기를 호랑이의 출현으로 모면하면서 그 위급한 정세는 더한층 점고되나, 기실 그것은 작품내적 효과를 거두기 위한 화자 나름의 고도의 문학적 기교로 보여진다. 곧 호랑이는 재앙을 주기 위해 설정된 존재가 아니라, 양반의 손자에게 행운을 마련케 해주기 위한 문학적 장치물로서의 성격을 지니는 것으로 생각된다. 이 이야기에서 또한 〈奴—主〉의 '맞섬'이 극심히 전개되는 일방으로, 〈奴—主〉간의 결속이 예전 노비 시절에 상전으로부터 받았던 개인적 은혜에 대한 보답으로 나타남을 볼 수 있다. 그러나 그러한 개인적 차원에서의 〈奴—主〉의 결속은 〈奴—主〉의 '맞섬'을 본질적으로 해결하는 힘은 지니고 있지 못하다. 곧 미봉책으로서의 성격만을 지님을 볼 수 있다. 이 점은 〈12-11〉 이야기를 통해서 더욱더 확인되는데 그것을 살펴보면 다음과 같다. 한 武弁이 과거길을 나섰다가 한 도적을 만나니, 그는 곧 예전에 무변으로부터 죽음을 당한 비자의 아들이었다. 어미를 잃은 적한이 분에 겨워 원수를 갚고자 '그 멱살을 잡고 발노 가삼을 드듸고 칼을 ᄲᅢ여 지르려 ᄒᆞ'다가 무변이 그후 어미를 위해 매번 제사를 지냈다는 것을 생각하고 아래와 같이 말한다는 점에서 〈奴—主〉의 '맞섬'

이 '맞섬'으로서의 일관성을 지니고 전개되지 못함을 볼 수 있으니, 곧 "죵으로 상뎐을 능모(凌侮)ᄒᆞ여 이 지경의뼈 니르러시니 죄ᄅᆞᆯ ᄯᅩᄒᆞᆫ 샤(赦)ᄒᆞ기 어렵기로 이졔 상뎐의 압희셔 죽으리이다 ……(中略)…… 죵으로 샹뎐의 멱살을 잡고 엇지 다시 죵이라 ᄒᆞ리오?"라고 하며 자결하는 데서 〈奴—主〉의 '맞섬'이 '맞섬'을 내용으로 하며 만났다가 결국은 상전이 베풀었던 은혜로 인해, 도리어 애초에 겨냥했던 바와는 다른 효과를 불러일으킨다는 사실을 보게 된다. 이점으로부터도 〈奴—主〉간의 '맞섬'이 지속적으로 전개되지 아니하고 만 상황을 확인할 수 있다.

〈6-10〉 이야기는 反轉이라는 기교를 구사하고 있는 점에서 『靑邱野談』에 실려 전하는 〈4-2〉 이야기와 그 형태적 특징을 공유하고 있다. 궁박한 처지를 벗어나려는 沒班의 마지막 몸부림이 그가 애당초 겨냥했던 바와는 상치된 결과를 빚어 의외의 행운을 얻게 된다는 점을 그 공통적 특성으로 지적할 수 있다. 〈6-10〉 이야기에서의 沒班 또한 도무지 살아 나갈 길이 없자 스스로 죽음의 곳으로 나아가 호랑이에게 먹히고자 할 때, 그곳에서 우연히 丸商을 만나 본래 의도했던 바와 다른 방향으로 어쩔 수 없이 호랑이를 잡아 나선 사람으로 오해되고, 마침 새끼를 밴 호랑이가 나무 사이를 뛰어넘다가 걸려 옴짝달싹 못하게 되어 沒班은 호랑이를 잡는 희극적 상황의 주체로 탈바꿈하게 된다. 그러나 그 기쁨 아닌 기쁨도 잠깐 생계가 더욱더 곤란해지자 그는 逃奴를 단신으로 추핵하러 갔다가 절대 절명의 위기에 처해, 沒班은 그런 주위 환경을 달갑게 맞이하려 하나 그곳에서 다시 우연하게도 예전의 환상을 만나 沒班은 자기의 실상과 겨냥했던 의도와는 전연 상치되는 의외의 재차의 행운을, 곧 富를 얻게 된다는 내용인 바, 이 이야기는 沒班들의 현실적 상황의 절박함을 직설적으로 제시해 주고 있는 일방으로 나아가 沒班들의 환상적 사고관을(결코 현실세계에서 일어날 수 없는 그와 같은 상황을 그들 자신이 꿈꾸고 있었던 것으로 보인다는 점에서) 또한 보여주고 있다는 점에서 〈奴—主〉 간의 '맞섬'은 역사적 추이의 온당한 방향타 아래서 전개되고 있음을 여실히 살펴볼 수 있다고 하겠다.

〈奴—主〉의 '맞섬'은 위에서 살펴본 대로 두 가지 위상을 띠고 전개된 듯하다. 하나는 〈奴—主〉의 '맞섬'이 작품의 전반에 걸쳐 끈끈히 작동함으로 해서 파국을 가져온 경우(예 : 〈6-9〉와 〈15-6〉의 경우)와 이와는 달리 〈奴—主〉의 '맞섬'이 나름대로 첨예한 대결을 불러일으키지 못하고 따라서 종래의 〈奴—主〉의 관계로의 편입을 소극적으로 또는 적극적으로 보여주는 경우를 살필 수 있는데, 후자의 경우는 〈奴—主〉의 '맞섬'을 본격적으로 보여주는 자료로서의 성격보다는 차라리 '어울림'과 '맞섬'의 언저리에서 방황하는 노비의 몸짓을 찾아볼 수 있다는 점에서 그 특징이 찾아진다고 하겠다. 이 점은 시대를 내려와 개화기소설에서도 또다시 다양하게 찾아지지만 본고의 의도했던 바와는 거리가 있으므로 더 이상 언급하지 않으려 한다.

4. 마무리

이상에서 다루어 온 〈奴—主〉의 '어울림'과 '맞섬'을 요약하면 다음과 같다.

먼저 〈奴—主〉의 '어울림'에서는 〈奴—主〉간이 당시 사회제도의 이념률 아래 굳게 결속된 것을 보았으나 그런 가운데서도 나름대로 미약한 움직임으로나마 개아로서의 인격을 쟁취하려는 움직임이 있었음을 확인하였다.

한편 〈奴 —主〉의 '맞섬'에서는 현재의 지위를 지속하려는 노비와 예전의 상태로 회귀시키려는 주인과의 이해관계의 차이로 해서 심각한 '맞섬'의 '맞섬'을 보여줌을 제시했는데, 그 중 몇편의 경우는 '맞섬'이 비현실적인 상황에 의해 해소되는 것도 있었던 바, 이것은 당대 현실의 모사가 아닌, 하나의 낭만적이고도 환상적인 장치로 나타나는 바, 야담을 향유하던 계층들의 꿈이 옹글고도 의도적으로 작동한 결과로 배태되어 나온 것이 아닌가 한다. 다시 〈奴—主〉의 '맞섬'은 크게 두 가지 부류로 나누어 볼 수 있음을 말했는 바, 첫째 경우는 완벽하게 그 '맞섬'이 작품의 전반부를 통괄하여 〈奴一主〉간의 만남을 파국으로 몰고 가고 있으며, 둘째의 경우는 첫째의 경우와는 달리 그 '맞섬'이 '어울림'과 '맞섬'의 언저리에서 과도적인 몸짓을 보여주는 한계를 지닌 것으로 살펴 보았다.

〈奴一主〉의 '어울림'과 '맞섬'은 여기서 다룬 야담문학에서 뿐만 아니라, 고소설이라든가 개화기소설에서까지도 그 출현과 변용을 살펴볼 때 비로소 그 나름의 논거가 확인되리라 보지만, 본고에서는 그 점을 아울러 다루지 못했다. 이 점에 대해서는 훗날 다루어 볼까 한다.

참고문헌 논문

김용섭, 「조선후기농업사연구」(Ⅰ·Ⅱ),(서울, 일조각, 1980.)

박희병, "靑邱野談연구",(서울대 국문학연구 52집, 1981.)

서대석, "모방담의 구조와 의미", 장덕순선생 화갑기념 『한국고전산문연구』,(서울, 동화문화사, 1981.)

송 번, "조선후기 한문단편의 민중기질연구"(동아대 석사 학위논문, 1981.)

정명기, "야담연구의 현황과 장래", 「글터」1집,(원광대학교 국어교육과, 1983.2.)

최운식, "김학공전연구",「국어국문학」 73호,(국어국문학회,197)

최준린, "조선후기 한문단편연구",(단국대 석사 학위논문, 1982.)

평목실, 『조선후기노비제연구』,(서울, 지식산업사, 1982.)

『한국사』 근세전기편,(서울, 을유문화사, 1967.)

『東稗洛誦』[1) 研究

— 異本의 關係樣相을 中心으로 —

1. 들어가는 말

근년에 들어와 매우 활발히 연구되고 있는 분야의 하나로 야담 문학을 들 수 있다. 야담 문학에 대한 연구 경향은 크게 다음 몇 가지로 나누어 볼 수 있다. 첫째, 야담에 나타난 조선 후기 사회상의 규명·탐색[27], 둘째, 야담의 형성과정에 대한 탐색[28], 셋째, 야담의 변개(변이) 양상과 그 의미에 대한 탐색[29], 넷째, 야담집의 찬자에 대한 탐

27) 이 분야에 대한 연구 업적은 일일이 거론할 수 없을 정도로 많이 나와 있다. 대표적인 몇 편을 들어 보이면, 임철호, "이조후기 한문단편에 나타난 인간상 - II", 「전주대학논문집」 11집, (전주대학, 1982)와 이명학, "한문단편에 나타난 여성 형상", 「한국한문학연구」 8집, (한국한문학연구회, 1985)와 같다.

28) 임형택, "한문단편과 강담사", 「창작과 비평」, 13권 3호, (창작과 비평사, 1978)을 들 수 있다. 이에 대한 부분적인 반론이 필자, "이야기의 개변 양상과 그 의미", 「원광한문학」, 2집, (원광한문학회, 1985)에서 일찍이 이루어진 바 있다.

29) 필자, "야담의 변이 양상과 의미 연구", (연세대 박사 학위논문, 1988, 12)
진경환, "야담의 사대부적 지향과 그 변개양상", (고려대 석사 학위논문, 1983)
이신성, "옥소선이야기의 전개양상과 그 의미", 「파전 김무조 박사 회갑

색[30], 다섯째, 개별 야담집의 성격과 야담 문학 내에서의 위상을 규명·탐색[31], 여섯째, 야담 내의 동일 유형에 대한 의미 규명·탐색[32], 일곱째, 야담집 소재 개별 작품론에 대한 탐색[33], 여덟째, 야담의 소설화 과정 탐색[34] 등이 그것인 바, 본고는 그 성격상 위에 든 경향 가운데 다섯번 째에 해당된다.

본고는 야담집 가운데 비교적 이른 시기에 편찬된 것으로 알려진『東稗洛誦』을 대상으로, 그 내용적 성격과 야담 문학 내에서의 위상을 파악하는 데 그 궁극적인 목표를 두고 있다. 이와 같은 필자의 연구 목표가 제대로 이루어지기 위해서는 먼저『東稗洛誦』의 현전 이본들이 지니고 있는 개별적 면모와 그 이본 상호간의 관계 양상이 충분히 검토되어야 한다고 본다.

이에 본고에서는 오직『東稗洛誦』이본군의 검토를 통해 이본의 위치와 이본간의 관계 양상만을 파악하는 데 논의의 초점을 둘까 한다. 따라서, 본고는『東稗洛誦』에 대한 한 서설적 작업으로서의 성격[35]을 지니

기념 논총」, (동 간행위원회, 1987)

30) 이현택, "계서 이희평 문학연구", (국민대 석사 학위논문, 1983)
필자, "청구야담의 편자와 그 이원적 면모", 「연민 이가원 선생 칠질송수 기념논총」, (동 간행위원회, 1987)
이강옥, "차산필담과 이율배반적 중인의식", 「한국문학의 현단계」 2, (창작과 비평사, 1983)

31) 박희병, "청구야담 연구", (서울대 석사 학위논문, 1981)
오경환, "어우야담 연구", (숭실대 석사 학위논문, 1988)
두정님, "동야휘집 연구", (서울대 석사 학위논문, 1990)

32) 임철호, "문헌설화에 나타난 인간상"-3, 「문리논총」 창간호, (전주대 문리학부, 1983)
김경숙, "신분변동야담 연구", (서울대 석사 학위논문, 1989)
김희경, "기녀결연야담 연구". (연세대 석사 학위논문, 1891)

33) 정하영, "치부담에 나타난 윤리관", 「이화어문논집」 9집, (이대 한국어문학연구소, 1987)
이병로, "한문단편 '廣作'의 연구", (성균관대 석사 힉위논문, 1987)

34) 필자, 위에서 이미 든 註 (4)의 논문.

35) 이와 비슷한 성격의 작업이 年前에 임형택 교수에 의해 진행된 바 있

게 된다. 본고에서 논의·검토되는 『東稗洛誦』의 이본은 다음 5 種이다.

연세대본, 이화여대본, 임형택본, 천리대본(舊 今西 龍本), 동양문고본.

해당 이본에 대한 서지 상황과 그 관계 양상은 별항에서 상론키로 한다.

2. 『東稗洛誦』 이본의 서지 상황

논의의 편의상, 필자가 검토하고 있는 『東稗洛誦』 이본들의 서지 상황을 간략하게 〈表—Ⅰ〉로 제시할까 한다.

이 본	연대본	이대본	임형택본	천리대본	동야문고본
卷	1권 1책	2권 2책 (권 2만 전함)	2권 2책 (권 2만 전함)	1권 1책	건, 곤, 속권
冊 題	동패낙송 (東稗洛誦)	동패낙송 (東稗雒誦)	동패낙송 (東稗洛誦)	원제:동패집 내제:동패낙송	동패낙송 (東稗洛誦)
話 數	78화	37화	38화	113화	57화+續卷
特 徵		연대본의 41~77화의 그 차서가 완전 일치. 78화인 '高士讀書愚僧悟禮' 이야기가 누락.	이대본과 동일. 78화가 '(木綿花記' 로 대체됨.	1~28:연대본의 次序와 동. 29:『丁香傳』 30~82:연대본 『溪西雜錄』권 2와 동.(54/76話) 83~113:연대본 『罷睡錄』, 鄙藏本 『東稗』와 대체로 동일하나, 어느 본을 저본으로 했는지는 현재로서는 不分明함. 後寫本(?)	乾卷:23話 坤卷:34話 續卷:未詳 續卷은 그 內容上 乾·坤卷과는 相異함. 李家煥 자신의 기록이 많이 출현하는 것으로 보아 위 乾·坤卷과 출현과정을 달리한 자료가 어떤 연유에서인지 함께 수록된 것으로 보임 ∴본 논의에서는 乾·坤卷만을 검토의 대상으로 삼는다.

다. 口頭 發表이었기는 하나, 『東稗洛誦』에 대한 본격적인 접근을 可能케 하는 몇몇 주장을 담고 있었다는 점에서 본고에 많은 영향을 끼쳤음을 밝혀 둔다.

筆寫年度	미 상	미 상	道光 14年 (1834년)	미 상	미 상
書誌形態	27×17cm	28.5×20.5c	30.5×20cm	미 상	미 상
	79장	78장	61장	66장	(25+34+24) 83장
	매면 12행	매면 11행	매면 12행	매면 10행	매면 12행
	매행 30~45자	매행 18자 균일	매행 22자 균일	매행 31~5자	매행 41자 내외
목 록	있 음	없 음	있 음	없 음	없 음

〈表—Ⅰ〉

3.『東稗洛誦』이본의 관계 양상

가.『東稗洛誦』所載 자료 대조

『東稗洛誦』 이본의 관계 양상이 어떠한지를 구체적으로 살펴보기에 앞서서, 앞 項에서 간략하게 제시한 이본의 서지 상황에 대해 보다 깊이 있는 검토가 있어야 할 것으로 생각된다. 여기서는『東稗洛誦』소재 자료들이 어떤 이본들에 따라 그 편차가 어떻게 달리 나타나는지만을 〈表—Ⅱ〉로 제시해 둘까 한다.

〈表—Ⅱ〉『東稗洛誦』所載 資料 對照表

話番	異本 / 主人物	延大本	梨大本 卷二	임형택본 卷二	東洋文庫本	天理大本		연대본「溪西雜錄」卷二	
								연대본「罷睡錄」	비장본「東稗」
1	김덕령	○	×	×	4	○	1		
2	임경업	○	×	×	5	○	2		
3	박진헌	○	×	×	×	○	3		
4	가평교생	○	×	×	6	×			
5	장도령	○	×	×	7	○	4		
6	홍 열	○	×	×	×	○	5		
7	성 완	○	×	×	×	○	6		
8	崔姓人	○	×	×	8	○	7		
9	別軍職	○	×	×	×	×			
10	崔水使	○	×	×	×	×			
11	권진사	○	×	×	9	○	8		
12	허 적	○	×	×	10	×			
13	정 렴	○	×	×	26	○	9		
14	김별감	○	×	×	27	×			
15	성삼문	○	×	×	×	○	10		
16	신숙주	○	×	×	28	○	11		
17	癡 叔	○	×	×	29	○	12		
18	一老翁	○	×	×	30	○	13		
19	이지함	○	×	×	31	○	14		
20	이항복	○	×	×	×	○	15		
21	이경류	○	×	×	32	○	16		
22	정기룡	○	×	×	×	○	17		
23	정 온	○	×	×	25	×			
24	남궁두	○	×	×	×	○	18		
25	영남사인	○	×	×	24	×			
26	朴姓之婦	○	×	×	×	○	19		
27	양사언	○	×	×	23	○	20		
28	박팽년의후손	○	×	×	22	○	21		
29	허 공	○	×	×	21	○	22		
30	黃富翁	○	×	×	20	×			
31	金窮生	○	×	×	19	×			
32	윤 결	○	×	×	×	○	23		
33	盧愼之妾	○	×	×	18	×			
34	영남巨擘	○	×	×	17	×			
35	이광정	○	×	×	16	○	24		
36	麟平之孫	○	×	×	15	○	25		
37	홍제(수)	○	×	×	14	○	26		
38	김인백	○	×	×	13	○	27		
39	일타홍	○	×	×	12	○	28		
40	옥소선	○	×≈卷	―≈×	11	丁香傳	29		

						南山老儒	30	계서잡록 권2	1	
						이 석	31		3	
						서 기	32		4	
						정 렴	33		5·6	
41	龍山妓	○	左와 同	左와 同	33	郭走鬼의유래	34		7	
42	유명순	○	左와 同	左와 同	34	김덕령	35		8	
43	京城朝士	○	左와 同	左와 同	35	이정구	36		9	
44	西伯之妻	○	左와 同	左와 同	36	이정구의妻	37		10	
45	昏朝名士	○	左와 同	左와 同	37	이경전	38		11	
46	김천일처	○	左와 同	左와 同	38	정백창	39		12	
47	박 탁	○	左와 同	左와 同	×	서경덕	40		13	
48	皇朝僧	○	左와 同	左와 同	×	박 엽	41		14	
49	이 완	○	左와 同	左와 同	×	박 엽	42		15	
50	정효준	○	左와 同	左와 同	×	박 엽	43		17	
51	윤강의재취녀	○	左와 同	左와 同	39	박 엽	44		18	
52	연천김생처	○	左와 同	左와 同	40	정충신	45		19	
53	新門外書生	○	左와 同	左와 同	41	이기축의妻	46		20	
54	京城窮生	○	左와 同	左와 同	42	정명수	47		21	
55	우하형의처	○	左와 同	左와 同	43	이항복	48		22	
56	염희도	○	左와 同	左와 同	44	정충신	49		23	
57	鄭任實	○	左와 同	左와 同	45	선 조	50		24	
58	이장곤	○	左와 同	左와 同	46	이항복	51		25	
59	김 치	○	左와 同	左와 同	×	송익필	52		26	
60	서 성	○	左와 同	左와 同	47	이정구	53		27	
61	蔭官某	○	左와 同	左와 同	48	신익성	54		28	
62	전동흘	○	左와 同	左와 同	49	신익성	55		29	
63	이 항	○	左와 同	左와 同	50	홍명하	56		30	
64	박 영	○	左와 同	左와 同	×	尹臺直	57		31	
65	우상중	○	左와 同	左와 同	×	정태화	58		32	
66	이징옥	○	左와 同	左와 同	×	一鋪軍	59		33	
67	永興倅	○	左와 同	左와 同	51	정지화	60		34	
68	京城書生	○	左와 同	左와 同	52	한성보	61		37	
69	이 완	○	左와 同	左와 同	53	윤 강	62		38	
70	兩班子支	○	左와 同	左와 同	54	尹臺謙	63		39	
71	庶 弟	○	左와 同	左와 同	55	윤강의재취녀	64		40	
72	황인검	○	左와 同	左와 同	56	유 상	65		41	
73	조현명	○	左와 同	左와 同	57	이이명	66		44	
74	영남정진사	○	左와 同	左와 同	1	김수항의처	67		45	
75	홍산정도령	○	左와 同	左와 同	2	이덕재	68		48	
76	李嶺越	○	左와 同	左와 同	3	민정중형제	69		50	
77	公州 姜班	○	左와 同	左와 同	×	신 임	70		52	
78	유성룡	卷終	×≈卷=	≈木綿花記	×	劍 女	71		54	
						홍동석	72		55	
						四大臣	73		57	
						장붕익	74		58	

						장붕익	75		60		
						신여철	76		61		
						김 굉	77		63		
						이우방	78		64		
						오명항	79		65		
						최규서	80		68		
						조중회	81		70		
						유진항	82		72		
						侈豆蘭	83		1		1
						김백련	84		1		2
						무 학	85		2		3·4
						太祖之兄	86		3		5
						長湍縣人	87		4		6
						원천석	88		×		7
						文 宗	89		×		8
						冶匠父子	90		8		13
						박 영	91		10		16
						김인후	92		×		17
						조 식	93		11		19
						조 식	94		12		18
						조광조	95		13		20
						이 황	96		×		21
						이토정	97		14·15	동패	22·23
						이토정	98	파수록	16		24
						이토정	99		17		25
						이토정	100		18·19		26·27
						전우치	101		20		28
						서경덕	102		21		29
						서경덕	103		22		30
						정 렴	104		23		31
						이준경	105		24		32
						서 기	106		26		34
						서 기	107		27		35·36
						송사연	108		28		37
						송익필	109		28		37
									29		
									30·31		
									33		
						곽재우	110		34		
						김덕령	111				
						平秀吉	112				
						제 말	113				

위 표를 통해, 이대본·임형택본의 次序가 연대본의 그것과 완전히 부

합된다는 사실을 알 수 있었다. 이것은 이대본·임형택본이 연대본과 모본을 같이하고 있는 증좌로 여겨진다. 한편, 동양문고본 乾·坤 또한 비록 그 次序의 차이는 지니고 있지만, 연대본이 지니고 있지 않은 이야기를 1편도 수재하고 있지 않다는 점을 알 수 있는 바, 이 이본 또한 이대본·임형택본과 모본을 같이하고 있는 야담집으로 보여진다. 천리대본은 그 자체가 지니고 있는 성격으로부터 앞서 든 이본들에 비해 시기적으로 뒤늦게 출현한 야담집임을 바로 알 수 있는 바, 이들 이본들의 관계 양상에 대한 탐색은 별 항으로 미룬다.

나. 『東稗洛誦』 이본의 관계 양상

먼저, 논의의 편의상 零卷으로 전하고 있는 이대본과 임형택본(以下 임본으로 줄임)의 관계 양상부터 살펴볼까 한다. 앞에 든 〈表—Ⅱ〉를 통해서도 익히 확인되듯이 이대본과 임본은 그 체제면에서 완전하다고 할 만큼 부합되는 면모를 지니고 있다. 두 이본의 유일한 차이는 각 본의 마지막 이야기에 해당되는 부분의 缺落과 색다른 이야기의 대체 출현이라는 양상에서 찾아진다. 그 점은 현전하는 『東稗洛誦』의 이본군 가운데서 유일하게 완본의 형태[36]를 띠고 있는 연대본의 체재와 비교할 때 쉬 확인된다. 곧 연대본 『東稗洛誦』의 경우, 公州 姜班의 이야기인 '乞友痘神活他獨子' 다음에 '高士讀書愚僧悟禮'라는 柳西厓 成龍 이야기를 끝으로 완결되고 있는 데 반하여, 이대본의 경우, 公州 姜班의 이야기가 제시된 뒤 九行의 공란이 여백으로 남아 있는 가운데 완결된 형태를 띠고 있다. 이런 점에서 본다면, 이대본 『東稗洛誦』의 모본에 해당되는 이본 – 그 현전 여부는 미상이지만 – 또한 마지막 이야기인 '高士讀書愚僧悟禮' 부분이 탈락된 이본이 아닌가 여겨진다. 이러한 추정은

---

36) 외형상, 천리대본과 동양문고본의 경우 또한 완본의 형태를 띠고 있는 것으로 드러나지만, 그 실제적인 면모를 검토·분석할 때 이들 두 이본은 내용상『東稗洛誦』의 완본일 수는 없다 하겠다. 이에 대한 자세한 논의는 뒤에서 이루어진다.

이대본 『東稗洛誦』이 지니고 있는 다음 두 면모로부터 그 근거를 얻을 수 있다. 먼저, 이대본 『東稗洛誦』의 필사자는 한 이야기가 끝나고 새로운 이야기가 제시될 때 行을 달리 하여 표시하는 통상적인 이야기의 구분법을 그대로 답습했던 인물로는 보이지 않는다는 사실을 들 수 있다. 그것은, 아들을 잘 낳는 '京城窮生 이야기'—연대본에 의하면 54話인—다음에 行을 바꾸지 아니하고 '禹夏亨 이야기'가 바로 제시되고 있다는 점, '廉希道 이야기'(56話) 다음의 '鄭任實 이야기'와 '李桓 이야기'(63話) 다음의 '朴英 이야기'도 그와 동일한 면모를 띠고 있다는 점을 통해 익히 확인된다고 하겠다. 둘째, 만약 이대본 『東稗洛誦』의 母本이 '高士讀書愚僧悟禮' 이야기를 지닌 이본이었다면, 이대본 『東稗洛誦』의 필사자가 그것을 실을 만한 충분한 여백이 있는 데도 이 이야기를 轉寫하면서 빼놓을 이유는 달리 찾아지지 않는다는 점 등을 둘 수 있다. 여기서 특히 '高士讀書愚僧悟禮' 이야기의 전문이 총 169字로 이루어져 있으며, 이대본 『東稗洛誦』의 체재가 매면 11行, 매행 18字 균일로 된 야담집임을 유념할 때, 앞서 필자의 추정은 과히 틀리지 않는 것임이 드러난다고 하겠다.

한편 임본의 경우, 이대본의 경우처럼 마지막 이야기 부분이 연대본의 그것과는 달리 나타나고 있어 흥미를 끈다. 곧 임본에는 마지막 이야기에 '高士讀書愚僧悟禮' 이야기 대신 '木綿花記'라는, 『東稗洛誦』의 전반적인 내용과 대비해 볼 때 분명 이질적이기까지 한 이야기가 실려 있다. 이런 면모는 오직 임본에서만 발견되는 특성이라 할 수 있겠는데, 그것을 어떻게 이해해야 할 것인가 하는 문제가 제기된다. 필자는 이러한 임본의 면모에 대해 다음과 같이 추론코자 한다. 곧 임본 또한 이대본과 마찬가지로, 임본의 저본이 되었던 모본 자체가 지니고 있었을 어떤 요인의 결과적 소산으로 인해 이러한 양상이 출현한 것이 아닌가 한다.

앞서, 필자는 이대본과 임본이 연대본과 동일 조본 아래 파생되어 나온 이본일 것으로 추정한 바 있다.

이에 여기서는 이런 사실을 구체적으로 검토하여 이본 상호간의 관계 양상을 파악하는 계기로 삼을까 한다. 연대본의 경우 총 78話로 이루어져 있는데 반하여, 이대본과 임본의 경우 권 2에 해당되는 부분만이 전하고 있음으로 자연 이들 이본들의 관계 양상을 파악하기 위해서는 세 이본에 공통적으로 출현하는 부분만을 대상으로 해야 한다.

검토 결과, 연대본과 이대본은 다음 26개처에 걸쳐 두드러진 차이를 드러내고 있는 이본임이 확인되었다. 이에 먼저 해당 부분을 〈表—Ⅲ〉으로 보이면 다음과 같다.

〈表—Ⅲ〉

이본 번호	연대본『東稗洛誦』	이대본『東稗洛誦』
1	方伯佰謂裨將曰　彼僧之言如何　裨將曰　其言萬萬妖惡	____部分 없음
2	____部分 없음	監司曰可　裨將引其僧出去　大夫人招監司以問曰　俄問有怪事　汝何以處置耶　對曰　裨將謂當處置　而已引去矣　大夫人曰 安知其必僞而非眞乎 (以上 43話)
3	____部分 없음	面長尺餘　瘦骨崚嶒　弊衣下掩骸　箕坐酒壚治取濁豆一小盒　雙手擎之　仰面吸盡　李公見而異之　下馬地坐召其人使前　箕踞不拜 (以上 47話)
4	____部分 없음	海豊君　鄭孝俊氏　卽余王母之外祖考也　至今擧國 號爲大福人
5	____部分 없음	果應龍雛頸折之夢　余之曾王考　進拜於妻外祖父母則李夫人　軀幹豊肥　太沒姿色　宜其受福出凡也　夫人與海豊　同裯 (以上 50話)
6	長子持平已沒　次子議政　斗輔爲承旨　三子 議政東山 (以上 51話)	____部分 없음
7	其餘盡數留置　而去云　誠爲希罕也 (以上 53話)	____部分 없음
8	器皿幾何　穀物幾何　布帛幾何	____部分 없음
9	____部分 없음	進賜主　不省我爲誰耶　太守曰新到任何以識土民爲誰耶　乃告曰 (以上 55話)
10	昔年 臣家賣馬　而奴子醉遺馬銀於路上 (以上 56話)	____部分 없음
11	____部分 없음	以南小門洞　沈書房主　將謁進賜主矣　金以言
12	夜使童傔設屛風 後使之退宿於其母家	[illegible]
13	金依書之 抽其裡[illegible]	金依之書　抽其裡　盡書所願之[illegible]　又呼 (以上 59話)

14	____部分 없음	宿于婦家 翌朝歸家 一日昏後
15	甲子活變	____部分 없음
16	卽席啓聞罷黜云矣 (以上 65話)	____部分 없음
17	____部分 없음	至七百餘里 人不疲 而虎先疲 氣如霜 (以上 66話)
18	以一人先宦達 則一人廢學 終身仰哺於達友一人果登第 其友果如約廢學 登第者	____部分 없음
19	____部分 없음	以惶恐不敢 强之妓後入 妓自籠中 (以上 68話)
20	方捕劇賊大漢 (以上 69話)	____部分 없음
21	庶第隨賣隨買 盡買而後則	____部分 없음
22	安用費一文買賣爲也 厥生曰 雖曰凶家旣是大室則無價自占 非義也 固請成文… (以上 71話)	____部分 없음
23	郎曰爲僧 誓以終身不脫衲 今豈因大監之勸	____部分 없음
24	汝之始爲僧 果在何年何月何日 僧對之詳黃潛以 叅較於舊報狀中月日則 了無相左… (以上 72話)	____部分 없음
25	旬望之間 所得至二駄 駄歸……	旬望之內 雛出生 駄歸…… (以上 76話)
26	姜曰君何作此殘忍之擧 爲我放還焉 縷縷固請 亡友曰 吾亦非知爲殘忍之擧 而初頭行痘… (以上 77話)	____部分 없음
** 註 : ◎는 代替되어 나타난 부분을 표시한 것임.		

위에 보인 〈表—Ⅲ〉을 통해 우리는 두 이본의 관계 양상에 대해 다음 몇 사실을 발견할 수 있게 되었다. 첫째, 해당 이본들 모두 각기 모본을 轉寫하던 과정 속에서 생긴 것으로 보이는 缺落 부분을 다같이 지니고 있다는 점. 이것은 연대본의 경우 〈表—Ⅲ〉의 예문(2)·(3)·(9)를 통해, 이대본의 경우 예문 (6)·(18)·(26)을 통해 익히 확인된다. 둘째, 앞서 든 사실에서 이미 추단할 수 있겠지만 해당 이본들 모두는 원『東稗洛誦』과는 일정한 이상의 거리가 있는 이본으로 보여진다는 점이 그것이다. 그렇다고 하더라도 이대본과 연대본은 많은 부분에서 친연성을 띠고 있는 이본으로 보여지는 바, 이에 대해서는 자세한 논의를 피할까 한다.

또한 이대본의 경우, 임본과 마찬가지로 원『東稗洛誦』의 撰者를 규명할 수 있는 정보를 자체 내에 지니고 있는 점에서 그 가치를 부여받을 수 있는 이본이라 할 수 있다. 이런 사실은 50話인 '海豊君 鄭孝俊 이야기'의 다음 두 문면에서 찾아진다.

例文 1. 海豊君 鄭孝俊氏 卽余曾王母之外祖考也[37]
2. 余之曾王考 進拜於妻外祖父母 卽李夫人軀幹豊肥 太沒姿色 宜其受福出凡也[38](밑줄:필자표시)

이에 대해서는 임형택 님이 이미 年前에 소견을 피력한 바[39] 있으므로, 자세한 논의는 그것으로 미루어 둔다.

여기서 계속하여 임본의 이본적 위치와 아울러 여타 이본과의 관계 양상에 대해 살펴볼까 한다. 이에 그 검토 결과부터 밝힌다면, 임본 또한 원 『東稗洛誦』과는 거리가 있는 이본으로 보여진다.(이점 후술된다) 또한 임본은 연대본에 비해 이대본과 더한 친연성을 지니고 있는 이본으로 확인[40] 되었다.

이제 임본의 여타 두 이본과의 관계 양상이 어떠한지를 구체적으로 밝혀 위의 주장에 대한 한 論據를 마련하려 한다. 물론 임본 또한 이대본과 마찬가지로 비교·검토의 대상은 연대본과 공통되는 37話로 국한된다. 임본이 연대본과 동일한 면모를 지니고 있는 부분은 앞서 든 〈表—Ⅲ〉의 26개처 가운데 단지 4개처에 지나지 않는다. 그것은 곧 43話, 51話, 55話, 69話인 바, 그중 43話와 51話, 69話의 경우 연대본과 거

---

37) 이대본 17장, 뒷면, 11행.(以下 원문을 제시할 경우에는 17-b-11과 같이 略함.)
38) 이대본 20b-1～2.
39) 임형택, "동패낙송고", (한국한문학연구회 연구발표 요지, 경상대학교, 1987)
40) 두 이본(임본·이대본)을 비교한 결과, 轉寫時 발생한 文面의 缺落 현상에 따른 차이를 제외하고서는 두드러진 차이를 지니고 있지 않은 것으로 드러났다. 이들 두 이본은 거의 완전히 동일하다고 할 정도로 친연성이 강한 것으로 보인다.

의 동일한 면모를 지니고 있음에 비하여, 55話는 연대본과 완전히 일치되는 면모를 지니고 있다. 이에 이해를 돕기 위해 해당 부분을 제시하면 다음과 같다.

例文

(1) 延 : "方伯謂裨將曰 彼僧之言如何 裨將曰 其言萬萬妖惡"
林 : "方伯謂裨將曰 彼僧之言何如 裨將曰 其言萬萬妖惡"
梨 : "方伯謂裨將曰 彼僧之言◦◦ ◦◦◦ ◦◦萬萬妖惡"(이상 43話)

(2) 延 : "長子持平已沒 次子議政斗輔爲承旨 三子議政東山"
林 : "長子持平已沒 次子議政 公爲承旨 三子議政東山"
梨 : "長子持平已沒 次子議政◦◦◦◦◦ ◦◦◦◦東山"(이상 51話)

(3) 延 : "器皿幾何 穀物幾何 布帛幾何"
林 : "器皿幾何 穀物幾何 布帛幾何"
梨 : "器皿幾何 ◦◦◦◦ 布帛幾何" (이상 55話)

(4) 延 : "方捕劇賊大漢"
林 : "方捕賊魁大漢"
梨 : "方捕◦◦大漢" (이상 69話)

위에 든 예문을 보더라도, 임본의 연대본에 대한 친연성은 그렇게 두드러져 보이지는 않는다.(이대본과 비교·검토해볼 때 상대적으로 그렇다는 말이다.) 그러나 임본과 연대본은 동일한 모본 아래 파생되어 나온 이본임이 분명하므로, 이 두 이본 사이에는 일정한 이상의 친연성이 있음을 부정할 수는 없으리라 본다. 이에 대한 구체적인 검토는 생략한다.

이제 다시 앞서의 논의로 되돌아가 임본과 이대본의 친연성이 어느 정도인가를 두 이본의 실제적 면모를 통해 살펴볼 차례가 되었다. 앞에 보인 〈表—Ⅲ〉에 나타나는 26개처 가운데, 임본은 이대본과 15개처에 걸쳐 완전히 동일한 면모를 지니고 있는 이본임을 알 수 있었다. 예문 (4)·(5)·(7)·(11)·(12)·(13)·(14)·(15)·(16)·(17)·(21)·(22)·(23)·(24)·(26) 등이 그에 해당된다. 나머지 11개처 가운데 임본과 연대본이 동일한 면모를 띠고 있는 4개처를 제외한다면 임본과 이대본은 7개처에 걸친 차이를 지니고 있는 이본이라 할 수 있다. 그러나 이들 차이는 약간의 字句上의 차이에 불과한 것으로 드러나는 바, 무시되어도 좋을 성 싶다. 곧 (2)의 "俄問有怪事"가 "俄聞有怪事"로, (3)의 "弊衣不掩骸"가 "弊衣不掩骼"으로, "治取濁醪一小盒"이 "沽濁醪一小盒"로, (9)의 "何以識土民爲誰耶"가 "何以知土民爲誰耶"로, (10)의 "昔年 臣家賣馬價銀於路上"이 "昔年 臣家賣馬銀遺於路上"으로, (19)의 "强之妓後入"이 "妓强之後入"으로 나타나는 것이 그것이다. 이런 점만으로도, 임본의 이대본에 대한 친연성의 정도가 충분히 드러났으리라 본다. 여기서는 그 관계 양상을 보다 구체적으로 보이기 위해 한 예문만을 제시해 둘까 한다.

梨 : "監司曰 可 裨將引其僧出去 大夫人 招監司以問曰 俄問有怪事 汝何以處置耶 對曰 裨將謂當處置 而已引去矣 大夫人曰 安知其必僞而非眞乎"(밑줄:필자 표시)

林 : "監司曰 可 裨將引其僧出去 大夫人 招監司以問曰 俄聞有怪事 汝何以處置耶 對曰 裨將謂當處置 而已引去矣 大夫人曰 安知其必僞而非眞乎"(밑줄:필자 표시)

위에 든 예문 가운데 밑줄친 부분은 연대본의 경우에서만 전혀 나타나지 않고 있다.[41] 임본이 이대본과 완전히 동일한 문면을 지니고 있

---

41) 천리대본의 경우, 해당 부분이 결락되어 있는 관계로 해당 부분이 나타나지 않는 것은 극히 당연한 일로 여겨진다. 그러나 동양문고본의 경우, 해당 부분이 분명히 나타나고 있는 바, 본고에서 검토 대상이 되는 『東稗洛誦』 이본군 가운데 연대본의 경우에만 유일하게 해당 부분이 나

으면서 오직 한 부분에서의 차이(위 예문에서 ○된 부분)만을 드러내고 있다는 점은 필자의 앞서의 주장이 타당한 것임을 밝히 보여주는 좋은 본보기라 하겠다.

이제까지 앞에서 연대본[42]·이대본·임본 『東稗洛誦』을 검토해 왔는 바, 이들 세 이본은 祖本을 같이 하여 파생된 이본임에도 불구하고, 그 가운데 어느 이본도 원 『東稗洛誦』의 위치에 해당될 수는 없는 이본으로 드러났다. 〈表—Ⅲ〉을 보더라도 익히 확인되겠지만, 현재 전해지지 않고 있는 것으로 보이는 원 『東稗洛誦』은 이들 세 이본을 한데 아우르고 있는 면모를 띠고 있었을 것으로 추단된다. 이런 점을 도표로 보이면 다음과 같다.

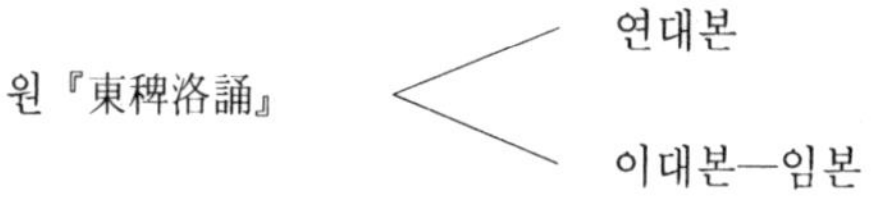

이제 검토할 이본으로는 다음 두 이본, 곧 천리대본과 동양문고본이 남아 있다. 이들 두 이본의 이본적 위치와 앞서 살펴본 바 있는 이본들과의 관계 양상은 어떠한지를 또한 살펴볼까 한다.

논의의 편의상, 천리대본부터 먼저 검토·분석해볼까 한다. 앞 항에서 이미 약술하였듯이 천리대본의 경우, 연대본의 전반부 - 현전하는 이대본·임본과의 비교를 통해 상정 가능한 - 가 40話로 이루어져 있는데 비하여, 그 가운데 12話가 특별한 까닭없이 실려있지 않는 특징을 지니고 있다. 그러나, 여기서 천리대본 전반부의 28話의 次序가 연대본의 그것

타나지 않는다고 할 수 있다.

42) 본고에서 연대본 『東稗洛誦』이 극히 피상적으로 언급된 까닭은, 그 자체의 이본적 위치와 여타 이본과의 관계 양상에 대한 규명 작업이 이대본·임본과 대비·검토하는 가운데 어느 정도 도출되었다는 입장에 기인하는 것이지, 어떤 별다른 의도가 있어 그렇게 된 것은 아님을 분명히 밝혀 둔다.

과 완전히 일치되고 있는 면모를 지니고 있어 흥미를 끈다고 하겠다. 이런 점은 천리대본이 지니고 있는 다른 몇몇 특징들과 함께 필자로 하여금 천리대본을 後寫本으로 추단케 하는 한 동인이 되었다. 동양문고본의 次序는 필자가 본고를 통해 검토하고 있는 『東稗洛誦』의 어느 이본에서도 찾아지지 않는 그 나름의 독특한 면모라는 사실과 견주어 볼 때, 천리대본의 이러한 면모는 바로 천리대본이 연대본과 일정한 이상의 친연성을 지니고 있는 이본이라는 사실을 밝히 보여주는 경우라 하겠다. 그렇다면, 이제 이 두 이본의 실제적인 문면을 검토·분석하여 그 친연성의 정도를 밝힐 필요가 있다. 검토 결과, 천리대본은 연대본 계열에 속하는 어느 이본을 저본으로 삼아 축약·전재하는 가운데 후대에 형성된 改惡本으로 드러났다. 천리대본은 그 자체의 문맥만으로는 제대로 의미가 통하지 않는 부분을 많이 가지고 있는 바, 이에 이러한 면모를 잘 보여주는 몇몇 이야기를 들어 그 점을 구체적으로 증명해보일까 한다.

〈表―Ⅳ〉'安東 權進士 이야기'

번호＼이본	연대본『東稗洛誦』	천리대본『東稗洛誦』
1	權少年 出見外店 則其少年人馬 竝去無跡 而但二婢留在矣 年少男女 深夜同席 豈無合懽之事乎 結情後 權少年 自語於心曰…	權見外店 則人馬竝無 而只留二婢耳 合歡後 自語於心曰…
2	老權生妻及其婦 一齊下堂 萬哀乞曰 一介獨子 何忍殺之乎 老權生又一聲大叱曰 速斬此兒 其妻失魂驚走 其婦披髮叩頭 以死爭之曰 少年雖犯擅行之罪 舅家血屬 只此一身矣 尊舅何忍作如此殘酷之擧 自絶後嗣之境乎 伏願以[illegible]代之 老權生曰 與其家有悖子亡其家 無寧吾生前殺之 而吾家奉祀 則亦豈無養子道 愈益怒叱促其速斫 奴輩但應 而不忍下手 老權生 又促速斫 聲漸嚴厲 其婦無數叩頭 流血被面 肝腸盡焦 千萬哀乞 老權生曰…	其妻及其婦 一齊 哀乞曰 一介獨子 何忍殺之 老生又叱之曰 促其斬 其妻失魂驚走 其婦叩頭 願以身代 千萬哀乞 老生曰…

3	其婦曰 若其一分人心 則卽經如此境界 敢生毫髮妬心乎 老權生曰 汝雖因目前嚴急 諉以丁寧不妬 此後心界稍定 則必生𧺝端 余豈不知汝性乎 吾必殺之 以絶禍根 汝須勿多言 其婦曰 雖犬雛馬雛 一經如此驚惶之事 則必然改心 子婦雖愚頑迷劣 旣是人子 則靑天白日之下 如是誓言 而豈無變易之理乎 老權生曰 吾生前 則汝或忍過 吾死後 則必生𧺝端 其時有誰禁之 而吾之死魂 豈起來禁之乎…	左 부분은 전혀 나타나지 않음
4	其婦曰 尊舅百歲之後 "若有變易之事 則舅家祖先 必降大罰矣 子婦萬有一睨視新人 則其心必生食其親父母 設誓至此 而尊舅猶有未信 情窮勢迫 願欲刎頸 以暴子婦之心也 老權生曰汝言果眞 則以此意 寫明文 可也 其婦寫誓文 而凡天地間登諸盟誓之言 無不備記 而某年某日及姓名 盡書其末 而奉獻之 老權生 見誓文後 乃釋其子…"(以上 11話)	其婦 乃以尊舅百歲之後 " " 부분이 "永不妬之意 至於寫誓文 而呈之 老生乃釋之…"로 대체·축약되어 나타남 (以上 8話)

〈表—V〉'許珙 이야기'

이본 / 번호	연대본『東稗洛誦』	천리대본『東稗洛誦』
1	卽日斥賣 內子隨身 物備六七貫錢 適當木綿豊歲貿藿負輩 遍尋父母所嘗往還處 面面出藿葉遮顔 而乞花 親舊念舊 憐貧無不優 副所聚木綿 無論善惡恰滿數百斤 貿嶺東耳	卽斥賣 其內子隨身 物備六七貫錢貿藿而換木花貿嶺東耳
2	婢泣曰 上典誓死治生 婢何可怕飢舍去乎 許遂盡衣冠 只以一衫一袴體 晝夜取役 "於紡績或織席織蕢액액度日 親知間有來訪者則 使坐籬外己自房內遙語曰 今不可復責我以人禮 自外退去可矣 周年之內紡績所辨 已至數百金 門前 適有京師人水畓十斗落田 一日耕之斥賣 許遂買取 而以爲借人以耕 不但有費 恐不如自己之盡力 具牛具耟 自入田中 近老農善 餽置堤上 使之敎農 無論田與畓耕必至十次起土最深 非此他農 而田則爲種南草 厚覆灰草 穿無數穴於畝上以待天雨 而恐致旱損草種 早春築長行架 播南草種於其下數灌以水 其年適大旱 到處草種盡死 而此獨茂盛 伺雨卽移下 多日內 葉如芭蕉蔚然蔽地 未及出爇液 而江上草商請貿 全一捧二百貫 草商卽將其爇塊 曝諸沙場 而載去 後更以百金來貿 再筭十斗畓 穀亦至百石 自此家貲日倍 歲蓰不勝其進…"	婢泣而 取役 " "이 '治生'으로 극히 축약되어 나타남

3	俱送駿馬華鞍 而迎還書報 兩嫂亦如之 兄弟及兩嫂旣到庭設更衣兩帳幕來 具鑰六皮籠 而各置三籠於內外 兄弟內外 各着新華衣訖 又命僕夫 鞴出三馬 謂其兄弟曰 此非可居處自由當往之地云 而竝轡踰一峴 則山下有三傑搆瓦屋 前有長舍廊 橫之舍廊 前長廊 駿馬盈廐 盡一齊迎候於路上 其兄弟驚問曰 此是何處 如是壯哉 答曰此是吾兄弟 終老之所 盖其第宅奴僕之排置如是其壯 而距舊屋未五里 而使其兄弟 亦不知有此其樞機之愼密 亦可知也 自其夕 兄弟之妻各分占一舍 許之三昆季 寢處於一舍廊 又運出皮籠十餘件 卽田畓文書也 中許曰 兄弟分財 固當 年均無增減 而但吾妻幾乎湯死 而成此家產凡事固當 吾意之是隨彼固 非敢懷不平 而償勞之物 不可無 則不可無爲區別矣 除出十五石落畓 以屬其妻 而其餘則一切均分… (以上 29話)	左 부분은 전혀 나타나지 않음 (以上 22話)

위에 보인 〈表—Ⅳ·Ⅴ〉를 통해, 우리는 천리대본이 연대본을 축약·전재하는 가운데 이루어진 後寫本으로, 改惡本에 가까운 이본임을 분명히 알게 되었다. 여기서 천리대본이 이대본·임본과는 어느 만큼의 친연성을 지니고 있는 이본인지를 탐색하는 작업은 이대본·임본의 해당 부분이 현존하지 않기에 현재로서는 불가능한 일이다.

천리대본이 후사본일 것이라는 점은 천리대본 29話 이하 부분에서도 거듭 확인된다. 이에 여기서는 천리대본의 30話에서 82話까지의 53話가 1833年 이후에[43] 이루어진 『溪西雜錄』을 선택적으로[44] 전재·축약하는 가운데 이루어진 것임을 주목코자 한다. 천리대본의 30話에서 82

43) 성대본 『계서잡록』에는 沈能淑의 서문이 있는 바, 그 연대가 순조 33년(1833)으로 되어있다. 이에 대해서는 조희웅, "조선후기 문헌 설화의 연구", (형설출판사, 1981)와 서대석 편, "조선조 문헌설화 집요(Ⅰ)", (집문당, 1991)을 참조하라.

44) 선택적이란 말은, 천리대본 『東稗洛誦』의 필사자가 『溪西雜錄』(권 2) 소재 75話 가운데서 54話만을 추려 轉寫한 것을 구체적으로 명시하기 위해서 사용되었다.

話까지의 次序와 완전히 부합되는『溪西雜錄』의 이본을 탐색한 결과, 연세대 도서관 소장의『溪西雜錄』卷二를 찾을 수 있었다. 현재 卷二만 전해지고 있는데, 이 책의 次序와 일치되는『溪西雜錄』의 이본은 필자의 과문한 탓일지는 몰라도 아직 발견되지 않고 있다. 이런 점에서 본다면, 천리대본『東稗洛誦』의 해당 부분은『溪西雜錄』卷二를 전재하는 가운데 나타난 이본임이 분명하다고 하겠다. 더구나,『溪西雜錄』卷二의 필사년대가 己卯 至月로 나타나는 바, 여기서의 己卯는 여러 주위 정황으로 보아 1879年임이 확실하다. 따라서 천리대본『東稗洛誦』은 아무리 그 출현시기를 올려 잡는다고 하더라도 1879年을 상회하지는 못하는, 비교적 후대에 산출된 이본으로 보여진다. 임형택은 일찍이 한 해제를 통해,『東稗洛誦』의 관계 기록을 정밀히 분석한 끝에 그 창작년대의 上限을 1773年에서 1777年으로, 그 下限을 1789年으로 추정한 바 있다.45) 이런 점만으로도 천리대본『東稗洛誦』이 後寫本일 것이라는 사실은 거듭 확인된다고 하겠다. 이것을 보다 구체적으로 보이기 위해 임의로 '李恒福 이야기'를 택하여 두 본의 출입 양상을 비교·검토하여 본 결과 〈表—VI〉과 같이 드러났다.

〈表—VI〉 '李恒福 이야기'

번호＼이본	천리대본『東稗洛誦』	연대본『溪西雜錄』卷二
1		文學才諝 德行名節之兼備 當[illegible]爲第一
2	[illegible] [illegible]	宰相之子 親[illegible] 相與往來 其人積年 沈痾漸至無奈何之境 其父以其獨子之病 晝宵焦心 邀宜問卜無不至 一日聞 一盲之爲[illegible]卜知人之死生 送騎迎來 使之卜之 則卜者作卦 沈吟搖頭曰 必不幸矣

---

45) 임형택은 근자에 발간된『東稗洛誦』(아세아문화사, 1990.9) 해제를 통해,『東稗洛誦』의 작자는 拙翁 盧命欽(1713~1775)이며, 그 찬술 년대는 '영조 50년이나 51년(1774~1775)으로 잡아서 틀리지 않을 것'이라고 새로이 주장하고 있다.

3	必 泣問 固請 之 苦問	將於今年某月日 將死矣 其父涕泣曰 其或有可救之方乎 卜者曰 第有一事之可救 而此則不可發說矣 其父曰願聞之 卜者曰若言則吾必死矣 何可爲他人 而代死乎 其父又泣而語之
4	曰 → 欲殺我乎로 代替 ←	卜者作色言 主人之言 可謂非人情之言也 好生惡死 人之常情也 主人欲爲其子 而吾獨不爲吾身乎 此則不必更問矣 其主人無奈何 而但涕泣而已
5	袖 已	其病人之妻 自內持小刀 而出來把卜者之頸 而言曰 吾是病人之妻也 夫死則吾欲下從之 已決于心 汝若不知占理 而不言則容欲無怪 而旣而解之 且有可救之方云 而以死爲言 終不言之 吾豈聞知到此地頭 何可顧男女之別乎 吾將以此刀刺汝 而吾亦自刺矣 汝之死則一也 旣知一死 則何可明言而救人命乎
6	問 病 親 病人 必矣	卜者默然良久 乃日駟不及舌 政謂此也 吾將言之 放手可矣 仍言曰有李恒福者乎 主人曰 果有而卽吾兒之朋友也 卜者曰 自今日邀此人與之同處 使之不暫離 使過某日 則無事矣 且曰吾於伊日 當死 吾之妻子 可善爲顧恤 視同家人云 而仍辭去
7	果 同處矣 某 夜深後 開	其後主人 邀白沙道其事 而强請同處 白沙許之 自其日 白沙來留其家 與病人 同坐臥 至伊日之夜 白沙與病人同枕 而臥矣 三更 則 陰風入戶…
8	下 凶 曰 兒 我 背之	白沙臥見燭影之後 有一鬼卒 狀貌獰悍 杖劒而入呼白沙之名 李某汝可出給我此病人 白沙曰 何謂也 鬼曰此人與我有宿世之怨 今夜某時 卽報讐之期也 若失此期 則又不知何時可報矣 白沙曰人旣托我以子則吾何可給汝 而使之殺之乎
9	立 而 乃 請 私 胡	鬼曰汝不給我則我將병與汝 而殺之矣 白沙曰吾死 則已矣 不死之前 決不給汝矣 鬼乃大怒擧刀而向之 忽爾悚然 而退 如是者三 仍擲劒府伏而泣請曰 願大監憐我之情事 而出給此人 白沙曰汝爾不殺我乎

10	也 焉 聞鷄聲 忿 乃	鬼曰大監 國之棟梁 名垂竹帛之正人君子 吾何敢害之 只願出給 白沙曰 殺我之外 無他策矣 仍抱病人而臥 如是之際 遠村 鷄 鳴矣 鬼乃大哭曰 不知何年 可報此讐豈不寃 恨哉 此必是某處某盲之所指也 吾可雪憤於 此人矣 仍杖劍 而出門 不知去處
11	數頃 之 至云	此時病人昏絶矣 以溫水管之口 得甦而翌 朝 向日之卜者 訃書來矣 其主家厚遺 其初 終葬需 優恤其妻子矣
註 : ___은 천리대본에는 탈락되어 미출현하는 부분을 말함 ◎은 천리대본에서 연대본 『溪西雜錄』과 달리 출현하는 부분을 말함		

위에 든 〈表—Ⅵ〉를 통해, 우리는 천리대본 『東稗洛誦』의 경우 연대본 『溪西雜錄』 卷二를 상당 부분 축약하고 있는 가운데 나타난 이본임을 어렵지 않게 확인할 수 있었다. 이러한 면모는 특히 (5)와 (10)에서 잘 드러난다. 한편, 천리대본에서 『溪西雜錄』 卷二를 달리 표기하고 있는 부분 - 위에서 ○한 곳이 그것이다- 가운데 많은 부분은 뚜렷한 의미 차이를 드러내는 것으로는 보이지 않는다. 단자 字句의 차이를 지니는데 불과한 것으로 생각된다. 여기에서 또한 後寫本이라는 천리대본 『東稗洛誦』의 이본적 성격이 분명히 확인된다고 하겠다.

그점은 다시 천리대본 『東稗洛誦』의 남은 부분, 곧 83話에서 109話까지의 27話는 연대본 『罷睡錄』과 鄙藏本 『東稗』의 자료를 저본으로 하여 이루어진 것으로 보여진다.

여기서 하나 살펴봐야 할 점은 『罷睡錄』과 『東稗』와의 관계 규명 작업이다. 『罷睡錄』의 경우, 『東稗』와 천리대본 『東稗洛誦』에 다같이 나타나고 있는 다음 4 자료를 지니고 있지 않은 것으로 드러났다. 곧 천리대본 『東稗洛誦』의 (88)·(89)·(92)·(96)話가 그것이다. 아울러 『罷睡錄』은 『東稗』에서 나타나지 않는 다음 4 자료를 지니고 있음이 확인된다. 곧 천리대본 『東稗洛誦』의 (110)·(111)·(112)·(113)話가 바로 그것이다.

천리대본 『東稗洛誦』을 중심으로 이들 두 이본, 곧 『罷睡錄』과 『東

稗』의 관계를 살펴보면 앞서 밝혔듯이 두 이본 모두 천리대본에 비해 각기 4話가 缺落되었음을 알 수 있다. 이것이 원 『罷睡錄』과 『東稗』의 참 면모인가 하는 문제는 보다 많은 관계 이본을 수집·검토할 때 확연히 드러나게 되리라 본다. 아울러 이들 두 이본의 선·후 관계도 현재로서는 분명하게 알 수 없기에 이에 대해서는 後考로 미룰까 한다. 다만 이들 세 이본의 친연성을 밝혀줄 단서로 천리대본 『東稗洛誦』 93·94話에 실려 있는 '曺植 이야기'를 들 수 있다. 93話는 조식의 처제와 연분을 맺은 호랑이 이야기이고, 94話는 조식이 名姬를 구하려다 名姬의 음란함을 보고 실망한 끝에 큰 유학자가 되었다는 이야기인데, 이들 두 이야기의 차서는 『東稗』의 경우 바뀌어 나타나는데 비하여[46] 『罷睡錄』에서는 천리대본의 그것과 동일하게 나타나고 있다. 이런 점에서 볼 때, 천리대본 『東稗洛誦』은 『罷睡錄』과 더한 친연성을 갖고 있는 자료라 하겠으나, 여기서 앞서 든 이본들(곧 『東稗』·『罷睡錄』)의 제반 면모를 유념할 때 분명하게 그 점을 단정지을 수는 없다고 하겠다.

그렇다고 하더라도, 천리대본 『東稗洛誦』은 『罷睡錄』·『東稗』를 轉寫하는 가운데 나타난 後寫本임에는 틀림없는 것으로 보인다. 이점을 보다 공고히 하기 위해 임의로 '鄭礁 이야기'를 통해 이들 세 이본의 문면에서 드러나는 출입 양상을 〈表—Ⅶ〉로 제시해둘까 한다.

번호＼이본	천리대본 『東稗洛誦』	鄙藏本『東稗』	연대본 『罷睡錄』
1	[illegible]玉 碏	[illegible]玉 碏	左同
2	季監司爨 爨卽後妻所生也	季監司磧也 磧卽後妻所生	季監司磧 磧卽後出也
3	北窓生質[illegible]美 深[illegible]數學	北窓[illegible]美 深於數學	北窓生磧[illegible]美 深於學數
4	諸國使臣	天下諸國使臣	左同
5	爨妖惡	獨[illegible]妖惡莫甚	獨磧妖惡莫甚

46) 필자가 최근에야 입수할 수 있었던 연세대 도서관 소장 『東稗集』(內題: 東稗)을 검토한 결과 연세대본 또한 鄙藏本과 그 次序를 같이하고 있는 이본으로 확인되었다.

6	導其父己巳凶黨者 皆夔也	導其父於己巳凶黨者 皆礸之所爲	導其父於乙巳凶黨者 皆礸之所爲也
7	亡吾家者 夔也 夔是狐精也	亡吾家者必礸也 礸是狐精	亡吾家者 礸也 礸是狐精也
8	若不信 則請驗之	大人若不信兒言 則請目前驗之	左同
9	夔不能起 父怪問之	礸不能起 順朋怪問曰 是何故耶	磧不能起 順朋怪問之
10	北窓曰 執其尾端 不能起 大人諒之 順朋猶未信	北窓曰 兒執其尾端故 彼不能起 敢請大人信之 順朋猶以爲不然	北窓曰 兒執其尾端故也 大人信之 順朋 猶以爲不然
11	北窓 不能力其親 退去果川云	北窓心雖痛恨 不能力救其親於陷溺之中 退隱果川 專意丹學 屍解去云	北窓痛恨 力不能救其親於陷溺之中 退隱果川 專意丹學 尸解而去
12	완전 未出現	礸亦能文章 爲黃海監司 見芙蓉堂懸板 古今題詠 盡掇其板 破爲側示 渠獨以一絶 揭之 詩曰 「荷香月色可淸宵 更有何人弄玉簫 十二空欄無夢寐 碧城秋思正迢迢」云	礸亦能文章 爲黃海監司 見芙蓉堂 古今題板 破爲厠示 渠獨以一律 揭之曰 「荷香月色可淸宵 更有何人吹玉簫 十二欄頭無夢寐 碧城秋思正迢迢」

위에 든 〈表—Ⅶ〉로부터, 우리는 천리대본 『東稗洛誦』이 『罷睡錄』이나 『東稗』를 축약·전재하고 있는 이본임을 쉽게 알 수 있었다. 특히 해당 문면만으로는 의미가 잘 통하지 않거나, 『罷睡錄』·『東稗』와 견줄 때 분명한 誤記로 생각되는 부분들을 천리대본 『東稗洛誦』이 지니고 있다는 사실로부터도 이점 잘 드러난다. 위에 든 (11)·(12) 부분은 천리대본 『東稗洛誦』의 이러한 면모를 약여하게 보여주는 좋은 예라 하겠다.

한편, 동양문고본 『東稗洛誦』의 이본적 위치를 살피기 위해 연대본 『東稗洛誦』과 비교·검토한 결과 동양문고본은 많은 부분에 걸쳐 원문의 細字 부분이 탈락되어 있었으며, 아울러 轉寫時 비의도적 오류의 결과로 해서 나타난 것으로 보이는 문면을 지니고 있었다는 특징으로 해서 이 이본 또한 결코 원본 『東稗洛誦』의 자리에 놓일 수는 없음이 확인되었다. 동양문고본이 지니고 있지 않은 16 文面 - 번거로운 감이 있어 그것을 제시하는 것은 피할까 한다 - 이 이대본·임본에는 어떻게 출현하는지를 살펴볼 때, 이들 이본들간의 친연성의 정도가 자연적으로 드러나게 될 것으로 기대된다. 대상 이본의 자료 결락으로 인해 비교·검토할 수 없는 10 문면을 제외한 나머지 문면 모두는 이대본과 임본의 경우에서도 또한 나타나고 있었다. 그 가운데 (13)·(14)·(16) 문면은 연대본과 완전히 동일한 모습으로, (1)·(15) 문면은 연대본의 오류를 바로 잡는 가운데 그것이 나타나고 있었으며, 오직 (12) 문면에서만 연대본의 '誠爲希罕也'란 부분이 나타나지 않고 있었다. 이런 점은 다시 연대본과 이대본, 임본이 일정한 이상의 친연성을 띠고 있는 이본임을 보여주는 한 증거가 되기에 족하다고 하겠다.

본고에서 논의·검토되고 있는 『東稗洛誦』의 다섯 이본 가운데는 원본 『東稗洛誦』에 놓일 이본은 없는 듯하다. 앞서 이대본·연대본·천리대본·동양문고본의 경우에 대해서는 이미 그것을 간략하게나마 밝힌 바 있으므로, 여기서는 임본만을 들어 그것을 살펴볼까 한다. 그런데, 임본 또한 임본 자체에서 드러나고 있는 다음과 같은 문면들로부터 결코 원 『東稗洛誦』의 위치에 놓일 수 없는 이본임이 드러난다. 몇몇 예문만을 들어 그것을 증명해 보일까 한다.

(1) "日就比隣李兵使眞卿家對博 眞卿氏 卽判書俊民之孫" (연·이)
"日就比隣李兵使。。。。。 眞卿氏 卽判書俊民之孫" (임)
(이상 50話)

(2) "禹雖多力脫足無策 忍死苦痛 良久盡力僅拔 其後禹爲水使 赴任之際路傍坡上 有人呼問曰昔年鎖鐙之足 何以拔出 禹驚喜手招近前……" (연·이)
"禹雖多力脫足無策 忍死苦痛 良久盡力僅拔出 禹驚喜 水使 赴任之際路傍坡上 有人呼問曰昔年鎖鐙之足 何以拔出 禹驚喜手招近前……" (임) (이상 65話)

(3) "既還京 當年登第 登第〈以〉後事 一如前篇(之)說話云" (연·동·이)
"既還京師 當年登第 登第後爲慶州御史 劾其本倅貪虐不法 啓聞罷黜禁錮仕板 率妓還京 平生榮貴云" (임) (이상 68話)

앞서 든 예문 (1)·(2)를 통해, 우리는 임본의 필사자가 해당 모본을 전사하던 과정 속에서 비의도적 오류의 문면을 드러내고 있음을 알게 되었다.

여기서, 특히 우리의 관심을 불러일으키는 것은 (3)의 종결 부분에서 드러나는 임본만의 독자적인 문면이다. 본고에서 검토하고 있는 『東稗洛誦』 이본군 가운데서는 전혀 발견되지 않고 있는 이러한 문면은 연대본·이대본·동양문고본의 종결 처리방식과 비교해볼 때 매우 흥미있는 것이 아닐 수 없다. 곧 전자의 '하나같이 전편의 설화와 같다.'고 했을 때의 전편은 바로 67 話를 지칭하는 것인 바, 67 話의 내용은 風鑑을 잘하는 永興倅 자신이 뒷날 御使의 손에 죽을 운명임을 알고, 후일 御使가 될 喪人에게 永興에 내려오면 喪債를 全當하겠다고 약속했다가 뒤에 찾아온 喪人의 相이 변했음을 보고 그를 냉대한다. 그로 인해 고난을 겪어야 했던 喪人은 촌 과부의 도움으로 인해 喪債를 다 갚은 뒤, 뒤에 어사가 되어 永興倅의 배약 행위를 치죄하고 촌 과부를 內室로 맞아 함께 산다는 이야기로 요약된다.

이러한 내용으로 본다면, 68 話의 종결 부분 또한 뒷날 등제한 벗이 어사가 되어 전일의 약속을 저버린 벗의 죄를 다스리고, 자신을 도와주었던 女人을 맞아 함께 산다는 내용으로 나타나야 한다. 이런 사실은 연대본·이대본·동양문고본의 종결 처리방식이 그 자체로는 아무런 문제점을 지니고 있지 않음을 분명히 말해 준다. 그런데, 여기서 임본의 경우에만 유독 위에 보인 것과 같은 문면이 축약적으로나마 제시되고 있는 이유는 어디에 있는 것인가 하는 문제는 쉽게 규명되지 않는다. 이러한 임본만의 종결 처리방식이 이본을 轉寫時에 임본의 모본이 지니고 있었던 것을 임본의 필사자가 앞서 든 이본의 문면을 나름대로 개작한 결과로 해서 나타난 것인가에 대한 더 이상의 논의는 여러 여건상 불가능한 것으로 보인다. 이에 대한 구체적인 논의·검토는 뒷날로 미루고, 여기서는 이본들의 관계 양상만을 표로 제시해둘까 한다.

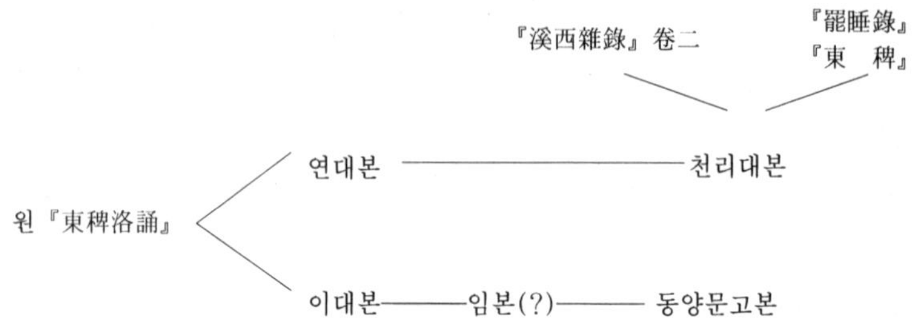

4. 맺는 말

본고는『東稗洛誦』에 대한 본격적인 접근에 앞서,『東稗洛誦』異本群의 이본 내에서의 위치와 그 관계 양상을 파악하는 데 그 목적이 있었다.

앞서 논의된 바를 간추려 요약하는 것으로 맺는 말을 대신할까 한다.

필자가 본고에서 검토해온『東稗洛誦』의 다섯 이본 가운데는 그 어느 것도 원본『東稗洛誦』의 위치에 놓일 수 있는 이본은 없었다. 그것은 모든 이본들이 轉寫時 발생한 비의도적 오류의 문면을 지니고 있는 상황으로부터 익히 확인된다. 그중 연대본은 원『東稗洛誦』의 체제에 가장 근접한 이본인 것으로 보인다.

한편, 임본은 68話에서의 종결 처리방식이 여타 이본들의 경우와 달리 나타나고 있어 흥미를 끈다. 여러 여건으로 해서 이러한 임본의 면모가 어디로부터 출현할 수 있었던 것인가에 대한 해답은 마련하지 못했다.

이대본과 임본은 『東稗洛誦』의 찬자를 규명할 수 있는 내적 증거(inner evidence)를 지닌 이본이라는 점과 이들 두 이본은 사소한 字句上의 차이를 제외하고서는 거의 부합되는, 여타 이본들에 비해 더한 친연성을 갖는 이본임을 알 수 있었다.

천리대본의 체제로부터 그것이 後寫本이라는 사실을 연대본 『東稗洛誦』·『溪西雜錄』과 『罷睡錄』·『東稗』와 비교하는 가운데 밝힐 수 있었다.

본고에서 논의·검토된 『東稗洛誦』 이본군의 관계 양상을 표로 보이면 다음과 같다.

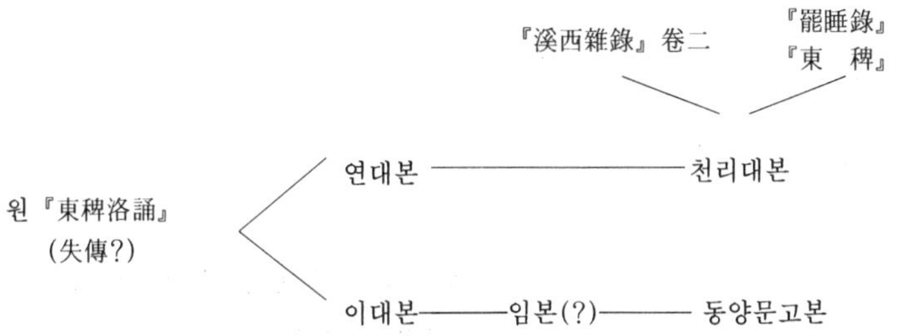

본고에서 미처 다루지 못한 몇몇 문제를 제기해두는 것으로 논의를 마칠까 한다.

『東稗洛誦』과 『東稗』와의 관계 양상 파악, 국문본 『東稗洛誦』에 나타난 번역 양상 및 개작 의식 등이 그것인 바, 이에 대한 논의는 별고로 미룬다.

『靑邱野談』의 편자와 그 이원적 면모

- <小倉進平本>[47]을 통하여 본 -

1. 들어가는 말

본 소고의 궁극적인 목표는 이제까지 학계에 소개된 바 없었던 소창본 『靑邱野談』에서만 유일하게 출현하고 있는 서문의 내용을 통하여, 이제껏 구체적으로 드러나지 않았던 『靑邱野談』의 편자 및 편찬에 따른 몇 문제를 살펴보는 동시에, 나아가 소창본 『靑邱野談』에서 드러나는 이원적 면모를 중시하여, 그러한 면모가 어느 특정한 야담집을 저본으로 하여 이루어질 수 있었던 것인가에 대한 해답을 구하는 데 있다.

앞으로 논의가 진행되어 가는 과정 속에서 필자의 이러한 목표가 제대로만 이루어진다면, 그간 조선 후기 3대 야담집 가운데에서 유일하게 편자와 편찬시기 등에 대한 의문이 미해결의 상태로 남아 있었던 『靑邱

47) 小倉進平이 소장하고 있던 漢籍은 현재 동경대학 도서관에서 소장·정리하고 있는 바, 본 소고에서 소개·검토되는 『靑邱野談』 또한 그 가운데의 하나로, 필자는 1986.1.29~2.26., 도일하여 자료를 수집하던 중, 당시 東京外大에 留學中이던 柳在日 學兄(현 청주대 국문과 교수)의 도움에 힘 입어 이 자료를 입수할 수 있었다. 이 자리를 빌어 柳兄에게 다시 한 번 고마움을 표한다(이하 소창본으로 줄임).

野談』의 그것은, 몇가지 근거를 가지고 이 문제에 대해 논의·추정해 왔던 이왕의 선학들의 견해에 비해서는 한결 더한 구체적인 증거 아래 분명히 드러나게 될 것으로 기대된다. 아울러 소창본 『靑邱野談』이 이제까지 소개된 바 있었던 『靑邱野談』의 여러 이본들과는 다른 이원적 면모를 지니고 있다는 점은 『靑邱野談』에 대한 새로운 접근 시각을 제공할 수 있을 것으로 기대된다.

2. 소창본 『靑邱野談』의 체제와 서문

편의상, 먼저 소창본 『靑邱野談』의 서지 상황과 그 체제를 밝혀 둘까 한다.

소창본 『靑邱野談』은 전 7권 7책으로 이루어진 한문본 필사본으로, 그 겉 표제는 『埜談』이라 되어 있으나, 정작 책의 內題에는 『靑邱野談』으로 나타나고 있다.48) 각 권의 크기는 가로 17.5cm, 세로 27.6cm로 모두 동일하며, 권 1은 94면, 권 2는 136면, 권 3은 124면, 권 4는 132면, 권 5는 130면, 권 6은 84면, 권 7은 148면으로 되어 있는 바, 권 1·6을 제외한 나머지 권들의 경우 비슷한 분량으로 이루어졌다고 할 수 있다. 각권에 실려 있는 이야기는 14화, 31화, 22화, 27화, 11화, 17화, 36화로써 총 158화에 달한다. 이 가운데는 『松竹爭高說』, 『丁香傳』, 『雲英傳』, 『相思洞記』 등과 같은 이질적인 작품들이 포함되어 있으므로, 소창본 『靑邱野談』에 수록되어 있는 야담은 총 154화로 볼 수 있다. 이는 이제까지 알려진 『靑邱野談』의 다른 이본들이 지닌 편

48) 여기서 이미 그 당시에 있어 『靑邱野談』이 『埜談』이란 이칭으로 통용된 것이 아닌가 생각해 볼 수 있다. 이것은 『靑邱野談』보다 앞서 이루어진 것으로 알려진 『記聞叢話』가 『叢話』라는 명칭으로 불려지고 있었고, 또 기실 『叢話』라는 제목을 지닌 동종의 책이 많이 출현하고 있는 사정에서도 가능한 추측으로 여겨진다.

수[49]에 비해 볼 때 그다지 많은 것이라 하기는 어렵다.

각 권 모두 매면 9행, 매행 20자의 균일한 형태로 이루어져 있으나, 그 內題에서 권 표시가 되어 있는 권과 그렇지 않은 권의 차이[50]를 볼 수 있다. 또한 권 1·5의 경우 여타의 권들과는 달리 이야기의 제목이 전혀 나타나지 않는 차이를 지니고 있는 바, 이런 점에서 본다면, 체제를 원천적으로 달리하고 있는 두 야담집의 부자연스러운 합성으로 이루어진 것[51]이 바로 본 소고를 통하여 소개·검토되는 소창본『靑邱野談』으로서, 이런 면모는 아직껏 학계에 소개된 바 없었던 소창본『靑邱野談』만이 지니고 있는 특색으로 보여진다.

이제 여기서 소창본『靑邱野談』의 서문을 번역하여 제시할까 한다. (원문은 필자의 졸역 뒤에 竝記하겠다.)

稗書의 책은 藝苑의 장서나 이름난 사람들의 손에서 나온 것이 많다. 齊諧誌는 기이한 이야기를 기록한 것으로 책상을 치며 기이함을 일컫지 아니할 수 없고, 晋나라 때는 淸談을 숭상했으므로 또한 티끌을 헤치어 감상에 이바지하기가 족하다. 張華의 『博物志』나 王世貞의 『藝苑巵言』과 같은 책에 이르러서는 널리 합하여 주워 모았으므로 비록 볼 만한 것은 많으나 허탄하고 괴이한 科로 돌려버리기가 쉽다. 내가 이제 모아서 이 책을 만든 까닭은 감히 많은 문장가들에게서 나온 진기한 책들을 좇거나, 대가들로부터 나온 이름난 그림들에 비기고자 한 것은 아니다. 성품이 본디 지나치게 稗說을 좋아하여 열람한 바가 많으니 바야흐로 그것들을 翫味하고 耽心할 때에 심하면 자는 것을 잊고 밥을 먹는 것조차 폐하기에 이르렀었는데, 만약 능히 하나라도 빠짐없이 기록하여 놓은 것이 있었은즉, 그것은 充棟汗牛가 되었을 것인데, 다만 게으른 습성이 붙어 복잡한 가운데서도 여가를 내었기 때문에, 얻은 대로 바로 잃어버리게 된 것이 문득 바람이 지나가고 구름이 흩어지는 모양과 같았다. (내가) 계묘년에 금릉을 맡아 볼 때에 公務가 자못

49) 참고삼아 몇 이본의 편 수를 보이면, 버클리대학본(290), 동양문고본(266), 국립중앙도서관본(181), 가람문고본(182), 서울대고도서본(217), 규장각본(262)으로 나타난다.

50) 권 1에서 『靑邱野談』 권지 일로, 권 3에서 『靑邱野談』 권지 십으로만 나타날 뿐, 여타의 권에서는 권 표시가 전혀 나타나고 있지 않다.

51) 이 점은 뒤에서 구체적으로 살펴진다.

한가로우매 이내 귀로 듣고 눈으로 본 일들을 대략 수집하고, 집집에서 전해지고 이야기되는 책들을 모아 모은 것이 약간이 되매 그것을 『靑邱異聞』[52]이라 이름붙였다. 위로는 역사 사이에 있는 典故의 자취로부터 아래로는 골목 안에 떠도는 풍속에 얽힌 이야기에 이르기까지 欽羨·勉戒·驚喜·懲勸·憎憐할 만한 일들을 갖추어 싣지 아니함이 없으니 뒤에 이 책을 보는 자는 파수의 도구로 삼고, 또한 가히 諷驚의 一助로 삼기를 바라노라. 다만 혹 論岐家가 전하는 바가 있거나 혹 傳訛者가 기록한 바가 있기 때문에 붓 가는 대로 써서 삽입한 바, 스스로 눈에 거리끼지 않는 곳이 없지 않을 것이니, 보는 자들이 이에 그것을 용서하여 주지 않겠느냐? 陶荊州가 장기와 바둑을 두는 것은 아무것도 하지 않는 것보다 낫다고 일컬었으니, 내가 이 책으로써 公暇에 消遣하는 것은 장기와 바둑을 두는 것보다 나음이 또한 멀지 않겠느냐? 스스로 그것을 즐기는 마음에 이르러서는 齊·晋·張·弇의 무리들보다 못함이 없으니, 손바닥을 치며 붓을 담뿍 적셔 이에 이르러 말한다.[53]
(稗書之襍 出於藝苑之藏名流之手者多矣 齊諧志怪無非拍案而叫奇 晋談尙淸亦足揮塵而供賞 至若張華博物弇州之巵言 宏洽捃拾 雖多可觀而易歸於誕詭之科矣 余今所以裒爲此書者 非敢欲追珍駕於墨藪依畵葫於詎匠也性本酷嗜稗說多所閱覽 方其翫味耽心之時 甚至忘寢而廢飧 若能無一遺漏而記有錄存 則其將充棟汗牛也 只緣懶自成習 擾靡偸暇隨失 便同風過雲散矣 歲在癸卯 任金陵 朱墨頗閑 乃領略其耳聞目見之事 鳩聚於家傳戶說之書 集爲若干卂 弁之曰 靑邱異聞 上而乘史間典故之蹟 下而街巷內謠俗之談 可欽可羨可勉可戒可驚可喜可懲可勸可憎可憐之事 無不具載 後之覽此者 堪作破睡之資 而亦可爲諷驚之一助也 第或有論岐家所傳 或因傳訛者所記 信筆揷入 自不無碍眼處 覽者其恕之否耶 陶荊州曰博奕惟賢乎己 余之以此書爲公暇消遣者 賢於博奕遠乎 至其自怡之心 無減於齊晋張弇輩鼓掌滋毫時云爾)

52) 다음과 같은 이유로 해서 필자는 『靑邱異聞』과 『靑邱野談』을 동종 이칭의 책으로 보고자 한다. 첫째, 편자는 이문·야담을 같은 개념으로 파악하였을 것이라는 점 - 이는 당대에 야담이란 명칭에 상응하는 많은 용어들이 사용되고 있었던 현상에 비추어 보았을 때 그 근거를 얻을 수 있겠다 -, 둘째, 만약 『靑邱異聞』이 『靑邱野談』에 先行하여 이루어진 책이라고 하면, 서문의 어느 부분에선가 『靑邱異聞』을 증보·부연·산개하여 『靑邱野談』이 이루어졌다는 편자의 진술이 나타나야 하는데 기실은 전혀 그렇지 않다는 점 등이 그것이다.
53) 『靑邱野談』 序文, (정명기편, 『한국야담자료집성』14권, (서울, 계명문화사, 1992), P.1-2)의 번역임.

3. 소창본 『靑邱野談』의 편자 및 편찬에 따른 몇 문제

『靑邱野談』의 편자가 누구인가 하는 문제는 『溪西野談』·『東野彙輯』의 경우와는 달리 이제까지의 관계 연구 성과를 통해서도 아직껏 미해결된 상태로 남아 있었다. 그것은 편자 자신의 진술 부분이 『靑邱野談』 내에서 구체적으로 출현하고 있지 않다는 사실에서 기인한 것으로 보여진다. 이러한 제약 조건 내에서도 임형택 교수는 『靑邱野談』에 실려 있는 이야기들의 전반적인 서술 태도와 제반 정황 등을 감안하여, 『靑邱野談』이 '서울의 老論系 인물의 손에서 편찬되었을 것으로',(밑줄:필자 표시) 또 '士大夫 出身이 아니고 閭巷의 지식인일 가능성도 배제할 수 없다'[54]는 추정을 조심스레 내리고 있다.

한편 그 편찬 시기에 대해서는 19세기 초엽 純祖初,[55] 19세기 전반,[56] 19세기 초(중)엽경,[57] 19세기 중엽[58] 純祖末(1826~1835)[59] 등으로 여러 선학들이 각기 나름의 근거를 가지고 대체적으로 추정한 바 있는데, 그 추정들 가운데서 작품의 해당 문면을 구체적으로 검토하면서 그 편찬 시기를 도출해 내고자 했던 박희병·임형택 두 교수의 선행 연구는 당시까지 『靑邱野談』의 서문이 출현·보고되지 못했던 사정을 감안한다면 이 문제에 관한 한 진지한 성과였던 것으로 인정되기에 족하다고 하겠다.

그러나 필자는 이제 앞에서 제시한 서문의 내용으로부터 『靑邱野談』의 편자 및 편찬에 따른 몇 문제(예컨대 편찬 시기·편찬 범위와 방법·

54) 『靑邱野談』上, 해제(서울, 아세아문화사, 1985), p.19.
55) 이우성·임형택, 『이조한문단편집』下, 출전해제(서울, 일조각, 1978), p.435.
56) 박희병, "청구야담연구", (서울대 석사 학위논문, 1981), p.1.
57) 바로 앞에서 든 논문, p.11.
58) 조희웅, 『조선후기 문헌설화의 연구』(서울, 형설출판사, 1981), p.18. 이현택, "계서 이희평 문학 연구"(국민대 석사 학위논문, 1983), p.48. 조동일, 『한국문학통사』3(서울, 지식산업사, 1984), p.451. 등
59) 주 (6)의 책, 해제, p.19.

편찬 의도 등)을 충분히 밝혀 낼 수 있을 것으로 믿고 있다. 이제 여기서는 먼저 『靑邱野談』의 편자가 누구인가에 대하여 살펴보도록 하자. 이 문제의 해결은 위의 서문 가운데의 다음 기록, 곧 "歲在癸卯任金陵"에서 그 실마리가 찾아진다. 곧 『靑邱野談』의 편자는 '癸卯年間에 걸쳐 金陵 지방을 맡아보았던' 관리 가운데 하나로 생각된다는 점이 그것이다. 한때나마 金陵이라는 지명을 갖고 있었던 고을(郡縣)로 경기도 金浦, 전라도 康津, 황해도 金川, 경상도 金山[60] 등을 들 수 있는데, 여기서 金山을 제외한 나머지 지역의 경우는 금릉이라는 명칭이 그 군현을 지칭하던 수다한 이칭들[61] 가운데 하나에 불과하다는 점, 또한 편자가 金陵이라고 썼을 때의 보편적인 인식 등을 아울러 고려해 볼 때, 일단 이 경우에서의 금릉은 자연 경상도 金山이 될 수밖에 없는 것으로 생각된다. 이에 金山郡守로서 癸卯年間에 걸쳐 재직하고 있었던 인물들 가운데 1人이 곧 『靑邱野談』의 편자임에 틀림없는 것으로 드러나게 된다. 여기서 금산군수로서 癸卯年間에 걸쳐 재직하고 있었던 인물들을 찾아볼 필요가 있다. 필자는 결국 『金山邑誌』[62] 宦蹟條를 통하여 그에 해당하는 인물들을 찾을 수 있었다. 곧 鄭好仁(재직 연도;1602壬寅 ~ 1607丁未), 呂爾亮(재직 연도; 1661辛丑 ~ 1666丙午), 尹東魯(재직 연도;1842壬寅 ~ 1844甲辰), 李東迪(재직 연도;1782壬寅 ~ 1785乙巳), 金敬鎭(재직 연도;1842壬寅 ~ 1844甲辰) 등이 그들인 바, 여기서 앞 4人의 경우 『靑邱野談』에 실려 있는 다음의 두 자료 - 곧 '金貢生聚子授工業'(권 2), '倡義兵賢母勗子'(권 6) - 의 시대 배경[63]보다 앞

60) 권상로, 『한국지명연혁고』, (서울, 동국문화사, 1961), p.18.
61) 『신증 동국여지승람』, 권 10, 김포조의 경우 '黔浦·金陵', 권 37, 강진조의 경우 '道康·道武·陽武·金陵·耽津·冬音·鰲山', 여지전도 상권, 김포조의 경우 '金陵·金陽·黔浦·長提·金浦', 하권, 금천의 경우 '金川 號 金陵', 동 강진의 경우 '道武·道康·耽津·陽武·冬音'로 나타나고 있음을 보라.
62) 『한국지리지총서』 邑誌 1·2 - 경상도 1·2(서울, 아세아문화사, 1982), p.341 ~361과 p.267~292에 撰成年代를 달리하는 두 종의 『금산읍지』가 있다.
63) 이들 자료들의 시대적 배경에 대해서는 앞서 든 박희병의 논문과 임형

서 살다 간 인물들이라는 점에서 결코 『靑邱野談』의 편자가 될 수는 없다. 그렇다면 오직 김경진 1人만이 남게 되니 이 인물이 바로 『靑邱野談』의 편자가 되는 것이다.

그럼 여기서 편자 김경진의 世系와 생애를 필자가 지금까지 입수한 자료들을 토대로 하여 가능한 한 제시해 보일까 한다. 편자 김경진은 老論系인 安東 金氏(新派)로서, 고려 태조를 도와 甄萱을 깨친 공로로 三韓壁上功臣三重大匡太師亞父가 된 金宣平을 始祖로 하여, 26代孫에 해당하는 인물이다.

그의 世系를 『安東金氏世譜』[64]에 의거하여 작성해 보이면,

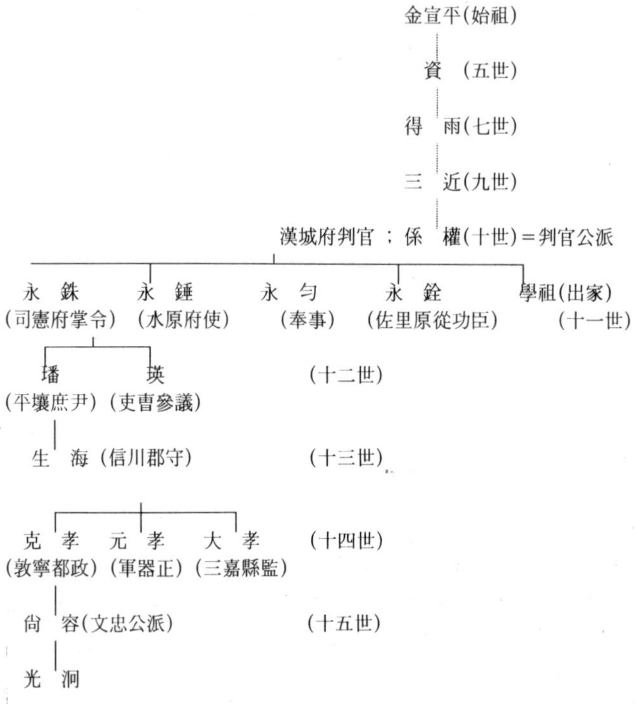

택의 해제에서 대동소이한 주장이 나타나고 있으니, 그 쪽을 참조하라.

64) 『안동김씨세보』(서울, 안동김씨중앙화수회,1982), 首編과 卷 6, pp.241~257과 pp.1~591.

壽	昌(蔭軍資監正)	(十七世)
盛	宙(蔭玉果縣監)	(十八世)
時	望(蔭敬思殿參奉)	(十九世)
敏	行(蔭宗廟署令)	(二十世)
履	元	(二十一世)
德	淳(蔭光陵參奉)	(二十二世)
復	根(蔭司宰正)	(二十三世)
炳	文(蔭平壤庶尹)	(二十四世)
大	均(蔭永柔縣令)	(二十五世)
敬	鎭(吏 參)	(二十六世)
栢	年	(三十世)

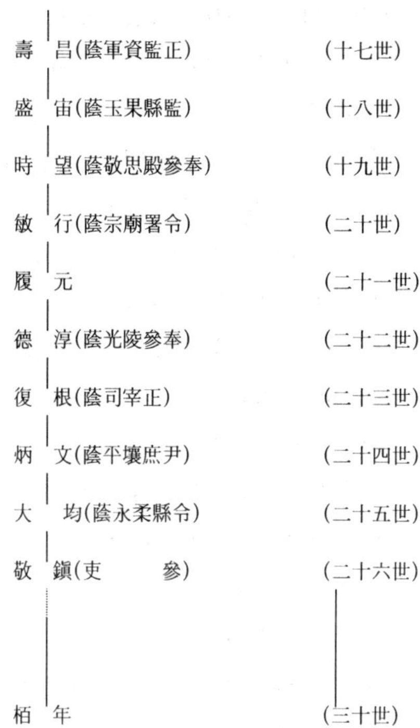

와 같다.

이를 통해 볼 때 김경진은 文忠公派 金尙容(字 景澤, 號 仙源)의 直孫으로, 仙源이 강화에서 焚死한 이래 代代로 蔭錄으로 벼슬에 나아갔던 집안에서 태어난 인물임을 알 수 있다. 김경진 또한 蔭錄으로 通訓을 받은 뒤 金山郡守로 나갔다가 오랜 후인 43세 되던 해인 丁巳(1857)에야 비로소 文科에 丙科로 급제하게 된[65] 인물이다.

이제 『조선왕조실록』(이하 『實錄』), 『金山邑誌』, 『安東金氏世譜』 등의 관계 기록을 통하여 그의 생애를 재구·제시할까 한다.

김경진은 蔭錄으로 永柔縣令을 지낸 大均(1787~1829, 뒤에 議政府

65) 『국조방목』, 권 11, p.477의 다음 기록, "丁巳 四月 初九日…… 庭試 文科榜"의 丙科 20人 가운데 맨 마지막에 나타나는 "副司果 金敬鎭, 稚一, 乙亥, 父大均, 祖炳文, 曾復根 外 沈能述"을 통해 그 점은 확인된다.

贊政으로 追贈됨)과 牧使를 지낸 沈能述의 女 靑松 沈氏를 부모로 하여 1815년(純祖 15, 乙亥) 4월 6일에 집안 대대로 살던 서울에서 출생했다. 1835년(憲宗 1, 乙未)에 進士를 하고, 그 뒤 工曺政郎으로 있다가, 憲宗 8년(1842, 壬寅) 9월 28일부터 同 10년(1844, 甲辰) 5월 14일까지 金山郡守로 재직하던 중 呈遞하고 올라가 바로 宣惠廳 郎廳을 맡아본다. 哲宗 8년(1857) 무렵 牧使를 지내던 중[66] 同年 3월 丁巳 文科에 급제하고, 이후 同 10년(1859.9월;乙未)에 司諫院 大司諫[67]을, 同 11년(1860.10월;庚申)에 成均館 大司成[68]을, 高宗 元年(1864.1월;甲子)에 吏曺參議[69]를, 동 2년(1865. 6월;乙丑)에 都總府 副總管[70] 등의 顯職을 맡아보다가 동 10년(1873.10월;癸酉)에 59세를 일기로 사망한 뒤 議政府參政을 추증받는다. 그의 字는 穉一이며, 完山李氏를 부인으로 맞았으나 그 사이에서 오랜 세월 자식이 없어 동생 啓鎭의 아들인 宗漢을 입양시켜 代를 잇도록 한 점에서 보면, 가정적으로 그다지 행복했던 삶을 살던 존재로는 생각되지 않는다.

김경진이 『靑邱野談』을 엮은 시기는 앞서든 서문의 내용으로부터 헌종 9년(1843, 癸卯)임을 알 수 있었다. 이때 편자의 나이는 29세에 지나지 않았던 바, 그것을 老年致仕하여 『溪西野談』·『東野彙輯』을 엮었던 李羲平(?)·李源命 등의 경우와 비교한다면 분명히 한 이색적인 느낌을 받게 된다. 여기서 다음과 같은 의문이 제기될 수 있는데, 곧 어떠한 동기로 그가 많지 않은 나이에 『靑邱野談』을 엮게 된 것인가 하는 점이 그것이다. 그것은 다음 두 가지 요인의 작용으로 생각된다. 하나는 그 자신이 지니고 있었던 稗說에 대한 지나칠 정도의 關心의 作用[71], 다

66) "……牧使 金敬鎭……直赴殿試",(『철종실록』, 권 9, 丁巳 3月, 己未條), p.611.
67) ……金敬鎭爲司諫院大司諫(동, 권 11, 己未 9月, 丙子條), p.635.
68) ……以金敬鎭爲成均館大司成(동, 권 12, 庚申 10月, 壬戌條), p.640.
69) ……以金敬鎭爲吏曺參議(『고종실록』, 권 1, 甲子 正月), p.129.
70) ……金敬鎭爲(都總府)副總管(동, 권 2, 乙丑 6月), p.191.
71) 이러한 이색적 면모는 김경진이 어린 나이인 15세에 父 大均을 여읜다는 사정에서 비롯된 것일 가능성도 있는 것으로 보이나, 그 자세한 까

른 하나는 外職에 있으면서 자신에게 다가온 정치적 소외감[72]과 公務의 한가로움을 덜고자 했던 意圖의 작용을 들 수 있겠다.

이제 『靑邱野談』이 어떠한 방법으로 이루어졌는지, 또 『靑邱野談』의 편집 범위와 그것을 엮은 근본 의도는 무엇인지를 서문에서 드러난 바를 토대로 살펴볼까 한다. 편자 김경진의 진술에 따르면, 『靑邱野談』은 '귀로 듣고 눈으로 본 일을 대략 수집하고, 집집마다 전해지고 이야기되는 책들을 모아' 놓은 데서 이루어진 것으로 보이는 바, 김경진은 첫째, 그 자신이 직접 구비문학 자료를 채록·정착시키고자 하는 태도와, 둘째, 기록문학적 유산을 수집·정착시키고자 하는 태도 아래 『靑邱野談』을 엮었던 것으로 생각된다. 그런데 여기서 그러한 태도가 구체적으로 『靑邱野談』에 어떻게 나타나고 있는가를 살펴본 결과, 소창본 『靑邱野談』의 경우에 첫번째의 태도에 따른 자료들은 한 편도 발견되지 않고 있었으나, 두번째의 태도는 소창본 『靑邱野談』 권 1·5권에서 이질적이기까지 한 작품들이 나타나고 있는 사실과, 『靑邱野談』의 전권이 어느 특정 이본을 전재하여 이루어지고 있다는 사실을 통하여 그것이 제대로 『靑邱野談』에 일정하게 작용하고 있음을 살필 수 있었다. "위로는 역사 사이에 있는 典故의 자취로부터 아래로는 골목 안에 떠도는 풍속에 얽힌 이야기에 이르기까지, 欽羨·勉戒·驚喜·懲勸·憎憐할 만한 일들을 갖추어 싣지 않음이 없으니 뒤에 이 책(곧:『靑邱野談』)을 보는 자는 파수의 도구로 삼고, 또한 가히 諷驚의 一助로 삼기를 바라노라"는 서문의 문면을 통하여 『靑邱野談』의 편집 범위와 그것을 엮은 근본 의도가 충분히 드러난 것으로 보인다. 인간이 살아가면서 겪을 수밖에 없었던 온갖 事象들 - 예컨대, 欽羨·勉戒·驚喜·懲勸·憎憐할 만한 일 따위 - 을 다 포괄하고 있다는 점에서 그 편집 범위가 매우 넓은 것이었음을 알 수 있

닭은 현재 확인되고 않고 있다.

72) 정치적 소외감은 안동 김씨가 순조조·철종조에 세도정치를 행하다가 그 중간 기인 헌종조에 실세한 사정에서 비롯된 것과 그 여파로 외직에 나가게 된 데서 일어났을 수 있는 것으로 보인다.

고, 한편 그 의도는 여타의 야담집의 그것[73]과 대차 없는 것으로 생각되는데, 곧 오락적 기능과 교훈적 기능의 양면을 아울러 포괄하려 했던 것이 바로 그것이다.

한편 편자 김경진은 '바야흐로 (稗說들을) 翫味하고 耽心할 때에 심하면 자는 것을 잊고 밥 먹는 것조차 폐하기에 이르렀을 만큼 패설을 지나치게 좋아하여 열람한 바가 많았던' 인물로서, 『靑邱野談』을 편찬한 행위에 대하여 굉장할 정도의 자부심을 갖고 있었던 존재로 여겨지는 바, 이 점은 서문의 다음 진술 - 곧, "그 스스로 기뻐하는 마음에 이르러서는 齊(필자 주:《齊諧誌》)·晋(필자 주:晋의 淸談)·張(필자 주:張華)·弇(필자 주:王世貞)의 무리들보다 못함이 없다. 손바닥을 치며 붓을 담뿍 적셔 이에 이르러 말한다" - 을 통해 극명하게 드러난다고 하겠다.

4. 소창본 『靑邱野談』의 底本 탐색

소창본 『靑邱野談』은 앞서 밝힌 바와 같이 卷 1·5과 卷 2·3·4·6·7의 이질적인 성격의 부자연스러운 결합으로 이루어지고 있다. 여기서 소창본 『靑邱野談』의 저본이 무엇인가를 앞으로 탐색하기 위해서는 먼저 이러한 이원적 면모를 충분히 고려·검토할 때 비로소 그 정곡을 얻게 될 것으로 보인다. 그럼 이제부터 이들 이질적인 성격을 띠고 있는 부분들의 저본은 어느 자료인가를 살펴볼까 하는데, 우선 결론부터 밝혀 둔다면, 권 1·5에 수록된 25화 가운데 21화는 『東稗洛誦』이란 야담집에 실려 전하고 있는 자료들을 전재한 것[74]으로 생각된다. 나머지 4편 - 곧

73) 여타의 야담집들이 지니고 있는 편집 의도에 대해서는 조희웅 님이 일찍이 앞에서 든 책의 p.47~49에서 이미 살펴본 바 있다.

74) 필자에게 주어진 매수의 제한으로 인하여 그것을 본고에서는 구체적으로 제시하지 못하였다.

『松竹爭高說』, 『丁香傳』(이상 권 1), 『雲英傳』·『相思洞記』(이상 권 5) - 의 경우, 그들 자료들과는 근본적으로 성격을 달리하는 점에서, 권 1·5의 전편은 『東稗洛誦』을 전재하여 이루어진 것이라고 보아도 틀린 주장은 아닐 성싶다. 이에 그 구체적인 양상을 표로 보이면 다음과 같다. 본고에서는 논의의 편의상, 연세대 도서관 소장의 『東稗洛誦』 1책본을 비교의 대본으로 삼았음을 밝혀 둔다.

小倉本『靑邱野談』 — 無題	延大本『東稗洛誦』 — 有題
권 1~1話	'秘穴葬親潛蹤發福' 14화
~2話	'拾銀還主繫獄蒙赦' 56화
~3話	'埋銀待主化賊爲良' 57화
~4話	'匿賊賤家挈女營道' 58화
~5話	'設祭共卓顯分改衣' 60화
~6話	'孝壻拜床棄妻圓鏡' 61화
~7話	'壯士忽遇義氣相投' 69화
~8話	'表痣爲證破鏡復合' 43화
~9話	'臨亂運智替婢隨賊' 44화
~10話	'賭博致財珮瓢敗賊' 46화
~11話	'雖料移壽强許推命' 13화
~12話	'藏扁爲幣引刀掩庶' 27화
『松竹爭高說』~13話	
『丁香傳』~14話	
권 5~1話	'陰鬼訴哀幽寃得雪' 73화
~2話	'推奴遇仙得碑定議' 15화
~3話	'豫告休咎不避祭奠' 16화
~4話	'痴叔韜晦倭僧慴伏' 17화
~5話	'老人設計提督班師' 18화
~6話	'迎邀一葉卑愼兩山' 19화
~7話	'相公在座山神告兵' 20화
~8話	'魂與妻隨橋救母病' 21화
~9話	'知人擇配助夫成勳' 22화
『雲英傳』~10話	
『相思洞記』~11話	

위의 표에서 우리는 소창본 『靑邱野談』 권 1·5가 연대본 『東稗洛誦』을 어느 면으로는 계획적으로, 다른 한편으로는 무계획적으로 취사 선택하여 이루어진 것임을 발견할 수 있었다. 권 5에서 그러한 면모가 바로 드러나는데, 그것은 권 5의 2화로부터 9화까지는 『東稗洛誦』의 15화에서부터 22화까지의 차례와 완전히 부합하는 반면, 권 5의 1화에서 돌연 『東稗洛誦』의 73화가 나타나고 있는 면모를 일컫는 것이다. 필자가 논의의 대본으로 택한 연대본 『東稗洛誦』은 모두 78화로 이루어져 있는데 소창본『靑邱野談』의 경우, 그 가운데서 간추린 21화만이 나타나고 있다. 여기서 21화만이 채택된 까닭과 그 채택의 기준 같은 것은 현재 분명히 알 수 없으나, 여하튼 21화 가운데 10화는 『東稗洛誦』의 13화~22화에 해당하며, 5화는 仝書의 56화~61화(59화의 경우 未出現)에, 3화는 仝書의 43화~46화(45화의 경우 未出現)에 해당하고 있는바, 소창본 『靑邱野談』의 권 1·5는 이와 같이 연대본 『東稗洛誦』의 특정 부분을 집중적으로 전재하는 가운데 이루어진 자료라 하겠다.

이러한 점으로부터도, "『靑邱野談』이 이전에 존재하던 여러 著錄 속의 이야기들을 그대로 수록하는 일종의 편집 체제를 취하고 있다"[75]는 이왕의 견해가 타당한 것으로 다시 확인된다. 그간 『靑邱野談』은 『記聞叢話』, 『鶴山閑言』, 『溪西野談』 등과 같은 先行하여 나온 자료들을 전재한 가운데 이루어진 야담집으로 선학들은 주장하여 왔는바, 이제까지의 논의에 기대 볼 때 『東稗洛誦』 또한 『記聞叢話』 등과 같은 구실을 갖기에 족한 자료라 하겠다.

한편 권 2·3·4·6·7의 경우, 『靑邱野談』의 이본 가운데서 버클리대학본 『靑邱野談』(이하 '버본 『靑邱野談』'으로 약칭)을 전재하여 이루어진 것으로 보이는데, 그 추정의 근거는 앞서 밝힌 바 있던 소창본 『靑邱野談』의 권 3의 내제에 『靑邱野談』 권지십이라고 씌어진 기록에서 일단 나타난다. 여기서 양 이본간의 관계를 보다 구체적으로 보이기 위해 표를 만들면 다음과 같다.

---

75) 박희병, 위에서 이미 든 논문, p.11.

권수	소창본『靑邱野談』	권수	버클리본『靑邱野談』
2	'識寶氣許生取銅爐'만 빠짐	2	32話
3	右와 仝	10	22話
4	'賊魁中宵擲長劍' '老翁騎牛犯提督' '怯倭僧柳居士明識' } 3話 빠짐	8	30話
6	'怯舊主叛奴受刑' '逢丸商窮儒免死' '信卜說湖儒探香' '被室謫露眞齊折簡' '肆舊習熊鬪江中' '鄕先達替人送命' '車五山乘輿題畵屛' '武學騁辭屈試官' '鰥班弄計卜隣寡' '騙鄕儒朴靈城登料' '唧使命李尙書爭春' } 11話 빠짐	4	28話
7	右와 仝	9	36話
話數	133(136)화	話數	148話

소창본『靑邱野談』의 권 2·3·4·6·7의 경우 버본『靑邱野談』의 차례와 완전히 부합되고 있다는 점, 또한 오직 버본『靑邱野談』에서만 완벽하게 출현하고 있는 권 10의 이야기가 소창본『靑邱野談』의 권 3에서 그대로 발견되고 있다는 점 등으로 해서 소창본『靑邱野談』은 버본『靑邱野談』과 매우 밀접한 관계 아래 놓이는 이본임이 드러나게 되었다. 두 이본을 비교해 본 결과, 소창본『靑邱野談』은 버본『靑邱野談』에 비하여 많은 부분에서 誤字·脫字, 나아가 심한 경우 문장 자체가 완전히 탈락된 경우까지 지니고 있는 것으로 보아, 버본『靑邱野談』에 비하여 뒤에 나온 이본임을 쉽게 알 수 있었다. 곧 소창본『靑邱野談』은 버본『靑邱野談』을 가능한 한 그대로 전재하는 가운데서 나타났던 이본이라 하겠다. 그렇다고 해서 우리는 버본『靑邱野談』을 原本에 놓이는 것으

로 措定할 수는 없으니, 그 단적인 증거로 권 10의 10화의 제목이 '得至寶賈胡買奇兵'으로 되어 있는 오류(兵-->病)를 지적할 수 있다. 또한 '鬪謎語余弁得官'(국립중앙도서관본 『靑邱野談』)과 '代雪久冤厚得善報', '改嫁女聞讀還歸'(이상 서울대 고도서본 『靑邱野談』) 등의 자료가 버본 『靑邱野談』에 나타나고 있지 않다는 사실도 그에 대한 한 방증이 되기에 족하다.

한편 소창본 『靑邱野談』 권 4에 빠져 있는 3화는 그것이 기실 권 1의 7화, 권 5의 4·5화에 收載되어 있는바, 여기서 다음과 같은 추론이 허용될 수 있는 것으로 보인다. 곧 첫째, 권 1과 권 5가 여타 다른 권들에 비하여 시기적으로 일찍 이루어졌으리라는 점, 둘째, 편자 김경진은 설화의 각편(Version)에 대한 남다른 인식을 지니고 있었던 인물이었다는 점이 그것이다. 첫째의 추론은 소창본 『靑邱野談』의 권 2·3·4·6·7이 버본 『靑邱野談』과 그 차례에 있어 완전히 부합되고 있다는 앞의 언급을 통해 볼 때 충분히 그럴 가능성이 있는 것[76]으로 생각되므로, 둘째의 추론은 첫째의 추론이 타당한 것으로 생각되는 이상, 편자 김경진이 애써 각편의 성격을 지니고 있지 못한 이야기들을 구태여 중복시키면서까지 한 책 안에(일관된 편집 태도 아래 이루어졌을) 수록하지는 않았을 것이라는 점에서 그 타당성을 얻을 수 있다고 본다. 여기서 앞서 이루어진 권 1·5에 이미 수록되어 있었던 자료 3화가 체제를 달리하고 있는 소창본 『靑邱野談』 권 4의 저본 - 곧 버본 『靑邱野談』 권 8 - 에서 다시 찾아졌을 때, 편자 김경진은 그것을 각편으로서의 기능을 지니고 있지 못한 것으로 보고, 이에 轉寫 과정에서 의도적으로 그들 자료들을 누락시키게 되었던 것으로 생각된다. 이러한 점은

76) 앞에서 보인 표를 통해서도 확인되듯이, 소창본 『靑邱野談』의 차례는 버클리본의 그것과 완전히 부합하고 있다. 여기서 만약 권 2·3·4·6·7이 선행하여 이루어졌다면(권 1·5에 비하여), 그것은 위의 지적에서 이미 드러난 바대로 완전히 같은 면모를 지녔어야 했을 것이다. 곧 중간에 놓이는 이들 자료들이 전재하는 과정에서 탈락될 하등의 이유가 없다는 점에서도 그렇다는 사실이 증명될 수 있다.

각편으로서의 성격을 지니고 있는 '楊士彦이야기'[77]가 권 1의 12화와 권 2의 1화에 버젓하게 실려 있는 사정을 통해 역으로 확인될 수 있다. 권 2의 1화의 제목 아래에 붙어 있는, 이 이야기의 향유자(곧 독자)가 기록해 놓은 것으로 보이는 다음 부분 - 곧 "此一篇 已在第一卷中 今見此卷又在 而其意略同 可訝處" - 은 이러한 편자의 의도를 심도 있게 이해할 수 없었던 향유자(곧 독자)의 설화문학에 대한 피상적 인식의 정도를 바로 드러내 보여 주는 좋은 예로 파악된다.

여기서 소창본 『靑邱野談』 권 6의 경우, 버본 『靑邱野談』에 비해 무려 11화나 빠져 있는데, 그 이유가 무엇인지는 필자 또한 그것을 규명할 별다른 자료를 갖고 있지 못한 이상, 이 문제는 여기서 해결될 성질의 것은 아니다. 그러나 빠져 있는 11화 가운데서 7화는 다시 서울대 고도서본 『靑邱野談』에서도 마찬가지로 빠져 있는 바, 여기서 일단 소창본 『靑邱野談』과 서울대 고도서본 『靑邱野談』사이의 친연성을 인정할 수 있겠다.(물론 버본 『靑邱野談』의 소창본 『靑邱野談』에 대한 친연성의 강도보다는 미약한 것으로 보이지만)

필자는 앞에서 소창본 『靑邱野談』이 지닌 이원적 면모가 어느 이본을 저본으로 하여 이루어진 것인지를 살펴보았다. 그러나 현전하는 『靑邱野談』의 많은 이본 가운데서는 결코 찾아볼 수 없었던 이러한 소창본 『靑邱野談』만의 특색은 어떻게 설명될 수 있는가? 여기서 소창본 『靑邱野談』의 본래적 면모가 그러했는지, 아니면 그 책이 零卷의 상태로 전해지다가 뒤에 그 零卷에 해당하는 부분을 다른 底本에 의거하여 기워 넣은 것인지에 대한 의문이 다시 제기된다. 그러나 이 의문들은 빈약한 자료로 인해 쉽게 풀릴 성질의 문제는 아니다. 이 문제를 결정적으로 해명해 줄 새로운 자료들이 출현하지 않는 한, 이 의문은 계속 의문으

77) '양사언이야기'가 각편으로 나타나고 있는 현상과 의미에 대해서는 권태을, "양사언부대야담연구", 「상주농전 논문집」 21집, (상주농전, 1982), p.45~53과 김대숙, "양사언 설화 연구", 「이화어문논집」 7집, (이대 한국어문학연구소, 1984.), p.185~204에서 이미 주의깊게 다루어진 바 있다.

로 남을 수밖에 없다.

5. 마무리와 남는 문제

이제까지 앞에서 논의해 온 바를 간략히 요약하여 결론으로 제시할까 한다.

소창본『靑邱野談』의 서문을 통하여 필자는『靑邱野談』의 편자는 老論系에 속하는 金敬鎭(순조 15년;1815.4~고종 10년;1873.10)으로, 金山郡守로 재직 중이던 헌종 9년(1843;癸卯)에 그것을 편찬하였음을 밝힐 수 있었다.

한편 소창본『靑邱野談』이 지니고 있는 이원적 면모를 중시하여 살펴본 결과, 권 1·5의 저본은 연대본『東稗洛誦』이었고, 권 2·3·4·6·7의 저본은 버클리대학본『靑邱野談』이었음을 발견하게 되었다.『東稗洛誦』을 저본으로 하고 있는 권 1·5가 버클리대학본『靑邱野談』을 저본으로 하고 있는 권 2·3·4·6·7보다 일찍 이루어졌으리라는 사실을 소창본『靑邱野談』의 권 1·5에 수록된 이야기가 권 4에서 다시 나타나지 않는다는 점을 통해서 추정하면서, 이것에서 편자 김경진이란 인물이 설화의 각편에 대한 남다른 인식을 지녔던 인물임이 드러난다고 주장하였다.

본 소고를 진행해 가는 과정 속에서 논지 전개가 보다 구체적이 되지 못하고, 추정 일변도로 흘렀던 점과 편자 김경진의 문학 세계를 보다 구체적으로 밝혀 내지 못했던 점은, 그것이 비록 자료의 零星함에서 전적으로 기인된 것이라고 해도, 여전히 하나의 큰 한계로 지적되어 마땅한 바, 이러한 한계를 극복하는 것이 필자에게 남은 앞으로의 과제임을 밝혀 두는 것으로 논의를 맺을까 한다.

참고문헌

『안동김씨세보』

『안동김씨문헌록』(上·中·下)

『한국인의 족보』(서울, 일신각, 1978)

『조선인명사서』(중추원 간)

『한국고서종합목록』

『신증동국여지승람』

『여지전도』

『연려실기술』

『국조방목』

『조선과환보』(上·下)

『철종·고종실록』

『한국지리지총서』中(경기도·전라도·경상도·황해도 편)

연대본『東稗洛誦』

『靑邱野談』(上·下)(서울, 아세아문화사, 1985)

권상로, 『한국지명연혁고』(서울, 동국문화사, 1961)

권태을, "양사언부대야담연구", 「상주농전논문집」 21집, (상주농전, 1982).

김대숙, "양사언설화연구", 「이화어문논집」제7집, (이화여대 한국어문학연구소, 1984)

박희병, "靑邱野談연구", (서울대 석사 학위논문, 1981)

이현택, "계서 이희평문학 연구", (국민대 석사 학위논문, 1981)

이우성·임형택, 『이조한문단편집』下, (서울, 일조각, 1978)

조동일, 『한국문학통사』3, (서울, 지식산업사, 1984)

조희웅, 『조선후기문헌설화의 연구』, (서울, 형설출판사, 1981)

『青邱野談』에 나타난 前代 文獻 受容 樣相 研究

-『鶴山閑言』을 중심으로 본 -

1. 들어가는 말

『青邱野談』(이하 『青邱』로 略함)의 편찬 또한 다른 野談集들의 경우와 마찬가지 방법으로 이루어졌을 것이라고 생각된다. 곧 대부분 野談集의 편자들은 크게 다음의 두 경로를 통해 해당 자료집을 엮었던 것으로 보여진다. 그 첫째 경로로는 자신이 엮고자 하는 野談集보다 앞서 존재했던 문헌들 가운데 일정한 범위 내에서 편자 자신들이 그것들을 轉載하는 方法을 들 수 있고, 둘째 경로로는 野談集을 엮던 편자 자신이 當代에 口傳되고 있던 口傳 傳承物을 직접 蒐集·採錄하여 野談集 내에 그것들을 登載하는 방법을 들 수 있다.

野談集의 편찬이 이들 두 경로를 통해 이루어지고 있다는 사실은 野談集 편찬자들의 진술에서도 두루 나타나고 있는데, 이런 점은 특히 『東野彙輯』[78]의 序文과 近者에 들어와 필자에 의해 학계에 새롭게 소개·보고된 舊 小倉進平本 『青邱野談』[79]의 序文에서 익히 확인된다고 하겠다.

78) 정명기편, 『東野彙輯』 上, 下, (보고사, 1992.) p.2-3.
79) 정명기, 「青邱野談의 편자와 그 이원적 면모」, 『연민 이가원선생 칠질

그런데 우리는 다음과 같은 이유로 해서 이들 두 경로 가운데서 첫째 경로에 논의의 초점을 집중할 수밖에 없을 것으로 생각된다. 野談集을 엮은 편자 자신이 當代에 口傳되고 있던 口傳 傳承物을 蒐集·採錄하여 그것들을 野談集 내에 登載하는 방법은 野談集에 수록된 자료 가운데 어떠한 특정 자료들이 이들 방법에 의해 이루어진 것인지를 오늘에 이르러 현실적으로 분명하게 밝혀 낼 수 없다는 점과 아울러 설혹 그것이 확인 가능한 것이라고 하더라도 野談集의 편자 자신이 當代의 口傳 傳承物을 어느 정도 加減없이 해당 자료집 내에 蒐集·採錄해 놓았는지를 정확히 辨別해 낼 기준들을 우리들이 지니고 있지 않다는 한계 등으로 해서 우리의 논의 영역에서 자연적으로 제외될 수밖에 없다고 하겠다. 그렇다고 할 때 우리는 마땅히 어느 특정 野談集이 그에 앞서 존재했던 前代 文獻으로부터의 轉載 현상에서 이루어졌다는 다른 하나의 현상에 주목하면서 여기서 다음과 같은 의문을 제기하지 않을 수 없다고 본다. 곧 前代 文獻을 일방적으로 轉載하는 가운데 어느 특정 野談集이 이루어진 것[80]인지, 아니면 前代 文獻을 轉載하는 가운데 일정한 기준이 있어 해당 자료를 부분적으로나마 變改하면서 이들 野談集이 이루어진 것인지에 대한 의문이 바로 그것이다.

여기서 구체적인 작업 결과 만약 前代 文獻의 일방적인 轉載에 의해서만 이들 자료들이 엮어진 것이 아니라는 사실이 밝혀진다면 우리의 관심은 궁극적으로 이들 先·後 자료들에서 찾아지는 이질적 面貌에 주

송수기념논총』所收, (정음사, 1987.) 참조하라.
小倉進平本 『靑邱野談』은 정명기 편, 『韓國野談資料集成』 二次分, (계명문화사, 1992.)중 권 14 - 5에 수록되어 있어 쉽게 참조할 수 있다.

80) 조희웅, 『조선후기문헌설화의 연구』, (형설출판사, 1981.)의 p.26에서 "적어도 이 책(필자 주:『溪西野談』)의 일부가 『記聞叢話』의 전체를 轉載하여 이루어진 것임은 확실하다" 라고 주장하고 있는 바, 여기서 그의 시각이 야담집의 거의 대부분이 前代 文獻을 일방적으로 전재하는 가운데 이루어진 것으로만 이해하는 선상에 놓여 있음을 알 수 있다고 하겠다.

목하여 이들 이질적인 面貌가 어떠한 요인으로 인해 나타나게 되었는가, 또한 그 결과로 해서 後代의 편자 자신이 거두고자 했던 문학적 효과는 어디에 있는 것인지를 치밀하게 밝혀 내는 단계에 집중될 수 있을 것[81]으로 기대된다. 이러한 문제 의식 아래 필자는 野談集 가운데 『靑邱』를 대상으로 前代 文獻의 受容 樣相을 구체적으로 밝혀 보고자 한다.

『靑邱』는 1843년 金敬鎭에 의해 이루어진 野談集[82]으로, 『溪西野談』, 『東野彙輯』과 더불어 조선 후기의 三大 野談集 가운데 하나이다. 그 가운데서도 『靑邱』가 다른 두 野談集에 비해 보다 完整한 체재와 서사 구조를 가지고 있다는 것은 이미 학계에서 널리 주지된 사실이다. 이점이 本稿에서 『靑邱』를 논의의 대상으로 선택한 주된 이유이기도 하다.

한편 『靑邱』의 경우 또한 前代의 많은 文獻들로부터 일정한 영향을 받아 이루어진 것으로 생각되는데, 여기서 『靑邱』의 원천에 해당되는 관계 자료들을 하나하나 다 대상으로 하여 위에서 제기된 문제를 총괄하여 살펴본다는 작업은 마땅히 요청되는 과제이기는 하지만 그다지 효과적인 방법으로는 여겨지지 않는다. 이에 논의의 효과를 높이기 위해 본고에서는 『靑邱』의 원천에 해당되는 자료 가운데 『鶴山閑言』(이하 『鶴山』으로 略함.)만으로 그 범위를 국한시키고자 한다. 그 이유는 『鶴山』이 다른 원천 자료들에 비해 시기적으로 비교적 이른 시기에 나온 자료라는 점과 아울러 그것이 다른 자료집들에 비해 『靑邱』에 비교적 많은 이야기들을 제공하고 있는 자료[83]라는 점에서 본고에서 살펴보고자 하는 일련의 문제를 가장 집중적으로 드러내 보일 수 있지 않을까 기대되기 때문이다.

---

81) 필자는 이런 관점 아래 "漂海錄"系 敍事體의 類話에서 나타나는 改變樣相에 대해 일찍이 간략하게나마 살펴본 바 있다.
정명기, '이야기의 개변 양상과 그 의미', 「원광한문학」 2집(원광한문학회, 1985.)를 참조.

82) 註 2의 필자 논문을 참조하라.

83) 조희웅, 앞 책, p.31에서 "靑邱野談 자료 중 30여편 이상이 鶴山閑言과 중복되고" 있다고 밝히고 있다.

이러한 성격의 작업은 일찍이 김상조, 두정님, 윤세순, 홍성남[84] 등이 『溪西野談』과 『東野彙輯』을 대상으로 하여 구체적으로 논의한 바 있다.

본고에서는 이들 연구 성과를 부분적으로 수용하는 가운데 시각을 달리 하여 先·後代 문헌에서 찾아지는 이질적 면모의 발생 樣相을 구체적으로 살펴보는 가운데 그런 면모가 어떠한 요인으로 인해 나타나게 되었는가? 또 그로 인해 얻어지는 문학적 효과의 실제적 의미는 무엇인가? 하는 문제를 논의하여 보고자 한다.

마지막으로 본 논의에서 연구 대본으로 삼은 자료는 棲碧外史 海外蒐佚本 『靑邱野談』(上·下)[85]와 구 장서각 소장의 『鶴山閑言』[86]임을 밝혀 둔다.

2. 『靑邱野談』에 受容된 『鶴山閑言』의 面貌

여기서 먼저 曺喜雄 님의 이에 대한 주장을 살펴보고 나름의 논의를 전개하는 것이 좋을 성싶다. 曺喜雄 님은 그의 단행본에서 이들의 關係 樣相을 推察하여 『靑邱野談』의 경우 약 '30여편 이상이 한 세기 이전의 문헌인 『鶴山閑言』과 중복되고' 있다고 하면서 관계 자료를 摘示한 뒤,

---

84) 김상조, "溪西野談系 硏究", 고려대 박사 학위논문, 1991.p.87-109.
두정님, "東野彙輯 硏究", 서울대 석사 학위논문, 1990.p.36-49.
윤세순, "東野彙輯의 性格考察"-於于野譚의 수용양상을 중심으로, 성균관대 석사 학위논문, 1991.p.10-17.
홍성남, "東野彙輯 硏究"-記聞叢話 受容을 중심으로-, 단국대 석사 학위논문, 1993.p.70-87.
이들 가운데 두정님의 경우,이를 토대로 『東野彙輯』 편찬에 나타난 편술의 원리를 '장편화, 종합화, 사실화'인 것으로 정리·제시하고 있어 필자의 논의에 한 도움이 되었음을 밝혀둔다.

85) 서벽외사 해외수일본 28, 29 『靑邱野談』(上·下), (아세아문화사, 1985.)

86) 김기동 편, 『한국문헌설화전집』, (태학사, 1981.) 8 권. p.289-491.

‘물론 이것만으로써 『靑邱野談』이 『鶴山閑言』의 직접적 영향을 받았다고 단정짓기는 어렵지만, 적어도 『鶴山閑言』과 『靑邱野談』은 同系線上에 서는 것임은 확실하다.’ 고 주장한 바[87] 있다.

이러한 그의 주장은 대체로 온당한 것이라고 생각되지만, 兩者間의 구체적인 관계에 대해 자료의 摘示를 제외하고서는 별다른 논의를 펴보이고 있지 않다는 한계를 지니고 있다고 할 수 있다. 아울러 극히 사소한 것이기는 하지만 그 摘示된 자료 또한 정확한 것으로는 여겨지지 않는다는 한계를 지니고 있는 바,(이에 대해서는 後述한다.) 이러한 그의 한계에 대한 비판적 반성의 토대 위에서 本稿는 출발한다.

『靑邱』가 『鶴山』에서 轉載한 것으로 생각되는 이야기는 曺喜雄님이 이미 밝힌 것과는 달리 32편[88]에 달하고 있다. 그러나, 문제는 그 轉載의 樣相이 前代 文獻의 일방적인 轉載에 그치고 말았으리라는 조희웅님과 우리들의 일반적인 예상과는 달리 한결같지 않다는 데서 찾아진다. 따라서 우리의 작업은 『靑邱』가 前代 文獻인 『鶴山』을 轉載하는 가운데서 드러내고 있는 여러 가지 轉載 樣相을 우선 구체적으로 살펴본 뒤, 이것들을 통하여 이러한 樣相이 나타나게 된 원인과 그 결과 발생하게 된 작품 내적인 變異가 갖는 의미는 무엇인지를 밝히는 단계로 초점이 모아져야 한다.

---

87) 조희웅, 앞의 책, p.31-2.참조.

88) 여기서는 우선 『鶴山閑言』 내에서의 일련 번호만을 제시해둘까 한다. 즉 16, 18, 19, 20, 21, 23, 24, 25, 26, 27, 29, 31, 32, 43, 44, 46, 47, 48, 52, 53, 54, 56, 57, 58, 59, 60, 67, 74, 78, 85, 90, 92話(총 32話임)가 『靑邱野談』이 轉載의 대상으로 삼았던 자료들이다. 조희웅의 조사와 견주어보면 46話와 67話가 새롭게 추가된 반면 그가 제시했던 55話는 실상과는 배치되는 것으로 확인되었기에 여기서 제외된 차이를 보인다. 따라서 『靑邱野談』이 『鶴山閑言』에서 轉載했던 자료의 話數는 32話가 맞는다고 하겠다. 한편 그가 73, 77, 84, 89, 91話라고 밝힌 것은 위에서 보인 것과 같이 74, 78, 85, 90, 92話의 誤記인 것으로 생각된다.

구체적으로 이에 대해 살펴본 결과 흥미 있는 몇 가지 사실을 밝혀낼 수 있었다. 『靑邱』가 『鶴山』을 受容하는 樣相은 크게 두 가지로 나누어지는데, 하나는 『鶴山』의 문면을 거의 그대로 轉載하는 경우[89]이고 (따라서 이 경우에 드는 자료는 필요한 경우를 제외하고서는 우리의 논의·검토 대상에서 부득이 제외된다.), 다른 하나는 『鶴山』의 문면을 의도적(혹은 비의도적)으로 變改·受容하는 경우이다. 그런데 이 두번째 경우의 轉載 -주로 의도적 變改에서 야기된 것으로 보이는 - 樣相이 여러 가지 면모를 띠고 나타난다는 점에서 本稿를 통하여 그 성격을 밝혀 보려는 작업은 野談의 前代 文獻의 受容 樣相에 대한 시사점을 우리들에게 충분히 제공할 것으로 기대되는 과제라 할 수 있다.

여기서 우리들은 먼저 『靑邱』가 『鶴山』을 어떠한 방법으로 수용했는지를 알아보기 위해 양자의 문면에서 발견되는 차이점을 구체적으로 살펴볼 필요가 있다. 이 작업이 성공적으로 이루어질 때, 우리는 여기에서 자연스럽게 드러날 受容·變改의 실제적인 諸 樣相을 통하여 『靑邱』가 前代 文獻을 어떠한 기준과 방법 아래 수용·변개했는가 하는 문제를 제대로 이해할 수 있지 않을까 한다.

그런데 여기서 『靑邱』가 『鶴山』에서 전재한 32話를 대상으로 兩者 사이에서 드러나는 차이점을 검토해 본 결과 그것은 나름의 공통된 성격으로 해서 대략 다음과 같이 나누어질 수 있는 것으로 생각된다. (여기서 이들 두 자료에서 확인되는 차이점의 실제적 면모는 뒤에 따로 부록으로 붙여 이해를 돕고자 했다.) 곧 『鶴山』을 轉載하면서 나타난 『靑邱』 내에서의 變異 樣相은 크게 축약·첨가·탈락·부연·오류의 형태 아래 나타나는 것으로 이해된다. 『靑邱』가 『鶴山』을 수용하는 가운데 드러난

---

89) 이와같은 경우에 해당되는 자료는, 鶴 (26) - 靑 257話 "澤堂遇僧談易理", 鶴 (53) - 靑 235話 "得金缸兩夫人相讓", 鶴 (54) - 靑 236話 "採山蔘二藥商竝命", 鶴 (60) - 靑 209話 "乞父命忠婢完三節", 鶴 (92)話 - 靑 201話 "李武弁窮峽格猛獸", 鶴 (92) - 靑 202話 "南師古東國選十勝" 등 六話이다.

이러한 하위 범주 가운데 지배적인 것은 '탈락과 부연'에 의한 變異를 들 수 있을 듯하다. 이밖에도 축약·첨가·오류 등의 경우를 살필 수 있겠으나 '탈락과 부연'에 의한 變異의 출현 빈도에 비해 상대적으로 적은 점을 고려하여 그에 대한 자세한 논의는 아래에 一括하여 보인 자료로 대신하고 여기서는 이만 줄일까 한다. 이 가운데서 탈락은 대체로 서사 인물에 대한 人定記述의 탈락, 서사 사건을 제시해 준 제보자에 대한 정보의 탈락, 나아가 서사 사건에 대한 편자 나름의 주관적인 논평(여기에는 평결의 형태를 띤 것과 그렇지 않은 것의 두 종류가 있다.) 또는 서사 사건의 현실성을 담보해 주는 객관적인 증거물의 제시에 따른 附帶 敍述의 탈락, 한편 극히 드문 경우이기는 하지만 비의도적인 오류로 인해 나타난 문면의 탈락 등의 제 면모를 아우르는 가운데 나타나고 있다. 위에 든 경우들의 실제적인 면모는 해당 자료를 제시해 두는 것으로 족하리라 본다.

가. 탈락된 人定記述의 면모

"許察訪烒〔滄海公之從子也〕"(「還金橐强盜化良民」)
"柳參判淰〔全昌尉胤子也〕"(「唱高歌樑上豪傑」)
"進士李光浩〔即任判書埅之姑母夫也〕"(「李上舍因病悟道妙」)
"車天輅〔字復元 父軾學於花潭以文名於世矣〕"(車五山隔屛呼百韻」)
"李相國濡〔仁厚長者〕"(「逐邪鬼婦人獲生」)

나. 탈락된 提報者에 대한 정보 사항의 면모

"其名忘之 公之外曾孫李維傑言之如此"(「還金橐强盜化良民」)
"柳上舍應祥生之化隣 而交分頗深 備知其事言之如此"(「拒强暴閨中貞烈」)
"余聞薛生事於李槎川記之如此"(「吳按使永湖逢薛生」)

"任尙書伯胤鼎元氏言之如此"(「李上舍因病悟道妙」)

"虛白手目錄甚詳爲其家秘藏 黃北靑瀏之次子某得見之 小冊細者誦之於李上舍某 某語於余如此矣"(「成虛白南路遇仙客」)

"此卽神光寺僧之言也 癸丑臘楊根李孝大者遇生於五臺山月精寺 自言皆骨山爲渠之大休歇處 留寺七日入皆骨 此爲李槎川之言也 乙卯閏四月余遊皆骨在表訓寺僧徒言有文居士者再昨年來住此寺 行止異人也今春忽不知去處 自言欲往關西云 余之自皆骨歸也 楊州路上遇一居士自香山來者言有文居士兩班也 在金仙臺十餘日不食 手携一唐板冊讀之不輟 容顔甚潔白云"(「文有采出家辟穀」)

"有進士李運復之言如此"(「蔡士子發憤力學」)

"尹得夔傳此事"(「種陰德尹公食報」)

"南相國九萬藥泉集有曰余以繡衣巡到星州 與友人尹衡聖夜話閱先生案得諸沫問於尹友 尹友曰余丙子避亂來此 習知諸沫事 諸沫臨壬辰起義兵討賊 所向无敵 臨陣對敵勇氣軒軒 鬚髯如蝟毛磔 賊望之如神 聲名如郭再祐幷稱 而反出其上云"(「治墳墓諸星州現夢」)

"具梡明叔嘗聞此說於李說 爲余言之"(「憑崔夢古塚得金」)

다. 탈락된 주관적 論評·附帶 敍述의 면모

"今上卽祚深患近來院宇之弊 命撤甲午以後祠宇 輿德儒生列君孝行以聞上命獨不毁亦曠典也 其祠近頗傷弊 吳君之後泰運具其事來告于太學 請自太學行簡通于本邑 鄕校令其章甫同力修葺 吾以得聞東漢時蜀人姜詩事母至孝 母好飮江水 又嗜魚膾 詩妻龐氏去舍六七里汲江水以繼 詩力作供膾 一日舍側忽湧甘泉味如江水 每朝躍出兩鯉以供 其用赤眉馳兵而過曰驚 大孝必觸鬼神 光武拜詩爲郎中 又見稗海拾遺云晝曾魯人 事親盡禮亢旱井地皆渴 母思淸甘之水 曾跪而操瓶 卽甘泉自湧 吳君之事 與此若符合契 盖曰至誠感神 傳曰誠未有不動者信哉 孝感泉至今尙在 觱沸瀅澈邑人愛護以石築云 此誠自

有東國所未有之事 奇哉奇哉"(「廬墓側孝感泉虎」)

"宗禧今年三十二 來居京師「阿」[90]峴 余嘗見之 貌端潔莊雅士也 父親病斷指者多矣 今以九歲兒行之 不計身命 不求聲聞 不知痛苦 粹然出天之孝 宜其感動神明 續父之命也"(「延父命誠動天神」)

"趙生之卜其妙驗如此 而虎狼事不可謂之不義 事同貫高而此非尤爲焯然可記者耶"(「問名卜中路遇舊僕」)

"偸財與酒 均是賊心 而酒興勝其財欲 卽猶有疎曠之義 柳公釋之 是矣"(「唱高歌樑上豪傑」)

"申生年乙丑生 而今尙强健不甚衰老 -- 中略 -- 古之烈女多 殺身成仁使人莫不慘傷悲激 而鮮有以福履終之者 此女旣以身表壯烈於一世 又從君子同享富壽 鷄鳴相警之樂百年是期貞義福厚 豈不兩得之乎 其盛矣哉"(「拒强暴閨中貞烈」)

"其後得見吳尙書道一所著西坡集 亦有薛生傳與余所錄大同小異 薛生豈非東國之異人哉 此宜垂示不朽耳 道一楸灘之孫也"(「吳按使永湖逢薛生」)

"余遇楓山僧 言有廣柚山卽淮陽通川兩邑間路 自楓山墨喜嶺歷鐵伊嶺而往 若自金城卽歷牟飛脫新安驛泥寧橋而入 由谷中行可十里 開一洞 周可二三十里 僧徒三十餘作大屋 火耕積粟云"(「洪斯文東岳遊別界」)

"盖李君所修內煉之法 道通於出神遠遊 忽化白液卽亦可謂成矣 然道以形全爲責僧戒不導 豈非大可恨者耶"(「李上舍因病悟道妙」)

"盖此說以古談行未知眞有是事 今虛白之錄如此 豈非大可異者乎 其酒豈非所謂朱草汁耶 嘗見抱朴子云朱草善生名山岩石下刳之汁如血狀如小棗 長三四尺 枝葉皆赤 莖如珊瑚 以玉及銀金投其中 便可丸如歲久卽成水 名爲玉醴 服之長生"(「成虛白南路遇仙客」)

---

90) 이 표시는 『鶴山閑言』의 해당 부분이 缺落되었지만, 다른 자료 곧 『記聞叢話』에 의거하여 기워넣은 부분임을 표시한 것임.

"己未冬又於槎川家見洪百昌所錄曰文有采喜讀黃庭經 出入起居常背之行動坐臥常念之 讀已萬遍 歲乙卯入楓岳淹於白華菴 一日解其經付往衲大師 華月堂上摩訶衍趺坐 經冬便翛然而逝 其經卽留在外山瀑布菴 而其傳討必於華月堂 意亦不偶爾"(「文有采出家辟穀」)

"蔡屢佩章符 品至緋玉 雖人所激如无志氣 亦不能致此"(「蔡士子發憤力學」)

"盖其嘉豪思之奇莊 又愛筆法之神妙 由是朱公深重我人 朝鮮文章之大著於中土者 實蘭嵎之力居多 夫天輅之詩才 固世所罕有 但其輕佻狂蕩豈可責以繩墨者哉 然當此之時 華國之需不可不藉於此輩 卽捨短取長詎非良工之能耶 一說天輅一日詣月沙 月沙曰如吾詩何如天輅曰相公之詩譬如太華頭峯玉井 蓮花爛?[91]耀日 盛美可勝言哉月沙喜且曰五山之詩何如 曰小人之詩如聚鐵百萬斤作一大錐 不論山川木石馳走亂打莫不摧糜耳 月沙曰然卽玉井之蓮 亦被其踐破乎天輅曰无怪矣 天輅自負其才 放誕无忌如此 至今俗言謂人輕妄之甚者必稱車天男 天輅之爲人可知"(「車五山隔屛呼百韻」)

"然濩筆終帶俗氣 豈若安平之高逸 余嘗見政府大屛風有安平所書 李白五言古詩 字大容?[92]豪逸遒麗 鳳已老 而凌九宵不但夢而已 農岩金公曰安平體卽松雪 書卽鐘玉 信哉言也 濩豈有鐘玉書耶"(「韓石峯乘興灑一障」)

"洞中一家嘗買得謙齋畵金剛帖於李槎川家 用錢三十兩及良馬價四十兩云其爲所珍如此 然謙齋之家實貧雖經數邑 至老食祿常患不給 豈非介士哉謙齋治易甚專 深透邃奧 亦不自衒 人鮮知之 獨以畵顯 亦可慨也 然聖上甚重其書 常以謙齋呼之 其亦榮矣 謙齋壽至八十四爵至腦金 子孫亦多可謂福人 我伯氏嘗得一扇謙齋畵桃源圖 甚精細而題之曰八十二歲翁作字如絲毫 其精神之旺又如此可異也"(「鄭謙

91) 原文의 해당 글자를 분명히 알 수 없는 경우를 가리킨다.
92) 앞의 註와 같은 경우를 나타낸 것이다.

齋中國擅畵名」)

“公遂辭歸 其後數年公遇楓岳僧問之 其僧已死茶毗云 余閱壬辰錄有云江南人許儀俊以客商被虜於日本爲薩摩島主所愛 聞關伯入寇遣所親朱均旺投書上國邊帥曰關伯命對馬島主扮作七等人渡高麗相地還報云 盖此八僧也”(「孟監司東岳聞奇事」)

“此事在金淸陰集尹正墓誌之中 而微著其事不及於神怪”(「種陰德尹公食報」)

“其他奇事甚多 而此奇絶特著者是皆李善及崑崙奴之類 而此尤偉可傳於後矣”(「成家業朴奴盡忠」)

“人以爲好施信人之效 天道昭昭 信不誣矣 評曰政從他女夫之醜德竊取人妾 士之惡行 固君子之所不道 然此兩人者皆出於寃極情蹙事成於偶然 賤妾不足咎 武夫无可責耳 然有心德者不惡 終受報靡應自然之理也是卽可取也”(「李節度窮途遇佳人」)

“南相國九萬藥泉集有曰余以繡衣巡到星州 與友人尹衡聖夜話閱先生案得諸沫問於尹友 尹友曰余丙子避亂來此 習知諸沫事 諸沫臨壬辰起義兵討賊 所向无敵 臨陣對敵勇氣軒軒 鬚髥如蝟毛磔 賊望之如神 聲名如郭再祐幷稱 而反出其上云 鶴山曰東國未聞有諸姓 而中原江浙間有諸氏諸之先豈中州人也 太史公曰古者富貴 而名磨滅不可勝記 唯倜儻非常之人稱焉 如諸沫者非所謂倜儻非常者耶 信斯言也 可謂忠義勇烈冠當世也其名磨滅无聞乃如此 宜其精爽鬱結久而不化矣 豈不悲哉 然終得奇士一泄之 今道臣聞之修其墳墓養其草木使世人漸知有諸牧使 自此寃亦可解矣 楚辭曰魂魄毅兮 爲鬼雄其沫之謂乎”(「治墳墓諸星州現夢」)

“曾見野錄成虛白遇典牲署東谷下有人長丈餘 戴笠衣蓑 目光如炬 腥氣逆鼻 虛白立馬熟視 其人騰空向東而去 又見抱朴子曰 山精有如人長九尺 衣裘戴笠 名曰金累 以名呼之 卽不敢爲害 又曰山精 形如小兒 獨足喜來犯人 然卽其婦人所値者 盖山精也歟”(「逐邪鬼婦

人獲生」)

"今大塚猶在 夫湛一之氣 人得之而爲聖 物得之而爲神 天之不畀人而畀物 此雖適然之理 而豈非可惜者耶"(「訪舊主名馬走千里」)

라. 비의도적 誤謬에 의한 탈락의 면모

"時道依其言 翌日往謁〔焉 淸城問來現之意 時道曰久未謁爲問候來耳〕仍曰"(「廉義士楓岳逢神僧」)

"進士李光浩〔卽任判書堃之姑母夫也 其姊〕有積年痼疾欲爲醫治"(「李上舍因病悟道妙」)

"相攜出遊 林巒泉石奇怪壯麗〔愈入愈絶〕 不可名狀"(「吳按使永湖逢薛生」)

"由是濩名大著於中華 國人〔以安平大君及濩之筆示之於華人 善知筆法者求其評品 其人〕題之曰"(「韓石峯乘興灑一障」)

"又〔聞一親知言〕有一中路"

"畵主亦不取百〔三十〕兩價 只以五十兩歸云 〔余以此事嘗問於謙齋曰此事信有之乎 曰何至於是 然亦不甚辨似必有之 又謙齋〕一日比曉"(이상「鄭謙齋中國擅畵名」)

"乃拔去其細者 只留〔大者〕三四莖"(「田統使微時識宰相」)

"是以當師忌日哀痛〔之情〕 輒不自憶 久而不衰"(「孟監司東岳聞奇事」) "尹公忭〔明廟朝文科 官至軍資正 歲在丁亥〕爲刑曹正郞時"(「種陰德尹公食報」)

"有一總角秀才 〔年已長大 頭髮鬙鬆 衣服垢汚 而出門呼梨商 彦立乃往出其梨 秀才〕拔刀削皮"

"彦立固請 〔而終不許 彦立乃歸告主母 更裁一札費辭固請〕之 名官乃" (이상「成家業朴奴盡忠」)

"囑主人善待之〔其抑揚甚示威勢 主人奉行唯勤〕李以爲主人素知此漢"

"李〔雖上典〕不能出聲氣"

"李自念蕩敗家産盡輸於一賊漢〔都由一心之疎闊〕累代宗祀 許多家眷將擧委於溝壑"

"實難自死 莫如爲人所打死〔遂出忙忙然歸〕翌日"

"婦曰所謂情事 何事〔也 願聞之〕"(이상 「李節度窮途遇佳人」)

"全昌大驚〔意必生事 然深〕異之 仍置壁室中"(「訪舊主名馬走千里」)

한편 부연은 다음과 같은 상황 아래에서 주로 나타나는 것으로 보여진다. 『鶴山』의 분명한 오기를 바로 잡아 보려는 『靑邱』 편자의 태도에서 기인된 變異, 또한 『鶴山』의 서사 문면을 보다 부연하여 그 서사 내용을 보다 합리적으로 만들어 내기 위한 의도에서 나타난 變異 등이 그것이다. 위에 든 경우들의 실제적 면모는 해당 자료를 제시하는 것으로 족하리라 본다. 여기서 나머지 축약·첨가에 해당되는 면모 또한 작업의 효율성을 높이기 위해 함께 제시해 두려 한다.

"李璲〔小字〕宗禧 〔家本湖西〕全義(縣)也"( )부분은 (人)으로 變異.

"何必待汝還之 士夫/志行/ 本不如此" / /부분이 첨가.

"柳之內外室中同寢" ~~~ "柳寢於內室"로 變異.

"金公大歎異之曰汝非/今/世人〔也〕 然此本已失之物" / /부분은 첨가.

"生欲歸 將尋舊路 〔其僧曰舊路〕卽可來而不可去 (僧曰)此自有路可出"( )부분은 원문을 그릇 이해한 결과 파생된 것으로 생각됨.

"虛白嚬蹙(斜睨)不敢直視" ( )부분이 (睨視)로 變異.

"譏捕得黃女 杖殺之 生遂(釋之)" ( )부분이 (放釋)으로 變異.

"蔡(大)慙恨不敢出一聲" ( )부분이 (不勝)으로 變異.

"其後日漸(向勝) 盖至誠所發" ( )부분이 (就長)으로 變異.

"其人亦知畵格不勝歡喜(携其裳歸)" ( )부분이 (致謝僕僕)으로 變異.

"若倭兵來卽吾可領汝輩起兵往守(鳥嶺)" ( )부분이 (馬島)로 變異.

"公看之紙上書(癸巳生酉時)男子 其左卽" ( )부분이 (某年某月日時生)으로 變異.

1[93]. "風骨秀傑多智略/沈深亦/有鑑識" / /부분이 첨가됨.

2. "獨奉偏母惸然塊處 /室如懸磬秋無甔石/ (貧窮)之極 菽水難繼 /言論風儀綽有可觀 又勤勤做工窮晝夜屹屹不輟/" / /부분이 첨가되고 ( )부분이 ((窮貧))으로 變異됨.

3. "常奇李公爲人 傾身交結共爲知己" ~~~ "常奇李公之爲人 傾身納交定爲刎頸之友"로 變異.

4. "一日初冬" ~~~ "忽於初冬"로 變異.

5. "(子)之形貌終當貴富 而(今)貧困如此/上奉下率/无以濟拔"에서 (子)는 (公),(今)은 (時運未到)로 變異,/ /부분은 첨가.

6. "但釀之熟卽告我 李公如其言 釀旣熟 東屹乃遍告邑人曰李措大雖貧乃賢士夫也 奉偏親无以爲生" ~~~ "以此釀酒 酒熟卽通于我 李公如其言 釀旣熟告于東屹 東屹乃遍召隣人告之曰李措大今雖貧寒乃後日宰相也 家奉偏親 朝夕屢空无以爲生"으로 첨가·부연.

7. "又重李公 皆(許之)"에서 ( )부분이 (齊聲應諾)으로 變異.

8. "數日後皆(致)柳鏃錐如其數/可爲數萬餘介/" ( )부분이 (取)로 變異,/ /부분이 첨가.

9. "與李公同往乾芝山下 有一柴場 刈草淨盡乃東屹土也 東屹與公及其僕遍挿木錐"~~~ "與李公同往乾芝山下柴場 柴場乃東屹土也 刈草淨盡東屹與李公及奴僕輩遍挿木錐"로 부연·도치 變異.

10. "及至明春凍解" ~~~ "其翌年春 凍解之後"로 變異.

11. "李公大喜(猝富)"에서 ( )부분이 (猝然成富家翁)으로 變異.

---

93) 변이가 나타나는 출현 회수가 얼마나 되는가를 제시하기 위해 편의상 예외적으로 붙여둔 것일뿐 여기에 또 다른 의도는 없는 것임을 밝혀둔다.(이하 23까지 동일한 것이다.)

12. "李公方喜家計之/稍/贍而養親之(優也)" / /부분이 첨가,( )이 (无憂矣)로 變異.
13. "一日大風起燒屋 不能救積儲之粟盡爲燒燼 无一留者" ~~~ "一日火生竈突延及室宇 適又大風起 火熱風猛撲滅不得積貯之粟幷入灰燼之中 無一留者"로 부연·變異.
14. "李公自知窮命无粟之福 母子相扶一慟而已" ~~~ "李公自歎窮命 天不見助无食粟之福 母子相扶一場慟哭而已"로 부연·變異.
15. "東屹曰天道固不可知也 李措大心貌實非窮死者 而今若此豈吾眼謬耶" ~~~ "東屹曰天道杳茫姑未可料也 李措大氣宇狀貌決非窮死者 而今者天災孔酷不遺粒米 此何故也 豈吾有眼而无珠耶 心竊歎傷"으로 부연·變異.
16. "東屹謂李公曰子試入京觀光 僕馬糧資吾備之耳" ~~~ "東屹乃謂李公曰公試入京觀光 僕馬資糧吾當辦備須勿慮焉"으로 부연·變異.
17. "體裁緊密決科可必 厚助試具 及入場 果一擧魁捷" ~~~ "體裁精潔句作淸新 尙未得一番初試亦云晩矣 今科卽須努力觀之 遂助給試具及入場 自作自書早早呈劵 果一擧魁捷"으로 부연·變異.
18. "又延譽於朝 中郎入淸選 聲望甚重 乃輦母入京" ~~~ "遂延譽於朝中郎入淸選 歷翰林玉堂 聲望甚重靄蔚 乃輦母入京"으로 부연·變異.
19. "君與我神交也 門地非所論也" ~~~ "君與我神交也 門地班閥初非可論"으로 부연·變異.
20. "雖在衆人之中无爲過恭 俄而" ~~~ "雖在衆人廣坐之中无爲倣待以平交 无間彼此 俄而"로 부연·變異.
21. "公挽袖止 東屹乃拜而豫坐 公謂諸僚曰此是吾知己之友也 智慮材力大非今世之人 將來國家必藉其力 兄輩毋以尋常武弁視之 深爲結知吾之挽留 將爲蟠木之先容也 諸僚視東屹 相貌堂堂 皆相顧奬賞深願追隨" ~~~ "李公挽袖止之 東屹乃拜現之參座 李

公謂諸僚曰此是吾知己之友也 智慮材力拔出儕類 大非今世之人物 日後國家必藉其力 將大用之人也 兄輩必无以尋常武弁視之深爲結納焉 諸僚見東屹 身手赳赳 狀貌堂堂 皆相顧獎詡使之尋訪"으로 부연·탈락 變異.

22. "諸人競相汲人歷職通顯 聲名赫奕 兼以活民之情能馭戎之材鍊一世咸推 多歷方鎭至於統制使" ~~~ "諸人競相吹噓延譽廟堂遂通列于西班正職 由宣傳官 多踐方鎭 治民勤幹馭戎諳鍊 聲名赫翕 擧朝稱賞自兵水使至統制使"로 부연·變異.

23. "年亦耆艾 子孫繼登武科 亦爲顯揚 可異哉" ~~~ "年過耆艾 子孫衆多 而子孫繼登虎榜 遂爲東方武班之顯閥云爾"로 부연·變異.(이상 「田東屹微時識宰相」)

"延陽君李時白夫人家有奴名彦立者" ~~~ "朴僉知彦立者延陽李公聘家奴也"로 變異.

"一食(斗米)常患不足" ( )부분이 (一升)으로 變異.

"且畏其獰壯 乃放之〔任其自便〕 彦立不肯〔去〕曰上典(之)使喚不/足/无/可(任)〔使事者何吾去 其家甚患之不復責以任事〕居" ( )부분은 (宅)(去)로,/ /부분은 /何/로 變異.

"未久其(主君以疾卒逝) 獨有孤孀〔與〕(一)女號僻〔於室中〕而已〔无他親戚臨視者 送終之具且无以治之〕"( )부분은 (外上典染病不起)와 (稚)로 變異.

"又見〔其〕形貌〔之〕猛悍(懼)其逢辱〔不細〕 乃往一處" ( )부분은 (慮)로 變異.

"主母自此/凡/家事(唯彦立是聽)"에서 / /부분은 첨가,( )부분은 (巨細一聽彦立之言矣)으로 變異.

"主母(曰豈不善哉)" ( )부분은 (然之)로 變異.

"彦立告於主母曰阿只今已年長 當求婚處 此當求之於京中某洞某宅是我宅之戚族也 小人曾謁其主君 願得廳下一札求得郎材矣"

~~~ “彦立乃告曰阿只氏年方及笄當求婚處 而鄕中卽无可合處勢將求之京中某洞某宅是宅之戚叔 而小人亦曾數次謁見廳下 若裁給一札 言及求婚之意 卽小人當卽往傳納矣“로 부연·變異.

“其家乃當朝名官/也/ 〔喜其家之饒贍而〕感/其/贈遺之厚 許以盡心求之”/ /부분은 첨가.

“彦立乃買得佳梨一擔自作梨商 遍入士夫家” ~~~ “彦立乃買得香梨一擔自行梨商 遍入城內外士夫家“로 부연·變異.

“聞此大喜乃涓吉定行旣過禮” ~~~ “聞此大喜卽爲涓吉 於是彦立定一家舍於京中 仍又下鄕告主母以定婚涓吉之由 又請盡眷上京 主母依其言上京 過行女婚焉“으로 부연·變異.

“延陽少年疎雋 行多跖弛 彦立獨甚奇之稱揚不離口 主母喜甚善待所需无不致 及廢主“ ~~~ ”延陽少年豪雋 行多跖弛人多不取彦立獨奇之 稱詡不離口 及昏朝“로 첨가·탈락 變異.

“彦立曰以臣伐君勸之固難 〔而彛倫已고〕國(之)將亡不勸亦/爲/難 但未知〔公之所與〕同事(諸公之)爲人如何耳“/ /부분은 첨가,( )부분은 ‘家’로 變異.

“(已而)來謁曰小人此去 猶(當事)之危 走入海中”에서 ( )부분이 (一日)과 (慮其萬一)로 變異.

“事若有危〔端〕 願公(卽皆)出臨 公許之”( )부분은 (與小人上典同爲)로 變異.

“延平三父子一時勳封 尊榮无比益偉” ~~~ “延平三父子一時疏封 富貴隆赫“으로 축약·變異.

“彦立之忠智明識不復以僮僕待之 而主家乃白文放贖 居在公州 其子孫頗多 皆爲良人” ~~~ “彦立忽告歸曰小人於上典宅已盡了債 今卽年老將永歸矣 唯望大監視聘宅如親邊 上典宅无他奉祀以外孫奉祀禮 無使香火有闕 幸甚幸甚 延陽驚問曰汝今安歸乎 曰小人雖卑賤自有小人安身之所 不可久留於世矣 然而小人有一塊
~~~

血肉 唯望大監善視之 必以爲矣宅之墓下守塚之任如何 小人所願 如是而已 仍卽辭退不知所終"로 부연·變異.

"光海時漢師有一大賈" ~~~ "古有鄭姓一大賈"로 變異.

"請更貸二萬銀 二年內當盡償四萬 无絲毫欺負" ~~~ "請更貸二萬銀(三)年內當償四萬/兩/ 无絲毫欺"로 ( )부분은 變異./ /부분은 첨가.

"以此入京官可得也 成卽人 不成卽鬼 我欲一決 妻許之" ~~~ "以此入京求官 得卽生 不得卽死 我意已決矣 妻亦許之"로 變異.

"問(不來之由) 曰爲進士圖官豈可倉卒耶" ( )부분이 (數日何爲不來)로 變異.

"若又進五十金/卽/(其感悅當如何 寵姬懇請尤爲甚緊 李亦善之卽與五十金)" / /부분은 첨가,( )부분은 (事可十分完全矣 李又以五十金出給)으로 變異.

"李聞其言 始也惻然 繼(以)欣然〔奈此 頓无生念〕徐曰" ( )부분은 (而)로 變異.

"復上京求仕 深懲前日 〔事〕務/極/周詳(除美職遷歷以)序累陞雄鎭(及)節度使 厥女與/之/(偕老)" / /부분은 첨가,( )부분은 (甄復出六 次次),(同居)로 變異.

"星州文官鄭錫儒未第/之/時 /與/(牧使)〔洪應夢〕之弟〔應昌中別試〕 方治〔應〕講〔之〕工 〔延錫儒共讀〕於梅竹堂 堂前又有支頤軒" / /부분은 첨가,( )부분은 (本倅)로 變異.

"明日取考先生/案/卽有曰〔牧使〕諸沫" / /부분은 첨가.

"下民 (嘗)曉夕爨熱我室 〔我實〕難堪" ( )부분은 (常)으로 變異.

"〈常公〉深志之固 卒循其(計 无所尤悔)" 〈 〉부분은 〈公常〉으로 맞게 도치,( )부분은 (言 年未衰而退處龍仁)으로 變異.

"一日指一/牝/馬謂妾曰當生(神)駒" / /부분은 첨가,( )부분은 (新)으로 變異.

"光海/大怒/懸購大索窮搜至圍籬者三" / /부분은 첨가.

"一日馬忽振鬣擲(踠高嘶暢逸) 俄而" ( )부분은 (蹋擧項長鳴) 으로 變異.

"仁廟聞(其事)" ( )부분은 (之)로 變異.

그런데 우리들은 이들 두 자료 내에서 발견되는 사소한 字句의 차이에 대해서는 별반 큰 관심을 부여하지 않았음을 여기서 밝혀 둔다. 그것은 이러한 점을 論外로 하더라도 앞서 우리들이 생각해 보고자 하는 문제에 대해 일정한 정보를 담지하고 있는 자료들이 위에서 보인 바와 같이 많이 확보되어 있기 때문에 그것이 별반 큰 문제점을 야기할 것으로는 여겨지지 않았기 때문이다.

이제까지 지나치게 번다한 느낌이 들 정도로 『靑邱』에 수용된 『鶴山』의 면모를 앞에서 제시해 두었다. 위에서 제시된 자료를 통하여 우리들은 『靑邱』에 나타난 變異 樣相의 실제적 면모를 대강이나마 알게 되었다. 이러한 變異 樣相, 곧 '탈락과 부연', 나아가 축약· 첨가·오류 등이 『靑邱』에 나타나는 현상이 『靑邱』 편자의 의도된 계획적 조작에서 기인된 현상인지, 아니면 단순한 비의도적 오류의 연장선 상에서 야기된 일시적인 현상에 不外한 것인지를 살펴본 연후에, 나아가 그로 인해 『靑邱』가 거두게 된 문학적 효과의 의미가 무엇인가에 대한 문제를 『靑邱』의 편집 태도와 구체적으로 대비·검토하면서 그 해답을 구해야 하지 않을까 생각된다. 이에 대한 구체적인 논의는 項을 달리 하여 고찰할까 한다.

3. 『靑邱野談』에 나타난 變異 樣相의 要因과 그 性格

앞에서 필자는 『鶴山』을 轉載하면서 『靑邱』에서 나타나고 있는 일련의 變異 樣相의 실제적 면모를 살핀 바가 있다. 이러한 變異 樣相이

『靑邱』 편자의 의도된 계획적 조작에서 기인된 것인지, 아니면 前代 文獻을 轉載하는 가운데 흔히 나타날 수 있는, 단순한 비의도적 오류의 연장선 상에서 야기된 일시적인 현상인지를 자료의 실상에 입각하여 구체적으로 밝혀 볼 필요가 있다고 생각한다. 이런 작업이야말로 『靑邱』 편자가 前代 文獻을 受容하는 가운데 견지했던 나름의 태도를 분명히 밝혀 낼 수 있는 한 계기가 될 것이기 때문이다. 작업의 편의함을 위해 앞서 제시했던 자료들의 차례를 좇아 논의하기로 하자.

『靑邱』의 경우, 『鶴山』을 受容하면서 서사 주인공에 대한 人定記述이 축약되고 있었다는 것을 한 특징으로 지적한 바 있다. 이러한 면모가 어떠한 의미를 지니는지를 알아보기 위해 우리들은 우선 『靑邱』에서 서사 주인공에 대한 人定記述이 어떠한 樣相으로 나타나고 있는지, 또 그 빈도는 어느 정도가 되는지를 살펴봐야 한다.

『靑邱』를 구체적으로 살펴본 결과 서사 주인공에 대한 人定記述은 다음 자료들의 경우에만 나타나는 것으로 확인되었다. 제시하면 다음과 같다.

"尹氏夫人〔某官某之女 而兪參判漢簫之孫婦也〕"「立墓石工匠感孝婦」
"瑞山銅岩李氏〔武弁大家 其幾大祖有厚德君子一人〕"「勸痘神李生種德」
"李節婦〔忠武公後裔也〕"「李節婦從容取義」
"金公汝岉〔昇平金相瑬之大人也〕家有一僕"「彈琴臺忠僕收屍」
"〔李提督如梅後孫〕某有膂力"「鬪劍術李裨將斬僧」
"長城人文紀房〔江城君益漸之後也〕"「降房星文弁殉國」
"李忠州聖佐〔光佐之從兄也〕"「進祭需嶺吏欺李班」
"李兵使日濟〔判書箕翊之孫也〕"「超屋角李兵使賈勇」
"金監司緻號南谷〔栢谷金得臣之父也〕"「金南谷生死皆有異」
"郭思漢玄風人〔而忘憂堂後孫也〕"「招神將郭生施術」
"文谷金公諱壽恒夫人羅氏〔明村羅良佐之妹也〕"「製錦布夫人善相」

“柳居士安東人也〔西崖柳相之叔也〕”「劫倭僧柳居士明識」
“金進士錡〔參判銑之弟也〕”「興元士從遊靑鶴洞」
“李監司泰淵〔卽牧隱小子提學種學之裔也〕”「尋古墓牧隱現夢」
“李兵使源〔唐將李提督後裔也〕”「李節度麥場逢神僧」

이들 15話에 나오는 人定記述은 『靑邱』 내에서 확인되는 자료를 모두 포괄하고 있는 것인데, 그것은 『靑邱』의 總 話數인 293話 가운데 불과 약 5%를 점유하고 있는 것이다. 또한 이들 자료들 가운데서 여성 인물이나 신분적으로, 또는 사회적으로 미천한 처지에 놓인 인물(예컨대 김여물 집안의 奴僕, 또는 文紀房 같은 인물 등을 포함하여 총 5話임)들에 덧붙여 나오는 人定記述의 경우 그들 인물에 대한 정보가 그렇지 아니한 인물들에 비하여 상대적으로 미비하거나 제한적일 수밖에 없었을 것이라는 현실적인 상황을 고려할 때 그것은 『靑邱』의 편자로서도 어쩔 수 없는 선택적 수용의 현상에서 기인된 것이라 할 수 있다. 여기서 이러한 추론이 타당한 것으로 받아들여진다면 『靑邱』 내에서의 서사 주인공에 대한 인정기술의 비율은 상대적으로 더 낮아질 수밖에 없을 것으로 생각된다. 이런 점에서 본다면 『靑邱』의 편자는 애당초 서사 주인공의 人定記述에 대해서는 별다른 관심을 부여하지 않았던 인물이라는 사실을 알 수 있다. 이점은 『靑邱』의 편자 자신이 서사 주인공의 남다른 행적에 보다 많은 관심을 가지고 이를 토대로 바로 서사 사건을 서술해 가는 태도를 지니고 있었던 인물이라는 사실을 말해 주는 것이기도 하다. 그럴진대 『靑邱』의 편자가 『鶴山』을 受容하면서 이러한 人定記述을 해당 자료 내에서 적극적으로 삭제하고 있는 현상은 일단 나름의 치밀하기까지 한 의도적 작업의 소산으로 이해되어야 한다. 그 의도적 작업의 근저에는 앞서 말한 바와 같은 이유가 있었을 것으로 사료된다. 『靑邱』의 편자에게 보다 중요한 것은 서사 주인공이 어떠한 집안의 인물에 속하느냐? 또 그가 어떤 품성을 갖고 있느냐 하는 사항이 아니라 그가 서사 사건의 주인공이 될 만큼 예사롭지 아니한 행동을 벌이는 서사 사건의 주체라는 점에 대한 인식의 선상에서 바로 서사 사건을 제시하는 데 있었던 것으로 이해된다. 『鶴山』을 受容하면서 『靑邱』 내에서 일어나고 있는 變異 樣相 가운데 이러한 人定記述의 탈락 현상은 『靑邱』 편자 자신이 견지하고 있던 이런 태도를 유념한다면 무분별할 정도로 예외적인 데서 빚어진 일시적·부분적인 현상이 아니라 극히 자연스러운, 의도적·계획적 조작인 것으로 이해할 필요가 있다고 하겠다.

한편 『靑邱』 내의 어떠한 자료들에서도 제보자에 대한 정보를 담지하고 있는 부분은 전혀 찾아지지 않는다. 이런 점에서 본다면 『靑邱』의 편자가 『鶴山』을 수용하면서 제보자에 대한 정보를 철저하게 탈락시키고 있는 것 또한 의도된 계획적인 소산으로 이해된다. 『靑邱』의 편자 자신에게는 서사 주인공의 人定記述이 크게 중요하지 않았던 것과 마찬가지로 이야기 하나 하나를 제공해 준 제보자에 대한 관심이 상대적으로 없었던 것으로 보여진다. 이것은 『靑邱』의 편자 자신이 서사 사건으로 대변되는 이야기의 전달을 제외한 기타 부면에 대해서는 별다른 관심을 갖고 있지 않았다는 것을 반증하는 좋은 예로도 생각된다. 나아가 초기 野談集들, 예컨대 『於于野譚』[94], 『天倪錄』[95], 『鶴山閑言』, 『東稗洛誦』[96] 등의 경우 이야기들을 제공해 준 제보자들에 대한 정보를 하

---

94) 『於于野譚』에 대한 연구는 이경우, 『初期野談의 文學性에 관한 硏究』- 於于野譚을 중심으로, 서울대 박사 학위논문, 1991.을 참조하라.

95) 『天倪錄』에 대한 연구는 이신성, 『天倪錄 硏究』 - 女性人物野談을 중심으로, 동아대학교 박사 학위논문, 1993을 참조하라. 이 논문은 뒤에 약간 부분적으로 보완·수정되어 『천예록 연구』, (서울, 보고사, 1994) 라는 단행본으로 간행되었다.

96) 『東稗洛誦』에 대한 연구는 최근에 들어와 다음 연구 성과들이 계속적으로 이루어졌다.

임형택, 「東稗洛誦攷」, 한국한문학연구회 연구 발표요지, 경상대, 1987.

정명기, 「東稗洛誦 硏究」- 異本의 關係樣相을 中心으로, 「원광한문학」4

나같이 지니고 있음에 비하여『靑邱』의 경우 이와는 달리 제보자에 대한 정보가 완전히 누락되고 있다는 현상은 野談史의 전개에 있어 한 구획이 되는 계기가 될 수도 있지 않나 하는 생각을 갖게 한다. 이에 대해서는 보다 자세한 별도의 논의가 필요하겠기에 別稿로 미루어 둔다.

한편『靑邱』의 경우,『鶴山』을 受容하면서 주관적인 論評, 또는 객관적인 사실임을 드러내 보이려는 기능을 담당하고 있는 것으로 여겨지는 附帶 敍述을 많은 부분에 걸쳐 탈락시키고 있었는데 이것은 과연『靑邱』의 실상에 견주어 볼 때 어떠한 의미를 지니고 있는 것인지를 살펴보자.

물론『靑邱』의 경우에도 편자 자신의 주관적인 論評이 적지 않은 부분에 걸쳐 출현하고는 있다. 그러나 그것은『鶴山』의 편자인 신돈복의 그것과 같이 적극적으로, 또 빈번하게 개진되고 있지 않다는 특색을 지닌다.

신돈복의 경우,『鶴山』에 수재된 거의 모든 이야기들에 대해 그 사실성을 규명하려는 진지하고도 적극적인 노력 아래 서사 주인공에게 사실여부의 眞僞를 직접 애써 확인하기도 하고(謙齋 鄭敾과의 대화에서 그 점 익히 확인된다.), 나아가 관계 기록과 많은 증언들을 방증으로 삼아 서사 주인공이 남긴 행적의 현실성을 提高하고(예컨대『西坡集』,『藥泉集』, 洪百昌의 所錄,『野錄』,『壬辰錄』,『金淸陰集』등), 아울러 중국의 관계 서적(예컨대『抱朴子』나『稗海拾遺』등)을 통하여는 이들 이야기들의 서사 주인공이 갖는 도덕 가치 기준을 중국의 인물들과『鶴山』소재 서사 주인공들을 대비하는 차원에서 적극적으로 옹호·천명하는 자세를 견지하고, 한편으로는 이들 서사 사건의 요소들의 정체를 나름대로

집, (원광한문학회, 1991.)

김동석,「東稗洛誦 연구」, 성균관대 석사 학위논문, 1991.

최인황,「東稗洛誦의 編纂意識에 대한 考察」,「숭실어문」10집, (숭실대 숭실어문연구회, 1993.)

규명하고(예컨대 '成虛白南路遇仙客'에서 선객이 주는 음식이 바로 酒草汁과 玉醴이었을 것이라고 밝히고 있는 점과 '逐邪鬼婦人獲生'에서 부인이 만난 邪鬼의 정체가 여러모로 보아 山精일 것이라고 밝히고 있는 점 등) 있다는 점에서 신돈복은 일관되게 자신의 주관적인 논평만을 그것도 몇몇 이야기에 국한시켜 附記하는데 주안점을 두고 있는 『靑邱』의 편자와는 분명 의식면에 있어 커다란 간극을 지닌 인물로 여겨진다[97].

『靑邱』에서 나타나고 있는 편자 자신의 주관적인 論評의 실상을 제시하여 그점 분명히 해 둘까 한다.

1. "由是觀之 術家之說 亦不可不信 生之無子而有子 僧之無父而得父已有天定於其間矣" 「過東郊白衲認父」
2. "由是觀之 一翁一媼 皆是異人之類 而驟子之超逸 神人之感夢 莫非天使之然也 異乎異乎" 「聽街語柳醫得名」
3. "盖權金深仁厚德有以致此也" 「憐樵童金生作月姥」
4. "盖閔公之知鑑 金老之幹才 可謂有是公有是客矣" 「金衛將恤舊主盡誠」
5. "盖李公之知鑑 朴君之蘊抱 可謂兩美匹合矣" 「朴同知爲統師散財」
6. "眞節婦哉 眞節婦哉" 「李節婦從容取義」

---

97) 『鶴山閑言』의 편자 신돈복은 한 이야기의 사실성을 확보, 제시하기 위하여 많은 노력을 경주했던 인물이라는 점에서 매우 특기할 만한 인물이라 할 수 있다. 특히 「文有采出家僻穀」의 후반부에 계속적으로 기술되고 있는 서사 주인공 문유채에 대한 일관된 관심에서 이런 그의 면모가 약여하게 드러난다고 할 수 있다. 그는 또한 그가 서사 주인공으로 삼고 있는 인물들 뿐만아니라 이야기의 배경이 되는 무대의 현실성을 확보하기 위해서도 필요하다면 애써 관계 증언을 幷記하는 태도를 지닌 인물이라는 점에서도 이점 거듭 확인된다고 하겠다. 『鶴山』의 편자가 지닌 이러한 면모가 해당 야담집 내에서 어떻게 작용하고 있는가 하는 문제는 매우 흥미를 끄는 문제임에 틀림없다. 이에 대해서는 稿를 달리하여 살펴볼까 한다.

7. "夫朝廷養士百年 當其板蕩之時 無奮忠敵愾之心者 能不有愧於金公之僕哉"「彈琴臺忠僕收屍」
8. "噫 惠吏之妻一女子也 智以成業 儉以尙德 使其夫保終令名 若使生爲士夫男子 卽急流勇退不足多讓也 其視仕宦之人 不思節用愛民之道 專尙奢侈貪濁之風 鐘鳴漏盡 終至於滅身禍家 而不知止其智慮相懸 奚啻三十里也"「聽良妻惠吏保令名」
9. "其間言說靈怪者甚多不可殫論 後因英爲勢家所納 不復往來 而見於夢者 亦稀云"「說風情權井邑降巫」
10. "彼措大者眞所謂識字憂患 始也一作詩而受官杖 再作詩而被營配 三作詩 而逢舅怒 人之不愼於文字上者 不可戒哉"「受刑杖措大風月」
11. "可謂有是僧有是官"「治牛商貧僧逢明府」
12. "至今族居於虛風洞云"「逢丸商窮儒免死」
13. "尹昌世嘗於夏日無論山野之行 見牛之在暑炎中喘喘者 必移繫於樹陰之中 故終亦食牛之報如此云云"「定名穴牛臥林間」
14. "當時議者 或以爲難 或爲薄情云"「捉兇僧箕城伯話舊」
15. "生員主之臆志 可謂天下大黨賊漢爾"「鰥班弄計卜隣寡」
16. "噫 善山狗之救主死 而不恤自死 誠得報主之義 而河東狗卽初旣訴寃於官家 末又逞憤於讐人 賴以報其仇而償其命 孰爲禽獸之無知 而乃若是乎 比諸善山狗 亦勝矣 嶺南雖是士夫之冀北 而亦何多義狗也"「吠官庭義狗報主」
17. "主客一般狼狽 尤覺一噱也"「峽氓誤讀他人祝」
18. "噫 此女爲其主遂其忠 爲其夫成其烈 爲其父盡其孝 一擧三綱具矣本邑立碑旌焉"「乞父命忠婢完三節」
19. "噫 顧彼富家子弟崇奢極侈 溺於酒色之場 破其祖先之業 此寧不愈於彼耶 然而奢與嗇其失一也 思得中行而與之 卽庶乎其可也"「惜一扇措大吝癖」

20. "嗟呼 趙生術高而不干名 施博而不望報 趍人急而必先乎窮無勢者 其賢於人遠矣" 「活人病趙醫行針」
21. "柳妻可謂女中之有識者也 豈當時午人宰相輩所可及者耶" 「柳上舍先貧後富」
22. "其外多有神異之事 而不能記焉" 「金南谷生死皆有異」
23. "尤齋先生常對人道此事而嗟嘆" 「憩店舍李貞翼識人」
24. "嶺外之人多有親知者 其死不過數十年云耳" 「招神將郭生施術」
25. "金千鎰之多建奇功 盖夫人贊助之力也" 「倡義使賴良妻成名」
26. "初於巡使卽用計而圖免 後於本倅卽立節死義 亦其女中豫讓歟" 「營妓佯狂隨谷倅」
27. "洪邑之人多見其珠者" 「鬼物每夜索明珠」
28. "以一女子之惡言 事至於此 古所謂五月飛霜者 政謂此也" 「洪川邑繡衣露踪」
29. "由是觀之 莫非天定 而過僧之言如合符節 亦異人哉" 「會琳宮四儒問相」
30. "噫 父子之親 俄頃而解 俄頃而合 貨利所在 可不愼哉 然其市井之類螟蛉之誼 亦何足深誅乎" 「獲生金父子同宮」
31. "盖三人皆是間氣人傑 而權公之智略 李公之詼諧 鄭公之忠勇 不世出之壯觀也" 「捷幸州權元帥奇功」
32. "其神異之事類多如此" 「試神術土亭聽夫人」
33. "事亦異矣" 「進米泔柳璿聽街言」
34. "其所遇宛然如少遊之於春娘之事也 其處有巖 名以紅嫱 此事載於邑誌云" 「鏡浦湖巡相認仙緣」
35. "世豈有如許殘忍非人情之人乎 吁亦慘毒矣" 「行胸臆尹弁背義」
36. "嗟 夫逖矣 遐土藐爾官僮 慷慨涕泣矢死討賊 何其忠也 傳尺書借援兵掃群寇於一朝 何其智也 主倅被逮忠逆不判 平日親信之人擧皆避之 而獨守不去 何其義也 斂功不言 避遠功名 何其偉也"

「博川郡知印效忠」

37. '噫 料賊也 神用兵也 智處義也 明雖古之名將 罕有其儔也"「據北山錦南成大功」

38. "大賢之降生 自異於凡人矣"「降大賢仙娥定産室」

위에 보인 자료가 『靑邱』 내에서 찾아지는 주관적인 논평, 또는 객관적인 정황의 사실성을 提高하여 주는 附帶 敍述의 모든 것이라고 할 수 있는 바, 이것은 전체 話數 가운데서 약 13%에 지나지 않는 것이다. 이런 사실과 앞서 살펴보았던 『靑邱』 내에서의 人定記述에 대한 극단적이기까지 한 의도적 배제, 또 제보자의 정보에 대한 철저한 누락 등을 아울러 묶어 생각해 본다면 『靑邱』의 편자 자신은 이야기 자체를 벗어난 데 관심을 두었던 인물로는 전혀 생각되지 않는다. 즉 그의 궁극의 주된 관심사는 이야기의 주변적 정황에 있었던 것이 아니라 이야기 자체에만 국한되었던 것으로 여겨진다[98]. 곧 이야기를 어떻게 집약적으로 형상화할 때 이것을 향유하고 감상하는 이들에게서 보다 큰 호응을 얻을 수 있을 것인가만을 생각했던 인물로까지 생각된다. 또 기실 이런 편자의 줄기차기도 일관된 편찬 태도가 작용했기에 『靑邱』가 후기의 野談集 가운데서 체재와 서사 구조면에서 가장 완정한 수준에 도달했다는 평가를 받게 되었던 것은 아닐까도 여겨진다.

한편 앞에서 이미 제시했던 자료를 통해 익히 알 수 있는 사실은 『鶴

98) 이런 태도가 『靑邱野談』의 모든 이본들에서도 마찬가지로 나타나는지에 대해서는 좀더 세밀한 검토가 필요하다고 본다. 특히 한문본 『靑邱野談』과 한글본 『靑邱野談』을 포함한 모든 현전하는 이본들 사이에서 발견될 변이 양상에 대한 치밀한 검토가 뒤따를 때 이점 분명히 확인될 것이며 나아가 이들 이본들 사이에서 드러날 이러한 태도의 상대적인 변별성의 정도 또한 보다 분명히 드러나리라 기대된다. 그러나 여기서는 『靑邱野談』의 편자 자신이 이야기 자체에만 크게 관심을 쏟고 있었던 인물이라는 일반적인 점만을 우선 지적해두는 것으로 그치고 이에 대한 詳論은 뒷날의 과제로 남겨둘까 한다.

山』의 주관적인 논평, 또는 객관적인 정황의 사실성을 제고하여 주는 부대 서술의 면모에서는 일정한 정형성이 찾아지지 않는다는 점이다. 극히 부분적이기는 하지만 評曰, 또는 太史公曰 등의 套語가 사용되는 양식이 출현하고 있는 것(이 예는 '治墳墓諸星州現夢'에서 찾아진다.)이 역으로 그 점을 잘 말해 준다고 하겠다. 마찬가지로 『靑邱』의 주관적 논평, 또는 객관적인 정황의 사실성을 제고하여 주는 부대 서술의 면모(『鶴山』과는 달리 『靑邱』에서는 前者가 보다 지배적인 위치를 점하고 있는 것으로 생각되지만)에서도 나름의 정형성은 찾아지지 않는데, 그런 가운데서도 나름의 변별적 기능을 담당하고 있는 것으로 생각되는 套語가 나타나고 있어 흥미롭다 하겠다. 『靑邱』에서의 주관적인 논평의 套語는 대체로 보아 '由是觀之', '噫', '盖', '可謂(所謂)', '嗟呼(嗟)' 등이 사용되었던 것으로 생각된다. '由是觀之'의 경우 3회에 걸쳐 나타나고 있는데 서사 사건이 天定에 의한 것임을 이야기할 때 사용되었던 것으로, '噫'의 경우 7회에 걸쳐 나타나고 있는데 서사 주인공(개로 대변되는 동물을 포함함)의 행위를 통하여 그들 서사 주체의 인간 됨이나 행동을 칭양하고 나아가 상대적으로 그들보다 못한 존재를 권징할 때 사용되었던 것으로, '盖'의 경우 4회에 걸쳐 나타나고 있는데 서사 주인공들의 행위를 극히 간추려 압축·제시하면서 그것에 편자 나름의 간단한 느낌이나 평을 덧붙일 때 사용되었던 것으로, '可謂(所謂)'의 경우 4회에 걸쳐 나타나고 있는데 서사 주체의 행위에 대해 편자 나름의 극히 단순한 느낌을 제시하거나 그와 상대되는 일군의 계층을 비난하고 다른 한편으로 남과 동등한 처지에 두고 그를 선양코자 할 때 사용되었던 것으로 보여진다. 이밖에도 객관적인 사실성을 제고하기 위한 기능을 담당하고 있는 것으로 보이는 경우들도 보이는 바, 바로 위에 든 예 24와 27의 경우가 그에 해당된다고 하겠다.

이제 『靑邱』 내에서 『鶴山』을 수용하면서 나타나는 變異 가운데 비의도적 오류에 의한 變異를 살펴보기로 하자. 이것에 대해서는 앞서 그 구체적인 면모를 제시하였기에 여기서는 간략하게 설명하는 것으로 논의를 그칠까 한다. 앞서든 예문들 가운데서 李光浩, 韓濩, 朴彦立의 경우에 보이는 문면의 탈락은 前代 文獻을 轉載하는 가운데 흔히 일어날 수 있는 비의도적 오류의 소산인 것이 틀림없다. 특히 '이광호이야기'의 경우, 『鶴山』에서는 이광호의 누이가 적년 고질이 있자 그가 그것을 의술로 치료코자 널리 방서를 攷究하던 중 오묘한 도를 깨치고 일련의 異蹟을 행하는 일을 이야기하고 있는데 반하여 『靑邱』에서는 그 자신에게 적년 고질이 있자 스스로 그것을 치료코자 그가 널리 방서를 고구하던 가운데 오묘한 도를 깨치고 일련의 異蹟을 행하는 것으로 서술되고 있는 바, 문맥적 의미로는 별반 그른 것이라고는 할 수 없겠지만 이 자료가 『鶴山』을 轉載하는 가운데 나타난 것이 틀림없다는 이왕의 주장이 옳은 것이라면 이것은 『鶴山』을 轉載하던 가운데 『靑邱』의 편자가 임의로 해당 문면을 축약한 결과 파생되어 나온 비의도적 오류에 의한 변이라고 해야 보다 마땅하다고 할 수 있다.(이점 '한호', '박언립이야기'의 예문 역시 마찬가지라 하겠다.)

한편 나머지 이야기들에서 나타나는 오류들의 경우 그것이 어떠한 요인에 의하여 일어나게 되었는지(비의도적인 變異인지 아니면 의도적인 變異에 의해 그것이 나타난 것인지를 제대로 밝혀 낼 수 없다는 말이다.)하는 문제는 『靑邱』의 해당 문면만을 통해서는 제대로 밝혀 낼 수 없는 성질의 것이기는 하다. 그러나 설사 그렇다고 하더라도 『靑邱』에서 이유 없이 탈락되어 있는 나머지 다른 문면들의 경우를 꼼꼼히 살핀다면 이들 문제의 해결 또한 전혀 무망한 것만은 아닌 듯하다. 『鶴山』에서 서술되고 있는 문면들이 이들 문면들이 탈락된 『靑邱』의 경우에 비겨 볼 때 보다 더 구체적 정황 서술에 있어 훨씬 더 기능적이라는 점, 아울러 훨씬 더 앞 뒤 문맥이 자연스럽게 연결되고 있다는 점을 생각한다면 『靑邱』에서 탈락되어 나타난 이들 문면 또한 『鶴山』을 전재하면서 나타난 誤謬인 것으로 보아야 하지 않을까 생각된다. 그런데 '이광호이야기'의 경우와 같은 보다 결정적인 증거를 제시할 수 없다는 근본적인 한계는 있지만 『靑邱』에 나타나는 오류의 대부분은 비의도적 오류에서 기인된 것으로 생각된다. 물론 몇몇 예문들의 경우 『靑邱』 편자의 의도적 오류에서 빚어진 變異도 있는 것으로 생각된다. 하나의 예문을 드는 것으로 이에 대한 자세한 설명을 略할까 한다. '박언립이야기'의 다음 경우가 그것이다. '其家 當朝名官(也) '喜其家之饒贍' 而感贈遺之厚許以盡心求之'(그 집〔筆者 註;박언립 상전댁의 친척집임〕은 당시의 이름난 고관댁이었다. 그 집〔筆者 註;박언립의 상전댁임)이 부요하고 넉넉함을 기뻐하고 두터이 주는 것에 느껴 마음을 다하여 그것(신랑 재목)을 구하기를 허락하였다)는 문면에서 『靑邱』의 경우 '　　'한 부분이 나타나지 않고 있다. 이것은 같은 사대부의 처지에 속하는 『靑邱』의 편자[99]가 당시의 이름난 고관인 양반이 지나칠 정도로 즉물적인 존재로 그려지고 있는 것에 나름의 불만을 지니고 의도적으로 해당 국면을 수용하지 않았던 것에서 기인된 의도적 오류의 한 좋은 본보기로 생각된다.

한편 마지막으로 『靑邱』에 나타나는 變異 樣相 가운데 부연·첨가·축약의 경우를 한데 묶어 살펴보기로 하자. 그런데 이 가운데서 첨가에 의한 變異는 몇 몇 경우[100]를 제외하고서는 거의 대부분 문맥상 큰 의

---

99) 『靑邱野談』의 편자에 대한 개괄적인 이해는 註 2에서 든 필자의 논문 (이 논문은 Ⅱ부에 수록되어 있다.)을 참조하기 바란다.

100) 『靑邱野談』이 『鶴山閑言』을 수용하는 가운데 나타난 변이 양상 가운데 첨가에 의한 변이의 경우 「田東屹微時識宰相」의 다음 보기들 ---'室如懸磬 秋无甔石', '言論風儀 綽有可觀 又勤勤做工窮盡 晝夜屹屹不輟', '上奉下率', '可爲數萬餘介' --- 을 제외하고서는 거의 대부분 별다른 의미없는 한,두 단어의 첨가에 그치고 있는 것으로 보인다. 그런데 유독 그렇지 아니한 면모의 첨가가 '전동흘이야기'에서 집중적으로 나타나는 이유는 어디에 있는 것인지 ? 또 예외적으로까지 보이는 이들 첨가의 용례들이 문면 내에서 갖는 기능은 무엇인지 ? 하는 문제를 따져볼 필요가 있겠지만 이런 현상이 아주 적은 비중을 차지하고 있다는 점을 고려하여 여기서는 다만 위에 목록을 제시하는 것으로 그치고 더 이상의 詳論을 피할까 한다.

미를 지니지 못하는 것으로 사료되는 한·두 단어를 덧붙이는 것에 불과하므로(그런 變異가 해당 자료 내에서 갖는 의미 또한 그리 큰 것으로는 생각되지 않는다.), 또한 축약에 의한 變異는 그 빈도도 낮을 뿐만 아니라 그로 인해 별다른 의미 기능을 그 자체가 지니고 있는 것으로 생각되지 않는다는 점에서 여기서는 이에 대한 더 이상의 설명을 略해 둔다. 이에 『靑邱』가 『鶴山』을 受容하면서 나타나게 된 부연의 樣相이 갖는 의미만을 살펴볼까 한다. 그런데 여기서 『靑邱』에 나타나는 부연의 樣相을 하나하나 다 검토·분석한다는 것은 그다지 효과적인 작업으로는 생각되지 않는다. 여기서 '전동흘이야기'가 '박언립이야기'와 더불어 『鶴山』을 수용하고 있는 『靑邱』 가운데서 『鶴山』을 가장 많이 부연하고 있는 이야기인 점을 새삼 환기할 필요가 있다. 그 가운데서도 가장 많이 變異된 면모를 띠고 있는 '전동흘이야기'(총 23개처에 걸쳐 출현)에 나타난 부연의 樣相만을 제대로 검토한다고 하더라도 『靑邱』 편자의 前代 文獻 受容에서 견지하고자 했던 나름의 부연 태도가 어느 면 규명될 수 있을 것으로 기대되기에 여기서는 '전동흘이야기' 한 편만을 논의의 대상으로 삼을까 한다.

'전동흘이야기'에 나타난 부연 樣相을 살펴본 결과, 그것은 크게 보아 다음 네 의도의 작용에 의해 출현한 것으로 이해되었다. 첫째, 『鶴山』이 갖고 있는 문맥상의 오류를 바로잡으려는 의도에서 나타난 부연(위에 보인 '전동흘이야기'에 나타난 變異 樣相에 표시된 일련번호로 8 번 참조). 둘째, 『鶴山』의 경우와 의미상 대차가 없음에도 『靑邱』의 편자가 해당 부분을 다르게 표현하려 했던 의도에서 나타난 부연(위에 보인 자료 가운데 2. 3. 4. 7. 12 번 참조). 셋째, 『鶴山』의 해당 문면을 보다 더 매끄럽게 다듬으려는 의도에서 나타난 부연(9. 10 번 참조). 넷째, 『鶴山』의 해당 문면을 보다 구체적으로 서술해 보임으로써 이야기의 서사 전개를 보다 자연스럽게 하고자 했던 의도에서 나타난 부연(1. 5. 6. 11.13. 14 ~ 23 번 참조) 등이 그것이다. 이런 점에서 본다면

『靑邱』 편자의 경우 前代 文獻을 수용하는 과정에서 무조건적으로 수용에만 급급했던 인물이 아니라 나름대로 前代 文獻의 미비한(?) 서술 문면을 보다 구체적으로 서술하는 데도 신경을 경주했었던 인물로 파악된다. 그렇기는 하지만 이런 편자의 태도가 前代 文獻을 수용하는 과정에 일관되게 두루 작용한 것은 아니라는 점에서 그 한계 또한 일정하게 지적될 필요가 있는 것으로 생각된다. 여기서 왜 이러한 부연에 의한 變異 樣相이 '전동흘이야기'와 '박언립이야기',그리고 '鳳山 李武弁이야기'에서만 두드러지게 나타나는 것인지? 나아가 이런 현상이 『靑邱』의 다른 이본들에서도 마찬가지로 출현하는 것인지? 아니면 여타 이본들의 경우 편자의 앞서 말한 바와 같은 태도가 일관되게 작용하고 있는 것인지에 대한 나름의 해답을 마련하지 못했다는 점에서 본고는 그 나름의 한계를 갖고 있다. 이런 제반 문제에 대한 해명은 뒷날의 과제로 남겨 둘까 한다.

이제 여기서 이러한 變異를 통하여 『靑邱』의 편자가 거두고자 했던 문학적인 효과는 무엇이었을까에 대해 생각하여 보자. 앞서 필자는 『靑邱』의 편자가 이야기 자체에 그 궁극의 관심을 두고 있는 인물이라고 파악했었다. 이점은 그가 이야기 자체의 전달에 그다지 효과적인 것으로 여기지 않았던 몇몇 항목들(예컨대 서사 주인공에 대한 人定記述, 이야기를 제공한 제보자에 대한 정보, 또 각 이야기에 대한 편자 나름의 도덕적인 가치 판단을 함유하고 있는 주관적 논평 등)을 『靑邱』 내에서 과감할 정도로 삭제하고 있는 현상에서 익히 확인된다. 여기서 우리는 이러한 變異를 통해 편자 자신이 거두고자 했던 문학적 효과의 실상이 무엇인지 대강이나마 추단할 수 있다. 그것은 압축된 이야기 형식을 통해 독자들에게 이야기 속에 감추어진 의미를 보다 분명하게 전달하려는 것에 다름 아닌 것으로 이해된다. 이야기에 반드시 따르게 마련인 부수적인 관련 사항들은 위와 같은 의도 아래 『靑邱』를 엮고자 했던 편자에게는 그다지 소중한 것은 아니었기에 『鶴山』을 수용하면서도 『靑

邱』 편자는 나름대로 다양한 방법을 동원하는 가운데 『鶴山』을 새롭게 變異시켜 자신의 이야기觀에 맞도록 그것을 재구성하여 현전하는 『靑邱』를 엮을 수 있었던 것으로 보여진다.

4. 맺는 말

이제까지 앞에서 논의하여 온 바를 간추려 보이면 다음과 같다.

첫째, 『靑邱野談』이 수용하고 있는 『鶴山閑言』 소재 자료는 기존의 연구 성과에서 밝혔었던 것과는 달리 32話임을 알 수 있었다.

둘째, 이들 이야기를 대상으로 『靑邱野談』의 편자가 어떠한 기준과 방법으로 이 선행 자료를 變異시키고 있는가를 알아보기 위해서 먼저 해당 자료를 구체적으로 대비하여 본 결과, 『靑邱野談』은 『鶴山閑言』 소재 자료를 轉載하는 가운데 나름의 變異 樣相을 드러내고´ 있는 자료임이 확인되었다. 그 變異 樣相은 다음과 같이 나누어지는 것으로 드러났다. 곧 축약·첨가·탈락·부연·오류 등이 그것인 바, 이들 가운데 『靑邱野談』에서 지배적으로 나타나는 것은 탈락과 부연에 의한 變異였다. 탈락에 의한 變異는 대체로 서사 주인공의 人定記述에 대한 탈락, 이야기를 제공해 준 제보자의 정보사항에 대한 탈락, 주관적인 논평이나 객관적인 정황의 사실성을 提高하기 위한 부대 서술의 탈락 등에서 집중적으로 나타나고 있었다. 이러한 탈락에 의한 變異는 『靑邱野談』 편자의 비의도적 오류의 작용에 의해 나타난 것이 아니라, 그 자신이 지니고 있었던 서사 사건으로 대변되는 이야기 자체의 전달에 충실하려는 편찬 태도에서 기인된, 의도적 개작에 의해 나타난 것임을 "靑邱野談"의 전반적인 편집 태도에 견주어서 밝혀 낼 수 있었다. 한편 誤謬에 의한 變異의 경우, 대부분 『鶴山閑言』의 해당 문면을 그릇 축약하는 가운데서 나온 비의도적 오류의 소산인 것으로 드러났으나 몇몇 부분의 경우에는 편자 자신의 의도적 개작에 의해 오류(탈락의 범주 내에서 이해될)가 일어나고 있는 것도 확인되었다. 나아가 부연에 의한 變異의 경우 극히 부분적인 자료에서 집중적으로 그것이 나타나고 있는 한계 때문에 그것을 일반화시켜 受容 樣相의 서사 문법으로 정립시키기에는 여러 가지 난점이 없잖아 있지만, 그것이 주로 『鶴山閑言』의 해당 문면을 보다 구체적으로 서술하는 가운데 이야기의 자연스러운 연결을 통하여 그 나름의 효과를 높이려는 의도 아래 나타나고 있음을 또한 알 수 있었다. 셋째, 『靑邱野談』의 편자가 『鶴山閑言』을 수용하면서도 그것을 그대로 轉載하는 데에 만족했던 인물이 아니라 자기 자신이 지니고 있었던 나름의 이야기觀에 입각하여 『鶴山閑言』의 해당 문면을 여러 가지 방법의 變異를 동원하는 가운데 그것을 적극적으로 變改·受容하여 『靑邱野談』을 엮었던 인물이라는 것을 확인할 수 있었다. 이 점은 본고에서 얻은 한 작은 성과라 할 수 있겠다.

그러나 論題의 성격으로 인해 자료의 평면적 나열·제시에 그치고 만 듯한 느낌이 있고 이로 인해 자료를 보다 다각도에서 조망하여 심층적인 해석을 내리지 못하였다는 한계 또한 없지 않다 하겠다. 그렇지만 이점은 後代의 야담 자료에 나타난 前代 文獻의 受容 樣相을 구체적인 자료를 대상으로 하여 실증적으로 검토하여 보았다는 데서 어느 정도 그 한계가 相殺될 수도 있지 않을까 여겨진다.

참고문헌

《資料》

김기동 편, 『韓國文獻說話全集』, (태학사, 1981.) 8 권.

栖碧外史 海外蒐佚本 28, 29 『靑邱野談』(上.下), (아세아문화사, 1985.)

정명기편, 『東野彙輯』 上, 下, (보고사, 1992.)

정명기편, 『韓國野談資料集成』 二次分, (계명문화사, 1992.)중 권 14 - 5.

《單行本과 論文》

조희웅, 『朝鮮後期文獻說話의 硏究』, (형설출판사, 1981.)

김상조, "溪西野談系 硏究", 고려대 박사 학위논문, 1991.

두정님, "東野彙輯 硏究", 서울대 석사 학위논문, 1990.

윤세순, "東野彙輯의 性格考察", 성균관대 석사 학위논문, 1991.

이경우, "初期野談의 文學性에 관한 硏究", 서울대 박사 학위논문, 1991.

이신성, "天倪錄 硏究", 동아대 박사 학위논문, 1993.

정명기, '이야기의 改變 樣相과 그 意味', 「원광한문학」2집(원광한문학회, 1985.)

정명기, '靑邱野談의 편자와 그 이원적 면모' -小倉進平本을 통하여 본, 『淵民 李家源 先生 七秩頌壽紀念論叢』, (정음사, 1987.)

홍성남, "東野彙輯 硏究" -記聞叢話 受容을 중심으로 -, 단국대 석사 학위 논문, 1993.

附 錄

1.16話 -- 靑 233話 "廬墓側孝感泉虎"

후자의 경우, 다음 부분에서 차이를 드러냄.

1. "今上卽祚深患近來院宇之弊 命撤甲午以後祠宇 輿德儒生列君孝行以聞 上命獨不毁亦曠典也 其祠近頗傷弊 吳君之後泰運具其事來告于太學 請自太學行簡通于本邑 鄕校令其章甫同力修葺吳以得聞東漢時蜀人姜詩事母至孝母好飮江水 又嗜魚膾 詩妻龐氏去舍六七里汲江水以繼 詩力作供膾 一日舍側忽湧甘泉味如江水 每朝躍出兩鯉以供 其用赤眉馳兵而過曰驚大孝必觸鬼神 光武拜詩爲郎中 又見稗海拾遺云昔曾魯人 事親盡禮 亢旱井地皆渴 母思淸甘之水 曾跪而操甁 卽甘泉自湧 吳君之事 與此若符

合契 盖曰至誠感神 傳曰誠未有不動者信哉 孝感泉至今尙在 觱沸瀅澈 邑人愛護以石築云 此誠自有東國所未有之事 奇哉奇哉" 부분 탈락.

2.18話 -- 靑 234話 "延父命誠動天神"

후자의 경우, 다음 부분에서 차이를 드러냄.

1. "李璲〔小字〕宗禧 〔家本湖西〕全義(縣)也" 〔 〕부분은 탈락,( )부분은 (人)으로 變異.
2. "父乃甦〔發語聲 幸得生〕" 〔 〕부분은 탈락.
3. "其母亦繼廖 宗禧事无不稱道〔藉藉〕" 〔 〕부분은 탈락.
4. "宗禧今年三十二 來居京師阿峴 余嘗見之 貌端潔莊雅士也 父親病斷指者多矣 今以九歲兒行之 不計身命 不求聲聞 不知痛苦 粹然出天之孝 宜其感動神明 續父之命也" 부분 탈락.

3.19話 -- 靑 81話 "問名卜中路遇舊僕"

후자의 경우,다음 부분에서 차이를 드러냄.

1. "武人曰汝旣以我爲讐 何不遂殺〔而釋之〕" 〔 〕부분은 탈락.
2. "趙生之卜其妙驗如此 而虎狼事不可謂之不義 事同貫高 而此非尤爲焯然可記者耶" 부분 탈락.

4.20話 -- 靑 82話 "還金橐强盜化良民"

후자의 경우,다음 부분에서 차이를 드러냄.

1. "許察訪烇〔滄海公之從子也〕 風儀魁梧" 〔 〕부분은 탈락.
2. "名公巨卿莫不折節下之〔如申平川琓常執子弟之禮 公〕嘗有事於西關" 〔 〕부분은 탈락.

3. "何必待汝還之 士夫(志行) 本不如此" (　)부분이 첨가.
4. "其名忘之 公之外曾孫李維傑言之如此" 부분 탈락.

5.21話 -- 靑 197話 "唱高歌樑上豪傑"

후자의 경우,다음 부분에서 차이를 드러냄.
1. "柳參判淰〔全昌尉胤子也〕嘗定女婚"〔　〕부분은 탈락.
2. "柳之內外室中同寢" ~~~ "柳寢於內室"로 變異.
3. "偸財與酒 均是賊心 而酒輿勝其財欲卽 猶有疎曠之義 柳公釋之是矣" 부분 탈락.

6.23話 -- 靑 198話 "拒强暴閨中貞烈"

후자의 경우,다음 부분에서 차이를 드러냄.
1. "乃竊甚異之〔其後〕年踰四十"〔　〕부분은 탈락.
2. "其叔旣至〔坐之馬鞍〕忿罵〔勃鬱〕重杖〔擊膝〕至血肉披離"〔　〕부분은 탈락.
3. "人益賢之 申生年乙丑生 而今尙强健不甚衰老 柳上舍應祥生之化隣而交分頗深 備知其事言之如此 古之烈女多 殺身成仁使人莫不慘傷悲激 而鮮有以福履終之者 此女旣以身表壯烈於一世 又從君子同享富壽 鷄鳴相警之樂百年是期貞義福厚 豈不兩得之乎其盛矣哉" 부분 탈락.

7.24話 -- 靑 231話 "廉義士楓岳逢神僧"

후자의 경우,다음 부분에서 차이를 드러냄.
1. "時道依其言 翌日往謁〔焉 淸城問來現之意 時道曰久未謁爲問候

來耳〕仍曰"〔 〕부분은 탈락.

2. "金公大歎異之曰汝非(今)世人(也) 然此本已失之物" 뒤의 (也)는 탈락.
3. "吳欲依歸〔空門〕必得高僧爲師"〔 〕부분은 탈락.
4. "因呼女〔出見久之 女〕出來果是楓山所覩者也"〔 〕부분은 탈락.

8.25話 -- 靑 232話 "吳按使永湖逢薛生"

후자의 경우,다음 부분에서 차이를 드러냄.

1. "相携出遊林巒 泉石奇怪壯麗〔愈入愈絶〕不可名狀"〔 〕부분은 탈락.
2. "余聞薛生事於李槎川記之如此 其後得見吳尙書道一所著西坡集 亦有薛生傳與余所錄大同小異 薛生豈非東國之異人哉 此宜垂示不朽耳 道一楸灘之孫也" 부분 탈락.

9.26話 -- 靑 257話 "澤堂遇僧談易理"

후자의 경우,些少한 字句의 차이를 제외하고서는 완전히 동일한 자료로 보여지기에 구체적인 논의의 대상으로 삼지 않는다.

10.27話 -- 靑 91話 "洪斯文東岳遊別界"

후자의 경우,다음 부분에서 차이를 드러냄.

1. "生欲歸 將尋舊路 〔其僧曰舊路〕卽可來而不可去 (僧曰)此自有路可出"〔 〕부분은 탈락,( )부분은 원문을 그릇 이해한 결과 파생된 것으로 생각됨.
2. "余遇楓山僧 言有廣柚山卽淮陽通川兩邑間路 自楓山墨喜嶺歷鐵

伊嶺而往 若自金城卽歷牟飛脫新安驛泥寧橋而入 由谷中行可十里開一洞周可二三十里 僧徒三十餘作大屋 火耕積粟云" 부분 탈락.

11.29話 -- 靑 258話 "李上舍因病悟道妙"

후자의 경우, 다음 부분에서 차이를 드러냄.

1. "進士李光浩〔卽任判書墜之姑母夫也　其姊〕有積年痼疾欲爲醫治"〔　　　　　　〕부분이 탈락되었는 바, 문맥을 그릇 수용한 좋은 본보기로 보여짐.
2. "任尙書伯胤鼎元氏言之如此 盖李君所修內煉之法 道通於出神遠遊忽化白液卽亦可謂成矣 然道以形全爲責僧戒不導 豈非大可恨者耶"부분 탈락.

12.31話 -- 靑 92話 "成虛白南路遇仙客"

후자의 경우, 다음 부분에서 차이를 드러냄.

1. "虛白嚬蹙(斜睨)不敢直視" (　)부분이 (睨視)로 變異.
2. "虛白手目錄甚詳爲其家秘藏 黃北靑瀏之次子某得見之 小冊細者誦之於李上舍某 某語於余如此矣 盖此說以古談行未知眞有是事 今虛白之錄如此 豈非大可異者乎 其酒豈非所謂朱草汁耶 嘗見抱朴子云朱草善生名山岩石下刳之汁如血 狀如小棗 長三四尺枝葉皆赤 莖如珊瑚 以玉及銀金投其中 便可丸 如歲久卽成水名爲玉醴 服之長生"부분 탈락.

13.32話 -- 靑 241話 "文有采出家僻穀"

후자의 경우, 다음 부분에서 차이를 드러냄.

1. "譏捕得黃女 杖殺之 生遂(釋之)" ( )부분이 (放釋)으로 變異.
2. "此卽神光寺僧之言也 癸丑臘楊根李孝大者遇生於五臺山月精寺 自言皆骨山爲渠之大休歇處 留寺七日入皆骨 此爲李槎川之言也 乙卯閏四月余遊皆骨在表訓寺僧徒言 有文居士者再昨年來住此寺 行止異人也 今春忽不知去處 自言欲往關西云 余之自皆骨歸也 楊州路上遇一居士自香山來者言有文居士兩班也 在金仙臺十餘日不食 手携一唐板冊讀之不輟 容顔甚潔白云 己未冬又於槎川家見洪百昌所錄曰文有采喜讀黃庭經 出入起居常背之 行動坐臥常念之 讀已萬遍 歲乙卯入楓岳淹於白華菴 一日解其經付往衲大師 華月堂上摩訶衍趺坐 經冬便翛然而逝 其經卽留在外山瀑布菴 而其傳討必於華月堂 意亦不偶爾" 부분 탈락.

14.43話 -- 靑 242話 "蔡士子發憤力學"

후자의 경우,다음 부분에서 차이를 드러냄.

1. "蔡(大)慙恨不敢出一聲" ( )부분이 (不勝)으로 變異.
2. "其後日漸(向勝) 盖至誠所發" ( )부분이 (就長)으로 變異.
3. "蔡屢佩章符 品至緋玉 雖人所激如无志氣 亦不能致此 有進士李運復之言如此" 부분 탈락.

15.44話 -- 靑 259話 "車五山隔屛呼百韻"

후자의 경우, 다음 부분에서 차이를 드러냄.

1. "車天輅〔字復元 父軾學於花潭以文名於世矣 天輅〕文辭浩(洋)" 〔 〕부분은 탈락, ( )부분은 (汗)으로 變異.
2. "盖其嘉豪思之奇莊 又愛筆法之神妙 由是朱公深重我人 朝鮮文章之大著於中土者 實蘭嵎之力居多 夫天輅之詩才 固世所罕有

但其輕佻狂蕩 豈可責以繩墨者哉 然當此之時 華國之需不可不藉於此輩 卽捨短取長 詎非良工之能耶 一說天輅一日詣月沙 月沙曰如吾詩何如 天輅曰相公之詩譬如太華頭峯玉井蓮花爛?耀日盛美可勝言哉 月沙喜且曰五山之詩何如 曰小人之詩如聚鐵百萬斤作一大錐 不論山川木石馳走亂打莫不摧糜耳 月沙曰然卽玉井之蓮 亦被其踐破乎 天輅曰无怪矣 天輅自負其才 放誕无忌如此至今俗言謂人輕妄之甚者必稱車天男 天輅之爲人可知" 부분 탈락.(표 ?는 未審處임)

16.46話 -- 靑 260話"韓石峯乘興灑一障"

후자의 경우,다음 부분에서 차이를 드러냄.

1. "由是濩名大著於中華 國人〔以安平大君及濩之筆示之於華人善知筆法者求其評品 其人〕題之曰"〔 〕부분이 탈락되었는 바, 문면을 그릇 수용한 예문으로 생각됨.
2. "然濩筆終帶俗氣 豈若安平之高逸 余嘗見政府大屛風有安平所書李白五言古詩 字大容?豪逸遒麗 鳳已老 而凌九宵不但夢而已 農岩金公曰安平體卽松雪 畵卽鐘玉 信哉言也 濩豈有鐘玉畵耶" 부분 탈락.(표 ?는 未審處임)

17.47話 -- 靑 77話"鄭謙齋中國擅畵名"

후자의 경우, 다음 부분에서 차이를 드러냄.

1. "又〔聞一親知言〕有一中路"〔 〕부분은 탈락.
2. "其人亦知畵格不勝歡喜(携其裳歸)"( )부분이 (致謝僕僕)으로 變異.
3. "畵主亦不取百〔三十〕兩價 只以五十兩歸云〔余以此事嘗問於謙

齋曰此事信有之乎 曰何至於是 然亦不甚辨似必有之 又謙齋〕一日比曉"〔 〕부분은 탈락.

4. "洞中一家嘗買得謙齋畵金剛帖於李槎川家 用錢三十兩及良馬價四十兩云 其爲所珍如此 然謙齋之家實貧雖經數邑 至老食祿常患不給豈非介士哉 謙齋治易甚專深透邃奧 亦不自衒 人鮮知之 獨以畵顯亦可嘅也 然聖上甚重其畵 常以謙齋呼之 其亦榮矣 謙齋壽至八十四爵至腦金 子孫亦多 可謂福人 我伯氏嘗得一扇謙齋畵桃源圖 甚精細而題之曰八十二歲翁作 字如絲毫 其精神之旺又如此 可異也" 부분 탈락.

18.48話 -- 靑 78話 "孟監司東岳聞奇事"

후자의 경우, 다음 부분에서 차이를 드러냄.

1. "若倭兵來卽吾可領汝輩起兵往守(鳥嶺)" ( )부분이 (馬島)로 變異.
2. "是以當師忌日哀痛〔之情〕輒不自抑 久而不衰"〔 〕부분은 탈락.
3. "公遂辭歸 其後數年公遇楓岳僧問之 其僧已死茶毗云 余閱壬辰錄有云 江南人許儀俊以客商被虜於日本爲薩摩島主所愛 聞關伯入寇遣所親朱均旺投書上國邊帥曰關伯命對馬島主扮作七等人渡高麻相地還報云 盖此八僧也" 부분 탈락.

19.52話 -- 靑 79話 "種陰德尹公食報"

후자의 경우, 다음 부분에서 차이를 드러냄.

1. "尹公忭〔明廟朝文科 官至軍資正 歲在丁亥〕爲刑曺正郞時"〔 〕부분은 탈락.
2. "公看之紙上書(癸巳生酉時)男子 其左卽" ( )부분이 (某年某

月日時生)으로 變異.

3. "此事在金淸陰集尹正墓誌之中 而微著其事不及於神怪 尹得變傳此事" 부분 탈락.

20.53話 -- 靑 235話 "得金缸兩夫人相讓"

후자의 경우, 些少한 자구의 차이를 제외하고서는 완전히 동일한 자료로 보여지기에 본격적인 논의의 대상으로 삼지 않았다.

21.54話 -- 靑 236話 "採山蔘二藥商竝命"

후자의 경우, 사소한 자구의 차이를 제외하고서는 완전히 동일한 자료로 보여지기에 본격적인 논의의 대상으로 삼지 않았다.

22.56話 -- 靑 179話 "田統使微時識宰相"

후자의 경우, 매우 많은 부분에서 變異된 樣相을 찾을 수 있는 바, 가능한한 있는 그대로 자세히 제시해둘까 한다.

1. "風骨秀傑多智略/沈深亦/有鑑識" / /부분이 첨가됨.
2. "獨奉偏母惸然塊處 (室如懸磬秋無甔石)((貧窮))之極 菽水難繼(言論風儀綽有可觀 又勤勤做工窮晝夜屹屹不輟)" ( )부분이 첨가·變異되고 (( ))부분이 ((窮貧))으로 變異됨.
3. "常奇李公爲人 傾身交結共爲知己" ~~~ "常奇李公之爲人 傾身納交定爲刎頸之友"로 變異.
4. "一日初冬" ~~~ "忽於初冬"로 變異.
5. "(子)之形貌終當貴富 而(今)貧困如此((上奉下率))无以濟拔"에서 (子)는 (公),(今)은 (時運未到)로 變異,(( ))부분은 첨가.

6. "但釀之熟卽告我 李公如其言 釀旣熟 東屹乃遍告邑人曰李措大雖貧乃賢士夫也 奉偏親无以爲生" ~~~ "以此釀酒 酒熟卽通于我 李公如其言 釀旣熟告于東屹 東屹乃遍召隣人告之曰李措大今雖貧寒乃後日宰相也 家奉偏親朝夕屢空无以爲生"으로 첨가 부연.
7. "又重李公 皆(許之)"에서 ( )부분이 (齊聲應諾)으로 變異.
8. "數日後皆(致)柳鑠錐如其數((可爲數萬餘介))" ( )부분이 (取)로 變異, (( ))부분이 첨가.
9. "與李公同往乾芝山下 有一柴場 刈草淨盡乃東屹土也 東屹與公及其僕 遍揷木錐" ~~~ "與李公同往乾芝山下柴場 柴場乃東屹土也 刈草淨盡東屹與李公及奴僕輩遍揷木錐"로 부연·도치 變異.
10. "及至明春 凍解" ~~~ "其翌年春 凍解之後"로 變異.
11. "乃拔去其細者 只留〔大者〕三四莖"에서 〔 〕부분 탈락.
12. "李公大喜(猝富)"에서 ( )부분이 (猝然成富家翁)으로 變異.
13. "李公方喜家計之(稍)贍而養親之/優/也" ( )부분이 첨가,/ /부분이 (無憂)로 變異.
14. "一日大風起燒屋 不能救積儲之粟盡爲燒燼 无一留者"부분이 "一日火生竈突延及室宇 適又大風起 火熱風猛撲滅不得積貯之粟 幷入灰燼之中 無一留者"로 부연 變異.
15. "李公自知窮命无粟之福 母子相扶一慟而已" ~~~ "李公自歎窮命天不見助 无食粟之福 母子相扶一場慟哭而已"로 부연 變異.
16. "東屹曰天道固不可知也 李措大心貌實非窮死者 而今若此豈吾眼謬耶" ~~~ "東屹曰天道杳茫姑未可料也 李措大氣宇狀貌決非窮死者而今者天災孔酷不遺粒米 此何故也 豈吾有眼而无珠耶 心竊歎傷"으로 부연 變異.
17. "東屹謂李公曰子試入京觀光 僕馬糧資吾備之耳" ~~~ "東屹乃謂李公曰公試入京觀光 僕馬資糧吾當辦備須勿慮焉"으로 부

연 變異.

18. "體裁緊密決科可必 厚助試具 及入場 果一擧魁捷" ~~~ "體裁精潔句作淸新 尙未得一番初試亦云晩矣 今科卽須努力觀之 遂助給試具及入場屋 自作自書早早呈劵 果一擧魁捷"으로 부연 變異.
19. "又延譽於朝 中郞入淸選 聲望甚重 乃輦母入京" ~~~ "遂延譽於朝中郞入淸選 歷翰林玉堂 聲望甚重靄蔚 乃輦母入京"으로 부연 變異.
20. "君與我神交也 門地非所論也" ~~~ "君與我神交也 門地班閥 初非可論"으로 부연 變異.
21. "雖在衆人之中无爲過恭 俄而" ~~~ "雖在衆人廣坐之中无爲做 待以平交无間彼此 俄而"로 부연 變異.
22. "公挽袖止 東屹乃拜而豫坐 公謂諸僚曰此是吾知己之友也 智慮材力 大非今世之人 將來國家必藉其力 兄輩毋以尋常武弁視之 深爲結知吾之挽留 將爲蟠木之先容也 諸僚視東屹 狀貌堂堂 皆相顧奬賞 深願追隨" ~~~ "李公挽袖止之 東屹乃拜現之參座 李公謂諸僚曰此是吾知己之友也 智慮材力拔出儕類 大非今世之人物 日後國家必藉其力 將大用之人也 兄輩必无以尋常武弁視之 深爲結納焉 諸僚見東屹 身手赳赳 狀貌堂堂 皆相顧奬詡 使之尋訪"으로 부연·탈락 變異.
23. "諸人競相汲人歷職通顯 聲名赫奕 兼以活民之情能馭戎之材鍊一世咸推 多歷方鎭至於統制使" ~~~ "諸人競相吹噓延譽廟堂 遂通列于西班正職 由宣傳官 多踐方鎭 治民勤幹馭戎諳鍊 聲名赫翕 擧朝稱賞 自兵水使至統制使"로 부연 變異.
24. "年亦耆艾 子孫繼登武科 亦爲顯揚 可異哉" ~~~ "年過耆艾 子孫衆多 而子孫繼登虎榜 遂爲東方武班之顯閥云爾"로 부연 變異.

23화.57話 -- 靑 122話 "成家業朴奴盡忠"

후자의 경우, 매우 많은 變異된 樣相을 드러내고 있어 앞서와 같이 자세히 그것을 제시해둔다.

1. "延陽君李時白夫人家有奴名彦立者" ~~~ "朴僉知彦立者延陽李公聘家奴也"로 變異.
2. "一食(斗米)常患不足" ( )부분이 (一升)으로 變異.
3. "且畏其獰壯 乃放之〔任其自便〕 彦立不肯〔去〕曰上典(之)使喚不足/无/可(任)〔使事者何吾去 其家甚患之不復責以任事〕居" 〔 〕부분은 탈락,( )부분은 (宅)(去)로,/ /부분은 /何/로 變異.
4. "未久其(主君以疾卒逝) 獨有孤孀〔與〕(一)女號僻〔於室中〕而已〔无他親戚臨視者 送終之具且无以治之〕" 〔 〕부분은 탈락, ( )부분은 (外上典染病不起)와 (稚)로 變異.
5. "又見〔其〕形貌〔之〕猛悍(懼)其逢辱〔不細〕 乃往一處" 〔 〕부분은 탈락, ( )부분은 (慮)로 變異.
6. "主母自此(凡)家事(唯彦立是聽)"에서 앞 ( )부분은 첨가, 뒷 ( )부분은 (巨細一聽彦立之言矣)으로 變異.
7. "主母(曰豈不善哉)" ( )부분은 (然之)로 變異.
8. "彦立告於主母曰阿只今已年長 當求婚處 此當求之於京中某洞某宅 是我宅之戚族也 小人曾謁其主君 願得廳下一札求得郎材矣" ~~~ "彦立乃告曰阿只氏年方及笄當求婚處 而鄕中卽无可合處 勢將求之京中某洞某宅是宅之戚叔 而小人亦曾數次謁見廳下 若裁給一札 言及求婚之意 卽小人當卽往傳納矣"로 變異.
9. "其家乃當朝名官(也) 〔喜其家之饒贍而〕感(其)贈遺之厚 許以盡心求之" 〔 〕부분은 탈락,( )부분은 첨가 變異.
10. "彦立乃買得佳梨一擔自作梨商 遍入士夫家" ~~~ "彦立乃

買得香梨一擔 自行梨商 遍入城內外士夫家"로 부연 變異.

11. "有一總角秀才〔年已長大 頭髮鬅鬆 衣服垢汚 而出門呼梨商 彦立乃往出其梨 秀才〕拔刀削皮"〔 〕부분은 탈락.

12. "彦立固請〔而終不許 彦立乃歸告主母 更裁一札費辭固請〕之 名官乃"〔 〕부분은 탈락.

13. "聞此大喜乃涓吉定行旣過禮" ~~~ "聞此大喜卽爲涓吉 於是彦立定一家舍於京中 仍又下鄕告主母以定婚涓吉之由 又請盡眷上京主母依其言上京過行女婚焉"으로 부연 變異.

14. "延陽少年疎儁 行多跅弛 彦立獨甚奇之稱揚不離口 主母喜甚善待 所需无不致 及廢主" ~~~ "延陽少年豪儁 行多跅弛 人多不取彦立獨奇之 稱詡不離口 及昏朝"로 첨가·탈락 變異.

15. "彦立曰以臣伐君勸之固難〔而彛倫已㔹〕國/之/將亡不勸亦(爲)難 但未知〔公之所與〕同事(諸公之)爲人如何耳"〔 〕부분은 탈락, ( )부분은 첨가,/ /부분은 '家'로 變異.

16. "(已而)來謁曰小人此去猶(當事)之危 走入海中"에서 ( )부분이 (一日)과 (慮其萬一)로 變異.

17. "事若有危〔端〕願公(卽皆)出臨 公許之"〔 〕부분은 탈락, ( )부분은 (與小人上典同爲)로 變異.

18. "延平三父子一時勳封 尊榮无比益偉" ~~~ "延平三父子一時疏封富貴隆赫"로 축약 變異.

19. "彦立之忠智明識不復以僮僕待之 而主家乃白文放贖 居在公州其子孫頗多 皆爲良人" ~~~ "彦立忽告歸曰小人於上典宅已盡了債今卽年老將永歸矣 唯望大監視聘宅如親邊 上典宅无他奉祀以外孫奉祀禮 無使香火有闕 幸甚幸甚 延陽驚問曰汝今安歸乎 曰小人雖卑賤 自有小人安身之所 不可久留於世矣 然而小人有一塊血肉 唯望大監善視之 必以爲矣宅之墓

下守塚之任如何 小人所願如是而已仍卽辭退不知所終"로 부연 變異.

20. "其他奇事甚多 而此奇絶特著者是皆李善及崑崙奴之類 而此尤偉可傳於後矣"부분 탈락.

24.58話 -- 靑 80話 "往南京鄭商行貨"

후자의 경우, 다음 부분에서 차이를 드러냄.

1. "光海時漢師有一大賈" ~~~ "古有鄭姓一大賈"로 變異.

2. "請更貸二萬銀 二年內當(盡)償四萬 无絲毫欺(負)" ~~~ "請更貸二萬銀 /三/年內當償四萬/兩/ 无絲毫欺"로 變異.
3. "評曰是賈誠偉矣 其花園老卒之類也歟 以其負七萬者觀之 亦大跖弛耳 兵陷之死地而後生 觀其智勇 足以爲將矣 然苟非陷死地 烏能致此"부분 탈락.

25.59話 -- 靑 180話 "李節度窮途遇佳人"

후자의 경우, 다음 부분에서 차이를 드러냄.

1. "以此入京官可得也 成卽人 不成卽鬼 我欲一決 妻許之" ~~~ "以此入京求官 得卽生 不得卽死 我意已決矣 妻亦許之"로 變異.
2. "囑主人善待之〔其抑揚甚示威勢 主人奉行唯勤〕李以爲主人素知此漢"〔 〕부분은 탈락.
3. "問(不來之由) 曰爲進士圖官豈可倉卒耶" ( )부분이 (數日何爲不來)로 變異.
4. "若又進五十金/卽/(其感悅當如何 寵姬懇請尤爲甚緊 李亦善

之卽與五十金)" / /부분은 첨가, ( )부분은 (事可十分完全矣 李又以五十金出給)으로 變異.

5. "日高至午 過午至晡〔且暮矣〕" 〔 〕부분은 탈락.
6. "李〔雖上典〕 不能出聲氣" 〔 〕부분은 탈락.
7. "李自念蕩敗家産盡輸於一賊漢 〔都由一心之疎闊〕 累代宗祀許多家眷 將擧委於溝壑" 〔 〕부분은 탈락.
8. "實難自死 莫如爲人所打死 〔遂出忙忙然歸〕 翌日" 〔 〕부분은 탈락.
9. "婦曰所謂情事 何事〔也 願聞之〕" 〔 〕부분은 탈락.
10. "李聞其言 始也惻然 繼(以)欣然〔奈此 頓无生念〕徐曰" ( )부분은 (而)로 變異,〔 〕부분은 탈락.
11. "復上京求仕 深懲前日 〔事〕務/極/周詳(除美職遷歷以)序累陞雄鎭 (及)節度使 厥女與/之/(偕老)" / /부분은 첨가,( )부분은 (甄復出六 次次),(同居)로 變異,〔 〕부분은 탈락.
12. "〔人以爲好施信人之效 天道昭昭 信不誣矣 評曰政從他女夫之醜德 竊取人妾士之惡行 固君子之所不道 然此兩人者皆出於寃極情蹙 事成於偶然 賤妾不足咎 武夫无可責耳 然有心德者不惡 終受報靡應自然之理也 是卽可取也〕" 〔 〕부분은 탈락.

26.60話 -- 靑 209話 "乞父命忠婢完三節"

후자의 경우, 사소한 자구상의 차이를 제외하고서는 완전히 동일한 자료로 보여지기에 본격적인 논의의 대상으로 삼지 않는다.

27.67話 -- 靑 193話 "治墳墓諸星州現夢"

후자의 경우, 다음 부분에서 차이를 드러냄.

1. "星州文官鄭錫儒未第/之/時 /與/(牧使)〔洪應夢〕之弟〔應昌中別試〕 方治〔應〕講〔之〕工 〔延錫儒共讀〕於梅竹堂 堂前又有支頤軒" //부분은 첨가, ( )부분은 (本倅)로 變異, 〔 〕부분은 탈락.
2. "明日取考先生/案/卽有曰〔牧使〕諸沫" //부분은 첨가, 〔 〕부분은 탈락.
3. "〔南相國九萬藥泉集有曰余以繡衣巡到星州 與友人尹衡聖夜話閱先生案得諸沫問於尹友 尹友曰余內子避亂來此 習知諸沫事 諸沫臨壬辰起義兵討賊 所向无敵 臨陣對敵勇氣軒軒 鬚髯如蝟毛磔 賊望之如神 聲名如郭再祐并稱 而反出其上云 鶴山曰東國未聞有諸姓而中原江浙間有諸氏 諸之先豈中州人也 太史公曰古者富貴 而名磨滅不可勝記 唯倜儻非常之人稱焉 如諸沫者非所謂倜儻非常者耶 信斯言也 可謂忠義勇烈冠當世也 其名磨滅无聞乃如此 宜其精爽鬱結久而不化矣 豈不悲哉 然終得奇士一泄之 令道臣聞之 修其墳墓養其草木 使世人漸知有諸牧使 自此寃亦可解矣 楚辭曰魂魄毅兮 爲鬼雄其沫之謂乎〕" 〔 〕부분은 탈락.

28.74話 -- 靑 215話 "憑崔夢古塚得金"

후자의 경우, 다음 부분에서 차이를 드러냄.

1. "崔奉朝賀奎瑞〔旣躋崇班經銓任後 便休致閑居 人皆高之 世謂公嘗遇異人敎以急流勇退 盖公〕少時" 〔 〕부분은 탈락.
2. "下民 (嘗)曉夕爨熱我室 〔我實〕難堪" ( )부분은 (常)으로 變異, 〔 〕부분은 탈락,
3. "<常公>深志之固 卒循其(計 无所尤悔) 〔具梡明叔嘗聞此說於李說爲余言之〕" < >부분은 <公常>으로 맞게 도치, ( )부

분은 (言年未衰而退處龍仁)으로 變異, 〔 〕부분은 탈락.

29.78話 -- 靑 216話 "逐邪鬼婦人獲生"

후자의 경우, 다음 부분에서 차이를 드러냄.

1. "李相國濡〔仁厚長者〕在玉堂時" 〔 〕부분은 탈락.
2. "〔曾見野錄成虛白遇典牲署東谷下有人長丈餘 戴笠衣蓑 目光如炬腥氣逆鼻 虛白立馬熟視 其人騰空向東而去 又見抱朴子曰 山精有如人長九尺 衣裘戴笠 名曰金累 以名呼之 卽不敢爲害 又曰山精形如小兒 獨足喜來犯人 然卽其婦人所値者 盖山精也歟〕" 〔 〕부분은 탈락.

30.85話 -- 靑 210話 "訪舊主名馬走千里"

후자의 경우, 다음 부분에서 차이를 드러냄.

1. "一日指一/牝/馬謂妾曰當生(神)駒" / /부분은 첨가, ( ) 부분은 (新)으로 變異.
2. "全昌大驚〔意必生事 然深〕異之 仍置壁室中" 〔 〕부분은 탈락.
3. "光海/大怒/懸購大索窮搜至闤籬者三" / /부분은 첨가.
4. "一日馬忽振鬣擲(踠高嘶暢逸) 俄而" ( )부분은 (躅擧項長鳴)으로 變異.
5. "仁廟聞(其事)" ( )부분은 (之)로 變異.
6. "〔今大塚猶在 夫湛一之氣 人得之而爲聖 物得之而爲神 天之不畀人 而畀物 此雖適然之理 而豈非可惜者耶〕" 부분 탈락.

31.90話 -- 靑 201話 "李武弁窮峽格猛獸"

후자의 경우, 다음 부분에서 차이를 드러내나 위에 든 자료들과 같은 큰 차이는 없는 것으로 보여지기에 본격적인 논의의 대상으로는 삼지 않았다.

1. "主人蹶然起拜而〔又拜而〕致謝　生問曰(君何不持劍刺之)" (　) 부분은 (持劍刺之君何不爲)로 도치 變異,〔　〕부분은 탈락.
2. "又携出(所藏)櫃(每)個　皆金也" (　　)부분은 (小漆)과 (數)로 變異.
3. "遂將女與貨〔同歸〕欲擇壻嫁之"〔　〕부분은 탈락.
4. "遂爲生(有)" (　)부분은 (副室)로 變異.

32.92話 -- 青 202話 "南師古東國選十勝"

후자의 경우, 다음 몇 부분에서 차이를 드러내나 위에 든 자료들과 같은 큰 차이는 없는 것으로 보여지기에 본격적인 논의 대상으로 삼지 않았다.

1. "第八茂〔朱茂〕豊"〔　〕부분은 탈락.
2. "丹陽郡有駕次村在治南十〔里　周四十餘〕里　有人家五/六/十" / /부분은 첨가,〔　〕부분은 탈락.
3. "庇仁藍浦亦不見兵/革/　赫岩之言　信哉" /　/부분은 첨가.

<趙生 - 屠牛坦의 딸> 이야기의 의미 연구

1. 머리말

〈趙生 - 屠牛坦의 딸〉 이야기는 그 내용·형태상 다른 야담 자료들과 마찬가지로 충분히 논의할 만한 가치가 있는 자료로 생각된다. 이 이야기는 특히 여주인공의 적극적인 면모에 힘을 입어 상층 신분의 남주인공과 최하층 신분의 여주인공이 각자 처한 신분적 차이에도 개의하지 아니하고 그것을 넘어서는 가운데 그들의 사랑을 성취하게 된다는 서사 내용으로부터 우리들이 한번쯤은 구체적으로 검토해 보아도 좋을 작품인 것으로 여겨진다. 나아가 이 자료의 경우 다른 야담 자료들의 경우에 비해서는 상대적으로 적기는 하지만 몇 類話가 있는 것으로 확인되는 바, 그들 사이에서 드러나는 두드러진 차이 또한 우리의 흥미를 끌기에 족한 것으로 사료된다.

본고는 해당 자료의 몇몇 類話에서 드러나는 변이 양상까지도 최대한 고려하는 가운데 그 서사구조와 의미를 통하여 이 이야기의 의미를 보다 구체적으로 살펴보는 데에 그 근본적인 목적이 있다. 논의의 과정 속에서 필요하다면 같은 성격을 지니는 것으로 파악되는 다른 야담 자료들 또한 해당 작품에 대한 보다 깊이 있는 논의 전개를 위해서라도 여기서 검토될 수 있음을 아울러 밝혀 둔다.

〈趙生 - 屠牛坦의 딸〉 이야기는 필자의 寡聞의 탓인지는 알 수 없지만, 아직까지 학계에서 본격적으로 거론된 적은 없는 작품인 것으로 보여진다. 그 이유는 〈趙生 - 屠牛坦의 딸〉 이야기의 경우 다른 자료들에 비하여 상대적으로 많은 야담집에 실려 전하고 있는 자료가 아니라는 사실과 아울러 이 작품에서 설정되고 있는 주된 서사사건 곧 상층신분의 남주인공과 최하층 신분의 여주인공의 結緣을 이야기해 주고 있는 몇몇 자료들[101]에 쏟아졌던 관심에 비해 상대적인 견지에서 아직 미처 관심이 주어지지 못했던 데에 있는 것이 아닐까 한다. 그러나 이 작품은 여러 모로 볼 때 이제껏 관심이 주어져 왔었던 같은 유형에 드는 몇몇 야담 자료들에 비하여 결코 뒤떨어지지 않는 나름의 가치를 지니고 있는 것으로 보여지는 바, 바로 이점이 본고를 통하여 이 작품을 구체적으로 논의하게 된 한 계기가 되었다.

그러나 야담문학에 나타난 신분을 달리 하는 남주인공과 여주인공의 結緣 형상이 지니고 있는 의미에 대한 일찍부터 있어 왔던 일련의 계속된 논의[102]는 본고에 많은 도움이 되었다는 점은 부정할 수 없는 엄연한 사실임을 여기서 밝혀둘 필요가 있겠다.

〈趙生 - 屠牛坦의 딸〉 이야기의 유화로는 현재까지 『瑣語』와 『選言篇』, 그리고『醒睡叢話』에 수록된 것만이 그 전부인 것으로 파악된다. 이외에도 물론 필자가 아직껏 검토하지 못한 자료들 가운데 그 類話가 더 있을 가능성 또한 분명히 있을 것이다. 그러나 이들 세 자료에 나타나고 있는 나름의 변이 양상에 대한 검토만을 통해서도 본고에서 시도하고자 하는 나름의 작업은 어느 면 제대로 얻어질 수 있을 것으로 기

---

101) 예컨대 '일타홍이야기'·'옥소선이야기'등을 그 대표적인 작품으로 들 수 있을 것이다.

102) 이신성, 『天倪錄研究』, (서울, 보고사, 1994)를 비롯하여 일일이 매거할 수 없을 정도의 많은 논문이 이루어진 바 있다.

대되기에 자료의 부족 현상 그것은 큰 문제가 아니라고 할 수 있다.

여기서는 먼저 이들 세 자료 사이에서 드러나고 있는 변이 양상에 대한 검토를 통하여 해당 이야기에 대한 본격적인 논의의 발판을 마련한 뒤, 이어서 해당 이야기의 서사구조를 통하여 그것이 크게 結緣談과 推奴談으로 이루어져 있음을 또한 밝혀낸 뒤 이러한 하위 구성요소들의 상호 합성이란 면모를 통하여 이 이야기의 話者(전승자) 또는 야담집의 편자 자신들이 드러내려 했었던 이야기의 궁극적 의미는 무엇인지를 밝히는 순서로 논의를 진행하여 갈까 한다.

논의의 대상 자료는 연세대 도서관 소장의 『瑣語』[103]와 장서각 소장의 『選言篇』[104], 그리고 淵民 李家源 先生 所藏의 『醒睡叢話』[105]로 한정된다.

2. <趙生 - 屠牛坦의 딸> 이야기 類話의 계열과 변이 양상

〈趙生 - 屠牛坦의 딸〉 이야기 類話는 앞에서 밝힌 바와 같이 『瑣語』, 『選言篇』, 그리고 『醒睡叢話』와 같은 3 종의 야담집에 수록·전승되어 왔던 것으로 생각된다. 이들 3 종의 야담 자료집에 보이는 〈趙生 - 屠牛坦의 딸〉 이야기는 다음과 같은 면모를 고려할 때, 그것은 다시 『瑣語』와 『選言篇』을 한 계열로, 나머지 『醒睡叢話』를 다른 한 계열로 하여 나누어 살필 수 있을 것으로 보여진다. 이러한 계열 구분의 가장 큰 근거는 『醒睡叢話』소재 類話의 경우 전 二者의 경우와는 달리 송진사에 의한 추노행위 과정에서의 위기와 그 극복이란 면모를 담고 있는 삽화가 전혀 나타나지 않고 있다는 점에 있다. 이것은 〈趙生 - 屠牛坦의

103) 정명기편, 『韓國野談資料集成』 7권, (서울, 계명문화사, 1987.),p.40 - 48.
104) 김기동편, 『韓國文獻說話全集』 5권, (서울, 태학사, 1981.), P.507-522.
105) 열상고전연구회편, 「열상고전연구」 3집, (서울, 태학사, 1990.), P.366-376.

딸〉 이야기에서 구조상의 차이를 실제적으로 야기하고도 남는 큰 변이 양상으로 기능하고 있는 바, 본격적인 논의 전개에 앞서서 여기서는 먼저 계열 구분의 기준이 되는 해당 원문을 제시하고, 이어 두 계열의 類話에서 드러나는 이밖의 몇몇 변이 양상에 대한 검토를 발판으로 하여 이들 類話들이 어떠한 요인에 의하여 나타나게 되었는지 하는 문제와 아울러, 가능하다면 이들 계열의 類話들의 선후 관계를 포함한 몇몇 관련 사항에 대한 문제 또한 검토해 볼까 한다.

이에 여기서 계열 구분의 기준이 되는 송진사에 의한 추노행위 과정에서의 위기와 그 극복이란 면모를 담고 있는 삽화의 문면을 제시하면 아래와 같다.

一日宋進士言於監司曰吾之下來 適爲推奴於某處 今可推覓而還歷訪矣 監司許之致餞而別 宋曰吾於某處有所囑 君可聽施 監司亦許之 宋至奴子所住處 數十餘家 自作一村 皆以班名着世 或着冠 或宕鞷 棟宇連結田畓豊肥 儼然一洞庄也 乃入一大家 主翁方敎子書 見進士至 輒脫冠下堂而迎之 款曲接待 進饌豊潔其誠可尙 已而一洞皆來問安 留連數日 乃以文券示領首者曰吾今爲汝等而來也 領首曰進士主旣下來則小人等焉敢違命乎 當以每名下錢百贖良矣 進士乃許之 是夕渠輩相會商議曰吾等每名下錢百 合爲數萬金 若收此而出則吾輩皆蕩敗家産矣何以賴生也 輩中一漢曰不如殺之以絶後患也 老奴曰何忍如是 衆議立之 萬口和附幷爲一談 進士閒步堦庭以悉其語矣 心神慌忙不知厶措 明日諸奴具壽衣板材而言曰小人等若出此錢則皆蕩敗無餘 進士主生前小人等無以報誠 進士主別世後治喪凡百 小人等盡心力而爲之矣 進士笑曰不然 吾欲使汝劫奪耶 吾以好意來訪汝等力不贍則吾何相爭乎 汝等可尙則吾使拔世矣 奴子等曰何以拔遷乎 曰汝等蟄伏山村 無人識姓名 何以行世乎 今巡使吾之至友也 一札而可得裨 惟汝等以此行於山谷不爲闒名乎 奴等大喜卽求手書 進士乃書之 申申勤托 年月日宋徽欽拜云 專人剋日到營 監司開坼視之 的是手筆 且有宿約 卽書裨帖幾張而送之 又見徽欽拜云云 而更見月日之下書 心甚訝惑 持書入謂子婦曰汝之父親 自某處有書求裨帖 故吾已書送而更見年月日之下書曰 徽欽 汝父親名字 本非是字 今書親筆而名字誤書未知何故也 以書替與子婦 子婦受而覽畢揮涙如流 監司及夫人驚問曰是何故也 子婦對曰父親向以推奴爲敎 故子婦再三勸諌 推奴之計 本不祥之兆 世所罕有而生還者 亦無幾人 今父親當此厄境也 徽欽二字 本非啣字 乃是宋徽宗欽宗之徽欽也 昔此二君 遭胡亂入於土窟 音耗不得出外 困餓而崩 必此

謂之也 監司及夫人大驚卽發精校健差百餘人 觸手羅縛 盡沒其家産而來 以綱常之罪 正其律 宋進士尋來亦言 果如新婦所言 由是監司及夫人 愛惜愈篤 趙生亦多所學 其後趙生亦登龍門抱麟 淸福安享云106)

위와 같은 노비 추쇄에 따르는 위기와 그 극복을 이야기하고 있는 삽화의 존재 유·무에서 뿐만 아니라, 다시 다음과 같은 변별성을 두 계열 모두 지니고 있다는 점에서 이들 두 계열은 분명히 그 나름의 독자적 면모를 갖고 있는 자료인 것으로 보아도 좋다는 점이 검토 결과 확인되었다. 그것은 곧 『瑣語』·『選言篇』계열에서 드러나고 있는 서술상황에서의 故事의 지나친 사용을 『醒睡叢話』계열에서는 가급적 사용하고 있지 않다는 현상을 말하는 것으로, 이런 현상을 통해서도 우리는 이들 두 계열의 작가층 내지 향유층의 구성 성분에 대한 일련의 정보를 어느 정도로든지 간에 얻어낼 수 있을 것으로 기대한다. 그 구체적인 해당 문면은 아래의 두 경우에서 두드러지게 나타나고 있는 바, 이해를 돕기 위해 제시하면 아래와 같다.

가. 『瑣語』·『選言篇』에서의 "周德流行 雖愧漢廣之遊女 衛俗淫亂 願絶采唐之餘風 雖白刀可蹈不可奉施 童子曰娘亦讀書矣 請以傳喩 昔蘇學士王晋卿 豈不學接恭之禮 琴操春鶯 而豈不知恬情之態 一筵相拜便作情好 杜蘭之於張碩 愛卿之於萊公 始有欣慰之辭 終無忘却之言"(밑줄:필자 표시) 부분이 『醒睡叢話』에서는 "行媒議婚 納幣親迎 人倫之大綱也 今君以男子之身 換着女服 非禮之事 欺取人家處子 此豈堂堂丈夫之行乎 妾雖卑賤弱女 終不效文君鶯鶯之穢行矣 雖百刀臨項 決不奉施也"(밑줄:필자 표시)로 대체·축약되어 나타나고 있다는 점.

106) 『瑣語』·『選言篇』소재 유화의 異同을 필자 나름으로 교합한 자료임을 밝혀둔다. 따라서 여기서 제시되는 내용은 위 자료의 실제 문면들과 약간 부분에 걸친 차이를 지니게 될 수밖에 없다.(이하 다 같다.)

나. 『瑣語』·『選言篇』에서의 "昔紅拂隨李靖之馬 韓壽偸賈氏之香 古有人焉"(밑줄:필자 표시)의 문면이 『醒睡叢話』에서는 완전히 탈락되고 있다는 점.

이러한 두 문면을 통해서 우리는 다음과 같은 사실을 끄집어낼 수 있을 것으로 생각한다. 그것은 곧 이들 두 계열의 경우 이야기에 설정되고 있는 서술상황의 직접적인 전달에만 궁극적인 관심을 두었던 『醒睡叢話』계열의 작가군 또는 향유층의 존재를 상정할 수 있는 것과는 달리, 이야기에 설정되고 있는 서술상황에 대한 문학적인 부연과 수식에도 나름대로 일정한 범위 내에서 어느 정도 많은 관심을 쏟고 있었던 『瑣語』·『選言篇』의 작가군 또는 향유층이라는 존재의 차이를 상정할 수 있다는 점을 말하는 것이다. 특히 『瑣語』·『選言篇』類話로 이루어진 계열에서 적절히 引用되고 있는 많은 고사들은 『醒睡叢話』에서 그러한 현상이 거의 나타나지 않거나 약화되어 나타나고 있는 현상에 비겨 볼 때, 어느 면 이야기에서의 특정 서술상황에 대해 보다 구체적·집약적으로 강조해서 서술할 수 있게 한다는 긍정적인 기능과 아울러 작가군 내지 향유층이 지니고 있었던 나름의 문학적 역량 또한 일정하게 드러내 보이고 있다는 일정한 문학적 의의를 부여받을 수 있는 계기로도 생각할 수 있다. 그러나 『醒睡叢話』계열의 類話들이 가급적 고사를 사용하지 않고 이야기의 특정 서술상황을 드러내 보이고 있는데 비한다면, 이 계열에 속하는 類話들의 경우는 『醒睡叢話』계열의 작가군 내지 향유층에 비하여 의식면에서 상대적으로 더 보수적인 속성과 아울러 이야기 자체의 효과적 전달에 대해서는 그다지 많은 신경을 쏟지 않았던 인물에 의해 창작·향유된 자료로 생각된다는 특성을 갖는다고도 할 수 있다.

이러한 사실을 우선 전제하여 두고, 여기서는 각 계열 내에서의 변이양상의 실제적 면모를 통해서 계열 내 類話의 상관성을 밝히는 동시에 아울러 계열 상호간의 관계 양상을 이어 다루어 볼까 한다. 여기서는 효과적인 논의 전개를 위하여 먼저 『瑣語』·『選言篇』소재 類話 내에서의 변이 양상을 살펴보기로 한다. 검토 결과 『瑣語』와 『選言篇』소재 類話 내에서의 변이 양상으로는 다음과 같은 몇몇 사항이 나타나고 있음을 알 수 있었다. (뒤에서 언급하겠지만 이들 두 類話는 동일한 祖本 아래에서 파생된 자료로 보인다는 점에서 그렇게 큰 변이 양상을 드러내는 것은 아니라고 할 수 있지만, 다른 계열과의 거리를 확보하기 위해서라도 그 변이의 정도를 여기서 일단 한번쯤은 확인할 필요가 있기에 항목을 나누어 살펴볼까 한다.)

첫째, 『瑣語』에 있는 특정 문면 또는 어구가 『選言篇』의 類話에서 누락되고 있는 부분이 나타나고 있다는 점.

둘째, 『瑣語』에 있는 특정 문면 또는 어구가 『選言篇』의 類話에서 문맥상 같은 의미를 지닌 다른 문면 또는 어구로 대체되는 부분이 나타나고 있다는 점.

셋재, 『瑣語』와 『選言篇』 類話 모두 각기 분명한 오류로 생각되는 부분을 갖고 있다는 점.

넷째, 『選言篇』의 경우에서는 특히 『瑣語』에 비하여 부연된 부분으로 생각되는 문면이 나타나고 있다는 점등이 그것이다.

이제 두 자료집의 관계 양상에 대한 정확한 이해를 위해서도 우리는 이들 자료, 곧 『瑣語』·『選言篇』소재 類話 내에서의 실제적인 변이 양상을 구체적으로 摘出해 볼 필요성을 갖게 된다. 그렇기는 하지만 이들 類話 내에서의 변이 양상은 『醒睡叢話』계열에 속하는 類話의 경우에 비해 볼 때 그렇게 큰 차이를 지니는 것이라고 생각되지 않는다. 이는 곧 이들 두 자료 사이에는 상대적으로 매우 높은 친연성이 확보되어 있다는 것을 바로 말해 주는 것이기도 하다. 구체적인 자료를 하나하나 다

나열·제시한다는 것은 번다한 감이 있으므로, 여기서는 대표적인 보기만을 제시해 두는 것으로 그칠까 한다.

우선 첫째 경우에 해당되는 보기를 제시하기로 하자. 그런데 이 경우는 다음 한 부분만을 제외하고서는 대부분 字句上에 걸친 미세한 부분에서의 차이에 그치고 있으므로, 여기서는 이들 부분에 대해서는 따로 제시하지 않고자 한다. 두 類話 가운데서 차이가 나타나고 있는 부분은 『瑣語』의 다음 문면 곧 "郞君/以京華子弟 父母必爲之求婚卽大而宰相下而名士 媒婆塡門爭以口辯誇美卽殊不知何處之可否 何況此身乎 他日郞君/得意(志)之後"(밑줄과 표 /　　/:필자 표시)인 바, 이 가운데서 표 //한 부분이 어떠한 이유의 작용에서인지는 현재로서는 분명히 확인되지 않고 있지만, 『選言篇』 類話에서는 누락되어 있다. 여기서 그 이유를 거칠게나마 추론하여 본다면, 위의 문면 가운데서 밑줄 친 부분을 통하여 확인되는 郞君이라는 동일한 단어로부터 쉽게 일어날 수 있는 비의도적인 오류의 결과 그것이 산생된 것이 아닌가도 여겨진다. 이것은 『選言篇』의 다른 부분을 볼 때, 위의 경우를 제외하고서는 이러한 규모에 걸친 누락 현상이 전혀 나타나지 않고 있다는 점으로부터도 역으로 확인된다고 하겠다.

이제 둘째 경우에 해당되는 대표적인 보기를 제시하기로 하자.

『瑣語』	『選言篇』
乃至女所	乃之女所
心甚異也	心甚異之
吾於昨日坐於外廳爐頭	吾於昨日坐於外廳上
必不使我爲扼火渡水矣	必不使我爲握火踏水矣
君女何在	君女安在
未知奉期當在何時耶	未知奉期當在何秋耶
得意之後	得志之後

萬無蘇甦之望云	萬無甦省之望云
不幸日前長逝矣	不幸日前喪逝矣
監司曰然吾兒之病尙愈	監司曰然吾兒之病尙爾不豆
百年偕老爲萬古流來之美談	百年偕生爲萬古流來之美談

위에 든 보기로부터 우리는 『瑣語』·『選言篇』 類話의 친연성의 정도가 어느 정도인지를 어렵지 않게 알 수 있다고 하겠다. 두 자료집의 類話 사이에서 약간의 변이가 나타난다고 하더라도 그것의 거의 대부분은 동일한 의미의 단어 또는 어사만의 차이를 지니고 있는 변이에 불과한 것으로 보인다는 점에서 이들 두 자료 소재 類話의 경우 동일한 祖本 아래에서 나타난 자료라고도 할 수 있을 듯하다.

셋째의 경우에 해당되는 보기를 또한 제시하기로 하자.

『瑣語』	『選言篇』
門扇扉洒精	門扉洒精
賤家多事汨於生涯	賊家多事汨於生涯
宋娘使女子接待	宋郎使女子接待
荷此聖譽乎	荷此盛譽乎
友孟姜之Ø德 評文姬之佳句	友孟光之美德 評文姬之佳句
使此聾人得知東西之分如何	使此聲人得知東西之分如何
老婆陽有難色	老婆佯有難色
夕間歸來甚好也	小間歸來甚好也
童子Ø世如Ø娘子者罕矣	童子曰世如吾娘Ø者罕矣
女子苦勸	女子同勸
一代佳麗竝列門下 雖移情矣	一代佳麗竝閱門下 隨遇移情矣
雖巫山之雨	雖巫也之遇
父母聞始驚奇曰巡使道子弟	父母聞始驚奇曰巡Ø道子弟

細述一遍	細述一篇
形何蕭索耶 貌何瘦瘠耶	形何蕭索也 貌何瘦瘠也
此雖兄家之事	Ø雖陛下家事
第言Ø	第言之
不知緣何邪祟	不知緣何耶染
從心所慾以誤平生之志	從心所欲以娛平生之志
監司屢賞酒店之老婆	監司厚賞酒店之老婆
欣慰之心慶忭之情	欣慰之心廣忭之情
君可聽施	君可施聽
款曲接待	款曲持待
明日諸奴具壽衣板材而言Ø	明日諸奴具壽衣板材而言((曰))
小人等盡心力而爲之矣	少人等盡心力而爲之矣
必此之謂也	必此謂之也

앞에서 제시한 보기에서도 드러나듯이 이들 두 類話에서 나타나고 있는 이러한 誤字·脫字는 선행 자료의 轉寫時에 흔히 나타날 수 있는, 類話 내에서 커다란 의미 변화를 초래하는 결정적인 부분들로는 생각되지 않는다. 이런 점은 앞에서도 밝힌 바 있듯이 이들 두 類話가 동일한 祖本 아래에서 파생되어 나온, 그렇게 이본으로서의 거리가 멀지 않은 자료라는 점을 다시 한번 보여주는 좋은 증거라 할 수 있다.

넷째의 경우에 해당되는 보기를 이어 제시하기로 하자.

((日者))偶見娘子不舍愛慕之情
乃一夢((界))也
童子月下詳察其態((度))
不覺((月影))已在窓西矣
乃是夢見(夢中欣見)巡使道子弟也

女子((乃))以夢中之事細言
((然))兄我之無間/也/ ((世))亦知之
監司((許之))致餞而別
汝等((誠敬))可尙則
((又見))徽欽((拜))云((云))
((而更見年月日之下書曰 徽欽 汝父親名字 本非是字))
((故))子婦再三勸諫(諫勸)

위에 보인 예문에서도 쉬 확인되듯이 『選言篇』에서 부연이 일어나고 있는 부분 또한 그렇게 커다란 의미를 지니고 있는 부분이라고는 하기 어렵다. 이들 보기에서 나타나는 경우를 보면, 그것들의 거의 대부분은 『瑣語』에 비하여 미약한 나름대로나마 앞 뒤 상황의 자연스러운 연결을 위해 기능하고 있는데 불과한 것이 거의 대부분인 것처럼 보여진다.

그렇다면 여기서 『瑣語』와 『醒睡叢話』소재 類話의 선후 관계는 어떻게 되는 것인지 하는 의문이 자연스럽게 제기될 수 있다. 그러나 본고의 주된 관심은 이들 유화 또는 계열들의 선후 관계를 파악하는데 있는 것이 아니라, 이들 유화 또는 계열을 통해 드러나는 변이의 양상과 의미는 무엇인가를 살펴보는 데에 있는 것이니 만큼 이에 대해서는 구체적인 논의를 피할까 한다. 이런 작업에서 중요한 점은 이들 유화의 선후 관계를 따져 밝히는 것보다는 이러한 변이가 왜 야담집에서 두루 보이고 있느냐 하는 점에 대한 규명과 아울러 나아가 이런 자료를 통하여 드러나는 이야기의 변모 양상에서 드러나는 작품의 궁극적 의미를 천착하는 데 있는 것이 아닌가 필자는 여기고 있다. 그것은 현존하는 많은 야담집들의 경우 그 편찬자라든가 편찬 시기 등에 대한 정확한 정보가 우리에게 아직은 주어지지 않고 있다는 일련의 상황에 대한 인식에서 기인된 것일 수도 있다. 여하튼 특정한 야담 서사체의 경우 삽화의 분리와 결합 또는 편자 또는 화자의 개인적 창조력에 의하여 그 변이가 나타나게 된다는 것에 대해서는 일찍이 필자가 나름의 견해를 표명한 바[107] 있다. 이런 점을 염두에 둔다면 〈趙生 - 屠牛坦의 딸〉 이야기 類話의 경우 또한 여기에서 벗어나는 결코 예외적인 현상은 아닌 것으로 보여진다. 설령 그렇다고는 하더라도 이것이 이들 두 유화의 선후 관계를 밝히는데 한 결정적인 도움이 되는 것은 전혀 아니라는 데에 그 문제가 있다. 나아가 이들 자료집의 撰成 年代가 현재까지 정확히 밝혀지지 않고 있다는 점과 아울러 대부분의 야담집의 경우 전대 문헌에 대한 무조건적인 수용에 그치는 것이 아니라, 일정 정도의 변개 양상을 드러내고 있다는 저간의 연구 성과[108]를 여기서 기억할 때, 이들 유화의 선후 관계를 밝히는 데에는 적지 않은 난관이 있는 것 또한 사실이라 하겠다. 그러나 그것을 굳이 밝힐 필요가 있다면, 우리는 두 類話에서 드러나고 있는 몇몇 면모, 예컨대 작품의 문면에서 드러나고 있는 부연의 양상에서의 일반적인 법칙등 또는 誤字·脫字등의 경우를 예의 주시할 필요가 있지 않을까 한다. 이에 여기서 필자가 이들 자료를 검토한 범위 내에서 나름의 견해를 제시한다면, 『瑣語』소재 類話가 여러모로 볼 때 『選言篇』소재 類話에 비해서는 시대적으로 앞서서 나온 자료가 아닐까 생각된다.

이제까지의 검토 결과로부터 우리는 『瑣語』·『選言篇』소재 類話의 경우 그것들은 매우 강한 친연성을 지니고 있는 자료라는 것을 확인할 수 있었다. 그러한 가운데서도 이들 두 자료 소재 類話의 경우 한결같이 轉寫時에 흔히 나타날 수 있는 여러 군데에 걸친 오류를 지니고 있다는 점에서 두 자료 소재 類話 모두 原 〈趙生 - 屠牛坦의 딸〉 이야기와는 일정 정도 거리가 있는 자료라 할 수 있다. 그러나 위에서 이미 제시한

107) 정명기, 『야담의 변이양상과 의미연구』, (연세대 박사 학위논문, 1989.), P.4-21.

108) 김상조, 『계서야담계 연구』, (고려대학교 박사 학위논문, 1991.)
정명기, "『青邱野談』에 나타난 전대 문헌 수용양상 연구", 「연민학지」 2집, (서울, 연민학회, 1994.)

보기를 통해서도 확인되었듯이 그 거리는 그렇게 큰 것으로는 여겨지지 않는다는 점에서 논의의 과정에서 별반 큰 어려움을 야기하지는 않을 것으로 기대된다. 이에 아래에서는 앞에서 드러난 여러 가지 면모를 고려하여 『瑣語』소재 類話와 『選言篇』소재 類話를 교합한 자료를 논의·검토의 대상으로 삼을까 한다.

이제 여기서는 『醒睡叢話』소재 類話와 앞서 살핀 바 있는 『瑣語』소재 類話 사이에서 드러나는 변이 양상의 실제적 면모와 그 선후 관계(물론 이것은 뒤에서 다룰 작품의 의미 규명을 위한 최소한도의 범위 내에서만 이루어질 것이다.)는 과연 어떠한지를 살펴볼까 한다. 그런데 필자는 앞에서 이미 계열 구분의 가장 큰 기준이 되는 송진사에 의한 추노 행위 과정에서의 위기와 그 극복이란 면모를 담고 있는 삽화가 『醒睡叢話』 類話에서는 전혀 나타나지 않고 있다는 점과 아울러 그 해당 문면을 제시한 바 있다. 또한 『瑣語』·『選言篇』계열의 類話에서 드러나고 있는 서술 상황에서의 故事의 지나친 사용이 『醒睡叢話』계열 類話에서는 가급적 사용되지 않고 있다는 현상과 아울러 그 해당 원문을 마찬가지로 제시한 바가 있다. 이에 여기서는 『醒睡叢話』계열 類話에서 드러나는 이들 두 특징적인 변이 양상을 제외한 기타의 몇몇 변이 양상의 실제적 면모에 대해 검토한 뒤, 이어 『瑣語』·『選言篇』계열과 『醒睡叢話』계열의 선후 관계는 어떠한지에 대해 나름의 견해를 밝혀 볼까 한다. 『醒睡叢話』에서 드러나는 기타 몇몇 변이 양상은 그 성격상 다음과 같은 몇 부류로 묶여지는 듯하다. 그것은 곧

첫째, 『瑣語』에 있는 특정 문면 또는 어구가 『醒睡叢話』의 類話에서 누락되고 있는 부분이 나타나고 있다는 점.

둘째, 『瑣語』에 있는 특정 문면 또는 어구가 『醒睡叢話』의 類話에서 문맥상 같은 의미를 지닌 다른 문면 또는 어구로 대체되는 부분이 나타나고 있다는 점.

셋재, 『瑣語』와 『醒睡叢話』 類話 모두 각기 분명한 오류로 생각되는 부분을 갖고 있다는 점.

넷째, 『醒睡叢話』의 경우에서는 특히 『瑣語』에 비하여 부연된 부분으로 생각되는 문면이 나타나고 있다는 점

과 같다. 이하에서는 앞에서 제시되었던 보기들은 중복을 피한다는 의미에서 다시 제시하지 않았으며, 이에 대한 나름의 서술 또한 앞에서 두 類話를 다룬 것과 중복될 염려가 있기에 의식적으로 생략하였음을 밝혀 둔다. 먼저 첫째의 경우에 해당되는 보기를 제시하면 다음과 같다.

1. "爲其下隷饒飢"	2. "也 往外家之路"
3. "心甚異也"	4. "若於欒餌 卽老身誠無奈何 若以身勞之"
5. "之魯鈍也"	6. "樹影滿牕 正不禁悠悠蕩蕩"
7. "汨於生涯"	8. "適有"
9. "今日"	10. "閒談笑語"
11. "未知奉期 當在何時耶	12. "甚好"
13. "明夕願偕來矣"	14. "再三勸托於女子"
15. "非徒步之"	16. "欲爲高聲而父母濃睡已午矣"
17. "而對"	18. "女子"
19. "又是趙姓也"	20. "其間"

둘째의 경우에 해당되는 보기를 제시하면 다음과 같다.

『瑣語』	『醒睡叢話』
年可十五六	年可三五
作止形影 無非可愛	擧止形容 無非絶妙
遂踐雲雨	遂成雲雨

幸勿推阻 無使遠人飮恨虛歸也	幸勿推辭 莫使遠人飮恨虛歸也
正如浥露海棠	正如浥露紅桃
博通古史 深得經書	博涉古史 深達經書
婆起身曰夜已晩矣	婆起身曰夜將盡矣
共留今宵以盡玉音	共留今宵以盡德敎
學蔑識淺Ø	學Ø識淺短
童子曰客軀何可近昵於玉膚乎	童子曰客軀何可近昵於玉肌乎
飮恨虛歸黃泉之下	飮恨虛歸泉臺之下
百年偕老	百年同樂
卽爲迎歸之約也	卽爲迎歸之意也
童子亦以作詩之事對答	童子亦以作詩之由答之
山河之誓 金石之約	山河之盟 金石之約
萬無蘇甦之望云	萬無甦省之望云
不幸日前長逝矣	不幸日前喪逝矣
恩義使奴僕	恩義使奴婢

셋째의 경우에 해당되는 보기를 제시하면 다음과 같다.

『瑣語』	『醒睡叢話』
宋娘使女子接待	/老/婆曰日昨行次
女子便起轉身(身轉)	女子便起身轉
友孟姜之德Ø	友孟姜之德((性))
((童子曰))	
卽可辭/之/乎	豈可辭Ø乎
河伯回棹	河伯回櫂
大而宰相下而名士	大而宰相小而名士
形何蕭索/耶/	形何蕭索Ø

((世))

吾兒之病尙Ø愈	吾兒之病尙((不))愈
怵怵惕Ø	怵怵惕((惕))

넷째의 경우에 해당되는 보기를 제시하면 다음과 같다.

1.	"有一"	2.	"答"
3.	"此"	4.	"其"
5.	"情"	6.	"賤種"
7.	"之爲"	8.	"外"
9.	"服 從老身至厥家"	10.	"於晴日"
11.	"心魂"	12.	"性"
13.	"如何"	14.	"如斯"
15.	"望月之影"	16.	"宋女把衫難捨"
17.	"彼此"	18.	"趙童"
19.	"執手"	20.	"歸後"
21.	"與童子"	22.	"再三"

23. "相與解衣就衾聯枕而臥 潤滑之膚相侵 情欲急動"
24. "大驚"
25. "如不然卽 今雖萬死 不得聽從 童子曰何言急欲聞之 女曰

26.	"豈不知人事哉"	27.	"無非金石之戒也"
28.	"能不感今日之事乎"	29.	"一去"
30.	"兩人"	31.	"相通"
32.	"細"	33.	"中所"
34.	"乃"	35.	"外又"
36.	"官"	37.	"世"
38.	"仕"		

위에서 번다하게 『瑣語』와 『醒睡叢話』에서 드러나고 있는 변이 양상의 실제적 면모에 대하여 살펴보았다. 이러한 작업을 통하여 우리는 『醒睡叢話』계열 類話의 경우 『瑣語』·『選言篇』계열의 類話와는 분명히 그 계열을 달리하는 자료임을 확인할 수 있었다. 이러한 현상은 다음의 두 가지 경로 아래에서 가능했을 것으로 사료되는데, 곧 첫째 先行 祖本의 차이로부터 이런 현상이 나타났을 가능성과 둘째 『醒睡叢話』계열 類話의 경우 선행하던 前代文獻에 대해 『醒睡叢話』 편찬자가 지니고 있었던 나름의 개작 의식이 상대적으로 강하게 작용하는 가운데 이런 현상이 나타날 수 있었을 가능성이 바로 그것이다. 필자는 이러한 두 가지 가능성 가운데서 다음과 같은 사정을 고려하여 뒤의 가능성에 더한 비중을 두고자 한다. 그 이유는 현존하는 많은 야담집들 가운데서 이들 類話의 범주에 드는 자료들이 필자의 寡聞의 탓인지는 몰라도 여기서 논의하는 이들 세 類話를 제외하고서는 쉽게 우리의 눈에 뜨이지 않는다는 점에 있다. 이는 곧 『醒睡叢話』계열 類話가 『瑣語』·『選言篇』과 祖本을 달리하는 선행하던 前代文獻으로부터의 일방적 轉載·受容에 의해 이루어진 것일 가능성보다는, 『瑣語』·『選言篇』계열 類話에 대한 편찬자 나름의 뚜렷한 개작 의식이 작용한 결과 나타난 변이물일 가능성이 상대적으로 더 높아 보인다는 점을 바로 말하는 것이다.

이제 이들 두 계열의 선후 관계는 어떠한가에 대하여 나름대로 살펴볼까 한다. 그런데 이들 두 자료 또한 그 撰成 年代가 아직껏 정확히 알려진 바 없다는 문제를 갖고 있다. 여기서 이들 두 자료 사이에서 나타나고 있는 변이 양상으로부터 자연스럽게 추출될 서사구조상에서의 변이와 아울러 그 유기적 얽음새라든가 기타 여러 부면에 걸친 제반 면모를 아울러 묶어 생각할 때 아무래도 『瑣語』계열 類話가 『醒睡叢話』계열 類話에 비해 선행하여 나타날 수 있었던 各篇(Version)이 아닌가 여겨진다. 이러한 견해는 이야기의 일반적인 변이·생성 법칙과 비겨 보더라도 결코 예외적인 현상만은 아닌 것으로 사료된다. 곧 이야기들은 다음의 두 경로 가운데 어느 하나의 경로를 따라 산생되는 것이 보편적인 현상이라는 점을 여기서 유념할 때, 이들 유화가 단순한 삽화(곧 『醒睡叢話』)로부터 복잡한 삽화(瑣語』·『選言篇』)로의 轉移·合成의 경로를 거치며 형성된 것인지 아니면 풍부한 것(瑣語』·『選言篇』)으로부터 간략한 것(醒睡叢話』)으로의 縮約·改删의 경로를 거치며 형성된 것인지에 대해서는 여기서 확언할 수는 없을 듯하다. 그렇기는 하지만 이 이야기의 서사구조상에 있어서의 유기적인 얽음새(이에 대해서는 後述하고자 한다.)라든가 두 계열의 유화에서 드러나고 있는 기타 몇몇 변이양상의 면모들을 아울러 묶어 생각해 본다면, 『瑣語』계열 類話가 『醒睡叢話』계열 類話에 비하여 시대적으로 선행하여 나타난 것으로 보아도 좋지 않을까 한다.

3. <趙生 - 屠牛坦의 딸> 이야기의 서사구조와 의미

가. 〈趙生 - 屠牛坦의 딸〉 이야기의 서사구조

〈趙生 - 屠牛坦의 딸〉 이야기에 대한 본격적인 접근에 앞서서 우리는 앞에서 이 자료의 類話에 대한 검토를 통하여 그것이 크게 두 계열, 곧 『瑣語』·『選言篇』계열과 『醒睡叢話』계열로 나누어짐을 밝혀낼 수 있었다. 그것은 송진사에 의한 推奴行爲 과정에서의 위기와 그 극복이란 면모를 담고 있는 삽화가 『醒睡叢話』계열에서는 『瑣語』·『選言篇』계열의 경우와는 달리 전혀 나타나지 않고 있다는 점에 근거한 구분이었다. 물론 이들 두 계열의 경우 이외에도 많은 부분에 걸친 변이가 나타나고 있다는 것을 우리는 알 수 있었다.

여기서는 앞에서의 논의를 토대로 이들 두 계열의 類話를 통괄하는 가운데 〈趙生 - 屠牛坦의 딸〉 이야기의 서사구조를 먼저 제시하고, 이어 항을 달리하여 이 작품의 의미를 다루어 볼까 한다.

〈趙生 - 屠牛坦의 딸〉 이야기의 서사구조를 밝히기 위해서는 우선적으로 이 작품의 서술단락은 어떻게 이루어져 있는지를 다루어야 한다고 본다. 이에 작품의 서술단락을 순차적으로 제시하면 아래와 같다.

1. 嶺伯으로 있는 趙判書의 아들이 外家에 갔다가 돌아오는 길에 우연히 시내가에서 빨래하는 한 여인을 만나게 된다.
2. 趙生이 이에 稱病하고는 酒店에 留宿할 때, 한 老婆와 情親하게 되고, 이어 한 밤중에 여인의 處所에 나아가 신분을 밝힌 뒤 정을 맺고 臨別時에 詩를 받는 꿈을 꾸게 된다. 여인 또한 마찬가지의 꿈을 꾸게 된다.
3. 趙生이 며칠 留連하나 병이 낫지 아니하자 노파에게 實情을 고하며 그녀와 재회할 수 있도록 도와줄 것을 청하고, 이어 夢事까지도 이야기하게 된다.
4. 노파가 趙生을 出他한 자신의 손녀(외손녀)인 것으로 거짓 계략을 꾸며 그를 데리고 송상원의 집에 나아가 계교를 베풀어 결국 趙生은 여인과 대면·동숙하게 되지만 여인의 완강한 거절에 못이겨 결국 趙生은 여인의 요구대로 여인을 바로 迎歸할 뜻을 담은 文書를 써 준 뒤 관계를 맺고 還家하게 된다.
5. 還家한 뒤 趙生이 그것을 다시 생각하매 婚禮 二字는 말도 되지 않고 부모도 허락하지 않을 것임을 알고는 많이 憂慮하던 중 결국 병이 되어 일어나지 못할 지경에 이르게 되나, 그 부모는 자세한 연유를 몰라 한다.
6. 한편 여인은 趙生과 헤어진 후 매일 그가 돌아오기를 기다리던 중에 趙生이 병이 나서 甦省之望이 없음을 듣고 이에 비로소 부모에게 實情을 아뢴다. 이에 부모가 그녀를 大責하는 일방 그녀를 懷柔하나 그녀가 죽음으로 期限하며 뜻을 굽히지 아니하니 결국 轎馬와 人夫를 갖추어 그녀를 監營으로 보내게 된다.

7. 安東 內行次가 門外에 이르렀다는 이야기를 들은 監司는 뜻에 妻家에서 문병차 사람을 보내온 것으로 그릇 알고 즉시 그 행차를 들어오도록 허락하니 내행이 바로 內衙에 들어가 新婦之禮로써 감사와 그 부인에게 뵈고, 이에 그 여인이 趙生과 관계를 맺은 전후 사연을 아뢰며 감사 내외에게 婚狀을 드리니 그들은 매우 놀라게 된다.
8. 마침 감사의 벗인 송진사란 이가 일이 있어 서울로부터 내려와 감사를 만나게 되매, 감사가 이 사연을 송진사에게 이르며 그에게 이 일을 해결할 방책을 묻는다.
9. 이에 송진사는 감사에게 그 여인을 죽은 자신의 딸로 꾸며 상경시켜 趙生과 혼례를 치르면 아무도 알지 못할 것이라고 指敎하고, 이어 趙生에게 가 紅顔의 일로 黃泉의 길을 여는 것은 庸劣한 사람이라도 능히 할 바가 아니라고 꾸짖는 一方으로 趙生의 부친과 계략을 정한 연유를 이르며 그를 타이르니 趙生은 이내 병이 낫게 된다.
10. 감사가 卽日로 趙生과 여인을 治行하여 상경시켜 行禮하고 데려오도록 한뒤, 주점의 노파와 宋相源 夫妻에게 후히 베풀어주니 아무도 그 子婦의 根地를 알지 못했다.
11. 신부는 孝誠으로 舅姑를 섬기고 章句로 지아비를 권하며 恩義로 奴僕을 부리니 滿室이 和氣를 發하게 된다.(이상 두 계열 공통임.)
12. 송진사가 推奴次 갔다가 노비들로부터 살해의 위협을 받는 지경에 이르자 꾀를 써서 감사에게 '徽欽拜云云'의 글을 보내매, 감사는 그 연고를 몰라 의아해 하던 중, 자부에게 이 글월을 보이니 자부가 송진사가 위기에 처해 이 사연을 보낸 것임을 아뢰어 그 노비들을 綱常의 罪로 다스리게 된다.
13. 이 뒤로부터 監司 夫妻는 더욱 그 자부를 돈독히 사랑하게 되고

趙生 또한 과거에 올라 抱麟하매 淸福을 安享하게 되었다.(이상 『瑣語』·『選言篇』계열에만 출현함.)

위에 보인 작품의 순차적인 서술단락으로부터 우리는 이 이야기가 서술단락 (1)에서의 발단을 시발로 하여 서술단락 (2) - (10)까지에서 서술되고 있는 趙生과 屠牛坦의 딸 사이의 結緣談을 한 축으로, 이어 서술단락 (12)에서 서술되고 있는 송진사의 추노 과정에서의 위기와 자부에 의한 그 극복 과정을 이야기하고 있는 推奴談을 다른 한 축으로 이루어지는 가운데 서술단락 (13)의 결말에 이르는 구조를 띠고 있음을 알 수 있었다. 위에 보인 서술단락의 제시에서도 쉬 확인되는 것이지만 이 이야기의 중심 축은 어디까지나 서술단락 (2) - (10)까지에 걸쳐 서술되고 있는 상층 신분에 놓인 남주인공과 최하층 신분에 처한 여주인공의 현실적으로 쉽게 이해되지 않는 이질적이기까지 한 結緣談에 있는 것으로 생각된다. 한편 서술단락 (12)는 이러한 結緣이 있기까지 작품의 전면에 걸쳐서 적극적인 삶을 영위하던 여인이 갖고 있었을 內的 力量의 顯示를 통하여 여인에게 나름의 개인적·사회적 성취를 한껏 극대화시켜 보이고자 했던 편자 또는 화자의 의도가 일정하게 작용하여 위의 結緣談에 자연스럽게 결부된 데서 나타날 수 있었던 현상으로 생각된다.

여기에서 이러한 結緣談의 하위 구성요소에 대해 간략히 살펴볼 필요가 요청된다고 하겠다. 그것은 (2)에서의 夢兆, (3) - (4)에서의 1차 結緣 매개자로서의 노파의 등장과 계교, (5)에서의 남주인공의 득병, (6) - (7)에서의 여주인공의 적극적인 행동, (8) - (9)에서의 2차 結緣 매개자로서의 송진사의 등장과 계교, (10)에서의 감사의 배려 등이 그것인 바, 이들 하위 구성요소가 갖는 의미에 대해서는 항을 달리하여 논의하기로 한다.

한편 남·녀 주인공이 처한 신분적인 계층의 상당한 차이에서 오는 이러한 이질적이기까지 한 結緣談이 갖는 사회적인 무게 못지 않게 우리는 그것을 성취하는 과정에서 행해지고 있는 몇몇 文學的 慣習 - 예컨대 豫兆夢의 수용, 또는 노파와 송진사에 의한 거듭된 계략의 시도와 그 성취등 - 에 대해 상당한 관심을 쏟을 필요가 있을 것으로 생각된다. 그것은 이러한 몇몇 문학적 관습이 이 이야기의 작품내적 구조에 대해서 뿐만이 아니라 작품내적 흥미를 유발하는 데에 일정한 몫을 담당하고 있는 것으로 생각되기 때문이다. 이에 대해서는 항을 달리하여 살펴보기로 하자.

나. 〈趙生 - 屠牛坦의 딸〉 이야기의 의미

a. 結緣談을 통하여 드러나는 여러 의미

조선조 후기에 들어오면서 조선조 사회를 지탱해 왔던 여러 근간 되는 체제(이념적·사회적·경제적·정치적)들이 조선조 전기의 그것과는 달리 점점 와해되어 가고 있었다는 점에 대해서는 이제 더 이상의 췌론이 필요치 않을 것이다. 이러한 체제 변동적인 움직임은 특히 조선조 후기에 산생되어 나온 일련의 문학 갈래들 사이에서 어렵지 않게 찾아볼 수 있을 정도로 매우 광범위하게 진행되었던 것으로 사료된다. 특히 이러한 현상이 서사문학의 하위 갈래에 드는 자료들에서 집중적으로 나타나고 있다는 점을 우리들은 관계 연구 성과를 통해 이미 익히 알고 있다. 이런 가운데서도 특히 야담문학의 경우에 형상화되고 있는 체제 변동적인 움직임은 오늘날의 관점으로 보아도 매우 흥미로운 것으로 생각된다. 체제 변동적인 움직임 가운데서도 특히 본고에서 다루고자 하는 신분 계층을 달리하는 男·女 주인공간의 結緣을 이야기하고 있는 야담 자료들은 야담집에서 흔히 다루고 있는 화제로 보여진다. 이에 여기서는 〈趙生 - 屠牛坦의 딸〉 이야기를 대상으로 하여 男·女 주인공의 結緣에서 드러나는 몇몇 의미를 따져볼까 한다.

그런데 이러한 男·女 주인공의 結緣이 갖는 사회적·문학적 의미를 논하기에 앞서서 우리는 먼저 이 작품 내에서 그려지고 있는 結緣의 양상에 대해 주목할 필요가 있겠다. 結緣의 양상이 실제적으로 해당 작품 내에서 어떻게 구체적으로 설정되고 있는가에 대한 검토가 충분히 이루어진다면, 이 작품이 신분 계층을 달리한 結緣이라는 장치를 통하여 우리들에게 제시하려 했었던 궁극적인 의미가 무엇인가 하는 문제 또한 어렵지 않게 드러날 것으로 기대된다. 結緣의 양상은 일반적인 견지에서 볼 때, 크게 다음과 같은 몇몇 요소로 이루어지는 것으로 보인다. 結緣의 계기, 結緣의 과정, 結緣한 뒤의 결과등이 바로 그것인데, 이러한 하위 구성요소들은 이야기를 창작·향유했던 계층들의 시각의 차이나 또는 작품 내에서 서술되고 있는 상황에 따라 매우 다양한 층위를 우리들에게 보여줄 것으로 여겨진다. 그것은 곧 이 가운데서 結緣의 계기의 경우는 그 結緣이 의도적이냐 아니냐 하는 문제를 구별하여 주는 내적 기능을 담보하고 있음을 말하는 것이며, 한편 結緣의 과정의 경우는 結緣 주체들의 주체적인 노력에 의하여 그것이 가능한 것인지,(이 경우에는 다시 일방적인 주체에 의해 그것이 이루어지느냐 ? 아니면 쌍방적인 주체에 의해 이루어지느냐? 하는 문제가 또한 충분히 검토되어야 한다.) 아니면 매개자에 의하여 그것이 가능하게 되는 것인지,(이 경우는 다시 단일 매개자에 의해 그것이 이루어지느냐? 아니면 복수 매개자에 의해 이루어지느냐? 하는 문제가 또한 검토되어야 한다.) 또는 이들 양자의 결합에 의하여 그것이 가능하게 되는 것인지를 담보하고 있음을 말하는 것이고, 마지막으로 結緣한 뒤의 결과는 結緣한 주체들이 행복한 삶을 영위하는 것으로 진행되느냐? 아니면 불행한 삶을 영위하는 것으로 진행되느냐? 를 담보하고 있음을 말하는 것이다. 이런 점에서 본다면 結緣이라는 동일한 장치를 작품 내에 설정한 이야기라고 하더라도, 그것은 편자 또는 화자들의 이야기를 엮어 가는 시각에 따라 얼마

듣지 달리 나타날 개연성을 강하게 갖는 것이라고 할 수 있다. 이러한 사실을 유념하는 가운데 〈趙生 - 屠牛坦의 딸〉 이야기에서 설정되고 있는 結緣의 양상을 주목하기로 하자. 앞에서 밝힌 바와 같이 그것 또한 結緣의 계기, 結緣의 과정, 結緣한 뒤의 결과등의 차례로 이루어지는 바, 이 순서대로 좇아가면서 구체적으로 그 양상을 살펴볼까 한다.

'結緣의 계기'

> 其子往外家 歸路未出安東界 過一酒幕 青山繞後 碧溪帶前 墻宇蕭颸 門扉洒精 <u>趙童爲其下隷饒飢少憩 而坐望見溪水下流有一女子澼漞而年可十五六 貌頗姸美 作止形影無非可愛 相與觸目</u> 女子便起轉身向越邊荊扉而入 更不出來 (밑줄:필자 표시)

위에 든 예문에서 쉬 확인되듯이, 男·女 주인공간의 만남은 극히 우연스럽게 그들에게 다가온 일이었다.(이점은 뒤에서 검토할 내용 가운데, 趙童이 노파에게 여인을 만나게 된 사연을 전하는 과정 속에서 보다 구체적으로 명시되고 있다.) 여기서는 해당 문면을 통하여 結緣의 계기가 과연 무엇이었는지를 우선 살펴보고자 한다. 곧 '趙童이 그 하예들의 요기를 위하여 조금 쉬던 중 시내물 하류에서 빨래를 하는 15,6세쯤 된 용모가 자못 곱고 아리따워 作止形影이 사랑할 만한 여인을 보게 되매 서로 더불어 눈을 맞'추게 된다는 문면으로부터 그점 익히 확인된다고 하겠다. 이때 여인이 趙童의 관심을 사게 된 것은 여인이 지니고 있는 외면적 용모에 다름아닌 것으로 생각된다. 이것은 곧 그때까지는 두 사람 모두 그들 사이의 생득적 신분의 차이에 대해서는 전혀 시선을 돌리지 않고 있음을 말해 주는 것으로 보여진다. 이것은 특히 趙生의 경우에 더욱 두드러져 보이는 것으로 생각된다. 이점이 뒷날 趙生과 屠牛坦의 딸 사이의 結緣에 있어 여주인공이 주도적 힘을 발휘하게 되는 한 요인이 된 것이 아닐까 한다. 두 사람 사이의 結緣에 있어서 가장 큰 걸림돌로 작용할 수 있는 생득적 신분의 차이가 結緣의 계기를 다루고 있는 상황에서 전혀 云謂되지 않고 있다는 점은, 이 이야기의 편자 또는 화자들이 이 이야기를 향유하는 계층들로 하여금 이 이야기의 진행이 어떻게 이루어질 것인가에 대해 계속적인 관심을 갖도록 하려는 의도를 지니고 있었던 데서 기인된 현상으로 생각된다.

'結緣의 과정'

〈趙生 - 屠牛坦의 딸〉 이야기에서 나타나고 있는 結緣의 과정은 크게 다음 5 가지로 나누어 살필 수 있을 것으로 생각된다. 첫째인즉, 男·女 주인공 모두가 그들 사이의 結緣이 있게 되리라는 것을 암시하는 꿈을 꾸게 된다는 점이다. 이것은 다음 문면에서 익히 확인되는 바, 그것을 끌어보이면 다음과 같다.

> 是夜將半 乃之女所 女方看書問曰客何爲者 曰越宇留宿之客也 往外家之路日者偶見娘子不舍愛慕之情 故今來相訪耳 女子曰無乃巡使子弟乎 曰然 女無冷落底意 遂踐雲雨 臨別有潮陽醉夢文章杜 湖上淸歌節度韓之句 欠身而覺 乃一夢也 是時女子亦有是夢 贈別之詩句歷歷可記 心甚異之

이것은 〈趙生 - 屠牛坦의 딸〉 이야기가 비록 男女間의 結緣이라는 극히 현실적인 제재를 다루고 있음에도, 結緣의 과정 가운데서 맨 앞에서 그것을 가능하게 하는 문학적 장치로 현실적인 매체가 아니라 환상적인 꿈이라는 장치를 빌어 표현하고 있다는 점에서 작품내적 현실성을 어느면 상실케 한 것으로도 생각할 수 있을 것이다. 그러나 이러한 비현실적이고 환상적인 꿈이 결코 본 작품과 유리된 관념적 해결의 수법으로 마련된 것이 아니라, 그것이 본 작품 내에서 일정한 기능을 담당하고 있는 것이라는 견지에서 본다면 이러한 문학적 장치는 신분 계층을 달리하는 남녀간의 結緣이, 그 신분 계층의 차이로부터 그 서사주체들에게 가해질 온갖 개인적·가정적·사회적 압력에도 불구하고 앞으로 반드시 실현되리라는 것을 보여주기 위해 편자 또는 화자가 전래하던 문학적 관습을 작품 내에 차용한 결과 나타날 수 있었던 현상으로 보는 편이 더 낫지 않을까 한다. 이러한 豫兆夢은 男·女 주인공의 結緣을 담고 있는 하위 구성요소의 전반에 지속적으로 작용하는 원동력이 됨으로 해서, 그것은 이 이야기를 향유하는 계층들로 하여금 자연스럽게 앞으로 이 結緣이 반드시 이루어지리라는 것에 대해서 암묵적인 합의를 갖도록 요구하는 가운데 그것이 어떠한 방식으로 이루어질 것인가에 대해서만 새삼 큰 관심을 집중할 수 있도록 하는 내적 기능을 갖는 부분으로 생각된다.

둘째인즉, 結緣의 1 차 매개자로서의 노파와 趙生과의 만남과 그 노파가 趙生을 위해 행하는 계략의 시도와 그 성취를 담고 있는 부분을 들 수 있다. 이해를 돕기 위해 해당 부분에서 서술되고 있는 서사내용을 간추려 보이면 아래와 같다. 여기서는 먼저 趙生과 노파와의 만남을 전하는 서사내용을 보이기로 한다.

가) 趙生이 몇날 머물도록 병이 낫지 않으매 노파에게 자신의 병을 낫게 해줄 사람은 오직 노파뿐이라고 하자 노파는 趙生으로부터 받은 은혜가 큼을 들어 한 때의 수고로움을 피하지 않겠다고 한다.
나) 趙生이 이에 여인을 만났던 사연과 꿈을 꾸었던 일을 갖추어 노파에게 이르며 일이 이루어지면 마땅히 重히 보답하겠으니 恨을 머금고 헛되이 돌아가는 일이 없도록 해줄 것을 노파에게 당부한다.
다) 이에 노파가 그것을 사양하면서 趙生에게 비로소 그 여인의 처지를 알려주고, 이어 그 여인의 爲人됨으로 미루어 言辭로써는 그 여인을 움직일 수 없을 것이라고 한다.
라) 趙生이 이에 일이 비록 容易치는 않더라도 노파로 하여금 그 여인과의 인연을 맺을 수 있도록 해 달라고 다시 청한다.

위에 보인 서사내용을 통해 드러나는 노파와 趙生의 만남은 노파에 의한 계략의 시도를 예비하기 위한 기능 아래 나타난 부분으로 보여진다. 여기서의 노파의 형상은 趙生의 施惠에 보답하고자 하는 태도를 지니고 있는, 극히 개인적 행동 양식을 지니는 인물에 불과한 것으로 보인다. 이는 곧 노파의 일련의 행위가 다만 개인적 차원에 머무르는 단계에 그칠뿐 그것이 사회적 차원으로 확산되고 있지 못하는 한계를 그 자체 내에 함유하고 있음을 말하는 것이다. 여기서 노파가 1 차적 매개자로서만 기능할 수밖에 없는 한계가 자연스럽게 노정된다고 하겠다.

한편 노파에 의한 계략의 시도와 성취를 전하는 서사내용을 보이면 다음과 같다.

가) 노파가 趙生을 자신의 出他한 孫女로 꾸미고,이어 자신의 指敎를 따를 것인지를 묻자 趙生이 그것을 허락한다.
나) 이에 노파가 宋家에 가니 宋의 夫妻가 어떠한 연유로 왔는지를 노파에게 묻자, 노파는 마침 달빛도 晴朗하고 손녀딸이 돌아와 송가의 딸을 만나고자 하는 고로 특별히 온 것이라고 거짓 꾸며 이른다.
다) 이에 비로소 여인을 보게 된 趙生은 꿈속의 용모와 흡사한 여인의 고은 자태에 넋이 나가나, 여인은 노파에게 前 行次가 어느 때 발행했는지를 묻는다. 趙生과 여인이 서로를 추켜주는 대화 끝에 서로 交契가 깊어지니 노파와 송의 부처가 크게 기뻐하며 수작하니 때가 가는 줄을 몰랐다.
라) 이에 노파가 때가 늦었음을 핑계하고 짐짓 趙生을 데리고 돌아가려 한다. 이에 여인이 훗날의 기약을 아쉬워하며 차마 서로 헤어지지 못하니 송의 부처가 노파에게 훗날을 기약하기가 쉽지 않으니 오늘밤에 두 사람으로 하여금 자신의 집에 머물게 해 줄 것을 청하니 노파가 짐짓 難色을 표하다가 이내 그것을 허락하고는 趙

生에게 다음날 저녁에 돌아오도록 당부한 뒤 홀로 돌아간다.

마) 이내 여인과 방 가운데서 마주한 趙生이 서로 대화를 나누게 되고, 이어 서로 먼저 상대방에게 잠자리에 들도록 권하던 끝에 여인이 먼저 눕게 된다. 여인이 굳이 趙生으로 하여금 옷을 벗고 자도록 하니 인하여 趙生이 그 여인을 덮치려 한다. 이에 놀란 여인이 비로소 趙生이 남자이며 자신이 꾀에 빠지게 된 것을 알게 된다. 여인이 고성을 지르려다가 부모가 깊이 잠든 것을 보고는 그만 두게 된다.

이제 앞에서 보인 서사내용으로부터, 우리는 여기서 1 차 매개자로서의 기능을 갖고 있는 노파의 역할에 대해 살펴봐야 한다. 노파와 趙生의 만남은 趙生의 施惠에 의해 가능했던 것으로 보여진다. 따라서 노파에 의한 계략의 시도와 그 성취는 趙生의 施惠에 대해 노파가 행한 보은의 연장선 위에서 마련되었던 것으로서의 성격을 갖는다. 그런 만큼 노파에 의한 계략은 개인적인 차원에서 매우 치밀하게 마련된다. 노파가 행하는 계략은 남주인공으로 하여금 여성인 것처럼 위장하여 여주인공에게 다가가게 한다는 방법을 띠고 나타나는 바, 이것은 고전소설에서 흔히 사용되었던 창작 기법의 하나로부터 일정한 영향을 받아 이루어진 것으로 보여진다.

여기서 노파가 행하는 계략의 시도와 그 성취가 갖는 문학적 특성을 정확히 인식할 필요가 있을 듯하다. 그런 과정을 거칠 때에야 비로소 뒤에서 검토하게 될 2 차 매개자로서의 송진사의 존재가 어렵지 않게 이해될 수 있기 때문이다. 노파에 의한 계략의 시도와 성취는, 앞에서도 언급했듯이 사회적인 집단으로부터 주어지는 호응을 본격적으로 얻어낼 수 없는 근본적인 한계를 갖는다는 점에서 제한된 의미에 그치는 것이라고 할 수 있다. 곧 趙生이나 여주인공 모두에게 이러한 結緣은 그들이 속한 귀속 집단으로부터도 결코 그 정당성을 부여받을 수 없는 제한된 성질을 지니는데 불과한 것으로 보여진다. 男·女 주인공 사이를 가로막고 있는 신분 계층의 엄연한 차이를 완전히 희석시키기 위해서는 노파 또한 기존의 특정 사회집단으로부터 주어지는 권한을 나름대로 위임받았어야 하는데, 노파는 단지 趙生의 施惠에 대한 노파 나름의 개인적 보은의 차원에서 그녀의 계략을 시도하는데 그쳤을뿐 그 어느 누구로부터도 이러한 첨예한 문제를 해결할 수 있는 권능을 제대로 부여받지 못한 근본적인 한계를 갖는 존재로 여겨진다. 이런 점은 노파에 의한 계략의 시도와 성취가 뒷날 완전히 해결되어야 할 미완의 結緣에 불과한 것이라는 내적 한계를 갖게 한, 따라서 노파로 하여금 1 차 매개자로서만 만족하게 한 요인으로 작용된 것으로 사료된다.

셋째인즉, 여인의 신분 자각에서 비롯된 趙生과의 실랑이와 문서 요구에서 드러나는 여성의 적극적인 면모가 여실히 나타나고 있는 부분을 들 수 있다. 이러한 면모가 잘 드러나는 해당 문면을 보이면 아래와 같다.

1) "妾本姿朴愚略知經史矣 旣聞綱常之典 獨昧夫婦之別乎 周德流行雖愧漢廣之遊女 衛俗淫亂願絶采唐之餘風 雖白刀可蹈不可奉施"
2) "女子曰吾豈不知竊嘗思之 郎君一顧之後 無限餘生當爲無主之孤子矣 獨留靑塚 空叫月下之魂不共楚王 只添看花之淚 悲猶不可勝 泣將何及哉"
3) "女子曰豪士佳賓如君者罕 其在賤妾豈無向趣 所爲慮者正惟此耳 童子再三勸解 女子曰不然 郎君以京華子弟 父母必爲之求婚卽大而宰相下而名士 媒婆塡門爭以口辯誇美卽殊不知何處之可否 何況此身乎(a) 他日郎君得意之後 一代佳麗竝列門下 雖移情矣 又況此身乎(b) 且今郎君父母豈肯許之乎(c) 童子遂擧牢說 女子曰郎君之言旣如是當下文書"(d)(문자: 필자 표시)
4) "且聞營下音耗則巡使子弟偶然得病 萬無甦省之望云 乃大驚以實事言于父母父母聞始驚奇曰巡使道子弟 雖一時近汝 豈有備禮之理哉 汝意

妄矣 毋出此無膽之言 爲人所笑也 女子矢死爲限 終不聽回 父母知其莫可奈何 遂具轎馬人夫望監營進發"

위에 든 예문들 가운데서 특히 (3)과 (4)의 문면을 통하여 여주인공의 적극적인 면모가 잘 드러나고 있는 바, 특히 (3)의 경우에서 서술되고 있는 것과 같이 여인은 趙生과 같은 호사가빈과 천한 신분에 처한 자신과의 結緣이 몰고 올 파장을 염려하는 존재로 그려지는 일방으로 나아가 이러한 結緣은 결국 남주인공의 신분적 위상을 미루어 볼 때(이점 (a) 부분을 보라.), 또 낭군이 득의한 연후의 앞 뒤 사정을 고려해 보아도 그렇고(이점 (b) 부분을 보라.), 나아가 낭군의 부모 또한 쉽게 자신들의 結緣을 허락하지 않을 것임(이점 (c) 부분을 보라.)을 철저히 자각하는 존재로 그려지고 있다. 곧 그 여인은 자신들간의 신분적 처지의 상이함을 철저히 인식하는 가운데 이 結緣을 이성적으로 쉽게 받아들이지 아니하는 태도를 보여주고 있다. 이런 점에서 여인이 趙生의 겁탈하고자 하는 행위에 대해, 비록 "흰 칼날이 핍박하더라도 결코 趙生을 받들 수 없다"고 천명하는 주체로 여인이 설정되는 상황이 비로소 이해될 수 있으며, 나아가 "郎君이 한번 (자신을) 돌아본 후로는 결국 자신은 아무도 돌보지 않는 불쌍한 처지가 될 것"임을 자각하는 존재로 그려지게 된다. 이에 대해 趙生이 결코 그럴 리가 없다고 다짐하자 趙生과 자신과의 신분 계층의 차이를 철저히 자각하고 있었던 여인은 이에 趙生에게 집으로 돌아간 뒤에 자신을 맞아 돌아갈 뜻의 문서를 당당하게 요구하는 적극적인 행위(이점 (d) 부분을 보라.)를 표출하는 존재로 형상화된다. 色慾에 빠진 趙生이 이내 문서를 써주자 여인은 전일의 夢事를 趙生에게 이르면서 자신들의 結緣은 天緣이라고 기뻐하고 이어 趙生과의 인연을 맺는 것을 허락하는 존재로 서술되고 있다. 이러한 전후 문맥에서 드러나는 男·女 주인공의 結緣에 대한 대응 태도는 적극적인 행동력의 여주인공과 이에 무비판적으로 追隨하는 남주인공이라는 대비적 면모로 요약될 수 있을 것으로 보여진다. 적극적인 행동력을 소유하고 있는 여주인공과 대비되는 남주인공의 유약하기까지 한 면모는 이하의 서사내용에서도 거듭 확인되는 바, 여기서 이 이야기의 의미가 무엇인가 하는 문제가 어느 정도 드러나게 될 것으로 기대된다.

그것을 살피기에 앞서서 여기서 다시 여주인공의 적극적인 면모가 여실히 드러나고 있는 다음 부분을 이어 검토하기로 하자. 우연히 순사도 자제(곧 趙生임)가 득병하여 전혀 甦省之望이 없음을 알게 된 여인은 이내 부모에게 趙生과의 관계를 사실대로 아뢰게 되고, 이에 부모들이 "순사도 자제가 비록 일시적으로 너를 가까이 하였으나 어찌 예의를 갖출 리가 있겠느냐고 하면서 여식의 뜻이 망령된 것을 꾸짖고 이러한 無膽之言을 내지 말도록 하라. 사람들에게 웃음을 사리라."고 회유하나 여인은 "죽음을 맹세하여 기한하고 마침내 뜻을 굽히지 않는" 결연함을 드러낸다. 이에 여인의 부모는 어쩔 수 없이 "교마인부를 갖추어 여식을 감영으로 떠나보내게 된다." 위의 문면에서 드러나고 있는 여인의 부모의 처사는 어찌 보면 당대의 시대 논리에 어느 면 그대로 追隨하는 행위로 보인다는 점에서 결코 그른 것이라고는 생각되지 않는다. 도리어 여인의 '죽음을 맹세하여 기한하고 마침내 뜻을 굽히지 않는' 행위야말로 당대의 시대 상황과는 크게 배치되는 무모한 것으로까지 여겨진다. 그러나 이러한 여인의 무모한 듯한 적극적인 행위는 전일 여인이 趙生으로부터 받았던 文書, 곧 자신을 趙生이 집에 돌아간 뒤에 바로 맞아 돌아갈 것이라는 婚狀의 내용으로 해서 더 이상 현실 논리와 절연된 무모한 행위만으로 치부될 수는 없을 듯하다. 곧 그 여인은 자신과 신분 계층을 크게 달리하는 계층들이 중시했던 명분 논리(그점은 다음 부분, 곧 '監司及夫人聽罷 未覺心寒骨冷 面如土色 遍體生粟矣'에서 어느 정도 확인된다고 하겠다.)를 나름대로 최대한 이용하여 자신과 趙生과의 結緣에 대한 나름의 합리적 승인(이것은 여인이 이것을 기화로 하여 감사 내외에게 新婦之禮로 뵌다는 점에서 잘 드러난다.), 곧 趙生과의

結緣에 대한 일체의 방해 인자로부터 벗어나는 계기를 이미 확보하고 있었던 존재로 여겨진다.

넷째인즉, 필자가 앞에서 이미 언급한 남주인공이 여주인공의 적극적인 면모에 대비되는 유약하기까지 한 존재로 설정되고 있는 상황을 들 수 있다. 이점은 아래에 드는 다음과 같은 부분 곧,

> 童子還營而更思之則彼介村巷至賤之氓 婚禮二字 語不成說 父母必不許之 若知之卽大爲生梗 山河之誓金石之約 其將虛歸乎 思而復思 萬無一道 憂慮交攻于中 遂成疾病 將至不起之境 藥不可醫" 監司及夫人老來無他子女 只有此子不啻如金玉之愛也 見其病危 問之症而莫之識也

에서 익히 확인된다고 하겠다.

여기에서 趙生은 다만 "여인과의 婚禮 二字가 語不成說이라는 것을, 또 부모가 그것을 아시면 크게 生梗이 나리라는 것만을 알고 結緣의 方策을 여인과는 달리 구체적으로 구하지 않고 憂慮만을 일삼는" 극히 수동적인 존재로 형상화되고 있다. 이런 점에서 結緣을 이루려는 여인의 적극적인 면모의 대척점에 놓이는 존재가 바로 趙生이라고 할 수 있다. 따라서 趙生은 이 이야기에서 한 주동적인 인물로 기능하지는 못하는 한계를 지니는 것으로 여겨진다. 이점은 다시 여인이 자신의 부모에게 新婦之禮로 뵙는 것을 알고도 趙生이 하는 유일한 행위가 다만 '呻吟之聲 轉急出於門外矣'라는 것에서도 거듭 확인된다고 하겠다.

다섯째인즉, 結緣의 2 차 매개자이자 완결자로서의 기능을 담당하고 있는 것으로 보이는 송진사의 존재가 나타난다는 점을 들 수 있다. 그것은 대략 다음과 같은 서사진행을 띠는 것으로 보여진다. 곧 송진사가 감사에게 그의 形貌가 어찌 그렇게 蕭索하고 瘦瘠한지를 탐문함, 감사가 新婦의 일을 송진사에게 이야기하며 계교를 물음, 이에 대한 송진사의 계략 지시와 그 성취가 그것이다. 이 가운데서 송진사의 계략 지시의 문면만을 살펴보도록 하자. 그것은 다음 대문, 곧 '吾有一計 君亦欲

行之乎 將使宋女虛歸而爲寃魂耶(a) 君與之同處而无人知之爲好耶(b) 監司曰同處而无知者何等爲幸乎 第言之 宋曰吾有一女 知舊之所知者而 不幸日前長逝矣 使新婦定爲吾女 上京行禮則有誰知之'(문자:필자 표시)에서 익히 드러나는 바, 屠牛坦의 딸을 헛되이 돌아가게 하여 원혼이 되게 할 것인지(이것은 (a)에서 잘 드러난다.), 아니면 감사가 신부(=屠牛坦의 딸)와 더불어 同處하여 사람들로 하여금 그 사연을 알지 못하게 하는 것이 좋은지(이것은 (b)에서 잘 드러난다.)를 감사에게 묻는 가운데서 나타나고 있다. 이에 감사가 後者가 더 좋을 것이라고 하자 이내 송진사가 도우탄의 딸을 日前에 죽은 자신의 딸로 꾸며 상경하여 趙生과 結緣을 맺도록 指敎한다는 것이 바로 그것이다. 송진사는 앞에서 노파에 의해 마련되었던, 사회로부터 공인받을 수 없었던 趙生과 여인의 結緣에 대해 비로소 사회적 공인을 허여하기 위해 의도적으로 설정된 인물 형상으로 보여진다. 여기에서 비로소 趙生과 屠牛坦의· 딸 사이의 結緣은, 노파에 의해 마련되었던 結緣이 지니고 있었던 未完의 結緣에서부터 벗어나 旣完의 실제적인 結緣(가족 구성원뿐만 아니라 사회 모든 구성원으로부터도 아무러한 의심을 받지 않는)으로 인정받게 된 것이라 하겠다. 여기서 작품 내에 송진사가 등장하는 까닭이 비로소 해명될 수 있는 것이다.

마지막으로 結緣한 뒤의 결과가 어떠한지를 살펴보도록 하자. 그것은 다음 문면, 곧 '監司及夫人得見再生之子 又得超世佳婦 欣慰之心慶忭之情不可以口舌形言丹靑推畵也 新婦以孝誠養舅姑 章句勸夫子 恩義使奴僕 滿室自生一層和氣也'과 '由是監司及夫人 愛惜愈篤 趙生亦多所學 其後趙生亦登龍門抱麟 淸福安享云'에서 잘 드러나고 있으니 전형적인 好終法(Happy-ending)의 하나라고 하겠다. 이것은 남다른 적극적 행동력을 통하여 자신의 신분 상승에의 꿈을 성취하고자 했던 屠牛坦의 딸에게 그에 합당한 보상으로서의 성격을 갖고 나타난 문면으로 이해해야 하지 않을까 한다.

앞에서 필자는 〈趙生 - 屠牛坦의 딸〉 이야기 가운데 結緣談을 통하여 드러나는 의미를 밝히기 위해서 번다한 감이 있지만, 그것을 結緣의 계기, 結緣의 과정, 結緣한 뒤의 결과로 나누어 해당 항목별로 살펴본 바 있다. 이제까지의 논의를 통하여 드러난 바를 묶어 結緣談에서 드러나고 있는 의미를 밝혀볼까 한다. 신분 계층을 달리하는 男·女 주인공의 結緣에 있어서 보다 적극적인 행동력을 갖는 것은 상층 계층에 속해 있는 남주인공에 비하여 아주 저열한 신분적 층위에 놓여 있던 여주인공, 곧 도우탄의 딸이었음을 해당 서사사건을 통하여 우리는 알 수 있었다. 이와 같이 여주인공이 남주인공의 그것에 비해 한결 더한 적극적 행동력을 현시하여 자신의 욕구를 성취하고 있는 행위는 야담문학의 경우에 흔히 보이는 것으로서, 이것은 이제까지 그에 값하는 평가를 제대로 받을 수 없었던 여성 인물들의 지닌 바 능력이 온갖 기존 질서의 굳건한 벽을(이 경우에서는 男·女間의 結緣에 국한된 벽이겠지만), 기존 질서의 논리에 매몰된 계층들의 피상적인 대응 태도와는 달리, 허물어낼 수 있다는 것을 보여줌으로써 이를 통하여 여성의 능력에 대한 재인식과 아울러 男·女間의 結緣을 매개하는 기준이 더 이상 신분 질서가 될 수 없다는 것을 보여주는 것에 그 의미가 있다고 하겠다.

b. 推奴談을 통하여 드러나는 여러 의미

송진사에 의한 추노과정에서의 위기와 그 극복을 이야기하고 있는 삽화는 오직 『瑣語』·『醒睡叢話』계열에서만 나타나고 있다는 것을 앞에서 이미 밝힌 바 있다. 여기서 그 해당 서사내용을 간추려 제시하면 다음과 같다.

가) 송진사가 推奴次 單身으로 떠나감.
나) 송진사가 身貢으로 노비 일인당 백냥을 받고자 함.

다) 노비들이 그것을 감당할 수 없자 송진사를 살해하고자 함.

라) 송진사가 감사에게 글월을 보내 그들을 발천시켜 주겠다고 거짓으로 이르니 그들이 기뻐함.

마) 이에 송진사가 편지의 끝 부분에 '徽欽拜云云'이라 써서 보냄.

바) 감사가 그 연유를 알지 못해 의아해 하다가 그 자부에게 이 편지를 보이니, 자부가 송진사가 위기에 처해 있다고 아룀.

사) 감사가 精校健差를 보내어 노비들을 잡아와 綱常之罪로 다스림.

아) 송진사가 돌아오매 과연 자부의 말과 같았음.

이 推奴談에서의 주요 모티브는 '徽欽拜云云"이라고 할 수 있는데, 이러한 모티브를 공유하고 잇는 야담 자료로 우리는 『靑邱野談』소재 "劫舊主叛奴受刑"과 『奇聞』소재 "修簡免死"를 들 수 있다. '徽欽拜云云'의 비밀을 간취해내는 인물이 그 편지를 받는 감사 자신이 아니라 감사의 주변 인물이라는 서사형태의 공통성에서 볼 때, 〈趙生 - 屠牛坦의 딸〉 이야기는 이 가운데서 『奇聞』 소재 "修簡免死"와 더 밀접한 양상을 띠고 있는 자료로 생각된다.

앞에서 필자는 『瑣語』·『選言篇』계열의 類話가 『醒睡叢話』계열의 類話에 비하여 유기적 얽음새가 더 갖추어졌다고 하면서도, 이에 대해 자세히 논의를 하지 않았었다. 여기서 그점을 간략하게나마 설명해 둘까 한다. 언뜻 이들 두 계열의 類話를 검토할 때, 우리는 『醒睡叢話』계열 類話가 『瑣語』·『選言篇』계열의 유화에 비하여 한 편의 완벽하게 짜여진 이야기인 것처럼 생각하기가 쉽다. 그것은 이 이야기가 結緣으로 인하여 문제된 상황을 그려보이고 있다는 점에서도 사실인 것처럼 여겨진다. 앞에서 살펴본 結緣의 양상을 고려하더라도 그렇다고 할 수 있다. 그러나 필자는 다음과 같은 이유로 해서 이러한 생각에 동의하지 않는다. 그것은 곧 『瑣語』·『選言篇』계열의 유화에서 나타나고 있는 또 다른 하나의 이야기 축으로서의 推奴談이 앞에서 結緣談을 살피면서 드러났었던 여성의 적극적인 면모(곧 현실적으로 無望한 것으로 여겨졌었던 結緣을 성취할 정도의 여성이 지니고 있는 그 밑바탕의 실체가 바로 이러한 지혜였음을 보이는 기능을 갖고 있는 것으로 생각하기에)를 다시 한번 뭉뚱그려 제시하기 위해 나타난 것으로도 달리 생각할 수 있다는 점 때문이다. 이런 점에서 신분 계층을 달리하는 男·女間의 結緣의 문제에만 그 궁극의 관심을 두고 있는 『醒睡叢話』계열의 유화에 비하여, 『瑣語』·『選言篇』계열 類話의 경우 그 결연이 여성의 어떠한 면모로부터 가능한 것이었는가를 우리들에게 심층적으로 보여주고 있다는 점에서도 『醒睡叢話』계열의 유화보다 한결 더한 유기적 얽음새를 갖고 있는 것으로 보아야 하지 않을까 한다. 이점은 다시 『瑣語』·『選言篇』계열의 類話에서 드러나는, 송진사가 監營에 올 때의 전후 문면 – '時監司切友宋進士者<u>適有事</u> 自京下來過本營 特來相訪'(밑줄:필자 표시) – 에서도 이러한 설명에 대한 방증을 구할 수 있을 것으로 보인다. 곧 '송진사가 마침 일이 있어 本營(곧 監營)을 지나게 된다는' 문면을 유념할 때, 송진사에 의한 노비 추쇄의 과정이야말로 송진사가 행해야 할 일이었다는 점이 드러난다. 이런 점에서도 推奴談이 나타나고 있는 『瑣語』·『選言篇』계열의 유화가 그런 면모가 나타나지 않는 『醒睡叢話』계열 유화에 비해 한결 더한 유기적 얽음새를 지닌 자료라는 사실이 거듭 확인된다고 하겠다.

〈趙生 - 屠牛坦의 딸〉 이야기의 또 다른 한 축을 이루어주고 있는 推奴談을 통해 그 편자 또는 화자들이 우리들에게 드러내려 했었던 의미는 과연 무엇인가를 살펴볼 차례가 되었다. 그것은 앞서 간단히 언급한 바와 같이, '黴欽拜云云'의 비밀을 간취해내는 인물이 감사 자신이 아니라 감사의 자부 – 곧 예전에 屠牛坦의 딸이라는 최하층의 귀속 신분에 속하여 있었던 여성 – 라는 점에서 쉬 드러나는 것으로 보여진다. 곧 외면적인 신분 계층의 차이에 의한 인물에 대한 평가가 그 외면적인 귀속 신분에 대한 피상적인 이해와 얼마나 먼 거리에 있는 것인지를 보여주는 것에 다름아닌 것이라고 할 수 있다. 귀속 신분 면에서는 사회의 가장 밑바탕에 자리하고 있었던 여인인데도, 어떠한 사태의 해결 능력 면에 있어서는 그들을 지배·통치했던 어떤 인물들에게도 전혀 뒤처지지 않는 능력의 소유자로서의 여성 인물을 통하여 그동안 그에 값하는 능력을 제대로 평가받을 수 없었던 많은 여성 계층들의 능력에 대한 재평가와 아울러 신분 제도의 그릇됨을 은연중 드러내 보이려는 데에 그 의미가 있는 것이 아닌가 한다.

4. 맺는 말

이제까지 앞에서 논의하여 온 바를 요약·제시하면 다음과 같다.

〈趙生 - 屠牛坦의 딸〉 이야기는 상층 신분에 속해 있는 趙生과 최하층 신분에 처한 屠牛坦의 딸과의 結緣을 이야기하고 있는 작품인 점만으로도 관심을 끌기에 족한 것으로 생각된다. 그런데 이 이야기는 몇 종의 야담집에 類話가 전하고 있는 바, 『瑣語』·『選言篇』·『醒睡叢話』가 바로 그것이었다. 이에 이들 야담집의 유화가 지니고 있는 특정한 삽화의 출현 여부에 따른 내용상의 특성에 의거할 때 그것이 크게 『瑣語』·『選言篇』계열과 『醒睡叢話』계열의 두 계열로 나누어질 수 있음을 확인할 수 있었다. 여기서 이들 두 계열의 구조적 얽음새등을 고려하여 『瑣語』·『選言篇』계열이 『醒睡叢話』계열에 비해 앞선 시기에 나왔을 것이라는 점을, 아울러 『醒睡叢話』계열의 경우는 『瑣語』·『選言篇』계열과 다른 祖本의 영향을 받아 이루어진 것이 아니라, 『瑣語』·『選言篇』계열에 대한 재해석의 욕구를 강하게 지니고 있었던 편자 또는 화자에 의한 의도적 개작의 결과 산생될 수 있었던 계열로 보았다.

이러한 작업을 바탕으로 하여 〈趙生 - 屠牛坦의 딸〉 이야기의 서사구조와 의미는 어떠한지를 살펴보았는 바, 그것은 다음과 같이 요약될 수 있다. 〈趙生 - 屠牛坦의 딸〉 이야기에 대한 서사단락을 살피는 가운데 이 이야기가 크게 結緣談과 推奴談이라는 이원적 구조의 합성의 형태를 지니고 있음을 밝힐 수 있었다. 이에 結緣談을 크게 結緣의 계기와 結緣의 과정, 結緣한 뒤의 결과등으로 나누어 살피는 가운데, 여주인공인 屠牛坦의 딸이 자신이 처해 있는 귀속 신분의 현실적 한계를 크게 인식하는 가운데 남주인공 趙生에 비하여 매우 적극적인 행동력을 가지고 자신의 삶을 꾸려나가고 있는 존재임을 알 수 있었다. 그것은 특히 남주인공에게 자신을 맞아 돌아갈 것을 요구하는 문서, 곧 婚狀을 요구한다는 데서 익히 확인되는 것으로 보인다. 이런 점에서 볼 때, 〈趙生 - 屠牛坦의 딸〉 이야기에서의 結緣談이 갖는 의미는 이제까지 그에 값하는 평가를 제대로 받을 수 없었던 여성 인물들의 지닌 바 능력이 온갖 기존 질서의 굳건한 벽을(이 경우에서는 남·녀간의 結緣에 국한된 벽이겠지만), 기존 질서의 논리에 매몰된 계층들의 피상적인 대응 태도와는 달리, 허물어낼 수 있다는 것을 보여줌으로써 이를 통하여 여성의 능력에 대한 재인식과 아울러 男·女間의 結緣을 매개하는 기준이 더 이상 신분 질서가 될 수 없다는 것을 보여주는 것으로 이해하였다.

한편 〈趙生 - 屠牛坦의 딸〉 이야기에서의 推奴談의 경우, 서사형태의 공통성이라는 점으로부터 그것이 『奇聞』 소재 "修簡免死"와 더 밀접한 양상을 띠고 있는 자료인 것을 알 수 있었다. 여기서 그 의미는 외면적인 신분 계층의 차이에 의한 인물에 대한 평가가 그 외면적인 귀속 신분에 대한 피상적인 이해와 얼마나 먼 거리에 있는 것인지를 보여주는 것에 다름아닌 것이라고 보았다. 귀속 신분 면에서는 사회의 가장 밑바탕에 자리하고 있었던 여인인데도, 어떠한 사태의 해결 능력 면에 있어서는 그들을 지배·통치했던 어떤 인물들에게도 전혀 뒤처지지 않는 능력의 소유자로서의 여성 인물을 통하여 그동안 그에 값하는 능력을 제대로 평가받을 수 없었던 많은 여성 계층들의 능력에 대한 재평가와 아울러 신분 제도의 그릇됨을 은연중 드러내 보이려는 데에 그 의미가 있는 것으로 파악하였다.

이런 점에서 본다면 〈趙生 - 屠牛坦의 딸〉 이야기의 궁극적인 의미는 여성의 능력에 대한 재인식과 아울러 男·女間의 結緣을 매개하는 기준이 더 이상 신분 질서가 될 수 없다는 점, 그리고 아울러 신분 제도의 그릇됨을 은연중 드러내 보이려는 데에 있는 것이라 할 수 있다.

傳과 野談의 엇물림 (1)

- 野談의 傳 受容 樣相을 중심으로 -

1. 들어가는 말

본 소고의 목적은, 조선조 후기에 들어 와 활발하게 진행되고 있던 문학장르 상호간의 넘나듦과 엇물림의 양상과 의미를 '허구지향적'인 野談과 '사실지향적'인 傳을 대상으로 나름대로 파악·규명하는 데에 있다. 여기서 '허구지향적'인 野談과 '사실지향적'인 傳 사이에서 넘나듦과 엇물림이 나타나고 있다는 점은 이들 하위 갈래의 기본 고유 속성을 생각할 때 쉽게 상정되지 않는 문제라고 할 수 있다.

그러나, 조선조 후기에 들어오면서 문학의 하위 장르 사이에서 이러한 현상이 줄기차고도 강하게 작용하고 있다는 사실들을 우리는 이미 많은 연구 성과[109]들을 통해 익히 알고 있다. 이러한 현상이 조선조

109) 이에 대한 주목할 만한 성과로 다음과 같은 업적을 들 수 있다.
최원식, '가사의 소설화 경향과 봉건주의의 해체', 『창작과 비평』45, (창작과 비평사, 1977.)
이동환, '조선후기 한시에 있어서 민요 취향의 대두', 『한국한문학연구』 3, 4집(한국한문학연구회, 1979.)

후기에 들어와 거의 모든 문학 갈래들에서 나타나는 보편적인 것으로까지 여겨지고 있다는 점에서 여기서 傳과 野談을 통하여 그 구체적인 교섭 양상의 실제적 면모는 어떠한지, 또 그런 결과가 실제 일어나고 있다면 거기에서 확인될 傳과 野談의 독자적 형식 논리가 어떻게 유지·변용되고 있는지를 살펴보려는 본고의 작업 또한 일정한 의의를 나름대로 부여받을 수 있을 것으로 기대된다.

이러한 필자의 작업은 김혜숙, 김균태, 이동근 님 등에 의해 앞서 이루어진 일련의 연구 성과[110]에 많은 빚을 지고 있다고 할 수 있다. 그러나, 본 소고는 이들 선행 연구 성과들과는 자료 접근 방법에서 나름의 차이를 지니고 있음을 먼저 밝혀 둔다.

한편, 傳과 野談의 엇물림의 양상은 다음과 같은 두 가지 각도에서의 종합적 바탕 위에 설 때 비로소 그 성격이 규명될 것으로 기대된다. 곧 첫째, 野談 자료들 가운데는 전을 수용·변개하면서 이루어진 작품들 또한 있다는 시각에서의 접근 방법, 둘째, 傳 작품 가운데는 野談문학의 서술기법 상의 한 특성이라고 할 수 있는 '장면제시적' 서술태도를 수용하는 가운데 이루어진 작품들도 있다는 시각에서의 접근 방법 등이 그것이다. 이러한 두 접근 시각에서의 논의 결과를 한데 묶어 낼 때에야 위의 작업이 성공적으로 마무리될 수 있겠으나, 본 소고에서는 여러 가지 상황으로 해서 우선 첫째 방법의 시각만으로 논의의 초점을 국한하

김균태, '조선후기 인물전의 야담취향성 고찰', 『한국한문학연구』12집, (한국한문학연구회, 1989.)

박희병, 『조선후기 傳의 소설적 성향 연구』, 서울대 박사 학위논문, 1991.8.

110) 김혜숙, 「傳·書事(記事)·野談의 대비적 고찰」, 『새터 강한영교수 고희기념논총』, (아세아문화사, 1982)

김균태, 「조선후기 인물전의 야담취향성 고찰」, 「한국한문학연구」12집, (한국한문학연구회, 1989)

이동근, 「傳·小說·野談의 기술방법에 관한 일 연구」, 『조선후기 전문학 연구』(태학사, 1991.)P.264-291.

여 위의 문제를 나름대로 규명해 볼까 한다. 이점 본 소고가 갖는 근본적 한계일 수 있다. 본고에서 미처 다루지 못한 남은 문제는 별고를 통해 다루기로 한다.

논의의 번다함을 피하기 위해, 여기서는 앞서 필자가 제기했던 한 문제를 규명하는데 적절한 자료로 파악되는 洪次奇란 인물을 주인공으로 立傳하고 있는 일련의 傳과 野談만으로 그 범위를 국한할까 한다. 물론 논의의 展開 과정에서 필요하다면 이러한 면을 여실히 보여주고 있는 이 자료 외의 몇몇 자료들 또한 적극적으로 검토될 수 있음을 밝혀 둔다.

2. 논의 대상 자료의 실제적 면모

효율적인 논의 展開를 위해, 본 소고에서 논의의 대상으로 삼은 일련의 자료들 - 예컨대 傳으로는 洪良浩의 '洪孝子次奇傳'[111], 姜世晋의 '洪孝子次奇傳'[112]등, 野談으로는 『靑邱野談』 소재 '救父命洪童撞鼓'[113]와 『東野彙輯』 소재 '幼童爲親伸冤獄'[114], 그리고 傳記의 형식을 띠고 있는 『里鄕見聞錄』 소재 '洪童子次奇'[115]등 - 이 지니고 있는 제 면모와 아울러 이들 자료들의 상호 관계 양상을 우선적으로 제시해 둘까 한다.

여기서 논의의 대상으로 삼고 있는 '洪次奇이야기'의 경우, 그 시원적 형태는 洪良浩(1724-1802)에 의해 마련되었던 것으로 보여진다. 그 이유로, 필자의 과문의 탓으로 돌려야 하겠지만 '洪次奇이야기'를 立傳

111) 김균태, 『文集 所在 傳 資料集』(계명문화사, 1986.) 권 5, P.209 - 212.
112) 김균태, 바로 앞에서 든 책, 권 5, P.112 - 116.
113) 버클리대학본 『靑邱野談』, (아세아문화사, 1985.) 권 6, P.98-101.
동양문고본 『靑邱野談』 권 7, 84-86.외 다수.
114) 이원명, 『東野彙輯』(정명기편, 원본 『東野彙輯』 上, (보고사, 1992) P.250-253.
115) 유재건, 『里鄕見聞錄』, (아세아문화사, 1974.) P.70-72.

한 전이 위에 든 두 작품밖에는 현전하지 않는다는 점, (여기서 姜世晋이 지은 전이 洪良浩의 그것보다 후대에 출현한 작품이란 점 또한 고려되어야 한다.) 나아가 '洪次奇이야기'를 싣고 있는 野談集의 경우에 있어서도 조선 후기 3대 野談集 가운데 시기적으로 가장 일찍 엮어진 것으로 확인된 『溪西野談』에서조차 위 이야기가 보이지 않는다는 점 등을 들 수 있다.

이런 점에서 우리는 먼저 洪良浩가 지은 '洪孝子次奇傳'의 서사구조와 이 작품이 동종의 이야기군 내에서 차지하는 위치를 먼저 정확히 규명할 필요가 있다고 본다. 편의상 그 서사구조를 먼저 제시하면 다음과 같다.

1. 홍차기의 先系와 인적 사항.
2. 그 아비가 살인에 연좌되어 옥에 갇히니 모친 최씨가 訟寃코자 경사에 나아간다.
3. 차기는 仲父에게 길러지며 미처 인보의 자식임을 알지 못하다가 수세 때에 뭇 아이들과 놀 때 홀연 놀라 울부짖으며 먹지 않기를 오랜 후에 그것을 그치기를 한 달에 세 차례씩 한다.
4. 家人들이 괴이히 여겨 그 날을 증험하여 보니 곧 州官에서 죄수를 신문하는 날이었다. 이에 가인들이 그 마음을 상할까 저어하여 더욱 그 아비 일을 차기에게 감춘다.
5. 그 부친이 생각하기를 연로하여 출옥할 기약이 없고, 하루 아침에 죽어 자식 얼굴을 보지 못할까 하여 사실대로 차기에게 이르도록 하니, 차기는 그 뒤로부터 負薪易米하며 아비를 공양한다.
6. 어미는 누차 상경하였으나 겨를치 못하고 경사에서 죽어 반장된다. 이에 차기는 자신이 비록 어리나 자신이 아니면 아비 죽음을 누가 다시 벗기겠느냐 하면서 서울로 떠나려 하자 그 아

비는 차기의 약함을 불쌍히 여겨 경사 행을 허락하지 않는다.

7. 차기는 몸을 빼쳐 걸어 서울에 들어가 신문고를 치매, 일이 按使에 내려졌으나 또 겨를치 못하매, 그는 서울에 머물며 돌아가지 아니한다.
8. 다음에 여름에 大旱을 만나매, 임금이 中外에 선유하여 重囚를 다스리도록 하니, 차기는 궐 아래에 엎드려 조정에 나아가는 公卿을 만나 번번이 울며 아비의 억울함을 호소하기를 10여일이나 하매, 보는 자가 감동치 않음이 없었다. (왕왕 밥을 가져다 그를 먹이고, 혹은 그 머리를 벗겨 이를 잡는 등)
9. 尹東暹이 議囚次 입시하여 그 모양을 사뢰니 上이 차기의 정상을 측연히 여겨 按臣에게 칙령하여 자세히 열람하여 듣고자 하니 안사가 옥이 오래 되고 일이 현란한 것으로 아뢰고 可·否間에 (그냥 그대로) 놓아두도록 하니 상이 특별히 명하여 (차기의 부친을) 영남으로 竄謫시킨다.
10. 서울에 닿지 아니한 가운데 병이 난 차기는 (쉴 것을 요구하는) 從者의 권유에도 불구하고 복궐하였다가 두창이 크게 나 나흘이나 깨어나지 못하며, 꿈 속 말로 자신의 아비가 살았는지를 때때로 묻는다.
11. 赦令이 내려 옆 사람이 그것을 고하자 차기는 즉시 눈을 뜨고 손을 들어 祝天하기를 세 번이나 하다가 아비가 살아났다고 거듭 외치며 마침내 그날 밤 죽으니 당시 나이 14살이었다. 그것을 들은 사람들이 다 슬퍼하였다.
12. 논평부.

지나치게 번다한 느낌이 들 정도로 그 서사단락을 가능한 한 자세히 제시한 것은 뒤에서 거듭 다루게 될 이 작품의 이해에 도움을 주는 동시에 나아가 해당 유화에서의 변이 정도를 쉽게 확인케 하기 위한 부득이한 배려의 결과였다.

'洪次奇이야기'의 시원적 면모를 띠고 있는 洪良浩의 '洪孝子次奇傳'은 전형적인 전의 형식을 띠고 있는 자료로 파악된다. 후술할 姜世晋의 傳이 같은 立傳 인물을 대상으로 하고 이루어진 작품임에도 많은 부문에서 洪良浩의 '洪孝子次奇傳'과 相距를 드러내고 있는 현상을 통해서도 洪良浩의 '洪孝子次奇傳'이 '사실지향적'인 전 고유의 특성을 姜世晋의 전에 비해 보다 더 충실히 갖고 있는 것으로 여겨진다는 점을 통해 그 점 익히 알 수 있다.(여기에 대해서는 뒤에서 자세히 살핀다.)

『靑邱野談』 소재 '救父命洪童撞鼓'는 洪良浩의 전 '洪孝子次奇傳'을 轉載·受容하는 가운데 나타난 작품으로 생각된다. 그것은 두 기록을 검토할 때, 다음과 같은 사소한 자구의 출입만이 나타나고 있다는 점,(父→其父, 繫→ 係, 將→ φ, 京師→ 京, 忽驚啼→ 每驚啼, 卽→ 乃, 遂→ φ, 明年→ 翌年, 入對→ 入待, 放嶺南→ 竄嶺南, 卽 → φ 等)을 통해 확인된다. 여기서, 우리들은 많은 『靑邱野談』 이본군 가운데서 어느 본이 洪良浩의 전과 가장 가까운 관계에 놓이는 본인가를 살펴볼 필요가 있다. 조사·검토 결과 『靑邱野談』 이본군 가운데서 동양문고본 『靑邱野談』이 洪良浩의 傳과 더욱 친연성을 갖는 자료로 보여진다. 그 점은 洪良浩의 傳 가운데 '家人見其然' 부분과 '相闕以聞'부분이 여타 『靑邱野談』 이본들의 경우 아예 출현치 않거나, 또는 '相聞奏稟'으로 달리 나타나고 있는데 비하여, 동양문고본 『靑邱野談』의 경우 洪良浩 傳의 위 문면이 그대로 나타나고 있다는 점에서 이점 쉽게 드러난다. 아울러, 『靑邱野談』의 경우, 洪良浩의 傳과 문맥상 큰 차이를 보이는 부분은 위에 제시된 경우를 제외하고서는 쉬 찾아지지 않는다. 그러나 『靑邱野談』은 洪良浩의 傳을 수용하는 가운데, 주인공 洪次奇에 대한 人定記述에서의 차이와 더불어 논평부가 완전히 缺落되어 있다는 나름의 특징을 지니고 있다. 이러한 차이가 갖는 의미에 대해서는 뒤에서 논하기로 한다.

한편, 『東野彙輯』 소재 '幼童爲親伸寃獄'의 경우, 앞서 살펴본 『靑邱野談』 소재 '救父命洪童撞鼓'를 다시 전재하는 가운데 이루어진 자료로 생각된다. 이점 다음 한 부분을 제외하고 사소한 부분에서의 자구 상의 출입이 있다는 점만으로도 익히 확인된다. 그런데 『靑邱野談』과 차이나는 그 한 부분[116]은 洪次奇에 대한 일련의 자료들과도 변별되는 『東野彙輯』 소재 '幼童爲親伸寃獄'만이 지니고 있는 독자적 면모로 파악된다. 그 부분의 실제적 면모는 다음과 같다.

> "이날밤 홀연 들으니 방 가운데서 불러 이르기를 차기야! 너의 정성이 상천을 감동시켜 명부에서 이미 네 아비의 삶을 허락하고 또한 너의 수명을 연장시켰으니 너는 마음을 놓고 슬퍼하지 말도록 하라는 소리가 있었다. 다음날 차기의 병이 점점 차도가 있어 완쾌되었다. 그 아비의 배소에 따라갔다가 수년만에 돌아왔다. 효행으로 드러나 칭해지매 읍인들이 영문에 아뢰어 報狀이 들려 (이에 그에게) 복호와 정려를 주도록 명하였다".[117]

본 소고에서 검토의 대상이 되는 자료들의 경우, 洪次奇는 아버지가 옥에서 나오는 날, 14살의 나이에 그날 밤 마침내 죽는 것으로 형상화되고 있는데 비하여, 위에 든 예문에서도 확인되듯이 『 東野彙輯』의 경우만은 '室中有呼'의 상황설정을 통해, 차기가 병이 점차 나아져 그 아비의 배소에 따라갔다가 수년 뒤 부친과 함께 돌아오는 것으로 달리 형상화되고 있다. 이러한 『東野彙輯』만이 지니고 있는 이질적이기까지 한 해당 문면을 통해 드러나는 李源命의 세계에 대한 인식태도·이야기觀에

---

116) 이강옥, 「조선후기야담집 연구」, 서울대 석사 학위논문, 1982.P.159에서 이 부분이 지니고 있는 의미에 대해 "동야에 나타나는 일화의 조합·병치 경향은 더이상 일화로써는 독자 및 청자의 흥미를 끌 수 없었다는 효용적 측면과 편찬자의 고도로 발달된 구조인식의 측면에 의해 재해석될 수 있"는 것이라는 견해를 일찍이 표명한 바 있다.

117) 이원명, 앞의 책, P.252.
"是夜忽聞 室中有呼云 次奇汝誠感上天 冥府已許汝父之生 且延汝壽命 汝其放心勿悲也 翌日次奇病漸差完 從其父之配所 數年有還 以孝行著稱 邑人報營狀聞 命給復旌閭"

대해서는 뒤에서 논할까 한다. 아울러, 『東野彙輯』의 경우 그 편자 이원명이 그 책의 서문에서 밝히고 있는 것과 같이 '각 段의 아래에 번번이 論斷을 붙여 대략 史傳의 규례를 모방하였다'[118]는 언명으로부터, 『靑邱野談』과는 달리 논평부를 지니고 있는 형식상의 특징 또한 쉽게 이해된다. 『東野彙輯』의 논평부에서 드러날 이원명의 이야기觀 또한 뒤에서 다루기로 한다.

『里鄕見聞錄』 소재 '洪童子次奇'의 경우, 해당 이야기의 말미 부분에 『靑邱野談』에서 전재했음을 분명히 드러내고 있는 바 여기서 그렇다면 『里鄕見聞錄』의 경우, 『靑邱野談』의 자료 자체를 그대로 전재한 것인지, 나아가 『靑邱野談』 이본군 가운데 어느 이본을 모본으로 하여 이루어진 것인지를 우선적으로 밝혀 해당 자료 내에서의 위상을 제대로 밝힐 필요성이 제기된다. 『里鄕見聞錄』은 다음 몇 문맥 -'命盡不得見', '遇公赴朝者', '相聞奏稟', '及赦人' 등 - 에서 오류와 탈락 부분을 아울러 지니고 있는 바, 여기서 그것이 동양문고본 『靑邱野談』을 축약·전재한 것임을 어렵지 않게 살필 수 있다. 이런 점에서, 『里鄕見聞錄』소재 '洪童子次奇'는 해당 자료군 내에서 별반 독자적 면모를 지니고 있지 않음을 알 수 있다. 따라서 『里鄕見聞錄』 소재 '洪童子次奇'의 경우, 앞으로의 논의에서 제외 시켜도 무방하지 않을까 한다.

마지막으로 姜世晋의 '洪孝子次奇傳'의 경우, 洪良浩의 傳에 비해 거의 동 시대 또는 약간 뒤늦은 시기에 저작된 작품으로 보여진다. 그것은 해당 작품의 다음과 같은 문면에서 쉬 확인된다.

> '洪侍郞 良漢(良浩의 初名)이 傳을 지어 그것을 나타냈는데 나 또한 그 지극한 행실의 出倫한 것을 艶歎하여 약간의 말을 보태 지어 뒤의 사람된 자식들로 하여금 시러금 써 (그것을) 보고 느끼게 하고자 하였다.[119]

---

118) 앞의 책. P.2-3.
"各段之下 輒附論斷 略倣史傳之例"
119) 김균태, 위에 든 책, 권 5, P.115.

姜世晋의 생몰연대가 洪良浩의 그것보다 빠르다는 점, 작품 문면 내에서 '上之四十六年'(곧 영조 46년) 1770년의 시대상황이 서술되고 있다는 점, 『東野彙輯』을 제외한 여타 작품에서 洪次奇가 14세에 죽는 것으로 서술되고 있다는 점, 1773년 계사년이 洪次奇가 사망한 년도라는 점 등을 묶어 생각해 볼 때 姜世晋의 해당 작품은 1773년 이후 저작된 것이 아닐까도 생각되나 여기서 그것을 분명히 단정지을 수는 없다.

그러나 문제는 동일 인물 洪次奇의 효행을 立傳하고 있는 두 작품 사이에서 많은 부분에 걸쳐 서술상황의 차이가 나타나고 있다는 점이다. 이러한 차이는 '사실지향적'인 傳의 본원적인 속성을 유념할 때 결코 간과될 수는 없는 중요한 의미를 지닌 부분으로 여겨진다. 이렇게 두 傳이 시기를 크게 달리하여 나타난 것이 아니기는 해도 서술문면에서의 많은 차이가 나타나는 요인은 무엇인지 또한 적극적으로 규명되어야 한다. 이에 대해서는 뒤에서 논하기로 하고, 두 작품에서 드러나는 차이점을 먼저 제시하면 다음과 같다.

1) 후자의 경우, 洪次奇의 가계가 더 구체적으로 서술되고 있다. 洪良浩 傳의 경우 '忠州老隱洞人也', 姜世晋 傳의 경우 '豊山人 校理 重鉉之孫 士人寅輔之子也 居于忠原之辛夷谷'
2) 후자의 경우, 차기의 부친이 옥에 투옥되는 전후 상황이 더 구체적으로 서술되고 있다.
3) 후자의 경우, 차기가 중부에게 길러진다는 상황이 출현하지 않고 있다.
4) 후자의 경우, 차기가 우는 연유를 살핀 사람이 가인으로 변이되어 나타나고 있다.
5) 후자의 경우, 어머니에게 전후 사정을 물어 알고 차기가 아버지

"洪侍郎良漢 作傳以發之 余亦艷歎其至行之出倫者 述若干言 使後之爲人子者得以觀感焉"

를 옥으로 찾아가는 것으로 달리 나타나고 있다.

6) 후자의 경우, 차기가 옥중의 아비를 봉양한다는 상황이 출현하지 않고 있다.
7) 후자의 경우, 차기의 모친이 뜻을 못 이루고 서울에서 죽는다는 상황이 나타나지 않고 있다. (곧 어미의 사망 관계 문면은 전혀 미출현)
8) 후자의 경우, 차기가 서울에 올라가 號泣不止하는 상황과 신하들의 반응, 임금의 처분 등이 더 구체적으로 출현하고 있다.
9) 후자의 경우, 임금께 차기의 사연을 알리는 사람이 相臣인 것으로 변이되어 나타나고 있다.
10) 후자의 경우, 차기의 사망시 나이가 명확히 서술되지 않고 있는 가운데 단지 '모월 모일'로 변이되어 나타나고 있다.
11) 후자의 경우 作傳者의 立傳 동기가 나타나고 있다.

이상 앞에서 논의 대상 자료의 실제적 면모를 통하여 자료들 간의 영향·수수 관계와 아울러 해당 자료들의 자료군 내에서의 위상, 그 독자적 면모를 간략히 살펴보았다. 이제 자료들 사이에서 보이는 영향·수수 관계와 독자적 특성을 토대로 傳과 野談이 엇물리는 현상의 일단이나마 어느 정도 밝힐 수 있었다. 이들 傳과 野談의 엇물림에서 드러나는 제반 현상이 지니는 의미가 무엇인지에 대해 項을 달리 하여 구체적으로 살펴볼까 한다.

3. 野談의 傳 수용에서 드러나는 의미

앞서 필자는 洪次奇를 立傳하고 있는 몇몇 傳과 野談 자료에 대한 개괄적 검토를 통하여 『靑邱野談』을 비롯한 일련의 野談集 소재 '洪次奇

이야기'들이 洪良浩의 「洪孝子次奇傳」을 나름대로 각기 축약·전재·변용하는 가운데 이루어진 것임을 어렵지 않게 알 수 있었다. 그런 가운데서도 일련의 野談集 소재 '洪次奇이야기'에서 드러나는 선행 傳 자료와의 상이점으로 우리들은 立傳 인물에 대한 선계와 인정기술 부분의 상대적 약화·축소, 논평 부분의 탈락 현상을 지적해 낼 수 있었다.

여기서 먼저 우리들은 동일 인물을 立傳하고 있는 여타의 傳과 野談 자료들의 경우를 통하여 이러한 현상이 유독 '洪次奇이야기'에서만 두드러지게 나타나는 극히 예외적 현상인지, 아니면 傳을 수용하여 이루어진 野談들의 경우에는 일반적으로까지 보이는 보편적인 현상인지를 알아볼 필요가 있다. 나아가 이런 현상이 어떠한 요인에 의하여 발생하게 된 것인지 또한 분명히 규명할 필요가 있으리라 본다.

몇몇 자료들을 검토한 결과, 傳을 수용하는 가운데 이루어진 野談 자료들의 경우 또한 '洪次奇이야기'에서 나타나는 것과 같은 양상을 아울러 공통적으로 지니고 있음이 확인되었다. 이에 몇몇 해당 자료들의 실상을 제시하여 그것을 분명히 제시해 둘까 한다. 논의의 편의상 크게 인정기술 부분과 논평 부분으로 나누어 제시하겠다.

가. 「張義士厚健傳」

"그 선조는 본래 안동인이었다. 遠祖가 고려에 아울러 벼슬할 적에 의주로 폄관되었다가 인하여 집에 있었다. 그 아들 思吉이 우리 태조가 위화도에서 회군함을 듣고 策略을 끼고 轅門에 나아가 擧義撥亂의 책략을 아뢰었다. 개국에 이르러 元功으로 책봉되었다. 사길의 아들 철이 태종을 섬겨 社勳에 참정하였고, 그 후에 鴻壽란 자가 있어 임진란을 당하여 종군하여 猪灘을 지키며 왜를 저격하여 殺獲한 바가 많았다. 그 공으로써 훈련첨정을 배수받았다. 이 이가 바로 후건의 대부이다. 후건은 용만인이라."[120]

120) 김균태, 위에서 이미 든 책, 권 5, P.212.
"其先本安東人 遠祖 儷仕高麗 貶官義州 仍家焉 其子思吉 聞我太祖軍威化島杖策詣轅門 陳擧義撥亂之策 及開國冊元功 思吉子哲事太宗 參定社勳 其後鴻壽者 當壬辰亂從軍 守猪灘 狙擊倭 多殺獲 以功拜訓鍊僉正

'張義士爲國捐生'

"厚健 龍灣人也"

나.「針隱趙生光一傳」

"의술은 九流의 하나인데 대개 雜術이다. 내가 듣기에 으뜸 의술은 나라를 치료하고 그 버금은 병을 치료한다고 했으니 이것은 어찌 써 칭하는 것이냐? 나라를 치료하는 것은 병을 치료하는 것과 같으니 의술의 도리가 있는 것이라. 그러나 선비는 반드시 드러나 상국에 있어 가히 의술을 얻을 수 있을 것이고, 혹 궁핍하여 시험하는 바가 없다고 하여도 그 술법을 음양, 허실, 藥石의 사이에 깃들게 하여 그 널리 무리를 구제하는 공을 펴는 것은 나라를 다스리는 것에 다음가는 것이라고 한 고로 옛날의 현인으로도 때를 만나지 못한 이는 왕왕 의술에 은신하였다. 내가 일찍이 몰래 그 사람을 구하였으나 얻을 수 없었더니 요사이 내가 湖右에 깃들어 살더니 그 풍토를 이기지 못하여 그곳 사람들에게 醫者(의 유·무)를 물으니 다 가로되 뛰어난 자가 없다고 하였다. 그것을 거듭 묻자 이내 조생으로 대답하니 생의 이름은 광일이라, 그 선조는 泰安의 大姓으로 집이 가난하여 객으로 떠돌면서 合湖의 서쪽 기슭에 깃들어 살았는데, 유다른 것은 없고 (다만) 針에 능한 것으로써 스스로 이름하여 針隱이라 하였다."121)

'活人病趙醫行針'

"湖右 趙生名光一 嘗寓居洪州合湖之面"

是爲厚健大父也 厚健龍灣人也"

121) 김균태, 바로 앞의 책, 권 5, P.205-6.
"醫居九流之一 盖雜術也 吾聞上醫醫國 其次醫病 此何以稱焉 治國猶治病 有醫之道焉 然士必顯 而在上國可得醫也 或窮而無所試 卽寓其術於陰陽虛實藥石之間 其博施濟衆之功 亞於醫國 故古之賢 而不遇者 往往隱於醫 余嘗陰求其人 而不可得近 余僑居湖右 不能其風土 問土人以醫 皆曰無良者 强之乃以趙生對 生名光一 其先 泰安大姓 家貧 客遊寓居合湖之西厓 無異能以針 名自號曰針隱"

다. 「義士守門將文紀房傳」

"文紀房 字仲律 高麗名臣 江城君益漸之後 世居長興"122)

'降房星文弁殉國'

"長城人 文紀房 江城君益漸之後也"

라. 「孝妓 斗蓮傳」

아! 나는 그것을 알겠도다. 斗蓮의 효행은 예로부터 있었던 것이라. 그 할아버지 命徵과 종조 敬徵은 부모를 잘 섬기는 것으로써 朝家에 들려 효자의 문호가 세워졌고 또 아비 德鳳 또한 시묘살이하며 정성을 다해 鄕黨으로부터 기림을 입었다. 대대로의 기질이 이와 같으니 두련이 어찌 그렇지 아니할 수 있겠느냐? 오래지 않아 두련이 죽고, 이윽고 보극 또한 죽었음을 듣고 내가 이에 차탄하고 가엾이 여기나 드디어 전하는 바가 없기에 대략 기록하여 뒷 사람들에게 보여준다.123)

마. 「張義士厚健傳」

外史氏가 논하기를, 선비는 위급하고 어려운 때를 당하면 혹 命을 바쳐 적을 막고 혹 의로움을 떨쳐 왕을 모시며 칼끝을 만나 원야에서 죽는 자들로 史傳에 기록된 것이 매우 많았다. 崔와 張과 같은 義士들은 먼 시골의 한 필부로 분연히 만번 죽을 힘을 내어 고래 파도를 범하고 호구에 던져져 국가의 치욕을 씻기를 생각하였으니 그 계략이 비록 疎拙하나 그 일과 뜻은 기이하고 굳세었다. 최공의 이름은 이미 세상에 드러났으나 유독 장공은 감추어져 나타나지 않은 고로 그를 위하여 立傳하였다.124)

---

122) 김균태, 바로 앞의 책, 권 5, P.243.
123) 김균태, 바로 앞의 책, 권, P.16.
"噫 我知之矣 斗蓮之孝 有自來矣 乃祖命徵 乃從祖 敬徵以善事父母 聞朝家立孝子之門 乃父德鳳 亦以侍墓致慕 見稱於鄕黨 世類如此 斗蓮豈得不然乎 未久聞斗蓮死 俄輔極亦死 余於是 嗟憐之憨 遂無傳 略記以示後人"

자료 가)·나)·다)는 주인공의 先系 및 인정기술의 차이를, 자료 라)·마)는 논평 부분의 차이를 대표적으로 든 것이다.

여기서 살펴본 이들 자료들에서 인정기술이 서술되더라도 傳의 그것에 비해 상대적으로 소략하거나, 분량 면에서 아예 비교조차 되지 않는 큰 차이가 나타나고 있음이 어렵지 않게 확인된다. 나아가 논평부의 경우, 몇몇 野談集 찬자의 특이한 이야기관·세계인식 태도에서 야기된 그것의 遵用을 제외하고서는 대부분의 野談集에서 그것이 완전히 누락되고 있음 또한 쉬 확인된다.

물론, 이러한 상이점이 양자 사이에서 발생하고 있다는 점은 새삼스러운 발견은 아니며, 이에 대한 선학들의 적절한 지적이 일찍이 이미 제시된 바 있다. 그들 주장을 통해 이러한 상이점의 발생 요인을 밝혀보면, 김혜숙 님은 野談에서의 인정기술 부분의 탈락·약화·변조가 '구전을 거듭하는 과정'에서 야기된 것으로 파악한 바 있다. 한편, 이동근 님은 이에 대해 '그러나, 野談의 서두부와 결말부는 행적을 제시하기 위한 입구와 출구의 역할만 할 뿐 큰 의미를 띠지 못한다.'고 하면서, '(서두와 결말의 간소화)는 野談이 인물의 소개에 중점을 두는 것이 아니라 특이한 사건의 흥미성 있는 전달이 주된 목적이었던 점과 밀접한 관련이 있'는 것으로 파악한 바 있다. 아울러 김균태 님은 野談集에서의 논평부가 탈락되는 요인을 '사건 자체를 독자에게 객관적으로 보여주는 것으로 만족했기 때문'인 것으로 파악한 바 있다. 앞서 살펴본 선학들의 논의는 이런 상이점이 발생하는 요인을 매우 적절히 밝혀 낸 성과로 여겨진다.

『靑邱野談』의 인정기술 부분은 "후건은 용만인이라"로 나타나고 있는

---

124) 김균태, 바로 앞의 책, 권 5, P.216-217.
"外史論曰 士當危難之時 或受命捍敵 或倡義勤王 躍鋒鏑死原野者 史傳所記班班也 若崔張諸義士 乃遐遠一匹夫耳 奮然出萬死之力 犯鯨濤投虎口 思雪國家之恥 其計雖疎 其事奇 其志壯矣 崔公之名 已暴於世 獨張公隱而未彰 故爲之傳"

바, 이는 앞서든 몇몇 傳의 인정기술 부분에 비해 극히 간략히 축소된 것이다.(특히 (가)와 대비할 때 그점 잘 드러난다.) 이러한 현상은 여러 선학들이 이미 주장하고 있는 바와 같이 野談集 편자의 이야기에 대한 시각 - 어느 특정 인물에 이야기의 초점을 두는 것이 아니라 그 인물이 행하는 사건의 전달에 주안점을 두고 있다는 -의 일정한 반영으로 생각된다.

이제까지, 동일 인물을 立傳하고 있는 傳과 野談 사이에서 드러나는 상이점의 발생 요인과 그것이 보편적 양상으로 출현하고 있음을 보았다. 그런데, 유독 『東野彙輯』의 경우에만 결말 부분에서의 차이와 아울러 논평부 또한 출현하고 있다고 앞서 지적한 바 있다. 많은 자료들에서 확인되는 보편적 양상을 『東野彙輯』의 찬자가 그대로 준용하지 않았던 이유는 어디에 있는 것인지를 나름대로 규명해야 한다. 그것은 『東野彙輯』의 편자 李源命이 지니고 있는, 전래되던 이야기에 대한 나름의 의도적 개작의 결과와 그가 지닌 세계관에 의해 마련되었을 가능성이 큰 것으로 생각된다. 『東野彙輯』에 대한 몇몇 연구 성과[125]는 이에 대한 일정한 시사점을 우리에게 충분히 제시해 주는 것으로 보여진다.

'洪次奇이야기'에 대한 일반적인 展開 방식과는 완전히 색다른, 앞서 보인 것과 같은 『東野彙輯』만의 이러한 독특한 展開 방식(洪次奇의 사망으로 이야기가 종결되는 것이 아니라, 洪次奇의 효행이 뒷날 조정에 들려 정려의 대상이 된다고 하는 상황으로 종결되는)은 분명 『東野彙輯』 편자 李源命의 의도적 개작의 소산으로 이해된다. 그렇다면 『東野彙輯』의 편자 李源命은 전래되던 '洪次奇이야기'의 서술문면에 결코 만

---

125) 이강옥, 위에서 이미 든 논문.
두정님, 「東野彙輯연구」, 서울대 석사 학위논문, 1990.
윤세순, 「東野彙輯의 성격 고찰」, 성균관대 석사 학위논문, 1991.
홍성남, 「東野彙輯연구」, 단국대 석사 학위논문, 1992.
이강옥, 「東野彙輯의 세계관 연구」, 『한국문화』13집, (서울대 한국문화연구소, 1992.)

족하지 못했던 인물이라 할 수 있다. 그 자신이 만약 전래되던 '洪次奇이야기'의 서술문면에 나름대로 만족을 느꼈던 인물이라면, 전래되던 '洪次奇이야기'가 지니고 있던 사실적인 서술문면을 비환상적인 상황설정의 국면을 마련하면서까지 그렇게 개작할 수는 없었을 것이라는 점에서 이점 자명해진다.

여기서, 『東野彙輯』 편자 李源命이 지니고 있던 세계관과 나름의 이야기관을 규명할 필요성이 제기된다. 선행 연구에 따르면, 李源命의 의식(세계관)은 극단적인 '의식의 보수화','자기합리화의 추구','낙관주의·보수주의·현실주의'의 언저리에 놓여 있었던 것으로 파악된다. 이런 선행 업적들을 고려할 때, 결말 부분에서의 변개 또한 어느 면 쉽게 수긍될 수 있다. '出倫'할 정도의 지극한 효행의 소유자인 洪次奇의 현실적 죽음이 불러일으키는 비극성은 충·효를 기본 덕목으로 하여 생을 영위해 갔던 李源命의 세계관에 비추어 볼 때 결코 이상적이거나 권장할 만한 것은 아니었다고 할 수 있다. 곧 '출륜'할 정도의 지극한 효행의 주체에게 죽음이라는 현실적 상황을 부여한다는 것은 효행에 상응한 현실 보상적인 가치 이념의 전도를 의미하는 것으로 그에게 인식되었을 듯하다. 곧 '이념적 왜곡이나 과장'을 도모해서라도 '양반의식의 표출'을 드러내려 했던 李源命 자신의 지나친 '이념우위적 발상의 소산'으로 이러한 변개가 나타날 수 있었던 것이 아닌가 한다.

『東野彙輯』의 논평부는 앞서도 밝혔듯이 李源命 자신이 '史傳의 규례를 대략 모방하여' 한 이야기·한 이야기를 지었다는 언명의 결과적 소산으로 이해된다. 이러한 논평부를 통해 李源命이 드러내려 했던 궁극적 의미는 어디에 있는지를 洪良浩, 姜世晋의 傳에 附記된 그것과 견주는 가운데 밝혀 볼까 한다.

1) "外史氏는 말한다. 天倫은 지극한 정이라. 자연 감통하는 고로 어릴 적부터 효성이 드러난 자가 매우 많이 있다. 申屠蟠은 9

세에 居喪하매 哀毁하여 매번 忌日을 만나면 번번이 3일 동안 (음식을) 먹지 아니하였고, 裵子野는 12 세에 매번 묘소에서 곡을 하면 풀이 그를 위하여 말랐다. 洪次奇는 이내 어린 나이로써 경향에 분주하여 마침내 아비의 억울함을 펴니 제영이 글을 올려 아비의 죄를 속량하는 것과 같았으니 가히 하늘에 통하는 지극한 효도라 이를 만하다. 기이하도다."126)

2) "外史氏는 말한다. 차기는 내 집안 사람의 자식이다. 藐然한 어린아이로써 몸을 빼쳐 叫閽하니 발이 부르트도록 수백 리를 가매 힘이 다하여 병이 났고 몸은 죽어 아비가 살아났으니 어찌 그리 장한가! 아비가 옥에 들어가던 해에 낳고 아비가 옥에서 나오는 날에 죽었으니 하늘이 그를 낸 것은 우연이 아니다. 옛날에 효를 좇던 자들이라도 이와 같이 열렬한 자는 없었다. 슬플진저! 그 어미의 현숙함과 같을진대 이러한 자식을 낳음이 마땅하도다. 옛날의 동왕은 제난에서 쓰러져 죽었으니 공자가 이르기를 능히 干戈를 잡아 사직을 호위하였으니 가히 슬퍼하지 말지어다. 차기 또한 그렇다고 하겠노라.127)

3) "군자가 말하기를 옛날의 효자로는 잉어가 솟구치게 한 이도 있었고, 우는 가운데서 죽순을 구한 자도 있었으니 그 맑은 효도의 행실은 다 능히 神明에 통하였고 簡冊에 빛났다. 이제 차

---

126) 앞에서 이미 든 李源命의 책, P.253.
"外史氏曰 天倫至情 自然感通 故自幼稚 而孝誠之著見者 比比有之 申屠蟠九歲居喪哀毁 每置忌日 輒三日不食 裵子野 十二歲 每哭墓所 草爲之枯 洪次奇乃以童年 奔走京鄕 竟伸父寃 如제영之上書 而贖父罪 可謂通天之至孝 奇哉"

127) 김균태, 위에서 이미 든 책, 권 5, P.212.
"外史氏曰 次奇 吾宗人之子也 以藐然五尺之童 挺身叫閽 繭足數百里 力竭而病作 身殞而父活 何其壯也 生於父入獄之年 死於父出獄之日 天之生之 殆不偶然古之殉於孝者 未有若是其烈也 悲夫 若其母之賢 宜乎生是子也 昔童汪踦死於齊難 孔子曰 能執干戈 以衛社稷 可勿傷也 次奇亦云"

기는 대나무에 걸터앉아 노닐 만한 어린 아이로써 능히 느껍도록 天聽을 회복하여 아비 명을 이었으니 그 행위를 옛 사람에 비교하면 더욱 어려운 것이라. 하늘이 이미 이와 같은 지극한 행실의 사람을 내었다가 또 빨리 (목숨을) 빼앗아 갔으니 화복의 이치는 알지 못하겠도다. 슬프도다."[128]

傳이 지니고 있는 논평부의 기능은 作傳者가 해당 立傳 인물이 행한 일련의 서사사건에 대해 나름의 주관적 議論을 덧보태어 그 서사행위를 포폄·강조·선양하는 데 있는 것으로 이해되어 왔다. 이러한 傳 고유의 논평 부분이 지니는 특성은 洪次奇를 立傳하고 있는 일련의 서사체에서도 거듭 나타나고 있다.

洪良浩가 지은 傳의 논평부는 洪次奇가 자기 집안 사람임을 드러내며 그가 행한 효행과 함께 그 어머니의 현숙함까지 거론하여 그의 출생이 하늘이 낼 수밖에 없었던 필연임을 강조하고, 나아가 洪次奇의 인물됨을 찬양하는 데에 그 궁극적인 의도가 있는 것으로 생각된다. 한편, 姜世晋이 지은 傳의 논평부는 하늘이 낸 洪次奇와 같이 지극한 효행을 행한 서사인물을 도리어 그 목숨을 애꿎게도 일찍 앗아가 버리고 말았다는 문면에서 드러나는, 인간 세계를 지배하는 질서로서의 '화복의 이치의 어그러짐'을 못내 아쉬워하는 데에 그 궁극적인 의도가 있는 반면, 『東野彙輯』의 후미에 나오는 그것은 중국의 신도반·배자야·제영과 같은 인물이 행한 효행을 洪次奇가 행한 일련의 행위와 같은 것으로 이해하는 가운데, '하늘에 통할 정도의 지극한 효행'을 행한 洪次奇의 행위를 적극적으로 옹호·선양하는 데 그 주안점을 두고 있었던 것으로 보인다.

傳과 野談의 엇물림을 다루려는 본 소고의 목적과는 어느 면 상치되

---

128) 김균태, 바로 앞의 책, 권 5, p.115-116.
"君子曰 古之孝子 有躍鯉者 有泣筍者 其純孝之行 皆能通神明光簡冊 今次奇乃以跨竹稚兒 能感回天聽 迸續父命 較諸古人 尤爲難矣 天旣生如此至行人 而又奪之速 禍福之理 未可知也 噫"

는 듯한 느낌이 없지 않지만, 여기서 姜世晋의 '洪孝子次奇傳'에 나타나는 몇몇 변이 양상이 지닌 의미를 규명할 필요가 있겠다. 姜世晋의 傳에서 두드러지게 나타나는 이러한 변이는 '사실지향적'인 傳의 근원적 속성을 유념할 때 분명 예사로운 것은 아닌 것으로 생각되기 때문이다. 필자는 앞에서 姜世晋의 傳이 洪良浩의 傳과 차이나는 몇몇 부분을 간단히 제시해 둔 바가 있다. 여기서는 효율적인 논의 展開를 위하여 그 가운데 한 부분만을 택해 그 변이의 실제적 면모와 그 의미를 간략하게나마 밝혀 볼까 한다.

洪良浩 傳의 경우, 부친 탐색의 과정이 '차기는 仲父에게 길리며 중부를 아비라 부르며 인보의 아들임을 알지 못한다'고 간략히 서술되고 있음에 반하여, 姜世晋이 지은 傳의 경우 그것과는 달리 '(차기가) 5,6세시에 일찍이 고을 아이들과 더불어 놀다가 고을 아이들이 아비를 부르는 소리를 듣고 돌아와 그 어미에게 사람들은 다 아비가 있는데 자신만은 홀로 (아비가) 없느냐고 묻자 어미가 울며 가로되 어찌 네 아비가 없겠느냐 하면서 차기 네가 태어나던 해에 (아비가) 옥에 갇혀 네가 이제 6세가 되도록 오히려 아직껏 獄門에서 나오지 못하고 있다'고 구체적으로 서술되고 있는 바, 여기서 우리는 姜世晋이 지은 傳이 洪良浩가 지은 傳에 비해 부친 탐색의 과정에 대해 보다 더한 서사적 논리성을 확보하고자 노력을 쏟고 있음을 보게 된다. 나아가 부친 탐색의 과정 속에서 어미와의 대화 장면을 전후 2 차례에 걸쳐 구체적으로 서술하는 가운데서 드러나는 '현장재현적'인 서술양식을 여실히 보게 되는데, 이러한 '현장재현적'인 서술양식은 傳 고유의 서술양식에서 어느 면 멀리 떨어진 것이 아닐 수 없다. 그것은 곧 野談 고유의 서술양식이라 할 수 있는데, '사실지향적'인 傳에서 위와 같이 野談이 지니고 있는 고유 서술양식이 출현하고 있다는 것은 상대적으로 그만큼 더 傳과 野談이 얼마나 긴밀하게 엇물리고 있었는지를 반증해 주는 좋은 보기라 할 수 있다. 이런 점에서 姜世晋의 '洪孝子次奇傳'은 洪良浩의 '洪孝子次奇傳'에

비하여 상대적으로 더 야담의 서술양상을 적극적으로 수용하는 가운데 나타난 작품이라 할 수 있다.

4. 맺는 말

앞에서 논의한 바를 요약·제시하면 아래와 같다.

조선조 후기에 들어와 활발하게 나타나고 있던 문학 장르들 간의 교섭 양상이 어떻게 진행되고 있었는지를 '사실지향적'인 傳과 '허구지향적'인 野談을 택하여 구체적으로 논의하고자 하였다.

洪次奇라는 지극한 효행의 행위자를 立傳하고 있는 傳과 그것으로부터 일정한 영향을 받아 나타난 것으로 보이는 몇몇 野談 자료를 통하여 상호 얻물리는 현상을 검토한 결과, '사실지향적'인 傳이 서두부와 논평부를 온전한 형태로 지니고 있는데 반하여 '허구지향적'인 野談의 경우는 그 서두부의 상대적 축소 내지 약화 현상과 더불어 논평 부분의 탈락 현상이 두드러지게 나타나고 있음을 확인할 수 있었다. 이러한 양자 간의 차이는 유독 '洪次奇이야기'에만 국한되어 나타나는 예외적인 현상이 아니라 傳을 수용한 野談들의 경우 거의 공통적으로 나타나는 현상임을 또한 확인할 수 있었다. 이러한 차이는 野談集 편자들이 지니고 있던 서사체에 대한 나름의 태도 - 서사 주인공 자체보다는 그 주인공이 행한 일련의 사건에 더 주목하는 경향을 지니고 있던 - 가 반영된 결과에서 야기된 것으로 여겨진다. 물론 『東野彙輯』의 경우와 같이 편자 이원명이 지니고 있던 나름의 이야기관·세계관의 작용으로 인하여 '洪次奇이야기'의 일반적인 敍事展開와 차이나는 부분 또한 어느 정도는 나타나고 있음을 알게 되었다. 특히 그것은 該 작품의 결말 부분에서 두드러지게 나타나는데 이것은 편자 李源命 개인의 작품에 대한 일정한 기대치가 적극 투사된 결과로 인한 변이였음을 알 수 있었다.

마지막으로 洪良浩가 지은 傳과 많은 부분에서 차이를 드러내고 있는 姜世晋의 傳을 주목하여, 차기와 그 어미 사이에서 오간 부친 탐색에 얽혀 있는 상황에서 드러나는 '현장재현적'인 서술상황이야말로 바로 '허구지향적'인 野談과 '사실지향적'인 傳이 얼마나 긴밀하게 엇물리고 있었는지를 구체적으로 보여주는 것이라고 파악하였다.

이제까지의 논의를 통하여 조선 후기에 들어오면서 나타나는 傳과 野談의 넘나듦과 엇물림 현상이 이제 피할 수 없는 한 실제적 현상이었음을 구체적으로 밝힐 수 있었다는 것이 본 소고에서 거둔 작은 성과라 하겠다.

그러나, 野談의 영향을 받아 이루어진 傳을 아울러 포괄하여 다루지 못하였다는 데서 본 소고는 나름의 일정한 한계를 지닌다. 이점 후고를 기약한다.

朝鮮後期 野談과 小說과의 關係

-『마원철녹』에 수용된 洪純彦逸話 -

1. 들어가는 말

전환기적인 제반 양상을 드러내고 있던 조선후기에 이르러, 문학의 범주에만 국한시켜 놓고 보더라도 하위 갈래들 사이의 교섭과 아울러 상호침투 현상이 일어나고 있었다는 것은 이미 제출된 연구 성과들을 통해 익히 확인된 바 있다.(김기동·최원식·박희병·이동근·서인석 등)

본 발표 또한 이러한 선행 연구 성과들과 동궤의 작업이라 할 수 있겠는데, 여기서는 검토의 대상을 野談과 小說으로만 국한하여 그 교섭의 정도와 아울러 상호 침투 양상에서 드러나는 제반 면모에 대해 나름대로 밝혀보고자 한다.

주지된 사실이지만, 野談은 그 자체의 지닌 바 속성에 의해 많은 各篇(Version)의 형태로 전승·향유될 수밖에 없었던 운명을 지닌 문학으로 보여진다. 이런 점에서 野談 자료의 변이양상과 의미를 밝히려는 작업(이신성·강영순·정명기 등)이 근년에 들어와 활발히 진행된 것은 어느 면 野談의 본질적 면모를 규명해 보고자 하는 의식에서 마련된 것으로 생각된다.

그러나 이들 작업의 대부분은 아직은 野談의 各篇 차원에서 드러나는 변이의 양상과 의미 규명에만 그치고 있을 뿐, 그 시각을 보다 확대된 방향으로 진전시키고 있는 것으로는 생각되지 않는다. 이것은 곧 특정한 野談 각편 또는 類話를 근간으로 하여 이루어진 허구적 변이물로서의 小說과 野談의 관계 양상에 대한 검토를 통하여 확보될, 그 실제적 관계 양상의 규명에는 본격적으로 다다르고 있지 않다는 한계를 지적하는 것이기도 하다. 물론 이러한 작업은 정명기·김정석·정준식 등에 의해 한정된 몇몇 작품들(예컨대 「丁香이야기」·『趙忠毅이야기』·『洪純彦이야기』, '推奴系野談의 小說화'된 작품들)을 대상으로 하여 이루어지기는 했지만, 이들 부분적인 연구 성과만을 통해서는 野談과 기타 갈래(특히 小說)와의 교섭 양상(관계 양상)의 실제적 면모가 옹글게 밝혀졌다고는 하기 어렵다. 이 논제에 관한 한, 이들 양자간의 관계 양상을 精緻하게 밝혀낼 만한 준거틀을 우리 野談 학계가 아직은 확보하지 못하고 있다는 것이 보다 분명한 지적이 되지 않을까 한다. 이러한 문제 의식을 갖고 나름의 소견을 개진해보고자 한다.

그런데 본 발표에서 검토하고자 하는 작업은 결코 새삼스러운 것이라고는 할 수 없다. 이는 일찍이 우리 古小說 학계에서 특정한 작품의 근원을 밝히고자 하는 작업 가운데서 마련되었던 '說話의 小說化' 작업과도 어느 면 전혀 무관하지 않다는 점에서 그렇다고 하겠다.

野談은 흔히 조선후기에 들어와 집중적으로 출현한 문학갈래인 것으로 이야기되고 있다. 이런 점을 유념한다면, 野談과 小說, 小說과 野談(물론 직접적인 연계성이 확인되는 경우로만 한정시켜서 논의해야 한다는 제약은 갖고 있지만)의 관계 양상을 규명하고자 하는 과제는 조선후기 서사문학사에서 드러나는 다양한 실제적 면모에 대한 보다 구체적인 접근을 담보하는 기능을 갖고 있다고도 할 수 있을 듯하다.

여기서 검토·분석하고자 하는 자료는 근자에 들어와 새롭게 소개된 『마원철녹』이라는 古小說인데, 이 자료는 발표자가 年前에 집중적으로 검토한 바 있었던 洪純彦逸話의 허구적 변이물인 것으로 새롭게 확인되었다. 아래에서 이 작품의 작가가 전래하던 洪純彦逸話를 어떠한 방향으로 수용·변이시켰는지, 나아가 『마원철녹』의 경우 일찍이 검토한 바 있었던 여타의 허구적 변이물과는 어떠한 거리를 갖고 있는지, 만약 그 거리가 확인된다면 그와같은 현상은 어떠한 요인에 의하여 나타난 것인지, 그리고 그 의미는 무엇인지 등등에 대한 몇 문제를 살펴, 위에 주어진 논제에 대해 부분적으로나마 그 해답을 제시해둘까 한다.

2. 洪純彦逸話의 전체적인 얼개와 의미

洪純彦(1530-1598)은 조선 중기에 실존했던 인물로, 종계변무에 큰 공을 끼친 까닭으로 唐陵君으로까지 책훈된 역관이다. 환난을 만나 처자를 다 팔아야 할 어려움에 처한 중국의 남성을 도와주었다고 하는 내용의 단일한 삽화의 형태로 나타나는 『於于野談』에 수록된 이래, 약 30여종에 달하는 많은 문헌에 전재·수록되어 있는 일방 현재까지도 계속 구전전승되고 있는 이야기의 대상인물이기도 한 점에서 일찍부터 학계의 큰 관심을 받았던 인물이다.(이경선·이신성·이종호·이강옥·이명학·김석회·김정석·정명기 등)

『於于野談』을 제외한 여타의 관계 자료들에서 공통적으로 나타나고 있는 洪純彦逸話의 전체적인 얼개를 먼저 제시하면 다음과 같다.

(액자구성) : 『西浦漫筆』

1. 홍순언의 인물됨.
2. 홍순원의 평소 소원.
3. 매개인의 출현.
4. 순언이 여인의 근지 탐색.
5. 순언의 의기 베풂.
6. 순언이 재차 중국에 가게 됨.
7. 시랑·부인이 순언을 청대함.
8. 종계변무가 해결됨.

9. 부인의 보은. 10. 보은단동의 유래.
11. 임란시의 원병. 12. 순언이 책훈됨.
(순언의 사망) : 『東野輯史』·『唐陵遺事』·『西浦漫筆』
13. 순언의 후손에 대한 기사.

위에 든 전체적인 얼개의 관계 자료 내에서의 출현 현상을 고려할 때, 洪純彦逸話의 대체적인 의미망은 이론상 크게 보아 다음의 7 가지 양상으로 출현할 수 있는 것으로 확인되는데, 곧 '종계변무·보은단·청병'(『菊堂俳語』계 ·『성호사설』계·『記聞叢話』계의 자료), '보은단·청병'(『熱河日記』계·『擇里誌』계·『青邱野談』계의 자료), '종계변무·청병'(구전설회의 경우), '종계변무·보은단'(公私見聞錄』계), '종계변무'(『西浦漫筆』계), '보은단', '청병' 등이 그것이다. 이 가운데 후 二者의 경우는 관계 자료들에서 전혀 나타나고 있지 않은 것으로 드러나는 바, 이는 이 이야기를 향유·전승했던 계층들의 기대심리적 측면으로부터 그 해답을 구할 수 있지 않을까 한다. 곧 개인적 의기의 베풂에 대한 개인적 성격을 띤 보은단의 증여라는 보은 행위와 아울러 기능소의 다양한 결합이란 양상으로 전승되고 있었던 洪純彦逸話의 실제 면모를 유념할 때 '청병'이라는 기능소만으로 국가적 성격의 보은을 드러내기에는 무언가 부족하지 않겠는가 하는 점을 고려한 화자 나름의 의도가 일정하게 작용한 결과, 이것들은 洪純彦逸話의 주된 기능소 가운데 하나인 국가적 성격의 보은의 성격에 비해 상대적인 관점에서 큰 관심을 유발하기는 힘들었을 것이라는 점을 말하는 것이다. (韓瑗 설화와 『西浦漫筆』 소재 기사 참조)

이런 점에서 洪純彦逸話는 그 이야기를 향유·전승한 화자 또는 편찬자 나름의 개인적 취향에 따라 5 가지 가능한 의미항 가운데 어느 하나를 택하여 전승되었던 것으로 생각된다. 이들 이야기의 문맥적 상황을 고려할 때, 이 이야기의 주된 의미는 '개인적인 의기 베풂 ⇔ 개인적 성격의 보은 + 국가적인 성격의 보은'이라는 구조 내에서 구해져야 할 것으로 사료된다. 즉 뼈대는 어디까지나 '義氣와 報恩'에 있다고 할 수 있다. 이런 점에서 이 이야기의 의미는 어디까지나 홍순언의 의기로 인하여, 순언이 처해 있었던 개인적·사회적·국가적 위기가 해결되었다는 문면에서 자연스럽게 도출되어야 한다. 따라서 그것은 순언이 행한 의기와 아울러 娼館之女의 보은 행위를 선양·옹호하는 가운데 그들의 인간성을 긍정적으로 기리고자 했던 데에 있는 것으로 생각된다. 물론 후자의 행위 그것은 순언의 의기에 대한 대응항으로 촉발된 것이기에, 이 이야기의 참된 의미는 홍순언의 남다른 문제적 행위 곧 의기와 그의 사람됨을 기리는 데에 있다고 하겠다.

3. 洪純彦逸話의 허구적 변이물에 나타난 개변 양상

발표자는 일찍이 洪純彦逸話의 허구적 변이물에 속하는 古小說 작품으로 다음 네 작품, 곧 『李長白傳』·『李長伯傳』·『季氏報恩錄』·『洪彦陽義捐千金說』(이하 『洪彦陽說』로 줄임)을 들고 그 각각의 작품에 나타난 洪純彦逸話의 수용 양상과 개변 양상을 살펴본 바 있었다. 그 결과를 논의의 편의상 제시하면 다음과 같다. 前 3편의 경우, 洪純彦逸話의 경우에는 전혀 나타나지 않았던 일련의 삽화들 예컨대 別付銀 삽화·思恩竹(賜恩竹) 삽화·越境採蔘 삽화(이 삽화만은 洪純彦逸話에서 종계변무나 청병으로 인하여 주인공과 여인이 다시 만나게 된다는 서술문면을 일정하게 차용·변개한 데서 가능한 것으로 생각된다.)를 중심으로 한결같이 서사사건이 전개되고 있는 것과는 달리, 후자의 경우 이들 삽화들이 전혀 작품 내에 나타나지 않고 있다는 점과 아울러 남주인공의 의기와 여주인공의 보은 행위가 작품의 주된 뼈대를 이루고 있는 前 3편의 서사구조와는 달리, 후자의 경우 서사주인공 洪可臣의 엽색 행각에 대한 서술문면이 중심을 이루는 전반부와 洪可臣의 의기와 이에 대한 尹娘子의 보은 행위가 중심을 이루는 후반부로 합성되어 있다는 서사구조상에 있어서의 크나큰 차이 등을 고려할 때, 이들 네 작품은 크게 『李長伯傳』계와 『洪彦陽說』계로 대분되는 것으로 파악된다. 여기서는 다만 『李長伯傳』계에 속하는 작품들 또한 필사자 또는 창작자의 개인적 의도에 따른 나름의 편차를 그 공통된 서사구조 못지않게 갖고 있다는 점을 우선 지적해두고(이것은 뒤이어 살피게 될 『마원철녹』의 경우에서도 어렵지 않게 확인되리라 본다.), 이들 두 계열의 이본들이 각기 지니고 있는 개별적 면모와 아울러 이들 각 개별적 면모를 포괄하고 있는 『李長伯傳』계 이본의 공통 서사단락을 통하여 그 관계망을 간략하게 제시해둘까 한다.

이런 작업이 성공적으로 진행될 때, 이들 두 계열의 이본들과 구획되는 『마원철녹』의 경우에 드러나는 洪純彦逸話의 수용·개변 양상에 대한 검토가 보다 분명히 이루어질 것으로 기대된다.

『李長伯傳』의 경우, 첫째 李長伯·褚娘子의 일생을 卜兆모티브라는 장치의 설정을 통해 그 두 남녀주인공의 일생을 제시된 卜兆의 실현인 것으로 기술하고 있다는 점, 둘째 매개자 崔迪의 국적이 중국인 것으로 달리 나타나고 있다는 점, 셋째 황후가 역관을 통하여 長伯의 소식을 듣고 역관에게 500兩을 주며 그것을 모두 長伯에게 전해주라는 서술문면이 나타나고 있다는 점, 넷째 長伯이 재차 사행길에 나서게 되는 상황이 여타 이본들의 경우와 달리 나타나고 있다는 점, 다섯째 상사가 귀국 후에 왕에게 取人之方의 그릇됨을 아뢰며 자신의 사람 알아보지 못한 죄를 아울러 청한다는 서술문면이 나타나고 있다는 점과 같은 개별적 면모를 지니고 있는 반면에, 『李長白傳』의 경우에는 첫째 황후가 長白을 다시 만나 장백의 은공을 기리며 思恩詩를 읊는다는 서술문면이 나타나고 있다는 점, 둘째 황후가 황제에게 六罪를 청하는 서술문면이 나타나지 않고 있다는 점, 셋째 장백이 처음 중국에 나아갈 때의 정황에서 차이가 나타나고 있다는 점, 넷째 장백이 훗날 최덕(동국인)에게 사례하는 서술문면이 나타나지 않고 있다는 점, 다섯째 장백이 황제의 설연시에 조선 국왕의 죄를 덜어달라고 주청하는 서술문면이 나타나지 않고 있다는 점, 여섯째 황후가 사신이 왕래할 때마다 安寧君의 안부를 묻고 또 예단을 내려준다는 서술문면이 나타나고 있다는 점, 일곱째 안령군이 죽었을 때 황후가 향촉을 갖추어 예관을 보내어 弔祭케 한다는 서술문면이 나타나고 있다는 점과 같은 개별적 면모를 갖고 있는 것으로 드러났다. 한편 『李氏報恩錄』의 경우에는 첫째 天使가 귀국할 때 임금이 표를 올려 황제에게 사은한다는 서술문면이 나타나고 있다는 점, 둘째 洪彦純이 귀국한 후 고난을 겪던 아내와 육,칠년만에 재회하게 되는 서술문면이 나타나고 있다는 점, 셋째 언순이 향리고구를 모아 잔치하고 금은보화를 나누어준다는 서술문면이 나타나고 있다는 점, 넷째 언순이 계황후의 지성으로 인하여 자식을 얻게 되었다는 서술문면이 나타나고 있다는 점, 다섯째 언순이 이후 사,오년에 한번씩 중국에 들어가 황제와 황후를 뵙는다는 서술문면이 나타나고 있다는 점, 여섯째 언순의 4대손 홍유 때에 이르러 중국에서 진주 삼백을 공물로 요구하매 언순의 집에 전래하던 보패를 내어 그것을 해결하고, 대신 홍유에게 조정에서 三千兩과 벼슬을 높여 주었다는 서술문면이 나타나고 있다는 점 등이 그것이다.

이어 『李長伯傳』계 이본들에서 두루 발견되고 있는 공통 서사단락을 제시하면 다음과 같다.

1. 주인공의 인물됨.
2. 주인공이 중국에 가게 되는 상황.
3. 송도 유수가 주인공에게 別付銀을 맡겨 物貨를 무역케 함.
4. 주인공이 매개인을 만남.
5. 주인공이 매개인에게 자신의 소원을 이름.

6. 주인공이 患難에 처한 여인을 만나 여인이 이르는 사연을 듣고 의기를 베풂.
7. 주인공이 여인에게 송도 유수가 내주었던 別付銀을 다시 보탬.
8. 여인이 주인공에게 사은죽을 보내 後會를 기약함.
9. 귀국 후, 주인공은 별부은을 잃은 죄로 인하여 고난을 겪음.
10. 여인이 그 뒤에 황후가 되어 報恩緞을 짜며 은공 갚을 날을 기다림.
11. 황후가 동국 使節들에게서 주인공의 소식을 듣고, 돈을 내어주며 주인공으로 하여금 後行에 오도록 함.
12. 越境採蔘으로 인하여 중국인을 살해하는 사건이 일어남.
13. 조선에서 사신을 보내어 곡절을 발명코자 하니, 이에 주인공이 역관으로 중국에 재차 들어가게 됨.
14. 황후가 주인공이 중국에 왔음을 듣고, 사은죽으로 그 진위를 확인함.
15. 황후가 황제에게 자신의 겪었던 사연을 아뢰며, 보은할 수 있기를 청해 허락받음.
16. 황후가 주인공과 재회하여 그리던 정회를 펴고, 보은단을 내어줌.
17. 上使가 전일 주인공에게 행했던 처사를 후회함.
18. 황제가 설연하여 주인공을 환대함.(이상 3 이본 동일)
19. 주인공이 매개인의 공을 치하하며 돈을 내어줌.
20. 황후가 東使를 한 달 더 머물도록 황제에게 청함.
21. 황후와 황제가 주인공에게 後會를 당부함.
22. 황후가 寶貝로 가득한 白玉函을 주인공에게 내어주는 일방, 가져갔던 사은죽을 그에게 다시 돌려 줌.
23. 황제가 조선 국왕에게 효유문을 내림.
24. 상이 전후 사연을 알고 주인공을 치하함.(이상 『李長伯傳』과 『李氏報恩錄』이 동일)

25. 주인공이 封君됨.

26. 주인공이 영귀함.(이상 3 이본 동일)

한편『洪彦陽說』계의 서사단락을 간추려 보이면 다음과 같다.

1. 洪可信의 인물됨.
2. 홍가신의 엽색 행각.
   가. 南門밖 紫烟岩의 老嫗를 매개로 한 행각.
   나. 慕華館 老嫗를 매개로 한 행각.
3. 가신이 使行하기 전의 상황.
4. 가신의 사행 길에서의 得寶橫財.
5. 여인을 만나 가신이 의로운 행위를 함.
6. 여인이 뒷날 처한 상황.
7. 조선과 가신이 처한 상황.
8. 전일 여인과의 재회.
9. 宗系辯誣의 해결에 얽힌 상황.
10. 가신의 귀환과 영예로운 삶.
11. 평결부.

위에 보인 공통 서사단락과 서술문면의 출현 양상을 통해, 이들 네 이본은 다음과 같은 관계망을 갖는 것으로 드러난다.

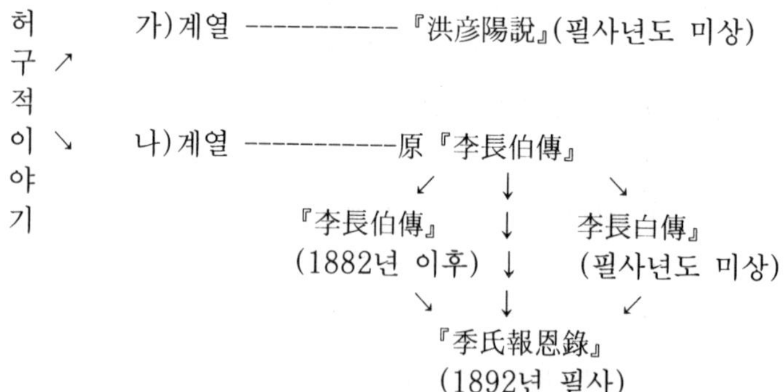

허구적 이야기
↗ 가)계열 -----------『洪彦陽說』(필사년도 미상)
↘ 나)계열 -----------原『李長伯傳』

原『李長伯傳』 ↙ ↓ ↘

『李長伯傳』(1882년 이후) ↓ 李長白傳』(필사년도 미상)

↘ ↓ ↙

『李氏報恩錄』(1892년 필사)

4. 『마원철녹』에 수용·개변된 洪純彦逸話

먼저 『마원철녹』의 서지 상황을 간략하게 제시해 두면 다음과 같다.

이권 이책(?), (내제:『마원철녹』권지일,표제:『馬元哲錄』), 가로 17.6 ×세로 32.5 cm, 총 96면(낙장본 ?), 매면 10행, 매행 18-22 자, 한글 필사본, 홍윤표 교수 소장본으로, 年前에 송재용에 의해 그 존재가 알려진 바 있다. 필사 시기라든가 필사자에 대한 일련의 정보는 전혀 나타나 있지 않지만, 검토 결과 '너그을'·'느그들'·'지그죄'·'느긔도'·'짜장' 등의 단어가 사용되고 있는 점으로부터 경상도 지방에서 유포되었던 작품이 아닌가 생각된다.

우리는 앞에서 이미 洪純彦逸話와 그것을 바탕으로 하여 이루어진 몇몇 허구적 변이물로서의 이본들이 지니고 있는 공통 서사단락을 제시해 둔 바 있다. 『마원철녹』에 수용·개변된 洪純彦逸話를 구체적으로 검토하기 위해서는 먼저 그 서사단락과 짜임새 등에 대한 검토가 이루어져야 당연하지만, 많은 부분에서 앞에서 살핀 바 있는 두 계열의 이본들과 논의가 겹치는 어려움을 피할 수 없다는 현실적 한계 - 물론 『마원철녹』은 발표자가 앞서 검토한 바 있던 두 계열의 이본들과는 또 다른 계열로 설정되어도 좋을 나름의 근거를 갖는 작품이기는 하지만 - 로 인하여 여기서는 이에 대한 자세한 분석은 略하고, 다만 『마원철녹』에서 두드러지게 나타나는 개변의 양상만을 摘記하고 그러한 양상이 나타난 요인과 아울러 이 작품을 통하여 드러내 보이고자 했던 작품내적 의미를 간추려 제시하는 것으로 이에 대한 논의를 마칠까 한다.

첫째, 洪純彦逸話나 여타의 허구적 변이물과는 달리 『마원철녹』의 경우 그 형태상 마원철의 '일대기적 구조'로 이루어져 있다는 점을 그 두드러진 특징적 면모로 지적할 수 있다. 즉 "일즉 가난ᄒᆞ야 글과 바독으로 셰월을 보내며 ᄯᅩ 한강호의 낙슈를 ᄒᆞ여 빅구로 벗슬 솜아 인간부귀을 쑴밧긔 알며" 處士的 삶을 영위하던 마경안의 만득자로 祈子精誠(?)

끝에 태어나는 것을 시발로 하여, 어린 나이에 부모가 구몰하여 고난에 처한 원철에게 망부의 벗인 김수일 -"부상ᄃᆡ고로 팔도의 차인을 부리더" ㄴ- 이 구원자로 설정되고, 이어 그의 양육 아래 10여년을 지내게 된다는 상황 설정, 이후 김수일의 딸 월계와 부부 연을 맺게 된다는 상황 설정 등에서 그러한 면모의 일단을 확인할 수 있다. 한편 자료의 끝 부분의 결락으로 인하여 그 최후의 양상을 현실적으로 추심하기가 어렵지만, 원철이 중국에서 행한 문제적 행위에 따른 보상의 문면이 나타나고 있는 것으로 보아 여타 古小說의 결말 양식, 곧 好終法으로 이루어져 있었을 것으로 생각된다. 이것은 『마원철녹』의 작가가 문제적 인물 마원철의 일대기적 삶의 제시를 통하여 마원철의 문제적 행위 그것이 어떠한 요인으로 인해 가능했고, 또한 그로 인해 마원철이 누리게 될 보상적 삶의 양상을 보다 극대화시켜 보여주고자 했던 의도의 작용에서 비롯된 결과가 아닌가 여겨진다. 그렇기는 하지만 어디까지나 『마원철녹』의 주된 서사사건은 마원철이 창관에서 화소저에게 베푼 의기와 그녀가 뒷날 귀하게 되어 그 은혜를 갚는다는 점에 놓여 있음을 볼 때 이러한 면모는 『마원철녹』이 산생되던 당대의 古小說 유형(예컨대 英雄小說類)의 한 특징적 면모를 의식적으로 습용한 결과의 작용으로도 이해될 소지를 갖는다고 하겠다.

둘째, 『李長伯傳』 계열의 이본들이 別付銀 삽화·思恩竹(賜恩竹) 삽화·越境採蔘 삽화로 이루어져 있음은 이미 앞에서 말한 바 있는데, 『마원철녹』의 경우는 이와는 달리, 그 가운데서 다만 '越境採蔘 삽화'만이 나타나고 있다는 변별적 특징을 갖는다. 그런 가운데 『마원철녹』의 작가는 越境採蔘의 주체를 『李長伯傳』계에서의 그것과는 달리 중국인으로 변용·설정함으로써 한층 더한 민족주의적 우월감을 견지하려 했었던 존재로도 생각된다. 이점은 뒷날 이 삽화로 인해 야기된 조선의 어려움이, 황후가 황제에게 공문을 조선에 보내어 그것을 얻으려 했는지를 묻자 황제가 비로소 전일의 잘못을 깨닫게 되고, 이내 해소되는 것으로 서술되고 있는 서술상황을 통해 쉬 확인된다.

이런 점에서 보면 『마원철녹』의 작가는 어떤 식으로든지 『李長伯傳』 계열의 이본들과 연결될 가능성을 갖는 이본을 산생한 존재였음을 알 수 있는데, 그런 가운데서도 이와같은 나름의 변이가 나타난다는 점에서 제 3의 계열로 구분되어야 할 근거를 갖는 이본이라 하겠다. 여기서는 '別付銀 삽화'의 수용·개변의 면모만을 살펴볼까 한다. 한편 『李長伯傳』 계열에 나타나는 '別付銀 삽화'의 출현 양상은 송도 유수가 장백에게 別付銀을 내어주는 계기, 別付銀을 장백이 여인에게 내어주는 상황, 나아가 別付銀을 장백이 전용하고 난 뒤 장백이 겪게 되는 고난의 면모 등으로 나누어 살필 수 있겠는데,(이에 대해서는 정명기의 논문, 70-74쪽을 참조) 『마원철녹』의 경우 그것은 『李長伯傳』 계열의 경우와 같이 송도유수가 아니라 구원자인 김수일의 일정한 배려 - "마싱을 불너 천금을 쥬며 션상을 짜라가 물화을 환미ᄒᆞ여 오되 부ᄃᆡ 유슈한 지물 이히을 싱각하여 원졍이 무ᄉᆞ히 도라와 노부의 근심이 업게 ᄒᆞ라" - 에 의해 나타나고 있는 차이를 드러내고 있다. 이런 차이는 곧 이어 장백이 귀국 후에 겪는 고난의 有·無란 차이를 낳는 한 결정적 계기로 작용하는 것으로 여겨진다. 이는 장백과 그 가속이 처절할 정도의 고난을 겪게 되는 것으로 한결같이 서술되고 있는 『李長伯傳』 계열의 이본들과는 달리, 『마원철녹』의 경우 "슈일이 원쳘이 손을 잡고 위로ᄒᆞ여 왈 네 지물을 일은가 시부거니와 비록 만금이라도 앗갑지 안니ᄒᆞ되 다만 네 몸이 사라와 반기 보니 ᄂᆡ 기리워 병되던 마암을 풀니로다. 네 엇지 더ᄃᆡ와 ᄂᆡ 마암을 놀ᄂᆡ게 하뇨". "지물 일흔 슈말을 무로ᄃᆡ 원쳘이 연쥬화쇼졔 일을 발구치 못ᄒᆞ야 쇼젼평 갈숍페 귀졸이 변을 만나 사즁구싱으로 몸만 도망ᄒᆞ야 ---", "슈일이 부쳐 이 말을 듯고 놀ᄂᆡ여 왈 네 함아 쳔니고혼이 될낫다. 만니원졍의 고힝ᄒᆞ여시니 지물을 과렴치 말고 목슘 도라옴을 깃거ᄒᆞ야 마암을 풀고 조리ᄒᆞ라" 라는 문면에서도 드러나듯이 화해의 선상에서 그것이 갈무리되고 있다는 점에서도 익히 드러난다고 하겠다. '쇼전평 갈숍페 귀졸이 변'과 같은 삽화는 『마원철녹』의 작가가 작품 내에서 나름의 개변을 행한 데서 나온 또다른 변이의 결과로 생각된다.

셋째, 『마원철녹』에 드러나는 또다른 두드러진 특징적 면모 가운데 하나로 그 작가가 여성 형상에 대해 남다른 관심을 쏟고 있다는 점을 지적할 수 있다. 이는 특히 화소저를 양육하고 있던 娼母 "황화익"란 인물에 대한 서술에서 익히 확인되고 있는 바, 이런 면모는 허구적 변이물로서의 『李長伯傳』 계열 내에서의 매개인 곧 崔迪 또는 崔德이란 인물을 나름대로 변용·확대한 데서 나온 또 다른 개체적 변이인 것으로 생각된다.(자세한 논의는 생략함)

5. 맺는 말 - (野談과 小說의 관계에 대한 試論)

앞에서 발표자는 한 특정한 서사체가 허구적 변이물로 형성·변이되는 구체적 양상의 일단을 『마원철녹』을 대상으로 하여 살핀 바 있는데, 이에 대한 논의를 간략히 정리하고, 여기서는 이러한 논의에 있어서 우리들이 한번쯤 유념해 보아야 할 몇몇 문제점과 아울러 野談과 小說의 관계 규명에 대한 보다 진전된 논의를 위해서 앞으로 고려해야 될 사항을 시론적 차원에서 제기하는 것으로 논의를 맺을까 한다.

洪純彦逸話를 근간으로 하여 이루어진 허구적 변이물로서의 小說 작품을 대상으로 하여 野談과 小說의 관계를 검토해 온 바, 그것을 정리하면 다음과 같이 요약될 수 있다고 본다.

첫째, 특정 서사체를 허구적 변이물로 수용·개변하는 데에는 작가 또는 필사자 나름의 의도가 강하게 작용하고 있음을 알 수 있었다. 이는 계열에 따라 매우 다양한 양상으로 드러나는 바, 수용의 양상은 대체로 보아 특정 서사체의 전면적 수용이 어느 면 그런대로 이루어지고 있다고 할 수 있으나 그런 가운데서도 몇몇 서사단락의 경우 이에 대한 작가 또는 필사자가 지니고 있는 특별할 정도의 관심으로 인하여 해당 단락들이 후자에서 보다 확대, 강화되는 성향을 띠기도 하는 것으로 나타났다. 한편 개변의 양상은 크게 보아 특정 서사체에서 전혀 나타나지 않았던 몇몇 새로운 삽화의 제시(특히 『李長伯傳』 계의 경우) 또는 서사구조의 적·소극적 변용(특히 『洪彦陽說』계와 『마원철녹』계의 경우)을 통하여 나름의 서사갈등의 제시와 그 해결을 통하여 작품내적 성취와 아울러 흥미를 고양하려는 창작 의도를 지녔었던 작가의 문학관이 일정하게 작용된 경우와 아울러 작가가 지니고 있었던 이념 내지는 세계관 등의 작용으로 인하여 특정한 인물 형상에 대한 남다른 배려가 나타나고 있는 경우로 나누어 살필 수 있을 것으로 보여진다.

둘째, 특정 서사체의 얼개가 지닌 강력한 생명력은 그러나 이들 허구적 변이물로의 재창작 과정을 통해 해체되는 방향으로 나아가는 것이 아니라, 그 속에서도 줄기차게 작용하고 있는 것으로 드러났다. 이는 허구적 변이물의 작가들에게 어느 면 '개인적 창조력'보다는 '전통적 관습으로서의 얼개'를 강조하는 방향으로 작용한 결정적 제약 요인이 아닌가 생각된다. 그러므로 특정 서사체의 재창작 과정에 따르는 작품내적 의미의 확대 내지 심화된 의미는 별반 기대하기가 어려웠던 것이 사실이 아닌가 여겨진다.

(시론적 제기)

첫째, 野談과 小說의 관계를 일방적인 '주고 받음'의 과정, 곧 진화론적인 관점에서만 다루어서는 아니되겠다는 점을 들 수 있다. '野談 → 小說'의 '주는' 양상 못지 않게, '小說 → 野談'의 '받는' 양상 또한 실제적으로 그 가능성이 있을 수 있다는 점을 말하는 것이다. 여기서 다시 그 '주고 받음'의 과정에 따른 편차를 나름대로 상정할 필요가 있다고 본다. 곧 적극적(소극적) '주고 받음'인지 아니면 전체적(부분적) '주고 받음'인지 등등에 대한 일정한 고려가 필요함을 말하는 것이다.

둘째, 野談과 小說의 관계에서 보다 구체적인 검토가 수반되어야 할 점으로 이들 갈래의 향유층 내지 작가층의 사회적 처지 내지 이야기觀이 실제로 갈래를 달리하여 나타난 작품들의 경우에 어떠한 양상으로 투영되어 있는가 하는 점에 대한 일정한 고려가 있어야 하겠다는 점을 들 수 있다. 이런 작업이 성공적으로 이루어질 때, 동일한 뼈대를 공유하고 있는 작품들에 각기 다른 양상으로 투영되어 있을 이러한 제반 면모에 대한 보다 깊이 있는 성찰이 비로소 가능할 것으로 생각된다.

셋째, 특정한 野談 서사체를 근간으로 하여 이루어진 小說 작품들에 대한 보다 철저한 탐색을 거쳐 그 양적 대상의 확충이 요청된다는 점을 들 수 있다. 현재까지는 몇몇 작품들에 국한된 논의에 지나지 않기에 野談과 小說의 관계를 일반화시키는 데에 약간의 어려움이 놓여 있다는 점을 말하는 것으로, 특히 조선 후기에 배태되어 나온 일련의 小說들의 所從來를 천착하는 작업이 요청된다고 하겠다.

넷째, 위에서 다룬 것과 같은 동일한 뼈대를 공유하고 있는 이야기들에 대한 검토 뿐만아니라 나아가 동일 삽화 또는 동일 모티브를 갖고 있는 野談과 小說 작품들에 대한 깊이 있는 천착과 분석이 이루어질 때, 野談과 小說의 관계 규명 작업이 보다 잘 이루어지리라 본다.

다섯째, 野談과 小說의 관계 규명 뿐만아니라, 조선 후기에 들어와 활발히 전개되고 있는 여타의 갈래 - 특히 傳 -와의 교섭 관계를 아울러 검토할 때, 이 문제에 대한 보다 깊이 있는 성과가 마련될 것으로 기대된다.

附錄 I

野談 關係 研究 目錄

일러두기

1. 연구 목록은 편의상 字母順으로 배치하되, 1. 단행본, 2. 박사 학위논문, 3. 석사 학위논문(교육대학원 논문 포함), 4. 일반논문의 순으로 하여 이용에 편리하도록 하였다(단, 단행본과 박사 학위논문은 간행 시기순으로 배치하였다).
2. 단행본은 표『 』로, 석사·박사 학위논문은 표 " "로, 개별논문의 경우 표 ' '로 구별하여 연구자들의 편의를 도모하고자 하였다.
3. 硏究 目錄의 後尾에다 南·北韓 양쪽에서 간행된 야담 관계 자료집들의 目錄을 덧붙이어 야담 자료의 대강이나마 짐작할 수 있도록 한 이유는, 이후의 연구자들에게 아직 이들 자료집에 수록되지 못한 자료들에 대해 다같이 관심을 쏟아보자는 데 있음을 밝혀 둔다.
4. 野談 자체에 대한 본격적인 논의는 아니더라도 野談集 소재 자료를 부분적으로나마 논의의 대상으로 삼고 있는 논문들의 경우 또한 이 목록에 아울러 수록했음을 밝혀 둔다.
5. 이 硏究 目錄은 1995년 12월 31일 현재까지 학계에 보고된 단행본과 연구논문들을 토대로 하여 이루어진 것임을 밝혀 둔다.

단 행 본

이재선, 『한국단편소설연구』, (서울, 일조각, 1975.)
장덕순, 『한국설화문학연구』, (서울, 서울대 출판부, 1978)
조희웅, 『조선후기 文獻說話의 연구』, (서울, 형설출판사, 1981.)
『한국판소리·고전소설연구』, (서울, 아세아문화사, 1983.)
송재소외, 『이조후기 한문학의 재조명』, (서울, 창작과 비평사, 1983)
박기석, 『朴趾源문학연구』-漢文短篇을 중심으로, (서울, 삼지원,1984.)
이수봉, 『要路院夜話記 연구』, (서울, 태학사, 1984.)
임형택, 『한국문학사의 시각』, (서울, 창작과 비평사, 1984.)
최창록, 『한국신선소설연구』, (서울, 형설출판사, 1984.)
김균태, 『李鈺의 문학이론과 작품세계의 연구』, (대전, 창학사, 1986.)
김흥규, 『한국문학의 이해』, (서울, 민음사, 1986.)
장효현, 『徐有英文學의 연구』, (서울, 아세아문화사, 1988.)
이경선, 『한국의 傳記文學』, (서울, 민족문화사, 1988.)
조희웅, 『說話學綱要』, (서울, 새문사, 1989.)
민속학회편, 『說話』, (서울, 교문사, 1989)
이동근, 『조선후기 傳文學 연구』, (서울, 태학사, 1991.)
홍순석, 『成俔文學硏究』, (서울, 한국문화사, 1992.)
이석래, 『조선후기소설연구』, (서울, 경인문화사, 1992.)
김 영, 『조선후기 한문학의 사회적 의미』, (서울, 집문당, 1993.)
정용수, 『사숙재 강희맹 연구』, (서울, 국학자료원, 1993.)
이신성, 『天倪錄硏究』, (서울, 보고사, 1994.)
김대숙, 『한국설화문학연구』, (서울, 집문당, 1994.)
성기동, 『조선조 야담의 문학적 특성』, (서울, 민속원, 1994.)

박사 학위논문

(제목 앞에 ** 한 논문의 경우, 야담만을 집중적으로 다루고 있는 논문임)

** 1. 조희웅, "조선후기 文獻說話의 연구", 서울대 대학원 박사 학위논문, 1981.

2. 김영만, "민담에 있어서 의미의 형성과 그 전달에 관한 연구", 부산대 대학원 박사 학위논문, 1987.

3. 김 영, '訥隱 李光庭 文學 硏究', 연세대 대학원 박사 학위논문, 1987.

** 4. 정명기, "野談의 變異樣相과 意味硏究", 연세대 대학원 박사 학위논문, 1988.

5. 윤재근, "조선시대 저항적 인물 전승 연구", 고려대 대학원 박사 학위논문, 1989.

6. 김순진, "韓國奴婢說話硏究", 이화여대 대학원 박사 학위논문, 1990.

7. 정용수," 私淑齋 姜希孟 문학연구", 성균관대 대학원 박사 학위논문, 1990.

** 8. 김상조, "溪西野談系 연구", 고려대 대학원 박사 학위논문, 1991.

9. 여세주, "조선조 男性毁節型 소설의 형성과 변이양상 연구", 계명대 대학원 박사 학위논문, 1991.

**10. 이경우, "초기 野談의 문학성에 관한 연구", 서울대 대학원 박사 학위논문, 1991.8.

11. 손정희. "한국풍수설화연구", 부산대 대학원 박사 학위논문, 1992.

**12. 성기동, "조선후기 野談硏究", 중앙대 대학원 박사 학위논문, 1993. 6.

**13. 이강옥, "조선초·중기 逸話의 형성과 변모과정 연구", 서울대 대학원 박사학위논문, 1993. 8.

**14. 이신성, "天倪錄 硏究", 동아대 대학원 박사 학위논문, 1993.8.

**15. 김정석, "단명담·추노담의 소설적 변용과 그 성격", 성균관대 대학원 박사학위논문, 1995.2.
**16. 이병찬, "東野彙輯 연구"- 청대 문언소설집 『諧鐸』의 수윤을 중심으로 -, 성균관대 대학원 박사 학위논문, 1995.2.
**17. 강영순, "朝鮮後期 女性知人譚 연구", 단국대 대학원 박사 학위논문, 1995.8.

석사 학위논문

(교육대학원 포함)

강명관, "秋齋 趙秀三 文學硏究", 한국학대학원 석사 학위논문, 1982.
강영순, "柳夢寅 문학연구", 단국대 대학원 석사 학위논문, 1986.
강영화, "조선후기 漢文短篇 성격연구", 명지대 대학원 석사 학위논문, 1986.
권태을, "東野彙輯 소재 野談의 유형적 연구", 영남대 대학원 석사 학위논문, 1979.
김경숙, "身分變動 野談 硏究", 서울대 대학원 석사 학위논문, 1989.
김달수, "秋江 남효온 연구", 성대 대학원 석사 학위논문, 1985.
김대현, "조선후기 남녀관계 풍자소설의 사회사적 고찰", 한국학대학원 석사 학위논문, 1987.
김동석, "東稗洛誦 연구", 성균관대 대학원 석사 학위논문, 1991.
김봉윤, "漢文短篇연구", 영남대 대학원 석사 학위논문, 1981.
김영운, "柳夢寅의 문학론 연구", 고려대 대학원 석사 학위논문, 1987.
김영준, "조선조 文獻笑話의 연구", 연세대 대학원 석사 학위논문, 1985.
김용범, "조선후기 漢文短篇에 나타난 사회현상과 애정문제", 청주대 대학원 석사 학위논문, 1988.
김재웅, "조선후기 야담계 한문단편소설 연구", 계명대 석사 학위논문, 1995.
김정문, "要路院夜話記 연구", 경상대 대학원 석사 학위논문, 1987.
김정석, "靑邱野談과 구전설화의 관련양상", 한국학대학원 석사 학위논문, 1987.

김태안, "成俔의 문학론과 시세계", 성대 대학원 석사 학위논문, 1982.
김희경, "妓女結緣 野談硏究", 연세대 대학원 석사 학위논문, 1991.
나종면, "溪西野談 연구", 성균관대 대학원 석사 학위논문, 1991.
노자끼, "朴趾源의 허생전 考究"-致富談의 시점에서, 동국대 대학원 석사 학위논문, 1985. ==日本人 野崎充彦(大坂外大)
두정님, "東野彙輯 연구", 서울대 대학원 석사 학위논문, 1990.
문다리, "慵齋叢話 소재 笑話의 분석적 연구", 숙명여대 대학원 석사 학위논문, 1989.
박옥빈, "香娘故事의 문학적 演變", 성대 대학원 석사 학위논문, 1982.
박희병, "靑邱野談 연구", 서울대 대학원 석사 학위논문, 1981.
서경희, "이조후기 漢文短篇의 연구" -朝報를 중심으로, 성균관대 대학원 석사학위논문, 1979.
서나경, "雲英傳 연구", 연세대 대학원 석사 학위논문, 1984.
송 번, "조선후기 漢文短篇의 민중기질 연구", 동아대 대학원 석사 학위논문, 1981.
신해진, "18·9세기 야담 '군도이야기'의 이원적 면모와 그 의미", 고려대 대학원 석사 학위논문, 1992.
오경환, "於于野譚 연구", 숭실대 대학원 석사 학위논문, 1988.
오관석, "漢文紀行 연구"-장한철의 漂海錄을 중심으로, 단국대 대학원 석사 학위논문, 1984.
우찬제, "한국서사문학에 나타난 돈의 이미지 연구", 서강대 대학원 석사 학위논문, 1986.
유경숙, "어우시화연구"-於于野譚 문예편을 중심으로-, 충남대 대학원 석사 학위논문, 1989.
유기옥, "조선후기 漢文短篇에 나타난 평민의식", 상명여대 대학원 석사 학위논문, 1981.
유영주, "조선후기 閭巷人 전기집 연구", 한남대 대학원 석사 학위논문, 1989.
유필선, "於于野譚 연구", 성균관대 대학원 석사 학위논문, 1988.
윤미숙, "韓·日 笑話의 比較硏究", 숭실대 대학원 석사 학위논문, 1991.
윤세순, "東野彙輯의 성격 고찰"성균관대 대학원 석사 학위논문, 1991.
윤옥희, "漢文短篇에 나타난 群盜의 성격", 성균관대 대학원 석사 학위논문, 1987.

이강옥, "조선후기 野談집 연구", 서울대 대학원 석사 학위논문, 1982.
이경우, "於于野譚연구", 서울대 대학원 석사 학위논문, 1976.
이광미, "이조후기 漢文短篇에 나오는 여성상", 서울여대 대학원 석사 학위논문, 1985.
이규순, "조선조 漢文稗說을 통해 본 여성의식의 변모상", 숙명여대 대학원 석사 학위논문, 1980.
이명학, "雪橋漫錄 연구", 성균관대 대학원 석사 학위논문, 1982.
이문세, "慵齋叢話 연구", 단국대 대학원 석사 학위논문, 1987.
이미경, "訥隱 李光庭의 亡羊錄 硏究",단국대 대학원 석사 학위논문, 1990.
이병로, "漢文短篇 廣作의 연구", 성대 대학원 석사 학위논문, 1987.
이상주, "조선후기 漢文短篇에 나타난 민중기질고", 청주대 대학원 석사 학위논문, 1983.
이영애, "男性毁節型 설화의 연구", 숙명여대 대학원 석사 학위논문, 1992.
이학주, "조선조 野談集 작가의 野談認識에 관한 연구", 강원대 대학원 석사 학위논문, 1991.
이한길, "속임/속음의 서사구조" -트릭스터 유형을 중심으로, 서강대 대학원 석사 학위논문, 1988.
이현택, "溪西 李羲平 문학연구", 국민대 대학원 석사 학위논문, 1983.
임완혁, "조선전기 筆記 연구", 성대 대학원 석사 학위논문, 1991.
임유경, "亡羊錄 연구", 한국학대학원 석사 학위논문, 1993.
장진숙, "조선후기 野談集 소재 致産談 연구", 연세대 대학원 석사 학위논문, 1992.
전관수, "조선후기 野談의 형성과 갈래", 연세대 대학원 석사 학위논문, 1985.
정병호, "김려의 傳 연구", 경북대 대학원 석사 학위논문, 1988.
조선옥, "詐術譚 연구", 부산여대 대학원 석사 학위논문, 1992.
진경환, "野談의 士大夫的 指向과 그 變改樣相", 고려대 대학원 석사 학위논문, 1983.
차종재, "筆苑雜記 연구", 단국대 대학원 석사 학위논문, 1982.
최광석, "한문단편의 서사구조와 의미", 경북대 석사 학위논문, 1994.
최인황, "한국서사문학에 나타난 延命談 연구", 숭실대 대학원 석사 학위논문, 1992.12.
최준린, "조선후기 漢文短篇 연구", 단국대 대학원 석사 학위논문, 1982.

하강진, "문학창작 동인으로서의 閑과 그 표출 양상", 부산대 대학원 석사 학위논문, 1992.
한혜숙, "漢文短篇에 나타난 여성의식고", 청주대 대학원 석사 학위논문, 1984.
홍성남, "東野彙輯 연구", 단국대 대학원 석사 학위논문, 1992.
홍용희, "李鈺 傳의 특성과 沈生傳고", 성심여대 대학원 석사 학위논문, 1987.
홍태한, "이야기판과 이야기의 변이 연구", 경희대 대학원 석사 학위논문, 1986.
황인덕, "명엽지해 연구", 충남대 대학원 석사 학위논문, 1983.
황형주, "群盜이야기 연구", 성균관대 대학원 석사 학위논문, 1992.
강명자, "조선조 후기 한문민담과 소설에 관한 연구", 이화여대 교육대학원 석사 학위논문, 1976.
구홍복, "丁香傳연구』, 고려대 교육대학원 석사 학위논문, 1988.
김동호, "靑邱野談에 투영된 전환기적 갈등의 양상", 고려대 교육대학원 석사학위논문, 1982.
김문규, "조선전기 笑話集 연구", 서울대 교육학석사 학위논문, 1987.
김지행, "야담계 漢文短篇에 나타난 대립 갈등과 그 해결 양상", 고려대 교육대학원 석사 학위논문, 1986.
김창연, "요로원야화기고", 한양대 교육대학원 석사 학위논문, 1989.
박윤구, "한문소설 丁香傳 연구", 홍익대 교육대학원 석사 학위논문, 1988.
박희봉, "靑邱野談연구", 성균관대 교육대학원 석사 학위논문, 1989.
신태관, "訥隱 李光庭의 亡羊錄 연구", 고려대 교육대학원 석사 학위논문, 1986.
유상일, "조선후기 야담계 漢文短篇小說의 연구", 서울대 교육학석사 학위논문, 1984.
윤오현, "한국의적설화연구", 동아대 교육대학원 석사 학위논문, 1990.
이범섭, "於于野譚에 나타난 유몽인의 문학관과 현실인식", 고려대 교육대학원석사 학위논문, 1989.
이수영, "조선후기야담연구-치부담을 중심으로-", 영남대 교육대학원 석사 학위논문, 1992.
이신성, "이조후기 漢文短篇의 연구", 동아대 교육대학원 석사 학위논문, 1976.

이재란, "李土亭說話연구", 한양대 교육대학원 석사 학위논문, 1989.
임익홍, "靑邱野談에 나타난 여성의 의식양상 연구", 원광대학교 교육대학원 석사 학위논문, 1995.
정은선, "丁香傳연구", 인하대 교육대학원 석사 학위논문, 1991.
최순재, "於于野譚연구", 대구대 교육대학원 석사 학위논문, 1986.
허남헌, "고전소설에 나타난 서민의 의식 세계-18, 9세기 漢文短篇을 중심으로", 연세대 교육대학원 석사 학위논문, 1979.
황태면, "慵齋叢話의 분석적 고찰", 경북대 교육대학원 석사 학위논문, 1988.

일반논문

강만길, '역사학이 찾은 시대와 소설이 찾은 시대', 「세계의 문학」 9호, (민음사, 1978.가을.)〔書評〕
강영순, '여성지인담의 존재양상과 서사문학적 의의', 한국고전문학회 제 171차 월례발표회 발표요지, 1994.11.
강영순, '일타홍이야기의 여성지인담 성격 연구', 「고전문학연구」 9집, (한국고전문학연구회, 1994.12.)
강영순, '조선후기 여성지인담의 존재양상과 의의', 「연민학지」3집, (연민학회, 1995.)
곽정식, '허생의 엘리트 의식과 그 성격', 「한국문학논총」6.7합집(부산 한국문학회, 1984.)
권우행, '『丁香傳』 소고', 『坡田 김무조박사 회갑기념논총』, (제일인쇄사, 1988.)
권태을, '楊士彦附帶설화 연구', 「상주농전논문집」 21집, (상주농전, 1982.)
김균태, '조선후기 인물전의 野談 취향성과 한계', 한국한문학연구회 2차 전국발표대회 발표요지, 1988. ** 「한국한문학연구」12집, (한국한문학연구회, 1989.)에 재수록됨.
김근태, '滑稽作品類의 성향과 소설사적 관련양상', 『고소설사의 제문제』, (집문당, 1993.)

김기동, '文獻說話에 나오는 홍길동', 「한국문학연구」 4집, (동국대 한국문학연구소, 1982.)
김기동, '『洪吉童傳』의 소재론', 『이병주박사 환력기념논문집』, 1982.
김기동, '고전소설 三題', 「한국학논집」 3집, (계명대 한국학연구소, 1983.)
김기동, '非類型 고전소설의 연구'-2, 「한국문화연구」창간호, (경기대 한국문화연구소, 1984.)
김대숙, '아랑형 전설 연구, 『한국 판소리·고전문학연구』, (아세아문화사, 1983.)
김대숙, '楊士彦설화 연구', 「이화어문논집」 7집, (이대 한국어문학연구소, 1984.)
김대유, '『심심당한화』고', 「청대한림」 5집, (청주대 한문교육과, 1992.)
김대현, '남녀관계 풍자소설의 발전과 경험적 세계의 수용', 「한문학논집」8집, (단국한문학회, 1990.)
김동욱 2, '토정이야기의 문헌전승 양상', 「어문학연구」 1집, 천안, 상명여대 어문학연구소, 1993.
김동욱 2, '『天倪錄』의 編著者 辨證', 반교어문학회 70차 발표회 요지, 1994.4.
김동욱 2, '『天倪錄』硏究', 「반교어문연구」5집, (반교어문연구회, 1994.)
김동욱 2, '『天倪錄』의 「評曰」을 통해 본 任埅의 思想', 「어문학연구」3집, (상명여대 어문학연구소, 1995.)
김동욱 2, '조선후기 야담집의 流變양상과 유형', 「반교어문연구」 6집, 반교어문학회, 1995.
김동호, '조선후기 漢文短篇의 서사구조', 「한문학」1집, (전주대 한문교육과, 1982.)
김명순, '『玉匣夜話』의 구조와 서술원리', 「교남한문학」 3집, (교남한문학회, 1990.)
김상조, '조선후기 野談에 나타난 再嫁의 양상과 의미', 「한문학논집」4집, (단국대 한문학회, 1986.)
김상조, '『溪西野談』의 筆記 수용 연구', 「제주대 논문집」 28집, (제주대, 1989.)
김상조, '筆記·稗說·野談', 『김홍식 교수 화갑기념논총』, (동간행위원회, 1990.6.)

김상조, '『溪西野談』의 서지적 연구', 「제주대 논문집」 32집, (제주대, 1991.)
김상조, '『溪西野談』系에 나타난 倭亂·胡亂에 대한 시각', 「백록어문」9집, (제주대 국어교육과, 1992.)
김상조, '『溪西野談』系에 나타난 女人像', 『어문학논총』=근재 양순필 박사 화갑기념논총, (학문사, 1993.)
김상조, '『鶴山閑言』연구', 「국문학보」13집, (제주대학교 국어국문학과, 1995.)
김석배, '義賊系 漢文短篇의 성격', 「문학과 언어」6집, (문학과 언어연구회, 1985.)
김석배, '推奴系 漢文短篇 연구', 「문학과 언어」7집, (문학과 언어연구회, 1986.)
김석하, '雜記文學論 서설', 「동양학」5집, (단국대 동양학연구소, 1975.)
김석회, '洪純彦逸話의 전변과정에서 본 서포의 문학세계', 「국어교육」57.8합집, (한국국어교육연구회, 1986.)
김선아, '『玉匣夜話』의 구조분석', 「원우론총」1집, (숙대 대학원, 1983.)
김선아, '許生이야기 소고', 「청파문학」 14집, (숙명여대 국문과, 1984.)
김수봉, '문헌설화 소재 반동인물의 사적 연구', 「한국문학논총」15집, (한국문학회, 1994.)
김수업, '『玉匣夜話』의 짜임새와 속뜻', 「배달말」 17호, (배달말학회, 1992.)
김수업, '문헌설화 속의 임꺽정', 경산 사재동 교수 환력기념논문집 『한국서사문학사의 연구』, (중앙문화사, 1995.)
김순진, "『溪西野談』에 나타난 노비설화의 예비적 고찰", 이화여대 한국어문학연구소 10차 학술발표대회 요지, 1992.1.
김 영, '訥隱 李光庭의 『亡羊錄』 연구', 「한국한문학연구」7집, (한국한문학연구회, 1984.)
김 영, '訥隱 李光庭의 〈老婆之五樂〉 분석', 「국어국문학」93호, (국어국문학회, 1985.)
김 영, '조선후기 인재등용 문제와 한문산문', 한국고전문학회 '94 동계 연구 발표대회 요지(남원 한국콘도, 94.1.22)
김 영, '조선 후기 인재등용 문제와 한문산문', 「민족문학사연구」5호, (민족문학사연구회, 1994.)

김영준 1, '조선조 文獻笑話와 사회의식', 「원우론집」15집 1호, (연세대 대학원, 1987.)
김영준 1, '笑話의 개념 재고 및 유형분류 시론', 『한국문학의 통시적 성찰』=전규태 교수 회갑기념논문집, (백문사, 1993.)
김영준 1, '우리나라 笑話에 대한 원론적 고찰과 그 사적 개관', 『한국문학의 滑稽 연구』=南松 김영수박사 화갑기념논문집, (태학사, 1993.)
김영준 1, '우리나라 笑話의 사적 전개양상', 「논문집」14집, (기전여전, 1994.)
김영준 2, '『玉匣夜話』 분석', 「서강어문」4집, (서강어문학회, 1985.)
김영화, '『諧鐸』與『東野彙輯』'(提要), 제 2회 모산국제학술발표대회 발표요지, 1993.10.30.
김영화, '『諧鐸』與『東野彙輯』', 「모산학보」6집, (모산학술연구소, 1994.)
김용희, '漢文短篇에 나타난 奴婢 문제', 『한국어문학탐구』, (=== 이경선박사 화갑기념논문집, (민족문화사, 1983.)
김일렬, '對照手法과 결합된 잠재력 顯示 說話의 樣相과 사회의식', 「어문론총」26호, (경북어문학회, 1992.)
김일렬, '고전소설에 나타난 교육비판의식', 「어문론총」27호, (경북어문학회, 1993.)
김재환, '漢文短篇의 연구', 「어문학교육」1집, (부산국어교육학회, 1978.)
김재환, '조선조 후기소설에 나타난 신분동향', 「동의어문논집」2집, (동의대 국문과, 1986.)
김정문, '『要路院夜話記』의 짜임새와 속뜻', 「배달말」12호, (배달말학회, 1987.)
김정석, '문학작품에 나타난 신분대립 고찰'-조선후기의 推奴과정을 중심으로, 「계명어문학」 5집, (계명어문학회, 1990.)
김정석, '〈推奴談〉의 소설적 변모와 그 의미', 「반교어문연구」4집, (반교어문연구회, 1992.)
김종철, '『배비장전』 유형의 소설 연구', 「관악어문연구」10집, (서울대 국문학과, 1985.)
김종철, '此山 배전 연구' -1, 「한국학보」47집, (일지사, 1987.여름.)
김준영, '全北 주민이 話題가 된 文獻說話', 「전라문화연구」6집, (전북향토문화연구회, 1992.)

김창진, '漢文短篇 報恩談의 유형과 의미', 『석천 정우상박사 화갑기념논문집, 1990.
김태안, '『慵齋叢話』硏究'-滑稽散文類를 중심으로, 「논문집」6집(안동대, 1984.)
김태준, 中人文學과 이야기문학의 발달, 「국어국문학논문집」15집, (동국대 국문과, 1992.)
김현룡, '徐居正의 『太平閑話滑稽傳』에 대하여', 「인문과학논총」 10집, (건국대 인문과학연구소, 1977.)
김현룡, '文獻說話와 古小說', 「한국문학연구」4집, (동국대 한국문학연구소, 1982.)
김현룡, '조선초기 설화문학의 연구', 「성곡논총」16집, (성곡학술문화재단, 1985.)
김현룡, '『村談解頤』 연구', 『이상보박사 회갑기념논문집, (형설출판사, 1986.)
김현룡, '임란기의 구성설화고' -『於于野譚』 설화를 중심으로, 「인문과학논총」18집, (건국대 인문과학연구소, 1986.)
김현룡, '임란기 文獻說話의 변천연구', 「문학한글」5호, (한글학회, 1991.)
김현실, '근대단편소설의 전통 계승에 관한 일고찰', 「이화어문논집」11집, (이화여대 한국어문학연구소, 1990.)
김현실, '愚夫賢妻 모티브의 서사적 변모와 의미', 「어문연구」87호, (한국어문교육연구회, 1995.)
김현주, '野談의 寫實的 性格', 「한국고전연구」창간호, (한국고전연구회, 1995.)
김혈조, '박효랑 사건과 그 문학적 演變', 「인문연구」10집 2호, (영남대 인문과학연구소, 1989.)
김혜숙, '傳·書事(紀事)·野談의 대비적 고찰', 『한국 판소리.고전문학연구』, (아세아 문화사, 1983.)
김홍철, '李如松系 설화에 나타난 對外勢 민중의식 연구', 「청대한림」2집, (청주대 한문교육과, 1983.)
나종면, '野談에 나타난 時間과 空間의 構造', 「동양고전연구」2집, (동양고전학회, 1994.)
남은경, '『蓂葉志諧』 소재 笑話와 洪萬宗', 한국고전문학회 93년 동계학술대회 발표요지.

노자끼, '조선의 口誦藝人', "대판외대 대학원 논문집" 13집, 1984.
노자끼, '胡人採寶談의 조선적 전개'-〈許生別傳〉을 중심으로, 「조선학보」121집, (조선학회, 昭和 61년.)
노자끼, '朝鮮野談과 道教說話의 관계'-北窓說話를 重心으로-, 「世界口承文藝硏究」 9집, (대판외대, 1988.)
맹택영, '『溪西野談』의 〈許生傳〉 연구', 「어문논총」4집, (청주대 국문과, 1985.)
박기석, '朴趾源의 한문단편 형성과정에 관한 연구', 「논문집」4집, (강릉대, 1982.)
박기석, '『양반전』의 형성배경과 서술구조', 『한국 판소리.고전문학연구』, (아세아문화사, 1983.)
박기석, '연암의 생애와 漢文短篇의 형성', 『雨田 신호열선생 고희기념논총』, (창작과 비평사, 1983) ** 『이조후기 한문학의 재조명』에 재수록됨.
박기석, '연암 朴趾源 『광문자전』 형성에 관한 연구', 『이응백박사 화갑기념논문집』, (, 1983.)
박기석, '연암 漢文短篇소설의 설화수용에 관한 연구', 『宜民 이두현박사 회갑기념논문집』, (학연사, 1984.)
박두포, '麗朝先系의 설화성', 「어문학」42집, (한국어문학회, 1982.)
박요순, '한글본 『丁香傳』고', 「한남어문학」9.10합집호, (한남대 국문학회, 1983.)
박용식, 해제 『罷寂錄』, 「한국학보」54집, (일지사, 1989.봄.)
박준원, '『광문자전』 분석'-광문의 실체와 형상, 「한국한문학연구」8집, (한국한문학연구회, 1985.)
박일용, '野談系 漢文短篇소설 논의의 의미와 문제점', 「현대비평과 이론」2호, (한신문화사, 1991.가을.)
박희병, '조선후기 野談系 漢文短篇소설 양식의 성립', 「한국학보」22집, (일지사, 1981.)
박희병, '한문소설의 발전', 『한국문학연구입문』, (지식산업사, 1981.)
박희병, '野談과 漢文短篇 장르 규정의 몇가지 문제에 대하여', 「한국한문학연구」8집, (한국한문학연구회, 1985.)
박희병, '異人說話와 신선전', 上. 下, 「한국학보」53.5집.(일지사, 1989.봄.가을)

배홍득, '『玉匣夜話』에 관한 一考察', 『松郞 구연식박사 화갑기념논문집, 1985.
서경희, '漢文短篇에 나타난 이조후기의 여인상', 「한국한문학연구」3.4합집호, (한국한문학연구회, 1979.)
서대석, '조선후기 文獻說話의 연구', 「구비문학」5집, (정문연, 1981.)〔書評〕
서대석, '文獻說話와 古典小說의 對比 硏究', 「한국문화」14집, (서울대 한국문화연구소, 1993.)
서인석, '장한철의 『漂海錄』과 隨筆의 敍事的 性格', 「국어교육」67.8합집호, (한국국어교육연구회, 1989.)
서종문, '19세기 한국문학의 성격', 『19세기 한국 전통사회의 변모와 민중의식』所收, (고려대 민족문화연구소, 1982.)
성기동, '이조후기 文獻說話의 장르 규정에 관한 시고', 『평사 민제선생 화갑기념논문집』, 1990.
성기동, '조선조 골계류문학의 문학적 자리매김', 『玄山 김종운박사 화갑기념논문집』, 1991.
성기동, '文獻說話의 상징적 해석 가능성 연구', 「연구논집」11집, (중앙대 대학원, 1992.)
성기동, '조선후기 文獻說話의 구조별 특성', 「우산어문학」2집, (상지대 국문과, 1993.)
성기동, '야담의 문학사적 계승 양상', 「명지어문학」21호, (명지어문학회, 1994.5)
소재영, '한국문학에 나타난 理想鄕 연구', 「동양학」23집, (단국대 동양학연구소, 1993.)
소재영, 해제및 '자료 『靑丘古談』', 「숭실어문」11집, (숭실대 숭실어문연구회, 1994.)
손정희, '『靑邱野談』 소재 風水說話 연구', 「문화전통논집」창간호, (경성대 향토문화연구소, 1993.)
손정희, '야담집 소재 여성의 신분상승에 관한 연구'-風水의 발복과 관련하여, 「문화전통논집」2호, (경성대 향토문화연구소, 1994.)
손찬식, '北窓 정렴 傳承 연구', 「국어교육」63.4합집호, (한국국어교육연구회, 1988.)
송 번, '설화구조의 변화와 특성', 「어문학교육」6집, (한국어문교육학회, 1983.)

송재용, '『마원철녹』 연구', 「국문학논집」14집, (단국대 국어국문학과, 1994.)
송희준, '野談 연구의 현황과 과제, 계명한문학연구회 발표요지, 1990.
신동흔, '조선후기 야담에 나타난 재산과 신분의 관계', 「한국문화」15집, (서울대 한국문화연구소, 1994.)
신월균, '野談·笑話의 소설적 변모과정', 『고소설사의 제문제』, (집문당, 93.)
신태관, '訥隱 李光庭의 『亡羊錄』 연구', 「복현한문학」3집, (복현한문학회, 1987.)
신해진, '야담 연구의 현황과 전망', 고대 고한연 발표 요지, 1993.
심경호, '漢文短篇에 나타난 客主의 상업 활동', 『雨田 신호열선생 고희기념논총』, (창작과 비평사, 1983.) ** 『이조후기 한문학의 재조명』에 재수록됨.
안대회, '조선후기 야사총서 편찬의 의미와 과정', 「민족문화」15집, (민족문화추진회, 1992.)
엄기주, '野談에 나오는 貞節意識의 屈折樣相', 『국어국문학논총』, (여강출판사, 1990.)
여세주, '貞男毁節 설화의 유형성과 그 의미', 「어문학」50집, (한국어문학회, 1989.)
여세주, '貞男毁節談의 형성과 사회적 의미', 「영남어문학」16집, (영남어문학회, 1989.)
여운필, '李土亭 전설 연구', 「수련어문논집」13집, (부산여대 국어교육과, 1986.)
오따니, '『太平閑話』 소고', 「어문논집」19.20합집호, (고려대 국어국문학연구회, 1977.) ==日本人 大谷森繁(天理大)
윤기홍, '시화 잡기류의 양식적인 성격과 소설의 발달에 관한 연구', 「원우론집」15집 2호, (연세대 대학원, 1988.)
윤석산, '『太平閑話滑稽傳』 소고', 『한국어문학탐구』, (민족문화사, 1983.)
윤원호, '『於于野譚』에 나타난 의식고', 「논총」17집, (이대 한국문화연구원, 1971.)
윤일수, '漂流談의 전통과 작품화', 『海洋文學을 찾아서』, (집문당, 1994)所收.
윤재근, '고전문학에 나타난 義賊이야기의 사회사적 의미', 「어문논집」28집, (고려대 국어국문학연구회, 1989.)

윤재민, '『秋齋記異』의 인물형상과 형상화의 시각', 「한문학논집」4집, (단국대 한문학회, 1986.)
이강옥, '조선후기 野談집 소재 서사체의 장르 규정과 서술시각 유형 설정 시고, 「한국학보」29집, (일지사, 1982.)
이강옥, '『此山筆談』과 二律背反的 중인의식', -조선말기 野談집의 문학사적 의의 규명의 일환으로, 『한국문학의 현단계』-2, (창작과 비평사, 1983.)
이강옥, '『六美堂記』와 『금계필담』의 비교분석을 통한 소설과 野談계 서사체의 관계 양상 고찰', 「한국학보」42집, (일지사, 1986.봄)
이강옥, '野談의 연구 시각', 『한국문학사의 쟁점』, (집문당, 1986.)
이강옥, '漢文短篇 연구사의 비판적 검토와 연구 전망', 민족문학사연구소 월례 발표요지문, 1991.1.
이강옥, '『東野彙輯』의 세계관', 서울대 한국문화연구소 발표요지, 1991.
이강옥, '『東野彙輯』의 세계관 연구', 「한국문화」13집, (서울대 한국문화연구소, 1992.2.)
이강옥, '사대부逸話 및 평민逸話의 형성과 전개', 한국고전문학연구회 월례 발표요지, 1993.6.
이강옥, '조선 초·중기 사대부 및 평민 逸話가 조선 후기 野談계 소설로 발전하는 한 양상, 『고소설사의 제문제』, (집문당, 1993.)
이강옥, '조선초기 사대부 逸話가 조선후기 野談系 逸話 및 소설로 발전하는 한 양상', 「영남국어교육」3호, (영남대 국어교육과, 1993.)
이강옥, '『태평한화골계전』연구', 「인문연구」16집 1호, (영남대 인문과학연구소, 1994.)
이강옥, '고려후기 일화의 형성과 조선 초·중기 일화의 전개 양상', 경산 사재동교수 환력기념논문집 『한국서사문학사의 연구』, (중앙문화사, 1995.)
이강옥, '『東野彙輯』의 諧鐸 수용 양상', 한국한문학 전국발표대회 발표 요지, 1995.4
이강옥, '『東野彙輯』의 諧鐸 수용 양상', 「구비문학연구」2집, (한국구비문학회, 1995.)
이경선, '『李長白傳』 연구', 「인문논총」3집, (한양대 문과대, 1982.)
이경선, '『丁香傳』 소고', 『한국 판소리·고전문학연구』, (아세아문화사, 1983.)

이경선, '洪純彦傳 연구', 「한국학논집」3집, (한양대 한국학연구소, 1983.)
이경수, '위항예술인의 형상화와 정래교의 傳', 『한국 판소리·고전문학 연구』, (아세아문화사, 1983.)
이경우, '형성기 산문 시고', 『한국고전산문연구』, (동화문화사, 1981.)
이경우, '口碑野談 연구', 「서원대학 논문집」 21집, (서원대, 1988.)
이경화, '조선漢文短篇에 나타난 민중의 현실해결과 陰影', 「어문논집」 2집, (계명대국문과, 1985.)
이광미, '이조후기 漢文短篇에 나타난 여인상', 「태능어문」3집, (서울여대 국문과, 1986.)
이규순, '野談系 小說의 장르 규정 시고'-『於于野譚』을 중심으로, 「원우론집」1집, (숙명여대 대학원, 1983.)
이금희, '校合 『於于野譚』고', 「청파문학」14집, (숙대 국문학과, 1984.)
이동근, '『壺山外記』의 傳文學的 일고찰', 「논문집」30집, (육군 제3사관학교, 1990.)
이동근, '李鈺 傳의 野談受容樣相에 대하여', 「논문집」31집, (육군 제3사관학교, 1991.)
이동근, '傳·小說·野談의 記述方法에 관한 一硏究', 『조선후기 傳文學 연구』, (태학사, 1991.)
이동찬, '문헌설화에 담긴 流民的 삶의 모습', 『초전 장관진교수 정년기념 국문학논총』, (세종출판사, 1995.)
이명학, '漢文短篇 작가로서의 安錫儆', 『雨田 신호열선생 고희기념논총』, (창작과 비평사, 1983.) *『이조후기 한문학의 재조명』에 재수록.
이명학, '漢文短篇에 나타난 여성형상' -〈劒女〉·〈吉女〉를 중심으로, 「한국한문학연구」8집, (한국한문학연구회, 1985.)
이병로, '漢文短篇에 나타난 〈結末〉'의 죽음', 「반교어문연구」4집, (반교어문연구회, 1992.)
이병로, '한문단편의 지리적·사회경제적 배경의 사실성', 「반교어문연구」 6집, 1995.
이상진, '閭巷人의 傳에 대하여', 「한문교육연구」1집, (한국한문교육연구회, 1986.)
이석래, '고대소설에 미친 野談의 영향', 「성곡논총」3집, (성곡학술문화재단, 1972.)

이석래, '文獻所在 漢文笑話 연구', 「성심어문논집」7집, (성심여대 국문학과, 1983.)
이석래, '笑話의 파생과 寓話', 『한국 판소리·고전문학연구』, (아세아문화사, 1983.)
이석래, '笑話의 효용', 「성심어문논집」14.5합집호, (성심여대 국문학과, 1993.)
이석래, '한·중 笑話비교연구', 『성심어문논집』16집, (성심여대 국문학과, 1994.2.)
이수봉, '爐邊閑談類의 문학사적 공헌', 「충북대학논문집」14집, (충북대, 1977.)
이수인, '이조후기 漢文短篇소설과 연암소설'-『민옹전』을 중심으로, 단국대 한문학회 제 4회 월례발표 요지, 1984.9.
이순우, '조희룡 연구', 「순천향어문논집」창간호, (순천향어문학연구회, 1992.)
이순자, '이조 漢文短篇에 나타난 물량적 가치관'-근대화 개념을 중심으로, 「한국어문학연구」15집, (이화여대 한국어문학연구회, 1975.)
이신성, '이조후기 이야기꾼과 漢文短篇의 구성에 대한 연구', 「어문학교육」1집, (부산 국어교육학회, 1978.)
이신성, '漢文短篇 〈金令〉의 연구', 「한국한문학연구」3.4합집호, (한국한문학연구회, ,1979.)
이신성, '漢文短篇 〈沈生〉의 연구', 「어문학교육」2.3합집호, (부산국어교육학회, 1980.)
이신성, '漢文短篇 〈沈生〉에 있어서의 사랑과 죽음의 문제', 「부산교육대학논문집」17권 1호, (부산교대, 1981.)
이신성, '漢文短篇에 대하여', 「한새벌」19호, (부산교육대학 학도호국단, 1981.)
이신성, '漢文短篇 〈古談〉의 연구', 「어문학교육」4집, (부산 국어교육학회, 1981.)
이신성, '漢文短篇의 연구에 대한 소고' -1, 「부산교육대학논문집」18, (부산교대, 1982.)
이신성, '漢文短篇의 연구에 대한 소고' -2, 「어문학교육」5집, (부산 국어교육학회, 1982.)
이신성, '『古今笑叢』에 대한 일 고찰'-교수잡사의 경우, 「부산교육대학논문집」19집, (부산교대, 1983.)

이신성, '漢文短篇에 나타난 인간상'-〈金令〉과 〈古談〉의 경우, 「어문학교육」7집, (한국어문교육학회, 1984.)
이신성, '『奇聞』 소재 작품에 대하여', 「부산한문학연구」1집, (부산한문학회, 1985.)
이신성, '『李長白傳』 연구'-1, 「부산교육대학논문집」21집 1호, (부산교대, 1985.)
이신성, '『西浦漫筆』에 실린 洪純彦일화', 「우리말교육」1집, (부산교육대학 국어과, 1986.)
이신성, '고전소설 속의 실존인물에 대하여', 「어문학교육」10집, (한국어문교육학회, 1987.)
이신성, '〈玉簫仙이야기〉의 전개양상과 그 의미', 『坡田 김무조박사 회갑기념논총』, (제일인쇄사, 1988.)
이신성, '〈宣川妓이야기〉의 전개양상과 그 의미, 『一斯 천두현교수 정년퇴직기념논문집』, 1991.
이신성, '〈一朶紅이야기〉의 전개양상과 그 의미', 「한국한문학연구」14집, (한국한문학연구회, 1991.)
이신성, '『天倪錄』 연구', 「부산한문학연구」7집, (부산한문학회, 1992.)
이신성, '『揚隱闡微』 소재 여성인물野談에 대하여', 부산한문학회 42차 연구 발표요지, 1993.
이신성, '『天倪錄』 편찬자의 고찰', 「문화전통논집」창간호, (경성대 향토문화연구소, 1993.)
이신성, '『揚隱闡微』 所載 女性人物野談에 대하여'「부산한문학연구」8집, (부산한문학회, 1994.)
이신성, '〈金英郞이야기〉에 나타난 신분상승의 실현과 그 의미', 「어문학」55집, (한국어문학회, 1994.5)
이신성, '『揚隱闡微』에 나타난 사랑과 죽음의 문제', 「부산한문학연구」9집, (부산한문학회, 1995.6)
이신성, '〈全闕不이야기〉에 나타난 一片丹心의 의미', 「초등교육연구」6집, (부산교대, 1995.12.)
이신자, '이조후기 한문소설의 일 고찰', 「동대어문」3집, (동덕여대 국문학과, 1981.)
이용욱, '조선후기 漢文短篇의 경제적 배경 연구'-경제활동과 재화관을 중심으로, 「해사논문집」20집, (해군사관학교, 1984.)

이용욱, '漂海說話攷', 『海洋文學을 찾아서』, (집문당, 1994)所收.
이원걸, '漢文短篇 〈古談〉 연구', 「안동한문학연구」1집, (안동대 한문학회, 1990.)
이원걸, '漢文短篇 〈古談〉 소고', 『한국한문학과 유교문화』=蒼谷 김세한교수 정년퇴직기념논총, (아세아문화사, 1991.)
이원걸, '『松泉筆譚』 연구', 「안동한문학논집」4집, (안동한문학회, 1994.)
이원걸, '『雜記古談』 연구', 「안동한문학논집」5집, (안동한문학회, 1995.)
이원수, '男性毁節 설화의 실상과 의미', 「국어교육연구」21집, (경북대 국어교육연구회, 1989.)
이종건, '徐居正의 『東國滑稽傳』 제 1話고', 『柿園 김기동박사 회갑기념논문집, 1987.
이종주, '朴趾源 漢文短篇연구'-1, 「서강어문」4집, (서강어문학회, 1985.)
이종주, '朴趾源 漢文短篇연구'-2.「서강어문」5집, (서강어문학회, 1987.)
이종호, '『李長白傳』 소고', 「수선논총」11집, (성대 대학원, 1987.)
이종희, '『於于野譚』 연구', 「복현한문학」4집, (복현한문학회, 1988.)
이지호, '『於于野譚』 教育論', 이상익외 『고전문학 어떻게 가르칠 것인가』, (서울, 집문당, 1994.)所收.
이춘기, '香娘說話의 소설화 과정과 변이', 「한양어문연구」4집, (한양대 국문학과, 1982.)
이춘기, '香娘說話의 연구', 「한국민속학」23집, (한국민속학회, 1990.)
이택동, '기술서사물의 직조와 전승', 「한국한문학연구」17집, (한국한문학회, 1994.)
이헌홍, '문헌소재 訟事說話의 유형과 의미', 「배달말」14호, (배달말학회, 1989.)
이헌홍, '신분갈등형 訟事의 서사적 양상과 의미', 「부산한문학연구」8집, (부산한문학회, 1994.)
이현택, '『溪西野談』 연구'-上, 「국어교육」46.7합집호, (한국국어교육연구회, 1983.)
이현택, '『溪西野談』 연구'-下, 「국어교육」51.2합집호, (힌국국어교육연구회, 1985.)
이혜정, '『要路院夜話記』와 아이러니', 「연구논집」18집, (이화여대 대학원, 1990.)
임갑랑, '許生型 漢文短篇 연구', 「어문학」 51집, (한국어문학회, 1990.)

임완혁, '이조전기 筆記 소재 일화의 유형', 「한문교육연구」8호, (한국한문교육학회, 1994.)
임철호, '文獻說話와 임진록의 역사의식 비교', 「천잠성」5호, (전주대학도호국단, 1981.)
임철호, '이조후기 漢文短篇에 나타난 인간상'-1, 「전주대학논문집」10집, (전주대, 1981.)
임철호, '이조후기 漢文短篇에 나타난 인간상'-2, 「전주대학논문집」11집, (전주대, 1982.)
임철호, '文獻說話에 나타난 인간상' -3, 「문리논총」창간호, (전주대 문리학부, 1983.)
임철호, '임란설화고' -1, 「국어국문학」89집, (국어국문학회, 1983.)
임철호, '이조후기 사대부상의 변모양상'-文獻說話를 중심으로, 「현상과 인식」35호, (현상과 인식사, 1986.)
임형택, '18, 9세기 이야기꾼과 소설의 발달', 「한국학논집」2집, (계명대 한국학연구소, 1975.) **『고전문학을 찾아서』, (문학과 지성사, 1976)에 재수록됨.
임형택, '漢文短篇 형성과정에서의 講談師', 『한국소설문학의 탐구』, (일조각, 1978.)
임형택, '漢文短篇과 講談師', 「창작과 비평」13권 3호, (창작과 비평사, 1978.가을)
임형택, '실학파문학과 漢文短篇', 『한국학연구입문』, (지식산업사, 1981.)
임형택, '18세기 예술사의 시각' -유득공의 유우춘전의 분석, 『雨田 신호열선생 고희기념논총』, (창작과 비평사, 1983.) **『이조후기 한문학의 재조명』에 재수록됨.
임형택, '解題『靑邱野談』', 『栖碧外史 海外蒐佚本 靑邱野談』, (아세아문화사, 1985.)
임형택, '解題『記聞叢話』', (아세아문화사, 1990.)
임형택, '解題『東稗洛誦』', (아세아문화사, 1990.)
임형택, '『東稗洛誦』고', 한국한문학연구회 월례발표요지, 경상대학교, 1987.9.
임형택, '야담 전통의 근대적 변모', 한국한문학 전국발표대회 발표 요지, 1995.4.

장덕순, '한문소설의 재인식', 「창작과 비평」31호, (창작과 비평사, 1974.봄)〔書評〕
장덕순, '한국의 諧謔', 「동양학」4집, (단국대 동양학연구소, 1974.)
장덕순, '洪吉童은 실존했던 인물인가?', 『고소설연구논총』, (제일문화사, 1988.)
장인진, '『靑坡劇談』연구', 「한문학연구」4집, (계명대 계명한문학연구회, 1987.)
장장식, '조선후기 문헌설화집과 풍수설화의 수용양상', 경산 사재동 교수 환력기념논문집 『한국서사문학사의 연구』, (중앙문화사, 1995.)
장현주, '한문단편 〈結芳緣二八娘子〉 고찰', 『한원논총』3집, (충남대 한문학과, 1994.2)
전수연, '『沈生傳』의 양식적 특성', 「이화어문논집」9집, (이화여대 한국어문학연구소, 1987.)
전용문, '漢文短篇 〈劒女〉에 대하여', 「어문연구」14집, (충남대 어문연구회, 1985.)
전용문, '漢文短篇上의 제문제', 어문연구 32회 월례발표요지, 1987.5.
전용문, '韓國女性의 救國像', 「목원어문학」6집, (목원대 국어교육과, 1987.)
전용오, '『於于野譚』을 통해 본 妓女像', 「동서어문연구」2집, (배재대 동서어문연구소, 1988.)
정경주, '解題 『李長伯傳』', 「부산한문학연구」1집, (부산한문학회, 1985.)
정명기, '奴-主의 어울림과 맞섬', 「한국언어문학」21집, (한국언어문학회, 1982.)
정명기, '野談硏究의 現況과 將來', 「글터」1집, (원광대 국어교육과, 1984.)
정명기, '野談문학에 나타난 역사의식', 「글터」2집, (원광대 국어교육과, 1984.)
정명기, '洪純彦이야기의 갈래와 그 의미', 「동방학지」45집, (연세대 국학연구원, 1984.)
정명기, '이야기의 改變樣相과 그 의미'-『표해록』 유화를 통해서 본, 「원광한문학」 2집, (원광한문학회, 1985.)
정명기, '조충의이야기의 演變양상과 의미', 「국어교육연구」5집, (원광대 국어교육과, 1986.)

정명기, '丁香이야기의 구조와 의미연구'-逸話를 중심으로, 「국어교육연구」6집, (원광대 국어교육과, 1987.)
정명기, '『靑邱野談』의 편자와 그 이원적 면모' -小倉進平本을 통하여 본, 『연민이가원선생 칠질송수기념논총』, (정음사, 1987.)
정명기, '野談의 變異要因에 대한 소고', 「국어교육연구」7집, (원광대 국어교육학과, 1989.)
정명기, '洪純彦일화의 소설적 변용에 관한 연구', 「성곡논총」20집, (성곡학술문화재단, 1989.)
정명기, '『東稗洛誦』 연구'-異本의 관계양상을 중심으로, 「원광한문학」4집, (원광한문학회, 1991.)
정명기, '解題 原本『東野彙輯』', (보고사, 1992.)
정명기, '『靑邱野談』의 前代 文獻 受容 樣相 硏究-『鶴山閑言』을 중심으로-', 「연민학지」2집, (연민학회, 1994.4.)
정명기, '傳과 野談의 엇물림 (1)', 「한국언어문학」33집, (한국언어문학회, 1994.12.)
정명기, '<趙生 - 屠牛坦의 딸> 이야기의 의미 연구, 「열상고전연구」8집, (열상고전연구회, 1995)
정명기, '조선후기 야담과 소설의 관계' - 『마원철녹』에 수용된 홍순언일화, 한국고소설연구회 `95 하계 학술발표대회 발표 요지, 원광대학교, 1995.8.
정병호, '『沈生傳』의 敍述方式과 의미지향', 「문화전통논집」창간호, (경성대 향토문화연구소, 1993.)
정용수, '『村談解頤』와 姜希孟의 문학', 『국어국문학논총』, (여강출판사, 1990.)
정용수, '『櫟翁稗說』 所收 笑話의 성격고', 「부산한문학연구」6집, (부산한문학회, 1991.)
정용수, '패설문학 성립 초기의 성격과 의미', 「부산한문학연구」7집, (부산한문학회, 1992.)
정용수, '『諛聞瑣錄』연구', 「석당논총」18집, (동아대 석당전통문화연구원, 1992)
정용수, '『破睡錄』 연구', 한국한문학 1995년 추계학술대회 발표논문집, 1995.10.
정용수, '파수록 연구', 「반교어문연구」 6집, 반교어문학회, 1995.

정종대, '艷情說話의 구조와 염정소설과의 관계', 『閑沼 정한기교수 화갑기념논문집』, (고려원, 1989.)
정주환, '『遣閑雜錄』 연구', 「원광한문학」창간호, (원광한문학회, 1984.)
정준식, '추노계 야담의 소설적 변용', 「한국문학논총」15집, (한국문학회, 1994.)
정준식, '추노계 야담의 서사적 양상과 의미', 『초전 장관진교수 정년기념 국문학논총』, (세종출판사, 1995.)
정출헌, '野談의 장르 규정에 대한 시론', 「나랏말씀」3호, (고려대 국문학과, 1985.)
정출헌, '야담의 세계', 민족문학사연구소편『민족문학사강좌』上, (창작과 비평사, 1995.)
정하영, '漢文短篇 소고', 「전북인문」창간호, (전북대 인문대 학도호국단.1981.)
정하영, '文獻說話 연구의 의의와 문제점', 한국언어문학회 학술발표대회 발표요지, 1984.
정하영, '『溪西野談』에 나타난 선비정신', 「한글새소식」169호, (한글학회, 1986.9.)
정하영, '致富談에 나타난 윤리관' -漢文短篇 〈歸鄕〉을 중심으로, 「이화어문논집」 9집, (이화여대 한국어문학연구소, 1987.)
정학성, '『要路院夜話記』 연구', 「국문학논집」13집, (단국대 국문과, 1989.)
조동일, '이조漢文短篇選', 「한국학보」12집, (일지사, 1978.)〔書評〕
조선규, 『不可不笑』, (제일문화사, 1986.)
조선옥, '『靑邱野談』 소재 應報談 연구', 「수련어문논집」18집, (부산여대 국어교육과, 1991.)
조선옥, '詐術譚 연구', 「백양어문논집」1집, (백양어문학회, 1992.)
조선옥, '詐術譚의 구조와 의미 연구', 「백양어문논집」2집, (백양어문학회, 1993.)
조수학, '滑稽傳 연구', 『조선전기의 언어와 문학』, (형설출판사, 1976.)
조용호, '『漂海錄』系 서사체의 구조와 장르적 성격', 『한국문학형태론』 산문편, (일조각, 1993.)
조희웅, '文獻說話 연구의 전망', 「어문학」1집, (국민대 어문학연구소, 1982.)
조희웅, '文獻說話의 연구', 『한국문학연구입문』, (지식산업사, 1982.)
조희웅, '트릭스터談 연구', 「어문학논총」6집, (국민대 어문학연구소, 1987.)

진재교, '『雜記古談』 著作年代와 作者에 대하여', 『서지학보』12호, (서지학회, 1994.3.
최운식, '『於于野譚』에 나타난 於于堂의 설화의식', 「한국민속학」10호, (한국민속학회, 1977.)
최운식, '『김학공전』 연구', 「국어국문학」74집, (국어국문학회, 1978.)
최운식, '『三說記』의 설화적 배경과 漢文短篇과의 관계', 「국제대학논문집」7집, (국제대, 1979.)
최운식, '조선후기 사회의 신분제 동요와 『김학공전』', 「동양문학」2호, 1988.
최원식, 『한국근대소설사론』, (창작과 비평사, 1986.)
최인황, '『東稗洛誦』의 편찬의식에 대한 고찰', 「숭실어문」10집, (숭실대 숭실어문연구회, 1993.)
최인황, '야담집 『東稗洛誦』에 대하여', 「온지논총」 1집, (온지학회, 1995.)
최준린, '漢文短篇 〈狂人〉 연구', 「한문학논집」2집, (단국대 한문학회, 1984.)
최창록, '한국소설에 나타난 신선관'-1, 「한국어문논집」2집, (한사대 한국어문연구소, 1982.)
최 철, '野談과 이조소설', (上) 「문화비평」16호, (아한학회, 1973.가을.)
최 철, '野談과 이조소설', (下) 「문화비평」17호, (아한학회, 1973.겨울.)
최 철, '조선조 전기 설화의 연구', 「동방학지」42집, (연세대 국학연구원, 1984.)
최현섭, '無名氏의 漢文短篇에 나타난 富意識', 「한국국어교육연구회논문집」22집, 1982.
하강진, '『太平閑話滑稽傳』에 나타난 閑의 의미', 「어문교육논집」11집, (부산대 국어교육과, 1991.)
한기형, '漢文短篇의 서사전통과 신소설', 「민족문학사연구」4호, (민족문학사연구소, 1993.)
현길언, '『靑邱野談』 소재 설화 분류'-1, 「성대문학」17집, (성대 국어국문학회, 1971.)
현길언, '野談의 문학적 의의와 성격', 「한국언어문학」15집, (한국언어문학회, 1977.)
현혜경, '漢文短篇의 서사구조에 있어서 知鑑話素', 「한국한문학연구」 9.10합집호, (한국한문학연구회, 1987.)
홍성남, '解題 『夢遊野談』', (보고사, 1994.)
홍순석, '『慵齋叢話』 연구', 「국어국문학」98호, (국어국문학회, 1987.)

홍순석, '『慵齋叢話』 소재 笑話에 대하여', 『국어국문학논총』, (여강출판사, 1990.)
홍용희, '李鈺의 傳과 『沈生傳』고', 「성심어문논집」11집, (성심여대 국문학과, 1988.)
홍일식, '조선후기 서사문학에 나타난 身分觀 變貌樣相', 「민족문화연구」25호, (고대민족문화연구소, 1992.7)
황성숙, '『於于野譚』 배경고', 「한국어문학연구」8집, (이화여대 한국어문학연구회, 1968.)
황인덕, '『蓂葉志諧』의 史評에 대한 연구', 「한국언어문학」21집, (한국언어문학회, 1982.)
황인덕, '兄弟投金型 설화의 한국민담적 변모', 「민족문화연구」21호, (고려대 민족문화연구소, 1988.)
황인덕, '笑譚集에 나타난 笑譚 認識', 『한국문학의 滑稽 연구』=南松 김영수박사화갑기념논문집, (태학사, 1993.)
황인덕, '한국소화사론(1)', 논문집 43호, (충남대 인문과학연구소, 1994.8.)
황인덕, '15세기 순수소화집의 내용과 특징', 경산 사재동 교수 환력기념논문집 『한국서사문학사의 연구』, (중앙문화사, 1995.)
황인덕, '1400년대 필기소화사의 전개-한국소화사론(2)', 『초전 장관진 교수 정년기념 국문학논총』, (세종출판사, 1995.)

野談 關係 資料集 刊行 現況

강효석, 『大東奇聞』, (한양서원, 1927.)
김기동 편, 『韓國 文獻說話 全集』 전 10권, (태학사, 1981.)
김동욱 1, 『단편소설선』, (교문사, 1976.)
김동욱 2, 『天倪錄』, (명문당, 1995.)
김동욱·정명기 교주, 『靑邱野談』상·하, (교문사, 1996.)
김종권 교주·송정민외 역, 『錦溪筆談』, (명문당, 1985.)
서대석 편, 『조선조 文獻說話 輯要』 1·2, (집문당, 1991.1992.)
소재영·박용식편, 『韓國 野談史話 集成』 전 5권, (태동, 1989.)
유몽인, 『於于集 附於于野談』, (통문관, 1974.)

이민수, 『溪西野談·於于野談』, (명문당, 1992.)
이민수, 『於于野談』, (정음사, 1987.)
이병기, 『要路院夜話記』, (을유문화사, 1954.)
이수봉, 『要路院夜話記 硏究』, (태학사, 1984.)
이신성외 역, 『버들잎에 띄운 사랑』, (보고사, 1994.)
이우성.임형택 譯, 『李朝漢文短篇集』, 上·中·下, (일조각, 1973.1978.)
이우성, 『東野類輯』 外 二種, (아세아문화사, 1985.)
이우성, 『靑邱野談』 上·下, (아세아문화사, 1985.)
이우성, 『雪橋集』 下卷 中 『雪橋漫錄』, (아세아문화사, 1986.)
이우성, 『記聞叢話』 外 二種, (아세아문화사, 1990.)
이우성, 『東稗洛誦』 外 五種, (아세아문화사, 1990.)
이원명, 『東野彙輯』 上·下, (경북대 사대 국어학회, 1958.)
이월영외 역, 『靑邱野談』, (한국문화사, 1995.)
임명덕, 『韓國漢文小說全集』中 筆記·野談類 8·9권, (중국문화학원 및 한국정신문화연구원 공편, 1981.)
임형택, 『欒坡漫錄』 3책, (성균관대 대동문화연구원, 1995.)
정명기 편, 『韓國 野談資料 集成』 一次分 전 13권, (계명문화사, 1987.)
정명기 편, 『韓國 野談資料 集成』 二次分 전 11권, (계명문화사, 1992.)
정명기 편, 原本 『東野彙輯』 上·下, (보고사, 1992.)
홍기문외 편, 『한국고전문학선집』 10·11권, 『패설작품선집』, (국립문학예술서적출판사, 1959.)
홍성남 편, 『夢遊野談』 上·下, (보고사, 1994.)

附錄 II

목 차

原文 移記

原文 影印

부록 일러두기

1. (숫자, a), (숫자, b) : 앞의 숫자는 책의 張數를, a·b 표시는 각각 앞면과 뒷면을 이름.
2. (?) : 바로 앞의 글자가 괄호 안의 글자의 誤記가 아닐까 함을 이름.
3. (*) : 바로 앞의 글자에 이어 괄호 안의 글자가 탈락, 혹은 누락된 것이 아닐까 함을 이름.
4. (∮) : 바로 앞의 글자가 탈락되어야 할 것이 아닌가 함을 이름.
5. (□) : 원문의 손상으로 인해 판독이 불가능한 경우를 이름.
6. (@) : 원문 판독이 불가능한 경우를 이름.
7. ♣ : 내용과 상관없이 나온 줄글을 이름(『계씨보은록』에만 한정됨).

『계시보은녹』

"동국 송도 사ᄅᆞᆷ이(시*)니 셩은 홍이오, 일홈은 언슌이라. 가되 ᄒᆞᆫ미ᄒᆞ되 셩졍이 관후ᄒᆞ고 의긔 강ᄀᆡᄒᆞ더라. 이ᄢᆡ 즁흥 원년이라. 동국 ᄉᆞ신이 년년 조공을 ᄒᆞᆯ시 언슌이 역관으로 ᄉᆞ신을 ᄯᆞ라갈 졔 송도 유쉬 언슌의 우(위?)인이 신실ᄒᆞ믈 혜아려 은ᄌᆞ 일쳔 양을 맛겨 물화ᄅᆞᆯ 화ᄆᆡᄒᆞ라 ᄒᆞ엿더니 ᄉᆞ신이 발힝ᄒᆞᆯ시 ᄎᆞ시ᄂᆞᆫ 삼츄 구월리라. 승션ᄒᆞ여 듕국의 다ᄃᆞᄅᆞ니 마ᄎᆞᆷ 슌풍을 만나ᄆᆡ 슌식간의 만니챵파ᄅᆞᆯ 디나 듕국 지경의 다ᄃᆞ라니 수국 단풍이 만산의 취슈ᄒᆞ고 누른 국화ᄂᆞᆫ 곳곳마다 휘드러져 경치 화려ᄒᆞ고 풍경이 소슬ᄒᆞ여 ᄀᆡᆨ회ᄅᆞᆯ 돕ᄂᆞᆫ디라. 황도의 니ᄅᆞᄆᆡ 의관 문물이 동국ᄀᆞᆺ흐ᄃᆡ 화려하고 빈나믄 조션의셔 더으더라. 황뎨ᄭᅴ 뵈(1.a)옵고 조공을 밧친 후 옥화관의 드러와 니튼날 동국 사ᄅᆞᆷ을 만나니 니 사ᄅᆞᆷ의 셩명은 최덕이니 나라의 죄 엇고 듕국의 드러가 잇더니 조션 잇슬 적의 홍언슌으로 졀친ᄒᆞ더니 셔로 만나 깃브믈 이긔지 못ᄒᆞ여 밤을 ᄒᆞᆫ 가지로 디ᄂᆡ고 이튼날 풍경을 귀경ᄒᆞ려 모든 녁관과 최덕으로 더부러 졍양문 밧글 가보니 봉만이 ᄲᅢ혀나고 시ᄂᆡ 산산ᄒᆞ여 좌우로 둘너ᄂᆞᆫᄃᆡ 여염이 즐비ᄒᆞ고 불근 다락은 구름을 헤치고 푸른 누ᄂᆞᆫ 표묘ᄒᆞᆫᄃᆡ 옥뉴금츄ᄂᆞᆫ 안상의 니음ᄎᆞ고 ᄇᆡᆨ마금안은 슈양의 빗기고 싱소고악은 반공의 어ᄅᆡ엿더라. 홍군취삼은 ᄡᅡᆼᄡᅡᆼ이 ᄢᅦ지어 유ᄀᆡᆨ을 맛ᄂᆞᆫ디라. 언슌이 크게 깃거 풍뉴 소ᄅᆡᄅᆞᆯ ᄎᆞᄌᆞ 가고져 ᄒᆞᄃᆡ 몸이 외국 사ᄅᆞᆷ이라. 감히 나가디 못ᄒᆞ고 최덕다려 무라되 이곳은 어ᄃᆡ완ᄃᆡ 누각이 표묘ᄒᆞ고 물(1.b)식이 번요ᄒᆞ요? 최덕이 답 왈 이곳은 챵위 모든 곳이라. 낭 ᄒᆞᆫ 두ᄅᆞᆯ 지어두고 날마다 가무로 지ᄂᆡᄂᆞ니 이러무로 유ᄀᆡᆨ이 ᄭᅳᆫ치디 아니ᄒᆞᄂᆞ이다. 언슌이 죵일 귀경ᄒᆞ고 옥화관의 도라와 밤을 지ᄂᆡ며 최덕다려 왈 봉(본?)국의 잇실 적 듕국 졀식이 번셩ᄒᆞ믈 만히 드럿더니 이제 와 날포 잇시ᄃᆡ 졀식을 귀경치 못ᄒᆞ니 한을 먹음고 도라갈지라. 최덕이 ᄀᆞᆯ

오ᄃᆡ 그 일이 어렵디 아니타. ᄂᆡ 그ᄃᆡᄅᆞᆯ 위ᄒᆞ여 미ᄉᆡᆨ을 구ᄒᆞ리라. 즉시 나아가더니 이윽고 도라와 이ᄅᆞ되 ᄒᆞᆫ 곳 절ᄉᆡᆨ이 잇스ᄃᆡ 딘짓 국ᄉᆡᆨ이오, 은ᄌᆞ 일ᄇᆡᆨ 냥이 잇셔야 인연을 일우리라 ᄒᆞᆫᄃᆡ 언슌이 니로되 당부의 소원이 쳔하경국지ᄉᆡᆨ을 ᄒᆞᆫ번 보기 엇지 쳔금을 앗기리오? 날을 위ᄒᆞ여 보게ᄒᆞ라. ᄆᆞᄎᆞᆷ 이ᄣᅢ 황혼이라. 가기ᄅᆞᆯ ᄌᆡ촉ᄒᆞ니 언슌이 은ᄌᆞ ᄇᆡᆨ 냥을 품고 최덕을 ᄯᅡ라 ᄒᆞᆫ 곳의 니ᄅᆞ니 창회 퇴락ᄒᆞ고 장원이 그윽(2.a)ᄒᆞᆫᄃᆡ 문졍이 젹요ᄒᆞ고 인젹이 희소ᄒᆞ며 옥계 층셕의 초목이 황낙ᄒᆞ여 뷘 집 ᄀᆞᆺ더라. 최덕이 언슌을 머무르고 혼ᄌᆞ 안으로 드러가더니 언슌이 가댱 의려ᄒᆞ더니 이윽고 최덕이 촉을 들고 나와 드러가믈 쳥ᄒᆞ니 언슌이 ᄯᆞ라 드러가니 포딘을 비셜ᄒᆞ엿더라. 언슌이 드러가 안ᄌᆞ니 시비 옥반의 쥬찬을 드리거ᄂᆞᆯ 이삼 ᄇᆡ 먹은 후 이경을(은?) ᄒᆞ여 시양 머리 ᄯᆞᄒᆞᆫ 여ᄌᆞᄅᆞᆯ 다려왓거ᄂᆞᆯ 보니 몸의 소복을 입고 나이 겨유 이칠은 ᄒᆞ엿더라. 니화 일지 츈풍의 붓치ᄂᆞᆫᄃᆞᆺ 옥ᄀᆞᆺ튼 ᄐᆡ되 촉하의 ᄇᆡ이고 연약ᄒᆞᆫ 긔딜은 인셰예 ᄲᅢ혀나니 딘실노 셰상의 드믄 절ᄉᆡᆨ이라. 언슌이 ᄒᆞᆫ번 보ᄆᆡ 졍신이 황홀ᄒᆞ고 ᄆᆞ음이 살난ᄒᆞ여 도로혀 몸을 피코져 ᄒᆞ더니 믄득 그 여ᄌᆡ 촉불 뒤희 안ᄌᆞ며 은은니 슈ᄉᆡᆨ을 ᄯᅴ여 옥안의 옥뉘 흐르거ᄂᆞᆯ 잠간 스치건ᄃᆡ 벽도 일지 아춤 이슬을 먹음은 ᄃᆞᆺᄒᆞ더라. 최덕이 언슌(2.b)의 가져온 은ᄌᆞᄅᆞᆯ 소반의 담아 시여ᄅᆞᆯ 주어 드려보ᄂᆡ고 나가ᄂᆞᆫ디라. 언슌이 밤이 깁흐ᄆᆡ 나아가 친압코져 ᄒᆞ니 그 여ᄌᆞ 옥안화ᄐᆡ의 구슬ᄀᆞᆺ튼 눈물이 흐ᄅᆞ며 쥬순을 다다 말이 업ᄉᆞᆫ디라. 언슌이 호승이 발양타가 옥인의 ᄋᆡ원한 거동을 보고 가댱 고이히 넉여 문 왈 금야ᄂᆞᆫ 낭ᄌᆞ로 더부러 이(인?)연을 ᄆᆡ즐 ᄂᆞᆯ이라. 엇지 눈물을 흘여 수ᄉᆡᆨ을 뵈ᄂᆞ요? 그 여ᄌᆡ 옥수ᄅᆞᆯ 드러 누졸(눈물?)을 거두고 옷기슬 염외여 왈 쳡의 궁원지통이 일ᄋᆡᄂᆞᆫ디라. ᄃᆡ강은 알외오리다. 말을 맛ᄎᆞ며 수ᄉᆡᆨ이 미우의 어릐엿스니 ᄋᆡ원 참담ᄒᆞ미 인심의 감동ᄒᆞ이ᄂᆞᆫ디라. 언슌이 져 거동을 보고 ᄌᆞ비지심을 이긔디 못ᄒᆞ야 몸을 굽혀 왈 쇼져ᄂᆞᆫ ᄲᆞᆯ이 소원을 이르ᄉᆞ 쳔ᄉᆡᆼ의 근심을 풀게 ᄒᆞ쇼셔. 쇼제 ᄃᆡ 왈 쳡은 본ᄃᆡ 챵뉘 아니라, ᄉᆞ부의 ᄌᆞ식으로 션조ᄂᆞᆫ 남국 사ᄅᆞᆷ이니 나히 어려 셰□(3.a)ᄂᆞᆫ 긔록지 못ᄒᆞ거(니*)

와 셩은 계시오, 조부는 병부시랑가지 ᄒᆞ옵고 가속을 거ᄂᆞ리고 경셩의 오완지 오릐 아닌디라. 가셰 풍족ᄒᆞ여 노비 젼턱이 만코 일가 친척이 만습더니 하놀이 화롤 ᄂᆞ리와 ᄉᆞ오년 젼의 집의 다 죽ᄉᆞ오니 노비 젼답을 파라 장ᄉᆞ의 드리고 시방 소쳡의 부모 동싱의 신체롤 그져 두옵고 념장을 ᄒᆞ올 길이 업습고 집을 파ᄅᆞ 념쟝을 ᄒᆞ오랴 ᄒᆞ오ᄃᆡ 흉가ᄅᆞ ᄒᆞ고 ᄉᆞ리가 업ᄉᆞ오니 쳔ᄉᆞ빅계ᄒᆞ오ᄃᆡ 모칰이 업ᄉᆞ와 몸을 파라 엄장이나 ᄒᆞ온 후 죽ᄉᆞ오려 원이오ᄃᆡ 그도 인연ᄒᆞ여 쥬리 업습더니 쳡의 유부 최덕이 불상ᄒᆞᆫ 졍경을 아는 고로 존긱을 쳥ᄒᆞ여 와습더니 엇지 챵뉴의 교언영싴으로 존긱을 그이릿가? 이 말솜이 비록 속졀업ᄉᆞ오나 존긱이 무ᄅᆞ시니 셜운 회포롤 알외ᄂᆞ이다. 언슌이 이 말을 듯고 언파의 ᄃᆡ경 ᄎᆞ악ᄒᆞ여 니러 먼이 좌ᄒᆞ고 눈을 드러 그 낭ᄌᆞ롤 좀간 보나 옥용이 졍막ᄒᆞ고 셩음(3.b)이 오열ᄒᆞ여 옥뉘 방방ᄒᆞ니 그 ᄋᆡ원 요라ᄒᆞ고 과도히 붓그리고 셜워ᄒᆞ는 거동이 도로혀 가련ᄒᆞᆫ디라. 그 ᄋᆡ졀ᄒᆞᆫ 거동은 ᄎᆞ마 보지 못ᄒᆞ니 쳘셕 심댱인들 엇지 감동치 아니리오? ᄒᆞ물며 홍언슌ᄀᆞᆺ튼 큰 의긔 현심의 져ᄀᆞᆺ흔 졍경은 엇지 아니 구ᄒᆞ리오? 좌롤 먼니ᄒᆞ여 졀ᄒᆞ고 ᄃᆡ 왈 녀듕효여라. 만일 이런 말솜을 듯디 못ᄒᆞ여실진ᄃᆡ ᄂᆡ 비록 외국 사롬이나 비외지방의 잇스니 하마 힝실을 그ᄅᆞᆺ 상ᄒᆞ올 번ᄒᆞ고 남ᄌᆞ의 촉상ᄃᆡ졀을 그ᄅᆞ게 ᄒᆞ고 빙옥ᄀᆞᆺ흔 졀긔롤 더러일 번ᄒᆞ여이다. 이에 이러나 가려 ᄒᆞ니 그 여지 머무러 왈 존긱의 ᄆᆞ옴이 그러ᄒᆞ시나 쳡이 엇지 불안치 아니리오? 도라가실 ᄃᆡ 은ᄌᆞ롤 도로 가ᄌᆞ 가쇼셔. 언슌이 왈 소싱이 평싱 셩졍이 편벽ᄒᆞ여 사롬의 환눈을 보면 죽기로뼈 구코져 ᄒᆞ미 그러ᄒᆞ기로 굿ᄒᆞ여 쇼져롤 위ᄒᆞ미 아니여든 엇디 빅 양 은ᄌᆞ롤 앗기리오? 쇼져는 과도이 ᄉᆡ양치 마르시고 만분의일이나 보ᄐᆡ(4.a)쇼셔 ᄒᆞ고 ᄒᆞ직고 나와 최덕의 집의 와 문을 두다리니 최덕이 마ᄌᆞ 드려 문 왈 엇지 밤을 지너지 아니ᄒᆞ고 급히 오시오. 언슌 왈 만니 힝역의 피곤ᄒᆞ여 도라왓노라. 인ᄒᆞ여 그 여ᄌᆞ의 일을 ᄌᆞ셔히 무ᄅᆞ니 최덕이 그제야 녀ᄌᆞ의 근본을 ᄌᆞ셔히 니ᄅᆞ니 과연 녀ᄌᆞ의 말과 다라미 업ᄉᆞᆫ지라. 송도 유쉬 맛긴 은ᄌᆞ 일쳔 양의 일빅을 두고 구빅 양이 잇ᄂᆞᆫ디라. 마ᄌᆞ ᄂᆡ여

다가 최덕을 주며 일오디 빅 양으로 여러 염장을 못홀 거시니 구빅 양을 갓다가 그 여즈의게 드려 쓰게 ᄒᆞ라. 최덕이 ᄇᆞ다 가지고 쇼져긔 나아가 언슌의 말을 젼ᄒᆞ고 드리니 쇼제 구지 ᄉᆞ양ᄒᆞ다가 밧고 이로디 놈의 은혜룰 과도히 닙고 안심치 못ᄒᆞ오믈 어@고져 ᄒᆞ오나 공경ᄒᆞᄂᆞᆫ 예 아니라 ᄒᆞ고 시여룰 불너 말솜을 젼ᄒᆞ여 왈 어제 주신 빅 냥 은즈도 불승감은ᄒᆞ온디 ᄯᅩ 구빅 양 은즈룰 보니시니 이ᄂᆞᆫ 쳔고의 업ᄉᆞᆫ 하히ᄀᆞᆺᄌᆞ온 은덕이 호쳔망극이라. ᄉᆡᆼ젼의 은혜(4.b)룰 못 갑ᄉᆞ오면 ᄉᆞ후라도 풀을 ᄆᆡᄌᆞ 만분지일이나 갑ᄉᆞ오려 ᄒᆞ옵ᄂᆞ니 쳥컨디 존긔은 셩명을 머무라시면 쥬야 불망ᄒᆞ고 골슈의 ᄉᆞᆨ여 잇지 아니ᄒᆞ오리니 ᄇᆞ라건디 존긔을 다시 뵈옵고 ᄉᆞ례ᄒᆞ오믈 쳥ᄒᆞᄂᆞ이다 ᄒᆞ엿거ᄂᆞᆯ 언슌이 회답ᄒᆞ디 쳔ᄉᆡᆼ은 실노 쇼져ᄢᅴ 은혜 ᄭᅵ치미 아니라, ᄆᆞ옴의 불상ᄒᆞ고 인심의 감챵ᄒᆞ오믈 참지 못ᄒᆞ오미니 쳥컨디 쇼져ᄂᆞᆫ 번거로이 뭇지 마옵쇼셔. ᄂᆡ 본디 은혜 갑흐믈 바라지 아니미로소이다. 이러ᄐᆞᆺ 언어룰 젼ᄒᆞ미 미안ᄒᆞ와도 마지 못ᄒᆞ여 언어룰 젼ᄒᆞ오니 극히 송늅ᄒᆞ오믈 이긔지 못ᄒᆞ고 이에 거쳐와 셩명을 긔록ᄒᆞ여 보니니 계쇼졔 바다 즉시 벽상의 부치고 자조 사름을 부려 뭇고져 ᄒᆞ되 번거ᄒᆞ믈 혐의ᄒᆞ여 최덕을 불너 언슌의 은혜룰 일ᄏᆞᆺ고 못ᄂᆡ 각골ᄒᆞ더라. 이ᄯᅢ 언슌이 의(긔*)현심으로 계쇼졔의 졍경을 긍측히 녁여 놈의(5.a) 은즈룰 주어 사름의 지원을 구ᄒᆞ여시나 타인의 우음이 될가 ᄒᆞ여 동뉴의게도 이라지 아니ᄒᆞ니 다만 최덕 일인 밧 알 이 업더라. 광음이 훌훌ᄒᆞ여 회국홀 긔약이 머지 아닌지라. 힝장을 찰혀 ᄯᅥ날시 이ᄯᅢ 계쇼졔 ᄉᆡᆼ각ᄒᆞ디 ᄂᆡ 비록 은인의 셩명은 아라시나 밤의 잠간 보고 얼골을 모ᄅᆞᄂᆞᆫ지라. 만일 쳔힝으로 후일 만나면 빙쥰홀 길 업ᄉᆞᆫ디라. 이 일을 ᄉᆡᆼ각ᄒᆞ고 시비로 반간혼 큰 디룰 어더오라 ᄒᆞ여 후일 빙준홀 거술 ᄆᆡᆫ들ᄉᆡ 가온디 듀홍으로 ᄡᅳ되 계봉난 ᄉᆞ은쥭이라 여ᄉᆞᆺ ᄌᆞ룰 쓰고 그 디룰 두 쪽 갈나 ᄒᆞ나흔 쇼져 가지고 하나흔 금낭의 너코 금낭의 슈룰 노흐디 ᄉᆞ은낭이라 ᄒᆞ여 시녀룰 불너 언슌의게 보니여 다시 알외옵기 번거ᄒᆞ오디 쳡이 본디 셕목이 아니라. 만일 보은치 못ᄒᆞ오량이면 쳔지간의 용납지 못ᄒᆞ오리니 죽기로ᄡᅧ 만분지일(5.b)이나 갑습고져 ᄒᆞ옵ᄂᆞ니 요힝 쳔지 귀신이 도으샤 후일 만나와도 얼골을 모로ᄂᆞ니 일노ᄡᅧ 후일 빙쥰을 삼ᄂᆞ니 업드여 ᄇᆞ라건ᄃᆡ 이 신을 직희여 후일을 기ᄃᆞ리쇼셔. 언슌이 계쇼져의 이러틋ᄒᆞ믈 몬ᄂᆡ 칭ᄉᆞᄒᆞ며 회답ᄒᆞ고 ᄉᆞ은쥭을 바다 간슈ᄒᆞ니라. 이에 발힝ᄒᆞ여 셩 밧긔 나아오니 계쇼져의 시녀 길가의 잇다가 쥬찬을 가져 젼송ᄒᆞ고 힝찬을 드리며 쇼져 말ᄉᆞᆷ을 젼ᄒᆞ여 왈 만니 힝역을 무ᄉᆞ히 ᄒᆞ시믈 ᄇᆞ라ᄂᆞ이다 ᄒᆞ거ᄂᆞᆯ 언슌이 밧고 ᄉᆞ례ᄒᆞ여 보ᄂᆡ고 길을 힝ᄒᆞ여 갈ᄉᆡ 계쇼져의 지극ᄒᆞᆫ 효셩과 졀셰ᄒᆞᆫ ᄌᆞᄉᆡᆨ을 ᄉᆡᆼ각을 못ᄂᆡ ᄒᆞ나 심듕의만 두고 ᄂᆡ셜치 아니터라. 힝ᄒᆞ여 송도의 이라니 유쉬 사ᄅᆞᆷ을 보ᄂᆡ여 무ᄉᆞ히 오믈 뭇더라. 언슌이 ᄉᆞ신을 ᄯᆞ라 경셩의 단녀 집의 도라오니 일가 친쳑이 무ᄉᆞᄒᆞ더라. 뉴쉬 사ᄅᆞᆷ을 부려 부ᄅᆞ니(6.a) 언슌이 드러가 뷘 손으로 뵈니 ᄆᆞ옴의 난연ᄒᆞ믈 이긔디 못ᄒᆞ여 묵묵히 안ᄌᆞᆺ더니 뉴쉬 쥬찬을 ᄂᆡ여 ᄃᆡ졉ᄒᆞ고 문 왈 ᄂᆡ 맛긴 거ᄉᆞᆫ 엇지ᄒᆞ여ᄂᆞ요? 언슌이 즉시 ᄯᆞ의 나려 복지 쳥죄 왈 불힝ᄒᆞ와 만니 술오의 일허ᄉᆞ오니 가쟝을 다 ᄑᆞ라 갑ᄉᆞ오리이다. 뉴쉬 ᄃᆡ로ᄒᆞ여 언슌을 잡아 가도고 그 쳐ᄌᆞᄅᆞᆯ ᄒᆞᆫ 가지로 가돈 후 가쟝 젼답 속공ᄒᆞ고 일족을 물이되 오히려 쥬(슈?)의 ᄎᆞ지 못ᄒᆞ여 나라의 계문ᄒᆞ고 죽이려 ᄒᆞ더라. 언슌의 쳐노가지 졍속ᄒᆞ니 사ᄅᆞᆷ의 화복이 변환ᄒᆞ미 이러틋ᄒᆞ더라. 일조의 가장이 탕ᄑᆡᄒᆞ고 쳐뇌 졍속ᄒᆞ니 일변 침혹ᄒᆞ고 일변 긔괴ᄒᆞ더라. 비록 쳔지 너르고 크나 일신이 용납기 어려워 쳐쳐의 뉴리ᄀᆡ걸ᄒᆞ니 찬구들이 저리 된 연 - (6.b) ♣셰샹을 ᄉᆡᆼ각ᄒᆞ니 ᄒᆞᆫ홀 거시 니별이라. 챵히 역ᄉᆞ 불너다가 금방망이 둘너머여♣ - 고ᄅᆞᆯ 무르면 다만 술오의 봉젹ᄒᆞ고 이 모양이 되엿노라 ᄒᆞ더라. 이러구러 - ♣ 부모로ᄡᅧ ᄌᆞ식이별 형뎨로ᄡᅧ 동ᄉᆡᆼ이별 붕우되야 친구니별 남ᄌᆞ되여 녀ᄌᆞ니별♣ - 일향 사ᄅᆞᆷ이 녀(연?)고ᄅᆞᆯ 아지 못ᄒᆞᄂᆞᆫ지라. 언슌이 현슌박결이 되여 - ♣ 만고영웅 초ᄑᆡ왕도 우미인을 이별ᄒᆞᆯ제 ᄡᅴ 마초아 추절이라. 산쳔은 소솔ᄒᆞᆫᄃᆡ 글ᄌᆞ즁의 골나ᄂᆡ야 니별이ᄶᆞ ᄡᅵ치고져 나별니별 다 슬푸되 남여이별 더옥 셥다. 찬 ᄇᆞ람 부ᄂᆞᆫ 소ᄅᆡ 달빗조챠 불거ᄂᆞᆫᄃᆡ ♣(7.a) - 일신의 쳔녁을 면치 못ᄒᆞᄃᆡ 계쇼져의 쥰 빈(비?) ᄉᆞ은쥭은 깁히 간슈ᄒᆞ고 참혹히 되니 아쉬온 ᄆᆞᄋᆞᆷ의 혹 계쇼져 놀 구ᄒᆞ믈 ᄉᆡᆼ각ᄒᆞ나 엇지 못ᄒᆞ니 일신이 표박 ᄒᆞ여 부평과 ᄀᆞᆺ더라. 잇ᄢᆡ 계쇼져 언슌의 일쳔 양 은ᄌᆞᄅᆞᆯ 바다 부모 동ᄉᆡᆼ을 극진이 염장ᄒᆞ고 삼년 죵데ᄅᆞᆯ 맛고 @@ 일신을 의탁ᄒᆞᆯ ᄃᆡ 업셔 언슌의 은ᄌᆞ 바단 일만 ᄉᆡᆼ각고 일각도 잇지 아녀 기리 탄식ᄒᆞ고 은혜 갑기ᄅᆞᆯ ᄉᆡᆼ각ᄒᆞᄃᆡ 속졀업손디라. 스ᄉᆞ로 아ᄉᆞᄒᆞ여 홍언슌의 은혜ᄅᆞᆯ 풀을 ᄆᆡᄌᆞ 은혜 갑기로 긔약ᄒᆞ고 다시 구쳔지하의 가 부모 동ᄉᆡᆼ을 ᄎᆞᄌᆞ 셔로 놀기ᄅᆞᆯ 원ᄒᆞᄃᆡ 사ᄅᆞᆷ의 화복이 ᄢᆡᆨ 잇스니 ᄉᆡᆼ(7.b)젼의 ᄒᆞᆫᄒᆞᆯ 일이 잇셔 언슌의 망극ᄒᆞᆫ 은혜을 만분지일이ᄂᆞ 갑흘가 텬지일월 셩신긔 츅원ᄒᆞ믈 쥬야 학츅ᄒᆞ더라. 잇ᄢᆡ ᄃᆡ명황뎨 비빙(빈?)을 ᄲᅡ실ᄉᆡ 황문시랑과 수녀ᄅᆞᆯ 명ᄒᆞ여 삼공 뉵경이 한양의 가 녀ᄌᆞ 삼ᄇᆡᆨ을 간ᄐᆡᆨᄒᆞᆯᄉᆡ 셩즁이 쇼요케 ᄒᆞᄂᆞᆫ디라. 삼ᄇᆡᆨ을 ᄲᆡ혀 칠녀로 드일ᄉᆡ 계쇼져 ᄯᅩᄒᆞᆫ 그 듕의 드럿ᄂᆞᆫ디라. 잔약ᄒᆞᆫ 긔질의 화복을 폐ᄒᆞ여 쇄락ᄒᆞᆯᄂᆞᆫᄒᆞᆫ 긔딜이며 ᄌᆞ티로온 거동이 삼ᄇᆡᆨ 여ᄌᆞ의 홍즁지분을 놀ᄂᆡᄂᆞᆫ디라. 뉘 아니 놀나 칭찬치 아니리오? 삼ᄇᆡᆨ듕 열을 ᄲᆡ니 왕뎨 계쇼져의 미려ᄒᆞᆫ 안ᄉᆡᆨ과 쳥빙ᄀᆞᆺ치 고은 ᄉᆡᆨ덕이 겸비ᄒᆞ믈 보시고 셩심의 크게 깃그ᄉᆞ ᄆᆞᄎᆞᆷᄂᆡ ᄲᆡ시니 비록 소복의 빗ᄂᆞ미 잇ᄉᆞᄃᆡ ᄃᆞᆰ의 무리의 난봉ᄀᆞᆺ고 ᄉᆞ셕듕(8.a) ᄇᆡᆨ옥이라. 즉시 후궁의 드리시고 극히 춍ᄋᆡᄒᆞ시니 @@죠회@@@@ 명왕의 ᄃᆡ두ᄒᆞᆯ너라. 죠회ᄅᆞᆯ 파ᄒᆞ시면 계쇼졔로 환희ᄒᆞᄉᆞ ᄒᆞ오신 말ᄉᆞᆷ이 업시면 예로 ᄃᆡ졉ᄒᆞ고 졍졍 온화ᄒᆞ미 극진ᄒᆞ니 황졔 날노 춍ᄋᆡᄒᆞ시더라. 계쇼졔 영화 부귀 누리나 상시 ᄆᆞᄋᆞᆷ을 가리 환ᄂᆞᆫ 즁 잇실 젹ᄀᆞᆺ더라. ᄯᅩ ᄉᆡᆼ각하ᄃᆡ 만분지일을 갑흘지라도 ᄂᆡ 몸을 슈고로이 ᄒᆞ여 갑흐미 올타 ᄒᆞ고 친히 비단을 ᄧᅡ아ᄂᆡ되 ᄯᅩᄒᆞᆫ 지죄 민쳡ᄒᆞ여 십지셤슈의 비범ᄒᆞ미 신묘ᄒᆞᆫ지라. 쥬야 괴로오믈 닛고 ᄉᆞ오일의 ᄒᆞᆫ 필식 ᄧᅡ아ᄂᆡ니 비단 ᄭᅳᆺ히 슈ᄅᆞᆯ 노흐되 보은단이라 셰 ᄌᆞ식 노코 궤ᄅᆞᆯ 여러 ᄊᆞ노코 ᄎᆞ도록 너흐니 황뎨 보시고 고히 넉여 문 왈 경의 몸의 금슈ᄅᆞᆯ 슬히 넉이고 입의 옥(8.b)식을 념ᄒᆞ거든 엇지 몸을 슈고로이 ᄒᆞ여 일신이 피곤킈 ᄒᆞ시ᄂᆞ요? 계쇼졔 황망이 ᄃᆡ 왈 신쳡이 환ᄂᆞᆫ을 ᄉᆡᆼᄒᆞ여 간고ᄅᆞᆯ 격거ᄉᆞ오니 비록 쳔은을 닙ᄉᆞ와 초방의 부귀ᄒᆞ오나 엇지 몸을 방ᄌᆞ히 ᄒᆞ야 편ᄒᆞ기ᄅᆞᆯ 위ᄒᆞ오리잇가? 녯 사

ᄅᆞᆷ이 일너ᄉᆞ오ᄃᆡ 남ᄌᆞ난 밧긔셔 궁농을 힘쓰옵고 녀ᄌᆞᄂᆞᆫ 방젹을 일삼ᄂᆞᆫ다 ᄒᆞ오니 신쳡이 비록 녯 글을 모ᄅᆞ오나 일즉 계집의 소임을 아옵ᄂᆞ니 부귀ᄅᆞᆯ 안낙ᄒᆞ여 교만ᄒᆞ며 게을이ᄒᆞ와 계집의 소임을 폐ᄒᆞ오리잇가? ᄒᆞᆫ 사ᄅᆞᆷ이 편ᄒᆞ오면 ᄌᆡ앙이 일으옵ᄂᆞ니 그런 고로 ᄌᆞ치칠년ᄋᆡᆨ과 화조군의 호치ᄋᆡᆨ이 잇ᄉᆞ오니 신쳡이 그러무로 이리ᄒᆞᄂᆞ이다. 황뎨 그 말ᄉᆞᆷ을 드ᄅᆞ시고 더옥 총ᄋᆡᄒᆞ시미 극ᄒᆞ여 ᄇᆡᆨ관으로 의논ᄒᆞ샤 문 왈 비의 덕되 (9.a) 이시믈 젼교ᄒᆞ시고 황후ᄅᆞᆯ 봉ᄒᆞ시고 공경ᄒᆞ시며 니ᄅᆞ시ᄂᆞᆫ 말ᄉᆞᆷ을 다 올타 ᄒᆞ시더라. 황후 언슌의 은혜ᄅᆞᆯ 잇지 못ᄒᆞ시더니 잇ᄯᅢ 동국 ᄉᆞ신이 년년 조공을 ᄒᆞᄆᆡ ᄉᆞ신이 오면 승젼을 보ᄂᆡ여 홍언슌이 혹 왓ᄂᆞᆫ가 무로ᄃᆡ 아ᄂᆞ니 업ᄉᆞ니 졍히 민망ᄒᆞ더니 황졔ᄭᅴ 알외라(어?) 조션국와 (왕?)ᄭᅴ 조셔ᄅᆞᆯ ᄒᆞ샤 언슌을 뭇고져 ᄒᆞᆯ식 일이 듕ᄂᆞᆫᄒᆞᄒᆞ(*)ᄒᆞ야 ᄌᆞ져ᄒᆞ시더니 ᄉᆞ신이 왓다 하거ᄂᆞᆯ 언슌의 ᄉᆞ싱을 알고져 ᄒᆞ여 승젼을 보ᄂᆡ샤 아ᄅᆞ오라 ᄒᆞ시니 승젼이 명을 밧ᄌᆞ와 옥화관의 와 무ᄅᆞᄃᆡ 아모 ᄒᆡ예 ᄉᆞ신 올 젹 녁관으로 왓던 홍언슌이 완ᄂᆞᆫ가 무ᄅᆞ니 녁관이 고이히 넉녀 경황 답 왈 우리ᄂᆞᆫ 그 사ᄅᆞᆷ을 아지 못ᄒᆞ고 ᄯᅩᄒᆞᆫ 드러오지 아얏거이와 뉘게셔 무ᄉᆞᆫ 연고로 무ᄅᆞ시ᄂᆞ요? ᄃᆡ경(9.b) 의심ᄒᆞ여 이ᄅᆞ지 아니ᄒᆞ밀너니 하 ᄀᆞᆫ졀이 뭇거ᄂᆞᆯ 뉘게셔 무슴 년고로 찻ᄂᆞ요? 승젼이 이로ᄃᆡ 나ᄂᆞᆫ ᄌᆞ시 모라거이와 궐ᄂᆡ로셔 무러오라 ᄒᆞ시니 아ᄂᆞ니 잇거든 ᄌᆞ셔히 이르라. 일졍 조흔 일이 잇스리라 ᄒᆞ니 언슌과 동힝ᄒᆞ여던 역관이 아ᄂᆞᆫ디라. 승젼의 은근이 무ᄅᆞ믈 보고 나와 이로ᄃᆡ 과연 홍언슌이 그 ᄒᆡ ᄉᆞ신 힝ᄎᆞ 올 젹 송도 뉴슈의 별보(부?)은ᄌᆞ 일쳔 양을 맛타왓다가 수로의 일코 도라와 뉴슈의게 ᄀᆞ치이고 죽을 번ᄒᆞ여 가쟝 전답을 탕픠ᄒᆞ고 처노을 위로(爲奴?)ᄒᆞ여 일신이 계우 살기ᄅᆞᆯ 어더시나 동셔로 분ᄎᆞᆫᄒᆞ여 ᄀᆡ걸자싱ᄒᆞ거니와 즉금은 어ᄃᆡ 잇ᄂᆞᆫ지 모로ᄂᆞ이다. 승젼이 그 말을 ᄌᆞ셔이 듯고 즉시 드러가 알외오니 계황휘 드르시고 크게 ᄎᆞ탄 왈 홍언슌은 져러ᄐᆞᆺ 괴로이 되고 나(10.a)ᄂᆞᆫ 이리 귀히 되여시되 언슌의 괴로온 졍경이 다 ᄂᆡ 죄라. 엇지 착역지 아니리오? 차탄ᄒᆞ시고 옥안니 참담ᄒᆞ여 쥬뤼 연낙ᄒᆞ시니 좌위 경구ᄒᆞ믈 이긔지 못ᄒᆞ여 ᄒᆞ더라. 황휘 즉시

승전을 불너 니로시ᄃᆡ 역관을 궐문 밧긔 오라 ᄒᆞ시고 ᄌᆞ셔히 물은 후 은ᄌᆞ 오ᄇᆡᆨ 양을 주어 왈 이 은ᄌᆞ 이ᄇᆡᆨ 양(은 네가*) 가지고 삼ᄇᆡᆨ 양은 홍언슌을 ᄎᆞᄌᆞ 주어 ᄒᆞᆺ ᄉᆞ신을 ᄯᆞ라 이 은ᄌᆞ로 냥ᄌᆞᄅᆞᆯ ᄎᆞ려 오라 니ᄅᆞ고 여러 번 당부ᄒᆞ시니 역관이 은ᄌᆞᄅᆞᆯ 밧ᄌᆞ와 도관ᄃᆞ려 수말을 니ᄅᆞ고 곡절을 모ᄅᆞ고 모다 의심ᄒᆞ더라. ᄉᆞ신이 송도의 이르니 역관이 언슌의 거쳐ᄅᆞᆯ 차져 이로ᄃᆡ 듕국 황비 은ᄌᆞ 주시며 삼ᄇᆡᆨ 양을 가져 그ᄃᆡᄅᆞᆯ 주라 ᄒᆞ시고 이ᄇᆡᆨ 양은 나를 주시며 일르라 하시고 ᄒᆞᆺ ᄉᆞ신 올 ᄯᅢ의 (10.b) ᄯᆞ라오라 ᄒᆞ시기 가져왓노라 ᄒᆞ니 언슌이 쳔녁의 잇셔 십ᄉᆡᆼ구ᄉᆞᄒᆞ여 괴로이 지ᄂᆡ더니 쳔만의(외*)예 은ᄌᆞᄅᆞᆯ 밧고 젼어ᄅᆞᆯ 드른 후 쳐음 아모ᄅᆞᆫ 쥴 모르더니 이윽ᄒᆞ여 ᄉᆡᆼ각ᄒᆞ고 계쇼져 귀히 된 쥴 ᄭᆡ닷고 심듕의 크게 깃그나 ᄯᅩᄒᆞᆫ 이젼 일을 ᄉᆡᆼ각ᄒᆞᄆᆡ 비회 ᄀᆞ집ᄒᆞ나 누셜치 아니터라. 역관이 무르ᄃᆡ 즁국의 가실 ᄯᅢ 무슨 은혜 ᄭᅵ친 사ᄅᆞᆷ이 왓(잇?)더냐? 언슌이 ᄃᆡ답ᄒᆞᄃᆡ 나도 ᄯᅩᄒᆞᆫ 아지 못ᄒᆞ노라 ᄒᆞ니 모든 사ᄅᆞᆷ이 고히 넉이더라. 언슌이 은ᄌᆞᄅᆞᆯ 어드ᄆᆡ 십분 ᄃᆡ희ᄒᆞ여 그 은ᄌᆞᄅᆞᆯ(로?) 가상(산?)을 작만ᄒᆞ고 ᄒᆞᆺ 절ᄉᆞ의 ᄉᆞ신 가기ᄅᆞᆯ 기ᄃᆞ려 ᄯᆞ러가려 ᄒᆞ더라. 이ᄯᅢ예 의쥬로졸드리 번(범?)셩ᄒᆞ여 치삼ᄒᆞ다가 ᄃᆡ국 복병을 죽이고 도망ᄒᆞ엿더니 봉황셩장이 발관ᄒᆞ엿더니 일변 자바 갈고 황뎨(11.a)ᄭᅴ 등문ᄒᆞ니 의쥐 일셩이 소동ᄒᆞ더라. 부윤이 즉시 장계ᄒᆞ고 쥬문ᄒᆞ니 죠뎡이 듯고 ᄃᆡ신들이(을?) 모화 의논하되 ᄉᆞ실ᄒᆞᄂᆞᆫ ᄉᆞ신이 오기 젼 변무ᄉᆞᄅᆞᆯ 먼져 보ᄂᆡ여 알외니(다 ᄒᆞ거늘*) 샹이 의윤ᄒᆞ시고 ᄉᆞ신을 뎡ᄒᆞ여 보ᄂᆡᆯ식 젼의 홍언슌 은ᄌᆞ 맛겨던 뉴슈로 상ᄉᆞᄒᆞ다. 언슌이 듯고 깃거 즉시 치ᄒᆡᆼᄒᆞ여 발ᄒᆡᆼᄒᆞᆯ식 언슌이 계황후게셔 보ᄂᆡᆫ 은자ᄅᆞᆯ 부ᄉᆞ긔 드리고 하졸노 ᄯᆞ라가기ᄅᆞᆯ 쳥ᄒᆞ니 부ᄉᆡ 허ᄒᆞᆫᄃᆡ 가속을 니별ᄒᆞ고 ᄉᆞ신을 ᄯᆞ라가니 일ᄒᆡᆼ듕 엇지 언슌인 줄 알이오? 그러타시 육노로 ᄒᆡᆼᄒᆞ여 월여의 황도의 니ᄅᆞ러 궐하의 나아가 변무ᄉᆞ 오믈 알외고 국왕의 쳥죄ᄒᆞᄂᆞᆫ 표ᄅᆞᆯ 올니니 황제 ᄃᆡ로ᄒᆞ샤 하교 왈 딤이 문죄젼 몬져 불명코져 ᄒᆞ니 가댱 외람ᄒᆞ다 ᄒᆞ시고 국왕(11.b) 죄과로 은ᄌᆞ 일쳔 양을 밧치고 변무ᄉᆞᄂᆞᆫ 이리로 ᄎᆞᆨ ᄯᆞ희 구향보ᄂᆡ라 ᄒᆞ시고 하교ᄒᆞ시니 ᄉᆞ신과 녁관이 젼교ᄅᆞᆯ

듯고 ᄃᆡ경황황 질ᄉᆡᆨ이라. 이ᄣᅢ 황휘 변무ᄉᆞ 와시믈 드르시고 문득 반기
ᄉᆞ 승젼으로 홍언슌 왓ᄂᆞᆫ가 무ᄅᆞ시니 모다 고히 역이더라. 셔로 도라보
고 ᄃᆡ답지 아니터니 이ᄣᅢ 언슌이 드러왓시나 구듕텬문의 통ᄒᆞᆯ 길이 업
서 심즁의 암암히 기ᄃᆞ리고 잇더니 이 말을 듯고 즉시 나아와 닐오ᄃᆡ
뉘 찻ᄂᆞ요? 승젼이 닐오ᄃᆡ 궐ᄂᆡ로셔 저젹 ᄉᆞ신 갈 젹 홍언슌을 드러오
라 ᄒᆞ엿더니 왓ᄂᆞᆫ가 무ᄅᆞ라 ᄒᆞ시기 뭇노라 ᄒᆞ니 언슌이 왈 ᄂᆡ 홍언슌이
여니와 무슴 연고로 찻ᄂᆞ요? 승젼이 ᄀᆞᆯ오ᄃᆡ 연고로 말을 ᄒᆞᆯ딘ᄃᆡ 우리도
모ᄅᆞ거니와 아즉 기ᄃᆞ(12.a)리라 ᄒᆞ고 드러가 언슌이 와시믈 알외니
계황후 크게 깃거 즉시 보시려 ᄒᆞ시다 다시 ᄉᆡᆼ각ᄒᆞ니 셰상 사ᄅᆞᆷ이 허실
을 모ᄅᆞ고 젼도히 ᄒᆞ미 올치 아니타 ᄒᆞ고 ᄉᆞ은쥭을 ᄂᆡ여보ᄂᆡ되 보의 ᄊᆞ
승젼을 쥬고 일오ᄃᆡ 이ᄅᆞᆯ 가디고 나아가 언슌을 주고 제게 잇ᄂᆞᆫ ᄉᆞ은쥭
을 달나 ᄒᆞ여 이것과 ᄀᆞᆺ거든 둘을 다 가져오라 ᄒᆞ시니 승젼이 명을 밧
ᄌᆞ와 옥화관의 나아와 언슌을 보고 하교ᄅᆞᆯ 젼ᄒᆞ니 언슌이 그제야 ᄉᆞᄆᆡ
로셔 ᄉᆞ은쥭을 ᄂᆡ여 방(빙?)듄ᄒᆞ니 여합브졀ᄒᆞᆫ디라. 승젼이 밧드러 드
리니 황휘 ᄂᆡᄅᆞᆯ 보시고 옥안화ᄐᆡ 홀연 참연ᄒᆞ여 쌍경의 눈물이 어릐고
일변 반기ᄂᆞᆫ ᄐᆡ되 츈풍의 ᄃᆞᆯ이 이슬을 삼킴ᄀᆞᆺ트니 그 화ᄐᆡ와 어엿
(12.b)부기 ᄐᆡ진의 우힐너라. ᄉᆞ은쥭을 어로만져 젼의 망조ᄒᆞ든 일이
ᄉᆡ로와 언슌의 은혜ᄅᆞᆯ ᄉᆡ로이 ᄉᆡᆼ각ᄒᆞᄆᆡ 밧비 불너 보고져 ᄒᆞ되 은인을
급히 부라ᄂᆞᆫ 거시 ᄃᆡ졉ᄒᆞᄂᆞᆫ 도리 아니라 ᄒᆞ고 조용이 쳔ᄌᆞ긔 알외고 즁
히 갑고져 ᄒᆞ시ᄆᆡ 아즉 언슌의게 긔별치 아니시니 이ᄣᅢ 언슌이 사은쥭
을 궐ᄂᆡ로 드리고 기다려도 회보 업ᄉᆞ니 고이히 녁이더라. 이ᄣᅢ 조션국
왕을 죄 쥬시고 사신을 귀향 보ᄂᆡ기ᄅᆞᆯ 하교ᄒᆞ시고 침소의 드러가시나
노ᄉᆡᆨ이 용안의 어릐엿시니 계황후 이에 나아가 정히 뭇ᄌᆞ오ᄃᆡ 폐하 용
안이 불평ᄒᆞ시니 아지 못ᄒᆞ옵거니와 무슴 연고로 이ᄀᆞᆺ치 ᄒᆞ시ᄂᆞ니잇가?
텬ᄌᆞ 소 왈 황후ᄂᆞᆫ 념녀ᄆᆞ라쇼셔. 조션왕이 작죄ᄒᆞ엿ᄂᆞᆫ 고로 이제 ᄆᆞᄋᆞᆷ
이 불(13.a)평ᄒᆞ미니 황후ᄂᆞᆫ 과도이 민념치 마옵쇼셔. 황휘 경녀ᄒᆞ신
ᄆᆞᄋᆞᆷ이 업지 아녀 다시 이러 청죄ᄒᆞᆫᄃᆡ 데 고이히 녁여 왈 후ᄂᆞᆫ 무슴 연
고 잇관ᄃᆡ 과도히 청죄ᄒᆞ시니잇고? 즉시 일너 짐의 근심을 풀으쇼셔.

황후 ᄃᆡ 왈 쳡이 당초의 명되 긔박ᄒᆞ와 부모 형뎨와 일가 친척을 여희옵고 일신니 영졍고고ᄒᆞ와 잇ᄉᆞᆸ다가 쳔은이 망극ᄒᆞ와 초방의 의지ᄒᆞ오미 이러ᄐᆞᆺ 부귀를 누리오나 고ᄉᆡᆼ과 험난을 ᄀᆞ초 격ᄉᆞ온 정경을 엇지 다 알외오리잇가? 폐하ᄭᅴ 이런 ᄉᆞ연을 이제 알외지 아니ᄒᆞ오믄 인가의 누고ᄒᆞ온 ᄉᆞ졍을 텬안의 감히 번거로이 알외오니 죄당만ᄉᆞ무셕이로소이다. 어쥬파의 옥모화반의 슈괴ᄒᆞᆷ과 셕ᄉᆞ를 ᄉᆡ로이 감상ᄒᆞ여 목젼의 버러ᄂᆞᆫ지라. 옥협(13.b)의 명ᄎᆔ 산ᄂᆞᆫᄒᆞ고 슈괴ᄒᆞ믈 스ᄉᆞ로 붓그려 이긔지 못ᄒᆞᄂᆞᆫ ᄐᆡ되 희류ᄒᆞᄂᆞᆫ ᄭᅩᆺ치라. 뎨 ᄉᆡ로이 공경듕 ᄃᆡ 왈 현후ᄂᆞᆫ 부졀업시 셕ᄉᆞ를 ᄉᆡᆼ각지 마ᄅᆞ쇼셔. 짐의 ᄇᆞᆰ히 드른 바를 ᄌᆞ셔히 니ᄅᆞ라. 황후 좌를 곳치고 옷깃슬 염의여 왈 쳔쳡이 부모동ᄉᆡᆼ을 염장치 못ᄒᆞ와 몸을 파라 념장ᄒᆞ려 ᄒᆞ옵더니 조션국 사ᄅᆞᆷ 홍언슌이란 사ᄅᆞᆷ이 의긔현심이 갸록ᄒᆞ여 만은 금을 쥬오니 부모 동ᄉᆡᆼ을 깁히 념장ᄒᆞ옵고 삼년 종ᄉᆞ를 극진이 맛ᄌᆞᆸ고 쳡의 몸이 온젼ᄒᆞ온 인ᄉᆡᆼ이 되옵다가 이ᄯᆡ 초방의 부귀ᄒᆞᆫ 몸이 되오ᄃᆡ 부귀를 누리오미 젼혀 홍언슌의 망극ᄒᆞ온 은혜를 닙ᄉᆞ오미로소이다. 언파의 옥용이 젹막ᄒᆞ고 말ᄉᆞᆷ이 극진(ᄒᆞ여*) ᄎᆞ례 잇ᄉᆞ니 황(14.a)졔 드ᄅᆞ시고 그ᄯᆡ 일이 안젼의 버러잇고 황후의 금옥ᄀᆞᆺ흔 ᄇᆞᆰ은 ᄯᅳ지 효우 졀졔를 보ᄂᆞᆫᄃᆞᆺ 잔잉 정경과 ᄃᆡ졀을 ᄃᆡ희려 ᄒᆞ던 ᄯᅳ시 크다. 크미여! 층찬 불가승슈러라. 아무커나 황후ᄂᆞᆫ 만고열효요, 홍언슌은 만고의ᄉᆞ라. 세상의 드믄 일이라 ᄒᆞ시고 못ᄂᆡ 칭찬ᄒᆞ시믈 마지 아니시고 갈오샤ᄃᆡ 짐이 조션 국왕의게 젼교ᄒᆞ여 은혜를 듕히 갑게ᄒᆞ리라. 엇지 이 말ᄉᆞᆷ을 늣게야 니ᄅᆞ시ᄂᆞ뇨? 황후 ᄃᆡ 왈 신쳡이 긋ᄯᆡ 망극ᄒᆞ온 은혜를 갑고져 ᄒᆞ와 후일 빙쥰ᄒᆞ올 거술 쥬어ᄉᆞᆸ더니 이번 변무ᄉᆞ를 ᄯᆞ라 왓다 ᄒᆞ오니 승젼을 보ᄂᆡ여 아라왓ᄂᆞ이다 ᄒᆞ고 ᄉᆞ은쥭을 ᄂᆡ여 뵈신ᄃᆡ 황뎨 이로샤ᄃᆡ 홍언슌은 만고의ᄉᆞ요, 후ᄂᆞᆫ 여듕효녀로다. ᄯᅩ ᄀᆞᆯ오샤ᄃᆡ 엇지 홍(14.b)언슌이 왓시면 ᄎᆞᄌᆞ 불너보고 은혜를 갑디 아니시ᄂᆞ요? 휘답 왈 은혜 지극 듕ᄒᆞ온 사ᄅᆞᆷ을 경션이 불너보오미 맛당치 아니ᄒᆞ와 ᄒᆞ옵ᄂᆞ니 잔치를 비셜ᄒᆞ고 승젼을 보ᄂᆡ여 교ᄌᆞ의 드려오샤이다. 뎨 허락ᄒᆞ시니 이튼날 셜연ᄒᆞ고 황문시랑과 녜죠 관원과 승젼을 명ᄒᆞ샤 황금 교즈롤 추려가지고 금수의복을 교즈의 담아 옥화관의 나이(아?)가 언슌을 다려올식 이쎄예 홍언슌이 스신의 하졸이 되엿더니 녜조관원과 황문승젼이 황금 교즈롤 추려가지고 와 황후 명을 젼ᄒᆞ여 왈 원컨ᄃᆡ 귀인은 의심치 마르시고 궐닉로 드러ᄀᆞ쇼셔 ᄒᆞ니 언슌이 크게 황공ᄒᆞ여 승젼을 향ᄒᆞ여 스례ᄒᆞ고 금슈 의장(상?)을 입고 교즈롤 타고 드러가니 동국 스신(15.a)과 하졸들이 궐닉로셔 교즈롤 가져와 다려가니 엇지 아니 괴특이 아니 넉이리오? 이러틋시 불어ᄒᆞ여 녁관들이 샹부스긔 알외니 스신들이 쏘ᄒᆞᆫ 놀나 왈 언슌은 닉의 노즈로 왓거날 엇지 교즈롤 궐닉로셔 보닉여 ᄃᆞ려가리오? 반ᄃᆞ시 고이ᄒᆞᆫ 연고로다. 혹 동명ᄒᆞ니 잇셔 그릇 알고 그러ᄒᆞᆫ가 샹고실식ᄒᆞ니 역관들이 ᄃᆡ답ᄒᆞᄃᆡ 분명 동뉴 노즈니이다. 스신 왈 일홈을 무어시라 ᄒᆞ더요? 답 왈 홍언슌이라 ᄒᆞ더이다. 삼스일 젼의 승젼이 나와 황후 명으로 홍언슌을 추즈오니 부스와 노즈 닉다라 홍언슌은 닉 노즈라 ᄒᆞ니 승젼이 알고 드러가더니 쏘 나와 비단 보의 ᄃᆡ 쪽 싸린 거술 닉여 졔게 인ᄂᆞᆫ ᄃᆡ와 마초아 보고 둘을 다 가져다가 궐닉의 드리고 낭좋은 ᄃᆞ려가더이(15.b)다. 샹식 이 말을 듯고 이윽히 싱각ᄒᆞ다가 니로ᄃᆡ 닉 긔셩 뉴슈젹의 홍언슌이 그 히 역관으로 가거놀 닉 은즈 일쳔양을 맛겻더니 슈로의 일코 왓노라 ᄒᆞ거놀 닉 가장 전답을 속공ᄒᆞ여 동셔의 흣터젓더니 그쎄 역관으로 드러가 궁듕의 은혜롤 끼치고 왓던가 ᄒᆞᆫᄃᆡ 역관들이 니로ᄃᆡ 이젼 역관으로 갓던 계(긔?)셩부 사롬들 즉금 긔걸뉴리ᄒᆞ오니 졔 어이 드러오리잇가마ᄂᆞᆫ ᄒᆞᆫ 역관이 무슨 거술 가지고 빙쥰ᄒᆞ더니 ᄃᆞ려가더이다. 부스 그 놈이 엇지 닉 노즈로 ᄯᅡ라올 줄 알이오? 그졔야 그 언슌인 줄 알고 샹식 탄 왈 국명을 밧즈와 무스히 슈히 도라가믈 바ᄅᆞ더니 언슌이 쳔위롤 어더 저러틋되니 용이 구름을 어듬ᄀᆞᆺ고 학쳘의 든 고기 ᄃᆡ히의 듬ᄀᆞᆺ트니 닉게 후환(16.a)이 만흐리로다 ᄒᆞ고 쟝신쟝의ᄒᆞ여 ᄒᆞ더라. 이쎄 승젼과 녜부 관원이 좌우로 시위ᄒᆞ여 궐문 밧긔 니ᄅᆞ러 ᄃᆡ닉로 통ᄒᆞ여 ᄃᆞ려왓시믈 알외니 황후 잔치롤 다 비셜ᄒᆞ엿ᄂᆞᆫ디라. 궐닉의 금슈장을 놉히 치고 슈졍념을 놉히 드리웟더라. 언슌이 환즈롤 ᄯᅡ라가며 우러러 보니 모든 환즈ᄂᆞᆫ 듕쳔의 버려잇고 시녀ᄂᆞᆫ 듀렴 안희 시위ᄒᆞ엿더니 위품이 습습ᄒᆞ고 호령이 엄슉ᄒᆞ더라. 언슌이 환출첨ᄇᆡ 만신의 ᄯᆞᆷ이 흐르더라. 언슌을 청ᄒᆞ여 좌의 안치믈 청ᄒᆞ니 언슌이 국튝쳐ᄒᆞ니 업드려 감히 눈을 드지 못ᄒᆞ니 쥬렴 안희셔 시명을 밧ᄌᆞ와 니로ᄃᆡ 소쳡이 당연 화란듕의 은인을 만나와 하히ᄀᆞᆺᄌᆞ온 은혜ᄅᆞᆯ 입어ᄉᆞ오니 쟝@@ 뵈(16.b)오려 ᄒᆞ오ᄃᆡ 황후의 일홈이 잇습ᄂᆞᆫ 고로 이리 만홀ᄒᆞ오니 원컨ᄃᆡ 허믈마오시고 좌ᄅᆞᆯ 정ᄒᆞ쇼셔. 이ᄯᅢ 홍언슌이 황망이 ᄯᆞ의 업드여 ᄉᆞᄇᆡᄒᆞ니 황휘 주렴을 것고 답ᄇᆡᄒᆞ시니 언슌이 ᄃᆡ황ᄒᆞ여 마지못ᄒᆞ여 좌의 안즈니 황후 시녀ᄅᆞᆯ 명ᄒᆞ여 주찬을 드리니 빈ᄂᆞᆫ 음식의 ᄇᆡ반의 염슉고 공경ᄒᆞ니 거록ᄒᆞᆫ 거동이 비길 ᄯᅢ 업더라. 황후 친히 옥ᄇᆡ에 향온주ᄅᆞᆯ ᄀᆞ득 부어 시녀로 젼ᄒᆞ여 주시고 ᄯᅩ 졀ᄒᆞ여 ᄀᆞᆯ오샤ᄃᆡ 셰월이 임염ᄒᆞ여 뵈완지 오ᄅᆡ나 망극ᄒᆞᆫ 은혜 골슈의 ᄉᆞ못ᄎᆞ니 주야 원ᄒᆞ오ᄃᆡ ᄒᆞᆫ번 다시 만나와 은혜ᄅᆞᆯ 만분일이나 갑ᄉᆞᆸ고 죽기ᄅᆞᆯ 원ᄒᆞ옵더니 하ᄂᆞᆯ이 나리(ᄅᆞᆯ?) 구버 ᄉᆞᆯ피오시고 ᄯᅩ 신명이 도으샤 오ᄂᆞᆯᄂᆞᆯ 은인을 맛나오니 이밧 다ᄒᆡᆼ이(17.a) 업ᄂᆞᆫᄃᆡ라. 진졍으로 권ᄒᆞ옵ᄂᆞ니 ᄒᆞᆫ 잔 술을 사양치 마오시고 여러 ᄒᆡ 고샹ᄒᆞ신 일을 ᄌᆞ셔히 니ᄅᆞ쇼셔. 이ᄯᅢ 홍언슌이 이 거동을 보고 젼일 계쇼져의 퇴낙ᄒᆞᆫ 집 가온ᄃᆡ 슈목은 울울충충ᄒᆞᆫᄃᆡ ᄒᆞᆫ 간 방안의 명멸ᄒᆞᆫ 잔등이 요억시ᄅᆞᆷ을 ᄯᅩ워 ᄋᆡ원 처량ᄒᆞᆫ 거동이 오히려 여러 츈추ᄅᆞᆯ 디ᄂᆡ여다가 즉금 황극젼 가온ᄃᆡ 놉히 좌ᄒᆞ여 좌우슈풀ᄀᆞᆺ튼 빵빵시녀 일월젼과 금작션 구름이 족히 ᄐᆡ평긔상이오, 봉황이 여러잇ᄂᆞᆫᄃᆞᆺ 옥음이 은근ᄒᆞ오니 언슌이 크게 황망이 잔을 밧고 ᄆᆞᄋᆞᆷ을 진졍ᄒᆞ여 고상ᄒᆞ든 말ᄉᆞᆷ을 ᄌᆞ셔히 엿ᄌᆞ오니 황휘 칭찬ᄒᆞ시고 탄식 왈 은인은 이러ᄐᆞᆺ 고상ᄒᆞ시미 쳡의 연고로소이다 하고 인ᄒᆞ여 부모 동ᄉᆡᆼ의 신체ᄅᆞᆯ 극진이 념(17.b)장ᄒᆞ믈 못ᄂᆡ 이르시고 ᄯᅩ ᄀᆞᆯ오샤ᄃᆡ ᄂᆡ 몸이 이러ᄐᆞᆺ 초방의 존귀ᄒᆞ미 다 은인의 덕이라. 일념의 잇지 못ᄒᆞ던 말ᄉᆞᆷ을 졀졀이 이ᄅᆞ시니 날이 기우도록 ᄉᆞᆯ을 권ᄒᆞ시며 차탄ᄒᆞ시믈 마지 아니시더라. 언슌이 ᄉᆞᆯ이 취하ᄆᆡ 힝혀 실체ᄒᆞᆯ가 저허 물너가믈 고ᄒᆞᆫᄃᆡ 휘 소 왈 오ᄂᆞᆯ 잠간 보옵기 홀홀ᄒᆞ나 임의 일셰 져무러시니 명일 황상이 ᄯᅩ 불너 보시리니 나아가 죠용한 ᄃᆡ 쉬쇼셔 ᄒᆞ고 즉시 환ᄌᆞ롤 불너 궐외로 ᄂᆡ여보ᄂᆡ실ᄉᆡ 큰 궤롤 갓다가 언슌을 주어 니ᄅᆞ샤ᄃᆡ 쳡의 소원이 만금을 갑흘 쓰디 잇스나 오히려 졍셩이 부족ᄒᆞ여 이 궤예 든 거슨 쳡이 후궁의셔 잇실 젹부터 손조 짠 비단이라. 비록 소소ᄒᆞ나 졍셩을 표ᄒᆞᄋᆞᆸᄂᆞ니(18.a) 원컨ᄃᆡ 은인은 ᄉᆞ양치 마ᄅᆞ쇼셔. 언슌이 복지 왈 쳔ᄉᆡᆼ은 외국 사ᄅᆞᆷ이라. 조고만 은혜롤 이ᄃᆡ도록 잇지 아니ᄒᆞ오셔 이러ᄐᆞᆺ 보화롤 만히 주오시(니*) 황공ᄒᆞ와 감히 밧ᄌᆞᆸ지 못ᄒᆞ올가 ᄒᆞᄋᆞᆸᄂᆞ이다. 알외ᄋᆞᆸ기 극히 숑늅ᄒᆞ오나 쳔ᄉᆡᆼ의 국왕이 황샹ᄭᅴ 득죄ᄒᆞ와 문죄 ᄉᆞ신이 ᄌᆞᆺ다 ᄒᆞ오니 그 나라 신ᄒᆡ되여 ᄆᆞᄋᆞᆷ이 엇지 평안ᄒᆞ오리잇가? 업드여 바라ᄋᆞᆸᄂᆞ니 이 일을 무ᄉᆞ히 ᄒᆞ여 주오시면 은혜 ᄇᆡᆨ골난망지은이 되올가 ᄒᆞᄋᆞᆸᄂᆞ이다. 휘 흔연 왈 그 일은 어렵지 아니ᄒᆞ오니 념여마르시고 편히 쉬시고 ᄂᆡ일 황샹이 ᄎᆞᄌᆞ 보실 거시니 드러오쇼셔 ᄒᆞ고 환ᄌᆞ롤 명ᄒᆞ여 뫼셔가라 ᄒᆞᄋᆞᆸ시고 시녀롤 명ᄒᆞ여 비단 너은 궤롤 ᄂᆡ어 보ᄂᆡ니라. 언슌이 ᄉᆞ례ᄒᆞ고 나오니라. 이ᄯᆡ ᄉᆞ신과 녁관과 복종들이 언슌이 도(18.b)라오믈 기ᄃᆞ리더니 셕양의 언슌이 슐이 취ᄒᆞ여 교ᄌᆞ의 올나 엄년이 도라오니 ᄉᆞ신니 밧비 불너 젼교롤 무ᄅᆞᆫᄃᆡ 그졔야 젼후 슈말을 ᄌᆞ시ᄒᆞ니 모든 사ᄅᆞᆷ이 탄복ᄒᆞ믈 마지 아니ᄒᆞ며 샹사이 젼 은ᄌᆞ 물이고 곤욕ᄒᆞ던 일을 ᄉᆡᆼ각고 참괴ᄒᆞᆫ ᄆᆞᄋᆞᆷ이 잇더라. ᄒᆞᆯ 슈 업ᄉᆞ나 칭ᄉᆞ왈 그ᄃᆡᄂᆞᆫ 쳔고의 드믄 의ᄉᆞ로다. 나의 노둔ᄒᆞᆫ 인ᄉᆡᆼ이 너머 불민ᄒᆞ도다. 청컨ᄃᆡ 그ᄃᆡᄂᆞᆫ 나의 노둔ᄒᆞᆫ 젼 허물을 혐의치 ᄆᆞᄅᆞ쇼셔. 언슌이 물너가 가져온 궤롤 ᄂᆡ여 열고 보니 오ᄉᆡᆨ 비단을 궤예 ᄎᆞ게 너허시니 비단 ᄭᅳᆺ마다 슈롤 노하시ᄃᆡ 보은단이라 노하쫏더라. ᄒᆞᆫ 궤예 쉰 필식 여ᄉᆞᆺ 궤니 합 삼ᄇᆡᆨ 필이라. 니튼날 ᄃᆡ연을 ᄇᆡ셜(ᄒᆞ고*) ᄇᆡᆨ관을 다 모화 젼좌ᄒᆞ시고 언슌을 쳥ᄒᆞ여 보실ᄉᆡ(19.a) 녜죠 관원을 보ᄂᆡ여 교ᄌᆞ롤 ᄐᆡ와 가기롤 쳥ᄒᆞ니 언슌이 즉시 의관을 졍졔ᄒᆞ고 드러가니 위의와 거동이 엄슉 빈빈ᄒᆞ니 ᄉᆞ신과 녁관들이 감히 우러러 보지 못ᄒᆞ더라. 언슌이 궐문 밧긔 다ᄃᆞᄅᆞ니 문을 크게 열고 삼공 뉵경이 다 나와 마ᄌᆞ 드러가니 언슌이 이ᄯᆡ 졍신이 황홀ᄒᆞ여 ᄆᆞᄋᆞᆷ을 당돌히 먹고 창황히 드러가니 비한이 쳠외러라. 눈을 드러 용좌롤 잠간 ᄉᆞᆯ펴보니 문무ᄇᆡᆨ관이 좌우의 금관 옥ᄃᆡ로 버려잇ᄂᆞᆫᄃᆡ 금병 슈막의 향풍이 농누 봉궐의 어릐엿더라. 만경풍악은 운무 ᄎᆞ일의 셧들고 샹셔의 구름과 빗ᄂᆞᆫ 금관 조복이 일광의 죠요ᄒᆞ여 화려ᄒᆞ미 감히 ᄇᆞ라보지 못ᄒᆞᆯ너라. 황뎨 농샹의 좌ᄒᆞ시고 ᄯᅩ 아ᄅᆡ 좌셕을 졍ᄒᆞ시니 이(19.b)ᄂᆞᆫ 언슌을 안치려 ᄒᆞ밀너라. 이ᄯᅢ 언슌이 농상하의 다ᄃᆞ라 복지 고두 지ᄇᆡᄒᆞ온ᄃᆡ 황뎨 젼교ᄒᆞᄉᆞ 녜죠 관원을 명ᄒᆞ샤 좌셕의 안ᄌᆞ라 ᄒᆞ거ᄂᆞᆯ 언슌이 ᄯᅡ히 업드여 고두 ᄉᆞ양ᄒᆞᆫᄃᆡ 황뎨 ᄀᆞᆯ오샤ᄃᆡ 오날은 경을 쳥ᄒᆞ미니 ᄉᆞ양치 말나. 언슌이 고두ᄒᆞ여 주 왈 폐하의 넙으신 셩덕을 넙ᄉᆞ와 셩연의 참예ᄒᆞ오니 지극 황공ᄒᆞ오ᄃᆡ 방금 신의 국왕이 쳔위ᄅᆞᆯ 범ᄒᆞ와 죄중의 잇ᄉᆞᆸᄂᆞᆫ디라. 도젹의 ᄀᆡ도제 임ᄌᆞ의 근심을 아옵거든 신이 엇지 닛ᄌᆞᆸ고 혼ᄌᆞ 즐기릿가? 즉금 문죄ᄒᆞ옵ᄂᆞᆫ ᄉᆞ신이 길을 임ᄒᆞ여ᄉᆞᆸ고 소신의 나라 ᄉᆞ신이 옥화관의 ᄀᆞᆺ쳐ᄉᆞ오니 소신이 홀노 즐기오면 엇지 붓그럽지 아니ᄒᆞ오며 하ᄂᆞᆯ의 벌과 ᄉᆞ람의 시비ᄅᆞᆯ 엇지 면ᄒᆞ오릿가? ᄇᆞᄅᆞ옵건ᄃᆡ 원뎨ᄒᆞᄂᆞᆫ 죄ᄅᆞᆯ ᄒᆞᆫ 가지(20.a)로 닙어지이다. 황뎨 임의 계황후의 말숨을 드라시고 ᄉᆞ코져 ᄒᆞ시더니 언슌의 말숨을 드라시고 츙셩을 긔특히 넉이ᄉᆞ 즉시 녜부의 젼교ᄒᆞᄉᆞ 죠셔ᄅᆞᆯ 옥화관의 ᄂᆞ리와 죠션 ᄉᆞ신의 죄ᄅᆞᆯ ᄉᆞᄒᆞ고 연셕의 참예ᄒᆞ라 ᄒᆞ신ᄃᆡ ᄉᆞ신이 이 말을 듯고 차경ᄎᆞ희ᄒᆞ여 승젼을 ᄯᅡ라 궐ᄂᆡ의 드러가 황뎨긔 뵈온ᄃᆡ 황뎨 각각 좌ᄅᆞᆯ 쥬시고 ᄀᆞᆯ아샤ᄃᆡ 네 국왕의 죄과로 너의 죄ᄅᆞᆯ ᄉᆞᄒᆞ기 어렵더니 홍언슌이 죽기로ᄡᅥ 여차여차 왈(알?)외니 그 튱셩을 아롬다이 넉이ᄂᆞ니 ᄒᆞᆫ 가지로 연셕의 참예ᄒᆞ라 ᄒᆞ시니 ᄉᆞ신이 고두 ᄉᆞ비 왈 쳔은이 막(망?)극ᄒᆞ여이다. 언슌이 그졔야 좌셕의 드니 풍악이 징연ᄒᆞ고 비반이 낭ᄌᆞᄒᆞ고 오음 뉵뉼이며 팔진경(셩?)찬의 셩비ᄒᆞ믈 가히 긔록지 못ᄒᆞᆯ너라. 황뎨 언슌을 ᄃᆡᄒᆞ여 황후(20.b)긔 ᄭᅵ친 은혜ᄅᆞᆯ 만단으로 칭찬 부지기슈요, ᄯᅩ 보은ᄒᆞᆯ 일을 ᄉᆡᆼ각ᄒᆞ시고 손조 근고ᄒᆞ여 비단 ᄧᆞᆫ 일을 니ᄅᆞ시니 만조 ᄇᆡᆨ관과 황친 국족이 처음은 궐ᄂᆡ로 불너드리믈 고히 넉여 의려의려 분분ᄒᆞ더니 하교ᄅᆞᆯ 듯ᄌᆞᆸ고 모다 탄복ᄒᆞ고 언슌을 보고 치ᄉᆞᄒᆞ여 왈 그ᄃᆡᄂᆞᆫ 만고의 튱효요, 의긔군ᄌᆞ로다. 칭찬 부지기슈러라. 황뎨 치단 ᄇᆡᆨ필과 황금 쳔양을 주시고 종실 셰ᄌᆞ와

문무ᄇᆡᆨ관이 연셕의 참예ᄒᆞᆫ ᄌᆞ 슈ᄇᆡᆨ여 인이 각각 예단을 쥬니 금은주옥
으로 각각 정을 표ᄒᆞ고 모다 탄복ᄒᆞ니 그 영귀ᄒᆞᆷ과 거록ᄒᆞ미 비길 ᄃᆡ
업더라. 죵일 즐기고 셕양의 파연ᄒᆞ고 도라갈ᄉᆡ 뜰ᄒᆡ ᄎᆡ단과 금은 보ᄑᆡ
ᄡᆞ힌 거시 구순ᄀᆞᆺ트니 황데 명ᄒᆞ샤 달(다?) 실녀 옥화관으로 보ᄂᆡ시거
ᄂᆞᆯ 언슌이 복(21.a)지 ᄉᆞ은 왈 망극ᄒᆞ온 셩은을 닙ᄉᆞ와 지극 황공ᄒᆞ오
나 만니 원노의 슈은ᄒᆞ기 어렵ᄉᆞ오니 약간 경보만 가져(가*)려 ᄒᆞᄂᆞ이
다. 황데 ᄀᆞᆯ오샤ᄃᆡ 경은 ᄉᆞ양치 말나. 딤이 슈젼ᄒᆞ여 주리니 너모 념녀
말나 ᄒᆞ시고 좌우로 풍악을 옹위ᄒᆞ여 옥화관으로 돌녀 보ᄂᆡ실ᄉᆡ ᄇᆡᆨ관관
(*)아 궐문 밧긔셔 비별ᄒᆞ고 만셩인민이 길의 메여 ᄀᆞᆺ보며 칭찬ᄒᆞᄂᆞᆫ 소
ᄅᆡ 이로 긔록지 못ᄒᆞᆯ너라. ᄉᆞ신과 역긔(관이?) 옥화관의 니ᄅᆞ니 궐ᄂᆡ의
두고 왓던 보ᄑᆡ 불셔 관 뜰의 와 ᄡᆞ엿더라. ᄉᆞ신이 언슌의게 치ᄉᆞ하고
극진이 ᄃᆡ접ᄒᆞ더라. 언슌이 동국 ᄉᆞ람다려 최덕의 유무ᄅᆞᆯ 무ᄅᆞ니 잇다
ᄒᆞᄂᆞᆯ 즉시 사ᄅᆞᆷ을 부려 만나보기ᄅᆞᆯ 청ᄒᆞ니 최덕이 그 사ᄅᆞᆷ과 ᄒᆞᆫ 가지로
오니 피ᄎᆞ 반기고 회포 그리던 회포와 그려(21.b)ᄒᆞ던 일을 못ᄂᆡ 일ᄏᆞᆺ
더라. 은ᄌᆞ 오ᄇᆡᆨ 양과 ᄎᆡ단 오십 필을 주며 왈 ᄂᆡ 이리 되믄 젼혀 그ᄃᆡ
의 공이라. 어이 무심ᄒᆞ리오? 최덕이 ᄉᆞ양ᄒᆞ다가 밧고 치ᄉᆞ 왈 아모커
나 그ᄃᆡᄂᆞᆫ 만고듕효요, 의ᄉᆞ로다. 잇ᄯᆡ 황후 승젼을 보ᄂᆡ여 ᄀᆞᆯ오샤ᄃᆡ
이졔 가시면 다시 뵈옵기 어렵ᄉᆞ오니 청컨ᄃᆡ 은인은 ᄒᆞᆫ 달만 더 무거가
시면 망극ᄒᆞ온 은혜ᄅᆞᆯ 만분지일(이*)나 갑ᄉᆞ올가 ᄒᆞᄂᆞ이다 ᄒᆞ시거ᄂᆞᆯ 언
슌이 감히 거역지 못ᄒᆞ여 머물ᄉᆡ 텬지 ᄌᆞ조 인견ᄒᆞ샤 관ᄃᆡ 극진ᄒᆞ시더
라. 광음이 훌훌ᄒᆞ여 도라갈 긔약이 다ᄃᆞ라니 ᄒᆡᆼ장을 ᄎᆞ리며 궐하의 하
직을 알외니 황데 인견ᄒᆞ시고 청즁의 젼좌ᄒᆞ시거ᄂᆞᆯ 드러가 ᄉᆞ비ᄒᆞ온ᄃᆡ
데 흔연이 추찬을 ᄃᆡ접ᄒᆞ시고 니로샤ᄃᆡ 경이 완지 ᄃᆞᆯ포 되엿ᄂᆞᆫ(22.a)
지라. 도라가믈 막으리오? 평안이 도라가 조공ᄒᆞᄂᆞᆫ ᄉᆞ신이 오거던 셔출
노 신을 젼ᄒᆞ고 몸의 큰 연고 업거든 다시 드러오면 볼가 ᄒᆞ노라. 언파
의 언슌의 의긔현심을 ᄉᆡᆼ각ᄒᆞ실ᄉᆞ록 긔특이 여기ᄉᆞ 칭찬 마지아니시고
ᄯᅩ 아죠 제 나라로 도라가믈 년칙이 넉이시ᄃᆡ 마지 아니시고 황후 ᄯᅩᄒᆞᆫ
말ᄉᆞᆷ으로 좌ᄒᆞ시고 시녀을 명ᄒᆞ여 함 ᄒᆞᆫ아ᄅᆞᆯ ᄂᆡ여다가 언슌의 젼ᄒᆞ여

왈 이거시 비록 소소ᄒᆞ나 쳡의 정을 표ᄒᆞ나니 ᄉᆞ은쥭 ᄒᆞᆫ ᄶᆞᆨ 도로보ᄂᆡ니 이후 ᄌᆞ손의 이라러도 빙쥰ᄒᆞ여 못다 갑흔 은혜ᄅᆞᆯ 갑게 ᄒᆞ쇼셔 ᄒᆞ시거ᄂᆞᆯ 언슌이 ᄇᆡᆨᄇᆡ 고두 사례ᄒᆞ고 하직고 두 가지ᄅᆞᆯ 다 가지고 나아와 함을 여러보니 진쥬 삼ᄇᆡᆨ ᄂᆞᆺ과 긔특ᄒᆞᆫ 보ᄇᆡ 무슈ᄒᆞ더라. ᄉᆞ신과 ᄒᆞᆫ 가(지*)로 황극젼의 가 하직(을*) 알(22.b)외니 황샹의 잔치ᄒᆞ여 젼숑ᄒᆞ시고 죠션국왕왕(∮)의게 죠셔ᄒᆞ샤ᄃᆡ 젼ᄉᆞᄅᆞᆯ 고쳐 정ᄒᆞ여 보ᄂᆡ시고 언슌의 어든 보화을 압녹강ᄭᆞ지 슈ᄅᆡ의 시러 호송ᄒᆞ라 ᄒᆞ시고 ᄯᅩ ᄇᆡᆨ관을 명ᄒᆞ샤 셩 밧긔가지 나아가 젼숑 은근ᄒᆞᆫ ᄯᅳ즐 표ᄒᆞ라 ᄒᆞ시다. 언슌이 하직ᄒᆞ고 관의 도라와 명일 발ᄒᆡᆼᄒᆞᆯᄉᆡ ᄉᆞ신은 말 ᄐᆡ오고 언슌은 교ᄌᆞ ᄐᆡ와 가ᄂᆞᆫ 곳마다 각도 슈령드리 풍악과 쥬찬으로 ᄃᆡ졉ᄒᆞ며 각각 비단을 쥬며 니별ᄒᆞᄂᆞ니 니로 혜지 못ᄒᆞᆯ너라. 영화롭고 상쾌 영귀ᄒᆞ미 황후의 비길너라. 압녹강을 건널ᄉᆡ 의쥐 부윤이 일변 표 닥가 나라의 올니고 강ᄀᆞ의 가 마ᄌᆞ ᄀᆡᆨ관의 드러ᄀᆞ니라. 이ᄯᆡ 둉(됴?)뎡의셔 변무ᄉᆞ을 보ᄂᆡᆫ 후 쳔죠의셔 변무ᄉᆞ을 가도와 셔촉으로 귀향을 보ᄂᆡ고 국왕ᄭᅴ 문죄ᄉᆞ로 (23.a) 만 양 밧치라 ᄒᆞ시ᄂᆞᆫ ᄎᆡᆨ문을 드르시고 나리(라?)히 놀ᄂᆡ시며 만조 ᄇᆡᆨ관이 경황실조ᄒᆞ더라. 믄득 의쥬 부윤의 장계ᄅᆞᆯ 보시ᄆᆡ 쳔ᄉᆞ와 변무ᄉᆡ 무ᄉᆞ히 ᄒᆞᆫ 가지로 오믈 드르시고 둉(됴?)정이 흥흥ᄒᆞ여 그 년고ᄅᆞᆯ 몰나 ᄒᆞ시더라. 잇ᄯᆡ 언슌과 쳔ᄉᆞ 변무ᄉᆞ 의쥬부의 들ᄆᆡ 부윤괴(과?) 병ᄉᆞ 목ᄉᆞ 방ᄇᆡᆨ 관원 졉ᄉᆞ 일시의 니ᄅᆞ러 쳔ᄉᆞᄭᅴ 쳥죄ᄒᆞ고 인ᄒᆞ여 ᄃᆡ국의셔 ᄒᆞ던 일을 ᄌᆞ셔히 무르니 ᄉᆞ신니 니르ᄃᆡ 무ᄉᆞ킈 ᄒᆞ기난 다 홍언슌의 공이라 ᄒᆞ니 모다 언슌의의(∮)게 ᄉᆞ례ᄒᆞ더라. 쳔ᄉᆞ와 ᄒᆞᆫ 가지로 경셩의 향ᄒᆞ여 올ᄉᆡ 송도의 다ᄃᆞᄅᆞ니 언슌의 아던 사ᄅᆞᆷ들이 닷토아 ᄀᆞᆺ보며 칙칙이 이로ᄃᆡ 세상의 ᄉᆞᄂᆞᆫ 층양키 어렵도다. 갈 젹 노비로 가더니 오ᄂᆞᆯᄂᆞᆯ 보니 위의 ᄉᆞ신의로(23.b)다. 사ᄅᆞᆷ의 화복과 쳔지 변복ᄒᆞ미 층양키 어렵도다. 쾌ᄒᆞ도다. 언슌이여 ᄒᆞ며 셔로 젼ᄒᆞ여 흠모ᄒᆞᄂᆞᆫ 소ᄅᆡ 씃지 아니ᄒᆞ더라. 일ᄒᆡᆼ이 경셩의 드러오니 샹이 친이 텬ᄉᆞᄅᆞᆯ 마ᄌᆞ 관의 드러 ᄃᆡ졉ᄒᆞ실ᄉᆡ 변무ᄉᆞ 언슌의 젼후 곡절과 져의 옥화관의 ᄀᆞᆺ치이고 국왕과 지방관을 논죄ᄒᆞ려 쳔ᄉᆞ 나오던 일과 언슌으로 무ᄉᆞᄒᆞᆫ 말

ᄉᆞᆷ을 자초지종을 알외니 샹이 놀나시고 깃거ᄒᆞ시더라. 텬ᄉᆡ 황뎨 죠셔ᄅᆞᆯ 드린ᄃᆡ 샹이 ᄇᆡᆨ관을 모ᄒᆞ시고 분향 ᄉᆞ비ᄒᆞ오시고 ᄣᅦ여보니 됴셔의 ᄒᆞ여시ᄃᆡ 죠션국왕 각하의 붓치ᄂᆞ니 녜부터 임금이 어지지 못ᄒᆞ면 신ᄒᆡ ᄉᆞ오납다 ᄒᆞ니 그런 고로 샹궤ᄒᆞ리면 히뤼 막지아닌지라. 이제 토졸이 번(범?)경ᄒᆞ믄 부윤의 위졍하미 업ᄉᆞ미요, 부(24.a)윤의 어지지 못ᄒᆞ믄 국왕의 ᄉᆞᆯ피지 못ᄒᆞ미라. 이러무로 부윤과 토졸은 경셩의 효시ᄒᆞ고 그 도 방ᄇᆡᆨ은 극변의 원ᄎᆞᆫᄒᆞ고 그 벌노 국왕은 일만 양 슈을 밧치고 변무ᄉᆞᄂᆞᆫ 셔촉의 귀향보ᄂᆡ려 ᄒᆞ엿더니 ᄆᆞᄎᆞᆷ 국왕의 신하 홍언슌이 황후의게 은혜 잇ᄂᆞᆫ 고로 황후 죽기로ᄡᅧ 구ᄒᆞ려 ᄒᆞ무로 마지 못ᄒᆞ여 국왕의 죄과도 샤ᄒᆞ고 변무ᄉᆞ도 노화 보ᄂᆡᄂᆞ니 이후ᄂᆞᆫ 각별 조심ᄒᆞ라. 이리 되믄 젼혀 홍언슌 일인으로 말ᄆᆡ옴아 듕죄ᄅᆞᆯ ᄉᆞᄒᆞ나 홍언슌은 극ᄒᆞᆫ 츙신의ᄉᆞ라. 벼술을 각별 놉혀 츙의ᄅᆞᆯ 표장ᄒᆞ라 ᄒᆞ엿더라. 샹이 ᄇᆡᆨ관으로 더부러 의논ᄒᆞ샤 언슌의 일을 칭찬ᄒᆞ시며 언슌을 인견ᄒᆞ샤 ᄀᆞᆯ오샤ᄃᆡ 경의 튱셩곳 아니면 일(24.b)국이 어이 평안ᄒᆞ리오? 그리 되여ᄂᆞᆫ 연고ᄅᆞᆯ 과인이 아디 못ᄒᆞ니 ᄌᆞ시 알외라 ᄒᆞ신ᄃᆡ 언슌이 고두ᄒᆞ고 젼후 ᄉᆞ연을 일일히 알외오니 샹왈 경은 진실노 의협이라. 샹녜 ᄉᆞ람이 아니로다 ᄒᆞ시고 칭찬ᄒᆞ시믈 마지 아니ᄒᆞ시더라. 텬ᄉᆡ 하직고 도라갈ᄉᆡ 샹이 표ᄅᆞᆯ 올려 ᄉᆞ은ᄒᆞ니라. 샹이 언슌의 튱셩과 의긔ᄅᆞᆯ 아름다이 넉이오샤 젼미ᄅᆞᆯ 만히 ᄉᆞ송ᄒᆞ시고 도셩 십이 밧긔 궁을 지으시고 안양군을 봉ᄒᆞ여 튱의와 공을 표ᄒᆞ여 ᄌᆞ손ᄭᆞ지 ᄌᆞ손의 니ᄅᆞ러 알게 ᄒᆞ시더라. 안양군이 일시의 영귀ᄒᆞ미(믜?) 뉘 아니 흠모ᄒᆞ리오? 듕국의셔 어더온 은금 ᄎᆡ단 보ᄑᆡ 쥬옥을 궁의 드리고 샹ᄭᅴ 하직고 송도로 ᄂᆞ려와 녯 집의 드러가니 그 안ᄒᆡ 긔갈을 못이긔여 동ᄂᆡ로 품(25.a)을 팔나 ᄀᆞᆺ다가 언슌이 왓시믈 듯고 젼도히 도라와 눈을 드러보니 위의와 거동이 젼과 다른지라. 창졸의 놀나 셔로 붓들고 울며 반겨 이로ᄃᆡ 낭군이 이 어인 일이오? 뉵칠년을 셔로 ᄉᆡᆼᄉᆞᄅᆞᆯ 몰나 ᄉᆡᆼ각고 간장이 ᄎᆞᆫᄎᆞᆫ이 ᄭᅳᆫ허져 셰월을 보ᄂᆡ더니 오늘은 이리 귀히 되여 도라오시니 ᄭᅮᆷ인가 ᄉᆡᆼ신가 일변 놀납고 일변 깃부믈 어이 층양ᄒᆞ리오? 언슌이 이리 된 곡절을 니ᄅᆞ며 피ᄎᆞ 반기믈

이루 분변치 못ᄒᆞᆯ너라. 이예 ᄃᆡ연을 비셜(ᄒᆞ여*) 향리 고구ᄅᆞᆯ 모화 놀
이 맛도록 즐기다가 존치ᄅᆞᆯ 파ᄒᆞ고 빈ᄀᆡᆨ이 도라갈ᄉᆡ 금은보화ᄅᆞᆯ 만이
ᄒᆞ터 고졍을 니ᄅᆞ고 니별ᄒᆞ더라. 이에 ᄒᆡᆼ장을 ᄎᆞ려 경셩으로 향ᄒᆞᆯᄉᆡ 송
도 뉴ᄉᆔ 이 말을 듯고 친히 나아와 보고 ᄀᆡ마 복(25.b)죵을 셩ᄃᆡ이 ᄎᆞ
려 보ᄂᆡ니 그 영귀ᄒᆞ미 만고의 드물고 친쳑과 고구들이 ᄃᆞ토아 젼송ᄒᆞ
며 일ᄏᆞᆺ지 아니리 업더라. 언슌이 본ᄃᆡ ᄌᆞ녜 업ᄉᆞ니 비록 영귀ᄒᆞ나 쥬
야 부체 셜워ᄒᆞ더니 일일은 언슌이 ᄭᅮᆷ을 ᄭᅮ니 하ᄂᆞᆯ노셔 션관이 ᄂᆞ려와
읍ᄒᆞ고 왈 그ᄃᆡ 젼ᄉᆡᆼ의 죄 즁ᄒᆞ무로 ᄌᆞ식이 업더니 황후겨오셔 지셩으
로 그ᄃᆡᄅᆞᆯ 위ᄒᆞ여 샹데ᄭᅴ 그ᄃᆡ ᄌᆞ손 두기ᄅᆞᆯ 비르시니 졍셩이 지극 원ᄒᆞ
시ᄂᆞᆫ 고로 샹데 졍셩을 아ᄅᆞᆷ다이 넉이오샤 ᄌᆞ손을 졈지하ᄂᆞ니 이 자손
이 귀히 되녀 문호ᄅᆞᆯ 빗ᄂᆡᆯ 거시니 그리 알나 ᄒᆞ거ᄂᆞᆯ ᄭᆡᄃᆞᄅᆞ니 남가일몽
이라. 부인을 ᄭᆡ와 몽ᄉᆞᄅᆞᆯ 니ᄅᆞ고 고이히 넉이더니 과연 잉ᄐᆡᄒᆞ여 십
삭만의 ᄀᆡ남ᄌᆞᄅᆞᆯ 나으니 용모 슈려ᄒᆞ고 풍골이 비범ᄒᆞ미(26.a) 진실노
아ᄅᆞᆷ다온디라. 언양군의 만금지락이라. 사랑ᄒᆞ미 비ᄒᆞᆯ ᄃᆡ 업더라. 년년
ᄉᆡᆨ신 ᄂᆡ왕의 계황후ᄭᅴ 표ᄅᆞᆯ 올녀 이후 ᄉᆞ오년의 ᄒᆞᆫ 번식 드러가 뵈오니
황데와 황후의 ᄃᆡ졉이 디극 관ᄃᆡ 시종여일ᄒᆞ더라. 안양군 ᄉᆞᄃᆡ예 ᄆᆞᄎᆞᆷ
ᄃᆡ국셔 진쥬 삼ᄇᆡᆨ을 동국의 공물노 쳥ᄒᆞ시니 나라히 텬명을 드르시고
진심갈녁ᄒᆞ셔도 어들 길이 업ᄂᆞᆫ지라. 황황이 디ᄂᆡ더니 신히 알외ᄃᆡ 안
양군 집의 ᄃᆡᄃᆡ 부요ᄒᆞ여 보픠 업ᄂᆞᆫ 거시 업다 ᄒᆞ오니 안양군 ᄉᆞᄃᆡ손
홍유ᄅᆞᆯ 불너 무ᄅᆞ쇼셔 ᄒᆞ여ᄂᆞᆯ 샹이 올히 넉이샤 홍유ᄅᆞᆯ 불너 무ᄅᆞ시니
홍위 엿ᄌᆞ오ᄃᆡ 소신의 ᄉᆞᄃᆡ조 안양군이 ᄃᆡ국 왕ᄂᆡ의 황후겨오셔 ᄉᆞ숑ᄒᆞ
오신 진쥬 잇ᄉᆞ와 ᄃᆡᄃᆡ로 젼ᄒᆞ옵ᄂᆞᆫ(26.b) 구슬노 ᄂᆞ리옵더니 드리ᄂᆞ이
다 ᄒᆞᆫᄃᆡ 샹이 크게 깃그샤 진쥬 ᄒᆞ나의 은ᄌᆞ ᄇᆡᆨ 냥식 쥬시니 합 삼쳔
양을 주시고 벼술을 놉히시며 조공ᄒᆞ시니 텬지 밧고 깃거ᄒᆞ시더라. 일
노 말ᄆᆡ암아 나라히 무ᄉᆞᄒᆞ니 홍유의 직품이 불가승슈러라. ᄃᆡ져 계황
후여(의?) 안양군 ᄌᆞ손ᄭᆞ지 ᄉᆡᆼ각ᄒᆞ시미더라. 슬푸다! 세샹 사ᄅᆞᆷ이 어지
면 은덕이 ᄌᆞ손ᄭᆞ지 밋고 텬지 귀신ᄭᆞ지 감동ᄒᆞᄂᆞᆫ도다. 안양군의 큰 의
ᄀᆡ와 계황후의 ᄀᆡ목ᄒᆞᆫ(?) 효셩은 만고의 업ᄂᆞᆫ 일이로다. ᄃᆡ기 이 일노

볼족시면 측훈 ᄆᆞ옴이 업ᄉᆞ면 보은홀 ᄆᆞ옴이 업ᄉᆞ랴? 아름답도다. 안양군이여! 안강골을 안양군의 궁터이라 니ᄅᆞ고 은당골은 보은당 골이오. 안양군(27.a) ᄉᆞ던 터이니 그리 @@말이 지금ᄀᆞ지 젼ᄒᆞ노라.

임진 뉸뉵월 초육일 북창하의셔 총총 추필낙셔ᄒᆞ다. 이게 몃 장 되지 아니ᄒᆞ나 볼만ᄒᆞ기 볏겨두고 일시 파젹이나 ᄒᆞ리라. 끝

『마원철녹』 권디일

ᄎᆞ셜 디명황졔 즉위초의 조션국 고려 시졀의 송도국촌 사난 마경안이라 ᄒᆞᄂᆞᆫ ᄉᆞ롬이 닛시되 김슈일과 셔로 ᄉᆞ싱ᄒᆞ난 벗디라. 경안은 일즉 가난ᄒᆞ야 글과 바독으로 세월을 보니며 ᄯᅩ 한강호의 낙슈즐ᄒᆞ여 빅구로 벗슬 삼아 인간부귀을 쑴밧긔 알며 벗 김슈일은 집이 유려ᄒᆞ야 당시 부상디고로 두 사람의 졍의 상통ᄒᆞ미 □□□□□□□□□□□□□□□□□□□□□ □(1.a)낫 ᄌᆞ식이 업셔 미일 □□□□□ᄒᆞ며 잔을 졉아 부어 취ᄒᆞ여 지니더니 다힝이 경안은 일기옥동흘 나으니 활달함미 장부의 긔상이라. 벗 김슈일을 청ᄒᆞ여 아히 긔골을 셔로 ᄉᆞ랑ᄒᆞ고 일홈은 원철이라 ᄒᆞ고 ᄌᆞ난 경의라 ᄒᆞ야 날이 맛도록 슐을 부어 즐기다가 날이 져물미 도라오니라. 김슈일은 본디 부상디고로 팔도의 ᄎᆞ인을 부리더니 일일은 슈일이 평안도로 빗바드로 가난디라. 마경안을 보고 허다 물화을(1.b) ᄎᆞ인을 맛겻더니 그 ᄶᅡ히 연흉ᄒᆞ기로 숙쇄을 못ᄒᆞ야 마지 못ᄒᆞ여 니 가난 고로 그 ᄉᆞ이 니별ᄒᆞᄂᆞ니 부디 원철을 다리고 안보ᄒᆞ소셔. 마경안이 김슈일의 손을 졉고 왈 그디의 일노 가미 말유치 못ᄒᆞ거니와 인심을 드르니 노즁의 젹환이 심ᄒᆞ다 ᄒᆞ니 부디 몸을 쳔만 진즁ᄒᆞ와 슈히 도라오믈 바라노라. 피ᄎᆞ ᄶᅥᆺᄶᅥᆺ한 졍니 의의ᄒᆞ더라. 오리디 안니ᄒᆞ여 조년(졸연?) 득병ᄒᆞ야 빅약이 무효ᄒᆞ여 이지 못홀 쥴 알고 쳐 송씨와 이ᄌᆞ □□□□□□□□□□□□□□(2.a)ᄒᆞ야 장ᄎᆞ 황양지□□□□□니 바라건디 나 죽다 마옵고 고이ᄌᆞ 원철을 귀히 길너 션영 향화을 끈치 안니ᄒᆞ시면

구원천턱의 은혜을 갑풀지라. 정신을 슈십ᄒᆞ야 지필을 잡드러 유셔을 지어 송시을 쥬며 왈 나의 일신 고단무의 원근족쳑의 업고 쏘ᄒᆞᆫ 졍의 상통ᄒᆞ난 ᄉᆞ람은 김슈일이라. 다시 보디 못ᄒᆞ고 쥭으니 한이 될디라. 일후 슈일이 오거든 이 유셔을 쥬면 분명 ᄂᆡ의 쳐ᄌᆞ을 바리지 안니ᄒᆞᆯ 거시니 일치 말고 젼ᄒᆞ라 ᄒᆞ(2.b)고 인ᄒᆞ여 명진ᄒᆞ니 숑시와 원쳘이 신체을 붓들고 통곡ᄒᆞ다가 쏘한 숑시 혼절ᄒᆞ니 원쳘이 신셰 잔잉ᄒᆞᆫ디라. 구세 아히가 일시디간의 쳔붕지턱을 당ᄒᆞ니 엇디 슬푸디 안니ᄒᆞ리요? 부모을 지져 익홰통곡ᄒᆞᄂᆞ(는?) 냥은 일월이 비치 업고 보고 듯난 ᄉᆞᄅᆞᆷ이 눈물 안니 흘니리 업더라. 김슈일 쳐 안시 이 긔별을 듯고 잔잉이 녀겨 향촉의 제물을 갓초와 노복을 보ᄂᆡ여 졔ᄒᆞ고 치상범졀을 담당ᄒᆞ여 극진이 ᄒᆞ며 일변 가군희(에?)게 원쳘이 부모 일시구몰한 부음을(3.a) 급피 평안도로 젼ᄒᆞ니 김슈일이 젼부을 듯고 마음의 놀나와 쥬야 올나와 원쳘이 숀을 즙고 등을 만디며 벗 마경안을 부르지져 익훼통곡ᄒᆞ니 보ᄂᆞᆫ 사람들이 그 졍의 긔미ᄒᆞᆷ을 층찬ᄒᆞ더라. 원쳘이 우음을 끈치고 부친의 유셔을 ᄂᆡ여드리니 슈일이 바다보니 ᄒᆞ여시되 경안은 ᄉᆞᆷ가 두어ᄌᆞ 글노 벗 김슈일긔 붓치나니 각별 명심ᄒᆞ소셔. 날과 그ᄃᆡ 젼싱연분으로 이싱이나 졍의을 ᄆᆡᄌᆞ 세월을 보ᄂᆡ더니 나난 명딘ᄒᆞ야 그ᄃᆡ을 다시 보디못ᄒᆞ고 삼쳑유아 원쳘과 숑시(3.b)을 바리고 황쳔긱이 되나니 사ᄌᆞᄂᆞᆫ 의연이와 나의 쳐ᄌᆞ을 안보케 ᄒᆞ와 션영향화을 끈치게 아니ᄒᆞᄋᆞᆸ시면 구쳔타일의 은혜난망이라. 부셜 들ᄆᆡ 정신이 업고 눈물이 흘녀 졍니을 다 못ᄒᆞᄂᆞ이다. 슈일이 그 유셔을 보고 슬푼 심회을 진정치 못ᄒᆞ여 일쟝 체읍통곡ᄒᆞ고 원쳘을 다리고 집의 도라와 쳐 안씨을 대ᄒᆞ야 유셔을 보이고 원쳘을 □□□□□□□□□□ᄒᆞ야 쳘이 신셰을 잔잉ᄒᆞ여 긔츌갓치 사랑ᄒᆞ더라. 슈일이 즉시 턱일ᄒᆞ야 경안 부쳐을 마씨 션산의 예로써 안(4.a)장ᄒᆞ고 삼년 장제을 극딘이 지ᄂᆡ니 어딜물 칭찬아니ᄒᆞ리 업더라. 셰월이 여류ᄒᆞ여 나히 십칠셰예 이르니 문필과 무예 겸젼ᄒᆞ고 ᄆᆡᄉᆞ 능통ᄒᆞ고 심지 활달ᄒᆞ며 족키 옛 사람의 비길더라. 원ᄂᆡ 김슈일이 다만 여아을 두어시되 얼골은 관옥갓고 졍신이 츄슈갓타니 일홈은 월@요,

나히 칠세라. 슈일이 부쳐 항상 의논 왈 원철이 연긔 쟝셩ᄒᆞ야시니 어딘 ᄇᆡ필을 구ᄒᆞ야 봉황의 작을 일우면 마형의 혼ᄇᆡᆨ이라도 ᄂᆡ의 쓰슬 감동할디라. 잇ᄯᆡ 송도 말세ᄅᆞᆯ 당(4.b)ᄒᆞ야 흉년이 갓갓ᄒᆞ기로 사방 도젹이 이러 인심이 ᄃᆡ변ᄒᆞ야 각쳐 슈쇄을 여의치 못ᄒᆞ기로 슈일이 일념의 병이 되엿더니 일일은 원철을 불너 갈오ᄃᆡ 옛 글의 ᄒᆞ야시되 고인지ᄌᆞᄂᆞᆫ 곳 ᄂᆡ 아들이라. 너의 부친은 나의 벗시오, 너난 ᄂᆡ 집 통가ᄌᆞ제라. 양육이 깁푼디라. 너 나히 임의 쟝셩ᄒᆞ여시며 ᄂᆡ의 일이 소요ᄒᆞ미 만ᄒᆞ니 문무을 바리고 ᄂᆡ 딥 일을 협녁ᄒᆞ여 돌보미 엇더ᄒᆞ뇨? 원철이 염용ᄃᆡ 왈 옛날 한신이 표모의 일반식도 쳔금으로 갑팟나니 허물(5.a)며 쇼직 ᄃᆡ인의 관ᄃᆡᄒᆞ신 은ᄐᆡᆨ으로 팔년을 양육ᄒᆞ와 문무을 ᄇᆡ와 이러탓 쟝셩ᄒᆞ여ᄉᆞ오니 부모나 다음이 업고 ᄯᅩ한 슈화즁이라도 엇디 피ᄒᆞ오며 무슴 일을 ᄉᆡ양ᄒᆞ오리잇가? 삼가 가르치물 바라ᄂᆞ이다. 슈일이 원철 손을 잡고 왈 너와 나 ᄉᆞ이에 무슴 은혜라 ᄒᆞ리요? 금세 인심이 ᄃᆡ변ᄒᆞ여 시절이 흉흉ᄒᆞ여 각쳐슈쇄가 무로ᄒᆞ여 차인의게 붓칠 길이 업시니 네 ᄆᆡᆼ샹군의 풍향으로 ᄒᆞ야금 셜 ᄶᅡ의 빗 슈쇄ᄒᆞᆯ@ 셜민의 슈만양 비슬 탕감ᄒᆞ니 후일의 ᄆᆡᆼ샹군으로(5.b) ᄒᆞ야금 봉후ᄒᆞ엿거니와 너난 풍황이 아니요, 나ᄂᆞᆫ ᄆᆡᆼ샹군이 아니라. ᄂᆡ 슈젹을 가디고 각쳐 ᄎᆞ인을 다리고 슈쇄을 ᄯᅳᆺ과 갓치 ᄒᆞ여 나의 마음을 쾌락게 ᄒᆞ라 ᄒᆞ고 션샹등을 불너 원철의게 맛기니 열읍슈쇄을 여합주절하여 간 곳마다 그 인심을 칭송ᄒᆞ더라. 잇ᄃᆡ 원철 나히 이십이 당ᄒᆞ니 샹고 일을 통달ᄒᆞ고 ᄯᅩ한 세상ᄉᆞ을 몰을 거시 업ᄂᆞᆫ디라.

화셜 홍무 쳔지 조션국 사람으로 강남 호원을 멸ᄒᆞ고 쳔지되여 국호을 대명이라 ᄒᆞ고 의관문무와 에악법되 더옥(6.a) 엄슉ᄒᆞ고 언어동졍이 ᄯᅩᄒᆞᆫ 조션과 일반이라. 열국 상고 ᄀᆡ시ᄒᆞ야 물화을 셔로 환ᄆᆡᄒᆞ기로 조션국 상고도 왕ᄂᆡᄒᆞ난 즁의 김슈일의 ᄎᆞ인 물화와 보화 졔일이라. 일일은 김슈일이 여러 션상을 불너 의논 왈 마싱의 나히 장셩ᄒᆞ고 의ᄉᆞ 통달ᄒᆞ니 이번 길은 다리고 명국의 드러가 물정도 알고 왈(알?)고 졔군의 심을 밋ᄂᆞ니 누쳔니 원정이 무ᄉᆞ히 단녀오라 부탁ᄒᆞ니 졔인의 원철을 다려가면 져의 ᄉᆞ용이 업슬가 ᄒᆞ여 막잘아 가로ᄃᆡ 마ᄉᆡᆼ이 비록 ᄇᆡᆨᄉᆞ의 단정ᄒᆞ오나 연쇼(6.b)ᄉᆡᆼ이라. ᄃᆡ국의 쳐암으로 드러가 범ᄉᆞ를 엇디 쳐단ᄒᆞ오며 누만냥 홍판을 츄입ᄒᆞ여 유슈한 물건을 거쳔ᄒᆞ오리잇가? 슈일이 ᄂᆡ소 왈 마ᄉᆡᆼ으로 물쥬을 정ᄒᆞ미 안이라, 그ᄃᆡ 가기(?) 보ᄂᆡ되 져난 초ᄒᆡᆼ이라. 물정과 인품 연어(?)을 알고져 함이니 ᄒᆞ고 마ᄉᆡᆼ을 불너 쳔금을 쥬며 션샹을 ᄯᅡ라가 물화을 환ᄆᆡᄒᆞ여 오되 부ᄃᆡ 유슈ᄒᆞᆫ ᄌᆡ물 이힉을 ᄉᆡᆼ각ᄒᆞ여 원정이 무ᄉᆞ히 도라와 노부의 근심이 업게 ᄒᆞ라 ᄒᆞ고 대연을 비셜ᄒᆞ야 손으로 ᄌᆞᆸ아 전별ᄒᆞ리라. 길 ᄯᅥ나(7.a) 오십여일만의 쳥나라을 당ᄒᆞ여 별쟝진의 □□□□ 걸고 이곳셔 분노ᄒᆞ야 각각 소원ᄃᆡ로 가난디라. 육십여명 상고 즁의 ᄉᆞ십명은 황셩으로 향ᄒᆞ고 이십명은 연쥬로 가기을 의논ᄒᆞ더니 그 즁의 니용이른 사람이 나히 만코 ᄯᅩ한 ᄃᆡ국 길이 익은디라. 마ᄉᆡᆼ이 니용다려 왈 나는 초ᄒᆡᆼ이요, 가딘 물건이 초슐ᄒᆞ니 이힉간의 션ᄉᆡᆼ을 ᄊᆞ로고져 ᄒᆞ노라. 니용이 ᄒᆡᆼ을 일너 갈오ᄃᆡ 황셩은 너무 번화ᄒᆞ여 동셔남북의 아무ᄃᆡ로 가 할 쥴을 모리ᄂᆞ니 우리난 연쥬로 갈디라. 연(7.b)쥬난 ᄃᆡ국 남방 ᄃᆡ관이요, ᄯᅩ한 쳔하 샹고와 보화만ᄒᆞ미 황셩과 방불ᄒᆞ니 그ᄃᆡ 날을 좃고져 ᄒᆞ거든 연쥬로 갈지라. 즉시 별쟝의게 연쥬로 가는 공문 ᄂᆡᆫ 후 셔로 분노ᄒᆞ야 남북의로 가난디라. 풍남역을 지ᄂᆡ여 양강을 당ᄒᆞ야 마ᄉᆡᆼ이 ᄒᆡᆼ역의 뇌곤ᄒᆞ고 인마 피폐ᄒᆞ야 ᄒᆡᆼ보ᄒᆞᆯ 길 업셔 니용다려 왈 이곳셔 연쥬가 얼마나 ᄒᆞ니잇가? 용이 가로ᄃᆡ 이슈난 삼ᄇᆡᆨ오십니요, 길히 조흐나 가다 큰 강 이시나 그ᄃᆡ ᄒᆡᆼ역의 혼곤ᄒᆞ니 원정의 병 나기 쉬온디라. 우리 몬져 가며 원 나라 관의 방을 붓칠 거시니 조셥ᄒᆞ야 즁ᄎᆞ 오라. 우리 몬져 가 쥬인을 정ᄒᆞ고 지경의 나와 지달일진니 마ᄉᆡᆼ원 두고 일ᄒᆡᆼ은 삼십니을 가 평슈강을 건너 슈질의 혼곤ᄒᆞ여 선약ᄒᆞᆫ 날의 삼일(8.a)이 어긔엿는지라. 강남 법은 방붓친 삼일만의 ᄯᅦ는지라. 이용 등이 연쥬로 득달ᄒᆞ야 ᄌᆞᄉᆞ도의 공ᄉᆞ을 걸고 지경 십니의 나와 지달이되 쇼식이 업는지라. 샹고 셩명 셩쳑을 밧치고 마ᄉᆡᆼ을 기ᄃᆞ니더라. 마ᄉᆡᆼ이 그 졈의 슈일을 유ᄒᆞ여 ᄒᆞ는ᄃᆡ 일으니 셩곽이 광활ᄒᆞ고 물식이 화려ᄒᆞ야 조@@안 갓더라. 그 엄슉 출난ᄒᆞ

미 오히려 더ᄒᆞ더라. 안 마암이 혜오ᄃᆡ 강남은 예붓터 유명한 고지라. 산쳔과 물ᄉᆡᆨ이 져러ᄒᆞ니 분명 연쥬로다. 말게 나려 실은 짐은 노복으로 잇그리고 뒤흘 조ᄎᆞ 좌우로 도라보다 아모 지경 모로더니 셩 우히 한 누각이 닛거날 우러러 보니 ᄃᆡᄌᆞ로 ᄡᅧ시(8.b)되 연졍부 남화문이라 ᄒᆞ여거날 ᄌᆞ세히 살펴보니 만고문쟝이 글과 션판이 층층ᄒᆞ며 즁즁히 붓쳣난디라. 노마을 누하의 머무르고 누상의 올나 의복을 가라입고 니용 등을 ᄎᆞ즈되 무를 곳치 업고 만날 길이 업난디라. 날이 셔산의 지고 만호부즁의 져녁 ᄂᆡ 일어나니 만니ᄀᆡᆨ관의 눌을 향ᄒᆞ여 쥬인을 졍ᄒᆞ리요? 마암의 ᄌᆞ연 총망ᄒᆞ여 두로 살피더니 남셩문 밧 셩하의 한 집이 닛시되 관ᄉᆞ도 안니요, 희회졍도 아니라. 분명 여렴집인가 ᄒᆞ여 가본즉 문창호달이 출난ᄒᆞ고 장원과 숑쳠의 외와ᄒᆞ며 담 밧긔 ᄃᆡ 심무고 셔원의 단을 뭇고 쳠ᄋᆡ의 옥등 달고 초당 압ᄑᆡ 슈양은 쳔ᄉᆞ로 드리오고 층층(9.a)난간의 연쥭이 깃드리고 동편이 별당 이시니 옥난간의 시창 압ᄑᆡ 왼갓 화초 만발ᄒᆞ야 쌍쌍호졉이 ᄉᆡᆨ을 ᄯᆞ라 봄비츨 자랑ᄒᆞ여 ᄉᆞᄉᆞ이 왕ᄂᆡᄒᆞ고 ᄇᆡᆨ조난 슈풀을 ᄎᆞᄌᆞ 우지지며 난봉공작이 샹샹이 깃드리고 못 가온ᄃᆡ 셕하산 우희 원앙ᄉᆡ난 바람을 ᄯᆞ라 논니거날 그 집을 ᄉᆞᆯ펴보니 대문의 황금ᄃᆡᄌᆞ로 셔시되 쳔금방이라 ᄒᆞ엿거날 마ᄉᆡᆼ이 ᄭᆡ쳐 ᄉᆡᆼ각 왈 이 집이 분명 쳔하 샹고 쳐결ᄒᆞ난 집이로다 ᄒᆞ고 노복을 명ᄒᆞ여 쥬인을 ᄎᆞ즈니 한 사람이 안으로 나오되 긔골이 늡늡한ᄃᆡ 홍젼닙을 쓰고 나와 공슌이 절ᄒᆞ고 인도ᄒᆞ여 외실이 뫼신 후의 즉시 ᄂᆡ졍이 통ᄒᆞ니 션연한 시비 등이 ᄂᆡ다라 초당(9.b)을 슈셰ᄒᆞ고 화란금포을 보진ᄒᆞ며 실은 물화 짐을 밧드러 마ᄉᆡᆼ이 쳐쇼의 쟝치ᄒᆞ고 비복 등이 쥬효을 ᄌᆡ촉ᄒᆞ여 공슌관ᄋᆡᄒᆞ며 인마을 다란 곳이 졍ᄒᆞ여 극딘 공궤ᄒᆞ며 이윽고 슐을 내여오니 그 쥬효와 잔호 등물이 각별ᄒᆞ고 음식이 졍결소담ᄒᆞ미 보던 바 쳐암이요, 인품과 에졀이 쳔하의 제일이이(∮)라. 마ᄉᆡᆼ이 슌ᄇᆡ을 다ᄒᆞ고 샹을 물인 후의 쥬인이 비복을 불너 문 왈 이 ᄃᆡᆨ 셩명은 뉘라시며 자녀간은 얼마나 ᄒᆞ며 결ᄂᆡ난 어ᄃᆡ셔 살며 ᄉᆡᆼ업이 무어시뇨? 비복이 알외되 쇼인 등이 엇지 알니잇가? 불구의 노휘 나오시리니 ᄌᆞ연 알으시리이다. 마ᄉᆡᆼ

안마암의 혜오ᄃᆡ 이 집이 즁노의 집으로 타국 녀막이로다 ᄒᆞ(10.a)더
니 이윽고 옥갓탄 쇼낭ᄌᆞ 쥬효을 거나리고 ᄎᆡ의단장으로 나와 슐을 권
ᄒᆞ거날 마ᄉᆡᆼ이 사양치 못ᄒᆞ야 바다 먹고 일긔을 ᄌᆡ촉한ᄃᆡ 그 아환이 대
왈 쇼비난 이 댁 쇼제의 슈쳥 시비ᄋᆞᆸ거니와 귀공게ᄋᆞᆸ셔 조션 고려국 계
시다 ᄒᆞ오니 감히 뭇ᄌᆞᆸᄂᆞ니 존호을 뉘라 ᄒᆞ시난잇가 마ᄉᆡᆼ이 왈 나ᄂᆞᆫ 조
션국 송도 사난 마원철이요, ᄌᆞ난 청의라. ᄉᆡᆼ도 긔구ᄒᆞ야 문무을 바리
고 샹고로 대국의 드러와시나 도양셥칙ᄒᆞ고 지식이 소우ᄒᆞ야 아모 ᄃᆡᆫ
쥴을 모라고 여ᄀᆡᆨ을 찻더니 마츰 이 집 ᄃᆡ문 션판을 보니 은천냥방이라
ᄒᆞ엿기로 드러왓더니 날을 오히려 무례히 너긴가 시부니 네 드러가 니
ᄉᆞ연을 고ᄒᆞ라. 명일은 쥬인을(10.b) 옴겨 죠션 역ᄀᆡᆨ을 찻고져 ᄒᆞ노라.
아환이 ᄃᆡ 왈 쇼비의 주인이 남정이 업고 혈혈단신인 고로 가셰 궁곤ᄒᆞ
야 귀ᄒᆞ신 손인을 소홀이 대졉ᄒᆞ오니 불안ᄒᆞ여이다. 마ᄉᆡᆼ 왈 날갓탄 과
ᄀᆡᆨ을 이대디 관ᄃᆡ하문 듯밧긔라. 가계와 동졍을 보니 조션 일부의 지난
디라. 엇지 가난타 ᄒᆞ나뇨? 아환이 왈 상공이 명일은 소비의 임ᄌᆡ되리
로소이다 ᄒᆞ고 눈물을 쑤리며 안흐로 향ᄒᆞ거날 마ᄉᆡᆼ이 그 말 듯고 의혹
만단ᄒᆞ더니 셕반을 드르니 음식이 찰난ᄒᆞ나 남의 ᄌᆡ물을 무단이 ᄑᆡ할
일 ᄉᆡᆼ각ᄒᆞ니 마암이 ᄌᆞ연 번민ᄒᆞ여 음식이 마시 업고 불안ᄒᆞ여 시비을
불너 상을 물니고 초불을 ᄃᆡᄒᆞ야 두로두로 ᄉᆡᆼ각ᄒᆞ다가 한(11.a) 계규
을 ᄭᆡ치고 ᄂᆡ 슈일 죠셥 죠셥(∮∮)을 쳥ᄒᆞ면 분명 연침을 강박디 못ᄒᆞ
리라. 시비 나옴을 기다려더니 시비 션ᄆᆡ 여러 시비을 거나려 만만진미
을 드려 왈 상공이 ᄀᆡᆨ괴 ᄌᆞ심ᄒᆞ샤 음식이 불감ᄒᆞ시기로 다란 음식을 아
쇼오고 노휘 쇼낭ᄌᆞ을 거나려 상공의 ᄀᆡᆨ회을 위로코져 나오시니 에을
ᄎᆞ려 말삼으로 슈작ᄒᆞ소셔. 마ᄉᆡᆼ이 게규 ᄭᆡ야지고 쵸힝 타국이 풍쇽을
몰나 황망니 이러나 의관을 정졔ᄒᆞ고 피셕ᄒᆞ니 즁문 압피 비단 장막을
것고 등촉이 휘황한 가온ᄃᆡ 여러 시비 한 미인을 젼후좌우로 옹위ᄒᆞ고
나오거날 그 뒤희 연긔 삼십한 부인이 ᄯᅩ한 압플 찌촉ᄒᆞ야 나오거날 마
ᄉᆡᆼ이 촉하의 공슌이 연(11.b)졉ᄒᆞ야 노휘와 에을 맛고 동셔로 분좌ᄒᆞ
야 슈작할ᄉᆡ 션ᄆᆡ 낭ᄌᆞ을 묘셔 마ᄉᆡᆼ을 ᄃᆡ좌ᄒᆞ야 좌을 정ᄒᆞ거날 마ᄉᆡᆼ이

츙파을 드러 그 낭즈을 좀간 보니 그 쳔연한 틱도와 졍졍한 얼골이 히당화 앗춤 니실을 머(금*)은닷 십오야 발근 달이 구름을 헤치고 동졍의 도다는닷 녹의홍상과 진쥬보픽난 보디 못흐든 등물이라. 마싱이 한번 보디 정신이 비월흐고 안총이 희미흐야 바로 보디 못흐니 진짓 경국식이라. 경국식이라. 안마암의 혜오딕 옛날 반희치녀와 시쇼군인들 이예셔 더흐리요? 노휘로 셔노 슐을 권흐며 말숨흘식 노후 낭즈의 정셰을 창와하며 왈 나의 셩은 황이오, 일홈(은*) 화익라. 나흔 삼십구세로 □□(12.a)딕부즁 영비로 누딕을 싱장차로 닉게 이르러 남녀간 치산하미 업고 각별 졍한 낭군 업습더니 십년젼의 한님학ᄉ 화쳘이라 흐는 양반독 샹소직간흐다가 황졔 진노흐샤 이고딕 졍빅흐시니 황셩셔 ᄉ쳔여리라. 부인 유씨와 녀아을 다리고 와 고힝흐시다가 일념이 병이 되여 인흐야 세상을 바리시니 부인 유시 녀아을 안고 한님 시신을 만지며 통곡흐다가 쏘한 명이 진흐니 그 경상은 참혹한 즁의 누쳔니 고혼을 뉘라셔 반장하리오? 쏘한 삼셰 소져도 탁신할 고지 업난디라. 나는 긋쎄의 한님의 젹소 쥬인으로 이 ᄉ졍을 자ᄉ 젼의 알외여 쳔자게 계달흐니 (12.b) 황졔 그 무죄 젹거흐시물 씨치시고 대ᄉ흐샤 그 흥이 도로의 원한이 업게흐시나 한님 양위 시신을 동경문 밧긔 권죠한 후 그 쇼졔난 부즁상하인민이 잔잉이 녀겨 혹 젼곡을 쥬되 의즈을 조급흐나 의탁 무쳐흐여 닉 집 양육흐엿더니 쇼졔 졈졈 즈라미 옥안운빈과 셜부화용이 낙조(포?)션녀의 틱도을 가져시나 닉 집이 쥬야 긔변흐기로 몸을 심심장디흐여 별노 아난 지 업더니 나히 쟝셩흐미 부모 힉골을 고향 션산의 반쟝치 못흐오물 통입골슈흐나 반장하오물 젹이 츌쳐무로흐옵고 구걸코져 흐나 쥬(규?)즁쳐즈라. 쏘한 난쳐흐여 한슘으로 벗슬 삼고 눈물로 셰월(13.a)을 힉음업시 보닉거날 그 졍경 가련흐여 부득키 쇼졔로 더부러 의논 왈 낭지 져럿탓 셜워말고 닉 말숨을 더럽다 말고 가르치물 드를진딕 오릭디 안야 한님 양위 빅쏠을 거두어 고향의 반쟝흐리라 흔딕 쇼졔 왈 부모을 반쟝하올딘딕 슈화라도 피치 아니하리라 흐옵거날 닉 가르쳐 왈 낭즈의 즈식은 쳔하무썅이라. 쳔금방을 붓쳐 호걸을 마즈

부귀탐화랑이 총쳡이 될딘ᄃᆡ 젼곡금ᄇᆡᆨ이 젹여구산ᄒᆞ리니 반쟝이 엇지 어려우리요? 소져 눈물을 흘녀 왈 엇지 ᄂᆡ 몸을 앗겨 부모의 양육한 은혜을 갑지 아니ᄒᆞ리오? 삼가 가라치물 밧들니라 ᄒᆞᄋᆞᆸ거날 인ᄒᆞ야 방을 문의 붓쳔디 삼년니(13.b)로ᄃᆡ 뭇고 찻난 지 업더니 오날날 샹공 알고 오시나이다. 소제을 도라보아 왈 낭ᄌᆡ 이 일을 ᄌᆞ아ᄂᆡ고 쥬야의 션ᄆᆡ로 더부러 눈물노 지ᄂᆡ더니 이제 이의라. 쥬판지세요. ᄯᅩ한 부모 위ᄒᆞ난 정셩이니 뉘 그르다 ᄒᆞ리요? 오날날 마ᄉᆡᆼ공이 신정지초이요, ᄯᅩ한 만니 ᄀᆡᆨ창이라. 셜움을 셔려 닷고 흔연이 위로ᄒᆞ소셔. 소제 촉불을 ᄃᆡᄒᆞ야 아미을 슉이고 염슬단좌ᄒᆞ야 눈물 흘니며 시비 션ᄆᆡ로 ᄯᅩ한 뒤예 묘셔 소ᄅᆡ 나ᄂᆞᆫ 쥴을 ᄊᆡ닷지 못ᄒᆞ고 체읍실셩ᄒᆞ거날 마ᄉᆡᆼ이 노후의 말을 듯고 쇼제의 경식을 보니 간졀이 잔잉ᄒᆞ고 불상한디라. 마암을 강잉ᄒᆞ여 쇼제다려 문 왈 노후의 말솜을 드르니 졍경이 극히 잔잉ᄒᆞ거니와 그(14.a)ᄃᆡ 사가 녀ᄌᆞ로 부모을 위하야 ᄎᆞᄉᆞ을 ᄒᆡᆼᄒᆞᆯ딘ᄃᆡ 뜻슬 굽필지니 ᄃᆡ국 경셩 사녀을 ᄌᆞ세ᄒᆞ고 소국 샹고을 멀시ᄒᆞ거니와 만니타국의 ᄉᆡᆼᄂᆡ 초면의 ᄀᆡᆨ을 ᄃᆡᄒᆞ야 눈물 흘녀 ᄀᆡᆨ회을 더ᄒᆞ여 손의 마암을 무류케 ᄒᆞ니 ᄃᆡᄀᆡᆨ이 도리 그르도다. 쇼제 눈물을 거두고 아미을 슈겨 겨요 ᄃᆡ답ᄒᆞ여 왈 쳡이 일즉 팔자 무샹ᄒᆞ야 삼세의 부모을 녀희고 창모의 후은을 입어 심규의 몸을 감초아 이런 번화지의 외인을 샹ᄃᆡ하오미 업숩더니 미쳔한 ᄒᆡᆼ실 ᄒᆡᆼᄒᆞ문 부모을 위ᄒᆞ야 몸을 바리고져 하오미라. 오날날 마상공이 ᄎᆞ즈시니 쳡이 몸이 비록 경셩 사부나 임의 연쥬부 챵녀되오미니 신세 영낙ᄒᆞ(14.b)물 ᄉᆡᆼ각건ᄃᆡ 엇지 슬푸고 슬푸지 아니ᄒᆞ리요? 쳡이 졍 이러ᄒᆞᄋᆞᆸ기로 샹공을 ᄃᆡᄒᆞ야 ᄌᆞ연 눈물 흐르물 ᄊᆡ닷지 못ᄒᆞ미오, 샹공을 멀시ᄒᆞ야 초솔이 ᄃᆡ졉ᄒᆞ미 아니오니 바라건ᄃᆡ 용세ᄒᆞ소셔. 그 안연한 거동이 관음화샹을 촉하의 본닷 의의한 졍이 은은한디라. 마ᄉᆡᆼ이 챵모을 향ᄒᆞ야 갈오ᄃᆡ 예로 현인군ᄌᆞ ᄯᆡ을 만나디 못ᄒᆞ면 초야의 곤궁ᄒᆞ거니와 그런 ᄉᆞ람은 다 남ᄌᆞ연이와 져 낭ᄌᆞ난 쥬즁쳐ᄌᆞ라. 이러탓 효셩을 ᄒᆡᆼᄒᆞ니 너룬 쳔하의 그 몃치리요. ᄌᆞ고로 쳔지 광ᄃᆡ한ᄃᆡ 한 몸 의탁이 어려운디라. 낭ᄌᆞ의 졍셩을 드르니 나의 졍세에 ᄇᆡᆨ비나 더한디라. 나도 신셰 불힝ᄒᆞ야 구셰에 부모을(15.a) 여희고 망친붕우 김슈일이 하히갓튼 은덕으로 그 집이 양육ᄒᆞ야 문무을 ᄇᆡ화 장셩ᄒᆞ엿시나 부모의 얼골이 ᄌᆞ샹치 못한디라. 평싱 한이 골슈의 ᄌᆞ(ᄉᆞ?)못찻난지라. 허물며 여직 되여 져 지경을 당ᄒᆞ니 엇지 측냥ᄒᆞ리요? 그러나 오작이 무리에 봉황이 셧기디 아니ᄒᆞ나니 낭ᄌᆞ 셜마 챵녀의 유리요? 시비 션미을 명ᄒᆞ야 슐을 내여오라 ᄒᆞ니 잔을 부어 ᄎᆞᆼ모을 권ᄒᆞ고 ᄯᅩ 한 잔을 직촉ᄒᆞ야 마싱이 마신 후의 창모다려 화젼과 필연을 쳥ᄒᆞ야 마싱이 부셜 쟙고 특별이 이 화젼의 쓰되 그 글이 ᄒᆞ야시되 히동 조션 고례국 송도 상고 마원쳘은 우연히 연쥬부의 쟝ᄉᆞ 왓더니 쥬인을 그릇 졍ᄒᆞ야(15.b) 화쇼제을 만나 그 말숨을 듯고 졍셩을 보니 효셩이 지극ᄒᆞ도다. 그 부모을 위ᄒᆞ야 션산의 반쟝코져 ᄒᆞ야 몸을 챵가의 부탁ᄒᆞ오미 극히 잔잉한디라. 젼싱 연분으로 타국 ᄉᆞ롬을 샹ᄃᆡᄒᆞ여 그 경식을 ᄃᆡᄒᆞ니 ᄆᆞ옴이 셤거올지라. ᄃᆡ장부 ᄆᆞ암이 엇지 돌보디 아니ᄒᆞ리오? 가진 바 은ᄌᆞ 쳔금이 비록 박약ᄒᆞ나 반쟝지슈의 보부족하거니와 원쳘은 타국 샹고요, 화쇼제난 황셩 사부녀라. 평싱 초면으로 창우가의 남녀 상ᄃᆡᄒᆞ야 다란 슈작ᄒᆞ고 일홈업난 지물을 쥬면 밧고 표젹 업시 흣터지면 피ᄎᆞ 졍원을 뉘 알 ᄇᆡ이시리요? 그런 고로 창모 황화ᄋᆡ와 시비 션미로 증인을 숨아 남믜의 졍니을 ᄆᆡᄌᆞ(16.a)니 쳔지 일월셩신과 후토강산신녕은 소소증감ᄒᆞ쇼셔. 마싱이 셩명과 화소제의 셩명과 창모와 션미의 셩명을 긔록ᄒᆞ야 특별의 슈장착명ᄒᆞ고 마싱이 이러나 쇼졔다려 왈 낭ᄌᆞ 이졔로부터 남믜지예를 힝ᄒᆞ노라. 소졔 이졔야 아모리 할 쥴 몰나 좌셕의 쥬져ᄒᆞ거날 마싱이 웃고 왈 낭ᄌᆞ난 ᄃᆡ국 화한님의 녀ᄌᆞ요, 나난 소국 샹고빈라. 더럽다 ᄒᆞ여 참아 허락ᄒᆞ여 동긔디(의*)을 졍ᄒᆞ기 즁난ᄒᆞ도다. 소제와 창모 이 말을 듯고 황망히 이러나 하날게 표빅ᄒᆞ고 양인이 남믜 되미 년치을 찰여안ᄌᆞ 분명한 동긔디의를 힝ᄒᆞ는디라. 창모 마싱의 활달한 거동(16.b)을 보고 층찬 왈 이제 너를 쳔하의 마샹공갓탄 이긔의 활달한 도량은 쳐암 보고 듯난 비로소이다. 은ᄌᆞ 쳔금도 하날이 아난 지물이라. 박약지 안니ᄒᆞ거니와 우리 쇼졔는 쳔하졀식이라. 져러한 지식을 보고 청츈

남자로 져러탓 관디ᄒᆞ야 남믹지의을 믲고 쇼졔의 더러온 일홈을 천강슈로 싯쳐쥬시니 옛 글의 젹션지가의 필유여경이요, 젹악지가의 필유여앙이라 하엿ᄉᆞ오니 샹공이 반ᄃᆞ시 음덕이 잇슬지라. 마싱이 ᄉᆞ양 왈 닉 일신이 고단ᄒᆞ더니 져근 지물노 업든 □□□□니 무숨 치하ᄒᆞ리요 ᄒᆞ며 못닉 흔연ᄒᆞ거날 창뫼 시비 션믹을 불너 왈 마싱공의게 슐을 나소오(17.a)라. 쇼졔 이러나 잔을 즙고 남믹지의로 친히 권ᄒᆞ야 운□ 관디ᄒᆞ며 마싱의 덕을 감은ᄒᆞ고 션믹 등이 숏두어려 그 은혜을 칭송ᄒᆞ니라. 원촌의 계명ᄒᆞ고 긱창의 날이 발고ᄌᆞ ᄒᆞ거날 쇼제와 창모을 지촉ᄒᆞ야 드려보닉고 또 노복을 불너 당부ᄒᆞ야 왈 이 말을 누셜치 말면 본국의 도라가 게규을 써 실물ᄒᆞ무로 말ᄒᆞ리라. 노복 등이 평일 마싱을 감복한지라. 그러히 너기더라. 챵모이 노복을 노화 샹고의 물화 환믹ᄒᆞ난 날을 살피더니 과년 그 잇튼날 자샤와 역관의 좌긔ᄒᆞ고 샹고을 뫼화 가강환물ᄒᆞ여 져ᄌᆞ을 파ᄒᆞ고 공문셩급ᄒᆞ여 가각 환송ᄒᆞᄂᆞᆫ디라. 마싱이 조션(17.b) 일힝 써ᄂᆞᆫ 후 슈일을 지닉여 써나니 이ᄂᆞᆫ 은ᄌᆞ 일을 거즛 발명코져 ᄒᆞ미라. 창모와 소졔 그 결연ᄒᆞ말 이긔디 못ᄒᆞ야 슐을 두어 ᄎᆞ마 이별치 못ᄒᆞ야 젼(견?)권ᄒᆞᄂᆞᆫ 졍이 비할 듸 업더라. 화소졔 눈물을 쑤려 왈 거거ᄂᆞᆫ 조션국 ᄉᆞ롬이요, 나ᄂᆞᆫ 듸명 ᄉᆞ롬이이(∮)라. 젼싱연분으로 우연이 셔로 만나 한번 이별ᄒᆞ면 어나 셰월이 만날잇가? 닉의 싸진 몸을 건져 월궁의 올여쥬시고 부모 히골을 션산이 반쟝케 ᄒᆞ시니 세세싱싱이 그 은턱을 엇지 갑ᄉᆞ오릿가? 눈물이 비오닷ᄒᆞ거날 마싱이 위로 왈 샹고 인편이 히로 연송ᄒᆞ니 피ᄎᆞ 소식은 일장 셔신의 잇슬지라. 너무 과렴치 말게 ᄒᆞ소셔. 언약한 문셔ᄂᆞᆫ 소졔을 쥬고(18.a) 창모와 션믹을 조히 잇스라 ᄒᆞ니 창모와 션믹 경@의 젼숑홀식 마싱이 소졔게 당부 왈 양위 반장을 평안이 ᄒᆞ소셔 ᄒᆞ고 셔로 하즉ᄒᆞ고 써나 빅마원을 지나 츄방영을 넘어 평셔진을 건너 소진을 디닉더니 그 들이 광활ᄒᆞ야 원막이 업거날 마싱이 노복을 거나려 갈 슙풀의 자더니 집픈 밤의 난듸업ᄂᆞᆫ 구름이 이러나며 천지 아득ᄒᆞ며 지쳑을 보들 못ᄒᆞᄂᆞᆫ지라. 마싱이 인마을 다리고 여염을 향ᄒᆞ더니 남듸이로 화광이 챵천ᄒᆞ며 천병만마 드러오거날 마ᄉᆡᆼ이 놀ᄂᆡ여 인마을 ᄌᆡ촉ᄒᆞ야 살기을 도모ᄒᆞ고 무변광야의 졍쳐 업시 닷더니 이윽고 쳔지(18.b) 명낭ᄒᆞ며 근방이 계명셩이 갓가이 들니거날 촌인을 ᄎᆞᄌᆞ 그 ᄯᅡ을 무르니 이곳슨 게양 ᄯᅡ 요원진이라. 그 진 ᄉᆞᄅᆞᆷ이 ᄯᅩᄒᆞᆫ 그 밤의 소젼평 병화을 보고 잠을 자디 못ᄒᆞ엿다가 타국 ᄉᆞᄅᆞᆷ 보고 이 ᄉᆞ연을 위션 진장젼의 알외니 진장의 즉시 군졸을 거나려 문무훌식 마ᄉᆡᆼ이 관간 쥴을 알고 ᄌᆞᆸ피여 드러가니라. 진쟝의 무러 갈오ᄃᆡ 너의 복식을 보고 말을 드른즉 조션 ᄉᆞᄅᆞᆷ이 무슴 일노 ᄒᆡᆼ식이 단초 ᄒᆞ뇨? 마ᄉᆡᆼ이 ᄃᆡ 왈 소인은 초ᄒᆡᆼ이라. ᄒᆡᆼ역이 곤피ᄒᆞ여 슈일을 ᄯᅥ나려 져 즁노의 유ᄒᆞ고 축일ᄒᆞ야 연쥬의 득달ᄒᆞ온즉 발셔 져ᄌᆞ을 파ᄒᆞ고 일 ᄒᆡᆼ이 다 발졍ᄒᆞ야 본국으로 도□□(19.a)다 ᄒᆞᄋᆞᆸ고 ᄯᅩ한 ᄃᆡ국 법의 셩 칙의 일홈□□□□□□시예 ᄎᆞᆷ예치 못ᄒᆞᄋᆞᆸ기로 공문만 ᄂᆡ여 가디고 회 졍ᄒᆞᄋᆞᆸ더니 어졔 져물게야 소젼평을 지ᄂᆡᄋᆞᆸ다가 날이 져무러 원막을 당 치 못ᄒᆞ야 갈 숩페 쉬ᄋᆞᆸ다가 무한한 변을 만나 가져왓든 ᄌᆡ물을 다 일 엇ᄉᆞ오니 명관은 급피 샤만이 원ᄌᆡ이 공슈로 도라가 본국 죄인을 면케 ᄒᆞ쇼셔. 진장이 분부 왈 너희ᄂᆞᆫ 이국 ᄉᆞᄅᆞᆷ이라. 이곳 일을 모랄지라. 과연 소젼평은 우리 ᄃᆡ국 젼쟝지지라. 쟝슈와 군ᄉᆡ 무죄히 죽은 ᄌᆡ 허 다ᄒᆞ기로 일ᄀᆡ 혼흑ᄒᆞ면 그 변이 잇셔 ᄒᆡᆼ인의 ᄌᆡ물을 일은 ᄌᆡ 무슈ᄒᆞ나 귀졸이 일이라. 어ᄃᆡ 가 ᄎᆞ즈리요? 젼(19.b)의 드러올 ᄯᆡ와 나갈 ᄯᆡ 공문을 올이라. 마ᄉᆡᆼ이 알외여 갈오ᄃᆡ 드러갈 졔 공문은 올니ᄋᆞᆸ건이와 나갈 졔 방문은 일ᄒᆡᆼ이 가지고 압셔 갓ᄂᆞ이다. 졔양은 연쥬 속읍이라. 잔졍이 그 연유을 연쥬ᄌᆞᄉᆞ의게 보ᄒᆞ고 마ᄉᆡᆼ 등을 가도왓더니 ᄌᆞᄉᆞ 관 ᄌᆞᄂᆡ의 쇼젼평 귀졸 작변한 일은 임의 알건이와 조션 샹고 난 공문이 분명ᄒᆞ이 타국 ᄉᆞᄅᆞᆷ이 오ᄅᆡ 연유ᄒᆞ면 그 ᄒᆡ 다 젹지 아니ᄒᆞ리니 일흔 물화난 축심ᄒᆞ여 조션국으로 보ᄂᆡᆯ 거시니 져의 거쥬와 셩명을 치부ᄒᆞ고 이 ᄯᅳ슬 분부ᄒᆞ여 보ᄂᆡ라 ᄒᆞ엿거날 마ᄉᆡᆼ 등이 셩과 거쥬을 ᄡᅥ 진쟝의 붓치고 나오니라.

화셜이라. 황셩 갓든 샹고와 연쥬 갓든 샹(20.a)고들이 오난 소식을 김슈일이 듯고 마ᄉᆡᆼ이 얼골을 보고져 ᄒᆞ야 쥬야 기다리다가 연샹들이

옴을 드르니 그 질거옴을 엇지 다 측냥ᄒᆞ리요. 션싱 등이 일졔히 득달ᄒᆞ되 유독 마싱이 홀노 아니 오거늘 슈일이 놀ᄂᆡ여 문 왈 원쳘이 엇지 아니오ᄂᆞ뇨? 션싱 등이 마싱 일흔 사정을 고한ᄃᆡ 슈일이 눈물을 흘니며 션싱 등을 ᄭᅮ짓고 니용을 ᄃᆡ칙ᄒᆞ여 왈 당초의 마싱을 보ᄂᆡ문 장ᄉᆞ의 니를 탐ᄒᆞ미 안이라. 져로 ᄒᆞ야곰 ᄃᆡ국 물정을 알게 ᄒᆞ미라. ᄃᆡ국 길이 쳐음인 고로 그ᄃᆡ의게 부탁ᄒᆞ엿더니 이졔 그 ᄉᆞ싱 존망을 아디 못ᄒᆞ니라 다만 ᄂᆡ의 부탁을 져ᄇᆞ리미 안이냐? 실셩쳬읍ᄒᆞ고 집의 도라와 쳐(20.b) 안씨로 더부러 달야 통(곡*)ᄒᆞ고 영한 복ᄌᆞ을 구ᄒᆞ야 두로 문복ᄒᆞ여 그 ᄒᆡᆼ요 도라옴을 바라더니 여러 날이 지나ᄆᆡ 마싱 다려갓든 인마 온다 ᄒᆞ거날 슈일이 니 말을 듯고 깃부미 측냥치 못ᄒᆞ야 밧비 나가 마즈니 원쳘이 말게 나려 절ᄒᆞ고 복지 ᄃᆡ죄한ᄃᆡ 슈일이 원쳘이 손을 잡고 위로ᄒᆞ여 왈 네 ᄌᆡ물을 일은가 시부거니와 비록 만금이라도 앗갑지 안니ᄒᆞ되 다만 네 몸이 사라와 반기 보니 ᄂᆡ 그리워 병되던 마암을 풀니로다. 네 엇지 더ᄃᆡ 와 ᄂᆡ 마암을 놀ᄂᆡ게 ᄒᆞ뇨? 손을 잡고 ᄂᆡ당의 드러가니 안씨 ᄯᅩ한 마싱을 잡고 죽은 ᄉᆞ람 다시 본 닷ᄒᆞ야 ᄯᅩ한 흔가이 답 반기고 깃거ᄒᆞ더라. 슈일이 마싱이 손을(21.a) 잡고 왈 ᄂᆡ 그 ᄌᆡ물을 앗기미 아니라, ᄒᆡᆼ요 도젹의 환을 볼가 물의셔 치ᄑᆡ한가 ᄒᆞ엿더니 네 몸이 무ᄉᆞ이 도라오니 쳔만다ᄒᆡᆼ이로다. 쥬찬을 ᄂᆡ여 권하며 ᄌᆡ물 일흔 슈말을 무른ᄃᆡ 원쳘이 연쥬 화쇼졔 일을 발구치 못ᄒᆞ야 소젼평 갈숍페 귀졸이 변을 만나 사즁구싱으로 몸만 도망ᄒᆞ야 광화진쟝의 공문 ᄂᆡ여 온 거실 드린ᄃᆡ 슈일이 부쳐 이 말을 듯고 놀ᄂᆡ여 왈 네 함아 쳔니 고혼이 될낫다! 만니 원졍의 고ᄒᆡᆼᄒᆞ여시니 ᄌᆡ물을 과렴치 말고 목슘 도라옴을 깃거ᄒᆞ야 마암을 풀고 조리ᄒᆞ라. 슈일이 마싱을 ᄉᆞ랑ᄒᆞ야 다시 원방의 보ᄂᆡ지 아니ᄒᆞ고 집의 안(21.b)ᄌᆞ 각쳐 ᄎᆡ인이 도슈를 거ᄅᆡᄒᆞ난지라. 슈일이 무남독녀을 두엇시니 연광이 니팔이요, 용광이 셜싱ᄒᆞ고 ᄌᆡ질이 츌등한지라. 안씨로 더부러 의논 왈 녀아의 년이 십육이라. 사방의 듯보되 맛당히 ᄇᆡ필될 지 업난지라. 원쳘은 우리의 양육하여 져의 위인을 임의 아난이 져을 셔랑으로 숨어 후ᄉᆞ을 젼코져 ᄒᆞᄂᆞ니 그딕 쓰지 엇더ᄒᆞ뇨? 안시 ᄯᅩ한 깃거 왈 닉 마암이 그러ᄒᆞ연지 오릭더니 이제 말솜이 니러ᄒᆞ시니 인연인가 ᄒᆞ나이다. 즉시 턱일ᄒᆞ야 딕례을 힝ᄒᆞ니 인인이 층찬ᄒᆞ고 항당이 송덕ᄒᆞ더라. 슈일 부부 신낭 신부의 어슈낙을 보니 그 ᄉᆞ랑ᄒᆞ미 날노 더ᄒᆞ(22.a)더라.

ᄎᆞ셜 연쥬 화쇼졔 마싱을 이별ᄒᆞ고 어든 은ᄌᆞ을 파라 한님 부쳐을 반잘(장?)홀식 서(식?)로 관곽의금을 갓초와 쇼졔 몸의 최복을 입고 고향 선산으로 발인홀식 이 말이 ᄌᆞ연 젼파ᄒᆞ야 일부 즁의 ᄌᆞᄌᆞᄒᆞ니 남방 열읍이 뉘 모라리요? 마싱이 의긔 활달홈과 화쇼졔 효힝이 남방의 딘동ᄒᆞ니 그제야 ᄌᆞᄉᆞ와 슈령이 화쳘이 어딜물 알고 쇼제의 덕힝을 탄복ᄒᆞ야 부물항촉과 페빅이 사방의 연속ᄒᆞ는디라. 혹 연인 가친한 아즁의셔 비복을 보닉여 위문ᄒᆞ니 한님 양위 이제 보건딕 여힝이 되여 거리거리 마싱의 의긔와 소제 호(효?)셩을 일캇난 소릭 쳔지 딘동ᄒᆞ더라. 소졔 (22.b) 챵모을 붓들고 울며 왈 나의 팔ᄌᆞ 무샹ᄒᆞ야 쳔니 긱관의 부모을 여희고 거의 쥭게 된 목슘이 그딕 은덕으로 이졔ᄭᅡ지 사랏다가 딕인군ᄌᆞ 마거거을 만나 부모의 히골을 반장ᄒᆞ고 몸의 고향의 도라가니이다. 챵모의 은혜여 어나 날이 반분지일이나 갑푸리요? 그딕는 이곳슬 ᄯᅥ나지 못ᄒᆞ리니 만일 조션국 마거거 오시거든 닉 부모 반쟝의 빗닉물 말노 젼ᄒᆞ고 소식 알나 젼ᄒᆞ면 ᄯᅩᄒᆞᆫ 챵모의 은혜 더ᄒᆞ리라. 챵모 눈물을 머금고 왈 소제의 귀ᄒᆞ신 몸의 여러 셰월을 누지의 계시다가 오날날 마샹공의 너부신 덕과 소졔의 축한 효힝으로 @쳔이 감동ᄒᆞ샤 한님 양위 빅골을 거두어 반쟝(23.a)ᄒᆞ시고 고향의 도라가시니 그 즐거온 마암이 비할 딕 업ᄉᆞ오나 이졔 쇼졔를 이별하온 후 나는 눌을 의지ᄒᆞ여 세월을 보닐잇가? 소졔 올나가옵셔 몸이 귀귀 영손ᄒᆞ오셔 만셰을 울니소셔. 날갓튼 쳔인은 압풀 인도ᄒᆞ올 일이 ᄌᆞ여(연?) 업ᄉᆞ오니 무졍 셰월이 부유갓치 스러지면 뉘라셔 황화의 세샹의 낫든 쥴을 아오리잇가? 춤아 이별치 못ᄒᆞ는디라. 션미 ᄯᅩᄒᆞᆫ 울며 왈 우리 소졔을 묘셔 노후의 은의을 입어 여러 셰월을 동고ᄒᆞ옵다가 마상공 덕으로 한님 양위 빅골과 쇼졔 누명을 시셔 도라가오니 노후의 은혜을 어나 세월 잇ᄉᆞ오잇가?

이러탓 권권ᄒᆞ니(23.b) ᄇᆡᆨ일이 무광ᄒᆞ더라. ᄌᆞᄉᆞ와 본관이 발인을 ᄌᆡ촉ᄒᆞ니 마디못ᄒᆞ여 이별을 밧고 ᄯᅥ나니라. ᄌᆞᄉᆞ 친히 호송ᄒᆞ고 열읍 슈령이 뉘 안이 호송ᄒᆞ리요? 지난 곳마다 제물을 갓초고 담군을 대후ᄒᆞ니 그 위의 출난ᄒᆞ고 에도 극딘ᄒᆞ더라. 발인ᄒᆞᆫ 뉵십일만의 경셩의 득달ᄒᆞ니 한님의 원근족쳑과 친구 벗님 ᄌᆞ제 십니 밧긔 영졉ᄒᆞ야 화한님의 졔삼낭의 ᄎᆞᄎᆞ로 계후 발상ᄒᆞ고 츄파원 션산의 합장ᄒᆞᄉᆞ 쳔ᄌᆡ 한님의 강직ᄒᆞᆷ과 그 ᄯᆞᆯ의 효셩을을(∮) 긔특이 넉이샤 녜관을 명ᄒᆞ야 젼 한님 화쳘노 예부상셔을 츄증ᄒᆞ시고 그 부인 유씨로 졍(24.a)녈부인을 명ᄒᆞ샤 젼샤관ᄒᆞ시고 니부샹셔 니졍으로 한님의 장ᄉᆞ을 감녁ᄒᆞ라 ᄒᆞ시니 ᄇᆡ관이 뉘 아니 가리오. 쟝녁을 파ᄒᆞᄆᆡ 화소져 져후 그ᄒᆞᆫ 거거의 집의 도라와 머무더니 화소졔의 덕힝과 ᄌᆞ식을 놉피 듯고 져궁가의 구혼ᄒᆞ리 구름못 닷ᄒᆞᄂᆞᆫ디라. 이ᄯᅢ예 좌각노 초왕의 아달 장위ᄂᆞᆫ ᄃᆡ명 ᄀᆡ국공신 쟝ᄇᆡᆨ이 아들이라. 소년등과ᄒᆞ야 벼술이 한님의 쳐하니 인골이 쥰ᄆᆡᄒᆞ고 가계 부요ᄒᆞ나 일즉 샹비ᄒᆞ고 양친 슬하의 환거ᄒᆞ되 ᄇᆡ필이 맛당치 못ᄒᆞ더니 샹 승샹 양위 화소졔 말을 듯고 화소졔의 양거거 화현의 집의 ᄆᆡᄑᆡᆨ을 보ᄂᆡ여 구혼ᄒᆞ나(24.b) 화현니 소졔의 ᄯᅳ슬 몰나 칭탁 왈 ᄂᆡ초로 즁의 잇고 ᄇᆡᆨᄉᆞ 챵황ᄒᆞ니 소제 ᄯᅳ슬 슈탐ᄒᆞ야 종ᄎᆞ 알게 ᄒᆞ리라 ᄒᆞ거날 황후 젼의 쥬달하니 쟝한님은 황후의 친딜이라. 황후 도(ᄯᅩ?)한 화소졔의 소무(문?)을 익이 드르신 ᄇᆡ러니 이 듯슬 쳔ᄌᆡ긔 쥬달ᄒᆞᆫᄃᆡ 쳔ᄌᆡ 드르시고 화현의 부 화쥰을 인견ᄒᆞ시고 화쥰으로 좌복야을 ᄒᆞ이시니 화쥰이 사은ᄒᆞ고 물너난 슈일만의 화쥰의게 ᄆᆡᄑᆡᆨ을 보ᄂᆡ시니 쳔ᄌᆡ의 쳥혼이요. 쟝한님의 권세 당금 제일이라. 허혼ᄒᆞ니 황제와 황후 ᄃᆡ희ᄒᆞ샤 화쥰을 ᄑᆡ초ᄒᆞ야 젼교 왈 화가 녀ᄌᆞ 경셩의 올나온지 □□(25.a)고 부모 업ᄉᆞ니 맛당니 쥬혼ᄒᆞ리 업난디라. 그 녀ᄌᆞ을 □즁의 드러 황후 친히 쥬혼코져 ᄒᆞ니 좌복야ᄂᆞᆫ 염여치 말나. 복야 국궁 고두ᄒᆞ고 나와 ᄐᆡᆨ일ᄒᆞ야 소제을 궁즁의 드려보ᄂᆡ고 날을 기다리더니 황제 ᄐᆡ소양관을 불너 ᄐᆡᆨ일ᄒᆞ니 날이 지격ᄒᆞᄂᆞᆫ디라. 황후 몸소 나 쇼제을 맛고 쳔안을 드러 쇼제을 보시니 ᄃᆡ명쳔지 비록 너루나 분명 쌍이 업술지라. 크게 흠모ᄒᆞ샤 ᄃᆡ연을 비셜ᄒᆞ여 ᄇᆡᆨ관이 부인을 뫼화 종일 즐기시다. 황제 조신을 도라보아 왈 화시 연쥬의셔 부모 ᄇᆡᆨ골을 반쟝치 못ᄒᆞ여 ᄌᆞᄆᆡ 챵가ᄒᆞ엿다가 조션국(25.b) 샹고 마원쳘이 화시을 샹녀로 알고 면목상ᄃᆡᄒᆞ엿다가 쥬인 챵모의 말을 듯고 그 ᄉᆞ정을 궁측ᄒᆞ야 쳔금은ᄌᆞ을 ᄇᆡᆨ급ᄒᆞ야 그 부모을 반장ᄒᆞ게 ᄒᆞ고 ᄯᅩ 무야무지간 홋터지면 쇼졔의 누명을 념졔ᄒᆞ야 결의남ᄆᆡᄒᆞ야 입증셩문ᄒᆞ다 ᄒᆞ니 그 의기 엇더ᄒᆞ뇨? 의ᄃᆡ신ᄒᆞ라. 군신이 합쥬 왈 쳔금의 돈으로 ᄇᆡᆨ급ᄒᆞ문 혹 의기 쟝부의 일이압거니와 쇼년 쟝부로 모야간 졀ᄃᆡ미식을 그 졍곡을 잔잉ᄒᆞ야 쳔금을 쥬고 남ᄆᆡ지의롤 ᄆᆡᄌᆞ 쳔지일월노 증거ᄒᆞ온 은혜ᄂᆞᆫ 고금 쳔하의 마원쳘 한 사람인가 ᄒᆞᄂᆞ이다. 쳔지 층촌ᄒᆞ시물 마디 아니ᄒᆞ더(니*) 일낙(26.a)셔산ᄒᆞ고 월싱동곡ᄒᆞᄆᆡ 잔치을 파ᄒᆞ고 각귀기소ᄒᆞ□라. 이날 신낭 신부의 젼권ᄒᆞᆫ 졍이 비ᄒᆞᆯ ᄃᆡ 업더라. 이튼날 한님 부쳐 황제와 황후 젼의 문안ᄒᆞ니 황졔 황후 보시고 못ᄂᆡ ᄉᆞ랑ᄒᆞ시더라. 삼일만의 한님으로 ᄃᆡᄉᆞ마ᄃᆡ도독을 ᄒᆞ이시고 화시(로*) 츙녈부인을 ᄒᆞ이샤 즉쳡을 졍ᄉᆞ관ᄒᆞ시고 이날 츙녈부인 화소졔을 구고 ᄃᆡᆨ으로 신힝ᄒᆞ고 황제 연쥬로 ᄒᆡᆼ관ᄒᆞ야 화시 쥬인하든 황화ᄋᆡ을 칠읍ᄒᆞ고 공셰을 복호ᄒᆞ야 바다 노젹ᄒᆞ야 망샤ᄃᆡ을 무어 일년 사졀의 황은을 츅슈ᄒᆞ고 은덕사 졀을 지어 경문 능통한 ᄃᆡᄉᆞ롤 쳥ᄒᆞ여 마(26.b)싱과 화부인을 위ᄒᆞ야 발원ᄒᆞ리라. ᄎᆞ셜 화부인이 승샹 장ᄇᆡᆨ이 며ᄂᆞ리 되여 부귀 일국의 읏듬이라. 일신이 영귀ᄒᆞ여 셰상의 한가ᄒᆞ나 더옥 거거 마싱을 ᄉᆡᆼ각ᄒᆞ야 비단을 ᄌᆞ되 금ᄌᆞ로 삭여 왈 마원(쳘)의 보은단이라. 이 필이나 볼가 져 필이나 소식 알가 평ᄉᆡᆼ의 원ᄒᆞ미 읍@ 마싱의 얼골을 다시 보아 그 은혜을 갑고져 ᄒᆞ더니 잇ᄯᆡ의 황후도 ᄶᅳ긔을 일노조ᄎᆞ 쥬야을 모라고 ᄶᅳ니 황제 황후다려 왈 의식이 구ᄎᆞ치 아니ᄒᆞ고 왕모가 되여 무엇ᄒᆞ려 ᄒᆞ고 마암의 괴롭게 ᄒᆞ시ᄂᆞ니잇가? 후 가로ᄃᆡ 이난 다름이 아니라, 화부인의 보은단 ᄌᆞ(ᄶᅳ?)ᄂᆞᆫ 말과 젼후(27.a) ᄂᆡ역을 셰셰히 쥬달ᄒᆞ니 화부인을 쳥ᄒᆞ여 안치□ 왈 그 말을 ᄌᆞ랑ᄒᆞ고 황후ᄂᆞᆫ 못ᄒᆞ게 금ᄒᆞ시니 황후 왈 왕모가 부즐언ᄒᆞᆫ즉 ᄇᆡᆨ셩이 ᄯᅡ라 부질언ᄒᆞ면 ᄉᆡᆼ되가 되오니 엇지 밥만 먹고 좀만 ᄌᆞ리잇가?

그후는 더옥 황후와 화부인이 쥬야을 모라고 비단을 쯔니 빅셩이 그을 본을 숨아 일국의 일허ᄒᆞ니 한쎡을 노지 아니ᄒᆞ미 싱의 족한디라. 이젹의 연쥬의셔 간ᄒᆞ여 챵모의 소식을 듯고 조션국 연상 편의 마거거의 소식을 탐지ᄒᆞ나 망망천지에 셩식이 돈졀한지라. 쏘 동지ᄉᆞ 왓다 ᄒᆞ미 ᄉᆞ환을 보너여 거거의 오시물 ᄎᆞ진즉 아니 왓다 ᄒᆞ(27.b)거날 다시 무러 왈 이 긔셩부 ᄉᆞ롬이 왓ᄂᆞ냐? 그 ᄉᆞ롬드리 쳐음은 묵묵ᄒᆞ다가 한 ᄉᆞ롬(이*) 가로디 과연 긔셩부의 술거니와 무숨 말을 뭇고져 ᄒᆞ며 이젼의 혹 아는잇가? 그 ᄉᆞ롬이 왈 나도 남의 불인 비라 ᄒᆞ고 가더니 삼(오?)빅냥 은ᄌᆞ를 갓다 쥬며 왈 삼빅냥은 그디 먹고 이빅양은 그곳 마원쳘을 쥬되 홋 ᄉᆞ신 편의 드러오게 ᄒᆞ소셔 ᄒᆞ고 가거날 아모 일인을 모라고 본국의 도라와 이빅금 은ᄌᆞ을 원쳘을 쥬어 왈 금변 디국의 갓더니 황셩셔 엇더한 ᄉᆞ롬이 직물을 마싱의게 젼ᄒᆞ며 홋 ᄉᆞ신 편의 보너라 ᄒᆞ나 그 듯슬 모라고 바다와시나 마형은 젼의 아난 ᄉᆞ롬 잇난잇가? 너 이□(28.a)의 연쥬는 보아시나 과연 황셩은 못보아시니 엇지 아는 ᄉᆞ롬이 닛시며 일이 고히ᄒᆞ니 졔싱 등은 이 말을 남이 모라게 ᄒᆞ면 ᄎᆞ후의 알지라 ᄒᆞ고 쥬야의 싱각ᄒᆞ되 쇼젼평의셔 헛 직물을 일헛다 ᄒᆞ더니 진쟝의 남의 일흔 직물 너 직물이라 ᄒᆞ여 드러가면 너여쥬고져 ᄒᆞ는 일인ᄀᆞ 근심이 되나 빙쟝의게 고치 아니ᄒᆞ나 울젹한 마암을 진졍티 못ᄒᆞ야 싱각ᄒᆞ되 너 한번 디국 귀경을 원ᄒᆞᄂᆞ 술피난 일이 번거ᄒᆞ기로 연쥬의 단녀완지 이무 십오년이라 ᄒᆞ엿더니 일일은 김슈일이 마싱을 불너 왈 네 디국을 다시 보고져 ᄒᆞᄂᆞ냐? 마싱의 평싱의 소원이나 젼(28.b)일의 직물을 만히 허비한 후로는 악쟝의 쓰슬 단졍치 못ᄒᆞ야 묵묵부답이러니 슈일이 웃고 왈 ᄒᆞᆫ번 승픠는 병가상ᄉᆞ라. 샹고 엇지 쾌염ᄒᆞ여 당당이 ᄒᆞᆯ 일을 엇지 헛도히 파ᄒᆞ리요? 이번 졔싱이 못가게 ᄒᆞ여도 졀단코 단녀오라. 잇ᄢᅴ에 황졔 득병ᄒᆞ야 빅약이 무효ᄒᆞᆫ디라. 혹 문복도 ᄒᆞ여 명약도 ᄒᆞᆫ즉 조션국 의쥬 ᄯᅡ 송산의 잇난 순삼이라야 약이 쥬직가 되오니 구ᄒᆞ소셔. 황졔 조신을 명ᄒᆞ샤 급피 보너여 약을 키여 오라. 이젹의 복명 ᄉᆞ신의 쥬야로 압녹강을 건네 송산의 올나가 산신의 지게ᄒᆞ고 약을

ᄏᆡ더니 이 말이 ᄌᆞ연히 젼파(29.a)ᄒᆞ야 의쥬부윤의게 밋ᄎᆞ니 군사ᄅᆞᆯ 보ᄂᆡ여 쳔ᄉᆞ랄 □□다가 쥭이야 하다가 너의가 도젹이라. 엇지 월강ᄒᆞ여 쳔ᄌᆞ의게 핑계ᄒᆞ리요? 쟝지슈지ᄒᆞ여다가 도로 롤녀 분부 왈 너그을 소댱 후일 경계로 벼일 거시로되 안셔ᄒᆞ고 노와보ᄂᆡ니 ᄎᆞ후ᄂᆞᆫ 잡핀즉 다 베일이라 ᄒᆞ고 보ᄂᆡᆫ이라. 쳔ᄉᆞ 도라가 그 ᄯᅳ스로 쳔지게 고ᄒᆞᆫᄃᆡ 황졔 ᄃᆡ로ᄒᆞ샤 만조을 뫼호고 갈오샤ᄃᆡ 조션국이 ᄃᆡ국이 속한 졔국이라. 요ᄆᆡ한 부윤으로 쳔ᄉᆞᄅᆞᆯ 졔 ᄌᆞ하로 쟝지슈지ᄒᆞᄂᆞᆫ 소위가 만만파칙ᄒᆞ니 우션 부윤을 ᄌᆞ바다가 분을 풀고 ᄌᆞᄎᆞ ᄀᆡ군ᄒᆞ리라. 경등이 소견이 엇더ᄒᆞ뇨? 만조 쥬 왈 이ᄂᆞᆫ 역젹이라.(29.b) 폐하 전교ᄃᆡ로 ᄒᆞᄋᆞᆸ셔 후일 징게ᄒᆞᄋᆞᆸ소셔. 잇ᄯᆡ예 승상 장ᄇᆡᆨ이 쥬 왈 그러나 이난 짐의 국왕이 모라ᄂᆞᆫ 일이오니 응당 알거던 면ᄉᆞ죄ᄒᆞ올 거시니 아직 기다리소셔. ᄉᆞ셰 일허ᄒᆞ기로 분하나 유려(예?)미결일너니 장하의 무번쟝드리 츌반쥬 왈 소쟝 등이 잇ᄃᆡ을 당ᄒᆞ여 무단이 분ᄒᆞᆷ을 ᄎᆞᆷ고 일신들 지체할 ᄇᆡ 아니오니 어셔 ᄀᆡ군ᄒᆞ여 쥬압소셔. 쳔지 왈 만일 사죄치 아니ᄒᆞ면 ᄀᆡ군ᄒᆞ리라 ᄒᆞ시고 조회을 파ᄒᆞ여시나 오히려 노ᄀᆡ 등등ᄒᆞ시더니 이 말을 연상 편의 의쥬 부윤이 듯고 음식을 젼폐(폐?)ᄒᆞ고 쥭기만 기다리더니 이 말히 젼파ᄒᆞ야 나라의 밋치니 조신을 뫼히고 ᄃᆡ경(30.a)ᄒᆞ야 금부도ᄉᆞᄅᆞᆯ 보ᄂᆡ혀 의쥬 (부*)윤을 ᄌᆞ바다가 츄□□즉 졔 알외ᄂᆞᆫ 말슴이 듯ᄂᆞᆫ 말과 갓거날 금부의 슈금ᄒᆞ고 ᄉᆞ신을 보ᄂᆡ혀 문죄 젼의 ᄉᆞ죄ᄒᆞᄂᆞᆫ 거시 올타 ᄒᆞ고 지쳑한 일히 업시니 ᄀᆡ별이 온 후의 가난 거시 올토다 ᄒᆞ여 분뷰무가ᄒᆞ더니 일히 오ᄅᆡᆫ즉 죄가 즁ᄒᆞ기로 영부ᄉᆞ와 셔장관을 졍할나 ᄒᆞ되 다 가기을 원치 아니ᄒᆞ여 ᄌᆞ연 지체 되ᄂᆞ니라. 하로ᄂᆞᆫ 샹이 노ᄒᆞ샤 갈오샤ᄃᆡ 경등이 이 노온 벼술을 구ᄒᆞ고 이러한ᄃᆡ 가라 ᄒᆞ여도 졔 부모의 병이 즁ᄒᆞ다도 ᄒᆞ고 ᄯᅩ ᄭᅬᄭᅬ로 ᄲᅡ딜나 ᄒᆞ니 김의 일이라 ᄒᆞ여 날다려 가라 ᄒᆞᄂᆞᆫ다? 상덕 되ᄂᆞᆫ 일갓타면 인군을(30.b) 소기고 남의 알가 쥰미고ᄐᆡᆨᄒᆞ니 이 일은 국법이 업난다 한ᄃᆡ ᄯᅩ한 가이 업ᄂᆞᆫ지라. 샹이 노ᄒᆞ샤 삼ᄐᆡ육경 즁의 ᄐᆡᆨ졍ᄒᆞ시며 왈 삼일 ᄂᆡ예 발졍ᄒᆞ라 ᄒᆞ시고 지촉이 셩화갓ᄐᆞ니 마지 못ᄒᆞ여 길을 ᄯᅥ나 ᄀᆡ셩부의 당ᄒᆞ니 잇ᄯᆡ 김슈일이 마

원철다려 왈 비록 별ᄉᆞ나 이 무정ᄒᆞᆫ 일이라 가라 ᄒᆞ니 마ᄉᆡᆼ이 슈쳔금 은ᄌᆞ롤 가지고 ᄒᆞᆷ긔 길을 ᄯᅥ나 김슈일이 왈 네 이번의 ᄃᆡ국을 가되 황셩의 드러가 귀경도 ᄒᆞ며 열국 물졍을 ᄉᆞᆯ피고 각방 환ᄆᆡ 긔시ᄒᆞᄂᆞᆫ 동졍을 아라 나 쥭은 후의 무ᄉᆞᆷ 일을 ᄒᆞ여도 션샹의게 속난 폐 업게 ᄒᆞ라 ᄒᆞ니 마ᄉᆡᆼ이 은근히 깃거□□ (31.a)어 선ᄉᆡᆼ ᄯᆞ라갈ᄉᆡ 잇ᄯᆡᄂᆞᆫ 츈삼월이라. 여러 날만의 황셩의 득달ᄒᆞ니 여관과 지경 호송관이 각별 엄슉ᄒᆞ며 ᄃᆡ졉ᄒᆞ미 극진ᄒᆞ여 조션과 달나 슌후ᄒᆞ더라. 쟝안의 드러가며 인물을 ᄉᆞᆯ펴보며 각궁 전각을 보니 전일 연쥬의셔 십ᄇᆡ나 더ᄒᆞ더라. 여관을 ᄯᆞ라 관시연빈졍의 드러가 각국 여상의 가져간 물건과 전슈을 ᄎᆞᆺ고 일홈을 ᄎᆞ례로 공문을 거여 졈고맛고 쥬츈을 ᄂᆡ여 ᄃᆡ졉ᄒᆞ거날 마ᄉᆡᆼ이 슐이 취ᄒᆞ고 ᄒᆡᆼ역의 뇌곤ᄒᆞ여 조용히 누엇더니 잇ᄃᆡ예 ᄉᆞ신은 황경문의 이르러 쥬문을 올이고 잇더니 쳔ᄌᆡ 쥬문을(31.b) ᄶᅡ의 바리고 무사을 명ᄒᆞ야 조션국 ᄉᆞ신 삼인을 자바드려 ᄃᆡ로ᄒᆞ야 ᄭᅮ지져 왈 네 나라의 ᄃᆡ국의 졔후라. 쳔ᄉᆞ을 보ᄂᆡ혀 약을 ᄏᆡ여 보ᄂᆡ더니 의쥬 부윤을 ᄌᆞ바다 쥭이고 ᄯᅩ한 긔군ᄒᆞᆯ지라. 너의도 쥭어 보라 ᄒᆞ시고 가도오나 엇지 살기을 바라리요? 지반(?)ᄒᆞ고 큰 칼을 씨고 황쇄 슈쇄ᄒᆞ여 슈ᄅᆡ의 시러다 옥의 던지니 엇지 살기을 바라리요? 잇ᄯᆡ예 드러간 하졸과 션ᄉᆡᆼ등이 셔로 ᄌᆞᆸ고 울며 쥭기만 바라더니 엇더한 홍쳔ᄋᆡᆨ 입은 ᄉᆞᄅᆞᆷ 오륙인이 급피 와 조션 샹고다려 문 왈 금번 일ᄒᆡᆼ 즁의 긔셩부 마샹공이 와겨시냐? 하인과 션ᄉᆡᆼ 등이 놀ᄂᆡ여 묵묵코 안져더니 그 ᄉᆞᄅᆞᆷ(32.a)이 왈 만일 안이 와 계시면 이듕의 ᄂᆔ 마샹공을 안□□ 잇ᄂᆞ냐? 각각 마암의 혜오ᄃᆡ 만니 타국의 드러왓다가 일ᄒᆡᆼ ᄉᆞᄅᆞᆷ을 괴히케 차지며 평ᄉᆡᆼ 초ᄒᆡᆼ의 마ᄉᆡᆼ을 은근하 ᄎᆞ지문 고히ᄒᆞ도다. 황겁ᄒᆞ여 왈 마원철은 왓거니와 샹공이라 ᄒᆞ문 엇지뇨? 외국 ᄉᆞᄅᆞᆷ이 놀나와 알고져 ᄒᆞ노라. 그 ᄉᆞᄅᆞᆷ드리 ᄉᆞ정은 아니ᄒᆞ고 마상공만 급피 ᄎᆞ지니 일ᄒᆡᆼ이 놀ᄂᆡ여 마ᄉᆡᆼ을 흔드러 ᄭᆡ여 왈 쳥위ᄒᆞ야 엇더한 ᄉᆞᄅᆞᆷ이 너을 급피 ᄎᆞᄌᆞ니 일어나 정신을 가다드마 왈 날 ᄎᆞᆺᄂᆞᆫ ᄉᆞᄅᆞᆷ은 드러와 뭇고 연고을 이르라. 마원철은 ᄂᆡ 과연긔여니와 엇지 ᄎᆞᆺᄂᆞ뇨? 그 ᄉᆞᄅᆞᆷ드리 보고 급피 회정(32.b)ᄒᆞ니 알 길 업난지라. 마싱은 닉념의 혜오딕 젼일 쇼젼평의셔 아니 일흔 물건을 일헛다 ᄒᆞ고 글노 죄 되앗난가 싱각ᄒᆞ고 제인은 우리 즁의 유독 마싱만 차지문 고히ᄒᆞ도다 ᄒᆞ더니 이윽코 거마영젼셩이 진동ᄒᆞ거날 ᄌᆞ세히 보니 앗가 왓든 ᄉᆞ람드리 여러 슈졸과 시비 집슈건을 거ᄂᆞ리고 와 슈릭을 나소와 왈 마상공은 급피 이 교ᄌᆞ로 힝ᄎᆞᄒᆞ소셔. 쇼인 등은 쟝승샹 딕 하인이 옵더니 마상공을 밧비 모시라 ᄒᆞ시더이다. 하졸과 션싱 등이 놀닉여 질식 긔졀ᄒᆞ고 마싱이 더옥 황겁ᄒᆞ니 자ᄉᆞ다려 문 왈 닉 무슴 죄로 이리 급피 ᄌᆞ바오□□(33.a)ᄂᆞᆫ잇가? 그 ᄉᆞ롬드리 엿ᄌᆞ오딕 샹공은 놀닉며 고히 녀□디 마라소셔. 무슨 죄 잇시면 엇지 슈릭로 묘시리잇가? 어셔 가시물 직촉ᄒᆞᆫ딕 좌우의 잇ᄂᆞᆫ 딕국 연긔과 슈쳥 시비드리 젼ᄒᆞ여 왈 우리 무죄ᄒᆞᆷ은 가보시면 알연니와 죄 잇시면 엇지 슈릭와 시비을 보닉여 보시리잇가? 마싱이 마디 못ᄒᆞ야 슈릭을 타고 가이라. 잇ᄯᅢ예 츙열부인 화소졔 마싱이 여러 날 만니을 왓시물 듯고 거마와 시비을 보닉고 일변 샹셔긔 통긔ᄒᆞ엿더니 샹셔 ᄯᅩ한 반겨 나와 기다리니 밧긔셔 슌두어려 요란ᄒᆞ거날 샹셔 붓쳐 닉정문 밧긔 닉다라 화부인이 마싱의(33.b) 쇼민을 쥽고 눈물을 흘니며 왈 명천이 감동ᄒᆞ시고 귀신이 도으샤 오날날 마거거을 만나니로다. ᄯᅩᄒᆞᆫ 엇더한 금관 옥딕ᄒᆞᆫ 딕신이 함긔 길을 인도ᄒᆞ여 바로 닉당의로 드러가거날 마싱이 밋친 ᄉᆞ롬갓ᄐᆞ여 정신이 희미ᄒᆞ여 대 왈 이 무슴 일이온지 ᄒᆞ니 발셔 츈화정 딕쳥이 올나셔며 시비 션민 옷기슬 쥽고 울며 왈 샹공은 져 부인과 소비을 모라시ᄂᆞᆫ잇가? 엿날 연쥬셔 이별ᄒᆞ시든 화소졔요, 소비ᄂᆞᆫ 션민로쇼이다. 그제야 마싱 반가옴을 쥭엇든 ᄉᆞ롬 갓ᄒᆞ야 정신이 아득ᄒᆞᆫ디라. 션민 눈물을 거두고 샹셔을 가르쳐 왈(34.a) 샹셔ᄂᆞᆫ 소비 닉샹젼 쟝상셔 노야로소이다. 마싱이 다시 □러나 졀ᄒᆞ니 샹셔 극딘이 답예ᄒᆞ고 마싱의 손을 쥽고 왈 그딕 대인군ᄌᆞ의 도양을 가져 어딘 일홈이 대명 쳔지의 가득ᄒᆞ니 싱젼의 보디 못ᄒᆞᆯ가 현망하든 ᄇᆡᆸ너니 쳔후신조ᄒᆞ샤 오날이야 다힝이 비오니 만니 원졍의 무ᄉᆞ히 드러오신 연고을 달난(?) 슈작ᄒᆞ고 시비 등을 직촉ᄒᆞ야 만만진슈로 드리거날 샹셔 친이 잔을 쥽아 권ᄒᆞᆫ딕 화부인이 옛 말슴을

ᄒᆞ여 왈 긋ᄯᅴ예 거거의 은혜을 입어 부모의 ᄇᆡᆨ골을 운상ᄒᆞ(34.b)야 션산의 안쟝ᄒᆞᆫ 후 쟝승상 며ᄂᆞ리되여 일신이 녕구ᄒᆞ나이다. 거거의 은턱이라 듯고 보는 지 뉘 아니 층춘ᄒᆞ리요. 연쥬 잇난 챵모는 황졔계옵셔 은덕ᄉᆞ 절을 디어 마거거을 위ᄒᆞ야 ᄉᆞ시 츅원ᄒᆞᆫ다 ᄒᆞ오니 이 ᄯᅩᄒᆞᆫ 거거의 덕이요, 버거의 챵모의 은혜라. ᄂᆡ 몸의 영화부귀ᄒᆞ오미 막비거거의 덕이라. 다시 만나 부귀을 ᄌᆞ랑ᄒᆞ고 ᄐᆡ산갓튼 은혜을 갑풀가 쥬야 명념ᄒᆞ오나 ᄂᆞ라의 ᄃᆞ르옵고 길히 파원ᄒᆞ야 한번 흣터딘 후 보기는 ᄉᆡ로이 소식이 돈절ᄒᆞ오니 구름과 가는 기러기을 아모리 기다린들 망망쳔지라. 누을 비겨 소식을 무르리요? 쥭(35.a)어 지하의나 만날가 바라더니 명쳔이 후토신녕이 감동ᄒᆞ샤 천만 만몽의 밧긔 거거을 만나오니 이제 쥭다 무한이라. 옥빈홍안의 눈물이 비오 닷ᄒᆞ는디라. 션미 ᄯᅩ한 잔을 들고 울며 왈 소비 이 손으로 숄을 드리온 제 거의 십오년이라. 오날날 이럿탓 영화 다시 뫼와 숄을 드리옴은 마샹공의 은혜요, 부인이 복이오니 취토록 즐기소셔. 샹셔 다시금 셔(셕?)ᄉᆞ롤 듯고 슌슌히 숄을 권ᄒᆞ며 마싱의 얼골을 술피니 긔상이 늠늠 활달ᄒᆞ고 풍도 쥰슈ᄒᆞ며 셩음이 웅장ᄒᆞ야 장상의 긔샹이라. 샹셔 말마다 ᄉᆞ랑ᄒᆞ고 탄복ᄒᆞ여 왈 이러한 이긔는 고금(35.b)쳔하의 그ᄃᆡ ᄒᆞ나이라. 우리 황샹과 황후 그ᄃᆡ 활달한 이긔을 드르시고 어나 ᄯᅴ 드러오거든 탑젼의 쥬달ᄒᆞ라 젼교 계시니 이 ᄯᅳ슬 초긔(?)ᄒᆞ여니와 그ᄃᆡ 드러온 쥴을 알으시면 분명 인견ᄒᆞ시리니 부ᄃᆡ 숄을 정침ᄒᆞ라. 마싱이 놀ᄂᆡ 아암을 진정ᄒᆞ야 문 왈 긋ᄯᅴ예 반장은 진즉ᄒᆞ시다 ᄒᆞ오니 다힝이오나 져져의 절한을 하날이 도으샤 날갓탄 타국 ᄉᆞ롬을 인도ᄒᆞ미니 엇지 날을 치ᄉᆞᄒᆞ리요? 져져의 복녹을 ᄌᆞ랑ᄒᆞ더라. 각셜 잇ᄯᅴ예 황졔 조션국 세 죄인을 황옥의 가두오고 ᄂᆡ젼의 드러가시니 황후 황제젼의 고 왈 폐하 무숨 일 잇삽는디 샹부(36.a)의 노긔을 ᄯᅴ엿ᄉᆞ오니 휘도 ᄯᅩ한 알고져 ᄒᆞᄂᆞ이다. @이 왈 향ᄌᆞ 의쥬 ᄶᅡ의 약을 킈려 천ᄉᆞ롤 보ᄂᆡ엿더니 부윤의 천ᄉᆞ롤 쟝디슈지ᄒᆞ야 보ᄂᆡ기로 긔군ᄒᆞ랴더니 조션국왕이 알고 칭(친?)히 ᄉᆞ죄코져 ᄉᆞ신을 보ᄂᆡ여 감의 마암을 풀고ᄌᆞ ᄒᆞ여 앗가 왓다 ᄒᆞ기로 황옥의 슈금은 ᄒᆞ여시나 오히려

쥭이디 못ᄒᆞ미 분ᄒᆞ믈 푸들 못ᄒᆞ여 그러ᄒᆞᄂᆞ니 엇지 쳔ᄌᆞ을 모로고 졔후의 신히 쳔ᄉᆞ을 박디ᄒᆞ리요? 이는 강상지변이라. 그졔 술녀두리오 ᄒᆞ신디 휘 갈오디 그리ᄒᆞ오면 쳔ᄉᆞ룰 의쥬로 보니올 졔 공문을 쥬어는잇가? 황졔 이윽키 ᄉᆡᆼ각ᄒᆞ시다가 왈 과연 그졔 보니엿(36.b)ᄂᆞ이다. 황후 변ᄉᆡᆨᄒᆞ여 갈오디 쳔ᄉᆞ가 공문을 의쥬 (부*)윤의게 부치고 그 환을 당하여ᄉᆞ오면 엇지 감히 이렷탓ᄒᆞᆫ 도리가 이ᄉᆞ오리잇가? 이난 여긔셔 줄못ᄒᆞᆫ 비오니 지그 죄 안이로소이다. 황졔 좀좀히 드르시다가 ᄀᆡ치ᄉᆞᄉᆞ그는 과연 김의 ᄉᆡᆼ각티 못ᄒᆞᆫ 일이라 ᄒᆞ시고 무슴 말슴을 ᄒᆞ시더니 승샹 장빅이 니젼의 드러와 입조 슉비ᄒᆞ거날 황졔 갈오디 김의 의쥬의 쳔ᄉᆞ을 보닐 졔 그 공문을 못쥬어시니 잘못한 일이라 ᄒᆞ신디 승샹이 쥬왈 그는 그러ᄒᆞ엿습거니와 듯ᄉᆞ오니 조션국 마원쳘이 ᄉᆞ신을 ᄯᅡ라와 잇(다*)가 화부인 집으로 갓다 ᄒᆞ오니 원쳘을 보아 ᄉᆞ신(37.a)을 무ᄉᆞ히 가게 ᄒᆞᆯ가 ᄒᆞᄂᆞ이다. 황졔와 황후 드르시고 디희ᄒᆞ샤 이는 당초의 공문 못한 거시 흠이요, ᄯᅩ 원쳘이 왓다 ᄒᆞ오니 엇지 ᄉᆞ졍이 업ᄉᆞ리요 ᄒᆞ시고 황각젼의 젼좌ᄒᆞ샤 조션 ᄉᆞ신은 황옥으로 방송ᄒᆞ고 ᄉᆞ신과 원쳘이 함긔 입조ᄒᆞ라 ᄒᆞ시니 승상이 ᄯᅩ 간 왈 ᄉᆞ신은 벼술이 닛ᄉᆞ오니 응당 입조ᄒᆞ기가 가ᄒᆞᄋᆸ거니와 원쳘은 벼술업시 입조ᄒᆞ리잇가? 글ᄒᆞ면 무슴 벼술을 쥬어야 공논의 상당ᄒᆞ리오? 디 왈 마원쳘은 졔 나라의셔 벼술을 못한 ᄉᆞ름이오니 딜은 벼술은 불가ᄒᆞ니 광덕군을 쥬어 부르소셔. 샹이 갓타 ᄒᆞ시고 교지을 나리와(37.b) 화부인 집으로 보니이라. 잇ᄯᅢ 교지을 드리거날 상셔와 화부인이 깃거ᄒᆞ며 왈 황졔 발셔 마ᄉᆡᆼ이 온 쥴을 아르시고 교지을 보니여 불너 보시고져 ᄒᆞ시니 다ᄒᆡᆼᄒᆞᆫ지라. 하인을 불너 문 왈 황졔 엇지 드르시고 이리로 교지을 보니며 무슨 말슴 ᄯᅩ 잇더냐? 그 하인이 고하디 승상이 니젼의 드러가와 ᄎᆞ의을 쥬달ᄒᆞᄋᆸ셔 가두온 ᄉᆞ신은 자옥 방송ᄒᆞ시고 광덕군과 함긔 조회ᄒᆞ라 ᄒᆞ엿더이다. 좌즁이 쳔은을 감ᄉᆞᄒᆞ고 셔로 깃거ᄒᆞ며 샹셔 분부ᄒᆞ여 마상공의 ᄯᅡ라온 조션 하졸과 연샹을 불너오라 ᄒᆞ시니 역관과 슈문장들이 하졸과 샹고들을 가 부(38.a)르라 ᄒᆞᆫ즉 조션국 ᄉᆞ롬드리 디경질ᄉᆡᆨᄒᆞ야 ᄉᆞ신을 슈금(ᄒᆞ

고*) 마원쳘을 ᄌᆞ바가더니 ᄯᅩ 우리을 ᄌᆞ바갈나 ᄒᆞ니 모로미 아릐 ᄉᆞ름 보틈 ᄎᆞᄎᆞ 쥭이난ᄯᅩ다 ᄒᆞ고 일졀이 통곡ᄒᆞ니 역관이 왈 악가 ᄉᆞ신을 노흐라 젼교 계시고 ᄯᅩ 마샹공이 ᄃᆡ국 벼슬 광덕군 교지을 나리와 한 가지로 조회ᄒᆞ라 ᄒᆞ여 계시니 ᄯᅩ 무슴 근심이 나시리요? 이난 화부인 덕이요, 장샹서가 불너 무어슬 먹이고져 ᄒᆞ시이리라. 이 다 마상공 덕이라. 어셔 가ᄌᆞ 한즉 한번은 반가오나 마암인즉 쥭으려 가난 ᄉᆞ름갓탄지라. 가기도 난쳐ᄒᆞ고 안니가기도 두려오니 ᄌᆡ촉은 셩화갓ᄐᆞ니 마암(38.b)을 진정치 못ᄒᆞ더니 독촉ᄒᆞᄂᆞᆫ지라. 쥭도 사도 못ᄒᆞ여 쥭을 쥴만 싱각ᄒᆞ고 ᄯᅡ라가니 한 궁궐의 드러가니 엇더한 션관이 금관 죠복을 입고 마싱을 다리고 안ᄌᆞ 분부ᄒᆞ되 시ᄌᆞ을 명ᄒᆞ야 쥬촌을 만히 ᄂᆡ여 먹여 왈 너의 원졍이 무ᄉᆞ히 드러오니 쳐음은 놀ᄂᆡ여시나 즉금인즉 ᄉᆞ신을 방송ᄒᆞ고 마싱이 광덕군 벼술을 ᄒᆞ여시니 아암을 안졍ᄒᆞ고 너의 청ᄒᆞ기ᄂᆞᆫ 마싱을 다리고 여러 날 원졍의 동고ᄒᆞ여 왓기로 불너시니 마암을 녹코 취토록 먹으라. 너희 금번 연샹 환ᄆᆡ난 ᄂᆡ 탑젼의 쥬달ᄒᆞ여 젼과 다르게 ᄒᆞ야(39.a) 소원ᄃᆡ로 ᄒᆞ리니 머고 도라가 ᄉᆞ신을 보고 편이 슈라. 션싱 등이 치하 분분ᄒᆞ며 역관을 ᄯᅡ라 ᄀᆡᆨ관이 와 ᄉᆞ신을 뵈ᄋᆞᆸ고 상하 질거ᄒᆞ더라.

ᄎᆞ셜 잇ᄃᆡ 황제와 황후 상셔와 화부인을 입시ᄒᆞ여 왈 김의 마원쳘을 보고져ᄒᆞ야 디ᄂᆡ오라 금번 ᄉᆞ신 편의 왓다 ᄒᆞ니 엇지 경등은 보고 ᄯᅩ한 고치 아냣ᄂᆞᆫ지 알고져 ᄒᆞ노라. 샹셔와 화부인이 경식 왈 폐하 신등의 사졍을 아옵시니 은혜을 갑고ᄌᆞ ᄒᆞᄋᆞᆸ더니 셔로 만나 셜움을 벼푸ᄌᆞ ᄒᆞ오ᄆᆡ ᄌᆞ연 지체가 되ᄋᆞᆸ기로 밋쳐 상달치 못하여ᄂᆞ이다. 화부인이 고ᄒᆞᄃᆡ 신의 거거의 원쳘을 벼술을 쥬(39.b)ᄋᆞᆸ시니 신등이 은덕이라. ᄯᅩ한 ᄉᆞ신가지 ᄉᆞ죄ᄒᆞ시니 감격무지로소이다. 김은 경등의 낫쳘 보아 안셔하엿ᄂᆞ니 마조을 거나려 잔치을 비셜ᄒᆞ야 조션국 ᄉᆞ신과 마원쳘을 ᄌᆡ촉한ᄃᆡ 드러와 입조ᄒᆞ니 황제 하교 왈 김의 경등의 나라 죄을 마원쳘의 ᄉᆞ졍을 보아 사죄ᄒᆞ엿시니 도라가 이 말을 왕의게 젼ᄒᆞ라 ᄒᆞ시고 죵일 열좌ᄒᆞ야 노르시며 원쳘이 손을 쥽으시고 갈오ᄃᆡ 남지 츌세ᄒᆞᄆᆡ 웅당 지

물은 쥬기가 그러한 닷ᄒᆞ나 남녀간 샹ᄃᆡᄒᆞ야 마암을 도로케 남ᄆᆡ을 모야 무지예 정하기는 경분이라. 화소졔은 □□(40.a)바다 부모을 반쟝ᄒᆞ고 몸의 션달ᄒᆞᄆᆡ 경을 쥬라(야?)의 ᄉᆡᆼ각ᄒᆞ고 보은단을 ᄌᆞ(쯔?)ᄆᆡ 황후 보시고 ᄯᅩ한 비단을 ᄌᆞ니 ᄇᆡᆨ셩이 듯고 왕모가 져러ᄒᆞ시니 우린들 엇지 한가히 놀니요 ᄒᆞ고 셔로 말ᄒᆞ며 부지런ᄒᆞ기을 쥬야을 모라니 ᄉᆡᆼ되가 족ᄒᆞ나 ᄇᆡᆨ셩이 격약가을 일솜아 함포고복ᄒᆞ니 농상셩이요, 부역쥰이라. 이 다 마원쳘이 의긔 남ᄌᆞ의 덕이라. 무엇시로쎠 경의 공을 갑푸리요 ᄒᆞ시고 션샹 등을 불너드려 쥬효을 만이 먹게 느기도 원쳘이 덕을 입어가라 ᄒᆞ시고 역관을 명ᄒᆞ야 착시리 환ᄆᆡᄒᆞ여 쥬고 ᄯᅩ얼로(?) 비단을 ᄒᆞᆫ(40.b) 동식 각기 샹ᄉᆞᄒᆞ며 마원쳘은 비단 오십 동과 은금 보화을 쥬며 졔신을 도라보아 왈 경등곳 그져 못두리라 ᄒᆞ신ᄃᆡ 승샹 장ᄇᆡᆨ이 쥬 왈 마원쳘은 십이졔국의 업ᄂᆞᆫ 의긔남ᄌᆞ오니 엇지 폐하 니럿탓 샹ᄉᆞ을 ᄒᆞ시ᄂᆞᆫᄃᆡ 소신 등이온들 그져 잇ᄉᆞ오릿가 ᄒᆞ고 승샹의 부ᄌᆞ ᄉᆞ십동과 보픠 등물을 무슈히 쥬니 기다(타?) 만조ᄇᆡᆨ관이 각긔 직물 앗기디 아니ᄒᆞ고 닷토와 말관ᄶᅡ지 쥬시니 그 직물이 구산갓더라. 잇ᄃᆡ예 화부인은 보은단 아흔아홉 필과 기타 물화난 셰아리디 못ᄒᆞᆯ네라. 황후 왈 ᄂᆡ 화부인 위ᄒᆞ야 마원쳘을 쥬ᄂᆞ니 ᄒᆞ시□(41.a) ᄯᅩ 잇튼날 화부인 집의 황후 거동ᄒᆞ샤 ᄃᆡ신의 부인들을 뫼호고 마원쳘과 ᄉᆞ신 연샹 등을 외당의 안치고 잔치을 비셜ᄒᆞ야 혹 왈 낙봉연이나(라?) ᄒᆞ야 죵일 담화ᄒᆞ시되 화부인이 챵모의 집의셔 고샹ᄒᆞ든 일과 마ᄉᆡᆼ의 은혜난 ᄇᆡᆨ골난망지은이나(라?) ᄒᆞ시고 폐ᄒᆞ 샹ᄉᆞ ᄒᆞ옵신 말솜과 만조 쳔관이 샹ᄉᆞᄒᆞ더난(란?) 말을 셰셰ᄒᆞ오미니 뫼흔 부인ᄂᆡ드리 하당ᄉᆞ비 왈 황휘계옵셔 도(ᄯᅩ?)ᄒᆞᆫ 샹ᄉᆞ롤 만이 ᄒᆞ시다 ᄒᆞ옵시니 모든 부인이 하례ᄒᆞᄂᆞ이다 ᄒᆞ고 그 부인ᄂᆡ들이 각각 비단과 보픠르 드며 마ᄉᆡᆼ의계 보ᄂᆡ니 마ᄉᆡᆼ이 그져 안져지 못ᄒᆞ여 당ᄂᆡ여 ᄂᆡ정을 향ᄒᆞ여 샤례ᄒᆞ니 십(41.b)이졔국 샹고와 부샹ᄃᆡ고드리 연ᄒᆞ여 직물을 드리고 공경ᄒᆞ니 ᄂᆡ외 모다 셔로 셔을 ᄎᆞ며 층찬ᄒᆞ며 보고 ᄯᅩ 보더라. 연을 파ᄒᆞ고 황후와 여러 부인ᄂᆡ 도라가신 후 그날 밤 ᄉᆞ신과 연샹 등을 ᄃᆡ졉ᄒᆞ야 ᄉᆞ쳐으로 샹셔와 화부인이 마ᄉᆡᆼ을 다리고 난만 슈쟉ᄒᆞ며 음식으로 소일ᄒᆞ니 보고 듯난 ᄉᆞ롬이 뉘 아니 ᄌᆞ랑ᄒᆞ리요. 드런(러?)간(디*) 한달만의 발힝ᄒᆞᆯᄉᆡ 그 비단과 보화을 운젼ᄒᆞ기 ᄂᆞᆫ쳐한지라. 황졔 승샹을 명ᄒᆞ야 의쥬가지 우노사을 보ᄂᆡ여 무ᄉᆞ히 가게 ᄒᆞ라 ᄒᆞ시고 잔을 ᄌᆞᆸ아 갓갓(?) 드려오라. 폐하 젼교ᄒᆞ시니 광(42.a)덕군의 ᄉᆞ은 하직ᄒᆞ고 화부인ᄃᆡᆨ의 드러가니 샹셔와 부인이 잔을 ᄌᆞᆸ고 파연ᄒᆞ니 그 미ᄎᆞ의 소ᄆᆡ을 ᄌᆞᆸ고 눈물을 흘이며 슈히 보기을 원ᄒᆞ니 광덕군이 쳬읍 왈 져져의 이리 되문 다 샹셔ᄃᆡᆨ 덕이라. 인졔난 져져을 잇고 도라가ᄋᆞᆸ건이와 엇지 잇고 가난 ᄉᆞ롬이 슈히 오지 아니ᄒᆞ올잇가? 부ᄃᆡ 평안이 계시ᄋᆞᆸ소셔. 하직한ᄃᆡ 부인이 소ᄆᆡ을 놋치 아니ᄒᆞ고 가기을 머무르니 시비 션ᄆᆡ 울며 왈 인졔 가시면 언제 올시냐 ᄒᆞ며 부인과 소비을 바리고 츰으로 가실나 ᄒᆞᄂᆞᆫ잇가? 소비의 손의 슐이나 ᄌᆞᆸᄉᆞᆸ고 하로나(42.b) 더 유ᄒᆞ야 가시게 ᄒᆞᄋᆞᆸ소셔 ᄒᆞ고 하 우니 모다 우난 양 ᄎᆞ마 눈으로 못볼네라. 울며 ᄯᅥᆯ치고 도라보며 가나(난?) 냥쳔지 혼흑ᄒᆞ고 ᄡᅡ히 거진 닷ᄒᆞ니 피ᄎᆞ의 정신이 업고 ᄉᆡᆼ시와 갓지 아니ᄒᆞ더라. 잇ᄃᆡ여 광덕군이 ᄉᆞ신을 모시고 압녹강을 여러 날만의 건너니 의쥬 부윤의 지경의 나와 ᄉᆞ신을 마자 셩즁의 드러가 쥬촌으로 ᄃᆡ졉ᄒᆞ고 고상한 말숨을 셜화ᄒᆞ며 광덕군의 은덕을 못ᄂᆡ 층촌ᄒᆞ고 이 듯시로 쟝계ᄒᆞ며 급피 보ᄂᆡ고 잇트(튼?)날 길을 ᄯᅥ나 ᄀᆡ셩부의 올ᄉᆡ 김슈일이 마ᄉᆡᆼ을 황셩의 보ᄂᆡ고 부부 일야(43.a) 하날게 츅슈ᄒᆞ며 연쥬의 젼일 고ᄉᆡᆼᄒᆞ든 일을 ᄉᆡᆼ각고 힝혀 무숨 일이 이실가 ᄒᆞ야 문복도 ᄒᆞ며 치지도 ᄒᆞ여 혹 엇덜가 념여 집더니 의쥬의 왓다 ᄒᆞ고 쟝계편의 편지 붓쳣거날 ᄯᅥ여보고 마ᄉᆡᆼ으로 말무암아 나라의 무ᄉᆞᄒᆞ고 일힝이 편히 오며 벼술을 ᄯᅥ의고 ᄌᆞᄌᆞ 온다 ᄒᆞ니 발셔 광덕군의 일홈의 양국의 가득ᄒᆞ다 ᄒᆞ니 엇지 아니 반가오리. 쥬먹 츔의 졀노 난다. 헛 우심이 버어지니 ᄂᆡ 집이 일허ᄒᆞᆯ 졔 남은 오직 할가? 누어도 잠이 업고 안져기도 난쳐한지라. 유(니?)웃 ᄉᆞ(43.b)롬 자죠 오고 먼ᄃᆡ ᄉᆞ롬 ᄌᆞ죠 오니 아달 던 집 자랑마쇼. ᄯᆞᆯ이라고 다 그러ᄒᆞᆯ가? 녀식을 도라보며 ᄉᆞ회 ᄌᆞ랑 ᄉᆞᆷ작ᄒᆞ다. 이바 져 ᄉᆞ람도라. 마원(철*)의 쥰결 보쇼. 지물이 즁타 ᄒᆞ되 ᄉᆡᆨ계샹의 영웅인가? 두어라. 상봉ᄒᆞ면 쥬효로 셰ᄉᆞ을 보ᄂᆡᆯ이라. ᄉᆞ회을 어더다가 이러한 ᄌᆞ미 ᄯᅩ 인ᄂᆞᆫ가? 가고 오미 밧부도다. 일각이 여삼츄라. 아셔라. 훨젹 다 바리고 슐이나 부어라. ᄃᆡ인ᄂᆞᆫ ᄃᆡ인ᄂᆞᆫᄒᆞ니 잔 가득 부어라. 나귀 ᄐᆞ고 마ᄌᆞᆼ 가ᄌᆞ. 츌문망 츌문망ᄒᆞ다. 더ᄃᆡ 오미 밧부도다. 아ᄆᆡ도 우리 셔랑은 인즁호걸인가 ᄒᆞ노라. 이러ᄒᆞ고 져러할 제 쇼부 간장 다 녹는다. 쳥쳔의 ᄯᅥ나 □(44.a)러기 소식이나 젼ᄒᆞ여 쥬련무나. 시비야. 슐 한잔 부어라. 시음 젼송ᄒᆞ더라.

ᄎᆞ셜 잇ᄃᆡ 폐하 ᄉᆞ신을 ᄃᆡ국으로 보ᄂᆡ고 쥬야 일노 걱정이 되야 일각이 삼츄라. 소식을 듯고져 ᄒᆞ시더니 장문 왓다 ᄒᆞ거날 반겨 ᄀᆡ택ᄒᆞ시니 엿ᄎᆞ한지라. 마조 위문ᄉᆞ를 급피 교셔을 쥬어 광덕군 마원철이 만일 ᄀᆡ셩부의 ᄯᅥ러질나 ᄒᆞ여도 교셔을 젼ᄒᆞ고 다리고 함긔 오라 ᄒᆞ엿거날 ᄉᆞ신이 즁노셔 교셔을 바다보고 위문ᄉᆞ를 마자 광덕군의 은혜을 층츤ᄒᆞ고 ᄀᆡ셩부의 드러가니라. 긋ᄯᆡ예 김슈일의 일가졔족 친구드리 거리거리 마ᄌᆞ 송(44.b)덕ᄒᆞ며 김슈일은 광덕군의 손을 ᄌᆞᆸ고 하 반가와 통곡ᄒᆞ니 빙부을 다리고 집의 이르니 빙모 쳐ᄌᆞ가 손을 ᄌᆞᆸ고 눈물을 흘니며 왈 원정의 무ᄉᆞ히 오물 뭇고 드러가 젼후 ᄉᆞ연을 낫낫치 ᄒᆞ니 듯난 ᄉᆞᄅᆞᆷ이 다 층츤ᄒᆞ고 그 장ᄒᆞ물 ᄌᆞ랑ᄒᆞ며 우션 쥬츤을 ᄂᆡ여 권ᄒᆞ니 엇지 아니 조흐리요? 허다 물건을 구산갓치 ᄊᆞ고 치하을 바다니 쳔하의 ᄯᅩ 이 ᄉᆞᄅᆞᆷ 이상이 잇시리요? 잇튼날 위문ᄉᆞ를 ᄯᅡ라 경셩의 드러갈ᄉᆡ 거리거리 층츤이요, 이 ᄉᆞᄅᆞᆷ이 아니드면 ᄃᆡ환이 츌홀낫다. 궐하의 드러(45.a)가 상탐긔 숙ᄇᆡ한ᄃᆡ 무ᄉᆞ이 단녀오물 층찬부리ᄒᆞ시고 광덕군의 손을 ᄌᆞ부시고 경의 아니 드면 큰 일을 당홀낫다. 이 다 경의 덕이라 ᄒᆞ시고 ᄃᆡ연을 ᄇᆡ셜ᄒᆞ야 잔으로 ᄌᆞᆸ아 권ᄒᆞ며 경의 ᄉᆞ덕의 웃듬 원훈이라. 츙훈부 당상을 ᄒᆞ이시고 통명군을 봉ᄒᆞ니 비록 소년 셔싱이나 인물이 활달ᄒᆞ고 문필이 겸젼(ᄒᆞ며*) 도양이 궁통ᄒᆞ니 쥬난 벼술이 족키 가ᄒᆞ니라. 보은단과 보픠 등물이 다 ᄊᆞ아노니 젼하 놀ᄂᆡ여 왈 이난 장한 일이로다. ᄃᆡ국의 드러가 젼후 슈말을 ᄯᅩ한 드르(45.b)시고 조션도 인ᄌᆡ가 잇도다 ᄒᆞ시고 화부인의 졍셩을 층츤ᄒᆞ며 화소졔 귀히 되문 하날이 불상이 알

으시고 쟝승샹의 며ᄂᆞ리 되게 ᄒᆞ여 경읫가장 복녹이 밋게 ᄒᆞ시ᄂᆞᆫ 일이라. 하날이 쥬시ᄂᆞᆫ 복을 김이 엇지 아시리요? ᄉᆞ양ᄒᆞ시니 원쳘이 쥭기로써 듯지 아니ᄒᆞ니 마디 못ᄒᆞ야 젼교ᄒᆞ여 왈 다란 물화ᄂᆞᆫ 어고의 드리려니와 보은단은 남의 은혜을 갑흔 ᄇᆡ니 광덕군이 모도 가져가라 ᄒᆞᆫᄃᆡ 마휘 쥬 왈 신이 은혜로 바다ᄉᆞ오니 젼하도 은혜로 바드소셔 ᄒᆞ거날 조신이 엿ᄌᆞ오ᄃᆡ(46.a) 은혜로 은혜을 바드시미 가ᄒᆞᆯ가 ᄒᆞᄂᆞ이다. 왕니 왈 못된 말이라. 보은단외의도 허다한 ᄌᆡ물이(을?) 바다오거든 엇지 하날이 쥬신 ᄌᆡ물을 나라의 슈공ᄒᆞ고 져난 빈 손만 쥐리오? 가치 아니ᄅᆞ. 도감의 ᄒᆞᄉᆞᄃᆡ 쟝안의 큰 집을 즁슈ᄒᆞ고 ᄃᆡ문 션판의 시여시되 ᄃᆡ명 광덕군 겸 고려국 일등공신 겸 통명군의 아문이라 하엿더라. 광덕군의 산소의 소분갈식 탑젼의 쥬달ᄒᆞ니 왕이 긔치시고 갈오ᄃᆡ 광덕군의 산소을 엇지 사셔인과 갓치 ᄒᆞ리요? 마경안으로 츙현(46.b)공을 봉ᄒᆞ시고 그 부인은 졍녈부인을 봉ᄒᆞ고 조부모난 가ᄌᆞ을 쥬어 삼ᄃᆡ 츄증ᄒᆞ야 직쳡을 젼ᄉᆞ관ᄒᆞ시다. 마휘 ᄉᆞ은ᄒᆞ고 소분 셕물 후의 도라와 삼일 ᄃᆡ연ᄒᆞ여 즐기고 그 은금 보화을 메혼(?)쟝ᄌᆡ을 부조ᄒᆞ고 바아산 샹봉의 ᄃᆡ찰을 징보은ᄉᆞ라 ᄒᆞ여 장샹셔 부부의 슈복을 츅원ᄒᆞ더라. 갓갓 ᄃᆡ국의 드러가 샹셔 ᄃᆡᆨ과 쳔ᄌᆡ 사은 슉비ᄒᆞ며 츄립ᄒᆞ더니 한번은 샹셔와 화부인이 말숨ᄒᆞ되 거거을 잇다금 만나오미 답답ᄒᆞ오니 아조 드러오심을 평ᄉᆡᆼ 한이오(47.a)니 원컨ᄃᆡ 바라ᄋᆞᆸᄂᆞ니 오시기을 긔다려도 □숨만 ᄃᆡ답ᄒᆞ시고 그만 말고져 ᄒᆞ시니 져져ᄂᆞᆫ 이 뜻시로 황졔긔 쥬달ᄒᆞ니 판단ᄒᆞ올 거시니 그리 아ᄋᆞᆸ소셔 ᄒᆞ고 궐ᄂᆡ의 드러가 황후 젼의 고ᄒᆞ고 함긔 황졔 젼의 드러가 그 듯시로 쥬달ᄒᆞ니 화부인 졍셩을 아니 치(침?)음ᄒᆞ시거날 황후 다시 고 왈 폐하 엇지 남의 ᄉᆞ졍을 ᄉᆡᆼ각지 아니ᄒᆞ시난잇가? 만일 불윤ᄒᆞ시면 단졍코 화부인이 죽도녹(록?) 비올 거시니 광덕군을 픠촉ᄒᆞ와 하교ᄒᆞᄋᆞᆸ시고 조션 고례왕(47.b) ---- 以下 落張임.

『丁香傳』(天理大本)

讓寧大君 卽太宗大王之長子 而初封世子 見第三弟有文王之德 與仲氏孝寧大君 將有讓位之心 讓寧大君則稱狂病 多聚豪悍之輩 擊兎伐狐 日事遊獵 孝寧大君則遊心於外道 日與僧尼之徒 書給勸善 聚米鳩財 崇信佛法 而兄弟俱以悖倫 終至讓位於第三季氏 世宗大王 卽眞東方聖人也 而兩大君可謂有泰伯虞仲之德矣 世宗登位之後 聖德流行 大化隆洽 時和歲豊 百物和暢 八路人民 俱有熙皥之風矣 一日讓寧大君 言於(1.a)世宗曰 關西素是名勝之地也 山川秀麗 物景甚佳 臣請得三四朔之留 一往于平壤乙密城 觀箕子之遺跡 因往成川 望巫山十二仙境而還 則可遂平生之至願 伏望聖意如何 上曰 關西素是花柳之鄕也 或恐傷於酒色 故不堪許也 大君曰聖敎如此臣願愼酒色以返矣 上曰 酒是狂藥 着口心傷 色乃妖狐 入眼魂迷 雖操身君子 鮮不迷惑 況以年少男子 風情豪蕩 愼其酒色之言 余不敢信矣 大君曰殿下以友愛之情 過慮至此 願仰軆聖意 上不欺天 內不欺心 千萬愼色斷酒矣(1.b) 上知其悖意 難禁黽勉許之曰 若能愼色 無恙而還 則余必親迎於崇禮門 而設三日宴 以謝不負寡人之敎矣 大君不勝惶感曰 聖意若是勤懇 臣雖愚劣 豈敢不奉敎乎 因遂拜辭退還宮 卽行嚴關於沿路各邑及平安道 其關文曰 無論老少以女爲名 若現於大君行次眼前 則當劾(該?)守令 削去仕爵三公兄 一并杖殺 刻(恪?)別嚴飭 使無生事云矣 各邑見此關文 皆云此大君素着狂病 誠可畏矣 下吏輩 亦莫不戰慄 卽爲分付於沿路人民曰 大君行次時 雖羸老之女 勿爲觀光事 各別戒嚴矣(2.a) 上自送大君之後 內念於心曰大君少年風度 意氣豪俠 關西佳麗之鄕 雖有山川之風物 若不能飮一盃犯一色而空還 則終必爲一生之遺恨矣 遂下密敎於關西列邑曰 若一妓薦於大君能解客懷之寂寥 則其守令 超一資 不次擢用矣 關西守令 旣見大君之嚴關又奉薦色聖敎 則兩難之際 莫知所爲 百計無策矣 皆曰雖不能奉行聖敎 庶或可免罪責 若犯大君之嚴威 則死可劾矣 莫不畏縮 奉行關文 而惟平安監司及庶尹 會諸妓於堂上謂曰 汝輩中 誰能出妙計 一侍大君之枕(2.b)席乎諸妓皆曰 飢虎之啄 猶可近矣 大君之威 不可犯矣 擧皆掉頭 而其中有一妓

名丁香 年二八 色冠關西 又多奇謀 出班告曰 妾雖爲萬死 庶可一嘗 使此名區 不至於无色矣 遂笑獻一計如此如此 監司庶尹大奇之 一如丁香所教 翌日客舍正南 毁破一墻 有若風雨之所傷 又修墻外一小屋 爲丁香所居之室 又擇小通引一等美姿容者 鮮明其衣服而着 暗敎應對之巧言 以待大君之行矣 一日大君到平壤 則溪沙十里 楡木成行 錦水淸波 白鷗閒游 漁歌牧笛 處處互起 幽興難禁 先登大(3.a)同門樓 倚窓而歎曰 美哉 眞所謂第一江山也 及還客舍 則十字長燈 左右羅列 高樓傑閣 緝緝相連 而無一人窺見者 可知其戒飭之嚴截矣 入坐客舍 卽遙望四山 眼界甚濶 南隣北舍 東里西家 或遠或近 綠竹咽咽 歌曲嫋嫋 而大君所坐之處 則寂寥太甚 了無一分興味矣 俄而監司入來 拜於前 擧進大卓 珍羞奇膳 無非甘味也 監司拱手而告曰 甘紅露桂糖酒 雖是此土之美味 嚴關之內 不敢進呈 惟以綠蟻香醴 敢此替呈 亦非甚安 大君曰 酒雖已禁 醴何妨焉 遂擧觴一嘗 則味極甘 而(3.b)恨其無苦氣 大君久阻之餘 雖知其無興 亦知其無可奈何 遂數觥而止矣 有頃監司拜辭歸營 日將夕矣 滿城華屋 炊烟漸起 前墻決(缺?)處 夕烟亦起 寂寥之中 但數三通引 左右侍坐 介介俊秀 別無差等 然其中一兒 衣服鮮明容貌之美姿 飄然特出 大君內念於心曰 吾見洛陽素多人物 未見如此之美兒也 男子之美如此 況女子之色乎 平壤之有人物也 信非虛傳也 頃之自墻決(缺?)處 有猫含鷄脚而走 直入于大君所坐軒下 後有一女子 亦自墻決(缺?)處 荷杖忙步 含憤逐猫 幾至半庭 左右羅卒 大驚惶㤼 呵噤乃(4.a)止 大君大怒其無嚴 使羅卒 拿入其女 時年將十七八 姿色絶妙 素服極精方跪於庭 急設刑杖之械 號令嚴肅 大君分付曰 汝以女子之身 冒犯關旨 奔走官庭 唐突無嚴 決難赦罪 急加重杖 丁香聞此嚴敎 魂飛魄散 肝膽盡落伏地泣訴曰 小女之年 今至十八 然命道奇薄 喪夫寡居 未及半年矣 家甚貧窮 故上食饌物 難其辦得 僅僅係用矣 不意賊猫 潛入藏中 盜含鷄脚 曳尾踰墻之際 小妾在外適見 則憤心沖腸 不覺嚴威之在上 觸冒至此 萬死無惜伏乞特施寬政 以貸可憐之殘命 千萬(4.b)伏祝焉 鶯舌巧繁 柔聲悽惋 言言可憐 聲聲可哀 雲鬓鬖髿 珠淚交腮 姸姿艶態 可鎔鐵肝 嫩語嬌聲 能消石腸 大君潛心聽訴 其情可哀 俯見其容 則含羞含態益昏 精神怒氣氷消 不忍

加杖 默視良久 哂而分付曰 聞汝之言 察汝之情 實爲可憐 特庸赦之 斯速退去 厥女奉此聖教 不勝感激 百拜謝恩 回身轉出 纖腰婀娜 正如風外之柳枝 蓮步輕移 宛若錦上之添花 大君看罷微吟曰 信人間有西子之句 遂召通引美姿容者 近前分付曰 俄者厥女 語問之時 汝獨有恐惶悲慽之色何也 通引(5.a)跪告曰 厥女小人之長妹也 大君聞此男妹之說 大異之 又曰 汝之官家 不勤飭 使村女衝犯尊威 嚴關之意 果安在哉 監司庶尹 一依關文施行矣 其通引俯伏泣曰 小人之妹 居在官底 豈不聞關文之嚴重也 只緣狂猫偸去其亡夫上食饌 故至情所在 憤心大起 全忘嚴關 至於死罪 實是灾眚也 幸賴神明俯憐 特施肆杖之典 雖保殘命 而至今思惟 餘威懍懍 滿身生慄矣 若承本營尠罪之敎 小妹之殘命 必於巡營之手矣 因爲掩泣 滿面流涙 大君旣見其男之美 又思其妹之容 而意欲活(5.b)之曰 乃本官若必嚴飭 則豈有此等之罪犯乎 通引對曰 平壤一城內 皆汲江水爲飮 故着彩衣之女 泲澼之人 相望十里 雖吳姬越女之耒茸 無以加此也 大君行次之時 無一人窺形者 實是官家申飭之嚴切 而小人薄命 小妹全然忘却 適犯死罪 天何怨哉 人何尤哉 伏乞小人 願死庭下 以贖小妹之殘命焉 因泣訴欲死 其殘忍之狀 不可目睹矣 大君亦感其情曰 正如若言 元非官家之罪 乃是汝妹忘却之過 汝勿驚慮 此時春三月也 滿城華屋 綠柳紅杏 宛若錦繡屛帳 而長歌短唱 哀絲(6.a)豪竹家家蜂鬧 可知其歌妓琴娥 繁華之地 日已昏矣 大君盡退羅卒 率數三通引與一柄殘燭 隅處客館 所思但惟逐猫小娥而已 諸通引倒睡於屛外 只與小通引狎坐而問曰 汝家富乎 對曰 父母俱沒 家亦甚貧矣 大君曰 然則汝之衣服何如是美耶 對曰 旣無兄弟 獨有小妹 居於墻外決(缺?)處 而小妹自少 慣於針線 傭作他人之上衣 捧價延命 所着衣服 亦出於小妹手段 男妹二人 以此爲命 大君默然於心曰 色美才妙 眞才女 而但其薄命可惜也 又問曰 汝家大乎 對曰 墻外蝸屋 卽小人之(6.b)家也 問答之際 歌聲琴韻漸息 人語馬嘶亦止 可知其夜深矣 小通引 亦眠垂頭 大君恨其寂寥 獨自徘徊於軒上 因爲降階 散步庭中 于時月色如晝 斗星照欄干矣 素衣嬌容 長在眼前 泣訴態音 不離於耳邊 欲忘而難忘 不思而自思 豪情難禁 潛語於心曰 吾欲必一見其家矣 如此深夜 誰能知之 遂決意 欲進不進 顧眄左右 或恐人知 趑趄者

久矣 時夜正午 萬籟俱寂 大君不制豪興 遂進一步四顧 再步十顧 而擧足輕步 猶有履聲 遂脫其履 至於決(缺?)處 果有蝸屋 一如通引之言矣 大君旣知其(7.a)女之室 掩繩樞而入 一點殘燈 惟照於門隙 遂穴窓窺見 則別無他人 其女獨坐於燈下 潛心針衣 灼灼花容 飄然若魏仙君之態 眞所謂沈魚落雁之色 閉月羞花之容也 於是大君春心斗起 狂魂大急 排窓卽入 厥女回身一見 則容儀壯嚴 有若萬丈之喬嶽 氣像淸越 宛如千仞之虹霓 驚惶戰慄 屛身於房隅 聲若細縷而言曰 人耶 鬼耶 何故夜入寡女之房乎 大君曰不是鬼也 不是他人 我卽夕之大君也 汝勿爲聲 其女聞 極惶悚曰 大君行次 何等重大 來此陋舍乎 吾不信也 大君曰 大君亦人也(7.b) 豈欺汝乎 女曰 若然大君行次時 禁色之飭 果是虛言也 大君曰 汝身旣非官物 乃村女也 天使狂猫 結吾月下之緣 豈敢拒乎 若必驚動 恐傷弱質 女曰 死無足惜 傷何慮焉 遂乞曰 妾則良家之女也 夫死之日 卽欲隨死 而妾死則亡夫之魂靈 年幼之同生 更無可托之人 忍而不死 姑待同生之有室 忍痛守節矣 豈意大監至此迫脅耶 死不從命矣 大君曰 吾因汝之同生之言 知汝之高節及門閥矣 雖然不些之身 旣而到此 汝何敢拒乎 女曰 妾雖愚劣 豈不知大監之尊貴乎 但吾夫 年纔十餘(8.a)歲 不知夫婦之理 而成婚數朔 遽已身死 今已半年矣 只願此身大倫已定 故一死爲誓 伏乞大監 憐而恕之 俾守一節 勿以爲人卑 而不作門戶之恥焉 大君遂前 執手以慰之曰 高哉節也 惜哉容也 秊今幾何 而作可憐之人生耶 余今靑春 汝亦少年也 以汝靑春之年 豈忍虛老百年 以余少年之氣 亦豈能虛送良夜乎 女泣而哀乞曰 偸節之日 卽背夫之辰也 將安用此背夫之女乎 寧甘一死矣 遂抽出壁上粉刀 卽欲自刺 大君驚奪其刀 藏之袖中 以袖拭其淚 而慰其志矣 大君心內着急 更探(8.b)其志曰 然則我其爲病矣 奈何 汝果不能饒我命乎 女長吁一聲 斂衽而言曰 惶悚惶悚 顧此賤妾之身 則昆蟲不如也 大監旣是天仙之下降 尊莫大焉 貴莫重焉 而有此饒性命之敎矣 豈敢以妾之賤 不饒尊貴之性命乎 今承此敎 惶恐無地 死何辭焉 惟大監察之焉 大君聞此饒命之說 以手撫背而謝曰 智哉此人也 古所罕有 遂大悅 與之同寢 其歡喜之情 無以異於楊少遊之遇春雲 巫山洛浦之遇不足過也 然而或恐通引之覺悟 卽還客舍 心神散亂 如失左右手 盖其惜別

之痛矣(9.a) 是夜監司庶尹 使左右密通 已知大君之動靜矣 大君返于客舍後 丁香入于官家 同寢之由 節節細告 監司庶尹大笑曰 奇哉異哉 眞所謂女中才者也 重賜珍賞曰 幽暗之中 形跡無證 汝其必得手跡 然後可以奏啓矣 丁香曰 願使大監 挽止行次 則稍待數日 情熟自有底道理矣 監司諾 翌日監司 入謁問安 因從容言於大君曰 平壤城內外 多有周覽處 姑留數日 周覽勝地 未知如何 大君心思夜來之事 多有喜色而言曰 我之此行 本由周覽景物之意也 方伯之言 正副我之素志也 仍留數(9.b)日 而晝則待夜 夜則每之女家 嬌情密意 如醴如蜜 枕席之際 尤以百態 媚悅大君之心 日益浸溺 不覺已至十餘日之久矣 正當春夏交節之時 明日將向成川 夜至女家 則女於枕上言於大君曰 請隨往京師 願爲炊汲之婢 以終一生焉 大君曰 不然 夫我辭朝下來之時 親承愼色之聖敎 故前日嚴關 實由此也 今與汝 以成此好 實違聖敎 有損體貌 私心愧恧 亦可深矣 豈有率去之路乎 女卽失聲泣曰 然則妾之一身 今此誤矣 時也 此生何生 當此生離死訣之日 哀此一身 無處依歸 惻(10.a)戚失節 雖歸地下 無復更見亡夫之面 墻花一枝 便作泥中賤蘗 生無所依 死無所歸 空作無主之孤魂 豈不罔極哉 因以玉頰 觸於大君之胸 嗚嗚咽咽 氣不出口 聲如細縷 若將絶矣 大君撫其背 拭其淚 百端慰之曰 勿爲浪費 以傷花容 生前豈無更見之期乎 女曰 賤妾旣無隨往之路 大監亦無更來之理 生前只是相思之日 春風秋月 空爲斷腸之色 細雨浮雲 變作消魂之資 長年月日 何以堪遣 妾聞洛陽 人物之府庫也 王家法典 每選良家女美姿容者 充於後宮云 大監一歸之後 遊錦繡(10.b)之帳 迷於脂粉之窟 則豈能憶妾哉 如妾色艶之姿 空作黃壤之孤魂 豈不哀哉 豈不怨哉 哀怨之態 可憐之狀 可謂割丈夫之心腸 大君亦不勝悲感之情 暗收垂淚 强爲之言曰 如何爲此可憐之狀 撓我心情乎 女曰 事已至此 恨之奈何 願爲小妾 以賜表情之物 俾作他日慰懷之資如何 大君曰 此則不難 歌以贈之乎 詩以贈之乎 女曰 歌則妓類之事 妾所不願也 但以一首詩 替作大監之顔面 則大幸也 大君許諾 卽索紙筆 女曰 紙易磨破 願寫嫁時彩裳之內幅 則不磨不破 俾作死後同穴(11.a)之資焉 大君曰 旨哉 言哉 戀哉 情哉 遂寫四韻一首 其詩曰 別後音容杳莫追 楚臺無路覓佳期 粧成玉貌人誰見 愁殺紅顔獨鏡知 夜月猶嫌

窺繡枕 曉風何事捲羅帷 至於末句 停筆而問曰 汝名云何 女曰 妾名丁香也 遂寫曰 庭前賴有丁香樹 强把春情折一枝 又寫五言小詩一句曰 別路春雲散 離亭片月鉤 可憐轉輾夜 誰復慰香愁 寫畢 付於丁香 丁香拜受藏之 是夜別意忽忽 離懷黯黯 一飮一枕 鷄已三唱矣 不得已還客舍 歸其日 遂向成川發行後 丁香卽以其裳 入見官家 監司庶尹(11.b)大悅 賞其奇計 諸妓莫不嗟羨矣 卽日求彩函 封以奏聞 上親自開函 手披羅裳而見其詩 大奇之曰 此果大君之手跡也 兄主之愛物 豈可置於妓籍中乎 卽行關於平壤 率來丁香 豫築一宮以爲丁香處 以待大君矣 卽發入城 上急召入謁 上親其雅頬韶音 眞傾國色 問其與大君結緣之由 丁香伏地 細陳其詳 上露齒大笑曰 奇哉奇哉 眞才女也 侍衛殿上 左右諸臣 一時俯伏而笑矣 上甚愛之 命使丁香 姑處於闕內 以待大君之還來 兩宮侍女 聚而觀之 莫不奪色 嘖嘖而相顧曰 此眞(12.a)洛浦仙女也 當此時 大君往于成川 周覽山川 復還平壤 冀得復見丁香 入坐客舍 則前日缺墻 已爲完築 無復可通之路 入侍通引 換番交遞 一無知面者 大君憤心毁內 自歎曰 墻已高築 軒下狂猫 不復偸饌矣 軒上狂客不復偸丁香矣 心事不佳 達夜不寐 瞻彼墻隅而歎曰 丁香若知我來 必爲斷腸 嗟哉數仞短墻 便作三千之弱水 此所謂好事多魔也 嗚呼丁香肝腸 想必消矣 翌日遂向京城 大君出客舍 門外高捲襜帷 四望城中 則丁香所處蝸屋爲大屋所蔽 不復見矣 中心潛歎曰 頃者(12.b)成川之行 果是悵別矣 丁香生離別之哀說 亦不誣矣 噫丁香必從門隙 望我行 悵而悲矣 大君返旋之先文入來奏聞 上連遣問安承旨 中使冠盖相望 而又奏愼色之報 上大悅 命太常雅樂及列邑名妓 豫爲習樂 又備設宴之資 以待大君行次矣 已而行次抵慕華館矣 上遂幸崇禮門樓 望見其入來矣 俄而大君至 則見百官軍容之盛 可知聖上之親臨矣 大君遠欲下馬 有一中使 立於陣之外 傳上敎曰 勿爲下馬斯速進前云 而豫爲分付驛卒 不使小停 疾驅入來 大君欲下不得 直至門前(13.a)下轎 鞠躬入謁 上臨軒迎笑曰 風日遠路 平安往返 幸甚幸甚 大君俯伏奏曰 猥蒙聖念 無事回還矣 上請大君近前 執手相狎坐 以敍久別之懷 義雖君臣 情實骨肉 仁兄愛弟之間 和樂之情 不可以紙筆盡記也 上細問關西山川風物 且曰 往于花柳叢中 不折一枝而還 豈無飮恨之心乎 大君俯伏

對曰 聖意隆重 豈敢辜負 且不如不見 故嚴禁之下 妓類初不敢近前色美之有無 元不知矣 自無悔恨之心也 上拱手慰謝 先是上以大君所製之詩 下於樂府 被於管絃 諸妓歌以習之 此時丁香 久在宮中 錦衣(13.b)膏粱 自養其身 玉貌花容 百倍於前日 非復昔日之阿香也 是日上使丁香 雜坐於諸妓中 以觀大君之記否 然大君於天威咫尺之下 不敢縱目偸視 况夜會晝散 顔猶不慣 且千萬意外也 全然忘却矣 上命進酒饌 使樂工奏樂 使諸妓唱歌 而其中有歌 卽自疑曰 世有何人 先獲我心 而作此詩耶 醉樂半餉 莫知其端倪矣 俄而有一妓 舞於前 天姿仙態 飛燕莫及矣 更入帳後 改着前日彩裳 舞袖翻翻 左右回視之時 忽見裳幅之詩 卽自己筆跡也 大君擧酒欲飮 置杯床上 慌忙離席 叩頭(14.a)謝罪曰 臣往于平壤 果與彼妓 有數宵之同寢矣 欺負聖敎之罪 非所可論 將何面目 更對天顔乎 因俯伏不起 上忙進執手 而起慰之曰 此非兄主之過也 實余之罪也 幸勿咎焉 因陳密敎薦色之辭 强力扶起 更坐席上 上命丁香 進拜於前 丁香乍嬌乍羞 半依雲鬟 侍坐於側 灼灼之態 天然之資 感動舊情 更惹新愛 十倍於前日矣 上笑曰 兄過弟罪 固無足道 而香兒之才智 助我兄弟之樂也 可謂奇巧 而今日晝見何如前日之夜見耶 大君餘羞猶未盡消 而對曰 前戒後恩 俱出於(14.b)聖敎之勤懇 惶悚感激 兼至盡報無地矣 上命丁香於前 大加稱讚 賜金帛寶貝 不可勝數 盡具帷帳器皿米布等物於新築之宮 而使丁香居焉 富貴榮華 聳動一世 是日君臣盡歡而罷 大君拜辭後 與丁香卽歸新宮 執手戱之曰 汝何若欺人 可謂慧黠之甚矣 丁香俯伏 含羞而對曰 妾謹奉密旨 出於不得已之致也 然實多逋謾之罪 伏願大監 憐而赦之 大君曰 逐猫入庭之時 尙不罪汝 況今托情已熟愛憐已深矣 豈有追外之念哉 因就抱其腰曰 汝之欺我神謀 雖陳平六出奇計無以過此(15.a)矣 我自成川 還到平壤 則缺墻高築 不復見汝而返 懷思齷齪 不能定情 有若魚之中釣 頻顧含而出 徒傷懷抱矣 今忽相逢 如見泉下之人也 莫非聖敎 聖恩之所隆功 恐此身之福過災生也 大君遂與丁香 情誼日密 多産子女 同郭富貴 百年偕老 家道昌盛 而其子孫 至今爲士大夫者多矣 然而未知其孰是孰非焉也(15.b)

『丁香傳』(동경대本『靑邱野談』所載)

"讓寧大君 太宗大王長子也 初封世子矣 見第三季氏有文王之德 與仲氏孝寧大君 將有讓位之心 而讓寧大君則稱有狂病 多聚豪悍之輩 擊兎伐狐日事遊獵 孝寧大君則遊心外道 日與僧尼之徒 書給勸善 聚米鳩財 崇信佛法 而兄弟俱以敗德 終至讓位於第三季氏卽 世宗大王 而眞東方聖人也 兩大君 可謂有太伯吳仲之德 世宗登位之後 聖治流行 大化隆洽 時和年豊 萬物暢茂 八路人民 皆有熙皥之風矣 一日讓寧大君 言於世宗曰 關西卽海東名勝之地 山川秀麗 景物甚佳 願得數朔之暇 一往平壤乙密城中 觀箕子之遺趾 因向成川 望巫山十二峯仙境而還 上曰 關西素是花柳之鄕也 誠恐傷於物色 不敢許由矣 大君曰聖德如此 臣遠酒色而返 上曰 酒是狂藥 着口心傷 色乃妖狐 入眼魂迷 雖操行之君子 鮮不迷惑 恐少年男子 風情浩蕩 愼色之言 不敢取信矣 大君曰 殿下以友愛之情 過慮至此 願仰體聖意 上不欺天 內不欺心 而千萬愼色矣 上知其沛意難禁 而强許之曰 若能愼色 無恙而還 則予必親迎於崇禮門 而設三日宴矣 大君不勝惶感 對曰 聖意若是勤懇 敢不承敎乎 因爲辭退 卽行關於前路各邑及平壤一道曰 酒是狂藥 色是妖物 無論淸濁 與老少以女爲名人 若見於眼前 則當該守令 削去其職 三公兄段一皆打殺矣 關辭嚴截 沿路守令 無不恐懼 而言曰此大君 素有狂症 誠可畏也 下吏輩 莫不戰慄 卽爲知委於人民曰 大君行次時 雖羸老乞女 勿爲觀光事 各別嚴飭 不啻屢屢 而大君行次 遠酒愼色之聲 傳播人口 有若兒童之歌吟矣 上自送大君之後 內念於心曰 大君以少年風度 往佳麗關西之地 雖有山川之風物 不能吟一盃酒 不能犯一美色而空還 則必爲一生之遺恨矣 遂下密關於關西列邑 若使一妓薦大君 能免旅館寂寥之懷 則其守官 超爲不次擢用矣 關西守令 旣見大君之嚴關 又奉薦色之聖敎 左右兩難 莫知所爲 心不自安 夙夜憂懼 而皆曰雖不奉行於聖敎 猶無罪責 而若違大君之關辭 則死可判矣 莫不畏駭矣 平壤監司庶尹 廣詢諸妓曰 汝輩中 有能一侍大君之枕席乎 皆曰 飢虎之口 猶可近矣 而其威 不可犯矣 擧皆掉頭 心不自定 其中

有一妓 年纔二八 色冠關西 才超人中 名曰丁香 亦多奇謀 出班奏曰 妾雖不敏 可以一當 於此使此名區 不至爲無色之境矣 遂獻一計 監司庶尹大奇之 翌日於客館正南 毁破一墻 有若風雨之所傷 又修墻外一小屋 爲丁香處室 又擇通引一等美姿容者 鮮明衣服而着之 以待大君之行次 一日大君到平壤 則溪沙十里 樹木成林 錦水璃波 白鷗游泳 漁歌牧笛 處處互答 大君登大同樓 臨江依窓而歎曰 眞所謂我東第一江山 顧瞻四山 花卉層層 楊柳青青 繁華風景 眼下甚佳 因向客舍 南隣北舍 或遠或近 綠竹咽咽 歌曲嫋嫋而已 整坐客舍 左右傑閣 緝緝相連 羅列官隷 紛紛往來 而墻外遠近 無一人窺見者 可知其戒飭之嚴截也 大君所見之處 寂寥太甚 無一分興味矣 俄而監司入謁 進拜於前 擧進大卓 珍羞奇膳 無非佳品也 監司拱首奏曰 甘紅露桂棠酒 雖本邑之美酒 嚴關之下 不敢不進呈 惟綠蟻青醴 敢此替呈 亦甚未安 大君曰 酒雖禁矣 醴何妨也 擧傾一觴 味雖極甘 氣乃稍冽 大君久燥之餘 雖甚冽也 亦不念咎 連至數盃而止矣 少頃監司辭退 日色遠投沒於西月光欲生於東 滿城千家 烟点徹墻 曲花蘂 或發或落 正是三春之節 不勝喜感之心 而眼下所視者 數三通引也 其中一人所着衣服 極其明麗 容貌亦涉美姿 大君頗愛而問之曰 汝年幾何 其兒跪而告奏曰十五歲也 大君內念洛陽素多人物 而未見如此之兒也 男子之容 猶尙如此 况女子之容乎 可信平壤有人物也 自譽不已之際 自墻缺處 有一猫含鷄脚而走 入大君所坐軒下 後有一女子 持杖逐猫 幾至于庭 而左右羅卒 呵禁乃已 大君使羅卒 拿入其女年可十七八 大君分付曰 汝何女人 敢犯嚴威乎 其女素服雲鬢 羞色滿面 珠淚交腮 跪於庭下 而泣訴曰 小女年 今十八 八字奇險 出嫁當年 家夫見背雖欲追後 忍不能爲 僅保殘喘 至于今日者 猶未及半年矣 厥猫無狀 亡夫上食所用鷄脚 秘含馳走 故憤惋之際 不覺嚴威之在上 觸冒至此 伏乞保命焉鸎鸎巧舌 柔聲悽惋 言言可哀 曲曲可傷 哭如破玉聲 桃花兩頰 滿帶悲淚如畫兩眉 皓齒丹脣 能銷丈夫之腸 豈不艶哉 亦不哀哉 大君見其姸態 又哀其情曲 怒氣氷消 不忍加杖 憐而放之 厥女回身而去 纖腰娜嫋 依如風外之裊柳 蓮步逶迤 宛若錦上之添花 大君微吟 方信人間有西子之句 復招通引美容者 近前分付曰 汝之官家 不勤戒飭 使彼村女 冒犯尊威 監司庶尹以下

公兄等 一倂以關文施行矣 其通引俯伏對曰 厥女卽小人之妹也 豈不聞關辭乎 只緣厥猫含去祭饌 故憤心太甚 專忘嚴威 至犯罪科 實是落眉之厄 豈有保命之心乎 伏望哀矜放釋 因遂掩泣 大君旣見通引之美容 又思其妹之姸態心欲活之 更問 本官若有嚴飭之道 則豈有此等之罪犯乎 其通引又奏曰 平壤城內 皆汲江水炊飯 故錦繡彩服 汲水之女 浣紗之娥 相望於十里 長湔無日不滿 吳姬越女之采蓮 无以加此 而行次時 無一人見影者 誠本官戒飭之嚴也 薄命 少妹之全然忘却 敢犯死罪 天何怨乎 人何尤哉 小人願死於杖下以贖少妹之殘命焉 大君曰 非汝之罪 卽汝妹忘却之過也 是夜 月色滿庭 花香襲衣 年少蕩心 不可禁止 大君盡退羅卒 獨坐旅館 孤燈耿耿 客懷無寐然而所思者 惟逐猫小娥也 諸通引倒睡於屛外 只與小通引 獨坐而問曰 汝家富乎 對曰 小人旣無兄弟 獨與一妹 居於漏墻之下 而父母俱沒 家甚貧矣大君曰 然則汝之衣服 何如是美耶 對曰 小妹慣於針線 獨步一城 傭作人衣服 捧價延命 所着衣服 皆出於妹手 娚妹相依保命而已 大君默然於心曰 色美才妙 眞可謂絶代佳人也 但其薄命之可惜也 又問 汝家大乎 對曰 墻外蝸室 卽小人之家也 俄而墻外歌聲 琴韻漸息 人語馬嘶亦止 可知其夜已深矣小通引 亦睡 大君決意欲進 一步百顧 擧足輕步 惟有履聲 卽脫其履 徐步至墻缺處 果有蝸屋 從隙而窺 煒煌燭下 有一年少美色 偃然而坐 飄然有魏仙女之態 大君心甚驚慄 而不勝春心之斗起 以死爲限 排戶而入 擧目視之艶態莊嚴 有若萬仞之高嶽 氣象淸越 宛如千丈之虹霓 大君驚惶 屛身房隅之際 厥女斂衽而坐 聲如細縷而言曰 寂寂深夜 突入寡婦之房者 人耶 鬼耶嫩語嬌音 能消鐵肝 大君遑茫中 對曰 鬼何來此 我則大君也 其女惶恐俯伏細語而告曰 大君行次 何等尊貴 而來臨陋地 惶恐無地 敢不伏達 大君曰我亦人也 不必驚慮 恐傷弱質矣 女對曰 夫死日 卽欲隨死 而妾若輕死 則亡夫之魂魂 年幼之同生 實無可托處 故千思萬慮 忍而不死者 姑待同生之成就 跼蹐呼號之痛 固守一節矣 大監深夜到此 雖欲迫脅 死不從命矣 大君曰俄者與汝同生 實聞高節之過人 又知汝門閥矣 雖然我以不자之身 不念死生旣已到此 將欲何爲 女曰 妾雖愚魯之女 豈不知大監之貴尊乎 但妾夫 年才十餘歲 已成結髮之禮 未過數朔 不知夫婦之理 遽@身沒 今已半載 身雖微

賤 節則無層 大倫已定 生而從夫 死而追夫 三從之道也 妾只願一死爲誓 伏乞大監 憐之哀之 使此節婦 勿失從夫之盟 又不見門戶之恥焉 大君聽罷 進前握手而慰之曰 高哉節乎 惜哉容也 年今幾何 作作可憐之人生乎 汝今吾亦小人 以汝二八之年 豈忍虛老於百年 而以予少年之情 亦可空度於良夜乎 女泣而哀乞曰 偸節之日 卽背夫之辰也 且安用此背夫之女乎 寧死甘心 遂抽壁上劒 至欲自刎 大君心甚驚駭 忙奪其刀而擲之 以袖拭其淚 而更探其志曰 然則我已死矣 爲之奈何 汝果何不饒我性命乎 女長吁一聲 避席而跪曰 惶恐 顧此賤妾之身 卽不如昆蟲之類也 大軍卽天神下降 貴莫大焉 身莫重焉 而有此不饒性命之敎 豈敢以妾之賤生 不饒尊貴之性命乎 嚴敎如是至懇至重 以妾之性魯才下 豈敢固辭焉 大君遂脫衣服 與之同寢 殆同劉玩之遇仙女 繾綣之情 不可形言 豈有一刻相離之心乎 然或恐通引之覺悟 強起而還客舍 是時監司庶尹 因左右 竊其密通 已知大君之動靜矣 丁香卽入官家 與大君同寢之由 細細告之 監司庶尹大奇之曰 幽暗情跡無證 不知汝其必得手跡 然後可以奏啓矣 丁香曰 伏願使道 挽止大君行次 固留數日 則稍待情熟 自有道理矣 監司曰是也 翌朝 入謁問安 從容言曰 弊營城內外多有周覽處 姑留數日 觀光勝地何如 大君不念景槩 而全思丁香 滿面喜色而對曰 我之來此 非他有觀景之意 道伯之言 中我心也 遂留數日 而身在客舍 心在香家 日何長也 夜何短也 連日同寢 嬌嬌情密 螓首蛾眉 倍加於玉眞之色 妙語嬌音 十勝於西子之態 大君日益加溺 而不覺十餘日之久矣 大君雖無一刻相離之心 不得已 當有成川之行 苦待夜回 投至女家 則丁香滿面愁色 顔塗珠淚 脣開露齒 細細柔音 言於大君曰 大君歸洛之日 妾欲隨往京師 願爲爨洗之婢 以終一生焉 大君曰 當初辭陛之日 親承愼色之聖敎 前日嚴關 實由於此 今與娘子 如是好會 實違聖敎 有損禮貌 私心不勝愧恧矣何敢率去之洛耶 女聞其言 而失聲哭曰 然則妾之一生 自此誤矣 時耶 命耶前生此生 是何罪也 二八薄命 至於此極 從古人生之悲怨 莫切於我 生不如死 泣訴大君曰 大監以莫大之尊貴 奪寡婦之高節 弱强不同 十伐之木 㥘威失節 雖遐方賤妾 終身苦樂 在於大監之處 則到此地頭 唾而欲棄 死歸地下無以復見亡夫之面 殆同墻花一枝 被風而落 便作泥中之殘蘂矣 生無所依

死無所歸 嗚呼空作無主之孤魂 豈不痛哉 因以玉頰 觸於大君之胸前 嗚嗚咽咽 氣塞不語 如若魂絶者矣 大君驚惻 撫其背 拭其淚 百端慰之曰 勿傷弱質花容 生前豈無相逢之日乎 俄而斂容而對曰 妾旣無隨往之道 大監亦無更來之理 此是生離死別之日也 思之及此 心肝欲裂 自古訖今 豈有如妾之薄命乎 春風秋月 空作斷腸之色 疎星沒雲 謾助消魂之資 日居月諸 何以堪遣 妾聞洛陽 人物之府庫 以大王家令典 每選良家女 充於後宮 而大監一歸之後 在於錦繡之叢 迷於粉脂之窟 則豈憶妾哉 如妾無容之資 空作黃壤之孤魂 豈不哀哉 亦不悲哉 哀怨之態 細語悽音 可以割丈夫之心腸 大君不勝悽悵之心 不覺玉淚之滿頰 强作女心 抱腰而言曰 汝何以可憐之態 挑我心思乎 女更跪而言曰 事已至此 爲之奈何 願爲妾 一賜表情之物 俾作他日慰懷之資 大君曰 此則不難 歌以贈乎 詩以贈乎 女曰 歌者娼家之聲 不願者也 以一首詩 替作大監之顔面 大君大喜 卽索紙筆 女擎奉筆硯而進曰 紙易磨裂 願寫嫁時彩裳之內幅 不磨不裂 俾爲死後同穴之資 大君曰 奇哉奇哉斯言奇哉 卽寫四韻一首於裳內幅 其詩曰 一別音容兩莫追 楚臺何處覓佳期粧成斗屋人誰見 眉斂春羞鏡獨知 夜月不須窺繡枕 曉風底事捲羅帷 至於末句 暫爲停筆而問曰 汝名云何 對曰 丁香也 遂寫曰 庭前幸有丁香樹 爲惜離情更折枝 又寫五言一首曰 別路香雲散 離亭片月鉤 可憐轉輾夜 誰復破殘愁 寫畢 與丁香而藏之 是夜別意怱怱 離懷黯黯 不成一寢 鷄已三呼矣 大君强還客舍 翌日 遂向成川 大君發行之後 丁香卽以其裳 入鑑於官家 監司庶尹大奇 而卽求彩函 藏其詩而奏聞 上親自開函 有一彩裳 撫裳而奇之曰 此果大君之手跡也 兄主之愛物 豈可棄置於妓籍乎 卽關於關西 使丁香乘輦而來 豫築一宮爲丁香處所 而待其至 (居*)無何 丁香果至入謁 上見雅齒韶顔 可謂眞國色也 讚之不已 問其與大君結緣之由 丁香不勝感恩 陳其本末 上聽罷露齒大笑曰 佳奇哉 佳奇哉 實是才女也 姑處闕內 以待大君之還也 兩宮侍女聚觀 失色 嘖嘖相謂曰 月宮姮娥 洛浦仙女 無以過此 不能仰觀 而讚譽之聲 不絶口 大君往于成川 周覽山川 還于平壤 丁香之玉顔冀復得見 而促馬馳入客舍 善見墻缺處 已爲完築 無復可見 陪侍通引 無非生面 大君不勝歔欷而歎曰 缺墻已成高築 狂猫不復偸饌 而狂客更無探香之

路矣 心不自定 食不甘味 夜不成寐 如狂如病 而沈吟曰 嗟爾 丁香必知我而看彼數仞之短墻 便作千里之弱水 此所謂好事多魔 佳期易阻 噫丁香之腸必斷矣 可憐可哀 翌日遂向京師 大君出其門外 撤捲羅簾 擧眼而望 則丁香之蝸屋 爲大屋之所蔽 不復見矣 中心潛歎 返旋之先文入來奏聞 上連遣問安承旨 使者冠盖相望 而又奏愼色之報 上大喜 而命太常雅樂及列邑名妓豫爲習樂 又備設宴之需 以待之 已大君行次 已至慕華館矣 上遂幸崇禮門樓 望矣 俄而大君至 見百官儀容之盛 知上之親臨 欲遂下馬 則有一中使立於陣前 傳上命 勿下馬 速近云 而分付驛卒 不使小停 直馳入來 大君欲下不得 直到門前 始驚 而鞠躬入謁 上臨軒迎笑曰 遠路風氣 平安往來 幸甚 大君伏奏曰 猥蒙聖意如天之澤 無事回還矣 上遂進大君前 執手昵坐 相敍久別之懷 義雖君臣 情實骨肉 兄弟相愛之問(間?) 和樂之情 不可盡記矣 上細問關西風景 又曰 往于萬花叢中 能不折一枝而還 可無悔恨之心乎 對曰 聖教如此至重 豈敢辜負 且不如不見 故行關列邑 嚴禁妓類 初不近前 故美色有無 不見不聞而來 自無悔恨之心也 上撫手慰謝之 左右莫不含笑矣 上前以大君之詩 下於樂府 被其管絃 使諸妓 歌而習之 此時丁香 久坐禁中 錦衣粧身 膏梁修口 玉貌花容 百倍於前 而恍若月中求藥之姮娥 當是時 上使丁香 坐於諸妓中 觀大君之記否 大君於天威咫尺之下 不敢縱目偸視 況夜會晝散 顔猶未慣 而且千萬意外 茫然不知矣 上命進酒肴 使樂工奏樂 諸妓唱歌 其歌中 有大君之詩 四韻律詩 五言絶句 大君一聞其歌 卽自成贈丁香之詩也 大君疑之 乃思於心曰 其詩果何以來此 語曰 詩人意思一般 其或古人 先獲我心 作此歌耶 沉吟半餉 莫知其端 暗歎不已之際 卽有一妓 舞於席上 大君暫擧眼視之 是乃天姿仙態 細腰動搖 羅襪輕步 殆非人間之女乃是天上之仙 更入帳後 改着素服而出 舞袖翩翩 左右回旋之時 忽見裳幅之詩 則卽自己之筆跡也 大君擧頭欲飮 投盃於床下 惶忙離席 叩頭謝罪曰臣往于平壤時 果與彼女 有數宵之同寢之事矣 欺負聖明之罪 非所可論 而將何面目 更對天顔乎 因俯伏不起 上忙進把手 而起之曰 此兄主之過也 幸勿咎焉 卽陳密敎之事 强力扶起 更坐席上 卽命丁香 進拜於前 丁香乍嬌乍羞 半散高鬟 侍立於側 縹渺之姿 天然之態 動感舊愛 更煎新情 十倍於前

矣 上曰 兄過弟罪 固無足道 而以丁香之奇才 助我兄弟之樂 可謂獨步之奇妙 今日晝見何如於前日夜見乎 大君餘羞未消 微哂而俯伏而對曰 前日戒恩俱出於聖意之勤懇 惶感無地矣 上命召丁香 金銀寶貝 盡具握席器皿米布等物 充溢於新築宮 而使丁香居焉 富貴誠動一世矣 是日君臣 盡歡而罷 大君肅拜之後 與丁香 歸新築宮 把其玉手 而戲之曰 汝若是欺人耶 可謂慧黠之甚矣 丁香俯伏 含羞而對曰 謹奉密旨 出於不得已之致 而實多逋慢之罪 伏願大監 憐之哀之 大君曰 逐猫入庭之時 尙不罪矣 況今托情已久 愛之甚矣 豈有追ヱ之念哉 就抱其腰曰 汝之欺我之謀 雖出六奇計之才 無以過此也 我自成川 還到平壤 缺墻高築 不復得見 懷思齷齪 未能定情 有若魚中鉤而頻顧 徒傷懷抱而已矣 今忽相逢 恍如泉下之人也 丁香曰 此莫非聖恩之攸@ 竊恐賤妾福過而災生也 大君遂與丁香 情誼日深 多生子女 富貴榮華極於一世 百年偕老 其子孫 至今爲士夫者多矣

大提學 臣某奉敎 撰丁香傳 而書於其後曰丁香卽 關西娼妓 猝爲讓寧大君之妾 榮華極於一世 前古稀有之事也

『丁香巧計侍大君』(『揚隱闡微』 所載)

“朝鮮國初 讓寧大君 諱 禔卽太宗之長子也 初封世子 見第三弟忠寧大君有盛德 與其仲氏孝寧大君 將有讓位之心 讓寧則稱有狂病 日事遊獵 孝寧則遊心於外道 崇信佛法 兄弟俱以悖德自稱 竟讓位於忠寧 忠寧卽世宗 世稱東方堯舜也 而兩大君 亦可謂有泰伯虞仲之德矣 世宗登位後 聖德流行敎化隆洽 八路民人 俱有熙皞之風焉 一日讓寧大君 請於世宗曰 關西素是名勝之地也 臣借得數朔之由 一往于平壤 觀箕子之遺跡 因往成川 望巫山十二峰仙境而還 則可遂生平之願矣 上曰 關西素稱花柳之鄕 或恐傷於酒色故不敢許也 大君曰聖敎如此 臣願愼酒色而返矣 上知其意難抑 且勉許之曰若愼酒色 無恙而還 則予必躬迎於崇禮門 設三日之宴 以謝不負予之至意也大君不勝惶感曰 聖意若是(勤懇*) 臣雖愚劣 豈敢不奉敎 因拜辭退闕 卽行

嚴關(卽今訓令)沿路各邑及平安監司曰 無論老少以女爲名者 不得觀光於大君行次眼前 且進膳之間 不得進一盃酒 如或犯禁 則當該守令 削去仕版 三公兄(郡吏名稱) 一倂杖殺 各(恪?)別嚴飭 毋至生梗爲宜事 關文一下 各邑守令 皆云此大君 素有狂病 誠可畏也 下吏輩 莫不戰慄 卽分付於沿路人民 雖羸老之女 勿使觀光矣 上自送大君之後 內念於心曰 關西佳麗之鄕 雖有山川風物 以若年少風度 意氣豪俠 若不折一花而還 則終必有一生之遺恨矣 遂下密勅於平安監司曰 若使一妓 薦於大君 又以盃酒 解客懷之寂寞 則當施重賞矣 監司旣見大君嚴關 又奉聖勅 莫知所爲 百計無策 乃會諸妓於密室 謂曰 汝輩之中 誰能出妙計 一侍大君之寢席乎 皆曰 飢虎之口可近 大君嚴威 不可犯也 其中有一妓 名丁香 年踰二八 色冠關西 又多奇謀 出班告曰 妾雖萬死 庶可一當 使名區 不至於無色矣 遂獻計如此如此 監司大奇之 如計而行 翌日客舍正南 毁破一墻 有若風雨之所傷 又修墻外一小屋 爲丁香所處之室 又擇小通引(知印別名)一等美姿者 鮮明其衣服(而着*) 暗敎應對之言 以待大君之到矣 一日大君到平壤 先登大同門樓而見 溪沙十里綠楊成行 錦水淸波 白鷗閒遊 漁歌牧笛 處處互起 大君依欄而歎曰 美哉眞錦繡江山也 及入客舍 則十字長燈 左右羅列 高樓傑閣 緝緝相連 而無一人之窺者 可知其戒飭之嚴矣 俄而監司入來 拜謁於前 擧進大卓 珍羞奇膳無非別味也 監司拱手而告曰 甘紅露桂糖酒 雖是此土美味 嚴飭之下 不敢進呈 惟以香醴 何妨爲接風 遂進數盃而止 頃之 監司辭退歸營 日將夕矣滿城華屋 炊烟漸起 前墻決(缺?)處 夕烟亦起 大君獨坐軒上 數三通引 左右侍立 箇箇俊秀 別無差等 然其中一兒 衣服鮮明 容貌特出 大君自思曰京城素多人物 吾未見如此之美兒也 男子之美如此 況女子之色乎 信乎 平壤之物色也 方自言自語 徘徊四顧之際 忽自墻決(缺?)處 有一猫 口含鷄脚而走 直入于大君所坐之軒下 後有一女子 荷杖忙步 含憤逐猫 幾至半庭 左右羅卒 大驚呵噤 大君大怒 使羅卒 拿下其女 其女年方十七八 姿色絶妙素服齊整 跪仆于庭 大君分付曰 汝以女子之身 冒犯官旨 奔走官庭 唐突無嚴 決難赦罪 丁香伏地泣訴曰 小女之年 今才十八 而命道崎嶇 喪夫寡居家甚貧窮 亡夫上食饌物 艱辛辦得 僅僅繼用 不意賊猫 潛入藏中 盜含鷄脚

曳尾踰墻之際 小女在外適見 憤心所發 不覺嚴威之在上 觸冒至此 萬死無惜 伏乞特施寬政 以貸可憐之殘命焉 鸎舌巧敏 鶯語悽惋 言言可愛 聲聲可哀 雲鬟乍墮 珠淚交腮 姸姿艶態 可鎔鐵肝 嫩語嬌聲 能消石腸 大君潛心聽訴 其情可哀 俯見其容 精神迷昏 怒氣氷泮 不忍下杖 默視良久 微笑分付曰 聞汝之言 察汝之情 實爲可憐 特爲赦之 斯速退去 丁香百拜謝罪 回身轉出 纖腰裊娜 正如風外柳枝 蓮步輕移 宛如錦上添花 大君看罷 微吟(曰*)方信人間有西子之句 遂召通引美姿容者 近前曰 俄者厥女 審問之時 汝獨有恐懼悲慽之色 何也 通引跪告曰 厥女卽小人之長妹也 大君聞此男妹之說 大異之 又曰 汝之官家 不勤申飭 使村女 衝犯尊嚴 嚴飭之意 果安在 必依關文施行矣 通引俯伏泣告曰 小人之妹 居在官底 豈不聞官飭之嚴 只緣狂猫偸去其亡夫上食之饌 故至情所在 憤心大起 不覺冒犯死罪 幸賴神明俯察 特蒙赦宥之典 雖保殘命 而今承本營勘罪之敎 小妹之一縷 必絶於巡營矣 遂掩面流淚 大君旣見其男之美 又思其妹之容 意欲活之 乃曰 若必嚴飭 則豈有此等之事乎 通引對曰 平壤城內 皆汲江水爲飮 故彩服之女 洴澼之婦 十里相望 雖吳姬越女之耒茸 無以加此也 大君行次時 無一人現形者 實是本營之嚴飭 而小人之薄命 小妹全然忘却 至犯死罪 天何怨哉 人何尤哉 伏乞小人 願死庭下 以贖小妹之殘命焉 大君亦感其情曰 正如汝言 原非官家不勤之咎 乃是汝妹忘却之罪 汝勿慮也 此時正當三春佳節 滿城花柳綠肥紅濃 宛若錦繡屛帳 長歌短唱 管絃絲竹 家家蜂鬧 可知其歌妓琴娥之繁華也 日已暮矣 大君盡退羅卒 只率數三通引 與一枝殘燭 塊處客館 所思者 惟逐猫少(小?)娥而已 諸通引倒睡於屛外 只與少(小?)通引 狎坐而問曰 汝家富乎 對曰 父母俱歿 家亦甚貧 大君曰 然則汝之衣服 如何鮮明 對曰 小妹自幼 慣於針繡 獨步一城 故傭作他人之衣 以爲連(延?)命 所着衣服 亦小妹手段也 又問 汝家大乎 對曰 墻外蝸屋 卽小人之家也 問答之際 墻外歌聲 琴音漸息 人語馬嘶亦止 可知其夜深矣 小通引 亦垂頭而睡 大君自恨寂寥 獨自徘徊於軒上 因降階 散步於庭中 此時月色如晝 星斗照爛(爛?) 素顔嬌容 長在於眼 泣訴怨態 不離於耳 欲忘難忘 不思自思 乃潛語於心曰 吾欲必一見其家矣 如此深夜 誰能知之 遂決意 欲進 旋又趑趄 顧

眄左右 或恐人窺 時夜正午 萬籟俱寂 大君不制豪興 乃進一步再顧 再步十顧 輕足走步 猶有履聲 遂脫其履 至於墻決(缺?)處 果有蝸屋 一如通引之言 燈影射窓 寂無人聲 大君潛窺之 其女獨坐燈下 潛心刺繡 灼灼花容 飄然若魏仙君之態 眞可謂沉魚落雁之色 閉月羞花之容也 於是大君春心斗起 排窓直入 厥女回身一見 容儀嚴莊(壯?) 有萬杖之喬嶽 氣像淸越 如千仞之虹霓 大驚戰慄 屛身房隅 聲若細縷而言曰 鬼耶 人耶 何故深夜 入寡女之房乎 大君曰不是鬼也 不是別人也 我卽夕之大君也 勿爲放聲 其女惶悚曰 大君何等尊重 而來此陋舍 吾不信也 大君曰大君亦人也 豈欺汝乎 女曰 若大君 則嚴關禁色之言 果虛語也 大君曰汝非官妓也 乃村女也 天使狂猫 結吾月下之緣 豈敢拒乎 若必驚動 恐傷弱質 女曰 死無足惜 傷何爲慮 遂乞曰 妾則良家女子也 夫死之日 卽欲隨死 妾死之日 年幼之小弟 無人可托 故忍而不死 姑待幼弟之長成有室 忍痛守節矣 豈意大君至此迫脅乎 雖死必不從命也 大君執其手 而慰之曰 卓哉 節也 惜哉 容也 今何以作此可憐之人乎 汝今靑春 我亦少年 以汝靑春 豈忍虛老百年 以我少年 何能虛送良夜乎 女泣曰 偸節之日 卽背夫之日也 將安用此背夫之女乎 寧甘一死 以隨吾夫 遂抽壁上粧刀 欲自刎 大君驚奪其刀 以袖拭其淚 而慰其志 心內着急 更探其志曰 然則我其病矣 爲之奈何 汝果不欲饒我性命乎 女長吁一聲 斂衽而對曰 惟此賤身 昆蟲不如也 大君旣同天仙之下降 尊莫尊焉 貴莫貴焉 而有此饒命之敎 敢以賤妾之身 不饒尊貴之性命乎 今承此敎 死何辭焉 惟大君命焉 大君大喜 以手撫其背曰 智哉 此人也 古所罕有 遂携手入帳 魚水之樂 不言可知 巫山洛浦之遇 不是過也 繾綣之情未已 或恐通引之覺睡 卽還客舍 心神散亂 如醉似夢 盖其惜別之難也 是夜監司 使左右密探 已知大君動靜 丁香隨卽入謁監司 細告顚末 監司大笑曰 奇哉奇哉 眞可謂女中才子也 然幽暗之中 形跡無證 汝必得其手跡 然後可以奏聞矣 丁香曰 挽止大君之行 姑留數日 則有底道理矣 監司曰諾 翌日監司 從容言於大君曰 平壤名勝 不可一日盡覽 姑留數日 周覽勝地 未知若何 大君心思夜來之事 中心幸之 乃曰 我之此行 專由周覽景物之意也 道伯之言 正合吾意 遂留連晝則周劉 夜則往女家 嬌情密誼 如膠似漆 如醴似酥 枕席之際 尤以百態

媚大君之心 日益浸溺 不覺已至十餘日之久矣 時當春夏交節 明日將往成川 夜至女家 女於枕上 言於大君 請隨往京師 願爲炊汲之婢 以終一生 大君曰 不然 夫我辭朝下來時 親承愼色之敎 故前日嚴飭 實由此也 今與汝 遂成此好 有負聖敎 有損體貌 私心愧恧 亦可深矣 豈有率去之道乎 丁香失聲泣曰 然則妾之一身 自此誤矣 時也 命也 此生何爲 雖歸地下 無顔(復?)見亡夫之面 殆同墻花一枝 生無所依 死無所歸 空作無主之孤魂 豈不寃哉 因以玉頰 觸於大君之胸 嗚嗚咽咽 氣不出口 聲如細縷 若將絶矣 大君慰之曰 勿爲浪悲 以傷花容 生前豈無更逢之期乎 丁香曰 妾旣無隨往之道 大君亦無更來之期 生前只是相思之日矣 春風秋月 (空*)爲斷腸之色 細雨浮雲 (變*)作消魂之姿(資?) 長年月日 何以堪過乎 言罷垂淚不止 大君曰 如何爲此哀憐之狀 撓我心情乎 (女曰*) 事已至此 恨之奈何 丁香曰 願爲妾 以賜表情之物 俾作他日慰懷之資 大君曰 此則不難 歌以贈之乎 詩以贈之乎 丁香曰 歌則妓類之事也 妾所不願 但以一首詩 替作大君顔色 則幸也 大君許諾 卽索紙筆 丁香曰 紙易磨破 願題於嫁時彩裳之內幅 則不磨不破 俾作死後同穴之資焉 大君曰 旨哉 言也 憐哉 情也 遂寫四韻一首 其詩曰 一別音容兩莫追 楚臺何處覓佳期 粉粧斗屋成人誰見 眉斂深愁鏡鏡知 夜月不須窺繡枕 曉風何事捲羅帷 至於末句 停筆而問曰 汝名云何 對曰 妾名丁香 遂寫曰 庭前幸有丁香樹 盍把深情更折枝 又寫五言一絶曰 別路雲初散 離亭月半鉤 可憐轉輾夜 誰復慰香愁 寫畢 付與丁香 丁香拜受藏之 是夜別意忽忽離愁黯黯 一枕一歎 鷄已三唱 不得已歸客舍 (歸*)其日 遂向成川 丁香卽以其裳 入呈監司 監司大喜 重賞丁香 諸妓莫不嗟歎 監司卽封彩函 以奏聞上親開羅裳而見詩 大奇之曰 此果大君手跡也 吾兄之愛物 豈可置於妓籍中乎 卽密勅監司 率來丁香 丁香卽日發行入京 上急召入謁 見其韶顔佳態曰眞國色也 問與大君結緣之由 丁香伏地 細陳其詳 上露齒大笑曰 可謂奇女也 特命丁香 姑處闕內 以來(待?)大君之還來 此時 大君往于成川 周覽山川 復還平壤 冀得與丁香更見 入坐客舍 則前者決(缺?)墻 已爲完築 無復可通(之路*) 入侍通引 換番交遞 一無知面者矣 心內自歎曰 墻已高矣 軒下賊猫 不復偸饌 軒上狂客 不復偸香 嗟呼數仞短墻 便作三千之弱水 此所

謂好事多魔 丁香若知我來 亦必爲斷腸矣 長吁短歎 達宵不寐 翌日遂向京師 大君返旋先文 先到奏聞 上連遣承旨 問候 冠盖相望 上大悅 命掌樂院豫習妓樂 又修設宴之資 以待大君之還 未幾大君已抵慕華館 上遂幸崇禮門樓 望見其入來 俄而大君至 見百官軍容之盛 可知聖上之親臨 遂下馬 鞠躬入謁 上迎笑曰 風月遠路 平安往返 幸何如之 大君奏曰 猥蒙聖德 無事往還 上與大君 握手相坐 以敍久別之懷 義雖君臣 實爲骨肉 仁兄愛弟之間和樂之情 不可以盡述也 上細問關西風物 且曰 往于花柳之鄕 不折一花而歸 得無悔恨之心乎 大君奏曰 聖敎隆重 豈敢辜負 且不如不見 故嚴禁妓類之近前色 美之有無 初不知之也 先是上以大君所製之詩 下於樂府 被於管絃 諸妓歌而習之 此時丁香 在於宮中 錦繡膏粱 自奉其身 玉貌花容 百倍於前 非復前日之阿香也 是日上使丁香 雜坐於諸妓中 以觀大君之記否 然大君於天威咫尺之下 不敢縱目偸視 況與丁香 夜會晝散 顔猶未慣 且丁香之上京 千萬意外 所以全然忘却矣 上命進酒饌 使樂工奏樂 諸妓唱歌 而其中有歌 大君之詩者 大君一聞其歌 疑之曰 古有何人 先獲我心者耶 俄而有一妓 舞於前 舞袖翻翻 左右回旋之時 忽見裳幅之詩 卽自己筆也 大君慌忙離席 叩頭奏曰 臣往于平壤 果與彼妓 有數宵之樂矣 欺負聖敎之罪 何辭可達 何面目 對天顔 因俯伏不起 上忙進執手曰 此非吾兄之過 乃予之罪 因述密勅薦色之事 扶起更坐 使丁香 進拜於前 丁香乍嬌乍羞 半依雲鬟 侍坐於側 灼灼之態 娟娟之容 感動舊情 更惹新愛 上曰 香娥之才 助我兄弟之樂 可謂奇巧 而今日晝見 比前日夜見何如 大君餘羞 猶未盡消 微笑奏曰 前戒後恩 俱出於聖意之至愛 惶感聖恩 無以爲報也 是日羣(君?)臣 盡歡而罷 大君拜辭後 與丁香還宮 執手喜(戲?)之曰 汝何若是欺人乎 可謂一慧一暗之甚矣 汝之欺我神謀 雖陳平之六出奇計 無以過此也 丁香含羞 對曰 妾謹奉密旨 出於不得已 然實多逋慢之罪 願大君恕之 大君曰 此莫非聖恩所@ 竊恐此身 福過灾生也 遂與丁香同居 情誼日深 多産子女 同享富貴 百年偕老 家道昌盛 其子孫爀爀 爲士大夫 至今冠冕不絶云 有詩爲証 化言巧語易心傾 艶態姸姿亦可驚 酒色元來伐性物 銕(鐵?)肝無奈鍾深情

『平壤名妓丁香說』

(국립중앙도서관본本『海東奇話』所載)

讓寧大君 卽太宗大王長子也 初封世子 第三季氏有文王之德 與仲氏孝寧大君 長(將?)有讓位之心 讓寧大君稱有狂病 多聚豪悍之輩 擊兎伐狐 日事遊獵 孝寧大君卽遊心外道 日與僧尼之徒 書給勸善 聚米鳩財 崇信佛法 而兄弟俱以敗德 終至讓位於第三季氏卽 世宗大王 而眞東方聖人也 兩大君可謂有太伯虞仲之德矣 世宗登位之後 聖德流行 大化隆洽 時和年豊 百物暢茂 八道人民 皆有熙嗥之風矣 一日讓寧大君 言於世宗曰 關西卽海東名勝之(1.a)地也 山川秀麗 景物甚佳 臣願三四朔之由 一往平壤乙密城中 觀箕子之遺趾 因向成川 望巫山十二峯仙境而還 上曰 關西素是花柳之鄕也 或恐傷於酒色 而不敢許也 大君曰聖敎如此 臣願愼酒色而還矣 上曰 酒是狂藥 着口心蕩 色乃妖狐 入眼魂迷 雖操行之君子 鮮不遠(迷?)惑 况年少男子 風情浩蕩乎 愼色之言 予不敢信矣 大君曰 殿下以友愛之情 過慮至此 臣願仰體聖意 上不欺天 而下不欺心 千萬愼色矣 上知其沛然之難禁 勉强許之曰 若能愼色 無恙而還 則予必親迎於崇禮門 而設三日(1.b)宴矣 大君不勝惶感曰 聖敎若是勤懇 敢不奉敎乎 因遂辭退 卽行嚴關於沿路各邑及平壤一道曰 勿論老少以女爲名之人 若觀眼前 則該守令 削去仕判 三公鄕(兄?) 一并杖殺云矣 各邑守令 見此關文 皆云此大君 素着狂性 可畏也 下吏輩 無不戰慄 卽爲分付於坊曲之民曰 狂大君行次時 雖羸老乞女 勿爲觀光事 各別戒嚴矣 上自送大君之後 內念於心曰 大君以年少風度 西關佳麗之地 雖有山川之風物 若不能飮一盃犯一色而空還 則終必爲一生之遺恨矣 遂下敎於關西列邑曰 若使一妓 薦於大(2.a)君 能解客懷之寂寥 則其守令超二資 不次擢用矣 關西守令 旣見大君之嚴關 又奉薦色之聖敎 兩難之際 莫知所爲 百計無策 皆曰雖不奉行聖敎 幽不無罪責 而若犯大君之威 則死可判矣 莫不畏縮 而惟平安監司及庶尹 廣詢諸妓曰 誰能有大君枕席乎 皆

曰 餓虎之啄 誰能近乎 大君之威 不可犯矣 擧皆掉頭 而有一才妓丁香者 年過二八 色冠關西 亦有奇謀 出班告曰 使此名區 豈謂無色 遂獻一計 監司庶尹大喜之 客舍正南 毁敗一墻 有若風雨之所傷 又修墻外之一小室 爲丁香之所居室 又選通引(2.b)中一等美姿容者 鮮明其衣服而着之 以待大君之行矣 一日大君到平壤 則時適三春也 綠楊如烟 錦繡如鏡 漁歌牧笛 處處互答矣 登大同江門樓 倚欄而嘆曰 眞所謂天下第一江山也 及還客舍 而十字長街 左右傑閣 緝緝相連 而無一人窺見者 可知其戒飭之嚴切也 入坐客舍 則通望四界 眼彩甚佳 而南隣北舍 東里西家 或遠或近 綠竹咽咽 歌曲嫋嫋 而大君所坐之處 寂寞太甚耳 無一分興味矣 監司入來 進拜於前 擧進大卓 珍羞異饌 無非佳味也 監司拱手而言曰 甘紅露桂棠酒 雖是此處之所産美(3.a)味也 嚴關之下 不敢進呈 惟以綠蟻香醴 敢此進呈 亦甚未安 大君曰 酒雖禁矣 醴何妨焉 遂擧觴一嘗 則味極甘 氣亦稍烈矣 大君久阻之餘 雖知其烈 亦不知咎 遂傾數盃矣 俄而道伯歸營 日將夕矣 滿城千家 炊烟漸起 前面墻缺處 夕烟亦起 而數三通引 左右侍立 而其中一兒 衣服明麗 容貌甚美 大君頗愛之 問曰 汝年幾何 其通引跪答曰 十五歲也 大君內念於心曰 吾洛陽素多人物 未見如此之兒也 男子如此 況女子乎 方信平壤之有物也 頃之自墻缺處 有一猫 含鷄脚走 將入來于大君所坐之軒下(3.b) 而後有一女子 持杖逐猫 幾至庭半 而左右羅卒呵噤乃止 大君拿入其女 年將十七八 姿色絶妙 素衣素裳 跪於庭下而泣訴曰 小女年今十八矣 喪夫孤居 未及半年 厥猫無狀亡夫上食所用鷄脚含去 故憤惋之餘 不覺嚴威之在 觸冒至此 乞保殘命 鶯舌巧敏 柔聲悽惋 言言可愛 聲聲可哀 雲髮鬖髿 珠淚交腮 姿容娟態 可容(鎔?)鐵腸 嫩語嬌音 能消石腸 大君旣見其容 又愛其情 不忍加杖 憐而赦之 厥女回身出去 纖腰 正如風外之柳枝 蓮葉輕裳 宛如錦上添花 大君微吟方信人間有西子之句 遂招通引美姿(4.a)容者 近前分付曰 汝之官家 不勤戒飭之致 使村女衝尊位 監司庶尹以下 依關文施行之矣 其通引俯伏泣對曰 厥女卽小人之妹也 豈不聞官威之嚴重也 只緣狂猫含去亡夫上食之饌 故至情所在 憤心火急 全忘嚴威 至犯死罪 實是可憐 幸賴神明之澤 特施肆赦之典 雖保殘命 至今思之 惟餘威懍 而滿身生粟(慄?)矣 又承

本營堪罪之敎 雖赦小妹之殘命 必死本官之手矣 因遂掩泣 流淚滿面 大君既見其男之美 又思其妹之容 意欲活之 更問曰 本官果若嚴飭 則豈有此等之犯罪乎 其通引又答曰 平壤一城(4.b)之內 皆汲江水爲飯 故着彩衣 汲水之女 及洴澼之人 相望十里 吳姬越女之耒茸 無以加此 而行次之時 無一人現形者 實本官申飭之嚴也 薄命小妹 全然忘却 適犯罪死 天何怨哉 人何尤哉 小人 願死官庭 以續(贖?)小妹之殘命焉 大君曰 此非本官之罪 而卽汝妹忘却之過也 此日正春三望辰也 滿城華屋 綠柳紅花 定(宛?)若錦繡屛帳而長歌短唱 軟(哀?)絲豪竹 家家蜂鬧 可知其歌妓琴娥之繁華也 時已昏矣大君盡退羅卒 只率數三通引 獨與一柄殘燭 塊處密(客?)館 所思追(逐?)猫之少(小?)娥也 諸通引倒睡於屛外 惟與小通引(5.a) 狎坐而問曰 汝家富乎 對曰 父母俱沒 家亦甚貧也 大君曰 然則汝之衣服 何如是美哉 對曰小人既無兄弟 獨與一妹 居缺墻之外 而妹自小(少?) 慣於針線 獨步一城傭作人衣 捧價連(延?)命 所着衣服 皆出妹手段 男妹二人 更相爲命 大君默然於心曰 色美才妙 眞才女 而但其薄命可惜也 又問曰 汝家大乎 對曰墻外蝸室 卽小人家也 俄而 墻外歌聲琴韻漸息 人語馬嘶亦此(止?) 可知其夜已深矣也 小通引 亦垂頭而睡 大君獨自徘徊於軒上 因遂降階 散步於庭下 于時月色如晝 星斗交柄矣 素衣嬌容 長在於眼前 泣訴柔(5.b)音 不絕於耳邊 欲忘而難忘 不思而自思 豪情難禁 潛語於心曰 吾亦一見其家矣 欲進不進 或恐人知 趑趄移時 時夜正午 萬籟俱寂 大君決意 一步四顧 再步十顧 而擧足輕步 猶有履聲 乃脫其履 至墻缺處 果有蝸室 一如通引之言矣大君卽知其女之室 捲繩樞而入 一點紅(殘?)燈影 猶(惟?)照於門隙 遂穴窓窺見 則厥女坐於燈下 而猶爲針線之像 飄然有魏仙君之態 眞所謂沉魚落雁之色 閉月羞旋(花?)之容也 大君春心斗起 狂魂火急 排窓而入 厥女回身一顧 則容儀嚴壯 有若萬杖之喬嶽 氣像淸越 宛如千仞之虹霓 驚惶戰慄(6.a) 屛身房隅 聲如細縷而言曰 何人夜入寡女之房乎 大君曰 不是別人也卽夕來之大君也 其女尤極惶戰(悚?)曰 大君行次 何等貴人 而來此陋舍乎尤悚尤悚 大君曰 大君亦人也 不必恐傷弱質矣 女曰 死不足惜 傷何慮焉遂乞曰 妾良家女也 夫之死日 卽欲隨死 而妾死則亡夫魂靈 可無托依之人

又遺年幼之同氣 故忍而不死 姑待同生之有室 而忍痛守節矣 豈意大監主至此賁迫(迫脅?)耶 死不從命矣 大君曰 吾聞汝之同生言 則知汝高節及門閥矣 雖然吾已尊貴之身 旣已到此 吾何忍也 女曰 妾雖愚魯 豈不知大(6.b)監尊貴乎 但妾夫 年纔十餘歲 不知夫婦之情 成婚數朔 遽已身沒 今已半年只願此身大倫已定 一死爲誓 伏乞大監 憐而恕之 俾守一節 勿以人卑 而不作使門戶之致恥也 大君遂前 執手而慰之曰 高哉節也 惜哉容也 年今幾何而作此可憐之人生耶 汝今青春 我亦青春也 以汝青春之年 豈虛老百年 而以我年少之氣 亦豈能虛送良夜乎 厥女泣而哀乞曰 偸節之日 卽背夫之辰也安用彼背夫之女乎 寧其甘死 遂抽壁上女(φ)裝刀 欲自刺 大君遑奪其刀而擲之 以袖拭其淚 而心內省急 更探其志曰 然則(7.a)我其病矣 爲之奈何汝果不饒性命乎 女長吁一聲 斂衽而跪曰 惶恐惶恐 願(顧?)此賤妾之身 卽昆蟲之不如也 大監卽天仙之降臨 尊莫大焉 有此不饒性命之敎 豈敢以妾之賤 不饒尊貴之性命乎 今承嚴敎 惶恐惶恐 萬死何辭 惟大監命焉 大君大悅與之同寢 殆若劉宛之遇仙女矣 纔盡繾綣 或慮通引之覺悟 卽還客舍 是時監司庶尹 因左右窺之密通 已知大君之動靜矣 大君還于客舍後 丁香卽入于官家 與大君同寢之由 節節告之 監司曰 幽暗之中 情跡難證 汝其必得手跡然後可以奏啓矣 丁香曰 伏願(7.b)使道 挽止大監之行次 姑留數日 則稍對情熟後 自有底道理矣 監司曰諾 翌朝 監司 入見問安後 從容告于大監曰弊營城內城外 多有遊覽之處 姑留數日 周覽勝地如何 大君心思夜來之事故有喜色而言曰 我之行次 本欲遊覽景物之意也 道伯之言 適副我心也 遂留數日 而晝則待夜 夜則每至女家 嬌情密意 如醴如蜜 枕席之際 百態媚悅大君之心 日益沉溺 不覺已至十餘日矣 時當春夏之交節也 明日將向成川夜至女家 共依於枕上 女言於大君曰 大君復路之日 妾隨往京師 願爲乭汲之婢 以終生焉(8.a) 大君曰 前日我之辭階時 親承愼色之敎 前日嚴關 實於此矣 今與娘子 成此好會 實違聖敎 有損體貌 私心愧恧 亦云深矣 豈有率去之路乎 女卽失聲飮泣曰 然則妾之一生 自此誤矣 時耶 命耶 此生何生當此生離死訣之日乎 哀哀一身 何處依歸 惕慼失聲 又且失節 雖歸地下 無復更見亡夫之面 殆同墻花一折被棄 而便作泥中之賤□(蘂?)矣 生無所依

死無所歸　空作無主之魂　豈不罔極哉　因以玉頰　觸於大君之胸前　嗚嗚咽咽氣不出口　聲如細縷　若將絶矣　大君撫其背　拭其淚　百般慰之曰　勿爲泛悲以傷華(8.b)容　生前豈無相逢之日乎　女曰　賤妾旣無隨往之路　大監亦無更來之理　生前只是相思之日也　春花(風?)秋月　空爲斷腸之色　疎雨殘雲　謾作消魂之資　而長年日月　何以堪遣　妾聞洛陽　人物之府庫也　以□□□(大王家?)令典　每選良家之女美姿容者　充於後宮　而大監一去之後　遊於錦繡之叢迷於粉脂之窟　豈復憶哉　如妾無鹽之質　空作黃壤之孤魂　豈不哀哉　豈不怨哉　哀怒之態　悲涼之言　可以割丈夫之剛腸　大君不勝悽惋之心　情淚欲落　强爲言曰　汝何爲此可憐之形　悽我心事耶　莫啼莫啼　我以情表之乎　歌以贈乎(9.a)　詩以贈乎　女揮淚曰　歌則妓流之事也　不過一時唱懷而已　願得一首詩以作百年永久之物　替對大監之顔面也　大君卽索紙筆　女擎進筆硯曰　紙易磨敗　願寫嫁時彩裳之內幅　則不磨不敗　俾作死後同穴之資爲幸　大君曰　旨哉言也　憐哉　情也　遂寫四韻一首詩於裳幅　其詩曰　一別音容兩莫追　楚臺何處覓佳期　粧成斗屋人誰見　眉斂春愁鏡獨知　夜月不須窺繡枕　曉風何事捲羅帷至於末句　暫停筆而問曰　汝名云何　女曰　妾名丁香也　遂寫曰　庭前幸有丁香樹　盍把春情强折枝(9.b)　又寫五言小詩一首詩曰　別路香雲散　離亭片月鉤可憐展轉(轉輾?)夜　誰復慰殘愁　寫畢　付與丁香　藏之　是夜別意忽忽　離懷切切　不成一寐　鷄已三唱矣　大君卽還客舍　翌日　遂向成川發行之後　丁香卽以其表(裳?)　入見於官家　監司庶尹　卽求彩裳(函?)　納于함中　奏聞于京中上親自開□(函?)　手閱□(其?)詩　大奇之曰　此果大君之手跡也　兄主之愛物　豈可置於妓籍乎　卽關西下敎　速(率?)來丁香　而豫築一宮以爲丁香之處所　以待焉　居無何　丁香已至　入謁(10.a)　上見之　其雅齒韶顔　眞國色　問其與大君結緣之由　丁香細陳其事　上露齒大笑曰　奇哉奇哉　眞才女也　姑處丁香於大內　以待大君之回還　兩宮侍女　聚而觀之　莫不奪色　嘖嘖相顧曰　眞洛浦仙女　此時　大君往于成川　周覽山川　因以復路　還于平壤　冀得復見丁香入坐客舍而見之　則前日之缺墻　已爲完築　無復可通之路　入侍通引　換番交遞矣　大君獨語內心曰　軒下狂猫　不復偸饌　而軒上狂客　亦不復偸香矣　心思不佳　達夜不寐　嗟哉　丁香必知我來　渠亦思我　數仞之短墻　便作三千之弱水

眞所謂好事多魔(10.b) 噫丁香肝腸 想必寸斷矣 翌日遂向京師 大君出客舍 門外高搴襜帷 四望城中 而丁香所處蝸室 則爲大屋之所蔽 不復見 中心潛歎曰 頃者(12.b)成川之行 果是永訣 而丁香之音信 不無誣 噫丁香必從某(門?)隙 望我行 塵(悵?)而悲矣 此時大君返旋先文來入奏聞 上連遣問安承旨 中使冠盖相望 而又奏愼色之報 上大喜之 命太常操(雅?)樂及列邑名妓 豫爲習樂 又設大宴之需 以待之矣 大君行次 已踰慕華閣(館?)矣 上遂幸行崇禮門樓 望其入來矣 俄而大君至 見百官軍容之盛 知上之親臨 欲遠遠下馬 一中使 立於(11.a)陣門外 傳上命曰 勿下馬 遂速近前云 而分付驛卒 不使小停 疾驅入來 大君欲下不得 直到門前 始得下馬 鞠躬入謁 上臨軒迎笑曰 遠路風日 平安往來 千萬幸甚 大君俯伏奏對曰 猥蒙聖念 無事回還 上遂召大君近前 執手니니狎坐 相敍久別之懷 義雖君臣 情篤骨肉故仁兄愛弟之情 不可筆紙形言 上細問關西山川風物 又曰 往于萬花叢中不折一枝而得 無悔恨之心乎 大君俯伏而對曰 聖教隆重 豈敢負辜 且不如不見 故嚴禁 妓流不敢近前 故美色之有無 元不知矣 自無悔恨之心也(11.b) 上拱手慰謝之矣 先是上以大君二詩 下於樂府 被於管絃 使諸妓歌而習之 此時丁香 坐於諸妓中 禁中膏粱 玉貌未茸 百倍於前日之阿香也是日丁香 出入宮中 以觀大君之記否 而大君在天威咫尺之下 不敢縱目偸視況夜會晝散之事乎 上又問曰 關西名區遊覽之中 勝境更何如 年少標致 如是色鄕 何以堪遣耶 大君曰 聖敎嚴切之餘 愼色之戒 尤極懃懇 故即不敢耳若是情話之際 宮中絃歌之聲 咽咽不絶之中 忽聞蝸室寫裳之詩吟詠 而其中美姿容之女 則正是月下邂逅之丁娘也 心神飛越(12.a) 欲爲聘目送情 則上之戒嚴切矣 心懷之事 不可盡達 而只設戲談曰 妓籍之中 年少美容之女何處選上 而所詠之詩 何人所作也 上曰美容之女 名則丁香 所誦詩 則丁香之彩裳詩也 大君聞之驚訝 疑之不信 而必是邪魔之所惑也 更以拭眼以見之則宛如蝸室丁香分明也 不敢隱諱 以實對 上笑曰色戒(界?)上 無英雄烈士此非虛語耳 是故唐明皇 有悽愴之淚 楚伯王 有慷慨之泣 風流男子 乃無見水之鴻 探花之蝶耶 都是戲事 罷宴之後 大君乃以丁香 定後宮 而永世安樂一子一女有之 封爲大君 而其子孫 至今爲士夫者矣

『丁香이야기』

(동양문고 소장『記聞叢話』소재本)

"讓寧大君 卽太宗大王長子也 初封世子 見季氏有文王之德 與仲氏孝寧大君 將有讓位之心 而讓寧卽稱有疾病 多聚豪悍之輩 擊兎伐狐 日事遊獵 孝寧則遊事佛道 日與僧尼徒 書給勸善 聚米鳩財 崇信佛道 兄弟俱讓有德 終至讓位而於季氏 卽世宗大王 眞東方聖人也 兩大君 可謂有泰伯虞仲之德也 世宗卽位之後 聖德流行 大化隆洽 時和年豊 百物暢茂 八路人民 皆有熙皞之風焉 一日讓寧大君 言於上曰 關西卽海東名勝之地 山川秀麗 景物甚佳 臣願得三四朔之由 一往平壤乙密臺 觀箕子遺墟 因向成川 望巫山十二峯仙境而還矣 上曰 關西素是花柳之鄕也 或恐傷於酒色 不敢許也 大君曰聖敎如此 臣願愼酒色而還矣 上曰 酒是狂藥 着口心傷也 色近妖狐 入眼魂迷 雖操行君子 鮮不迷惑 况年少男子 風情浩蕩 愼色之言 予不敢取信 大君曰 殿下以友愛之情 過念如此 臣願仰體聖敎 上不欺天 內不欺心 而千萬謹愼而返矣 上知其意之難禁 勉强而許之曰 若能愼色 無恙而還來 則予必親迎於崇禮門外 而設三日宴矣 大君不勝惶感曰 聖意若是勤懇 豈敢不奉敎 因遂辭 卽行嚴關於沿路各邑及平壤一道守令曰 勿論老少以女爲名 勿論淸濁以酒爲名 若近於眼前 則當該守令 削去仕版 而三公兄 一幷杖殺云矣 各邑守令 見此關文 皆云大君之威 誠可畏也 下吏輩 莫不戰慄 卽爲分付沿路人民曰 大君行次時 雖老羸乞女 勿爲觀光 薄濁村醪 各別戒嚴事矣 上自送大君之後 內念於心曰 大君以年少風度 關西佳麗之鄕 雖有山川風物之好 若不飮一盃近一色而返 則後必有一生遺恨矣 遂下密旨於關西列邑曰 若守令 使一等名妓薦枕 以解離情之難 美米香醪進賞 能消客懷之寂묘 則其守令 超二資 不次擢用矣 關西守令 旣見關文 奉薦色之聖敎 而兩難之際 莫知所爲 百計無策 而不奉聖敎 不可無罪責 而若犯大君之威 死可判矣 莫不

畏縮 而惟監司及庶尹 廣詢諸妓曰 汝輩中 誰一侍大君枕席乎 皆曰 餓虎喙猶可近矣 大君之威 不可犯矣 擧皆掉頭 有一才妓丁香 年纔二八 色冠關西亦有奇謀 出班而告曰 妾庶可一侍大君 使名區 不至無色矣 遂獻一計 監司及庶尹大奇之 翌日客舍正南 毁破一墻 有若風雨所傷 墻外又修一屋 爲丁香所居之室 又擇通引中一等美姿容者 鮮明其衣服 以待大君行次矣 一日大君到平壤 則溪沙十里 綠柳成林 錦水淸波 白鷗游泳 漁歌牧笛 處處互答大君登大同門樓 倚窓而嘆曰 眞所謂第一江山也 及還客舍 十字長街 左右傑閣 緝緝相連 而無一人窺者 可知其戒勅之嚴也 入坐客舍 即遍望四山 眼界甚佳 而南隣北舍 東里西家 或遠或近 綠竹咽咽 謌曲嫋嫋 而大君所坐處即寂寥太甚 無一分興味矣 俄而監司入奉進拜於前 擧進大卓 珍羞奇饌 無(非*)佳味也 監司拱手而言曰 甘紅露桂糖酒 雖是此土之美酒 而嚴關之下不敢進呈 惟以綠蟻香醪 敢此替呈 亦甚未安 大君曰 酒雖禁矣 醴何妨焉遂擧一觴 則味惟極甘 氣亦淸烈 大君久阻之餘 雖知甚劣 而亦不之咎 遂傾數杯而止 道伯歸營 日將夕矣 滿城 炊烟漸□(起?) 向墻缺處 夕烟亦起 而數三通引 左右侍立 其中一兒 衣服鮮明 容貌甚美 大君頗愛之 問曰 汝年幾何 其通引跪答曰 年十五歲矣 大君內念於心曰 吾居洛陽素多人物 而未嘗見如此之兒 男子如此 況女子乎 方信平壤之有人物 頃之自墻缺處 有一猫 含鷄脚而走 將入于大君所坐軒下 而後有女子 持杖逐猫 幾至半庭 而左右羅卒 呵噤乃止 大君使羅卒 拿入其女子 年將十七八 姿色絶妙 素衣素裳跪於庭下而泣訴曰 小女年今十八 喪夫孤居 未及半年 而厥猫無狀亡夫上食所用鷄脚含去 故憤惋之餘 不覺嚴威之在上 觸冒至此 乞保殘命 鶯舌巧敏柔聲悽惋 言言可哀 聲聲可悲 雲髮鬖髿 珠淚交腮 妙姿艶態 可割鐵腸 嫩語嬌聲 能消石肝 大君旣見其男子之美 又思其妹之容 而意欲活之 更問曰果是嚴飭 則豈有此等之犯罪乎 其通引又答曰 平壤一城之內 皆汲江水 故着彩服 汲水女 洴澼之人 相望十里 吳姬越女未荎姿色 無以如此 而行次之時 無一人見形者 實是官家申飭之嚴也 薄命少(小?)妹 全然忘却 適犯死罪天何怨哉 人何咎哉 小人願死庭下 以續(贖?)小妹之殘命 大君曰 然則非本官之罪 而即汝妹忘却之過也 此時正春三月也 滿城華屋 綠柳紅杏 若錦繡

屛帳 長歌短唱 哀絲豪竹 家家蜂鬧 可知其歌妓琴女之繁華時也 時已暮矣 大君盡退羅卒 只率數三通引 與一柄殘燭 塊處客舍 所思者 惟逐猫之小娥也 諸通引倒睡於屛後 唯一通引侍立矣 狎坐而問曰 汝家□(富?)乎 答曰 父母俱沒 家亦甚貧也 大君曰 然則汝之衣服 如何甚美乎 對曰 小人旣無兄弟 獨與一妹 居於缺墻之外 而小妹針線 獨步一城 傭作人衣 捧價連(延?)命 則所着衣服 亦出於妹手 男妹二人 相依爲命而已 大君默然念於心曰 色美才妙 眞才女 而但其薄命之可惜 又問曰 汝家大乎 對曰 墻外蝸屋 卽小人之家也 俄而 墻外歌聲琴韻漸息 人語馬嘶亦止 可知其夜之已深矣 通引亦垂頭而睡 大君徘徊於堦上 因遂降堦 散步於庭下 于時月色如晝 星斗橫(?)欄干矣 素衣嬌態 長在眼前 泣訴柔聲 宛然於耳邊 欲忘而難忘 不思而自思 潛言於心曰 吾一見其家矣 欲進不進 或恐人知 趑趄者久矣 時夜正午 萬籟俱寂 大君決意遂進 一步四顧 再步十顧 擧足輕步 猶有履聲 遂脫其鞋 至於墻缺近 則果有蝸屋 一如通引之言矣 大君知其女室 捲具繩樞而入 一點室燈影 猶照於門隙 遂穴窓窺見 則厥女獨坐於燈下 而飄然有魏仙君之風焉 眞所謂沉魚落雁之色 閉月羞花之容也 大君一見春心半起 狂魂火急 排窓而入 厥女回身一見 則容儀莊嚴 有若萬丈之喬嶽 氣像淸越 宛如千仞之虹霓 驚惶戰慄 屛身於房隅 聲若細縷而言曰 誰人夜入寡婦之房乎 大君曰 不是別人也 卽夕來大君也 其女尤極惶悚曰 大君行次 何等貴人而來此陋巷也 尤悚尤悚 大君曰大君亦人也 不必驚惕 恐傷弱質也 女曰 死不足惜 傷何慮焉 遂乞曰 妾卽良家女也 夫死之日 卽欲隨死 而妾死卽亡夫魂靈 年幼捨生 更無可托之處 故思而不死 姑待同生之有室矣 而忍痛守節矣 豈意大監至此迫脅 寧死不從命矣 大君曰 吾聞汝同生之言 知汝之高節門閥 雖然吾以不些之身 旣已到此 吾何忍也 女曰 妾雖愚駑 豈不知大監之尊貴乎 但妾夫 年纔十餘歲 不知夫婦之義 成婚數月 遽而身沒 而今幾半年矣 只願此身大倫已定 一死爲誓 伏乞大監 矜而恕之 俾遂一節 勿以人卑 不使作門戶之恥焉 大君遂前 執其手而慰之曰 高哉節也 惜哉容也 年今幾何 而作此可憐之人生耶 汝今靑春 吾亦少年 以汝靑春之年 豈忍虛老百年 而以我少年之情 豈忍虛送良夜乎 女泣而哀乞曰 偸節之日 卽背夫之辰也 將安用彼背

夫之女乎 甘一死矣 遂抽壁上女粧刀 至欲自刺 大君惶奪其刀 以擲之 令手拭其淚 而心內着急 更探其志曰 然則我其病矣 爲之奈何 汝果不饒我性命乎 女長吁一聲 斂衽危坐而言曰 惶恐惶恐 我此賤妾之身 則昆蟲之不如也 大君天仙降臨 尊莫大焉 貴莫重焉 而有此性命之教 豈敢以賤妾之跡 不饒大監之性命乎 今承嚴教 惶恐惶恐 萬死何辭 惟大監命焉 大君大悅 遂與之同寢 殆同劉琬之遇仙女矣 纏經繾綣之情 或慮通引之覺悟 卽還客舍 時監司庶尹 因左右窺見 密通已知大君之動靜矣 大君還于客舍後 丁香卽入官家與大君同寢之由 節節告之 監司庶尹曰 幽暗之中 情跡無訂 汝其必得手跡然後可以奏啓矣 丁香曰 伏願使道 挽止大監行次 姑留數日 卽自有底道理矣 監司曰諾 翌日監司 入見問安 從容言于大君 弊營城內城外 多遊覽之處願留數日 周覽山川如何 大君心思夜來之事 故喜色而答曰 我之此行 本欲遊覽景物之意也 道伯之言 正合我意也 遂留數日 而晝則待夜 夜則每到女家 嬌情密意 如醴如蜜 而枕席之際 又以百態 媚悅大君之心 大君日益沉溺不覺已至十餘日矣 時當春夏變節矣 明日將向成川 夜至女家 女則於枕上言於大君曰 大監歸路之日 妾請隨往京師 願爲爨汲之婢 以終一生焉 大君曰 否否 我之辭陛之日 親承愼色之聖教 前日嚴關文 出於此矣 今與娘子成此好會 實違聖教 有損體貌 私心愄 而豈有率去之路乎 女卽失聲號泣曰然則妾之一生 自此誤矣 時耶 命耶 此生何生 當此生離死訣之日 哀哀一生何處依歸 惻威失節 雖歸地下 無復更見亡夫之面 殆同墻花一枝被弄 便作泥中之殘蘂矣 生無所依 死無所歸 空作無主之孤魂 豈不罔極哉 因以玉頰觸於大監之胸前 嗚嗚咽咽 氣不出口 聲如細縷 若將絶矣 大君撫其背 拭其淚 百端慰之曰 勿爲浪悲 以傷花容 生前豈無相逢之日乎 女曰 妾旣無隨往之路 大監亦無更來之日 生前只是相思日也 春花秋月 空爲斷腸之色 斷雲殘雨 謾作消魂之質 長年日月 何以堪遣 妾聞洛陽 人物之府庫 以天三家令典 每選良家女美姿容者 充於後宮 而大監遊於錦繡之叢 迷於脂粉之窟 豈復憶哉 如妾無鹽之質 空作黃壤之孤魂 豈不哀哉 豈不悲哉 哀怨之態 悲涼之言 可以割丈夫之心腸也 大君亦不勝悽惋之心 情淚欲落 強爲之言曰 汝何爲可憐之形 撓我心事耶 女曰 事已至此 謂之奈何 願爲妾 一賜表情之物

俾作他日慰懷之資如何 大君曰 此則不難 歌以贈乎 詩以贈乎 女曰 歌則妓流之事 不願待也 願得一首詩 替大監之顔色也 大君卽索紙筆 女擎進筆硯曰 紙易磨破 願寫嫁時彩裳之內幅 則妾身平生 不磨不破 俾作死後同穴之質焉 大君曰 旨哉 言也 惜哉 情也 遂題四韻一首 裳幅其詩曰 一別音容兩莫追 楚臺何處覓佳期 粧成半面人誰見 愁殺紅顔鏡獨知 夜月猶嫌窺繡枕 曉風何意捲羅帷 至於末句 暫停筆而問曰 汝名云何 女曰 妾名卽丁香也 遂寫曰 庭前幸有丁香樹 盍把春情强折枝 又寫五言一首曰 別路□□(春雲?)散 離亭片月鉤 可憐轉展夜 誰復慰殘愁 寫畢 付與丁香 而藏之 是夜別意忽忽 離懷黯黯 不成半寐 鷄已三鳴 夜五更矣 大君遂還客舍 翌日 卽向成川 大君發行之後 丁香卽以其裳 入見于官家 監司庶尹大喜之 卽求彩函 納裳奉(奏?)聞于京師 上親自開函 閱裳詩 大奇之曰 此果大君之手跡也 兄主愛物 豈可置於妓籍中乎 卽關關西 輩(輦?)來丁香 而豫築一宮 以爲丁香處所 而待焉 居無何 丁香至入謁 上見之 雅齒紅顔 眞國色也 問其與大君結緣之事 丁香細陳其由 上露齒大笑曰 奇哉奇哉 眞才女也 姑處丁香大內 以待大君之回還 兩宮侍女 聚而觀之 莫不失色 嘖嘖相顧曰 眞洛浦仙女也 @時 大君至成川 周覽山川 因爲復路 還于平壤 冀得復見丁香矣 入客舍而見之 則前日缺墻 已爲高築 無復可通之路 入待(侍?)通引 出番交替矣 大君獨語於心曰 墻已高築 軒下狂猫 不復偸饌矣 軒上狂客 不復偸丁香矣 自然心事不佳 達夜不寐 而潛語曰 嗟哉 丁香必知我來 而數仞短墻 便作三千里之弱水 眞所謂好事多魔 丁香之肝腸 必幾斷@ 翌日遂向京師 大君出客舍門外高搴襜幅 四望城中 而丁香所處蝸屋 爲大屋所弊(蔽?) 不復見矣 中心嘆曰 向者成川之行 果是永別 而丁香之語 信不誣矣 噫丁香必從其隙 而望我行 塵倍加悲矣 時大君返旋先文 入來奏聞 上連遣問安承旨 中使冠蓋相望 而奏愼色之報 上大喜之 命太常雅樂及列邑名妓 豫爲習樂 又備設宴之需 以待矣 大君行次已到慕華館矣 上遂幸崇禮門外 待其來入矣 俄而大君至 則見百官軍容之盛 知上之親臨 而欲遠下馬 則一中使 立於陣門外 傳上命曰 勿下馬 須速近進 而分付驛卒 不使小停 疾馳入來 大君欲下不得 直到門前 始得下轎 鞠躬入拜 上臨軒欣迎曰 遠路風日 平安往來 千萬幸甚

大君俯伏奏答 猥蒙聖念 無事回還矣 上招大君進前 執手니니 狎坐 相敍久別之懷 義雖君臣 情實骨肉 故仁兄愛弟之間 和樂之情 不可以紙筆記也 上細問關西山川風物 且曰 往千萬花(柳*)叢中 不折一枝而還矣 得無悔恨之心乎 大君俯伏對曰 聖教隆重 豈能辜負 且不如不見 故嚴禁妓流 初不近前美色有無 元不知矣 而自無悔恨之心 上拱(手*)慰謝之 先是上以大君之二詩 下於樂府 被於管絃 使妓歌以習之矣 此時丁香 久在禁中 錦衣膏粱 玉貌秀容 百倍於前 而非復前日之丁香也 是日上使丁香 坐於諸妓中 以觀大君之動靜 而大君於天威咫尺之地 不敢縱目偸視 夜會晝飲 顔猶未慣 且千萬意外之事也 故坦然不知 上命進酒饌 使樂工奏樂 使諸妓唱歌大君之詩又和其五言絶句 大君一聞其歌 卽自家贈丁香之詩也 大疑之 內思於心曰此詩何以來此耶 語云詩人思意一般 罔其或古人先獲我心 而作此詩乎 痴呆半晌 莫知其端倪矣 俄有一妓 擧於席上 天姿仙態 飛燕莫及矣 更入帳後改着新服出舞 舞袖翻翻 左右回視之際 忽見裳幅詩 果自己之筆跡也 大君擧酒欲飮 置盃於床上 慌忙離席 叩頭謝罪曰 臣往于平壤時 果與彼妓 數宵同寢 欺負聖明之罪 固不足論 而將何面目 更對天顔乎 因俯伏不起 上忙進執手 而起之曰 此豈兄主之過哉 余之罪也 幸勿咎焉 仍陳密教辭意 强力扶起 更坐席上 上命丁香 進拜於前 丁香乍嬌乍羞 半□□□(依雲鬟?) 侍立於側 綽約之姿 天然之態 感動無比 更惹新情 十倍於前矣 上笑曰 兄過弟罪 固不足論 而以丁香之才智 助我兄弟之樂 眞才女 而可謂奇巧者矣 今日相見何如前日夜踰墻偸視耶 大君餘羞未消 微哂而俯伏對曰 前戒後思(恩?)出於聖意之勤懇 惶感 兼至圖報無地矣 上命召丁香於前 賞賜金銀寶貝甚重盡具帷幙器皿米布等物 充於新築之宮 而使丁香焉 富貴繁華 聳動一世矣是日群(君?)臣 盡歡而罷 大君肅謝而退 遂與丁香 卽歸新宮 執其手而戲之曰 汝若是欺人哉 可謂慧黠之甚矣 丁香俯伏 含羞而對曰 妾謹奉密旨 出於不得已之致 而實多逋慢之罪 伏願大監 憐而□(赦?)之 大君曰 客舍缺墻逐猫入庭之時 尙不罪汝 況今托情已熟矣 愛已深矣 豈有追咎之念哉 因就抱其腰而言之曰 汝之欺我之謀 雖有陳平六出奇計之才 無以過此矣也 我自成川 還到平壤 則缺墻高築 不復見汝 而離懷茫然 不能定情 有中釣之魚而

回顧 歸雲有□ 徒傷懷抱矣 不意者 今忽然相逢 如見泉下之人也 丁香對曰 莫非聖恩之攸 竊恐賤妾福過災生矣 □□□ 而遂與丁香 就枕同樂 情好日密 多生男女 同享富貴 百年偕老 而同謝西山日 而後其子孫 至今士大夫者多矣 此是傳來之說 而君臣之義 兄弟之情 莫過如此 可謂我東方聖人也 且丁香之才□ 亦□奇妙之□□

『丁香이야기』

(『東稗洛誦』所載)

讓寧大君 太宗之長子也 初封世子矣 見第三弟有文王之德 仲氏孝寧大君稱有狂病 多聚豪悍 伴伐狐兎 日事遊獵 孝寧大君卽遊心外道 與僧尼之徒書給勸善 聚米鳩財 崇信佛法 俱以敗德 終焉 兩大君 可謂泰伯虞仲之德 而季氏 眞東方聖人也 遂卽位 卽世宗大王也 聖德流行 大化隆洽 民皆有煕嗥之風矣 讓寧嘗言於上曰 關西東方名勝之地 山川風物甚佳麗 臣願得三兩之閑 一往平壤 觀箕子遺趾 因向成川 望巫山之仙境而返 上曰 關西素稱花柳之鄕也 恐傷於酒色 大君曰聖教至此 臣願愼酒色矣 上曰 酒是狂藥 着口心傷 色是妖狐 入眼魂迷 雖以君子 鮮不迷惑 況年少男子 風情浩蕩 愼色之言 吾不信也 大君不勝惶感曰 聖意若是勤懇 敢不從下教乎 又曰 以友愛之情 過慮如此 臣願仰體聖意 上不欺天 下不欺心 上知其沛意之難禁 勉强許之曰 若得愼色 無恙而歸 則予必親迎於崇禮門 設宴三日矣 遂謝退 卽行嚴關於沿路各邑及平壤一道曰 無論老少 以女爲名者 若見眼前 則當該守令 削去仕籍 而三公兄 一倂杖斃矣 各邑見其關文 皆曰大君素着狂病 誠可畏也 卽爲分付曉諭人民曰 狂大君行次時 雖羸老乞女 勿爲觀光 各別嚴戒 上自送大君之後 內念于心曰 大君以年少風度 關西佳麗之鄕 雖有山川之風物 若不能飮一盃犯一色而空返 則必爲平生之恨矣 遂下密教於關西列邑曰 若使一妓薦於大君 能解客懷之寂寥 則其守令 特給崇資 不次擢用矣 關西

守令 旣觀大君之嚴關 又奉薦色之聖敎 其勢兩難 百計無策 聖敎雖不奉行 猶可無罪 若犯大君之威 則生死判矣 莫不畏縮 而惟監司庶尹 廣詢諸妓曰 汝輩 誰能薦大君之枕席乎 皆曰 餓虎之口 猶可探也 大君之威 不可犯也 擧皆掉頭 而有一才妓丁香者 年踰二八 色冠關西 亦多奇謀 出班告曰 妾雖無似 庶可使此名區 不至無色也 遂獻一計曰 正南 毁敗一墻 有若風雨之所傷 又傍(修?)墻外一小屋 爲丁香所居 又擇通引中一等美姿者 鮮明其服 以待大君行次 一日大君到平壤 則溪沙十里 楡木成行 錦水淸波 銀鱗游泳 漁歌草笛 處處和答 登大同江門樓 倚窓嘆曰 眞所謂第一江山也 及返客舍 則十字長街 左右傑閣 揖揖(緝緝?)相續 而女無一人窺見者 可知其戒飭之嚴截也 入坐客舍 通望四山 眼界甚佳 而南隣北舍 東里西家 綠竹咽咽 歌曲嫋嫋 而所望(坐?)之處 寂寞太甚 無一分興味 俄而監司進拜於前 擧進大卓珍羞奇饌 無非佳味也 監司拱手曰 甘紅露桂棠酒 雖此土美酒 而嚴關之下不敢進呈 惟以綠蟻香醴 敢此進(替?)呈 亦甚未安矣 大君曰 醴何妨焉 遂嘗一觴 氣雖甘味稍烈矣 大君久阻之餘 雖知其烈 而亦不知其咎 遂傾數盃而止 俄而監司歸日將夕矣 滿城炊烟漸起 面墻缺處 夕烟亦起 而數三通引左右侍立 其中一兒 容貌甚美 大君甚愛之 問曰 汝年幾何 跪而對曰 十五歲也 大君內念于心曰 洛陽素多人物 而未見如此之兒 男兒如此 況女子乎方信平壤之有人物矣 頃之忽墻缺處 有一猫 啣(含?)鷄脚而走 入于大君所坐軒下 後有一女 持杖逐猫 至于半庭 左右羅卒 呵噤乃止 大君使之拿來其女年將十七八 姿色絶妙 素衣素裳 跪於庭下哭訴曰 小女年今十八 喪夫孤居矣 厥猫無狀亡夫上食所用鷄脚啣去 故憤惋之餘 不覺嚴威上 觸日月罪雖@死 乞保殘命 鶯舌巧敏 柔聲悽惋 可哀可矜 雲鬢鬖髿 珠淚交腮 大君見容 而愛其情 怒氣氷消 不忍加杖赦之 其女回身出去 纖腰裊娜 正似風外之柳 蓮步輕擧 宛若錦上添花 大君微吟分付近前通引曰 汝之官家 不勤戒飭 致有女衝犯尊威 監司庶尹以下 三公兄並依關施行 其通引俯伏泣曰 厥女卽小人之妹也 豈不聞官意嚴重 只緣猫竊其夫上食之饌 至情所在 憤心火急 全忘嚴威 重犯死罪 實眚災也 幸賴神佑 特蒙赦典 雖保縷命 而尙今懍慄矣 又承本營勘罪之命 小妹之殘命 必死於本官之手矣 遂掩泣 流淚滿

面 大君旣見其兒之美 又思其妹之容 意欲活之 更問曰 果嚴飭 則豈有此等犯罪乎 通引曰 平壤一城內 皆汲江水 故着彩 汲水之女 及洴澼之人 十里相望 吳姬越女之耒茸 無以加(此*)矣 行次時 無一現形者 是本官申飭之嚴切 薄命小妹 全然忘却 適犯死罪 小人願死杖下 以贖小妹之殘命 大君曰非本官之罪 卽忘却之罪也 時當春三月 滿城華屋 綠柳紅杏 宛若錦繡屛帳歌笛絲竹 家家蜂鬧 可知其琴娥歌妓之繁華也 黃昏時 大君盡退其羅卒 獨與一柄燭 塊坐客舍 所思者卽逐猫之小娥也 諸通引倒睡於屛外 惟與一通引狎坐而問曰 汝家富乎 曰 父母俱沒 家亦貧也 曰 然則汝之衣服 何如是輝煌 曰 小人旣無兄弟 獨與小妹 居於墻缺之外 小妹慣於針線 獨步一城 傭作衣衾 捧價延命 所着衣服 皆出自妹手 男妹二人 相依爲命 大君默念曰色美才妙 眞美姬 而但可惜命薄也 俄而夜深四寂 通引 亦垂頭而睡 大君獨自徘徊於軒上 遂降階 步於庭 于時月色如晝 星斗正中矣 素衣嫦娥 在於眼前 欲忘而難忘 潛語於心曰 吾得一見其家矣 欲進不進 或恐人知 如是趑趄午夜已深 萬籟俱寂 遂決意進 一步四顧 (再步*)八顧 猶恐有履聲 脫其履而至墻缺處 則果有蝸屋 一如通引之言矣 暗踰缺墻而入 燈影照於門隙 穿窓窺之 則厥女坐於燈下 飄然有魏仙君態 可謂沉魚落雁之色 閉月羞花之容也 大君春心斗起 狂魂太急 排窓而入 厥女一見 容儀壯麗 有若萬丈喬嶽之氣像 驚惶戰慄 屛身一隅 聲若細縷而言曰 誰人夜入寡婦獨宿之房乎 大君曰不是別人也 吾卽大君也 厥女尤極戰慄曰 大君何等貴人 而來此陋舍乎曰大君亦人也 不必驚怯 恐傷弱質 厥女泣曰 死不足惜 傷何言乎 因哀乞曰小女良家女也 夫死日 卽當隨去 而妾死則亡夫魂靈 及年幼同生 無可托之人 故忍而不死 姑待同生之有室 忍痛守節 豈意大監至此白(迫?)脅乎 死不從命矣 大君曰 吾聞汝同生之言 知汝高節及門閥矣 然吾以不些之身 旣到此 吾何忍也 曰 妾雖愚魯 豈不知大君之尊貴乎 但身纔十餘歲 不知夫婦之理 而成婚數朔 遽爾夫沒 今已半年矣 只顧此身之倫已定矣 一死爲誓 伏乞憐之恕之 俾守一節 勿以人卑 而使作門戶羞恥焉 大君遂前 執其手曰 高哉節也 惜哉容也 年今幾何 而作此可憐之人耶 汝今靑春 我今少年 以靑春之年 豈忍虛老百年 而以少年之氣 我豈虛送良辰乎 女流涕曰 渝(偸?)節之日

卽背夫之日也 將安用背夫女乎 寧堪一死 遂抽壁上女粧刀 欲自刭 大君忙奪刀 而手拭其淚曰 然則我其病矣 汝其饒我性命乎 女長吁一聲 斂衽對曰 惶恐惶恐 顧此賤妾 卽昆蟲之不如也 大監卽天仙之下降 尊莫大焉 貴莫重焉 而有此饒性命之敎 豈敢以小女之賤 不饒尊貴之性命乎 萬死何辭 惟大監之命焉 大君大悅 與之同寢 殆同劉玩之遇仙女矣 纔盡繾綣 或慮通引之覺 遂還客舍 是時監司庶尹 因左右之密通 已知其動靜 而丁香又入告詳悉 監司庶尹曰 暗中事 無可驗 汝其必得手跡 可啓于京也 丁香曰 願挽其行次留數日 則稍待情熟 自有道理 翌朝監司 問安于大君 因曰 弊城內外 多有遊覽處 姑留數日如何 大君心思來夜事 喜而答曰 此行專欲遊覽 道伯之言副我素志 遂留數日 每夜至女家 日益浸溺 不覺已至于十餘日矣 明日將向成川 夜至女家 女於枕上言曰 復路日 妾隨往京師 願爲爨炊之婢 以終一生 大君笑曰 我辭陛時 親承愼色之敎 前日嚴關 實由於此 今與娘子 成此好會 實違聖敎 私心愧恧 亦已甚矣 豈有率去之理乎 女卽飮泣曰 然則妾之一生從此誤矣 時耶 命耶 當此生離死別之日 哀哀一身之靡依 惕威失節 雖歸地下 無復見亡夫 生無所依 死無所歸 空作無主之孤魂 豈不罔極哉 因以玉膝觸於大君胸前嗚咽 聲如縷 而不出口 若將絶矣 大君撫其背 拭其淚 百般慰之曰 勿爲浪悲 以傷花容 生前豈無相逢之日乎 女曰 妾旣無隨往之道 大君亦無更來之理 生前只是相思之日也 長年月日 何以堪遣 妾聞洛陽 人物府庫 以大監家令典 每選良家女子美容 充溢後宮 大監一歸以後 遊於錦繡之叢 迷於粉脂之窟 則豈復憶如妾無鹽之質乎 哀怨之態 可割丈夫之肝腸矣 大君亦不勝悽惋 淚欲落 而强爲之言曰 汝何爲此可憐之言 擾我心界耶 女曰 事已至此 爲之奈何 願爲妾 一賜表情之物 俾作他日慰懷之資 曰 此不難 詩以贈乎 歌以贈乎 曰 歌則妓流之事 願得一首詩 替作大君顔矣 仍擎進筆硯曰 紙易磨破 願寫嫁時裳幅 俾作死後同穴之資 大君遂寫詩曰 一別音容莫兩追 楚臺何處覓佳期 粧成斗玉人誰見 眉斂春愁鏡獨知 夜月不須窺繡枕 曉風何事捲羅帷 至于末句 停筆問曰 汝名云何 對曰 丁香也 寫曰 庭前幸有丁香樹 盍挹(把?)春情共折枝 又寫五言絶句曰 別路花香散 離亭片月鉤 可憐輾轉夜 誰復慰我愁 是夜離情黯黯 不成一寐 鷄已唱矣 大君卽返

客舍 遂向成川 丁香卽以其裳 入呈官家 監司庶尹大喜 函封奏聞 上親自開函 大奇之曰 此果大君手蹟 兄主愛物 豈可@之妓籍乎 卽關平壤 輦上丁香豫築所居之宮 以待之 居無何丁香至入謁 上問其與大君結緣之由 丁香細陳之 上大笑曰 眞才女也 使之姑留內殿 是時 大君周覽成川 因爲復路 至于平壤 冀其(得?)復見丁香 坐客舍見之 則缺墻已爲完築 無可通之路 通引亦換番交遞矣 大君心界不佳 達夜不寐 又嘆曰 丁香必知我來 而數仞短墻 便作三千里弱水 眞所謂好事多魔也 丁香之九曲肝腸 必寸斷矣 翌朝遂向京師 上連遣問安承旨 中使而奏以愼色之報 上喜 命太常雅樂及列邑名妓 豫爲習樂 設大宴之具 遂御崇禮門樓 以望之 大君知上親臨 欲爲遠遠下馬 上命中使 傳令勿爲下馬 分付驛卒 疾驅入來 大君欲下不得 直至陣前 始下轎入謁 上迎笑曰 遠路風日 平安往來否 上執手狎坐 相敍別懷 義雖君臣 情實骨肉 仁兄愛弟之湛樂 不可形矣 上細問關西山川風物 因曰 萬花叢中 不折一枝而返 得無悔恨乎 大君俯伏曰 聖教隆重 豈敢辜負 且不如不見 故嚴禁妓流勿近前 美色有無 元不知矣 上暫哂而慰之謝之 先是上以大君詩 下於管絃使諸妓 習而歌之如此如此 此時丁香 久在禁中 錦衣膏梁 玉貌花容 非復前日之丁香 是日上使丁香 坐於諸妓中 以觀大君之記否 而大君於天威咫尺不敢縱目 況夜會晝散 顔猶未慣 坦然不知矣 上命進酒饌 使(樂*)工奏樂妓唱歌 其中一妓 歌大君之詩 大君大疑之 思于心曰 此詩何以來此 其或古人先獲我心 而意思同耶 莫知端倪 有頃一妓 舞於席上 更入帷中 着素服而出舞 回旋之時 忽見裳幅之詩 卽自己筆蹟也 大君奉盃欲飮 置之席上 離席叩頭謝罪曰 臣往于平壤 與彼 數宵同寢之事 欺負聖明之罪 非所可論 將何(面*)目 更對天顔乎 因俯伏不起 上急進執手曰 豈是兄主之罪也 眞余之過也 幸勿咎焉 因陳密教之由 扶起更坐 上命丁香進拜 上笑曰 兄過弟罪 固無足道 而以丁香才質 助我兄弟之湛樂 可謂奇巧矣 大君餘羞未盡 俯伏對曰 前戒後見 皆出聖恩 圖報無地矣 上命召丁香 賞甚多 使之居於新宮 富貴榮華 聳動一世 大君與丁香 同歸新宮 執手而戲曰 汝何若是欺人耶 可謂慧黠之甚也 丁香含羞對曰 妾奉密教 出於不得已之致 然實多逋慢之罪 伏願憐而恕之 大君就抱其細腰曰 汝之欺我之謀 陳平六出奇計之才 無以加此

也 我自成川來 缺墻高築 不復見汝之面 懷思齷齪 不能定情 若魚中釣 頻顧歸雲 徒傷懷抱 今忽相逢 如(見*)泉壤之人 丁香曰 莫非聖恩之攸@ 竊恐賤妾福過災生也 大君遂與丁香 懷情日密 多生子女 同享富貴 百年偕老 而子孫繼承 其數詵詵 多爲士大夫 而或爲庶人 雖不及 世宗大王 盖讓寧大君 可謂至德也而矣 讓寧孝寧之事 可以垂百世之後 令人感嘆耳

讓寧大君西遊錄

(陶南文庫本)

讓寧大君 卽太宗大王長子 初封世子 見季氏有文王之德 與仲氏孝寧大君將有讓位之心 而讓寧則稱有疾病 多聚豪悍之輩 擊兎走狐 日事遊獵 孝寧則遊事佛道 日與僧尼之徒 書給勸善 聚米鳩財 崇信佛法 兄弟俱讓其德 終至讓位於季氏 季氏卽世宗大王 眞東方聖人也 兩大君 可謂泰伯虞仲之德矣 世宗卽位之後 聖德流行 王化隆洽 時和年豊 百物暢茂 八道人民 皆有熙皥之風焉 一日 讓寧言於上曰 關西 卽海東名勝之地 山川秀麗 景物甚佳 臣願得三四朔之由 一往平壤乙密坮 觀箕子遺墟 因向成川降仙樓 望巫山十二峰仙景 而還矣 上曰 關西 素是花柳之鄕也 或恐傷於酒色 不敢許也 大君曰 聖敎如此 臣願愼酒色而還矣 上曰 酒是狂藥 着口則心傷 色乃妖狐 入眼則魂迷 雖操行君子 鮮不迷惑 況年少男子 風情浩蕩乎. 是故愼之之言予不敢取信 大君曰 殿下以友愛之情 過念至此 臣願仰體聖敎 上不欺天 內不欺心 千萬謹愼而返矣 上知其意之難禁 勉强許之曰 若能愼色酒無恙而返 則予必親迎於崇禮門外 而設三日宴矣 大君 不勝惶感曰 聖意若是勤懇 豈敢不奉敎 因遂辭退 卽行嚴關於沿路各邑及平壤一道守令曰 勿論老少以女爲名 勿論淸濁以酒爲名 若近於眼前 則當該守令 削去仕版 而三公兄一幷杖殺云 各邑守令 見此關文 皆云大君之威 誠可畏也 下吏輩 莫不戰慄 卽爲分付於沿路人民曰 大君行次時 雖老羸乞女 勿爲觀光 雖薄濁村醪 各別

戒嚴事矣 上自送大君以後 內念於心曰 大君以年少風度 關西佳麗之地 雖有山川風物之好 若不能飮酒犯色而返 則後必有一生遺恨矣 遂下密敎於關西列邑曰 若守令使一等名妓 薦枕以解春情之難禁 美味香醪進嘗 能消客懷之寂寥 則其守令超二資 不次擢用矣 關西守令 旣見大君之關文 又奉薦色之聖敎 而兩難之際 莫知所爲 百計無策 而不奉聖敎 則不可無罪責 而若犯大君之威 則死可判矣 莫不畏縮 而惟監司庶尹 廣詢諸妓曰 汝輩中 誰能一侍大君之枕席乎 皆曰 餓虎之啄 猶可近矣 大君之威 不可犯矣 擧皆掉頭 有一才妓丁香者 年纔二八 色冠關西 亦有奇謀 出班告曰 賤妓庶可一侍大君 使名區 不至無色矣 遂獻一計 監司庶尹 大奇之 翌日 客舍正南 毁一墻 有若風雨所傷 墻外又修一小室 爲丁香所居之室 又擇通引一等美姿容者 鮮明其衣服 以待大君行次 一日 大君到平壤 則溪沙十里 綠柳成林 錦水一曲 白鷗集翔 漁歌牧笛 處處互荅 大君遂上大同江門樓 倚窓而歎曰 眞所謂第一江山也 及還容舍 十字長街 左右傑關(閣?) 緝緝相連 而無一人窺者 可知戒飭之嚴也 入坐客舍 遍望四面 則眼界甚佳 而南隣北舍 東家西隣 或遠或近 絲竹咽咽 歌曲嫋嫋 而大君所坐之處 則寂寥太甚 無一分與味矣 俄而監司庶尹入奉進拜於前 擧進大卓 珍羞奇饌 無非佳味也 監司拱手而言曰 甘興露桂糖酒 雖是此土之美味 而嚴關之下 不敢進呈 惟以綠蟻香醪 敢此替呈 亦甚未安 大君曰 酒雖禁矣 醴何妨焉 遂擧觴一嘗 則味雖極甘 而氣亦稍烈 大君久阻之餘 雖知甚劣 亦不之咎 遂傾數杯而止 道伯歸營 日將夕矣 滿城千家 炊烟漸起 前向墻缺處 則夕烟亦起 而數三通引 左右侍立 其中一兒 衣服明麗 容貌甚美 大君頗之 問曰 汝年幾何 其通引跪荅曰 三五歲也 大君內念於心曰 吾洛陽素多人物 而其見如此之兒 男子如此 況女子乎 方信平壤之有人物 頃之自墻缺處 有一猫 含鷄脚而走 將入于大君所坐軒下 而後一女子 指杖逐猫 幾至半庭 而左右羅卒 呵噤乃止 大君使羅卒拿入 其女子年 將十五六 姿色絶妙 素衣素裳 跪於庭下泣訴曰 小女年 今十六 喪夫孤居 未及半年 而無狀亡夫上食所用鷄脚含去 故憤惋之餘 不覺嚴威之在上 觴冒至此 乞保殘命焉 鶯舌巧敏 柔聲悽惋 言言聲聲 可哀可悲 雲鬟鬖髿 珠淚交腮 妙姿艷態 可割鐵腸 嫩語嬌態 可消石肝 大君旣見其容

又哀其情 怒氷泮(消?) 不忍加杖 憐而赦之 厥女回身出去 纖腰裊娜 正如風外之柳枝 蓮步輕盈 宛如錦上添花 大君微吟 方信人間有西子之句 遂召美姿容者 近前分付曰 汝之官家 不勤嚴飭 致使村女 衝犯尊威 監司庶尹以下三公兄 一併依關文施行矣 其通引 俯伏泣對曰 厥女卽小人之妹也 豈不聞官威重也 只緣猫之含去亡夫上食之饌 故至情所在 憤心火急 全忘嚴威之在上 冒犯死罪 實是眚灾也 幸賴神明之俯憐 特施賜赦之典 縱保縷命 而至今思之 餘威凜凜 滿身栗矣 今承本營勅罪之敎 小妹殘命 必死於本官之手矣 因遂掩泣 流涕滿面 大君旣見其男之美 又思其女之容 而意欲活之 更問曰 果是嚴飭 則豈有此等之犯罪乎 通引又荅曰 平壤一城之內 皆汲江水 故着彩服 汲水女 洴澼之人 相望十里 吳姬越女 丰茸姿色 無以加此 而行次之時 無一人見形者 實是官家戒飭之嚴也 薄命小妹 全然妄却 適犯死罪 天何怨哉 人何怨哉 小人願死庭下 以續小妹之殘命焉 大君曰 然則 非本官之罪 而卽汝忘却之過也 此時 正春三月 滿城華屋 岸竹江杏 若錦繡之屏帳長歌短唱 哀絲豪竹 家家蜂鬧 可知其歌妓琴女之繁華地 時已暮矣 大君盡退其羅卒 只率數三通引 獨與一柄殘燭 塊處容舍 所思者 猶逐猫之小娥也諸通引 倒睡於屏後 惟美姿通引侍立 因狎坐而問曰 汝家富乎 答曰 父母俱沒 家亦甚貧矣 大君曰 然則 汝之衣服 何如甚美乎 對曰 小人旣無兄弟 獨與一妹 居於缺墻之外 而小妹針線 獨步一城 傭作人衣 捧價連命 則所着衣服 出於妹手 男妹二人 相依爲命而已 大君默念於心曰 色美才妙 眞才女而但其薄命之可惜也 又問曰 汝家大乎 對曰 墻外蝸屋 卽小人之家也 俄而墻外歌聲琴韻漸息 而人語馬嘶亦止 可知其夜之已深矣 通引亦垂頭而睡 大君亦自徘徊於堦上 因遂降 散步於庭 于時 月色如晝 星斗爛熳矣. 素衣嬌態 長在於眼前 泣訴柔聲 長在耳邊 欲忘而難忘 不思而自思 潛語心曰 吾一見其家矣 欲進不進 或恐人知 趑趄者 久矣 時夜正午 萬籟俱寂 大君決意遂進 一步四顧 再步十顧 擧足輕步 猶有履聲 遂進脫其鞋 至於墻缺近處則果有蝸屋 一如通引之言矣 大君知其女室 捲其繩樞而入 一點灯影 猶照於門隙 遂窓穴窺視 則女獨坐於灯下 而飄然有魏仙君之風 眞所謂沈魚落雁之色 閉月羞花之容也 大君一見其狀 春心斗起 在(狂?)魂火急 排窓而入

厥女回身一見 則容儀莊嚴 有若萬丈之喬嶽 氣像淸越 宛如千仞之虹霓. 驚惶戰慄 屛身於房偶 聲若細縷而言曰 何人夜入寡女房乎 大君曰 不是別人也 卽夕來大君也 其女尤極惶悚曰 大君行次 何等貴人 而來此陋地也 大君曰 大君亦人也 不必驚惕 恐傷弱質也 女曰 死不足惜 傷何慮焉 遂乞曰 妾卽良家女也 夫死之日 卽欲隨死 而妾死 則亡夫之魂靈 年幼之同生 更無可托之人 故忍而不死 姑對同生之有室矣 而忍痛守節矣. 豈意大監 至此迫脅耶 死不從命矣 大君曰 吾聞汝同生之言 知汝高節及門閥 雖然 吾以不些之身 旣已到此 吾何忍也 女曰 雖愚魯 豈不知大監之尊貴乎 但妾夫 年纔十餘歲 不知夫婦義 成婚數朔 遽爾身沒 而今已半年矣. 只願此身 大倫已定 一死爲誓 伏乞大監 矜而恕之 俾遂一節 勿以人卑 不作門戶之恥焉 大君遂前執其手 而慰之曰 高哉 節也 惜哉 容也 年今幾何 而作此身之可憐乎 汝今靑春 吾亦少年 以靑春之年 豈忍虛老百年 而以少年之氣 亦豈忍虛送良夜乎 女泣而哀乞曰 偸節之日 卽背夫之辰也 將安用彼背夫之女乎 甘一死矣 遂抽壁上女粧刀 至欲死 大君惶奪其刀 而擲之 以手拭其淚 而心內着急更探其志曰 然則 我其病矣 爲之奈何 汝果不饒我性命乎 女長吁一聲 斂衽跪坐而言曰 惶恐惶恐 顧我賤妾之身 則昆虫之不如也 大君卽天仙之降臨尊莫大焉 貴莫重焉 而有性命之敎 豈敢妾之賤蹤 不饒大監之性命乎 今承嚴敎 惶恐惶恐 萬死何辭 惟爲大監命焉 繾綣繾綣 或恐通引之覺悟 卽還客舍 時監司庶尹 因左右窺見者密通 已知大君之動靜矣 大監還于客舍後 丁香卽入于官家 與大君同枕之由 節節告之 監司庶尹曰 幽暗之情跡無訂 汝其必得手迹 然後 可以奏啓 丁香曰 使道挽止大監行次數日 則自有底道理矣 監司曰 諾 翌日 入見問安 從密言于大君曰 獘營城內城外 多有遊覽之處 願留數日 周覽山川如何 大君心思夜來之事 故有喜色而荅曰 我行 本欲遊覽物景之意也 道伯言 正副我意也 遂留數日 而晝則待夜 夜來則每到女家 嬌情密 如醴如蜜 而枕席之際 又以百態媚悅 大君之心 大君日益沈溺不覺已至十餘日矣 時當春夏之變節也 明日將向成川 夜至女家 則女於枕上言於大君曰 大君歸後路之日 妾請往京師 願爲炊爨汲之婢 以終一生焉 大君曰 否 我之辭階日 親承愼色之聖敎 前日嚴關之文 出於此矣 今與娘子

成此好緣 實違聖敎 有損體貌 私心愧 而亦云深矣 豈有率去之路乎 女卽失聲號泣曰 然則 妾之一生 自此誤矣 時耶 命耶 此生何生 當此離死訣之日哀 吾一生之何處依歸 怯威失節 雖歸地下 無復忍見亡夫之面 殆同墻花一枝 被弄便作泥中之賤蕊矣 生無所依 死無所歸 空作無主之孤魂 豈不罔極哉 因以玉頰 觸於大君之胸前 嗚嗚咽咽 氣不出口 聲不出戶 宛若細縷將絶矣 大君撫其背 拭其淚 百端慰之 勿爲浪悲 以傷花容 生前 豈無相逢乎 女曰 賤妾 旣無隨往之路 大監 亦無更來之理 生前 只是相思之日也 春花秋月 空爲斷腸之色 斷雲殘雨 漫作消魂之資 長年月日 何以堪遣 妾聞洛陽人物之府庫 以天王家令典 每選良家女 美姿容者 充於後宮 大監一歸之後 遊於錦繡之叢 迷於脂粉之窟 豈復憶妾 如妾無塩之質 空作黃壤之孤魂 豈不哀哉 豈不悲哉 哀怨之態 悲涼之言 可以割丈夫之心腸矣 大君亦不勝悽惋之心情 淚欲落 强爲之言曰 汝何爲可憐之狀 擾我心耶 女曰 事已至此 爲之奈何 願爲妾 一賜情表之物 俾爲他日慰懷之資如何 大君曰 此則不難 歌以賜乎 詩以賜乎 女曰 歌則妓流之事 不願得也. 願得一首詩 替作大監之顔面也 大君卽索紙筆 女警(擎?)進紙筆硯曰 紙易磨破 願寫嫁時彩裳之內幅 不磨不破 俾作死後同穴之資 大君曰 旨哉 言也 惜哉 情也 遂題四韻一首於裳幅 其詩曰 一別音容兩莫追 楚坮何處覓佳期 粧成半面人誰見 愁殺紅顔鏡獨知 夜月猶嫌窺繡枕 曉風何意捲羅帷 至於末句 停筆而問曰 汝名云何 女曰 妾名 卽丁香也 遂寫曰 '庭前幸有丁香樹 盍把春情强折枝 又寫五言一首曰 別路春雲散 離亭片月鉤 可憐轉展夜 誰復慰殘愁 寫畢 付與丁香 而藏之 是夜 別意忽忽 離懷黯黯 不成一寐 鷄已三鳴矣 大君卽還客舍翌日 遂向成川 大君發行之後 丁香 卽以其裳 入見于官家 監司庶尹 大喜之 卽求彩函 納裳 奏聞于京師 上親自開函閱裳詩 大奇之曰 此果大君之手迹也 兄主愛物 豈可置於妓籍乎 卽關關西 輦來丁香 而預築一宮 以爲丁香之處 所而待焉 居無何 丁香至入謁 上見之 雅齒紅顔 眞國色也. 問其與大君結緣之事 丁香細陳其由 上露齒大笑曰 奇哉 奇哉 眞才女也 姑處丁香於大內 以待大君回還 兩宮侍 聚而觀之 莫不失色 嘖嘖相顧曰 眞洛浦仙女也此時 大君往于成川 周覽山川 因爲復路 還于平壤 莫得復見丁香矣 入坐客

舍而見之 則前日缺墻 已爲高築 軒下狂猫 不復偸饌 軒上狂客 亦不復偸香 心事不佳 達夜不寐 而潛語曰 嗟哉 丁香必知我來 而數仞短墻 便作三千里 弱水 眞所謂好事多魔 噫 丁香之肝腸 必寸斷矣 翌日 遂向京師 大君出客 舍門外 高褰襜帷 四望城內 而丁香所處蝸屋 爲大屋所蔽 不復見矣 中心歎 曰 頃者 成川之行 果是決欲別 而丁香之語 信不誣矣 噫 丁香必從某隙 望 我行塵而悲矣 此時 大君返旋先文入來奏聞 上連遣問安承旨 中使冠盖相望 而又奏愼色之報 上大喜之 命太常雅樂及列邑名 預爲習樂 又備設宴之需而 待之 大君行次 已到慕華館矣 上遂幸崇禮門門樓 待其入來 俄而大君至 見 百官軍容之盛 知上之親臨 欲遠下馬 一中使 立於陣門外 傳命曰 勿下馬 須速近前 而分付驛卒 不使小停 疾馳入來 大君欲下不得 直到門前 始得下 馬 鞠躬入來拜謁 上臨軒迎之曰 遠路風日 平安往來 千萬幸甚 大君俯奏答 曰 猥蒙聖念 無事回還矣 上進近前執手 昵昵狎坐 相敍久別之情 義雖君臣 實骨肉 故仁兄愛弟之間 和樂之情 不可以紙筆形矣 上細問關西山川風物 且曰 往于萬花叢中 不折一枝而還 得無悔恨之心乎 大君俯伏對曰 聖敎隆 重 豈辜負 且不如不見 故嚴禁妓流 初不近前 美色有無 元不知矣 而自無 悔恨之心 上拱手慰謝之 先時 上以大君之詩 下於樂府 被於管絃 且使諸妓 歌而習之矣 此時 丁香久在禁中 錦衣玉食 花容月態 百倍於前 而非復前日 之丁香也 是日 上使丁香 坐於諸妓中 以觀大君之勤靜 而大君於天威咫尺 之地 不敢縱目偸視 夜夜晝晝會盡飮歡 猶未慣 且千萬意外 故坦然不知 上 命進酒饌 使樂工奏樂 使妓唱歌大君之詩 又和其五言絶句 大君一聞其歌 卽自家贈丁香之詩也 大疑之 內思心曰 此詩何以來此耶 語云 詩人意思一 般 同其或古人先獲我心 而作此詩耶 疑實半餉 莫知其端倪矣 俄有一妓 舞 於席上 天姿仙態 飛鷰莫及矣 更入帳中 改着衣服而舞 舞袖翩翻 左右回旋 之際 忽見裳幅詩 卽自家筆迹也 大君擧盃欲飮 置杯床上 慌忙離席 叩頭謝 罪曰 臣往于平壤 果與彼妓 數宵同枕 欺負聖明之罪 姑不足論 將何面目 更對天顔乎 因俯伏不起 上親進執手 而起之曰 此豈兄主之過也 實予之罪 也 幸勿咎焉 仍陳密敎之辭意 强力扶起 更坐席上 上命丁香 進拜於前 丁 香乍嬌羞 半斂雲鬟 侍立側 綽灼之姿 天然之態 感動舊愛 更惹新情 十倍

於前矣 上笑曰 兄過弟罪 姑捨勿論 而以香兒之才智 助我兄弟之樂 可謂奇巧 而今日晝見 何如前日夜見耶 大君餘羞未消 微哂而俯伏對曰 前戒後恩俱出於聖意之勤懇 惶感兼至 圖報無地矣 上命召丁香於前 賞賜金銀寶貝甚盡 幄幕器皿米布等物 充於新築之宮 而使丁香居焉 富貴繁華 聳動一世矣是日 君臣盡歡而罷 大君肅謝之後 與丁香 卽歸新宮 執其手而戲之曰 汝何若是欺人耶 可謂慧黠之甚矣 丁香俯伏含羞而對曰 妾謹奉密旨 出於不得已之致 而實多逋謾之罪 願大監憐而恕之 大君曰 逐猫之時 尙不罪汝 況今托情已熟 愛已深矣 豈有追咎之理哉 因就抱腰曰 汝之欺我謀 雖陳平六出奇計 不過於此也 我自成川 還到平壤 缺墻高築 不復見汝而返 懷思齷 不能定情 有中鉤之魚 而頻顧歸雲 從傷懷抱矣 今忽相逢 如見泉下之人 丁香曰莫非聖恩暨 竊恐賤妾福灾生矣 大君遂與丁香 情好日密 多生子女 同享富貴 百年偕老 而其子孫 至今士大夫者 多矣

大淸咸豊八年 歲在戊午季秋上幹 嘉陵石樓@謄出

丁香傳

(晩松本)

讓寧大君 則太宗大王長子也 初封世子矣 見第三弟氏有文王之德 與仲氏孝寧大君 長有讓位之心 而讓寧大君 則稱有狂病 多聚豪悍之輩 擊兎伐狐日事遊獵 孝寧大君 則遊心外道 日與僧尼之徒 書給勸善 聚米鳩財 崇信妖法 而兄弟俱以敗德 終至讓位於第三氏則世宗 我東方聖人也 而大君 可謂有太伯虞仲之德也 世宗登極之後 聖德流行 大化隆洽 時和歲豊 百物暢茂八路人民 皆有熙皥之風矣 一日 讓寧大君 言於世宗曰 關西 則海東名勝之地 山川秀麗 景物甚佳 臣得三四兩朔之由 一往于平壤乙密城中 觀箕子之遺址 回向成川 望巫山十二峰仙景 而還 上曰 關西 素是花柳之郡也 或恐

傷於酒色 而不敢許也 大君曰 聖教如此 臣願愼酒色而返矣 上曰 酒是狂藥 着口心傷 色乃妖狐 入眼魂迷 雖明行之君子 鮮不迷惑 況少年男子 風情浩蕩 愼色之言 余不取信矣 大君曰 殿上 以友愛之情 過慮至此 臣仰體聖意 上不欺天 內不欺心 而千萬愼色無矣 上知其沛然之難禁 勉强許之曰 若能愼色無恙而還 則予必親迎於崇禮門 設三日宴矣 大君不勝惶感曰 聖教若是勤懇 敢不奉教乎 因遂辭退 卽行嚴關於沿路各邑及平安一道曰 勿論老少以女爲名之人 若見眼前 則當該守令 削祛仕判 而三公兄等 一皆杖殺云矣 各邑守令 見此關文曰 此大君 素著狂病 誠可畏也 下吏輩 莫不戰慄 卽爲謄關 傳令於沿路人民處 狂大君行次時 雖羸乞女 勿爲觀光事 戒嚴矣 上自送大君之後 內念於心曰 大君以少年風度 西關佳麗之地 雖有山川之風物 若不能飮一盃 犯一色 而空還 則必爲一生之遺恨矣 遂下密教於關西列邑曰 若使一妓 薦枕於大君 能解客懷寥寂 則其守令超二資 不次擢用矣 關西守令 既見大君之嚴關 又奉薦色聖教 而兩難之際 莫知所爲 百計無策矣 皆曰 雖不奉行聖教 猶可無罪責 若犯大君之威 則死可判矣 莫不畏縮 而猶平壤監司及庶尹 廣詢諸妓曰 汝輩中 誰能一侍大君之枕席乎 皆曰 餓虎之啄 猶可近 而大君之威 不可犯矣 擧皆掉頭 而有一妓丁香者 年踰二八 色冠關西亦有奇謀 出班告曰 妾雖萬死 庶可一當 而使此名區 不至無色矣 遂獻一計 監司庶尹 大奇之 翌日 客舍正南 毁破一墻 有若風雨之所傷 又修墻外一小屋 爲丁香所處之屋 又通引中一等美姿容者 鮮明其衣服 而着之 以侍大君之行次矣 一日 大君到平壤 則溪沙十里 楡木成林 錦水淸波 白鷗流泳 漁歌棹笛 處處互答 大君登大同江門樓 倚窓歎曰 眞所謂第一江山也 及還容舍 十字長街 左右轉傑 朱甍高閣 鬱鬱相連 而無一人窺者 可知其戒飭之嚴絶也 入坐客舍 則通望四山 眼界甚佳 而南隣北舍 東里西家 或近或遠 絲竹咽咽 歌曲嫋嫋 而大君所處 寂寥太甚 萬無一分興味矣 俄而監司入來 進拜於前 擧進大卓 珍羞綺饌 無非佳味也 監司拱手而言曰 甘紅露桂棠酒 雖是此土之美酒 而嚴關之下 不敢進呈 以綠蟻香醴 敢此替呈 亦非甚未安 大君 酒雖禁 醴何妨焉 遂擧觴一嘗 則味雖極甘 氣亦稍冽 大君久阻之餘 雖知此冽 亦不知咎 遂傾數盃而止 俄而道伯歸營 日將夕矣 滿城千家 炊烟漸

起 前面墻缺處 夕烟亦起 數三通引 左右侍坐 其中一兒 衣服明麗 容貌甚美 大君頗愛之 問 汝年幾何 其通引跪答曰 十五歲 大君內念於心曰 吾洛陽素多人物 未見如此之兒 男子如此 況女子乎 方信平壤之有人物也 頃之自墻缺處 有一猫含鷄脚走 將入來于大君所坐軒下 而後有一女子 持杖逐猫幾至半庭 而左右羅卒 呵噤及(乃?)止 大君使羅卒 拿入其女 年將十七八姿色絶妙 素衣素裳 跪於庭下而泣訴曰 小女年十八 喪夫孤居 未及半年 而厥猫無狀 亡夫饗食之所用鷄脚 含而走去 憤惋之餘 不覺嚴威之在上 觸冒至此 乞保殘命焉 鸎舌巧敏 柔聲悽惋 言言可哀 聲聲可愛 雲鬢髟髟 珠淚滿腮 姸姿艶態 可鎔鐵肝 嫩語嬌音 能消石腸 大君旣見其容 又哀其情 怒氣氷解 不忍加杖 憐而赦之 其女回身出去之際 纖腰裊娜 正如風外之柳枝蓮步輕柔 婉若錦上之添花 大君微吟曰 方信人間有西子之句 遂招通引美姿容者 近前分付曰 汝之官家 不勤戒飭 遂使村女 衝犯尊威 監司庶尹以下三公兄等 一幷依關文施行矣 其通引 俯伏泣對曰 厥女則小人之妹也 豈不聞官威之嚴重也 只緣狂猫含去亡夫饗食之饌 故至情所在 憤心火急 全忘嚴威至犯死罪 此實是眚灾也 幸願神明俯憐 特施肆赦之典 雖保縷命 而至今思之 餘威凜凜 滿身生栗矣 今承本營勘罪之敎 小妹之殘命 必死於本官之手因遂揮泣 流淚滿面 大君旣見其兒之美 又思其女之容 而意所活之 更問曰本官果若嚴飭 則豈有此等之罪犯乎 其通引又荅曰 平壤一城內 皆汲江水爲飯 故着彩衣 汲水及洴澼之人 相望十里 吳姬越女 丰茸之態 無以加此 而行次之時 無一人見形者 實是官家申飭之嚴也 薄命小妹 全然忘却 適犯死罪 天何怨哉 人何怨哉 小人願死庭下 以代小妹之殘命焉 大君曰 然則 非本官之罪 而汝妹忘却之過也 此時 正當春三月也 滿城華色 綠柳紅杏 宛若錦帳 長歌短唱 哀絲豪竹 家之蜂囂 可知其歌妓琴娥之繁華也 時已昏矣 大君盡退其羅卒 只率數三通引 一柄殘燭 獨處客舍 所思者 唯逐猫之小娥也諸通引 到(倒?)睡於屛下 猶與小通引 狎坐問曰 汝家富乎 對曰 父母俱沒家亦甚貧矣 大君曰 然則 汝之衣服 何是美也 對曰 小人旣無兄弟 獨與一妹 居於缺墻之外 而妹自小 慣於針線 獨步於一城之內 故傭作人衣 捧價連命 所着衣服 皆出於妹手 男妹二人 更相爲命而已 大君默念於心曰 色美才

妙 眞才女 而但其薄命 可惜也 又問曰 汝家大乎 對曰 墻外蝸室 則小人之家 俄而歌聲琴韻漸息 人語馬嘶亦止 可知其夜已深矣 小通引亦垂頭而睡 大君獨自徘徊於軒上 因遂降階 散步於庭下 于時 月色如晝 斗橫欄干矣 素衣嬌容 長在眼前 泣訴柔音 不絶耳邊 欲忘難忘 不思自思 潛語於心曰 吾寧一見其家矣 欲進不進 或恐人知 赼趄者 久矣 時夜將半 萬籟俱寂 大君決意 遂進一步百顧 再步千顧 擧足輕步 猶有履聲 遂脫其履 至於墻缺處 果有蝸室 一如小通引之言矣 大君卽知其女室 捲其繩樞而入 一點燈影 猶照門隙 遂向窓穴窺見 則厥女坐於燈下 而飄然有魏仙君之態矣 眞所謂 閉月羞花之容 沈魚落鴈之色 大君 春心斗起 狂魂火急 排窓而入 厥女 回身一見 則容儀壯嚴 有若萬丈之喬嶽 氣象淸越 宛若千仞之虹霓 驚惶戰慄 屛身於房隅 聲若細縷而言曰 何人夜入寡女之房乎 大君曰 不是別人也 卽夕來大君也 其女尤極惶戰曰 大君行次 何等貴人 來此陋舍也 尤爲悽然 大君曰 大君亦人也 勿以驚惻 恐傷弱質矣 女曰 死不足惜 傷何慮焉 遂乞曰 妾則良家女 夫死之日 卽欲隨死 而妾已死 則亡夫魂靈 更無可托之路 故忍而不死 姑待同生之有室 忍爲守節矣 豈意大君 至此迫脅也 死不從命矣 大君曰 因汝同生之言 知汝高節及門閥矣 雖然 身旣到此 吾何忍也 女曰 妾雖愚駑 豈不知大監之尊貴乎 但妾夫年才十餘歲 不知夫婦之理 而成婚 遽爾身沒 今日半月矣 只顧此身 大倫已定 一死爲誓 伏乞大監 憐而恕之 保遂一節 勿以人過 而不使作門戶之恥焉 大君遂前執其手慰之曰 高耶 節也 惜哉 容也 年今幾何 而作此可憐之人生也 汝今靑春 吾亦少年也 以汝靑春之年 豈忍虛老百年 以吾少年之氣 亦豈能虛送良夜乎 女泣而哀乞曰 偸節之日 卽背夫之辰也 將安用彼背夫女乎 寧甘一死矣 遂抽壁上女裝刀 大君奪其刀而擲之 以手拭淚 更探其志曰 然則 我誤矣 爲之奈何 汝果不饒我性命乎 女長吁一聲 斂袵而跪曰 惶恐惶恐 顧此賤妾之身 則昆虫不如也 大監則天仙之下降也 尊莫大焉 貴莫大焉 有此不饒性命之敎 豈敢以妾之賤 不饒尊貴之命乎 今承嚴敎 萬死何辭 惟大監命焉 大君大悅 遂與之同枕 殆同劉玩之遇仙女也 繾盡繾綣 或慮通引之覺悟 卽還客舍 是時監司庶尹 因左右窺者密通 知大君之動靜矣 大君還客舍後 丁香則入官家 與大君同枕之意

節節告之 監司庶尹曰 幽暗之中 情跡無證 汝其必得然後 可以奏啓矣 丁香曰 伏願使道 挽止大監之行次 姑待數日 則待情熟 自有底道理 監司曰 諾翌日 監司入見問安 酒(從?)容言于大君曰 獎營城外城內 多有遊覽之處 姑留數日 周覽勝地何如 大君心思夜來之事 故有喜色而言曰 我之此行 本是遊覽景物之意 道伯之言 正副我素志 遂留數日 而晝則待夜 夜則每至女家嬌情密意 如醴如蜜 而枕席之際 尤以有(百?)態媚悅之 大君之心 日益浸溺不覺已至十餘日矣 時當春夏之交節也 明日將向成川 夜至女家 則女於枕上言於大君曰 大監復路之日 妾請隨往京師 願爲焚爨之婢 以終一生焉 大君曰 否 我之辭陛之日 親承愼色之聖教 前月嚴關 實由於此 今與娘子 成此好會 實違聖教 有損體貌 私心愧恥 恥亦云深矣 豈有率去之路乎 女卽失聲飮泣曰 然則 妾之一去 自此誤矣 時耶 命耶 此生何生 當此生離死訣之日哀哀一身 何處依歸 雖歸地下 無復見亡夫之面 殆同墻花一折 被棄而便作泥中之殘蘂 生 無所依 死無所歸 空作無主之孤魂 豈不罔極哉 仍以玉頰觸於大君之胸前 嗚嗚咽咽 氣不口出 聲若細縷 若將絶矣 大君撫其背 拭其淚 百般慰之曰 勿爲浪悲 以傷花顔 生前豈無相逢之日乎 女曰 賤妾 旣無隨往之路 大監 亦無更來之理 生前 只是相逢之日 春花秋月 空爲斷腸之色冷風殘雪 謾作枯魂之質 長年日月 何以堪遣也 妾聞洛陽人物之豊高 大監一歸之後 遊於錦繡之叢 迷於脂粉之窟 則豈復憶乎. 妾無塩之資 空作黃壤之孤魂 豈不哀哉 豈不愁哉 哀怨之態 悲涼之言 可以割大丈夫心腸矣 大君不勝悽惋之心 淸淚凝落 强爲之言曰 汝何爲此可憐之形 擾我心思耶 女曰事已至此 爲之奈何 願爲妾 一賜表情之物 保作慰懷之資如何 大君曰 此則不難 歌以贈乎 詩以贈乎 女曰 歌則妓流之事也 不願得也 願得一首之詩替作大監之顔面也 大君卽索筆紙 擎進筆硯曰 紙易磨破 願寫嫁時彩裳之內幅 不磨不破 俾作死後同穴之資焉 大君曰 旨哉 言也 憐哉 情也 遂寫四韻一詩於裳幅 其詩 一別音容兩莫追 楚臺何處覓佳期 粧成斗屋人難見 眉歛春愁鏡獨知 夜月不須繡枕眺 朝霏何事卷羅雌 至於末句 暫停筆而問曰 汝名云何 女曰 妾名丁香 遂寫曰 庭前幸有丁香樹 盍把春情强折枝 寫畢 付與丁香 而藏之 是夜 別意忽忽 離懷暗暗 不睡不寐 鷄已三唱 大君則還客

舍 翌日 遂向成川 大君發行之後 丁香 卽以其裳 入見于官家 監司庶尹大喜 卽求彩函 納于函中 而聞奏京中 上親自開函 手閱裳詩 大奇之曰 此果大君手跡也 兄主之所卜 豈可置於妓籍乎 卽關關西 輦來丁香 而預築一宮以爲丁香處所 而待焉 居無何 丁香至入謁 上見其稚齒韶顔 其(眞?)國色也問其與大君結緣之事 丁香細陳其由 上露齒大笑曰 奇哉 奇哉 眞才女也 故處丁香於大內 以待大君之回還 兩宮侍女 聚而觀之 莫不奪色. 嘖嘖而相顧曰 眞所謂洛浦仙女也 此時 大君往于成川 周觀山川 因以復路 還于平壤期得復見丁香矣 入坐客舍而見 則前日缺墻 已爲宛築 無復可通之路 入侍通引 換番交遞矣 獨於心語曰 墻已高築 狂猫不復偸饌矣 旋復潛歎曰 軒上狂客 不復偸香矣 心思不佳 達夜不寐 而嗟哉 丁香必知我來 而數仞之墻便作三千里之弱水 各其所謂好事多魔也 噫 丁香肝腸 想必斷矣 翌日 遂向京師 大君出客舍門外 高褰襜帷 四望城中 丁香所處蝸室 爲大屋之所蔽 不復見矣 心中潛歎曰 頃者 成川之行 果是訣別 而丁香之言 信不誣矣 此時大君返旋先文入來奏聞 上連遣問安承旨 中史冠盖相望 又奏愼色之報 上大喜 命太常雅樂及列邑名妓 預爲習樂 又備謁宴之需以待之矣 大君行次 已踰慕華峴矣 上遂行崇禮門樓 望其入來矣 俄而大君至 見百官軍容之盛 知上之親臨 而若遠遠下馬 則一中史立 而分付驛卒 不使小停 疾驅入來 大君欲下不得 直至門前 始得下轎 鞠躬入謁 上臨軒迎笑曰 遠路風日 平安往來千萬幸甚 大君俯伏奏對曰 猥蒙聖念 無事回還矣 上遂近前執手 昵昵狎坐相敍久別之懷 義雖君臣 而情實骨肉 故仁兄愛弟之間 和樂之形 不可紙筆形矣 上細問關西山川風物 且曰 往于萬叢中 不折一枝而還 得無悔乎 大君俯伏對曰 聖敎隆重 豈敢辜負 且不如不見 故嚴禁妓流 初不近前 美色有無元不知矣 自無悔恨之心也 上拱手盛謝之 先是 上以大君之詩 下樂府 被於管絃 使諸妓 歌以習之 此時 丁香久在禁中 錦衣膏粱 玉貌花容 百倍於前非復昔時之丁香矣 是日 上使丁香 坐於諸妓中 以觀大君之記否 而大君於天威咫尺之下 不敢縱目偸視 況會夜散晝 顔猶未慣 實是千萬意外也 斷然不知矣 上命進酒饌 史奏樂 妓唱歌 其中一妓 歌大君之詩 又和其五言絶句大君聞其歌 則昔夜贈丁香之詩也 大疑 內思於心曰 此詩何以來此耶 詩云

詩人意思一般 豈其古人之先獲我心耶 疑思半餉 莫知其端倪矣 俄有一妓舞於席上 天姿仙態 飛燕莫及矣 更入帷後 改着素服出 舞袖(翩*)翻 左右回旋之時 忽見裳幅之詩 則自己之筆迹也 大君擧盃將飮 置盃於床前 慌忙離席 叩頭曰 臣往于平壤之時 果有與彼妓同枕之事矣 欺負聖明之罪 非所可論 而將何面目 更對天顔乎 因俯伏不起 上忙進執手 而起之曰 此豈兄主之過也 弟之罪也 幸勿咎焉 因陳密欺之事 强力扶起 更坐席 上命丁香 進拜於前 丁香乍嬌乍羞 半擧雲鬢 侍立對側 灼灼之姿 天然之態 感動舊愛更惹新情 十倍於前矣 上笑曰 兄過弟罪 故無足道云 以香兒之巧才 助我兄弟之樂 可謂奇巧 而今日之晝見 何如前夕之夜見也 大君餘羞未消 微哂而俯對曰 前戒後恩 俱出聖意之勤懇 惶感之至 圖報無地 上命召丁香於前 賞賜金帛等物 處於新築之宮 而使丁香居焉 富貴榮華 感動一世矣 是日 君臣盡歡而罷 大君甫別之後 與丁香 卽歸新築之宮 執其手而戲之曰 汝何若是之欺也 可謂慧之正矣 丁香俯伏含笑而對曰 謹奉密旨 出於不(得*)已 然而實多逋慢之罪 伏願大監憐之恕之 大君曰 逐猫入庭之時 尙不罪汝 況今托情已熟矣 情愛深矣 豈有追咎之念哉 因就抱其腰曰 汝矣欺我之謀 雖陳平之奇計 無以過此也 我自成川 還到平壤 則缺墻高築 不復見汝 情思齷齪不能定情 有若魚中有鉤 而瞻彼歸雲 徒切懷抱矣 今忽相見 如逢泉下之人 丁香曰 莫非聖恩攸暨 切恐賤質 朴過而灾生也 大君(與*)丁香 且相好樂日後多生男女 同享富貴 百年偕老 有子孫 至今爲士大夫者 多矣

정향젼

(박요순본)

"양령대군은 ᄐᆡ죵대왕의 쟝ᄌᆞ로셔 쳐음의 세ᄌᆞᄅᆞᆯ 봉ᄒᆞ시고 즁ᄌᆞ는 효령대군을 봉ᄒᆞᄉᆞᄃᆡ 쟝ᄎᆞ 양위ᄒᆞᆯ ᄆᆞᄋᆞᆷ이 잇고 삼ᄌᆞ는 문왕의 덕이 잇고 양령대군은 거즛 미친 병이 잇셔 외닙ᄒᆞᆫ 사람을 모드여 여호와 토ᄭᅵ ᄉᆞ

양ᄒᆞ기롤 일삼고 효령대군은 외도의 ᄆᆞ옴이 놀아 즁으로 ᄒᆞ여금 셔ᄉᆞ 왕ᄂᆡ나 ᄒᆞ고 착ᄒᆞᆫ 일이나 ᄒᆞ여 ᄊᆞᆯ도 빌고 돈도 빌어 불도나 슝샹ᄒᆞ니 형뎨가 ᄒᆞᆫ 가지 퓌덕ᄒᆞ여 두 대군은 가위 광 대군이(1.a)라 ᄒᆞ기로 ᄆᆞ 춤ᄂᆡ 위롤 ᄉᆞ양ᄒᆞ여 계시계 뎐ᄒᆞ시니 그 계시ᄂᆞᆫ 곳 셰종대왕이시니 동 방의 셩군이신디라. 등극ᄒᆞ신 이후로 셩덕이 유힝ᄒᆞ야 시화년풍ᄒᆞ고 가 급인족ᄒᆞ니 팔도인민이 다 요슌 세샹을 마(만?)ᄂᆞᆫ 듯ᄒᆞ더라. 일일은 양 령대군이 세죵대왕ᄭᅴ 말슴ᄒᆞ되 평안도ᄂᆞᆫ 본시 명승지지로 쳔하의 유명 ᄒᆞ여 산쳔이 슈려ᄒᆞ고 경긔가 졀승ᄒᆞ다 ᄒᆞ오니 신의게 삼ᄉᆞ삭 말미만 쥬시오면 ᄒᆞᆫ번 평양 ᄂᆡ외셩의 가셔 긔ᄌᆞ의 유젹이나 보옵고 셩쳔으로 가셔 무산 십이 션경이나 ᄇᆞ라보고 도(1.b)라오ᄂᆞᆫ 거시 소원이오니 셩 의가 하녀ᄒᆞ시니잇가? 샹이 ᄀᆞᄅᆞᄉᆞᄃᆡ 평양은 본시 쇡향이라. 형쥬가 혹 쥬쇡의 침범ᄒᆞ실가 념여되오니 허락디 못ᄒᆞ겟노라 ᄒᆞ신ᄃᆡ 대군이 ᄀᆞᄅᆞ ᄉᆞᄃᆡ 셩교가 여ᄎᆞᄒᆞ시니 신이 원컨ᄃᆡ 쥬쇡을 멀니 ᄒᆞ고 구경이나 ᄒᆞ고 도라오리이다. 샹이 ᄀᆞᄅᆞᄉᆞᄃᆡ 슐은 미친 약이라. 입의 ᄃᆡ이면 심경이 변ᄒᆞ여 여호가 눈의 들어와 혼이 희미ᄒᆞ여 군ᄌᆞ라도 침혹ᄒᆞᄂᆞᆫ 일이 잇 거든 허물며 연소 남ᄌᆞ의 호탕ᄒᆞᆫ 마옴으로 쥬쇡을 멀니 ᄒᆞᆫ다 말은 밋디 못ᄒᆞ겟다 ᄒᆞ신ᄃᆡ 대군이 ᄀᆞ로ᄃᆡ 뎐ᄒᆞ계오셔 우(2.a)의ᄒᆞ시ᄂᆞᆫ 졍으로 념 녀롤 깁히 ᄒᆞ시난 게오니 원컨ᄃᆡ 셩의롤 ᄉᆡᆼ각ᄒᆞ와 우흐로ᄂᆞᆫ 하놀을 속 이지 안코 안으로ᄂᆞᆫ ᄆᆞ옴을 속이디 아니ᄒᆞ와 쳔만번 쥬쇡을 삼가리이 다. 샹이 퓌여홀 ᄯᅳᆺ슬 알고 구지 금치 못ᄒᆞ여 ᄀᆞᄅᆞᄉᆞᄃᆡ 쥬쇡을 멀이ᄒᆞ 여 병이 업시 도라오면 슝녜문 밧긔 삼일 잔치ᄒᆞ고 친이 마즐 거시니 과인의 말을 져ᄇᆞ리디 말나 ᄒᆞ신ᄃᆡ 대군이 불승황감ᄒᆞ야 ᄀᆞ로ᄃᆡ 비록 용열ᄒᆞ오나 셩교롤 엇지 감히 어긔리잇가 ᄒᆞ고 인ᄒᆞ여 졀ᄒᆞ고 물너가니 라. 잇ᄯᅢ 샹이 셔관의 교측을 엄졀이 ᄒᆞ되 대군 힝ᄎᆞ(2.b)의 녁(연로?) 각읍과 평안 일도의 치도와 공궤 등졀을 각별이 졸ᄒᆞ되 약쥬ᄂᆞᆫ 일졀 드 리지 말고 무론노소ᄒᆞ고 계집 명식을 눈 압희 보이지 말디니 만일 젼교 롤 어긔여 범ᄒᆞ면 당히 슈령은 파직ᄒᆞ고 히읍 공형은 일병쟝술홀 거시 니 각기지실ᄒᆞ라 ᄒᆞ여 ᄒᆞ야금 일을 ᄂᆡ계 각별 엄측ᄒᆞ시니 각읍 슈령이 이 교측을 보고 다 일으되 대군(은) 본시 광병이 잇셔 가이 두렵다 ᄒᆞ고 이속비들은 ᄯᅥᆯ지 안는 지 업더라. 슈령들이 교측을 인ᄒᆞ여 ᄇᆡᆨ셩의계 젼령ᄒᆞ되 치도도 줄ᄒᆞᄂᆞᆫ 여아와 무론노소ᄒᆞ고 계집이라 위명하고 대군 힝ᄎᆞ시예(3.a) 갓가이 구경ᄒᆞ면 곳 쥭일 쥴노 엄측ᄒᆞ더라. 샹이 대군을 보ᄂᆡ신 후 ᄂᆡ렴의 ᄒᆞ시되 년소 풍치와 의긔 호협으로 관셔ᄀᆞᆺᄒᆞᆫ 승지의 일홈ᄂᆞᆫ 강산 누ᄃᆡ 경긔ᄅᆞᆯ 구경ᄒᆞᆯ 제 슐 ᄒᆞᆫ 잔을 못마시고 명기 ᄒᆞ나ᄅᆞᆯ 못 샹관ᄒᆞ고 도라오면 평ᄉᆡᆼ의 유한이 되고 병이 날가 념녀 무궁ᄒᆞ여 드듸여 평양 감ᄉᆞ와 셔윤의계 감아니 밀지로 젼교ᄅᆞᆯ ᄒᆞ시되 명기 ᄒᆞ나ᄅᆞᆯ 대군긔 쳔거ᄒᆞ야 적막ᄒᆞᆫ ᄀᆡᆨᄉᆞ의 회포ᄅᆞᆯ 풀계 ᄒᆞ라 분부ᄒᆞ시되 만일 지간 잇게 쳔거ᄅᆞᆯ 줄ᄒᆞᄂᆞᆫ ᄌᆞ면 특별이 ᄲᅢ셔 쓰계노라 ᄒᆞ셧더라. 이ᄯᅢ 관셔(3.b) 슈령들이 대군계 쥬식을 갓가이 말나 ᄒᆞ신 엄측을 본 후 무셔워 아니ᄒᆞ나니 업스되 오즉 평양 감ᄉᆞ와 셔윤이 여러 기ᄉᆡᆼ들을 다 불너 일너 왈 너의 듕의 능히 묘ᄒᆞᆫ ᄭᅬᄅᆞᆯ ᄂᆡ야 대군 침셕의 뫼시리가 뉘 잇ᄂᆞ야 ᄒᆞᆫᄃᆡ 여러 기ᄉᆡᆼ이 다 ᄀᆞ로ᄃᆡ 쥴인 범 압희ᄂᆞᆫ 갓ᄀᆞ이 ᄒᆞᆯ디언졍 대군 압희ᄂᆞᆫ 갓가이 못ᄒᆞ겟ᄂᆞ이다 ᄒᆞ고 다 머리ᄅᆞᆯ 흔들되 그 즁의 기ᄉᆡᆼ ᄒᆞ나이 일홈은 졍향이니 나히 이팔이오, ᄌᆞ식이 평안 일도의 제일인되 긔이ᄒᆞᆫ ᄭᅬᄅᆞᆯ ᄂᆡ여 츌반쥬ᄒᆞ야 고ᄒᆞ되 쳡이 비록 만번 쥭ᄉᆞ와도 대군을 뫼시겟ᄂᆞ이다 ᄒᆞ고 긔묘ᄒᆞᆫ 모칙을 올인ᄃᆡ 감ᄉᆞ와 셔윤이 긔이이 넉여 졍향(4.a)이 말ᄃᆡ로 디위ᄒᆞ되 ᄀᆡᆨᄉᆞᄂᆞᆫ 졍남향이되 젼면으로 ᄒᆞᆫ 편의 담 ᄒᆞᆫ 쪽이 무너져 풍우의 샹ᄒᆞᆫ 것ᄀᆞ치 ᄒᆞ여두고 그 밧긔 조고마ᄒᆞᆫ 초가 삼간을 졍향이 집이라 졍ᄒᆞ고 ᄯᅩ 통인 ᄒᆞ나ᄅᆞᆯ 일등 기묘ᄒᆞᆫ 아희로 ᄐᆡᆨ취ᄒᆞ여 의복을 션명이 ᄒᆞ여 입혀 대군 힝ᄎᆞ시의 등ᄃᆡᄒᆞ엿다가 뫼시게 ᄒᆞ라 ᄒᆞ엿더니 일일은 대군 힝ᄎᆞ가 평양 감영의 득달ᄒᆞ니 대동강 일면의 금ᄃᆡ로 둘녓ᄂᆞᆫᄃᆡ ᄇᆡᆨᄉᆞᄂᆞᆫ 십 이오, 양류ᄂᆞᆫ ᄒᆞᆫ 쥴이라. 목단봉 황독피ᄂᆞᆫ 젼후의 샹망이오, 금슈ᄂᆞᆫ 능나도의 뇨ᄇᆡᆨ 운탄의 샹연ᄒᆞ야 용용 쳥파의 ᄇᆡᆨ구ᄂᆞᆫ 왕ᄂᆡᄒᆞ고 금인은 유영이라. 고기 ᄌᆞᆸᄂᆞᆫ 노ᄅᆡ와 나무 ᄒᆞᄂᆞᆫ 졋소ᄅᆡᄂᆞᆫ 곳곳마(4.b)다 일어나고 금남아쟝은 여긔져긔 오락가락 쳥흥을 이긔지 못ᄒᆞ여 대동문 루의 올나 난간을 의지ᄒᆞ여 ᄉᆞ방을 둘너보고 탄식ᄒᆞ여

ᄀᆞ로ᄃᆡ 아람답다! 진실노 텬하 졔일 강산이로다. 인ᄒᆞ여 ᄀᆡᆨᄉᆞ로 드러보니 슈리롤 일신이 ᄒᆞ고 포진 등졀이 휘황찬란ᄒᆞ고 좌우의 고루걸각이 즐비ᄒᆞ계 연ᄒᆞ여 잇고 사람 ᄒᆞ나도 엿보ᄂᆞᆫ 지 업ᄂᆞᆫ 거ᄉᆞᆫ 교측이 졀엄ᄒᆞ신 연고러라. ᄀᆡᆨᄉᆞ의 드러가 좌졍ᄒᆞ고 ᄎᆞ례로 둘너본즉 ᄉᆞ산이 둘너잇셔 눈 압희 풍광이 심히 아람다와 남녁 말 북역 집과 동녁 말 셧녁 집이 혹 멀기도 ᄒᆞ고 혹 각갑기도 ᄒᆞᆫ 즁의 풍편으로 풍악 소ᄅᆡᄂᆞᆫ 은은이 들이고 노ᄅᆡ 곡조(5.a)ᄂᆞᆫ 담 밧긔 젼ᄒᆞ되 대군의 쳐소ᄂᆞᆫ 젹막ᄒᆞ기 심ᄒᆞ여 조곰 흥취가 업더니 졈간 잇다가 감ᄉᆞ가 드러와 졀ᄒᆞ고 문후ᄒᆞᆫ 후의 곳 교ᄌᆞ상의 만반진슈롤 ᄎᆞ려 올이고 감ᄉᆞ가 셔셔 말ᄒᆞ되 감홍노와 계당쥬ᄂᆞᆫ 여긔 유명ᄒᆞᆫ 조흔 슐이오나 엄측지하의 감히 드리지 못ᄒᆞᄋᆞᆸ고 감쥬로 ᄃᆡ신ᄒᆞ여 올이오니 심히 불안ᄒᆞ오이다. 대군이 ᄀᆞᄅᆞᄉᆞᄃᆡ 슐은 비록 금ᄒᆞᆫ 빈나 단 슐이야 무어시 ᄒᆡ로리오? 잔을 들어 맛슬 본즉 감미와 향취가 쳥열ᄒᆞ여 긔운이 샹연ᄒᆞ거ᄂᆞᆯ 대군이 슐을 폐ᄒᆞᆫ지 오란지라. 두어 잔을 ᄌᆞ시고 말더라. 조곰 잇다 감ᄉᆞᄂᆞᆫ 영문으로 드러가고 날은 졈졈 졈으거ᄂᆞᆯ 셩 안 셩 밧 여러 집의 져역 연긔가 ᄎᆞᄎᆞ 일너나고(5.b) 담 무너진 편의셔도 셕년이 이러나ᄂᆞᆫ디라. 적막ᄒᆞᆫ 즁의 슈삼 통인드리 뫼시고 잇ᄂᆞᆫᄃᆡ 다 쥰슈ᄒᆞ고 영니ᄒᆞ여 별노 ᄎᆞ등이 업스되 그 즁의 한 통인이 의복도 션명ᄒᆞ고 인물도 특별이 ᄲᅮ여ᄂᆞ거ᄂᆞᆯ 대군이 사랑ᄒᆞ여 물어 왈 네 나히 몃 셜이야? 통인이 ᄭᅮ러안져 고ᄒᆞ되 십오세로소이다. 대군 ᄆᆞ음의 셔울셔 인물을 마니 보앗시되 져러ᄒᆞᆫ 아희ᄂᆞᆫ 보디 못ᄒᆞ엿시니 남ᄌᆞ가 져러ᄒᆞ니 허물며 녀자의 인물이야 더 ᄒᆞᆯ 말이 잇스랴? 평양 물싀이 조션 졔일이라 ᄒᆞᆷ이 과연 허언이 아니로다. 조곰 잇더니 담 무너진 곳싀셔 괴 ᄒᆞ나가 닭긔 다리롤 물고 곳 대군 계신 ᄀᆡᆨᄉᆞ 마로 밋ᄒᆞ로 드러오더니 그 담 터진 곳스로 여인 ᄒᆞ나가 집팡이롤 들고(6.a) 분긔롤 씌고 밧비 ᄶᅩᄎᆞ와 괴롤 ᄎᆞᆺ노라고 거의 ᄯᅳᆯ 가온ᄃᆡ 일으거ᄂᆞᆯ 좌우 나졸이 크계 놀나 황공이 금ᄒᆞ거ᄂᆞᆯ 대군이 그 무엄ᄒᆞᆷ을 노ᄒᆞ여 ᄌᆞᆸ어들이라 ᄒᆞᆫ즉 나졸이 즉지에 ᄌᆞᆸ어ᄭᅳᆯ여 안치거날 그 녀인을 보니 나히 열육칠세쯤 되고 용모가 졀등ᄒᆞ고 소복을 극히 졍결이 입은더라. ᄯᅳᆯ 아ᄅᆡ

안치고 형장을 베풀고 호령이 엄슉ᄒᆞ여 대군이 분부ᄒᆞ시되 네가 녀ᄌᆞ의 몸으로 절엄ᄒᆞᆫ 교측을 허소이 알고 죄를 범ᄒᆞ여시니 너갓흔 연의 족죄ᄒᆞᆫ 것슨 녹히가오니 즁장ᄒᆞ라 ᄒᆞ고 엄녕이 츄상ᄀᆞᆺ흔지라. 정향이 그 엄영을 듯고 형구를 보미 혼(6.b)비빅산ᄒᆞ고 간담이 진열ᄒᆞ야 ᄯᅡ의 업드려 울며 ᄀᆞ로ᄃᆡ 소녀의 나히 십칠이온ᄃᆡ 팔ᄌᆞ 긔박ᄒᆞ여 상부를 일즉 ᄒᆞᄋᆸ고 과거ᄒᆞᆫ디 일연이 다 못되여ᄉᆞ온ᄃᆡ 집이 심히 빈ᄒᆞᆫᄒᆞ와 샹식 반찬ᄒᆞ오랴고 간신이 어더 두엇던 달긔 다리를 뜻밧긔 괴가 도젹ᄒᆞ여 물고 담 틈으로 넘어가난 져음의 소녀가 밧긔 잇다가 마촘 보ᄋᆸ고 분심이 텽즁ᄒᆞ와 엄위ᄒᆞᆷ을 싱각디 못ᄒᆞᄋᆸ고 이가치 죄를 범ᄒᆞ엿ᄉᆞ오니 듁어도 앗갑지 아니ᄒᆞ오나 이갓치 가련ᄒᆞ온 인싱을 십분 용셔ᄒᆞ오셔 술녀쥬시ᄋᆸ소셔 ᄒᆞ고 ᄯᅬᄭᅩ리ᄀᆞᆺ흔 혀를 굴녀 싱황갓치 소ᄅᆡ를 ᄒᆞ니 소ᄅᆡ 소ᄅᆡ 쳐량ᄒᆞ고(7.a) 말 말이 슬푼지라. 홋터진 머리는 무산 양ᄃᆡ에 ᄯᅥᆯ기 구람이 드리우고 옥빈의 흘으난 눈물은 금당 연화가 아춤 이슬 져진 듯 철셕간장이라도 가히 녹을지라. 대군이 잠심ᄒᆞ여 그 말을 듯고 그 졍샹을 측은이 넉이며 그 얼골의 붓그런 긔식과 슬푼 ᄐᆡ도를 뉘 아니 불샹ᄒᆞ고 슬푸계 알이요? 대군이 인ᄒᆞ여 졍신이 혼미ᄒᆞ고 노긔가 츈셜ᄀᆞ치 녹아 엄쟝도 못ᄒᆞ고 가마니 보다가 좀간 웃다가 분부ᄒᆞ여 왈 네 말을 듯고 네 경샹을 술피니 가긍ᄒᆞ고 불샹ᄒᆞ도다. 곳 속히 물너가라 ᄒᆞ신ᄃᆡ 녀인이 불승황감ᄒᆞ여 빅비ᄉᆞ은ᄒᆞ야 몸을 돌여 나가는 모양을 보니 가는 허리는 고혼(7.b) 버들가지 츈풍의 요료ᄒᆞᆷ이오, 걸음은 가부연 년 ᄭᅩᆺ시 물결의 ᄯᅥ셔 옴김이라. 압흐로 보미 경셩 경국할 ᄌᆞ식이오, 뒤로 보미 쟝단훌 ᄐᆡ도니 완연이 비단의 문의를 더ᄒᆞᆫ 게오, 빅옥의 광치를 도은게라. ᄃᆡ군이 보기를 양구이 ᄒᆞ신 후 심즁의 ᄒᆞ되 이 셰샹의도 셔ᄌᆞᄀᆞᆺ흔 녀ᄌᆞ 잇는 게로다. 급히 가쟝 ᄉᆞ랑ᄒᆞ던 통인을 각가이 오라 ᄒᆞ여 분부ᄒᆞ되 아가 그 녀인 잡아들릴 ᄯᅢ에 네가 홀노 황공ᄒᆞ고 비쳑한 긔식이 잇ᄉᆞ니 무슨 연고니. 통인이 ᄭᅮ러안저 알외되 소인의 누의가 즁쟝을 당ᄒᆞ겟기 ᄌᆞ연 그러ᄒᆞ여이다. 대군이 그 남ᄆᆡ 된다 말을 듯고 이상이 넉여 ᄀᆞᄅᆞᄉᆞ되 너의 관가가 신측을 줄못ᄒᆞ여 마을 계집으로 ᄒᆞ여금 절엄

(8.a)ᄒᆞᆫ 교측을 거역ᄒᆞ엿시니 너의 ᄉᆞᄂᆞᆫ 집은 어ᄃᆡ기에 소문도 못드럿ᄂᆞ야? 감ᄉᆞ 셔윤은 파직ᄒᆞ고 공형 등은 일병 장술 시ᄒᆡᆼᄒᆞ리라 ᄒᆞ신ᄃᆡ 그 통인이 업드려 우러 왈 소인의 누의가 읍져의 ᄉᆞ오나 외인과 통셥이 업ᄉᆞ오니 엄측 잇ᄂᆞᆫ 쥴은 미쳐 아지 못ᄒᆞᄋᆞᆸ고 미친 괴가 ᄃᆞᆰ의 다리 무러가ᄂᆞᆫ 걸 보고 쥭은 지아비 샹식 반찬만 ᄉᆡᆼ각ᄒᆞ여 졸디의 분ᄒᆞᆫ ᄆᆞᄋᆞᆷ이 불갓치 급ᄒᆞ와 전후를 불고ᄒᆞ와 즁죄를 범ᄒᆞᄋᆞᆸ고 다ᄒᆡᆼ이 민명ᄒᆞ신 쳐분과 하히ᄀᆞᆺ흔 덕턱을 입어 즁장을 면ᄒᆞ고 잔명을 보젼ᄒᆞ엿습더니 지금 ᄯᅩ 엄졀ᄒᆞ신 분부를 듯ᄌᆞ오니 정신이(8.b) ᄯᅥᆯ이ᄋᆞᆸ고 영문을 감죄ᄒᆞᆫ다 ᄒᆞ신니 소ᄆᆡᄂᆞᆫ 인져 ᄇᆞᆫ다시 영문 ᄉᆞᄯᅩ의 손의 쥭겟ᄉᆞ오니 대감 덕턱으로 ᄉᆞ라나온 거시 가위 젼공가셕이오니 엇지 원통치 아니ᄒᆞ오릿가? 인ᄒᆞ여 눈물이 얼굴의 가득ᄒᆞ거ᄂᆞᆯ 대군이 그 놈을 보고 그 누의를 ᄉᆡᆼ각ᄒᆞ여 술이고ᄌᆞ ᄒᆞ나 다시 긔법으로 분부 왈 본관이 신측을 얼마 쥴ᄒᆞ여시면 이러ᄒᆞᆫ 일이 잇술가 ᄒᆞᆫᄃᆡ 통인이 ᄃᆡ답하여 알외ᄃᆡ 평양 셩ᄂᆡ 셩외예셔 강물을 길어 먹습고 강변의 가 ᄲᆞᆯᄂᆡᄒᆞᄂᆞᆫ 녀인이 삼시로 왕ᄂᆡᄒᆞ여 연속부졀ᄒᆞ여 유두분면과 ᄂᆞ군옥안이 오희 월녀가 이 ᄯᅡ 인물의 지ᄂᆞ지 못ᄒᆞ더니 대군 ᄒᆡᆼᄎᆞ시예 쥬파 샹네라도 ᄒᆞ나이 엿보지 못ᄒᆞᆷ은 관가 신측이 졀(9.a)엄ᄒᆞ여 그러ᄒᆞᆫ 거시오, 소인의 누의ᄂᆞᆫ 박명ᄒᆞᆫ 쳥샹으로 문밧긔 나지아니ᄒᆞ고 외인이 근쳐의 통노도 업습ᄂᆞᆫ 고로 교측 소문을 젼ᄒᆞ니도 업습고 어더 듯도 못ᄒᆞᆫ 고로 쥭을 죄를 범ᄒᆞ엿ᄉᆞ오니 엇지 하ᄂᆞᆯ을 원망ᄒᆞ며 사람을 탓ᄒᆞ리잇가? 복걸 소인은 ᄯᅳᆯ 아ᄅᆡ 가 쥭ᄉᆞ와 소ᄆᆡ의 잔명을 박구어쥬시ᄋᆞᆸ소셔 ᄒᆞ며 인ᄒᆞ여 울면셔 곳 쥭고ᄌᆞ ᄒᆞ니 그 잔잉ᄒᆞᆫ 경샹은 ᄎᆞᆷ아 보디 못ᄒᆞᆯ지라. 대군이 감동ᄒᆞ여 왈 과시 네 말과 ᄀᆞᆺ흘진ᄃᆡ 관가의셔 불근 거ᄒᆡᆼᄒᆞᆫ 죄가 아니오, 네 누의가 모로고 디은 허물인즉 ᄂᆡ 짐작이 잇술 거시니 너ᄂᆞᆫ 과히 경동ᄒᆞ여 념녀ᄒᆞ지 말나 ᄒᆞ고, 일쟝효유를(9.b) ᄒᆞ시니라. 잇ᄯᅢ 모츈 삼월 망간이라. 셩의 가득ᄒᆞᆫ 만호쳔문과 주류화각은 월즁의 영농ᄒᆞ고 풀은 양뉴와 불근 도ᄒᆡᆼ화ᄂᆞᆫ 금슈 병장을 둘은 듯ᄒᆞ고 긴 노ᄅᆡ와 졀은 곡조와 슬픈 져소리와 깃분 거문고ᄂᆞᆫ 집집마다 이러ᄂᆞ고 곳곳마다 화답ᄒᆞ여 별 ᄯᅦ도 갓고 잉셩도 갓

치 풍편의 은은ᄒᆞ고 기싱의 쳥가묘무와 악공의 용싱봉관이 고져장단을 셔로 맛초와 소릐롤 젼ᄒᆞ니 진실노 가려번화의 제일 되ᄂᆞᆫ 곳시로다. 밤이 ᄎᆞᄎᆞ 깁허 가미 대군이 나졸을 다 물이고 다만 슈삼 통인만 다리고 촉불을 ᄃᆡᄒᆞ여 적막히 안저서니 다만 싱각나ᄂᆞᆫ 게 긔 ᄯᅩᄎᆞ 오던 여인뿐니라. 다른 통인들은 병풍 뒤(10.a)에 다 졸(고*) 다만 소통인 ᄒᆞ나 다리고 안져 무러 왈 네 집이 형세가 부ᄌᆞ야? ᄃᆡ 왈 부모 구몰ᄒᆞᄋᆞᆸ고 집도 심히 간구ᄒᆞ이다. 대군이 ᄀᆞᄅᆞᄉᆞᄃᆡ 그러ᄒᆞ면 네 의복이 져갓치 고흐냐? ᄃᆡ 왈 의미 형데도 업고 다만 누의 ᄒᆞ나 잇ᄉᆞ와 담 무너진 넘어 집의 잇삽ᄂᆞᆫᄃᆡ 침공이 졔일이라. 유명ᄒᆞ와 ᄇᆞᄂᆞ딜 품 파라 먹고 입어 ᄌᆞ싱을 ᄒᆞ온즉 소믜의 슈단으로 남믜 잔명을 보존ᄒᆞᄋᆞᆸ기 소인의 의복도 계셔 ᄂᆞᆫ게로소이다. 대군이 속으로 말숨ᄒᆞ되 지달도 져러ᄒᆞᆫᄃᆡ 일즉 쳥샹 된 거시 가이 앗갑고 불샹ᄒᆞ다 ᄒᆞ시고 ᄯᅩ 무러 왈 네 집이 얼마나 크야? ᄃᆡ 왈 담 무너진 밧긔 달팡이 집만ᄒᆞᆫ 거시 소인의 집이올소이다. 이(10.b)러틋 문답ᄒᆞᆯ 져음의 담 밧긔 허다ᄒᆞᆫ 집의 노릐와 거문고 소릐가 즘즘 쉬고 사람의 말과 말 우ᄂᆞᆫ 소릐도 ᄎᆞ(ᄎᆞ*) 그치고 왼 셩즁이 고요ᄒᆞ니 밤이 깁흔 쥴을 알고 소통인이 ᄯᅩᄒᆞᆫ 졸거ᄂᆞᆯ 대군이 홀노 심이 적적함을 한탄ᄒᆞ야 마루의 나아가 건일다가 인ᄒᆞ여 ᄠᅳᆯ 아릐 나려가 이리져리 왓다갓다 ᄒᆞ더니 월식은 낫과 ᄀᆞᆺ고 셩두ᄂᆞᆫ 난간의 비치거ᄂᆞᆯ 담쟝 소복과 션연 미틔가 눈 압희 삼삼ᄒᆞ고 울던 모양과 말ᄒᆞ던 셩음이 귀가의 암암ᄒᆞ여 잇고ᄌᆞ ᄒᆞ여도 잇디 못ᄒᆞ고 싱각디 아니ᄒᆞ여도 ᄌᆞ년이 싱각이 아(나*)니 호령을 금치 못ᄒᆞ여 속으로 말ᄒᆞ되 이ᄀᆞ치 깁흔 밤의 뉘가 능히 알이오? ᄂᆡ가 그(11.a) 집을 테면불고ᄒᆞ고 ᄎᆞᄌᆞ가리라 ᄒᆞ니 ᄯᅢᄂᆞᆫ 졍밤즁이라. 쳔지가 고요ᄒᆞ고 ᄉᆞ방이 조용ᄒᆞ야 초목금슈도 다 좀을 ᄌᆞᄂᆞᆫ 모양이니 대군이 츈흥을 이긔지 못ᄒᆞ여 가실 져음의 혹시 통인놈이 좀을 ᄭᅬ(ᄭᆡ?)야 일어나 ᄎᆞ질가 념여ᄒᆞ야 시시로 도라보고 ᄒᆞᆫ 거름의 다셧 번 싱각ᄒᆞ고 두 거름의 열 번 싱각ᄒᆞ여 ᄉᆞᄉᆞ망념이 무궁ᄒᆞ야 혼ᄌᆞ 속말노 ᄒᆞ되 졔 ᄆᆞᄋᆞᆷ의 쳔심을 모로고 ᄂᆡ 혼ᄌᆞ랑으로 이리ᄒᆞ다가 만일 듯디 아니ᄒᆞ고 픠롤 보ᄂᆞᆫ 지경이면 톄즁ᄒᆞᆫ 터의 남우셰 망신이 업

ᄉᆞ니 엇지ᄒᆞᆯ고? 다시 풀어 ᄉᆡᆼ각ᄒᆞ되 제가 그 ᄌᆡᄉᆡᆨ을 가지고 이 바닥 ᄉᆡᆼ쟝으로 소견이 그리 옥ᄉᆡᆨᄒᆞ여 용졸ᄒᆞᆯ 니도 업고 만일 일양 완거ᄒᆞ면 강졔(11.b)로 위협을 ᄒᆞ기로 혈마 졔계 퇴ᄅᆞᆯ 당ᄒᆞ고 말며 ᄯᅩ 만일 졔가 슈졀ᄒᆞᆯ 마음이 도져ᄒᆞ야 져ᄉᆞᄒᆞ고 졍열을 직힐 탁이ᄒᆞᆫ ᄒᆡᆼ실이 잇ᄉᆞᆯ진ᄃᆡ 옛 말의 ᄒᆞ엿시되 ᄉᆞᆷ군은 가이 ᄲᅦ스되 필부의 ᄯᅳᆺ슨 ᄲᅢᆺ지 못ᄒᆞᆫ다 ᄒᆞ엿시니 나의 일시 ᄉᆞ욕을 아모ᄶᅩ록 억제ᄒᆞ고 졔 아ᄅᆞᆷ다옴을 일우여 올나가 탑젼의 쥬달ᄒᆞ여 졍표하여 쥬도록 쳐분을 무러볼 계니 셩불셩간 가보리라 ᄒᆞ고 담 무너진 듸로 넘어가실ᄉᆡ 신 소ᄅᆡ가 나ᄂᆞᆫ 고로 신을 버셔들고 가마니 가셔 본즉 과연 달팡집갓흔 슈간두옥이 잇셔 통인의 말과 ᄀᆞᆺ흔디라. 대군이 그 집인 줄 알고 ᄎᆞᄎᆞ 각가이 ᄂᆞ아가니 일졈등광이 문의 빗초여거ᄂᆞᆯ 문 틈으로 가마니 엿보니 그 여인이 등잔 압희 홀노 안져 잠(12.a)심ᄒᆞ여 침션만 ᄒᆞᄂᆞᆫᄃᆡ 화용옥안이 나ᄌᆡ 볼 졔 슈심의 ᄊᆞ여 울던 모양 황겁의 쓰여 ᄋᆡ걸ᄒᆞ던 거동부덤 십ᄇᆡ ᄇᆡᆨᄇᆡ나 더 나아 월궁의 ᄒᆞᆼ아가 인간의 젹하ᄒᆞᆫ 듯 낙포의 션녀가 진셰의 머무ᄂᆞᆫ 듯 일은바 잠긴 고기와 ᄯᅥ러진 기럭이오, 달을 한ᄒᆞ고 ᄭᅩᆺ슐 근심ᄒᆞᄂᆞᆫ ᄐᆡ도라. 대군이 츈심이 불ᄀᆞ치 이러나고 광혼이 ᄇᆞ람ᄀᆞ치 드날여 문을 열고 곳 드러가니 보니 그 여인의 단즁이 안진 거동은 만쟝의 손과 갓고 쳥졀ᄒᆞᆫ 긔샹은 쳔쟝의 무지게갓더니 ᄒᆞᆫ번 눈을 둘너보고 ᄶᅡᆷ작 놀나여 몸을 송구려 ᄯᅥᆯ면셔 소ᄅᆡᄅᆞᆯ 실ᄀᆞ치 ᄒᆞ여 말ᄒᆞ되 사람이냐? 귀신이냐? 이 깁흔 밤의 과부의 방의 무ᄉᆞᆫ 연고로 드러왓ᄂᆞ야? 대군이 ᄒᆞ시되 귀신도 아니오, 별 사람도 아니오, 나(12.b)ᄂᆞᆫ ᄀᆡᆨᄉᆞ의 드러온 대군이라. 놀나디 말고 소ᄅᆡ도 크게 ᄒᆞ지 말(나*). 여인이 황송이 듯고 말ᄒᆞ되 대군 ᄒᆡᆼᄎᆞ가 하등 존즁ᄒᆞ신ᄃᆡ 이런 비루ᄒᆞᆫ 집의 오시기가 만무ᄒᆞ오니 밋지 못ᄒᆞ겟소. 대군이 왈 대군도 사람이라. 엇디 네게 속여 말ᄒᆞ겟ᄂᆞ야? 녀인이 왈 만일 대군이 분명ᄒᆞ시면 ᄉᆡᆨ을 각가이 ᄒᆞ디 말나 ᄒᆞ신 교측이 졀엄ᄒᆞ시다오니 헛 말ᄉᆞᆷ이온잇가? 대군이 ᄀᆞᄅᆞᄉᆞᄃᆡ 네 몸이 관물이 아니오, 무치인 촌 계집이니 관계치 아니ᄒᆞ고 하ᄂᆞᆯ이 미친 괴로 ᄒᆞ여금 월하홍승의 연분을 ᄆᆡ진 거ᄉᆞᆯ 엇지 억의며 만일 과이 거역ᄒᆞ면 약ᄒᆞᆫ 몸이 샹ᄒᆞ리라

ᄒᆞ신ᄃᆡ 여인이 알외되 죽어도 앗길 거시 업거든 허물며 샹ᄒᆞᄂᆞᆫ 일을 념여ᄒᆞ릿가 ᄒᆞ고 곳 ᄋᆡ걸(13.a)ᄒᆞ여 ᄒᆞ난 말이 첩은 양인의 집 부여로셔 지아비 듕(둑?)던 날의 ᄯᆞ라죽고ᄌᆞ ᄒᆞ엿더니 첩이 죽은즉 망부의 혼령이 다시 의탁ᄒᆞᆯ 곳시 업ᄉᆞᆸ기 ᄎᆞ마 목숨을 ᄭᅳᆫ치 못ᄒᆞ고 슈절을 ᄒᆞᄋᆞᆸ더니 엇지ᄒᆞ여 대감게오셔 이러틋 억지로 분부ᄅᆞᆯ ᄒᆞ시니 죽ᄉᆞ와도 말ᄉᆞᆷ을 듯디ᄂᆞᆫ 못ᄒᆞ겟ᄂᆞ이다. 대군이 ᄀᆞᄅᆞᄉᆞᄃᆡ ᄂᆡ가 너와 ᄀᆞ치 술ᄌᆞ고 말ᄒᆞ엿더니 너의 문벌이 그러치 아니ᄒᆞ고 네 절ᄀᆡ가 져러틋ᄒᆞ나 그러나 이 지경을 당ᄒᆞ여 ᄂᆡ가 적지 안인 몸이라. 네가 엇지 이ᄀᆞ치 괄ᄃᆡᄒᆞᄂᆞ야? 여인이 알외ᄃᆡ 첩이 비록 미련ᄒᆞ오나 대감 존귀ᄒᆞ신 몸을 엇지 모로오릿가마ᄂᆞᆫ 다만 ᄉᆡᆼ각ᄒᆞ건ᄃᆡ 망부의 나히 계오 십세온ᄃᆡ 부부디(13.b)의ᄅᆞᆯ 알디 못ᄒᆞ고 혼인ᄒᆞᆫ디 몃 달이 못도여 죽ᄉᆞ온 후 즉시 하종을 못ᄒᆞ고 이졔 몸을 기우리면 큰 윤긔가 손샹ᄒᆞᆫ즉 죽기로 ᄆᆡᆼ셰ᄒᆞ오니 복걸 대감은 이 가긍ᄒᆞᆫ 인명을 불샹이 용셔ᄒᆞ오셔 ᄒᆞ야금 절ᄀᆡᄅᆞᆯ 직희여 가문의 치욕이 아니되게 쳐분ᄒᆞ심을 ᄇᆞ라ᄂᆞ이다. 대군이 손을 ᄌᆞᆸ고 위로 왈 쟝ᄒᆞ다. 절ᄀᆡ여! 앗갑다. 얼골이여! 나히 이졔 얼마야되 이ᄀᆞ치 가련 인ᄉᆡᆼ을 지으니 불샹ᄒᆞ다. 너도 청츈이오, 나도 소년인ᄃᆡ 네가 이졔 청츈으로 엇지 ᄇᆡᆨ연을 허송ᄒᆞ며 ᄂᆡ가 이졔 소년긔상으로 이가튼 조흔 밤을 헛도이 지ᄂᆡ겟ᄂᆞ냐? 녀인 ᄯᅩ 울면셔 ᄋᆡ걸 왈 실ᄒᆡᆼᄒᆞ난 날이 디아비ᄅᆞᆯ 아조 잇난 날인즉 텬지간의 윤긔 읍난 죄인을 어ᄃᆡ 용납(14.a)ᄒᆞᆯ고? 죽난 거시 올타 ᄒᆞ고 벽상의 걸닌 녀쟝도ᄅᆞᆯ ᄲᆡ여들고 곳 ᄌᆞ결코ᄌᆞ ᄒᆞ거날 ᄃᆡ군이 놀나여 그 칼을 ᄲᅦ셔ᄂᆡ여 ᄇᆞ리고 소ᄆᆡ로 눈물을 씻기며 그 ᄯᅳᆺ슬 위로ᄒᆞ고 진정ᄒᆞ게 ᄒᆞ나 대군의 ᄆᆞᄋᆞᆷ이 측은ᄒᆞ고 진실 정절이 도져ᄒᆞ물 알아 다시 말ᄉᆞᆷᄒᆞ여 가ᄅᆞᄉᆞᄃᆡ 너의 정열이 과연 세샹의 드물어 죽기ᄅᆞᆯ ᄒᆞᆫᄒᆞ고 ᄆᆞᄋᆞᆷ을 변치 아니ᄒᆞᆯ 모양인즉 ᄂᆡ 아모리 소연 츈심을 금ᄒᆞ기 어려오나 오륜삼강을 븟드ᄂᆞᆫ 도리에 억지로 훼절 식히ᄂᆞᆫ 게 불가ᄒᆞ니 ᄂᆡ 올나가거든 어젼의 알(외*)여 너의 열ᄒᆡᆼ을 포양ᄒᆞ여 정문을 무러 네 문호ᄅᆞᆯ 빗ᄂᆞ게 ᄒᆞ게시나 다만(14.b) ᄂᆡ 몸은 이졔 이후로 너로ᄒᆞ여 병이 되여 셰상의 업ᄂᆞᆫ 의약이라도 고치디 못ᄒᆞ고 만리ᄀᆞᆺ튼 전정

이 속절업게스니 슬푸도다. 녀인이 그 말숨을 듯고 싱각ᄒᆞ여 본즉 ᄉᆞ양을 너무ᄒᆞ다가 고동이 넘어 만일 일이 틀여도 낭픽요, 만일 나라의 알외여 포정이 되는 날이면 본식이 탈노ᄒᆞ여 양가 부녀라 ᄒᆞᆫ 말과 샹부슈절이라 ᄒᆞᆫ 말이 모도 긔망ᄒᆞᆫ 죄가 젹지 아니ᄒᆞᆫ즉 죽기가 가려오, 죽기롤 요힝으로 면ᄒᆞᆫ다 ᄒᆞ여도 교방 기안의 ᄶᅧ러 시ᄉᆞ도 못단이고 가무와 노리기로 버리롤 졸ᄒᆞ여 호의호식ᄒᆞ는 길이 ᄭᅳᆫ치고 갓흔 졔비계도 조소만 바들 터인즉 평싱을 아조 그룻칠가 대겁이 ᄂᆞ셔 인ᄒᆞ여 염용ᄒᆞ고 엿ᄌᆞ오ᄃᆡ 게집이 지아비 위ᄒᆞ여 슈졀ᄒᆞ는(15.a) 것슨 당연한 녜ᄉᆞ일이온즉 별노이 담달은 힝실이 아니온ᄃᆡ 조가의 알외신다 말숨은 쳔만당치 아니ᄒᆞᆫ 분부시오, 쳔쳡의 몸은 곤츙만도 못ᄒᆞ옵고 대감긔셔는 하늘 신션이 하강ᄒᆞ심갓ᄉᆞ와 놉기도 이부더 크미 업고 귀ᄒᆞ기도 이부더 듕흠이 업ᄉᆞ신 터의 일긔 쳔쳡으로 하여 병환이 들겟다 ᄒᆞ시니 이런 황공 죄송ᄒᆞᆯ ᄃᆡ가 업ᄉᆞ오이 졔는 죽ᄉᆞ와도 하교롤 ᄉᆞ양치 아니ᄒᆞ야 거술일 길이 업숩나이다. 대군이 이 말을 드르시미 크게 반갑고 깃분 ᄆᆞ음을 이긔디 못ᄒᆞ여 손으로 등을 어르만지며 ᄀᆞᄅᆞᄉᆞᄃᆡ 네 말을 드르니 죽을 병의 신약을 엇(어?)든 듯(15.b)ᄒᆞ다 ᄒᆞ시고 ᄆᆞ음이 급ᄒᆞ야 일너 왈 봄 밤이 졀나 잠 졀 동안이 얼마 못되겟다 ᄒᆞ신ᄃᆡ 여인이 즉시 일어나 농쟝을 열더니 식로 ᄒᆞᆫ 비단 금침을 나여 펴놋는ᄃᆡ 무식도 찰는ᄒᆞ고 향취가 진동ᄒᆞ거날 대군이 우스며 ᄀᆞᄅᆞᄉᆞᄃᆡ 슈졀ᄒᆞᆫ다 ᄒᆞ더니 혼인 금침을 ᄒᆞ여 두고 기ᄃᆞ린디 오란 게로다. 녀인니 ᄃᆡ 왈 연젼 소녀의 혼시예 부모가 이 금침을 장만ᄒᆞ여 신낭이 어리기로 초례만 ᄒᆞ고 슈숨연 후의 합예ᄒᆞᆯ 졔 덥흐라 ᄒᆞᆫ게로소이다. 대군이 ᄯᅩ 우셔 왈 합예ᄒᆞᆯ 졔 덥흐라 말이 춤 올토다 ᄒᆞ시고 인ᄒᆞ여 손을 ᄭᅳ러 신혼 부부와 ᄀᆞ치 홈긔 동침을 ᄒᆞ니 임셕의 즐거운 것과 운우의 깃분 졍(16.a)은 이러 형언못ᄒᆞ고 거연이 달기 여러 번 울고 동방이 식고ᄌᆞ ᄒᆞ미 혹시 통인이 좀을 ᄭᆡᆯ가 념여ᄒᆞ야 곳 일어나 긱ᄉᆞ로 도라오니 심신이 숄난ᄒᆞ여 좌우 손을 일은 것갓고 신졍이 미흡ᄒᆞ야 ᄶᅥ는온 일을 싱각ᄒᆞ니 이목의 암암ᄒᆞᆫ디라. 혼ᄌᆞ 누어 이리져리 싱각ᄒᆞ되 ᄌᆞ고로 풍뉴소년이 녀식을 ᄉᆞ랑ᄒᆞ니가 몃 사람인고? 두목지는 양듀의셔 청누 박힝이라 즈칭ᄒᆞ고 원진이는 경호의셔 청츈 호정을 천단ᄒᆞ엿다 천고의 유명ᄒᆞ더니 이제 나는 평양의 와셔 졀ᄃᆡ가인을 갓가이 ᄒᆞ여 일시 염정을 극딘이 ᄒᆞ고 평싱 능ᄉᆞ롤 마친 듯ᄒᆞ도다. 다만 졀부의 훼졀을 식힌 일이 조곰 ᄆᆞ옴의 엇더ᄒᆞ나 만고문쟝의(16.b) 사마쟝경도 과거ᄒᆞ는 탁문군을 거문고 ᄒᆞᆫ 곡조로 ᄆᆞ옴을 도두워 가약을 ᄆᆡ져 힝낙을 ᄒᆞ여시되 후셰 사ᄅᆞᆷ들이 그 일노 ᄒᆞ여 사마쟝경을 시비ᄒᆞᆫ 게 업셧시니 홋 사람이 뉘가 나롤 나무라리오 ᄒᆞ더라. 이 밤의 감ᄉᆞ와 셔윤이 좌우로 ᄒᆞ여곰 밀통ᄒᆞ여 대군의 동정을 임의 아는디라. ᄃᆡ군이 긱ᄉᆞ로 나간 후의 정향이가 곳 관가의 드러가 대군을 뫼시고 동침ᄒᆞᆫ 연유롤 일일 고ᄒᆞᆫᄃᆡ 감ᄉᆞ와 셔윤이 우스며 ᄀᆞᄅᆞᄃᆡ 가만ᄒᆞᆫ 가온ᄃᆡ ᄌᆞ취가 업는 일을 오히려 알 슈가 업ᄉᆞ니 네가 반ᄃᆞ시 ᄃᆡ군의 필적을 맛다 넌 연후의야 가이 ᄃᆡ너예 쥬달ᄒᆞ겟다 ᄒᆞ니 정향이 왈 원컨ᄃᆡ 사또는 대감 힝ᄎᆞ롤 슈일만 더 유ᄒᆞ여 (쥬*)시면 더 정슉ᄒᆞᆫ 후의 슈젹(17.a)을 맛다 올니리이다. 감ᄉᆞ 왈 그러ᄒᆞ다 ᄒᆞ고 명일의 감ᄉᆞ 셔윤의(이?) ᄃᆡ군긔 문후ᄒᆞ고 조용이 말ᄉᆞᆷᄒᆞ되 평양 셩너 셩외예 조흔 누각이(며*) 아롬다온 경긔가 허다ᄒᆞ오니 슈일을 더 유련ᄒᆞ오셔 승지 풍광을 더 유람ᄒᆞ시는 게 조흘 듯ᄒᆞ오니 쳐분이 엇더ᄒᆞ신잇가? 대군이 ᄆᆞ옴의 ᄒᆞ로 밤이라도 더 지너는 거시 깃버셔 ᄀᆞᄅᆞᄉᆞᄃᆡ 너가 여긔 온 것손 다름아니라 승지 풍물을 고로 구경ᄒᆞᄌᆞ고 온 길이니 감ᄉᆞ의 말이 나의 뜻과 갓도다 ᄒᆞ고 인ᄒᆞ여 슈일을 더 유ᄒᆞᆯ시 나지면 밤을 기ᄃᆞ려 마양 담 남어 집의 가셔 아리ᄯᆞᆸ고 가득ᄒᆞᆫ 졍이 날마다 더ᄒᆞ여 ᄐᆡ손이 낫고 챵히가 얏흔지라. 대군의 ᄆᆞ옴이 졈졈 침익ᄒᆞ(17.b)여 십여일이 되는 걸 ᄭᆡ닷디 못ᄒᆞ더라. 봄과 여름이 밧고여 명일은 ᄉᆞ월 초싱이라. 쟝ᄎᆞ 셩쳔으로 가랴 ᄒᆞ는 ᄎᆞ인ᄃᆡ 밤의 ᄯᅩ 동침ᄒᆞᆯ시 여인이 벼긔 우희셔 ᄒᆞ난 말이 대감계오셔 셩천 구경ᄒᆞ시고 다시 이리 오실 게니 원컨ᄃᆡ 뫼시고 셔울노 올나가셔 밥ᄒᆞ는 종이나 되여 평싱을 맛치겟ᄉᆞᆸᄂᆞ이다. 대군이 왈 신쇽ᄒᆞ라 ᄒᆞ신 교측이 졀엄ᄒᆞ시고 나도 탑젼의 다딤을 드린 터의 나와 네가 지금 이러틋 동낙ᄒᆞ는 것도 젼교롤 어긔는 일이여날 ᄒᆞᆫ가지 가기야 ᄒᆞᆯ 슈 잇ᄂᆞ야? 그런 말은 부ᄃᆡ ᄒᆞ지 말나 ᄒᆞ신ᄃᆡ 여인이 곳 울어 ᄀᆞ로ᄃᆡ 그러ᄒᆞ온즉 쳡의 일신이 공연이 실졀만 ᄒᆞ여 의지ᄒᆞᆯ ᄃᆡ가 업셔 죽어 지하로 가ᄌᆞ ᄒᆞ여도 망부(18.a)ᄅᆞᆯ 볼 낫시 업ᄉᆞᆫ즉 ᄉᆞ라도 의지가 업고 죽어도 의지가 업ᄉᆞ오니 진흙의 ᄯᅥ러진 ᄭᅩᆺ과 갓고 물을 일은 고기가 도여 공산의 무쥬고혼이 되겟시니 엇지 원통치 아니ᄒᆞ리오 ᄒᆞ고 인ᄒᆞ여 옥ᄀᆞᄐᆞᆫ 귀 밋츠로 대군의 가슴을 바드면셔 비감ᄒᆞᆫ 긔ᄉᆡᆨ으로 슘 쉬ᄂᆞᆫ 긔운이 입 밧긔 아니ᄂᆞ오게 ᄒᆞ고 소ᄅᆡ가 실낫ᄀᆞᆺᄐᆞ여 ᄌᆞᆼ찻 죽는 모양이 되니 대군이 등을 만지고 눈물을 씻기며 ᄇᆡᆨ단으로 ᄀᆡ유ᄒᆞ여 위로ᄒᆞᄂᆞᆫ 말ᄉᆞᆷ이 부딜업시 슬피 울어 ᄭᅩᆺᄀᆞᆺᄒᆞᆫ 얼골을 변치 말고 잇ᄉᆞ면 엇지 ᄉᆡᆼ전의 샹봉ᄒᆞᆯ 날이 업ᄉᆞ리오? 여인이 왈 천쳡이 ᄯᆞ라가ᄂᆞᆫ 도리도 업고 대감이 ᄯᅩ 오시기도 만무ᄒᆞ오니 ᄉᆡᆼ전의 다만 셔로 ᄉᆡᆼ각만ᄒᆞ여 츈풍츄월의 창ᄌᆞ만 ᄯᅳᆫ어딜 터이오. 연소ᄒᆞᆫ 쳡(18.b)이 엇디 셰월을 보ᄂᆡ리잇가? 듯ᄌᆞ오니 셔울은 팔도 인물이 도회ᄒᆞᄂᆞᆫ 부고라 ᄒᆞ오니 나라의셔 혹시 양가 녀ᄌᆞᄅᆞᆯ ᄐᆡᆨ션ᄒᆞ라 영이 잇거든 쳡을 아모조록 ᄲᅩᆸ히게 말ᄉᆞᆷᄒᆞ여 쥬시오면 힝혀 다시 뵈올가 ᄒᆞ오나 대감계셔도 ᄒᆞᆫ번 올나가시면 비단 장막과 쳥누 화월의 일등미ᄉᆡᆨ의게 심신이 취ᄒᆞ고 몸이 침혹ᄒᆞ여 쳡의게 무ᄉᆞᆫ ᄉᆡᆼ각이 밋치오며 ᄯᅩᄒᆞᆫ 쳡이 능히 장부의 간장을 버이지 못ᄒᆞ여 대감으로 ᄒᆞ여곰 비감ᄒᆞ시게 ᄒᆞᄂᆞᆫ 슈가 업ᄉᆞ오니 일분인들 ᄉᆡᆼ각이 게시리잇가? 일이 임의 이예 일으오니 대감 슈젹으로 쳡의게 무ᄉᆞᆫ 표졍이나 ᄒᆞ여 쥬시ᄂᆞᆫ 게 엇더ᄒᆞ온잇가? 대군이 ᄀᆞᄅᆞᄉᆞᄃᆡ 그ᄂᆞᆫ 어렵디 아니ᄒᆞ니 노ᄅᆡ로 ᄡᅧ쥬랴? 글노 ᄡᅧ쥬랴? 녀인이 알외ᄃᆡ 노ᄅᆡᄂᆞᆫ 기ᄉᆡᆼ(19.a)ᄇᆡ의게 당ᄒᆞᆫ 게오니 소원이 아니ᄋᆞᆸ고 글노 ᄒᆞᆫ 슈ᄅᆞᆯ 쳥ᄒᆞ오니 디여쥬시면 대감 안면과 ᄃᆞ람이 업시 쥬야 시시로 뵈ᄋᆞᆸ게ᄉᆞ오니 쳐분이 엇더ᄒᆞ신잇가? 대군이 즉시 허락ᄒᆞ고 지필묵을 ᄎᆞ지신ᄃᆡ 여인이 왈 조희ᄂᆞᆫ 픠고 샹ᄒᆞ기가 쉽ᄉᆞᆸ고 신혼시 ᄎᆡ단 치마가 잇ᄉᆞ오니 ᄂᆡ폭의다 ᄡᅧ쥬시오면 평ᄉᆡᆼ의 두고 보게ᄉᆞᆸᄂᆞ이다. 대군이 왈 그러라 ᄒᆞ시니 여인이 즉시 도리불슈영초단 치마ᄅᆞᆯ ᄂᆡ야녹코 쇄금들믜 연갑을 ᄂᆡ여 화초 ᄉᆡᆨ인 당연의 부용당먹을 갈고 상양호 무심필 솜사병을 나야녹코 엿ᄌᆞ오ᄃᆡ 손의 맛ᄂᆞᆫᄃᆡ로 쓰십소셔 ᄒᆞ거날 대군이 소 왈 신혼시 치마ᄂᆞᆫ 잇ᄉᆞ려이와 필묵 졔구가 엇지 이리 갓초 잇ᄂᆞ야? 녀인이 엿ᄌᆞ오ᄃᆡ 소녀의 집이 본시 문한을 (19.b) 슙상ᄒᆞ던 터인 고로 션세예 쓰던 남져미가 잇ᄂᆞ이다. 대군이 왈 그러ᄒᆞᆯ 듯ᄒᆞ다 ᄒᆞ시고 붓슬 들고 졍경을 ᄉᆡᆼ각ᄒᆞ야 칠언 ᄉᆞ운을 지어 ᄡᅳ니 그 글의 ᄒᆞ엿시되 일별음용양막츄ᄒᆞ니 초ᄃᆡ하쳐멱가기오, 쟝셩두옥인난견이오, 미념한슈경독지라. 야월불슈규슈침이오, 효붕하ᄉᆞ권나유오. 말구예 일으러 붓슬 머물고 왈 네 일홈이 무엇시냐? ᄃᆡ 왈 졍향이로소이다. 곳 이어 쓰되 졍젼ᄒᆡᆼ유졍향슈ᄒᆞ니 ᄒᆞᆸ파츈졍긩절지오. 그 뜻슬 삭여보니 ᄒᆞᆫ 번 이별하ᄆᆡ 셩음과 형용이 두 가지로 ᄯᆞ르디 못ᄒᆞ니 촛나라ᄃᆡ 어늬 곳싀 아람다온 긔약을 ᄎᆞ즈리오? 단쟝이 말만ᄒᆞᆫ 집의 일위니 ᄉᆞ람이 보기가 어렵고 눈셥이 ᄒᆞᆫ가ᄒᆞᆫ 근심을 거두니 거울이(20.a) 홀노 아ᄂᆞᆫ도다. 밤달은 모로미 슈 노흔 벼ᄀᆡᄅᆞᆯ 엿볼 게 아니오, ᄉᆡ벽 ᄇᆞ람은 무ᄉᆞᆫ 일노 깁 쟝막을 거치ᄂᆞ요? ᄯᅳᆯ 압희 다ᄒᆡᆼ이 졍향 나무가 잇ᄉᆞ니 엇지 봄졍을 ᄌᆞᆸ아 다시 가지ᄅᆞᆯ 썩디 아니ᄒᆞ리오 ᄒᆞ고, ᄯᅩ 오언 절귀예 ᄒᆞ엿시되 별노의 츈운산이오, 이졍의 편월구라. 가련젼젼야의 슈부위향수오. 그 뜻슬 ᄉᆞ겨보니 이별ᄒᆞᄂᆞᆫ 길의 봄 구름이 흣터지고 ᄯᅥᄂᆞ난 졍ᄌᆞ의 ᄶᅩ각 달이 갈구리ᄀᆞᆺ도다. 가이 어엿부다! 압 집 밤의 ᄂᆔ가 ᄃᆞ시 향긔로온 근심을 위로ᄒᆞ리오 ᄒᆞ니라. 쓰기ᄅᆞᆯ 다ᄒᆞᄆᆡ 졍향을 쥬시니 졍향이 절ᄒᆞ고 밧으니라. 이 밤의 임의 ᄃᆞ리 셰 홰ᄅᆞᆯ 울엿ᄂᆞᆫ디라. 이별ᄒᆞᄂᆞᆫ 졍회ᄂᆞᆫ 이로 형언할 슈 업ᄉᆞ나 대군이 부득이ᄒᆞ여 긔ᄉᆞ로 도라가 즉일의 셩쳔으로 가신(20.b) 후 졍향이 그 치마ᄅᆞᆯ 가지고 관가의 드러가 올니거ᄂᆞᆯ 감사와 셔윤이 크게 깃버ᄒᆞ야 졍향의 슬긔ᄅᆞᆯ 칭ᄎᆞᆫᄒᆞ고 샹급을 마니 쥬니 모단 기ᄉᆡᆼ들이 다 불어 ᄒᆞ고 탄복아니ᄒᆞ리 업더라. 곳 그날의 치함을 작만ᄒᆞ여 그 치마ᄅᆞᆯ 너허 대ᄂᆡ예 올니고 봉셔로 ᄉᆞ샹을 올여 쥬달ᄒᆞ니 샹이 우스시고 친히 함을 여러 치마ᄅᆞᆯ 보시니 대군의 필젹이 분명ᄒᆞ거날 그 긔이ᄒᆞᆫ 직간을 못ᄂᆡ 칭도ᄒᆞ시고 ᄋᆡ물을 좀시라도 기ᄉᆡᆼ 반열의 엇디 두리오 ᄒᆞ시고 즉시 평양의 교측ᄒᆞᄉᆞ 곳 졍향을 속신ᄒᆞ고 치ᄒᆡᆼ을 졸ᄒᆞ여 보ᄂᆡ라 ᄒᆞ신ᄃᆡ 감ᄉᆞ와 셔윤이 분부ᄅᆞᆯ 봉향ᄒᆞ야 일변 ᄒᆡᆼ

구ᄅᆞᆯ 분별ᄒᆞ고 ᄎᆡ교ᄅᆞᆯ ᄉᆡ로 무어 은금 장식과 금슈 유장의 오ᄉᆡᆨ 유소와 사면 쥬렴의 광ᄎᆡ가 일셩의(21.a) 조료ᄒᆞ고 향취가 십니의 들니ᄂᆞᆫ디라. 평양 셩ᄂᆡ 셩외예 그 ᄯᅥ나ᄀᆞ난 ᄒᆡᆼᄉᆡᆨ을 구경치 안너니 업고 영본관 기ᄉᆡᆼ 슈ᄇᆡᆨ명이 ᄭᅩᆺ밧시 되게 버러셔 젼송ᄒᆞᄂᆞᆫ 모양이 일ᄃᆡ 쟝관이오, 셔로 ᄒᆞᄂᆞᆫ 말이 져러ᄒᆞ게 ᄌᆞᆯ 도여가ᄂᆞᆫ 이ᄂᆞᆫ 평양 ᄇᆡ판ᄒᆞᆫ 이후로 쳐음이니 부즁ᄉᆡᆼ남듕ᄉᆡᆼ여ᄂᆞᆫ 이에 당ᄒᆞᆫ 말이라 ᄒᆞ여 평지 범인이 텬샹의 신션 올나가ᄂᆞᆫ 걸 앙망ᄒᆞ 듯ᄒᆞ더라. 샹이 졍향을 올녀 보ᄂᆡ라 분부ᄒᆞ시고 미리 궁 ᄒᆞ나ᄅᆞᆯ ᄌᆞᆯ 지어 졍향의 쳐소ᄅᆞᆯ 졍ᄒᆞ시고 대군을 기ᄃᆞ리라 ᄒᆞ시더니 졍향이가 곳 ᄯᅥ나 경셩의 드러왓다 ᄒᆞᆷ을 드르시고 샹이 불너 궐ᄂᆡ로 드러오라 ᄒᆞ야 보신즉 과년 셰샹의 드문 미ᄉᆡᆨ이라. 대군과 가약 ᄆᆡ진 일을 하문ᄒᆞ신ᄃᆡ 졍(21.b)향이 일일 복디 쥬달ᄒᆞ거날 샹이 노치ᄃᆡ소 왈 ᄌᆡ조 잇고 슬긔 잇다 칭ᄎᆞᆫᄒᆞ신ᄃᆡ 좌우 졔신이 일셰예 업드려 웃더라. 샹이 ᄌᆞ못 ᄉᆞ랑ᄒᆞ오셔 특별이 졍향을 명ᄒᆞ오셔 아직 궐ᄂᆡ예 잇셔 대군 올나오시기ᄅᆞᆯ 기ᄃᆞ리라 ᄒᆞ신ᄃᆡ 좌우 궁녀들이 그 인물이 져의 부덤 초월ᄒᆞᆷ을 탄복ᄒᆞ여 셔로 일너 말ᄒᆞ되 이 녀인은 진실노 양ᄃᆡ예 신녀가 아니면 낙포의 년여라 ᄒᆞ더라. 이 ᄯᆡ예 대군이 셩천의 산천 물ᄉᆡᆨ을 구경ᄒᆞ시고 다시 평양으로 도라와 ᄯᅩ ᄀᆡᆨᄉᆞ의 좌졍ᄒᆞ여 우션 졍향의 집 잇ᄂᆞᆫ 편을 본즉 담 무너진 ᄃᆡᄅᆞᆯ 완츅ᄒᆞ여 통노ᄒᆞᆯ 슈가 업ᄂᆞᆫ디라. 졍향을 볼 길이 업고 입시 통인도 번을 밧구여 하나도 낫 아ᄂᆞᆫ 놈이 업ᄂᆞᆫ디라. 대군이 일변으로 분심(22.a)이 ᄐᆡᆼ즁ᄒᆞ고 일변으로 낙심쳔만ᄒᆞ여 ᄂᆡ렴의 ᄌᆞ탄ᄒᆞ여 왈 담은 엇지 놉히 ᄡᅡ아 말우 아ᄅᆡ ᄆᆡᆺ친 괴가 반ᄎᆞᆫ을 도적ᄒᆞ야 물고 오ᄂᆞᆫ 걸 못보고 말우 우희 ᄆᆡᆺ친 손이 졍향을 도젹ᄒᆞ여 볼 슈가 업ᄉᆞ니 괴이ᄒᆞ도다 ᄒᆞ고 심ᄉᆞ가 ᄉᆞᆯ난ᄒᆞ여 밤이 다ᄒᆞ도록 잠을 일우디 못ᄒᆞ고 담 모통이만 보고 ᄉᆡᆼ(각*)ᄒᆞ여 왈 졍향이가 ᄂᆞ 온 ᄌᆞᆯ 알면 져도 보고ᄌᆞ ᄒᆞᄂᆞᆫ ᄆᆞ옴이 날과 ᄀᆞᆺᄒᆞᆯ지니 슬푸다! ᄒᆞᆫ 길이 다 못되ᄂᆞᆫ 담이 삼쳔리 약슈와 일만듕 봉산을 격ᄒᆞᆫ 듯 나의 챵ᄌᆞ가 ᄭᅳᆫ어지ᄂᆞᆫ 걸노 졍향의 간쟝이 다 녹ᄂᆞᆫ 거ᄉᆞᆯ 알게스니 진소위 결계무원이오, 호ᄉᆞ다마로다. 무한 탄식ᄒᆞ여 영본관의셔 진ᄇᆡᄒᆞᄂᆞᆫ 진슈셩찬도 맛시 업셔 못ᄌᆞ시고 그 잇튼날 드듸여 ᄯᅥ나 셔울노 향ᄒᆞ고져(22.b) ᄒᆞ야 ᄀᆡᆨᄉᆞ문 밧긔 ᄂᆞ와 ᄉᆞ면으로 살펴보아도 졍향의 와옥은 간 ᄃᆡ 읍고 고루걸ᄉᆞ만 즐비ᄒᆞ여 졍향의 영양도 볼 슈가 업거ᄂᆞᆯ 심즁의 탄식 왈 어제 셩천으로 갈 제ᄂᆞᆫ 졍향을 슬피 이별ᄒᆞ엿시나 회로의 ᄯᅩ 보려니 ᄒᆞ여 ᄆᆞᄋᆞᆷ을 위로ᄒᆞ엿더니 이졔ᄂᆞᆫ 과연 ᄉᆡᆼ이ᄉᆞ별이 되엿스니 ᄂᆡ ᄆᆞᄋᆞᆷ을 엇지 진졍ᄒᆞᆯ고? 졍향이가 나의 ᄯᅥᄂᆞ가ᄂᆞᆫ 모양을 문 틈으로 엿슬 보고 응당 슬품을 못이긔여 촉슈ᄌᆞ진ᄒᆞᆯ 테이니 ᄎᆞ마 엇지 ᄒᆞᄌᆞ 말인고? 이리 ᄌᆞ탄ᄒᆞ다가 도로 푸러 ᄉᆡᆼ각ᄒᆞ여 왈 ᄌᆞ고로 풍유남ᄌᆞ 가인 이별이 허다ᄒᆞ나 이별노 한이 되고 샹ᄉᆞ로 병이 드러 죽으난 (이*) 업다 ᄒᆞ니 대댱부 강ᄒᆞᆫ 챵ᄌᆞ가 엇디 아녀ᄌᆞ의계 샹ᄒᆞ리오 ᄒᆞ시고 다시ᄂᆞᆫ 도라보지 말고 이즐 망(23.a)ᄌᆞᄅᆞᆯ 공부ᄒᆞ리라 ᄒᆞ시더라. 이ᄯᅢ 대군이 올나가시ᄂᆞᆫ 날의 션문이 궐ᄂᆡ의 들이거날 상이 신하들노 ᄒᆞ여곰 영ᄒᆞ여 마조 나아가 문안ᄒᆞ게 ᄒᆞ시니 승지가 연속부졀ᄒᆞ여 대군의 신ᄉᆡᆨᄒᆞ여 안녕ᄒᆞ심을 보ᄒᆞᆫᄃᆡ 샹이 대열ᄒᆞᄉᆞ 쟝악원 관원의게 분부ᄒᆞ셔 각읍 기ᄉᆡᆼ을 미리 등ᄃᆡᄒᆞ여 노ᄅᆡ와 츔을 익히게 ᄒᆞ고 잔치ᄅᆞᆯ 크게 비셜ᄒᆞ엿다가 대군 ᄒᆡᆼᄎᆞᄅᆞᆯ 기ᄃᆞ리게 ᄒᆞ시더니 문득 모화관의 지ᄂᆡ물 드르시고 드드여 남ᄃᆡ문 누의 임ᄒᆞᄉᆞ 드러오시ᄂᆞᆫ 거동을 ᄇᆞ라보시더니 조곰 잇다 대군이 이르시니 ᄇᆡᆨ관과 군졸 긔쟝이 셩ᄒᆞ게 옹위ᄒᆞ고 나렬ᄒᆞᆫ디라. 샹이 문루의 친림ᄒᆞ신 쥴 알고 대군이 속히 하마ᄒᆞ랴 ᄒᆞ신즉 진문 밧긔셔 ᄒᆞᆫ 션젼관이 ᄂᆞ오면셔 셩(23.b)지ᄅᆞᆯ 젼ᄒᆞ되 하마ᄅᆞᆯ 말고 각가이 오라 ᄒᆞ시니 역졸이 족금도 머무르디 못ᄒᆞ고 곳 모ᄅᆞ 드러옴(올?) 져음의 대군이 조곰 나리고져 ᄒᆞ여도 나리디 못ᄒᆞ여 문젼의 일으셔야 교ᄌᆞ의 ᄂᆞ려 국궁ᄒᆞ여 두러가 뵈온ᄃᆡ 샹이 마루의 게시다 우스시며 마져 ᄀᆞᄅᆞᄉᆞᄃᆡ 원노의 풍일이 불슌ᄒᆞ온ᄃᆡ 평안이 왕반하신잇가? 대군이 부복 쥬 왈 두렵건ᄃᆡ 셩념을 무릅ᄡᅥ 무ᄉᆞ이 도라오나이다. 샹이 대군의 손을 ᄌᆞᆸ고 셔로 안저 오ᄅᆡ ᄯᅥ난 회포ᄅᆞᆯ 말ᄉᆞᆷᄒᆞ실ᄉᆡ 의ᄂᆞᆫ 비록 임군과 신하라 ᄒᆞ나 정은 실샹 골육형데여ᄂᆞᆯ 그 우ᄋᆡᄒᆞ시ᄂᆞᆫ 정의와 화락ᄒᆞᆫ 긔상은 사람으로 하여금 감동ᄒᆞ더라. 샹이 문득 평양 산쳔과 풍물을 먼져 물으시고 ᄀᆞᄅᆞ사ᄃᆡ 유명ᄒᆞᆫ 화류쟝ᄋᆡᄅᆞᆯ 가셔 ᄒᆞᆫ

가지도 ᄶᅥᆨ거 보디 못(24.a)ᄒᆞ고 들어온 후 한 되미 업사리잇가? 대군이 부복 ᄃᆡ 왈 셩교가 엄즁ᄒᆞ와 기ᄉᆡᆼ ᄒᆞ나도 각가이 아니하여ᄉᆞ오니 미ᄉᆡᆨ은 알디 못ᄒᆞ나이다. 샹이 팔쟝 ᄶᅵ고 위로ᄒᆞ시더라. 먼져 샹이 대군이 정향이계 지어쥬신 바 글을 악부의 젼ᄒᆞ여 모단 기ᄉᆡᆼ들이 노ᄅᆡᄒᆞ여 익히더니 이ᄯᆡ예 정향이 오ᄅᆡ 궐ᄂᆡ예 잇서 비단 의샹의 ᄊᆞ여 잇고 고량진미의 ᄇᆡ 불너 그 몸 모양과 ᄭᅩᆺ 얼골이 젼일부덤 ᄇᆡᆨᄇᆡ나 나호니 디금 졍향을 뉘가 젼일 졍향으로 알니오? 샹이 졍향으로 ᄒᆞ여곰 모든 기ᄉᆡᆼ 즁의 안치고 대군ᄃᆞ려 말솜ᄒᆞ시되 져 듕의 혹 아난 기ᄉᆡᆼ이 잇ᄂᆞᆫ잇가? 대군이 쳔위지하의 엇지 눈을 드러 ᄆᆞ옴ᄃᆡ로 보며 허물며 밤이면 모ᄃᆡ고 낫지면 나뉘여 낫도 익디 못ᄒᆞ고 ᄯᅩᄒᆞᆫ 이거시 쳔만의외라. 능히 알 길이 업서 알(24.b)외ᄃᆡ 아ᄂᆞ니가 ᄒᆞ나도 업ᄂᆞ이다. 샹이 쥬찬을 ᄂᆡ여 올니게 ᄒᆞ고 악공덜은 풍뉴ᄒᆞ고 졔기들은 노ᄅᆡᄒᆞ라 ᄒᆞ신ᄃᆡ 그 듕의 ᄒᆞᆫ 기ᄉᆡᆼ이 대군의 지은 오언시ᄅᆞᆯ 노ᄅᆡᄒᆞ거ᄂᆞᆯ 대군이 ᄒᆞᆫ 번 듯고 스스로 읫심ᄒᆞ되 녯 ᄉᆞ람 뉘가 그 글을 지은겐가? 우연이 ᄂᆡ 뜻과 참 갓도다 ᄒᆞ엿더니 조곰 잇다 ᄒᆞᆫ 기ᄉᆡᆼ이 셕샹의 나와 츔을 츄니 그 아릿답고 어엿분 모양이 나ᄂᆞᆫ 졔비와 잉무 공작이 밋디 못ᄒᆞᆯ지라. 다시 쟝막 뒤로 드러 비단 치마랄 가라 입고 나와 츔을 츄ᄂᆞᆫᄃᆡ 좌우 전후로 도라셜 졔 홀연이 치마 ᄂᆡ폭이 번드기ᄂᆞᆫᄃᆡ 대군이 보신즉 당신 필적이 완연ᄒᆞᆫ디라. 그졔야 그 기ᄉᆡᆼ의 모양을 ᄌᆞ시 보시니 졍향이가 분명ᄒᆞ거ᄂᆞᆯ 슐을 방쟝 마시고져 ᄒᆞ다가 망연이 실ᄉᆡᆨᄒᆞ고 ᄌᆞ리ᄅᆞᆯ(25.a) 피ᄒᆞ고 고두ᄉᆞ죄 왈 신이 평양을 가셔 엇져다가 이 기ᄉᆡᆼ을 기ᄉᆡᆼ인지 모로ᄋᆞᆸ고 두어 밤을 각가이 ᄒᆞ여 셩교ᄅᆞᆯ 어긔ᄋᆞᆸ고 군샹을 속여ᄉᆞ오니 무ᄉᆞᆫ ᄂᆞᆺ스로 텬안을 뵈오릿가? 급히 감죄ᄅᆞᆯ ᄒᆞ여지이다 ᄒᆞ고 부복ᄒᆞ여 일어나지 안커ᄂᆞᆯ 샹이 급히 손을 ᄌᆞᆸ어 일으키며 의로ᄒᆞ여 ᄀᆞᆯᄋᆞᄉᆞᄃᆡ 이거ᄉᆞᆫ 형쥬의 허물이 아니오, 곳 나의 죄니 다ᄒᆡᆼ이 허물치 마ᄋᆞᆸ소셔 ᄒᆞ고 밀지로 교측ᄒᆞ야 쳔ᄉᆡᆨᄒᆞ라 ᄒᆞ신 사의랄 낫낫시 말삼ᄒᆞ시고 붓드러 일세여 ᄌᆞ리 우희 안치고 정하을 명ᄒᆞᄉᆞ 나와 뵈오라 ᄒᆞ신ᄃᆡ 졍향이 나가 뵈시고 겻희 안지니 요조ᄒᆞᆫ ᄐᆡ도와 쳔연ᄒᆞᆫ 긔ᄉᆡᆨ은 젼일 와옥의셔 보던 모양보덤도 얼마가 더 나온(25.b)디라. 대군이 그제야 황공ᄒᆞ시던 빗슬 거두고 희식이 만면ᄒᆞ니 일좌의 화긔가 ᄋᆡ연ᄒᆞ더라. 상이 우셔 ᄀᆞᄅᆞᄉᆞᄃᆡ 형의 허물이 아니요, 데의 죄로 지ᄂᆞᆫ 일은 다시 족히 말ᄒᆞᆯ게 아니오, 형데의 질거온 거시 다시 비ᄒᆞᆯ ᄃᆡ 업거이와 나지 보ᄂᆞᆫ 거시 과연 전날 밤의 보시던 것과 엇더ᄒᆞ니잇가? 대군이 종시 붓그러온 ᄯᅳᆺ시 남어시나 조곰 웃고 ᄉᆞ례ᄒᆞ여 왈 전일 정게와 오날 은혜가 더옥 은근ᄒᆞ고 융듕ᄒᆞ시오니 디극히 황감무디ᄒᆞ오이다. 상이 정향을 불너 금은 금긔ᄅᆞᆯ 마니 상ᄉᆞᄒᆞ시고 긔명 등속과 미포 등물을 ᄉᆡ 궁으로 보ᄂᆡ여 정향으로 ᄒᆞ여곰 거쳐ᄒᆞ게 ᄒᆞ시니 영화 부귀가 ᄒᆞᆫ 세상의 졔일이오, 군신의 의와 형뎨의 정으로 질거옴이 비할 ᄃᆡ 업더라. 잔치ᄅᆞᆯ(26.a) 파ᄒᆞᄆᆡ 대군이 절ᄒᆞ고 물너가실ᄉᆡ 정향으로 ᄒᆞ야금 ᄒᆞᆫ가지로 ᄉᆡ 궁으로 가셔 손을 잡고 희롱ᄒᆞ여 왈 네가 이가치 ᄉᆞ람을 속이ᄂᆞ야? 정향이 부복흠슈ᄒᆞ고 대 왈 쳡이 평양ᄉᆞ도ᄭᅦ 밀지 거힝으로 ᄒᆞ와 이에 이르러ᄉᆞ오나 부득이ᄒᆞ여 대감ᄭᅴ 긔망ᄒᆞᆫ 일이 만ᄊᆞ오니 죄ᄂᆞᆫ 대감이 용셔ᄒᆞ여 노아쥬실가 ᄒᆞᄂᆞ이다. 대군 왈 괴 ᄶᅩᄎᆞ ᄀᆡᆨᄉᆞ 압희 드러 왓실 졔도 분긔ᄅᆞᆯ 잠시 춤고 용셔ᄒᆞ야 너ᄅᆞᆯ 죄로 다스리지 아니ᄒᆞ엿ᄭᅥ든 허물며 이졔 와샤 ᄎᆞᆼᄋᆡ와 정의가 이럿틋 듯터운ᄃᆡ 죄ᄅᆞᆯ 엇지 쥬겟ᄂᆞ야 ᄒᆞ고 인ᄒᆞ여 허리ᄅᆞᆯ 안고 우셔 ᄀᆞ로ᄃᆡ 놀을 소기던 긔이ᄒᆞᆫ ᄭᅬᄂᆞᆫ 진(26.b)평의 뉵츌긔계가 여긔 지날 슈 업ᄉᆞ니 정이 더옥 비ᄒᆞᆯ ᄃᆡ 업도다. 정향이 왈 막비셩은이오, 나 이ᄀᆞᆺ치 쳔ᄒᆞᆫ 몸이 복과 ᄌᆡ샹이 될가 두렵ᄉᆞ오이다. 이후로부터 대군과 정향이 정의가 날노 더ᄒᆞ고 날노 더 깁허지고 ᄒᆡ로 듕ᄒᆞ여 ᄇᆡᆨ년 ᄒᆡ로ᄒᆞᄆᆡ 가문이 번창ᄒᆞ고 남녀ᄅᆞᆯ 마니 두어 금지옥녑이 죵실의 유명ᄒᆞ니 그 ᄌᆞ손이 후세에 ᄉᆞᄃᆡ부되여 셰셰영귀ᄅᆞᆯ 누리니라.

대긔 이 일이 비록 한 ᄯᆡ 희롱ᄒᆞᄂᆞᆫ 일ᄀᆞᆺᄒᆞ나 대왕의 우ᄋᆡ와 통정ᄒᆞ심은 군신의 디의와 형데디정이 겸ᄒᆞ여 극딘ᄒᆞᆫ 덕은 쥬나라 ᄐᆡᄇᆡᆨ후 처음이오, 풍유호정은(27.a) 옛 글의 일은 바 공ᄌᆞ왕손방슈화의 쳥가묘무낙화젼이라 함이 가이 아올나 일ᄏᆞᄂᆞᆫ 초지오, 정향의 특이ᄒᆞᆫ 슬긔와 긔묘ᄒᆞᆫ ᄭᅬᄂᆞᆫ 시속 창기에 야용힝낙ᄒᆞᄂᆞᆫ 무리게 비ᄒᆞᆯ 비 아니니 이 거록ᄒᆞᆫ

거술 보나니ᄂᆞᆫ 가이 심샹이 알디 말고 깁히 살필지어다. (끝)

『정향전』 단

(정문연本『이상국전』所載)

"화셜 양녕ᄃᆡ군은 ᄐᆡ종ᄃᆡ왕의 장ᄌᆞ로 쳐음의 셰ᄌᆞ랄 봉하ᄆᆡ 즁씨 호(효?)령ᄃᆡ군으로 더부러 마음이 광탕ᄒᆞ여 호협호의ᄒᆞ고 쥬식 잡기예 범연치 안니ᄒᆞ여 양영ᄃᆡ군은 광병 잇ᄃᆞ 일컬고 호협지비랄 모아 날노 활 쏘기와 산양ᄒᆞ기럴 일삼고 효령ᄃᆡ군은 날노 히을(?) ᄉᆞ와 북훈의 드러ᄀᆞ 즁으로 더부러 권션ᄒᆞ기와 불볍(법?)을 힘써 ᄐᆡ종ᄃᆡ왕니 젼위ᄒᆞ랴 ᄒᆞ시나 형제 셔로 ᄉᆞ양ᄒᆞ여 왈 웃지 구구이 임금 노릇슬 ᄒᆞ리요 ᄒᆞ고 셋지 계씨의게 양위ᄒᆞ니 즉 셰종ᄃᆡ왕니라. 쳔총이 심히 발고 승품니 심히 착ᄒᆞᄉᆞ 긔ᄌᆞ의 유젹을 이로시고 요슌과 문(1.a)무의 다ᄉᆞ림과 갓ᄒᆞ야 동방의 승인니 이르러 승덕이 날노 힝ᄒᆞ여 희희호호ᄒᆞ고 시화셰풍ᄒᆞ여 팔도의 격양ᄀᆞ 부르난 쇼릐 문명지치ᄂᆞᆫ 이 위에 더ᄒᆞᆯ 비 읍더라. 잇ᄃᆡ 양영ᄃᆡ군니 궁시로 일삼고 죠정의 뜻시 읍실식 일일은 셰둉계 엿ᄌᆞ오ᄃᆡ 신니 듯ᄉᆞ오니 평안도난 인물도 변화ᄒᆞ거니와 산쳔니 슈려ᄒᆞ고 누ᄃᆡ가 절승ᄒᆞ여 됴션의 졔일니라 ᄒᆞ오니 젼ᄒᆞ계옵셔 삼ᄉᆞ삭 말미랄 쥬시면 ᄂᆡ려ᄀᆞ ᄉᆞ방의 구경코 위션 밀셩의 더러ᄀᆞ 긔ᄌᆞ의 도읍ᄒᆞ셧던 유젹과 풍경을 보옵고 ᄯᅩ 셩천부 무산십이봉을 ᄎᆞᄎᆞ로 구경ᄒᆞ고 도랴오기랄 바라며 평싱 소원니로쇼니다 ᄒᆞ니 상니 ᄀᆞ라ᄉᆞᄃᆡ 셔관은 원ᄂᆡ 절승ᄒᆞᆫ 곳시요. ᄯᅩ 쥬(1.b)식이 아음다온 곳이라. 이졔 형임의 뜻셜 알진ᄃᆡ 쥬식의 상할가 염예ᄒᆞ여 윤허치 못ᄒᆞᄂᆞ이다 ᄒᆞ시니 ᄃᆡ군이 주왈 승상의 ᄒᆞ교넌 지극ᄒᆞᆫ 우ᄋᆡ로 이갓치 염예ᄒᆞ시니 황송ᄒᆞ오며 신이 맛당이 산쳔만 구경ᄒᆞ고 주식은 삼갈 테이오니 과예치 마르시고 윤허ᄒᆞ시믈 바라나이다. 상이 마지 못ᄒᆞ여 허락ᄒᆞ시며 왈 술이라 ᄒᆞ넌 것슨 인간의 광약이라. 과음ᄒᆞ면 혼미ᄒᆞ고 식은 음양지주라. 과ᄒᆞ면 수명이 요촉ᄒᆞ난니

죠신군ᄌᆞ라도 미혹지 아니리 드물거날 형임은 본ᄃᆡ 광탕ᄒᆞ시무로 웃지 조심ᄒᆞ시리요. 일노ᄒᆞ여 허치 아니ᄒᆞ여더니 형임게옵셔 이갓치 ᄌᆡ삼 말삼ᄒᆞ시니 거역 못ᄒᆞ여 부득이 윤허ᄒᆞ건이와 쳔만번 신셥ᄒᆞ셔 ᄐᆡ평이 왕반ᄒᆞ시면 ᄂᆡ 숭예문 박긔 나아가(2.a) 친이 마ᄌᆞ 드리옵고 ᄉᆞᆷ일을 잔치ᄒᆞ여 과인의 져바리지 아니ᄒᆞ믈 ᄒᆞ례ᄒᆞ리이다 ᄒᆞ시니 ᄃᆡ군니 황감ᄒᆞ여 주왈 승상의 명정ᄒᆞ신 말ᄉᆞᆷ을 웃지 만분지일이나 져바리리가. 조곰도 염예치 마르소셔 ᄒᆞ고 궐ᄂᆡ의 ᄂᆞ와 곳 그날의 평안도 열읍의 관ᄌᆞᄒᆞ되 ᄂᆡ 좀간 셔관 산쳔을 구경코ᄌᆞ ᄒᆞ여 명일의 발ᄒᆡᆼᄒᆞᆯ 테이니 나의 ᄒᆡᆼᄒᆞᄂᆞᆫ 곳의 무롬(론?)노소ᄒᆞ고 겨즙이라 ᄒᆞ넌 것슨 일긔도 뵈이지 말고 조셕의 한잔 술도 ᄂᆡ이지 말ᄂᆞ. 만일 거ᄒᆡᆼ얼 불근이 ᄒᆞ면 슈령은 삭탈관즉ᄒᆞ고 이속은 ᄒᆡᆼ형ᄒᆞᆯ 터이니 각별 조심 거ᄒᆡᆼᄒᆞ라 ᄒᆞ여거날 감ᄉᆞ와 수령이 관문을 보고 셔로 우스며 가로ᄃᆡ ᄃᆡ군은 본ᄃᆡ 광증이 계신니 가외여니와 무슴 연고로 여ᄌᆞᄂᆞᆫ 일졀 금ᄒᆞ넌고 ᄒᆞ고 즉시 연노의 졀영왈 ᄃᆡ군ᄒᆡᆼᄎᆞ시의 무론(2.b)노소ᄒᆞ고 겨즙은 일긔도 나셔 보지 말ᄂᆞ ᄒᆞ니 모다 황공ᄒᆞ여 셔로 우셔 왈 늘근이와 아희덜이야 무슴 죄 잇셔 금ᄒᆞ넌요 ᄒᆞ더라. 잇ᄃᆡ의 ᄃᆡ군이 발ᄒᆡᆼᄒᆞᆯᄉᆡ 필마단긔로 수ᄉᆞᆷ인을 거ᄂᆞ리고 ᄯᅥ난이라. 상이 ᄃᆡ군을 셔관의 보ᄂᆡ고 연소ᄒᆞ고 의기 호탕ᄒᆞ시므로 관셔갓치 일(인?)물이 번화한 곳의 가셔 ᄒᆞᆫ 계ᄉᆡᆼ도 보지 못ᄒᆞ면 평ᄉᆡᆼ의 유ᄒᆞᆫ이 잇셔 ᄂᆡ의 원망이 잇슬 거시라 ᄒᆞ시고, 평안도ᄇᆡᆨ의게 밀지ᄒᆞ시되 일등명기 일인을 ᄃᆡ군게 쳔거ᄒᆞ여 평ᄉᆡᆼ 한이 읍게 ᄒᆞ고 두어잔 술을 ᄂᆡ여 ᄀᆡᆨ회을 풀게 ᄒᆞ라. 만일 ᄂᆡ의 젼교ᄃᆡ로 ᄒᆞ면 당장의 불ᄎᆞᄐᆡᆨ용ᄒᆞ리라 ᄒᆞ시니 잇ᄯᆡ 셔관 감ᄉᆞ 수령이 ᄃᆡ군의 엄관을 보고 ᄯᅩ 이졔 승상의 밀지 오니 기ᄉᆡᆼ을 쳔거ᄒᆞ면 당장의 큰 탈이 날 거시요, 아니 ᄎᆞᆫ거ᄒᆞ면 승상의 젼교을 그역ᄒᆞ여 ᄃᆡ죄을 으(3.a)드니 진가위 진퇴유곡이라. 감ᄉᆞ와 수령이 모다 황공실ᄉᆡᆨᄒᆞ여 아모리 ᄒᆞᆯ 줄 모로더니 모든 기ᄉᆡᆼ 모호고 일너 왈 너의중 누가 신통ᄒᆞᆫ 계교을 ᄂᆡ여 ᄃᆡ군을 뫼시이요? 모든 기ᄉᆡᆼ니 황공ᄒᆞ여 왈 ᄃᆡ군갓치 엄위ᄒᆞ시므로 늘근이와 아희덜도 일졀 금ᄒᆞ셔시니 하물며 ᄭᅩᆺ갓흔 졀문 계즙이 잘못ᄒᆞ면 당ᄌᆞᆼ의 죽을 거시니 장양 진평의 계교 잇슨들 웃지ᄒᆞ리요 ᄒᆞ더니 그중의 ᄒᆞᆫ 기싱이 잇스되 일홈은 졍향이라. 나흔 이팔이요, 아름다온 ᄐᆡ도 평안 일도의 웃듬이요, ᄯᅩ 신통ᄒᆞᆫ 계교 만으니 졍향이 츌반주왈 소여가 지질은 읍스나 계교을 니여 ᄃᆡ군을 뫼시리이다 ᄒᆞ고 ᄒᆞᆫ 계교을 드리되 여ᄎᆞ여ᄎᆞᄒᆞ라 ᄒᆞ니 감ᄉᆞ 수령이 모다 깃거ᄒᆞ여 긔이이 여기여 졍향의 계교ᄃᆡ로 ᄒᆞᆯ시 ᄃᆡ군의 ᄉᆞ관을 긱ᄉᆞ의 졍ᄒᆞ고 ᄉᆞ관 압희 조곰(3.b)마ᄒᆞᆫ 두옥니 잇스니 졍향의 집니라 ᄒᆞ고 졍결리 쇼쇄ᄒᆞ고 뒤흐로 담을 허러 풍우의 무너진 듯ᄒᆞ계 ᄒᆞ여 긱ᄉᆞ로 향ᄒᆞ게 ᄒᆞ고 문호ᄀᆞ 션명ᄒᆞ고 문방졔구랄 ᄎᆞ례로 버려노코 죠고마ᄒᆞᆫ 아희랄 의복랄 션명히 입히고 가마니 니로되 네 ᄃᆡ군을 모시되 여ᄎᆞ여ᄎᆞᄒᆞ라 ᄒᆞ니 이 아희 일홈은 츈희라. 츈희 그 말을 올희 여겨 ᄃᆡ군을 기다리더라. 잇ᄃᆡ의 ᄃᆡ군니 누일만의 평양 셩즁의 니로니 츈풍시졀니라. 십이 ᄇᆡᆨᄉᆞ장의 푸른 버들은 항열을 지어 잇고, 거울갓튼 말근 물의 ᄇᆡᆨ구는 쌍쌍니 나러 잇고 고기 잡난 노ᄅᆡ와 나무 ᄒᆞ는 쇼ᄅᆡ 곳곳마다 니러ᄂᆞ며 고루걸각니 별갓치 좌우의 버려잇고, 산천니 은은ᄒᆞ여 풍경을 니로(4.a) 긔역지 못ᄒᆞᆯ너라. ᄃᆡ동물 누의 올나 ᄉᆞ창에 의지ᄒᆞ여 풍경을 보고 니러되 평안도는 아마도 쳔ᄒᆞ의 졔일 강산니로다. 긱ᄉᆞ의 도라와 누엇스니 십ᄌᆞ등잔은 좌우의 휘황이 버려 잇고, 상탑은 ᄎᆞ례로 벼푸러 위의 거동니 쳔승지군과 다름 읍더라. 잇ᄃᆡ의 계집니라 ᄒᆞ는 거슨 일인도 뵈니지 안니ᄒᆞ니 ᄃᆡ군이 너렴의 혜오ᄃᆡ ᄂᆡ 젼일의 음관ᄒᆞ엿더니 이갓튼 거힝ᄒᆞ니 당연ᄒᆞᆫ 일이나 아모리 풍경은 죠ᄐᆞ ᄒᆞᆫ들 너무 무미ᄒᆞ기 칭양읍도다 잇ᄃᆡ 감ᄉᆞ와 ᄉᆡ(셔?)윤니 드러와 뵈이고 진슈승찬을 드릴식 감ᄉᆞ 공슈쥬왈 감홍노와 게당쥬는 비록 이곳싀 졔일이나 엄관을 밧ᄌᆞᆸ고 감히 드리지 못ᄒᆞ노니 무슴 ᄌᆞ미 계시릿ᄀᆞ? ᄃᆡ군니 왈(4.b) ᄂᆡ 쥬쳬로 ᄒᆞ여 근일의 쥬식을 거졀ᄒᆞ엿스니 무삼 허물이 잇스(리*)요? 감ᄉᆞ 물너 오니라. 니윽고 날이 져물ᄆᆡ 긱ᄉᆞ 압 담 무너진 집으로 연긔 니러ᄂᆞ더니 잇ᄯᅢ ᄃᆡ군이 젹멱히 안져시니 아모도 읍고 다만 토(통?)인 슈삼 ᄌᆞ만 뫼셔시니 그즁의 츈희라 ᄒᆞ는 ᄌᆡ히 얼골이 더옥 아람답고 의복이 션명ᄒᆞ여 즁인의 특츌ᄒᆞ니 ᄃᆡ군니 너렴의 혀오ᄃᆡ ᄂᆡ 낙양의 살러 인물을 무슈니 보아시되 이갓ᄒᆞᆫ 미인ᄂᆞᆫ 보지 못ᄒᆞ엿스며 남ᄌᆞ가 이갓틀진ᄃᆡ 녀ᄌᆞ냐 웃지 다 더ᄒᆞᆯ 말 이스리요? 이윽고 담 터진 ᄃᆡ로 한 고양니 계각을 물고 너머와 ᄃᆡ군 안지신 헌호로 드러오더니 홀연니 그 뒤흐로 쇼복한 계집니 분ᄒᆞ멀을 이긔지 못ᄒᆞ여 집항니랄 집(5.a)고 괴양을 쇼릐ᄒᆞ며 ᄃᆡ군 게신 ᄃᆡ로 드러오거날 좌우 나졸이 황공ᄒᆞ여 불(붓?)들며 일너왈 이거시 어닌 일닌고? 인져냐 큰 일 낫ᄃᆞ ᄒᆞ고 놀ᄂᆡ더니 ᄃᆡ군니 그 거동을 보고 나졸(을*) 명ᄒᆞ되 ᄂᆡ 젼일의 ᄒᆡᆼ관ᄒᆞᆫ 일리 잇거든 너의등은 웃지ᄒᆞ여 져 녀ᄌᆞ로 범법ᄒᆞ게 ᄒᆞ엿ᄂᆞ요? 급히 ᄒᆡᆼ(형?)장을 베풀고 그 계집을 ᄭᅮᆯ니고 호령ᄒᆞ여 왈 네 죠고마ᄒᆞᆫ 녀ᄌᆞ로 ᄂᆡ의 엄관지ᄒᆞ의 범ᄒᆞ엿스니 그 ᄃᆞ난 용셔ᄒᆞ기 어려우니 급히 즁장을 치라 ᄒᆞ니 정향니 그즛 긔절ᄒᆞᄂᆞᆫ 체ᄒᆞ고 감(간?)담니 ᄯᅥᆯ니며 계우 정신을 슈십ᄒᆞ여 쥬왈 쇼녀ᄀᆞ 쳔명니 긔박ᄒᆞ여 상부ᄒᆞ옵고 지금 과거 즁의 닛ᄉᆞ오며 가셰 심히 가난ᄒᆞ와 망부의 상식을 갓쵸지 못ᄒᆞ옵고 불셩모양으로 지ᄂᆡᆸᄉᆡ 오(5.b)날 져녁의 간신니 계각을 어더 상식을 지나랴 ᄒᆞ엿더니 쳔만의외의 괴양이ᄀᆞ 물고 다러ᄂᆞ거늘 쇼녀ᄀᆞ 맛참 보고 분심을 이긔지 못ᄒᆞ여 엄위ᄒᆞ온 관문을 ᄉᆡᆼ각지 못ᄒᆞ옵고 이갓틋 범볍ᄒᆞ엿ᄉᆞ오니 쇼녀의 ᄌᆡᄂᆞᆫ 만ᄉᆞ무셕니로쇼니다. ᄃᆡ감게옵셔 관후ᄒᆞ온 덕을 베푸셔 소녀의 가련ᄒᆞᆫ 잔명을 부지케 하여주쇼셔. 마(만?)일 쇼녀ᄀᆞ 쥭으면 망부의 고혼니 의지ᄒᆞᆯ 곳 읍ᄉᆞ오며 쳘쳔지ᄒᆞᆫ니 될 테오니 일ᄀᆡ잔명을 보젼키 쳔만번 바라나이다 ᄒᆞ고 슬피 통곡ᄒᆞ니 우름 쇼릐 청천의 쓰넌지라. ᄃᆡ군니 그 졀등ᄒᆞᆫ 용모와 가련ᄒᆞᆫ ᄉᆞ정을 연ᄒᆞ여 듯고 ᄂᆡ렴의 헤오ᄃᆡ 불상ᄒᆞ고 가련ᄒᆞ도다. 마음의 분ᄒᆞ미 풀니고(6.a) 곳 용셔ᄒᆞ여 방셕ᄒᆞ랴 ᄒᆞ나 젼일의 엄관ᄒᆞ신 거랄 ᄉᆡᆼ각ᄒᆞ고 급히 풀면 감ᄉᆞ와 나졸이 괴히니 여길가 ᄒᆞ여 강잉히 형장을 치라 ᄒᆞ니 정향니 더옥 황겁ᄒᆞ여 ᄒᆞ날을 부로지지며 울며 왈 낭군아 낭군아 어셔 오라. 어셔 오라. 웃지 날갓튼 피지 안니(ᄒᆞᆫ*) ᄭᅩᆺ과 둥글지 안니ᄒᆞᆫ 달갓튼 인ᄉᆡᆼ을 두고 일즉 세상을 버려 오날날 ᄃᆡ군게 범볍하며 ᄉᆞ지의 나가게 ᄒᆞ나요 ᄒᆞ고 ᄃᆡ군게 ᄋᆡ걸 왈 쇼녀의 ᄃᆞ난 쥭어 맛당ᄒᆞ거니와 ᄃᆡ감게옵셔 어진 마음을 베푸ᄉᆞ 용셔ᄒᆞ시면 망부의 고혼을 위로ᄒᆞ게 ᄒᆞ오면 은혜 빅골낭(난?)망니로쇼니다 ᄒᆞ고 우름 소릐 징징ᄒᆞ여 픠옥을 울니난 듯ᄒᆞ니 좌우 나졸과 토(통?)인니 모다 눈물을 (6.b) 헐니거날 ᄃᆡ군니 ᄯᅩᄒᆞᆫ 눈물을 억졔ᄒᆞ고 분부ᄒᆞ여 왈 네의 ᄌᆞ는 당장의 법ᄃᆡ로 다살릴 터나 네의 정경니 불상 참혹ᄒᆞ니 ᄂᆡ 만일 너을 쥭니면 후일의 원혼니 되여 나랄 원망할 터이요, ᄯᅩ 예젼 말을 드로니 녀ᄌᆞ함원ᄒᆞ미 오월비상니라 ᄒᆞ엿스니 마지 못ᄒᆞ여 용셔ᄒᆞ노니 밧비 물나(너?)가라 ᄒᆞ니 정향니 황공감ᄉᆞᄒᆞ여 빅빅츅ᄉᆞᄒᆞ고 물나(너?)ᄂᆞ갈식 그 형용을 다시 살펴보니 강남 신연니 쳥파의 목욕함 갓고 츈풍의 ᄭᅬ고리 녹슈의 구르난 듯하며 거름은 물결의 부용 갓고 ᄐᆡ도난 비단 우희 ᄭᅩᆺ슬 더ᄒᆞᆫ 듯ᄒᆞ니 ᄃᆡ군니 그 거동을 보고 마음의 뉘웃버 왈 ᄂᆡ 무삼 일노 엄관ᄒᆞ여 져러ᄒᆞᆫ 져 녀ᄌᆞ을 호령의 니르게(7.a) ᄒᆞ엿너요? ᄂᆡ 인간의 져러한 계집은 보지 못ᄒᆞ엿도다 ᄒᆞ시고 곳 츈희라 ᄒᆞ난 토(통?)인을 불나 왈 악가 궐녀랄 형장ᄒᆞ랴 할식 네 ᄠᅩᆨ히 슬펴하난 긔식이 잇스니 웃잔 연괴로 그ᄃᆡ지 슬펴ᄒᆞ더요? 츈희 쥬왈 궐녀난 쇼인의 장믹로 그 범법ᄒᆞ멀 보압고 화식니 박두ᄒᆞ온즉 당장의 보압기 자연이 눈물이 흘르며 쇼인의 장믹ᄀᆞ 쥭을 ᄌᆞ랄 지어 살기랄 바라지 안니ᄒᆞ엿ᄉᆞᆸ더니 ᄃᆡ감게옵셔 관후ᄒᆞ온 덕턱으로 잔명을 부지ᄒᆞ엿ᄉᆞ오니 황공 감ᄉᆞᄒᆞ오니다. ᄃᆡ군 왈 너의 관ᄀᆞ의셔 거힝니 불근ᄒᆞ미니 웃지ᄒᆞ여 그러ᄒᆞ요? 츈희왈 ᄃᆡ감 힝ᄎᆞᄒᆞ실 ᄯᅢ의 일기 녀ᄌᆞ도 뵈이지 안니ᄒᆞ긔는 관문니 엄슉ᄒᆞ고 젼영이 혹독ᄒᆞ와(7.b) 그러ᄒᆞ오니 웃지 관장의 침칙이리요 ᄒᆞᆫᄃᆡ ᄃᆡ군왈 네의 말 갓틀진ᄃᆡ 과연 너의 장믹의 ᄌᆞ로다 ᄒᆞ고 ᄂᆡ렴의 헤오되 츈희의 남믹는 난형난졔라. 셰상의 다시 보지 못한 일(인?)물니로다 ᄒᆞ더라. 각셜 잇ᄯᅢ난 츈숨월 망간니라. 츈풍이 범화ᄒᆞ고 명월이 만쳔ᄒᆞᆫᄃᆡ 두견 소릐는 녹슈의 부르고 버리와 나뷔는 ᄭᅩᆺ슬 ᄯᅡ러 향긔랄 희롱ᄒᆞ며 잉무 공작이 쌍쌍니 희롱ᄒᆞ거날 ᄃᆡ군이 풍경을 상쥬며 왈 산쳔도 죠커니와 츈경니 ᄯᅩᄒᆞᆫ 변화ᄒᆞ도다. 이윽고 밤이 깁푸믹 거문고 곡죠와 노릐 쇼리 ᄉᆞ방의 니러나거날 ᄃᆡ군니 묵연니 듯고 츈흥을 금ᄒᆞ기 어렵거날 인ᄒᆞ여 자탄ᄒᆞ여 왈 ᄂᆡ 젼일의 엄관을 무숨 ᄯᅳᆺ스로 힝(8.a)ᄒᆞ여 오날날 무미ᄒᆞ

게 지나이 웃지ᄒᆞ면 죠흘난지 무슈이 ᄌᆞ탄ᄒᆞ더라 ᄒᆞ고 괴양니 좃단 녀ᄌᆞ만 ᄉᆡᆼ각ᄒᆞ고 버ᄀᆡ의 잠드지 못ᄒᆞ며 눈의 삼삼이 뵈니거날 니웃고 나졸이 물나가고 사방니 고요ᄒᆞ며 다만 슈삼 토(통?)인을 거나리고 잇슬ᄉᆡ 토(통?)인니 ᄯᅩᄒᆞᆫ 츈곤을 이긔지 못ᄒᆞ여 병풍 뒤의셔 됴을거날 물너잇스라 ᄒᆞ고 츈희만 다리고 잇슬ᄉᆡ 인ᄒᆞ여 무러 왈 너의 부모 잇고 ᄯᅩ 가세 곤궁치 안니ᄒᆞ냐? 츈희 쥬왈 부모 일즉 구몰ᄒᆞ옵고 가세 극히 가난ᄒᆞ오며 장ᄆᆡ의 슈단으로 의복을 구차이 지ᄂᆡ지 안니 ᄒᆞᄋᆸ나니다. ᄃᆡ군이 칭찬왈 얼골이 어엿부더니 죄됴도 ᄯᅩᄒᆞᆫ 비범하도ᄃᆞ. 너의 집의(이?) 어ᄃᆡ 잇ᄂᆞ요? 츈희왈 문어진 담 안의 슈간 두옥이(8.b) 쇼년의 집니로쇼니다 ᄒᆞ더라. 잇ᄯᆡ 밤이 오경의 니르ᄆᆡ ᄉᆞ방의 인젹니 읍고 츈희 ᄯᅩᄒᆞᆫ 잠을 드니 ᄃᆡ군이 홀노 잠을 니로지 못ᄒᆞ여 문 박긔 비회홀ᄉᆡ 젼혀 정향 ᄉᆡᆼ각ᄲᅮᆫ니라. 악가 정향 우름 쇼ᄅᆡ 귀의 징징ᄒᆞ여 정신니 황홀ᄒᆞ여 마음을 진정치 못ᄒᆞ며 졍즁의 비회ᄒᆞ다ᄀᆞ 사방을 둘너보니 젹젹무인니여날 ᄂᆡ 궐녀의 집니나 잠간 구경ᄒᆞ리라. 이갓ᄒᆞᆫ 심야의 뉘ᄀᆞ 알니요 ᄒᆞ고 옷셜 벗고 갓ᄃᆞᄀᆞ 도로 오며 왓ᄃᆞᄀᆞ 도로가며 인젹니 잇ᄂᆞᆫ듯ᄒᆞ여 ᄌᆞ져ᄒᆞ기랄 슈십번을 ᄒᆞ며 ᄯᅩ ᄌᆞ탄왈 이러할 쥬랄 알러더면 젼일의 웃지 힝관ᄒᆞ엿스리요? 그러나 이갓튼 심심ᄒᆞᆫ 밤의 뉘 잇셔 알니요 ᄒᆞ고 ᄀᆞᄃᆞ가 문득 ᄉᆡᆼ각ᄒᆞ되 만일 ᄉᆞᄅᆞᆷ이 알면 나럴 시럽시 알 터이니 이 일(9.a)을 웃지ᄒᆞ면 됴흐리요 ᄒᆞ고 호흥을 니긔지 못ᄒᆞ여 정향의 집을 ᄎᆞ져갈ᄉᆡ 한번 거름ᄒᆞ고 두번식 ᄉᆞ방을 둘너보고 ᄌᆞ최 소ᄅᆡ 잇슬가 ᄒᆞ여 신을 버셔 들고 담 박긔 ᄀᆞ셔 가만니 엿보니 슈간 두옥이 정결ᄒᆞ고 촉불이 문의 빗치거날 츈희의 말과 갓거날 필경 정향의 집니로다 ᄒᆞ며 집만 보아도 마음의 나흐나 웃지ᄒᆞ면 츈정을 희롱ᄒᆞ리요 ᄒᆞ며 눈을 씻치면셔 ᄉᆞ방을 둘너보며 드러ᄀᆞ 가만니 창 틈으로 보니 아모도 읍고 정향만 홀노 안져 의복의 슈 노흐며 단정ᄒᆞᆫ 거동은 ᄆᆡ화의 명월갓고 월궁의 항아갓튼지라. 정신니 아득ᄒᆞ며 마음이 산난ᄒᆞ여 문을 열고 즉시 드러ᄀᆞ니 정향 놀나 몸을 두ᄅᆡᆨ히고 엽흐로 보니 위의ᄀᆞ ᄐᆡ산쥰영(9.b) 갓거날 인ᄒᆞ여 ᄭᅮ지져 왈 네 귀신니냐? ᄉᆞᄅᆞᆷ니냐? 무삼 일노 이갓튼

심야의 과녀의 방의 범ᄒᆞ엿ᄂᆞ요? ᄃᆡ군왈 ᄂᆡ ᄉᆞ람이니 곳 양영ᄃᆡ군니라 하난 ᄉᆞᄅᆞᆷ니로다. 너을 요(보?)ᄆᆡ 츈심을 이긔지 못ᄒᆞ여 드러왓노라. 정향니 듯고 황송만만ᄒᆞ여 ᄉᆞᄌᆡᄒᆞ며 왈 진실노 ᄃᆡ감갓트시면 읏잔 일노 ᄌᆞᆼ(존?)ᄌᆞᆼᄒᆞ실 ᄡᅮᆫ안니라, ᄯᅩ 엄관ᄒᆞ셧시니 이갓튼 누가의 오셧ᄉᆞᆸ나닛ᄀᆞ? 악ᄀᆞ 쇼녀ᄀᆞ ᄃᆡᄌᆡ을 지어 게우 목ᄉᆞᆷ을 부지ᄒᆞ엿ᄉᆞᆸ더니 쇼녀랄 쥭니랴 ᄒᆞ와 오날밤의 오셧삽나잇ᄀᆞ? ᄃᆡ군이 우스며 왈 ᄂᆡ 너랄 쥭일진ᄃᆡ 읏지 악ᄀᆞ 용셔ᄒᆞ엿스리요? 너랄 용셔ᄒᆞ기ᄂᆞᆫ ᄒᆞᆫ번 보고ᄌᆞ ᄒᆞ여 그리 ᄒᆞ엿노라 ᄒᆞ니 정향니 쥬왈 ᄃᆡ감게오셔 쳔ᄒᆞ의 국(극?)귀(10.a)ᄒᆞ신 몸으로 ᄯᅩ 관자랄 엄슉ᄒᆞ게 ᄒᆞ셧시니 오날날 이갓치 과녀의 집을 투입ᄒᆞ셧시니 실체ᄀᆞ 즉지 안니ᄒᆞ오니다 ᄒᆞ니 ᄃᆡ군왈 남ᄌᆞ의 호방지심으로 읏지 실체랄 상고ᄒᆞ며 ᄯᅩᄒᆞᆫ 괴양니ᄀᆞ 연분을 ᄆᆡ졋시니 이거시 필경 삼ᄉᆡᆼ지연니라. ᄂᆡ 아모리 엄관을 ᄒᆞ엿스나 읏지 연분을 어긔리요 ᄒᆞ며 너무 놀ᄂᆡ지 말고 유약한 몸을 상케 말고 ᄂᆡ의 말을 드르라 ᄒᆞ니 정향니 울며 왈 쇼녀ᄀᆞ 망부 쥭난 날의 ᄌᆞᆼᄉᆞ치 못ᄒᆞᆫ 거ᄉᆞᆫ 망부의 고혼을 우(위?)로코져 ᄒᆞ와 쥭지 못ᄒᆞ엿ᄉᆞ오며 지우금 침범ᄒᆞ난 ᄌᆞ 읍더니 ᄃᆡ군겨오셔 오실 쥴 읏지 아라시리요 ᄒᆞ며 쥭어도 명을 좃지 못ᄒᆞ것나니다. ᄃᆡ군 ᄀᆡ유ᄒᆞ여 왈 ᄂᆡ의 지즁ᄒᆞᆫ 몸(10.b)으로 이왕의 여긔 드러왓ᄃᆞᄀᆞ 허ᄒᆡᆼᄒᆞ리요? 이ᄃᆡ지 거절ᄒᆞ너요? 정향왈 망부 쥭은 후가 반연니 못되여 절ᄀᆡ을 곳치면 이후라도 지ᄒᆞ의 도라ᄀᆞ셔 망부의 낫슬 읏지 ᄃᆡᄒᆞ리요? 법은 국가의셔 낫넌지라. ᄃᆡ감게오셔 이ᄃᆡ지 실예랄 과히 ᄒᆞ신난잇ᄀᆞ? 예젼의 이로되 열여ᄂᆞᆫ 불경니부라 ᄒᆞ엿스니 ᄃᆡ감게옵셔도 아실 듯ᄒᆞ오니 쇼녀ᄂᆞᆫ 비록 쳔ᄒᆞᆫ 몸니나 일ᄀᆡ 절죠랄 보젼키 바라노니 ᄃᆡ감게오셔 두번 말삼 마ᄋᆞᆸ쇼셔. ᄃᆡ군이 정향의 숀을 잡어시고 일너 왈 네의 절ᄀᆡᄂᆞᆫ 츄상갓고 일월갓도다. 그러나 너도 쳥츈니요, 나도 연쇼ᄒᆞ니 읏지 세월랄 허송ᄒᆞ리요? 만일 너의 말를 드로면 너의 일신니 귀히 될 거시요, 만일 안니 허락ᄒᆞ면 나넌(11. a) 병니 될 것니니 아러 ᄒᆞ라 ᄒᆞ니 정향니 옷깃슬 염의고 쥬왈 쇼년넌 쥭어 보지 안니ᄒᆞ미 맛당ᄒᆞ다 ᄒᆞ고 장도랄 ᄡᅢ여 들거날 ᄃᆡ군이 황겁ᄒᆞ여 즉시 칼을 ᄡᅦ시며 위로ᄒᆞ며 왈 이ᄃᆡ지

나랄 박디ᄒᆞ니 ᄒᆞ릴읍다 ᄒᆞ고 ᄒᆞᆫ슘을 무슈히 쉬다ᄀᆞ 너렴의 싱각ᄒᆞ되 셩ᄉᆞ도 안니 되고 토(통?)인과 ᄉᆞ롬더리 알면 창괴한 모양을 당ᄒᆞᆯᄀᆞ ᄒᆞ여 즉시 이러ᄂᆞ 도라올시 정향니 이러ᄂᆞ ᄉᆞ례ᄒᆞ여 가로디 소녀갓튼 쳔ᄒᆞᆫ 몸으로 디감갓튼 죤즁ᄒᆞ시멸 싱각지 ᄒᆞ지 안코 명을 거역ᄒᆞ엿ᄉᆞ오니 만ᄉᆞ무셕니로소이다. 옛 법의 웃지할 슈 읍셔 그러ᄒᆞ오니 디감은 깁피 싱각ᄒᆞ옵셔 용셔ᄒᆞ옵소셔 ᄒᆞ더라. 디군니 마지 못ᄒᆞ여 문을 열고 도라와 싱각ᄒᆞ(11.b)니 일번(변?)은 분ᄒᆞ고 일변은 궐녀 싱각ᄲᅮᆫ닐라. 식불감미ᄒᆞ고 침불안셕ᄒᆞ는지라. 잇ᄯᅢ 감ᄉᆞ ᄉᆞ롬을 가마니 보너여 그 디군의 거동을 살펴 보고 박장디쇼ᄒᆞ더라. 날이 발그미 아모 싱각도 읍고 다만 정향의 싱각ᄲᅮᆫ니요, 눈의 암암ᄒᆞ여 터진 담을 힝ᄒᆞ여 보니 아모 인젹이 읍거날 너렴의 헤오디 ᄯᅩ 괴양니 나오지 안니ᄒᆞ너요. 죵일 침음ᄒᆞ여 아모 정신 읍실시 이웃고 날이 져물미 월쇡이 명낭ᄒᆞ고 청풍이 셔리ᄒᆞᆫ디 더옥 츈흥을 건(견?)디지 못ᄒᆞ여 밤이 삼경의 지나미 정향의 집을 ᄎᆞ져 문 박긔 셧스니 이웃고 거문고 쇼리 나거날 ᄌᆞ셔이 드러니 그 곡죠의 ᄒᆞ엿스되 봉니 황을 부르니 황니 좃덜 안니코 ᄯᅩ 앙니 원을 부로미(12.a) 원니 안니 왓도다. 둥덩실 ᄒᆞ는 소리 영영이 들니거ᄂᆞᆯ 디군니 그졔냐 정향니 향의ᄒᆞ는 마음을 알고 노릐 지어 화답ᄒᆞ니 노릐의 ᄒᆞ엿스되 삼츈의 ᄭᅩᆺ스(이*) 고흐면 나부 오고, ᄭᅬ고리 부로면 붓시 오는니라 ᄒᆞ여더라. 정향니 그 노릐을 듯고 거문고랄 밀치고 단졍히 안져 촉불을 도도고 병풍을 벌니거날 디군이 급히 드러ᄀᆞ 정향의 숀을 잡고 일너 왈 너는 너의 쳔싱연분니라. 작일의 웃지ᄒᆞ여 나랄 박디ᄒᆞ며 오날밤 거문고 쇼릐 ᄉᆞ롬을 그디지 희롱ᄒᆞ나요? 졍향니 우슘을 반만 머금고 쥬왈 쇼녀는 곤츙갓습고 디감은 일월갓ᄉᆞ오니 죠고마한 쇼녀의 몸으로 디감게오셔 이디지 지짓지숨 누지의 오시니 황숑ᄒᆞ옵기로 마지 못ᄒᆞ여 허락(12.b)ᄒᆞ오나 일후의 망부 면목을 웃지 디ᄒᆞ릿ᄀᆞ? 눈물을 흘이니 디군니 위로ᄒᆞ여 왈 너의 졀긔는 츄상갓고 슬긔 만토다. 너 너을 보지 못ᄒᆞ면 셰상의 잇기 어렵더니 이졔 네 나랄 살니이 너의 홍활ᄒᆞᆫ 마음을 하례ᄒᆞ노라 ᄒᆞ고 인ᄒᆞ여 견권지정이 비길 듸 읍스며 금실지낙이 침즁ᄒᆞ

니 원앙의 짝니요, ᄒᆞ구의 자웅일너라. ᄃᆡ군이 문듯 ᄉᆡᆼ각ᄒᆞ되 너희 일홈 ᄂᆡ 몰나시니 무어시라 ᄒᆞ나요? 정향 ᄃᆡ왈 쇼녀의 일홈은 정향니라 ᄒᆞ나니다. ᄃᆡ군니 칭찬 왈 네의 얼골고 어엿부ᄆᆡ 일홈도 아람답도다 ᄒᆞ고 서로 슈작ᄒᆞ며 이웃고 계명 쇼ᄅᆡ 나거놀 ᄃᆡ군니 이러나 정향의 등을 어로만지며 ᄂᆡ 오ᄅᆡ 여긔 잇스면 타인니 알 터이니 타인니 알면(13.a) ᄂᆡ의 창괴한 모양을 버슬 슈 읍난 고로 가거니와 명일의 ᄯᅩ 오리라 ᄒᆞ고 ᄉᆞ관의 도라와 ᄉᆡᆼ각ᄒᆞ되 이갓튼 심심ᄒᆞᆫ 밤의 알 지 읍스니 다ᄒᆡᆼ니로다 ᄒᆞ더라. 잇ᄯᆡ 감ᄉᆞ 사ᄅᆞᆷ을 보ᄂᆡ여 ᄃᆡ군의 거동을 살펴보고 정향니 드러와 세세이 고ᄒᆞ니 감ᄉᆞ와 셔윤니 모다 박장ᄃᆡ쇼ᄒᆞ고 정향을 칭찬 왈 너난 녀즁ᄌᆡ자로다 ᄒᆞ고 금은을 만니 상급ᄒᆞ고 가로ᄃᆡ 이왕의 약ᄎᆞ니 되엿스니 불가불 나라의 이 ᄉᆞ연으로 고ᄒᆞᆯ 터니나 아모 표적이 읍스니 네 ᄌᆡ죠로 ᄃᆡ군의 표적을 바더 드리라 ᄒᆞ니 정향 왈 웃지 어려우리여마난 ᄃᆡ군니 셩천부로 가슬(실?) 거시니 슈숨일을 말유ᄒᆞ오셔 지쳬케 ᄒᆞ시면 쇼녀ᄀᆞ 표적을 바더 드릴게라 ᄒᆞ니 감ᄉᆞ왈 그리 ᄒᆞ라(13.b) ᄒᆞ고 ᄃᆡ군ᄭᅴ 나가 왈 니곳싀 절승지지 만삽고 츈경니 무궁ᄒᆞ오니 아즉 ᄉᆞ오일을 유ᄒᆞᄉᆞ 곳곳의 명승ᄒᆞᆫ 경ᄀᆡ랄 보시고 셩천으로 향ᄒᆞ쇼셔 ᄒᆞ니 ᄃᆡ군니 ᄀᆡᆺ거 왈 ᄂᆡ 여긔 오기난 산천 구경코져 왓시니 웃지 총총이 ᄒᆡᆼᄒᆞ리요 ᄒᆞ며 일정 정향 ᄉᆡᆼ각ᄲᅮᆫ니로다. 나지면 밤을 기다리고 밤니면 정한의 집의 가 정향과 은밀한 정회 ᄐᆡ산과 ᄒᆞ히갓튼지라. ᄉᆞ오일이 지나ᄆᆡ ᄃᆡ군이 탄식ᄒᆞ여 왈 ᄂᆡ 명일의 셩천으로 갈 테이나 너랄 잇지 못ᄒᆞ노라. 정향니 왈 무어시 걱정니리요? 쇼녀도 쌍교을 타고 셩천으로 ᄒᆞ여 경ᄉᆞ로 가셔 ᄃᆡ감을 평ᄉᆡᆼ의 뫼실 테이니 ᄃᆡ감은 무숨 걱정을 ᄒᆞ신난잇ᄀᆞ? ᄃᆡ군니 일셩장탄ᄒᆞ여 왈 그러ᄒᆞ지 못ᄒᆞ것도다. ᄂᆡ 나라의(14.a) 알외고 발ᄒᆡᆼᄒᆞᆯ ᄯᅢ의 승상니 쥬ᄉᆡᆨ을 삼가라 ᄒᆞ시ᄂᆞᆫ 젼교 잇스니 이졔 만일 너랄 다려ᄀᆞ면 승상의 뜻슬 어긔여 ᄌᆡ착(책?)이 잇슬 게니 웃지ᄒᆞ면 장찻 웃지ᄒᆞ리요? ᄯᅩ ᄂᆡ 젼일 관ᄌᆞ랄 ᄒᆞ엿스니 ᄉᆞᄅᆞᆷ이 모다 우슬 터이니 아모리 ᄉᆡᆼ각ᄒᆞ여도 다려가던 못ᄒᆞ겟도다 ᄒᆞ니 정향니 울며 왈 쇼녀난 청츈 과녀로 망부 죽은 후 반연니 못되여 ᄃᆡ감게 허신ᄒᆞ엿스니 망부의 안면을 웃지 ᄃᆡᄒᆞ며 셜즁의 고숑갓튼 절ᄀᆡ랄 ᄃᆡ감니 그릇ᄒᆞ게 ᄒᆞ시고 오날날 버리고 가시면 쇼녀난 쥭을 터이나 쥭어면 무쥬고혼이 될 거시니 이 안니 불상 가련하옵나잇ᄀᆞ ᄒᆞ고 당장 쥭으리라 ᄒᆞ고 호박 장도랄 ᄡᅦ여 들거날 ᄃᆡ군니 급히 손으로 ᄡᅦ시며 위로ᄒᆞ여 왈 너(14.b)무 가련ᄒᆞᆫ ᄐᆡ도랄 상케 말나. ᄂᆡ 셩쳔부로 경ᄉᆞ의 올나가 승상게 니 듯스로 쥬달ᄒᆞ여 너랄 즉일의 치힝할 거시니 아즉 동정을 보고 잇스면 죠(종?)ᄂᆡ지ᄉᆞ랄 알 터니라 ᄒᆞ니 정향니 누물얼 씻치며 왈 ᄃᆞ감니 경ᄉᆞ의 가시면 낙양은 본ᄃᆡ 경국지ᄉᆡᆨ니 만흐니 웃지 쇼녀갓튼 인물을 ᄉᆡᆼ각ᄒᆞ시리ᄀᆞ? ᄃᆡ군니 왈 다려가지 못ᄒᆞ난 ᄂᆡ의 마음 더옥 창연ᄒᆞ도다 ᄒᆞ니 정향니 마지못ᄒᆞ여 그러홀(ᄒᆞ?)실 터면 신물을 쥬셔 니후의 셔로 밋게 ᄒᆞ쇼셔. ᄃᆡ군니 크게 (깃*)거ᄒᆞᄉᆞ 그리 ᄒᆞ라 ᄒᆞ며 왈 무어스로뼈 너랄 쥬리요 ᄒᆞ니, 정향 왈 아모리 ᄉᆡᆼ각ᄒᆞ여도 ᄃᆡ감의 필젹만 갓튼 거시 읍ᄉᆞ오니 글시랄 뼈쥬시면 ᄉᆡᆼ젼의 두고 보건나니라. ᄃᆡ군니 ᄯᅩᄒᆞᆫ 깃거ᄒᆞ여 왈 그리ᄒᆞ면 웃다가 쓰리요?(15.a) 정향왈 됴희난 슈이 ᄯᅥ러지오니 쇼녀의 ᄎᆡ단 치마의 뼈쥬쇼셔. ᄃᆡ군니 곳 글을 지여 정신을 가다드머 일필의 씨(쓰?)니 그 글의 ᄒᆞ엿스되 별노의 구름 헛터지고 니졍의 달이 바러도다. 슬푸다. 오날 밤의 뉘 능히 정향을 위로할고 ᄒᆞ엿더라. 정향니 바더 함 쇽의 느흐고 누ᄎᆞ 츅비ᄒᆞ여 왈 아모 쇼원이 읍노라 ᄒᆞ고 셔로 작별할ᄉᆡ 니웃고 계명 쇼ᄅᆡ 나거날 ᄃᆡ군니 ᄌᆞ탄ᄒᆞ여 왈 오날 밤은 웃지 슈니 가나요 ᄒᆞ며 강잉히 니별ᄒᆞ고 ᄉᆞ관의 도라와 잇튼날 셩쳔으로 발힝홀ᄉᆡ 일졍 정향 ᄉᆡᆼ각뿐니라. 정향니 ᄃᆡ군의 문필을 가지고 감ᄉᆞ의게 드러ᄀᆞ 뵈이니 감ᄉᆞ와 스(셔?)윤니 ᄃᆡ희ᄒᆞ여 왈 긔니ᄒᆞ도다. 너의 ᄌᆡ죠와 슬긔는 녀ᄌᆞ 되기 원통ᄒᆞ도다 ᄒᆞ고(15.b) 곳 ᄎᆡ단을 함 쇽의 너허 나라의 올여 보ᄂᆡ이라. 상이 친히 ᄀᆡ탁ᄒᆞ여 보시고 깃거ᄒᆞᄉᆞ 왈 니거시 분명한 ᄃᆡ군의 필젹니며 정향은 만고의 졔일지ᄌᆡ라. ᄂᆡ 니러ᄒᆞᆫ ᄌᆡ죠는 이왕의 보지 못ᄒᆞ엿도다 ᄒᆞ시고 정향은 ᄂᆡ의 형님의 ᄋᆡ물이니 웃지 계ᄉᆡᆼ 즁의 두리요 ᄒᆞ시고 평안도박(ᄇᆡᆨ?)의게 젼교ᄒᆞ시되 정향을 불일치힝ᄒᆞ되 ᄃᆡ군 도라오시기 젼의 경ᄉᆞ로 오러(르?)게 ᄒᆞ라 ᄒᆞ시니 감ᄉᆞ 전교을 보고 정힝을 곳 치힝ᄒᆞ냐 경셩의 니로니 상니 드러시고 곳 입시ᄒᆞ라 ᄒᆞ셔 보시고 칭찬ᄒᆞ여 왈 천ᄒᆞ의 제일 미ᄉᆡᆨ니로다. 후궁의 미ᄉᆡᆨ이 만느나 정향갓튼 인물은 보지 못ᄒᆞ엿도다 ᄒᆞ시고 ᄃᆡ군과 인연 ᄆᆡ지물 무로시니 정향니 복지ᄒᆞ여 젼후ᄉᆞ랄 셰셰이 알외며 왈 요마ᄒᆞᆫ 계(16.a)집으로 ᄌᆞᆫ즁ᄒᆞ신 ᄃᆡ군을 누ᄎᆞ 긔롱ᄒᆞ엿ᄉᆞ오니 당돌ᄒᆞᆫ ᄌᆡ난 만ᄉᆞ무셕니로쇼니다 ᄒᆞ니 상니 크게 우셔 가라사ᄃᆡ 긔이토다. 너난 녀즁ᄌᆡᄌᆞ로다 ᄒᆞ시고 좌우 졔신이 모도 다 웃더라. 상니 정향을 사랑ᄒᆞ셔 삼천동의 정향의 궁을 지흐고 정향을 거쳐ᄒᆞ게 ᄒᆞ시되 나지면 궁즁의 드러와 ᄃᆡ군 오시기랄 기다리더라. 잇ᄯᆡ ᄃᆡ군니 셩천부로 힝ᄒᆞ여 무ᄉᆞᆫ 십이봉을 ᄎᆞ례로 상관ᄒᆞ고 십여일의 정향을 잠시도 잇지 못ᄒᆞ여 도로 평양으로 도라와 긱ᄉᆞ의 안져 사방을 둘너보니 에젼 모양니나 그 젼의 터진 담장니 넙피 싸니고 당이든 길이 읍거날 ᄃᆡ군니 실ᄉᆡᆨ하여 왈 니어인 일니요? 정향니 ᄂᆡ의게 향의ᄒᆞᆫ 마음니 금셕갓거날 웃지ᄒᆞ여 져ᄃᆡ지 사람이(16.b) 변ᄒᆞ엿너요 ᄒᆞ고 무슈이 비회ᄒᆞ더니 이웃고 밤이 깁고 달이 발긔ᄆᆡ ᄂᆡ 담을 너머 보리라 ᄒᆞ고 가마니 담을 너머 정향의 집을 ᄎᆞ져 문 박긔 드러ᄀᆞ 창 틈으로 엿보니 정향은 간 ᄃᆡ 읍고 다만 ᄇᆡᆨ발 노파만 안져 명 잣넌 쇼ᄅᆡ만 나거날 ᄃᆡ군니 ᄂᆡ렴의 혜오ᄃᆡ ᄂᆡ 젼일의 정향의 노모 잇ᄃᆞᆫ 말은 듯지 못ᄒᆞ엿거날 이 엇더ᄒᆞᆫ 노파요 ᄒᆞ고 ᄉᆡᆼ각ᄒᆞ되 정향니 필경이ᄉᆞ ᄒᆞ엿도다. 담을 너머 도라와 ᄉᆡᆼ각ᄒᆞ니 심신니 살난하여 아모 졍신니 읍셔 침불안 식불감니라. 잇튼날 마지 못ᄒᆞ여 경ᄉᆞ로 도라올시 정향의 집을 도라보아 가로ᄃᆡ 정향은 나랄 문 틈으로 보련마넌 ᄂᆡ의 길이 ᄎᆞᆼᄎᆞᆼᄒᆞ여 보지 못ᄒᆞ고 도라가니 누구로 ᄒᆞ여 핀지나 부쳐 구뷔(17.a)구뷔 싸힌 회포랄 만분지일이나 풀이리요 ᄒᆞ고 무슈이 ᄌᆞ탄하며 왈 쥬야로 눈을 ᄯᅥ나 감으나 정향 어엿분 ᄐᆡ도와 가잉한 모양니 눈의 삼삼ᄒᆞ니 이 일을 웃지ᄒᆞ리요 ᄒᆞ며 젼일 엄관한 일을 무슈니 후회 막심니라 ᄒᆞ고 누일만의 경셩의 이를시 션문을 나라의 계문ᄒᆞ니 상이 드러시고 ᄃᆡ군의 신ᄉᆡᆨᄒᆞ시고 ᄐᆡ평니 왕반ᄒᆞ시물 ᄃᆡ희ᄒᆞᄉᆞ 문안승지랄 즁노의 진영 식키게 ᄒᆞ시고 관ᄀᆡ 셔로 연하며 상니 친히 슉에문의 친힝ᄒᆞᄉᆞ ᄃᆡ군을 마질ᄉᆡ 슙예문 누의 올나 보시고 깃거ᄒᆞ시며 이웃고 문안의 드러오시거날 만죠ᄇᆡᆨ관이 모다 슉비 ᄉᆞ례ᄒᆞ고 상니 ᄃᆡ군의 숀을 잡어시고 가라ᄉᆞᄃᆡ 원노의 만힝니 왕반ᄒᆞ시니 힝심 힝심니(17.b)로쇼니다 ᄒᆞ시니 ᄃᆡ군니 국궁 비례왈 막비승상의 권권ᄒᆞ신 덕ᄐᆡᆨ니오며 오날날 친힝ᄒᆞ시면 ᄒᆞ정의 황숑ᄒᆞ오니다 ᄒᆞ고 인ᄒᆞ여 궐니의 드러오실ᄉᆡ 상니 ᄃᆡ군의 숀을 잡으시고 가라ᄉᆞᄃᆡ 산쳔을 을마나 구경ᄒᆞ셔시며 그러나 ᄉᆡᆨ향의 가셔 일ᄀᆡ 계녀도 보지 못ᄒᆞ여 ᄀᆡᆨ회랄 풀지 못ᄒᆞ셧시니 모다 과인의 허물리로쇼니다. ᄃᆡ군왈 ᄉᆡᆨ은 본ᄃᆡ 마음의 읍솝고 ᄯᅩ 승상의 ᄒᆞ교가 졀엄ᄒᆞ신니 웃지 마음의 관계ᄒᆞ오리가 하나 마음의난 졍향 ᄉᆡᆼ각ᄲᅮᆫ일너라. 각셜 이젹의 상니 졍향을 ᄉᆞ랑ᄒᆞᄉᆞ 궁즁의 두시고 여러 계상을 모흐고 ᄃᆡ군의 지은 글을 노릐 지어 불느고 풍유을 익켜 날노 습의ᄒᆞ여 ᄃᆡ군 오시기랄 기다리더라. 잇ᄯᆡ의 여러 계ᄉᆡᆼ을(18.a) 불너 어젼의 안칠ᄉᆡ 졍향니 그 즁의 졔일지ᄉᆡᆨ니라. 상니 잔치랄 베풀고 쥬찬을 나흘ᄉᆡ 계ᄉᆡᆼ을 명ᄒᆞ여 풍유ᄒᆞ고 노릐ᄒᆞ니 그 곳(곡?)죠가 ᄃᆡ군니 졍향을 지여쥰 글니여날 ᄃᆡ군니 듯고 ᄂᆡ렴의 ᄉᆡᆼ각ᄒᆞ되 세상의 날과 갓튼 니 잇셔 먼져 니갓치 지엇도다 ᄒᆞ고 괴히니 여기니라. ᄃᆡ군니 졍향을 누누일을 보아시나 밤의 보고 나지면 보지 못ᄒᆞ엿시니 웃지 졍향의 얼골을 알며 졍향니 그 ᄉᆡᆨ니 경셩의 왓실 쥴을 알니요? 상니 졍향을 명ᄒᆞᄉᆞ ᄃᆡ군 압희 츔 츄이시니 졍향니 셤연ᄒᆞᆫ ᄐᆡ도난 강남의 신연니요, 녹슈의 황죠라. 아미을 슉기고 츔 츄니 홍상니 편편ᄒᆞ며 일신니 연연ᄒᆞ여 츄슈의 연쏫갓튼지라. ᄃᆡ군니 그 홍상을 보오니 글시 잇거날(18.b) 살펴보니 젼일의 졍향니 써쥰 글시 분명ᄒᆞ거날 곳 ᄌᆞ리의 나가 고두ᄒᆞ여 쥬왈 신은 승상을 쇽켜시니 긔군지ᄌᆈ난 심히 불칙ᄒᆞ오며 평안도의 나려ᄀᆞ 과연 일게을 쳔거ᄒᆞ엽솝거니와 니졔 신의 문필을 보오니 그 연고랄 알지 못ᄒᆞ나니다. 상이 가라ᄉᆞᄃᆡ 이거시 웃지 형쥬의 ᄃᆞ착이리요? 과인의 허물이니 장형을 쇽엿시니 ᄃᆞ악니 즉지 안니ᄒᆞ오니다 ᄒᆞ시고 평안도의 밀지ᄒᆞ여 일계을 쳔거ᄒᆞ란 말과 ᄯᅩ 졍향니 불너 올닌 말을 낫낫치 말솜ᄒᆞ시고 졍향을 명ᄒᆞ여 ᄃᆡ군게 뵈여 가라사ᄃᆡ 니거시 졍향이니 젼일 형쥬의 보시던 계싱이잇ᄀᆞ? ᄃᆡ군니 븟그려ᄒᆞ여 아모 말 읍스ᄆᆡ 상니 간간ᄃᆡ쇼하며 왈 과인니 너무 희롱ᄒᆞ엿ᄉᆞ오니 허물이 비상니로쇼니다.(19.a)

조츙의전 권지단

(정문연本)

“화셜 조션국 경ᄉᆞᆼ도 지례 ᄯᅡ히 ᄒᆞᆫ ᄉᆞ람이 잇스되 셩은 조요, 명은 발낭이라. 키가 불과 다삿 ᄲᅧᆷ은 되고 올흔 눈의 은잉ᄎᆞᄒᆞ고 왼 눈의 식ᄶᅡ먹고 코허리 잘크라지고 올흔 편 볼의 질병만ᄒᆞᆫ 혹이 난(낫?)고 ᄲᅡᆨᄲᅡᆨ이 얼고 ᄶᅵᆼ긔여 거문거멀 모슐 무슈이 ᄒᆞ여시며 입은 병어 부리요, 나롯ᄉᆞᆫ 탑삭부리오, 빗츤 발갓코 낫빗츤 슛검양갓고 귀난 ᄒᆡ박조가리(갓*)고 ᄒᆞᆫ 팔 봉통이요, ᄒᆞᆫ 다리 줄녹이며 허리ᄂᆞᆫ 셰 아람은 ᄒᆞ고 형용이 긔괴(1.a)ᄒᆞ여 실노 ᄉᆞ람갓지 아니ᄒᆞ되 약간 ᄑᆞᆫ 돈양이나 잇셔 제 동이 의셔난 부요타 ᄒᆞ여 본읍의셔 츙의을 ᄒᆞ이니 부르기을 조츙의라 ᄒᆞ더라. 일일 조발낭니 쳔위신조ᄒᆞ여 츙의을 으더 ᄒᆞ니 가장 어슨 체ᄒᆞ고 나히 ᄉᆞᆷ십이 되도록 밋 ᄒᆞᆯ틋(틀?) 강아지도 업스니 가장 ᄋᆡ갓튼 거슬 쓰며 제 쳐다려 원망ᄒᆞ여 일오ᄃᆡ 이 허무ᄒᆞᆫ 연아! ᄂᆡ 집의 드러와 업갓튼 아들을 나어달나 ᄒᆞ여더니 쥐 삿기만ᄒᆞᆫ 돌장이도 못나 ᄒᆞ시니 너를 ᄂᆡ치고 고흔 쳡을 갈희고 골나 ᄌᆞ식(1.b)을 보리라 ᄒᆞ니 그 쳐 ᄯᅩᄒᆞᆫ ᄉᆞ오납기 쳔고의 업난지라. 그 말을 듯고 ᄃᆡ로ᄒᆞ야 퉁방울갓튼 눈을 부릅ᄯᅳ고 왈락 달여드러 한 손으로 멱살을 츄혀들고 탑삭나롯 ᄌᆞᆸ고 업파갓튼 손으로 ᄲᅣᆷ을 ᄶᅡ라지게 치며 왈 요놈 발측한 놈아! 드르라. 뉘 네 쳡니 되여 살니요? 날을 감히 박ᄃᆡᄒᆞ난다 ᄒᆞ며 두다리니 발낭니 두 눈의 불이 번젹 나고 알푸물 견ᄃᆡ지 못ᄒᆞ여 겨오 몸을 ᄲᅢ혀 부억 한 구셕의 의지ᄒᆞ여 안져 훌젹훌젹 울며 비러 왈 부인아! 소인니 잘못ᄒᆞ엿(2.a)ᄉᆞ오니 죄을 용셔ᄒᆞ소셔. 이제난 그런 말을 아니ᄒᆞ오리다 ᄒᆞ니 그 쳐 골시 뇌정갓튼 눈을 낫쵸고 찬 밥의 져리김치을 부ᄇᆡ질너 쥬며 일오ᄃᆡ ᄎᆞ

후의 그런 요망ᄒᆞᆫ 말을 ᄒᆞᆯ진ᄃᆡ 두 눈망울을 ᄲᅢ혀 어린 아ᄒᆡ 공긔노난 ᄃᆡ 팔니라 하니 발낭이 두 손을 부븨며 비러 왈 이후 그런 일니 잇거던 ᄒᆞᆯᄃᆡ로 ᄒᆞ소셔 ᄒᆞ니 골시 우셔 왈 발칙ᄒᆞᆫ 거시 맛치 눈치만 잇셔 ᄂᆡ가 셩을 푸난 양을 보고 ᄒᆞ소을 ᄒᆞᄂᆡ ᄒᆞ니, 발낭 왈 우리 양쥬 ᄉᆞ니 셔로 ᄒᆞ여라 ᄒᆞᆫ들 관겨ᄒᆞ랴 ᄒᆞ고 웃더라.(2.b) 이후로난 쳡 으들 싱의을 못 ᄒᆞ고 외팔촌 유복ᄀᆡ라 ᄒᆞ난 ᄉᆞ람이 아들을 나으니, 나히 바야흐로 두 열술니로ᄃᆡ 바탕이 의쥬 발다이갓고 얼골은 져무도록 즛발바 말인 메쥬 덩니갓고 형용이 ᄯᅩ 괴괴ᄒᆞᆫ지라. 유복ᄀᆡ 조츙의 집 요부ᄒᆞ물 드러난지 리(라?). 쾌히 허락ᄒᆞ니 조츙의 ᄃᆡ희과망ᄒᆞ여 다리고 도라와 부부 셔로 치ᄒᆞᄒᆞ며 만금갓치 역이더니, 일일은 츙의 골시다려 이로ᄃᆡ 우리 늣게야 귀ᄌᆞ을 어더시니 존치ᄒᆞ여 즐기미 웃더ᄒᆞ요? 골시 ᄃᆡ 왈 그ᄃᆡ 말니 가장 올흐나 좁쌀 말(3.a)이나 슐을 비즐 거시니 안쥬난 츙의 장만ᄒᆞ소. 츙의 ᄃᆡ희ᄒᆞ여 장의 가 마른 명ᄐᆡ 마린지 ᄉᆞ고 ᄇᆡ 타리진 ᄒᆡ초 낫친지 ᄉᆞ고 잔친지 ᄇᆡ셜ᄒᆞ고 동이ᄒᆞ여 다 쥬어모드니, ᄌᆡ 넘어 이풍헌 마루 너머 김악졍이며 고ᄀᆡ 너머 이별감과 물 건너 박권농 등이 다 쥬어와 잡거이 권커니 슬토록 ᄎᆔᄒᆞᆫ 후의 일 아난 김풍헌 왈 조츙의 양ᄌᆞ난 아람다니 졍ᄒᆞ엿거니와 왕도의 올나가 예조의 예ᄉᆞ을 ᄂᆡ엿난가? 츙의 가라ᄃᆡ 밋쳐 ᄂᆡ지 못ᄒᆞ엿거이와 엇지ᄒᆞ난고? 김풍원 왈 돈 셔너 관니나 가지고셔(3.b) 예조예 ᄉᆞ빗셔리을 쥬면 셔리가 문셔를 ᄆᆡᆫ든 ᄃᆡ 당상과 낭졍의 슈결을 바다 입계ᄒᆞ여 어보을 쳐ᄂᆡ면 이거시 양ᄌᆞᄒᆞᆫ(ᄒᆞ?)ᄂᆞᆫ 볍(법?)이라 ᄒᆞ니 조츙의 경망이 우셔 왈 이 무슴 어려우리오 ᄒᆞ고 명일노 올나가 ᄒᆞ여 오리라 ᄒᆞ고 죵일 존치ᄒᆞ여 셕양의 파ᄒᆞ리(더?)라. 명일 조츙의 힝즁을 ᄎᆞ릴시 돈 오십양을 글낭의 늣코 뒤옹이의 너헛던 바고미 파먹은 망근을 안술피게 씨고 오고라진 파립을 숨발ᄂᆡ로 벌의쥴을 ᄌᆞᆸ아쓰고 삼동의 졉은 츄포도포을 ᄯᅥᆯ쳐 입고 세살 붓치 손의 쥐고 비루먹은 말게 좀(4.a)먹은 안장을 지여타고 쳐ᄌᆞ을 ᄒᆞ직ᄒᆞ니 쳐ᄌᆞ 슈이 도라(오*)믈 당부ᄒᆞ니 츙의 하하 웃고 갈오ᄃᆡ 젼의난 쳐만 밋더니 이졔난 쳐ᄌᆡ가지로 위로ᄒᆞ니 ᄂᆡ 팔ᄌᆞ 쳔ᄒᆞ의 둘이 읍도다 ᄒᆞ고 셔울노

치다라 종누 지읍셔 무러 왈 나난 시골셔 ᄉᆞ난 양반으로 초입경ᄒᆞ엿시니 이조라 ᄒᆞ난 말니 어ᄃᆡ ᄆᆡᆫ고 ᄒᆞ니 졔닌이 도라보니 형용니 기괴ᄒᆞ야 셔로 도라보며 우어 왈 ᄇᆡ쥬의 ᄉᆞ람을 이ᄆᆡ망양니 희롱ᄒᆞ난야? 쳔고의 오른 ᄉᆞ람이 어ᄃᆡ 잇서(으?)리(요) ᄒᆞ고 셔로 웃기만 하고 가라치지 ᄋᆞᆫ니ᄒᆞ거날 츙의 셩갓튼(4.b) 거술 ᄂᆡ고 ᄭᅮ지져 갈오ᄃᆡ 나난 시골셔 ᄉᆞ난 오ᄐᆡ후 츙의 벼살 ᄒᆞ난 양반니여날 뉘가 나얼 욕ᄒᆞ난다? 상감게 엿줍고 너희을 자바다가 구리 치리라 ᄒᆞ니 시인드리 더록 ᄃᆡ소 왈 가소롭다. 이거시 ᄉᆞ람인가 시부구나! 기즁 나 만흔 사람이 드미러 보다가 우스며 가로ᄃᆡ 예조을 차즈려 ᄒᆞ거든 나를 ᄎᆞᄌᆞ오라 ᄒᆞ니 츙의 말을 치쳐 ᄯᅩ로더니 그 ᄉᆞ람니 손으로 큰 집을 갈아치며 왈 이거시 예조이 드러가면 파리 머리 쓴 ᄉᆞ람더리(5.a) 무슈이 안ᄌᆞ슬 거시니 ᄎᆞᆺ고ᄌᆞ ᄒᆞᆫ난 ᄉᆞ람을 ᄎᆞ지시요 ᄒᆞ거날 츙의 ᄃᆡ열ᄒᆞ여 말을 남게 ᄆᆡ고 드러가며 왈 ᄂᆡ 시골 양반일너니 녜죠의 예ᄉᆞ을 ᄂᆡ려 왓시니 ᄌᆞᄂᆡ씨ᄂᆡ즁 뉘가 ᄒᆞ여 닐가 시분고 ᄒᆞ니 예조셔리더리 쳔만의외의 이 거동을 보고 ᄃᆡ경실ᄉᆡᆨᄒᆞ여 양구후 셔로 보며 크게 웃거날 츙의 도로혀 무안ᄒᆞ여 쥬져ᄒᆞ다가 갈오ᄃᆡ ᄂᆡ가 양ᄌᆞ을 증ᄒᆞ고 예ᄉᆞ을 ᄂᆡ려 왓거던 웃지 이리 요란니 구난요? 만닐(5.b) 잘 ᄒᆞ여쥬면 돈을 만니 쥬리라 ᄒᆞ거날 기즁 ᄒᆞᆫ 셔리 ᄂᆡ다라 ᄉᆞᄆᆡ를 잇그러 은근ᄒᆞᆫ 곳의 안치고 슈말을 무른 후 졔 집으로 다려가 ᄉᆞ랑의 ᄌᆞ이며 이로ᄃᆡ ᄉᆡᆼ원님니 예ᄉᆞ ᄂᆡ난 법을 치 모로시고 돈 오십 양을 가져 왓거니와 이거시 즁난ᄒᆞ여 ᄂᆞ라의 입계ᄒᆞ여 어보을 쳐 ᄂᆡ오ᄆᆡ 인졍니 만히 드오니 ᄇᆡ금이라도 부족ᄒᆞ오리다 ᄒᆞ고 우으니 츙의 셔리 말을 듯고 ᄃᆡ 왈 ᄌᆞᄂᆡ씨가 졸만하여 쥬면 ᄯᅩ ᄇᆡ양을 쥬리라 ᄒᆞ니 셔리 ᄂᆡ렴의 져 놈이 ᄒᆞ 괴괴ᄒᆞ니 다른 곳의 보ᄂᆡ지 말고 여(6.a)긔셔 먹이고 훌트리라 쥬의을 졍ᄒᆞ고 잘ᄒᆞ여 닐 거시니 돈을 마(자) 가져오소셔 ᄒᆞ니 츙의 본읍 아젼니 마촘 ᄃᆡ동 밧치러 왓거날 돈 ᄇᆡ양을 츄이ᄒᆞ여 쥬니 셔리 바다노코 여러날 실난ᄒᆞ여 져 오십양은 식가로 바드리라 ᄒᆞ고 여(러*)날 묵이며 녜ᄉᆞ을 ᄂᆡ여쥬지 안니(ᄒᆞ*)이 츙의 민망ᄒᆞ여 ᄒᆞ로난 두루 구경ᄒᆞ며 ᄌᆞᆼ안으로 단니더니 급ᄒᆞᆫ 소ᄂᆡ기 퍼붓더시 오거날 비얼

피ᄒᆞ여 ᄒᆞᆫ ᄃᆡ문의 드러시니 이 집니 다른 집니 ᄋᆞ니라 봉임ᄃᆡ군 궁이라. 궁속더리 문의 가득이 잇다가(6.b) 츄의 형ᄉᆞᆼ과 비루 먹은 마리며 좀먹은 안중의 ᄒᆞᆫ짝다리가 심히 피폐ᄒᆞᆫ 문안이라. 츄의 용모을 보고 무슈ᄒᆞᆫ 궁속더리 ᄃᆡ소ᄒᆞ니 크계 요란ᄒᆞᆫ지라. ᄌᆞ비 안히셔 듯고 ᄂᆡ인더리 여어보고 ᄯᅩᄒᆞᆫ ᄃᆡ소ᄒᆞ니 더옥 요란ᄒᆞᆫ지라. 잇ᄯᅢ ᄃᆡ군니 ᄂᆡ지밀의 드러가오셧다가 밧그로 나오시더니 크계 요란ᄒᆞ믈 고히 여기ᄉᆞ 궁님과 환ᄌᆞ다려 뭇ᄌᆞ오시니 모다 ᄃᆡ 왈 밧계 엿ᄎᆞᆫ 괴물이 왓삽기 궁노더리 희어를 낭ᄌᆞ니 ᄒᆞ여ᄉᆞ오니 궁노와 괴물을 다사려지이다 알외니 봉님(7.a)ᄃᆡ군은 ᄒᆞ날니 특별이 ᄂᆡ신 명쥬라. 셩심이 심이 어지르셔 인덕을 슝상ᄒᆞ며 긔괴ᄒᆞᆫ 일을 보셔도 흉을 숨지 안니시난 셩품이시라. 발ᄌᆞ최을 좀간 옴기ᄉᆞ 완월누의 올으ᄉᆞ 명ᄎᆞᆼ으로 츄의예 형상을 보시고 좀소 왈 세상의 고은 ᄉᆞ람도 잇고 미운 ᄉᆞ람도 잇시니 상시라. 웃지 흉을 숨아 ᄉᆞ람을 ᄃᆡᄒᆞ여 문안케 ᄒᆞ난요 ᄒᆞ시고 친히 보려ᄒᆞᄉᆞ 슉궁을 명ᄒᆞᄉᆞ 전갈ᄒᆞ시되 드르니 ᄀᆡ니 노상의셔 비을 만나 문ᄒᆞ의 계시다 ᄒᆞ니 쥬인의 집이 비록 누츄ᄒᆞ오나 잠간 드르ᄉᆞ 피우ᄒᆞ시고 날이 ᄀᆡ(7.b)거든 가시면 늣지 안닐가 ᄒᆞ나이다 ᄒᆞ라 ᄒᆞ시니 슉궁니 명을 밧ᄌᆞ와 나와 츄의계 전ᄒᆞ니 츄의 갈오ᄃᆡ 너의 상젼니 인ᄉᆞ ᄋᆞ난가 시부니 드러가리라 ᄒᆞ고 아장아장 드러가 여러 즁문을 지나 층층옥겨(계?)의 올나 쳔상의 치다라 올라 진상을 치들고 ᄃᆡ군계 예ᄒᆞ니 ᄃᆡ군니 황망이 답예ᄒᆞ시고 가라ᄉᆞᄃᆡ 어ᄃᆡ 계신 존ᄀᆡᆨ이신지 어ᄃᆡ을 가시다가 노상의 이르신잇가? 츄의 보옴즉지 안닌 얼골을 치앗고 ᄃᆡ군의 위의와 옥면화풍을 보고 요망니 우셔 가로ᄃᆡ 나난 경ᄉᆞᆼ도 지레 ᄯᅡ 츄의 벼술ᄒᆞ난 조(8.a)싱원 오ᄐᆡ홀넌니 늣ᄀᆡ야 양ᄌᆞ을 웃고 예조의 예ᄉᆞ을 ᄂᆡ려 기원(?)의 일빅오십양을 가지고 와셔 예조셔리 조흔 일만 ᄒᆞ고 예ᄉᆞ을 이졔ᄭᅡ지 ᄂᆡ여쥬지 안니키 의갓튼 거슬 쓰다가 시훤ᄒᆞᆫ 곳지나 보랴고 두루 단니다가 비을 만ᄂᆞ 이 집 문ᄒᆞ의 셧더니 쥬인니 ᄂᆞ히 졀무시되 인ᄉᆞ을 알아 날을 청ᄒᆞ니 고맙소ᄒᆞ니 졔 소견의난 ᄃᆡ군니 나히 졀무심을 업슈히 역이미라. ᄃᆡ군니 조금도 관겨이 역이지 아니사 칭ᄉᆞ 왈 원ᄂᆡ 존ᄀᆡᆨ니 예ᄉᆞ를 위ᄒᆞ여 오셧난잇가 ᄒᆞ시고 극히 관ᄃᆡᄒᆞ오시니 좌위 감히 츙의얼(8.b) 읍슈이 역이며 헐ᄲᅣᆯ이지 못ᄒᆞ더라. ᄃᆡ군니 가로ᄉᆞᄃᆡ 존ᄀᆡᆨ이 약쥬을 ᄒᆞ시난잇가? 츙의 ᄃᆡ왈 ᄂᆡ 본ᄃᆡ 쥬ᄀᆡᆨ이여니와 쥬닌의 슐 갑 갑흘 돈을 가져오지 아여시니 웃지 홀소야? ᄃᆡ군니 좌우다려 슐을 가져오라 ᄒᆞ시니 슈십여인 신녀 상방진촌을 갓초아 들일시 ᄀᆡ명의 황홀ᄒᆞᆷ과 음식의 ᄉᆞ치ᄒᆞ미 쳔고의 희ᄒᆞᆫᄒᆞ더라. 경ᄋᆡᆨ을 시여로 조ᄉᆡᆼ원님계 드리라 ᄒᆞ시니 옥갓튼 시여 유리존의 호박ᄇᆡᆨ을 밧쳐 츙의계 드리이 츙의 그러ᄒᆞ여도 슈커시라. ᄒᆞᆫ 손으로 존을 ᄌᆞᆸ고 ᄯᅩ(9.a) ᄒᆞᆫ 손으로 시여의 손을 ᄌᆞᆸ고져 ᄒᆞ니 시여 ᄲᆞᆯ이 몸을 ᄲᅡ혀ᄂᆞ오니 ᄃᆡ군니 낭연니 ᄃᆡ소ᄒᆞ시며 연ᄒᆞ여 존을 젼ᄒᆞᆫ이 츙의 평ᄉᆡᆼ 쳐음으로 절식 미여을 보고 슈다 음식 먹을 쥴을 몰나 예가 집젹 졔가 집젹ᄒᆞ니 좌위 입을 가리와 웃더라. 츙의 ᄌᆞᆸᄊᆞᆯ 탁쥬와 져리 김치 먹던 입의 죠흔 고량과 독쥬을 ᄉᆞ오ᄇᆡᆨ을 먹으니 요망(?)니 놀나 요동ᄒᆞ고 졍신니 어질ᄒᆞ여 경망ᄒᆞᆫ 마음의 쥬ᄀᆡ을 겸ᄒᆞ여 ᄃᆡ군을 향ᄒᆞ여 갈오ᄃᆡ 그ᄃᆡ 나히 어리되 부모의 ᄌᆡ손을 만히 가지고 ᄀᆡ구 중ᄒᆞ여 조흔 슐을 ᄒᆞ여(9.b) 두고 먹난야? ᄃᆡ군 왈 맛춤 슐니 잇기 그ᄃᆡ를 ᄃᆡ졉고져 ᄒᆞ여 동ᄇᆡᆨ쥬 ᄒᆞ엿시니 졍니 더옥 깁도소이다. 연ᄒᆞ여 권ᄒᆞ시니 츙의 미혹ᄒᆞᆫ 속아리의 경ᄋᆡᆨ을 만니 먹고 좌불안셕ᄒᆞ여 혹 ᄌᆞᆸ바지며 혹 그러안ᄌᆞ 기괴ᄒᆞᆫ 형상과 방ᄌᆞᄒᆞᆫ 그동을 무슈히 ᄒᆞ니 ᄃᆡ군니 더옥 조히 역이오ᄉᆞ 이로ᄃᆡ 존ᄀᆡᆨ이 잡계을 ᄒᆞ시난잇가? 츙의 답 왈 투젼은 상ᄯᅩ이 역이고 상육은 잡슐이며 장ᄀᆡ난 잠간 ᄇᆡ와 풍현악졍ᄒᆞ고 탁쥬낙미ᄒᆞ엿ᄂᆡ. ᄃᆡ군니 좌우로 중ᄀᆡ판을 가져오라 ᄒᆞᄉᆞ 버리고 두어보시니 향목도 모로고 표(포?)로 포을 치(10.a)랴 ᄒᆞ니 ᄃᆡ군니 연ᄒᆞ여 우으시고 다시 음식을 ᄂᆡ여 오라 ᄒᆞ오시이 녹의홍상 시여 ᄃᆡ모반 의금ᄀᆡ의 만반진슈을 가득이 버러 드릴시 십인 신여 향기 옹비ᄒᆞᆷ과 휘황촐난ᄒᆞᆫ지라. 츙의 취안이 몽농ᄒᆞ고 졍신니 황홀ᄒᆞ여 쥬ᄀᆡ을 무슈히 ᄒᆞ며 ᄃᆡ군계 온가(지)로 희롱ᄒᆞ니 ᄃᆡ군이 화답ᄒᆞ여 가라ᄉᆞᄃᆡ 이졔난 쥬인 집의 가지 말고 ᄂᆡ 집의셔 머무소셔. 츙의 답 왈 양ᄌᆞ 일노 예ᄉᆞ ᄂᆡ려 일ᄇᆡᆨ 오십금을 가지고 와 예조 셔리 손의 너코 예ᄉᆞ ᄂᆡ여 쥴 ᄉᆡᆼ각을 아니하여 괘씸ᄒᆞ이 그 놈의 집의 가 밥이나 먹지 웃(10.b)지 쥬인의계 폐ᄒᆞ리요? ᄃᆡ군이 가라ᄉᆞᄃᆡ ᄂᆡ 그 이를 쥬션ᄒᆞ여 드리잇가? 츙의 답 왈 쥬인이 불근 옷 입고 파리 머리 쓴 ᄉᆞ람과 친ᄒᆞ미 잇던가? 좀 안니 친ᄒᆞ면 모로거이와 그 놈이 고집스러오이 쥬인의 말을 시ᄒᆡᆼ치 아닐가 ᄒᆞ노라. ᄃᆡ군이 우으시고 궁노의 분부ᄒᆞ오셔 예조집 이셔리을 부르라 ᄒᆞ시니 궁노 예조의 가 분부를 젼ᄒᆞ니 셔리 황망니 이르러 계ᄒᆞ의 ᄉᆞᆲ인ᄃᆡ ᄃᆡ군이 분부ᄒᆞ시되 예조 셔리 지례 ᄯᅡ 조ᄉᆡᆼ원님 예ᄉᆞ를 ᄂᆡ여쥬마고 일ᄇᆡᆨ 오십금 돈을 먹고 지금거지(11.a) 예ᄉᆞ를 아니 ᄂᆡ쥰다 ᄒᆞ니 당각ᄂᆡ에 예ᄉᆞ를 ᄂᆡ여 밧치라. 불연즉 그 놈과 너를 이형조ᄒᆞ여 즁치ᄒᆞ리라 ᄒᆞ신ᄃᆡ 셔리 황공ᄒᆞ여 물너와 즉시 ᄂᆡ여다가 밧치니 ᄃᆡ군니 예ᄉᆞ를 츙의을 쥬시며 이거시 녜ᄉᆞ ᄂᆡᆫ 거시니 이졔난 근심말고 ᄂᆡ 집의셔 편니 쉬다 가라 ᄒᆞ시니 츙의 갈오ᄃᆡ 셔울 아ᄒᆡ 나히 져머시되 긔습니 잇셔 기특다! 이졔난 너와 즁마붕위되여 셔로 잇지 마ᄌᆞ ᄒᆞ니 ᄃᆡ군니 크계 우으시고 그리 ᄒᆞᄉᆡ ᄒᆞ시고 인ᄒᆞ여 ᄒᆞᆫ ᄃᆡ셔 지무시며 ᄃᆡ졉을 후이 ᄒᆞ시니 츙의 슐니 취ᄒᆞ면(11.b) ᄃᆡ군의 옥슈을 ᄌᆞᆸ고 이로ᄃᆡ 우리 두 ᄉᆞ람이 지심지ᄀᆞ되얏시니 웃지 셔로 만나미 더ᄃᆡᆫ요? ᄃᆡ군니 낭연이 화답ᄒᆞ시이 졍이 날노 두텁더라. 츙의 셔울 완지 달이 지나시니 가고져 ᄒᆞ거늘 ᄃᆡ군이 가로ᄃᆡ 그ᄃᆡ을 우연이 만나 문경지교로 졍이 ᄌᆞ별ᄒᆞ니 그ᄃᆡ 셔울 오면 나를 몬져 ᄎᆞ즐 거시요, ᄂᆡ 시골 갈 (일*)이 잇스면 그ᄃᆡ을 ᄎᆞ즈리라 ᄒᆞ시고 쳔ᄒᆞ쥰마의 금안을 지어 ᄒᆡᆼ이와 ᄒᆡᆼᄎᆞᆫ을 ᄎᆞ려 쥬시며 긔마ᄉᆞᄂᆞᆫ 붕우의 도리라. 조히 도라가 쳐ᄌᆞ을 반기고 ᄒᆞᆫ가ᄒᆞᆫ ᄯᅢ의 올나와(12.a) 셔로 반기ᄌᆞ 당부ᄒᆞ신ᄃᆡ 츙의 답 왈 네 나을 아니 ᄎᆞᆺ더러도 ᄂᆡ야 웃지 너을 이즐가 시브냐 ᄒᆞ고 ᄯᅥ날ᄉᆡ ᄃᆡ군니 손을 ᄌᆞᆸ고 ᄎᆞᆼ연ᄒᆞ여 ᄒᆞ시더라. 츙의 본읍의 도라와 쳐ᄌᆞ를 반기고 셔울 가 져문 친구를 ᄉᆞ괴여 예ᄉᆞ ᄂᆡ여온 말을 젼ᄒᆞᆫᄃᆡ 골시 칭ᄎᆞᆫᄒᆞ고 ᄒᆡᆼᄎᆞᆫ 음식을 보고 금ᄌᆞᆨ이 역이더라. 잇튼날 김풍헌 니악졍을 쳥ᄒᆞ여 ᄌᆞ랑ᄒᆞ여 曰 이번의 셔울 가셔 어진 버슬 ᄉᆞ괴여 예ᄉᆞ도 줄 ᄂᆡ여오고 그 손의 긔구범ᄇᆡᆨ과 거쳐ᄒᆞᆫ 집니 우리 관가의셔도 낫더라 ᄒᆞ고 셔로 ᄎᆞᆺ기을 언약ᄒᆞ물 못(12.b)ᄂᆡ 일컷더라. 각셜 인조ᄃᆡ왕 승ᄒᆞ

오신 후 ᄃᆡ군니 즉위ᄒᆞ신니 효종ᄃᆡ왕이시라. 등극ᄒᆞ오신 후 슈연만의 조츙의 ᄃᆡ군도 뵈오며 아들의 혼슈도 출니기 겸ᄒᆞ여 셔울 오려고 좁ᄊᆞᆯ 슐병인지 ᄒᆞ고 마른 닥마리인지 ᄒᆞ고 ᄌᆞ반 몃낫친지 ᄒᆞ고 집ᄭᅳ러미의 너어가지고 셔울노 올나와 ᄃᆡ군 문젼의 이라니 궁노 희소ᄒᆞ고 거동이 젼과 달나 쳔연니 ᄲᅵᆫ 집갓거날 츙의 벗지 분명 죽엇거ᄂᆞᆫ 탕ᄑᆡᄒᆞ엿거ᄂᆞᆫ 져문 ᄉᆞ람이 ᄉᆞ치을 너무ᄒᆞ엿던이 양구후 마음을 진정ᄒᆞ여 궁노다려 이로ᄃᆡ 네 상젼니 어ᄃᆡ 가 계시야?(13.a) 궁노 ᄉᆡ로 올나온 노ᄌᆞ라. 앙쳔ᄃᆡ소 왈 상젼이란 말니 엇ᄌᆞᆫ 말니요? 츙의 답 曰 ᄂᆡ 네 상젼과 극진ᄒᆞᆫ 벗지라. 젼위ᄒᆞ여 ᄎᆞ져보러 왓더이라. 궁뇌 크게 ᄭᆞ지져 曰 이 미치고 망영된 츅ᄉᆡᆼ니 쥭기를 ᄌᆡ촉ᄒᆞ난ᄯᅩ다. ᄌᆞ바 젼옥의 나리오고 명일 측위ᄒᆞ여 죄을 정ᄒᆞ리라 ᄒᆞ니 츙의 ᄃᆡ로ᄒᆞ여 크게 호령ᄒᆞ니 궁뇌 졍히 동여ᄆᆡ고 치라 ᄒᆞᆯ 제 환관 셕ᄌᆡ 궁즁을 직히여 상의 밀셔를 밧ᄌᆞ왓난지라. 지례 조ᄉᆡᆼ원이 ᄎᆞ질 거시니 여ᄎᆞ여ᄎᆞᄒᆞ라 ᄒᆞ신 ᄒᆞ교 계시ᄆᆡ 연망니 관복을 정졔ᄒᆞ고 ᄂᆡ다라 궁노을 물이치고 황망니 붓드러 별실의 올이(13.b)고 갈오ᄃᆡ ᄉᆡᆼ원님니 경ᄉᆞᆼ도 지례 ᄯᅡ 조ᄉᆡᆼ원님이신이잇가? 츙의 답 왈 ᄂᆡ 조ᄉᆡᆼ원이어니와 쥬인과 ᄉᆞᄉᆡᆼ지ᄀᆞ니 반가니 ᄎᆞᄌᆞ보러 왓다가 간악ᄒᆞᆫ 놈을 만나 역을 존ᄉᆞᆼ니 본괘라 ᄒᆞ니 환관니 갈오ᄃᆡ 나난 이 궁직힌 ᄉᆞ람이라. 쥬인은 남의 일 보러가오셔 ᄒᆞᆫ ᄯᆡ를 ᄯᅥ나지 못ᄒᆞ오시니 아직 예 계시면 그리로 통ᄒᆞᄉᆞ이다. 츙의 셩을 나초고 안거날 환ᄌᆞ 상방진찬을 ᄂᆡ여 줄 ᄃᆡ졉ᄒᆞ고 ᄌᆞ의을 ᄉᆞᆼ달ᄒᆞ온ᄃᆡ ᄉᆞᆼ니 반긔오ᄉᆞ 젼교 왈 네 줄 ᄃᆡ졉ᄒᆞ고 별실의 안둔ᄒᆞ여 날을 기다리라. 맛당니 승야ᄒᆞ여 가리라 ᄒᆞ시고 조ᄉᆡᆼ원의 먹을 거술 츌여(14.a) 궁으로 보ᄂᆡ라 ᄒᆞ시고 밤을 괴로니 기다려 이경니 되ᄆᆡ 궐즁니 고요ᄒᆞ거날 상니 환관들과 ᄋᆡᆨ예 일인을 다리고 미복으로 궐문을 나오ᄉᆞ 궁의 오시니 ᄎᆞ시 환ᄌᆡ 츙의을 줄 달ᄂᆡ여 ᄃᆡ졉ᄒᆞ더니 밤니 들ᄆᆡ 츙의 경망ᄒᆞᆫ 승을 요망니 ᄂᆡ여 오독셔리며 ᄭᆞ지져 갈오ᄃᆡ 졔가 ᄂᆡ 집 근쳐의 와ᄊᆡ도 ᄂᆡ 급히 ᄂᆡ다라 보고 반길 거시여날 져난 날을 외ᄃᆡᄒᆞ니 셔울 ᄉᆞ람니 교만ᄒᆞ고도 무정ᄒᆞ도다. 젼일 언약ᄒᆞ여 셔로 잇지 마ᄌᆞ ᄒᆞ엿더니 어나 ᄉᆞ니 져난 날을 이져시니 불측ᄒᆞᆫ 놈이로다 ᄒᆞ니 환지 범ᄉᆞᆼᄒᆞᆫ 말을 듯고 ᄒᆡᆼ혀 궁노 드를가 발(14.b) 틈으로 엿보며 조ᄉᆡᆼ원을 달ᄂᆡ더니 상니 문을 열고 드러오시며 츄의 손을 좁부시고 못ᄂᆡ 반기시니 츄의 ᄯᅩᄒᆞᆫ 크계 반겨 무ᄉᆞ나 ᄒᆞ던가? ᄉᆞᆼ니 曰 나ᄂᆞᆫ 무ᄉᆞᄒᆞ거이와 그ᄃᆡ 원노의 나을 ᄎᆞᄌᆞ 왓시니 감격ᄒᆞ도다. 이별 후 ᄉᆞ모ᄒᆞ시던 졍을 일카라시고 출을 올여 관ᄃᆡᄒᆞ시니 츄의 스ᄉᆞ로 이로ᄃᆡ 원간 너도 날을 잇지 안니ᄒᆞ엿도다. 노흠을 푸러바리고 슐을 나와 말ᄒᆞᆯᄉᆡ 상 왈 ᄂᆡ 남의 이를 맛타 일시 ᄯᅥ나기 어렵더니 벗지 왓다 ᄒᆞᄆᆡ 겨오 틈을 어더 왓시나 나라 복젼의 드러가ᄀᆞᆺ스니 노ᄒᆞ여 마소. ᄂᆡ ᄯᅩ ᄂᆡ일(15.a) 밤의 나와 말ᄒᆞᆯᄉᆡ. 츄의 눈 흘키고 코 쏭찌여 이로ᄃᆡ 너난 나를 ᄃᆡᄉᆞ로오니 아니 ᄂᆡᆨ이난ᄃᆡ ᄂᆡ 어이 잇스리 ᄒᆞ니 상니 ᄇᆡᆨ단ᄀᆡ유ᄒᆞᄉᆞ ᄌᆡ숨 말유ᄒᆞ시니 츄의 마지 못ᄒᆞ여 허락ᄒᆞ더라. 밤을 ᄉᆡ와 말숨ᄒᆞᆯᄉᆡ 츄의 좁쌀 슐과 마른 달기 다리얼 ᄂᆡ여노흐며 벗의 조흔 슐과 아람다온 안쥬을 보오니 이거시 불관ᄒᆞ도다. 상니 그 졍를 ᄉᆞ랑ᄒᆞᄉᆞ 만히 진어ᄒᆞ시더라. 이러구러 파루ᄀᆡ 님ᄒᆞ니 ᄉᆞᆼ니 명일노 보시기를 기약ᄒᆞ시고 환궁ᄒᆞ시니 아모도 알 이 읍더라. 이튼날 이경의 ᄯᅩ 나와 보시고(15.b) 말숨ᄒᆞ시다가 밤 들게야 갈ᄋᆞᄉᆞᄃᆡ ᄂᆡ 남의 ᄃᆡᄉᆞ얼 마타 ᄌᆞ로 오기 어려오니 그 집니 크고 머물 곳이 만흐니 그ᄃᆡ 나를 ᄯᅡ라오미 엇더ᄒᆞ요? 츄의 ᄃᆡ 왈 ᄂᆡ 완지 오러고 아들의 ᄃᆡᄉᆞ를 졍ᄒᆞ여 혼슈를 ᄎᆞ리게시니 명닐노 가게ᄶᅡ ᄒᆞ니 상니 曰 상담의 츄우강남이라 ᄒᆞ니 엇지 그ᄃᆡ 고집ᄒᆞ난다? 아들의 혼슈 기구는 ᄂᆡ 출여 쥴 거시니 ᄒᆞ시고 드러가ᄌᆞ ᄌᆡ삼 봇치시이 츄의 ᄒᆞ릴업셔 ᄒᆞᆫ가지로 드러갈ᄉᆡ 상니 츄의 손을 좁으시고 ᄃᆡᄂᆡ의 드르ᄉᆞ 별궁의 안둔ᄒᆞ시고(16.a) 환관을 시립ᄒᆞ게 ᄒᆞ시니 츄의갓치 못ᄉᆡᆼ긴 거시 쳔ᄒᆡᆼ으로 셩쥬를 ᄉᆞ괴여 몸의 금슈을 입고 입의 팔진미을 염ᄒᆞ며 구즁금궐의 편히 잇시ᄂᆞ 그 기미를 젼혀 모로고 그 벗손니 줄 ᄉᆞ난 친구을 ᄉᆞ괴여 져갓치 잘 ᄃᆡ졉ᄒᆞ난가 역이더라. 상니 밤이면 츄의로 더부러 장긔 두시고 긔괴ᄒᆞᆫ 말을 드르셔도 용안이 ᄒᆞᆫ열ᄒᆞ시더라. 츄의은 인간의 김ᄉᆡᆼ도 아니요, 귀신도 안이요, ᄉᆞ람도 못된 거술 쳔ᄒᆞᄀᆡ보로 알으ᄉᆞ 일일은 츄의다려 뭇ᄌᆞ오시되 그ᄃᆡ 무ᄉᆞᆫ

벼술이 ᄒᆞ고 십으며 보기의 무ᄉᆞᆫ 벼술니 조아 뵈던요? ᄂᆡ 쥬션ᄒᆞ여 아모쪼록 ᄒᆞᆯ(16.b) 거시니 그ᄃᆡ 소원을 일으라. 츙의 왈 ᄂᆡ 츙의 직ᄒᆞᆨ도 조커니와 ᄂᆡ 고을 지례현감니 조컨마는 너도 못ᄒᆞ난 벼술을 나를 시기기 쉬우야? 상 曰 나는 스ᄉᆞ로 구치 못ᄒᆞ거이와 남 말은 쉬오니 쥬션ᄒᆞ여 보리라 ᄒᆞ시고 즉시 정젼의 오르ᄉᆞ 유지를 쓰랴 ᄒᆞ시며 탄식 曰 ᄂᆡ버지 적이 지각이 잇시면 경ᄉᆞᆼ감ᄉᆞ를 ᄒᆞ이고 시브되 아모리ᄒᆞᆫ들 ᄋᆡ답도 다 ᄒᆞ시고 지례현감 유지를 쎠들고 나오셔 츙의을 쥬시며 왈 이거시 무어신고? 보라 ᄒᆞ시니 츙의 바다 보시니 유지의 ᄒᆞ엿시되 통훈ᄃᆡ부 조(17.a)발낭은 위지례현감ᄉᆞ라 ᄒᆞ고 어보를 두려시 첫거날 츙의 상의 손을 ᄌᆞᆸ고 ᄂᆡ 지심지ᄀᆞ야. 네 엇지 쥬션ᄒᆞ여 ᄂᆡ엿ᄂᆞᆫ다? 상이 우으시고 그ᄃᆡ 나가 쥬인을 정ᄒᆞ고 잇스면 지례 ᄒᆞ례 ᄒᆞ인더리 신연 마즈러 올 거시니 ᄉᆞ은슉비란 거ᄉᆞᆫ 여ᄎᆞ여ᄎᆞᄒᆞ리라 ᄒᆞᄉᆞ 가리치시고 각별 ᄃᆡ졉ᄒᆞᄉᆞ 금은보화를 만히 봉ᄒᆞ여 쥬시며 나가라 ᄒᆞ시니 츙의 후일 보기을 기약ᄒᆞ고 나와 쥬인을 증ᄒᆞ고 잇노라니 신연 이방니 과인들를 ᄃᆞ리고 쥬야로 와 갓술 정ᄌᆞ의 붓치고 셜셜 기여 들(17.b)러와 절ᄒᆞ고 겻 눈으로 잠간 보니 젼의 졔 손으로 온갓 이를 구청ᄒᆞ며 ᄋᆡ걸ᄒᆞ던 벗 조츙의 발낭니어날 막불ᄒᆞ(히?)연ᄒᆞ여 알욀 말ᄉᆞᆷ을 ᄉᆞ고 현감도 잠간 ᄂᆡ리미러 보니 젼일 친구여날 ᄒᆞᆯ 말니 읍셔 닥 소 보듯 소 닥 보듯ᄒᆞ다가 현감니 담을 크게 ᄒᆞ고 겨오 분부 왈 네 신연 이방인다? 고을셔 올 졔 우리 집 녀편ᄂᆡ도 무ᄉᆞ하던다? 쳣 마른 줄ᄒᆞ고 둘ᄌᆡ 마른 스ᄉᆞ로 츌ᄒᆞ미라. 이방이 ᄯᅩᄒᆞᆫ 쳣 말은 줄 ᄃᆡ답ᄒᆞ되 이방 홍돌쇠로소이다. 본ᄃᆡᆨ 아ᄌᆞ마니도 겨요 잇(18.a)ᄉᆞᆸ데 ᄒᆞ니 관ᄒᆞ인 두 ᄉᆞ람이 근본을 감초지 못ᄒᆞ여 스사로 이러ᄒᆞ미러라. 잇튼날 슉비ᄒᆞᆯᄉᆡ 상니 인견ᄒᆞ시니 그러ᄒᆞ여도 님군 무셔운 쥴은 아난지라. 코을 ᄯᆞ의 ᄯᅳ을고 겨오 드러와 ᄉᆞᄇᆡᆨᄒᆞ고 불너 복지ᄒᆞ니 ᄯᆞᆷ이 관ᄃᆡ의 ᄉᆞ못ᄎᆞᆺ더라. 상니 명ᄒᆞᄉᆞ 낫출 들고 요(용?)안을 보라 ᄒᆞ오시니 현감니 겨요 고ᄀᆡ를 드러보고 ᄭᆞᆷᄶᅩᆨ 놀나 드럽더 붓들며 네로고나! 니양다락공(?) 나를 속엿고나 ᄒᆞ니 상니 크계 우으시고 슐을 드리라 ᄒᆞ오시니 승지와 쥬셔와 시(18.b)위졔신니 ᄃᆡ경ᄒᆞ여 무례ᄒᆞ물

ᄭᅮ짓고 벼ᄉᆞ를 ᄉᆞᆨ탈ᄒᆞ여 옥의 나리오물 쥬ᄒᆞ고 ᄃᆡ간은 용폐을 범ᄒᆞ여 능욕ᄒᆞ여ᄉᆞ오니 극졍방형ᄒᆞ여지이다. 상이 갈ᄋᆞᄉᆞᄃᆡ 젼현감은 인의지심 지교요, 죽마붕위라. 셔로 보기을 골육 동기와 다름니 읍써 셔로 희ᄒᆡ ᄒᆞ이 경 등은 조곰도 죄를 의논치 말나 ᄒᆞ시니 졔신이 감히 다시 말ᄒᆞᆯ 지 업더라. ᄉᆞᆼ이 젼교ᄒᆞ신ᄃᆡ ᄒᆞ직ᄒᆞ고 궐문을 나셔 일ᄉᆞᆫ 밧고 위의을 ᄎᆞ려 호힝ᄒᆞ라 ᄒᆞ시니 헌(쳔?)총니 쳔고의 업더라. 현감(19.a)이 본읍의 일아러 도임ᄒᆞ고 쥬육인가 진ᄉᆞᆼᄒᆞ며 편지ᄒᆞ여 상감젼 상셔리 ᄒᆞ엿더라. 상니 경상감ᄉᆞ의게 젼교ᄒᆞ시ᄃᆡ 짐의 벗지 지려(례?)현감으로 갓시이 조히 인난가 각별 고후ᄒᆞ라 ᄒᆞ시니 뉘 감히 털 ᄭᅳᆺ치나 거우리이 잇시리오? 이러므로 경상감ᄉᆞ 지려(례?)현감 ᄃᆡ졉니 ᄌᆞ별ᄒᆞ여 ᄇᆡᆨᄉᆞ를 돌보며 여릅 슈령더리 감ᄉᆞ도곤 무셔워ᄒᆞ더라. 죠지례 쳐ᄌᆞ를 위의을 갓초와 관가로 ᄃᆞ려올ᄉᆡ 골시 ᄯᅩᄒᆞᆫ 긔괴ᄒᆞ여 보암즉지 아니나 쳔총니(19.b) 늉즁ᄒᆞ믜 ᄐᆡ만치 못ᄒᆞ더라. 상니 현감을 잇지 못ᄒᆞᄉᆞ ᄉᆞ관을 ᄌᆞ루 보ᄂᆡ여 ᄃᆞ려다가 별젼의 머무르시고 장긔 두시며 츈의 젼의난 젼혀 모로고 요망니 구더니 도금ᄒᆞ여난 님군 존즁ᄒᆞ신 쥴은 아오며 황공ᄒᆞ여 츅쳑ᄒᆞ니 상니 위로ᄒᆞ시고 존치ᄒᆞ여 ᄃᆡ졉ᄒᆞᄉᆞ 경상도 칠십니관 ᄃᆡ동을 지례현감을 다 쥬라 ᄒᆞ교ᄒᆞ시고 역마로 호힝ᄒᆞ게 ᄒᆞᄉᆞ 젼송ᄒᆞ시니 현감니 본읍의 도라올ᄉᆡ 감ᄉᆞ 이ᄒᆞ로(20.a) 존문ᄒᆞ고 진상미 상납ᄒᆞ던 방물을 지례로 보ᄂᆡ니 현감니 부귀 비ᄒᆞᆯ ᄃᆡ 업더라.

을ᄉᆞ ᄉᆞ월 그믐날 괴ᄉᆞᆫ 김승필셔라.

단문 글시로 낙셔 무슈ᄒᆞ오나 누구던지 보시난 니 눌너보시고 흉보지 마르시ᄋᆞᆸ소셔.

됴튱의전

(김기동本)

“경상도 지례 ᄯᅡ히 한 사ᄅᆞᆷ이 잇시니 셩은 됴요, 명은 봉태라. 신댱이 뉵쳑이오, 형용 츄토아니ᄒᆞ여 보면 우술 만ᄒᆞ고 십여세 넘도록 지각이 업셔 운무듕 ᄉᆡᆼ진 사ᄅᆞᆷᄀᆞᆺ고 문벌은 니ᄇᆡ와 벗ᄒᆞᆯ만ᄒᆞ고 나히 약관의 취쳐 심씨ᄒᆞ니 현슉(1.a)ᄒᆞ야 치가랄 법되게ᄒᆞ고 동쥬 슈십연에 일졈 골육이 업셔 부뷔 ᄆᆡ양 슬허ᄒᆞ더니 심씨 권ᄒᆞ야 양ᄌᆞᄒᆞ라 ᄒᆞᆫᄃᆡ 팔쵼의 아들을 정ᄒᆞ고 돈 ᄇᆡᆨ여냥을 가지고 상경ᄒᆞ야 녜됴 셔리 집의 쥬인ᄒᆞ고 녜ᄉᆞ를 ᄂᆡ려 ᄒᆞᆫ즉 됴ᄉᆡᆼ의 모양이 쥰쥰무지ᄒᆞ믈 보고 업슈이 여겨 돈만 바다 먹고 녜ᄉᆞ를(1.b) 지ᄒᆞ믈 보고 업슈이 여겨 돈만 바다 먹고 녜ᄉᆞ를(∮) 즉시 아니ᄒᆞ여주니 돈만 허비ᄒᆞ고 ᄎᆞ일 피일 유쳑ᄒᆞ다 무류히 도라가니 그 안히 ᄀᆞ이 업셔ᄒᆞ더니 그 ᄒᆡ가 진ᄒᆞ고 명츈이 된지라. 다시 오십여 금을 판득ᄒᆞ야 가부를 주며 아모 양반의 집의 나 ᄎᆞ져 가 쥬인ᄒᆞ고 되도록 일워 가지고 오쇼셔 ᄒᆞ니 튱의 응낙고 발힝 입셩ᄒᆞᆫ 후 슝예문 안에(2.a) 드러와 보니 일좌 ᄃᆡ가의 사람이 만코 문젼이 심히 번화커ᄂᆞᆯ 봉ᄐᆡ ᄂᆡ심에 혜오ᄃᆡ 이 진짓 양반의 집이로다 ᄒᆞ고 장찻 하마ᄒᆞ여 쥬인 삼아 잇더니 쥬인 반상도 유무분간치 못ᄒᆞ고 ᄂᆞᆯ포 되니 다시 돈만 허비ᄒᆞ고 다른 ᄃᆡ로 가노라 ᄒᆞ니 급헌 ᄃᆡ우를 맛나 ᄂᆞᆫ디라. 큰 ᄃᆡ문으로 드리 다르니 말(2.b)은 픠려ᄒᆞ고 비루먹은 안장은 좀이나 먹어 다ᄅᆡ 한 편은 업고 한 편만 달고 조고만 ᄏᆡ의 식ᄶᅡ만 얼골에 형용이 보암즉지 안터라. 원ᄂᆡ 이 집은 봉님대군 궁이라. 문젼의 마직이들이 만이 안ᄌᆞ다가 그 거동을 보고 귀신도 아니요, 사람도 아닌 거시 당돌이 돌입ᄒᆞ믈 보고 우숨도 나고 무례ᄒᆞ믈 노(3.a)ᄒᆞ여 일시의 드러며 크게 ᄭᅮ지져 왈 그ᄃᆡ 엇던 사람이완ᄃᆡ ᄌᆞ가 대감 겨신ᄃᆡ 하마도 아니ᄒᆞ고 드러오ᄂᆞᆫ뇨? 튱의 들른 체 아니ᄒᆞ고 올나가 눈을 놉히 ᄯᅧ 호령이 ᄉᆡᆼ풍ᄒᆞ

여 왈 양반이 드러올 잣시면 쥬인이 잇슬 거시니 너희 그리 못ᄒᆞ리라 ᄒᆞ며 양목이 진열ᄒᆞ야 호령ᄒᆞ니 웃뜸 궁감이 이로ᄃᆡ(3.b) 여긔가 여염가 양반의 집이 아니요, 쥬상 아오님 대군 궁일너니 그ᄃᆡ 이리 당돌이 못드러 올 거시니 어셔 나가라. 튱의 왈 나도 남만ᄒᆞᆫ 양반이니 너희 그리 못ᄒᆞ리라 ᄒᆞ며 일변 바지ᄅᆞᆯ 문의오며 축기ᄅᆞᆯ 가을 삼아 말을 대문의 ᄆᆡ고 드리 다라 대군 보시ᄂᆞᆫ 뒤싼의 뒤ᄅᆞᆯ 보니 궁감이 도로혀 어이업(4.a)셔 우숨이 나 견ᄃᆡ지 못ᄒᆞ더니 믄득 대군이 눈면의 헌어릴 드르시고 궁감을 불너 뭇ᄌᆞ오시니 궁감이 실노ᄡᅥ 알외고 헌화지죄ᄅᆞᆯ 청죄ᄒᆞ니 대군이 드르시고 심심ᄒᆞ니 귀경ᄒᆞᄌᆞ ᄒᆞ시고 궁감을 ᄉᆞᄒᆞ시고 튱의ᄅᆞᆯ 부루시니 슈삽 궁감이 일시의 쪄 붓드러 모라 드리나 조금도 경동치 아니ᄒᆞ고 앙연이 드(4.b)러와 공슌이 절ᄒᆞ여 좌졍ᄒᆞ니 대군이 먼져 말ᄉᆞᆷ을 가로ᄉᆞᄃᆡ 어ᄃᆡ 겨신 손님이 우듕에 어ᄃᆡ로 가시더뇨? 튱의 답ᄒᆞᄃᆡ ᄉᆡᆼ은 경상도 지례 ᄯᅡ희 사더니 조고만 일이 이셔 단니라 왓거이다. 대군이 무르시되 셩명은 무어시뇨? 튱의 답 왈 됴봉ᄐᆡ라 하것다. ᄆᆡᆯ ᄃᆡ답이 거오하믄 졈무물 무심결 ᄃᆡ(5.a)답이나 위의예 경황ᄒᆞ여 어마지두의 ᄒᆞ여 실지언졍 이ᄣᅢ 대군겨셔 노상 졈무신지라. 튱의 마음의 져ᄂᆞᆫ 나히 만으롸 ᄒᆞ여 대군 말ᄉᆞᆷ 대답을 존쟝쳐로 ᄒᆞ더라. 대군이 무르시되 손님이 술을 ᄒᆞ시ᄂᆞ냐? 튱의 ᄃᆡ 왈 나는 술을 남불지 아니ᄒᆞ게 먹것다. 대군이 좌우ᄅᆞᆯ 명ᄒᆞ야 술을(5.b) 가져오라시니 슈유의 계강쥬ᄅᆞᆯ 갓다 슌은ᄇᆡ로 먹이시니 ᄎᆞᆫᄎᆞᆫ이 먹으며 왈 이 술이 마시 달고 가장 조흐니 쥬인이 능히 ᄒᆞ여 두고 먹ᄂᆞᆫ가? 대군이 ᄀᆞᆯ오샤ᄃᆡ 맛춤 잇시니 일ᄇᆡᄅᆞᆯ 더ᄒᆞ실가? 튱의 소 왈 쥬인ᄃᆡᆨ 집의 술이 그리 만히 잇기 쉬울가? 대군이 ᄒᆞ시되 마춤 ᄯᅩ 잇시니 ᄒᆞᆫ잔 더ᄒᆞ라. ᄎᆞᆫᄎᆞᆫ(6.a)이 ᄉᆞ양치 안코 영남목 고든 소ᄅᆡ로 코살을 지긋거리며 폭비ᄅᆞᆯ ᄒᆞ고 ᄃᆡ취ᄒᆞ엿ᄂᆞᆫᄃᆡ 향촌 우ᄆᆡᆼ이 모 심으고 기음 ᄆᆡᆯ ᄣᅢ 고름갓튼 ᄆᆡᆨ쥬 한 그릇도 단 ᄭᅮᆯ ᄲᆡ듯 동희금으로 진취ᄒᆞ든 인ᄉᆡᆼ이 평ᄉᆡᆼ 귀경치 못ᄒᆞᆫ 미쥬ᄅᆞᆯ 침취ᄒᆞ니 반은 늘고 살집 ᄒᆡᆫ 면모의 거동의 긔괴ᄒᆞ더라. 대군이 우문 왈(6.b) 손님이 혹 잡기ᄅᆞᆯ ᄒᆞᄂᆞ냐? 튱의 ᄃᆡ 왈 투젼은 외입 잡기라. ᄇᆡ호지 아니ᄒᆞ고 바독은 현묘ᄒᆞ야 어렵두곤 대군이 ᄀᆞᆯ오샤ᄃᆡ 그리면 쟝긔나 두시ᄂᆞᆫ가? 튱의 흠신 ᄃᆡ 왈 쟝긔ᄂᆞᆫ 조하하ᄂᆞᆫ 고로 남불지 아니케 두것다. 대군이 쟝긔판을 나와노코 두실시 쟝목도 모로고 겨오 둘지만 ᄋᆞ더라. 대군이 음식을(7.a) ᄂᆡ여오라 ᄒᆞ시니 이윽고 록의홍상ᄒᆞᆫ 시녜 슈십인이 만반진슈ᄅᆞᆯ 밧드러 대군긔 올니고 튱의게 노으니 튱의의 향암된 안목의 빈촌의셔 이런 미녀ᄌᆞ식을 귀경이나 ᄒᆞ여시리오? 션경ᄀᆞᆺ튼 궁궐의 션녀ᄀᆞᆺ튼 미녀ᄅᆞᆯ ᄃᆡᄒᆞ여 마음의 천샹 옥경의 올나 월궁 항아ᄅᆞᆯ 보ᄂᆞᆫ듯 눈망울이 공(7.b)충 걸녀 뒤록뒤록 휘휘황황ᄒᆞ야 어린듯 취ᄒᆞᆫ듯 넉슬 일코 어이 잔긔의 정혼이 잇ᄉᆞ리오? 좌우ᄅᆞᆯ 둘너보니 쥬궁ᄑᆡ궐이 운소의 빗겨 잇고 쳔문 만호가 본 바 쳐음이라. 향취 옹비ᄒᆞ니 심혼니 산비ᄒᆞ여 음식도 어ᄂᆞ 거술 먹을지 황홀ᄒᆞ여 이 그르싀 듐긋 져 그르싀 지긋긋ᄒᆞ고 술은(8.a) ᄃᆡ취ᄒᆞ여 좌셕의 것구러지니 대군이 좌우ᄅᆞᆯ 쌜니 명ᄒᆞ여 년근을 가라 먹이시고 ᄒᆡ갈ᄒᆞᆯ 약을 먹이시니 이윽고 술을 젼슈이 토ᄒᆞ고 쌩안을 모호로 ᄯᅳ고 죽어가는 형상의도 시네ᄅᆞᆯ 찻노라 좌우ᄅᆞᆯ ᄉᆞᆯ피나 이윽고 회두ᄒᆞ여 술이 ᄭᆡ이ᄆᆡ 목미로 죽을 ᄲᅮ어 먹이시고 츄악ᄒᆞᆫ 거술 다 쳐주라(8.b) ᄒᆞ시고 대군이 손조 구완ᄒᆞ시더라. 시경 후 이러 안져시니 대군이 다시 무르시되 손님이 상경ᄒᆞᆫ 연고ᄅᆞᆯ ᄌᆞ시 이르라. 그ᄃᆡ 하고져 ᄒᆞᄂᆞᆫ 일을 ᄂᆡ ᄒᆞ여 쥬리라. 튱의 ᄃᆡ 왈 아ᄃᆞᆯ이 업셔 양ᄌᆞᄅᆞᆯ ᄒᆞ여 누ᄃᆡ 예ᄉᆞᄅᆞᆯ ᄂᆡ라 두번토록 상경ᄒᆞ여 ᄌᆡ물만 허비ᄒᆞ고 낭ᄑᆡ만 ᄒᆞ여것다. 대군이 드르시고 가연(9.a)이 여기사 ᄂᆡ 쥬션ᄒᆞ야 즉ᄀᆡ의 ᄒᆞ여 줄가? 튱의 ᄃᆡ 왈 원ᄂᆡ 모로거니와 쥬인 소연 아기ᄂᆡ로 무산 그런 형셰가 잇난 친구가 잇실가? 파리 머리 쓴 관원이 가쟝 어려우니 그런 말 듯기 쉬울가? 대군이 ᄃᆡ소ᄒᆞ시고 예조 집 니셔리를 부르샤 즉시 계하의 복지 응명ᄒᆞ니 대군이 엄히 하령 왈 지례 됴ᄉᆡᆼ원(9.b)님 녜ᄉᆞᄅᆞᆯ 돈만 밧고 우금 아니ᄒᆞ여드려 슈ᄎᆞ 상경ᄒᆞ여 낭ᄑᆡ만 ᄒᆞ시다 ᄒᆞ니 그 어인 일고? 당ᄀᆡ의 아니ᄒᆞ여 오면 ᄒᆡᄉᆞ의 ᄀᆡ별ᄒᆞ야 듕치ᄒᆞ리라. 셔리 황공 복지ᄒᆞ여 쌜니 ᄒᆞ여 올니니 대군이 ᄀᆞᆯ오ᄉᆞᄃᆡ 이만ᄒᆞ여도 녜녜라 ᄒᆞᆯ가 시부냐? 튱의 ᄃᆡ희 왈 (10.a) 과연 나 졈문 아기ᄂᆡ로 아라더니 셔울 아기ᄂᆡ ᄀᆡ특도 ᄒᆞ다. 너와 ᄂᆡ 통셩명ᄒᆞᄌᆞ ᄒᆞ고 나와 안ᄌᆞ 벗ᄒᆞᄌᆞ ᄒᆞ며 ᄒᆞᆫᄃᆡ ᄃᆡ군이 셩쉬와 ᄌᆞ함을 이르시니 튱의 ᄃᆡ열 왈 ᄉᆞ싱지교ᄅᆞᆯ ᄆᆡᆺᄌᆞ ᄒᆞ니 ᄃᆡ군이 그 무어시 어려우리요? 그리ᄒᆞᄌᆞ ᄒᆞ시더라. 인ᄒᆞ여 ᄌᆞ고 ᄉᆞ오일 머무니 튱의 지심지교 되여시니(10.b) 어이 보기ᄅᆞᆯ 늣게 ᄒᆞ야는고? 우리 이졔 문경지교ᄅᆞᆯ 삼아 셔울 오거든 너ᄅᆞᆯ 찻고 너 지례ᄅᆞᆯ 오거든 날을 ᄎᆞ져 셔로 잇지 마라. 유종지음을 본밧ᄌᆞ ᄒᆞ더라. 대군이 심심ᄒᆞ믈 인ᄒᆞ여 시골 ᄉᆞ는 의관문물과 ᄉᆞ는 풍도ᄅᆞᆯ 이야기ᄒᆞ라 ᄒᆞ시니 술 잔이나 먹은 김의 시골 사람 지ᄂᆡᄂᆞᆫ 형편을 그(11.a)리ᄂᆞᆫᄃᆡ 쳣지ᄂᆞᆫ 빈한ᄒᆞᆫ 형셰의 과거 보라 오노라 젼답 파라 도보ᄒᆞ여 왓다 ᄂᆡ왕 부비만 ᄂᆡ고 젼젼 걸식 회환ᄒᆞ여 상감 뵈앗단 거즛말과 쳔우신조ᄒᆞ야 과가의 창방ᄒᆞ고 옥당 한원ᄒᆞ엿다고 가쥬셔도 못ᄒᆞᆫ 놈이 풍치기와 그ᄂᆞᆫ 그려도 지상션이거니와 향국의 뭇친 농군(11.b)들은 뉵월 염쳔의 밧 ᄆᆡ기와 츄졀을 당ᄒᆞ여 한풍이 소슬ᄒᆞᆫᄃᆡ 단삼 단의로 치위ᄅᆞᆯ 못견ᄃᆡ다 여간 젼곡을 ᄆᆡᄆᆡᄒᆞ여 동의ᄅᆞᆯ ᄒᆞᆫ 벌 입고 삼동을 다 지ᄂᆡ니 칩기도 ᄒᆞ려니와 휴루ᄒᆞ물 견ᄃᆞ지 못(ᄒᆞ여) 동니 부요지가의 여벌 옷슬 비러 입고 졔답(?)을 ᄒᆞ여 입고져 각쳐의 (12.a) 청구ᄒᆞ니 ᄎᆞ시 납월지회라. 가가호호이 다 ᄲᅢ라 곳치노라 다 불청이니 할일업셔 기쥬방의 다 ᄡᅥ러진 니불을 므릅ᄡᅳ고 누어 의복을 셰답ᄒᆞ여 곳치노라 ᄒᆞ니 ᄌᆞ연 수일 되니 ᄒᆞᆯ일업시 병칩ᄒᆞ여 누은 모양 가관이니 셔울 와 보니 지상션이니 귀쳔이 현격ᄒᆞᆯ 분(아니라*) 향국지(12.b)인은 실노 금슈와 ᄒᆞᆫ 가진 듯ᄒᆞ다 ᄒᆞ더라. 대군이 드르시고 참연ᄒᆞ샤 더욱 극진이 ᄃᆡ졉ᄒᆞ시고 튱의 가려 ᄒᆞᆯ시 조흔 긔마로 힝장을 ᄎᆞ려 주시며 거마 상ᄎᆞᄂᆞᆫ 붕우의 도리라 ᄒᆞ시며 후에 ᄎᆞᄌᆞ물 긔약ᄒᆞ시니 튱의 왈 네 당부치 아니ᄒᆞ여도 ᄂᆡ 어련이 ᄎᆞ즈랴 ᄒᆞ고 인ᄒᆞ야 하(13.a)직고 말게 올나 급히 가셔 가인ᄃᆞ려 와 벗들을 ᄎᆞᄌᆞ 김풍헌 니약졍의게 ᄌᆞ랑ᄒᆞ되 이번에 상경ᄒᆞ여 네ᄉᆞᄅᆞᆯ ᄂᆡᆯ ᄲᅮᆫ아녀 벗슬 ᄉᆞ괴여 봉님대군 아모라 ᄒᆞ며 나히 졈무나 집은 우리 관가보다 ᄇᆡᆨ ᄇᆡ나 ᄒᆞ고 긔구 범ᄇᆡᆨ이 지례 원님보다 ᄇᆡᆨ ᄇᆡ 승ᄒᆞᆫ지 모로니 셔울 사람은 장ᄒᆞ(13.b)더라 ᄒᆞ며 ᄆᆡ양 다시 찻기ᄅᆞᆯ 벼르더라. 이러구러 효종대왕이 즉위ᄒᆞ신다라. 튱의

ᄂᆞᆫ 젼부지ᄒᆞ고 벗 찻기 위ᄒᆞ야 마른 닥 마리ᄒᆞ고 며리치와 술병을 집헤 뭉쳐 말게 붓치고 본궁으로 니르러 하마ᄒᆞ여 입문 일견의 궁감이 희소ᄒᆞ고 문젼이 넝낙ᄒᆞ여 젼과 다른디라. 지감 업ᄉᆞᆫ(14.a) 듕의 혼ᄌᆞ 말노 듕듕거려 ᄂᆡ 보니 나 졈문 아기ᄂᆡ 의복 긔명이 너모 과ᄒᆞ여 뵈고 호강을 너모ᄒᆞ더니 ᄂᆡ 아니 일너던가? 일셩탄식ᄒᆞ며 궁감을 불너 이르되 너의 상뎐의게 지심지우 됴듕의 왓ᄂᆞᆫ 쥴 쌧니 고ᄒᆞ고 날을 인도ᄒᆞ야 뵈옵게ᄒᆞ라. 궁감이 그 ᄒᆡᆼᄉᆡᆨ이 픠려ᄒᆞ야 향촌 우(14.b)밍이물 보고 허허 무쟝ᄃᆡ쇼 왈 엇던 밋친 귓거시 아모란 상 모로고 샹뎐이란 말이 무산 말고? ᄉᆡᆼ이 노ᄒᆞ여 왈 ᄂᆡ가 네 상뎐의 극진ᄒᆞᆫ 벗이어ᄂᆞᆯ 네 감히 이리 ᄒᆞᆯ다? 궁감이 ᄃᆡ로 왈 네 죽고 남디 못ᄒᆞᆯ 츅ᄉᆡᆼ이로다. 듕의 분분ᄒᆞᆯ 젹 두목 궁감이 나와 보고 됴듕원 쥴 알고 흔연이 마ᄌᆞ ᄀᆡᆨ실의 드리고 (15.a) 극진이 ᄃᆡ졉ᄒᆞᆯ식 샹이 밀지로 ᄂᆞ리오샤 슈됴ᄅᆞᆯ 맛지ᄉᆞ 지례 됴ᄉᆡᆼ원이 만일 오거든 마ᄌᆞ 극진 ᄃᆡ졉ᄒᆞ고 알외라 ᄒᆞ신디라. 궁감이 듕의 다려 문 왈 어ᄃᆡ 겨신 손님이신지 모로오니 쳥컨ᄃᆡ ᄌᆞ셔히 알고져 ᄒᆞᄂᆞ이다. 듕의 ᄃᆡ 왈 나ᄂᆞᆫ 지례 ᄉᆞ는 됴ᄉᆡᆼ원일너니 네 샹뎐과 ᄉᆞᄉᆡᆼ지교니 ᄂᆡ 벗시(15.b) 지금 어ᄃᆡ 잇ᄂᆞ뇨? 날을 즉시 아니 마즈니 붕우의 도리ᄅᆞᆯ 일허ᄯᅩ다. 환ᄌᆡᆨ ᄃᆡ 왈 나ᄂᆞᆫ 이 집 가신이 아니어니와 여긔 쥬인은 남의 일 보라가셔 일시ᄅᆞᆯ ᄯᅥ나지 못ᄒᆞ시니 아즉 여긔 겨시면 오신 줄 아르시게 ᄒᆞ리라 ᄒᆞ고 셕반을 극진이 ᄃᆡ졉ᄒᆞ고 듕의 의아ᄒᆞ며 머무러 잇더니 궁감이 봉ᄐᆡ(16.a) 왓는 줄 밀지로 알외니 샹이 ᄀᆞᆯ오샤ᄃᆡ 아즉 유ᄒᆞ여 두면 금야의 가 보리라 ᄒᆞ시니 환ᄌᆡᆨ 회보ᄒᆞᆫᄃᆡ 듕의 노 왈 ᄂᆡ 원노의 발셥ᄒᆞ여 슈고ᄅᆞᆯ 불분ᄒᆞ고 벗ᄉᆞᆯ 위ᄒᆞ여 ᄎᆞ져 이르러시니 쌧니 와 볼 거시어ᄂᆞᆯ 날을 외ᄃᆡᄒᆞ니 셔울 사ᄅᆞᆷ이 교만ᄒᆞ고 실노 무정ᄒᆞ도다. 환ᄌᆡᆨ 젼일(16.b) 근시ᄒᆞ여 보앗ᄂᆞᆫ디라. 감언으로 달ᄂᆡ여 이르더니 과연 금야 이경에 밋쳐 미ᄒᆡᆼ으로 샹이 나오시니 듕의 ᄃᆡ희ᄒᆞ야 쌧니 듕계의 ᄂᆞ려 손을 잡고 반겨 왈 너 ᄯᅥ난지 오러니 근ᄂᆡ 무ᄉᆞᄒᆞ신가? 샹이 역시 ᄯᅥ낫던 회포와 참던 졍을 졍을(∮∮) 이르시니 듕의 왈 너ᄂᆞᆫ 원간 잇지 아니ᄒᆞ엿(17.a)던가 보다 ᄒᆞ며 노호운 마음을 프러 바리고 술을 나와

통음ᄒᆞ며 말숨ᄒᆞ더니 샹이 ᄀᆞᆯ오샤ᄃᆡ ᄂᆡ가 남의 일노 ᄒᆞ여 ᄌᆞ조 올 길이 업ᄉᆞ나 네 왓단 말 듯고 갓가스로 밤의 와 보고 셥셥ᄒᆞ나 마지 못(ᄒᆞ여) 도ᄅᆞ가ᄂᆞ니 명야의 ᄯᅩ 올 거시니 조히 잇셔 잘 ᄌᆞ라. 튱의 눈쌀을 집푸리고 코을 찡긔여 왈(17.b) 너도 업ᄂᆞᆫ ᄃᆡ 어이 오ᄅᆡ 잇스리오? ᄂᆡ 일은 가랴 ᄒᆞ노라. 샹이 직숌 말뉴ᄒᆞ샤 호언으로 이르시니 마지못ᄒᆞ여 응답ᄒᆞ더라. 샹이 우명일의 ᄯᅩ 이르시니 튱의 반겨 마ᄌᆞ 좌정ᄒᆞ여 ᄀᆞᆯ오ᄃᆡ ᄂᆡ 남의 일 보아 주노라 시시로 샹봉치 못ᄒᆞ니 심히 결연ᄒᆞᆫ지라. 그 집이 너르고 ᄯᅩ ᄒᆞᆫ 집이 잇(18.a)셔 족히 너 잇슬 만ᄒᆞ니 날을 ᄯᅡ라가 그 집의 이셔 ᄌᆞ조 샹봉ᄒᆞ면 조흐리로다. 튱의 소 왈 ᄂᆡ 너 오라ᄂᆞᆫᄃᆡ 못가고 그만ᄒᆞ여 집으로 가고져 ᄒᆞ노라. 샹 왈 취우강남이라니 그ᄃᆡ 고집ᄒᆞᄂᆞ냐? 아모리 ᄀᆡ듕이라도 너 ᄒᆞ나야 못 ᄃᆡ졉ᄒᆞ랴 ᄒᆞ시고 용슈로 달긔 발 ᄀᆞᆺ튼 손을 잇글고 후원의 드(18.b)러가샤 별쳐의 두시고 환ᄌᆞ로 환ᄌᆞ로(ϕ ϕ ϕ) ᄒᆞ여금 극진이 ᄃᆡ졉게 ᄒᆞ시며 심심ᄒᆞ시면 나오샤 보시고 더부러 온담을 ᄒᆞ시니 인간의 귀신도 아니요, 사람도 아닌 거시 지엄지지ᄅᆞᆯ 모로고 호ᄉᆞᄒᆞ고 셩은이 여ᄎᆞᄒᆞ샤 집슈연슬ᄒᆞ샤 무간ᄒᆞ신 은권을 밧ᄌᆞ오며 망연이 젼연 부지ᄒᆞ여 일월을 보ᄂᆡ니 실노 한 가관이(19.a) 되고 샹이 은ᄋᆡ 후ᄃᆡᄒᆞ시ᄂᆞᆫ 셩덕은 고금력ᄃᆡ의 셩군 드므시더라. 일일 승야ᄒᆞ야 나오샤 튱의ᄅᆞᆯ 보시고 ᄌᆞ약히 담화ᄒᆞ시더니 튱의ᄃᆞ려 무르시되 너 평일의 벼ᄉᆞᆯ이 ᄒᆞ고 시부더냐? 튱의 ᄃᆡ 왈 작히 조흐리요만은 쉬울손가? 샹이 ᄀᆞᆯ오샤ᄃᆡ 네 ᄒᆞ고시분 벼ᄉᆞᆯ이 잇거든 ᄂᆡ 쥬션ᄒᆞ야 식일 거시니(19.b) 은휘치 말고 무ᄉᆞᆫ 벼ᄉᆞᆯ이던지 소원ᄃᆡ로 이르라. 튱의 ᄃᆡ 왈 나의 튱의 쟉호도 됴커니와 그외에 조흔 벼ᄉᆞᆯ은 지례 현감이 됴컨만은 너도 벼ᄉᆞᆯ 못ᄒᆞ며 날을 식이기 쉬울가? 샹 왈 ᄂᆡ 일은 발구ᄒᆞ여 ᄒᆞ기 어려우나 남의 말 ᄒᆞ기는 쉬우니라 ᄒᆞ시고 인ᄒᆞ여 궁의 드러가오샤 유지ᄅᆞᆯ ᄲᅧ가지고 나(20.a)오샤 튱의ᄅᆞᆯ 주시며 왈 이거시 무엇신고? 보라 ᄒᆞ시니 튱의 바다보니 유지의 ᄒᆞ여시되 됴봉ᄐᆡ 됴튱의로 지례 현감이라 ᄒᆞ시고 어보ᄅᆞᆯ 두루 ᄎᆞᆺ거ᄂᆞᆯ 튱의 대희ᄒᆞ야 어슈ᄅᆞᆯ 검쳐 잡고 ᄂᆡ 지심지교야! 네 엇디 쥬션ᄒᆞ야 ᄂᆡ엿ᄂᆞᆫ뇨 ᄒᆞ거ᄂᆞᆯ 샹 왈 네 ᄒᆞ고

져 ᄒᆞᄂᆞᆫ 소원을 ᄒᆞ여시니 나가 쥬인 잡아 잇(20.b)시면 고을셔 신관을 다리라 올 거시니 나라에 슉ᄇᆡᄒᆞ고 ᄂᆞ려가셔 ᄇᆡᆨ셩을 무휼ᄒᆞ여 앗기고 원 노르슬 잘 ᄒᆞ라 ᄒᆞ시니 튱의 ᄃᆡ 왈 슉ᄇᆡ란 거시 무어시뇨? 샹이 우으시며 가르쳐 주시고 인ᄒᆞ여 후회를 이르시고 분슈 작별ᄒᆞ시니 튱의 젼부지하고 하직고 나아가 아모란 줄 모로고 쥬인을 ᄎᆞᄌᆞ(21.a) 오니 잇튼 ᄂᆞᆯ 신연 이방이 와 현신ᄒᆞᆯ식 녯ᄂᆞᆯ 졍든 친구라. 막불히연ᄒᆞ고 튱의 역시 ᄃᆡ답ᄒᆞᆯ 말이 업더라. 명일 슉ᄇᆡᄒᆞᆯ식 샹이 인견ᄒᆞ시니 튱의 젹은 몸을 ᄯᅡ희 머리를 박고 코을 ᄡᅥᄂᆞᆫ디라. 샹이 명ᄒᆞ샤 낫츨 드러 텬안을 뵈오라 ᄒᆞ시니 튱의 죽을 번 살 번 간신이 치와다 보다(21.b)가 손벽 치며 크게 우셔 왈 업다고나. 네로구나. 알나차! 양다락궁. 네가 날을 속여고나 ᄒᆞ니 샹이 가가ᄃᆡ소ᄒᆞ시며 졔신을 도라보샤 젼후를 셜파ᄒᆞ시고 좌우를 명ᄒᆞ샤 붓드러 탑하 슈돈(?)을 갓가 명좌ᄒᆞ시고 어쥬 ᄂᆞ리시고 젼교ᄒᆞ시되 궁문 밧긔 가 위의를 ᄎᆞ려 일산 밧고 가라 ᄒᆞ시니 튱의 비(22.a)로소 황연ᄃᆡ각ᄒᆞ야 ᄇᆡᄉᆞᄒᆞ고 나와 발힝ᄒᆞ야 지례로 가 도임ᄒᆞ니 호호ᄒᆞᆫ 텬총이 다시 업더라. 도임 후 즉시 쥬육을 갓초아 봉ᄒᆞ고 봉셔ᄒᆞᄂᆞᆫᄃᆡ 샹감뎐 샹셔라 ᄒᆞ고 년월일의ᄂᆞᆫ 지심지교 됴봉ᄐᆡ라 ᄒᆞ엿더라. 샹이 어람ᄒᆞ시고 우으시니 됴졍의셔 아모도 족가치 아니ᄒᆞ고 경상감ᄉᆞ의게 하지(22.b)ᄒᆞ샤 ᄂᆡ 벗 지례 현감 잘 잇ᄂᆞ냐 무르시며 갓금 쳥ᄒᆞ시니 허물이 잇신들 뉘 감히 거우리오? ᄂᆡ힝을 다려가니 심ᄢᅵ 양슌ᄒᆞ여 아모 폐가 업고 봉ᄐᆡ 지각이 불셩인ᄉᆞ로ᄃᆡ 일단 츙근ᄒᆞ고 부인의 보익ᄒᆞ미 만아 원 노르슬 조히 ᄒᆞ야 뉵연 과만을 ᄎᆡ오고 장찻 요부이 ᄉᆞ다가 원명의 졸ᄒᆞ니 텬은(23.a)이 망극ᄒᆞ샤 그런 미물갓튼 인싱이 효ᄌᆞᆼ대왕갓트신 셩군을 밧드러 국은이 호셩ᄒᆞ더라. 끝

『됴튱의젼』

(송신용 교주本)

“각셜 입ᄡᅴ의 경ᄉᆞᆼ도 지례 ᄡᅡ의 됴츙의란 ᄉᆞ롬이 잇스니 신ᄌᆞᆼ 육쳑이오, 인물이 기형괴ᄉᆞᆼ이오. 인ᄉᆞ 연무즁의 든 듯하나 가손이 호부ᄒᆞ야 일향 붓조츠니 본읍 츙의을 어더ᄒᆞ니라. 일즉 무ᄌᆞ식하물 셜워ᄒᆞ거날 동관 됴약정 김풍헌 헌계ᄒᆞ여 양ᄌᆞ나 ᄒᆞ라 ᄒᆞ니 원족의 한 아희을 정ᄒᆞ고 예ᄉᆞ 닉난 법을 ᄌᆞ셔이 뭇고 돈 빅인지 싯고 셔울 올나와 예조 셔리 집에 주인ᄒᆞ고 예ᄉᆞ을 닉여 달나 ᄒᆞ니 예조 셔리 됴튱의 돈 만코 인ᄉᆞ 업ᄉᆞ물 보고 필(피?)탈ᄎᆞ탈하고 돈만 ᄲᆡ라 먹고 예ᄉᆞ을 안이 닉여주니 츙의 할일업셔 도로 나려갓더니 명연 춘에 ᄯᅩ 돈 빅 싯고 예조 셔리 집을 ᄎᆞᄌᆞ오니 예승이 반겨며 ᄯᅩ 머무르고 돈만 연감 ᄲᅡ듯ᄒᆞ고 예ᄉᆞ을 안이 닉여주니 돈이 졈졈 진ᄒᆞ는지라. 츙의 크게 근심ᄒᆞ야 ᄉᆞᆼ연에 올나슬 젹 동ᄃᆡ문 안의 한 ᄉᆞ롬을 ᄉᆞ괴엿더니 그 ᄉᆞ롬이나 보고 의논ᄒᆞ고져 ᄒᆞ여 일일은 말을 타고 가더니 즁노의셔 급ᄒᆞᆫ 쇠나기을 만나 피할 곳지 업더니 문득 본이 큰 ᄃᆡ문이 길을 당ᄒᆞ여 열여거늘 말을 ᄭᅳ을고 드러셔 보니 분칠ᄒᆞᆫ 담이 두로 둘녀고 담 안의 조흔 마목이 잇거날 말을 ᄭᅳ려 ᄆᆡ고 홀련 뒤을 보고시벼 둘네둘네 보와도 뒤 볼 ᄃᆡ 젼여 업스니 뒤은 ᄯᅩ한 졈졈 더 급ᄒᆞ여 뒤 볼 ᄃᆡ을 ᄎᆞ난ᄃᆡ 그 괴ᄉᆞᆼ을 산지(ᄃᆡ?)도감 취발이 머리 두루듯 ᄲᅧᆯᄲᅧᆯᄆᆡ다가 게오 ᄒᆞᆫ 고(들*) 둘너본이 마구간 겻히 ᄯᅩ 조흔 집이 잇셔 분벽광창 찬난ᄒᆞᆫᄃᆡ 그 속은 측간이어날 됴츙의 반겨 올타 예로구나. 드러가 ᄯᅩᆼ을 누고 요ᄃᆡ을 츄혀 ᄆᆡ고 갈오ᄃᆡ 이 뉘 집이 이리 조흔고 하든이 언파의 ᄒᆞᆫ ᄶᅦ 궁노 마직이 닉다라 소릐을 지르고 엄포 왈 엇더ᄒᆞᆫ 츙싱이 감히 ᄌᆞ게 보시난 측간의 ᄯᅩᆼ 누고 ᄌᆞᄌᆞ게 말 ᄆᆡ난 마목의 말을 ᄆᆡ여난요 하고 일변을로 말을 ᄭᅳ려 닉치며 욱(튱?)의을 ᄭᅳ을며 미러닉ᄃᆡ 츙의 ᄶᅩ고라진 ᄉᆞᆼ의 눈의 부르ᄯᅳ고 주목(먹?)을 불근 쥐고 싀된 소릐 볼호령이 돌돌ᄒᆞ야 네 ᄉᆡᆼ젼도 양반이라. 나도 양반이라. 종놈의 벼르시 엇지 져려허리요 ᄒᆞᆫ이 궁노드리 더욱 노ᄒᆞ여 박츅ᄒᆞ며 구츅ᄒᆞ고 일변 그 거동을 본이 비류먹은 말게 삭기 등ᄌᆞ요, 좀먹은 안중의 짝 다리라. 추포도포의 가죽 씌을 씌고 ᄃᆡ우 부러진 갓식 벼려 쥴 ᄒᆞ여난ᄃᆡ 그 인물이 기괴ᄒᆞᆷ과 ᄎᆞ신업슨 호령이 당치 안이ᄒᆞᆫ이 모든 궁노 크게 우의 너겨 무셥다. 양반일다! 갸록ᄒᆞ다. 양반일다! 일시예 손펵 쳐 우ᄉᆞ니 현(헌?)화 랑자ᄒᆞ난지라. 잇ᄯᅢ 봉임ᄃᆡ군이 ᄃᆡ너문안 밧게 궁즁에 울젹히 겨오셔 더부러 벗 ᄒᆞ오실 곳지 업ᄉᆞ니 미양 심젹ᄒᆞ고 청ᄉᆞ의 두로 건이드니 밧게셔 요란ᄒᆞ물 드르시고 연고을 무르시니 슈이 실노 ᄡᅧ 아뢰오니 ᄃᆡ군이 그 거동을 보시고져 ᄒᆞᄉᆞ 부르라 ᄒᆞ시니 수리 나와 졔인을 ᄊᆞ지져 물이치고 츙의을 볼(불?)너 드려간니 츙의 조곰도 구속치 안니ᄒᆞ고 ᄉᆡ 가슴을 쑥 너밀고 옷ᄲᅳᆯ옷ᄲᅳᆯ 거려 앙연이 당의 올나 보니 주인이 청츈쇼연이라. 졔 나흘 ᄉᆡᆼ각ᄒᆞ고 가ᄌᆞᆼ 업슈 넉겨 거만이 읍ᄒᆞ고 안거날 ᄃᆡ군이 공순이 답예ᄒᆞ오시고 어ᄃᆡ 게신 손임이요 혀신ᄃᆡ 츙의 긴 기춤ᄒᆞ고 고기을 ᄲᅵ혀 너여셔 경ᄉᆞᆼ도 잇것다. ᄃᆡ군이 ᄯᅩ 므르사ᄃᆡ 무슨 일로 올나와 겨신요? 츙의 왈 어이ᄉᆞᄒᆞ여 왓것다. ᄃᆡ군이 ᄯᅩ 므르ᄉᆞᄃᆡ 무슴 잡게나 ᄒᆞ시나야? 츙의 왈 바독은 현혼ᄒᆞ여 못ᄒᆞ고 투젼은 ᄉᆞᆼ되여 못ᄒᆞ고 장기난 남불지 안이커(케?) 두것다 ᄒᆞᆫ즉 ᄃᆡ군이 명ᄒᆞᄉᆞ 즁기판을 나오라 ᄒᆞ시고 츙의로 더부러 두신이 차포ᄉᆞᆼ마도 쓸 줄 모로고 표(포?)로 표을 치며 게오 졸 너밀 쥴 알더라. 이슷고 낫것ᄉᆞᆼ이 나오니 녹의홍ᄉᆞᆼ 분면 궁ᄋᆡ ᄊᆞᆼᄊᆞᆼᄒᆞ야 옥기며 팔진미촌이 ᄀᆞ득ᄒᆞ니 츙의 안목이 황홀ᄒᆞ야 즁기여(에?) 념이 업셔 ᄒᆞᆫ이 판을 물이고 ᄉᆞᆼ을 나올ᄉᆡ ᄃᆡ군이 므르ᄉᆞᄃᆡ 술을 ᄌᆞ시난가? 츙의 왈 어! 남불지 안이커 먹것다 ᄒᆞᆫ즉 명ᄒᆞᄉᆞ 술을 가져오라 ᄒᆞ오시니 ᄃᆡ군이 ᄒᆞᆫ 존을 좁ᄉᆞ오시고 츙의을 권ᄒᆞ오시니 츙의 마셔보고 혀혀 주인 조흔 술을 두고 ᄌᆞ시난고? 연ᄒᆞ여 삼ᄉᆞ비을 거후르고 ᄉᆞᆼ을 쯔어 노코 예도 집젹 제도 집젹 음식의 탐혹ᄒᆞ고 ᄉᆞ미의 감칠드려 그려ᄒᆞᆫ 즁ᄒᆞᆫ ᄉᆞᆼ을 다 휘그려 먹고 쇼지령도 남지 안이ᄒᆞ고 술 맛슬 못 이져셔 술병을 연ᄒᆞ여 도라보니 ᄃᆡ군이 술을 더 가져오라 ᄒᆞ오ᄉᆞ 더 권ᄒᆞ신이 먹을ᄉᆞ로(수록?) 달곰ᄒᆞ고 향깃ᄒᆞ야 비부르지 안이ᄒᆞ니 입마시 탐혹ᄒᆞ야 칠팔빅을 거후루니 음식 초만ᄒᆞ고 주기가 ᄃᆡ셩ᄒᆞ니 ᄉᆞ판이 진납이 불기갓고 두 눈이 퓨려져 좌셕의 거구려지니 ᄃᆡ군이 명ᄒᆞᄉᆞ 비반을 아스라 ᄒᆞ오시니 상을 물이고 좌우로 츈의을 붓드려 편히 누이고 구호ᄒᆞ라 ᄒᆞ시니 츈의 코 고으며 불 블며 정신 모로니 졔 불과 보리 탁쥬나 먹던 ᄎᆞᄌᆞ의 진쥬 칠팔빅의 엇지 ᄀᆡ도ᄒᆞ리요? 방즁에 슈녀와 신녀 코을 거ᄉᆞ리고 일신을 구을며 브듸져 형용이 기괴ᄒᆞ니 좌우 복시드리 입을 가리오고 우스ᄃᆡ ᄃᆡ군이 추호도 경만ᄒᆞ시미 업습고 단정이 안즈ᄉᆞ 안ᄉᆞ의 칙을 보시던이 두어 식경의 ᄒᆞ미히 ᄭᅵ야 물을 구ᄒᆞ거늘 ᄃᆡ군이 명ᄒᆞᄉᆞ 갈근탕의 쳥밀을 너코 청심차를 화ᄒᆞ야 먹이시니 그졔야 가록ᄒᆞᆫ 정신이 ᄭᅵ야 톡톡 털고 이러나셔 보니 만근(망건?)이 소ᄉᆞ며 의ᄃᆡ가 뚜려졋더라. 어릿두릿 정신을 정ᄒᆞ고 이려안거늘 그졔야 치살여 무르시ᄃᆡ 원컨ᄃᆡ 셔울 오신 곡절을 알고져 ᄒᆞ야 ᄒᆞ난이다. 츈의 지지게을 혀고 ᄒᆞ피음ᄒᆞ고 마른 셰수ᄒᆞ고 손 뷔부고 오릭도록 거려ᄒᆞ다가 갈오ᄃᆡ 어 관(과?)연 너 무ᄌᆞ식ᄒᆞ야 양ᄌᆞᄒᆞ고 예ᄉᆞ을 너려 ᄒᆞᄃᆡ ᄉᆞ연의 픽ᄒᆞ고 오례(올해?)도 일을 일워지 못ᄒᆞ여것다. ᄃᆡ군이 갈아ᄉᆞᄃᆡ 그러ᄒᆞ면 그 예ᄉᆞ을 너가 너드리릿가? 츈의 입맛 다시고 눈을 ᄶᅡᆷ작이고 갈오ᄃᆡ 모르면 모르건이와 그 팔이관 쓴 ᄉᆞ람이 말을 줄 들을가? ᄃᆡ쇼ᄒᆞ니 ᄃᆡ군이 드르시고 줍간 우으시고 마직이을 명ᄒᆞᄉᆞ 예죠 셔리을 부르라 ᄒᆞ신이 시각 넘지 안이ᄒᆞ야 예승이 와 게ᄒᆞ 복지ᄒᆞ야 뵈옵고 츄춤 공경ᄒᆞ야 쳥영ᄒᆞ니 ᄃᆡ군이 엄분부ᄒᆞ시ᄃᆡ 네 엇지 모르미지레 됴 싱원 예ᄉᆞ을 안니 너여드린다? 주(즉?)각의 예ᄉᆞ을 너여오고 일시나 틱만ᄒᆞ면 즁죄 이스리라 ᄒᆞ시니 예승이 만만ᄉᆞ죄ᄒᆞ고 슈명ᄒᆞ니 잇ᄯᅵ 큰 비 ᄒᆞᆫ 줄기 오니 예승이 뎡넌(직령?)과 의말이 다 물의 져져스되 거름도 옴기지 아니ᄒᆞ고 황공 쳥명ᄒᆞ고 물너 가던이 시각이 옴지 아니ᄒᆞ야 예승이 그려ᄒᆞᆫ 비을 흘이고 예ᄉᆞ을 너여다 드린이 츈의 좌의 안져 그 괴만ᄒᆞ고 우람ᄒᆞ든 셔리 놈이 그리 슈도 못 쉬고 쥬거 뵈는 모양을 보고 황홀난측ᄒᆞ더라. 예ᄉᆞ을 보고 ᄃᆡ희광ᄒᆞ야 드립ᄯᅥ ᄃᆡ군의 손을

ᄌᆞᆸ고 ᄉᆞᄉᆞ 우스며 갈오ᄃᆡ 나의게 젹션도 ᄒᆞ엿도다. 셔울 ᄋᆡ기ᄂᆡ라 ᄆᆡᄉᆞ의 츄셩 기특ᄒᆞ도다. 우리 ᄉᆞ싱지고(교?) 되여 통셩명ᄒᆞ자 ᄒᆞ고 제 셩명을 이른이 ᄃᆡ군도 당신 ᄌᆞ호을 이르시더라. 이령져령 거(석?)양이 지나고 좌위 셕반을 아뢰거늘 츈의 이러셔며 가로ᄃᆡ 주인 밥ᄉᆞᆼ 밧기 젼의 가리로다 ᄒᆞ니 ᄃᆡ군이 갈오ᄉᆞᄃᆡ ᄀᆡᆨ이난 일양이니 원컨ᄃᆡ 셕반을 ᄒᆞᆫ 가지로 ᄒᆞ고 이곳의셔 ᄌᆞ미 조토다 ᄒᆞ오시니 츈의 왈 주인의 후졍은 고마오나 엇지 연ᄒᆞ야 폐을 식이리요 ᄒᆞ고 가라 ᄒᆞ난 것슬 ᄃᆡ군이 간졀이 만유ᄒᆞᄉᆞ 셕반을 멕이시고 촌션 기명이 볼ᄉᆞ로 황홀ᄒᆞ고 먹을ᄉᆞ로 감질나니 그릇마당 탐식ᄒᆞ고 거촉ᄒᆞ고 조흔 금침을 쥬시니 밤을 편이 지ᄂᆡ고 이튼날 됴반 먹고 ᄌᆞᆼᄎᆞ ᄯᅥ날ᄉᆡ ᄃᆡ군이 조흔 말게 안ᄌᆞᆼ 지여 주시니(고?) ᄒᆞᆫ 벌 의복과 젼양을 후이 주시니 츈의 구지 ᄉᆞ양 왈 그ᄃᆡ여(에?) 폐포로이 슉식을 여러 ᄢᅵᄒᆞ고 예ᄉᆞ ᄂᆡ여가기도 그ᄃᆡ 은혜여날 엇지 무단니 남의 신세를 지리오? ᄃᆡ군이 우어 갈오ᄉᆞᄃᆡ ᄉᆞ싱지괴라 ᄒᆞ며 치ᄉᆞ가 잇난야? 그ᄃᆡ 말이 존져(졸?)ᄒᆞ니 원노 구치 어려울지라. 엇지 ᄉᆞ량(양?)ᄒᆞ리요? 츈의 ᄃᆡ군의 숀목을 ᄌᆞᆸ고 연연ᄒᆞ야 낙누ᄒᆞ며 ᄎᆞ후난 ᄂᆡ가 셔울 와도 너을 ᄎᆞᆺ고 네가 지례 와도 나을 ᄎᆞ지라. ᄃᆡ군이 응낙ᄒᆞ시고 ᄯᅩᄒᆞᆫ 셥셥다 ᄒᆞ시더라. 제 말을 ᄯᅩ 가져가며 ᄀᆞᆯ오ᄃᆡ 주인이 조흔 말을 주니 밧고암 즉ᄒᆞᄃᆡ 속담의 인마역동이라 ᄒᆞ니 ᄉᆡ 거술 밋고 예 거술 바리미 ᄂᆡ ᄎᆞ마 못ᄒᆞ여 가져가난이 주인은 욕심으로 아아지 말나. ᄃᆡ군이 그 언ᄉᆞ 유신ᄒᆞ다 칭촌ᄒᆞ시더라. 츈의 나려가셔 양ᄌᆞ을 다려오고 주찬을 ᄌᆞᆼ만ᄒᆞ야 져의 벗 김풍헌 됴약졍을 쳥ᄒᆞ고 ᄌᆞ랑 왈 ᄂᆡ 이변도 예ᄉᆞ을 못ᄂᆡᆯ 것술 ᄂᆡ 리 아모을 ᄉᆞ고(괴?)여 예ᄉᆞ을 ᄂᆡ고 후ᄃᆡ을 바덧것ᄃᆡ. 모든 취한드리 무수히 치ᄒᆞᄒᆞ고 그즁 지식 잇는 ᄌᆡ 거쳐을 뭇고 그 ᄉᆞ괸 ᄇᆡᆺ의 거동을 다 무른이 츈의 갈오ᄃᆡ 그 집은 우리 관가도곳 낫고 우(위?)의난 관가와 갓더라. 골목 일홈을 이져슨니 후의 ᄒᆞᆫ가리(디?)로 셔울 가셔 셔로 ᄉᆞ괴ᄌᆞ ᄒᆞ니 듯는 ᄌᆞ 의심ᄒᆞᄃᆡ ᄃᆡ군이신 쥴이야 엇지 알이요? 츈의 리 아모을 일카라 ᄉᆡᆼ각ᄒᆞᄃᆡ 롱업에 ᄃᆞᄉᆞᄒᆞ고 타고에 골몰ᄒᆞ야 얼푸시 오육연이나 지나던니 일일은 젼위ᄒᆞ야 ᄎᆞᄌᆞ 올나

올싀 수수 소주병과 취타릐 엿ᄭᅩ리이와 뫼ᄶᆞ반 등물을 싯고 느리골 ᄃᆡ군 궁을 ᄎᆞ져오니 잇ᄣᆡ 인조ᄃᆡ왕이 승ᄒᆞᄒᆞ오시고 그젼 효(쇼?)현세ᄌᆞ 훙셔ᄒᆞ시니 봉임ᄃᆡ군이 셰ᄌᆞ 위로 거오시다가 즉위(ᄒᆞ*)신이라. 본궁은 ᄂᆡ관과 마직이로 직히어ᄉᆞᆫ이 ᄌᆞ연 혀소 황양ᄒᆞ야 젼갓치 변화치 못ᄒᆞᆫ지라. 츙의 둘너보다가 허! ᄂᆡ 벗의 집이 퓌ᄒᆞ건지고. 허! 졔가 ᄉᆞ치을 너모 ᄒᆞ더라니 ᄒᆞ고 입아(이봐?) 입아 ᄒᆞ고 브른이 궁노 마직들기 나와 엇던 ᄉᆞ롬인다 ᄒᆞ고 휘츄ᄒᆞ거날 그 중 노수로(노?) ᄉᆞ의 밀지을 밧ᄌᆞ와 됴틍의 오거든 잘 ᄃᆡ졉ᄒᆞ고 알외라 ᄒᆞ오신지라. 밧비 나와 청ᄒᆞ야 외현의 안치고 가로ᄃᆡ 우리 주인게오셔 남의 일을 보라 단이시니 여게 안져스면 가셔 고ᄒᆞ리다. 츙의 못난 ᄉᆞᆼ판을 앙등거리고 나난 져을 보랴 ᄒᆞ고 쳔이여(천리에?) 신근니 왓것날 져난 즉시 와 안이 보니 ᄋᆞᆼ ᄂᆡ 정만 못ᄒᆞ도다. 허! 셔울 ᄉᆞ롬이 교만 무정타 말이 올커니. ᄂᆡ 남의 빈 ᄉᆞ룽의 혼ᄌᆞ 안ᄌᆞ 무엇ᄒᆞ게 ᄒᆞ고 ᄶᅥ주거리고 가랴 ᄒᆞ난 것슬 슐오(슈노?) 간졀이 달ᄂᆡ여 조흔 주찬으로 ᄃᆡ졉ᄒᆞ고 울울리 안ᄌᆞ시니 수로 후원문으로 드러가 츙의 와스물 상게 알왼이 상이 갈오ᄉᆞᄃᆡ 그ᄃᆡ가 왓다 ᄒᆞ니 반가오나 남의 긴급ᄒᆞᆫ ᄉᆞ괴 잇셔 즉시 못간니 편이 안져스라. 승야ᄒᆞ야 가리라 ᄒᆞ신이 수로 이ᄃᆡ로 봉명ᄒᆞ여 젼ᄒᆞ니 츙의 더옥 불쾌ᄒᆞ야 눈쌀을 아드득 ᄶᅵ부리고 허 소ᄅᆡ랄 연속히 ᄒᆞ고 괴로이 변뇌ᄒᆞ든니 과연 이경은 ᄒᆞ여 상이 미복으로 쇼환을 다리시고 나오시니 츙의 너모 만(반?)겨 상을 드립ᄶᅥ 붓들고 ᄒᆞᄒᆞ 우스며 반가온 눈물이 ᄌᆞ로 ᄶᅥ러지니 상이 ᄯᅩᄒᆞᆫ 반갑다 ᄒᆞ시고 수답이 여류ᄒᆞ오시니 츙의 ᄉᆞᄉᆞ 우스며 갈오ᄃᆡ 그랴도 잇지얏(않?)고 나난 너 ᄉᆡᆼ각든 정을 엇지 형용ᄒᆞ리? 너을 ᄉᆡᆼ각ᄒᆞ고 주찬을 가져 와ᄉᆞᆫ니 졍으로 먹으라 ᄒᆞ고 봉물 드려오니 소주병 한 ᄭᅳ렴이오, 취타릐 한 ᄭᅳ렴이오, 뫳ᄌᆞ반 한 ᄭᅳ렴이오, 엿ᄭᅩ리 한 ᄭᅳ렴이 삭기 뭉치 귀즁즁ᄒᆞᆫ 거살 청 말의 드려 노흔이 상이 ᄃᆞ 풀나 ᄒᆞᄉᆞ 친감ᄒᆞ오시고 수수 소주와 뫳ᄌᆞ반을 진어ᄒᆞ오시니 츙의 연ᄒᆞ여 젼ᄒᆞ여 낙낙ᄒᆞ물 이기지 못ᄒᆞ드라. ᄣᆡ 임의 ᄉᆞᆷ경 말이 된이 상이 갈오ᄉᆞᄃᆡ ᄂᆡ 남의 즁난ᄒᆞᆫ ᄃᆡᄉᆞ을 맛타신니 못올 거슬 왓다 ᄒᆞ시고 밤의 ᄒᆞᆫ 가지로 못 잘거신이 편이 쉬고 아진(?) 이스면 ᄂᆡ 명일 밤의 ᄯᅩ 오마 ᄒᆞ오시니 츙의 뒤흔들며 갈오ᄃᆡ 슬타. 슬타. 나는 슬타. 명일은 가것다. 은근ᄌᆞ 만난다시 밤의 보랴? 상의(이?) 우으시고 ᄀᆡ유ᄒᆞ사 머므르시다가 환궁ᄒᆞ오시니 츙의 종야 전젼불ᄆᆡᄒᆞ나 수뢰 됴셕 시식을 과람토로(록?) 먹이고 잠간 위로ᄒᆞ야 밤이 되기을 기다리던니 과연 ᄯᅩ 이경에 상이 나오ᄉᆞ ᄉᆞᆷ게의 드러가시니 이려트ᄒᆞ여 ᄉᆞᆷ일리 된이 츙의 만나면 탐탐ᄒᆞ고 ᄯᅥ나면 울고져 ᄒᆞ난지라. 상이 갈오ᄉᆞᄃᆡ 희표만의 먼니 와셔 ᄌᆞ로 ᄯᅥ나미 셥셥ᄒᆞᆫ니 나 잇난 곳에 ᄒᆞᆫ 가지로 가 잇ᄌᆞ ᄒᆞ시니 츙의 앙등그리고 일오ᄃᆡ 노도 ᄀᆡᆨ 노로술ᄒᆞ며 ᄯᅩ 엇지 ᄡᅧᆺ 부치기로 잇스리요? 명일은 가것노라 ᄒᆞ니 상이 왈 추우강남이라 ᄒᆞ니 지졍이 니려ᄒᆞ니라. 츙의 마지못ᄒᆞ야 상을 ᄶᅩᆺᄎᆞ 가니 후원 별당의 두시고 못된 ᄌᆞᆼ기도 두ᄉᆞ 소일ᄒᆞ시며 ᄂᆡ관으로 지키여 별미진찬을 ᄉᆞ오시로 먹이신니 츙의 감질드려 고ᄒᆡᆼ(향?)의 ᄆᆡᆨ속반의 ᄌᆞᆫ져리 나고 조ᄒᆞᆫ 의복의 조의 가니(?) 진려지니(?) 살이 ᄶᅧ 두 턱이 되고 어원 풍경이 웅즁 화려ᄒᆞ야 기화 괴셕이 신션의 겐(경?)ᄀᆡ로ᄃᆡ 즘ᄉᆡᆼ갓ᄒᆞᆫ 인ᄉᆞ가 엇던 곡절인지 아모란 ᄉᆞᆼ을 모르고 고향 ᄉᆡᆼ각 업던니 일일은 상이 무려 가로ᄉᆞᄃᆡ 그ᄃᆡ 벼술ᄒᆞ고 시브야? 츙의 왈 작ᄒᆞ랴마은 쉬온야? 상이 왈 ᄂᆡ 쥬션ᄒᆞ랴 ᄒᆞ시니 츙의 고ᄀᆡ을 ᄭᅳᆺᄯᅥᆨ이며 션우음 우어 왈 너도 벼살 못ᄒᆞ며 남 식이기 쉬우랴? 상이 우으시고 드려가시드니 이윽고 ᄒᆞᆫ 조히을 ᄂᆡ관을 들이시고 상이 오ᄉᆞ 주시며 갈오ᄉᆞᄃᆡ 무숨 벼술ᄒᆞ고 시브야 ᄒᆞ오시니 츙의 왈 ᄂᆡ 지넌 츙의도 조컨이와 지레 현감이 단이ᄆᆡ 일ᄉᆞᆫ ᄡᅴ우고 통인들리 다리 치고 쳥영ᄒᆞ니 조화 뵈더라마난 비가망이로다. 상이 우으시고 드려 가시든이 이윽고 조희여 쓴 거를 ᄂᆡ관을 들이시고 상이 나오ᄉᆞ 츙의을 쥬ᄉᆞ 왈 이만ᄒᆞ면 지레 원 못ᄒᆞ랴? 츙의 급히 밧ᄌᆞ와 본니 지레 현감 됴 아모라 ᄒᆞ고 어인 ᄶᅡᆨᄶᅡᆨ 쳐ᄉᆞᆫ니 ᄶᅡᆷ족 놀납고 황홀리 즐거 드리ᄶᅥ 어수을 ᄌᆞᆸ고 갈오ᄃᆡ 지조도 ᄉᆡᆨ춤ᄒᆞ다. 어득케 착한 벼들 두고 이런 극난ᄒᆞᆫ 일을 다 판득ᄒᆞ난요? ᄂᆡ ᄉᆡᆼ각 밧 소원을 일워신이 지레 소ᄉᆞᆫ을 반만 너을 주마. 상이 연ᄒᆞ야 우ᄉᆞ시고 갈오ᄉᆞᄃᆡ 밧기 나가 여ᄀᆡᆨ의 잇셔 ᄉᆞ은 숙비ᄒᆞ고

원 노르시나 잘ᄒᆞ라 ᄒᆞ시니 츙의 왈 ᄉᆞ은 숙ᄇᆡ가 무엇고? 상이 속이시고져 ᄒᆞ야 가즁 어렵도록 가라치시니 츙의 여러 변 ᄌᆞ시 뭇고 유심치부ᄒᆞ고 나가며 갈오ᄃᆡ 나도 와셔 보련이와 너도 여ᄀᆡᆨ의 ᄎᆞ져 와 날을 보라. 상이 우으시고 허락ᄒᆞ시드라. 츙의 여각의 주인ᄒᆞ고 안졋든니 지레 하인드리 올나와 보니 숨본(반?)관속이 모도 졔 젼일 친구 버지라. 크게 반게 당에 올여 안치고 술 먹으며 젼일 예ᄉᆞ ᄂᆡ여주던 친구 리 아모의 주션으로 원을 ᄒᆞ니 그ᄃᆡᆨ 덕턱이 무궁ᄒᆞ니라 ᄒᆞ니 모든 관속드리 싱원님게 현신 드리난 것시 이 즘싱갓흔 조츙의라. 막불ᄎᆞ악ᄒᆞ야 면면ᄉᆞᆼ고ᄒᆞ고 입 마시 씀바괴갓더라. 명일 사은 슉ᄇᆡ할ᄉᆡ ᄉᆞ모의 관ᄃᆡ을 갓초고 상이 가라치신ᄃᆡ로 동관 압브터 기여 드러와 슉ᄇᆡ하려니 쳔촉이 ᄌᆞ심ᄒᆞ야 땀이 흘너 쨩의 쩌러지더라. 본궁 궁노들도 복시ᄒᆞ라 ᄒᆞ신 고로 상의을 알고 셔로 웃고 ᄒᆞ난ᄃᆡ로 두더라. 권(궐?)문의 이르러 인경(정?)젼에 다다라난 코흘 짜히 다히고 사살 기여 드려가니 관복 자락이 발의 발펴 ᄌᆞ로 업더지고 숨 쇼ᄅᆡ 쳔츅ᄒᆞ여 슉ᄇᆡ을 게오 마ᄎᆞᄆᆡ 근시로 명ᄒᆞᄉᆞ 얼골을 드러 텬안을 뵈오라 ᄒᆞ시니 츙의 쥭을 변 살 변 게오 머리을 드러러(ϕ) 텬안을 우러러 뵈옵다가 부지불각의 별덕 이러나셔 숀펵 치며 ᄉᆞᄉᆞ 우셔 갈오ᄃᆡ 업다고나. 네로고나. 양다라공 속엿고나 ᄒᆞ니 좌우 시신드리 막불히연ᄒᆞ야 됴튱의을 무려(례?)ᄒᆞᆫ 죄을 쳥ᄒᆞ오니 말솜과 위의 ᄉᆞᆼ셜가튼지라. 츙의 상을 뵈옵고 즐기든 흥이 소삭ᄒᆞ야 쏘고라진 눈을 겁나게 쓰고 낫 비치 똥빗갓ᄒᆞ야 어릿쑤릿 좌우을 고면ᄒᆞ고 아모라(리?) ᄒᆞᆯ 줄을 모로니 그 거동이 뇌졍의 쩌러진 좀츙이라. 상이 일장ᄃᆡ쇼ᄒᆞ오시고 ᄒᆞ고(교?) 왈 엄ᄌᆞ릉이 ᄒᆞᆫ 광무의 ᄇᆡ 우희 발을 언져스니 됴튱의난 과인의 좀져젹 볏지이라. 엇지 죄 쥬리오? 경 등은 두호하라 ᄒᆞ시나 젼상 젼ᄒᆞ의 신료드리 져 즘싱갓흔 인ᄉᆞ을 상은이 호탕ᄒᆞ심을 감복ᄒᆞ고 도로혀 불워ᄒᆞ며 ᄃᆡ신 이ᄒᆞ로 조복 ᄉᆞᄆᆡ로 입을 ᄊᆞ고 가만히 웃더라. 고금의 업난 장관이라. 상이 화연이 우ᄉᆞ시며 갈오ᄉᆞᄃᆡ 군신의 체면이 즁ᄒᆞ여 왕ᄌᆞ난 묵묵ᄒᆞ고 우ᄉᆞᆫ 일이 업것날 됴츙을 궁즁이 다 우ᄉᆞ시니 쳔ᄃᆡ의 기특ᄒᆞᆫ 일이라 ᄒᆞ시고 됴튱의을 ᄂᆡ여 보ᄂᆡ

시며 궐문 밧기셔부터 일손을 밧고 나가라 ᄒᆞ시나 츙의 아모란 ᄉᆞᆼ을 오히려 몰나 올나온듯 의심나난듯 정신이 황난ᄒᆞ야 ᄉᆞ롬을 보난 족족 그 연고을 무른즉 아난 지 쇼유을 ᄌᆞ셔이 이른이 츙의 그졔야 ᄶᅵ다라 감은 감격ᄒᆞᆫ 눈물이 졀노 ᄯᅥ러져 갈오ᄃᆡ 상감의 은혜을 몸이 쥭도록 갑흐(리*)라 ᄒᆞ더라. 도임할ᄉᆡ 일읍 ᄇᆡᆨ셩이 다 놀나고 츙의 면면이 인ᄉᆞᄒᆞ되 졍각의 안즌 거동이 가즁 앙장ᄒᆞ고 군속지 안니ᄒᆞ니 지례 원 할 기상이 잇다 ᄒᆞ더라. 관ᄉᆞ을 다 칙방 지위(휘?)ᄃᆡ로 ᄒᆞ고 술과 안주을 거룩히 갓쵸고 지례 소손을 만히 싯고 편지ᄒᆞ되 상감젼 ᄉᆞᆼ셔라 ᄒᆞ고 나라의 듸리라 ᄒᆞ니 칙방이 다 볍이 아니물 알되 상의을 아난 고로 바려둔이 아젼이 압영ᄒᆞ여 올나온ᄃᆡ 감히 밧치지 못ᄒᆞ고 상게 알뢴즉 편지을 가져오라 ᄒᆞᄉᆞ 보시고 크게 우ᄉᆞ시고 진상 봉물은 환숑ᄒᆞ라 ᄒᆞ시다. 원 노르시 취막공이갓흔들 뉘 감이 시비ᄒᆞ리요? 폄마다 ᄉᆞᆼ 백끗을 쓰고 육연과만을 무ᄉᆞ이 지너니 그려ᄒᆞ나 본심이 인ᄌᆞᄒᆞ고 욕심이 업스며 ᄒᆞᆫ ᄡᅵ난 숑ᄉᆞᄒᆞᄃᆡ ᄒᆞᆫ 놈이 남의 나무 갓츨 다 비여가스니 ᄎᆞ져주시옵쇼셔 ᄒᆞ난지라. 츙의 술 먹다가 별덕 이려나 졔ᄉᆞᄒᆞ되 봄풀은 ᄒᆡ마당 도라오고 인ᄉᆡᆼ은 ᄒᆞᆫ변 가면 안이오난니 ᄇᆡᆨ셩을 ᄉᆞᆼ히오지 말나 ᄒᆞ니 칙방이 그 말을 문볍을 ᄆᆡᆫ들미 가즁 용ᄒᆞᆫ지라. 관쇽드리 다 감동ᄒᆞ고 그 후에 상이 드르시고 너 볏지 착ᄒᆞ다 ᄒᆞ신이라. 츙의 아달이 진ᄉᆞᄒᆞ여 음관으로 ᄃᆡ이여 벼술ᄒᆞ여 ᄉᆞᄃᆡ우(부?) 부려 안이케 되여 츙의 복록을 앙(안?)힝ᄒᆞ여 즐기든니 오ᄅᆡ지안야 상이 승ᄒᆞᄒᆞ시니 츙의 혼남ᄒᆞᆫ 인ᄉᆞ라도 지우지심을 싱가(각?)ᄒᆞ다가 살들이 망극ᄒᆞ야 주야 회(호?)곡ᄒᆞ고 식읍을 폐ᄒᆞ고 인ᄒᆞ여 병드러 죽은이 져의 말과 가치 다ᄒᆞ더라. 상이 효종ᄃᆡ왕이시니 즉위 십연만의 승ᄒᆞᄒᆞ시고 셩덕이 요순갓트시드라.

附錄 II

原文 影印

16. **李長白傳**(천리대도서관 소장본)
17. **李長伯傳**(정경주교수 소장본)
18. **洪彦陽義捐千金說** (단국대 나손문고 소장본)

李長白傳

萬曆間有李長白者松京人也為人英邁風彩軒昂度量如滄海辯舌如河決而濟衆救患作為能事人世稱善適當赴燕之時上使招長白而言曰萬里長程任事無人汝或同我驅馳否長白曰君不賤棄焉敢違命乎即以行李盤纏專委於長白遂卜日發行到松京留守以銀子千両出付於長白曰汝其回還時買貨以來長白不敢辭而固受行到燕境詣闕觀光宮殿之壯麗物色之繁華令人忘返長白不勝豪興携同伴四五翫賞諸處到萬秀山山勢如龍盤虎踞峯巒秀麗風景絶美眞所謂千巖競秀萬壑爭嶸周覽勝景詩興滔滔口占一韻其詩曰桃花李花杏花發半醉半醒彈琴聲吟竟擡眼視之則百花叢竹之間有一人携笥而

出熟視之顏貌依俙若舊相識者也驚訝而問之則乃東國八崔德也相與寒暄畢德因嘘唏嘆曰僕獲罪亡命逃住於此屢閱春秋矣今日相逢慮所不到處俗所謂男兒何處不相逢者實非虛言也即握手班荊而坐曰君只知其死不料其生矣豈意復見於此地乎崔德不勝悲感垂淚而言曰嗟呼我以東方之人不幸罹禍變名秘跡飄流海浪出死入生以至於異域孤蹤故國萬里天涯地角無路再逢不意今日更對青眼實是天助豈用人爲仍吞聲掩泣傍觀者咸歎其奇逢敍話移時崔德請於長白曰萬里他鄉重逢故人未盡吐懷遽爾旋別不有更逢之期會抑亦兩情之所不忍也願與我同歸陋舍以盡鬱陶之懷抱如何長白曰此亦不敢請固所願也遂欣然許諾相携而歸行

到一處高樓畫閣聳出於天半雕欄曲檻縹緲於雲霄紅
粉盛粧遊戲於街巷之花叢豪家綺哀竹爭唱石澗之泉聲
輕鴻遊龍翩翩乎樓上銀鞍白馬蹀蹀乎門前長白望之殆
若仙境而非是人世也長白問於崔德曰此云何地對曰此
所謂養漢的所遊之處也是以聲色絕代繁華無比也長
白聞之不勝豪興馳亂周遍稱歎不已歸於崔德之家
相與吐盡所懷亹亹不厭乃言曰吾在東國時飽聞大國
之美色而無緣一見今既到此願君幸為我指示平生所
未見之絕色以釋胸中所未解之願恨德笑而答曰欲觀
亦不難矣吾與子圖之即地而去有頃至曰某處果有美
娘子韶顏稚齒雖是傾國之色然一夜敘情禮幣太多未
知君意如何長白曰禮幣之數幾許耶答云銀子百兩

長白曰欲見國色雖是千兩金乃不惜況百兩銀子何足慮也言訖即佩銀子乃乘月夜行到其家德謂長白曰君且少留於此吾先入于內傳言來由然後引入焉少俟之即入于內長白獨坐墻底擧目視之則宮室蕭然門欄傾頹內外寂寥殆若無人之家將信將疑或坐或立以待崔德之出俄而德自內而出携入于中堂珠簾半捲霧屛齊設花燭熒煌晃若白晝內外叢密寂寥不譁引長白坐定後有一侍婢具進酒饌碧玉盤盛巨螯之羹琉璃鍾酌流霞之酒酒至三行因命撤去即以銀子盛於玉盤使侍婢納于內間娘子見而太息曰嗟呼我本華國女子只緣父母之捲殘賤棄一身歸於泉臺何面目後見父母乎玉手拭淚起而出來侍婢前導娘子隨後乃以淡粧素服愀然坐於燭光之後低眉歛容

然亡吳語珠淚凝於秋波愁心生於玉面正如嬌花之含朝露明月之帶纖雲俄而崔德與侍婢俱出良久始與娘子接語琴心暗挑鳳求凰之曲風流正如魚遊清波歡娛極標桃夭之詩鍾鼓琴瑟之章樂益甚焉長白見其顏帶淚甚曰奈何面多愁色眼有淚痕耶娘子拭淚改容而答曰妾之心中別有所蘊惟願尊君聽妾所陳妾年今二七不知先人之名號惟記姓氏之桂宇本居雲南矣祖父昔以兵部侍郎入于皇都爵位赫然威權隆重廩祿有餘僮僕闐咽族戚姻親充滿朝廷者不知其幾許矣妾之賤命奇逅家禍連綿大父累年沈痼因以捐館其後家產蕩敗而禍不單行未忽並逝父母同氣一時俱沒蒼頭赤腳亦無遺類嗟呼皇天之降禍於吾家何

其慘毒之狀若是耶惟妾一身只與一婢頑命不絶苟延歲月以至今日然而親及同生屍身尚不得定葬俱在瘞所故賫此家於人則皆謂此家終無說價者百爾思量計無所施敢忍屈節沽身厥熹求不知蘊櫝之可佳自衒之可醜爲窮迫之極出此不獲已之舉心若中鉤之魚身同驚罹之鳥羞顔難舉而不覺感淚之自流也且雀德者妾之婢夫也妾之心事曾已揣度故今引尊客至此酒舍此天與其便而使之遂願也一蒙厚恩以成燕禮則死亦瞑目一身何惜一喜一悲且感且羞罔知置身之如何甫言未畢因嗚咽泣下長白聞之驚惶避席而對曰吾始認娘子路柳墻花不料尊主若是鮮嫩也一聞娘子之言心寒骨驚暫時逡巡悚益甚焉連接玉音罪莫大焉仍有旋踵之

意桂娘子含羞低眉悲言挽留曰陋舍枉屈非君之自來是妾之所請厚幣相贈非君之自送亦妾之所求皆在妾身於君何愆今若不留而歸則所遺銀子實是無名之餽妾雖沒廉恥誓不相受也長白謝曰遠方微賤之人誤入貴家之門旣蹈嚴危之地固犯死罪何敢有意於衽席安心於繾綣哉況聞娘子之言實所憐憫其在濟窮之道百兩銀子猶恨不足更有何還推之意乎毋有辭却以補藥需之萬一爲娘子對曰藥需補用雖云幸矣旣非聘幣之物又非朋友之餽則以何名色安以受之乎君勿多言卽爲推去長白遜席固辭曰此乃娘子之誠孝格天之所致自非人力之所爲也此物初雖出於吾手一見娘子之慼容且聞娘子之哀言惻隱先動感心隨發絶意於還索果是娘子之物何

辭之有更勿固執安受補用旋即拂衣而起拜辭出門忙歸
崔德之家而言曰萬里驅馳之餘不善調攝心力疲困無意
於歡昵故往還耳仍問娘子之根派則與娘子之言少無
異處長白聞而長歎而已是夜桂娘子送長白於侍婢曰今
日來客見吾身之殘忍聽吾言之慘怏不敢近逼捨其恨
而虛歸此乃正直君子豈敢忘也明日不可不賞自往謝汝先
訪其客告奉進酒盃備陳其情明朝侍婢奉娘子之言往
于崔德之家以酒果獻于長白傳報娘子之言曰尊客辱
臨陋居大垂一宵恩愛之深恩妾雖女兒不勝銘感故茲送小

婢奉獻盃酌畧表微誠伏願尊君領情勿却崔長白飲其情
盃深感其誠又令其婢還報曰娘子下念陳客惠送酒饌既
醉於酒又感於情銘心不忘敢此回謝侍婢如其言告于娘子
娘子曰此真義士也然而受人重財何以拜報言念及此不覺流
涕長白謂崔德曰桂娘子以稚年女兒能出人所難行之計如
非誠孝之出天豈能如是耶精誠所格鬼神感動況於人乎吾
不忍其窮無差需而前日所贈者極其淺薄吾更不俯賜不
足成禮則和不如不給之為愈也仍出私留別付銀子一千兩使
崔德復送桂娘曰頃日所呈銀兩極為些少想不延藥需故
復送此物以表情悃幸除一分之慮娘子驚愕不已乃嘖言嗟
歎曰世間豈有如許高義之長者乎前日所受既為銘骨又
如是又加恩澤丹陽之孝毋何敢較其輕重 我郎令侍婢

致謝曰薄命殘喘拘於父母之永葉做出萬死之深蒙君高
義之大德幸免莫大之不孝重點若是之大恩感喜之極
圖未知攸謝生若不捐當死可期結草然須夜燭下羞顏
難舉先其面目伏未知尊客再臨鄙處以陳未盡之情懷
而又慣彼此之顏面則是妾之幸而且言遺恨也幸勿以薄
待爲慮而患就來臨爲長白聞娘子之言甚悲惻即欲
趨往之旋即自思曰男子之出入大家閨門心甚未安卻以
不去寄言於侍婢曰娘子簪纓之貴家處子僕乃遠方微
賤之孤蹤貴賤懸殊內外自別無間出入播言視聽則非
但得罪於吾身抑亦洵德於娘子故敢不從命千萬勿
咎焉桂娘知長白之大義君子復送侍婢又謝曰伏蒙
河海之源恩厚澤固當於往之不暇而女子之出入門庭

有碍於禮法故不得趁謝後增瞻抑之懷自今以後幸有相
逢之路則旣不識顔面緣何而相記乎幸記居住姓諱以送
則欲爲他日不忘之資長白深然其言錄其姓名居住付送侍
婢娘子不勝欣幸付諸壁上坐卧起居熟視不忘爲一日娘子
見其姓名所付之壁曰名諱雖知面目不記他日若或有報恩
之事安可知明乎即招侍婢曰汝出市上買半尺大竹以來侍婢
如命買納娘子以親筆書於竹中曰桂嬴娘賜恩竹分析其半
盛于錦囊縫其囊口以錦絲爲繩賜恩囊以傳侍婢送于長
白曰尊姓大號雖云詳知雅儀風彩後日難記幸有日後相
逢之路豈無信物之相準者乎不可無憑信之可據故茲
送半竹深藏勿失以爲後考物也云云長白見而喜甚深藏
篋中如此等事使行上下俱無所識也桂娘亦以半竹深藏

箱篋以爲日後相準之物日月荏苒歸期將迫[illegible]使臣下
直於天陛還歸本國臨行桂娘別具酒肴多備行饌令侍婢
納于長白之處而曰妾躬往餞君宜以一盃酒慰君萬里之
行可也然而礙于行色異乎男子欲行不行能忍難忍恥心
長程揮淚而已君備行饌俾表深情此別之後更逢無期心
緒茫然不知所謂伏願險程珍重千金之軀無事得達以圖
後日之期妾亦守死以俟他日長白聞桂娘之言心甚悽然謂
侍婢曰他邦賤軀偶然到此幸蒙俯待之恩是鄭重感荷無
地多謝多感惟願娘子愼重寶體彼此不死之前必有相逢
之日幸而以長程爲遠慮而回報云謂侍婢曰汝須奉娘子
萬安度日遂相與泣別侍婢送長白而還歸報於娘子不
勝感恩揮涕而已長白語使臣行到松京留守盛備酒饌

請長白餽之曰去時所付銀子貿還物貨數至款何而歸來
何處耶答曰中路落後未及至矣留守明日仍陪使臣行
到京師行中諸具點閱傳授後還歸本家則留守之卜
馱尚未來到怪訝而招致長白問其委折長白憮然不答
起身下庭跪而告曰小人不善擧事落海風波見失無遺
罪死無惜願賣家藏如數備納留守聞之不勝驚愕怒氣
騰騰坐不安席即欲杖殺而有所不忍急令下卒長白及家
屬並於獄曰刻期督捧猶未足塞其萬一留守欲以賊律
治長白具由啓聞則回諭以不忍殺之長白與家屬决定各
司奴婢長白家計稍饒平生安過曾無難窘之事矣噫
一朝蕩盡家產無所依賴飢寒逼切東西轉乞故舊親
別問其致敗之由則水路萬里閪失銀貨至於此境云而

尚不慨懷于心亦無尤怨於人而安閒談笑無異於平昔矣
是時桂娘子千萬夢外得蒙長白之存恩莫與父母同生三
表榮亨盛備行禮而植其誠心親知助榮者莫不稱善是以
娘子寢寐起居不忘長白之恩每有圖報之意而晝則祈
於山川夜則禱於星辰致其虔誠無所不至坐臥起居常
對長白付名之璧而須臾不離恒有口頌矣是時皇帝尋求
絶色欲納後宮勿拘公卿大夫士庶人家女以國色揀擇之意
下詔於禮部、、奉詔搜求城中騷動初擇三百美女桂娘
亦參其中俱入宮闕威儀之盛光彩之美古所未有也三
百人中抄三十人三十人中又抄三人、、中又抄一人、、中即桂
娘也容色之超越才德之兼備絶古希罕擬入後宮三千
寵愛只在一身因廢正宮以桂娘子爲皇后一朝富貴爀然

此無乃孝誠之格天而然耶桂皇后一念不弛於長白之恩八孫之饌不味九重之居不安常有報恩之心不得其便長嘆曰嗟呼李長白何時更為相逢正當此之時雖千萬金非難還報若非我手中之物則實非誠意深入宮中親自織錦始末以金絲繡之曰報恩緞手才迅速每日織出一尺而連日不撤其數成軸皇帝見而挽留曰輕暖不足於體與肥甘不足於口與何如是不思勞苦費工機杼之役乎皇后對曰女子之業以織為本而況臣妾生長蓬蓽之家自少有癖於紡績今雖貴尊技癢難禁若或一日離手則身病自生是以不憚鄙事不廢舊業龍杼鳳機消遣長日心自好之不為勞也伏願陛下勿以禁止皇帝聞其言是近理勢更勿禁之而益加愛之翌年春東國節使又為入貢桂皇后令侍婢傳

諸承傳問長白之來不來承傳奉命至三河間詳探長白之消息行中上下俱不能識惟一譯官對曰長白今不入來未知何事故耶承傳曰自宮中來不來之命外人何以知之乎即以長白東不來之由稟于闕內俄有再命曰長白所知人招來承傳如其命即招譯官待候於闕外傳使侍婢告于皇后復傳諸承傳問長白之安否譯官對曰某年月日長白以譯官入來時公庫銀子一千兩未給見失故盡賣其家產猶未充數仍没入爲奴以贖其罪然糊口未由流離行乞求死不得僅僅保命也皇后聞此言驚歎曰嗟呼我家長白之恩忘已就道富貴如此長白由我之故蕩盡家產身陷賊役我雖獨享富貴於心有安乎即出銀子五百兩賜於譯官曰折半爲汝之行資折半出給長白日後使行來時治行入來

之意詳明傳語譯官惟々而出深思忖量終未知其由也遂還
本國到開城府訪長白之家而問曰昔往大國時有何貽恩於宮
中之人耶答曰外國微賤之人豈有遺恩於宮中之理乎勿爲妄
言譯官心甚怪之以實告之曰今番燕行自闕內指向吾兄
之安否而出給之二百兩銀而傳教曰後使入來之時使吾兄治
行循來故以其所送銀子傳於長白々々心內自念此女是桂
娘子所送然出自宮中甚可怪也終不播言人莫知其事端
長白破家艱苦之餘得此意外之財家計稍饒是時義
州府尹使人越採爲彼人所擒犯越之輩五殺彼人越去
還歸之際爲壘將知機掩捕囚禁之後啓達皇帝々々大
怒曰小國之民既犯越境罪且殺大國之人此乃朝鮮國王
不制其民之致也不可不問罪詳定別使灣尹亦不隱諱

具由啓聞備 朝百官莫不震驚上亦患之即招諸大臣問之奏曰此家國之大變皇使之來莫如先遣使臣發明也折可也上曰允使朝廷會同擇定使臣向前李長白為奴時開城留守也長白以銀子百兩納于副使請曰今此飲冰之行小人願執鞭之役副使許之長白陪至玉河關山川依舊風景不殊舉目無親知之人令人有望洋之嘆乃喟然太息曰昔王慶龍為娼女所賣盡散千金没辱於基林哀乞於街上終為富貴名播後世大丈夫前程何可指也雖自慰其心然言容之間似有自負使臣到關下獻白表申
皇帝見表大怒下詔曰小國人敢殺朕之赤子其罪非特人心之薄惡抑亦為民上者不為禁戢之罪也使臣段姑為拯囚流配絶島濟尹段梟首地方官段罷職朝鮮國

王罰銀一萬兩貢上後赦罪耶耳即日捉囚使臣一行蒼惶顛倒罔知攸措但仰天呼呼而已是時桂皇后傳教問長白之來否承傳奉命至玉河關問曰此行中所謂長白者來耶副使行中果然有一人出對曰長白在此耳何事問之耶承傳曰此乃闕內之命非他人所知也即還奏長白之來由桂皇后即出賜恩竹使侍婢傳語曰果是李長白則必有此竹之一半矣取以相合則痕迹無異兩並其竹而持納承傳奉付赴其關謂長白曰君出賜恩竹言未訖長白出諸裝中以進相合則果是一竹之分半者大異之俱納于闕內桂皇后親自合付一毫無違親寫筆跡宛然驚喜之極追思前事神昏氣迴不省人事良久僅收精神即欲招長白相慰懷抱因忽自思曰以深宮至尊之皇后輕與外人相接於禮不可於心未安而況

人心叵測安無敢言哉有疑慮之端莫如東閣告白于天子
後招見可也為長白親製衣服待時矣時皇帝罷朝而御
內殿怒氣滿面皇后迎入坐定之以溫言問之曰陛下龍顏有
怒色有何不平之事乎帝曰朝鮮國王不戢其民潛涉
吾境及害朕民是以朕心不安皇后聽畢下殿而白曰臣妾
竊有平生所懷之事每欲上達無間可乘今因從容細細
備陳伏願陛下俯聽焉臣妾素是遼東之一女兒命薄
運塞年未及笄父母同氣一時俱沒內外婢僕亦皆死滅
所適者只妾一身只有一婢柰年苦楚之家業蕩盡暴屍
在殯窆葬無路百爾思量計無所施賣身掩骸欲免
不孝之妾故某年月日朝鮮國人李長白者適倍使行
而來聞妾之所懷特贈銀子一百兩願一相見及聞妾之地

閔根泒又見妾之悽苦甚色惻隱先發哀矜實深既無上
宿之意且絶還銀之心怪心去而不願則其蒙恩不忘之餘
又使崔德釉送銀子一千兩俾補葬需之用則其恩與德
不啻山海之高深賴是而葬禮成矣由是妾身保存今
則禍去福臻苦盡甘来幸蒙陛下之恩罷根宮中之
尊榮當此之時報恩非難而恩人長白適来使行云是亦
臣妾報恩之秋也伏願陛下俯憐而俾遂臣妾一生之願
帝曰后進上疏(踈)然則何其言之晩也聞后之言實所悽愴
以后出天之誠心能致長白之救濟以長白之高義能成我后
之志願此昔人所以難能之事而長白最爲尤難者也小國
豈有如是寬厚大君子乎稱善不已顧謂皇后曰恩人到此
已過累日尚今不見實非人情也對曰恩重之人不可輕易

將致故告白于陛下然後具禮請見也伏未知送轎迎來何
如答乃許諾皇后謝拜而退乃命禮部郎官送轎迎之親
製官服使數十僕夫賫詣玉河關奉獻于長白令服之
仍請乘轎長白不敢辭整其衣冠乃乘轎子禮部官及
承傳輩前後擁衛到闕門外停轎入告皇后傳教請入
別設一榻于正殿東壁下以紅紗帳備之西有一座乃皇后
所座之處也威儀嚴肅光彩粲爛眞所謂琥珀礎珊瑚
極水晶宮琉璃壁也何以口舌形容其壯麗之萬一哉侍婢前
導中宮擁衛長白信步而入重足屏息心甚惶感不覺
戰慄行至殿前不敢擧目鞠躬請命皇后自內傳教令侍
婢扶以上殿坐於東壁之座皇后出入於西壁之座東向四拜致
謝曰一別尊君今爲幾許妾在深宮君居外國萬里長程

消息難憑彼此存亡兩不相知而徒甚夢魂長江戀淚天理
循環禍福無常喫盡艱苦今享尊貴寵祿報洪恩無
便可來昨年使之便略表銀兩未知考領否（既知生存之月無路再逢之）
有期屈指三秋之日希望西行之好音適者天公與便風
伯由駕為能使淡恩之身既為背得之人欣幸果何如哉長白
起而答拜曰感謝厚氣低首莫敢仰視皇后曰今日之宴特
為大君子也幸勿以尊嚴見憚而安心酬酢焉長白避席對
曰偏邦賤生安敢與皇娘々侍坐乎皇后笑曰尊君恩德
高不讓皇后之位也勿辭安坐長白不得已就席皇后親奉
一酌使侍婢追獻于長白自製謝恩詩詠之倩酒其詩
曰一別東西二三春千愁萬恨日又新投請重寶淚無用掩
得親顏實有因破屋身猶雖自敝頓情足死杜吾身

多年織出思字緞爲報堂堂大義人詠刀浙宸佑令内侍奉
報恩緞納于長白曰此物雖簿聊以表情加賜金銀帛錦
累巨萬乃言曰此別之後更難相逢珍重千金之體好還
遠程旋入中國長白謝不容口但俯俯拜辭而出皇帝下
詔別館下處帳御飲食從官皆如王者居觀光者如市
時使臣一行亦不知其由惶忙急告于使臣獄中使臣聞
之驚訝適聞其故於下卒輩譯官等報曰昨日自闕内
承命至玉河館問李長白來否副使行中有一人答以爲李
長白承傳他無所聞之語而乃還又明日亦奉命以半竹相準
而去則小人等不無怪訝之心而探問無實漠然到今安知今
日遠出非常之舉措乎上使向副使曰吾在本國治行
時有一人來請陪行故仍爲率來而他無所知也上使曰

所謂李長白者松京人也我為本府留守時入大國公庫銀
于一千兩稱云閪失終不還納以其罪沒入各司奴婢矣
此外無他同名者魅其時安有遠思之事使行中解事
者探問其由終莫知其端矣明日皇帝特設一宴百僚
千官劍佩相磨仍命禮部官請來長白〻〻到闕下叩
頭謝恩禮部官窮白扶之上階長白不勝惶感拜伏在
地莫敢仰視皇帝舉手請詣宴席曰御朕之恩人也欲以
情面相慰須勿辭避長白跪而對曰小臣之國王方在罪
中而使臣亦為拘囚小臣亦罪人之下人何敢冒叅宴席
抗對天顏且待死之承何有宴樂之心縱有嚴旨不敢
從命以死固辭帝曰善即下詔赦朝鮮國王之罪使臣等
自獄解放使預宴樂命禮部官引入長白主定皇帝

致一壺酒爲壽曰聞卿之寬弘大義古今無雙是以特設
一宴以彰姓名可無辭也長白奉而飮畢頓首謝恩使臣
亦賴長白之德得脫獄中馳進再謝帝曰厚待恩人之道
並免南等之罪勿辭宴使臣承命就席帝與長白終
日宴樂至暮而罷以十車金帛大加賞賜大朝諸臣亦
進禮物積置庭中高如丘山帝顧長白曰卿之恩德罔
涯無以相報贈以二品爵位拜大都督拾使臣傳旨云
汝歸本國告于南王用長白以授重爵雖犯死罪毋殺
大國然後處之使臣等俯首聽命叩頭以退長白之所得
財貨使大國車馬載運至鴨綠江之意亦爲傳敎長
白及使臣下直再拜後發行大國諸臣爲長白出餞都
門之外車馬僕從十倍於前道路觀光者莫不稱善

使臣以李長白之賢德免罪回還之由書於牌文有先送
之矣行未到京名聲喧藉於一國平安道伯各官守宰
下至遠堡僉萬戶皆預待江頭使臣一行登程都督之行
先行先文到處胡人大懼迎候支供無不爲動行至義
州渡鴨綠江大小官員見長白爭先致謝滿城人民競出
觀光連袵成帷揮汗成雨皆以手加額曰天佑之耶人爲
之耶去時馬前之卒遽登二品之位大丈夫富貴未可知也稱
歎不已李長白所得財貨載運名騾倍置于開城府本宅長
白與使臣並到京師拜謁且由啓達上問之大悅曰今行若非
長白我國安不免生死之患以第一功臣除授判書秩封安
寧君賞賜宮室奴婢門生一朝赫然[illegible]羣無比威權
隆重名聲振動雖兒童走卒孰不欽仰從此使臣往來時

桂皇后向安寧君安否且封進襛緞及卒逝朝鮮遣使告訃皇后亦具香燭遣禮官吊祭而還嗚呼人生斯世非但樹勳於前程且為施德於不報之地安有餘美之慶而亦有光於死後幽明之間而無憾恨之處也其跡甚奇其功偉大是以我朝大嘉異之記其事蹟於史冊使此大人君子之美跡不泯於百代之後書其則者盡於是觀感而興起哉

李長伯傳

皇明時有李長伯者松京人閭閻富家子也長伯生六七歲其父鍾愛之携兒入賣卜肆主人筮其身命卜曰此兒掌上無青氈舊物腹中有廣廈千間必樹陰德享富貴榮光祖禰名滿天下長伯容貌瓌偉志節卓犖輕財喜施憂人之憂樂人之樂嘗曰大丈夫當與季心劇孟同歸不作

守錢盧死耳踰冠以舌人陪聖節使聘燕京留玉河舘待命數月與皇城人崔迪相善長伯與崔迪飲酒酣曰賤子來時博徒酒伴出餞於碧瀾津頭望燕雲而數掌誦唐人詩話而語之曰京師天下大都會也樓觀之壯麗繁華之盛可見於算博士帝京一篇而海外艶繁之士摘發卧遊之興於古人之筆端矣今之燕京亦帝王州歌舞地也其為帝京壯觀與秦京何異焉子其目覩而足踏之心算而口傳之不然令卧遊者笑子矣今賤子入皇城數箇月目無所視耳無所聞孰謂乘槎天上之客猶是拘虛井中之蛙耶今日請與子佩壺酒出三市連袂踏步盡壯觀快心目情作博徒中算博士是吾願也迪許之遂與迪蓐食拂曙而出乘酒縱目惟迪所指桂殿椒房連金屋而對玉樓朱邸黄扉(扉)抗平臺而通戚里鳴龍笛擊鼉鼓面面三千戶綺帳彈金丸走寶馬處處十二重青樓連曰皇城之人洞庭之魚鳥也習聞廣樂久矣若遠方之人海上之鶢鶋也得

無驚於魯門鍾鼓之響音乎長伯曰今日之遊怳〻焉惚〻焉若望海市而
見銀臺金闕昇月宮而聽羽衣霓裳然而若樵者觀碁爛柯而忘歸
矣日暮歸玉河舘惘然若有失謂崔迪曰吾聞中國多絶代美色願一見
之而未有小杜之風神醉過揚州焉有投橘之佳人素乏劉阮之仙分路入
天台不見勸酒之仙娘子其爲靈均之蹇脩求宓妃之所在耶迪笑曰我
謂君寂〻無風流豪氣今夜得宋玉於旅舘矣請爲子起王嬙於九京
薦枕席於青廬居數日迪報長伯曰果有之矣請以銀子百兩爲幣長
伯曰吾聞美人一笑千黃金達客雖貧百兩銀子何足掛戀迪曰事必諧
意遂導長伯帶月出門行至一處有一傑閣突兀空中迪憩長伯於中門
外先入內室久之不出長伯起立中庭徘徊顧眄肅字崇墉似是公侯第宅
而池園寂寞松竹荒蕪戶牖空虛春草生階若虛無人矣有頃崔迪邀
長伯入東房簞席枕衾之美若出紈綺之門而圖書窓壁之飾似異於

娼婦之家矣須臾見二丫鬟束花燭一雙擁一小艾以入儼然若雙成小玉捧西王母來也小艾年可二七仙膚綽約玉色傳行真千萬古傾國色也長伯見驚喜眼花生纈神迷魂動不能自定酒行三盃強欲就寢蓦見小艾首不珍髢面不脂粉身無華服狀有憾容育若田田視若梅梅嬋娟本色有如雲間之素月慘憺愁容正似雨中之梨花長伯惟而問之曰詩云言笑晏晏信誓旦旦楚詞云樂莫樂兮新相知此皆男女相悅之辭而嬿婉之初載笑載欣乃人之常情也小艾上界仙娘此漢下土賤産幸以他生之宿緣卜此一夜之佳期鳳下秦樓玉簫可弄雲行巫峽楚夢將成當消除悲恨強作歡顏樂此新知可也自愛佳人之一笑接之以憂愁哀慼之顏有何隱憂於中情而怱怱焉不樂也得非不樂於木雞之伴而不欲言不欲笑又不欲信誓於新知而然耶何其嬿婉之初先有不悅之色也小姐愀然色變正席回身斂衽陳辭曰賤妾爲許吏之井但許一晌之緣樊屋如釋氏之桑必無三宿之

慼然而斥時恩重百年身輕雖無松栢之誓已有伉儷之情妾雖癡少
惷愚非不知承順無違以盡妾婦之道而顧以悲慼之容先發於外面者特
緣痛疚之情素存乎中也實非不樂於今夕之佳會而不順夫子之志也請略
陳苦語以浼崇聽伏願尊容少賜憐察焉妾非娼家女也古晉大夫褚季
野之後而義庄舊在鄞陵世為中州清顯之族而皇考侍郎公與宗族數
十人始居皇城田園甚廣臧獲太多屋潤鴻臚之金穴巷填春信之珠
屐當此之時賓客無仰屋之歎親戚賦斯干之詩頌而禱之曰似續祖
妣築室百堵爰居爰處乃安斯寢吉夢維何維熊維羆維虺維蛇
其生是女也大人占之無父母詒罹惟將有門楣之慶不幸昊天不弔降此鞠
訩十年之間疾病喪慼殆無虛日既失怙恃終鮮兄弟職由於妾身之罪
大惡極獲戾天神降割至此哀我煢獨欲寐無訛而尚不自經於溝瀆者
以父母之柩尚在楹間兄弟之骨未掩於地中也宗黨之可與經紀大事者

已盡於滅門之疾親朋之或欲匍匐往救者自絶於禍家之門若夫田庄童僕鬻盡於前喪葬祭之日而所存者只是先人弊廬而已既無丈夫之持門而尚能苟免於小女之手者非爲此一薄命庇身計也鳥革翬飛昔云君子之攸躋人亡屍積今日惡鬼之所闞是所謂悠々我思亦孔之悔也雖欲無價而與之尚不得其人安敢望相宅者不曰不祥而鬻之耶是以花石萬金之價尚不直於一錢而冷落虛堂鎖作乞兒陽界之幽宅矣哀々是妾塊坐血泣日夜呼天只以送死爲計而計無所盡窮有得於心而心語口曰魯人子碩男子人也尚不得葬其母勢甚至於欲鬻其庶母而葬之況癡騃少女其何以充襄乎鬻我父母之遺體葬我父母之衣衾猶賢於鬻其亡父之愛妾而葬其母也逮其葬埋之日自滅吾身從父母於地下足矣苟全垂絶之命敢生自鬻之計而尚不忍粧珠翠倚市門買歡笑悅人目甘心爲大堤之錢樹也閭閻之外能默會此意者惟崔迪一人而迪之妻乃妾家婢子也以是懸々於

妾之家事而導尊客至此意者先考妣不昧之靈有以降臨於冥冥之中矣誠懽誠喜然妾年未及笄且有故而不及笄今夕之會已非内則所謂二十三年嫁之之意而強欲以弱齡殘質許人於巨衲之中邀郎於帷堂之内不孝頑喘縱未有斬齊苴枲之色疾痛常情豈忍爲歌笑媚嫵之態耶此乃尊客所謂隱憂而怨怨焉不樂也者佳期已定此夜可惜妾之情事雖功罔極安敢不忍痛而自娛於君子乎語未了嗚咽不成聲淚若真珠滴下丹臉正如芙蓉葉泣寒露決明花帶秋雨也長伯灑然而起再拜長跪整襟而言曰小國賤生雖慶腸肉眼及見小姐已疑花容月態非淤泥之白蓮花糞壤之黃玉葩也真關雎所謂窈窕淑女君子好逑者也内自惶感且敬且畏旋欲側身而避席矣伏承小姐辱此金玉之音動我木石之腸真可謂女中之何自平也小姐若無一言以惠之賤生幾得罪於神祇矣詩云南有喬木不可休思漢之廣矣不可泳思江漢之女尚不可求思況小姐之至孝懿德可以爲君子之好逑乎願小姐自愛

焉小姐對曰爲親之故而妾以自鬻爲計敢屈尊客於醜地而接見之初致令君子不樂於向隅實由於爲親誠意之不篤也伏不勝負罪忸怩之至而若以妾之汚身爲孃許令爲他日君子之逑則危言之褒雖榮於華袞而妾之所願者實不如尊客之所教也昔周顗之母欲榮其親而願爲周氏之小妾董永欲葬其親而乞爲富人之傭奴以妾蒭菲之質自鬻於當世之豪士者亦非妾身之所羞恥者也若曰汚身於自鬻之日終以此失身於娼樓酒肆之間而不得爲君子之逑云爾則此又非以淑女視人之本意也以醜女之身幸以自鬻於好義之君子則是以不孝之子不淑之女免爲天地之罪人而幸得君子之好逑矣鬻身之日是妾葬親之日葬親之日是妾殺身之日不然是以鬻身之計反爲貪身之策而苟活於斯世者也衒鬻於京華遊俠久矣何必坐逢藿惆時月以待崔迪之致人耶顧尊客無以汚身爲孃若以爲孃而不欲留有一宿之愛愿顧以宣州之銀作合浦之珠長伯曰性好施予見人有急必倒囷

傾嚢以後乃已今小姐越緋而見客告窮而感人敢不以一槖之銀助四喪萬一之具耶遂再拜而起不顧而出小姐抱樵而立欲有言以送之而長伯已出門矣長伯直造崔廸家廸驚怔而問曰曷故而遄出乎長伯曰適有疾也因問小姐家事廸以實告之一如小姐所言長伯咄〻長喟聽鷄不寐昧爽與廸帰玉河館潜出別付銀一千兩與之曰百兩銀子不足為四喪葬具請以此帰遺小姐廸固讓不獲奉献于小姐小姐瞿然驚顧謂崔廸曰百兩銀子猶以為無名之餽而今欲封還待汝久矣況千兩乎廸曰長伯義人也天以義人恵小姐天與之而不受可乎昔孟夫子受贐行之餽衛館人受脫驂之賻為其當於義理故也今小姐有喪而義人賻之前人之受是則今日之受亦是也願小姐無辭焉小姐泫然出涕曰天禍我家極矣我謂我家無天不意今者我亦有天使崔廸傳言致謝於長伯許曰前宵降屈畏蒙大恩曲察悲衷既以禮處人又以財施人今又十倍前日之所施而餽之是欲使妾葬之以禮祭之以禮又欲家於喪也大君子不忍惻隱

之心固已至矣而妾竊以爲葬祭厚薄在於財之豐嗇古所謂稱家有無者是
也昨日之餽旣不得辭焉則此足爲窮人三四喪葬矣具安敢望盡惟一地玄纁
褁棺翟尾毺其寶貝蛤灰其封琬琰其刻若勢家富人之送葬矣也亦何敢諧於
祭而家於喪也況君子傾財好施家產必破於眼前久客還家行橐必空於
道中請還今日之餽不以不閔之悳反爲君子之憂長伯愀然跪坐敬承其言
使崔迪還報小姐曰昔石曼卿受范堯夫一舟麥而不辭其多賤生已知小姐之
窮窮於石曼卿不使范堯夫恥獨爲君子也小姐何辭焉迪歸告小姐小姐曰堯
夫之惠施於乃父之友李君之惠施於異國之人今人之賢於古人遠矣稱頌大德
感淚如雨由是不敢復辭但使人日夕候問以致其感激稱謝之意長伯素以
濶手段義容貌爲同儕所推且其橐中所貯公私銀最多同儕嘗戲之曰
李郎冠至其人多錢長袖者也必將善舞於帝城綺羅叢最玳瑁筵矣及其敕
小姐也公私銀橐倒盡無餘仁端所囑雖無悔心而若以小姐家往來之狀聞

於同儕或不信所與之合於理只以輕薄子迓謁客目之而適足為貽笑之資故頓
無一言及此且絶小姐家問訊自是之後小姐只因崔迪有時存問已而小姐聞東
使將迓日夜感泣默禱于天曰賴天之靈倘或見一日之榮庶有消埃之報於丘
山河海之恩而但暫時同席半面未熟雖或有日後邂逅之緣而無以為識乃
使侍婢取尺許竹自書其姓名褚鳳丹三字仍剖其竹作為兩段而以紫雲錦
謹封備書曰恩恩竹丁一則自執一授婢子傳致于長伯所具告其言長伯跪受其
竹對曰賤生之救小姐如救赤子於井中非納交要譽惡其聲而然者也其望報
乎下賜恩恩竹竊感小姐之至誠謹奉受歸而寶藏之長伯之行小姐先設小
幕於館外粲灑掃儐籩豆使崔迪要長伯奉卮酒進之再拜而言曰感
恩之淚足以咸東注之河謝恩之言足以罄南山之竹竊伏想大君子不伐其善不
求人知是以不敢長語於車塵馬足之間而謹以一盃酒奉餞但伏願大君子欲知
妾心之不敢忘恩請以所上恩恩竹〻箱篋之若宋人之寶燕石更或有北首之行

以此竹示妾〻雖忘恩卽當以竹而思恩〻思恩之日若幸有報恩之路則當以此竹
爲一段公證於萬目矣長伯曰小姐一何眷〻於賤生耶賤生非活恩者也幸勿銘佩
以勞孝心小姐雖欲殫見血誠賤生無以仰酬德音帰装已束指車促發請從
此辭矣再拜而出上馬而行小姐掩泣臨岐瞻望久〻之行塵漠〻烟樹遮眼小姐還
帰苦席泣思長伯溢米之飯不得下咽若魚中鉤者累日矣小姐遂以所得銀子
營葬於城南數十里許青烏子語之曰宅兆允藏太陽位高輔弼星臨祿馬千峰
重〻拱揖不出四五年當有沙麓之慶及葬〻具畢備情禮俱稱雖當路豪
貴之門知禮士族之家皆自以爲不及也當其時也小姐願爲富人而長伯窮矣
及帰家人喜其無事還家憫其囊橐之俱空焉唄之開城留守設盃酒勞
長伯索出別付銀所換唐貨長伯無以對之膝行庭下叩頭請罪曰小的不
謹行事盡爲守奴所失罪死〻〻留守大怒叱縛長伯並其妻子速下牢獄
籍其家藏斥賣其田土又徵其親表族倘而不滿則瞰數没入其妻孥爲官奴婢欲

斬長伯於東市賴故人之押於留守者力救乃止而扑笞之下筋骨摧折血肉糜
爛出入死濱閱月乃甦已無卓錐之地且乏懸磬之室寸寸轉步乞食東西一瓢
随身短褐懸鶉形容枯槁志氣摧拉不復知有闊丈夫氣岸美男子風度
也然而處之泰然了無悔恨親知者有問其故輒云見失終不言所施穿宙
之間知長伯行事者惟崔廸一人一日過賣卜肆卜者曰子何如人也答曰乞人李
長伯曰胡爲乎来哉長伯曰哀此窮人早晚塡壑而若癡人之溺笑請賣龜
兆於高明卜者諾然凝思良久乃應曰子非諱某人李判官之子耶長伯曰
然卜者先吮而後笑曰我爲乃爺已筮之於子之童稚日也知子有此厄久矣
請爲子更筮之卦成卜者拍手而笑曰子已有陰德天神共監脫此六七年厄
運快覩濶世界矣否則銅山不得富鄧通理口終能餓條候矣長伯曰素
無玉帝之爲德敢望塞馬之爲福耶卜者曰龜自有知願君善保千金以待吉
運長伯曰國語云俟河之清人壽幾何正謂我也日暮荷擔而帰卧牛衣中不

寐時夜將半星月爛〻風露凄〻悄然兀坐撫躬自悼曰大丈夫身世一至此哉若如卜筮所言或因陰施而蛩報終能虬伸於蠖屈耶乃出思恩竹笑恩之曰汝其恩我者耶由是獨喜自負日夜望小姐之爲貴人而苟全性命於窮困凍餒之中者也七年時小姐終喪三年服勤之餘姑無恙矣至行純德聞於帝京禫後一月即明皇帝即位之三年春二月也皇帝詔令有司簡卿相家及良家女子三百人三簡而簡一諸小姐其人也小姐素性不喜華靡且深墨之餘悲哀未盡淡粧素服無異平日不以華飾艷色自衒而端莊肅雝之容幽閒貞靜之姿恬澹疎雅之態拔乎其萃若鳳鸞之於羣鷄也皇帝擢入爲昭儀嘖〻歎賞寵幸無比越三年皇后崩帝欲以昭儀爲后詢于百工僉曰簡在帝心宗祀之福臣民之慶昭儀涕泣而讓之曰漢史云腐木不可以爲柱卑人不可以爲主妾之謂也妾不敢私專夕之寵以累聖明於董孤矣帝曰昭儀楚之樊姬唐之文德也欲更求佳耦安有賢於昭儀者乎遂冊封爲皇后以福家

孤子之身賤窮艱苦無不備嘗而一朝享富貴如此乾乾惕厲罔敢少懈而其所慰悅於中情者特以大恩在人而自此有必報之道也是以其在宮掖治絲繭織紝同於在家時織成一疋以金字繡其端曰報恩段帝入宮見其親自織錦命去杼軸而止之曰朕以四海爲家九牧貢之兗州厥篚織文青州檿絲徐州玄纖縞揚州織貝荊州玄纁豫州纖纊梁州織皮雍州厥貢惟球琳琅玕嬪宮輕煖之衣佩服之飾何患不足而乃今自苦如此后對曰詩云葛之覃兮施于中谷維葉莫莫是刈是濩爲絺爲綌此太姒不以后妃之貴廢其女事而修其勤儉之德贊文王修齊平治之道而基宗周八百年帝王之業也今陛下以九州之貢與嬪妾同之欲使斂手遊食日以般樂怠敖爲事則馴致其弊必至於養其淫邪驕溢之心買裂繒備烽之笑而啓牝鷄司晨之禍也妾恐陛下不慎於大易履霜之戒也且妾生長貧家繅纑餬口是以勤於紡績倘或一日虛度輒生心疾故今承聖恩雖入椒掖而猶不敢素餐也帝大喜曰

今日我得一良佐矣由是益奇之在禧宮二年遂定位東朝副褘三盆手之外更若無事於繭絲而益勤親績不以爲勞盖三日織纔足成一疋織而藏之藏而又織者三年於此而所置座側六金櫝皆已滿矣皇后在禳經之日思長伯而恐其恩之難報處宮壼之日待長伯而恐其人之不來欲報其德一月三年是年冬東國聘問使適至皇后勅内人使黄門問東使曰某年聖節使陪行譯官開城人李長伯来耶使价惟問之曰何以問此人耶黄門曰有勅自闕内矣適有與長伯同里者在行中對曰長伯於聖節使陪行時盡失别付銀於行中以此獲罪於公家蕩散家業行乞鄉隣雖欲復来無以自資也黄門以此語聞於闕内皇后憫然痛心曰仁人由我而至此哉即令黄門勅召其譯官坐於闕門外皇后使内人細問長伯消息以銀子五百両勅使譯官而囑之曰持此而歸傳于長伯曰資裝以待與後使者俱来如是以囑之者再三譯官承命而出歸玉河館館客皆驚莫知其端倪譯官歸詰長伯長伯蒙袂輯屨貿貿然来

叙暄涼畢卽以闕內所賜銀遺之且以闕內教旨傳報甚悉謂長伯曰子於前行施人以德而受施之人果爲貴人而致此耶長伯心知其故而佯若無知對曰無有口雖含默而心實喜之曰褚小姐其爲貴人乎天道好還使我得復見陽春矣卽具一襲衣一乘馬待使行欲發時闕西採蔘軍數百人渡江犯遼界爲守者所獲反殺守者而逃之鳳凰城將奏聞于天朝天子大怒將遣使按問公卿或議削地如鼂錯說景帝故事鳳凰城人相與喧說邊人聞之惱懼義州尹具狀以啓王上大驚議下廟堂備爲啓請先遣卞誣使以待天朝處分遂命司曹簡遣三使上使乃前日開城留守欲殺長伯者也長伯聞使將發請與副使同行副使許之曰今行如入虎口歌北山渡鴨江者若荊卿之渡易水而今君不待惠好之約請與同車似非碌碌眞可與共王事者也遂與俱發行至皇城皇城之人目東使以泉下人矣使臣奉國書直詣皇極殿門外天子聞使以卞誣爲言怒甚罵曰小邦敢矯誣上國耶極命大理承下三使于黃

沙獄方欲發兵遣使其意以樓蘭郅支待東國而禍將至於不測矣三使在獄中皆失魂魄如死人譯官及最下者皆待死於玉河館聚首相謂曰我屬不復還矣皇后聞東使至敎黃門趣出玉河館問長伯來否長伯自料東朝懸望已久及見黃門先知其奉敎自闕內應聲對曰長伯在此何故而訪之也黃門曰我亦不知也皇后之命也黃門即以長伯之來聞之皇后大喜曰恩人來矣然而世間多有巧詐人亦有同姓名者曾參非一毛遂有二不可以姓名取信長伯誠是也必有思恩符矣使黃門索之果出之黃門奉獻於闕內皇后見之大喊泣然涕出即欲召見而久念不可曰雖有大恩不顯其德而私覿外國之人非禮也欲來聞言於上以禮迎之不以是日召見長伯心疑之當夕天子入宮中玉色不和彩眉含嚬皇后脫簪毀服而請罪曰易曰萬物資始乾之道也萬物資生坤之道也妾處坤位母天下無所裨於位育而獨使至尊憂天下妾死有餘罪請伏鈇鉞之誅帝曰皇后無罪朕與朝臣方議東國

罪罰、怒猶未解、此實怒室色市者也、皇后叩頭思之曰言曰宮闈失德特、
蒙寬典、而且有死罪四聰之所未聞、重瞳之所未覩也、掩匿覆蓋不自彰露
者、蓋有待於今日也、伏乞原情、特垂澄省、後加刑戮焉、妾聞禮人之大防也、
妾在齠齡之日、奉承禮教於父母、而不幸墜失於喪敗窮厄之地、蓋父母兄
弟之喪、皆一時所遭、而寡助之地、窀穸無期、天地茫〻、無所控告、乃以身自
賣於李長伯、〻〻東國人、一察辭色、授袂出門、以禮施財、厥施者、銀一千又百
以之葬埋、祭祀無違於王制、禮終之義者、皆仁者賜也、不死於喪亂荼毒之
際、蒙恩於陛下、享此九州之養者、亦仁者賜也、微長伯、終不過一汚身於蚩〻
貿絲之氓、而亦已下從父母於九原矣、固知葬吾親者長伯也、肉吾骨者亦長
伯也、妾之於長伯、當竭誠以報德、愛之若骨肉之親、屈身以謝恩、待之若微賤
之日、豈暇論男女之有別、貴賤之等異耶、雖然此特無知一女子、怕於貧賤時
非禮不正之事耳、若以明倫敬身之禮、責備於宮闈待罪之身、則妾之失禮

者有六焉曲禮曰君子雖貧不鬻祭器蓋不忍慢其先也祭器猶然況父母骨肉之身乎雖幸仁人禮以遺其財義不污妾身然自鬻之計已非敬親肢不敢毀之道理也妾乃曲禮之罪人也曲禮曰男女非有行媒不相知名妾以有自鬻之計而知長伯之名妾又曲禮之罪人也內則曰七年男女不同席又曰女子十年不出門妾年至十四與長伯雖宴時相對而已與男子同席矣長伯之歸妾出門而餞之妾乃內則之罪人也檀弓曰子碩欲以賻布之餘具祭器子柳曰不可請班諸兄弟之貧者蓋無田祿而設祭器非禮也子碩請之子柳之意以為不可以賻奠之餘施於非禮之地且不忍因死者而利於生故寧窮餓而不自濟也是以檀弓美之妾以長伯賻奠之餘具祭器而祭之又供衍食粥以延喘息得至今日妾乃檀弓之罪人也內則曰深宮固門閽寺守之男不入女不出謹內外之卞也一家男女猶謹其出入況外國賤臣可以出入於天子之宮庭乎徙於東使之來得聞長伯卒為窮人飢餓欲死以妾之故也欲報其施以周其窮而憑付百金於歸

价以速其来今聞長伯與其國使偕来欲召入掖庭而見之則妾又内則之罪人
也易乾之九三曰脩辭立其誠言其真實無偽以脩其辭也妾在禁中已四閱
歳矣尚不以實情忠告於陛下蔵匿罪悪矯飾外貌者實多矣且自入宮掖
之後不廢組織者實為孝長伯地也欲以手織之錦小報刻骨之恩三日一疋而
蔵之者已六横矣陛下嘗閔其勤勞親降温諭妾汎以内則無違宮事之意
詭言陛下而不以實對是可謂立其誠乎妾乃易經之罪人也妾負此六罪於
禮經而敢以寒微污賤之身久處於黄裳元吉之位天人所不與必有禍而無福請
伏其罪無辱聖朝矣遂出思恩竹両介進於帝曰作此為後日信以其半予之令
長伯持来矣若蒙天恩許令報徳雖死之日猶生之年皇帝曰噫皇后女中之
大舜也長伯今世之郭元振也非長伯之高義無以知皇后之大孝非皇后之大孝
無以發長伯之高義也夫孝者天之經地之義也民所則之而行之者也以長伯之
賢固宜則之而行之矣王祥叩氷雙鯉躍地許孜守墓猛獸殺鹿誠孝之

至物亦有感況如長伯之賢得無感於皇后之至孝耶朕雖凉德亦欲以孝治天
下而不能則天之明因地之義以順天下致令東國有如許罪惡朕固爲孝經之罪
人而得罪於皇后多矣皇后何罪焉皇后所請六罪以朕觀之欲自賣而蔑親孝
也出門而餞之義也留存而必報智也自織而報恩誠也分竹而爲證信也不
專制而禀命於朕禮也皇后舉事節節中理何謂無禮且寒微汚賤之嫌
非皇后之謂也皇后家傳詩禮族出簪纓德以藩身天畀福禄豈若漢飛
鷰出於寒微唐武曌出於賤汚也哉願皇后毋以小節撝謙大德毋以義理
泥於文字以行其志皇后頓首謝曰帝德如天微身再造之日大恩獲報之秋
也然而此人真知禮尚德之君子也不可以小兒呼故不即召見請遣禮官以玉輦
迎之皇帝曰俞明日朕亦召之矣皇后又請言東國事曰陛下欲以孝治天下
誠三皇五帝之德也孔子曰昔者明王之以孝治天下也不敢遺小國之臣而況於公
侯伯子男乎故得萬國之懽心以事其先王今陛下以東國小民之罪罪其君而欲

殺其使价恐不滿於樂天字小之大德而非明王不敢遺之本意也以此而雖欲得
萬國之懽心得乎且近遼解俗雖悲倔強而跡其犯禁殺人之心則要不過自畜其
生而已不足以辱中國之威靈而獐頭數百自懸於京師之藁街矣今欲以猾夏
犯上之罪問其君將無已甚於蹊田而奪牛耶帝莞爾而笑曰皇后無以長伯
之故眷〻於東國耶皇后謝曰亦然陛下以國有頑民而欲罪其君有善人而不
宥其君可乎皇帝粲然而笑曰善哉皇后之言也是日皇后救禮部侍郎率
宦僮數十人肩白玉輦出玉河館迎長伯先遣小黃門授以宮錦袍一禰長伯
稽顙受之整冠帶乘玉輦春官俯仰圉人倉皇衣裳照日雲霧生香直
詣禁門外止輦長伯鞠躬屏氣蹈蹠不前皇后趣內黃門奉迎長伯〻〻
趨入禁庭皇后已為長伯設宴垂簾帷於中堂置長伯坐席於簾外長伯拜
皇后使內人答之酒禮皆如之皇后曰諸小姐坐此矣思我恩人若嬰兒之於慈
母大旱之於雲霓也一聞楚音我心則降即當奉承真面復望清光而人事既

異於衆昔宮禁不同於私室名位所係不敢自輕典禮所関不得自由雖有天續之親亦不許徑情出入褻服相見者非忘恩狹貴而然也是以斟酌情禮待我恩人迎入宮中不示以疎遠之情也垂簾殿上姑示以内外之辨也瞽人行禮不敢廢酬酌之節也言語出梱禮雖有戒而獨不拘於此禮者竊欲開心見誠共分一日光於長言短話之中懽愉雖尊安敢不屈於褻親之恩人殿陛雖嚴但顧視我以在家之小姐毋用敬畏而盡其言也長伯謝曰外國賤臣何敢當此禮長伯拜内人亦拜皇后自酌黃封酒一盃使宮人捧進於長伯、、跪受飲之又酌而勸之長伯辭曰竊恐先醉失禮無以仰奉聖旨皇后小止遂以往歲譯官所傳之言從容賜問長伯以一時禍厄之端七年窮苦之狀細、仰告皇后掩面泣涕曰天道之僭於福善如此哉恩人之至於此極者由我而然也又問長伯曰官司之索其恩(銀)詰其由也恩人何以對之長伯對曰直言則無益徒為人所笑故詭言曰為守奴所失皇后笑曰然則我為恩人

之殯奴獲罪於化翁六七年矣今日請自贖於賢王矣余令麻姑進紫金之
掖以介君子之壽余令邸乙奏嘽緩之聲以樂君子之心於是內人捧盃栗進
於長伯厥膳膷臐膮厥飲重醴醲醠厥酒烏程酃筒厥羞粔餌粉酏其餘
庶羞若碎鷄宛脾猩唇駱蹄駝峯豕軒翰臙鶯髀雉羓蝸醢[illegible]鶡鴨范
之屬芝栭菱椇柿棗栗薑桂菹梅膳桃櫝梨之品雖膏肓訖食者指不可
勝言也酒行樂作鐘鼓鏗鏘絲竹啁啾三夫人九嬪二十七世婦歌式燕於內八十
一御妻歌鹿鳴於外長伯自以卑微特當盛禮心不自安俯伏惶感白皇后曰
不勝盃酌敢請退去皇后曰大丈夫卮酒安足辭昔謫仙醉登金鑾殿不肯
拜天子使貴妃捧硯宮娥呵筆力士脫靴天子不以為罪貴妃不以為嫌我於
恩人又何屯焉今辰欲與恩人為樂醉不知泥飲不止也長伯伏地而對曰皇后
欲使賤臣為樂此賤臣之所以辭也皇后曰何謂也長伯曰方今寡君得罪於
天王國使繫械於天獄畏天之君宵衣而旰食憂國之臣囊頭而拊心環東土

數千里之氓莫不以寡君之憂爲憂而賤臣獨不與其憂濡首於忘憂之
酒置身於樂禍之地是遺其親遺其君者也遺其親是所謂不仁遺其
君是所謂不義有一於此其罪當斬使賤臣安於一日之樂負此兩段之罪
雖蒙皇后之恩宥幸免天朝之顯戮未死之骨已冷於使价口舌之誅矣又
何望帰全首領於小中華禮義之國耶此臣之所不忍獨樂而不敢承皇后
之命也皇后曰恩人無憂也豈有如恩人之大德而忘君親於酒盃之間耶我固知
恩人必有是言故已爲恩人畫之不欲令魏宮竊符之姬笑人於千載也即令
行盃勸長伯強飲者數十榼長之不已於是瞋色將生長伯已醉矣皇后曰
君子之釼首澤矣不敢久勞君子即令還次令内人擎出六金櫃示長伯曰恩人
之恩生當隕首死當結草雖樂之以百年三萬六千日之宴不足以盡窮道
感恩之情報之以一千七百七十國之財不足以謝布衣十金之施然竊念君子之
享在於儀不在於物是故孟子曰儀不及物曰不享以其不役志于享也然則

内府之金銀玉帛多則多矣皆不足以享君子爲其不成享也惟彼金櫃所蔵
皆從志而從我手中出者也物雖微而情與儀實備矣願君子享之遂令
小黃門輿送于玉河舘復敎禮官奉送長伯〻〻拜謝而出禮官扶醉乘輦
黃門跟後宮奴導于前觀者如雲揮汗成雨舘中之人與長伯同來奴視而目
笑者莫不望之若天上仙長伯止舍而出視金櫃所蔵一櫃各六十疋文繡皆皇后
所親織而名以報恩段者也文章彪炳光彩陸離疑是素娥玉女之所爲也
舘人以告獄中三使副使且驚且喜曰請與我同行也疑其若非常之人矣
果然上使黙然深思久之乃言曰此乃我爲留守時私用別付銀罪人李
長伯也其時所謂盡失於守奴者必施之於后妃之家以周其窮厄也
長伯以財而救人我以財而窮人我眞小人也終當馬食於長伯之莝豆矣雖
然此誠君子人也義我不必遺君忘國以快私悪於王人矣必以王事上請於皇
后矣我屬無患矣明日皇帝 設九賓大宴於皇極殿親御七寶床前設

絲席以待長伯詔百官出迎於殿門外長伯惶恐不敢入修門皇帝敕上公
引長伯入殿前不趍長伯頓首四拜俯伏不興皇帝敕長伯定坐長伯叩頭
而辭曰昨日皇后賜宴於宮中今日陛下又賜宴於殿上遐眠賤臣竊不知
其何以致此而感激憂懼措躬無地何敢望昵侍五尺之天高壓百司之座耶且
小國君臣今方俟罪於天朝君憂而側席減膳者有月矣臣憂而繫獄不食者
有日矣竊恐國誣未辨而寡君先亡君命未考而使臣先斃則小臣雖幸蒙
恩於陛下苟延朝夕之命將何以見寡君與使臣於地下乎伏以賤臣至愚未有専
對之辭令誠不足以考寡君之命請以頸血污陛下以辨國誣於天朝矣皇帝
笑曰卿賴朕賜宴得入重宸欲以為國辨誣而思以頸血污朕朕不召卿卿欲何為
長伯曰陛下聖德如日霜露所墜舟車所至罔不遍照而獨使東國君臣共抱戴
盆之冤雖欲辨誣而足不入於天門舌已困於牢獄為東國臣民者又安有樂
生之心耶使臣斃則尸鄉之冢必多於洛陽寡君亡則紫原之冢復起於海東

矣以一愚民犯禁殺人之罪棄數千里冠帝之國窃為陛下悼之皇帝業已釋怒於皇后孝理之喻而長伯所陳不遺君不遺親之言自宮中已達於聖聰矣及聞言辭悲懇語意忠直嘉其殉國愛君之誠出於仁義之本心和顏色而喻之曰今日之會欲與卿同樂豈忍使卿作尸鄉客耶遂命兩黃門挾長伯坐於綵席之上皇帝若曰格汝三公九卿二十七大夫一元士咸聽朕言昔宋成都刺史張詠夢入眞官府眞君設賓筵虛上座以迎西門外黃承事坐張詠於其下承事成都老農也眞君之待以此禮者為其有陰德也以大斗麥施惠於市人之故而田舍之翁尚坐於二千石使君之上況有大陰德於天下之母而兼仁義忠孝之實德如東國李長伯者乎以故待之不次之禮坐於卿等之上遂以皇后賻葬之事為其君辨誣之辭布告百僚曰東國之有罪無罪不可究問有臣如此東國之幸也姑捨其罪暴揚長伯於四海使億兆之臣妾於寡德者知仁義之利於國也即命侍中持三節亟召按問使即日還朝救大理承釋黃洑之囚趣三使

臣赴宴使臣奉璋詣闕肅謝聖恩帝曰而君之命長伯考之矣而國之証長伯
辨之矣朕爲長伯開宴又爲長伯召卿等親饗之非愧厲也無以辭焉命設三
席於長伯之下長伯請避席而讓之皇帝曰中朝百辟尚在下位而讓德況而國
之大夫乎朕以此座寵卿暫屈高義無越朕志坐定百官肅然改觀若神明之
降臨皇帝命中宣醞以次錫爵特以方丈之羞饗長伯狼藉盃盤無減於
昨日矣於是萬舞黃冠執管籥以先後百隊紅粧按琴瑟以左右皇帝命太
師奏簫韶九成之樂謂長伯與群臣曰朕雖不能以文德化萬方今日之宴可
謂君臣德讓鳳凰來儀者也於是群臣相和而歌緇衣以美長伯之賢颺言于
帝曰詩云率土之濱莫非王臣是以新羅才子入于唐而高騈擢爲侍御史內
供奉高麗使臣聘于宋而太宗拜爲檢校尚書苟有才德雖外國之人不拘於
仕宦之路今長伯賢而智禮忠義俱備可任以禮部尚書以裨聖政帝曰可
長伯拜手而言曰臣自幼不學目不識一丁所學者但牧猪奴戲耳是以雖

在小邦四十身命(名)終於譯官而止耳夫大司樂者掌成均之法以治建國之
學政而以道德教國之子弟者也以行尸走肉之人欲畀重任何以異於農夫
之以羊負耗賈人之以豕騃服耶且臣偶以微生乞鹽之小惠掠美於翟闌
受知於皇上今以瞞仕寵辱於卑鄙瑣瑣之身天下必曰天王以私恩官人臣
竊為陛下羞之期期知其不可且帝恩而買爵臣亦不忍為也安臣之分樂
臣之土掃除墳墓畢命松楸是臣之至願也帝義而止之曰卿真可謂不望
報者也然聞卿窮於周人之窮窮不自周朕甚憫之當以不貲之財資卿百口
之養數賜黃金五百斤蜀絹三百疋公卿皆曰仁人不可以餓死各以金十斤帛
一疋餽之在位者凡八百人皆如之太子宮諸王宮嬪嬙宮所遺金錢絲繒亦
不可勝數大庭之內積如丘山長伯辭曰東朝昨日之賜過於報施優於周急
陛下又欲繼之以富臣不敢以濫賞之失累陛下明德帝曰舜受堯之天下而
不以為泰子以為泰乎且今日之賜雖若出於為東朝償德之私情而實不外

乎勸天下為善之公心慎毋以非義而不受也長伯曰不敢強辭拜命祗謝曰陛下辟愛賤臣申憐微誠釋寡君之罪丐使臣之命賜座於卿月之上盡歡於樽俎之間惧踰賤分若墜淵谷又蒙殊渥濫受顯賞欲辭不得莫知所報只以芹曝之誠敢獻華封之祝三呼萬歲感淚沾襟皇帝見其至誠為之動容曰若子可謂一飯不忘君者也特以盃酒之樂愛朕如是況而君乎召史官命之曰五帝三皇皆有惇史所以記惇厚之德也朕亦欲為李長伯傾惇史其書長伯事顛末以為實錄藏諸石室俾勿壞滴皇帝自嗣服之後勵精求治且有賢后之内助故夜寐於豳風無逸之篇夙興於雞鳴月出之詩未嘗一日議飲是日為長伯置酒曰顯揚一人之善以懲萬民之惡政在其中矣盡日行觴若無厭色所樂者在於好賢而不在於酒也酒酣衆樂迭奏觥籌交錯夜已闌矣帝謂長伯曰我自樂此不為疲也而恐卿疲於應對退休舍館以頤神精長伯與三使臣拜辭而出帝敕賜絳紗籠九微燈命春官府護送至玉

河館太僕盡輸其賞賜金帛餽遺珍寶於長伯舍館皇城之人莫不適適然
相顧嗟賞曰述職之侯朝聘之使以億萬計而送迎之禮賞賜之恩未有盛於此
時者也至館上使執長伯之手謝之曰國家之慶賴君之力也言念往事悔不識
堂下發明吾欲矐吾目也長伯曰往日之事天也今日之事亦天也長伯聽天命而已
上使心服其雅量騂顏揖背若負大荷長伯訪崔迪以五百金與之迪曰自小
姐入宮迪不復悪口腹矣請辭焉長伯强使受之曰以君之厚爲紹介而得施
小恩獲此大報欲分隋蛇之夜光以謝蟠木之先容也皇后復言于帝願留東
使一朔以禮遇之帝從之勅以五牢之具餼長伯與三使米三十車禾三十車芻薪
稱之乘禽日五雙羣介皆有餼牢一食再饗燕與時賜無數所以厚重禮
也皇后特召入長伯三日宴鄣莒五日宴齊魯感舊哀痛之情日日新之居諸
倏忽帰日已屆皇后迎入長伯設宴行酒皆如初儀親奉一卮酒授宮人進於
長伯曰此餞盃過也滿酌不須辭也曩日之餞在於玉河館今日之餞在於長秋

貴賤之分前後雖異哀感之情兩地一般一月相對不足慰六七年悒悒之懷而薄
言旋歸邈矣天東復見恩人焉月爲期窃幸大國已有東漸之化小邦應
懷北拱之忱自此以後冠盖相望國有信使輒與同來若或未果輒惠一書以
傳忽忽使人奉白玉函賜長伯曰此鮫人報恩淚也願恩人以余爲鮫人而勿辭也
遂出思恩竹復與長伯曰歸而藏之使世世雲仍無或失墜余亦藏之其半
遺命子孫不敢忘舊恩也長伯對曰謹受教矣拜辭而出皇后悽然掩抑
玉淚沾腮若父子兄弟之傷別於灞上消魂橋矣皇帝召長伯與三使臣詣闕
親饗以勞長伯且勞三使曰而國貴人爵而不貴天爵寶珠玉而不寶賢人耶
長伯者國之寶也不可使與草木同腐以褒皇天篤生之意也遂手書賜朝鮮
國王諭以尚德化民勸善懲惡之意畧曰頃因邊氓之犯科渾疑一國之無道茅
緣翟闈之感德始覺三韓之有人禮義相全是所謂真丈夫也忠義一致孰
不曰大君子乎一賢臣足以紓一國之憂一善人足以掩萬人之惡厚誣以是而徵昭雪

義德從此而着揚若欲勸懲頑惡特當寵異忠善云云長伯等秪奉明詔肅拜辭退皇帝以長伯所受賞賜甚多無以致遠詔令縣次傳送又命東國使至義順館亦然皇后又勅遣中使餞送于通州且令傳勅縣官以備巴客之患使臣至鎮江城先以辨誣事情奏聞極言長伯功德一如皇朝奬賞王上親覽至長伯事大喜曰李長伯何狀漢也爲國之光若是其煒爀爀於中國也即命都承旨乘傳至義州與關西伯爲使臣與長伯設大宴於統軍亭三日而罷使臣以下皆乘飛馹馳入京師王上聞使臣且至命掌隷院設樂置酒以待之既至率百官迎詔雙叉拳跪讀三復歎息曰微長伯予爲無道之君國爲無人之地矣命使臣與長伯上殿親自饗食之執長伯手曰不意吾臣有如此大君子也第言其皇后感德之由天朝辨誣之語使予悉聞其所未聞也長伯前席而對曰皇后感德之由而自千金賻奠之語以及於不遺親不遺君之言自天朝辨誣之語而自寡君必亡之語以及於尸鄕冢祟原冢之言上撫其背曰奇

哉奇哉卿眞大君子也天王奬賞不爲過矣何其毛錐之末不見於趙囊而脫穎於楚國耶是猶和璧之價未售於荊南而連城於渭北耶皇朝寵異之誼宗愧予心上使頓首請白奏曰近代取人之方大不同於新羅花郞風月之選一遵進文學士所定科規官人之道又以門地閥閱限其高下是以無文學則鄭衮黃憲不與於貢擧非世族則言游卜商莫擠於華顯此長伯之所以不得與於科第仕進之路也雖堯舜在上安得知其賢而用之乎其咎實在於不知人而不能薦者也臣實有罪焉臣之待罪於開城也一見長伯奇其狀貌北征之日付以許多銀子則已無不信之心而及其空手而歸不料其不虛用也妄疑張儀之盜楚璧以致范雎之困魏簀孰謂長伯之失〻於福善之天而〻厥施之報竟至於弭萬乘雷霆之威救一方魚肉之禍耶臣見其人愛其貌不知察其心直欲推而納諸罟擭則又安能知其賢而汲引於明庭耶以臣之故仁人之幾死於窮厄者有年長伯之不死天也臣實獲罪於上天正皇上所諭

遺賢褻天者也伏乞以捐蔽賢人之罪治臣以重辟仰體皇朝尚德之盛意特
施昭代寵異之恩典上曰長伯君子人也快恩讐矜名譽必非君子之本意
也且人固未易知知人亦未易也遺賢於草茅久矣卿何獨任其責焉茅與宰
輔共議褒秩以稱其德議下禮部禮部啓曰皇朝以長伯爲善人而嘉賞之
且蕪儀曰和寧禮之用也長伯知禮好義名顯中華請封爲嘉善大夫和寧
君以彰厥德上曰得之矣遂封和寧君特進奉朝請賜甲第於終南山下明
禮洞賜田三百結奴婢各三十口迎其妻子於松京敕縣邑廚傳護送皇朝賞
賜皆在松府留守自西海漕運泊楊花渡輸入終南山第宅驢輦牛駕
彌亘數十里王上賜宴時所遺金帛玩好亦累千於是富擬陶朱貴極布
衣榮光祖禰名滿天下果如卜筮之言長伯啓足而終壽九十餘君子曰
仁者壽果然其後有譯洪純彥者又以高義鳴於中國報之以報恩段
者禮部尚書夫人也人不同而事則一也華人稱之曰前有李長伯後

有洪純彥大君子真丈夫一何多於東國耶東人稱之曰此風流即意氣人也大君子真丈夫自有其人居天下之廣居立天下之正位富貴不能淫貧賤不能移威武不能屈者此鄒孟子所謂大丈夫也凡其光明正大既暢通達如青天白日如高山大川如雷霆之為威雨露之為澤如龍虎之為猛獜鳳之為祥者此朱晦翁所謂君子人也東國固多其人皆千百年不易主之好臣也是以黑子於瀛渤之間南困島夷北患胡羯而尚保檀箕之舊俗歌歎華誦周孔不失為禮樂文獻之邦云

洪彥陽義捐千金說

洪彥陽名可信本是 宣廟朝譯官人也生而聰明習慧類輩莫及承書無
讀書不善談論然所聞自得能解漢語四書五經一覽一閱無不通之義如潘岳男上
色好風身入皆以豪傑男子爲稱之遨遊於鄉相之家權橫於文武之官以譯官
名色累隨燕使以此故家勢富饒用錢如水以地闕之織賤無懷慷慨之志熟
及至使將相還有種種之說未嘗不扼腕長嘆而鬱鬱不得志酒盃客席不到倒
墳墓之說未嘗不慨然而下淚曰古語云哀吾生之須臾羨長江之無窮豈非
坡之悲懷乎縱耳目之所好窮心志之所樂者豈非胡度之虛遊論乎人之生然
爭來及其死也空手去世間諸事皆如浮雲深入青山形歸窀穸四無人聲月黃
昏寂寂之夜雖有賢良何處用之雖有美女千數老而更亦安奈何之又安用之且
草露人生吾財物錦不盡所欲非先王之典也然吾之所欲不在酒色貨財名呂在天下絕色

何以則遂其志也晝思夜度計無所施碣閭南門外紫烟峀巖有一毛嫗嫗善有招人之術
多持錢物訪見老姑老姑年可五十餘容貌柔順言語樂易問曰吾惟有所求有之
故來訪乎老嫗或可以我設力圖得否老嫗答曰今觀丈夫之爲人義勝于前之俊
今聽言語丈夫能知儀容之辨真今世之風流男子有何可議之可乎遠停來臨不
勝惶感所聞所求洪生答曰天生人物乃有陰陽欲得天下之第中一色者豈非女子之
所願乎於得天下之女中一色者豈非男子之所求乎以此推之吾之所求嫗必知之嫗笑
曰何難乎天下之一色也洪生大喜解囊錢而與之曰嫗若遂吾之求則吾亦遂嫗之求
黃金百鎰豈不發乎文錦綵緞豈不惜乎第以我設力圖之老姑大喜而拱手視洪
生曰求於丈夫之所求也何如女子求之耶求以穿衣服之裳文乎欲得名士之婦人乎
欲得別盤之妾耶將以虛財楊貴妃乎欲得吳姬趙女耶吾雖無儀容之辨然
萬番千番惟令是從洪生曰言盡觀天下之山於後方多五岳之祖宗盡觀天下
之水然後乃知四海之祖宗當天下之有味然後方多能嘗熊掌豹胎之最味盡閱天
下之美人然後方知天下之一色之好無論玄黃以赤歸閨女有姿色者一併誘來也
若一番嘗之乎則當百金十番嘗之則當千金小勿疑焉老姑大喜曰敢問
丈夫之姓名居住也洪生答曰古語云眉間何須問主人名主嫗固其可以而發其無術
也何必問其姓名居住也老姑諾然則丈夫必吾家待之當以明日爲期因爲出去洪生
於老姑之家以待其結果於黃昏忽深老姑手攜一女子而來拜于洪生之之門燭之下

觀其女人四年可二八月態花容有嬌嫩生真天下之一色也身之寒暄問其根本則
京洞京判出之者也達夜盡歡罷漏後送之々三日後書姓婁引一婦人來謁于洪
生以燭之下觀其女人淡粧素服蛾首蛾眉依如仙女海遙者泣者笑顏色紅白桃李花
開于殿態矣扶出之寒暄問其根本則京洞將臣之寡婦女也達夜盡歡罷漏後送之此女
亦目有之矣乳各去愛妻則必是大夫之寵妾也將至一年之久而得此婦爭數百人婦女必色
態千態萬像以其人必論之則安東坊鄭都官之女第一也洪生內誤於心曰吾後而未
上皆是淫婦也孰若一片真節此雖有媒祭之辭豈有易心致行之理乎或有十近甘言利
說迷惑其心眩亂其目而然耶吾家內齊心如秋水性如冰雪雖有媒祭之辭難奪其心死也豈
好之之一片耶說豈不要來乎吾將辭之乃謂吉媒曰會其坊鄭校理之女洪云妻于
上其色乃平生所好之婦勇不聞以為答曰何難之有即次出去過十日不來勞心若待為過
五日終不來洪生自思於心曰吉姥之所請者近不過三四日遠不過七八日多番之行已過一望
此必言語酬酌之際情跡綻露見敗於死之故也若不然則豈有如是天曠日之理乎高
般夜想之際吉姥引一婦人似蛋氣香之所見之入內觀其婦人則以長衫蒙頭移而隨姥來
來洪生倚門候之見吉姥問果其人乎答曰然洪生曰或其他人之婦人而媼欺之耶姥答曰安敢乃重畏
其人也安無疑也問曰鄭校女之姓名乎姥郎君姓名乎答曰知之姓洪氏者何信也洪生使之先
入于房獨語於心曰以吾妻之淑德貞節猶當如此況他人乎乃隨後入房見之則果其妻也正色而言
曰君之此行果何事也其妻見其郎君心寒落膽魂不付體嘿々然低頭無言洪生拔劍在手曰埋
汝之淫婦寸斬可惜若實情告之則庶有容恕之道若以飾辭飾非則必死於此劍之下妻頭
而告之曰到此地頭雖千斬萬戮何以贖罪自聞吉姥之言不豹足之夜劉之事而陰然在此矣
非夢境如昏濛世界實非吾心之作行都是死生以妾之命尚頂在於家君々手殺刃反更覆之而方

寃乎惜哉此下諸處洪生素知其妻之貞烈之心小不疑實而好言譏之曰此乃□之極之作奸犯君之
過也我不介懷作疑君其寬恕之云云之言嘈嘈羅满後樂妻還家其妻謝罪曰乃妻子之罪陋之心
終不介意而至於如此還歸而以守閨節須與終年相對之樂自此以後入於含笑洪生還于廣州
之家切憤其極之所以因以爾告于刑判丈曰近聞紫烟出於有一七之極以誘引入邪以為辭乃可
污士夫以婦女若和姦此七之淫之淫風大熾士夫之婦女雖有貞節之心無以全保其身先斬後啓
以為懲習立紀綱正名分刑判聞之即招出數其捉致七之極而嚴覈其由則不作一枚箇之事服因
出捕殺之洪生一日行至鍾路上有一轎子自西而來忽有飄風一陣掠塵而蓋其轎女之窓櫳遇
打轎掌之之因北因陷其轎子一箇婦人倒于地上遂失精神兩手攫地顚蹶號□口敷嗟吐不省人事
已久奄奄精神其時詳視之則年可二十全身素服雲鬢半亂横掛眉上眉秀江山之精彩
瞰其曙星之光彩姜於海棠一枝含嬌於細雨之中淡如芳草之一朶秀發於微雨之
中洪生本以疲蕩豪傑之人始見嬋娟之態窈窕之色乃平生所未覩者也此廣狹
如在睽之事視有可觀之心之為如快侍而扶婦人收拾精神後入轎子軍丁舁而東去洪生雖留
經數三百名皆不如此女之美色也不勝慾之心隨轎後而往即其轎入於後桂洞中路之第也
溜鏡墻垣顚顚門闌深一入之後杳如霧水之杖隔盤桓門外問女主人則乃御醫之家
姓名則金氏云云洪生忘窮如失精之而歸□□□□轉反側坐臥起居只隱卿夫人之顔色恒在於眼
中難舍盡家産有得然後乃已之心百般計策偶聞□華館有奸能之極善於誘人多持錢帛往見之極給其
錢之帛以得厭懼之意告之則極曰據□非分之□敢不効力然此非一朝一夕之所可巧願出居無所受錢而
勿與婦女所用之物銀指環金鳳釵細針數筛粉盒等物買與來則當作商女之行穢□往來
於其家觀機設計云洪生如其言買與給之極頭戴其笠往其家則中門三匝奴婢數百人睨視
左右行之漸進自然戰慄於心轉入一挾門則數間華屋極其精麗有一婦人處其粧奩媚姿
悠之擲擲依窓閑看小說玉音清亮如燕如鶯笑如花如語令人消魂容貌嬋妍令人奪魂真

天下之一老恒乎此生之謾錢不忘者也老姪猶其甚而問曰老何只氏某物聞買之耶婦人答曰
吾乃未亡之人粧身以素華麗之物非吾所好願也有何可買之物也已聞姪撫然下淚曰娘若
年幾何答曰今年二十有一老姪嗚咽曰何年遭崩城之痛也灑淚而答曰今已幾年作故姪未經拜
替也鹵北潜然垂淚而長嘆女婦人問曰老姪有何悲傷之故而果至於此耶女姪掩淚而
對曰賤姪之女息八字奇薄妙年爲孀與娘一般年歲又殊同了亞孀之情景時異敬
今見娘又聞娘之言悲傷之情自然顯發不覺流涕之嘆婦人曰然則老姪之女何年
爲孀或有子女耶姪泣曰賤息之寡居于今七歲亦未有子女也婦人嘆曰世間如吾兩人爲
孀者何處又有之乎老姪泣謝曰妾以行商蹤跡不可久留故敢辭而去婦人曰真耶謂一面如舊
去來之便忘勞更訪也自此以後老姪雜往來自然情熟一日老姪有飢餓之色語不成聲婦
人問其故姪對曰賤姪幼時有乳癖年間發作至于衰境厥證尤甚今發其證而然也婦人
憐其情勢以自己所食之飯與之姪乃甘食僕致謝而去越數日老姪又來以其寡女之言致謝
曰老母假餋娘眷愛和顔色而精救解溫言之又許以盤大之席賜而藹然飯以救瀕死
之命敢忘河海之德乃欲進獻老母再生恩恐值狂蝶戲花之屑未敢微誠不勝感激之心敢以不腆之
物奉獻於粧臺之下以表寸草之悃云而以對小獻于娘之前婦人笑曰一飯之惠何足多與若是
其款之其然乎破其袱展而視之則細綿綠一疋玉脂環一雙鷺鷥佩桃一雙錦粧刀一柄男腰帶
一件也婦人以手撥之笑謂老姪曰寡女之情可尚而送之物不可也語曰士爲知己者死女爲悅己者容今我
則天崩頽然者也雖治容誰誇身然則粧飾之稱已失於且玉脂環鷺鷥佩桃夫婦具存
者所可用不關於孤燭冷窓之人粧刀腰帶世皆是男子所當之物又不關於寡德之婦女不可受也
其綿緞乃是女子所用之物顧其情而受之也姪曰女既非不知此等道理也自家中所有之物其外無
他故以此表情也且諺曰天下之至寶非此此等物件須受之而藏之則豈非無用乎自身若有
不受則是避棄其此之情豈非絶人事之道理乎婦人聞此言不忍拒絶受而藏之姪乃謝

辭而去後數日其姪又往其家曰將久矣婦人問曰緣何事暮來耶其姪答曰仍女魂耶請
欲見娘娘而告者也又問曰耶謂何事也答曰歸姪之家在於蒙莽華觀南靜僻處門臨大坪矣今
聞某日設山圖戲於其坪而此乃天下壯觀也女兒之欲邀來娘娘一以遊翫消遣一以觀山圖之
故難強女兒之心故乃稟白娘娘之意以何婦人問曰耶謂山圖戲者何事也姪答曰昔唐天子
時命使而來則須設山戲以為詭異之觀其法自空中設万層峯巒萬景具在於其中有飛
爭虎鬪獸圖之狀又有禽獸騰躍之狀其中且有雲霧列列之狀其他奇怪異狀之形不
可以口舌盡言也以秦始皇之威今況不能設者也以隋煬帝之奢侈不能行也前千載之上所未有
者也後千載之下亦難見者也雖以英雄豪傑權度手段有所難易也況閨中婦人豈可得見乎近
聞致仕判書宅閨中女子莫不來觀列將方伯之婦女莫不來玩云願娘娘枉臨陋舍與女兒共觀
其景以瀉滿腔之愁懷也婦人聞此言不覺前席而言果如所言則實是壯觀不可不往玩之然家人
為之則必不許往矣爲奈何姪曰娘娘之本家至親之戚有乎答曰本是孤蹤元無至親但有姨母在於敦
義門外也姪曰此有至易之道娘娘托以暫往其宅則豈有家人不許之理也婦人曰且有不可者有二
吾家男奴女婢必有紛擾之理則將有漏泄之易也諺云天知神知我知子知若外人知之則自此
身上累名一往則難以洗累終是難決此將奈何姪曰然則轎軍婢子自原所待令娘娘托以其
宅之所送云爾則有何難瞞之事乎婦人曰此計甚妙而於其日亭轎軍婢子而來姪乃暗喜以歸
發告其由於洪生洪生大喜乃於其日準備轎軍婢子送之姪亦隨往婦人見其轎來乃告其家人曰早
夕即姨母夫祭祀之夜而姨母主送轎邀我人情所在何其一不往乃命婢玉糖曰汝則守直房舍明日
早朝後當還矣遂乘轎而往行至敦義門日已欲昏矣轎入高柱板門之內家舍廣大燈燭煒煌

疑

人娘有疑訝之心其姪前導入于房鋪屏探捷函彼席鋪陳婦人問曰此乃姪家乎答曰然因
出户外久不入内且轎子婢子亦無形影俄而一男子開户而入婦人大驚呼姪姪已無在洪生曰汝今

則若爲入于籠鳥在乎羅網到此地頭呼兄呼母有何益於此境乎乃欲解衣與婦人擲責之顏色自若
以手推之洪生力不能禦然奈何乃拔劍在手曰汝不聽從以一劍剌腹汝之淫奔之名豈可免乎汝之守節而
死之然其貞烈之心孰能知之乎若聽吾言則有三幸汝以三年備精之餘得此美男子一幸也一宵留宿明日欲去
人豈知者則自然掩跡二幸也從吾之言則我之九曲深病不藥而可治汝之一縷殘命安寧而可保三幸
也何其不思之甚也豈不以楚之剄越乎婦人正色答曰古語云忠臣不事二君烈女不更二夫今子之行
非淫奔之行乃見責之故也不可誘之以賤妓也不可奪之以霜刃也玉可碎也不可奪其色也蘭可焚也不可以
移其香也吾頭雖可斬吾節不可毀也玉石雖碎吾心不可允許以淫目之責而可謂冰玉之名
也乎近理之君子欲行非理之事耶不顧三尺之王法寧不畏神明之照臨乎耶以決合夜生參之身豈不
愧屢濡乎洪生知其不可以威奪乃斂手席以好言謝之曰娘娘早年爲孀不知陰陽會合之歡故如是固
執寂寞空房無人獨處寒衾冷床輾轉不寐風雨凄凄雞鳴喈喈之時寧不知夫婦歡樂之思乎
草露人生世上幾何若節堅守不變至樂何其迷惑之甚也娘君玉貌未免胡地之鬼楊貴妃花容月態終歸
馬嵬之恨以娘子之玉貌花容月態送一世之光陰空年寃恨豈非可惜之甚乎今吾所以行此非禮之事者
月前鐘路上適值娘轎墜倒因見娘之容貌自此以後嬋娟之態長在于目中有若夢會之時因成
疾病放用非邀來矣今娘之牢拒不聽無我之命從此盡矣豈不憐恤乎我娘之暫改一時之節以活
垂死之命婦人聞此言明燭之下熟視洪生之面目息怒而言曰大丈夫果其人乎其時墜轎之時精神昏亂之
中偶見美男子立於其傍歸後常常在心種種夢合別有思思之矣今見丈夫果其人也此必有前生之緣矣
不從丈夫之言乎若不然則死則死矣永不可從也洪生大喜因與娘娘遂合衾枕繾綣歡合之樂難
之之情源源之言難以爲喻也宮門罷漏野雞報晨兩人猶繾綣春夢纔罷洪生攜手長嘆曰事已至此因
結夫婦之誼永保鐘鼓之樂如何娘答曰万不可矣若爲聽從則身上罪名難掩使父母前程與家聲玷辱
不忍也今夜之事雖明朝歸家獨處空房須臾寧難忘郎君之面然此此相別更無逢之期日後縱不相
逢爲姻永居之言千思萬思決不可聽從也洪生知其難奪其夫之志也遂竟夜盡歡至明治行送之洪
生幸逢天下一色雖盡一宵之繾綣之情恒切于中難忘於夢寐之間然過半月謂其妻田相思之苦

相思苦娘娘之相思苦乎何以則更續前日踰桃之情話乎柩若圖之則當有厚報之恩姐曰何難之有爲君圖之因往廢家則婦人見姐大怒叱曰汝何面目復來吾家耶斯速退去姐以手攔之低言曰娘娘切嗟嘆也娘娘之身上大禍將至故情親之間不忍恝視專爲娘娘而來不多事擬之也急反以責之切爲娘娘畏之婦人言念往事又聞此言始有懼色低聲而問曰姐之所言何乃也姐低言曰洪生之言而向日之事非吾踰墻攫手而來亦非暗夜劫奪而來乃娘子之自來則我無一毫之罪也吾當往洪生家語其由於厥父兄則必以娘娘與我云云欲來之故聯姐極力挽止不久必來矣豈非娘子之大禍乎娘寡大驚曰然則此將奈何姐曰嫌姐之所見如一勺水不能於初必有滔天之患一星之火不滅於初必有燎原之勢也不如懇懇請其洪生以伸一宵之緣情乎似無後難也然後於此永爲隱跡而日後都無後難者姐曰然則百無後難矣娘曰吾家中門疊疊奴僕多多方無慇懃邀來之道也姐曰婢子玉蟾見之則與洪生相等容貌亦與洪生彷彿若以玉蟾之衣裳以與之洪生使以洪生易着乘夜而入則事可諧矣娘曰此計甚妙然以玉蟾上衣下裳與之姐曰此非吾爲之事迫於形勢不得已之事也使洪生恪別審審出入不使蹤綻露也姐曰諾特其衣裳歸語其由於洪生洪生衣其衣衣其裳則袖短肱出裳舉足露洪生左顧右顧而笑曰桓桓丈夫安知今日變作女子乎姐曰厥家中門疊疊婢僕甚多出入極難豈可不審察想必不多何門而入故以粉粟門見其白圈而入則數間草堂極爲精灑此乃娘娘之所居也洪生依其言黃昏時分以玉蟾之行色入其門門上果有白圈洪推其門而入則乃娘娘之所居也娘子此時屏人候之見洪生之來急急下斬而迎洪生而謂曰前以非理毀人之節矣今又再欲毀之否君子之所固如是乎吾若一言則君不得還以何膽略欲蹈死地乎洪生情戀所發何論君子小人抑何論生還死歸乎因與踰桃可續前日未洽之情達云

晝欲餓死嬰咽以娘娘悲謂洪生曰趁此家人未起之時可以去矣洪生握手長嘆曰此夜何緣然
夢中之奇緣別後相思不須形言也當何以更續此緣乎娘娘又曰此後更勿生意也洪生唯唯而來
後月餘洪生又謂老嫗曰尋蒙七七嫗之恩以遂平生之願所以幸矣何以則復續娘子之舊緣乎
嫗曰一次不可況再次三次乎然自初至今受恩多矣豈敢不致力乎第往娘娘之家觀其動靜
因往其家見娘娘則顏色憔悴形容羸槁有十分可疑之心歸入而第審問曰日已久矣病來何
意答曰初有些病而來娘娘曰醫藥亦何益乎答曰娘娘之女婢有密言病問于醫家則婦人月令不
最為而夫婦俱存之物不可用也故廣求寡婦而以情誼齟齬之故一併諱之不給故特令慇眷愛之
情冒沒廉恥敢來告訴或可惠娘娘之月令水以活垂死之殘命乎娘娘曰有無所請不盡之
惠然月候久斷已過三朔矣今此所請不能施行莫謂我無情也老婢若大驚曰然則娘娘之命只
在朝夕之間奈何娘娘大驚何故也答曰覲娘娘之瘦瘠有十分可疑以聞娘娘之胎言分明有
胎孕之理也娘曰然則胎之有無何以知之答曰娘娘以早年失孀之所長不知生產之道也婦人
之不在於多交而若有胎孕至于三朔則飲食全却脾胃不平間有嘔逆形容憔悴恒有惡
寒之心思夫之情倍於平日此乃天下易驗之事也娘娘忽然也娘娘之疾不貝於平婦人驚
呼添驚曰吾之病果有如是之崇然則此將奈何第以我思良策也嫗曰有大事無事之道竊恐
娘娘不能從也娘娘曰若有全身之道則豈有不從之理乎第言之嫗曰娘娘之事情實為危矣爾而亦失
身亦然節郎郎一般也嫗意則洪生早年喪妻又無子女家甚富饒娘娘一身歸於洪生則其
婦之証永保琴瑟之樂百年偕老則幸之一也若不聽此言不過數月腹部漸飽情跡綻露
免搏殺之患矣可愧者一也繼行一路離洗生為勝棄之物淡機之鬼可羞者一也娘娘之死於
非命則內有奴僕竊之弊外有隣里傳播之說尤極然也由父兄之前程從此塞矣可恥者一也
於斯兩者之中娘娘何處可居耶揚非妾娘娘一初疑之娘娘聞此言俛首無言兩行珠淚

轉於手腮㒓如秋天霜月之下一鴈失侶而孤飛向虛空而起鳴々於斯時也狐姬臨崖於心曰娘々之心到此地頭猶豫未决者何也古語云天与不取反受其殃时至不行後必有悔當初覲風隨轎之时使娘々与洪生一交而有胎孕豈非时之運到乎昔韓信終不聽蒯徹之計未免滅族之患高歡不信趙良之說終致車裂之禍願娘々勿以妾言為之賤而棄之踈而斥之也娘々潸然下泣曰萬古豈有如我之情勢者乎狐姬曰娘亦知古人之事蹟乎昔卓文君以卓公之寡女負恥而從相如梁鴻趙王之寵姬偷馬而從楊生此兩人者免有難處之端而專出淫奔之事當时不以為陋後世猶稱女能事今娘々身居於難處之中而有何拘礙不從古人之事乎婦人忽泣曰吾今若失行而去豈不難乎日後泉臺之下以何面目復見亡夫乎姬笑曰娘々不知天下之物情也人之死魂作魄降為有白骨化為塵土也而魂魄亦亡形體又無為能見有何相見理乎有何羞恥之理也故莊周之妻與拜而哭亡夫之腦野人之歸擇鼎而以乾葵夫之墳自古及今人情一般何娘々之固滞不通也至於蟻虫之微鳥獸之賤皆知陰陽之理總有和合之樂可以人不如蟻虫鳥獸乎孔子大聖人不廢於陽夫婦之道故摽梅之詩關雎之章不刪於三百篇中東門之柱宛丘之戲亦載於三百篇中亦未有禁改嫁之禮則聖人之用心足可知也娘々但知女小節不知女大經何其暑於不二千之夜而總小功之察也爲娘々早決大計也娘々以閨中柔弱之心聽九尾狐姬之言得不思改行之理也喟然長嘆曰事已至此無可奈何諾姬之言當於明日送轎与婢姬曰不可々々向者娘々之行千万有疑者多今有再行則疑上添疑尚有招禍之道也姬意則專賴神使娘々今夜与郞君同行則實非計之得者乎昔漢高祖鴻門之會托如廁而避之以免項羽之害劉皇叔在陽襄兮托小便而避之亦免蔡瑁之害自古及今而有危急之事則不謀於人獨斷於心

不計時刻直走不告時行〻〻不得來粮〻〻飲泣而許之佛而宮漏已罷曉鍾初鳴粮〻〻乃告
臨偕往之一物隨身者姬曰只見當初所献某物何以持去矣當初姬已料粮〻之有此行也
遂持脂環粧刀等物歸于洪生〻〻大喜更結夫婦之誼且以天定之配也洪生行事
放蕩透濶所技家產蕩盡至亡餘地欲隨燕京使行者已久矣沿途難辨者遂其每
見衙發之西行未嘗不慷慨不快洪生之脩顏隣女憐鄰或身陽之衣或賜之冠或幣
以備一蕭之偕往渡鴨綠江行過二百里無人之境夜則四面設柵以為經宿時值仲秋月
月色如晝凄其蕭瑟異域風景旅懷起遠客之愁思自上使以下至于從騎皆出帳外思家步月詠嘆
之時或歌明月之詩聽望北斗之影瞻南天之歸鴻左右盤旋之際碍著東南不遠之上有物
其光燁〻遙射人眼難以正視又有瑞氣玲瓏璀璨紛而光射北斗之間衆莫不疑惟洪生本以
放之人无不勝疑怪商議大言曰此必天下之重寶可以持來踏〻而去至其所見之則非是別物乃
一箇白骨其大如石以手摩之則其是閣游且有遊燻之氣試其行重則亦其浮輕心怪之乃
挈其骨而歸一行莫不哂笑曰如此幽穢之物何以携來乎洪生曰安知非天下之大寶乎吾將
賣於皇城之中衆莫不責〻獨上使許其載去至于皇城使事既了各持金銀出買物貨
洪生囊之一錢無所營為乃提其骨賣之于貨肆之中自過千萬人無一人顧視者最後一人來觀
摩挲愛玩問曰誰其主也洪生曰我其主也鄉人曰君何處得此骨乎洪生答曰欲賣之則買之可
也何必問其城乎鄉人曰觀其顏色決非中國之人也答乃朝鮮之人乎洪生曰然鄉人曰欲
買此骨君其呼價也洪生以極價呼之曰若與百金則當賣之鄉人曰君自定價者更勿異言
不也吾以西域之人欲買此骨積纔十年終未得見今偶過於此誠異事也若以正價論之
則雖純金三千兩猶且不足今行中所在僅以有黃金千兩故以此賜之也雖過於君之呼
價然正價論之則太不足也洪生聞而大驚問曰此乃何骨若是珍重貴何用也鄉人曰此非外

外國人所可爲也乃理無去若將說唐洪生持其銀而歸語其由於一行一行莫不驚嘆洪生
於是持其銀而欲往償與將以買賣忽然有思自語於心曰吾以風流男子閱盡朝鮮之色然
未見中國之一色豈非丈夫之大欠乎於乃提其銀往于青樓一所在之處則衆第連延粉墻煒煌梔
柳掩映花卉爛漫高樓板門之上各懸師榜或二三百兩或五六百兩各各門外懸鞍騾滿
鞍駒遝遝貴家公子英雄豪傑連袂接踵太平之氣像繁華之世界也洪生嘆曰真天
之壯觀男兒可遊之地也吾將盡觀諸樓之榜然後隨吾意而可入也乃遍觀樓榜至一處則門上
之榜曰銀千兩之樓云而門庭寂寂頗無車馬之跡不見往來之人洪生獨語於心曰榜高千
金必然其人能等推此可知必是高價之所設也且吾之千金得於空中之物也持此物得天下
之一色豈非丈夫之快事乎遂入其門則有一叡鬟下堦迎之年可十餘所着則素衣素
裳滿面愁色決非青樓之叡鬟也舉手視洪生曰丈夫見門上之榜乎千金有則入無則出之
洪生曰若無千金之財豈入千金之樓乎叡鬟迎入洪生入于房則有一處子起身迎之洪生觀
其爲人年可二八蓬頭垢面素衣素裳皆是素服其是癡呆然一見其容貌則美如埋塵
玉宛似翳霧之月起居爲靜雍容周旋頗非青樓下賤之人也郎處子斂衽而問曰君子攫蹈
果地果見門上之榜乎洪生曰已見之也然以其花容居於青樓之中豈爲嬌妝盛飾迎接來人
可也何其頭不梳面不洗衣不華飾蹲於茵席之上何故也娘子潸然下淚曰妾本非青
樓賤人也自有顛末何可盡告也妾之姓尹氏父君本以雲南之人旅宦於京師官至侍郎不
幸以厲患父母兩親一時俱沒多少奴僕亦皆死亡只有妾之一身孤孤子子頹不滅不生逢
于今故將作喪家之舍哭血僅存初終之禮權厝於堂前般內若其爲切強近之親
外無五尺應門之童且無回頭救患之人雖異域滄海數之君子萬里鄉山遠來無

路千里萬無計可施故乃因萬死之計欲賣身於青樓之中以圖返葬之計而若非千金
之財則不可以謫用故懸榜以千金施行矣以高價之所故無一人來到者幸見君子之枉臨此必皇天后
土之助引父母神靈之冥佑者也從此父母之體魄可以返葬於萬里鄉山賤妾之至痛可以小伸於
一寸丹心今日邂逅明日殞身可以瞑目於九原之下矣因哀然痛哭聲甚悲切令人消魂可以感動
木石也洪生本是義氣男子聞其言見其狀惻隱之心自發於中因廢席俯伏曰今聞姐姐之言
天朝卿相宅貴女也小生本以朝鮮譯官家賤人也安敢並席而坐乎且聞姐姐情勢令悲悼歎
若以千金之銀難以奉獻於姐姐之前曰此物雖小可以助營葬之資也遂起身而出外姐姐使歔
歎挽其衣而請之曰君子既以千金遺之則妾當許身於君子今身不許而受此金是乃無名之物
也不可受之也洪生答曰周窮救急自古有之魯肅與宗指囷而贈營葬范堯夫傾麥舟而
助喪役至於此些少銀而何足道哉實無名之物何為過辭也乃拂衣出望望然去姐姐泣
而告之曰雖九泉之下必報君子之恩敢問君子之華啣洪生答曰小生則本以朝鮮譯官洪純彥
也因不顧而出歸語其留於一行之人莫不笑其汚闊或責其未能郵狎於姐姐者也獨上使嘉
尚其意氣男兒之心畧給銀兩使之貿貨而東歸也其姐姐受洪生之恩歔欷泣而嘆曰吾居
青樓者過數年未嘗見意氣之人也今遇洪君河海之恩豈意小國之人有過於大國之人也
然幸賴天佑神助能得千金至於返葬之事皆是可謝之人此將奈何彼蒼者天曷其有極
因依舊痛哭聲不絶於七日七夜聞其聲者莫不洒淚知其事者莫不傷心此時李尚書之家距
於青樓咫尺之地而尚書婦人每當月白風清之夜則即與侍婢雲蟾盤桓於松亭之下往來
於蓮塘之上以瀉鬱懷每以風便哀哀哭聲出於青樓之中其聲如怨如訴或遠或近三魂如消

九睨如敬夫人惻然而問於雲蟾曰此何哀然之哭聲也嗚呼青山欲裂綠水如咽日月爲之晦色草木爲之含悲雲蟾告曰小人亦不知彼何人哭聲然其聲不絶者于今七日七夜聞之者莫不霑襟也夫人曰怪哉異哉可探其曲折矣汝第往其家問其人蹤跡知其事實而前後顚末仔細告我雲蟾奉夫人之命往于青樓而見則有一兩子蓬頭垢面素衣素裳依苫席而痛哭雲蟾心甚怪之問於姐姐曰君身居青樓則何其垢面素服何其處苫席而哭泣也姐姐泣而答曰此非外人所可知也哭又如初雲蟾見其景狀又不勝悲感潸然流涕曰奉吾宅夫人未樓下之命如是來問君其勿欺細細言告也姐姐問曰君是誰宅之侍婢耶答曰李尚書宅侍婢也姐姐泣曰尚書夫人使君下問惶感之極不知所爲敢不實告乎自初至終細細言告雲蟾聽罷不勝嗚咽而謂曰姐姐情景似使木石似悲矣因謝辭曰姐姐勿爲過哀也以孝傷孝古人之所不許者也願姐姐之節哀保重歸告夫人後再來之意留期而歸路雲蟾忙步還家顔色慘慘淚痕漣漣夫人見而問曰汝近日有何悲懷之情而滿面有淚痕耶雲蟾欽泣對曰始聞娘娘之情形而不勝悲感云而語不成聲夫人聞其言而含淚言曰可憐者斯人也可矜者此人也可送人率來親聞其言語親見其容貌可也乃呼侍婢子十餘人命轎往青樓率來其姐姐雲蟾奉夫人之令乃率十餘婢子往其姐姐之處所以夫人之言告其率來之意姐姐泣而且謝曰貴宅夫人卒生者不知之間有此非分之恩猥荷來此之教果喜過望惶悚無地矣彼斂容且謝曰即當承命趨謝然女子之行止異於男子之出入故若無夫人親題筆跡則雖有婢子之傳喝不敢奉教以此意可復於夫人雲蟾聞此言益嘖嘖稱善而去以其之言還報于夫人夫人亦

然有悔曰賢女哉斯人也不其言行可謂知禮之人吾以古昔之所致矣禮義豈容不愧乎
乃取天房四友親書數行於赫蹄使雲鬟傳喝于尸姐々々乃垂珠淚被手敬奉披
而觀之其辭曰七々拙謹將數行之書聊呈於尸姐々々侍奠哀號循序弟支吾只功遠
外左右之望念而止此乎因露觸之言略聞相々之事天降慘禍奄罹怪劇云以姐
々之純至孝心何以堪居昊天之痛何以抑制叩地之哀乎身居青樓而其情則可憐七日哭
泣云其誠則可尚徵此姐々之至窮欲聞姐々之琅音雖遭飜粗伸迎賢之蟲未修之肅
大失接人之道縱由於七々昏之所致豈得免寡寧甫之責乎有口無言勿為厚謂千萬俯恕而
竟然未斯申瑩々然承言思之各欽過煆鍊之厄而能成寶劍璞玉經啄磨之困而能由
琢完令姐々之困厄而安知非各欽之鍛鍊寶劍璞玉之啄磨乎方興之桐聲振梧桐
金石人皆不聞獨蔡中郎聞之埋獄之劍光射斗牛人皆不知獨雷公章知之令姐々之
之情勢老拙獨憐之豈非爨桐之遇蔡中郎者乎相々心事獨七々拙知之豈非埋劍
之遇雷公章者乎蒼蠅附於驥尾然後能致千里之遠蔦蘿托於松樹然後能
上百尺之高以微蠅縷蘿猶知其付托以姐々之明智寧不知付托乎張子房托身於漢王
遂為韓報仇之計伍子胥托身於闔閭以成為親復讎之誠以古昔堂々大夫之
以猶有因人成事之道況々姐々之了々女子之身豈無因人成事之計乎以姐々聰旅之
歸於七々拙之家則萬里從藥之計庶可成矣百年托身之所庶可定矣勿以生疎之
嫌孤負繾綣之情倚檻之望餘在面晤不備疏禮尸姐覽畢遂飲位就轎而歸其
家夫人倚檻而望觀其姐々之來倒屣下堂親捲轎簾先觀其容顏則彷彿如天

庶不降也握手痛哭曰此果尹姐乎々々々々々珠淚如泉語不成聲尹姐々亦俯伏痛
哭淚如雨下衣襟盡沾其景狀可憐々々令人悲慘不忍見也移時後夫人收淚而問曰
昨因雲蟾之言略聞其由然而居之事情願聞其詳尹姐々々乃掩淚而跪坐細將前
後顛末一々告之又以洪生之贈黃金千兩之事七日七夜痛哭之由歷々細達告白夫人
聽罷嘆曰君可謂女中之君子真孝女也洪生則鐵石意氣男子也雖君但知以哭泣之
節哀々之心爲孝不知傷生之爲不孝也闡明風脈以承祭祀乃先王之制禮故其
誠敬之道也君之蓬頭垢面是誠孝之所驗以供祭於朝夕奠莫非所以致潔
之道過哀傷生以絶父母之嗣火實非孝子之事也自今以後梳其髮而浴其衣
節其哀而强於餐以慰先父母之靈魂也姐々蹶起而謝曰以愚昧之質所見固滯
不知權節之如何今聞存教敢不遵行始梳其髮々如濃雲始洗其面々如明月
至於朝祭夕奠哭泣之節動靜言語之間莫不有禮夫人大奇之愛之重之無
異於己出夫人見尚書感稱姐々之德行俱言姐々之情勢請其救恤之事勸
其返葬之道尚書本是仁人君子也聞其言不勝其憐恤之心乃出俸祿之資以
治發靷之具尹姐々聞此言不勝感激泣告夫人曰猥蒙非分之恩有此返葬之
擧欲報恩德昊天罔極然今當萬里發靷乃無一人隨喪實天地罔極之事敢

請小女躬自隨從夫人曰情則可矜勢有難處女若隨從則車馬僕夫亦必如此萬里長程何以得來乎姐〻泣曰然則小女身着男服徒步隨行似無傾敗之譏也夫人曰不可〻〻汝之無他男妹衆所共知何以掩其跡也姐〻泣曰然則願努往葬翰之處執紼而哭訣也夫人曰此則人情所在不可禁也吾當與汝偕往乃命靈轝辦備祭奠之物又呼僕夫準備二座轎子夫人及姐〻亦偕至墳南殯所見轜既為丹旐初擇乃設行祭姐〻哀〻痛哭哀淚盡繼血日月為之無光草木為之含悲上下賓客搢紳僕夫莫不灑淚天地為之晦暝設夫欋攫因為葬翰夫人乞姐〻還家自此以後姐事夫人如親母夫人待姐〻如親女日月荏苒光陰遄邁於焉三霜已過矣姐〻年至二八身體壯大容貌豐厚可謂窈窕淑女君子好逑者也此時尚書之子行年十七在於議婚多少媒者逐日填門擇之擇而未完定一日夫人謂尚書曰方今為子議婚而所擇者果何如人也尚書與之係於新婦可不慎擇乎所擇者只在乎幽閑貞靜懿行淑德之閨秀也夫人曰然則但聞媒者之言安知女人之如何乎若不親見則或珷玞崑玉不辨稂莠亂苗莫秀也尚書曰閨中處子安能親見而辭審乎夫人曰然則令尹姐〻把關〻言行非允欲以為兒子之伉儷意向如何尚書贊美而答曰尹姐〻之言行聞已久矣然青樓之蹤跡亦可掩也其於外人之嘲笑奈何夫人曰不然尹姐雖經青樓臂上之一点紅猶點點〻完然有何

嫌疑之事也尚書聞此言始有向意而答曰諾即召兒子而謂曰方今無汝救猪亦多汝
意也所願在於留察處子而在於婵妍美人耶在懿行淑女耶子答曰男婚女嫁在於
父母之主張有何敢言然而願則在於懿行淑女也尚書曰今四面訪問無如尹姐
之懿行淑德者汝意則如何其子元来旣聞尹姐之懿行淑德素有十分願慕之心矣
聞此言不勝欣喜而答曰尹姐之懿行父母主既有熟知之者也而小者之亦能聞着
也父母若有意則小者安敢辭也於是尚書夫人大喜將以涓吉行禮夫人言及於尹
姐姐姐泣而告之曰是何言也小女本無父母之賤息既有青樓之累名雖蒙愛恤
之德有此不棄之命反如外人嘲笑何也其如奴僕之是非何哉不敢奉教夫人曰已
決之事勿復多言也乃擇日行禮是日瑞氣烟烟祥雲淡淡惠風陣陣和氣融融
遠近賓客上下奴僕莫不嘆服其威儀不敢稱讚其吉兆矣自此以後李生惜分陰劉
孜孜勤課文名大彰仍登龍榜壯元及第至于翰林學士矣嗚呼盛矣有數吉多相尋
一日夫人忽然有病翰林夫婦至侍湯無所應效轉入危篤夫人知其天命因
謂翰林曰我死之後汝與尹婦善事撫親毋傷老境踽踪之懷又執尹夫人手曰我本
知汝之懿行淑德而何辭更托汝与君子善事尊舅一以慰孤苦之懷善輔君子一以
彰門戶勿負泉臺亡母之孤望言畢辭翰林夫婦昊天罔極之痛令人不忍見也
日月不居奄過三喪矣一日尚書氣候不豫漸至沉重延攬名醫對症投劑一

無膺效翰林夫婦稽天檷地誠無所不到天命有限非誠孝所可改也一日二日漸
至危篤終無回春之望尚書知其天命召翰林夫婦而遺教曰古語云四時之序成功
者去榮枯代謝物之自然之理也堯舜禹湯文武周公孔子之聖必不免一死神農黃
帝岐伯華佗扁鵲之神術必不免一死周穆王漢武帝之仙術必不免一死秦始皇楚霸王之強
強必不免一死孟賁烏獲王慶忌之勇必不免一死呂尚孫武孫臏吳起尉繚子之智必不免一
死況凡人乎我年至八十有餘死無餘憾矣我死之後汝與吾婦至誠以奉祖先香火
以忠節事君勿忝亡父泉下之孤又謂尹夫人曰汝本是懿行淑德之人仰不愧於
人之德也吾復何辭也然古語云女子于歸宜其家也賢婦善輔迷見善從家聲以
泉臺之聲言畢而卒翰林夫婦叩地昊天擗踊哭泣之節憾憾之哀令人感愴
日月為之晦暝草木為悲悵流水為之嗚咽不流一動一靜無不中禮朝夕祭奠至誠
舉是故弔者莫不大悅矣喪期過盡每月不居奄經三喪後翰林復踐仕路歷揚清
宦至于禮部尚書尹夫人生四男一女長子元玉官至大鴻臚次子亨玉官至審直副使
三子貞玉官至荊州刺史四子利玉官至中郎將一女則朴侍郎春壽妻也是故尹夫人
居於三重席之上睒虖列鼎之供萬事如意一身尊貴每念供生之恩無日不稱道語
汝女爭階無不淚顏衛錦紋繡出新恩徽三字了待酬恩之日也自說此時東使往南
京囊擬而京國秉女中有朝鮮國王之之之〻萬幸樹燕王大尊擬朝鮮等說
宣朝大王覽之不勝感歎與慎濃侯而諭群臣曰明天在上日月照臨此誕莫大書

何必屠宰斷髮之身入山而避讐不爲人君卽日遣使入南京呈章於禮部
則以爲已刊之書遍滿天下改之甚難上達天聽極爲未安終不施行如是往來
者十有餘次冠蓋相望車馬接踪主上亦軫宵旰之憂宗系難免千載之
羞東土億萬臣庶莫不憤嘆東使之每往南京也禮部尚書每每問譯
官洪可信之消息擧皆不來之由前後使价皆疑訝無甚效又曰說
宣廟灑淚而諭群臣曰此事之不能辨白昭雪者專由於書不盡情辭不盡意之所
致誰可以製辨誣之文誰可以當奏對之任快雪國家之深羞以除寡人之深憂
世百官咸以月沙李公之才能應對乃命月沙撰進辨誣疏因以月沙爲上
使卽地發行月沙詣於廟堂曰禮部尚書每問洪可信之消息何難之事也今
番可率而去也咸曰好矣乃尋洪生則洪生窮不能自存以求乞次往密陽
府云矣卽日聞者召之乘馹上來乃與偕行入于南京禮部尚書又問洪可信之消
息以偕來之意告之尚書卽時召見十分歡迎善待聞君之名久矣慕君之義
深矣洪生俯伏對曰小人外國賤隸入中下品名漢谷何聞於相公義何達於相公
惶感之極不知攸謝尚書曰從此可知也以洪生來到之意通於夫人夫人大喜
曰今日可以見活我之恩人也使侍婢召洪生入來於是綵衣仕衆玉珊瑚
盛飾之侍婢十餘人齊聲唱呼曰夫人分付內朝鮮譯官洪可信急急入來云洪

生莫為女故不勝惶惕趍蹌而步隨侍婢而入蒲伏庭下夫人坐於珠簾
之內問曰汝乃朝鮮譯官洪可信乎俯伏對曰然夫人曰然則曾前以銀兩有贈青
樓之事乎對曰以銀子千兩贈尹侍郎宅尹姐姐以助雲南返葬之資矣夫人
聞此言潸然下淚曰君果吾之恩人也使之休堂洪生惶恐對曰上下之分懸殊男
女之別自有夫人在座安敢休堂不敢奉教夫人泣曰君女上堂語女本末使侍
婢扶而休堂賜席坐之夫人洞揭珠簾起身再拜於洪生生惶恐避席不
敢當禮夫人歔泣而向洪生君視五面吾乃女時尹姐也父母兩親萬里返葬者是
君之恩也妾之一身得享榮貴者是君之恩也欲報恩德昊天罔極難隕首
於今日結草於後生何以報女萬一也哉嗚咽不能成聲洪生聞此言始知夫人
之為尹姐姐俯伏而對曰雖係毫毛之恩尊卑分明威儀懸殊之地何必如是降
屈親見外國之賤隷乎敢請辭退夫人即命侍婢因進珍羞盛饌佳肴美酒
千日酒三麦酒甘黑露還燒酒桂當酒葡萄酒八珍味等屬水陸之味並薦
並進女前後厚待之意不可勝言也洪生猥不敢穩食俯伏請曰猥荷非分之
恩敢當稀世之饌欲為諸視一行而共食之夫人許之因曰歸于舍館隨宜
穩宿而趍女東歸之日當再見我而歸洪生惶恐而退夫人使俾僕輸送饌物於
舍館一行飽喫各異一封自上使以下稱頌女德矣月沙李公見禮部尚書告

之以使事有堅執難聽之辭色不勝焦煎之心轉輾反側中宵不寐病欲生焉時尚書入內見其夫人謂曰君今見一生未忘之恩人何以報酬夫人曰父母之恩莫大專在此人之恩也吾身染賤此人之德也劃膚而食之難報其恩斷髮贈之難酬恩德之報不報惟在於尚書處分如何也因問曰近聞東使價往來者何故也尚書細傳朝鮮國被誣之事而每每遣使願伸雪璿系被誣之冤願求一一告之夫人正色而言曰昔孔子天縱之大聖也以正名分爲先務則名分之正豈非國之急務乎朝鮮國王之璿系之被誣若不伸雪則玉石混雜名分紊亂也豈非國之羞恥大欠乎安用聖訓之明明乎此實不難之事何不舉楓階之下啟其書伸其誣一則正名分也二則報私恩也豈非幸之也者乎若此事不成則何以報洪生何以待尚書一死之外更無他言尚書聽其言惻然有感動之心惻然而答曰君言若是敢不盡力乃出外堂即以月沙細言其洪生之事夫人之言因曰一則我深慕洪生之義氣二則眷顧內子之私情雖有猥越之嫌當奏四聽之下乃衣朝服袖入辨誣疏趨入闕闕細奏於龍陛之下天子覽畢詔曰若既辭則宜其改刊朝鮮國璿系使之

仲寃辨誣可也又曰此疏章則何人所製乎尚書奏曰東使李廷龜之所製
也天子引見李公宣醞而下教曰汝國王被誣之事省疏具悉而朕即改利與之
以其國乘一部歸獻爾王以釋憂疑之心且疏章則汝之所制云何謂天下之章
也李公感祝 皇恩罔極謝而退見尚書僕僕致謝尚書曰皇上之恩非我
之力也欵待東使即日改利國乘以其一部與之東使李公將還是夫闈
東使欲歸乃名洪生使之介堂待之以盛饌贈之以錦帛曰此物雖不腆之
物吾手親織之錦以表方寸之誠欲報萬一之恩君其愛之萬里河山珍重留
還人間何處地下千秋河海之恩何日盡報乎遂潸然下淚哭身再拜洪
生辭席而謝曰李賴鴻恩伸雪國著寧負吾我東方無疆之休更荷賜
錦之恩欲報恩德隕首結草何以報其萬一也因再拜辭退見視其錦二百疋也
足足繡出報恩緞三字矣李公謝辭禮部諸東歸來詣闕復命而後
備由細細上達上大喜因以除拜洪生以武科登薦宣傳官五日內陞擢彥
陽君嘗賜金銀彩緞累鉅萬萬下教曰洪彥陽之子孫代代科窒不絕之由
下賜際命親筆文蹟一部也大抵自古英雄豪傑因其勳而利國者可勝然
邂逅恩之則未不謂說說女之說然若非英雄之材無以如是處事也